水浒

金圣叹批评本

上

施耐庵 ○ 原著

金圣叹 ○ 评改

张国光 ○ 校订

戴敦邦 ○ 插画

北京联合出版公司

Beijing United Publishing Co.,Ltd.

金聖嘆批評本水滸傳

目
录

水滸 金圣叹批評本

前言

不读《水浒》，不知天下之奇。
——金圣叹

350年以前，我国杰出的启蒙思想家、大文学批评家金圣叹就说："天下之乐，第一莫若读书"，而"读书之乐，第一莫若读《水浒》"。他又说："不读《水浒》，不知天下之奇。"而现在我们可以加上一句：不读《金本水浒》，又何以能知《水浒》之奇？

《水浒》最早印行的版本是一百回本《忠义水浒传》，它大约出现于16世纪30年代初。到了17世纪初，苏州又出版了《忠义水浒全传》，它比百回本多了打王庆、田虎的二十回故事。在《全传》本流行30多年之后，吴县有一位刚逾而立之年的穷秀才金圣叹(1608—1661)对这部流行小说进行了脱胎换骨的改造。因此，我称金圣叹以前的《水浒》为《忠义水浒》，而称金圣叹批改后的《水浒》为《金本水浒》。

金圣叹在青年时就订了一个评"六才子书"的计划，但他最早着手评改的，却是第五才子书《水浒》。他其实是把《水浒》作为白话文创作的典范予以极高评价的。现存的大约刊行于明嘉靖早年的百回本《水浒》的卷端，原有"施耐庵集撰，罗贯中纂修"这样的题署，但这部《水浒》究竟是施、罗两人同时纂修的呢，还是有一位在另一位的基础上加工而成书的呢？他们两人是师生关系还是朋友关系，或者彼此都没有见过面？如果说"耐庵"是作者之号，那么他的名和字又是什么？这

些问题，各有考证，实无定论。

金圣叹的《水浒》评固然是针对《水浒》而作，但他博学多才，有丰富的文学素养，所做评语不同凡响。他其实是通过解剖一只"麻雀"——《水浒》来讨论小说创作的一般规律。也因此，他在小说理论发展史上是一位开创性的人物。下面，我们通过《水浒》评对金圣叹的小说理论评述如下：

首先，他强调文学作品有不朽价值。认为：君相能为其事，而不能使其所为之事必寿于世。能使君相所为之事必寿于世，乃至百世、千世以至万世而犹歌颂不衰，起敬起爱者，是则绝世奇文之力；而君相之事反而附骥尾而显矣。

其次，金圣叹小说理论最具有首创意义的是他的典型论。他说："别一部书看过一遍即休，独有《水浒传》只是看不厌，无非为它把一百八个人性格都写出来。""《水浒》所叙，叙一百八人；人有其性情，人有其气质，人有其形状，人有其声口……"

此说的高明之处，在于不仅指出作家应画好人物的相貌，要采用富有个性的语言；重要的是指出应刻划出人物的性情，尤其要充分表现人物的气质。所谓"人心之不同"，应该说首先是气质的不同。金圣叹这样重视"气质"，说明他早已涉足文艺心理学的领域。他主张作家要发掘人物内心的奥秘，展现灵魂深处的奥秘。他把宋江改造成了一个具有复杂性格的人物，这和原本《水浒》中的宋江截然不同。

其三，金圣叹对小说的情节结构问题也有精辟的见解。有人说：经过金圣叹的腰斩，《水浒》显得紧凑了。我认为不能说得这样简单。还应看到《忠义水浒传》的高潮在宋江排九宫八卦阵、打方腊的那些场面，而金本高潮就前移到大聚义的场面上来了。金圣叹说："《水浒》写到这里，读之正如'千里群龙，一齐入海'，更无丝毫未了之憾。" 而且，经过金圣叹删节的本子，并不是"断尾巴蜻蜓"，而是一个完整的有机体。它可以说描写了各阶层人物，由于不同的被逼原因，通过不同的途径走上梁山的经历，是写梁山泊起义军逐步聚集并日益发展、壮大的过程。

其四，金圣叹的小说理论，可以说内涵丰富而表现形式也多姿多彩。他除了借用《大学》《中庸》中的"格物致知"等观念，还从中、印古籍中借用了一些概念来阐述艺术规律。例如，他借用佛学中的"因缘生法"来说明作者应熟悉生活，按照生活的逻辑来反映生活，也就是他说的"设身处地而后成文"。尽管"因缘生法"原本是唯心主义的说法，但我们不必拘泥于它的本义，而主要是看金圣叹借用这一术语所表达的真实思想。他还借用了《孟子》的"动心"说，指明作家在写反

面人物时，也要"亲动心"，要"设身处地"地想一想，这样写出的反面人物，就会栩栩如生。即所谓："其忽然写一奸雄，即居然奸雄；甚至忽然写一淫妇，即居然淫妇。今此篇写一偷儿，即又居然偷儿也。"

其五，金圣叹根据老庄学说，结合禅宗语录，还提出了"文章三境"说。"三境"就是圣境、神境、化境。"化境"是最难达到的境界。据他说：这样的文章从纸面上看，似乎"无字、无句、无局、无思"，但它却能让读者从无文字处体会到作者所要表达的思想感情。这种"不写之写""无声胜有声"的境界，非深知写作三昧者是不能掌握的。

清人王韬说："《水浒》初犹未甚知名，自金圣叹置之'才子书'之列，而名乃大噪。"可见，金圣叹是使《水浒》最后定型的批评家，实际上是参与加工、修改《水浒》的重要作者之一；同时，《金本水浒》的评改是很成功的，是《水浒》诸本中思想性强且艺术性高的本子。

张国光
1996年8月1日

原序

金圣叹

　　原夫书契之作，昔者圣人所以同民心而出治道也。其端肇于结绳，而其盛嶵而为六经。其秉简载笔者，则皆在圣人之位而又有其德者也。在圣人之位，则有其权；有圣人之德，则知其故。有其权而知其故，则得作而作，亦不得不作而作也。是故《易》者，导之使为善也；《礼》者，坊之不为恶也；《书》者，纵以尽天运之变；《诗》者，衡以会人情之通也。故《易》之为书，行也；《礼》之为书，止也；《书》之为书，可畏；《诗》之为书，可乐也。故曰《易》圆而《礼》方，《书》久而《诗》大；又曰《易》不赏而民劝，《礼》不怒而民避，《书》为庙外之几筵，《诗》为未朝之明堂也。若有《易》而可以无《书》也者，则不复为《书》也；有《易》有《书》而可以无《诗》也者，则不复为《诗》也；有《易》有《书》有《诗》而可以无《礼》也者，则不复为《礼》也。有圣人之德，则知其故；知其故，则知《易》与《书》与《诗》与《礼》各有其一故，而不可以或废也。有圣人之德而又在圣人之位，则有其权；有其权，而后作《易》，之后又欲作《书》，又欲作《诗》，又欲作《礼》，咸得奋笔而遂为之，而人不得而议其罪也。

无圣人之位则无其权，无其权而不免有作，此仲尼是也。仲尼无圣人之位，而有圣人之德；有圣人之德，则知其故；知其故而不能已于作，此《春秋》是也。顾仲尼必曰："知我者，其惟《春秋》乎？罪我者，其惟《春秋》乎？"斯其故何哉？知我惟《春秋》者，《春秋》一书，以天自处学《易》，以事系日学《书》，罗列与国学《诗》，扬善禁恶学《礼》，皆所谓有其德而知其故，知其故而不能已于作，不能已于作而遂兼四经之长，以合为一书，则是未尝作也。夫未尝作者，仲尼之志也。罪我惟《春秋》者，古者非天子不考文，自仲尼以庶人作《春秋》，而后世巧言之徒，无不纷纷以作。纷纷以作既久，庞言无所不有，君读之而旁皇于上，民读之而惑乱于下，势必至于拉杂燔烧，祸连六经。夫仲尼非不知者，而终不已于作，是则仲尼所为引罪自悲者也。或问曰：然则仲尼真有罪乎？答曰：仲尼无罪也。仲尼心知其故，而又自以庶人不敢辄有所作，于是因史成经，不别立文，而但于首大书"春王正月"。若曰：其旧则诸侯之书也，其新则天子之书也。取诸侯之书，手治而成天子之书者，仲尼不予诸侯以作书之权也。仲尼不肯以作书之权予诸侯，其又乌肯以作书之权予庶人哉！是故作书，圣人之事也。非圣人而作书，其人可诛，其书可烧也。作书，圣人而天子之事也。非天子而作书，其人可诛，其书可烧也。何也？非圣人而作书，其书破道；非天子而作书，其书破治。破道与治，是横议也。横议，则乌得不烧？横议之人，则乌得不诛？故秦人烧书之举，非直始皇之志，亦仲尼之志。乃仲尼不烧而始皇烧者，仲尼不但无作书之权，是亦无烧书之权者也。若始皇烧书而并烧圣经，则是虽有其权而实无其德。实无其德，则不知其故；不知其故，斯尽烧矣。故并烧圣经者，始皇之罪也；烧书，始皇之功也。

无何汉兴，又大求遗书。当时在廷诸臣，以献书进者多有。于是四方功名之士，无人不言有书，一时得书之多，反更多于未烧之日。今夫自古至今，人则知烧书之为祸至烈，又岂知求书之为祸之尤烈哉！烧书，而天下无书；天下无书，圣人之书所以存也。求书，而天下有书；天下有书，圣人之书所以亡也。烧书，是禁天下之人作书也。求书，是纵天下之人作书也。至于纵天下之人作书矣，其又何所不至之与！有明圣人之教者，其书有之；叛圣人之教者，其书亦有之。申天子之令者，其书有之；犯

天子之令者，其书亦有之。夫诚以三代之治治之，则彼明圣人之教与申天子之令者，犹在所不许。何则？恶其破道与治，黔首不得安也。如之何而至于叛圣人之教，犯天子之令，而亦公然自为其书也？原其由来，实惟上有好者，下必尤甚。父子兄弟，聚族撰著，经营既久，才思溢矣。夫应诏固须美言，自娱何所不可？刻画魑魅，诋讪圣贤，笔墨既酣，胡可忍也？是故，乱民必诛，而"游侠"立传；市侩辱人，而"货殖"名篇。意在穷奇极变，皇惜刳心呕血，所谓上薄苍天，下彻黄泉，不尽不快，不快不止也。如是者，当其初时，犹尚私之于下，彼此传观而已，惟畏其上之禁之者也。殆其既久，而上亦稍稍见之，稍稍见之而不免喜之，不惟不之禁也。夫叛教犯令之书，至于上不复禁而反喜之，而天下之人岂其复有忌惮乎哉！其作者，惊相告也；其读者，惊相告也。惊告之后，转相祖述，而无有一人不作，无有一人不读也。于是而圣人之遗经，一二篇而已；诸家之书，坏牛折轴不能载，连阁复室不能庋也。天子之教诏，土苴之而已；诸家之书，非缥缃不为其题，非金玉不为其签也。积渐至于今日，祸且不可复言。民不知偷，读诸家之书则无不偷也；民不知淫，读诸家之书则无不淫也；民不知诈，读诸家之书则无不诈也；民不知乱，读诸家之书则无不乱也。夫吾向所谓非圣人而作书，其书破道，非天子而作书，其书破治者，不过忧其附会经义，示民以杂；测量治术，示民以明。示民以杂，民则难信；示民以明，民则难治。故遂断之破道与治，是为横议，其人可诛，其书可烧耳；非真有所大诡于圣经，极害于王治也，而然且如此，若夫今日之书，则岂复苍帝造字之时之所得料，亦岂复始皇燔烧之时之所得料哉？是真一诛不足以蔽其辜，一烧不足以灭其迹者。而祸首罪魁，则汉人诏求遗书，实开之衅。故曰烧书之祸烈，求书之祸尤烈也。烧书之祸，祸在并烧圣经。圣经烧，而民不兴于善，是始皇之罪，万世不得而原之也。求书之祸，祸在并行私书。私书行，而民之于恶乃至无所不有，此汉人之罪，亦万世不得而原之也。然烧圣经，而圣经终大显于后世，是则始皇之罪犹可逭也。若行私书，而私书遂至灾害蔓延不可复救，则是汉人之罪终不活也。

呜呼！君子之至于斯也，听之则不可，禁之则不能，其又将以何法治之与哉？曰：吾闻之，圣人之作书也以德，古人之作书也以才。知圣人之作书以德，则知六经皆

圣人之糟粕，读者贵乎神而明之，而不得栉比字句，以为从事于经学也。知古人之作书以才，则知诸家皆鼓舞其菁华，览者急须褰裳去之，而不得捃拾齿牙，以为谭言之微中也。于圣人之书而能神而明之者，吾知其而今而后，始不敢于《易》之下作《易传》，《书》之下作《书传》，《诗》之下作《诗传》，《礼》之下作《礼传》，《春秋》之下作《春秋传》也。何也？诚愧其德之不合，而惧章句之未安，皆当大拂于圣人之心也。于诸家之书而诚能褰裳去之者，吾知其而今而后，始不肯于《庄》之后作广庄，《骚》之后作续骚，《史》之后作后史，《诗》之后作拟诗，稗官之后作新稗官也。何也？诚耻其才之不逮，而徒唾沫之相袭，是真不免于古人之奴也。夫扬汤而不得冷，则不如且莫进薪；避影而影愈多，则不如教之勿趋也。恶人作书，而示之以圣人之德，与夫古人之才者，盖为游于圣门者难为言，观于才子之林者难为文，是亦止薪勿趋之道也。然圣人之德，实非夫人之能事；非夫人之能事，则非予小子今日之所敢及也。彼古人之才，或犹夫人之能事；犹夫人之能事，则庶几予小子不揣之所得及也。夫古人之才也者，世不相延，人不相及。庄周有庄周之才，屈平有屈平之才，马迁有马迁之才，杜甫有杜甫之才，降而至于施耐庵有施耐庵之才，董解元有董解元之才。才之为言材也。凌云蔽日之姿，其初本于破核分荚；于破核分荚之时，具有凌云蔽日之势；于凌云蔽日之时，不出破核分荚之势，此所谓材之说也。又才之为言裁也。有全锦在手，无全锦在目；无全衣在目，有全衣在心；见其领，知其袖；见其襟，知其帔也。夫领则非袖，而襟则非帔，然左右相就，前后相合，离然各异而宛然共成者，此所谓裁之说也。今天下之人，徒知有才者始能构思，而不知古人用才，乃绕乎构思以后；徒知有才者始能立局，而不知古人用才，乃绕乎立局以后；徒知有才者始能琢句，而不知古人用才，乃绕乎琢句以后；徒知有才者始能安字，而不知古人用才，乃绕乎安字以后。此苟且与慎重之辩也。言有才始能构思、立局、琢句而安字者，此其人，外未尝矜式于珠玉，内未尝经营于惨淡，隤然放笔，自以为是，而不知彼之所为才实非古人之所为才，正是无法于手而又无耻于心之事也。言其才绕乎构思以前、构思以后，乃至绕乎布局、琢句、安字以前以后者，此其人，笔有左右，墨有正反；用左笔不安换右笔，用右笔不安换

左笔；用正墨不现换反墨，用反墨不现换正墨；心之所至，手亦至焉；心之所不至，手亦至焉；心之所不至，手亦不至焉。心之所至，手亦至焉者，文章之圣境也。心之所不至，手亦至焉者，文章之神境也。心之所不至，手亦不至焉者，文章之化境也。夫文章至于心手皆不至，则是其纸上无字、无句、无局、无思者也。而独能令千万世下人之读吾文者，其心头眼底乃宿宿有思，乃摇摇有局，乃铿铿有句，而烨烨有字，则是其提笔临纸之时，才以绕其前，才以绕其后，而非陡然、卒然之事也。故依世人之所谓才，则是文成于易者，才子也；依古人之所谓才，则必文成于难者，才子也。依文成于易之说，则是迅疾挥扫，神气扬扬者，才子也。依文成于难之说，则必心绝气尽，面犹死人者，才子也。故若庄周、屈平、马迁、杜甫以及施耐庵、董解元之书，是皆所谓心绝气尽，面犹死人，然后其才前后缭绕，得成一书者也。庄周、屈平、马迁、杜甫，其妙如彼，不复具论。若夫施耐庵之书，而亦必至于心尽气绝，面犹死人，而后其才前后缭绕，始得成书。夫而后知古人作书，真非苟且也者。而世之人犹尚不肯审己量力，废然歇笔，然则其人真不足诛，其书真不足烧也。

夫身为庶人，无力以禁天下之人作书，而忽取牧猪奴手中之一编，条分而节解之，而反能令未作之书不敢复作，已作之书一旦尽废，是则圣叹廓清天下之功，为更奇于秦人之火。故于其首篇叙述古今经书兴废之大略如此。虽不敢自谓斯文之功臣，亦庶几封关之丸泥也。

　　施耐庵《水浒》正传七十卷，又楔子一卷，原序一篇亦作一卷，共七十二卷。今与汝释弓。序曰：吾年十岁，方入乡塾，随例读《大学》《中庸》《论语》《孟子》等书，意惛如也。每与同塾儿窃作是语："不知习此将何为者？"又窥见大人彻夜吟诵，其意乐甚。殊不知其何所得乐？又不知尽天下书当有几许？其中皆何所言？不雷同耶？如是之事，总未能明于心。明年十一岁，身体时时有小病。病作，辄得告假出塾。吾既不好弄，大人又禁不许弄，仍以书为消息而已。吾最初得见者，是《妙法莲华经》。次之，则见屈子《离骚》。次之，则见太史公《史记》。次之，则见俗本《水浒传》。是皆十一岁病中之创获也。《离骚》苦多生字，好之而不甚解，记其一句两句吟唱而已。《法华经》《史记》解处为多，然而胆未坚刚，终亦不能常读。其无晨无夜不在怀抱者，吾于《水浒传》可谓无间然矣。吾每见今世之父兄，类不许其子弟读一切书，亦未尝引之见于一切大人先生，此皆大错。夫儿子十岁，神智生矣，不纵其读一切书，且有他好，又不使之列于大人先生之间，是驱之与婢仆为伍也。汝昔五岁时，吾即容汝出坐一隅，今年始十岁，便以此书相授者，非过有所宠爱，或者教汝之道当如是也。吾犹自记十一岁读《水浒》后，便有于书无所不窥之势。吾实何曾得见一书，心知其然，则有之耳。然就今思之，诚不谬矣。

天下之文章，无有出《水浒》右者；天下之格物君子，无有出施耐庵先生右者。学者诚能澄怀格物，发皇文章，岂不一代文物之林，然但能善读《水浒》，而已为其人绰绰有余也。《水浒》所叙，叙一百八人，人有其性情，人有其气质，人有其形状，人有其声口。夫以一手而画数面，则将有兄弟之形；一口而吹数声，斯不免再映也。施耐庵以一心所运，而一百八人各自入妙者，无他，十年格物而一朝物格，斯以一笔而写百千万人，固不以为难也。

格物亦有法，汝应知之。格物之法，以忠恕为门。何谓忠？天下因缘生法，故忠不必学而至于忠，天下自然无法不忠。火亦忠，眼亦忠，故吾之见忠；钟忠，耳忠，故闻无不忠。吾既忠，则人亦忠，盗贼亦忠，犬鼠亦忠。盗贼犬鼠无不忠者，所谓恕也。夫然后物格，夫然后能尽人之性，而可以赞化育，参天地。今世之人，吾知之，是先不知因缘生法。不知因缘生法，则不知忠。不知忠，乌知

恕哉？是人生二子而不能自解也，谓其妻曰：眉犹眉也，目犹目也，鼻犹鼻，口犹口，而大儿非小儿，小儿非大儿者，何故？而不自知实与其妻亲造作之也。夫不知子，问之妻。夫妻因缘，是生其子。天下之忠，无有过于夫妻之事者；天下之忠，无有过于其子之面者。审知其理，而睹天下人之面，察天下夫妻之事，彼万面不同，岂不甚宜哉！忠恕，量万物之斗斛也。因缘生法，裁世界之刀尺也。施耐庵左手握如是斗斛，右手持如是刀尺，而仅乃叙一百八人之性情、气质、形状、声口者，是犹小试其端也。若其文章，字有字法，句有句法，章有章法，部有部法，又何异哉！

吾既喜读《水浒》，十二岁便得贯华堂所藏古本，吾日夜手钞，谬自评释，历四五六七八月，而其事方竣，即今此本是已。如此者，非吾有读《水浒》之法，若《水浒》固自为读一切书之法矣。吾旧闻有人言：庄生之文放浪，《史记》之文雄奇。始亦以之为然，至是忽哑然其笑。古今之人，以瞽语瞽，真可谓一无所知，徒令小儿肠痛耳。夫庄生之文，何尝放浪？《史记》之文，何尝雄奇？彼殆不知庄生之所云，而徒见其忽言化鱼，忽言解牛，寻之不得其端，则以为放浪；徒见《史记》所记，皆刘项争斗之事，其他又不出于杀人报仇、捐金重义为多，则以为雄奇也。若诚以吾读《水浒》之法读之，正可谓庄生之文精严，《史记》之文亦精严。不宁惟是而已。盖天下之书诚欲藏之名山，传之后人，即无有不精严者。何谓之精严？字有字法，句有句法，章有章法，部有部法是也。夫以庄生之文，杂之《史记》，不似《史记》；以《史记》之文，杂之庄生，不似庄生者，庄生意思欲言圣人之道，《史记》摅其怨愤而已。其志不同，不相为谋，有固然者，毋足怪也。若复置其中之所论，而直取其文心，则惟庄生能作《史记》，惟子长能作《庄子》。吾恶乎知之？吾读《水浒》而知之矣。夫文章小道，必有可观。吾党斐然，尚须裁夺。古来至圣大贤，无不以其笔墨为身光耀。只如《论语》一书，岂非仲尼之微言，洁净之篇节？然而善论道者论道，善论文者论文，吾尝观其制作，又何其甚妙也！《学而》一章，三唱"不亦"；叹《觚》之篇，有四"觚"字；余者一"不"、两"哉"而已。"质胜文则野，文胜质则史"，其文交互而成。"知之者不如好之者，好之者不如乐之者"，其法传接而出。

山水动静乐寿，譬禁树之对生。子路问闻斯行，如晨鼓之频发。其他不可悉数，约略皆佳构也。彼《庄子》《史记》，各以其书独步万年，万年之人，莫不叹其何处得来。若自吾观之，彼亦岂能有其多才者乎？皆不过以此数章引而伸之，触类而长之者也。

《水浒》所叙，叙一百八人，其人不出绿林，其事不出劫杀，失教丧心，诚不可训。然而吾独欲略其形迹，伸其神理者，盖此书七十回、数十万言，可谓多矣，而举其神理，正如《论语》之一节两节，浏然以清，湛然以明，轩然以轻，濯然以新，彼岂非《庄子》《史记》之流哉！不然，何以有此？如必欲苛其形迹，则夫十五国风，淫污居半；《春秋》所书，弑夺十九。不闻恶神奸而弃禹鼎，憎《梼杌》而诛倚相，此理至明，亦易晓矣。嗟乎！人生十岁，耳目渐吐，如日在东，光明发挥。如此书，吾即欲禁汝不见，亦岂可得？今知不可相禁，而反出其旧所批释，脱然授之于手也。夫固以为《水浒》之文精严，读之即得读一切书之法也。汝真能善得此法，而明年经业既毕，便以之遍读天下之书，其易果如破竹也者，夫而后叹施耐庵《水浒传》真为文章之总持。不然，而犹如常儿之

泛览者而已。是不惟负施耐庵，亦殊负吾。汝试思之，吾
如之何其不郁郁乎哉！

皇帝崇祯十四年二月十五日

读第五才子书法

金圣叹

大凡读书，先要晓得作书之人是何心胸。如《史记》，须是太史公一肚皮宿怨发挥出来，所以他于《游侠》《货殖传》特地着精神，乃至其馀诸记传中，凡遇挥金杀人之事，他便啧啧赏叹不置。一部《史记》，只是"缓急人所时有"六个字，是他一生著书旨意。《水浒传》却不然，施耐庵本无一肚皮宿怨要发挥出来，只是饱暖无事，又值心闲，不免伸纸弄笔，寻个题目，写出自家许多锦心绣口，故其是非皆不谬于圣人。后来人不知，却于《水浒》上加"忠义"字，遂并比于史公发愤著书一例，正是使不得。

《水浒传》有大段正经处，只是把宋江深恶痛绝，使人见之，真有犬彘不食之恨。从来人却是不晓得。

《水浒传》独恶宋江，亦是歼厥渠魁之意，其馀便饶恕了。

或问：施耐庵寻题目写出自家锦心绣口，题目尽有，何苦定要写此一事？答曰：只是贪他三十六个人，便有三十六样出身，三十六样面孔，三十六样性格，中间便结撰得来。

题目是作书第一件事，只要题目好，便书也作得好。

或问：题目如《西游》《三国》，如何？答曰：这个都不好。《三国》人物事体说话太多了，笔下拖不动，掗不转，分明如官府传话奴才，只是把小人声口替得这句出来，其实何曾自敢添减一字。《西游》又太无脚地了，只是逐段捏捏撮撮，譬如大年夜放烟火，一阵一阵过，中间全没贯串，便使人读之，处处可住。

《水浒传》方法，都从《史记》出来，却有许多胜似《史记》处。若《史记》妙处，《水浒》已是件件有。

凡人读一部书，须要把眼光放得长。如《水浒传》七十回，只用一目俱下，便知其二千余纸，只是一篇文字。中间许多事体，便是文字起承转合之法。若是拖长看去，却都不见。

　　《水浒传》不是轻易下笔，只看宋江出名，直在第十七回，便知他胸中已算过百十来遍。若使轻易下笔，必要第一回就写宋江，文字便一直帐，无擒放。

　　某尝道《水浒》胜似《史记》，人都不肯信，殊不知某却不是乱说。其实《史记》是以文运事，《水浒》是因文生事。以文运事，是先有事生成如此如此，却要算计出一篇文字来，虽是史公高才，也毕竟是吃苦事。因文生事即不然，只是顺着笔性去，削高补低都由我。

　　作《水浒传》者，真是识力过人。某看他一部书，要写一百单八个强盗，却为头推出一个孝子来做门面，一也；三十六员天罡，七十二座地煞，却倒是三座地煞先做强盗，显见逆天而行，二也；盗魁是宋江了，却偏不许他便出头，另又幻一晁盖盖住在上，三也；天罡地煞，都置第二，不使出现，四也；临了收到"天下太平"四字作结，五也。

　　三个"石碣"字，是一部《水浒传》大段落。

　　《水浒传》不说鬼神怪异之事，是他气力过人处。《西游记》每到弄不来时，便是南海观音救了。

　　《水浒传》并无之乎者也等字，一样人，便还他一样说话，真是绝奇本事。

　　《水浒传》一个人出来，分明便是一篇列传。至于中间事迹，又逐段逐段自成文字，亦有两三卷成一篇者，亦有五六句成一篇者。

　　别一部书，看过一遍即休，独有《水浒传》，只是看不厌，无非为他把一百八个人性格，都写出来。

　　《水浒传》写一百八个人性格，真是一百八样。若别一部书，任他写一千个人，也只是一样，便只写得两个人，也只是一样。

　　《水浒传》章有章法，句有句法，字有字法。人家子弟稍识字，便当教令反复细看，看得《水浒传》出时，他书便如破竹。

江州城劫法场一篇，奇绝了，后面却又有大名府劫法场一篇，一发奇绝。潘金莲偷汉一篇，奇绝了，后面却又有潘巧云偷汉一篇，一发奇绝。景阳冈打虎一篇，奇绝了，后面却又有沂水县杀虎一篇，一发奇绝。真正其才如海。

劫法场、偷汉、打虎，都是极难题目，直是没有下笔处，他偏不怕，定要写出两篇。

《宣和遗事》具载三十六人姓名，可见三十六人是实有。只是七十回中许多事迹，须知都是作书人凭空造谎出来。如今却因读此七十回，反把三十六个人物都认得了。任凭提起一个，都似旧时熟识，文字有气力如此。

一百八人中，定考武松上上。时迁、宋江是一流人，定考下下。

鲁达自然是上上人物，写得心地厚实，体格阔大。论粗卤处，他也有些粗卤；论精细处，他亦甚是精细。然不知何故，看来便有不及武松处。想鲁达已是人中绝顶，若武松直是天神，有大段及不得处。

《水浒传》只是写人粗卤处，便有许多写法。如鲁达粗卤是性急，史进粗卤是少年任气，李逵粗卤是蛮，武松粗卤是豪杰不受羁靮，阮小七粗卤是悲愤无说处，焦挺粗卤是气质不好。

李逵是上上人物，写得真是一片天真烂漫到底，看他意思，便是山泊中一百七人，无一个入得他眼。《孟子》"富贵不能淫，贫贱不能移，威武不能屈"，正是他好批语。

看来：作文全要胸中先有缘故。若有缘故时，便随手所触，都成妙笔；若无缘故时，直是无动手处，便作得来，也是嚼蜡。

只如写李逵，岂不段段都是妙绝文字，却不知正为段段都在宋江事后，故便妙不可言。盖作者只是痛恨宋江奸诈，故处处紧接出一段李逵朴诚来，做个形击。其意思自在显宋江之恶，却不料反成李逵之妙也。此譬如刺枪，本要杀人，反使出一身家数。

水滸傳第三回魯提轄拳打鎮關西壬午金秋戴敦邦

近世不知何人，不晓此意，却节出李逵事来，另作一册，题曰"寿张文集"，可谓咬人屎橛，不是好狗。

写李逵色色绝倒，真是化工肖物之笔。他都不必具论，只如李逵还有兄李达，便定然排行第二也，他却偏要一生自叫李大，直等急切中移名换姓时，反称作李二，谓之乖觉。试想他肚里，是何等没分晓。

任是真正大豪杰好汉子，也还有时将银子买得他心肯。独有李逵，便银子也买他不得，须要等他自肯，真又是一样人！

林冲自然是上上人物，写得只是太狠。看他算得到，熬得住，把得牢，做得彻，都使人怕。这般人在世上，定做得事业来，然琢削元气也不少。

吴用定然是上上人物。他奸猾便与宋江一般，只是比宋江却心地端正。

宋江是纯用术数去笼络人，吴用便明明白白驱策群力，有军师之体。

吴用与宋江差处，只是吴用却肯明白说自家是智多星，宋江定要说自家志诚质朴。

宋江只道白家笼罩吴用，吴用却又实实笼罩宋江。两个人心里各各自知，外面又各各只做不知，写得真是好看煞人。

花荣自然是上上人物，写得恁地文秀。

阮小七是上上人物，写得另是一样气色。一百八人中，真要算做第一个快人，心快口快，使人对之，龌龊都销尽。

杨志、关胜是上上人物。杨志写来是旧家子弟，关胜写来全是云长变相。

秦明、索超是上中人物。

史进只算上中人物，为他后半写得不好。

呼延灼却是出力写得来的，然只是上中人物。

卢俊义、柴进只是上中人物。卢俊义传，也算极力将英雄员外写出来了，然终

不免带些呆气。譬如画骆驼，虽是庞然大物，却到底看来觉道不俊。柴进无他长，只有好客一节。

朱仝与雷横，是朱仝写得好，然两人都是上中人物。

杨雄与石秀，是石秀写得好。然石秀便是中上人物，杨雄竟是中下人物。

公孙胜便是中上人物，备员而已。

李应只是中上人物，然也是体面上定得来，写处全不见得。

阮小二、阮小五、张横、张顺，都是中上人物。燕青是中上人物，刘唐是中上人物，徐宁、董平是中上人物。

戴宗是中下人物，除却神行，一件不足取。

吾最恨人家子弟，凡遇读书，都不理会文字，只记得若干事迹，便算读过一部书了。虽《国策》《史记》都作事迹搬过去，何况《水浒传》。

《水浒传》有许多文法，非他书所曾有，略点几则于后。

有倒插法。谓将后边要紧字，蓦地先插放前边。如五台山下铁匠间壁父子客店；又大相国寺岳庙间壁菜园；又武大娘子要同王干娘去看虎；又李逵去买枣糕，收得汤隆等是也。

有夹叙法。谓急切里两个人一齐说话，须不是一个说完了，又一个说，必要一笔夹写出来。如瓦官寺崔道成说"师兄息怒，听小僧说"，鲁智深说"你说你说"等是也。

有草蛇灰线法。如景阳冈勤叙许多"哨棒"字，紫石街连写若干"帘子"字等是也。骤看之，有如无物，及至细寻，其中便有一条线索，拽之通体俱动。

有大落墨法。如吴用说三阮，杨志北京斗武，王婆说风情，武松打虎，还道村捉宋江，二打祝家庄等是也。

有绵针泥刺法。如花荣要宋江开枷，宋江不肯；又晁盖番番要下山，宋江番番劝住，至最后一次便不劝是也。笔墨外，便有利刃直戳进来。

有背面铺粉法。如要衬宋江奸诈，不觉写作李逵真率；要衬石秀尖利，不觉写作杨雄糊涂是也。

有弄引法。谓有一段大文字，不好突然便起，且先作一段小文字在前引之。如索超前，先写周谨；十分光前，先说五事等是也。《庄子》云："始于青萍之末，盛于土囊之口。"《礼》云："鲁人有事于泰山，必先有事于配林。"

有獭尾法。谓一段大文字后，不好寂然便住，更作余波演漾之。如梁中书东郭演武归去后，知县时文彬升堂；武松打虎下冈来，遇着两个猎户；血溅鸳鸯楼后，写城濠边月色等是也。

有正犯法。如武松打虎后，又写李逵杀虎，又写二解争虎；潘金莲偷汉后，又写潘巧云偷汉；江州城劫法场后，又写大名府劫法场；何涛捕盗后，又写黄安捕盗；林冲起解后，又写卢俊义起解；朱仝、雷横放晁盖后，又写朱仝、雷横放宋江等。正是要故意把题目犯了，却有本事出落得无一点一画相借，以为快乐是也。真是浑身都是方法。

有略犯法。如林冲买刀与杨志卖刀，唐牛儿与郓哥，郑屠肉铺与蒋门神快活林，瓦官寺试禅杖与蜈蚣岭试戒刀等是也。

有极不省法。如要写宋江犯罪，却先写招文袋金子，却又先写阎婆惜和张三有事，却又先写宋江讨阎婆惜，却又先写宋江舍棺材等。凡有若干文字，都非正文是也。

有极省法。如武松迎入阳谷县，恰遇武大也搬来，正好撞着；又如宋江琵琶亭吃鱼汤后，连日破腹等是也。

有欲合故纵法。如白龙庙前，李俊、二张、二童、二穆等救船已到，却写李逵重要杀入城去；还道村玄女庙中，赵能、赵得都已出去，却有树根绊跌土兵叫喊等。令人到临了，又加倍吃吓是也。

有横云断山法。如两打祝家庄后，忽插出解珍、解宝争虎越狱事；又正打大名城时，忽插出截江鬼、油里鳅谋财倾命事等是也。只为文字太长了，便恐累坠，故从半腰间暂时闪出，以间隔之。

有鸾胶续弦法。如燕青往梁山泊报信，路遇杨雄、石秀，彼此须互不相识，且由梁山泊到大名府，彼此既同取小径，又岂有止一小径之理。看他便顺手借如意子打鹊求卦，先斗出巧来，然后用一拳打倒石秀，逗出姓名来等是也。都是刻苦算得出来。

旧时《水浒传》，子弟读了，便晓得许多闲事。此本虽是点阅得粗略，子弟读了，便晓得许多文法；不惟晓得《水浒传》中有许多文法，他便将《国策》《史记》等书，中间但有若干文法，也都看得出来。旧时子弟读《国策》《史记》等书，都只看了闲事，煞是好笑。

《水浒传》到底只是小说，子弟极要看，及至看了时，却凭空使他胸中添了若干文法。

人家子弟只是胸中有了这些文法，他便《国策》《史记》等书都肯不释手看，《水浒传》有功于子弟不少。

旧时《水浒传》，贩夫皂隶都看；此本虽不曾增减一字，却是与小人没分之书，必要真正有锦绣心肠者，方解说道好。

人生三十而未娶，不应更娶；四十而未仕，不应更仕；五十不应为家；六十不应出游。何以言之？用违其时，事易尽也。朝日初出，苍苍凉凉，澡头面，裹巾帻，进盘飧，嚼杨木。诸事甫毕，起问可中？中已久矣！中前如此，中后可知。一日如此，三万六千日何有？以此思忧，竟何所得乐矣？每怪人言某甲于今若干岁。夫若干者，积而有之之谓。今其岁积在何许？可取而数之否？可见已往之吾，悉已变灭。不宁如是，吾书至此句，此句以前已疾变灭。是以可痛也！快意之事莫若友，快友之快莫若谈，其谁曰不然？然亦何曾多得。有时风寒，有时泥雨，有时卧病，有时不值，如是等时，真住牢狱矣。舍下薄田不多，多种秫米，身不能饮，吾友来需饮也。舍下门临大河，嘉树有荫，为吾友行立蹲坐处也。舍下执炊爨、理盘槅者，仅老婢四人；其余凡畜童子大小十有余人，便于驰走迎送、传接简帖也。舍下童婢稍闲，便课其缚帚织席。缚帚所以扫地，织席供吾友坐也。吾友毕来，当得十有六人。然而毕来之日为少，非甚风雨，而尽不来之日亦少。大率日以六七人来为常矣。吾友来，亦不便饮酒，欲饮则饮，欲止先止，各随其心。不以酒为乐，以谈为乐也。吾友谈不及朝廷，非但安分，亦以路遥，传闻为多。传闻之言无实，无实即唐丧唾津矣。亦不及人过失者：天下之人本无过失，不应吾诋诬之也。所发之言，不求惊人，人亦不惊；未尝不欲人解，而人卒亦不能解者：事在性情之际，世人多忙，未曾尝闻也。吾友既皆绣淡通阔之士，其所发明，四方可遇。然而每日言毕即休，无人记录。有时亦思集成一书，用赠后人，而至今阙如者：名心既尽，其心多懒，一；微言求乐，著书心苦，二；身死之后，无能读人，三；今年所作，明年必悔，四也。是《水浒传》七十一卷，则吾友散后，灯下戏墨为多；风雨甚，无人来之时半之。然而经营于心，久而成习，不必伸纸执笔，然后发挥。盖薄莫篱落之下，五更卧被之中，垂首捻带，睇目观物之际，皆有所遇矣。或若问：言既已未尝集为一书，云何独有此传？则岂非此传成之无名，不成无损，一；心闲试弄，舒卷自恣，二；无贤无愚，无不能读，三；文章得失，小不足悔，四也。呜呼哀哉！吾生有涯，吾乌乎知后人之读吾书者谓何？但取今日以示吾友，吾友读之而乐，斯亦足耳。且未知吾之后身读之谓何，亦未知吾之后身得读此书者乎？吾又安所用其眷念哉！

东都施耐庵序。

试看书林隐处，几多俊逸儒流。虚名薄利不关愁，裁冰及剪雪，谈笑看吴钩。评议前王并后帝，分真伪占据中州，七雄扰扰乱春秋。兴亡如脆柳，身世类虚舟。见成名无数，图名无数，更有那逃名无数。霎时新月下长川，沧海变桑田古路。讶求鱼缘木，拟穷猿择木，又恐是伤弓曲木。不如且覆掌中杯，再听取新声曲度。

　　哀哉乎！此书既成，而命之曰《水浒》也。是一百八人者，为有其人乎？为无其人乎？诚有其人也，即何心而至于水浒也。为无其人也，则是为此书者之胸中，吾不知其有何等冤苦，而必设言一百八人，而又远托之于水涯。吾闻"率土之滨，莫非王臣；普天之下，莫非王土"也。一百八人而无其人，犹已耳；一百八人而有其人，彼岂真欲以宛子城、蓼儿洼者，为非复赵宋之所覆载乎哉？吾读《孟子》，至"伯夷避纣，居北海之滨""太公避纣，居东海之滨"二语，未尝不叹。纣虽不善，不可避也，海滨虽远，犹纣地也。二老倡众，去故就新，虽以圣人，非盛节也。彼孟子者，自言愿学孔子，实未离于战国游士之习，故犹有此言，未能满于后人之心。若孔子，其必不出于此。今一百八人而有其人，殆不止于伯夷、太公居海避纣之志矣。大义灭绝，其何以训？若一百八人而无其人也，则是为此书者之设言也。为此书者，吾则不知其胸中有何等冤苦而为如此设言。然以贤如孟子，犹未免于大醇小疵之讥，其何责于稗官？后之君子，亦读其书，哀其心可也。

　　古人著书，每每若干年布想，若干年储材，又复若干年经营点窜，而后得脱于稿，卓然成为一书也。今人不会看书，往往将书容易混帐过去。于是古人书中所有得意处，不得意处，转笔处，难转笔处，趁水生波处，翻空出奇处，不得不补处，不得不省处，顺添在后处，倒插在前处，无数方法，无数筋节，悉付之于茫然不知，而仅仅粗记前后事迹、是否成败，以助其酒前茶后，雄谭快笑之旗鼓。呜呼！《史记》称五帝之文尚不雅驯，而为荐绅之所难言。奈何乎今忽取绿林豪猾之事，而为士君子之所雅言乎？吾特悲读者之精神不生，将作者之意思尽没，不知心苦，实负良工，故不辞不敏，而有此批也。

　　此一回，古本题曰"楔子"。楔子者，以物出物之谓也。以瘟疫为楔，楔出祈禳；以祈禳为楔，楔出天师；以天师为楔，楔出洪信；以洪信为楔，楔出游山；以游山为楔，楔出开碣；以开碣为楔，楔出三十六天罡、七十二

地煞，此所谓正楔也。中间又以康节、希夷二先生，楔出劫运定数；以武德皇帝、包拯、狄青，楔出星辰名字；以山中一虎一蛇，楔出陈达、杨春；以洪信骄情傲色，楔出高俅、蔡京；以道童猥獴难认，直楔出第七十回皇甫相马作结尾，此所谓奇楔也。

纷纷五代乱离间，一旦云开复见天！草木百年新雨露，车书万里旧江山。

寻常巷陌陈罗绮，几处楼台奏管弦。天下太平无事日，莺花无限日高眠。

「好诗。○一部大书，诗起诗结，"天下太平"起，"天下太平"结。」

话说这八句诗，乃是故宋神宗天子朝中一个名儒，姓邵，讳尧夫，道号康节先生所作。「一个算数先生。」为叹五代残唐，天下干戈不息。那时朝属梁，暮属晋，正谓是：朱李石刘郭，梁唐晋汉周；都来十五帝，播乱五十秋！

「"十五""五十"，颠倒大衍、河图中宫二数，便妙。」后来感得天道循环，向甲马营中生下太祖武德皇帝来。「大书武德皇帝，见此一朝，不用掉文袋子。」这朝圣人出世，红光满天，「圣人出世，红光满天；妖魔出世，黑气一道。」异香经宿不散，乃是上界霹雳大仙下降。「为天罡、地煞先生作映衬。」英雄勇猛，智量宽洪，自古帝王都不及这朝天子：一条杆棒等身齐，打四百座军州都姓赵！「绝妙好辞。可见全部枪棒，悉从一王之制矣。」那天子扫清寰宇，荡静中原，国号大宋，建都汴梁。九朝八帝班头，四百年开基帝主。因此上邵尧夫先生赞道："一旦云开复见天！"正如教百姓再见天日之面一般。那时西岳华山有个陈抟处士，「又一个算数先生。○两位先生胸中，算定有六六三十六员，重之七十二座矣。」是个道高有德之人，能辨风云气色。一日，骑驴下山，向那华阴道中正行之间，听得路上客人传说：[藏下一大部评话。]"如今东京柴世宗让位与赵检点登基。"那陈抟先生听得，心中欢喜，以手加额，在驴背上大笑，撷下驴来。人问其故，那先生道："天下从此定矣！正乃上合天心，下合地理，中合人和。"

自庚申年间受禅，开基即位，在位一十七年，天下太平，传位与御弟太宗。[立乎元，指乎宋，"传位御弟"，传疑也。]太宗皇帝在位二十二年，传位与真宗皇帝，真宗又传位与仁宗。这仁宗皇帝乃是上界赤脚大仙，[又为天罡、地煞先作映衬。]降生之时，昼夜啼哭不止。朝廷出给黄榜，召人医治，感动天庭，差遣太白金星下界，[忽然转出一座星辰，为一百单八座星辰作引。]化作一老叟前来揭了黄榜，自言能止太子啼哭。看榜官员引至殿下朝见真宗。天子圣旨，教进内苑看视太子。那老叟直至宫中，抱着太子，耳边低低说了八个字，太子便不啼哭。[奇事奇文。]那老叟不言姓名，只见化阵清风而去。耳边道八个甚字？道是："文有文曲，武有武曲。"[忽然从一座星辰，又转出两座星辰，为一百单八座作引，妙妙。〇八个字只是四个字，奇情奇文。]端的是玉帝差遣紫微宫中两座星辰下来辅佐这朝天子！[星辰以座论，奇事。星辰可以下来，奇事。星辰被玉帝差遣下来，奇事。玉帝差遣星辰下来辅佐天子，奇事。]文曲星乃是南衙开封府主龙图阁大学士包拯，武曲星乃是征西夏国大元帅狄青。[申吕岳降，传说列星，变用得好。]这两个贤臣出来辅佐这朝皇帝，在位四十二年，改了九个年号。自天圣元年癸亥登基，至天圣九年，那时天下太平，五谷丰登，万民乐业，路不拾遗，户不夜闭，这九年谓之一登；[一登、二登、三登，有据无据，撰成妙语。]自明道元年，至皇祐三年，这九年亦是丰富，谓之二登；自皇祐四年，至嘉祐二年，这九年田禾大熟，谓之三登。一连三九二十七年，号为"三登之世"。[九年一登，又九年二登，又九年三登，一连三九二十七年，号为三登之世。笔意都从康节、希夷

那时百姓受了些快乐，谁道乐极悲生：嘉祐三年春间，天下瘟疫盛行。自江南直至两京，无一处人民不染此症，天下各州各府，雪片也似申奏将来。

且说东京城里城外军民死亡大半。开封府主包待制亲将惠民和济局方，自出俸资合药，救治万民。那里医治得？「自是正事，不可不先补出。」瘟疫越盛。文武百官商议，都向待漏院中聚会，伺候早朝，奏闻天子。是日，嘉祐三年三月三日，「合成九数，阳极于九，数之穷也。《易》"穷则变"，变出一部《水浒传》来。」五更三点，天子驾坐紫宸殿，受百官朝贺已毕，当有殿头官喝道："有事出班早奏，无事卷帘退朝。"只见班部丛中，宰相赵哲、参政文彦博出班奏道："目今京师瘟疫盛行，伤损军民甚多。伏望陛下，释罪宽恩，省刑薄税，「自是正论，不可不先补出。」祈禳天灾，救济万民。"天子听奏，急敕翰林院随即草诏：一面降赦天下罪囚，应有民间税赋悉皆赦免；一面命在京宫观寺院修设好事禳灾。不料其年瘟疫转盛。仁宗天子闻知，龙体不安，复会百官计议。向那班部中，有一大臣，越班启奏。天子看时，乃是参知政事范仲淹。拜罢起居，奏道："今天灾盛行，军民涂炭，日夕不能聊生。以臣愚意，要禳此灾，可宣嗣汉天师星夜临朝，就京禁院，修设三千六百分罗天大醮，奏闻上帝，可以禳保民间瘟疫。"「不必真出希文，只是临文相借耳。○先是药局，次是修省，第三段方转出祈禳来。」仁宗天子准奏，急令翰林学士草诏一道，天子御笔亲书，「诏。」并降御香一炷，「香。」钦差内外提点殿前太尉洪信为天使，前往江西信州龙虎山，宣请嗣汉天师张真人星夜来朝祈禳瘟疫。就金殿上焚起御香，「香。」亲将丹诏付与洪太尉，「诏。」即便登程前去。

洪信领了圣敕，辞别天子，背了诏书，「诏。」盛了御香，「香。」带了数十人，上了铺马，一行部从，离了东京，取路径投信州贵溪县来。不止一日，「省。」来到江西信州，大小官员出郭迎接。随即差人报知龙虎山上清宫住持道众，准备接诏。「是日官员接诏，报知道众。」次日，众位官同送太尉到于龙虎山下。只见上清宫许多道众，鸣钟击鼓，香花灯烛，幢幡宝盖，一派仙乐，都下山来迎接丹诏。「次日官员送太尉，道众接诏。」直至上清宫前下马。当下，上至住持真人，下及道童侍从，前迎后引，接至三清殿上，请将诏书居中供养着。「上下前后，诏书居中，锦心绣口，随笔成妙。」洪太尉便问监宫真人道："天师今在何处？"住持真人向前禀道："好教太尉得知：这代祖师号曰'虚靖天师'，性好清高，倦于迎送，自向龙虎山顶结一茅庵，修真养性，由此不住本宫。"太尉道："目今天子宣诏，如何得见？"真人答道："容禀：诏敕权供在殿上，贫道等亦不敢开读。且请太尉到方丈献茶，再烦计议。"当时将丹诏供养在三清殿上，「诏。」与众官都到方丈。太尉居中坐下，执事人等献茶，就进斋供，水陆俱备。斋罢，太尉再问真人道："既然天师在山顶庵中，何不着人请将下来相见，开宣丹诏？"真人禀道："这代祖师虽在山顶，其实道行非常，能驾雾与云，踪迹不定。贫道等时常亦难得见，怎生教人请得下来？"太尉道："似此如何得见？目今京师瘟疫盛行，今上天子特遣下官赍捧御书丹诏，亲捧龙香，来请天师，要做三千六百分罗天大醮以禳天灾，救济万民。似此怎生奈何？"真人禀道："天子要救万民，只除是太尉办一点志诚心，「此语不独指祈禳瘟疫也。夫天子则岂有不要救万民者？天子要救万民，则岂有不倚托太尉

者？太尉若无诚心，则岂能救得万民者？太尉救不得万民，则岂能仰答天子者？语虽不多，而其指甚远，其斯以为真人也乎！ 斋戒沐浴，更换布衣，休带从人，自背诏书，焚烧御香，步行上山，礼拜叩请，天师方许得见。如若心不志诚，空走一遭，亦难得见。"太尉听说，道："俺从京师食素到此，如何心不志诚？既然恁地，依着你说，明日绝早上山。"当晚各自权歇。

次日五更时分，众道士起来备下香汤，请太尉起来沐浴。换了一身新鲜布衣，脚下穿上麻鞋草履，吃了素斋。取过丹诏，用黄罗包袱背在脊梁上，「诏。」手里提着银手炉，降降地烧着御香。「香。」许多道众人等送到后山，指与路径。真人又禀道："太尉要救万民，休生退悔之心，只顾志诚上去。"「总是教太尉以为天子救万民之要诀，非为今日请天师叮咛也。」太尉别了众人，口诵天尊宝号，纵步上山来。独自一个，行了一回，盘坡转径，揽葛攀藤。约莫走过了数个山头，三二里多路，看看脚酸腿软，正走不动，口里不说，肚里踌躇。心中想道："我是朝廷贵官，「丑话。○"朝廷贵官"四字，驱却无数英雄入水泊，此语却是此老说起。」在京师时，重茵而卧，列鼎而食，尚兀自倦怠，「妙语绝倒。○重茵列鼎，尚自倦息，何不以调元赞化而将息之？」何曾穿草鞋，走这般山路！知他天师在那里，却教下官受这般苦！"又行不到三五十步，掇着肩气喘，只见山凹里起一阵风。「写得出色。」风过处，向那松树背后，奔雷也似吼一声，「写得出色。」扑地跳出一只吊睛白额锦毛大虫来。「先写风，次写吼，次写大虫，只是一笔，便有多少段落。○初开簿第一条好汉。」洪太尉吃了一惊，叫声："阿呀！"「千载欺君卖国人收场最后语。」扑地望后便倒。那大虫望着洪太尉，左盘右旋，咆哮了一回，托地望后山坡下跳了去。洪太尉倒在树根底下，吓得三十六个牙齿捉对儿厮打；「奇句。」那心头一似十五个吊桶，七上八落地响；

「奇句。」浑身却如重风麻木，「奇句。」两腿一似斗败公鸡；「奇句。○四句，一句一样，皆奇绝之文。」口里连声叫苦。大虫去了一盏茶时，方才爬将起来，再收拾地上香炉，还把龙香烧着，「香。○何不写诏？诏在背上，定当如故也。」再上山来，务要寻见天师。又行过三五十步，口里叹了数口气，怨道："皇帝「四字连读始妙。重茵列鼎，尚自倦怠者，其胸中口中，每每有此四字也。」御限，差俺来这里，教我受这场惊恐！"说犹未了，只觉得那里又一阵风，「写得出色。」吹得毒气直冲将来。太尉定睛看时，山边竹藤里，簌簌地响，「写得出色。」抢出一条吊桶大小、雪花也似蛇来。「亦先写风，次写响，次写蛇。○开簿第二条好汉。」太尉见了，又吃一惊，撇了手炉，「香。○前无此有。」叫一声："我今番死也！"往后便倒在盘陀石边。但见那条大蛇，径抢到盘陀石边，朝着洪太尉盘做一堆，两只眼迸出金光，张开巨口，吐出舌头，喷那毒气在洪太尉脸上。惊得太尉三魂荡荡，七魄悠悠。那蛇看了洪太尉一回，望山下一溜，却早不见了。太尉方才爬得起来，说道："惭愧！惊杀下官！"看身上时，寒粟子比馉饳儿大小。「此非前详后略，正是从四句外，增出一句耳。」口里骂那道士："叵耐无礼，戏弄下官！教俺受这般惊恐！若山上寻不见天师，下去和他别有话说！"再拿了银提炉，「香。」整顿身上诏敕「诏。○前不及诏，此并及诏，都妙。」并衣服、巾帻，却待再要上山去。

正欲移步，「法变，不然，上去到几时了。」只听得松树背后，隐隐地笛声吹响，渐渐近来。太尉定睛看时，只见一个道童，倒骑着一头黄牛，横吹着一管铁笛，笑吟吟地正过山来。「一蛇一虎后，忽接入此段，笔墨变幻不可言。」洪太尉见了，便唤那个道童："你从那里来？认得我么？"「好货。」道童不睬，只顾吹笛。「写得妙极。」太尉连问数声。道童呵

呵大笑，拿着铁笛，指着洪太尉，﹝写得妙极。﹞说道："你来此间，莫非要见天师么？"太尉大惊，便道："你是牧童，如何得知？"﹝只合答云：你是太尉，如何得见？﹞道童笑道："我早间在草庵中伏侍天师，听得天师说道：'今上天子差个洪太尉赍擎丹诏御香到来山中，宣我往东京做三千六百分罗天大醮，祈禳天下瘟疫。我如今乘鹤驾云去也。'这早晚想是去了，不在庵中。你休上去，山内毒虫猛兽极多，恐伤害了你性命。"太尉再问道："你不要说谎？"道童笑了一声，也不回应，又吹着铁笛转过山坡去了。﹝写得妙极。﹞太尉寻思道："这小的如何尽知此事？想是天师分付他，一定是了。"﹝此四字写尽从来太尉自以为是。﹞欲待再上山去，方才惊唬得苦，争些儿送了性命，不如下山去罢。

太尉拿着提炉，﹝香。﹞再寻旧路，奔下山来。众道士接着，请至方丈坐下。真人便问太尉道："曾见天师么？"太尉说道："我是朝中贵官，如何教俺走得山路，吃了这般辛苦，争些儿送了性命！为头上至半山里，跳出一只吊睛白额大虫，惊得下官魂魄都没了；又行不过一个山嘴，竹藤里抢出一条雪花大蛇来，盘做一堆，拦住去路！若不是俺福分大，如何得性命回京？﹝好货。﹞尽是你这道众，戏弄下官！"真人复道："贫道等怎敢轻慢大臣！这是祖师试探太尉之心。本山虽有蛇虎，并不伤人。"﹝一部《水浒传》一百八人总赞。﹞太尉又道："我正走不动，方欲再上山坡，只见松树傍边，转出一个道童，骑着一头黄牛，吹着管铁笛，正过山来。我便问他：'那里来？识得俺么？'他道：'已都知了。'说天师分付，早晨乘鹤驾云往东京去了。下官因此回来。"真人道：

"太尉可惜错过！这个牧童正是天师！"「只说其一，不说其二。」太尉道："他既是天师，如何这等猥獕？"「此一句直兜至第七十回皇甫端相马之后，见一部所列一百八人，皆朝廷贵官嫌其猥獕，而失之于牝牡骊黄之外者也。○何独不言："既是天师，如何这等狰狞耶？"」真人答道："这代天师非同小可，虽然年幼，其实道行非常。他是额外之人，「一百八员，所谓额外之人也。」四方显化，极是灵验。世人皆称为道通祖师。"洪太尉道："我真如此有眼不识真师，当面错过！"真人道："太尉且请放心。既然祖师法旨道是去了，比及太尉回京之日，这场醮事，祖师已都完了。"太尉见说，方才放心。真人一面教安排筵宴管待太尉，请将丹诏收藏于御书匣内，留在上清宫中，「诏书毕。」龙香就三清殿上烧了。「龙香毕。」当日方丈内大排斋供，设宴饮酌。至晚席罢，止宿到晓。

次日早膳以后，真人、道众并提点执事人等请太尉游山。「天下本无事，游山游出来。」太尉大喜。许多人从跟随着，步行出方丈，前面两个道童引路，行至宫前宫后，看玩许多景致。三清殿上，富贵不可尽言。左廊下：九天殿，紫微殿，北极殿；右廊下：太乙殿，三官殿，驱邪殿。「以九天、紫微、北极、太乙、三官等殿，引出驱邪一殿；以驱邪一殿，引出伏魔一殿。」诸宫看遍，行到右廊后一所去处。洪太尉看时，另外一所殿宇：一遭都是捣椒红泥墙，正面两扇朱红槅子，门上使着胳膊大锁锁着，交叉上面贴着十数道封皮，封皮上又是重重叠叠使着朱印；檐前一面朱红漆金字牌额，上书四个金字，写道"伏魔之殿"。「写得怕人。○笔墨淋漓之至。」太尉指着问道："此殿是甚么去处？"真人答道："此乃是前代老祖天师锁镇伏魔之殿。"太尉又问道："如何上面重重叠叠贴着许多封皮？"真人答道："此是老祖大唐洞玄国师封锁魔王在此。

但是经传一代天师，亲手便添一道封皮，「奇想奇文。」使其子子孙孙不得妄开。走了魔君，非常利害。今经八九代祖师，誓不敢开。锁用铜汁灌铸，谁知里面的事？小道自来住持本宫，三十余年，也只听闻。」「妙。」洪太尉听了，心中惊怪，「先惊。」想道："我且试看魔王一看。"便对真人说道："你且开门来，我看魔王甚么模样。"真人禀道："太尉，此殿决不敢开。先祖天师叮咛告戒：今后诸人不许擅开。」「一禀。」太尉笑道：「次笑。」"胡说！你等要妄生怪事，煽惑良民，故意安排这等去处，假称锁镇魔王，显耀你们道术。我读一鉴之书，「好东西，好文法。」何曾见锁魔之法？神鬼之道，处隔幽冥，我不信有魔王在内。快快与我打开，我看魔王如何。"真人三回五次禀说："此殿开不得，恐惹利害，有伤于人。"「又禀。」太尉大怒，「次怒。」指着道众说道："你等不开与我看，回到朝廷，先奏你们众道士阻挡宣诏、违别圣旨、不令我见天师的罪犯；「看他随口诌出人罪案来，前后太尉一辙也。」后奏你等私设此殿，假称锁镇魔王，煽惑军民百姓。把你都追了度牒，刺配远恶军州受苦！"「后来许多刺配军州，只照前官律断。」

真人等惧怕太尉权势，「真人犹怕太尉权势，况其他哉！」只得唤几个火工道人来，先把封皮揭了，将铁锤打开大锁。众人把门推开，一齐都到殿内，黑洞洞不见一物。太尉教从人取十数个火把点着，将来打一照时，四边并无一物，只中央一个石碣，约高五六尺，下面石龟趺坐，大半陷在泥里。「一部大书七十回，以石碣起，以石碣止，奇绝。」○"碣"字俗本讹作"碑"字。照那石碣上时，前面都是龙章凤篆，天书符箓，人皆不识。「与第七十回一样作章法。」照那背后时，却有四个真字大书，凿着"遇洪而开"。「奇事奇文。」

洪太尉看了这四个字，大喜，「次又喜。」便对真人说道："你等阻挡我，却怎地数百年前已注定我姓字在此？'遇洪而开'，分明是教我开，看却何妨？我想这个魔王都只在石碣底下。汝等从人与我多唤几个火工人等，将锄头铁锹来掘开。"真人慌忙禀道："太尉，不可掘动，恐有利害，伤犯于人，不当稳便！"「又禀。」太尉大怒，「次又怒。」喝道："你等道众省得甚么！碣上分明凿着遇我教开，你如何阻挡？快与我唤人来开！"真人又三回五次禀道："恐有不好。"太尉那里肯听？「详书真人一禀、再禀、又禀、又禀者，以深明天罡地煞出世之不容易也。」只得聚集众人，先把石碣放倒，一齐并力掘那石龟，半日方才掘得起。又掘下去，只有三四尺深，见一片大青石板，可方丈围。「石碣之下石龟，石龟之下石板，写得郑重之至。」洪太尉叫再掘起来。真人又苦禀道："不可掘动！"「掘到石板，又复苦禀，写得郑重之至。」太尉那里肯听！众人只得把石板一齐扛起，看时，石板底下，却是一个万丈深浅地穴。只见穴内刮剌剌一声响亮，那响非同小可。响亮过处，只见一道黑气，从穴里滚将起来，掀塌了半个殿角。那道黑气，直冲到半天里，空中散作百十道金光，望四面八方去了。「骇人之笔。○他日有称"我"者，有称"俺"者，有称"小可"者，有称"洒家"者，有称"我老爷"者，皆是此句化开。」众人吃了一惊，发声喊，撇下锄头铁锹，尽从殿内奔将出来，推倒撷翻无数。惊得洪太尉目睁口呆，罔知所措，面色如土。奔到廊下，只见真人向前叫苦不迭。

太尉问道："走了的却是甚么妖魔？"真人道："太尉不知，此殿中，当初是老祖天师洞玄真人传下法符，嘱付道：'此殿内镇锁着三十六员天罡星、七十二座地煞星，共是一百单八个魔君在里面。上立石碣，凿着龙章凤篆姓

名，镇住在此。「楔者，以物出物之谓。此篇因请天师，误开石碣，所谓"楔"也。俗本不知，误入正书，失之远矣。」若还放他出世，必恼下方生灵。'如今太尉放他走了，怎生是好！"当时洪太尉听罢，浑身冷汗，捉颤不住，急急收拾行李，引了从人下山回京。真人并道众送官已罢，自回宫内修整殿宇，竖立石碣。不在话下。「了。」

再说洪太尉在途中分付从人，教把走妖魔一节休说与外人知道，恐天子知而见责。「画出太尉。」于路无话，星夜回至京师。进得汴梁城，闻人所说：「只闻人说足矣，不必铺叙醮事也。」"天师在东京禁院做了七昼夜好事，普施符箓，禳救灾病，瘟疫尽消，军民安泰。天师辞朝，乘鹤驾云，自回龙虎山去了。"「省。」洪太尉次日早朝，见了天子，奏说："天师乘鹤驾云，先到京师；臣等驿站而来，才得到此。"仁宗准奏，赏赐洪信，复还旧职。「瘟疫亦楔也，醮事亦楔也，天师亦楔也，太尉亦楔也。既已楔出三十六员天罡、七十二座地煞矣，便随手收拾，不复更用也。」亦不在话下。

后来仁宗天子在位共四十二年晏驾，无有太子，传位濮安懿王允让之子，太宗皇帝的孙，「为前传位御弟太宗句吐气，此传外别传之法也。」立帝号曰英宗。在位四年，传位与太子神宗。神宗在位一十八年，传位与太子哲宗。那时天下太平，「一部大书数万言，却以"天下太平"四字起，"天下太平"四字止，妙绝。」四方无事。

且住！若真个太平无事，今日开书演义，又说着些甚么？「忽然掉笔一转，转出一部大书来。」看官不要心慌，此只是个楔子，下文便有：

王教头私走延安府，　　九纹龙大闹史家村。

史大郎夜走华阴县，　　鲁提辖拳打镇关西。

赵员外重修文殊院，　　　鲁智深大闹五台山。

小霸王醉入销金帐，　　　花和尚大闹桃花村。

九纹龙剪径赤松林，　　　鲁智深火烧瓦官寺。

花和尚倒拔垂杨柳，　　　豹子头误入白虎堂。

林教头刺配沧州道，　　　鲁智深大闹野猪林。

柴进门招天下客，　　　　林冲棒打洪教头。

林教头风雪山神庙，　　　陆虞候火烧草料场。

朱贵水亭施号箭，　　　　林冲雪夜上梁山。

梁山泊林冲落草，　　　　汴京城杨志卖刀。

急先锋东郭争功，　　　　青面兽北京斗武。

赤发鬼醉卧灵官殿，　　　晁天王认义东溪村。

吴学究说三阮撞筹，　　　公孙胜应七星聚义。

杨志押送金银担，　　　　吴用智取生辰纲。

花和尚单打二龙山，　　　青面兽双夺宝珠寺。

美髯公智稳插翅虎，　　　宋公明私放晁天王。

林冲水寨大并火，　　　　晁盖梁山小夺泊。

梁山泊义士尊晁盖，　　　郓城县月夜走刘唐。

虔婆醉打唐牛儿，　　　　宋江怒杀阎婆惜。

阎婆大闹郓城县，　　　　朱仝义释宋公明。

横海郡柴进留宾，	景阳冈武松打虎。
王婆贪贿说风情，	郓哥不忿闹茶肆。
王婆计啜西门庆，	金莲药鸩武大郎。
偷骨殖何九送丧，	报兄仇武二设祭。
孙二娘孟州道开黑店，	武都头十字坡遇张青。
武松威镇安平寨，	施恩再夺快活林。
施恩重霸孟州道，	武松醉打蒋门神。
施恩三入死囚牢，	武松大闹飞云浦。
张都监血溅鸳鸯楼，	武行者夜走蜈蚣岭。
武行者醉打孔亮，	锦毛虎义释宋江。
宋江夜看小鳌山，	花荣大闹清风寨。
镇三山大闹青州道，	霹雳火夜走瓦砾场。
石将军村店寄书，	小李广梁山射雁。
梁山泊吴用举戴宗，	揭阳岭宋江逢李俊。
没遮拦追赶及时雨，	船火儿夜闹浔阳江。
及时雨会神行太保，	黑旋风斗浪里白条。
浔阳楼宋江吟反诗，	梁山泊戴宗传假信。
梁山泊好汉劫法场，	白龙庙英雄小聚义。
宋江智取无为军，	张顺活捉黄文炳。

还道村受三卷天书，　　宋公明遇九天玄女。

假李逵剪径劫单人，　　黑旋风沂岭杀四虎。

锦豹子小径逢戴宗，　　病关索长街遇石秀。

杨雄醉骂潘巧云，　　　石秀智杀裴如海。

病关索大闹翠屏山，　　拼命三火烧祝家店。

扑天雕两修生死书，　　宋公明一打祝家庄。

一丈青单捉王矮虎，　　宋公明二打祝家庄。

解珍解宝双越狱，　　　孙立孙新大劫牢。

吴学究双掌连环计，　　宋公明三打祝家庄。

插翅虎枷打白秀英，　　美髯公误失小衙内。

李逵打死殷天锡，　　　柴进失陷高唐州。

戴宗二取公孙胜，　　　李逵独劈罗真人。

入云龙斗法破高廉，　　黑旋风下井救柴进。

高太尉大兴三路兵，　　呼延灼摆布连环马。

吴用使时迁盗甲，　　　汤隆赚徐宁上山。

徐宁教使钩镰枪，　　　宋江大破连环马。

三山聚义打青州，　　　众虎同心归水泊。

吴用赚金铃吊挂，　　　宋江闹西岳华山。

公孙胜芒砀山降魔，　　晁天王曾头市中箭。

吴用智赚玉麒麟,	张顺夜闹金沙渡。
放冷箭燕青救主,	劫法场石秀跳楼。
宋江兵打大名城,	关胜议取梁山泊。
呼延灼月夜赚关胜,	宋公明雪天擒索超。
托塔天王梦中显圣,	浪里白条水上报冤。
时迁火烧翠云楼,	吴用智取大名府。
宋江赏马步三军,	关胜降水火二将。
宋公明夜打曾头市,	卢俊义活捉史文恭。
东平府误陷九纹龙,	宋公明义释双枪将。
没羽箭飞石打英雄,	宋公明弃粮擒壮士。
忠义堂石碣受天文,	梁山泊英雄大排座。

一部七十回正书，一百四十句题目，有分教：宛子城中藏虎豹，蓼儿洼内聚蛟龙。毕竟如何缘故，且听初回分解。

【第一回】

王教头私走延安府

九纹龙大闹史家村

　　一部大书七十回，将写一百八人也，乃开书未写一百八人，而先写高俅者，盖不写高俅，便写一百八人，则是乱自下生也；不写一百八人，先写高俅，则是乱自上作也。乱自下生，不可训也，作者之所必避也；乱自上作，不可长也，作者之所深惧也。一部大书七十回而开书先写高俅，有以也。

　　高俅来而王进去矣。王进者，何人也？不坠父业，善养母志，盖孝子也。吾又闻古有"求忠臣必于孝子之门"之语，然则王进亦忠臣也。孝子忠臣，则国家之祥麟威凤、圆璧方珪者也。横求之四海而不一得之，竖求之百年而不一得之。不一得之而忽然有之，则当尊之，荣之，长跽事之。必欲骂之，打之，至于杀之，因逼去之，是何为也！王进去而一百八人来矣。

　　则是高俅来，而一百八人来矣。王进去后，更有史进。史者，史也，寓言稗史亦史也。夫古者史以记事，今稗史所记何事？殆记一百八人之事也。记一百八人之事，而亦居然谓之史也。何居？从来庶人之议皆史也。庶人则何敢议也？庶人不敢议也。庶人不敢议而又议，何也？天下有道，然后庶人不议也。今则庶人议矣。何用知其天下无道？曰：王进去而高俅来矣。

　　史之为言史也，固也。进之为言何也？曰：彼固自许，虽稗史然已进于史也。史进之为言进于史，固也。王进之为言何也？曰：必如此人，庶几圣人在上，可教而进之于王道也。必如王进，然后可教而进之于王道，然则彼一百八人也者，固王道之所必诛也。

　　一百八人则诚王道所必诛矣，何用见王进之庶几为圣人之民？曰：不坠父业，善养母志，犹其可见者也。更有其不可见者，如点名不到，不见其首也；一去延安，不见其尾也。无首无尾者，其犹神龙欤？诚使彼一百八人者尽出于此，吾以知其免耳，而终不之及也。一百八人终不之及，夫而后知王进之难能也。

　　不见其首者，示人乱世不应出头也；不见其尾者，示人乱世决无收场也。

　　一部书七十回，一百八人，以天罡第一星宋江为主，而先做强盗者，乃是地煞第一星朱武。虽作者笔力纵横之妙，然亦以见其逆天而行也。

次出跳涧虎陈达，白花蛇杨春，盖隐括一部书七十回一百八人为虎为蛇，皆非好相识也。何用知其为是隐括一部书七十回一百八人？曰：楔子所以楔出一部，而天师化现恰有一虎一蛇，故知陈达、杨春是一百八人之总号也。

话说故宋哲宗皇帝在时，其时去仁宗天子已远，〔只是顺手从楔子写来，却将从来国步升降、天运循环，一笔提尽，使读者便有"上失其道，民散久矣"之痛也。〕东京开封府汴梁宣武军便有一个浮浪破落户子弟，〔开书第一样脚色。作书者盖深著破国亡家、结怨连祸之皆由是辈始也。○言子弟则有为之父兄者矣，失教之罪，谁实任之？〕姓高，排行第二，自小不成家业，只好刺枪使棒，最是踢得好脚气毬。京师人口顺，不叫高二，却都叫他做"高毬"。后来发迹，便将气毬那字去了"毛"傍，添作"立人"，便改作姓高，名俅，〔"毛"傍者，何物也？而居然自以为立人，人亦以而立之。盖当时诸公衮衮者，皆是也。○奇绝之文。〕这人吹弹歌舞，刺枪使棒，相扑顽耍，亦胡乱学诗书词赋；若论仁义礼智、信行忠良，却是不会。〔甚矣，诗书词赋之易，而仁义礼智、信行忠良之难也，观于高俅，不其然乎！〕只在东京城里城外帮闲。因帮了一个生铁王员外儿子使钱，〔生铁之子未有不使钱者，可笑可叹。〕每日三瓦两舍，风花雪月；被他父亲开封府里告了一纸文状，府尹把高俅断了二十脊杖，迭配出界发放，东京城里人民不许容他在家宿食。〔极写高俅狼狈，以深恶之也。○不容他在家，却容他在朝，天实为之，谓之何哉！〕高俅无计奈何，只得来淮西临淮州，投奔一个开赌坊的闲汉柳大郎，名唤柳世权。他平生专好惜客养闲人，招纳四方干隔涝汉子。〔奇句。〕

高俅投托得柳大郎家，一住三年。〔一路以年计，以月计，以日计，皆史公章法。○一住三年。〕后来哲宗天子因拜南郊，感得风调雨顺，放宽恩，大赦天下。那高俅在临淮州因得了赦

宥罪犯，思量要回东京。这柳世权却和东京城里金梁桥下开生药铺的董将仕是亲戚，写了一封书札，收拾些人事盘缠，赍发高俅回东京，投奔董将仕家过活。

当时高俅辞了柳大郎，背上包裹，离了临淮州，迤逦回到东京，径来金梁桥下董生药家下了这封书。董将仕一见高俅，看了柳世权来书，「如画。」自肚里寻思道："这高俅，我家如何安着得他？「看他处处安着不得，与府尹所断，如出一口。」若是个志诚老实的人，可以容他在家出入，也教孩儿们学些好。他却是个帮闲的破落户，没信行的人，亦且当初有过犯来，被断配的人，旧性必不肯改。若留住在家中，倒惹得孩儿们不学好了。待不收留他，又撇不过柳大郎面皮。"当时只得权且欢天喜地相留在家宿歇，每日酒食管待。「曲折之笔。」住了十数日，「住了十数日。」董将仕思量出一个路数，将出一套衣服，「细甚妙甚！不然，送配回来人，如何可见小苏学士去？」写了一封书简，对高俅说道："小人家下萤火之光，照人不亮，恐后误了足下。我转荐足下与小苏学士处，「苏学士也，而又曰小，彼何人斯也？」久后也得个出身。足下意内如何？"高俅大喜，谢了董将仕。董将仕使个人将着书简，引领高俅径到学士府内，门吏转报，小苏学士出来见了高俅，看了来书，知道高俅原是帮闲浮浪的人，心下想道："我这里如何安着得他？「又与将仕如出一口，见天下不容也。」不如做个人情，荐他去驸马王晋卿府里做个亲随。人都唤他做小王都太尉，「王太尉也，而亦曰小，彼何人斯也？」他便欢喜这样的人。"当时回了董将仕书札，留高俅在府里住了一夜。「住一夜。」次日，写了一封书呈，使个干人送高俅去那小王都太尉处。这太尉乃是哲宗皇帝妹夫，神宗皇帝的驸马。他喜爱风流人物，正用这样的人。一见小苏学士差人持书送这高俅来，拜见了便喜。随即写回书，收留高俅在府内做个亲随。自此，高俅遭际在王都尉府中，出入如同家人一般。〔忽作一结结住，下又另起，文字顿挫有法。〕自古道："日远日疏，日亲日近。"忽一日，〔省，而笔势突兀可喜。〕小王都太尉庆诞生辰，分付府中安排筵宴，专请小舅端王。〔小苏学士、小王太尉、小舅端王，嗟乎！既已群小相聚矣，高俅即欲不得志，亦岂可得哉！〕这端王乃是神宗天子第十一子，哲宗皇帝御弟，见掌东驾，排号九大王，是个聪明俊俏人物。这浮浪子弟门风帮闲之事，无一般不晓，无一般不会，更无一般不爱。〔诚乃巍巍圣德。〕即如琴棋书画，无所不通；〔一样省文笔法。〕踢毬打弹，品竹调丝，吹弹歌舞，自不必说。〔又一样省文笔法。〕

当日王都尉府中准备筵宴，水陆俱备。请端王居中坐定，太尉对席相陪。酒进数杯，食供两套，那端王起身净手，偶来书院里少歇，猛见书案上一对儿羊脂玉碾成的镇纸狮子，极是做得好，细巧玲珑。〔凭空忽然生出。〕端王拿起狮子，不落手看了一回道："好！"王都尉见端王心爱，便说道："再有一个玉龙笔架，也是这个匠人一手做的，〔忽然生出狮子，又忽然陪出笔架，狮子实，笔架虚，极文章之致也。〕却不在手头，明日取来，一并相送。"端王大喜道："深谢厚意。想那笔架必是更妙。"〔不赞狮子，却赞笔架，而已赞狮子之极矣。笔法妙不可言。〕王都尉道："明日取出来送至宫中便见。"端王又谢了。两个依旧入席，饮宴至暮，尽醉方散。〔了。〕端王相别回宫去了。

次日，小王都太尉取出玉龙笔架和两个镇纸玉狮子，着一个小金盒子盛了，〔又陪一色。〕用黄罗包袱包了，〔又陪一色。〕写了一封书呈，却使高俅送去。〔一路都是申荐，此行却是突然，令读者出于意外。〕高俅领了王都尉钧旨，将着两般玉玩器，怀中揣了书呈，径投端王宫中来。把门官吏转报与院公。没多时，院公出来问："你是那个

府里来的人？"高俅施礼罢，答道："小人是王驸马府中特送玉玩器来进大王。"院公道："殿下在庭心里和小黄门踢气毬，〔贤士大夫，军国重事！〕你自过去。"高俅道："相烦引进。"院公引到庭门。高俅看时，见端王头戴软纱唐巾，身穿紫绣龙袍，腰系文武双穗绦，把绣龙袍前襟拽扎起，揣在绦儿边〔毬身分，奇妙之极。〕，足穿一双嵌金线飞凤靴；三五个小黄门相伴着蹴气毬。〔横嵌一句在绦下靴上，写出踢〕〔活画出来。〕

高俅不敢过去冲撞，立在从人背后伺候。也是高俅合当发迹，时运到来，那个气毬腾地起来，端王接个不着，向人丛里直滚到高俅身边，〔奇想奇文，淋漓跳跃。〕那高俅见气毬来，也是一时的胆量，使个"鸳鸯拐"踢还端王。〔奇想奇文。〕端王见了大喜，便问道："你是甚人？"高俅向前跪下道："小的是王都尉亲随。受东人使令，赍送两般玉玩器来进献大王。有书呈在此拜上。"〔姓名不作一句出。〕端王听罢，笑道："姐夫直如此挂心！"高俅取出书呈进上。端王开盒子看了玩器，都递与堂候官收了去。

那端王且不理玉玩器下落，却先问高俅道："你原来会踢气毬。你唤做甚么？"〔玩器亦楔子也，既已楔出气毬，便略而不论矣。〕高俅叉手跪复道："小的叫做高俅，〔始出姓名。〕胡乱踢得几脚。"端王道："好，你便下场来踢一回耍。"〔进身之易如此，皆天为之也。〕高俅拜道："小的是何等样人，敢与恩王下脚！"端王道："这是'齐云社'，名为'天下圆'，〔奇句〕但踢何伤。"高俅再拜道："怎敢！"三回五次告辞，端王定要他踢，高俅只得叩头谢罪，解膝下场。才踢几脚，端王喝采，〔先引一笔，下乃极写之。〕高俅只得把平生本事都使出来奉承端王：那身分、模样，〔"那身分"是一段，"这气毬"是一段，今下一段便似鳔胶粘住矣。上一段却忽然从半句虚歇住，盖不忍言之也。〕这气毬一似鳔胶粘在身上的！端王大喜，那里肯放高俅回府去，就留在宫中过了一夜。〔过了一夜。〕次日，排个筵会，专请王都尉宫中赴宴。

却说王都尉当日晚不见高俅回来，正疑思间，〔固非王都尉之所料也。〕只见次日门子报道："九大王差人来传令旨，请太尉到宫中赴宴。"王都尉出来见了干人，看了令旨，随即上马，来到九大王府前下马，入宫来见了端王。端王大喜，称谢两般玉玩器。〔只略带。〕入席饮宴间，端王说道："这高俅〔特致其辞。〕踢得两脚好气毬，孤欲索此人做亲随，如何？"王都尉答道："殿下既用此人，就留在宫中伏侍殿下。"端王欢喜，执杯相谢，二人又闲话一回。至晚席散，王都尉自回驸马府去。不在话下。〔了。○都尉亦楔子也，既已楔出端王，便亦略而不论也。〕

且说端王自从索得高俅做伴之后，留在宫中宿食。高俅自此遭际端王，每日跟着，寸步不离。〔忽又作一结结住，下又另起，文字顿挫有法。〕未及两个月，〔未及两个月。〕哲宗皇帝晏驾，无有太子，文武百官商议，册立端王为天子，立帝号曰徽宗，便是玉清教主微妙道君皇帝。〔大书"玉清"一号，以吊动天罡、地煞也。〕登基之后，一向无事。忽一日，与高俅道：〔"一向无事"者，无所事于天下也。"忽一日与高俅道"者，天下从此有事也。作者于道君皇帝每多微辞焉，如此类是也。〕"朕欲要抬举你，但有边功方可升迁。先教枢密院与你入名，只是做随驾迁转的人。"后来没半年之间，直抬举高俅做到殿帅府太尉职事。〔没半年间。〕

高俅得做太尉，选拣吉日良辰去殿帅府里到任。所有一应合属公吏、衙将、都军、监军、马步人等，尽来参拜，各呈手本，开报花名。高殿帅一一点过，于内只欠一名八十万禁军教头王进，〔开书第一筹人物，却似神龙无首，写得妙绝。〕半月之前，已有病状在官，患病未痊，不曾入衙门管事。高殿帅大怒，喝道："胡说！

既有手本呈来，却不是那厮抗拒官府，搪塞下官？此人即系推病在家！快与我拿来！"随即差人到王进家来，捉拿王进。

且说这王进却无妻子，只有一个老母，〔二语是一部大书门面家风，读者须要处处着眼。〕年已六旬之上。牌头与教头王进说道："如今高殿帅新来上任，点你不着，军正司禀说染患在家，见有病患状在官。高殿帅焦躁，那里肯信？定要拿你，只道是教头诈病在家。教头只得去走一遭，若还不去，定连累小人了。"王进听罢，只得捱着病来。进得殿帅府前，参见太尉，拜了四拜，躬身唱个喏，起来立在一边。高俅道："你那厮便是都军教头王昇的儿子？"〔轻轻生出王昇，以为衔怨之由。读之，但见其出笔之突兀，不知其用笔之轻妙也。〕王进禀道："小人便是。"高俅喝道："这厮！你爷是街市上使花棒卖药的，〔可骇。〕你省得甚么武艺？前官没眼，参你做个教头，如何敢小觑我，不伏俺点视！你托谁的势要推病在家安闲快乐？"〔句句骂王进，句句映高俅，妙绝。〕王进告道："小人怎敢！其实患病未痊。"高太尉骂道："贼配军！你既害病，如何来得？"〔小人偏有口给。〕王进又告道："太尉呼唤，安敢不来。"高殿帅大怒，喝令："左右！拿下！加力与我打这厮！"众多牙将都是和王进好的，只得与军正司同告道："今日是太尉上任好日头，权免此人这一次。"〔得此一笔，便令王进为无瑕之璧，不似后文众人身犯刑法。〕高太尉喝道："你这贼配军！且看众将之面，饶恕你今日，明日却和你理会！"王进谢罪罢，起来抬头看了，认得是高俅。出得衙门，叹口气道："俺的性命今番难保了！俺道是甚么高殿帅，却原来正是东京帮闲的圆社高二！〔看他文字，极尽起抑跌顿之妙。〕比先时曾学使棒，被我父亲一棒打翻，三四个月将息不起。有此之仇。〔不惟注明，兼令高俅本事出丑，又见宋时军功可笑。〕他今日发迹，得做殿帅府太尉，正待要报仇。我

008

不想正属他管！自古道：'不怕官，只怕管。'俺如何与他争得？怎生奈何是好？"回到家中，闷闷不已。对娘说知此事，母子二人抱头而哭。〔写王进全是孺子之色，不作英雄身分。○一"母子二人"。〕娘道："我儿，'三十六着，走为上着'。只恐没处走！"〔为一百八人脑后下针。〕王进道："母亲说得是。儿子寻思，也是这般计较。只有延安府老种经略相公镇守边庭，他手下军官多有曾到京师的，爱儿子使枪棒，何不逃去投奔他们？那里是用人去处，足可安身立命。"〔普天下想来，只此一处，读之，令我想，令我哭！〕当下子母二人〔二"子母二人"。〕商议定了。其母又道："我儿，和你要私走，只恐门前两个牌军，是殿帅府拨来伏侍你的，他若得知，须走不脱。"王进道："不妨，母亲放心，儿子自有道理措置他。"

当下日晚未昏，王进先叫张牌入来，〔张牌。〕分付道："你先吃了些晚饭，我使你一处去干事。"张牌道："教头使小人那里去？"王进道："我因前日病患，许下酸枣门外岳庙里香愿，明日早要去烧炷头香。你可今晚先去分付庙祝，教他来日早些开庙门，等我来烧炷头香，就要三牲献刘、李王。你就庙里歇了等我。"张牌答应，先吃了晚饭，叫了安置，望庙中去了。〔一个去了。〕当夜子母二人〔三"子母二人"。〕收拾了行李衣服，细软银两，做一担儿打挟了。〔担。〕又装两个料袋袱驮，拴在马上的。〔马。〕等到五更，天色未明，〔五更天色未明。〕王进叫起李牌，〔李牌。〕分付道："你与我将这些银两去岳庙里和张牌买个三牲煮熟，在那里等候。我买些纸烛，随后便来。"李牌将银子望庙中去了。〔又一个去了。〕王进自去备了马，〔马。〕牵出后槽，将料袋袱驮搭上，把索子拴缚牢了，牵在后门外，扶娘上了马。〔孝子如画。〕家中粗重都弃了，〔照前"细软"二字。〕锁上前后门，

挑了担儿，「担。」跟在马后。「孝子如画。」趁五更天色未明，乘势出了西华门，「不出酸枣门。」取路望延安府来。「也去了。」

且说两个牌军买了福物煮熟，在庙等到巳牌，「巳牌。」也不见来。李牌心焦，走回到家中寻时，「一个来。」见锁了门，两头无路。寻了半日，「半日。」并无有人。看看待晚。「晚。」岳庙里张牌疑忌，一直奔回家来，「又一个来。」又和李牌寻了一黄昏。看看黑了，「黄昏。」两个见他当夜不归，「一夜。」又不见了他老娘。次日，两个牌军又去他亲戚之家访问，「次日。○两个去。」亦无寻处。两个恐怕连累，只得去殿帅府首告："王教头弃家在逃，子母不知去向。"「两个来。」高太尉见告，大怒道："贼配军在逃，看那厮待走那里去！"随即押下文书，行开诸州各府捉拿逃军王进。二人首告，免其罪责。「此自是王进传耳，与彼二人亦复何涉，只如是省去好。」不在话下。

且说王教头子母二人「四"子母二人"。」自离了东京，免不得饥餐渴饮，夜住晓行。在路一月有余。「省。」忽一日，天色将晚，王进挑着担儿跟在娘的马后，口里与母亲说道："天可怜见！惭愧了我子母两个，「五"子母二人"。」脱了这天罗地网之厄！此去延安府不远了，高太尉便要差人拿我也拿不着了！"子母二人欢喜，「一段为错过宿头作地耳，却宛然一幅孝子慈母行乐图也。○六"子母二人"。」在路上不觉错过了宿头，"走了这一晚，不遇着一处村坊，那里去投宿是好？"正没理会处，只见远远地林子里闪出一道灯光来。「迤逦生出事情来。」王进看了，道："好了！遮莫去那里陪个小心，借宿一宵，明日早行。"当时转入林子里来看时，却是一所大庄院，一周遭都是土墙，墙外却有二三百株大柳树。「先写柳树。」当时王教头来到庄前，敲门多时，只

见一个庄客出来。王进放下担儿，[放担。〇敲门多时，犹未放担，写赶路情景如画。] 与他施礼。庄客道："来俺庄上有甚事？"王进答道："实不相瞒，小人母子二人 [七"母子二人"。] 贪行了些路程，错过了宿店，来到这里，前不巴村，后不巴店，欲投贵庄借宿一宵，明日早行。依例拜纳房金。万望周全方便！"庄客道："既是如此，且等一等，待我去问庄主太公，肯时，但歇不妨。"王进又道："大哥方便。"庄客入去多时，出来说道："庄主太公教你两个入来。"王进请娘下了马。王进挑着担儿，就牵了马，[孝子如画。] 随庄客到里面打麦场上，[先写打麦场。] 歇下担儿，把马拴在柳树上。[一路曲曲写担写马，妙绝！] 子母二人，[八"子母二人"。] 直到草堂上来见太公。

那太公年近六旬之上，须发皆白，头戴遮尘暖帽，身穿直缝宽衫，腰系皂丝绦，足穿熟皮靴。王进见了便拜。太公连忙道："客人休拜！你们是行路的人，辛苦风霜，且坐一坐。"王进子母二人 [九"子母二人"。] 叙礼罢，都坐定。太公问道："你们是那里来的？如何昏晚到此？"王进答道："小人姓张，[第一个姓张人。] 原是京师人。今来消折了本钱，无可营用，要去延安府投奔亲眷。不想今日路上贪行了程途，错过了宿店。欲投贵庄假宿一宵，来日早行。房金依例拜纳。"太公道："不妨。如今世上人那个顶着房屋走哩？你母子二位 [十"母子二人"。] 敢未打火？"叫庄客安排饭来。

没多时，就厅上放开条桌子。庄客托出一桶盘，四样菜蔬、一盘牛肉，铺放桌上，先烫酒来筛下。[只如此，妙。] 太公道："村落中无甚相待，休得见怪。"王进起身谢道："小人子母 [十一"子母二人"。] 无故相扰，此恩难报。"太公道："休这般说，且请吃酒。"一面劝了五七杯酒，搬出饭来，[只如此，妙。] 二人吃

了，收拾碗碟，太公起身，引王进子母到客房里安歇。王进告道："小人母亲骑的头口，相烦寄养，草料望乞应付，一并拜酬。"「一路写马，至此将马忽作一收。」太公道："这个不妨。我家也有头口骡马，教庄客牵出后槽，一发喂养。"「后文水穷云起，全伏此语作线。」王进谢了，挑那担儿到客房里来。「一路写担，至此将担亦忽作一收。」庄客点上灯火，一面提汤来洗了脚。太公自回里面去了。王进子母二人「十二"子母二人"。」谢了庄客，掩上房门，收拾歇息。「写得精细之至。」

次日，睡到天晓，不见起来。庄主太公来到客房前过，听得王进老母在房中声唤。「欲便接史进，而嫌其突也，又作迁延以少迟之，真乃文生情，情生文，极笔墨摇曳之妙也。」太公问道："客官失晓，好起了。"王进听得，慌忙出房来，见太公施礼，说道："小人起多时了。夜来多多搅扰，甚是不当。"「偏与听得声唤不接，妙！」太公问道："谁人如此声唤？"王进道："实不相瞒太公说，老母鞍马劳倦，昨夜心疼病发。"太公道："即然如此，客人休要烦恼，教你老母且在老夫庄上住几日。我有个医心疼的方，叫庄客去县里撮药来与你老母亲吃。教他放心，慢慢地将息。"「庄主何曾有心疼方？只因如此，便好迁延转出史进来耳。」王进谢了。

话休絮烦。自此，王进子母二人「十三"子母二人"。」在太公庄上服药，住了五七日，觉道母亲病患痊了，王进收拾要行。「行文至此，路绝矣，无转处矣！」当日因来后槽看马，只见空地上一个后生脱膊着，刺着一身青龙，银盘也似一个面皮，约有十八九岁，拿条棒在那里使。「何意一转，有此炫烂之文，令人耳目骇动也！」王进看了半晌，不觉失口道："这棒也使得好了，「高眼慈心，有此失口。」只是有破绽，赢不得真好汉。"那后生听得大怒，喝道："你是甚么人，敢来笑话我的本事！俺经了七八个有名的师父，我不信倒不如你，你敢和我扠一扠么？"说犹未了，太公到来，喝那后生："不得无礼！"那后生道："叵耐这厮笑话我的棒法！"太公道："客人莫不会使枪棒？"王进道："颇晓得些。敢问长上，这后生是宅上何人？"太公道："是老汉的儿子。"王进道："既然是宅内小官人，若爱学时，小人点拨他端正如何？"［全是高眼慈心，亦复儒者气象。］太公道："恁地时十分好。"便教那后生来拜师父。那后生那里肯拜？［此处写史进负气，正令后文纳头便拜出色。］心中越怒道："阿爹，休听这厮胡说！若吃他赢得我这条棒时，我便拜他为师！"王进道："小官人若是不当村时，较量一棒耍子。"那后生就空地当中把一条棒使得风车儿似转，向王进道："你来！你来！怕你不算好汉！"［写史进负气，可笑。］王进只是笑，不肯动手。［写王进全是儒者气象，妙妙。］太公道："客官，既是肯教小顽时，使一棒，何妨？"王进笑道："恐冲撞了令郎时，须不好看。"太公道："这个不妨。若是打折了手脚，也是他自作自受。"王进道："恕无礼！"去枪架上［四字妙！盖王进此来，不曾带棒，打麦场上，又无第二棒也。］拿了一条棒在手里，来到空地上使个旗鼓。［名家自有家数，妙绝！］那后生看了一看，拿条棒滚将入来，径奔王进。［写史进负气，好笑。］王进托地拖了棒便走，［不是寻常家数。］那后生抢着棒又赶入来。［史进好笑。］王进回身把棒望空地里劈将下来，［不是寻常家数。］那后生见棒劈来，用棒来隔。［史进好笑。］王进却不打下来，将棒一掣，却望后生怀里直搠将来。只一缴，［不是寻常家数，妙。○只一棒法写得便如生龙活虎，此岂书生笔墨之所及耶！］那后生的棒丢在一边，扑地望后倒了。［史进好笑。○写史进，便活写出不经事后生来。］王进连忙撇了棒，向前扶住，［又妙，全是儒者气象。］道："休怪，休怪！"那后生爬将起来，便去傍边掇条凳子纳王进坐，便拜道："我枉自经了许多师家，原来不值半分！师父，没奈何，只得请教！"［妙绝史进，快绝史进！令人有生子当如

【九纹龙之叹也。○没奈何只得五字，史进负气语。】王进道："我母子二人【十四"母子二人"。】连日在此搅扰宅上，无恩可报，当以效力。"

太公大喜，教那后生穿了衣裳，【与脱衣照。】一同来后堂坐下。叫庄客杀一个羊，安排了酒食果品之类，【与前不同。】就请王进的母亲一同赴席。四个人坐定，一面把盏。太公起身劝了一杯酒，【与前不同。】说道："师父如此高强，必是个教头，小儿'有眼不识泰山'。"王进笑道："'奸不厮欺，俏不厮瞒。'小人不姓张，俺是东京八十万禁军教头王进的便是。这枪棒终日搏弄。为因新任一个高太尉，原被先父打翻，今做殿帅府太尉，怀挟旧仇，要奈何王进。小人不合属他所管，和他争不得，只得子母二人【十五"子母二人也。】逃上延安府去，投托老种经略相公处勾当。不想来到这里，得遇长上父子二位如此看待；又蒙救了老母病患，连日管顾，甚是不当。既然令郎肯学时，小人一力奉教。只是令郎学的都是花棒，【想即高太尉之所学也。】只好看，上阵无用。小人从新点拨他。"【纯是慈心高眼。】太公见说了，便道："我儿，可知输了！快来再拜师父。"那后生又拜了王进。【前写负气不肯拜，此写拜了再又拜，可见史进之于王进，全不是今世投拜门生也。】太公道："教头在上，老汉祖居在这华阴县界，前面便是少华山。【行文至此，又路绝矣，又无转处矣，忽然先伏一奇峰在此。】这村便唤做史家村，村中总有三四百家都姓史。【可称史林。】老汉的儿子从小不负农业，只爱刺枪使棒。母亲说他不得，一气死了。【将母而去，此其所以为王进也。呕死其母，此其所以为史进也。两两写来，对照入妙。】老汉只得随他性子，不知使了多少钱财投师父教他。又请高手匠人与他刺了这身花绣，肩膊胸膛，总有九条龙。满县人口顺，都叫他做'九纹龙'史进。【一部书一百单八人，而为头先叙史进，作者盖自许其书进于史矣。"九纹龙"之号，亦作者自赞其书也。】教头今日既到这里，一发成全了他亦好。老汉自当重重酬谢。"王进大喜道:"太公放心!既然如此说时,小人一发教了令郎方去。"

自当日为始,吃了酒食,留住王教头母子二人〔十六"母子二人"。〕在庄上。史进每日求王教头点拨,十八般武艺,一一从头指教。史太公自去华阴县中承当里正。不在话下。

不觉荏苒光阴,早过半年之上。史进十八般武艺——矛、锤、弓、弩、铳、鞭、锏、剑、链、挝、斧、钺并戈、戟、牌、棒与枪、杈,一一学得精熟。多得王进尽心指教,点拨得件件都有奥妙。王进见他学得精熟了,自思在此虽好,只是不了。一日想起来,相辞要上延安府去。史进那里肯放,〔少不得。〕说道:"师父只在此间过了。小弟奉养你母子二人,〔十七"母子二人"。〕以终天年,多少是好。"王进道:"贤弟,多蒙你好心,在此十分之好;只恐高太尉追捕到来,负累了你,不当稳便。以此两难。我一心要去延安府投着在老种经略处勾当。那里是镇守边庭,用人之际,足可安身立命。"史进并太公苦留不住,只得安排一个筵席送行,托出一盘——两个段子、一百两花银谢师。次日,王进收拾了担儿,〔担。〕备了马,〔马。〕子母二人〔十八"子母二人"。〕相辞史太公、史进。请娘乘了马,〔孝子如画。〕望延安府路途进发。史进叫庄客挑了担儿,〔悌弟又如画。〕亲送十里之程,心中难舍。史进当时拜别了师父,洒泪分手,和庄客自回。王教头依旧自挑了担儿,跟着马,子母二人〔十九"子母二人"。〕自取关西路里去了。〔安身立命去也。〕

话中不说王进去投军役。〔开书第一筹人物,从此神龙无尾,写得妙绝。〕只说史进回到庄上,每日

只是打熬气力。亦且壮年，又没老小，半夜三更起来演习武艺，白日里只在庄后射弓走马。「数语写史进精神之极，谜与"春夏读书，秋冬射猎"一样争胜。」不到半载之间，史进父亲太公染病患症，数日不起。史进使人远近请医士看治，不能痊可。鸣呼哀哉，太公殁了。「完太公，令文字省手。」史进一面备棺椁盛殓，请僧修设好事，追斋理七，荐拔太公；又请道士建立斋醮，超度生天，整做了十数坛好事功果道场。选了吉日良时，出丧安葬。满村中三四百史家庄户都来送丧挂孝，埋殡在村西山上祖坟内了。史进家自此无人管业。史进又不肯务农，只要寻人使家生，较量枪棒。自史太公死后，又早过了三四个月日。时当六月中旬，「好笔法。」炎天正热。那一日，史进无可消遣，捉个交床坐在打麦场边柳阴树下乘凉。「史进亦有坐定之日。」对面松林透过风来，史进喝采道："好凉风！」「要写人在松林里张望，却先写风在松林里透过，笔法妙不可言。」正乘凉哩，只见一个人探头探脑在那里张望。「来得异，若直起少华山，作书亦有何难。」史进喝道："作怪！谁在那里张俺庄上？"史进跳起身来，转过树背后，打一看时，认得是猎户摽兔李吉。「笔势忽振忽落。」史进喝道："李吉，张我庄内做甚么？莫不是来相脚头！"李吉向前声喏道："大郎，小人要寻庄上矮丘乙郎吃碗酒「随手诌出一矮丘乙郎，不知者谓是闲文，却不知其便已预陪王四，以见李吉之于史进庄上人，无一不熟也。○吃碗酒，照王四醉，妙！」因见大郎在此乘凉，不敢过来冲撞。"史进道："我且问你，往常时你只是担些野味来我庄上卖，我又不曾亏了你，如何一向不将来卖与我？敢是欺负我没钱？"「如此过入少华山。眉批：一座奇峰忽然跌落，然后却向李吉口中重复跌起峰头，行文如在山阴道中也。」李吉答道："小人怎敢？一向没有野味，以此不敢来。"「过入少华山，曲曲折折。」史进道："胡说！偌大一个少华山，怎地广阔，不信没有个獐儿、兔儿？"「以獐儿、兔儿，引出虎儿、蛇儿，曲折之笔。」李吉道："大郎原来不知：「陡然转入。」如今山上添了一伙强人，扎下一个山寨，聚集着五七百个小喽啰，有百十匹好马。「此六字，直与最后"照夜玉狮子马"作章法。」为头那个大王唤做'神机军师'朱武，第二个唤做'跳涧虎'陈达，第三个唤做'白花蛇'杨春。「一百单八人，先出三地煞，文心纵横苍莽之甚。」这三个为头打家劫舍，华阴县里禁他不得，出三千贯赏钱，召人拿他。谁敢上去惹他？「非表三人也，正挑史进也。」因此上，小人们不敢上山打捕野味，那讨来卖！"史进道："我也听得说有强人。「若无此句，便有睡里梦里之诮也。」不想那厮们如此大弄，必然要恼人。李吉，你今后有野味时寻些来。「仍结归野味，使文字有篇段。」李吉唱个喏自去了。「完李吉。」

史进归到厅前，寻思："这厮们大弄，必要来薅恼村坊。既然如此……"便叫庄客拣两头肥水牛来杀了，庄内自有造下的好酒，先烧了一陌顺溜纸，便叫庄客去请这当村里三四百史家庄户，都到家中草堂上序齿坐下，教庄客一面把盏劝酒。「一路写史进英雄，写史进爽快，写史进阔绰，写史进股实，笔笔精神之极！」史进对众人说道："我听得少华山上有三个强人，聚集着五七百小喽啰打家劫舍。这厮们既然大弄，必然早晚要来俺村中啰唣。我今特请你众人来商议，倘若那厮们来时，各家准备。我庄上打起梆子，你众人可各执枪棒前来救应；你各家有事，亦是如此。递相救护，共保村坊。如若强人自来，都是我来理会。"「读之令人壮气，真好史进也！」众人道："我等村农只靠大郎做主，梆子响时，谁敢不来！"当晚众人谢酒，各自分散回家，准备器械。「详。」自此，史进修整门户墙垣，安排庄院，设立几处梆子，拴束衣甲，整顿刀马，提防贼寇，不在话下。

且说少华山寨中三个头领坐定商议。为头的神机军师朱武，那人原是定远人氏，「出身处甚好。」能使两口双刀，虽无十分本事，却精通阵法，广有谋略；第

二个好汉姓陈，名达，原是邺城人氏，使一条出白点钢枪；第三个好汉姓杨，名春，蒲州解良县人氏，使一口大杆刀。当日朱武却与陈达、杨春说道："如今我听知华阴县里出三千贯赏钱，召人捉我们，诚恐来时要与他厮杀。只是山寨钱粮欠少，如何不去劫掳些来，以供山寨之用？聚积些粮食在寨里，防备官军来时，好和他打熬。"「看他曲曲折折而来。」跳涧虎陈达道："说得是。如今便去华阴县里先问他借粮，看他如何。"白花蛇杨春道："不要华阴县去，只去蒲城县，万无一失。"「奇曲之想，又有奇曲之笔以副之。」陈达道："蒲城县人户稀少，钱粮不多，不如只打华阴县，那里人民丰富，钱粮广有。"杨春道："哥哥不知，若去打华阴县时，须从史家村过。那个九纹龙史进是个大虫，不可去撩拨他。他如何肯放我们过去？"「上文从史进说到少华山，便有李吉一篇奇曲文字。此文从少华山说到史进，便有杨春一篇奇曲文字。真如双龙天矫矣。」陈达道："兄弟好懦弱！一个村坊过去不得，怎地敢抵敌官军？"杨春道："哥哥不可小觑了他！那人端的了得！"朱武道："我也曾闻他十分英雄，说这人真有本事。兄弟休去罢。"陈达叫将起来，说道："你两个闭了鸟嘴！长别人志气，灭自己威风！他只是一个人，须不三头六臂？我不信！"喝叫小喽啰："快备我的马来！如今便去先打史家庄，后取华阴县！"「上文劫华阴县是宾，打史家庄是主。宾者，所以引乎主也。此既得主，仍不弃宾，文章周致之甚。眉批：第六番方逼入正传，行文步骤，千古未有。」朱武、杨春再三谏劝，陈达那里肯听，随即披挂上马，点了一百四五十小喽啰，鸣锣擂鼓，下山望史家村去了。

且说史进正在庄内整制刀马，「好！」只见庄客报知此事。史进听得，就庄上敲起梆子来。那庄前、庄后、庄东、庄西，三四百史家庄户，听得梆子响，都拖枪拽棒，聚起三四百人，一齐都到史家庄上。「好。」看了史进：头戴一字巾，身披朱红甲，上穿青锦袄，下着抹绿靴，腰系皮搭膊，前后铁掩心；一张弓，一壶箭，手里拿一把三尖两刃四窍八环刀。「从三四百人眼中看出，妙妙。」庄客牵过那匹火炭赤马。史进上了马，绰了刀，前面摆着三四十壮健的庄客，后面列着八九十村蠢的乡夫，各史家庄户都跟在后头，一齐呐喊，直到村北路口。「好。」那少华山陈达引了人马飞奔到山坡下，便将小喽啰摆开。史进看时，见陈达头戴干红凹面巾，身披裹金生铁甲，上穿一领红衲袄，脚穿一对吊墩靴，腰系七尺攒线搭膊，坐骑一匹高头白马，手中横着丈八点钢矛。「亦从史进眼中看出。」小喽啰两势下呐喊，二员将就马上相见。

陈达在马上看着史进，欠身施礼。史进喝道："汝等杀人放火，打家劫舍，犯着迷天大罪，都是该死的人！你也须有耳朵！好大胆，直来太岁头上动土！"陈达在马上答道："俺山寨里欠少些粮食，欲往华阴县借粮，经由贵庄，假一条路，并不敢动一根草。可放我们过去，回来自当拜谢。"史进道："胡说！俺家见当里正，「闲话亦不落空。」正要来拿你这伙贼。今日倒来经由我村中过，却不拿你，倒放你过去？本县知道，须连累了我。"陈达道："'四海之内，皆兄弟也'，相烦借一条路。"史进道："甚么闲话！我便肯时，有一个不肯！你问得他肯便去！"「好话。」陈达道："好汉教我问谁？"史进道："你问得我手里这口刀肯，便放你去！"「好话绝倒！」陈达大怒道："赶人不要赶上！休得要逞精神！"史进也怒，抢手中刀，骤坐下马，来战陈达。陈达也拍马挺枪来迎史进。两个交马，斗了多时，史进卖个破绽，让陈达把枪望心窝里搠来，史进却把腰一闪，陈达和枪搠入怀里来。「便学王进家数。」史进轻舒猿臂，

「字法。」款扭狼腰，「字法。」只一挟，「字法。」把陈达轻轻摘离了嵌花鞍，「字法。」款款揪住了线搭膊，「字法。」只一丢，丢落地，「字法。」那匹战马拨风也似去了。「如画。」史进叫庄客把陈达绑缚了，众人把小喽啰一赶都走了。「史进叫绑陈达，众人赶走喽啰，大将意在大将，小卒意在小卒，写得甚好。」史进回到庄上，将陈达绑在庭心内柱上，等待一发拿了那两个贼首，一并解官请赏。「此句极似发狠，却不知正是迁延，一部都用此法。」且把酒来赏了众人，教且权散。众人喝采："不枉了史大郎如此豪杰！"「又写众人喝采，文字精神之极！」

休说众人欢喜饮酒。却说朱武、杨春两个正在寨里猜疑，捉摸不定，且教小喽啰再去探听消息。只见回去的人，「出喽啰。」牵着空马，「字字不空。」奔到山前，只叫道："苦也！陈家哥哥不听二位哥哥所说，送了性命！"朱武问其缘故。小喽啰备说交锋一节，"怎当史进英雄"！朱武道："我的言语不听，果有此祸！"杨春道："我们尽数都去与他死并，如何？"「写陈达便有陈达，写杨春又有杨春。」朱武道："亦是不可，他尚自输了，你如何并得他过？我有一条苦计，若救他不得，我和你都休。"「写朱武又有朱武。」杨春问道："如何苦计？"朱武附耳低言说道："只除……恁地。"杨春道："好计！我和你便去！事不宜迟！"

再说史进正在庄上忿怒未消，「只四字，何等精神，何等气色！」只见庄客飞报道："山寨里朱武、杨春自来了！"史进道："这厮合休！我教他两个一发解官！快牵马过来！"一面打起梆子，众人早都到来。史进上了马，「写得如火似锦。」正待出庄门，只见朱武、杨春步行已到庄前，两个双双跪下，擎着四眼泪。「神机军师，亦复名下无虚。○不止是苦计，亦实有义心也。」史进下马来「史进上马，史进下马，一上一下，史进如虎也。」喝道："你两个跪下如何说？"朱武哭道："小人等三个累被官司逼迫，不得已上山落草。「一边说解官请赏，一边说被官逼迫，令人浩叹！」

当初发愿道：'不求同日生，只愿同日死。'虽不及关、张、刘备的义气，其心则同。今日小弟陈达不听好言，误犯虎威，已被英雄擒捉在贵庄，无计恳求，今来一径就死。「其言令人感泣，真乃神机军师。」望英雄将我三人一发解官请赏，誓不皱眉。我等就英雄手内请死，并无怨心！"「解官则死于官也，又曰"英雄手内请死"，而视史进如戏也，真乃神机军师！」史进听了，寻思道："他们直恁义气！我若拿他去解官请赏时，反教天下好汉们耻笑我不英雄。自古道：'大虫不吃伏肉。'"「出于何典？」史进便道："你两个且跟我进来。"「直是下榻留贤，岂是开门揖盗？快哉史进也！」朱武、杨春并无惧怯，随了史进，直到后厅前跪下，又教史进绑缚。「此反嫌其诈，朱武之所以为地煞也哉。」史进三回五次叫起来。他两个那里肯起来！「此反嫌其诈。」"惺惺惜惺惺，好汉识好汉。"「横插二语，奇笔妙笔。」史进道："你们既然如此义气深重，我若送了你们，不是好汉。我放陈达还你，如何？"朱武道："休得连累了英雄，不当稳便，宁可把我们去解官请赏。"「此反嫌其诈。」史进道："如何使得！你肯吃我酒食么？"「不惟引入后厅，又要酌酒相待，此时三四百史家村人，在外厅打麦场上，大郎视之，真如蚁蚋耳。○写史进粗憨可爱！」朱武道："一死尚然不惧，何况酒肉乎！"当时史进大喜，解放陈达，就后厅上座置酒设席管待三人。「忽为俘虏，忽为上客。快哉史进，千载无此筵席！」朱武、杨春、陈达拜谢大恩。酒至数杯，少添春色。酒罢，三人谢了史进，回山去了。史进送出庄门，「史进妙人，令人想杀！○真是成礼而别，笑世上鞠躬之伪也。」自回庄上。

却说朱武等三人归到寨中坐下，朱武道："我们非这条苦计，怎得性命在此？虽然救了一人，却也难得史大郎为义气上放了我们。过几日备些礼物送去，谢他救命之恩。"

话休絮烦。过了十数日，「以下是一节。」朱武等三人收拾得三十两蒜条金，使两

个小喽啰乘月黑夜送去史家庄上。当夜敲门，庄客报知。史进火急披衣，来到庄前，问小喽啰："有甚话说？"小喽啰道："三个头领再三拜覆：特使进献些薄礼，酬谢大郎不杀之恩。不要推却，望乞笑留。"取出金子递与史进。初时推却，次后寻思道："既然好意送来，受之为当。"叫庄客置酒管待小校吃了半夜酒，把些零碎银两赏了小校回山。又过半月有余，「以下又是一节。」朱武等三人在寨中商议掳掠得好大珠子，又使小喽啰连夜送来庄上。史进受了。不在话下。

　　又过了半月，「以下又是一节。」史进寻思道：「弄出也。」"也难得这三个敬重我，我也备些礼物回奉他。"次日，叫庄客寻个裁缝，自去县里买了三匹红锦，裁成三领锦袄子；又拣肥羊煮了三个，将大盒子盛了，委两个庄客去送。史进庄上有个为头的庄客王四，此人颇能答应官府，口舌利便，「为欲写他巧言误事，却先写他答应官府，是倒插过来之笔。○大郎误矣！安见口舌利便，颇能答应之人，而能托事有成者乎？君子鉴于此，而知能文之士，不足用也。」满庄人都叫他做"赛伯当"。史进教他同一个得力庄客，挑了盒担，直送到山下。小喽啰问了备细，引到山寨里见了朱武等。三个头领大喜，受了锦袄子并肥羊酒礼，把十两银子赏了庄客。每人吃了十数碗酒，「先以山寨送礼，引出史进送礼；先以送礼吃酒，引出下书吃酒，笔下节节次次，妙甚！」下山同归庄内，见了史进，说道："山上头领多多上覆。"

　　史进自此常常与朱武等三人往来。不时间，只是王四去山寨里送物事，不止一日。「史进总结一句。」寨里头领也频频地使人送金银来与史进。「山寨亦总结一句。○已上文，散叙三段，总结二段，皆为下王四失事作引，非正文也。」

　　荏苒光阴，时遇八月中秋到来。史进要和三人说话，约至十五夜来庄上赏月饮酒，先使庄客王四赍一封请书直去少华山上请朱武、陈达、杨春来庄上赴席。王四驰书径到山寨里，见了三位头领，下了来书。朱武看了大喜。三个应允。随即写封回书，赏了王四五两银子，吃了十来碗酒。「有前文吃酒，便令此处吃酒不突然也。」王四下得山来，正撞着时常送物事来的小喽啰，一把抱住，那里肯放？又拖去山路边村酒店里吃了十数碗酒。「写王四酒醉，不作一番便倒，又转出时常送物事小喽啰来，笔墨回环兜锁，妙不可言！」王四相别了回庄，一面走着，被山风一吹，「好。」酒却涌上来，踉踉跄跄，一步一撷。走不得十里之路，见座林子，奔到里面，望着那绿茸茸莎草地上，扑地倒了。

原来摽兔李吉正在那山坡下张兔儿，「王四之醉也，便借送物事小喽啰；回书之失也，便借摽兔李吉。笔墨回环兜锁，妙不可言。若俗笔另添出无数人，便令文字散乱无致也。」认得是史家庄上王四，赶入林子里来扶他，那里扶得动？「初是好意相扶。」只见王四搭膊里突出银子来。李吉寻思「次是见银起意。」道："这厮醉了……那里讨得许多！何不拿他些？"也是天罡星合当聚会，自是生出机会来。李吉解那搭膊，望地下只一抖，那封回书和银子都抖出来。「活是无心拾得。」李吉拿起，颇识几字，将书拆开看时，见上面写着少华山朱武、陈达、杨春；中间多有兼文带武的言语，却不识得，只认得三个名字。「只认三个名字足矣，不必全书也。」李吉道："我做猎户，几时能够发迹？算命道我今年有大财，却在这里！「三是误信算命。○写李吉出首，亦复曲曲而来。」华阴县里见出三千贯赏钱，捕捉他三个贼人。叵耐史进那厮，前日我去他庄上寻矮丘乙郎，他道我来相脚头踢盘，你原来倒和贼人来往！"「回环兜锁，绝世文情。」银子并书都拿去了，望华阴县里来出首。

却说庄客王四一觉直睡到二更方醒觉来，看见月光微微照在身上，吃了

一惊，跳将起来，却见四边都是松树。「尝读坡公《赤壁赋》"人影在地，仰见明月"二语，叹其妙绝，盖先见影，后见月，便宛然晚步光景也。此忽然脱化此法，写作王四醒来，先见月光，后见松树，便宛然五更酒醒光景，真乃善于用古矣。」便去腰里摸时，搭膊和书都不见了。四下里寻时，只见空搭膊在莎草地上。王四只管叫苦，寻思道："银子不打紧，这封回书却怎生好？正不知被甚人拿去了？"眉头一纵，计上心来，「前特赞王四"赛伯当"，正为此"眉头一纵"耳。」自道："若回去庄上说脱了回书，大郎必然焦躁，定是赶我出去。不如只说不曾有回书，那里查照？"计较定了，飞也似取路归来庄上，却好五更天气。

史进见王四回来，问道："你缘何方才归来？"王四道："托主人福荫，寨中三个头领都不肯放，留住王四吃了半夜酒，因此回来迟了。"史进又问："曾有回书么？"王四道："三个头领要写回书，却是小人道：'三位头领既然准来赴席，何必回书？小人又有杯酒，路上恐有些失支脱节，不是要处。'"「上文特赞颇能答应，正为是也。」史进听了大喜，说道："不枉了诸人叫做'赛伯当'，真个了得！"王四应道："小人怎敢差迟，路上不曾住脚，一直奔回庄上。"「于路只见松树林里一只死狗。」史进道："既然如此，教人去县里买些果品案酒伺候。"

不觉中秋节至，是日晴明得好。史进当日分付家中庄客宰了一腔大羊，杀了百十个鸡鹅，准备下酒食筵宴。看看天色晚来，少华山上朱武、陈达、杨春三个头领分付小喽啰看守寨栅，只带三五个做伴，将了朴刀，各跨口腰刀，不骑鞍马，步行下山，「便令门外无马，以为下文抵赖地。」径来到史家庄上。史进接着，各叙礼罢，请入后园。庄内已安排下筵宴。史进请三位头领上坐，史进对席相陪，便叫庄客把前后庄门拴了。「照后"不要开门"等句。」一面饮酒，庄内庄客轮流把盏；一边割羊劝酒。酒至数杯，却早东边推起那轮明月。

史进和三个头领叙说旧话新言，只听得墙外一声喊起，火把乱明。史进大惊，跳起身来道："三位贤友且坐，待我去看。"喝叫庄客："不要开门！"掇条梯子上墙打一看时，「写得好。」只见是华阴县县尉在马上，引着两个都头，带着三四百土兵，围住庄院。史进和三个头领只管叫苦。外面火把光中照见钢叉、朴刀、五股叉、留客住，摆得似麻林一般。两个都头口里叫道："不要走了强贼！"「如火。」

不是这伙人来捉史进并三个头领，怎地教史进先杀了一两个人，结识了十数个好汉？直教：芦花深处屯兵士，荷叶阴中治战船。毕竟史进与三个头领怎地脱身，且听下回分解。

【第二回】

史大郎夜走华阴县

鲁提辖拳打镇关西

此回方写过史进英雄，接手便写鲁达英雄；方写过史进粗糙，接手便写鲁达粗糙；方写过史进爽利，接手便写鲁达爽利；方写过史进剀直，接手便写鲁达剀直。作者盖特地走此险路，以显自家笔力，读者亦当处处看他所以定是两个人，定不是一个人处，毋负良史苦心也。

一百八人，为头先是史进一个出名领众，作者却于少华山上，特地为之表白一遍云："我要讨个出身，求半世快活，如何肯把父母遗体便点污了。"嗟乎！此岂独史进一人之初心，实惟一百八人之初心也。盖自一副才调，无处摆划，一块气力，无处出脱，而桀骜之性既不肯以伏死田塍，而又有其狡猾之尤者起而乘势呼聚之，而于是讨个出身既不可望，点污清白遂所不惜，而一百八人乃尽入于水泊矣。嗟乎！才调皆朝廷之才调也。气力皆疆场之气力也，必不得已而尽入于水泊，是谁之过也？

史进本题，只是要到老种经略相公处寻师父王进耳。忽然一转，却就老种经略相公外，另变出一个小种经略相公来，就师父王进外，另变出一个师父李忠来。读之真如绛云在霄，伸卷万象，非复一目之所得定也。

写鲁达为人处，一片热血直喷出来，令人读之深愧虚生世上，不曾为人出力。孔子云"诗可以兴"，吾于稗官亦云矣。

打郑屠忙极矣，却处处夹叙小二报信，然第一段只是小二一个，第二段小二外又陪出买肉主顾，第三段又添出过路的人，不直文情如绮，并事情亦如镜，我欲刳视其心矣。

话说当时史进道："却怎生是好？"朱武等三个头领跪下道："哥哥，你是干净的人，休为我等连累了。大郎可把索来绑缚我三个出去请赏，免得负累了你不好看。"【如此疑忌，何以谓之神机军师？只因此文独表史进，便不免相借一衬，非真朱武出丑也。】史进道："如何使得！恁地时，是我赚你们来，捉你请赏。枉惹天下人笑。若是死时，我与你们同死，

活时同活。^{「口齿明快，表
尽大郎生平。」}你等起来，放心，别作圆便。且等我问个来历情由。"

史进上梯子问道："你两个何故半夜三更来劫我庄上？"^{「反责之，妙绝。○写
史进呕气惯，如画。」}两个都头道："大郎，你兀自赖哩！见有原告人李吉在这里。"史进喝道："李吉，你如何诬告平人？"^{「反责之，
妙绝。」}李吉应道："我本不知，林子里拾得王四的回书，一时间把在县前看，^{「怕史进语。」}因此事发。"史进叫王四问道："你说无回书，如何却又有书？"王四道："便是小人一时醉了，忘记了回书。"史进大喝道："畜生！却怎生好！"外面都头人等惧怕史进了得，不敢奔入庄里来捉人。三个头领把手指道："且答应外面。"^{「如画。」}史进会意，在梯子上叫道："你两个都头都不必闹动，权退一步，我自绑缚出来解官请赏。"那两个都头都怕史进，只得应道："我们都是没事的，等你绑出来，同去请赏。"史进下梯子，来到厅前，先将王四带进后园，把来一刀杀了，^{「了王四。」}喝教许多庄客把庄里有的没的细软等物即便收拾，尽教打叠起了，一壁点起三四十个火把。庄里史进和三个头领全身披挂，枪架上^{「显得三人
不曾带来。」}各人跨了腰刀，拿了朴刀，拽扎起，把庄后草屋点着。庄客各自打拴了包裹。外面见里面火起，都奔来后面看。史进却就中堂又放起火来，大开庄门，呐声喊，杀将出来。史进当头，^{「四字独
表史进。」}朱武、杨春在中，陈达在后，和小喽啰并庄客，一冲一撞，指东杀西。史进却是个大虫，那里拦挡得住！^{「写得有
声势。」}后面火光乱起，杀开条路，冲将出来，正迎着两个都头并李吉。^{「笔势迅疾。」}史进见了大怒。仇人相见，分外眼明！两个都头见头势不好，转身便走。李吉也却待回身，史进早到，手起一刀，把李吉斩做两段。^{「了李吉。」}两个都头正待走时，陈达、杨春赶上，一家一朴刀，结果了两个性命。〔此处杀李吉，不杀两都头可也。只是不杀，便要来赶，便费周旋，不若杀却，令文字干净。○首史进者，史进杀之；捉陈达、杨春者，陈达、杨春杀之。独不及朱武者，所谓藏机于不用，早为军师留身分也。〕县尉惊得跑马走回去了。众土兵那里敢向前，各自逃命散了，不知去向。〔县尉土兵放过，又干净。〕

史进引着一行人，且杀且走，直到少华山上寨内坐下，喘息方定。朱武等忙叫小喽啰一面杀牛宰马，贺喜饮宴。不在话下。

一连过了几日，史进寻思：〔四字转出一部书来。〕"一时间要救三人，放火烧了庄院。虽是有些细软家财，粗重什物尽皆没了！"心内踌躇，在此不了，开言对朱武等说道："我的师父王教头〔开言便是师父王教头，表尽史进不忘其本，真可作一部大书领袖也。○"我的师父王教头"，开言便是此七个字，更无他句可以先之，史进胸中，有若大学问，一笔遂已写尽。〕在关西经略府勾当。我先要去寻他，只因父亲死了，不曾去得。今来家私庄院废尽，我如今要去寻他。"朱武三人道："哥哥休去，只在我寨中且过几时，又作商议。若哥哥不愿落草时，待平静了，小弟们与哥哥重整庄院，再作良民。"史进道："虽是你们的好情分，只是我今去意难留。我若寻得师父，也要那里讨个出身，求半世快乐。"〔可见英雄初念，亦止要讨个出身，求半世快乐耳。必欲驱之尽入水泊，是谁之过欤？○此句是一百八人初心。〕朱武道："哥哥便在此间做个寨主，却不快活？只恐寨小不堪歇马。"史进道："我是个清白好汉，如何肯把父母遗体来玷污了！〔王进教法。○乃所愿，则学王进也。○此句为一百八人提出冰心，贮之玉壶，亦不单表史进。〕你劝我落草，再也休题。"史进住了几日，定要去。朱武等苦留不住。史进带去的庄客都留在山寨，〔了史庄。〕只自收拾了些散碎银两，打拴一个包裹，余者多的尽数寄留在山寨。

史进头戴白范阳毡大帽，上撒一撮红缨，帽儿下裹一顶浑青抓角软头巾，项上明黄缕带，身穿一领白纻丝两上领战袍，腰系一条搀五指梅红攒线搭膊，

青白间道行缠绞脚，衬着踏山透土多耳麻鞋，跨一口铜钹磬口雁翎刀。背上包裹，提了朴刀，辞别朱武等三人。众多小喽啰都送下山来。朱武等洒泪而别，「真泪，与前"攒着两眼泪"，当有不同。」自回山寨去了。

只说史进提了朴刀，离了少华山，取路投关西五路，望延安府路上来。免不得饥餐渴饮，夜住晓行。独自行了半月之上，来到渭州。"这里也有一个经略府，莫非师父王教头在这里？"「出笔有牛鬼蛇神之法，令人猜测不出。○"这里"二字上，省却"史进道"三字。」史进便入城来看时，依然有六街三市。只见一个小小茶坊正在路口。史进便入茶坊里来，拣一副坐位坐下。茶博士问道："客官，吃甚茶？"史进道："吃个泡茶。"茶博士点个泡茶放在史进面前。史进问道："这里经略府在何处？"茶博士道："只在前面便是。"史进道："借问经略府内有个东京来的教头王进么？"茶博士道："这府里教头极多，有三四个姓王的，不知那个是王进。"「答得胡涂，便留住史进脚。」

道犹未了，只见一个大汉大踏步竟入进茶坊里来。史进看他时，是个军官模样：头裹芝麻罗万字顶头巾，脑后两个太原府纽丝金环，上穿一领鹦哥绿纻丝战袍；腰系一条文武双股鸦青绦，足穿一双鹰爪皮四缝干黄靴。「眉批：凡接写两个全身打扮处，皆就衣服制度、颜色上互相照耀，以成奇景。」生得面圆耳大，鼻直口方，腮边一部貉獉胡须，身长八尺，腰阔十围。那人入到茶房里面坐下。茶博士道："客官，要寻王教头，只问这位提辖，便都认得。"史进忙起身施礼道："官人，请坐，拜茶！"

那人见史进长大魁伟，像条好汉，便来与他施礼。「像条好汉，方与施礼，甚矣，英雄之惜施礼也！若小两个坐下。史进道："小人大胆，敢问官人高姓大名？"那人道："洒家是经略府提辖，姓鲁，讳个达字。敢问阿哥，[看得上眼，便叫阿哥，妙绝！] 你姓甚么？"

[人处处施礼，亦独何哉？]

史进道："小人是华州华阴县人氏。姓史，名进。请问官人，小人有个师父，是东京八十万禁军教头，姓王，名进，不知在此经略府中有也无？"[鲁达紧紧只问史进，史进紧紧只问王进，写得一个心头，一个眼里，各自有事，极其精神。] 鲁提辖道："阿哥，你莫不是史家村甚么九纹龙史大郎？"[全不答王进，只是问史进，妙绝！○"甚么"妙，写闻名时不肯便伏心事。] 史进拜道：[得一人知我名，便不惜拜之，写尽史进少年自喜。]

"小人便是。"鲁提辖连忙还礼，[亦写出格相待。] 说道："闻名不如见面，见面胜似闻名！[绝妙好辞。] 你要寻王教头，莫不是在东京恶了高太尉的王进？"[直到此处方才放下史进，答还王进，笔法奇崛之极。○恶得高太尉，实是一件事。] 史进道："正是那人。"鲁达道："俺也闻他名字。那个阿哥[遥望叫阿哥，妙绝。] 不在这里。洒家听得说，他在延安府老种经略相公处勾当。[老种、小种，真是奇文。] 俺这渭州却是小种经略相公镇守。[奇文。○访老种相公，却到小种相公治下，寻师父王进，却与师父李忠相遇，皆凭空爻幻之义。] 那人不在这里。你既是史大郎时，["既是史大郎"五字，予夺在手。○甫答王进，仍按史进，写得鲁达受才之极。] 多闻你的好名字，你且和我上街去吃杯酒。"[豪杰之酒，荣于华衮。] 鲁提辖挽了史进的手，[看他何等亲热。] 便出茶坊来。鲁达回头道："茶钱洒家自还你。"[欠一处茶钱。] 茶博士应道："提辖但吃不妨，只顾去。"

两个挽了胳膊，出得茶坊来，上街行得三五十步，只见一簇众人围住白地上。史进道："兄长，我们看一看。"[写史进少年好事。] 分开人众看时，中间里一个人仗着十来条杆棒，地上摊着十数个膏药，一盘子盛着，插把纸标儿在上面，却原来是江湖上使枪棒卖药的。史进看了，却认得他，原来是教史进开手的师父，[寻不着一个师父，却寻着一个师父，此师父并不见，彼师父后并不见，真正奇绝妙绝之文。○此文与前小种经略相公一段对看作章法。] 叫做"打虎将"

李忠。史进就人丛中叫道："师父，多时不见！"李忠道："贤弟，如何到这里？"鲁提辖道："既是史大郎的师父，「既是史大郎的师父，予夺在手。」也和俺去吃三杯。"「荣哉！」李忠道："待小子卖了膏药，讨了回钱，一同和提辖去。"「小。」鲁达道："谁奈烦等你？去便同去！"「妙。」李忠道："小人的衣饭，无计奈何。提辖先行，小人便寻将来。贤弟，你和提辖先行一步。"「又照顾史进。」鲁达焦躁，把那看的人一推一交，骂道："这厮们夹着屁眼撒开！不去的洒家便打！"众人见是鲁提辖，一哄都走了。「如画。」李忠见鲁达凶猛，敢怒而不敢言，只得陪笑道："好急性的人！"「如画。○又小。」当下收拾了行头药囊，寄顿了枪棒。三个人转弯抹角，来到州桥之下一个潘家有名的酒店，门前挑出望竿，挂着酒旗，漾在空中飘荡。三人来到潘家酒楼上，拣个济楚阁儿里坐下。提辖坐了主位，李忠对席，史进下首坐了。酒保唱了喏，认得是鲁提辖，便道："提辖官人，打多少酒？"鲁达道："先打四角酒来。"一面铺下菜蔬果品按酒，又问道："官人，吃甚下饭？"鲁达道："问甚么！「句。」但有，「句。」只顾卖来，一发算钱还你！「句。」这厮！「句。」只顾来聒噪！"「妙哉此公，令人神往。眉批：回写鲁达，便又有鲁达一段性情气概，令人耳目一换也。看他一个人便有一样出色处，真与史公并驱矣。更不极意写史进者，此处专写鲁达，史进便是陪客也。」酒保下去，随即烫酒上来；但是下口肉食，只顾将来摆一桌子。

三个酒至数杯，正说些闲话，较量些枪法，说得入港，只听得隔壁阁子里有人哽哽咽咽啼哭。「奇文。」鲁达焦躁，便把碟儿盏儿都丢在楼板上。「写鲁达。」酒保听得，慌忙上来看时，见鲁提辖气愤愤地。「如画。」酒保抄手道："官人，要甚东西，分付买来。"鲁达道："洒家要甚么！「接口如画。」你也须认得洒家！ 「看他托大语，写来如画。」 却恁地教甚么人在间壁吱吱地哭，搅俺弟兄们吃酒？洒家须不曾少了你酒钱！”酒保道：“官人息怒。小人怎敢教人啼哭，打搅官人吃酒！这个哭的是绰酒座儿唱的父女两人，不知官人们在此吃酒，一时间自苦了啼哭。”鲁提辖道：“可是作怪！你与我唤得他来。” 「写鲁达。」 酒保去叫。不多时，只见两个到来：前面一个十八九岁的妇人，背后一个五六十岁的老儿，手里拿串拍板，都来到面前。看那妇人，虽无十分的容貌，也有些动人的颜色，拭着泪眼，向前来深深地道了三个万福。那老儿也都相见了。

鲁达问道：“你两个是那里人家？为甚啼哭？”那妇人便道： 「先是妇人说。」 “官人不知，容奴告禀：奴家是东京人氏，因同父母来这渭州投奔亲眷，不想搬移南京去了。母亲在客店里染病身故，子父二人流落在此生受。此间有个财主，叫做‘镇关西’郑大官人，因见奴家，便使强媒硬保，要奴作妾。谁想写了三千贯文书，虚钱实契，要了奴家身体，未及三个月，他家大娘子好生利害，将奴赶打出来，不容完聚，着落店主人家追要原典身钱三千贯。父亲懦弱，和他争执不得，他又有钱有势。当初不曾得他一文，如今那讨钱来还他。没计奈何，父亲自小教得奴家些小曲儿，来这里酒楼上赶座子，每日但得些钱来，将大半还他，留些少子父们盘缠。这两日，酒客稀少，违了他钱限，怕他来讨时，受他羞耻。子父们想起这苦楚来，无处告诉，因此啼哭。不想误触犯了官人，望乞恕罪，高抬贵手！”

鲁提辖又问道：“你姓甚么？ 「一句。」 在那个客店里歇？ 「一句。」 那个镇关西郑大官人？ 「一句。」 在那里住？” 「一句。〇一连问四句，写出鲁达如活。」 老儿答道： 「次是老儿答。」 “老汉姓

金，排行第二。孩儿小字翠莲。〔眉批：看他有意无意将"潘金莲"三字分作三句安放入，后武松传中忽然合拢将来，此等文心，都从契经中学得。〕郑大官人便是此间状元桥下卖肉的郑屠，绰号镇关西。老汉父子两个，只在前面东门里鲁家客店安下。"鲁达听了道："呸！〔只一字，可以抹倒天下人。〕俺只道那个郑大官人，却原来是杀猪的郑屠！〔一朝发迹，便起别号，寻根讨源，总成一笑也。〕这个腌臜泼才，投托着俺小种经略相公门下做个肉铺户，〔十七字成句，上十二字何等惊天动地，读至下五字，忽然失笑。〕却原来这等欺负人！"回头看着李忠、史进道："你两个且在这里，等洒家去打死了那厮便来！"〔快人快语，觉秋后处决为烦。〕史进、李忠抱住劝道："哥哥息怒，明日却理会。"两个三回五次劝得他住。

鲁达又道："老儿，你来！洒家与你些盘缠，明日便回东京去，如何？"〔眼中无难事。〕父子两个告道："若是能够回乡去时，便是重生父母，再长爷娘。只是店主人家如何肯放？郑大官人须着落他要钱。"鲁提辖道："这个不妨事，俺自有道理。"便去身边摸出五两来银子，〔五两，○五两来者，约略之辞也。一锭十两者，一定之辞也。二两来者，亦约略之辞也。〕放在桌上，看着史进道："洒家今日不曾多带得些出来，你有银子借些与俺，〔"借些"妙！不知何时还？○君子之不以小人待人也，类如此矣。〕洒家明日便送还你。"〔前云"茶钱洒家自还你"，此云"洒家明日便送还你"，后云"酒钱洒家明日便送来还你"，凡三处许还而一去代州，并不提起，作者亦更不为周旋者，盖鲁达非硁硁自好、为信必果之徒，所以不必还，而天下之人共谅之。然不必还而又非不还，故作者不得为之周旋也。〕史进道："直甚么要哥哥还！"〔是史进。〕去包裹里取出一锭十两银子，〔十两。○史进银，多似鲁达一倍，非写史进也。写鲁达所以爱史进也。〕放在桌上。鲁达看着李忠道："你也借些出来与洒家。"〔一视同仁。〕李忠去身边摸出二两来银子。〔二两。○虽与鲁达同是一"摸"字，而一个摸得快，一个摸得慢，须知之。〕鲁提辖看了，见少，便道："也是个不爽利的人！"〔真是眼中不曾见惯。〕鲁达只把这十五两银子与了金老，〔十五两。○二两之不预此数，可不为之大哀乎？〕分付道："你父子两个将去做盘缠，一面收拾行李。俺明日清早来发付你两个起身，看那个店主人敢留你！"金老并女儿拜谢去了。鲁达把这二两银子丢还了李忠。〔胜骂，胜打，胜杀，胜剐，真好鲁达！〕三人再吃了两角酒，下楼来叫道："主人家，酒钱洒家明日送来还你。"〔又欠一处酒钱。〕主人家连声应道："提辖只顾自去，但吃不妨，只怕提辖不来赊。"三个人出了潘家酒肆，到街上分手。史进、李忠各自投客店去了。

只说鲁提辖回到经略府前下处，到房里，晚饭也不吃，气愤愤地睡了。〔写鲁达写出性情来，妙笔！〕主人家又不敢问他。

再说金老得了这一十五两银子，回到店中，安顿了女儿，先去城外远处觅下一辆车儿，〔车儿觅了。〕回来收拾了行李，〔行李收拾了。〕还了房宿钱，算清了柴米钱，〔都停当了。〕只等来日天明。〔来日便去得快了。○此一段，与明日鲁达坐板凳、剁臊子，正是一合事。〕当夜无事。次早，五更起来，子父两个先打火做饭，吃罢，收拾了。天色微明，只见鲁提辖大踏步走入店里来，〔看他为人为彻，何处复有此人？〕高声叫道："店小二，那里是金老歇处？"小二道："金公，鲁提辖在此寻你。"金老开了房门道："提辖官人，里面请坐！"鲁达道："坐甚么！你去便去，等甚么！"〔直截爽快，何处更有此人？〕金老引了女儿，挑了担儿，作谢提辖，便待出门。店小二拦住道："金公，那里去？"鲁达问道："他少你房钱？"小二道："小人房钱，昨夜都算还了；须欠郑大官人典身钱，着落在小人身上看管他哩。"鲁提辖道："郑屠的钱，洒家自还他，你放这老儿还乡去！"〔三个字掉下人泪来。〕那店小二那里肯放？鲁达大怒，揸开五指，去那小二脸上只一掌，〔眉批：一路鲁达文中皆用"只一掌""只一拳""只一脚"，写鲁达阔绰，打人亦打得阔绰。〕打得那店小二口中吐血；再复一拳，〔一掌一拳，只算先做个样儿也。〕打落两个当门牙齿。小二扒将起来，一道烟跑向店

里去躲了。店主人那里敢出来拦他。金老父子两个忙忙离了店中，出城自去寻昨日觅下的车儿去了。「写得好！」

且说鲁达寻思，「粗人偏细，妙绝！」恐怕店小二赶去拦截他，且向店里掇条凳子坐了两个时辰，约莫金公去得远了，方才起身，「写鲁达异常。」径到状元桥来。「陡然接此一句，如奇鬼肆搏，如怒龙肆攫，令我耳目震骇！」

且说郑屠开着两间门面，两副肉案，悬挂着三五片猪肉。郑屠正在门前柜身内坐定，看那十来个刀手卖肉。「大官人身分。」鲁达走到门前，叫声：“郑屠！”「叫得快。○人人称“大官人”，彼亦居然大官人矣，偏要叫他一声“郑屠”。」郑屠看时，见是鲁提辖，慌忙出柜身来唱喏「画出郑屠。」道：“提辖恕罪！”便叫副手掇条凳子来，“提辖请坐！”「写郑屠屁滚尿流光景，总见鲁达平日英雄。○看副手卖肉，叫副手掇凳，又总见郑屠平日做大官人也。」鲁达坐下道：“奉着经略相公钧旨：「郑屠是相公铺户，鲁达处处以相公钧旨压之，妙绝！」要十斤精肉，切做臊子，不要见半点肥的在上面。”「奇情。」郑屠道：“使得！你们快选好的切十斤去。”鲁提辖道：“不要那等腌臜厮们动手，你自与我切。”「奇情。」郑屠道：“说得是，「吓极语。」小人自切便了。”自去肉案上拣了十斤精肉，细细切做臊子。

那店小二把手帕包了头，正来郑屠家报说金老之事，却见鲁提辖坐在肉案门边，不敢拢来，只得远远的立住，在房檐下望。「此一段如何插入，笔力奇娇，非世所能。」

这郑屠整整的自切了半个时辰，「金老去远了。」用荷叶包了道：“提辖，教人送去？”「极其奉承语。」鲁达道：“送甚么！「郑屠直是开口不得，写得妙绝！」且住！「忽然一顿。○看他写出不好生事，曲曲生出事来，妙笔！」再要十斤都是肥的，不要见些精的在上面，也要切做臊子。”「奇情。○句法倒转。」郑屠道：“却才精的，怕府里要裹馄饨，肥的臊子何用？”「实不可解。」鲁达睁着眼道："相公钧旨分付洒家，谁敢问他？"〔以人治人，只是"相公分付"四字，妙绝！〕郑屠道："是合用的东西，〔吓极，生出妙语。〕小人切便了。"又选了十斤实膘的肥肉，也细细地切做臊子，把荷叶来包了。整弄了一早晨，却得饭罢时候。〔金老一发远了。○前段此句在荷叶前，此处在荷叶后，法变。〕

那店小二那里敢过来，连那正要买肉的主顾也不敢拢来。〔又夹叙一句店小二，又增出一句买肉的，奇不可言！〕郑屠道："着人与提辖拿了，送将府里去？"鲁达道："再要十斤寸金软骨，也要细细地剁做臊子，不要见些肉在上面。"〔一发奇情。〕郑屠笑道："却不是特地来消遣我？"〔又吓一惊，翻出笑来。〕鲁达听得，跳起身来，拿着那两包臊子在手里，睁眼看着郑屠说道："洒家特地要消遣你！"把两包臊子劈面打将去，却似下了一阵的"肉雨"。〔只须郑屠一句，便疾接入，真觉笔墨都跳跃而出。○"肉雨"二字，千古奇文。〕郑屠大怒，两条忿气从脚底下直冲到顶门，心头那一把无明业火焰腾腾的按捺不住，从肉案上抢了一把剔骨尖刀，托地跳将下来。鲁提辖早拔步在当街上。〔好笔段！〕

众邻舍并十来个火家，那个敢向前来劝？〔百忙中偏又要夹入店小二，却反先增出邻舍、火家陪之，笔力之奇桥不可言。〕两边过路的人都立住了脚，〔又增出一句过路人。〕和那店小二也惊得呆了。〔百忙中处处夹来店小二，真是极忙者事，极闲者笔也。〕

郑屠右手拿刀，左手便来要揪鲁达，〔"要揪"妙！所谓螳臂当车。〕被这鲁提辖就势按住左手，赶将入去，望小腹上只一脚，腾地踢倒在当街上。鲁达再入一步，踏住胸脯，提着那醋钵儿大小拳头，看着这郑屠道："洒家始投老种经略相公，做得关西五路廉访使，也不枉了叫做'镇关西'！〔先叙自己一句，使之有珠玉在前之愧。〕你是个卖肉的操刀屠户，〔恐其居之不疑，便连自家亦已忘却，故明白正告之。〕狗一般的人，〔还他等级。〕也叫做'镇关西'！〔便似争此三字者，妙绝！不争此，亦只争此。〕你如何强骗了金翠莲？"扑地只一拳，正打在鼻

子上，「第一拳在鼻子上。」打得鲜血迸流，鼻子歪在半边，却便似开了个油酱铺：咸的、酸的、辣的，一发都滚出来。「鼻根味尘，真正奇文。」郑屠挣不起来，那把尖刀也丢在一边，「忽叙尖刀。」口里只叫："打得好！"「还硬。」鲁达骂道："直娘贼！还敢应口！"「硬，再打。」提起拳头来就眼眶际眉梢只一拳，「第二拳在眼眶上。」打得眼棱缝裂，乌珠迸出，也似开了个彩帛铺的：红的、黑的、紫的，都绽将出来。「眼根色尘，真正奇文。」

两边看的人惧怕鲁提辖，谁敢向前来劝？「百忙中偏要再夹一句。」

郑屠当不过，讨饶。「已软。」鲁达喝道："咄！你是个破落户！若是和俺硬到底，洒家倒饶了你！你如今对俺讨饶，洒家偏不饶你！"「软，又打。」又只一拳，太阳上正着，「第三拳在太阳上。」却似做了一个全堂水陆的道场：磬儿、钹儿、铙儿、一齐响。「耳根声尘，真正奇文。○三段，一段奇似一段」鲁达看时，只见郑屠挺在地下，口里只有出的气，没了入的气，动掸不得。

鲁提辖假意道：「鲁达亦有假意之口，写来偏妙。」"你这厮诈死，洒家再打！"只见面皮渐渐地变了。鲁达寻思道：「写粗人偏细妙绝。」"俺只指望痛打这厮一顿，不想三拳真个打死了他。洒家须吃官司，又没人送饭，「大丈夫快活事，他日出家，亦亏此句也。」不如及早撒开。"拔步便走，回头指着郑屠尸道："你诈死！洒家和你慢慢理会！"一头骂，一头大踏步去了。「鲁达亦有权诈之日，写来偏妙。」

街坊邻舍并郑屠的火家，谁敢向前来拦他？鲁提辖回到下处，急急卷了些衣服盘缠、细软银两，但是旧衣粗重都弃了；提了一条齐眉短棒，奔出南门，一道烟走了。

且说郑屠家中众人和那报信的店小二，〔鲁达已去，何不报信？读之绝倒！○小二恶知不自幸云："赖是走得快，几以身先试之。"〕救了半日，不活，呜呼死了。老小邻人径来州衙告状，候得府尹升厅，〔金老之去，全亏板凳久，朦子细，两番挪延。鲁达之去，亦亏候升厅，禀经略，两番推勒。正是一样笔法。〕接了状子，看罢道："鲁达系是经略府提辖。"不敢擅自径来捕捉凶身。府尹随即上轿，来到经略府前，下了轿子，把门军士入去报知。经略听得，教请到厅上，与府尹施礼罢，经略问道："何来？"府尹禀道："好教相公得知，府中提辖鲁达无故用拳打死市上郑屠。不曾禀过相公，不敢擅自捉拿凶身。"〔鲁达去得远了。〕经略听说，吃了一惊，寻思道："这鲁达虽好武艺，只是性格粗卤。今番做出人命事，俺如何护得短？须教他推问使得。"经略回府尹道："鲁达这人，原是我父亲老经略处的军官。为因俺这里无人帮护，拨他来做个提辖。既然犯了人命罪过，你可拿他依法度取问。如若供招明白，拟罪已定，也须教我父亲知道，方可断决。怕日后父亲处边上要这个人时，〔此语本无奇特，不知何故读之泪下。又知普天下人读之皆泪下也。〕却不好看。"府尹禀道："下官问了情由，合行申禀老经略相公知道，方敢断遣。"府尹辞了经略相公，出到府前，上了轿，回到州衙里，升厅坐下，〔鲁达一发去得远了。〕便唤当日缉捕使臣押下文书，捉拿犯人鲁达。

当时王观察领了公文，将带二十来个做公的人径到鲁提辖下处。只见房主人道："却才拖了些包裹，提了短棒，出去了。小人只道奉着差使，又不敢问他。"王观察听了，教打开他房门看时，只有些旧衣旧裳和些被卧在里面。王观察就带了房主人东西四下里去跟寻，州南走到州北，捉拿不见。〔鲁达一发去得远了。〕王观察又捉了两家邻舍并房主人同到州衙厅上回话道："鲁提辖惧罪

在逃，不知去向，只拿得房主人并邻舍在此。"府尹见说，且教监下。一面教拘集郑屠家邻佑人等，点了仵作行人，仰着本地方官人并坊厢里正再三简验已了，郑屠家自备棺木盛殓，寄在寺院。一面叠成文案，一壁差人杖限缉捕凶身。原告人保领回家。邻佑杖断有失救应。房主人并下处邻舍止得个不应。鲁达在逃，行开个广捕急递的文书，「急递，故鲁达初到雁门，榜文已先张挂也。半日无数挪延，尚自谓之"急递"，可发一笑！」各处追捉。出赏钱一千贯，写了鲁达的年甲、贯址、形貌，到处张挂。一干人等疏放听候。郑屠家亲人自去做孝。不在话下。

且说鲁达自离了渭州，东逃西奔，急急忙忙，行过了几处州府，正是："饥不择食，寒不择衣，慌不择路，贫不择妻。"「忽入四句，如谣似谚，正是绝妙好辞，第四句写成谐笑，千古独绝！」鲁达心慌抢路，正不知投那里去的是；一迷地行了半月之上，却走到代州雁门县。入得城来，见这市井闹热，人烟辏集，车马辔驰，一百二十行经商买卖行货都有，端的整齐，虽然是个县治，胜如州府。鲁提辖正行之间，却见一簇人围住了十字街口看榜。鲁达看见挨满，也钻在人丛里听时——鲁达却不识字，只听得众人读道：「榜文在耳中听出来。」

代州雁门县依奉太原府指挥使司，该准渭州文字，捕捉打死郑屠犯人鲁达，即系经略府提辖。如有人停藏在家宿食，与犯人同罪；若有人捕获前来或首告到官，支给赏钱一千贯文……「文未毕，妙绝。」

鲁提辖正听到那里，只听得背后一个人大叫道："张大哥，「奇文。○王进自家伪姓张，鲁达他人伪呼张，甚矣"张"字之熟也。｜你如何在这里？"拦腰抱住，扯离了十字路口。

不是这个人看见了，横拖倒拽将去，有分教：鲁提辖剃除头发，削去髭须，倒换过杀人姓名，薅恼杀诸佛罗汉。直教：禅杖打开危险路，戒刀杀尽不平人。毕竟扯住鲁提辖的是甚人，且听下回分解。

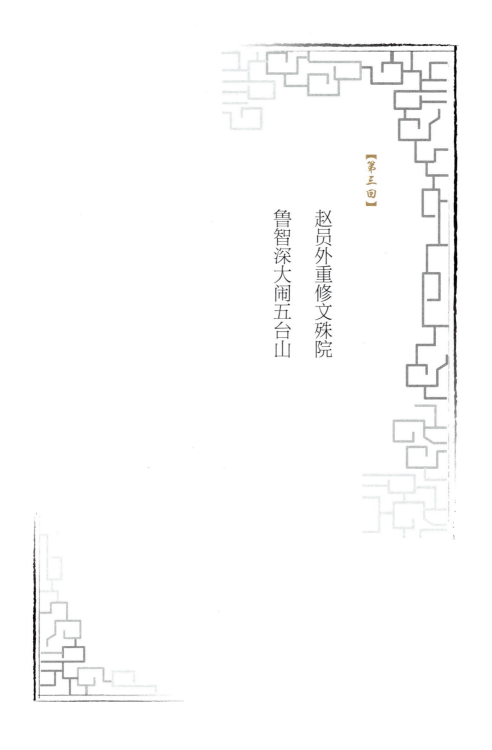

【第三回】

赵员外重修文殊院

鲁智深大闹五台山

　　看书要有眼力，非可随文发放也。如鲁达遇着金老，却要转入五台山寺。夫金老则何力致鲁达于五台山乎？故不得已，却就翠莲身上生出一个赵员外来。所以有个赵员外者，全是作鲁达入五台山之线索，非为代州雁门县有此一个好员外，故必向鲁达文中出现也。所以文中凡写员外爱枪棒、有义气处，俱不得失口便赞员外也是一个人。要知都向前段金老所云"女儿常常对他孤老说"句中生出来，便见员外只是爱妾面上着实用情，故后文鲁达下五台处，便有"好生不然"一语了结员外一向情分。读者苟不会此，便目不辨牛马牝牡矣。

　　写金老家写得小样，写五台山写得大样，真是史迁复生。

　　鲁达两番使酒，要两样身分，又要句句不相像，虽难矣，然犹人力所及耳。最难最难者，于两番使酒接连处，如何做个间架。若不做一间架，则鲁达日日将惟使酒是务耶？且令读者一番方了，一番又起，其目光心力亦接济不及矣。然要别做间架，其将下何等语，岂真如长老所云"念经诵咒、办道参禅"者乎？今忽然拓出题外，将前文使酒字面扫刷净尽，然后迤逦悠扬走下山去，并不思酒，何况使酒，真断鳌炼石之才也！

　　话说当下鲁提辖扭过身来看时，拖扯的不是别人，却是渭州酒楼上救了的金老。「奇文。」那老儿直拖鲁达到僻静处，说道："恩人！你好大胆！见今明明地张挂榜文，出一千贯赏钱捉你，你缘何却去看榜？若不是老汉遇见时，却不被做公的拿了？榜上见写着你年甲、貌相、贯址！"鲁达道："洒家不瞒你说，因为你上，就那日回到状元桥下，「是鲁达爽直声口，在别人口中便有许多谦逊，此却直直云"因为你上"。」正迎着郑屠那厮，被洒家三拳打死了，因此上在逃。一到处撞了四五十日，不想来到这里。你缘何不回东京去，也来到这里？"「问得紧簇。」金老道："恩人

在上，自从得恩人救了老汉，寻得一辆车子，本欲要回东京去，又怕这厮赶来，「极曲之情，极便之笔。」亦无恩人在彼搭救，「老儿口中赞一句天下无双。」因此不上东京去。随路望北来，撞见一个京师古邻来这里做买卖，就带老汉父子两口儿到这里。亏杀了他，就与老汉女儿做媒，结交此间一个大财主赵员外，养做外宅，衣食丰足，皆出于恩人。我女儿常常对他孤老说提辖大恩。「员外后边许多好意，都在此句生出。」那个员外也爱刺枪使棒，「不重员外枪棒，只借此使文章入港耳。」常说道，怎地得恩人相会一面，也好。想念如何能够得见？且请恩人到家过几日，却再商议。"

鲁提辖便和金老行不得半里，到门首，「叙得径净。」只见老儿揭起帘子叫道："我儿，大恩人在此。"「画。」那女孩儿浓妆艳饰，从里面出来，请鲁达居中坐了，插烛也似拜了六拜，说道："若非恩人垂救，怎能够有今日！"拜罢，便请鲁提辖道："恩人，上楼去请坐。"「女子开口请上楼去，视鲁达犹父也，然楼上已算曲室，只因此句，便生出员外捉奸一番风波来。文心真有前掩后映之妙。」鲁达道："不须生受，洒家便要去。"「不知何处去？」金老便道："恩人既到这里，如何肯放教你便去！"老儿接了杆棒、包裹，「孝顺如见。○行文又细。」请到楼上坐定。老儿分付道："我儿陪侍恩人坐坐，我去安排饭来。"「此句有三妙在内，不可不悉：一是视鲁达犹父；一是女儿娇养惯，老儿烧火惯；一是语中明明露出嫌疑，为员外捉之线。」鲁达道："不消多事，随分便好。"「鲁达语。」老儿道："提辖恩念，杀身难报。量些粗食薄味，何足挂齿！"女子留住鲁达在楼上坐地。金老下来「写得嫌疑。」叫了家中新讨的小厮，「"新讨"妙，是个外宅。」分付那个丫鬟一面烧着火。「"那个"妙，明明是一个也。○一面烧火，放在未买东西之前，只为要显出那个丫鬟耳。不然，唤丫鬟无别事，若买了回来，则老儿与小厮可以自烧，丫鬟为添足矣。只"外宅"二字难写如此，胡可易言作文也？」老儿和这小厮上街来买了些鲜鱼、嫩鸡、酿鹅、肥鲊、时新果子之类归来。一面开酒，「自有酒。」收拾菜蔬，都早摆了，搬上楼来。春台上放下三个盏子、三双箸，「嫌疑之极。」铺下菜蔬、果子、下饭等物。丫鬟将银酒壶烫上酒来。「又有银酒壶。〇不尴不尬，宛然外宅。」女父二人轮番把盏。金老倒地便拜。「方拜，妙。」鲁提辖道："老人家，如何恁地下礼？折杀俺也！"金老说道："恩人听禀：前日老汉初到这里，写个红纸牌儿，且夕一炷香，父女两个兀自拜哩。今日恩人亲身到此，如何不拜！"鲁达道："却也难得你这片心。"「鲁达托大声口如画。」

三人慢慢地饮酒。「嫌疑之极，与调情者何以异哉？」将及天晚，只听得楼下打将起来。「奇文！」鲁提辖开窗看时，只见楼下三二十人，各执白木棍棒，口里都叫："拿将下来！"人丛里，一个官人骑在马上，口里大喝道："休叫走了这贼！"「含糊双关语，妙绝。」鲁达见不是头，拿起凳子，「杆棒被金老接过。」从楼上打将下来。金老连忙摇手，叫道："都不要动手！"那老儿抢下楼去，直到那骑马的官人身边说了几句言语。那官人笑起来，便喝散了那二三十人，各自去了。「写得淋漓突兀，真正奇文。」

那官人下马，入到里面。老儿请下鲁提辖来。「楼上下来。」那官人扑翻身便拜，「非写赵员外义气也，写金老女父数日中赞诵不少，为前文出色加染。」道："闻名不如见面，见面胜似闻名！义士提辖受礼。"鲁达便问那金老道："这官人是谁？素不相识，缘何便拜洒家？"「虽是问辞，亦写鲁达托大意思。」老儿道："这个便是我儿的官人赵员外，却才只道老汉引甚么郎君子弟在楼上吃酒，因此引庄客来厮打，老汉说知，方才喝散了。"鲁提辖上楼坐定，「重上楼去。」金老重整杯盘，再备酒食相待。赵员外让鲁达上首坐地，鲁达道："洒家怎敢？"员外道："聊表相敬之礼。小子多闻提辖如此豪杰，今日天赐相见，实为万幸。"鲁达道："洒家是个粗卤汉子，「我与我周旋久，方有此四字。〇鲁达自知粗卤，李逵不然。」又犯了该死的罪过，若蒙员外不弃贫贱，结为相识，但有用洒

家处，便与你去。"「活鲁达！○泪下之言。」　赵员外大喜，动问打死郑屠一事，「无贤无愚，必要问及。」说些闲话，较量些枪法，「叠此三句，令半夜酒席面不寂寞。」吃了半夜酒，各自歇了。

次日天明，赵员外道："此处恐不稳便，欲请提辖到敝庄住几时。"鲁达问道："贵庄在何处？"员外道："离此间十里多路，地名七宝村，「文殊菩萨风俗。○此书每欲起一篇大文字，必于前文先露一个消息，使文情渐渐隐隆而起，犹如山川出云，乃始肤寸也。如此处将起五台山，却先有七宝村名字；林冲将入草料场，却先有小二浑家浆洗棉袄；六月将劫生辰纲，却先有阮氏氍边石榴花等是也。」便是。"鲁达道："最好。"员外先使人去庄上再牵一匹马来，「俗本作"叫牵两匹马来"。」未及晌午，马已到来，员外便请鲁提辖上马，叫庄客担了行李。鲁达相辞了金老父女二人，和赵员外上了马。两个并马行程，于路说些闲话，「省。」投七宝村来。不多时，早到庄前下马。赵员外携住鲁达的手，直至草堂上，分宾而坐，一面叫杀羊置酒相待。晚间收拾客房安歇。次日，又备酒食管待。鲁达道："员外错爱，洒家如何报答！"赵员外便道："'四海之内，皆兄弟也'，「泛然读之，可笑可丑！而今人犹津津言之。」如何言报答之事。"

话休絮烦。鲁达自此之后，在这赵员外庄上住了五七日。忽一日，两个正在书院里闲坐说话，「书院里说闲话，何也？避王进在史家庄身分也。盖员外受枪棒，只是借作入港之法耳，非比史进是条好汉，定要出色。若此处不在书院说闲话，则务要较枪棒矣，在员外何苦，在鲁达亦何以异于王进哉？○鲁达坐在书院里，亦是奇语。」只见金老急急奔来庄上，径到书院里见了赵员外并鲁提辖，见没人，「三字写出东顾西盼」便对鲁达道："恩人，不是老汉心多。为是恩人前日老汉请在楼上吃酒，员外误听人报，引领庄客来闹了街坊，后却散了，人都有些疑心，「便借前文入文情便捷。」说开去，昨日有三四个做公的来邻舍街坊打听得紧，只怕要来村里缉捕恩人。「思路曲折，笔能副之。」倘或有些疏失，如之奈何？"鲁达道："恁地时，洒家自去便了。"「不知何处去？」赵员外道："若是留提辖在此，诚恐有些山高水低，教提辖怨怅；若不留提辖来，许多面皮都不好看。赵某却有个道理，教提辖万无一失，足可安身避难，只怕提辖不肯。"鲁达道："洒家是个该死的人，但得一处安身便了，做甚么不肯！"赵员外道："若如此，最好。离此间三十余里，有座山，唤做五台山。山上有一个文殊院，原是文殊菩萨道场。寺里有五七百僧人，为头智真长老，是我弟兄。我祖上曾舍钱在寺里，[丑话。○一路每每于无意中，写出赵员外不足取。]是本寺的施主檀越。我曾许下剃度一僧在寺里，已买下一道五花度牒在此，只不曾有个心腹之人了这条愿心。如是提辖肯时，一应费用都是赵某备办。委实肯落发做和尚么？"鲁达寻思：[二字写尽英雄在困。]"如今便要去时，那里投奔人？不如就了这条路罢。"便道："既蒙员外做主，洒家情愿做和尚。专靠员外做主。"

当时说定了，["说定"者，难之辞也。"当时说定"者，易之辞也。极力写鲁达爽直。]连夜收拾衣服、盘缠、缎匹、礼物。[此处漏了一句"金老回去"。○鲁达自己杆棒包裹亦不见。]次日早起来，叫庄客挑了，两个取路望五台山来。辰牌已后，早到那山下。赵员外与鲁提辖两乘轿子[两乘轿子上去。]抬上山来，一面使庄客前去通报。到得寺前，早有寺中都寺、监寺，出来迎接。两个下了轿子，[下轿。]去山门外亭子上[好个亭子，先坐一坐。异日无常到来，方悟今日如梦。]坐定。寺内智真长老得知，引着首座、侍者，出山门外来迎接。赵员外和鲁达向前施礼。真长老打了问讯，说道："施主远出不易。"[施主脚懒，僧家心热，尽此二字。]赵员外答道："有些小事，特来上刹相浼。"真长老便道："且请员外方丈吃茶。"赵员外前行，鲁达跟在背后。当时同到方丈。长老邀员外向客席而坐，鲁达便去下首坐禅椅上。[写鲁达。]员外叫鲁达附耳低言："你来这里出家，如何便对长老坐地？"鲁达

道："洒家不省得。"「爽心直口，我慕其人！」起身立在员外肩下。面前首座、维那、侍者、监寺、都寺、知客、书记，依次排立东西两班。

庄客把轿子安顿了，「精细。」一齐搬将盒子入方丈来，摆在面前。长老道："何故又将礼物来？寺中多有相渎檀越处。"赵员外道："些小薄礼，何足称谢。"道人、行童，收拾去了。

赵员外起身道："一事启堂头大和尚：赵某旧有一条愿心，许剃一僧在上刹，度牒词簿都已有了，到今不曾剃得。今有这个表弟，姓鲁，「三宝位前，不敢更名改姓，写尽婆气员外。」是关内军汉出身。因见尘世艰辛，「信心人口头滑语，郑屠一案，却在藏露之间。」情愿弃俗出家。万望长老收录，大慈大悲，看赵某薄面，披剃为僧。一应所用，弟子自当准备。万望长老玉成，幸甚！"长老见说，答道："这个因缘是光辉老僧山门，容易，容易！且请拜茶。"只见行童托出茶来，茶罢，收了盏托，真长老便唤首座、维那，商议剃度这人；分付监寺、都寺，安排斋食。

只见首座与众僧自去商议道："这个人不似出家的模样，一双眼却恁凶险！"「以眼取人，失之鲁达。」众僧道："知客，你去邀请客人坐地，我们与长老计较。"知客出来请赵员外、鲁达到客馆里坐地。首座众僧禀长老，说道："却才这个要出家的人，形容丑恶，相貌凶顽，不可剃度他，恐久后累及山门。"长老道："他是赵员外檀越的兄弟，如何撇得他的面皮？你等众人且休疑心，待我看一看。"焚起一炷信香，长老上禅椅盘膝而坐，口诵咒语，入定去了。一炷香过，却好回来，对众僧说道："只顾剃度他。此人上应天星，心地刚直。"「《维摩诘经》云："菩萨直心是道场，无谄曲众生，来生其国。"长老深解此言。」虽然时下凶顽，命中驳杂，久后却得清净。

证果非凡，汝等皆不及他。「一个文殊丛林，其众何止千人，却不及一个军汉。」可记吾言，勿得推阻！"
首座道："长老只是护短，我等只得从他。不谏不是，谏他不从便了！"

长老叫备斋食请赵员外等方丈会斋。斋罢，监寺打了单帐，赵员外取出银两，教人买办物料。一面在寺里做僧鞋、僧衣、僧帽、袈裟、拜具。「特详此语，写得鲁达出家，可涕可笑！○要知以极高兴语，写极败兴事，神妙之笔！缝匠攒造新进士大红袍、新嫁娘嫁衣裳，极忙；攒造新死人大殓衣裳、新出家袈裟拜具，亦极忙。然一忙中有极热，一忙中有极冷，不可不察。」一两日，都已完备。长老选了吉日良时，教鸣钟击鼓，就法堂内会集大众。整整齐齐五六百僧人，尽披袈裟，都到法座下合掌作礼，分作两班。赵员外取出银锭、表里、信香，向法座前礼拜了。表白宣疏已罢，行童引鲁达到法座下。维那教鲁达除下巾帻，「打得好郑屠，救得好金老，写得如画。」把头发分做九路绾了，捆撮起来。净发人先把一周遭都剃了，却待剃髭须，「奇文。」鲁达道："留下这些儿还洒家也好。"「从来名士多爱须髯，是一习气，鲁达亦然，见他名士风流也。」众僧忍笑不住。真长老在法座上道："大众听偈！"念道："寸草不留，六根清净，与汝剃除，免得争竞。"「通达佛法。○谢灵运施与维摩，却不知为斗草者备得一品，然则长老之偈，真为通达佛法矣。○"寸草"妙。」长老念罢偈言，喝一声："咄！尽皆剃去！"净发人只一刀，尽皆剃了。首座呈将度牒上法座前，请长老赐法名，长老拿着空头度牒而说偈曰："灵光一点，价值千金；佛法广大，赐名智深。"「竟与长老作弟兄行。」长老赐名已罢，把度牒转将下来。书记僧填写了度牒，付与鲁智深收受。长老又赐法衣袈裟，教智深穿了。监寺引上法座前，长老与他摩顶受记道："一要皈依佛性，二要皈奉正法，三要皈敬师友：「"三皈"皆不甚如法，稗史只应如此。」此是'三皈'。'五戒'者：一不要杀生，「不能。」二不要偷盗，「能，能。」三不要邪淫，「能，能。」四不要贪酒，「不能，不能。」五不要妄语。"「能。」智深不

晓得戒坛答应"能""否"二字，却便道："洒家记得。"[错错落落，卤卤莽莽，万善戒坛中，从未闻此四字，如雷之吼，真正奇才！]众僧都笑。受记已罢，赵员外请众僧到云堂里坐下，焚香设斋供献。大小职事僧人，各有上贺礼物。都寺引鲁智深参拜了众师兄、师弟，又引去僧堂背后选佛场坐地。当夜无事。[只闲着一笔，却便使读者眉飞肉舞，知道明夜必有可观，手法之妙至此。]

次日，赵员外要回，告辞长老，留连不住。早斋已罢，并众僧都送出山门。赵员外合掌道："长老在上，众师父在此，[选此二语，藏下后段无数文字。]凡事慈悲！小弟智深乃是愚卤直人，早晚礼数不到，言语冒渎，误犯清规，[是必连日书院里领略不少，故能相知至此。]万望觑赵某薄面，恕免恕免！"长老道："员外放心！老僧自慢慢地教他念经诵咒，办道参禅。"[累句。]员外道："日后自得报答。"人丛里，唤智深到松树下，低低分付道：["人丛里"一句、"到松树下"一句、"低低说"一句，三句描出一位作家员外来。]"贤弟，你从今日难比往常，[含无数不好说的话于此八字，写尽匆匆难尽。]凡事自宜省戒，切不可托大。[二字是鲁达生平。]倘有不然，难以相见。保重保重！早晚衣服，[何得止是衣服？况衣服甚缓。四字风云入妙。]我自使人送来。"智深道："不索哥哥说，洒家都依了。"[二语有深厌赵员外东唧西吮之意。○爽直自是天性，定无食言，且今日依，是真正依，后日吃酒打人，是另自吃酒打人，亦并非食言也。]当时赵员外相辞了长老，再别了众人，上轿，引了庄客，拖了一乘空轿，取了盒子，[细。○两乘轿子下来。]下山回家去了。当下长老自引了众僧回寺。

话说鲁智深回到丛林选佛场中禅床上扑倒头便睡。[闲杀英雄，作者胸中血泪十斗！○颇有人言：倒头便睡，是大修行人，大自在法。嗟乎！菩萨行六度万行而自庄严，岂若狠大，食饱即卧，形如匏瓠者乎？菩萨，英雄也，游行十方，顾盼雄毅，若有一刹那顷合眼欲睡，即是菩萨行放逸法，奈何赞叹睡眠，云是"善法"，而令行人入于恶道耶？]上下肩两个禅和子推他起来，说道："使不得！既要出家，如何不学坐禅？"智深道："洒家自睡，干你甚事？"[八字说得有情有理，虽百辩才，不容更辩。]禅和子道："善哉！"智深喝道："团鱼洒家也吃，甚么'鳝哉'？"禅和子道："却是苦也！"智深便道："团鱼大腹，又肥甜了好吃，那得苦也？"〔此等世人以为佳，予独不取。〕上下肩禅和子都不睬他，由他自睡了。〔元人曲云："破题儿第一夜。"〕次日，要去对长老说知智深如此无礼。首座劝道："长老说道他后来证果非凡，我等皆不及他，只是护短。你们且没奈何，休与他一般见识。"禅和子自去了。智深见没人说他，每到晚便放翻身体，横罗十字，倒在禅床上睡。夜间鼻如雷响，〔一句。〇大狮子吼。〕要起来净手，大惊小怪，〔一句。〇六种震动。〕只在佛殿后撒尿撒屎，遍地都是。〔一句。〇如何是佛，干屎橛。〕侍者禀长老说："智深好生无礼！全没些个出家人体面！丛林中如何安着得此等之人！"长老喝道："胡说！〔长老通达。〕且看檀越之面。后来必改。"自此无人敢说。

鲁智深在五台山寺中不觉搅了四五个月。〔省文也，却用一"搅"字，逗出四五个月中情事。〕时遇初冬天气，智深久静思动。〔四字断得突兀迅疾。〕当日晴明得好，智深穿了皂布直裰，系了鸦青绦，换了僧鞋，大踏步走出山门来，信步行到半山亭子上，〔亭子又现一现。〕坐在鹅项懒凳上，寻思道："干鸟么！〔如梦忽醒，惊才捷笔。〕俺往常好酒好肉每日不离口，如今教洒家做了和尚，饿得干瘪了！〔写得可笑可恼。〕赵员外这几日又不使人送些东西来与洒家吃，口中淡出鸟来！〔可见日前曾送来吃，不止衣服而已。〇隋炀帝从天台智者受菩萨戒，日食止米二掬，而别以衣袱裹肉炰啖，赵员外亦定曾用此法，而雅俗之殊，何啻河汉！〕这早晚怎地得些酒来吃也好！"〔写尽英雄失路，在此一句。〕正想酒哩，〔四字顿一顿，便有东海霞起，遥接赤城之妙。〕只见远远地一个汉子挑着一付担桶，唱上山来，上面盖着桶盖。〔特地按下"盖着桶盖"四字，摇摆出下文"好酒"二字来。〕那汉子手里拿着一个旋子，〔二语之妙，正是索解人不得。盖桶上无盖，则显然是酒，有何趣味。桶上有盖，则竟不见酒，亦未为奇全也。惟是桶则盖着，手里却拿个酒旋，若隐若跃之间，宛然无限惊喜不定，在鲁达眼头心坎，真是笔歌墨舞。〕唱着上来，唱道：

九里山前作战场，牧童拾得旧刀枪。

顺风吹动乌江水，好似虞姬别霸王。「不唱酒诗，妙绝。却又偏唱"战场"二字，挑逗鲁达，妙不可当。○第一句风云变色，第二句冰消瓦解，闻此二言，真使酒怀油涌。○第三句如何比出第四句来？不通之极，然正妙于如此。盖如此方恰好也。不然，竟是名士歌诗，如旗亭画壁一绝句故事矣。○天下真正英雄，如鲁达、李逵之徒，只是不好淫欲耳。至于儿女离别之感，何得无之？故鲁达有酒泪之文，李逵有大哭之日也。第四句隐隐直吊动史进，对此茫茫，那得不饮？」

鲁智深观见那汉子挑担桶上来，坐在亭子上看。这汉子也来亭子上，歇下担桶。智深道："兀那汉子，你那桶里甚么东西？"「不得不问者，桶盖之故也。必问者，镟子之故也。」那汉子道："好酒！"「只二字作一句，却有两段惊天动地文字在内，一是酒，一是好。○汉子差矣，说是酒已当不起，况加之以好耶？」智深道："多少钱一桶？"「流涎极矣，不好便吃，只得问价，其实身边无钱也。极力描写英雄失时意思。陶诗云："饥来驱我去，叩门拙言辞。"是此一句矣。」那汉子道："和尚，「亦只二字作一句，写得又好气，又好笑。」你真个也是作耍？"智深道："洒家和你要甚么？"「使酒之根。」那汉子道："我这酒，「三字卖弄，其文愈奇。」挑上去只卖与寺内火工道人、直厅、轿夫、老郎们做生活的吃。本寺长老已有法旨：但卖与和尚们吃了，我们都被长老责罚，追了本钱，赶出屋去。我们见关着本寺的本钱，见住着本寺的屋宇，如何敢卖与你吃？"智深道："真个不卖？"「硬一句，现出鲁达原身。」那汉子道："杀了我也不卖！"智深道："洒家也不杀你，只要问你买酒吃！"「仍放软一句，现出员外叮嘱。」那汉子见不是头，挑了担桶便走。智深赶下亭子来，双手拿住扁担，只一脚，「打郑屠时连用三句"只一拳"，此处又用一句"只一脚"，总写鲁达爽直过人。」交裆踢着。那汉子双手掩着，做一堆蹲在地下，半日起不得。智深把那两桶酒都提在亭子上，「两桶都提在亭上，气吸西江。」地下拾起镟子，「被打，故在地下，妙妙。」开了桶盖，「先是盖好者，妙妙。」只顾舀冷酒吃。无移时，两桶酒吃了一桶。「四字不是赞鲁达酒量大，正是回映两桶都提来句，以作一笑。」智深道："汉子，明日来寺里讨钱。"「偏说寺里，回映"已有法旨"句。偏说讨钱，回映"多少一桶"句。文心如绣。那汉子方才疼止，又怕寺里长老得知，坏了衣饭，忍气吞声，那里敢讨钱？把酒分做两半桶挑了，「两头轻重，如何好挑，分作两半，是也。然文心何以至是！」拿了镟子，「镟子。」飞也似下山去了。

只说鲁智深在亭子上坐了半日，酒却上来。「写酒醉有节次。」下得亭子松树根边又坐了半歇，酒越涌上来。「有节次。」智深把皂直裰褪膊下来，把两只袖子缠在腰里，露出脊背上花绣来，「绚烂奇妙，不止偏袒右肩而已。」扇着两个膀子上山来。「狮子频申，象王回顾，想复尔尔。」看看来到山门下，两个门子远远地望见，拿着竹篦，来到山门下，拦住鲁智深便喝道："你是佛家弟子，如何噇得烂醉了上山来？你须不瞎，也见库局里贴着晓示：'但凡和尚破戒吃酒，决打四十竹篦，赶出寺去；如门子纵容醉的僧人入寺，也吃十下。'「口中念出晓示来。」你快下山去，饶你几下竹篦！"

鲁智深一者初做和尚，二来旧性未改，「无此一架，便觉下语为突，想见安放之苦。」睁起双眼，骂道："直娘贼！「句句可骂，却偏择此三字，不惟恶口兼犯五逆罪中第二大罪，故妙故快！」你两个要打洒家，俺便和你厮打！"「得意语。」门子见势头不好，一个飞也似入来报监寺，一个虚拖竹篦拦他。智深用手隔过，揸开五指，去那门子脸上只一掌，「快人。〇其声清越，从纸上闻。」打得蹡蹡跄跄。却待挣扎，智深再复一拳，「第四拳。」打倒在山门下，只是叫苦。鲁智深道："洒家饶你这厮！"蹡蹡跄跄攧入寺里来。

监寺听得门子报说，叫起老郎、火工、直厅、轿夫，三二十人，各执白木棍棒，从西廊下抢出来，却好迎着智深。智深望见，大吼了一声，却似嘴边起个霹雳，「奇语。」大踏步抢入来。众人初时不知他是军官出身，「好笔！安闲宽转，具觇史才。」次后见他行得凶了，慌忙都退入藏殿里去，便把亮槅关了。「写众人，活是众人。」智

深抢入阶来，一拳，「痛矣。」一脚，「性发不在上二字，正在下二字，盖此四字，是打藏殿亮槅也。陡然一拳，拳痛矣，接连便是一脚，写醉人失手，真乃如画。」打开亮槅，二三十人都赶得没路。夺条棒，从藏殿里打将出来。监寺慌忙报知长老。长老听得，急引了三五个侍者直来廊下，喝道："智深！不得无礼！"智深虽然酒醉，却认得是长老，「大虫偏服慈心人，所以为大虫，鲁达偏怕长老，所以为鲁达。」撇了棒，向前来打个问讯，指着廊下，「"打个问讯，指着廊下"，活是醉人。」对长老道："智深吃了两碗酒，「不妄语戒，不穿不缺。」又不曾撩拨他们，他众人又引人来打洒家。"「此"又"字醉语糊涂，活画。」长老道："你看我面，快去睡了，明日却说。"「善知诸根利钝之相。」鲁智深道："俺不看长老面，「写尽醉中夹七夹八语，如画。」洒家直打死你那几个秃驴！"「公有发耶？长老有发耶？骂得妙！」长老叫侍者扶智深到禅床上，扑地便倒了，齁齁地睡了。「好。」

众多职事僧人围定长老，告诉道：「如画。」"向日徒弟们曾谏长老来，今日如何？「话不多，而文势曲折波磔之极。」本寺那容得这等野猫，「奇语。」乱了清规！"长老道："虽是如今眼下有些啰唣，后来却成得正果。没奈何，且看赵员外檀越之面，容恕他这一番。我自明日叫去埋怨他便了。"众僧冷笑道："好个没分晓的长老！"「"没分晓"是大德定评。」各自散去歇息。

次日，早斋罢，长老使侍者到僧堂里坐禅处唤智深时，尚兀自未起。「干葛汤良。」待他起来，穿了直裰，赤着脚，一道烟走出僧堂来。侍者吃了一惊，「奇文出人意外，转过下句，又入人意中，神化之笔。」赶出外来寻时，却走在佛殿后撒屎。「"佛殿撒屎"四字，自来不曾一处，合成奇景奇语。」侍者忍笑不住，等他净了手，「也要净手，鲁达坏了。」说道："长老请你说话。"智深跟着侍者到方丈。长老道："智深虽是个武夫出身，今来赵员外檀越剃度了你，我与你摩顶受记，教你一不可杀生，二不可偷盗，三不可邪淫，四不可贪酒，五不可妄语——此五戒乃僧家常理。出家人第一不可贪酒，「饮酒本第五戒，前移在第四，此处又说是第一，颠倒错乱得好，只合如此也。」你如何夜来吃得大醉，打了门子，伤坏了藏殿上朱红槅子，又把火工道人都打走了，口出喊声？「于三句外另加四字，便令昨日震天震地。」如何这般所为！"智深跪下道："今番不敢了。"「真正惭颜硬动，不是凡夫僧口头忏悔语也。」长老道："既然出家，如何先破了酒戒，又乱了清规？我不看你施主赵员外面，定赶你出寺。再后休犯！"智深起来，合掌道："不敢，不敢！"长老留在方丈里，安排早饭与他吃，「降龙伏虎，尽此数言，然后知百丈清规，为下辈设也。○一句。」又用好言语劝他；「一句。」取一领细布直裰、一双僧鞋，与了智深，「一句。○不受上罚，反加上赏，畏之乎？爱之耳。我做长老，亦必尔矣。」教回僧堂去了。但凡饮酒不可尽欢。「承上文无数英雄，忽然接一腐语。」常言"酒能成事，酒能败事"，便是小胆的吃了也胡乱做了大胆，何况性高的人！「不文之人见此一段，便谓作者借此劝戒酒徒，以鲁达为殷鉴。吾若闻此言，便当以夏楚痛扑之。何也？夫千岩万壑，崔嵬突兀之后，必有平莽连延数十里，以舒其磅礴之气；水出三峡，倒冲滟滪，必有数十里迤逦东去，以杀其奔腾之势。今鲁达一番使酒，真是捶黄鹤，踢鹦鹉，岂惟作者腕脱，兼令读者头晕矣。此处不少息几笔，以舒其气而杀其势，则下文第二番使酒，必将直接上来，不惟文体有两头大中间细之病，兼写鲁达作何等人也？呜呼！作《水浒》者，才子也。才子胸中，岂村里小儿所知也！」

再说这鲁智深自从吃酒醉闹了这一场，一连三四个月不敢出寺门去。「此句不写鲁达改过，亦只为要放缓后文使酒，不令两番接连。」忽一日，天气暴暖，是二月间时令，「上文放缓是特特放缓，此处闪入便陡然闪入，真正妙笔也。」离了僧房，信步蹓出山门外立地，看着五台山，喝采一回，「写英雄人，必须如此写，便见他盖天盖地胸襟，夫鲁达岂有山水之鉴哉？」猛听得山下叮叮当当的响声顺风吹上山来。「引入市井及铁匠，妙笔。○顺风吹上山来，是二月风也。」智深再回僧堂里取了些银两揣在怀里，「其心不良。」一步步走下山来。出得那"五台福地"的牌楼来「忽然增出一座牌楼，补前文之所无，盖其笔力，真乃以文为戏耳。」看时，原来却是一个市井，约有五七百人家。智深看那市镇上时，也有卖肉的，「为鲁达快写一句。」

也有卖菜的，[又回顾山上一句。]也有酒店、[为鲁达快写一句。]面店。[又回顾山上一句。]智深寻思道："干呆么！[睦州有云："大事已明，如丧考妣。"正是此时光景。]俺早知有这个去处，不夺他那桶酒吃。[只知其一，未知其二，莫便如此说好。]也自下来买些吃。这几日熬得清水流，[鸟出犹可，水流难当。○是可忍，孰不可忍？]且过去看有甚东西买些吃。"听得那响处，却是打铁的在那里打铁。[此来正文专为吃酒，却颠倒放过吃酒，接出铁店，衍成绝奇一篇文字，已为奇绝矣。乃又于铁店文前，再颠倒放过铁店，反插出客店来，其笔势之奇娇，虽虬龙怒走，何以喻之。]间壁一家门上写着"父子客店"。[老远先放此一句，可谓"隔年下种，来岁收粮"，岂小笔所能？]

智深走到铁匠铺门前看时，见三个人打铁。智深便问道："兀那待诏，有好钢铁么？"那打铁的看见[从打铁人眼中现出鲁智深做和尚后形状，奇绝之笔！]鲁智深腮边新剃暴长短须，戗戗地好惨濑人，[一冬不剃，真有此状。]先有五分怕他。那待诏住了手道："师父请坐！要打甚么生活？"智深道："洒家要打条禅杖、一口戒刀。不知有上等好铁么？"待诏道："小人这里正有些好铁，不知师父要打多少重的禅杖、戒刀，但凭分付。"智深道："洒家只要打一条一百斤重的。"待诏笑道："重了。师父，小人打怕不打了，只恐师父如何使得动？[二语曲折之甚，正如方吐干口。]便是关王刀，也只有八十一斤。"[齐东野人相传之言，荒俚僻鄙，偏如亲见。此在小人固不足怪，独是文人亦常不免，何哉？]智深焦躁道："俺便不及关王！他也只是个人！"[说关王便是关王，说八十一斤便是八十一斤，写鲁达又剀直，又好笑。]那待诏道："小人据常说，只可打条四五十斤的，也十分重了。"智深道："便依你说，比关王刀，也打八十一斤的。"[古亦真有关王耶？古关王亦真有刀耶？古关王刀真有八十一斤耶？谁见之？谁传之？而一入于耳，便定要依从以为式，所谓真正鲁达，非他人之所能假也。]待诏道："师父，肥了，[字法奇绝，争得好笑。]不好看，又不中使。依着小人，好生打一条六十二斤的水磨禅杖与师父。使不动时，休怪小人。戒刀已说了，不用分付，[两件家生也，乃半日只讲得一件，故特找此语完足之，妙绝！]小人自用十分好铁打造在此。"智深道：

"两件家生要几两银子？"待诏道："不讨价，[此语经纪人常口，何足标出，然为其偏与鲁达性格相合，故作者特用之也。]实要五两银子。"智深道："俺便依你五两银子。[爽利。]你若打得好时，再有赏你。"[爽利。]那待诏接了银两道："小人便打在此。"智深道："俺有些碎银子在这里，和你买碗酒吃。"[又爽利。○此特写鲁达有胸襟，有意兴，分明不是嗜酒糟汉。○一铁匠要拉之同饮，而四五百禅人不闻偶过闻焉，嘲骂时师不小。]待诏道："师父稳便。小人赶趁些生活，不及相陪。"

智深离了铁匠人家，[撇开铁匠，妙！上只是写智深耳，若铁匠真去，如何是了？]行不到三二十步，见一个酒望子[耀眼。]挑出在房檐上。[此家挂酒望在檐边，是行到始见，与下望见别。]智深掀起帘子，入到里面坐下，敲着桌子，[极力写。]叫道："将酒来。"[只三字描尽渴吻。]卖酒的主人家说道："师父少罪。小人住的房屋也是寺里的，本钱也是寺里的。长老已有法旨，但是小人们卖酒与寺里僧人吃了，便要追了小人们本钱，又赶出屋。因此，只得休怪。"智深道："胡乱卖些与洒家吃，俺须不说是你家便了。"[不犯妄语戒否？]那店主人道："胡乱不得。师父别处去吃，休怪休怪。"智深只得起身，[羼提波罗，可怜可笑。]便道："洒家别处吃得，却来和你说话！"[虽极要忍，毕竟不是闭口而去，写得鲁达可怜可笑。]出得店门，行了几步，又望见一家酒旗儿直挑出在门前。[又一样。○"直挑出"三字从鲁达心坎里跃出来。○前云"房檐上"，是到门首方见，此云"望见""直挑出在门前"，智深一直走进去，[急情如画。]坐下，叫道："主人家，快把酒来卖与俺吃。"[写得发极，定是第二家，不是第一家也。○尤好笑。"卖与俺吃"四字，俺之为俺苦矣，吃之为吃急矣。]店主人道："师父，你好不晓事！长老已有法旨，你须也知，却来坏我们衣饭！"智深不肯动身。[可怜可笑！]三回五次，那里肯卖！智深情知不肯，起身又走，连走了三五家，都不肯卖。[急。]

智深寻思一计，[一生不用巧，此处万分无奈，忽然用巧。]"不生个道理，如何能够酒吃？"远远

地杏花深处，市梢尽头，一家挑出个草帚儿来。「又一样，○比前二家，酒定粗恶矣，不然，何故是个草帚。总之要极写鲁达久渴思浆光景，胡乱茅柴，胜于长行粥饭也。」智深走到那里看时，却是个傍村小酒店。智深走入店里来，靠窗坐下，便叫道："主人家，过往僧人「四字锦心绣口。」买碗酒吃。"庄家看了一看道「一是鲁达生得怕人，一是旧奉山上法旨。」："和尚，你那里来？"「犹言"不是五台山来么"。」智深道："俺是行脚僧人，游方到此经过，「重宣此义。」要买碗酒吃。"「重说。○此句必要重说，不重说，不见燥吻之急。」庄家道："和尚，若是五台山寺里的师父，「既唤做和尚，又称云师父，一句而两头不照，活画庄家之轻他方而重五台也。」我却不敢卖与你吃。"智深道："洒家不是。「四字，情急吻燥之至。」你快将酒卖来。"「三说，妙妙！」庄家看见鲁智深这般模样，声音各别，便道："你要打多少酒？"智深道："休问多少，大碗只顾筛来。"约莫也吃了十来碗。智深问道："有甚肉？把一盘来吃。"「吃了十来碗，方问到肉者，写酒怀浩浩落落，妙不可言！」庄家道："早来有些牛肉，都卖没了。"「偏不是牛肉，偏要曲折到狗肉，极力写尽鲁达，绝倒！」智深猛闻得一阵肉香，走出空地上看时，只见墙边沙锅里煮着一只狗在那里。「卖酒庄家尚不将狗肉来灶上煮，五台山禅林僧人却将狗腿大众中吃，谁是、谁不是？」智深道："你家见有狗肉，如何不卖与俺吃？"庄家道："我怕你是出家人，不吃狗肉，「相传有此言，因而实非也。」因此不来问你。"智深道："洒家的银子有在这里！"便摸银子递与庄家，道："你且卖半只与俺。"「不称不看，盖难得者酒肉，银子何足道哉！」那庄家连忙取半只熟狗肉，捣些蒜泥，「索性尽兴，妙文云涌。○少停吐出，臭不可闻。」将来放在智深面前。智深大喜，「自从请了史进，直至今日。」用手扯那狗肉，蘸着蒜泥吃，一连又吃了十来碗酒。吃得口滑，只顾讨，那里肯住？庄家到都呆了，叫道："和尚，只恁地罢！"「乐。」「四字妙劝。○从庄家眼中口中写出酒兴。」智深睁起眼道："洒家又不白吃你的！管俺怎地？"「妙答。」庄家道："再要多少？"智深道："再打一桶来。"「尽兴快活。」庄家只得又舀一桶来，智深无移时，又吃了这桶酒。剩下一脚狗腿，把来揣在怀里；「不肯便尽，留作奇波。」临出门，又道："多的银子，明日又来吃。"「补完不称银子。」吓得庄家目瞪口呆，罔知所措，看他却向那五台山上去了。「过往僧人！」

智深走到半山亭子上，「亭子时辰到了。」坐下一回，酒却涌上来，跳起身，口里道："俺好些时不曾拽拳使脚，觉道身体都困倦了，「即髀肉复生之叹。」洒家且使几路看！"下得亭子，把两只袖子搭在手里，上下左右使了一回，使得力发，只一膀子扇在亭子柱上，只听得刮剌剌一声响亮，把亭子柱打折了，塌了亭子半边。「初来时曾坐于此，而今已矣。」

门子听得半山里响，高处看时，只见鲁智深一步一撷抢上山来。两个门子叫道："苦也！这畜生今番又醉得不小可！"便把山门关上，把拴拴了。只在门缝里张时，「妙笔，不张时，将使鲁达自述耶？」见智深抢到山门下，见关了门，把拳头擂鼓也似敲门。两个门子那里敢开？智深敲了一回，扭过身来，看了左边的金刚，「眼前奇景。」喝一声道："你这个鸟大汉，不替俺敲门，却拿着拳头吓洒家！俺须不怕你！"跳上台基，把栅剌子只一扳，却似撇葱般扳开了。拿起一根折木头，去那金刚腿上便打，簌簌地，泥和颜色都脱下来。门子张见道："苦也！"只得报知长老。智深等了一会，调转身来，看着右边金刚，「两座金刚，两样打法。○敲了一回，等了一回，都是前日大创后，不敢使酒之辞，然已亭子、金刚，天崩地塌矣。」喝一声道："你这厮张开大口，也来笑洒家！"便跳过右边台基上，把那金刚脚上打了两下。只听得一声震天价响，那尊金刚从台基上倒撞下来。智深提着折木头大笑，「大笑妙，提了折木头大笑，又妙。」

两个门子去报长老，长老道："休要惹他，你们自去。"只见这首座、监

059

寺、都寺并一应职事僧人都到方丈禀说："这野猫今日醉得不好！把半山亭子、山门下金刚，都打坏了！如何是好？"长老道："自古天子尚且避醉汉，何况老僧乎？［好长老，不枉是五七百人善知识。］若是打坏了金刚，请他的施主赵员外自来塑新的。倒了亭子，也要他修盖。这个且由他。"众僧道："金刚乃是山门之主，如何把来换过？"长老道："休说坏了金刚，便是打坏了殿上三世佛，也没奈何，只得回避他。［真正善知识，胸中便有丹霞烧佛眼界。］你们见前日的行凶么？"众僧出得方丈，都道："好个囫囵竹的长老！门子，你且休开，只在里面听。"［接口将叙事带说过去，何等笔法。］智深在外面大叫道："直娘的秃驴们！不放洒家入寺时，山门外讨把火来烧了这个鸟寺！"［一句胜百句语，不因此语，如何得开。］众僧听得，只得叫门子："拽了大拴，［"拽"字妙。眉批：一路"拽"字、"钻"字、"塞"字、"凿"字，皆以一字为景。］由那畜生入来！若不开时，真个做出来！"门子只得捻脚捻手拽了拴，飞也似闪入房里躲了，众僧也各自回避。

只说那鲁智深双手把山门尽力一推，扑地攧将入来，吃了一交；［从上"拽"字生出妙景。］扒将起来把头摸一摸，［妙景。○悔骂秃驴矣。］直奔僧堂来。到得选佛场中，禅和子正打坐间，看见智深揭起帘子，钻将入来，［"钻"字妙，我法中所谓全无威德也。］都吃一惊，尽低了头。智深到得禅床边，喉咙里咯咯地响，看着地下便吐。［"看地下"三字妙，活是醉人！］○于吐前先写一句"喉咙咯咯"妙。活是醉人。］众僧都闻不得那臭，［"那"者何也？酒也，狗也，蒜也。］个个道："善哉！"齐掩了口鼻。智深吐了一回，扒上禅床，解下绦，把直裰、带子，都刌刌剥剥扯断了，［本是鲁达，况乃酒后。］脱下那脚狗腿来。［"取出来"便是俗笔，今云"脱下"，写醉人节节忘废，入妙。］智深道："好！好！［出于意外之辞。］正肚饥哩！"扯来便吃。众僧看见，便把袖子遮了脸，上下肩两个禅和子远远地躲开。智深见他躲开，便扯一块狗肉，看着上首的道：

"你也到口！"上首的那和尚把两只袖子死掩了脸。智深道："你不吃？"［放过一个。］把肉望下首的禅和子嘴边塞将去。［"塞"字妙。］那和尚躲不迭，却待下禅床，智深把他劈耳朵揪住，将肉便塞。［揪住一个。］对床四五个禅和子跳过来劝时，［上文只闹得一边，故又补出对床相劝来，则满堂闹遍矣。］智深撇了狗肉，提起拳头，去那光脑袋上剥剥剥剥只顾凿。［"凿"字妙。眉批："剥剥剥剥"四字二见，其声不必相同而说来成片。］满堂僧众大喊起来，都去柜中取了衣钵要走。此乱唤做"卷堂大散"，［如火如锦。］首座那里禁约得住？

智深一味地打将出来。［智深已打出来。］大半禅客都躲出廊下来。［躲出廊下来。］监寺、都寺，不与长老说知，叫起一班职事僧人，点起老郎、火工道人、直厅、轿夫，约有一二百人，都执杖叉棍棒，尽使手巾盘头，［好看！］一齐打入僧堂来。［众人又打入去。〇方成大闹〇不与长老说知，故闹得快。］智深见了，大吼一声，别无器械，［四字奇绝精绝！］抢入僧堂里，［"抢入"二字，奇妙如火，盖上文云智深一味地打将出来，众人都赶上廊，然则智深已在僧堂外矣。乃监寺、都寺点起二三百人，倒打入僧堂来，写一时无纪之师，头昏眼黑，可发一笑！然是犹未为奇绝之文也。最奇者，二三百人打入僧堂，却扑了一个空，方思退出更寻智深也，乃令智深反从外边抢入二三百人阵中来寻军器。大闹之为题，真不虚矣！］佛面前，推翻供桌，撇了两条桌脚，从堂里打将出来。［再打出来。］众多僧行见他来得凶了，都拖了棒退到廊下。［又退到廊下。］智深两条桌脚着地卷将来，众僧早两下合拢来。智深大怒，指东打西，指南打北，［八字如锦如火。］只饶了两头的。［是廊下，妙。〇如此叙事匆忙中，偏有此精细手眼，真是奇才！］当时智深直打到法堂下，只见长老喝道：［方成大闹。〇打出长老来，方是大闹。若请出长老来，何足云"闹"哉？］"智深不得无礼！众僧也休动手！"两边众人被打伤了数十个，见长老来，各自退去。智深见众人退散，撇了桌脚，叫道："长老与洒家做主！"此时酒已七八分醒了。［妙。〇不下此语，定要醉到何时。〇又使酒人偏是七八分醒时，最为惭愧，写来妙绝。］

长老道："智深，你连累杀老僧！前番醉了一次，搅扰了一场，我教你

兄赵员外得知，他写书来与众僧陪话；「此事前文不见，却于此处补出，行文有犬牙相错之法。」今番你又如此大醉无礼，乱了清规，打塌了亭子，又打坏了金刚。这个且由他，你搅得众僧卷堂而走，这个罪业非小！我这里五台山文殊菩萨道场，千百年清净香火去处，如何容得你这等秽污！你且随我来方丈里过几日，我安排你一个去处。"智深随长老到方丈去。长老一面叫职事僧人留住众禅客，再回僧堂，自去坐禅；「完。」打伤了和尚，自去将息。「完。」长老领智深到方丈歇了一夜。

「眉批：读至此真有飓风既息，日圆如故之乐。〇每每看书要图奇肆之篇，以为快意，今读至此处，不过收拾上文寥寥浅语耳，然亦殊以为快者，半日看他两番大闹，亦大费我心魂矣，巳到此处，且图个心魂少息。呜呼！作书乃令读者如此，虽欲不谓之才子不可得也。」

次日，真长老与首座商议，收拾了些银两赍发他，教他别处去，可先说与赵员外知道。「是。」长老随即修书一封，使两个直厅道人径到赵员外庄上说知就里，立等回报。赵员外看了来书，好生不然，「员外出丑矣。」回书来拜覆长老，说道："坏了的金刚、亭子，赵某随即备价来修。智深任从长老发遣。"

「非员外薄情也，若非此句，则员外真像一个人，后日便不容易安置，他日智深下山，亦不可不特往别之矣。不如只如此丢却，何等省手干净？」

长老得了回书，便叫侍者取领皂布直裰、一双僧鞋、「往往写长老爱之。」十两白银，房中唤过智深。长老道："智深，你前番一次大醉，闹了僧堂，便是误犯；今次又大醉，打坏了金刚，塌了亭子，卷堂闹了选佛场，你这罪业非轻，又把众禅客打伤了。我这里出家，是个清净去处。你这等做作，甚是不好。看你赵檀越面皮，与你这封书，投一个去处安身。我这里决然安你不得了。我夜来看了，赠汝四句偈言，终身受用。"智深道："师父教弟子那里去安身立命？「此四字是王进所说，世间淡泊，收拾不住，此语遂为佛门所有。」愿听俺师四句偈言。"

真长老指着鲁智深，说出这几句言语，去这个去处，有分教：这人笑挥禅杖，战天下英雄好汉；怒掣戒刀，砍世上逆子谗臣。毕竟真长老与智深说出甚言语来，且听下回分解。

第四回

小霸王醉入销金帐

花和尚大闹桃花村

智深取却真长老书，若云"于路不则一日，早来到东京大相国寺"，则是二回书接连都在和尚寺里，何处见其龙跳虎卧之才乎？此偏于路投宿，忽投到新妇房里，夫特特避却和尚寺，而不必到新妇房，则是作者龙跳虎卧之才，犹为不快也。嗟乎！耐庵真正才子也。真正才子之胸中，夫岂可以寻常之情测之也哉？

此回遇李忠，后回遇史进，都用一样句法，以作两篇章法。而读之却又全然是两样事情、两样局面，其笔力之大不可言。

为一女子弄出来，直弄到五台山去做了和尚。及做了和尚弄下五台山来，又为一女子又几乎弄出来。夫女子不女子，鲁达不知也；弄出不弄出，鲁达不知也；和尚不和尚，鲁达不知也；上山与下山，鲁达悉不知也。亦日遇酒便吃，遇事便做，遇弱便扶，遇硬便打，如是而已矣，又乌知我是和尚，他是女儿，昔日弄出故上山，今日下山又弄出哉？

鲁达、武松两传，作者意中却欲遥遥相对，故其叙事亦多仿佛相准。如鲁达救许多妇女，武松杀许多妇女；鲁达酒醉打金刚，武松酒醉打大虫；鲁达打死镇关西，武松杀死西门庆；鲁达瓦官寺前试禅杖，武松蜈蚣岭上试戒刀；鲁达打周通，越醉越有本事，武松打蒋门神，亦越醉越有本事；鲁达桃花山上踏扁酒器揣了，滚下山去，武松鸳鸯楼上踏扁酒器揣了，跳下城去。皆是相准而立，读者不可不知。

要盘缠便偷酒器，要私走便滚下山去，人曰："堂堂丈夫，奈何偷了酒器滚下山去？"公曰："堂堂丈夫，做甚么便偷不得酒器，滚不得下山耶？"益见鲁达浩浩落落。

看此回书，须要处处记得鲁达是个和尚。如销金帐中坐，乱草坡上滚，都是光着头一个人，故奇妙不可言。

写鲁达踏扁酒器偷了去后，接连便写李、周二人分赃数语，其大其小，虽妇人小儿，皆洞然见之。作者真鼓之舞之以尽神矣哉。

大人之为大人也，自听天下万世之人谅之；小人之为小人也，必要自己

口中戞戞言之，或与其标榜之同辈一递一唱，以张扬之。如鲁达之偷酒器，李、周之分车仗，可不为之痛悼乎耶？

话说当日智真长老道："智深，你此间决不可住了。我有一个师弟，见在东京大相国寺住持，唤做智清禅师。我与你这封书去投他那里，讨个职事僧做。我夜来看了，赠汝四句偈子，你可终身受用，记取今日之言。"智深跪下道："洒家愿听偈子。"长老道："遇林而起，遇山而富，遇州而迁，遇江而止。"鲁智深听了四句偈子，拜了长老九拜，「是宜三拜也，然而洒家不省得也，拜个不住则是九拜矣。或曰：若此则何不十拜？曰：十拜者数之辞也，九拜者不数之辞也，拜个不数，则是九拜也。」背了包裹、腰包、肚包，藏了书信，辞了长老并众僧人，离了五台山，径到铁匠间壁客店里歇了，「前所见间壁一家，写着"父子客店"也。」等候打了禅杖、戒刀，完备就行。寺内众僧得鲁智深去了，无一个不欢喜。「完众僧。」长老教火工道人，自来收拾打坏了的金刚、亭子。「完坏金刚、坏亭子。」过不得数日，赵员外自将若干钱物来五台山，再塑起金刚，重修起半山亭子。「完新金刚、新亭子。」不在话下。

再说这鲁智深就客店里住了几日，「连日烂醉，不言可知。」等得两件家生都已完备，做了刀鞘，「又向戒刀上添出色泽来。」把戒刀插放鞘内，禅杖却把漆来裹了。「又向禅杖上添出色泽来。」将些碎银子赏了铁匠，「前许不肯食言，亦表两件生活得得意，盖文人笔，美人镜，亦犹是矣。」背了包裹，跨了戒刀，提了禅杖，「细。」作别了客店主人并铁匠，「了。」行程上路。过往人看了，果然是个莽和尚。「亦在过往人眼中看出"莽和尚"三字来。」

智深自离了五台山文殊院，取路投东京来，行了半月之上，于路不投寺院去歇，「已受大创也。○隔江望见刹竿，便吃一吓，安肯复入这门来。」只是客店内打火安身，「此句夜饮。」白日间酒肆里买吃。「此句昼饮。」一日，正行之间，贪看山明水秀，「写得鲁达文秀。」不觉天色已晚，赶不上宿头。路中又没人作伴，那里投宿是好？又赶了三二十里田地，过了一条板桥，远远地望见一簇红霞，树木丛中闪着一所庄院，庄后重重叠叠都是乱山。「伏一笔。」鲁智深道："只得投庄上去借宿。"径奔到庄前看时，见数十个庄家，忙忙急急，搬东搬西。鲁智深到庄前，倚了禅杖，与庄客唱个喏。「俗本作"打个问讯"。」庄客道："和尚，日晚来我庄上做甚的？"智深道："洒家赶不上宿头，欲借贵庄投宿一宵，明早便行。"庄客道："我庄上今夜有事，歇不得。"智深道："胡乱借洒家歇一夜，明日便行。"庄客道："和尚快走，休在这里讨死！"智深道："也是怪哉，歇一夜打甚么不紧，怎地便是讨死？"庄家道："去便去，不去时便捉来缚在这里！"「庄主苦不可言，庄客已使新女婿势头矣，世间如此之事极多，写来为之一笑！」鲁智深大怒道："你这厮村人好没道理！俺又不曾说甚的，便要绑缚洒家！"

庄家们也有骂的，也有劝的。鲁智深提起禅杖，却待要发作，只见庄里走出一个老人来。鲁智深看那老人时，年近六旬之上，拄一条过头拄杖，走将出来，喝问庄客："你们闹甚么？"庄客道："可奈这个和尚要打我们。"智深便道："洒家是五台山来的僧人，「便不说过往僧人，鲁达亦有贼智耶？」要上东京去干事。今晚赶不上宿头，借贵庄投宿一宵。庄家那厮无礼，要绑缚洒家。"那老人道："既是五台山来的师父，随我进来。"

智深跟那老人直到正堂上，分宾主坐下。那老人道："师父休要怪，庄家们不省得师父是活佛去处来的，他作寻常一例相看。老汉从来敬信佛天三

宝。[「佛」者何也？「天」者何也？「三宝」者又何也？夫「三宝」者，佛、法、僧三是也。然则言「三宝」，不得又言「佛」也。佛者，三界大师，所谓天中天也。然则言佛，不得接言「天」也。今混帐云「我敬佛天三宝」，不知彼之所敬，为何等事耶？嗟乎！滔滔者天下皆是也。作者深哀其不达法相，故特于刘老口中，调侃出之，凡以愧之也。] 虽是我庄上今夜有

事，权且留师父歇一宵了去。"智深将禅杖倚了，起身唱个喏，[俗本亦作"打个问讯"。]

谢道："感承施主。洒家不敢动问贵庄高姓？"老人道："老汉姓刘。此间唤

做桃花村，[好村名，可谓"桃之夭夭，灼灼其华"矣。]乡人都叫老汉做桃花庄刘太公。[阿父桃花著名，令爱那不桃花坐命，皆作者凭空设色处。]

敢问师父法名，唤做甚么讳字？"智深道："俺的师父是智真长老，[不惟源流明白，兼乃不背师长。]与俺取了个讳字，因洒家姓鲁，唤做鲁智深。"太公道："师父请

吃些晚饭；不知肯吃荤腥也不？"[着。○然只问荤腥，却偏不问酒，妙笔。]鲁智深道："洒家不忌荤

酒，[太公只问荤腥，智深忽然自增出一"酒"字，妙笔。]遮莫甚么浑清白酒都不拣选；[反先说酒。]牛肉、狗

肉，但有便吃。"[次补肉。]太公道："既然师父不忌荤酒，先叫庄客取酒肉

来。"没多时，庄客掇张桌子，放下一盘牛肉、三四样菜蔬、一双箸，

[箸先有了，却不见盏，妙笔。]放在鲁智深面前。智深解下腰包、肚包，[细。]坐定。那庄客旋了

一壶酒，[一壶妙，下一只盏子又妙。]拿一只盏子，[盏子方才来。○只一双箸、一只盏，亦必摇摆出鲁达好酒急情来，真正妙笔！]筛下酒与智

深吃。这鲁智深也不谦让，也不推辞，无一时，一壶酒、一盘肉，都吃了。

[三四样菜蔬，原物不动，写五台山师父绝倒！]太公对席看见，呆了半晌。庄客搬饭来，又吃了。

抬过桌子。[只如此。]太公分付道："胡乱教师父在外面耳房中歇一宵。夜

间如若外面热闹，不可出来窥望。"智深道："敢问贵庄今夜有甚事？"太公

道："非是你出家人闲管的事。"[先作一跌，妙绝！盖闲管尚非出家人本色，后文乃至赤条条坐新妇销金帐中，真绝倒之笔也。]智深道：

"太公，缘何模样不甚喜欢？莫不怪洒家来搅扰你么？明日洒家算还你房钱

便了。"太公道："师父听说，我家时常斋僧布施，那争师父一个？只是我家

今夜小女招夫，以此烦恼。"「八字奇文。」鲁智深呵呵大笑道："男大须婚，女大必嫁，这是人伦大事，五常之礼，何故烦恼？"太公道："师父不知，这头亲事不是情愿与的。"智深大笑道："太公，你也是个痴汉！既然不两相情愿，如何招赘做个女婿？"太公道："老汉止有这个小女，今年方得一十九岁。

「六字奇文，写尽庄汉懵懂。」被此间有座山，唤做桃花山，近来山上有两个大王，「"近来"二字妙，照定李忠下笔。眉批：一路并不说出大王名姓，只用"大王"二字便生出许多妙语来，如"引着大王"句、"大王摸进"句、"大王叫救"句、"劝得大王"句、"骑翻大王"句、"撇下大王"句、"大王扒出"句、"马欺大王"句、"驮去大王"句，凡若干"大王"，犹如大珠小珠满盘迸落，盖自有"大王"二字以来，未有狼狈如斯之甚者也。」扎了寨栅，聚集着五七百人，打家劫舍。此间青州官军捕盗，禁他不得。因来老汉庄上讨进奉，见了老汉女儿，撇下二十两金子、一匹红锦为定礼，选着今夜好日，晚间来入赘老汉庄上。又和他争执不得，只得与他。因此烦恼。非是争师父一个人。"「又答还一句。」

智深听了道："原来如此！洒家有个道理教他回心转意，不要娶你女儿，如何？"「鲁达凡三事，都是妇女身上起。第一为了金老女儿，做了和尚。第二既做和尚，又为刘老女儿。第三为了林冲娘子，和尚都做不得。然又三处都是酒后，特特写豪杰亲酒远色，感慨世人不少。」

太公道："他是个杀人不眨眼魔君，你如何能够得他回心转意？"智深道："洒家在五台山真长老处学得说因缘，便是铁石人也劝得他转。「前说有个道理回心转意，原欲以郑屠之法治之，只因老儿如何能够一句，便随口嘈出说因缘来，冒冒失失，为下文一笑。」今晚可教你女儿别处藏了，俺就你女儿房内说因缘劝他，便回心转意。"太公道："好却甚好，只是不要捋虎须。"智深道："洒家的不是性命？「是鲁达语，他人说不出。○快绝，妙绝！一句抵千百句。」你只依着俺行。"太公道："却是好也！我家有福，得遇这个活佛下降！"庄客听得，都吃一惊。

「照前厮打，妙绝文情。」太公问智深："再要饭吃么？"智深道："饭便不要吃，有酒再将些

来吃。"〔前一壶酒，何足道哉！既要智深干事，定应再与痛饮。然在智深既不可自讨，在太公又不可直问。何则？若智深自讨，则太公惊喜奉承之意不见；若太公直问，则又不似敬重三宝之太公，所以待活佛去处之师父也。故作者于此，反复推敲，算出问饭来，而智深接口云："饭便不吃，酒再将来。"一时宾主酬酢，如火似锦矣。〕太公道："有！有！"〔"二""有"字，写出太公分外惊喜奉承。〕随即叫庄客取一只熟鹅，大碗斟将酒来，叫智深尽意吃了三二十碗。那只熟鹅也吃了。叫庄客将了包裹，先安放房里；〔细。〕提了禅杖，带了戒刀，〔细。〕问道："太公，你的女儿躲过了不曾？"太公道："老汉已把女儿寄送在邻舍庄里去了。"智深道："引小僧新妇房里去。"〔处处自称"酒家"，此独云"小僧"者，为"新妇房里"四字，合成妙语，以发一笑也。〕太公引至房边，指道："这里面便是。"智深道："你们自去躲了。"太公与众庄客自出外面安排筵席。智深把房中桌椅等物都掇过了，将戒刀放在床头，禅杖把来倚在床边，〔刘老女也？孙郎妹耶？何其房中甚似孙也？〕把销金帐子下了，脱得赤条条的，〔销金账中赤条条一个和尚，奇文！〕跳上床去坐了。

太公见天色看看黑了，叫庄客前后点起灯烛荧煌，就打麦场上放下一条桌子，上面摆着香花灯烛。一面叫庄客大盘盛着肉，大壶温着酒。约莫初更时分，只听得〔只听得。〕山边锣鸣鼓响。这刘太公怀着鬼胎，〔虽写怕极之语，然亦故作奇文。女儿做亲，丈人先怀鬼胎耶？〕庄家们都捏着两把汗，尽出庄门外看时，只见〔只见。〕远远地四五十火把，照耀如同白日，一簇人马飞奔庄上来。刘太公看见，便叫庄客大开庄门，前来迎接。只见前遮后拥，明晃晃的都是器械旗枪，尽把红绿绢帛缚着。〔高兴。〕小喽啰头上乱插着野花，〔高兴。○此处特地写，非为新郎装饰，总为后文反映也。〕前面摆着四五对红纱灯笼，照着马上那个大王：〔红纱灯照出大王来，奇笔！〕头戴撮尖干红凹面巾，鬓旁边插一枝罗帛像生花，上穿一领围虎体挽绒金绣绿罗袍，腰系一条称狼身销金包肚红搭膊，着一双对掩云跟牛皮靴，骑一匹高头卷毛大白马。〔高兴。〕那大王来到庄前下了马。只见众小喽啰齐声贺道："帽儿光光，今夜做个新郎；衣衫窄窄，今夜做个娇客。"「高兴。」刘太公慌忙亲捧台盏，斟下一杯好酒，跪在地下。众庄客都跪着。那大王把手来扶道："你是我的丈人，如何倒跪我？"太公道："休说这话，老汉只是大王治下管的人户。"那大王已有七八分醉了，「已有七八分醉了。」呵呵大笑道："我与你家做个女婿，也不亏负了你。你的女儿匹配我，也好。"刘太公把了下马杯。「又是下马杯。」来到打麦场上，见了香花灯烛，便道："泰山，何须如此迎接？"那里又饮了三杯。「又饮了三杯。」来到厅上，唤小喽啰，教把马去系在绿杨树上。「大王亲口分付，教把马系在绿杨树上，如何后遂忘之？○既来入赘，则非少顷便归者矣，据理定应把这马寄养在太公家槽里，今只为后文一笑，故有此一笔。」小喽啰把鼓乐就厅前擂将起来。「高兴。」

大王上厅坐下，叫道："丈人，我的夫人在那里？"太公道："便是怕羞不敢出来。"大王笑道："且将酒来，我与丈人回敬。"那大王把了一杯，便道："我且和夫人厮见了，却来吃酒未迟。"那刘太公一心只要那和尚劝他，便道：「趣语。」"老汉自引大王去。"拿了烛台，引着大王，转入屏风背后，直到新人房前。太公指与道："此间便是，请大王自入去。"太公拿了烛台一直去了，未知凶吉如何，先办一条走路。「妙。」

那大王推开房门，见里面黑洞洞地。「绝倒。」大王道："你看，我那丈人是个做家的人，房里也不点碗灯，由我那夫人黑地里坐地。「做家的人乃至为贼所笑，哀哉！」明日叫小喽啰山寨里扛一桶好油来与他点。"「明日回想此语，几成布施灯油。」鲁智深坐在帐子里，都听得，忍住笑，不做一声。「七字无数情景。」那大王摸进房中，「六字奇文，"大王"字与"摸"字不连，大王"摸"字与"房中"字不连。思之发笑。」叫道："娘子，你如何不出来接我？你休要怕羞，我明日要你

做压寨夫人。"一头叫"娘子",一面摸来摸去。一摸摸着销金帐子,便揭起来,探一只手入去摸时,摸着鲁智深的肚皮,「接连六个"摸"字,忽然接一个"肚皮"字,虽欲不笑,不可得也。○意在肚皮之下,不料乃遇吾师。」被鲁智深就势劈头巾带角儿揪住,一按按将下床来。那大王却待挣扎,「六字奇文,"大王"字与"挣扎"字不连。」鲁智深把右手捏起拳头,骂一声:"直娘贼!"连耳根带脖子只一拳,「旧时本色。」那大王叫一声道:"甚么便打老公!"「此句情理所无,只是扯作趣语,以发一笑耳。」鲁智深喝道:"教你认得老婆!"拖倒在床边,拳头脚尖一齐上,「绝倒。○老公老婆,接口明快。」打得大王叫"救人"。「七字奇文:"大王"字与"叫"字不连,"打"字与"大王"字不连,"大王"叫"救人"字不连,"打得大王"叫"救人"字不连。」刘太公惊得呆了:只道这早晚正说因缘劝那大王,「捎带一句,妙趣。」却听得里面叫"救人"。「只谓是和尚。」太公慌忙把着灯烛,引了小喽啰,一齐抢将入来。众人灯下打一看时,「众人眼中看出。」只见一个胖大和尚,赤条条不着一丝,骑翻大王在床面前打。「如火如锦。○骑翻大王,四字奇文,锦衣花帽大王背上驮着一个赤条条和尚,岂不怪哉!」为头的小喽啰叫道:"你众人都来救大王!"「"救"字与"大王"字不连。」众小喽啰一齐拖枪拽棒打将入来救时,鲁智深见了,撇下大王,「"撇下"字与"大王"字不连。」床边绰了禅杖,着地打将出来。「禅杖小小发个利市。」小喽啰见来得凶猛,发声喊,都走了。刘太公只管叫苦。

打闹里,「三字绝倒。」那大王爬出房门,「六字奇文!"大王"字、"爬"字、"房门"字,从来不曾连也。」奔到门前,摸着空马,「是空马。」树上折枝柳条,「不必折枝柳条也,恐读者忘却前文马系绿杨树句,故借此提之,以为一笑也。」托地跳在马背上,把柳条便打那马,却跑不去。「奇文。」大王道:"苦也!这马也来欺负我!"「"也来"二字妙,隐隐藏一句骂在内。犹言秃驴欺负我可也,何至空马也来欺负耶?」再看时,原来心慌,不曾解得缰绳,「奇文。」连忙扯断了,骑着护马飞走。出得庄门,大骂刘太公:"老驴休慌!不怕你飞了去!"把马打上两柳条,拨喇喇地驮了大王上山去。「"驮"字妙绝,言

非大王尚能骑马，
马驮大王还山耳！」

刘太公扯住鲁智深道：「是。」"师父！你苦了老汉一家儿了！"鲁智深说道："休怪无礼。「言赤条条也。○只四字，亦非鲁达说不出。」且取衣服和直裰来，洒家穿了说话。"「如此笔力，真是心闲手敏。」庄家去房里取来，智深穿了。太公道："我当初只指望你说因缘，劝他回心转意，谁想你便下拳打他一顿。定是去报山寨里大队强人来杀我家！"智深道："太公休慌。俺说与你，洒家不是别人，俺是延安府老种经略相公帐前提辖官，为因打死了人，出家做和尚。休道这两个鸟人，便是一二千军马来，洒家也不怕他。你们众人不信时，提俺禅杖看。"「为禅杖出色写一句。」庄客们那里提得动？「为禅杖出色写。」智深接过来手里，一似捻灯草一般使起来。「为禅杖出色写。○非是鲁达儿气，新禅杖实实得意耳。」太公道："师父休要走了去，却要救护我们一家儿使得！"智深道："怎么闲话！俺死也不走！"「鲁达语。」太公道："且将些酒来师父吃，休得要抵死醉了。"「太公语。○无计留君，只得是酒，然醉了动掸不得，又要公何为哉？二句无数曲折，妙绝！」鲁智深道："洒家一分酒，只有一分本事；十分酒，便有十分的气力！"「鲁达与武松作一联，此等语俱要牢记，与后武松对看。」太公道："怎地时最好。我这里有的是酒肉，只顾教师父吃。"

且说这桃花山大头领坐在寨里，正欲差人下山来打听做女婿的二头领如何，「捎带。」只见数个小喽啰，气急败坏，「四字奇文，一字不可更易。○头上野花都不见了，谓之败坏也。」走到山寨里叫道："苦也！苦也！"大头领连忙问道："有甚么事，慌做一团？"小喽啰道："二哥哥吃打坏了！"大头领大惊，正问备细，只见报道：「八字过得快，便令文字省了多少。」"二哥哥来了！"大头领看时，只见二头领红巾也没了，身上绿袍扯得粉碎，下得马，倒在厅前，口里说道："哥哥救我一救！"只得一句。

[画出绝倒！○"只得一句"四字，画出气急败坏人，俗本恰失此四字。]大头领问道："怎么来？"二头领道："兄弟下得山，到他庄上，入进房里去，叵耐那老驴把女儿藏过了，却教一个胖和尚躲在他女儿床上。[和尚、女儿，述来一笑。]我却不提防，揭起帐子摸一摸，吃那厮揪住，一顿拳头脚尖，打得一身伤损！那厮见众人入来救应，放了手，提起禅杖，打将出去；因此，我得脱了身，拾得性命。哥哥与我做主报仇！"大头领道："原来恁地。你去房中将息，我与你去拿那贼秃来。"喝叫左右："快备我的马来！"众小喽啰都去！"大头领上了马，绰枪在手，尽数引了小喽啰，[非写大哥气愤，正写和尚了得。]一齐呐喊下山来。

再说鲁智深正吃酒哩。[神笔。○此老岂浅斟细酌者哉，一个大王去，一个大王来，而犹在吃酒，则酒量为何如也？俗笔便要说是：时鲁某，又吃了二三十碗酒矣。]庄客报道："山上大头领尽数都来了！"智深道："你等休慌。洒家但打翻的，你们只顾缚了，解去官司请赏。取俺的戒刀出来。"[禅杖先前直打出来，戒刀还在房中，细妙无双。]鲁智深把直裰脱了，拽扎起下面衣服，跨了戒刀，大踏步，提了禅杖，出到打麦场上。只见大头领在火把丛中，[如画。○读者至此，又忘是夜间矣，忽提四字醒之。]一骑马抢到庄前，马上挺着长枪，高声喝道："那秃驴在那里？早早出来决个胜负！"智深大怒，骂道："腌臜打脊泼才！叫你认得洒家！"[此语照耀下文，有七玲八珑之妙。○与后史进文一样作章法。]抢起禅杖，着地卷起来。那大头领逼住枪，[能。]大叫道："和尚，且休要动手。你的声音好厮熟，[与后史进文一样作章法。]你且通个姓名。"[奇文。]鲁智深道："洒家不是别人，[七玲八珑语。]老种经略相公帐前提辖鲁达的便是。[「便是」二字妙，七玲八珑语。]如今出了家做和尚，唤做鲁智深。"["如今"二字妙，七玲八珑语。眉批：有得说姓名藏头露尾，此处偏叙得快爽者，正为李忠认得作势也。]那大头领呵呵大笑，滚下马，撇了枪，扑翻身便拜[奇文。]道："哥哥别来无恙。可

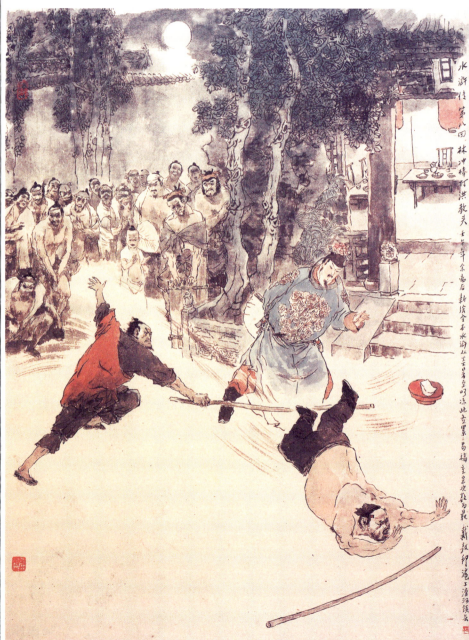

知二哥着了你手！"鲁智深只道赚他，托地跳退数步，「好。」把禅杖收住，「好。」定睛看时，「好。」火把下，「妙绝。」认得不是别人，「李忠认得鲁达，鲁达却不记得李忠者，所谓卿自难记，非鲁达过也。」却是江湖上使枪棒卖药的教头打虎将李忠。原来强人下拜，不说此二字，为军中不利，只唤做"剪拂"，此乃吉利的字样。「何以知之？」李忠当下剪拂了起来，扶住鲁智深道："哥哥缘何做了和尚？"「要问。」智深道："且和你到里面说话。"刘太公见了，又只叫苦，这和尚原来也是一路！「百忙中下此一笔，妙绝，遂令行文曲折之甚。」

鲁智深到里面，再把直裰穿了，「精细之笔。」和李忠都到厅上叙旧。鲁智深坐在正面，「好看。」唤刘太公出来。那老儿不敢向前。智深道："太公，休怕他，他是俺的兄弟。"那老儿见说是"兄弟"，心里越慌，又不敢不出来。「妙妙，曲折之甚。」李忠坐了第二位，太公坐了第三位。「好看。」鲁智深道："你二位在此：「不伦不类，说出四字。○以地主言之，则智深与太公为二位，李忠则强盗也。以江湖言之，则智深与李忠为二位，太公则闲人也。今偏从智深口中，说李忠、太公做一路，写得鲁达天空海阔，豪杰圣贤，触之则菩萨亦须吃刀，顺之则狼虎抱之同卧，真为神化之笔也。」俺自从渭州三拳打死了镇关西，逃走到代州雁门县，因见了洒家赍发他的金老。那老儿不曾回东京去，却随个相识也在雁门县住。他那个女儿就与了本处一个财主赵员外。和俺厮见了，好生相敬。「亦复不忘。」不想官司追捉得洒家要紧，那员外陪钱「感恩语。」送俺去五台山智真长老处落发为僧。洒家因两番酒后「四字儒雅。」闹了僧堂，本师长老与俺一封书，教洒家去东京大相国寺，投托智清禅师，讨个职事僧做。因为天晚，到这庄上投宿。不想与兄弟相见。「轻轻二字，说来可笑，可谓不以玉帛，而以兵戎矣。」却才俺打的那汉是谁？「因及亲，有此一问，恩深义重。」你如何又在这里？"「要问。」李忠道："小弟自从那日与哥哥在渭州酒楼上同史进三人分散，次日听得说哥哥打死了郑屠。我去寻史进商议，他又

不知投那里去了。「于无意中补出史进，却又不甚明白，真有熠耀之妙。」小弟听得差人缉捕，慌忙也走了，却从这山下经过。却才被哥哥打的那汉，先在这里桃花山扎寨，唤做'小霸王'周通。那时引人下山来和小弟厮杀，被我赢了他，留小弟在山上为寨主，让第一把交椅教小弟坐了，以此在这里落草。"智深道："既然兄弟在此，刘太公这头亲事再也休题！「鲁达语，何等爽直！」他止有这个女儿，要养终身，不争被你把了去，教他老人家失所。"「真正佛说因缘经，是非强盗之所知也。」太公见说了，大喜。「方才大喜。」安排酒食出来「黄昏整备未用，故来得快。」管待二位。小喽啰们每人两个馒头、两块肉、一大碗酒，「皆黄昏所备筵席。」都教吃饱了。太公将出原定的金子段匹。「精细。」鲁智深道："李家兄弟，「叫得亲切。」你与他收了去。「爽直。」这件事都在你身上。"「爽直。○真是看得天下无难事。」李忠道："这个不妨事。且请哥哥去小寨住几时。刘太公也走一遭。"「奇语。○为要当面决绝亲事，故特放此一句，不然，则亦作别太公矣，然读者以为大奇。」

太公叫庄客安排轿子，抬了鲁智深，带了禅杖、戒刀、行李。「细。」李忠也上了马。太公也坐了一乘小轿。「奇景，却不道大人来也。」却早天色大明。「可见忙了一夜。」众人上山来。智深、太公到得寨前下了轿子；李忠也下了马，邀请智深入到寨中，向这聚义厅上，三人坐定。「周通未出，太公不妨权坐，及后请出周通来，太公只立了不坐，都妙。」李忠叫请周通出来。周通见了和尚，心中怒道："哥哥却不与我报仇，倒请他来寨里，让他上面坐！"李忠道："兄弟，你认得这和尚么？"周通道："我若认得他时，须不吃他打了。"李忠笑道："这和尚便是我日常和你说的三拳打死镇关西的便是他。"「不必更出名字，已自震雷贯耳。」周通把头摸一摸，叫声："阿呀！"扑翻身便剪拂。「写出平日贯耳。」鲁智深答礼道："休怪冲撞。"三个坐定，刘太公立在面前。「叙得妙，有文有理，其此鲁智深便道："周家兄弟，〔叫得亲切。〕 〔句之谓矣。盖太公此来，止为要了当亲事耳，若亦坐下，则将令周通、李忠，椎牛宰马，管待太公耶？〕

你来听俺说。刘太公这头亲事，你却不知，〔真正因缘，强盗何知？〕 他只有这个女儿，养老送终，承祀香火，都在他身上。你若娶了，教他老人家失所，他心里怕不情愿。〔此句又带一曲，可谓善说因缘矣。〕 你依着洒家，把来弃了，〔放过太公，揽归自己，既压之以不得不从之势，又善化其不能相忘之心，粗卤如鲁达，有此曲折语。益见其妙也。〕 别选一个好的。原定的金子段匹将在这里。你心下如何？"〔要知此句不是软语，正是硬语，周通见不是头，所以折箭也。〕 周通道："并听大哥言语，兄弟再不敢登门。"智深道："大丈夫作事，却休要翻悔。"〔再勒一句，妙绝。○爽快是鲁达天性，此偏多用勾勒，乃愈见其爽快，妙绝。〕 周通折箭为誓。〔鲁达非此不信，非周通性直也。〕 刘太公拜谢了，纳还金子段匹，自下山回庄去了。〔完刘太公。〕

李忠、周通椎牛宰马，安排筵席，管待了数日。引鲁智深山前山后观看景致，果是好座桃花山：〔强盗岂会游山耶，只为"乱草"一句耳。〕 生得凶怪，四围险峻，单单只一条路上去，四下里漫漫都是乱草。〔伏一句。〕 智深看了道："果然好险隘去处！"住了几日，鲁智深见李忠、周通不是个慷慨之人，作事悭吝，只要下山。两个苦留，那里肯住，只推道："俺如今既出了家，如何肯落草。"李忠、周通道："哥哥既然不肯落草，要去时，我等明日下山，但得多少，尽送与哥哥作路费。"次日，山寨里一面杀羊宰猪，且做送路筵席，安排整顿许多金银酒器，设放在桌上。〔好笑。〕 正待入席饮酒，只见小喽啰报来说："山下有两辆车，十数个人来也！"李忠、周通见报了，点起众多小喽啰，只留一两个伏侍鲁智深饮酒。两个好汉道："哥哥，只顾请自在吃几杯。我两个下山去取得财来，就与哥哥送行。"分付已罢，引领众人下山去了。

且说这鲁智深寻思道："这两个人好生悭吝！见放着有许多金银，却不

送与俺，直等要去打劫得别人的，送与洒家！这个不是把官路当人情，只苦别人？「骂尽千载。」洒家且教这厮吃俺一惊！"便唤这几个小喽啰近前来筛酒吃。方才吃得两盏，跳起身来，两拳打翻两个小喽啰，便解搭膊做一块捆了，口里都塞了些麻核桃，「何处得来？」便取出包裹打开，没要紧的都撇了，只拿了桌上金银酒器，都踏扁了，拴在包里。胸前度牒袋内，藏了真长老的书信，跨了戒刀，提了禅杖，顶了衣包，「数笔看他折叠无数。」便出寨来。到后山打一望时，都是险峻之处，却寻思道："洒家从前山去时，一定吃那厮们撞见，不如就此间乱草处滚将下去。"先把戒刀和包裹拴了，望下丢落去，又把禅杖也搠落去，却把身望下只一滚，骨碌碌直滚到山脚边，「爽快，自是天性。」并无伤损，「伤损容亦有之，然说他则甚，则不如并无伤损之干净也。」跳将起来，寻了包裹，跨了戒刀，拿了禅杖，拽开脚步，取路便走。

再说李忠、周通下到山边，正迎着那数十个人，各有器械。「妙笔。○不因此句，则两条好汉取十数个客人，何须一刻工夫，鲁达如何做得许多手脚。今特地放此一语，便不免挺刀相半，腾那出工夫来，为鲁达偷酒器之地，盖非世人所知也。」李忠、周通挺着枪，小喽啰呐着喊，抢向前来，喝道："兀那客人，会事的留下买路钱！"那客人内有一个便拈着朴刀来斗李忠。一来一往，一去一回，斗了十余合，不分胜负。「是好一回工夫矣。」周通大怒，赶向前来，喝一声，众小喽啰一齐都上，那伙客人抵当不住，转身便走。有那走得迟的，早被搠死七八个。劫了车子财物，和着凯歌，慢慢地上山来。「"慢慢"妙！又好一回工夫也。」到得寨里打一看时，只见两个小喽啰捆做一块在亭柱边，桌子上金银酒器都不见了。周通解了小喽啰，问其备细："鲁智深那里去了？"小喽啰说道："把我两个打翻捆缚了，卷了若干器皿，都拿了去。"周通道："这贼秃不是好人！倒着了那厮手脚！却从那里去了？"团团寻踪迹到后山，见一带荒草平平地都滚倒了。周通看了道："这秃驴倒是个老贼！这般险峻山冈，从这里滚了下去！"李忠道："我们赶上去问他讨，也羞那厮一场！"周通道："罢，罢！贼去了关门。那里去赶？便赶得着时，也问他取不成。「是。」倘有些不然起来，我和你又敌他不过，后来到难厮见了。不如罢手，后来倒好相见。「非真写周通图着后日也，盖为如此便足矣，定要去讨，如何了结故也。」我们且自把车子上包裹打开，将金银段匹分作三分，我和你各捉一分，「于偷酒器者，优劣如何？」一分赏了众小喽啰。"李忠道："是我不合引他上山，折了你许多东西，我的这一分都与了你。"「于偷酒器如何？」周通道："哥哥，我和你同死同生，休恁地计较。"「于偷酒器如何？」看官牢记话头：这李忠、周通自在桃花山打劫。「酒家记得。」

再说鲁智深离了桃花山，放开脚步，从早晨直走到午后，约莫走下五六十里多路，肚里又饥，「四字为后一回眼目，牢牢记之。」路上又没个打火处，寻思："早起只顾贪走，不曾吃得些东西，却投那里去好？东观西望，猛然听得远远地铃铎之声。鲁智深听得道："好了！不是寺院，便是宫观，风吹得檐前铃铎之声。酒家且寻去那里投奔。"

不是鲁智深投那个去处，有分教：半日里送了十余条性命生灵，一把火烧了有名的灵山古迹。直教：黄金殿上生红焰，碧玉堂前起黑烟。毕竟鲁智深投甚么寺观来，且听下回分解。

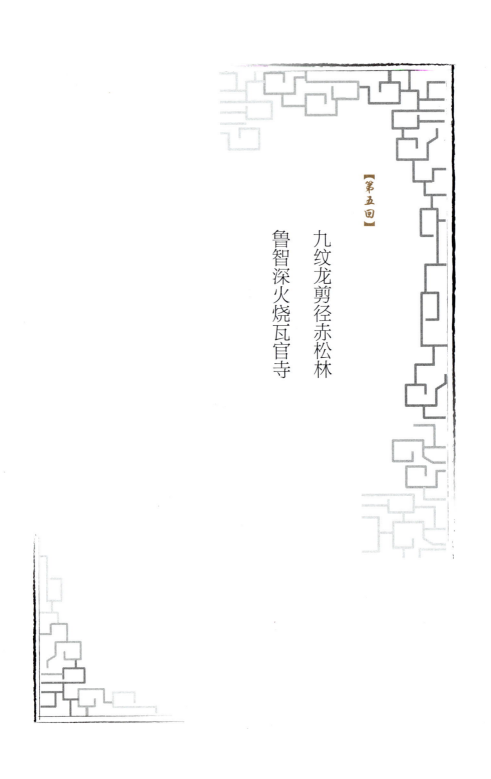

【第五回】

九纹龙剪径赤松林

鲁智深火烧瓦官寺

　　吾前言两回书不欲接连都在丛林，因特幻出新妇房中销金帐里以间隔之，固也；然惟恐两回书接连都在丛林，而必别生一回不在丛林之事以间隔之，此虽才子之才，而非才子之大才也。夫才子之大才，则何所不可之有？前一回在丛林，后一回何妨又在丛林？不宁惟是而已。前后二回都在丛林，何妨中间再生一回复在丛林？夫两回书不欲接连都在丛林者，才子教天下后世以避之之法也。若两回书接连都在丛林，而中间反又加倍写一丛林者，才子教天下后世以犯之之法也。虽然，避可能也，犯不可能也，夫是以才子之名毕竟独归耐庵也。

　　吾读《瓦官》一篇，不胜浩然而叹。呜呼！世界之事亦犹是矣。耐庵忽然而写瓦官，千载之人读之，莫不尽见有瓦官也。耐庵忽然而写瓦官被烧，千载之人读之，又莫不尽见瓦官被烧也。然而一卷之书，不盈十纸，瓦官何因而起，瓦官何因而倒，起倒只在须臾，三世不成戏事耶？又摊书于几上，人凭几而读，其间面与书之相去，盖未能以一尺也。此未能一尺之间，又荡然其虚空，何据而忽然谓有瓦官，何据而忽然又谓烧尽，颠倒毕竟虚空，山河不又如梦耶？呜呼！以大雄氏之书而与凡夫读之，则谓"香风萎花"之句，可入诗料。以《北西厢》之语而与圣人读之，则谓"临去秋波"之曲，可悟重玄。夫人之贤与不肖，其用意之相去既有如此之别，然则如耐庵之书，亦顾其读之之人何如矣。夫耐庵则又安辩其是稗官，安辩其是菩萨现稗官耶？

　　一部《水浒传》悉依此批读。

　　通篇只是鲁达纪程图也。乃忽然飞来史进，忽然飞去史进者，非此鲁达于瓦官寺中真了不得，而必借助于大郎也。亦为前者渭州酒楼三人分手，直至于今，都无下落，昨在桃花山上虽曾收到李忠，然而李忠之与大郎，其重其轻相去则不但丈尺而已。乃今李忠反已讨得着实，而大郎犹自落在天涯，然则茫茫大宋，斯人安在者乎？况于过此以往，一到东京，便有豹子头林冲之一事，作者此时即通身笔舌，犹恨未及，其何暇更以闲心闲笔来照到大郎也？不得已，因向瓦官寺前穿插过去，呜呼！谁谓作史为易事耶？

真长老云："便打坏三世佛，老僧亦只得罢休。善哉大德！"真可谓通达罪福相，遍照于十方也。若清长老则云："侵损菜园，得他压伏。"嗟乎！以菜园为庄产，以众生为怨家，如此人亦复匿徒领众，俨然称师，殊可怪也。夫三世佛之与菜园，则有间矣。三世佛犹罢休，则无所不罢休可知也。菜园犹不罢休，然则如清长老者，又可损其毫毛乎哉！作者于此三致意焉。以真入五台，以清占东京，意盖谓一是清凉法师，一是闹热光棍也。

此篇处处定要写到急杀处，然后生出路来，又一奇观。

此回突然撰出不完句法，乃从古未有之奇事。如智深跟丘小乙进去，和尚吃了一惊，急道："师兄请坐，听小僧说。"此是一句也。却因智深睁着眼，在一边夹道："你说！你说！"于是遂将"听小僧"三字隔在上文，"说"字隔在下文，一也。智深再回香积厨来，见几个老和尚，"正在那里"怎么，此是一句也，却因智深来得声势，于是遂于"正在那里"四字下忽然收住，二也。林子中史进听得声音，要问"姓甚名谁"，此是一句也，却因智深闹到性发，不睬其问，于是"姓甚"已问，"名谁"未说，三也。凡三句不完，却又是三样文情，而总之只为描写智深性急，此虽史迁，未有此妙矣。

话说鲁智深走过数个山坡，见一座大松林，一条山路。随着那山路行去，走不得半里，抬头看时，「一个"看时"。」却见一所败落寺院，「离了一个丛林，要到一个丛林，未到那个丛林，先到这个丛林。又两头两个丛林，极其兴旺，中间一个丛林，极其败落。写得笔墨淋漓，兴亡满目。○前篇吾言出一丛林，入一丛林，便令两回书接连都在丛林中，故特特幻出一个新妇房中、销金帐子，以间隔之也。乃作者忽又自念丛林接连，正复何妨，亦顾我之才调何如耳。我诚出其珠玉锦绣之心，回旋结撰，则虽三丛林接连，正自横峰侧岭，岂有再丛林接连，便成棘手耶？是以遂有此篇也。○又为新打禅杖大曾出色一写，故有此篇，读者又应留眼。」被风吹得铃铎响，「七字补出抬头之故，谓之倒句。」看那山门时，「两个"看时"。」上有一面旧朱红牌额，内有四个金字，都昏了，「只用三个字，写废寺入神，抵无数墙墙壁壁倒语，又是他人极力写不出、想不来者。」写着"瓦官之寺"。「鲁达本不识字，今忽叙出四字，乃眼见四字之形，非口出四字之文也。」又行不得四五十步，过座石桥，入得寺来，便投知客寮去。「是五台僧人。○看他节节次次。」只见知客寮门前，大门也没了，四围壁落全无。智深寻思道："这个大寺，如何败落得恁地？"直入方丈前，看时，「三个"看时"。○节节次次。」只见满地都是燕子粪，「下五台是二月天气，恐读者忘却，特用燕子粪隐隐约约点出之。」门上一把锁锁着，锁上尽是蜘蛛网。智深把禅杖就地下搠着，「禅杖一。」叫道："过往僧人来投斋！"叫了半日，没一个答应。回到香积厨下看时，「四个"看时"，○节节次次。」锅也没了，灶头都塌了。智深把包裹解下，放在监斋使者面前，「鲁达主意是寻饭吃，故特将全副行李，坐住在监斋使者身上，妙绝。」提了禅杖，「禅杖二。」到处寻去。寻到厨房后面一间小屋，见几个老和尚坐地，一个个面黄肌瘦。智深喝一声道："你们这和尚好没道理！由洒家叫唤，没一个应！"那和尚摇手道："不要高声！"「奇文。」智深道："俺是过往僧人，讨顿饭吃，有甚利害？"老和尚道："我们三日不曾有饭落肚，那里讨饭与你吃！"智深道："俺是五台山来的僧人，粥也胡乱请洒家吃半碗。"「递至于此。○此一物料定鲁达生平未尝，写英雄失路可叹。○"粥"字渐引而出，不欲作突然之笔也。」老和尚道："你是活佛去处来的，我们合当斋你；争奈我寺中僧众走散，并无一粒斋粮。老僧等端的饿了三日！"智深道："胡说！这等一个大去处，不信没斋粮！"老和尚道："我这里是个非细去处，「于文殊相国又何如？前映后带，兴亡在目，诵之心伤。」只因是十方常住，被一个云游和尚引着一个道人来此住持，把常住有的没的都毁坏了。他两个无所不为，把众僧赶出去了。我几个老的走不动，只得在这里过，因此没饭吃。"智深道："胡说！量他一个和尚，一个道人，做得甚事？却不去官府告他？"老和尚道："师父，你不知，这里衙门又远，便是官军也禁不得他。这和尚、道人好生了得，都是杀人放火的人！如今向方丈后面一个去处安身。"智深道：

"这两个唤做甚么？"老和尚道："那和尚姓崔，法号道成，绰号'生铁佛'；道人姓丘，排行小乙，绰号'飞天夜叉'。这两个那里似个出家人，只是绿林中强贼一般，把这出家影占身体！"〔于老和尚口中述二贼也，却偏似直骂鲁达者，奇绝，妙绝！〕

智深正问间，猛闻得一阵香来。〔蓦然截住，转出奇文。〕智深提了禅杖，〔禅杖三。〕蹍过后面打一看时，〔五个"看时"。〕见一个土灶盖着一个草盖，气腾腾透将进来。智深揭起看时，〔六个"看时"。〕煮着一锅粟米粥。〔土灶"土"字、草盖"草"字、粟米粥"粟米"字，皆写荒凉。〕智深骂道："你这几个老和尚没道理！只说三日没饭吃，如今见煮一锅粥。出家人何故说谎？"〔是受戒过人语。○出家人何故饮酒？出家人何故吃狗吃蒜？出家人何故毁像坏寺？出家人何故打人？出家人何故入妇女房中，坐妇女床上？出家人何故破人婚姻？出家人何故偷人酒器？出家人何故后山逃走？〕那几个老和尚被智深寻出粥来，只叫得苦，把碗、碟、钵头、杓子、水桶，都抢过了。〔妙绝。○饿极矣，寻出粥来，已是绝处逢生，却又抢过碗碟杓子，遂令生处又绝，行文险仄，令我心惊。○碗碟杓子，是吃粥家伙，抢过可也，至于水桶，亦都抢过，作者险仄之情，何其奇妙乎！至于水桶都抢过，而人急计生，生出春台来，则岂一时所能料裁？眉批：此一回文中，看他寻出粥，又抢去碗；背后脚才响，又不敢回头；拖杖便走，又赶斗几合；避过两个，又撞着一个；问姓名不肯答，又斗十四五合，皆务要逼到极险极仄处，自显笔力，读者不可不知。〕智深肚饥，〔句。〕没奈何；〔句。〕见了粥，〔句。〕要吃，〔句。〕没做道理处。〔句。○行文至此，绝矣，更无路矣。〕只见灶边破漆春台只有些灰尘在上面。〔奇绝，何关吃粥哉！〕智深见了，"人急智生"，便把禅杖倚了，〔禅杖四。〕就灶边拾把草，把春台揩抹了灰尘，〔奇绝。〕双手把锅掇起来，〔奇绝。〕把粥望春台只一倾。〔奇绝，文情如火如锦。〕那几个老和尚都来抢粥吃，〔看手。〕被智深一推一交，倒的倒了，走的走了。智深却把手来捧那粥吃。〔如火如锦。〕才吃几口，那老和尚道："我等端的三日没饭吃！却才去那里抄化得这这些粟米，胡乱熬些粥吃，你又吃我们的！"智深吃五七口，听得了这话，便撇了不吃。〔实是智深不喜吃粥，非哀老和尚数言也。慈悲肚肠。〕只听得外面有人嘲歌。〔陡然接过，真正奇文。〕智深洗了手，〔细。〕提了禅杖，「禅杖五。」奔去不及，破壁子里望见一个道人，「从厨房后闻歌声，方奔出来，故奔不及也。奔不及而又要望见，则趁势在废寺上，借一句"破壁子"张着，此行文巧妙之诀。」头戴皂巾，身穿布衫，腰系杂色绦，脚穿麻鞋，挑着一担儿：一头是个竹篮儿，里面露出鱼尾，「是望见语。」并荷叶托着些肉；一头担着一瓶酒，也是荷叶盖着。口里嘲歌着，唱道：

你在东时我在西，你无男子我无妻。

我无妻时犹闲可，你无夫时好孤恓！「并不说掳掠妇女，却反说出为他一片至情，如近日有谐语云：有人行路见幼妇者，抱持而呜咂之。妇怒，人则谢曰："我复何必，诚恐卿欲此耳。"是一样说话。○"犹闲可"三字，说得好笑。」

那几个老和尚赶出来，摇着手，悄悄地指与智深道：「如画。」"这个道人便是飞天夜叉丘小乙！"智深见指说了，便提着禅杖，「禅杖六。」随后跟去。那道人不知智深在后面跟去，只顾走入方丈后墙里去。智深随即跟到里面，「入去。」看时，「七个"看时"。」见绿槐树下放着一条桌子，铺着些盘馔、三个盏子、三双箸子。「八字异样色泽。」当中坐着一个胖和尚，生得眉如漆刷，脸似墨装，疙瘩的一身横肉，胸脯下露出黑肚皮来。边厢坐着一个年幼妇人。那道人把竹篮放下来，也坐地。

智深走到面前，那和尚吃了一惊，「写突如其来，只用二笔，两边声势都有。」跳起身来便道："请师兄坐！同吃一盏。"智深提着禅杖道：「禅杖七。」"你这两个如何把寺来废了！"那和尚便道："师兄请坐，听小僧……"「其语未毕。」智深睁着眼道："你说，你说！"「四字气忿如见。」"……说：在先敝寺，「"说"字与上"听小僧"，本是接着成句，智深自气忿忿在一边，夹着"你说，你说"耳。章

085

十分好个去处，田庄又广，僧众极多，只被廊下那几个老和尚吃酒撒泼，将钱养女，「"三个盏子""一个妇人"，偏偏说出此八字来，而鲁达亦复信之，所以为鲁达也。」长老禁约他们不得，又把长老排告了出去，因此把寺来都废了。僧众尽皆走散，田土已都卖了。小僧却和这个道人新来住持此间，「"新来住持"四字妙。前云"在先敝寺"，后云"在先檀越"，此却云"新来住持"，明是情慌无本之辞也。」正欲要整理山门，修盖殿宇。"智深道："这妇人是谁？却在这里吃酒？"「只问两句，使前八字齐倒。」那和尚道："师兄容禀：这个娘子，他是前村王有金的女儿。「王有金奇名。」在先他的父亲是本寺檀越，如今消乏了家私，近日好生狼狈，家间人口都没了，丈夫又患病，因来敝寺借米。小僧看施主檀越之面，取酒相待，别无他意。师兄休听那几个老畜生说！"智深听了他这篇话，又见他如此小心，「此句要。」便道："叵耐几个老僧戏弄洒家！"提了禅杖，「禅杖八。」再回香积厨来，「出来。」这几个老僧方才吃些粥，正在那里……「"正在那里"下，还有如何若何许多光景，却被鲁达忿忿出来，都吓住了。用笔至此，岂但文中有画，竟谓此四字虚歇处，突然有鲁达跳出可也。」看见智深忿忿地出来，指着老和尚道："原来是你这几个坏了常住，犹自在俺面前说谎！"老和尚们一齐都道："师兄休听他说。见今养着一个妇女在那里！「只须一句破的。」他恰才见你有戒刀、禅杖，他无器械，不敢与你相争。你若不信时，再去走遭，看他和你怎地。师兄，你自寻思：他们吃酒吃肉，我们粥也没的吃，「已足。」恰才还只怕师兄吃了。"「又补此一句，妙。」智深道："也说得是。"倒提了禅杖，「禅杖九。」再往方丈后来，「又进去。」见那角门却早关了。智深大怒，只一脚踢开了，抢入里面看时，「八个"看时"。」只见那生铁佛崔道成仗着一条朴刀，从里面赶到槐树下来抢智深。智深见了，大吼一声，抢起手中禅杖，「禅杖十。」来斗崔道成。两个斗了十四五合，那崔

法奇绝，从古未有。」

道成斗智深不过，只有架隔遮拦，掣仗躲闪，抵当不住，却待要走。这丘道人见他当不住，却从背后拿了条朴刀，大踏步搠将来。智深正斗间，忽听得背后脚步响，「急杀！○奇文。」却又不敢回头看他。「急杀！○奇文。」不时见一个人影来，知道有暗算的人，「写得毛寒骨抖，真是急杀！○真正奇文。」叫一声："着！"那崔道成心慌，只道着他禅杖，托地跳出圈子外去。「写鲁达应变之才，如火如锦。」智深恰才回身，正好三个摘脚儿厮见。「急杀！○奇文。」崔道成和丘道人两个又并了十合之上。智深一来肚里无食，「此回二来走了许多程途，三者当不得他两个生力，「此句便伏生进。○此三句与主意。」只得卖个破绽，拖了禅杖便走。「禅杖十一。○写禅杖，不必写到定是赢，却早已十分出色，是耐庵方有此笔。」两个拈着朴刀直杀出山门外来。「又出来。」智深又斗了几合，掣了禅杖「禅杖十二。」便走。「凡写两句"便走"，笔力掘拗之极。○亦有此出，此后怎了？」两个赶到石桥下，坐在栏杆上，再不来赶。「索性赶过桥来，图个死并，便完事矣，却不过来，偏坐在桥上便住，行文奇绝，读者遭闪不小。」

智深走得远了，喘息方定，寻思道："洒家的包裹放在监斋使者面前，只顾走来，不曾拿得，路上又没一分盘缠，又是饥饿，如何是好！「如此说，定应转去。」待要回去，又敌他不过，他两个并我一个，枉送了性命。"「如此说，定不应转去也。」信步望前面去，行一步，懒一步。走了几里，见前面一个大林，都是赤松树。「此一段另是一样笔法。一路只管丢开去，竟似无后半截文者，令人心惊气绝。」鲁智深看了道："好座猛恶林子！"观看之间，只见树影里一个人探头探脑，望了一望，吐了一口唾，闪入去了。「前文正未得完，反于此处别生出一个由头来，令人心惊气绝。」智深道："俺猜这个撮鸟，是个剪径的强人，正在此间等买卖，见洒家是个和尚，他道不利市，吐了一口唾，走入去了。那厮却不是鸟晦气，撞了洒家！洒家又一肚皮鸟气，正没处发落，且剥这厮衣裳当酒吃！"

〔笔力左攀右掣，真是绝世奇事。〕提了禅杖，〔禅杖十三。〕径抢到松林边，喝一声："兀那林子里的撮鸟！快出来！"

那汉子在林子听得，大笑道："我晦气，他倒来惹我！"〔绝世奇文。〕就从林子里，拿着朴刀，背翻身跳出来，〔"背翻身"三字妙，言非劈面相迎也。〕喝一声："秃驴！你自当死！不是我来寻你！"智深道："教你认得洒家！"〔"认得"二字，七玲八珑，前与李忠战时，亦用此法作照耀也。〕抢起禅杖，〔禅杖十四。〕抢那汉。那汉拈着朴刀来斗和尚，恰待向前，〔每用此一笔作势。〕肚里寻思道："这和尚声音好熟。"〔见是史进心醉之人。○此一段与前李忠文同，是极大章法。〕便道："兀那和尚，你的声音好熟。你姓甚……"〔少"名谁"二字者，那汉正问到此，却被智深性发，抢出下句来，遂不得毕其辞，故止问得"姓甚"二字也。看他又斗十四五合后，毕竟又完全问一句姓甚名谁，以表前文之奇妙，真正如花似锦。〕智深道："俺且和你斗三百合却说姓名！"〔是着恼后语。〕那汉大怒，仗手中朴刀，来迎禅杖。两个斗到十数合后，那汉暗暗喝采道："好个莽和尚！"〔十四五合也，却分十合在前，四五合在后，中间用一顿，笔法妙绝。〕又斗了四五合，那汉叫道："少歇，我有话说。"〔写史进眼中出群。〕两个都跳出圈子外来，那汉便问道："你端的姓甚名谁？声音好熟。"〔与前"姓甚"二字，映耀出妙笔来。○前声音在姓名前，此声音在姓名后，此书虽极不经意处，必换转文法，不肯苟且如此。读者细细求之，自今不更说也。〕智深说姓名毕，那汉撇了朴刀，翻身便剪拂，〔与前李忠一样作章法。〕说道："认得史进么？"〔读此一句，分外眼明。○山门外石桥边事，令读者忧得好苦，忽读此句，将军从天而降也。〕智深笑道："原来是史大郎！"两个再剪拂了，〔前是一个独拜，今是两个同拜，何等手法。〕同到林子里坐定。智深问道："史大郎，自渭州别后，你一向在何处？"〔先问。○好汉口中，出此苦语然千古苦语，定出好汉口中也。〕史进答道："自那日酒楼前与哥哥分手，次日，听得哥哥打死了郑屠，逃走去了。有缉捕的访知史进和哥哥贲发那唱的金老，〔亦补前文所无，正与李忠符同。〕因此，小弟亦便离了渭州，寻师父王进。直到延州，又寻不着。"〔八字藏过几回好书。○此八字结煞王进，永远已毕。○回向天下万世，自此八字已后，"王进"二字更不见于此书也。眉批：

〔王进到底不见。〕回到北京住了几时，盘缠使尽，以此来在这里寻些盘缠，〔名曰寻盘缠。〕不想得遇哥哥，缘何做了和尚？"〔次问。○李忠先问次叙，此先叙次问，俱用换转法。〕智深把前面过的话，从头说了一遍。〔省。〕

史进道："哥哥既是肚饥，小弟有干肉烧饼在此。"便取出来教智深吃。〔并不以五台为意，所以为史进也。〕史进又道："哥哥既有包裹在寺内，我和你讨去。若还不肯时，何不结果了那厮？"智深道："是。"当下和史进吃得饱了，〔一回主意。○肚中饥时虽以鲁达之勇，亦不能斗，此岂作者寓言边事耶？〕各拿了器械，再回瓦官寺来。〔笔之既去如龙入海，笔之复来如虎下山。如龙入海，非网缆之可牵；如虎下山，非藩篱之可隔。读之真是骇绝，拓开文胆。〕到寺前，看见那崔道成、丘小乙两个兀自在桥上坐地。〔若不还在桥上，则回到寺去，必然先杀那几个老和尚矣。一者不武，二者于正传无谓，故只用一句兀自坐地，便省却一段闲文字，非是虚写二人吃力光景也。〕智深大喝一声道："你这厮们，来！来！今番和你斗个你死我活！"那和尚笑道："你是我手里败将，如何再敢厮并！"智深大怒，抡起铁禅杖，〔禅杖十五。〕奔过桥来。铁佛生嗔，仗着朴刀，杀下桥去。智深一者得了史进，肚里胆壮；二乃吃得饱了，那精神气力越使得出来。〔与前一者肚中无食，二者走路方乏，三者两个生力句遥对，看他章法。〕两个斗到八九合，崔道成渐渐力怯，只办得走路。那飞天夜叉丘道人见和尚输了，便仗着朴刀来协助。这边史进见了，便从树林子里跳将出来，大喝一声："都不要走！"掀起笠儿，〔此句不是写史进一时性发，盖为前文林子中斗至十四五合，其在史进，固为鲁达出家，不好厮认；若在鲁达，则即使气忿性急，亦何至不认史大郎耶？读者颇有此难。殊不知作者胸中自隐然有个毡笠盖着大郎，而于前文中，偏故意不说出。直到此处，方轻轻放得一句掀起笠儿，彼真不顾世眼也。〕挺着朴刀，来战丘小乙。四个人两对厮杀。智深与崔道成正斗到间深里，智深得便处，喝一声："着！"只一禅杖，〔禅杖十六。○至此方写得禅杖饱满快活。〕把生铁佛打下桥去。那道人见倒了和尚，无心恋战，卖个破绽便走。史进喝道："那里去！"赶上，望后心一朴刀，扑的

一声响，道人倒在一边。史进踏入去，掉转朴刀，望下面只顾肐肢肐察地搠。智深赶下桥去，把崔道成背后一禅杖。「禅杖十七。○更饱满，更快活。」可怜两个强徒，化作南柯一梦！

智深、史进把这丘小乙、崔道成两个尸首都缚了撺在涧里。两个再赶入寺里来，「再入来。」香积厨下拿了包裹。「俗本此句误在后。」那几个老和尚因见智深输了去，怕崔道成、丘小乙来杀他，已自都吊死了。「此处若非此句，则将听其仍旧苟延残喘，抑将为之鼎新常住？故知此句之省手也。」智深、史进直走入方丈后角门内看时，「九个"看时"。」那个掳来的妇人投井而死。「此处若非此句，则将听其宛转废寺，抑将为之送去前村，故知此句之省手也。」直寻到里面八九间小屋，打将入去，并无一人，只见床上三四包衣服。史进打开，都是衣裳，包了些金银，拣好的包了一包袱。寻到厨房，见鱼及酒肉，两个打水烧火，煮熟来，都吃饱了。「始得一饱，饱之为道，不亦乐乎。」两个各背包裹，「史进增一包裹。」灶前缚了两个火把，拨开火炉，火上点着，焰腾腾的，先烧着后面小屋；烧到门前，再缚几个火把，直来佛殿下后檐点着烧起来。凑巧风紧，刮刮杂杂地火起，竟天价火起来。「可谓净佛国土。○前后两个丛林，中间又夹一个丛林，此行文特地构造出来，以为一时奇观也。至此则一把火烧荡尽净，依旧只得前后两个丛林，中间并不夹着甚么丛林，随手而起者仍随手而倒，岂非翻江搅海之才乎！○耐庵说一座瓦官寺，读者亦便是一座瓦官寺；耐庵说烧了瓦官寺，读者亦便是无了瓦官寺。大雄先生之言曰："心如工画师，一切世间中，无法而不造。"圣叹为之续曰："心如大火聚，坏种种五阴，一切过去者，无法而不坏。"今耐庵此篇之意则又双用，其意若曰："文如工画师，亦如大火聚，随手而成造，亦复随手坏。如文心亦尔，见文当观心。见文不见心，莫读我此传。"○于修整金刚亭子、山门亮槅之赵员外，其罪福又何如？」

智深与史进看着，等了一回，四下火都着了。二人道："'梁园虽好，不是久恋之家。'俺二人只好撒开。"

二人斯赶着行了一夜。「七个字写出真好弟兄。○令人念此一夜，独不得预也。」天色微明，两个远远地望见一簇人家，看来是个村镇。两个投那村镇上来。独木桥边，「桃花庄一条板桥，瓦官寺一座青石桥，此处

090

又一条独木桥，亦是闲中点缀联络，以为章法也。」一个小小酒店。智深、史进来到村中酒店内，一面吃酒，一面叫酒保买些肉来，借些米来，打火做饭。两个吃酒，诉说路上许多事务。吃了酒饭，智深便问史进道："你今投那里去？"史进道："我如今只得再回少华山去投奔朱武等三人。入了伙，且过几时，却再理会。"「作者安放史进。」智深见说了道："兄弟，也是。"便打开包裹，取些酒器，与了史进。「桃花山上何必不偷，瓦官寺前何必不分，有钱如此用，真使人要钱也。〇前日若留与李、周，非也。〇今日若不与史进，非也。〇以桃花山上赃，与少华山上贼，绝倒！」二人拴了包裹，拿了器械，还了酒钱。二人出得店门，离了村镇，又行不过五七里，到一个三岔路口。智深道："兄弟，须要分手。「鲁达语，亦是法师语。」洒家投东京去，你休相送。「鲁达语，亦是法师语。」你到华州，须从这条路去。他日却得相会。若有个便人，可通个信息来往。"「千古情种，历历落落。」史进拜辞了智深，各自分了路。史进去了。「通篇皆叙鲁达也，史进忽然来，史进忽然去，其文犹如生龙活虎，令人捉摸不定。」

只说智深自往东京。在路又行了八九日，早望见东京。入得城来，但见街坊热闹，人物喧哗。来到城中，陪个小心，问人道："大相国寺在何处？"街坊人答道："前面州桥「第四桥」便是。"智深提了禅杖便走，早进得寺来。东西廊下看时，径投知客寮内去。「鲁达着实会。」道人撞见，报与知客。「八字中藏下一吓。」无移时，知客僧出来，见了智深生得凶猛，提着铁禅杖，跨着戒刀，背着个大包裹，先有五分惧他。知客问道："师兄何方来？"智深放下包裹、禅杖，唱个喏。知客回了问讯。智深说道："洒家五台山来。本师真长老有书在此，着俺来投上刹清大师长老处讨个职事僧做。"知客道："既是真大师长老有书札，合当同到方丈里去。"知客引了智深，直到方丈，解开包裹，取出书来，

拿在手里。「只如此。」知客道："师兄，你如何不知体面？即目长老出来，你可解了戒刀，取出那七条坐具信香来，礼拜长老使得。"智深道："你如何不早说！"「反责之，妙绝。」随即解了戒刀，包裹内取出片香一炷，坐具七条，半晌没做道理处。知客又与他披了袈裟，「与他披，绝倒。」教他先铺坐具。「先铺，绝倒。」

少刻，只见智清禅师出来。知客向前禀道："这僧人从五台山来，有真禅师书在此。"清长老道："师兄多时不曾有法帖来。"知客叫智深道："师兄，快来礼拜长老。"只见智深却把那炷香没放处。「没放处，绝倒。」知客忍不住笑，与他插在炉内。「与他插，绝倒。」拜到三拜，知客叫住。「不然，九拜矣。○俗本尽落。」将书呈上。清长老接书拆开看时，中间备细说着鲁智深出家缘由并今下山投托上刹之故，「二句皆极不堪，便有前三回书在内，清公当亦一吓。」"万望慈悲收录，做个职事人员，切不可推故。此僧久后必当证果。"清长老读罢来书，便道："远来僧人且去僧堂中暂歇，吃些斋饭。"「好物事。」智深谢了，扯了坐具七条，「扯了，绝倒。」提了包裹，拿禅杖、戒刀，跟着行童去了。

清长老唤集两班许多职事僧人，尽到方丈，乃云：「每读禅宗语录，见一往一来后，忽接"乃云"二字，不觉欲呕。耐庵想亦且之、恶之、悲之、笑之，故特用此二字于此。」"汝等众僧在此，你看我师兄智真禅师好没分晓！这个来的僧人原来是经略府军官，为因打死了人，落发为僧，二次在彼闹了僧堂，因此难着他。你那里安他不得，却推来与我！待要不收留他，师兄如此千万嘱付，不可推故；待要着他在这里，倘或乱了清规，如何使得！"「无如此许多算计，便住持五台山；有如此许多算计，便占坐东京。作者借此特特写出牝牡骊黄，使后世善男信女，要皈依善知识者，自去拣择也。」知客道："便是弟子们看那僧人，全不似出家人模样。本寺如何安着得他！"都寺便道："弟子寻思起来，只有酸枣门外退居廨宇后那片菜园，时常被营内军健们并门外那二十来个破落户侵害，纵放羊马，好生啰唣。一个老和尚在那里住持，那里敢管他？何不教此人去那里住持，倒敢管得下。"清长老道："都寺说得是。教侍者去僧堂内客房里，等他吃罢饭，便唤将他来。"侍者去不多时，引着智深到方丈里。清长老道："你既是我师兄真大师荐将来我这寺中挂搭，做个职事人员，我这敝寺 ["敝寺"谦得好笑，"我这敝寺"占得可笑，写东京法师，便真是东京法师。○四字崔道成口中曾有之，今人于佛法中，每争我宗、他宗，亦此类也。] 有个大菜园，在酸枣门外岳庙间壁， [此四字如何插放入来，真是绝世妙笔！] 你可去那里住持管领，每日教种地人纳十担菜蔬，余者都属你用度。"智深便道："本师真长老着洒家投大刹讨个职事僧做，却不教俺做个都寺、监寺，如何教洒家去管菜园？"首座便道："师兄，你不省得：你新来挂搭，又不曾有功劳，如何便做得都寺？这管菜园也是个大职事人员。" [首座尚然说谎，况其下乎？写清公门庭如狗。] 智深道："洒家不管菜园，杀也要做都寺、监寺！" [何至于杀？以一杀博都寺、监寺，鲁达为东京人现身说法耳。] 知客又道： [眉批：一段历落参差，另作一篇小文读。] "你听我说与你。僧门中职事人员，各有头项。且如小僧 [章法错落。] 做个知客，只理会管待往来客官、僧众。至如维那、侍者、书记、首座，这都是清职，不容易得做。都寺、监寺、提点、院主，这个都是掌管常住财物。你才到得方丈，怎便得上等职事？还有那管藏的唤做藏主，管殿的唤做殿主，管阁的唤做阁主，管化缘的唤做化主，管浴堂的唤做浴主，这个都是主事人员，中等职事。还有那管塔的塔头，管饭的饭头，管茶的茶头，管东厕的净头与这管菜园的菜头， [首座云菜头是大职事，知客却直数至末等之末，写出清公会下，嘈杂可笑。] 这个都是头事人员，末等职事。假如师兄， [且如小僧，假如师兄，章法错落。] 你管了一年菜园， [句。] 好，

「句。」便升你做个塔头；又管了一年，「句。」好，「句。」升你做个浴主；又一年，「句。」好，「句。」才做监寺。"智深道："既然如此，也有出身时，「调侃不小。」洒家明日便去。"清长老见智深肯去，就留在方丈里歇了。「二老一样方丈里，一样留智深，而一个平等慈悲，一个机心周密，其贤其不肖，相去真不可算。嗟乎！佛法岂可以门庭冷热为低昂哉！」当日议定了职事，随即写了榜文，先使人去菜园里退居廨宇内挂起库司榜文，明日交割。当夜各自散了。次早，清长老升法座，押了法帖，委智深管菜园。智深到座前领了法帖，辞了长老，背上包裹，跨了戒刀，提了禅杖，和两个送入院的和尚直来酸枣门外廨宇里来住持。

且说菜园左近有二三十个赌博不成才破落户泼皮，泛常在园内偷盗菜蔬，靠着养身。因来偷菜，看见廨宇门上新挂一道库司榜文，上说：「告示亦在泼皮眼中看出。」"大相国寺仰委管菜园僧人鲁智深前来住持，自明日为始掌管，并不许闲杂人等入园搅扰。"那几个泼皮看了，便去与众破落户商议道："大相国寺里差一个和尚，甚么鲁智深「五字奇文，为后来一笑。」来管菜园。我们趁他新来，寻一场闹，一顿打下头来，教那厮伏我们！"数中一个道："我有一个道理。他又不曾认得我，我们如何便去寻得闹？等他来时，诱他去粪窖边，只做参贺他，双手抢住脚，翻筋斗擷那厮下粪窖去，只是小耍他。"「泼皮有泼皮声口。」众泼皮道："好！好！"商量已定，且看他来。

却说鲁智深来到廨宇退居内房中安顿了包裹、行李，倚了禅杖，挂了戒刀。那数个种地道人都来参拜了，但有一应锁钥，尽行交割。那两个和尚同旧住持老和尚，相别了尽回寺去。「细。○了。」

　　且说智深出到菜园地上东观西望，看那园圃。只见这二三十个泼皮拿着些果盒酒礼，都嘻嘻地笑道："闻知师父新来住持，我们邻舍街坊都来作庆。"智深不知是计，直走到粪窖边来。那伙泼皮一齐向前，一个来抢左脚，一个便抢右脚，指望来撇智深。只教智深：脚尖起处，山前猛虎心惊；拳头落时，海内蛟龙丧胆。正是：方圆一片闲园圃，目下排成小战场。那伙泼皮怎地来撇智深，且听下回分解。

【第六回】

花和尚倒拔垂杨柳

豹子头误入白虎堂

此文用笔之难，独与前后迥异。盖前后都只一手顺写一事，便以闲笔波及他事，亦都相时乘便出之。今此文，林冲新认得一个鲁达，出格亲热，却接连便有衙内合口一事，出格斗气。今要写鲁达，则衙内一事须阁不起，要写衙内，则鲁达一边须冷不下，诚所谓笔墨之事，亦有进退两难之日也。况于衙内文中，又要分作两番叙出：一番自在林家，一番自在高府。今叙高府则要照林家，叙林家则要照高府。如此百忙之中，却又有菜园一人跃跃欲来，且使此跃跃欲来之人乃是别位，犹之可也，今却端端的便是为了金翠莲三拳打死人之鲁达。呜呼！即使作者乃具七手八脚，胡可得了乎？今读其文，不偏不漏，不板不犯，读者于此而不服膺，知其后世犹未能文也。

此回多用奇恣笔法。如林冲娘子受辱，本应林冲气忿，他人劝回，今偏倒将鲁达写得声势，反用林冲来劝，一也。阅武坊卖刀，大汉自说宝刀，林冲、鲁达自说闲话，大汉又说可惜宝刀，林冲、鲁达只顾说闲话。此时譬如两峰对插，抗不相下，后忽突然合笋，虽惊蛇脱兔，无以为喻，二也。还过刀钱，便可去矣，却为要写林冲爱刀之至，却去问他祖上是谁，此时将答是谁为是耶？故便就林冲问处，借作收科云："若说时辱没杀人。"此句虽极会看书人，亦只知其余墨淋漓，岂能知其惜墨如金耶！三也。白虎节堂，是不可进去之处，今写林冲误入，则应出其不意，一气赚入矣，偏用厅前立住了脚，屏风后堂又立住了脚，然后曲曲折折来至节堂，四也。如此奇文，吾谓虽起史迁示之，亦复安能出手哉！

打陆虞候家时，"四边邻舍都闭了门"，只八个字，写林冲面色、衙内势焰都尽。盖为藏却衙内，则立刻齑粉，不藏衙内，则即日齑粉，既怕林冲，又怕衙内，四边邻舍都闭门，真绝笔矣。

话说那酸枣门外三二十个泼皮破落户中间有两个为头的：一个叫做"过街老鼠"张三，一个叫做"青草蛇"李四。这两个为头接将来。智深也却好

去粪窖边，看见这伙人都不走动，只立在窖边，齐道："俺特来与和尚作庆。"智深道："你们既是邻舍街坊，都来廨宇里坐地。"张三、李四便拜在地上不肯起来，只指望和尚来扶他，便要动手。智深见了，心里早疑忌道："这伙人不三不四，〔张三李四，不三不四。〕又不肯近前来，莫不要攧洒家？那厮却是倒来捋虎须！俺且走向前去，教那厮看洒家手脚！"

智深大踏步近众人面前来。那张三、李四便道："小人兄弟们特来参拜师父。"口里说，便向前去，一个来抢左脚，一个来抢右脚。智深不等他上身，右脚早起，腾地把李四先踢下粪窖里去；张三恰待走，智深左脚早起；两个泼皮都踢在粪窖里挣扎。后头那二三十个破落户惊得目瞪口呆，都待要走。智深喝道："一个走的一个下去！两个走的两个下去！"众泼皮都不敢动掸。只见那张三、李四在粪窖里探起头来。原来那座粪窖没底似深。两个一身臭屎，头发上蛆虫盘满，立在粪窖里，叫道："师父！饶恕我们！"智深喝道："你那众泼皮，快扶那鸟上来，我便饶你众人！"众人打一救，挽到葫芦架边，〔是菜园风景。〕臭秽不可近前。智深呵呵大笑道："兀那蠢物！你且去菜园池子里洗了来，和你众人说话。"两个泼皮洗了一回，众人脱件衣服与他两个穿了。〔若漏此句，便是两个赤膊人，如何体面。〇凡作史最易漏者，如此等句是也。此书定不肯漏者，如此等句是也。〕智深叫道："都来廨宇里坐地说话。"

智深先居中坐了，指着众人道："你那伙鸟人，休要瞒洒家。你等都是甚么鸟人，到这里戏弄洒家？"那张三、李四并众火伴一齐跪下，说道："小人祖居在这里，都只靠赌博讨钱为生。这片菜园是俺们衣饭碗。大相国寺里几番使钱要奈何我们不得。师父却是那里来的长老？恁地了得！相国寺里不曾见有师父。[虽是实话，然亦骂相国寺不小。]今日我等情愿伏侍。"智深道："洒家是关西延安府老种经略相公帐前提辖官，只为杀得人多，因此情愿出家。[二事不相蒙，合成快语。]五台山来到这里。洒家俗姓鲁，法名智深。休说你这三二十个人直甚么！便是千军万马队中，俺敢直杀得入去出来！"众泼皮喏喏连声，拜谢了去，智深自来廨宇里房内，收拾整顿歇卧。[此句极易漏，此偏不漏。]

次日，众泼皮商量，凑些钱物，买了十瓶酒，牵了一个猪，来请智深。都在廨宇安排了，请鲁智深居中坐了，两边一带坐定那三二十泼皮饮酒。智深道："甚么道理叫你众人们坏钞！"众人道："我们有福，今日得师父在这里，与我等众人做主。"智深大喜。吃到半酣里，也有唱的，也有说的，也有拍手的，也有笑的。[是个泼皮酒席。]正在那里喧哄，只听得门外老鸦哇哇地叫。[奇文怪想，突如其来，毫无斗笋接缝之迹。]众人有叩齿的，齐道："赤口上天，白舌入地。"[叩齿为禳，不知始于何时，乃此时已有之。然定是泼皮教法，非士大夫所宜有，乃今此法，遍行上下，为一之笑。○赤口白舌，八字成文，其中无有，而其外烨然。凡道家经集皆尔，不足览也。捶杨演武使拳来，接入关目，妙不容言。]智深道："你们做甚么鸟乱？"众人道："老鸦叫，怕有口舌。"智深道："那里取这话？"那种地道人笑道："墙角边绿杨树上新添了一个老鸦巢，每日直聒到晚。"众人道："把梯子去上面拆了那巢便了。"有几个道："我们便去。"智深也乘着酒兴，都到外面看时，果然绿杨树上一个老鸦巢。众人道："把梯子上去拆了，也得耳根清净。"李四便道："我与他盘上去，不要梯子。"[第一层是老鸦叫，第二层是叩齿儿之，第三层是道人说，第四层是寻梯上去，第五层是看，第六层是要盘上去，只一倒拔垂杨，乃用六层层折，方入"相一相"句，行文如画。]智深相了一相，[四字不是细作，正是气雄万夫处。]走到树前，把直裰脱了，用右手向下，把身倒缴着却

把左手扳住上截，把腰只一趁，「写得有方法。」将那株绿杨树带根拔起。众泼皮见了，一齐拜倒在地，只叫："师父非是凡人，正是真罗汉！身体无千万斤气力，如何拔得起！"智深道："打甚鸟紧！明日都看洒家演武使器械。"「忽然递入明日。」众泼皮当晚各自散了。从明日为始，「忽然把明日变做十数日。」这二三十个破落户见智深匾匾的伏，每日将酒肉来请智深，看他演武使拳。「许他使器械，只看使得拳，妙有层节。」

过了数日，「省。」智深寻思道："每日吃他们酒食多矣，洒家今日也安排些还席。"叫道人去城中买了几般果子，沽了两三担酒，杀翻一口猪、一腔羊。那时正是三月尽，「来此一月有余矣，记之。」天气正热。智深道："天色热！"叫道人绿槐树下铺了芦席，请那许多泼皮团团坐定。大碗斟酒，大块切肉，叫众人吃得饱了，再取果子吃酒。又吃得正浓，众泼皮道："这几日见师父演力，不曾见师父使器械；怎得师父教我们看一看也好。"「前许看使器械，今只看得使拳而已，好泼皮，记得。」智深道："说的是。"自去房内取出浑铁禅杖，头尾长五尺，重六十二斤。众人看了，尽皆吃惊，都道："两臂膊没水牛大小气力，怎使得动！"「特地将禅杖在此处喝采一番，便觉前后皆精神百倍。」智深接过来，飕飕地使动，浑身上下，没半点儿参差。众人看了，一齐喝采。

智深正使得活泛，「二字是作文妙诀，使棒亦然耶？」只见墙外一个官人看见，喝采道："端的使得好！"智深听得，收住了手，看时，只见墙缺边立着一个官人，头戴一顶青纱抓角儿头巾，脑后两个白玉圈连珠鬓环，身穿一领单绿罗团花战袍，腰系一条双獭尾龟背银带，穿一对磕爪头朝样皂靴，手中执一把折叠纸西川扇子，生得豹头环眼，燕颔虎须，八尺长短身材，三十四五年纪。口里道：

"这个师父端的非凡，使得好器械！"众泼皮道："这位教师喝采，必然是好。"智深问道："那军官是谁？"众人道："这官人是八十万禁军枪棒教头林武师，名唤林冲。"智深道："何不就请来厮见？"那林教头便跳入墙来，两个就槐树下相见了，一同坐地。林教头便问道："师兄何处人氏？法讳唤做甚么？"「定问。」智深道："洒家是关西鲁达的便是。「答是不同。」只为杀得人多，情愿为僧。年幼时也曾到东京，认得令尊林提辖。"「闲处着神。」林冲大喜，就当结义智深为兄。「何骤也，然稍迟则胡可得也。」智深道："教头今日缘何到此？"林冲答道："恰才与拙荆一同来间壁岳庙里还香愿，「应。」林冲听得使棒，看得入眼，着女使锦儿自和荆妇去庙里烧香，林冲就只此间相等，不想得遇师兄。"智深道："洒家初到这里，正没相识，得这几个大哥每日相伴。如今又得教头不弃，结为弟兄，十分好了。"便叫道人再添酒来相待。

恰才饮得三杯，只见女使锦儿，慌慌急急，红了脸，在墙缺边叫道："官人！休要坐地！娘子在庙中和人合口！"林冲连忙问道："在那里？"锦儿道："正在五岳楼下来，撞见个诈见不及的把娘子拦住了，不肯放！"林冲慌忙道："却再来望师兄，休怪，休怪！"林冲别了智深，急跳过墙缺，和锦儿径奔岳庙里来。抢到五岳楼看时，见了数个人拿着弹弓、吹筒、粘竿，都立在栏杆边。「补一句景。」胡梯上一个年少的后生独自背立着，把林冲的娘子拦着道："你且上楼去，和你说话。"林冲娘子红了脸道："清平世界，是何道理，把良人调戏！"林冲赶到跟前，把那后生肩胛只一扳过来，喝道："调戏良人妻子当得何罪！"恰待下拳打时，认的是本管高太尉螟蛉之子高衙内。

「奇峰当面起。」原来高俅新发迹，不曾有亲儿，无人帮助，因此，过房这阿叔高三郎儿子在房内为子。「忽然又补入高俅家中一段，笔势天矫。」本是叔伯弟兄，却与他做干儿子。「特地写小人无伦理，无闺门，以表恶之至也。」因此，高太尉爱惜他。那厮在东京倚势豪强，专一爱淫垢人家妻女。京师人惧怕他权势，谁敢与他争口？叫他做"花花太岁"。

当时林冲扳将过来，却认得是本管高衙内，先自手软了。高衙内说道："林冲，干你甚事，你来多管！"原来高衙内不晓得他是林冲的娘子，若还晓得时，也没这场事。见林冲不动手，他发这话。众多闲汉见闹，一齐拢来劝道："教头休怪，衙内不认得，多有冲撞。"林冲怒气未消，一双眼睁着瞅那高衙内。「写英雄在人廊庑下，欲说不得说，光景可怜。」众闲汉劝了林冲，和哄高衙内出庙上马去了。

林冲将引妻小并女使锦儿也转出廊下来。只见智深提着铁禅杖，引着那二三十个破落户，大踏步抢入庙来。「笔势拉杂如火。」林冲见了，叫道："师兄，那里去？"「看此一句，便写得鲁达抢入得猛，宛然万人辟易，林冲亦在半边也。」智深道："我来帮你厮打！"「妙。不管青白曲直，竟来厮打矣。」林冲道："原来是本管高太尉的衙内，不认得荆妇，时间无礼。林冲本待要痛打那厮一顿，太尉面上须不好看。自古道：'不怕官，只怕管。'林冲不合吃着他的请受，权且让他这一次。"「是可让，何不可让？住人廊庑，虽林武师无可如何矣，哀哉！」智深道："你却怕他本官太尉，洒家怕他甚鸟！「'本官太尉'，与'甚鸟'为联，奇语。」俺若撞见那撮鸟时，且教他吃洒家三百禅杖了去！"林冲见智深醉了，便道："师兄说得是。林冲一时被众人劝了，权且饶他。"「本是林冲事，却就醉后鲁达极力一写，便反做了林冲劝鲁达，真令人破涕为笑，奇文奇文。」智深道："但有事时，便来唤洒家与你去！"「鲁达语令读者悲感起立。」众泼皮见智深醉了，扶着道："师父，俺们且去，明日和他理会。"「醉人发怒，定用此语治之，与前林冲云师兄说得是笔法同，妙绝。」智深提着禅杖道：

"阿嫂，[便叫阿嫂，不嫌唐突。]休怪，莫要笑话。[鲁达每自嫌粗卤，正是得意语。]阿哥，明日再得相会。"[便不舍得一日不会。○凡四句，却一句阿嫂，一句阿哥，中间二句，文无次第，义不连属，写醉人，然亦真鲁达也。]智深相别，自和泼皮去了。林冲领了娘子并锦儿取路回家，心中只是郁郁不乐。[按下一句。]

且说这高衙内引了一班儿闲汉，自见了林冲娘子，又被他冲散了，心中好生着迷，怏怏不乐，回到府中纳闷。过了三两日，众多闲汉都来伺候，见衙内心焦，没撩没乱，众人散了。数内有一个帮闲的，唤做"干鸟头"富安，理会得高衙内意思，独自一个到府中伺候。见衙内在书房中闲坐，[每每此等衙内，其坐处亦定要学样唤做书房。]那富安走近前去道："衙内近日面色清减，心中少乐，必然有件不悦之事。"高衙内道："你如何省得？"富安道："小子一猜便着。"衙内道："你猜我心中甚事不乐？"富安道："衙内是思想那'双木'的。这猜如何？"衙内笑道："你猜得是。只没个道理得他。"富安道："有何难哉！衙内怕林冲是个好汉，不敢欺他。这个无伤。他见在帐下听使唤，大请大受，怎敢恶了太尉？轻则便刺配了他，重则害了他性命。小闲寻思有一计，使衙内能够得他。"高衙内听得，便道："自见了多少好女娘，不知怎的只爱他，[乘便补入一句，为太尉儿子周旋，不得此句，便似曾不见女娘三家村小儿也。]心中着迷，郁郁不乐。你有甚见识，能得他时，我自重重的赏你。"富安道："门下知心腹的陆虞候陆谦，他和林冲最好。明日衙内躲在陆虞候楼上深阁，摆下些酒食，却叫陆谦去请林冲出来吃酒——教他直去樊楼上深阁里吃酒。小闲便去他家对林冲娘子说道：'你丈夫教头和陆谦吃酒，一时重气，闷倒在楼上，叫娘子快去看哩！'赚得他来到楼上，妇人家水性，见了衙内这般风流人物，再着些甜话儿调和他，不由他不肯。

小闲这一计如何？"高衙内喝采道："好条计！就今晚着人去唤陆虞候来分付了。"原来陆虞候家只在高太尉家隔壁巷内。「此句高手。」次日，商量了计策，陆虞候一时听允，也没奈何，只要衙内欢喜，却顾不得朋友交情。「调侃世人。」

且说林冲连日闷闷不已，懒上街去。「四字腕中有鬼，何也？盖一路叙衙内设计，作者手笔忙极矣，不能更折到鲁达一边去。夫林冲出门而不寻鲁达，然则林冲为何如人哉！计无复之，而竟公然下一笔云，懒上街去，便将鲁达许多棘手，推过一边，干干净净。自非老笔，何以有此。」已牌时，听得门首有人叫道："教头在家么？"林冲出来看时，却是陆虞候，慌忙道："陆兄何来？"陆谦道："特来探望，兄「数"兄"字可发一笑。」何故连日街前不见？"林冲道："心里闷，不曾出去。"陆谦道："我同兄去吃三杯解闷。"林冲道："少坐，拜茶。"两个吃了茶，起身。陆虞候道："阿嫂，「眼。」我同林兄到家去吃三杯。"「特说家去。」林冲娘子赶到布帘下，叫道："大哥，少饮早归！"「又分付一句，挽上连日气闷，回合有情；引下快来看视，波纹无数。」

林冲与陆谦出得门来，街上闲走了一回。陆虞候道："兄，我们休家去，只就樊楼内吃两杯。"「却不家去。」当时两个上到樊楼内，占个阁儿，唤酒保分付，叫取两瓶上色好酒，稀奇果子按酒。两个叙说闲话，林冲叹了一口气，陆虞候道："兄何故叹气？"林冲道："陆兄不知！男子汉空有一身本事，不遇明主，屈沉在小人之下，受这般腌臜的气！"「发愤作书之故，其号耐庵不虚也。」陆虞候道："如今禁军中虽有几个教头，谁人及得兄的本事？太尉又看承得好，却受谁的气？"「如不知者。」林冲把前日高衙内的事告诉陆虞候一遍。陆虞候道："衙内必不认得嫂子，兄且休气，只顾饮酒。"

林冲吃了八九杯酒，因要小遗，起身道："我去净手了来。"「此等皆作者笔力所使，非真有天林冲下得楼来，出酒店门，投东小巷内去净了手。回身转出巷口，［笔捷如风。○每写急事，其笔愈宽，子弟读之，可救拘缩之病。］只见女使锦儿叫道："官人，寻得我苦！却在这里！"林冲慌忙问道："做甚么？"锦儿道："官人和陆虞候出来，没半个时辰，只见一个汉子慌慌急急奔来家里，对娘子说道：'我是陆虞候家邻舍。你家教头和陆谦吃酒，只见教头一口气不来，便撞倒了！叫娘子且快来看视。'娘子听得，连忙央间壁王婆看了家，和我跟那汉子去。直到太尉府前巷内一家人家，［小儿女何知这家谁家，只是一家人家便了。若说直到陆家，便失却当时情景不少也。○并不说陆家，却合十个字宛然陆家。］上至楼上，只见桌子上摆着些酒食，不见官人。［人报官人气塞死了，便满肚一个官人气塞死在楼上矣，却不见官人，声口如画。］恰待下楼，只见前日在岳庙里啰唣娘子的那后生［岳庙那后生妙。只是前日目见为真，后来耳中虽闻是高衙内，在此时呼不及矣。］出来道：'娘子少坐，你丈夫来也。'锦儿慌忙下得楼时，只听得娘子在楼上叫：'杀人！'［只听得在下楼后，妙。］因此，我一地里寻官人不见，正撞着卖药的张先生道：'我在樊楼前过，见教头和一个人入去吃酒。'因此特奔到这里。官人快去！"

林冲见说，吃了一惊，也不顾女使锦儿，［画绝。］三步做一步，跑到陆虞候家。抢到胡梯上，却关着楼门。［有此一句，便有下文两个"听"字。］只听得娘子叫道：［只听得，妙妙，急杀。○此时赖是听得，若不听得，便一发急杀矣。］"清平世界，如何把我良人妻子关在这里！"又听得高衙内道：［又听得，妙，急杀。］"娘子，可怜见救俺！便是铁石人，也告得回转！"［锦儿来，林冲去，已非一刻，故衙内口中下此言，见相求已非一语也，妙绝妙绝。］林冲立在胡梯上，叫道："大嫂开门！"那妇人听得是丈夫声音，只顾来开门。［"只顾来"三字，神化之笔，中间便夹带衙内无数啰唣。］高衙内吃了一惊，幹开了楼窗，跳墙走了。林冲上得楼上，寻不见高衙内，问娘子道："不曾被这厮点污了？"［此一句，若在神闲气定之时，便必不问，今极忙中，便必问矣。问此一句，正写林冲气急心乱也。不然，则将夫妻相见，竟不开口，于情理为大失，若问别句，则亦更无第二句也。］

娘子道："不曾。"林冲把陆虞候家打得粉碎，将娘子下楼。出得门外看时，邻舍两边都闭了门。〔用邻舍闭门，补写上文惊天动地。〕女使锦儿接着，〔此句妙，写出中间迅疾。〕三个人一处归家去了。〔归去迅疾。〕

林冲拿了一把解腕尖刀，径奔到樊楼前去寻陆虞候，〔又出来到樊楼，迅疾。〕也不见了。却回来他门前等了一晚，〔又来到陆家，迅疾。〕不见回家。林冲自归。〔又回去了。〕娘子劝道：〔只一"劝"字，写娘子贞良如见，若是淫浪妇人，必然要哭要死，要丈夫为报仇也。〕"我又不曾被他骗了，你休得胡做！"林冲道："叵耐这陆谦畜生，厮赶着称'兄'称'弟'，〔为上文几个"兄"字一哭。〕你也来骗我！只怕不撞见高衙内，也照管着他头面！"娘子苦劝，那里肯放他出门。〔好林冲，又好娘子，真是壮夫良妇。〕陆虞候只躲在太尉府内，亦不敢回家。林冲一连等了三日，〔省文也，却写得骇人。〕并不见面。〔四个字放出后文一回大书来。不然，杀却陆谦便无生色矣。〕府前人见林冲面色不好，谁敢问他。〔写得精神，白日读之，如闻鬼哭。〕

第四日饭时候，鲁智深径寻到林冲家相探，〔突然接入，奇文快笔。〕问道："教头如何连日不见面？"〔非鲁达醉梦也，若知得时，岂容更迟一刻不做出来，如是便不好收拾也。故下文林冲亦不告诉，皆作者特地留笔也。〕林冲答道："小弟少冗，不曾探得师兄。既蒙到我寒舍，本当草酌三杯，争奈一时不能周备，且和师兄一同上街闲玩一遭，市沽两盏，如何？"智深道："最好。"两个同上街来，吃了一日酒，又约明日相会。〔带过明日，用笔简便。〕自此，每日与智深上街吃酒，把这件事都放慢了。〔用此一句按下林冲，便有闲笔去太尉府中叙事，此作书之法，不然，头头不了矣。〕

且说高衙内从那日在陆虞候家楼上吃了那惊，跳墙脱走，不敢对太尉说知，〔又因此一句，见人家子弟原好，都被小人教坏。〕因此在府中卧病。陆虞候和富安两个来府里望衙内，见他容颜不好，精神憔悴。陆谦道："衙内何故如此精神少乐？"衙内

道："实不瞒你们说，我为林家那人，两次不能够得他，又吃他那一惊，这病越添得重了。眼见得半年三个月性命难保！"二人道："衙内且宽心！只在小人两个身上，好歹要共那人完聚，只除他自缢死了便罢。"「突然下此一语，为后日之谶，不嫌突然者，盖惟恐后文嫌突然也。」正说间，府里老都管也来看衙内病症。「又添出一个老都管，何也？写陆谦、富安，在太尉前说不得话也。作者细心何等！」

那陆虞候和富安见老都管来问病，两个商量道："只除……恁地。"等候老都管看病已了，出来，两个邀老都管僻净处说道："若要衙内病好，只除教太尉得知，害了林冲性命，方能够得他老婆和衙内在一处，这病便得好。若不如此，一定送了衙内性命。"老都管道："这个容易，老汉今晚便禀太尉得知。"两个道："我们已有计了，只等你回话。"

老都管至晚来见太尉，说道："衙内不害别的症，却害林冲的老婆。"高俅道："林冲的老婆几时见他的？"都管禀道："便是前月二十八日，在岳庙里见来，今经一月有馀。"又把陆虞候设的计备细说了。高俅道："如此，「句。」因为他浑家，怎地害他？「句。」我寻思起来，若为惜林冲一个人时，须送了我孩儿性命，「句。」却怎生是好？"「句。○恶人初念未必便恶，却被转念坏了，此处特地写个样子。」都管道："陆虞候和富安有计较。"高俅道："既是如此，教唤二人来商议。"老都管随即唤陆谦、富安入到堂里，唱了喏。高俅问道："我这小衙内的事，你两个有甚计较？救得我孩儿好了时，我自抬举你二人。"陆虞候向前禀道："恩相在上，只除如此如此便得。"高俅见说了，喝采道："好计！你两个明日便与我行。"【注1】不在话下。

再说林冲每日和智深吃酒，把这件事不记心了。「重撷一笔。」那一日，

「突然三字直接前文，才子不虚也。」两个同行到阅武坊巷口，「坊名与宝刀映耀光采。」见一条大汉，头戴一顶抓角儿头巾，穿一领旧战袍，手里拿着一口宝刀，插着个草标儿，立在街上，「陆谦畜生，以情理论之，一刀岂足惜哉！若以才情论之，真堪引而与之痛饮。只如安排计策，却是卖刀，何等奇绝，偏又是抓角头巾、旧战袍，又插个草标儿，色色刺入林冲心里眼里，岂不异哉。」口里自言自语说道："不遇识者，屈沉了我这口宝刀！"「惊心刺耳之言。」林冲也不理会，只顾和智深说着话走。「夹此一句，笔墨淋漓之极。」那汉又跟在背后道："好口宝刀！可惜不遇识者！"「句法倒转。」林冲只顾和智深走着，说得入港。「又夹此一句，笔墨淋漓之极。○句法亦倒转。」那汉又在背后说道："偌大一个东京，没一个识得军器的！"「其辞渐紧，章法入妙。」林冲听得说，回过头来。「写得淋漓突兀。」那汉飕地把那口刀掣将出来，明晃晃的夺人眼目。「淋漓突兀。」林冲合当有事，猛可地道："将来看！"「疾。骗动得，须用本色事本色语激之，只因陆虞候与林冲相好，晓得林冲心性，故有如此巧计。」那汉递将过来。「疾。」林冲接在手内，「疾。」同智深看了，吃了一惊，「四字写出英雄神气。眉批：智深见刀偏不开口者，非不识宝刀，为让林冲是本文主人也。」失口道："好刀！"「疾。」你要卖几钱？"那汉道："索价三千贯，实价二千贯。"林冲道："值是值二千贯，「写林冲。」只没个识主。你若一千贯肯时，我买你的。"那汉道："我急要些钱使，你若端的要时，饶你五百贯，实要一千五百贯。"「叙极忙事，偏用极婉笔。」林冲道："只是一千贯，我便买了。"那汉叹口气道："疾。""金子做生铁卖了！罢，罢！一文也不要少了我的。"「极忙中，又用一婉笔。」林冲道："跟我来家中取钱还你。"回身却与智深道："师兄且在茶房里少待，小弟便来。"智深道："洒家且回去，明日再相见。"「只别鲁达一笔，亦不肯直书，务用一曲。」林冲别了智深，自引了卖刀的那汉，去家中将银子折算价贯，准还与他。就问那汉道："你这口刀那里得来？"「到家取了钱，便可去矣，却不住笔，重又问起宝刀来历，一来为壮士失时发泄血泪，一来表林冲爱刀之至，为下文比试作地步。」那汉道："小人祖上留下。因为家道消乏，没奈何，将出来卖了。"林冲道："你祖上是谁？"「血泪迸出四字来。」那汉道："若说时，辱没杀人！"「只七字，妙绝。」林冲再也不问。「只六字，妙绝。〇一句七字，一句六字，收拾得淋漓无限。」那汉得了银两自去了。「读者竟不知半日何为。」林冲把这口刀翻来覆去看了一回，喝采道："端的好把刀！"「一句。」高太尉府中有一口宝刀，胡乱不肯教人看。「二句。〇却不道任凭翻来覆去地看。」我几番借看，也不肯将出来。「三句。」今日我也买了这口好刀，「四句。」慢慢和他比试。"「五句。〇自言自语，自疼自惜，自惊自诧，曲曲折折，妙不可言。」林冲当晚不落手看了一晚。「一句。」夜间挂在壁上，「二句。」未等天明又去看那刀。「三句。〇写得龙跳虎卧。眉批：此文凡两段，一段五句，在林冲口中写出爱刀；一段三句，在林冲身上写出爱刀。」

次日，已牌时分，「可见看了一早晨。」只听得门首有两个承局叫道："林教头，太尉钧旨，道你买一口好刀，就叫你将去比看。太尉在府里专等。"「疾。」林冲听得，说道："又是甚么多口的报知了！"「朱子曰："其辞若有憾焉，其实乃深喜之。"」两个承局催得林冲穿了衣服，「忽然点出四月初旬，不因四字，我几忘矣。〇起来看了一早晨刀，衣裳都不暇穿，写林冲摩挲爱惜，剧于十五女矣。」拿了那口刀，随这两个承局来。路上，林冲道："我在府中不认得你。"「只从闲处轻递一句。」两个人说道："小人新近参随。"却早来到府前。进得到厅前，林冲立住了脚。「反写林冲立住脚，笔法奇险。」两个又道："太尉在里面后堂内坐地。"转入屏风，至后堂，又不见太尉，林冲又住了脚。「又写一句立住脚，奇险。」两个又道："太尉直在里面等你，叫引教头进来。"又过了两三重门，到一个去处，一周遭都是绿栏杆；「写一句景。〇只见栏杆者，言未到堂中，只在檐下也。有此一句，便生出下文四个青字身分。」两个又引林冲到堂前，说道："教头，你只在此少待，等我入去禀太尉。"

林冲拿着刀，立在檐前。「"拿着刀"三字，作者眼光烁烁。〇要写得其状如造逆者故也。」两个人自入去了，一盏茶时，不见出来。林冲心疑，探头入帘看时，只见檐前额上有四个青字，

写道：白虎节堂。「奇文可骇。」林冲猛省道：「疾。」"这节堂是商议军机大事处，如何敢无故辄入！不是礼！"急待回身，只听得靴履响、脚步鸣，一个人从外面入来。「奇文突兀。」林冲看时，不是别人，却是本管高太尉。「笔笔突兀。」林冲见了，执刀向前声喏。「"执刀"二字，作者眼光烁烁。」太尉喝道："林冲！你又无呼唤，安敢辄入白虎节堂！你知法度否？你手里拿着刀，莫非来刺杀下官？「此句从刀上入罪。」有人对我说，你两三日前拿刀在府前伺候，必有歹心！"「此句又援前文面色不好入罪。」林冲躬身禀道："恩相！恰才蒙两个承局呼唤林冲将刀来比看。"太尉喝道："承局在那里？"林冲道："恩相！他两个已投堂里去了。"太尉道："胡说！甚么承局，敢进我府堂里去？左右！与我拿下这厮！"「却早两个八十万禁军教头被害了也。」话犹未了，旁边耳房里走出二十余人把林冲横推倒拽下去。高太尉大怒道："你既是禁军教头，法度也还不知道！因何手执利刃，故入节堂，欲杀本官？"叫左右把林冲推下。不知性命如何？

不因此等，有分教：大闹中原，纵横海内。直教：农夫背上添心号，渔父舟中插认旗。毕竟看林冲性命如何，且听下回分解。

【注1】"高俅"以下19字系《忠义水浒传》原文。金本为"高俅道：'既如此，你明日便与我行！'"。

【第七回】

林教头刺配沧州道

鲁智深大闹野猪林

此回凡两段文字，一段是林武师写休书，一段是野猪林吃闷棍；一段写儿女情深，一段写英雄气短，只看他行文历历落落处。

话说当时太尉喝叫左右排列军校，拿下林冲要斩。林冲大叫冤屈。太尉道："你来节堂有何事务？见今手里拿着利刃，如何不是来杀下官？"林冲告道："太尉不唤，怎敢入来？见有两个承局望堂里去了，故赚林冲到此。"太尉喝道："胡说！我府中那有承局？这厮不服断遣！"喝叫左右："解去开封府，分付滕府尹好生推问勘理，明白处决！就把这刀封了去！"左右领了钧旨，监押林冲投开封府来。恰好府尹坐衙未退。「二字好似升堂。」高太尉干人把林冲押到府前，跪在阶下。府干将太尉言语对滕府尹说了，将上太尉封的那把刀放在林冲面前。府尹道："林冲，你是个禁军教头，如何不知法度，手执利刃，故入节堂？这是该死的罪犯！"林冲告道："恩相明镜，念林冲负屈衔冤！小人虽是粗卤的军汉，颇识些法度，如何敢擅入节堂？为是前月二十八日，林冲与妻到岳庙还香愿，正迎见高太尉的小衙内把妻子调戏，被小人喝散了。次后，又使陆虞候赚小人吃酒，却使富安来骗林冲妻子到陆虞候家楼上调戏，亦被小人赶去，是把陆虞候家打了一场。两次虽不成奸，皆有人证。次日，林冲自买这口刀，今日太尉差两个承局来家呼唤林冲，叫将刀来府里比看。因此，林冲同二人到节堂下。两个承局进堂里去了，不想太尉从外面进来，设计陷害林冲。望恩相做主！"府尹听了林冲口词，「府尹不开口。」且叫与了回文，一面取刑具枷杻来上了，推入牢里监下。林冲家里自来送饭，一面使钱。林冲的丈人张教头亦来买上告下，使用财帛。

正值有个当案孔目，姓孙，名定，为人最鲠直，十分好善，只要周全人，因此，人都唤做"孙佛儿"。他明知道这件事，转转宛宛，在府上说知就里，禀道："此事果是屈了林冲，只可周全他。"府尹道："他做下这般罪，高太尉批'仰定罪'，定要问他'手执利刃，故入节堂，杀害本官'，怎周全得他？"孙定道："这南衙开封府不是朝廷的，是高太尉家的？"「虽无孔目唐突府尹之理，然自是快语。」府尹道："胡说！"孙定道："谁不知高太尉当权倚势豪强，更兼他府里无般不做，「此一句上不承，下不接。妙绝快绝！言高府中则多犯弥天之罪耳，应杀应剐耳。」但有人小小触犯，便发来开封府，要杀便杀，要剐便剐，却不是他家官府！"「"小小"字妙，"触犯"字妙，"杀剐"字妙！」府尹道："据你说时，林冲事怎的方便他，施行断遣？"孙定道："看林冲口词，是个无罪的人。「快人快语！」只是没拿那两个承局处。「此语开不得林冲死罪，然一有此语，便入不得林冲死罪矣，妙笔。」如今着他招认做'不合腰悬利刃，误入节堂'，脊杖二十，刺配远恶军州。"膝府尹也知这件事了，自去高太尉面前再三禀说林冲口词。高俅情知理短，「一句。」又碍府尹，「一句。」只得准了。

就此日，府尹回来升厅，叫林冲，除了长枷，断了二十脊杖，唤个文笔匠刺了面颊，量地方远近，该配沧州牢城。当厅打一面七斤半团头铁叶护身枷钉了，贴上封皮，押了一道牒文，差两个防送公人监押前去。两个人是董超、薛霸。「特特注明二人。」二人领了公文，押送林冲出开封府来。只见众邻舍「此句非邻舍情重，亦非林冲有恩，只为便于后文写休书耳。」并林冲的丈人张教头都在府前接着，同林冲两个公人，到州桥下酒店里坐定。林冲道："多得孙孔目维持，这棒不毒，因此走

动得。"张教头叫酒保安排按酒果子，管待两个公人。酒至数杯，只见张教头将出银两赍发他两个防送公人已了。林冲执手对丈人说道：〔使人酸涕。眉批：一路翁婿往复，凄凄恻恻，《祭十二郎文》与《琵琶行》兼有之。〕"泰山在上，年灾月厄，撞了高衙内，吃了一场屈官司。今日有句话说，上禀泰山：自蒙泰山错爱，将令爱嫁事小人，已经三载，不曾有半些儿差池。虽不曾生半个儿女，〔为后文省手也，却于林冲口中叙出曲曲人情。〕未曾面红面赤，半点相争。今小人遭这场横事，配去沧州，生死存亡未保。娘子在家，小人心去不稳，诚恐高衙内威逼这头亲事；况兼青春年少，休为林冲误了前程。却是林冲自行主张，非他人逼迫，小人今日就高邻在此，〔始知前文先叙邻舍笔法之妙。〕明白立纸休书，任从改嫁，并无争执。如此，林冲去得心稳，免得高衙内陷害。"张教头道："贤婿，甚么言语！你是天年不齐，遭了横事，又不是你作将出来的。今日权且去沧州躲灾避难，早晚天可怜见，放你回来时，依旧夫妻完聚。老汉家中也颇有些过活，便取了我女家去，并锦儿，〔细。〕不拣怎的，三年五载，养赡得他。又不叫他出入，高衙内便要见也不能够。休要忧心，都在老汉身上。你在沧州牢城，我自频频寄书并衣服与你。休得要胡思乱想，只顾放心去。"林冲道："感谢泰山厚意，只是林冲放心不下，枉自两相耽误。泰山可怜见林冲，依允小人，便死也瞑目！"张教头那里肯应承。众邻舍亦说行不得。〔又夹一笔，妙。〕林冲道："若不依允小人之时，林冲便挣扎得回来，誓不与娘子相聚！"〔截铁语。〕张教头道："既然恁地时，权且由你写下，我只不把女儿嫁人便了。"〔截铁语。○一路翁婿往复，凄凄惨惨，曲曲折折，至此各用一句截铁语收之。〕当时叫酒保寻个写文书的人来，买了一张纸来。那人写，林冲说〔如画。〕道是：

114

东京八十万禁军教头林冲为因身犯重罪，「"重罪"妙！此书分明写与高衙内者，故竟云重罪，不云其他情节也。」断配沧州，去后存亡不保。有妻张氏年少，情愿立此休书，任从改嫁，永无争执。委是自行情愿，即非相逼。「句句出脱衙内。○此数句，本老生常谈耳，用来恰字字如锦。」恐后无凭，立此文约为照。×年×月×日。

林冲当下看人写了，借过笔来，去年月下押个花字，打个手模。「写林冲斩头沥血，见机生智，令人泪落。」正在阁里写了，欲付与泰山收时，只见林冲的娘子，号天哭地叫将来。女使锦儿抱着一包衣服，一路寻到酒店里。「省却又回去也。」林冲见了，起身接着道："娘子，小人有句话说，已禀过泰山了。「如闻其声，如见其人。」为是林冲年灾月厄，遭这场屈事。今去沧州，生死不保，诚恐误了娘子青春，今已写下几字在此。万望娘子休等小人，有好头脑，「高衙内也，却不直说高衙内，盖恐伤其心也。」自行招嫁，莫为林冲误了贤妻。"那娘子听罢，哭将起来，说道："丈夫！我不曾有半些儿点污，如何把我休了？"「林冲娘子只说得此一句，下更无语，都是张教头说，情景入妙。」林冲道："娘子，我是好意。恐怕日后两下相误，赚了你。"张教头便道："我儿放心。虽是女婿恁地主张，我终不成下得将你来再嫁人？这事且由他放心去。他便不来时，我也安排你一世的终身盘费，只教你守志便了。"「都是娘子心中话，却不好在娘子口中说，故都借张教头出之。」那娘子听得说，「有笔力。」心中哽咽；又见了这封书，「有笔力。」一时哭倒，声绝在地。林冲与泰山张教头救得起来，半晌方才苏醒，兀自哭不住。林冲把休书与教头收了。众邻舍亦有妇人来劝林冲娘子，搀扶回去。「真是如何回去，忽乘便从"邻舍"二字上生出妇人来，见景生情，文章妙诀。眉批：漏锦儿。」张教头嘱付林冲道："只顾前程去，挣扎回来厮见。你的老小，我明日便

取回去养在家里，待你回来完聚。「重将此句特特说。」你但放心去，不要挂念。如有便人，千万频频寄些书信来！"林冲起身谢了拜辞泰山并众邻舍，背了包裹，随着公人去了。张教头同邻舍取路回家。「了。」不在话下。

且说两个防送公人把林冲带来使臣房里寄了监。董超、薛霸各自回家，收拾行李。只说董超正在家里拴束包裹，只见巷口酒店里酒保来说道："董端公，一位官人在小人店中请说话。"董超道："是谁？"酒保道："小人不认得，只叫请端公便来。"原来宋时的公人都称呼"端公"。当时董超便和酒保径到店中阁儿内看时，见坐着一个人，头戴顶万字头巾，身穿领皂纱背子，下面皂靴净袜。见了董超，慌忙作揖道："端公请坐。"董超道："小人自来不曾拜识尊颜，不知呼唤有何使令？"那人道："请坐，少间便知。"董超坐在对席。酒保一面铺下酒盏菜蔬果品按酒，都搬来摆了一桌。那人问道："薛端公在何处住？"董超道："只在前边巷内。"那人唤酒保问了底脚，"与我去请将来"。酒保去了一盏茶时，只见请得薛霸到阁儿里。董超道："这位官人，请俺说话。"薛霸道："不敢动问大人高姓？"那人又道："少刻便知，且请饮酒。"三人坐定，一面酒保筛酒。酒至数杯，那人去袖子里取出十两金子，放在桌上，说道："二位端公各收五两，有些小事烦及。"二人道："小人素不认得尊官，何故与我金子？"那人道："二位莫不投沧州去？"董超道："小人两个奉本府差遣，监押林冲直到那里。"那人道："既是如此，相烦二位。我是高太尉府心腹人陆虞候便是。"董超、薛霸喏喏连声，说道："小人何等样人，敢共对席！"陆谦道："你二位也知林冲和太尉是对头。今奉着太尉钧旨，教将这十两金子送与二位，望你两个领诺，不必远去，只就前面僻静去处把林冲结果了，就彼处讨纸回状回来便了。若开封府但有话说，太尉自行分付，并不妨事。"董超道：^[一个不肯。〇凡公人必用两个为一伙，便一个好，一个不好。盖起发人钱财，都用此法，切勿谓董优于薛也。]"却怕使不得。开封府公文只教解活的去，却不曾教结果了他。亦且本人年纪又不高大，如何作得这缘故？倘有些兜搭，恐不方便。"薛霸道：^[一个肯。]"老董，你听我说。高太尉便叫你我死，也只得依他，^[妙语。〇不知图个甚么，死亦依他也。今人以死博名，类如此矣。]莫说使这官人又送金子与俺。你不要多说，和你分了罢，落得做人情，日后也有照顾俺处。^[薛霸贼。既得陇，又望蜀，写小人如画。]前头有的是大松林，猛恶去处，不拣怎的与他结果了罢！"当下薛霸收了金子，说道："官人放心。多是五站路，少便两程，便有分晓。"陆谦大喜道："还是薛端公真是爽利！明日到地了时，是必揭取林冲脸上金印回来做表证。陆谦再包办二位十两金子相谢。^[小人语。〇作者务要写出，不顺小人看见耶？]专等好音。^["好音"二字用得可笑可恼。]切不可相误！"原来宋时，但是犯人，徒流迁徙的，都脸上刺字，怕人恨怪，只唤做"打金印"。三个人又吃了一会酒，陆虞候算了酒钱。三人出酒肆来，各自分手。

只说董超、薛霸将金子分受入己，送回家中，取了行李包裹，拿了水火棍，便来使臣房里取了林冲，监押上路。当日出得城来，离城三十里多路歇了。宋时途路上客店人家，但是公人监押囚人来歇，不要房钱。当下董、薛二人^[二人合。]带林冲到客店里歇了一夜。第二日天明起来，打火吃了饭食，投沧州路上来。时遇六月天气，炎暑正热。林冲初吃棒时，倒也无事，次后三两日间，天道盛热，棒疮却发。又是个新吃棒的人，^[补出林冲生平如金似玉。]路上一步

挨一步，走不动。薛霸道：「一个不好。」"好不晓事！此去沧州二千里有余的路，你这般样走，几时得到！"林冲道："小人在太尉府里折了些便宜，前日方才吃棒，棒疮举发。这般炎热，上下只得担待一步！"董超道：「一个做好。」"你自慢慢地走，休听咭哑。"薛霸一路上喃喃呐呐的，口里埋冤叫苦，说道："却是老爷们晦气，撞着你这个魔头！"看看天色又晚，三个人投村中客店里来。到得房内，两个公人放了棍棒，解下包裹。林冲也把包来解了，不等公人开口，「可怜。」去包裹取些碎银两，央店小二买些酒肉，籴些米来，安排盘馔，请两个防送公人坐了吃。董超、薛霸「二人合。眉批：一路董、薛二人，忽然是一个，忽然是两个，写得如大珠小珠相似。」又添酒来，把林冲灌得醉了，和枷倒在一边。薛霸「一个。」去烧一锅百沸滚汤，提将来，倾在脚盆内，叫道："林教头，你也洗了脚好睡。"林冲挣的起来，被枷碍了，曲身不得。薛霸便道："我替你洗。"林冲忙道："使不得！"薛霸道："出路人那里计较的许多！"林冲不知是计，只顾伸下脚来，被薛霸只一按，按在滚汤里。「为明日地也。」林冲叫一声："哎也！"急缩得起时，泡得脚面红肿了。林冲道："不消生受！"薛霸道："只见罪人伏侍公人，那曾有公人伏侍罪人！好意叫他洗脚，颠倒嫌冷嫌热，却不是'好心不得好报'！"口里喃喃地骂了半夜。林冲那里敢回话，自去倒在一边。他两个「二人合。」泼了这水，自换些水去外边洗了脚，收拾。

　　睡到四更。同店人都未起，「早。○又暗藏一人。」薛霸起来，「一个。」烧了面汤，安排打火做饭吃。林冲起来，晕了，吃不得，又走不动。薛霸拿了水火棍，催促动身。董超「一个。」去腰里解下一双新草鞋，耳朵并索儿却是麻编的，「恶。」

叫林冲穿。林冲看时，脚上满面都是燎浆泡，只得寻觅旧草鞋穿，那里去讨？没奈何，只得把新草鞋穿上。「恶。」叫店小二算过酒钱，两个公人「二人又合。」带了林冲出店，却是五更天气。「早。」林冲走不到三二里，脚上泡被新草鞋打破了，「恶。」鲜血淋漓，正走不动，声唤不止。薛霸骂道：「一个。」"走便快走！不走便大棍搠将起来！"林冲道："上下方便，小人岂敢怠慢，俄延程途，其实是脚疼走不动。"董超道：「一个。」"我扶着你走便了。"搀着林冲，只得又挨了四五里路。看看正走不动了，早望见前面烟笼雾锁，一座猛恶林子，有名唤做野猪林，此是东京去沧州路上第一个险峻去处。宋时这座林子内，但有些冤仇的，使用些钱与公人，带到这里，不知结果了多少好汉。今日这两个公人带林冲奔入这林子里来。董超道：「反是董超发科，可见同恶共济。」"走了一五更，走不得十里路程，似此，沧州怎的得到。"薛霸道：「薛霸在后。」"我也走不得了，且就林子里歇一歇。"

三个人奔到里面，解下行李包裹，都搬在树根头，林冲叫声："阿也！"靠着一株大树便倒了。「画。」只见董超、薛霸道：「二人合。」"行一步，等一步，倒走得我困倦起来，且睡一睡却行。"「曲曲而来。○如画，如活。」放下水火棍，便倒在树边，略略闭得眼，「奇文。○二人心中有事，如何闭得眼，却偏用闭眼，写出许多做作。」从地下叫将起来。「奇文。」林冲道："上下做甚么？"董超、薛霸道：「二人合。」"俺两个正要睡一睡，这里又无关锁，只怕你走了，我们放心不下，以此睡不稳。"「已说到缚矣，却还不说出，又收住口。」林冲答道："小人是个好汉，官司既已吃了，一世也不走。"薛霸道：「一个。」"那里信得你说？要我们心稳，须得缚一缚。"「方说缚。○只一缚，其用笔之曲如此。」林冲道："上下要缚便

缚，小人敢道怎的。"薛霸腰里解下索子来，把林冲连手带脚和枷紧紧地绑在树上。「一个。」同董超两个「两个。」跳将起来，转过身来，拿起水火棍，看着林冲说道："不是俺要结果你，自是前日来时，有那陆虞候「密人也，此处却说出。○即所谓陆兄也。」传着高太尉钧旨，教我两个到这里结果你，立等金印回去回话。「密语也，此处却说出。」便多走的几日，也是死数，只今日就这里，倒作成我两个回去快些。「此却是善知识语，细思之，当有橄榄回甘之益。」休得要怨我弟兄两个，只是上司差遣，不由自己。你须精细着，「恶人杀人，又怕其鬼，每每如此，写来一笑。」明年今日是你周年。「趣话。」我等已限定日期，亦要早回话。"林冲见说，泪如雨下，「四字写尽英雄尽头日。」便道："上下，我与你二位往日无仇，近日无冤，你二位如何救得小人，「"往日无仇"二语，非恶其杀之之辞也，正望其救之之辞也，三句连读始得之。」生死不忘。"董超道："说甚么闲话？「一个。○临死求救，谓之闲话，为之绝倒，○临死求救是闲话，前日所云太尉要你我死，也只得依他，此是紧话也。千古一辙，为之浩叹。」救你不得。"薛霸便提起水火棍来，望着林冲脑袋上劈将来，「一个。○林冲奈何？」可怜豪杰束手就死。正是：万里黄泉无旅店，三魂今夜落谁家？毕竟林冲性命如何，且听下回分解。

【第八回】

柴进门招天下客

林冲棒打洪教头

　　今夫文章之为物也，岂不异哉！如在天而为云霞，何其起于肤寸，渐舒渐卷，倏忽万变，烂然为章也！在地而为山川，何其迤逦而入，千转百合，争流竞秀，窅冥无际也！在草木而为花萼，何其依枝安叶，依叶安蒂，依蒂安英，依英安瓣，依瓣安须，真有如神镂鬼簇、香团玉削也！在鸟兽而为翠尾，何其青渐入碧，碧渐入紫，紫渐入金，金渐入绿，绿渐入黑，黑又入青，内视之而成彩，外望之而成耀，不可一端指也！凡如此者，岂其必有不得不然者乎？夫使云霞不必舒卷，而惨若烽烟，亦何怪于天？山川不必窅冥，而止有坑阜，亦何怪于地？花萼不必分英布瓣，而丑如楬柮，翠尾不必金碧间杂，而块然木鸢，亦何怪于草木鸟兽？然而终亦必然者，盖必有不得不然者也。至于文章，而何独不然也乎？自世之鄙儒，不惜笔墨，于是到处涂抹，自命作者，乃吾视其所为，实则曾无异于所谓烽烟、坑阜、楬柮、木鸢也者。呜呼！其亦未尝得见我施耐庵之《水浒传》也。

　　吾之为此言者，何也？即如松林棍起，智深来救。大师此来，从天而降，固也；乃今观其叙述之法，又何其诡谲变幻，一至于是乎！第一段先飞出禅杖，第二段方跳出胖大和尚，第三段再详其皂布直裰与禅杖戒刀，第四段始知其为智深。若以《公》《谷》《大戴》体释之，则曰：先言"禅杖"而后言"和尚"者，并未见有和尚，突然水火棍被物隔去，则一条禅杖早飞到面前也；先言"胖大"而后言"皂布直裰"者，惊心骇目之中，但见其为胖大，未及详其脚色也；先写装束而后出姓名者，公人惊骇稍定，见其如此打扮，却不认为何人，而又不敢问。盖如是手笔，实惟史迁有之，而《水浒传》乃独与之并驱也。

　　又如前回叙林冲时，笔墨忙极，不得不将智深一边暂时阁起，此行文之家要图手法干净，万不得已而出于此也。今入此回，却忽然就智深口中一一追补叙还，而又不肯一直叙去，又必重将林冲一边逐段穿插相对而出，不惟使智深一边不曾漏落，又反使林冲一边再加渲染，离离奇奇，错错落落，真似山雨欲来风满楼也。

又如公人心怒智深，不得不问，才问，却被智深兜头一喝，读者亦谓终亦不复知是某甲矣。乃遥遥直至智深拖却禅杖去后，林冲无端夸拔杨柳，遂答还董超、薛霸最先一问。疑其必说，则忽然不说；疑不复说，则忽然却说。譬如空中之龙，东云见鳞、西云露爪，真极奇极恣之笔也。

又如洪教头要使棒，反是柴大官人说且吃酒，此一顿已是令人心痒之极，乃武师又于四五合时跳出圈子，忽然叫住，曰除枷也。乃柴进又于重提棒时，又忽然叫住。凡作三番跌顿，直使读者眼光一闪一闪，真极奇极恣之笔也。

又如洪教头入来时，一笔要写洪教头，一笔又要写林武师，一笔又要写柴大官人，可谓极忙极杂矣。乃今偏于极忙极杂中间，又要时时挤出两个公人，心闲手敏，遂与史迁无二也。

又如写差拨陡然变脸数语，后接手便写陡然翻出笑来数语，参差历落，自成谐笑，此所谓文章波澜，亦有以近为贵者也。若夫文章又有以远为贵也者，则如来时飞杖而来，去时拖杖而去，其波澜乃在一篇之首与尾。林冲来时，柴进打猎归来，林冲去时，柴进打猎出去，则其波澜乃在一传之首与尾矣。此又不可不知也。

凡如此者，皆所谓在天为云霞，在地为山川，在草木为花萼，在鸟兽为翠尾，而《水浒传》必不可以不看者也。

此一回中又于正文之外，旁作余文，则于银子三致意焉。如陆虞候送公人十两金子，又许干事回来，再包送十两，一可叹也。夫陆虞候何人，便包得十两金子？且十两金子何足论，而必用一人包之也？智深之救而护而送到底也，公人叫苦不迭，曰"却不是坏我勾当"，二可叹也。夫现十两、赊十两，便算一场勾当，而林冲性命曾不足顾也。又二人之暗自商量也，曰"舍着还了他十两金子"，三可叹也。四人在店而两人暗商，其心头口头，十两外无别事也。访柴进而不在也，其庄客亦更无别语相惜，但云"你没福，若是在家，有酒食钱财与你"，四可叹也。酒食钱财，小人何至便以为福也？洪教头之忌武师也，曰"诱些酒食钱米"，五可叹也。夫小人之污蔑君子，

亦更不于此物外也。武师要开枷，柴进送银十两，公人忙开不迭，六可叹也。银之所在，朝廷法网亦惟所命也。洪教头之败也，大官人实以二十五两乱之，七可叹也。银之所在，名誉身分都不复惜也。柴、林之握别也，又捧出二十五两一锭大银，八可叹也。虽圣贤豪杰，心事如青天白日，亦必以此将其爱敬，设若无之，便若冷淡之甚也。两个公人亦赏发五两，则出门时林武师谢，两公人亦谢，九可叹也。有是物即陌路皆亲，豺狼亦顾，分外热闹也。差拨之见也，所争五两耳，而当其未送，则满面皆是饿纹，及其既送，则满面应做大官，十可叹也。千古人伦甄别之际，或月而易，或旦而易，大约以此也。武师以十两送管营，差拨又落了五两，止送五两，十一可叹也。本官之与长随可谓亲矣，而必染指焉，谚云"掏虱偷脚"，比比然也。林冲要一发周旋开除铁枷，又取三二两银子，十二可叹也。但有是物，即无事不可周旋，无人不愿效力也。满营囚徒，亦得林冲救济，十三可叹也。只是金多分人，而读者至此遂感林冲恩义，口口传为美谈。信乎名以银成，无别法也。嗟乎！士而贫尚不闭门学道，而尚欲游于世间，多见其为不知时务耳，岂不大哀也哉！

话说当时薛霸双手举起棍来，望林冲脑袋上便劈下来。说时迟，那时快，薛霸的棍恰举起来，只见松树背后雷鸣也似一声，那条铁禅杖飞将来，「第一段，单飞出禅杖，却未见有人。」把这水火棍一隔，丢去九霄云外，跳出一个胖大和尚来，「"说时迟，那时快"六字，神变之笔。○行文有雷轰电掣之势，令读者眼光霍霍。○看他先飞出禅杖，次跳出和尚，恣意弄奇，妙绝怪绝。○第二段，单跳出和尚，却未曾看得仔细。」喝道："洒家在林子里听你多时！"

两个公人看那和尚时，穿一领皂布直裰，跨一口戒刀，提着禅杖，抡起来打两个公人，「第三段，方看得仔细，却未知和尚是谁。」林冲方才闪开眼看时，认得是鲁智深。

「第四段，方出鲁智深名字，弄奇作怪，于斯极矣。眉批：此段突然写鲁智深来，却变作四段。第一段飞出一条禅杖，隔去水火棍；第二段水火棍丢了，方看见一个胖大和尚，却未及看其打扮；第三段方看见其皂布直裰，跨戒刀，抢禅杖，却未知其姓名；第四段直待林冲眼开，方出智深名字，奇文奇笔，遂至于此。」林冲连忙叫道："师兄不可下手，我有话说。"「极急时下语不及，只此四字，妙妙。○顷刻不至即休矣，又有甚话说耶？」智深听得，收住禅杖。两个公人呆了半晌，动掸不得。林冲道："非干他两个事，尽是高太尉使陆虞候分付他两个公人，要害我性命，他两个怎不依他？你若打杀他两个，也是冤屈。"「为高俅杀林冲映衬，故特下此句。」

鲁智深扯出戒刀，把索子都割断了，便扶起林冲，叫："兄弟，俺自从和你买刀那日相别之后，「重叙林冲第一段。眉批：看他夹叙补前之缺。」洒家忧得你苦。「补叙自家第一段。」自从你受官司，「重叙林冲第二段。」俺又无处去救你。「补叙自家第二段。」打听得你断配沧州，「重叙林冲第三段。」洒家在开封府前又寻不见。「补叙自家第三段。」却听得人说，监在使臣房内，又见酒保来请两个公人说道：'店里一位官人寻说话。'「重叙林冲第四段。」以此洒家疑心，放你不下。恐这厮们路上害你，俺特地跟将来。「补叙自家第四段。」见这两个撮鸟带你入店里去，「重叙林冲第五段。」洒家也在那店里歇。「补叙自家第五段。」夜间听得那厮两个做神做鬼，把滚汤赚了你脚。「重叙林冲第六段。」那时俺便要杀这两个撮鸟，却被客店里人多，恐防救了。「补叙自家第六段。」洒家见这厮们不怀好心，「重叙林冲第七段。」越放你不下。「补叙自家第七段。」你五更里出门时，「重叙林冲第八段。」洒家先投奔这林子里来，等杀这厮两个撮鸟，「补叙自家第八段。」他倒来这里害你，「方叙到林冲正文。」正好杀这厮两个！"「方叙到自己正文。○文势如两龙夭娇，陡然如笋，奇笔恣墨，读之叫绝。」林冲劝道："既然师兄救了我，你休害他两个性命。"鲁智深喝道："你这两个撮鸟！洒家不看兄弟面时，把你这两个都剁做肉酱；且看兄弟面皮，饶你两个性命。"就那里插了戒刀，「前割索子扯出，此仍插入，精细之极。」喝道："你这两个撮鸟，快搀兄

弟，都跟洒家来。"「奇语绝倒。」提了禅杖先走。「好景。○此回写智深，都在禅杖上出色，如前文禅杖飞来，此文提禅杖先走，后文拖禅杖去了，皆妙景也。」两个公人那里敢回话，只叫："林教头救俺两个。"依前背上包裹，「好。」拾了水火棍，「好。」扶着林冲。「好。」又替他拖了包裹，「好。」一同跟出林子来。「好景。」行得三四里路程，见一座小小酒店在村口，深、冲、超、霸四人入来坐下。唤酒保买五七斤肉，打两角酒来吃，回些面来打饼。酒保一面整治，把酒来筛。两个公人道："不敢拜问师父在那个寺里住持？"「贼。」智深笑道："你两个撮鸟问俺住处做甚么？莫不去教高俅做甚么奈何洒家？别人怕他，俺不怕他。「又贼。○一卷气闷书后，忽然作此快语。」洒家若撞着那厮，教他吃三百禅杖。"两个公人那里敢再开口，「陡然起，陡然倒，直至后文，方乃陡然而合，笔力奇拗之极。」吃了些酒肉，收拾了行李，还了酒钱，出离了村口。林冲问道："师兄，今投那里去？"「急语可怜，正如渴乳之儿，见母远行，写得令人堕泪。」鲁智深道："'杀人须见血，救人须救彻。'洒家放你不下，直送兄弟到沧州。"「天雨血，鬼夜哭，尽此二十三字。」两个公人听了，暗暗地道："苦也！却是坏了我们的勾当，转去时怎回话？且只得随顺他，一处行路。"自此途中被鲁智深要行便行，要歇便歇，「一路忽作快语。眉批：此段看他错错落落，写成一片。」那里敢扭他？好便骂，不好便打。「都作快语。」两个公人不敢高声，只怕和尚发作。「尽是快语。」行了两程，讨了一辆车子，林冲上车将息，三个跟着车子行着。「极意写，写得快绝。」两个公人怀着鬼胎，各自要保性命，只得小心随顺着行。鲁智深一路买酒买肉，将息林冲，那两个公人也吃。「极意写，写得快绝。」遇着客店，早歇晚行，都是那两个公人打火做饭，「极意写，写得快绝。」谁敢不依他？二人暗商量：「此段要补出。」"我们被这和尚监押定了，明日回去，高太尉必然奈何俺。"薛霸道："我听得大相国寺菜园廨宇里新来了个僧人，唤做鲁智深，想来必是他。[猜此一语，吊在此处，并不得明白，直至后文智深回去后，林冲夸他倒拔垂杨，方成一答，文情奇绝。]回去实说：俺要在野猪林结果他，被这和尚救了，一路护送到沧州，因此下手不得。舍着还了他十两金子，[公人苦语。]着陆谦自去寻这和尚便了。我和你只要躲得身上干净。"董超道："也说的是。"两个暗商量了，不题。

话休絮烦。被智深监押不离，行了十七八日，[省。]近沧州只有七十来里路程。一路去都有人家，再无僻静处了。鲁智深打听得实了，[写得何等恩义周匝。]就松林里少歇。["松林"二字，放在此处，入后径说头硬似松树，所谓身在画图中也。]智深对林冲道："兄弟，此去沧州不远了。前路都有人家，别无僻净去处，洒家已打听实了。俺如今和你分手，异日再得相见。"林冲道："师兄回去，泰山处可说知，[此句反在感恩之前，妙绝，有无限儿女恩情在内，读者细味之，当]防护之恩，不死当以厚报。"鲁智深又取出一二十两银子与林冲，[为之鸣咽。]把三二两与两个公人道："你两个撮鸟，本是路上砍了你两个头，兄弟面上，饶你两个鸟命。如今没多路了，休歹心。"两个道："再怎敢？皆是太尉差遣。"接了银子，却待分手，鲁智深看着两个公人道："你两个撮鸟的头，硬似这松树么？"[奇语。○此句上更不添"指着松树"四字，妙。]二人答道："小人头是父母皮肉，包着些骨头……"[不待词毕，写得妙。]智深抢起禅杖，把松树只一下，打得树有二寸深痕，齐齐折了，喝一声："你两个撮鸟，但有歹心，教你头也与这树一般。"摆着手，拖了禅杖，叫声："兄弟保重。"自回去了。[来得突兀，去得潇洒，如一座怪峰，劈插而起，及其尽也，迤逦而渐弛矣。]董超、薛霸都吐出舌头来，半晌缩不入去。[活画。]林冲道："上下，俺们自去罢。"两个公人道："好个莽和尚，一下打折了一株树。"林冲道："这个直得甚么？相国寺一株柳树，连根也拔将出来。"[直至此处，方才遥答前文，真是奇情恣笔，不知者反责林冲漏言，可为失笑。]

二人只把头来摇，方才得知是实。「奇情恣笔。」

　　三人当下离了松林。行到晌午，早望见官道上一座酒店。三个人入到里面来，林冲让两个公人上首坐了。董、薛二人，半日方才得自在。「又找一句，见十七八日着实过不得。○松林分手，其文已毕，却于入酒店后，再描一句，所谓劲势犹动也。」只见那店里有几处座头，三五个筛酒的酒保，都手忙脚乱，搬东搬西。林冲与两个公人坐了半个时辰，酒保并不来问。「生出文情来。」林冲等得不耐烦，把桌子敲着说道："你这店主人好欺客，见我是个犯人，便不来睬着，我须不白吃你的，是甚道理！"主人说道："你这人原来不知我的好意。"「奇，生出文情来。」林冲道："不卖酒肉与我，有甚好意？"店主人道："你不知俺这村中有个大财主，姓柴名进，此间称为柴大官人，江湖上都唤做'小旋风'，他是大周柴世宗子孙。自陈桥让位，太祖武德皇帝敕赐与他誓书铁券在家，无人敢欺负他，专一招集天下往来的好汉，三五十个养在家中，常常嘱付我们酒店里：'如有流配来的犯人，可叫他投我庄上来，我自资助他。'「如此一位豪杰，却在店主口中，无端叙出，有春山出云之乐。○看他各样出法。」我如今卖酒肉与你，吃得面皮红了，他道你自有盘缠，便不助你。我是好意。"林冲听了，对两个公人道："我在东京教军时，常常听得军中人传说柴大官人名字，「衬一句，遂令上文愈显。」却原来在这里。我们何不同去投奔他？"董超、薛霸寻思道："既然如此，有甚亏了我们处。"「公人语。」就便收拾包裹，和林冲问道："酒店主人，柴大官人庄在何处？「是。」我等正要寻他。"店主人道："只在前面，约过三二里路，大石桥边转弯抹角，那个大庄院便是。"

　　林冲等谢了店主人，出门走了三二里，果然见座大石桥。过得桥来，一条平坦大路，早望见绿柳阴中显出那座庄院，四下一周遭一条阔河，两岸边都是垂杨大树，树阴中一遭粉墙。转弯来到庄前，那条阔板桥上坐着四五个庄客，都在那里乘凉。〔时序随所叙事渐渐而下。〕三个人来到桥边，与庄客施礼罢，林冲说道："相烦大哥报与大官人知道，京师有个犯人，迭配牢城，姓林的求见。"〔自负不小。〕庄客齐道："你没福，若是大官人在家时，有酒食钱财与你，今早出猎去了。"〔已自问了住处，走到庄前矣，却偏要不在家，摇曳出柴大官人身分来。○又遥遥伏下"出猎"二字。〕林冲道："不知几时回来？"庄客道："说不定，敢怕投东庄去歇，也不见得。许你不得。"〔极力摇曳又伏东庄。〕林冲道："如此是我没福，不得相遇，我们去罢。"别了众庄客，和两个公人再回旧路，肚里好生愁闷。〔此处若用"我们且等"，则上文摇曳为不极矣，直要写到只索去罢，险绝几断，然后生出下文来。〕行了半里多路，只见远远地从林子深处，一簇人马飞奔庄上来，中间捧着一位官人，骑一匹雪白卷毛马。马上那人，生得龙眉凤目，皓齿朱唇，三牙掩口髭须，三十四五年纪。头戴一顶皂纱转角簇花巾，身穿一领紫绣团胸绣花袍，腰系一条玲珑嵌宝玉环绦，足穿一双金线抹绿皂朝靴。带一张弓，插一壶箭，〔好柴大官人。○林冲来时如此来，林冲去时如此去，作章法。〕引领从人，都到庄上来。林冲看了，寻思道："敢是柴大官人么？"又不敢问他，只自肚里踌躇。〔本是一色人物，只因身在囚服，便于贵游之前，不复更敢伸眉吐气，写得英雄失路，极其可怜。〕只见那马上年少的官人纵马前来问道："这位戴枷的是甚人？"〔极力写柴大官人。〕林冲慌忙躬身答道："小人是东京禁军教头，姓林，名冲，为因恶了高太尉，寻事发下开封府，问罪断遣，刺配此沧州。闻得前面酒店里说，这里有个招贤纳士好汉柴大官人，〔令闻广誉，诵之成响。〕因此特来相投。不期缘浅，不得相遇。"那官人滚鞍下马，飞近前来，说道："柴进有失迎迓。"就草地上便

拜。「极力写柴大官人。」林冲连忙答礼。那官人携住林冲的手，同行到庄上来。「极力写柴大官人。」那庄客们看见，大开了庄门，柴进直请到厅前。两个叙礼罢，柴进说："小可久闻教头大名，不期今日来踏贱地，足称平生渴仰之愿。"林冲答道："微贱林冲，闻大人贵名，传播海宇，谁人不敬？不想今日因得罪犯，流配来此，得识尊颜，「十二字笔舌曲折，绝妙尺牍。○此处却深感高俅。」宿生万幸。"柴进再三谦让，林冲坐了客席，董超、薛霸也一带坐了。跟柴进的伴当，各自牵了马，去院后歇息，「细。」不在话下。

柴进便唤庄客，叫将酒来。不移时，只见数个庄客托出一盘肉、一盘饼，温一壶酒；又一个盘子，托出一斗白米，米上放着十贯钱，都一发将出来。「写柴进待林冲，无可着笔，故又特地布此一景，极力摇曳出来。」柴进见了道："村夫不知高下，教头到此，如何恁地轻意？咄，快将进去。先把果盒酒来，随即杀羊相待，快去整治。"「极力写柴大官人。」林冲起身谢道："大官人，不必多赐，只此十分够了。"柴进道："休如此说。难得教头到此，岂可轻慢。"庄客便如飞先捧出果盒酒来，柴进起身，一面手执三杯。林冲谢了柴进，饮酒罢，两个公人一同饮了。柴进道："教头请里面少坐。"自家随即解了弓袋箭壶，「写得好。又特留此句，独作一番笔墨者，深表柴进畋猎是常，以为后文林冲出去之地也。」就请两个公人一同饮酒。「好。」

柴进当下坐了主席，林冲坐了客席，两个公人在林冲肩下。「好。」叙说些闲话，江湖上的勾当，不觉红日西沉。安排得酒食果品海味，摆在桌上，抬在各人面前。柴进亲自举杯，把了三巡，坐下叫道："且将汤来吃。"吃得一道汤，五七杯酒，只见庄客来报道："教师来也。"「天外奇峰，读之肉飞眉舞。」柴进道："就请来一处坐地相会亦好，「只此二字，情见乎辞。」快抬一张桌来。"林冲起身看时，「写林冲。○已下一段写林冲，一段写教师，一段写柴进，夹夹杂杂，错错落落，真是八门五花之文。眉批：一段看他叙三个人，如云中斗龙相似，忽伸一爪，忽缩一爪。」只见那个教师入来，歪戴着一顶头巾，挺着脯子，来到后堂。「写教师。」林冲寻思道："庄客称他做教师，必是大官人的师父。"急急躬身唱喏道："林冲谨参。"「写林冲。」那人全不睬着，也不还礼。「写教师。」林冲不敢抬头。「写林冲。」柴进指着林冲对洪教头道："这位便是东京八十万禁军枪棒教头林武师林冲的便是，就请相见。"「写柴进。」林冲听了，看着洪教头便拜。「写林冲。」那洪教头说道："休拜，起来。"却不躬身答礼。「写教师。」柴进看了，心中好不快意。「写柴进。」林冲拜了两拜，起身让洪教头坐。「写林冲。」洪教头亦不相让，走去上首便坐。「写教师。」柴进看了，又不喜欢。「写柴进。」林冲只得肩下坐了，「写林冲。」两个公人亦就坐了。「百忙中又夹得好。」

洪教头便问道："大官人今日何故厚礼管待配军？"「写教师。○"配军"二字是何言与？」柴进道："这位非比其他的，乃是八十万禁军教头，师父如何轻慢？"「写柴进。○"八十万禁军教头"正对"配军"二字，一往一答如画。」洪教头道："大官人只因好习枪棒，往往流配军人都来倚草附木，皆道我是枪棒教师，来投庄上，诱些酒食钱米。大官人如何忒认真？"「写教师。」林冲听了，并不做声。「写林冲。」柴进说道："凡人不可易相，休小觑他。"「此语写得柴进恼极。」洪教头怪这柴进说"休小觑他"，便跳起身来道："我不信他，他敢和我使一棒看，我便道他是真教头。"「教师休矣，定要弄出耶？」柴进大笑道："也好！也好！林武师，你心下如何？"「大笑妙绝，恼极之后，翻成大笑。」林冲道："小人却是不敢。"「作一摇曳。」洪教头心中忖量道："那人必是不会，心中先怯了。"因此越要来惹

林冲使棒。柴进一来要看林冲本事，二者要林冲赢他，灭那厮嘴。〔笔力劲绝。〕柴进道："且把酒来吃着，待月上来也罢。"〔说使棒，反吃酒，极力摇曳，使读者心痒无挠处。〕

当下又吃过了五七杯酒却早月上来了，照见厅堂里面，如同白日，柴进起身道：〔写得好。○待月是柴进一顿，月上仍是柴进一接，一顿一接，便令笔势踢跳之极。〕"二位教头较量一棒。"林冲自肚里寻思道：〔写林冲。〕"这洪教头必是柴大官人师父，若我一棒打翻了他，柴大官人面上须不好看。"柴进见林冲踌躇，便道：〔写柴进。〕"此位洪教头也到此不多时，此间又无对手。林武师休得要推辞，小可也正要看二位教头的本事。"柴进说这话，原来只怕林冲碍柴进的面皮，不肯使出本事来。〔写柴进。〕林冲见柴进说开就里，方才放心。〔写林冲。〕只见洪教头先起身道：〔骄极。〕"来，来，来！〔三字一笑。〕和你使一棒看。"一齐都哄出堂后空地上。庄客拿一束杆棒来，放在地下。洪教头先脱了衣裳，拽扎起裙子，掣条棒，使个旗鼓，喝道："来，来，来！"〔又此三字，可笑可恼。〕柴进道："林武师，请较量一棒。"林冲道："大官人，休要笑话。"就地也拿了一条棒起来道："师父请教。"〔儒雅之极。〕洪教头看了，恨不得一口水吞了他。林冲拿着棒，使出山东大擂，〔四字奇文。〕打将入来。洪教头把棒就地下鞭了一棒，来抢林冲。两个教头在月明地上交手，使了四五合棒，只见林冲托地跳出圈子外来，叫一声："少歇。"〔奇文，令读者出于意外。○此一回书，每每用忽然一闪法。此闪落读者眼光，真是奇绝。〕柴进道："教头如何不使本事？"林冲道："小人输了。"〔奇文，令读者出于意外。〕柴进道："未见二位较量，怎便是输了？"林冲道："小人只多这具枷，因此，权当输了。"〔绝妙之文。〕柴进道："是小可一时失了计较。"大笑着道："这个容易。"便叫庄客取十两银来，当时将出。柴进对押解两个公人道：

"小可大胆，相烦二位下顾，权把林教头枷开了，明日牢城营内但有事务，都在小可身上，白银十两相送。"董超、薛霸见了柴进人物轩昂，不敢违他，落得做人情，又得了十两银子，亦不怕他走了。薛霸随即把林冲护身枷开了。柴进大喜道："今番两位教师再试一棒。"

洪教头见他却才棒法怯了，肚里平欺他，便提起棒却待要使。柴进叫道："且住。"〔奇文。○前林冲叫歇，奇绝矣，却只为开枷之故；今开得枷了，方才举手，柴进又叫住，奇哉！真所谓极忙极热之文，偏要一断一续而写，令我读之叹绝。○看他又用一闪。〕叫庄客取出一锭银来，重二十五两。无一时，至面前。柴进乃言："二位教头比试，非比其他，这锭银子，权为利物。若还赢的，便将此银子去。"柴进心中只要林冲把出本事来，故意将银子丢在地下。洪教头深怪林冲来，〔一句。〕又要争这个大银子，〔二句。〕又怕输了锐气，〔三句。○心事正与公人一般，作者特特如此写。〕把棒来尽心使个旗鼓，吐个门户，唤做把火烧天势。〔棒势亦骄愤之极。〕林冲想道："柴大官人心里只要我赢他。"也横着棒，使个门户，吐个势，唤做拨草寻蛇势。〔棒势亦敏慎之至。〕洪教头喝一声："来，来，来！"〔只管来来来。〕便使棒盖将入来。林冲望后一退，洪教头赶入一步，提起棒，又复一棒下来。林冲看他脚步已乱了，便把棒从地下一跳，洪教头措手不及，就那一跳里，和身一转，那棒直扫着洪教头臁儿骨上，〔写得棒是活棒，武师是活武师，妙绝之笔。〕撇了棒，扑地倒了。柴进大喜，叫快将酒来把盏。众人一齐大笑，洪教头那里挣扎起来。〔来来来。〕众庄客一头笑着扶了，洪教头〔来来来。〕羞惭满面，自投庄外去了。〔与挺着脯子入来照耀。〕

柴进携住林冲的手，再入后堂饮酒，叫将利物来，送还教师。〔三句写柴进乐极。〕林冲那里肯受，推托不过，只得收了。柴进留林冲在庄上，一连住了几日，

每日好酒好食相待。又住了五七日，两个公人催促要行。柴进又置席面相待送行，又写两封书，「要。○此物每与银子一样行得通者，正为此物即银子也。」分付林冲道："沧州大尹也与柴进好，牢城管营、差拨，亦与柴进交厚。可将这两封书去下，必然看觑教头。"即捧出二十五两一锭大银，送与林冲，又将银五两赍发两个公人，「带。」吃了一夜酒。「写柴进、林冲淋漓快活。」次日天明，吃了早饭，叫庄客挑了三个的行李，林冲依旧戴上枷，「细。」辞了柴进便行。柴进送出庄门作别，分付道："待几日小可自使人送冬衣来与教头。"「便为风雪作引。」林冲谢道："如何报谢大官人！"两个公人相谢了。「亦谢。」

三人取路投沧州来，将及午牌时候，已到沧州城里，打发那挑行李的回去，「细。」径到州衙里下了公文，当厅引林冲参见了州官大尹，当下收了林冲，押了回文，一面帖下，判送牢城营内来。两个公人自领了回文，相辞了，回东京去，不在话下。

只说林冲送到牢城营内来，牢城营内收管林冲，发在单身房里，听候点视。却有那一般的罪人，都来看觑他，「又出奇文。○此段又如春山出云，肤寸而起。眉批：此段看他在营里使银子，真有"通神"之痛。」对林冲说道："此间管营、差拨，十分害人，只是要诈人钱物。若有人情钱物「一句。」送与他时，便觑的你好；若是无钱，「一句。」将你撇在土牢里，求生不生，求死不死。若得了人情，「一句。」入门便不打你一百杀威棒，只说有病，把来寄下；若不得人情时，「一句。○絮絮叨叨，委委折折，人生世上，银子盖可忽哉！」这一百棒打得七死八活。"林冲道："众兄长如此指教，且如要使钱，把多少与他？"「林冲语。」众人道："若要使得好时，管营把五两银子与他，差拨也得五两银子送他，十分好了。”

正说之间，「省捷。」只见差拨过来问道：“那个是新来配军？”林冲见问，向前答应道：“小人便是。”那差拨不见他把钱出来，变了面皮，指着林冲骂道：「正说得过。○绝世奇文，绝世妙文！」“你这个贼配军，见我如何不下拜？却来唱喏！你这厮可知在东京做出事来，「是做出事来，谁敢辩。」见我还是大剌剌的。「见公人自然不应大剌剌。」我看这贼配军，满脸都是饿纹，一世也不发迹！「是满脸有饿纹，谁敢辩。」打不死、拷不杀的顽囚！「是顽囚，是应拷打。」你这把贼骨头，好歹落在我手里，「是贼骨头，是落在手里。」教你粉骨碎身。少间教你便见功效。”「都是吓死人语，读之痛心。」把林冲骂得一佛出世，那里敢抬头应答。众人见骂，各自散了。「好。」

林冲等他发作过了，去取五两银子，陪着笑脸告道：「虽是摇出奇文，然亦实是林冲身分。」“差拨哥哥，些小薄礼，休言轻微。”差拨看了道：“你教我送与管营和俺的，都在里面？”「妙问。」林冲道：“只是送与差拨哥哥的，另有十两银子，就烦差拨哥哥送与管营。”「妙语。」差拨见了，看着林冲笑道：「便笑。」“林教头，「是教头。」我也闻你的好名字，「是好名字。」端的是个好男子！「是好男子。」想是高太尉陷害你了。「是陷害，并非做出事来。」虽然目下暂时受苦，久后必然发迹，「是必发迹，脸上并无饿纹。」据你的大名，「不敢。」这表人物，「不敢。」必不是等闲之人，久后必做大官。”「不敢不敢。○索性尽兴语，读之破涕成笑。」林冲笑道：“总赖照顾。”差拨道：“你只管放心。”又取出柴大官人的书礼，说道：「方取出书来。」“相烦老哥将这两封书下一下。”差拨道：“既有柴大官人的书，烦恼做甚？这一封书值一锭金子。”我一面与你下书，少间管营来点你，要打一百杀威棒时，你便只说你‘一路有病，未曾痊可’。我自来与

你支吾，要瞒生人的眼目。」^{不知瞒谁。}林冲道："多谢指教。"差拨拿了银子并书，离了单身房，自去了。林冲叹口气道："'有钱可以通神'，此语不差。端的有这般的苦处。」^{千古同愤寄
在武师口中。}

原来差拨落了五两银子，只将五两银子^{写得好。}并书来见管营，备说林冲是个好汉，^{一句。}柴大官人有书相荐，在此呈上。^{一句。}本是高太尉陷害，配他到此，^{一句。}又无十分大事。^{一句。}管营道："况是^{"况是"妙，上还有一句
不须明言，意会之也。}柴大官人有书，必须要看顾他。"便教唤林冲来见。

且说林冲正在单身房里闷坐，只见牌头叫道："管营在厅上叫唤新到罪人林冲来点名。"林冲听得叫唤，来到厅前。管营道："你是新到犯人，太祖武德皇帝留下旧制，新入配军，须吃一百杀威棒。左右与我驮起来。"^{官说一句，如戏。○此段偏要详
写以表银子之功，为千古一叹。」}林冲告道："小人于路感冒风寒，未曾痊可，告寄打。"^{犯人说一
句，如戏。}牌头道："这人见今有病，乞赐怜恕。"^{牌头说一
句，如戏。}管营道："果是这人症候在身，权且寄下，待病痊可却打。"^{官又说一
句，如戏。}差拨道："见今天王堂看守的，多时满了，可教林冲去替换他。"就厅上押了帖文，差拨领了林冲，单身房里取了行李，来天王堂交替。差拨道："林教头，我十分周全你。^{银子下落。}教看天王堂时，这是营中第一样省气力的勾当，早晚只烧香扫地便了。你看别的囚徒，从早起直做到晚，尚不饶他。还有一等无人情的，拨他在土牢里，求生不生，求死不死。"林冲道："谢得照顾。"又取三二两银子与差拨道："烦望哥哥一发周全，开了项上枷更好。"差拨接了银子，便道："都在我身上。"连忙去禀了管营，^{"连忙"妙，银
子之力如此。}就将枷也开了。林冲自此在天王堂内，安排宿食处，每日只是烧香扫地，不觉光阴早过了四五十日。那管营、差拨得了贿赂，日久情熟，由他自在，亦不来拘管他。柴大官人又使人来送冬衣并人事与他。那满营内囚徒，亦得林冲救济。「闲中写林冲一句，以为银子余波。」

话不絮烦。时遇隆冬将近，忽一日，林冲巳牌时分，偶出营前闲走。正行之间，只听得背后有人叫道："林教头，如何却在这里？"「谁耶？」林冲回头过来看时，见了那人。有分教：林冲火烟堆里，争些断送余生；风雪途中，几被伤残性命。毕竟林冲见了的是甚人，且听下回分解。

【第九回】

林教头风雪山神庙

陆虞候火烧草料场

　　夫文章之法，岂一端而已乎？有先事而起波者，有事过而作波者，读者于此，则恶可混然以为一事也。夫文自在此而眼光在后，则当知此文之起，自为后文，非为此文也；文自在后而眼光在前，则当知此文未尽，自为前文，非为此文也。必如此，而后读者之胸中有针有线，始信作者之腕下有经有纬。不然者，几何其不见一事即以为一事，又见一事即又以为一事，于是遂取事前先起之波，与事后未尽之波，累累然与正叙之事，并列而成三事耶？

　　如酒生儿李小二夫妻，非真谓林冲于牢城营有此一个相识，与之往来火热也，意自在阁子背后听说话一段绝妙奇文，则不得不先作此一个地步，所谓先事而起波也。

　　如庄家不肯回与酒吃，亦可别样生发，却偏用花枪挑块火柴，又把花枪炉里一搅，何至拜揖之后向火多时，而花枪犹在手中耶？凡此，皆为前文几句花枪挑着葫芦，逼出庙中挺枪杀出门来一句，其劲势犹尚未尽，故又于此处再一点两点，以杀其余怒。故凡篇中如搠两人后杀陆谦时，特地写一句把枪插在雪地下，醉倒后庄家寻着踪迹赶来时，又特地写一句花枪亦丢在半边，皆所谓事过而作波者也。

　　陆谦、富安、管营、差拨四个人坐阁子中议事，不知所议何事，详之则不可得详，置之则不可得置。今但于小二夫妻眼中、耳中写得"高太尉三字"句，"都在我身上"句，"一帕子物事，约莫是金银"句，"换汤进去，看见管营手里拿着一封书"句，忽断忽续，忽明忽灭，如古锦之文不甚可指，断碑之字不甚可读，而深心好古之家自能于意外求而得之，真所谓鬼于文、圣于文者也。

　　杀出庙门时，看他一枪先搠倒差拨，接手便写陆谦一句；写陆谦不曾写完，接手却再搠富安；两个倒矣，方翻身回来，刀剜陆谦；剜陆谦未毕，回头却见差拨爬起，便又且置陆谦，先割差拨头挑在枪上；然后回过身来，作一顿割陆谦、富安头，结做一处。以一个人杀三个人，凡三四个回身，有节次，有间架，有方法，有波折，不慌不忙，不疏不密，不缺不漏，不一片，

不烦琐，真鬼于文、圣于文也。

旧人传言：昔有画北风图者，盛暑张之，满座都思挟纩；既又有画云汉图者，祁寒对之，挥汗不止。于是千载啧啧，诧为奇事。殊未知此特寒热各作一幅，未为神奇之至也。耐庵此篇独能于一幅之中，寒热间作，写雪便其寒彻骨，写火便其热照面。昔百丈大师患疟，僧众请问："伏惟和上尊候若何？"丈云："寒时便寒杀阇黎，热时便热杀阇黎。"今读此篇亦复寒时寒杀读者，热时热杀读者，真是一卷疟疾文字，为艺林之绝奇也。

阁子背后听四个人说话，听得不仔细，正妙于听得不仔细；山神庙里听三个人说话，听得极仔细，又正妙于听得极仔细。虽然，以阁子中间、山神庙前，两番说话，偏都两番听得，亦可以见冤家路窄矣！乃今愚人犹刺刺说人不休，则独何哉？

此文通篇以"火"字发奇，乃又于大火之前，先写许多"火"字，于大火之后，再写许多"火"字。我读之，因悟同是火也，而前乎陆谦，则有老军借盆，恩情朴至；后乎陆谦，则有庄客借烘，又复恩情朴至；而中间一火独成大冤深祸，为可骇叹也。夫火何能作恩，火何能作怨，一加之以人事，而恩怨相去遂至于是。然则人行世上，触手碍眼，皆属祸机，亦复何乐乎哉！

文中写情写景处，都要细细详察，如两次照顾火盆，则明林冲非失火也；止拖一条棉被，则明林冲明日原要归来，今止作一夜计也。如此等处甚多，我亦不能遍指，孔子曰："举一隅，不以三隅反，则不复矣。"

话说当日林冲正闲走间，忽然背后人叫，回头看时却认得是酒生儿李小二。当初在东京时，多得林冲看顾。后来不合偷了店主人家钱财，被捉住了，要送官司问罪，又得林冲主张陪话，救了他，免送官司；又与他陪了些钱财，方得脱免。京中安不得身，又亏林冲赍发他盘缠，于路投奔人，不想今日却在这里撞见。「眉批：为阁子背后听说话，只得生出李小二，为要李小二阁子背后听说话，只得造出先日搭救一段事情，作文真是苦事。○凡此等处，皆是无可奈何，第一要写得径净便好，然不曾作史者，安能信我语。」林冲道："小二哥，你如何地在这里？"李小二便拜道："自从得恩人救济，赍发小人，一地里投奔人不着，迤逦不想来到沧州，投托一个酒店里，姓王，留小人在店中做过卖。因见小人勤谨，安排的好菜蔬，调和的好汁水，来吃的人都喝采，以此买卖顺当。主人家有个女儿，就招了小人做女婿。如今丈人、丈母都死了，「随手省去。」只剩得小人夫妻两个，权在营前开了个茶酒店。因讨钱过来，遇见恩人。恩人不知为何事在这里？"林冲指着脸上道，「好笔。」"我因恶了高太尉，生事陷害，受了一场官司，刺配到这里。如今叫我管天王堂，未知久后如何。不想今日在此见你。"

李小二就请林冲到家里坐定，叫妻子出来拜了恩人。两口儿欢喜道："我夫妻二人正没个亲眷，「如此等语，总为后文地，非写李小二夫妻情分也。」今日得恩人到来，便是从天降下。"林冲道："我是罪囚，恐怕玷辱你夫妻两个。"李小二道："谁不知恩人大名？「知己语，不是扳高语。」休恁地说。但有衣服，便拿来家里浆洗缝补。"「叙得亲热，为后文地。」当时管待林冲酒食，至夜送回天王堂。次日又来相请，因此林冲得店小二家来往，不时间送汤送水来营里，与林冲吃。林冲因见他两口儿恭敬孝顺，常把些银两与他做本钱。「叙得亲热，为后文地。」

且把闲话休题，只说正话。「都是为后文紧紧作地步，却说是闲话，盖惟恐读者误认为正文也。」光阴迅速，却早冬来。林冲的绵衣裙袄，都是李小二浑家整治缝补。「此句又补写李二浑家，以为阁子听话也。○"绵衣"二字，渐渐引出风雪。」忽一日，李小二正在门前安排菜蔬下饭，只见一个人闪将进来，「闪入来，妙。」酒店里坐下，随后又一人闪入来。「闪入来，妙。○偏不写两个人，偏写作一个人、又一个人，妙。」

看时，〔二字为句，是把上文重写一番，谓之牒文也。〕〔句。〕前面那个人是军官打扮，后面这个走卒模样，跟着也来坐下。〔"看时"二字妙，是李小二眼中事。○一个小二看来是军官，一个小二看来是走卒，先看他跟着，却又看他一齐坐下，写得狐疑之极，妙妙。〕李小二入来问道："可要吃酒？"只见那个人〔妙，李小二眼中事。〕将出一两银子与小二道："且收放柜上，取三四瓶好酒来。客到时，果品酒馔只顾将来，不必要问。"〔分付得作怪。〕李小二道："官人请甚客？"那人道："烦你与我去营里请管营、差拨两个来说话。问时，你只说有个官人请说话，商议些事务，〔是何事务？〕专等，专等！"〔又何急也？〕

李小二应承了，来到牢城里，先请了差拨，同到管营家里请了管营，〔叙得是。〕都到酒店里。只见那个官人〔李小二眼中事。〕和管营、差拨两个讲了礼。管营道："素不相识，动问官人高姓大名？"那人道："有书在此，〔不答姓名，狐疑之极。〕少刻便知。且取酒来。"李小二连忙开了酒，一面铺下菜蔬果品酒馔，那人叫讨副劝盘来，把了盏，相让坐了。小二独自一个撺梭也似伏侍不暇。〔写得小二眼可厌，妙笔。○此一句从说机密人眼中写出，不在李小二用心打听中写出，妙笔。〕那跟来的人讨了汤桶，自行烫酒，〔不便着小二出去，却先叙此一句妙笔。〕约计吃过十数杯，再讨了按酒，铺放桌上。只见那人说道："我自有伴当烫酒，不叫你休来。我等自要说话。"〔有何说话？○同坐了，又言是伴当，狐疑之极。〕

李小二应了，自来门首叫老婆道："大姐，〔二字称呼得妙，是做过卖时叫惯语。〕这两个人来得不尴尬。"〔写小二经心吊胆，而不嫌突然者，全亏前文许多亲热也。〕老婆道："怎么的不尴尬？"小二道："这两个人语言声音是东京人。〔声音是东京。〕初时又不认得管营，〔又不认得管营。〕向后我将按酒入去，只听得差拨口里吶出一句高太尉三个字来，这人莫不与林教头身上有些干碍？〔只点"高太尉"三字，详略正好。〕我自在门前理会，你且去阁子背后听说甚么。"

「妙。○离离奇奇，造出奇文。」老婆道：“你去营中寻林教头来认他一认。”「妙，说得是。」李小二道：“你不省得，林教头是个性急的人，摸不着便要杀人放火。倘或叫得他来看了，正是前日说的甚么陆虞候，他肯便罢？做出事来，须连累了我和你。「又妙，又说得是。○二语只须如此。」你只去听一听再理会。”「妙！」老婆道：“说得是。”便入去听了一个时辰，出来说道：「妙妙。下文说“不听得说甚么”，此处却偏要写作“一个时辰出来说道”八字，读之奇妙不可言。眉批：读至“出来说道”四字，孰不洗耳愿闻！却接出“不听得说甚么”一句，为之绝倒。「狐疑之极。○去了一个时辰，却不听得，可云不快，然不快者事，快者文也。」“他那三四个交头接耳说话，正不听得说甚么。只见那一个军官模样的人，去伴当怀里取出一帕子「听了一个时辰，却是看见，耳颠目倒，灵心妙笔。」物事，递与管营和差拨，帕子里面的，莫不是金银？只听差拨口里说道：‘都在我身上，好歹要结果他性命。’”「只听得一句。」正说之时，阁子里叫：“将汤来。”「上文大姐口中所述，亦已完矣，虽不叫汤，行者亦要收科，但此处不叫汤，便收得缓散无波碟，故特特不在上文顺拖下去，特特反从下文逆抢上来，此行文之一诀也。○叫汤又妙，只在自烫酒上生出来，不是另起一事。」李小二急去里面换汤时，看见管营手里拿着一封书。「只书帕二件，写得断续超忽，妙哉怪哉。」小二换了汤，添些下饭，又吃了半个时辰，算还了酒钱，管营、差拨先去了。「去得有节次。」次后那两个低着头也去了。「偏又加“低着头”三字，笔中真有鬼耶？何其诡谲灵幻，一至于此！」

转背没多时，只见林冲走将入店里来，「接得闪闪烁烁，令人惊绝。」说道：“小二哥，连日好买卖。”李小二慌忙道：“恩人请坐，小二却待正要寻恩人，有些要紧说话。”林冲问道：“甚么要紧的事？”李小二请林冲到里面坐下，说道：“却才有个东京来的尴尬人，在我这里请管营、差拨吃了半日酒。差拨口里呐出高太尉三个字来，小人心下疑惑，又着浑家听了一个时辰，他却交头接耳，说话都不听得，临了只见差拨口里应道：‘都在我两个身上，好歹要结果了

他．'那两个把一包金银递与管营、差拨；又吃一回酒，各自散了。不知甚么样人。小人心疑，只怕在恩人身上有些妨碍。"林冲道："那人生得甚么模样？"〔问得切。〕李小二道："五短身材，白净面皮，没甚髭须，约有三十余岁；那跟的也不长大，紫棠色面皮。"〔举出两个。〕林冲听了大惊道："这三十岁的正是陆虞候。〔只认一个，又留下一个不猜出，此书用笔奇谲，每每如此。〕那泼贱贼，敢来这里害我！休要撞着我，只教他骨肉为泥！"李小二道："只要提防他便了。岂不闻古人言：'吃饭防噎，走路防跌。'"

林冲大怒，离了李小二家。先去街上买把解腕尖刀，带在身上。〔刀在此处带起，看官记得。○遥遥然直于此处暗藏一刀，到后草料场买酒往文中，只叙叙花枪葫芦，更不一字及刀也。直至杀陆谦时，忽然掣出刀来，真鬼神于文也。〕前街后巷，一地里去寻。〔寻了半日。〕李小二夫妻两个捏着两把汗。〔照顾小二。〕当晚无事。〔神变鬼谲之笔。〕次日天明起来，洗漱罢，带了刀，又去沧州城里城外，小街夹巷，团团寻了一日。〔寻了一日。〕牢城营里，都没动静。〔写得神变诡谲。〕林冲又来对李小二道："今日又无事。"〔写得神变诡谲。〕小二道："恩人，只愿如此。只是自放仔细便了。"〔看他用笔何等诡谲。〕林冲自回天王堂，过了一夜。街上寻了三五日，〔寻了三五日。〕不见消耗，〔诡谲之极。〕林冲也自心下慢了。

到第六日，〔到第六日。〕只见管营叫唤林冲到点视厅上，说道："你来这里许多时，柴大官人面皮，不曾抬举得你，〔拨往草料场，陆谦来历也，却用"柴大官人"四字起，便将前文一齐放慢，后却陡然变现出来，妙绝妙绝。〕此间东门外十五里有座大军草料场，每月但是纳草纳料的，有些常例钱取觅。原是一个老军看管，如今我抬举你去替那老军来守天王堂，你在那里寻几贯盘缠。你可和差拨便去那里交割。"林冲应道："小人便去。"当时离了营中，径到李小二家，对他夫妻两个说道："今日管营拨我去大军草料场管事，却如何？"「问得妙，是不知高低人语，却又笔笔诡谲。」李小二道："这个差使，又好似天王堂。「极力放慢，诡谲之极。」那里收草料时，有些常例钱钞。往常不使钱时，不能够这差使。"林冲道："却不害我，倒与我好差使，正不知何意？"「极力放慢，诡谲之极。」李小二道："恩人休要疑心，只要没事便好了。「写得小二反有着悔前日失言之意，极力放慢，诡谲之极。」只是小人家离得远了，「衬入一句闲语，不知者以为可删，殊不知前文特地插入李小二夫妻，止为阁子背后一段奇文耳。今已交过排场，前去草料场，更用不着小二矣，则不如善刀而藏之，故以此一语为李小二作收束，奈何谓其闲话也。」过几时挪工夫来望恩人。"就在家里安排几杯酒，请林冲吃了。

话不絮烦，两个相别了。林冲自来天王堂取了包裹，带了尖刀，「尖刀。」拿了条花枪，「花枪。」与差拨一同辞了管营，「细。」两个取路投草料场来。正是严冬天气，彤云密布，朔风渐起，却早纷纷扬扬卷下一天大雪来。「一路写雪，妙绝。」

林冲和差拨两个在路上，又没买酒吃处，「又冷。○有此句便使老军投东一语不谬，又令花枪葫芦，断不遇着三人也。」早来到草料场外。看时，一周遭有些黄土墙，两扇大门。推开看里面时，七八间草屋做着仓廒，四下里都是马草堆，中间两座草厅。到那厅里，只见那老军在里面向火。「星星之火。眉批：此回大火拉杂，却以星星之火引起。」差拨道："管营差这个林冲来替你回天王堂看守，你可即便交割。"老军拿了钥匙，引着林冲分付道：「写得活现。」"仓廒内自有官司封记，这几堆草，一堆堆都有数目。"老军都点见了堆数，又引林冲到草厅上，老军收拾行李，临了说道："火盆、锅子、碗碟都借与你。"「写得好。○意在点逗"火盆"二字，却用锅子、碗碟陪出之。」林冲道："天王堂内，我也有在那里。你要，便拿了去。"「写得好。」老军指壁上挂一个大葫芦，说道："你若买酒吃时，只出草场，投东大路去三二里，便有市井。"「闲闲叙出大葫芦，及"投东大路"一句，非但写老军絮叨

故态，盖绝妙奇文，伏线于此。」老军自和差拨回营里来。

只说林冲就床上放了包裹被卧，「细细写。」就坐下生些焰火起来。「"火"字渐写得大了。」○题是"火烧草料场"，读者读至老军向火，犹不以为意也，及读至此处"生些焰火"，未有不动心，以为必是因此失火者，而孰知作者却是故意于前边布此疑影，却又随手即用"将火盆盖了"一句结之，令后火全不关此，妙绝之文也。」屋后有一堆柴炭，拿几块来生在地炉里，仰面看那草屋时，四下里崩坏了，又被朔风吹撼，摇振得动。「如画，便画也画不来。○第一段先写寒意，第二段写身上寒，第三段方写到酒。」林冲道："这屋如何过得一冬？待雪晴了，去城中唤个泥水匠来修理。"向了一回火，「"火"字奕奕。」觉得身上寒冷，「第二段写身上寒。」寻思："却才老军所说「语意妙，正不知文生情，情生文也？」二里路外有那市井，何不去沽些酒来吃？"「第三段方写到酒，只此一段，何等段落。」便去包裹里取些碎银子，把花枪挑了酒葫芦，「花枪挑葫芦。○人看至此句，虽极英灵者，只谓手冷故用枪挑耳，岂知顷间之用之？」将火炭盖了，「写出精细，见非失火，前许多"火"字，都是假火，此句一齐抹倒，后重放出真正"火"字来。」取毡笠子戴上，拿了钥匙出来，把草厅门拽上。出到大门首，把两扇草场门反拽上锁了。带了钥匙，信步投东。雪地里踏着碎琼乱玉，迤逦背着北风而行。「背着风去。」

那雪正下得紧，「写雪妙绝。」行不上半里多路，看见一所古庙，林冲顶礼道："神明庇佑，改日来烧纸钱。"「妙绝奇绝，安此一笔。」又行了一回，望见一簇人家，林冲住脚看时，见篱笆中挑着一个草帚儿在露天里。林冲径到店里，主人道："客人那里来？"林冲道："你认得这个葫芦么？"「一来省，二来趣。」主人看了道："这葫芦是草料场老军的。"林冲道："原来如此。"店主道："即是草料场看守大哥，且请少坐。天气寒冷，且酌三杯，权当接风。"店家切一盘熟牛肉，烫一壶热酒，请林冲吃。「挪延到雪重屋塌也。」又自买了些牛肉，又吃了数杯。就又买了一葫芦酒，包了那两块牛肉，留下些碎银子。把花枪挑着酒葫芦，「花枪挑葫芦。」怀内揣了牛肉，叫声相扰，便出篱笆门，仍旧迎着朔风回来。「迎着风回。」看那雪，到晚越下得紧了。「写雪妙绝。」

再说林冲踏着那瑞雪，迎着北风，飞也似奔到草场门口开了锁，入内看时，只叫得苦。「意外，惊才怪笔。」原来天理昭然，佑护善人义士。因这场大雪，救了林冲的性命。「作书者忽然于事外闲叙四句，笔如劲铁。」那两间草厅，已被雪压倒了。「奇文。草厅，是天加意于林冲。」林冲寻思："怎地好？"放下花枪、葫芦在雪里。「花枪、葫芦，写得好。又带写雪，妙。」恐怕火盆内有火炭延烧起来，搬开破壁子，探半身入去摸时，火盆内火种都被雪水浸灭了。「极力写出精细，见断断不是失火。○一行中凡有四个"火"字，却无一星火在内，奇绝之笔。」林冲把手床上摸时，只拽得一条絮被。「写得好。○为一夜计，惟此为急。」林冲钻将出来，见天色黑了，「写得好。○陆谦、差拨打点来了。」寻思："又没打火处，「又算出一"火"字，写得纸上奕奕有光。」怎生安排？"想起离了这半里路上，有个古庙可以安身。「行文如此，为之叹绝。」"我且去那里宿一夜，等到天明，却作理会。"把被卷了，花枪挑着酒葫芦，「花枪挑葫芦。」依旧把门拽上，锁了，望那庙里来。入得庙门，「但入得门，未及看。」再把门掩上，傍边止有一块大石头，掇将过来，靠了门。「非为防失脱，亦非为遮风水，全为少顷陆谦、差拨、富安一段也。」入得里面看时，「方看。」殿上塑着一尊金甲山神，两边一个判官，一个小鬼，侧边堆着一堆纸。团团看来，又没邻舍，又无庙主。「雪耀里固当见之。」林冲把枪和酒葫芦放在纸堆上，「一。○写花枪葫芦好。」将那条絮被放开，「二。」先取下毡笠子，「三。」把身上雪都抖了，「四。」把上盖白布衫脱将下来，早有五分湿了，「五。」和毡笠放在供桌上，「六。」把被扯来，盖了半截下身。「七。」却把葫芦冷酒提来慢慢地吃，「八。」就将怀中牛肉下酒。「九。○写得妙绝。正所谓与人无患，与物无争，而不知大祸已在数尺之内矣。人生世上，真可畏哉！」

正吃时，只听得外面必必剥剥地爆响，「奇文。」林冲跳起身来，就壁缝里看时，「特特大石靠门，自有原故，不舍得便开，故就壁缝里看也。」只见草料场里火起，「方是真正本题"火"字。」刮刮杂杂地烧着。当时林冲便拿了花枪，「花枪。」却待开门来救火，「不得不开，且写此半句。」只听得外面有人说将话来。「奇文。」林冲就伏门边听时，是三个人脚步响，直奔庙里来，用手推门，「写得险怪，真是奇笔。」却被石头靠住了，再也推不开。三人在庙檐下立地看火，数内一个道：「一连九个"一个道"，如王积薪夜听姑妇奕棋，着着分明，声声不漏。」"这条计好么？"「此一句开。」一个应道："端的亏管营、差拨两位用心！回到京师，禀过太尉，都保你二位做大官。这番张教头没得推故了。"「此一段叙高太尉，而此句刺耳特甚。」一个道："林冲今番直吃我们对付了，高衙内这病必然好了。"「此一段叙高衙内。」又一个道："张教头那厮，三回五次托人情去说：'你的女婿没了。'张教头越不肯应承，因此衙内病患看看重了。太尉特使俺两个央浼二位干这件事，不想而今完备了。"「此一段补出家里真节来。」又一个道："小人直爬入墙里去，四下草堆上，点了十来个火把，待走那里去！"「此一段补出适才事来。」那一个道："这早晚烧个八分过了。"「此一句正说火势。」又听得一个道："便逃得性命时，烧了大军草料场，也得个死罪！"「此一句正说林冲。」又一个道："我们回城里去罢。"「此一句收科。」一个道："再看一看，拾得他一两块骨头回京，府里见太尉和衙内时，也道我们也能会干事。"「此一句挑出林冲来。」

林冲听那三个人时，一个是差拨，一个是陆虞候，一个是富安。「妙笔，勾画明白。○前止猜一陆谦，此方补出富安，行文疏密有法。」自思道："天可怜见林冲！若不是倒了草厅，我准定被这厮们烧死了。"轻轻把石头掇开，挺着花枪，「是以曲曲叙花枪也。」左手拽开庙门，「右手拿枪可知。」大喝一声："泼贼那里去！"「奇情快笔。」三个人都急要走时，惊得呆了，正走不动。〔写得好。〕林冲举手，胳察地一枪，先搠倒差拨。〔一个。〕陆虞候叫声："饶命！"吓得慌了手脚，走不动。〔差拨、富安，皆一气叙去，独陆谦作两半叙法，此先顿下半句也。笔力矫绝人。〕那富安走不到十来步，被林冲赶上，后心只一枪，又搠倒了。〔两个。〕翻身回来，〔一个转身。〕陆虞候却才行得三四步，林冲喝声道："奸贼，你待那里去！"劈胸只一提，丢翻在雪地上，〔异样笔法。〕把枪搠在地里，〔异样笔法。〕用脚踏住胸脯，身边取出那口刀来，〔自阁子吃酒这日买刀，直至此日始用，相去已成万里，而遥遥相照，世人眼瞎，便谓此刀从何而来。〕便去陆谦脸上阁着，〔写得好。〕喝道："泼贼！我自来又和你无甚么冤仇，你如何这等害我！正是杀人可恕，情理难容。"陆虞候告道："不干小人事，太尉差遣，不敢不来。"林冲骂道："奸贼，我与你自幼相交，今日倒来害我，怎不干你事？〔非骂陆谦，骂天下也。〕且吃我一刀！"把陆谦身上衣服扯开，把尖刀向心窝里只一剜，七窍迸出血来，将心肝提在手里。〔前甚似先杀二人，次杀陆谦，读至此，始知先杀陆谦，次杀二人，笔力遂能颠倒人目。〕回头看时，〔又一个转身。〕差拨正爬将起来要走。林冲按住喝道："你这厮原来也恁地歹！且吃我一刀！"又早把头割下来，挑在枪上。〔好。〕回来，〔又一个转身。〕把富安、陆谦头都割下来。〔前把差拨、富安一样叙，陆谦另叙。今又把差拨另叙，陆谦、富安一样叙，笔力变幻奇矫，非世人所知。〕把尖刀插了，将三个人头发结做一处，提入庙里来，都摆在山神面前供桌上，〔三个人头安放得好，又算示众，又算祭赛，又算结杀。〕再穿了白布衫，〔一。〕系了搭膊，〔二。〕把毡笠子戴上，〔三。〕将葫芦里冷酒都吃尽了。〔四。〕被与葫芦都丢了不要，〔五。〕提了枪，〔六。○上逐件叙一遍，此又逐件叙一遍，一连叙出两遍，显出林冲精细也。〕便出庙门投东去。〔草料场在牢城东门外，故投东去为是，不然，反走入城中来矣。〕走不到三五里，早见近村人家都拿着水桶、钩子来救火。〔故作奇景以惊读者。〕林冲道："你们快去救应，我去报官了来。"〔心慌口急，便成错语，盖报官当投西去也。〕提着枪只顾走，那雪越下得猛，〔写雪妙绝。○半

林冲投东去了两个更次，身上单寒，当不过那冷，在雪地里看 ^{日通红，陡接一句，忽然莹白。} 时，离得草料场远了。只见前面疏林深处，树木交杂，远远地数间草屋，被雪压着， ^{处处不脱雪。} 破壁缝里透火光出来。 ^{"火"字余影。} 林冲径投那草屋来，推开门，只见那中间坐着一个老庄客，周围坐着四五个小庄客向火， ^{"火"字余影。○一回书，放火杀人，惊天惊地，却闲闲叙出四五个庄客收之。何处觅避秦人，只省事省气者便是。嗟乎，嗟乎！耐庵至文也。○"向火"二字，为之一叹。之四五人，又乌知以火杀人，因火自杀，亦在此一夜雪中哉！} 地炉里面焰焰地烧着柴火。 ^{"火"字余影。妙在特用"焰地"三字，亦算张皇之。} 林冲走到面前叫道："众位拜揖，小人是牢城营差使人，被雪打湿了衣裳，借此火烘一烘， ^{有时被火烧，火则成冤；有时借火烘，火又成恩。} ^{火之为用不亦奇乎！} 望乞方便。"庄客道："你自烘便了，何妨得！"

林冲烘着身上湿衣服，略有些干，只见火炭边煨着一个瓮儿，里面透出酒香。林冲便道："小人身边有些碎银子，望烦回些酒吃。"老庄客道："我每夜轮流看米囤，如今四更天气正冷，我们这几个吃，尚且不够，那得回与你！休要指望！"林冲又道："胡乱只回三两碗与小人挡寒。"老庄客道："你那人休缠，休缠！"林冲闻得酒香，越要吃，说道："没奈何，回些罢！"众庄客道："好意着你烘衣裳向火，便来要酒吃！去便去，不去时，将来吊在这里。"林冲怒道："这厮们好无道理！"把手中枪 ^{花枪余影。} 看着块焰焰着的火柴头，望老庄客脸上只一挑，又把枪去火炉里只一搅，那老庄客的髭须焰焰地烧着， ^{前面大火，不曾烧得林冲，此处小火，林冲反烧了人，绝世奇文，绝妙奇情。} 众庄客都跳将起来。林冲把枪杆乱打， ^{花枪余影。} 老庄客先走了。庄客们都动掸不得，被林冲赶打一顿，都走了。林冲道："都去了，老爷快活吃酒。"土坑上却有两个椰瓢，取一个下来，倾那瓮酒来，吃了一会，剩了一半。提了枪，出门便走。一步高，一步低，踉踉跄跄，捉脚不住。走不过一里路，被朔风一掉，随着那山涧边倒了，那里挣得起来。「曲曲折折，生出情来。」大凡醉人一倒，便起不得。当时林冲醉倒在雪地上。

却说众庄客引了二十余人，拖枪曳棒，都奔草屋下看时，不见了林冲。却寻着踪迹赶将来，「"寻着踪迹"四字，真是绘雪高手，龙眠白描，庶几有此。」只见倒在雪地里，花枪丢在一边。「异样笔法。」众庄客一齐上，就地拿起林冲来，将一条索缚了。趁五更时分，把林冲解投一个去处来。那去处不是别处，「吓杀。○不是别处，然则沧州牢城矣，武师奈可？」有分教：蓼儿洼内，前后摆数千只战舰艨艟；水浒寨中，左右列百十个英雄好汉。正是：说时杀气侵人冷，讲处悲风透骨寒。毕竟看林冲被庄客解投甚处来，且听下回分解。

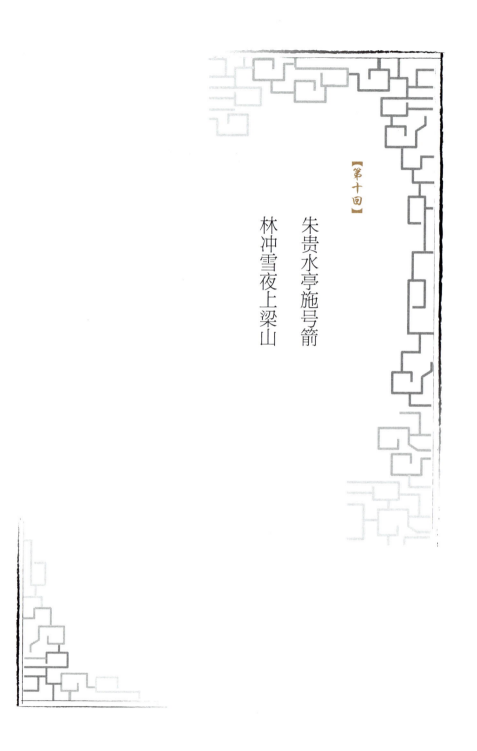

【第十回】

朱贵水亭施号箭

林冲雪夜上梁山

旋风者，恶风也。其势盘旋自地而起，初则扬灰聚土，渐至奔沙走石，天地为昏，人兽骇窜，故谓之旋。旋音去声，言其能旋恶物聚于一处故也。水泊之有众人也，则自林冲始也，而旋林冲入水泊，则柴进之力也。名柴进曰"旋风"者，恶之之辞也，然而又系之以"小"何也？夫柴进之于水泊，其犹青萍之末矣，积而至于李逵亦入水泊，而上下尚有定位，日月尚有光明乎耶？故甚恶之，而加之以"黑"焉。夫视"黑"，则柴进为"小"矣，此"小旋风"之所以名也。

此回前半只平平无奇，特喜其叙事简净耳。至后半写林武师店中饮酒，笔笔如奇鬼森然欲来搏人，虽坐闺阁中读之，不能不拍案叫哭也。

接手便写王伦疑忌，此亦若辈故态，无足为道。独是渡河三日，一日一换，有笔如此，虽谓比肩腐史，岂多让哉！

最奇者，如第一日并没一个人过；第二日却有一伙三百余人过，乃不敢动手；第三日有一个人，却被走了，必再等一等，方等出一个大汉来。都是特特为此奇拗之文，不得忽过也。

处处点缀出雪来，分外耀艳。

我读第三日文中，至"打拴了包裹撇在房中"句，"不如趁早，天色未晚"句，真正心折耐庵之为才子也。后有读者，愿留览焉。

话说豹子头林冲当夜醉倒在雪里地上，挣扎不起，被众庄客向前绑缚了，解送来一个庄院。只见一个庄客从院里出来，说道："大官人未起，众人且把这厮高吊起在门楼下。"看看天色晓来，林冲酒醒，打一看时，果然好个大庄院。「何处？」林冲大叫道："甚么人敢吊我在这里？"那庄客听得叫，手拿柴棍，从门房里走出来，喝道："你这厮还自好口！"那个被烧了髭须的

老庄客说道："休要问他，只顾打！等大官人起来，好生推问。"众庄客一齐上，林冲被打，挣扎不得，只叫道："不妨事，我有分辩处。"只见一个庄客来叫道："大官人来了。"林冲朦胧地见个官人背叉着手，行将出来，「是谁？」至廊下问道："你等众人打甚么人？"众庄客答道："昨夜捉得个偷米贼人。"「轻轻加一罪名，天下大抵如此。」那官人向前来看时，认得是林冲，慌忙喝退庄客，亲自解下，问道："教头缘何被吊在这里？"众庄客看见，一齐走了。

林冲看时，不是别人，「是谁。」却是小旋风柴进，连忙叫道："大官人救我！"柴进道："教头为何到此，被村夫耻辱？"林冲道："一言难尽！"两个且到里面坐下，把这火烧草料场一事，备细告诉。柴进听罢道："兄长如此命蹇！今日天假其便，但请放心，这里是小弟的东庄，「即初访时庄客所云之东庄也。」且住几时，却再商量。"叫庄客取一笼衣裳出来，叫林冲彻里至外都换了，「通身被雪打湿，不言可知。」请去暖阁里坐地，安排酒食杯盘管待。自此林冲只在柴进东庄上住了五七日，不在话下。

且说沧州牢城营里管营首告：林冲杀死差拨、陆虞候、富安等三人，放火沿烧大军草料场。州尹大惊，随即押了公文帖，仰缉捕人员将带做公的，沿乡历邑，道店村坊，画影图形，出三千贯信赏钱，捉拿正犯林冲。看看挨捕甚紧，各处村坊讲动了。

且说林冲在柴大官人东庄上，听得这话，如坐针毡。俟候柴进回庄，林冲便说道："非是大官人不留小弟，争奈官司追捕甚紧，排家搜捉，倘或寻到大官人庄上时，须负累大官人不好。既蒙大官人仗义疏财，求借林冲些小盘缠，投奔他处栖身。异日不死，当效犬马之报。"柴进道："既是兄长要行，小人有个去处，[一部去处，在此处出现。]作书一封与兄长去，如何？"林冲道："若得大官人如此周济，教小人安身立命。只不知投何处去？"柴进道："是山东济州管下一个水乡，地名梁山泊，方圆八百余里，中间是宛子城、蓼儿洼。[看官记着，山东济州梁山泊宛子城、蓼儿洼，是柴进口中提出，故号之为小旋风也。]如今有三个好汉在那里扎寨：为头的唤做'白衣秀士'王伦，第二个唤做'摸着天'杜迁，第三个唤做'云里金刚'宋万。那三个好汉聚集着七八百小喽啰，打家劫舍，多有做下迷天大罪的人，都投奔那里躲灾避难，他都收留在彼。三位好汉亦与我交厚，常寄书缄来，我今修一封书与兄长，去投那里入伙，如何？"林冲道："若得如此顾盼，最好。"柴进道："只是沧州道口见今官司张挂榜文，又差两个军官在那里搜检，把住道口。兄长必用从那里经过。"柴进低头一想道："再有个计策，送兄长过去。"林冲道："若蒙周全，死而不忘！"

柴进当日先叫庄客背了包裹出关去等。[好。]柴进却备了三二十匹马，带了弓箭旗枪，驾了鹰雕，牵着猎狗，一行人马都打扮了，却把林冲杂在里面，[好。眉批：来时如此来，去时如此去。]一齐上马，都投关外。却说把关军官坐在关上，看见是柴大官人，却都识得。原来这军官未袭职时，曾到柴进庄上，因此识熟。军官起身道："大官人又去快活？"柴进下马问道："二位官人缘何在此？"军官道："沧州大尹行移文书，画影图形，捉拿犯人林冲，特差某等在此守把。但有过往客商，一一盘问，才放出关。"柴进笑道："我这一伙人内，中间夹带着林冲，你缘何不认得？"[好。○庾冰故事，用得恰妙。]军官也笑道："大官人是识法度的，不

到得肯夹带了出去。请尊便上马。"柴进又笑道："只恁地相托得过，拿得野味，回来相送。"「好。」作别了，一齐上马，出关去了。行得十四五里，却见先去的庄客在那里等候。「好。」柴进叫林冲下了马，「好。」脱去打猎的衣服，却穿上庄客带来的自己衣裳，系了腰刀，戴上红缨毡笠，背上包裹，提了衮刀，「叙得好。」相辞柴进，拜别了便行。

只说那柴进一行人上马自去打猎，到晚方回，依旧过关，送些野味与军官，「好。」回庄上去了。不在话下。

且说林冲与柴大官人别后，上路行了十数日，时遇暮冬天气，彤云密布，朔风紧起，又见「"又"字照耀。」纷纷扬扬下着满天大雪。林冲踏着雪只顾走，看看天色冷得紧切，渐渐晚了，远远望见枕溪靠湖「可知。」一个酒店，被雪漫漫地压着。「好写。」林冲奔入那酒店里来，揭开芦帘，拂身入去，倒侧身看时，都是座头。拣一处坐下。倚了衮刀，解放包裹，抬了毡笠，把腰刀也挂了。「细。」只见一个酒保来问道："客官，打多少酒？"林冲道："先取两角酒来。"酒保将个桶儿打两角酒，将来放在桌上。林冲又问道："有甚么下酒？"酒保道："有生熟牛肉、肥鹅、嫩鸡。"林冲道："先切二斤熟牛肉来。"酒保去不多时，将来铺下一大盘牛肉，数般菜蔬，放个大碗，一面筛酒。林冲吃了三四碗酒，「吃了三四碗酒。」只见店里一个人背叉着手，走出来门前看雪。「写此人，又带写雪，妙笔。」那人问酒保道："甚么人吃酒？"林冲看那人时，头戴深檐暖帽，身穿貂鼠皮袄，脚着一双獐皮窄勒靴；身材长大，相貌魁宏，双拳骨脸，三丫黄髯，只把头来摸着看雪。

　　林冲叫酒保只顾筛酒。「只顾筛酒。」林冲说道："酒保，你也来吃碗酒！"酒保吃了一碗。林冲问道：「梁山泊不好便问，故先请他吃一碗酒，写出林冲精细。」"此间去梁山泊还有多少路？"酒保答道："此间要去梁山泊虽只数里，却是水路，全无旱路。「一句。」若要去时，须用船去，方才渡得到那里。"林冲道："你可与我觅只船儿？"酒保道："这般大雪，天色又晚了，「二句。」那里去寻船只？"林冲道："我多与你些钱，央你觅只船来，渡我过去。"酒保："却是没讨处。"「三句。○凡三段，皆极力写英雄失路。」林冲寻思道："这般却怎的好？"又吃了几碗酒，「又吃几碗酒。○凡三句，俱写纳头冈饮如画，与别处写豪饮不同。」闷上心来，蓦然想起：「此四字犹如惊蛇怒笋，跳脱而出，令人大哭，令人大叫。」"我先在京师做教头，每日六街三市游玩吃酒，谁想今日被高俅这贼坑陷了我这一场，文了面，直断送到这里，闪得我有家难奔，有国难投，受此寂寞！"「一字一哭，一哭一血，至今如闻其声！」因感伤怀抱，问酒保借笔砚来，「十二字写千载豪杰失意如画。」乘着一时酒兴，向那白粉壁上写下八句「何必是歌，何必是诗，悲从中来，写下一片，既毕数之，则八句也，岂如村学究拟作《咏怀诗》耶？」道：

　　仗义是林冲，为人最朴忠。江湖驰誉望，京国显英雄。

　　身世悲浮梗，功名类转蓬。他年若得志，威镇泰山东！

　　撇下笔再取酒来。「写豪杰历历落落处，只用七字，遂使读者目眦尽裂。」正饮之间，只见那个穿皮袄的汉子走向前来，把林冲劈腰揪住，说道："你好大胆！你在沧州做下迷天大罪，却在这里！见今官司出三千贯信赏钱捉你，却是要怎地？"「奇。」林冲道："你道我是谁？"「好，只得如此。」那汉道："你不是豹子头林冲？"林冲道："我自姓张。"

那汉笑道：「你莫胡说。见今壁上写下名字，你脸上文着金印，如何要赖得过！」林冲道：「你真个要拿我？」那汉笑道：「我却拿你做甚么！」便邀到后面一个水亭上，叫酒保点起灯来，和林冲施礼，对面坐下。

那汉问道：「却才见兄长只顾问梁山泊路头，要寻船去，那里是强人山寨，你待要去做甚么？」林冲道：「实不相瞒，如今官司追捕小人紧急，无安身处，特投这山寨里好汉入伙，因此要去。」那汉道：「虽然如此，必有个人荐兄长来入伙。」林冲道：「沧州横海郡故友举荐将来。」那汉道：「莫非小旋风柴进么？」林冲道：「足下何以知之？」那汉道：「柴大官人与山寨中大王头领交厚，常有书信往来。」原来王伦当初不得第之时，与杜迁投奔柴进，多得柴进留在庄子上住了几时，临起身又赍发盘缠银两，因此有恩。林冲听了便拜道：「有眼不识泰山！愿求大名。」那汉慌忙答礼，说道：「小人是王头领手下耳目，姓朱，名贵。原是沂州沂水县人氏。江湖上但叫小弟做‘旱地忽律’。山寨里教小弟在此间开酒店为名，专一探听往来客商经过。但有财帛者，便去山寨里报知。但是孤单客人到此，无财帛的，放他过去；有财帛的，来到这里，轻则蒙汗药麻翻，重则登时结果，将精肉片为靶子，肥肉煎油点灯。却才见兄长只顾问梁山泊路头，因此不敢下手。次后见写出大名来，曾有东京来的人，传说兄长的豪杰，不期今日得会。既有柴大官人书缄相荐，亦是兄长名震寰海，王头领必当重用。」随即安排鱼肉，盘馔酒肴，到来相待。两个在水亭上吃了半夜酒。林冲道：「如何能够船来

奇。

奇。

眉批：一路表朱贵。

渡过去？"朱贵道："这里自有船只，兄长放心。且暂宿一宵，五更却请起来同往。"当时两个各自去歇息。睡到五更时分，朱贵自来叫林冲起来。洗漱罢，再取三五杯酒相待，吃了些肉食之类。此时天尚未明。朱贵把水亭上窗子开了，取出一张鹊画弓，搭上那一枝响箭，觑着对港败芦折苇里面射将去。〔奇文奇情。〕林冲道："此是何意？"朱贵道："此是山寨里的号箭。少顷便有船来。"没多时，只见对过芦苇泊里，三五个小喽啰摇着一只快船过来，径到水亭下。〔奇文奇情。〕朱贵当时引了林冲，取了刀仗、行李下船。小喽啰把船摇开，望泊子里去，奔金沙滩来。到得岸边，朱贵同林冲上了岸。小喽啰背了包裹，拿了刀仗，〔细。〕两个好汉上山寨来。那几个小喽啰自把船摇到小港里去了。〔细。〕

　　林冲看岸上时，〔林冲眼中看出梁山泊来。○此是梁山泊最初写图，一句亦不可少。〕两边都是合抱的大树，〔一句。〕半山里一座断金亭子。〔二句。〕再转将过来，见座大关，〔三句。〕关前摆着枪、刀、剑、戟、弓、弩、戈、矛，〔四句。〕四边都是擂木炮石。〔五句。〕小喽啰先去报知。二人进得关来，两边夹道遍摆着队伍旗号。〔六句。〕又过了两座关隘，〔七句。〕方才到寨门口。〔八句。〕林冲看见四面高山；三关雄壮，团团围定；中间里镜面也似一片平地，可方三五百丈；〔九句。〕靠着山口，才是正门，〔十句。〕两边都是耳房。〔十一句。〕

　　朱贵引着林冲来到聚义厅上，中间交椅上坐着一个好汉，正是白衣秀士王伦，左边交椅上坐着摸着天杜迁，右边交椅坐着云里金刚宋万。朱贵、林冲向前声喏了。〔林冲声喏，不见王伦答礼。〕林冲立在朱贵侧边，朱贵便道："这位是东京

八十万禁军教头，姓林，名冲，绰号'豹子头'。因被高太尉陷害，刺配沧州，那里又被火烧了大军草料场，争奈杀死三人，逃走在柴大官人家，好生相敬。因此，特写书来举荐入伙。"

林冲怀中取书递上，王伦接来拆开看了，便请林冲来坐第四位交椅，<small>「便请林冲坐，不见王伦立起施礼。」</small>朱贵坐了第五位。一面叫小喽啰取酒来，把了三巡，<small>「初次相待，却只如此，冷淡之极。」</small>动问柴大官人近日无恙。<small>「不问东京事，只问柴大官人，冷淡之极。」</small>林冲答道："每日只在郊外猎较乐情。"王伦动问了一回，蓦然寻思道："我却是个不及第的秀才。因鸟气，合着杜迁来这里落草；续后宋万来，聚集这许多人马伴当。我又没十分本事，杜迁、宋万武艺也只平常。如今不争添了这个人，他是京师禁军教头，必然好武艺。倘若被他识破我们手段，他须占强，我们如何迎敌？不若只是一怪，推却事故，发付他下山去便了，免致后患。只是柴进面上却不好看，忘了日前之恩，如今也顾他不得。"

重叫小喽啰一面安排酒食，整理筵宴，请林冲赴席，<small>「蓦然一想中来，非敬林冲也。」</small>众好汉一同吃酒。将次席终，王伦叫小喽啰把一个盘子，托出五十两白银、两匹纻丝来。王伦起身说道："柴大官人举荐将教头来敝寨入伙，争奈小寨粮食缺少，屋宇不整，人力寡薄，恐日后误了足下，亦不好看。略有些薄礼，望乞笑留，寻个大寨安身歇马，切勿见怪。"林冲道："三位头领容复：小人'千里投名，万里投主'，凭托柴大官人面皮，径投大寨入伙。林冲虽然不才，望赐收录。当以一死向前，并无谄佞，<small>「林冲语。○须知此四字，与前"为人最朴忠"句，虽非世间醒眼人语，然定非鲁达、李逵声口，故写林冲，另是一样笔墨。」</small>实为平生之幸。不为银两赍发而来。乞头领照察。"王伦道："我这里是个小去处，如何安着得你？「"你"字难当。」休怪，休怪。"朱贵见了，便谏道：「表出朱贵。」"哥哥在上，莫怪小弟多言。山寨中粮食虽少，近村远镇，可以去借；山场水泊木植广有，便要盖千间房屋，却也无妨。这位是柴大官人力举荐来的人，「山上人重之如此，可见是个旋风。」如何教他别处去？抑且柴大官人自来与山上有恩，日后得知不纳此人，须不好看。这位又是有本事的人，他必然来出气力。"杜迁道：「表出杜迁。」"山寨中那争他一个！哥哥若不收留，柴大官人知道时见怪，「亦以柴大官人为辩，可见是个旋风。」显得我们忘恩背义。日前多曾亏了他，今日荐个人来，便恁推却，发付他去！"宋万也劝道：「表出宋万。」"柴大官人面上，「三个人一样说柴大官人面上，可见是个旋风。」可容他在这里做个头领也好；不然，见得我们无义气，使江湖上好汉见笑。「眉批：此处若不表出三人，则日后火并如何留得耶？」王伦道："兄弟们不知，他在沧州虽是犯了迷天大罪，今日上山，却不知心腹。倘或来看虚实，如之奈何？「白衣秀士经济，每每如此。」

林冲道："小人一身犯了死罪，因此来投入伙，何故相疑？"王伦道："既然如此，你若真心入伙，把一个'投名状'来。「恶心。」林冲便道："小人颇识几字，乞纸笔来便写。"朱贵笑道："教头，你错了。但凡好汉们入伙，须要纳投名状，是教你下山去杀得一个人，将头献纳，他便无疑心。这个便谓之投名状。"林冲道："这事也不难，林冲便下山去等，只怕没人过。"王伦道："与你三日限。「恶心。」若三日内有投名状来，便容你入伙；若三日内没时，只得休怪。"林冲应承了。

当夜席散。朱贵相别下山，自去守店。林冲到晚取了刀仗、行李，「细。」小喽啰引去客房内歇了一夜。次日早起来，吃些茶饭，「四字写得冷淡可怜。」带了腰刀，

提了衮刀，叫一个小喽啰领路下山，「领路好。」把船渡过去，「渡过河去。」僻静小路上等候客人过往。从朝至暮，等了一日，并无一个孤单客人经过。林冲闷闷不已，「第一日不说甚么。」和小喽啰再过渡来，「渡过河来。」回到山寨中。王伦问道："投名状何在？"林冲答道："今日并无一个过往，以此不曾取得。"王伦道："你明日若无投名状时，「自限三日，此处又思缩去一日，秀才心数，往往如此。」也难在这里了。"林冲再不敢答应，「可怜。」心内自己不乐，来到房中，讨些饭吃了，「冷淡可怜！○一"讨"字哭杀英雄。」又歇了一夜。

次日，清早起来，和小喽啰吃了早饭，「早饭便和小喽啰吃，哭杀英雄。」拿了衮刀，又下山来。小喽啰道："俺们今日投南山路去等。"两个过渡，「渡过河去。」来到林子里等候，并不见一个客人过往。伏到午牌时候，一伙客人，约有三百余人，结踪而过，林冲又不敢动手，看他过去。「读至"一伙客人"句，只谓着手矣，却紧接"三百余人"句，文笔神变非常，真正才子也。」又等了一歇，看看天色晚来，又不见一个客人过。「凡用两句，不见其叠，但见其妙。」林冲对小喽啰道："我恁地晦气！等了两日，不见一个孤单客人过往，如何是好？"「第一日不说甚么，闷闷而回；第二日便临回时说此一语；第三日便初下山即说一语，其法全变。」小喽啰道："哥哥且宽心，明日还有一日限，我和哥哥去东山路上等候。"「南山是当朝说，东山是隔晚说。」当晚依旧渡回。「渡过河来。」王伦说道："今日投名状如何？"林冲不敢答应，只叹了一口气。「比昨日增一句"叹口气"，如闻其声，如见其人。」王伦笑道："想是今日又没了！我说与你三日限，今已两日了。若明日再无，不必相见了，便请挪步下山，投别处去。"林冲回到房中，端的是心内好闷，仰天长叹道："不想我今日被高俅那贼陷害，流落到此，天地也不容我，直如此命蹇时乖！"「酒店一叹，此处又一叹，如夜潮之一涌一落，读之乃欲叫哭！」

过了一夜。次日，天明起来，讨些饭食吃了，[一讨犹可，至于再讨，胡可一朝居耶？]打拴了那包裹撇在房中，[先作行势，笔墨妙绝。○一字千泪矣。色，可怜！]跨了腰刀，提了衮刀，又和小喽啰下山过渡[渡过河去。]投东山路上来。林冲道："我今日若还取不得投名状时，只得去别处安身立命！"[下山先说一句，与前变换。]两个来到山下东路林子里潜伏等候。看看日头中了，又没一个人来。[有此一句，文笔夭矫之极。]时遇残雪初晴，日色明朗，[忽点入雪后景色，耀人目睛。]林冲提着衮力，对小喽啰道："眼见得又不济事了！不如趁早，天色未晚，取了行李，只得往别处去寻个所在！"[奇文妙笔，偏到欲合处，偏故意着实一纵，使读者心路俱断。]小校用手指道："好了，兀的不是一个人来！"[忽然一接。]林冲看时，叫声："惭愧！"只见那个人远远在山坡下，望见行来。待他来得较近，林冲把衮刀杆剪了一下，蓦地跳将出来。那汉子见了林冲，叫声："阿也！"撇了担子，转身便走。[真正才子，真正奇文，前批详之矣。眉批：叙过三日，便接出一个人来，此学究记事也。叙过三日，偏又放走一个，才子奇文，世宁有两乎哉？]林冲赶将来，那里赶得上？那汉子闪过山坡去了。[真正才子，真正奇文。]林冲道："你看我命苦么？等了三日，甫能等得一个人来，又吃他走了！"[真正才子，真正奇文！○谁能干三日后，又结撰出此一段文字耶？]小校道："虽然不杀得人，这一担财帛可以抵当。"林冲道："你先挑了上山去，我再等一等。"[走马垂缰之法。]小喽啰先把担儿挑出林去，只见山坡下转出一个大汉来。[上来许多曲折，然后转出大汉来。]林冲见了，说道："天赐其便！"只见那人挺着朴刀，大叫如雷，喝道："泼贼！杀不尽的强徒！将俺行李那里去！洒家正要捉你这厮们，倒来拔虎须！"飞也似踊跃将来。林冲见他来得势猛，也使步迎他。

不是这个人来斗林冲，有分教：梁山泊内，添几个弄风白额大虫；水浒寨中，辏几只跳涧金睛猛兽。毕竟来与林冲斗的正是甚人，且听下回分解。

163

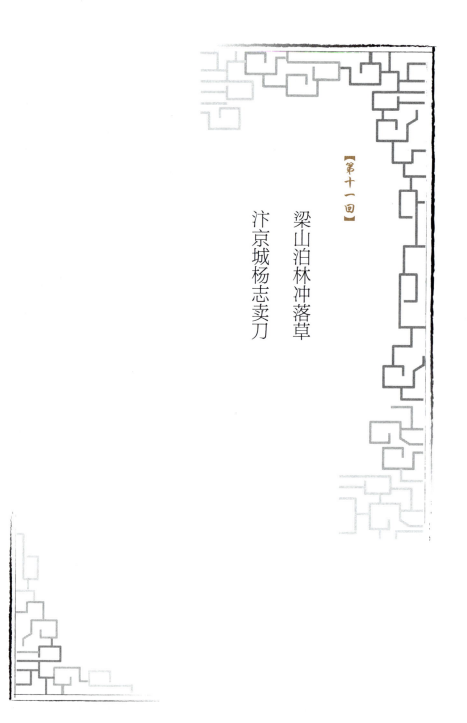

【第十一回】

梁山泊林冲落草

汴京城杨志卖刀

　　吾观今之文章之家，每云我有避之一诀，固也，然而吾知其必非才子之文也。夫才子之文，则岂惟不避而已，又必于本不相犯之处，特特故自犯之，而后从而避之。此无他，亦以文章家之有避之一诀，非以教人避也，正以教人犯也。犯之而后避之，故避有所避也。若不能犯之而但欲避之，然则避何所避乎哉？是故行文非能避之难，实能犯之难也。譬诸奕棋者，非救劫之难，实留劫之难也。将欲避之，必先犯之。夫犯之而至于必不可避，而后天下之读吾文者，于是乎而观吾之才、之笔矣。犯之而至于必不可避，而吾之才、之笔，为之踌躇，为之四顾，瞢然中窾，如土委地，则虽号于天下之人曰："吾，才子也，吾文，才子之文也。"彼天下之人亦谁复敢争之乎哉？故此书于林冲买刀后，紧接杨志卖刀，是正所谓才子之文，必先犯之者，而吾于是始乐得而徐观其避也。

　　又曰：我读《水浒》至此，不禁浩然而叹也。曰：嗟乎！作《水浒》者，虽欲不谓之才子，胡可得乎？夫人胸中，有非常之才者，必有非常之笔；有非常之笔者，必有非常之力。夫非非常之才，无以构其思也；非非常之笔，无以摛其才也；又非非常之力，亦无以副其笔也。今观《水浒》之写林武师也，忽以宝刀结成奇彩；及写杨制使也，又复以宝刀结成奇彩。夫写豪杰不可尽，而忽然置豪杰而写宝刀，此借非非常之才，其亦安知宝刀为即豪杰之替身，但写得宝刀尽致尽兴，即已令豪杰尽致尽兴者耶？且以宝刀写出豪杰，固已；然以宝刀写武师者，不必其又以宝刀写制使也。今前回初以一口宝刀照耀武师者，接手便又以一口宝刀照耀制使，两位豪杰，两口宝刀，接连而来，对插而起，用笔至此，奇险极矣。即欲不谓之非常，而英英之色，千人万人，莫不共见，其又畴得而不谓之非常乎？又一个买刀，一个卖刀，分镳各骋，互不相犯，固也；然使于赞叹处、痛悼处，稍稍有一句、二句乃至一字、二字偶然相同，即亦岂见作者之手法乎？今两刀接连，一字不犯，乃至譬如东泰西华，各自争奇。呜呼！特特铤而走险，以自表其"六辔如组，两骖如舞"之能，才子之称，岂虚誉哉！

165

天汉桥下写英雄失路，使人如坐冬夜；紧接演武厅前写英雄得意，使人忽上春台。咽处加一倍咽，艳处加一倍艳，皆作者瞻顾非常，趋走有龙虎之状处。

话说林冲打一看时，只见那汉子头戴一顶范阳毡笠，上撒着一把红缨；穿一领白段子征衫，系一条纵线绦；下面青白间道行缠，抓着裤子口，獐皮袜，带毛牛膀靴；跨口腰刀，提条朴刀；生得七尺五六身材，面皮上老大一搭青记，腮边微露些少赤须；把毡笠子掀在脊梁上，坦开胸脯；戴着抓角儿软头巾，挺手中朴刀，高声喝道："你那泼贼！将俺行李财帛那里去了！"林冲正没好气，那里答应，「八字写第三日林冲，如见。」睁圆怪眼，倒竖虎须，挺着朴刀，抢将来，斗那个大汉。「不说林冲喝那汉，偏说那汉喝一声，显得是个勍敌。」此时浅雪初晴，薄云方散；溪边踏一片寒冰，岸畔涌两条杀气。一往一来，斗到三十来合，不分胜败。「写得晶莹射人。」两个又斗了十数合，正斗到分际，只见山高处叫道："两位好汉，不要斗了。"林冲听得，蓦地跳出圈子外来。「独写林冲跳出，见其志不在斗，若杨志既失车伏，则自不应先住也，用笔精细如此。」两个收住手中朴刀，看那山顶上时，却是白衣秀士王伦和杜迁、宋万并许多小喽啰，走下山来，「何也？」将船渡过了河，「细。」说道："两位好汉，端的好两口朴刀，神出鬼没！这个是俺的兄弟豹子头林冲。青面汉，「奇称。」你却是谁？愿通姓名。"那汉道："洒家是三代将门之后，「定有宝刀。」五侯杨令公之孙，「定应争气。」姓杨，名志。流落在此关西。年纪小时，曾应过武举，做到殿司制使官。道君因盖万岁山，差一般十个制使去太湖边搬运花石纲，赴京交纳。不想洒家时乖运蹇，押着那花石纲，来到黄河里，遭风打翻了船，失陷了花石纲，「未失生辰纲，先失花石纲，有意无意，间中一衬。」不能回京赴任，逃去他处避难。如今赦了俺们罪犯，洒家今来收的一担儿钱物，待回东京去枢密院使用，再理会本身的勾当，「文臣升迁要钱使，犹可也，至于武臣出身，亦要钱使，古今一叹，岂止为杨志痛哉！」打从这里经过，顾倩庄家挑那担儿，不想被你们夺了。可把来还洒家如何？」「杨志又有杨志声口。」王伦道："你莫是绰号唤做'青面兽'的？"杨志道："洒家便是。"王伦道："既然是杨制使，就请到山寨吃三杯水酒，「又何也？」纳还行李如何？"杨志道："好汉既然认得洒家，便还了俺行李，更强似请吃酒。"「杨志又有杨志声口。」王伦道："制使，小可数年前到东京应举时，「好货，亏他说。」便闻制使大名。今日幸得相见，如何教你空去！且请到山寨少叙片时，并无他意。"

杨志听说了，只得跟了王伦一行人等过了河，「须知此番过河，中间特特为着一人渡来渡去者得意也，然却故意独藏过，使人自看。」上山寨来。就叫朱贵同上山寨相会，都来到寨中聚义厅上。左边一带四把交椅，却是王伦、杜迁、宋万、朱贵；右边一带两把交椅，上首杨志、下首林冲，都坐定了。王伦叫杀羊置酒，安排筵宴，管待杨志，「与林冲讨饭句掩映。」不在话下。

话休絮烦。酒至数杯，王伦心里想道："若留林冲，实形容得我们不济，不如我做个人情，并留了杨志，与他作敌。"「写秀才经济，可笑。」因指着林冲对杨志道："这个兄弟，他是东京八十万禁军教头，唤做豹子头林冲，因这高太尉那厮安不得好人，「口头语，岂真谓林武师哉！」把他寻事刺配沧州，那里又犯了事，如今也新到这里。却才制使要上东京勾当，不是王伦纠合制使，小可兀自弃文就武，

「好货，亏他说。○秀才自大语，每每有之。」来此落草，制使又是有罪的人，虽经赦宥，难复前职。亦且高俅那厮见掌军权，他如何肯容你？不如只就小寨歇马，大秤分金银，大碗吃酒肉，同做好汉，不知制使心下主意若何？"杨志答道："重蒙众头领如此带携，只是洒家有个亲眷，见在东京居住。前者官事连累了他，不曾酬谢得他。今日欲要投那里走一遭，望众头领还了洒家行李；如不肯还，杨志空手也去了。"「写杨志又另是一杨志，不是史进，不是鲁达，不是林冲，细细认之。」王伦笑道："既是制使不肯在此，如何敢勒逼入伙？且请宽心住一宵，明日早行。"杨志大喜，「此却与前二人同，林冲则不尔，细细认之。」当日饮酒到二更方歇，各自去歇息了。

次日早起来，又置酒与杨志送行。「与林冲讨饭句掩映。」吃了早饭，众头领叫一个小喽啰，把昨夜担儿挑了，「细。」一齐都送下山，来到路口与杨志作别。教小喽啰渡河，「细。」送出大路。众人相别了，自回山寨。王伦自此方才肯教林冲坐第四位，「"自此方才肯教"六字，皆难之辞也。」朱贵坐第五位。从此五个好汉在梁山泊打家劫舍，「此四字所谓昔之梁山泊也，若后之梁山泊，亦有四字，所谓"替天行道"也。」不在话下。

只说杨志出了大路，寻个庄家挑了担子，发付小喽啰自回山寨。「细。」杨志取路，不数日，来到东京。入得城来，寻个客店，「客店。」安歇下；庄客交还担儿，与了些银两，自回去了。「细。」杨志到店中放下行李，解了腰刀、朴刀，叫店小二将些碎银子买些酒肉吃了。过数日，央人来枢密院打点，理会本等的勾当，将出那担儿内金银财物，买上告下，再要补殿司府制使职役。把许多东西都使尽了，方才得申文书，「以尽为度，每每如此。」引去见殿帅高太尉。来到厅前，那高俅把从前历事文书都看了，大怒道："既是你等十个制使去运花石纲，九个回到京师交纳了，偏你这厮把花石纲失陷了，又不来首告，倒又在逃，许多时捉拿不着。今日再要勾当，虽经赦宥所犯罪名，难以委用。"把文书一笔都批倒了，将杨志赶出殿帅府来。「非写高俅不受请托也，正写高俅妒贤嫉能也；非写高俅恶杨志也，写当时朝廷无人不如高俅，无人不被恶如杨志也。」

杨志闷闷不已，回到客店中，思量："王伦劝俺，也见得是。只为洒家清白姓字，「杨家语。」不肯将父母遗体来点污了。指望把一身本事，边庭上一枪一刀，「痛哭语，又写得壮健，又写得洒落。」博个封妻荫子，也与祖宗争口气，「杨家语。」不想又吃这一闪。高太尉，「叫一声妙，至今如闻其响。」你恁地毒害，恁地刻薄！"心中烦恼了一回。在客店里又住几日，盘缠都使尽了。

杨志寻思道："却是怎地好？只有祖上留下这口宝刀，从来跟着洒家，如今事急无措，只得拿去街上货卖得千百贯钱钞，好做盘缠，投往他处安身。"「林冲一口宝刀，杨志一口宝刀，接连叙出，看他却结撰成两样奇景，详具总批中。」当日将了宝刀，插了草标儿，「宝刀上加"草标"二字，辱没杀人！才德之士，而必借容燕雁，亦此四字矣。」上市去卖，走到马行街内，「好街名，与前阅武坊各有其妙。〇"刀马"二字，衬成奇艳。」立了两个时辰，并无一个人问。将立到晌午时分，「特特写两句时分，为英雄一哭。」转来到天汉州桥热闹处去卖。杨志立未久，「上写两句立久，都向刀上一哭，此忽然写入一句"立未久"，读者只谓亦向刀上出色也，却突转出下文一段奇情，令人绝倒！」只见两边的人都跑入河下巷内去躲。「奇文。」杨志看时，只见都乱撺，口里说道："快躲了！大虫来也！"「奇文。」杨志道："好作怪！这等一片锦城池，却那得大虫来！"当下立住脚看时，只见远远地黑凛凛一条大汉，吃得半醉，一步一撷撞将来。「奇文。」杨志看那人时，原来是京师有名的破落户泼皮，叫做"没毛大虫"牛二，专在街上撒泼、行凶、撞闹，连为几头官司，

开封府也治他不下，以此满城人见那厮来都躲了。

却说牛二抢到杨志面前，就手里把那口宝刀扯将出来，_{〔是个泼皮。○就手扯出，非所以待宝刀也，然豪杰失路，往往遭此矣，宝刀不能哭，其奈之何哉！〕}问道："汉子，你这刀要卖几钱？"_{〔二字不堪。〕}杨志道："祖上留下宝刀，要卖三千贯。"_{〔眉批：一路写杨志软顺，并无半点刚忿，止为英雄失路。一哭。〕}牛二喝道：_{〔二字不堪。〕}"甚么鸟刀，_{〔二字不堪。〕}要卖许多钱！我三十文买一把，_{〔极写不堪。〕}也切得肉，切得豆腐。_{〔调侃时贤。〕}你的鸟刀有甚好处，叫做宝刀！"_{〔不堪。〕}杨志道："洒家的须不是店上卖的白铁刀，这是宝刀。"牛二道："怎地唤做宝刀？"_{〔活泼皮。〕}杨志道："第一件，砍铜剁铁，刀口不卷；第二件，吹毛得过；_{〔二字奇文。〕}第三件，杀人刀上没血。"_{〔四字奇文。〕}牛二道："你敢剁铜钱么？"_{〔虽是逐件要试，却又极力写泼皮形状，如第一件砍铜剁铁，他便偏想出"铜钱"二字，调侃世人不小。〕}杨志道："你便将来剁与你看。"

牛二便去州桥下香椒铺里讨了二十文当三钱，_{〔"讨"字妙。活泼皮，平日薅恼街坊无数事，只此一个字写尽。〕}一垛儿将来放在州桥栏干上，叫杨志道："汉子，你若剁得开时，我还你三千贯。"_{〔活泼皮。〕}那时看的人_{〔极忙时，忽然插入一句看的人，笔力如苍鹰矫犬，其眼光左闪右掣。〕}虽然不敢近前，_{〔写泼皮一句。〕}向远远地围住了望。_{〔写宝刀一句。〕}杨志道："这个直得甚么？"把衣袖卷起，_{〔好。○出色一句。〕}拿刀在手，看得较准，只一刀，把铜钱剁做两半，众人都喝采。牛二道："喝甚么鸟采！_{〔妙，骂不得杨志了，只得骂众人，如见泼皮。〕}你且说第二件是甚么？"_{〔活泼皮。○又记得有第二件，又不记得是甚么，活泼皮，活醉人。〕}杨志道："吹毛得过。若把几根头发，望刀口上只一吹，齐齐都断。"牛二道："我不信。"自把头上拔下一把头发，_{〔是个泼皮。○"一把"二字绝倒。〕}递与杨志，"你且吹我看。"_{〔泼皮。〕}杨志左手接过头发，_{〔右手提刀也。〕}照着刀口上尽气力一吹，那头发都做两段，纷纷飘下地来，众人喝采，看的人越多了。_{〔又闪出看的人，又增一句。〕}

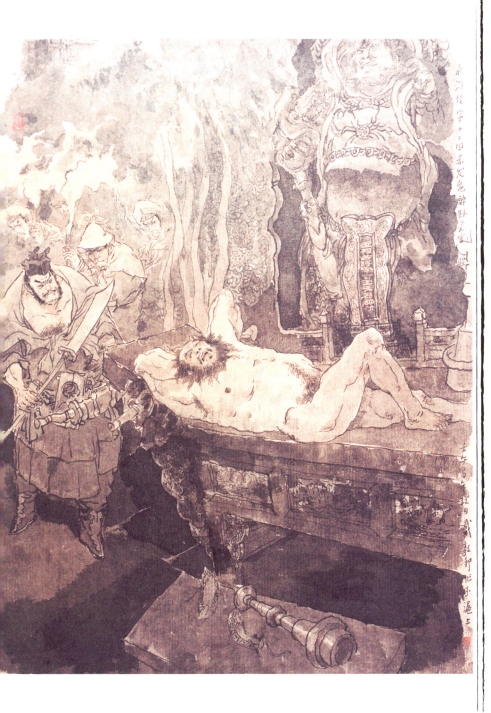

牛二又问："第三件是甚么？"「泼皮到底。」杨志道："杀人刀上没血。"牛二道："怎地杀人刀上没血？"「其辞愈缠。」杨志道："把人一刀砍了，并无血痕，只是个快。"「自注四字者，为此一件不比上二件，实不可试，故特下一注也。」牛二道："我不信，你把刀来剁一个人我看。"「真是个泼皮，其辞愈缠。」杨志道："禁城之中，如何敢杀人？你不信时，取一只狗来杀与你看。"牛二道："你说杀人，不曾说杀狗！"「绝倒。○泼皮差矣，人之与狗，何以异哉！眉批：看他一路紧上去。」杨志道："你不买便罢，只管缠人做甚么？"「英雄可怜，至此方说他一句。」牛二道："你将来我看。"「缠得愈无理，绝倒。」杨志道："你只顾没了当，洒家又不是你撩拨的！"「英雄可怜，至此方自表一句。」牛二道："你敢杀我？"「缠得愈无理，绝倒。」杨志道："和你往日无冤，昔日无仇，一物不成，两物现在，没来由杀你做甚么？"「英雄可怜，又撩住气了。」

　　牛二紧揪住杨志，说道："我偏要买你这口刀。"「前俱长枪大戟，至此以下，俱用短兵紧接。」杨志道："你要买，将钱来。"牛二道："我没钱。"杨志道："你没钱，揪住洒家怎地？"牛二道："我要你这口刀。"杨志道："我不与你。"牛二道："你好男子，剁我一刀。"「此句逗出杨志怒来。」杨志大怒，把牛二推了一交。「第一段，只推一交，不便杀。」牛二爬将起来，钻入杨志怀里。「"爬"字、"钻"字，写泼皮。」杨志叫道："街坊邻舍，都是证见。杨志无盘缠，自卖这口刀，这个泼皮强夺洒家的刀，又把俺打。"「第二段，只叫街坊告诉，不便杀。」街坊人都怕这牛二，谁敢向前来劝。「补一句无人劝，杨志所以成于杀也。」牛二喝道："你说我打你，便打杀直甚么？"口里说，一面挥起右手一拳打来，「是个泼皮。」杨志霍地躲过，拿着刀抢入来，一时性起，「四字径捷。」望牛二颡根上搠个着，扑地倒了。杨志赶入去，把牛二胸脯上又连搠了两刀，「不惟半日积愤，连高太尉积愤亦发出来。」血流满地，死在地上。

杨志叫道："洒家杀死这个泼皮，怎肯连累你们！泼皮既已死了，你们都来同洒家去官府里出首。"「写杨志另是杨志，不是史进，不是鲁达，不是林冲。」坊隅众人慌忙拢来，随同杨志径投开封府出首，正值府尹坐衙，杨志拿着刀「刀。」和地方邻舍众人都上厅来，一齐跪下，把刀放在面前。「刀。」杨志告道："小人原是殿司制使，为因失陷花石纲，削去本身职役，无有盘缠，将这口刀在街货卖。不期被个泼皮破落户牛二强夺小人的刀，又用拳打小人，因此一时性起，将那人杀死，众邻舍都是证见。"众人亦替杨志告说，分诉了一回。府尹道："既是自行前来出首，免了这厮入门的款打。"且叫取一面长枷枷了。差两员相官带了仵作行人，监押杨志并众邻舍一干人犯，都来天汉州桥边登场简验了，叠成文案。众邻舍都出了供状，保放，随衙听候，当厅发落，将杨志于死囚牢里监守。

牢里众多押牢禁子、节级，见说杨志杀死没毛大虫牛二，都可怜他是个好男子，不来问他取钱，又好生看觑他。「一段。」天汉州桥下众人，为是杨志除了街上害人之物，都敛些盘缠，凑些银两，来与他送饭，上下又替他使用。「一段。」推司也觑他是个首名的好汉，又与东京街上除了一害，牛二家又没苦主，把款状都改得轻了。三推六问，却招做一时斗殴杀伤，误伤人命。待了六十日限满，当厅推司禀过府尹，将杨志带出厅前，除了长枷，断了二十脊杖，唤个文墨匠人刺了两行金印，送配北京大名府留守司充军。「一段。」那口宝刀没官入库。「刀。」

当厅押了文牒，差两个防送公人，免不得是张龙、赵虎，把七斤半铁叶盘头护身枷钉了。分付两个公人，便教监押上路。天汉州桥那几个大户科敛些银两钱物，等候杨志到来，请他两个公人一同到酒店里吃了些酒食，把出银两，赍发两位防送公人，说道："念杨志是个好汉，与民除害，今去北京，路途中望乞二位上下照觑，好生看他一看。"「一段。」张龙、赵虎道："我两个也知他是好汉，亦不必你众位分付，但请放心。"「一段。」杨志谢了众人。其余多的银两，尽送与杨志做盘缠，「细。」众人各自散了。「细。○此一节，特特与林冲起身不同。」

话里只说杨志同两个公人来到原下的客店里「写英雄无家，只八个字，洒下人泪来。○前一路不曾脱"客店"二字。」算还了房钱、饭钱，取了原寄的衣服、行李，「细。」安排些酒食，请了两个公人，寻医士赎了几个棒疮的膏药，贴了棒疮，「特特与林冲不同。」便同两个公人上路。三个望北京进发，五里单牌，十里双牌，「绝妙纪程，如古谣谚。」逢州过县，买些酒肉，不时间请张龙、赵虎吃。「只一句，便递过许多路程。」三个在路，夜宿旅馆，晓行驿道，不数日来到北京，「省。」入得城中，寻个客店安下。

原来北京大名府留守司，上马管军，下马管民，最有权势。那留守唤做梁中书，讳世杰，他是东京当朝太师蔡京的女婿。「大书特书。」当日是二月初九日，「为"生辰"二字远远提头。」留守升厅，两个公人解杨志到留守司厅前，呈上开封府公文，梁中书看了。原在东京时，也曾认得杨志，当下一见了，备问情由。杨志便把高太尉不容复职，使尽钱财，将宝刀货卖，因而杀死牛二的实情通前一一告禀了。梁中书听得大喜，当厅就开了枷，留在厅前听用。押了批回与两个公人，自回东京，「了。」不在话下。

只说杨志自在梁中书府中早晚殷勤听候使唤，梁中书见他勤谨，「伏下一笔。」

有心要抬举他，欲要迁他做个军中副牌，月支一分请受。只恐众人不伏，因此传下号令，教军政司告示大小诸将人员，来日都要出东郭门教场中去演武试艺。当晚梁中书唤杨志到厅前，梁中书道："我有心要抬举你做个军中副牌，月支一分请受，只不知你武艺如何？"杨志禀道："小人应过武举出身，曾做殿司府制使职役。这十八般武艺，自小习学。今日蒙恩相抬举，如拨云见日一般，杨志若得寸进，当效衔环背鞍之报。"梁中书大喜，赐与一副衣甲。

当夜无事。次日天晓，时当二月中旬，〔有意无意，所谓草蛇灰线之法也。〕正值风和日暖。梁中书早饭已罢，〔第一段，早饭。〕带领杨志上马，〔第二段，带杨志上马。〕前遮后拥，往东郭门来，到得教场中，〔第三段，来到教场。〕大小军卒并许多官员接见。〔第四段，官军迎接。〕就演武厅前下马，到厅上，正面撒着一把浑银交椅坐上。〔第五段，升厅。〕左右两边，齐臻臻地排着两行官员，指挥使、团练使、正制使、统领使、牙将、校尉、正牌军、副牌军，前后周围，恶狠狠地列着百员将校。正将台上立着两个都监：一个唤做"李天王"李成，一个唤做"闻大刀"闻达。二人皆有万夫不当之勇，统领着许多军马，一齐都来朝着梁中书呼三声喏。〔第六段，众将官声喏。眉批：此一段看他会家不忙，叙得水平树臣相似。〕却早将台上竖起一面黄旗来，〔第七段，竖帅字旗。〕将台两边左右列着三五十对金鼓手，一齐发起擂来，品了三通画角，发了三通擂鼓，〔第八段，发擂。〕教场里面谁敢高声。〔第九段，发擂罢。〕又见将台上竖起一面净平旗来，前后五军，一齐整肃。〔第十段，净平旗。〕将台上把一面引军红旗麾动，〔第十一段，引军旗。〕只见鼓声响处，〔第十二段，起鼓。〕五百军列成两阵，军士各执器械在手。〔第十三段，列阵。〕将台上又把白旗招动，两阵马军齐齐地都立在面前，各把马勒住。「第十四段，众将听令。」

梁中书传下令来，叫唤副牌军周谨向前听令。「第十五段，传下将令来。」右阵里周谨听得呼唤，跃马到厅前，跳下马，插了枪，暴雷也似声个大喏。「第十六段，副军听令。」梁中书道："着副牌军施逞本身武艺。"周谨得了将令，绰枪上马，在演武厅前，左盘右旋，右盘左旋，将手中枪使了几路，众人喝采。「第十七段，副军演艺。」梁中书道："叫东京对拨来的军健杨志。"「第十八段，传下将令。」杨志转过厅前，唱个大喏。「第十九段，杨志听令。」梁中书道："杨志，我知你原是东京殿司府制使军官，犯罪配来此间。即目盗贼猖狂，国家用人之际，你敢与周谨比试武艺高低？如若赢得，便迁你充其职役。"杨志道："若蒙恩相差遣，安敢有违钧旨。"梁中书叫取一匹战马来，教甲仗库随行官吏应付军器，教杨志披挂上马，与周谨比试。杨志去厅后把夜来衣甲穿了，拴束罢，带了头盔、弓箭、腰刀，手拿长枪上马，从厅后跑将出来。梁中书看了道："着杨志与周谨先比枪。"周谨怒道："这个贼配军敢来与我交枪！"「第二十段，杨志出马。」谁知恼犯了这个好汉，来与周谨斗武。不因这番比试，有分教：杨志万马丛中闻姓字，千军队里夺头功。毕竟杨志与周谨比试，引出甚么人来，且听下回分解。

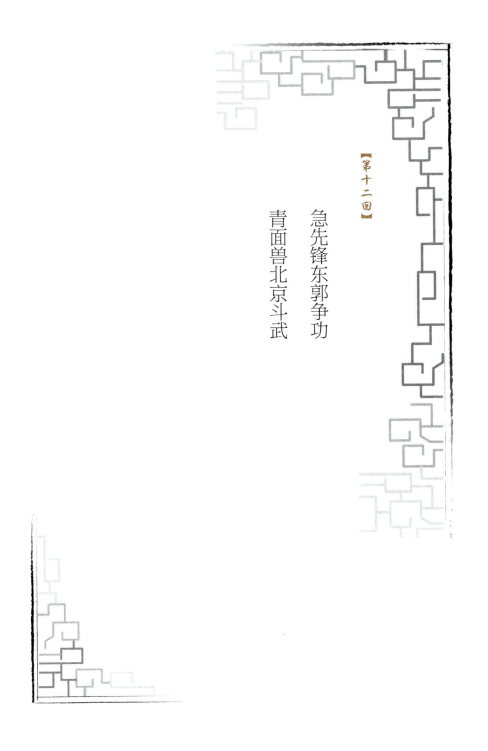

【第十二回】

急先锋东郭争功

青面兽北京斗武

古语有之：画咸阳宫殿易，画楚人一炬难；画舳舻千里易，画八月潮势难。今读《水浒》至东郭争功，其安得不谓之画火、画潮第一绝笔也。夫梁中书之爱杨志，止为生辰纲伏线也，乃爱之而将以重大托之，定不得不先加意独提拔之。于是传令次日大小军官都至教场比试，盖其意止在周谨一分请受耳。今观其略写使枪，详写弓马，亦可谓于教场中尽态极妍矣。而殊不知作者滔滔浩浩、莽莽苍苍之才，殊未肯已也。忽然阶下左边转出一个索超，一时遂若连彼梁中书亦似出于意外也者。而于是于两汉未曾交手之前，先写梁中书着杨志好生披挂，又借自己好马与他骑了。于是李成亦便叫索超去加倍分付，亦将自己披挂战马全副借与。当是时，两人殊未尝动一步、出一色，而读者心头眼底已自异样惊魂动魄，闪心摇胆。却又放下两人，复写梁中书走出月台，特特增出一把银葫芦顶茶褐罗三檐凉伞，重放炮，重发擂，重是金鼓起，重是红旗、黄旗、白旗、青旗招动，然后托出两员好汉来。读者至此，其心头眼底，胡得不又为之惊魂动魄，闪心摇胆？然而两人固殊未尝交手也。至于正文，只用一句"战到五十余合不分胜负"，就此一句，半路按住。却重复写梁中书看呆，众军官喝采，满教场军士们没一个不说，李成、闻达不住声叫"好斗"，使读者口中自说满教场人，而眼光自落在两个好汉、两匹战马、两般兵器上。不惟书里梁中书呆了，连书外看书的人也呆了，于是鸣金收军而后，重复正写一句两个各要争功，那肯回马。如此行文，真是画火画潮，天生绝笔，自有笔墨未有此文，自有此文未有此评。呜呼！天下之乐，第一莫若读书；读书之乐，第一莫若读《水浒》，即又何忍不公诸天下后世之酒边灯下之快人恨人也！

如此一回大书，愚夫读之，则以为东郭争功，定是杨志分中一件惊天动地之事。殊不知止为后文生辰纲要重托杨志，故从空结出两层楼台，以为梁中书爱杨志地耳。故篇中凡写梁中书加意杨志处，文虽少，是正笔；写与周谨、索超比试处，文虽绚烂纵横，是闲笔。夫读书而能识宾主旁正者，我将与之遍读天下之书也。

看他齐臻臻地一教场人，后来发放了大军，留下梁中书、众军官、索超、杨志，又发放了众军官，留下梁中书、索超、杨志。又发放了索超，留下梁中书、杨志。嗟乎！意在乎此矣。写大风者曰：始于青萍之末，盛于土囊之口。吾尝谓其后当必重收到青萍之末也。今梁中书、杨志，所谓青萍之末，而教场比试，所谓土囊之口，读者其何可以不察也。

话说当时周谨、杨志两个勒马在于旗下，正欲出战交锋，只见兵马都监闻达喝道："且住！"自上厅来禀复梁中书道：「闻达禀。」"复恩相：论这两个比试武艺，虽然未见本事高低，枪刀本是无情之物，只宜杀贼剿寇，今日军中自家比试，恐有伤损，轻则残疾，重败致命，此乃于军不利。可将两根枪去了枪头，各用毡片包裹，地下蘸了石灰，再各上马，都与皂衫穿着。但用枪杆厮搠，如白点多者，当输。"梁中书道："言之极当。"随即传令下去。

两个领了言语，向这演武厅后去了枪尖，都用毡片包了，缚成骨朵，身上各换了皂衫，各用枪去石灰桶里蘸了石灰，再各上马，出到阵前。那周谨跃马挺枪，直取杨志；这杨志也拍战马，拈手中枪，来战周谨。两个在阵前，来来往往，番番复复，搅做一团，扭做一块，鞍上人斗人，坐下马斗马，两个斗了四五十合。看周谨时，恰似打翻了豆腐的，斑斑点点，约有三五十处；看杨志时，只有左肩胛下一点白。「写周谨点多不足喜，喜其写杨志肩胛上亦有一点也。」梁中书大喜，「主句。」叫唤周谨上厅，看了迹道："前官参你做个军中副牌，量你这般武艺，如何南征北讨，怎生做得正请受的副牌？"教杨志替此人职役。管军兵马都监李成上厅禀复梁中书道：「李成禀。」"周谨枪法生疏，弓马熟娴，「岂真有是事，只图又有一番悦目也。」不争把他来逐了职事，恐怕慢了军心，再教周谨与杨志比箭如何？"梁中书道："言之极当。"再传下将令来，叫杨志与周谨比箭。

两个得了将令，都插了枪，各关了弓箭。杨志就弓袋内取出那张弓来，扣得端正，擎了弓，跳上马，跑到厅前，立在马上，欠身禀复道："恩相，弓箭发处，事不容情，恐有伤损，乞请钧旨。"梁中书道："武夫比试，何虑伤残？但有本事，射死勿论。"「与前灰枪变化，若更作抽矢去金，便同儿戏矣。」杨志得令，回到阵前。李成传下言语，叫两个比箭好汉，各关与一面遮箭牌，防护身体。两个各领了遮箭防牌，绾在臂上。杨志道："你先射我三箭，「异哉此人，险哉此文。」后却还你三箭。"周谨听了，恨不得把杨志一箭射个透明。杨志终是个军官出身，识破了他手段，全不把他为事。

当时将台上早把青旗麾动，杨志拍马望南边去，「写得好。○真好看。」周谨纵马赶来，将缰绳搭在马鞍鞒上，「细。」左手拿着弓，右手搭上箭，拽得满满的，望杨志后心飕地一箭。「写得好。○"后心"二字故意吓人，真正才子。」杨志听得背后弓弦响，霍地一闪，去镫里藏身，那枝箭早射个空。「写得好。○第一番。」周谨见一箭射不着，却早慌了，「写得好。」再去壶中急取第二枝箭来，搭上弓弦，觑得杨志较亲，「写得好。○觑得较亲，故意换一句吓人。」望后心再射一箭。杨志听得第二枝箭来，却不去镫里藏身，「写得好。」那枝箭风也似来，「写得好。○此句有掣电之能。」杨志那时也取弓在手，「出奇语。○看官少住，试猜他始欲如何。」用弓梢只一拨，那枝箭滴溜溜拨下草地里去了。「写得好。○第二番。」周谨见第二枝箭又射不

着，心里越慌。「写得好。」杨志的马「承上"心里越慌"，则自应紧接第三枝箭矣，却不接周谨箭，却接出杨志马，怪哉文乎！」早跑到教场尽头，霍地把马一兜，那马便转身望正厅上走回来。「写得好，真正心经手纬之文。」周谨也把马只一勒，那马也跑回，就势里赶将来。去那绿茸茸芳草地上，八个马蹄翻盏撒钹相似，勃喇喇地风团儿也似般走。「本是比试弓马二事，乃前两番止叙得弓箭，故于此处特地写出马来，笔力神变之极，非小家所能也。」周谨再取第三枝箭，搭在弓弦上，扣得满满地，尽平生气力，眼睁睁地看着杨志后心窝上只一箭射将来。「写得好。○务要故意吓人，便向后心上特特加一句"扣得满满地"，又加一句"尽平生气力"，又加一句"眼睁睁地"，又加"窝上"二字，妙绝。」杨志听得弓弦响，扭回身，就鞍上把那枝箭只一绰，绰在手里，「写得出色，好。○第三番。眉批：读者须知，周谨三箭皆是妙手，盖绰里藏身，则箭过鞍上矣，弓稍掠着，则相去不能以寸矣。」便纵马入演武厅前，撇下周谨的箭。「真写得好。」

梁中书见了大喜，「主句。」传下号令，却叫杨志也射周谨三箭。将台上又把青旗麾动，周谨撇了弓箭，拿了防牌在手，拍马望南而走。杨志在马上把腰只一纵，略将脚一拍，那马泼喇喇地便赶。「此处却不叙弓，先叙马，法变。」杨志先把弓虚扯一扯，「写得好。」周谨在马上听得脑后弓弦响，扭转身来，便把防牌来迎，却早接个空。「写得好。」周谨寻思道："那厮只会使枪，不会射箭。等他第二枝箭再虚诈时，我便喝住了他，便算我赢了。"周谨的马早到教场南尽头，「前两枝箭发后，方到尽头，此一枝箭未发，已到尽头，盖前放三箭，此只须一箭故也。」那马便转望演武厅来。杨志的马见周谨马跑转来，那马也便回身。「前文杨志把马一兜，周谨亦把马一勒，今俱不用，而马便自转回，写战马性情，出神入化。○盖前文虽带叙马，而意在箭，今文带叙箭，而意在马，此作者炉锤之妙也。」杨志早去壶中掣出一枝箭来，搭在弓弦上，心里想道："「写得好。○见杨志神箭，绰然有余。」射中他后心窝，「绰然有余。」必至伤了他性命。他和我又没冤仇，洒家只射他不致命处便了。"「绰然有余。」左手如托泰山，右手如抱婴孩，弓开如满月，

180

箭去似流星，说时迟，那时快，「六句写得好。」一箭正中周谨左肩。周谨措手不及，翻身落马。那匹空马直跑过演武厅背后去了。「写马完匝。」众军卒自去救那周谨去了。梁中书见了大喜，「主句。」叫军政司便呈文案来，教杨志截替了周谨职役。

杨志神色不动，下了马，「写马完匝。」便向厅前来拜谢恩相，充其职役。不想阶下左边转上一个人来叫道："休要谢职，我和你两个比试！"杨志看那人时，「杨志看一看。」身材七尺以上长短，面圆耳大，唇阔口方，腮边一部落腮胡须，威风凛凛，相貌堂堂，「杨志看出相貌来。」直到梁中书面前声了喏，禀道："周谨患病未痊，精神不到，因此误输与杨志。小将不才，愿与杨志比试武艺，如若小将折半点便宜与杨志，休教截替周谨，便教杨志替了小将职役，虽死而不怨。"梁中书看时，「梁中书看一看。」不是别人，却是大名府留守司正牌军索超。为是他性急，撮盐入火，为国家面上，只要争气，当先厮杀，以此人都叫他做"急先锋"。「梁中书看出姓名来。」李成听得，便下将台来，直到厅前禀复道："相公，这杨志既是殿司制使，必然好武艺，须和周谨不是对手，正好与索正牌比试武艺，便见优劣。"梁中书听了，心中想道："我指望一力要抬举杨志，众将不伏。一发等他赢了索超，他们也死而无怨，却无话说。"

梁中书随即唤杨志上厅问道："你与索超比试武艺如何？"杨志禀道："恩相将令，安敢有违。"梁中书道："既然如此，你去厅后换了装束，好生披挂，「凡写梁中书着意处，当知不为当日演武出色，总为后文生辰纲伏线耳。」教甲仗库随行官吏取应用军器给与，就叫牵我的战马借与杨志骑，小心在意，休觑得等闲。"「异样色泽。」杨志谢了，自去结束。

却说李成分付索超道：「非为李成爱索超也，只为如此一衬，便令梁中书之爱杨志，加倍出色，故特特加意写来，总为生辰纲渲染耳。」"你却难比别人，周谨是你徒弟，先自输了。你若有些疏失，吃他把大名府军官都看得轻了。我有一匹惯曾上阵的战马，并一副披挂，都借与你，小心在意，休教折了锐气。"「陪出一匹马，愈显前文异样色泽。」索超谢了，也自去结束。

梁中书起身，走出阶前来，从人移转银交椅，直到月台栏干边放下。「如此一段落索文字，偏要写他两番，又不重复，又不棘手，真是奇才大笔。」梁中书坐定，「第一段。」左右祇候两行，「第二段。」唤打伞的撑开那把银葫芦顶茶褐罗三檐凉伞来，盖定在梁中书背后。「第三段。〇异样景色，前文所无。」将台上传下将令，「第四段。」早把红旗招动。两边金鼓齐鸣，「第五段。」发一通擂，「第六段。」去那教场中两阵内，各放了个炮。「第七段。」炮响处，索超跑马入阵内，藏在门旗下。杨志也从阵里跑马入军中，直到门旗背后。「第八段。」将台上又把黄旗招动，「第九段。」又发了一通擂，「第十段。」两军齐呐一声喊。「第十一段。」教场中谁敢做声，静荡荡的。「第十二段。」再一声锣响，扯起净平白旗，两下众官没一个敢走动胡言说话，静静地立着。「第十三段。」

将台上又把青旗招动，「第十四段。」只见第三通战鼓响处，去那左边阵内门旗下看看分开，鸾铃响处，闪出正牌军索超直到阵前，「出索超。」兜住马，「出马。」拿军器在手，「出兵器。」果是英雄。但见：「众人看出」头戴一顶熟钢狮子盔，「黑盔。」脑后斗大来一颗红缨；「红缨。」身披一副铁叶攒成铠甲，「铁甲。」腰系一条镀金兽面束带，「金带。」前后两面青铜护心镜；「前后镜。」上笼着一领绯红

182

团花袍，「红袍。」上面垂两条绿绒缕领带；「绿带。」下穿一双斜皮气跨靴；「斜皮靴。」左带一张弓，右悬一壶箭；手里横着一柄金蘸斧；「金蘸斧。」坐下李都监那匹惯战能征雪白马。「白马。○好索超。」

　　右边阵内门旗下看看分开，鸾铃响处，杨志提手中枪出马，直至阵前，「杨志枪马一句出。」勒住马，「马。」横着枪在手，「枪。」果是勇猛。但见：头戴一顶铺霜耀日镔铁盔，「白盔。」上撒着一把青缨；「青缨。」身穿一副钩嵌梅花榆叶甲，「铜甲。」系一条红绒打就勒甲绦，「红绦。」前后兽面掩心；「前后兽面。」上笼着一领白罗生色花袍，「白袍。」垂着条紫绒飞带；「紫带。」脚登一双黄皮衬底靴；「黄皮靴。」一张皮靶弓，数根凿子箭；手中挺着浑铁点钢枪；「浑铁枪。」骑的是梁中书那匹火块赤千里嘶风马。「红马。○好杨志。眉批：二将披挂五彩间错处，俱要记得分明。凡此书有两人相对处，不写打扮即已，若写打扮，皆作者特地将五彩间错配对而出，不可忽过也。○今快友相聚，赌记《水浒》，孰不成诵，终然少略涉之故，有负良史苦心，实惟不少。今愿与天下快人约，如遇豆棚茗碗，提及《水浒》之次，便当以杨、索如何结束为题，以差漏一色为罚一筹，则庶乎可以冥谢耐庵也。」两边军将暗暗地喝采，虽不知武艺如何，先见威风出众。「第十五段。」

　　正南上旗牌官拿着销金令字旗，骤马而来，喝道："奉相公钧旨，教你两个俱各用心，如有亏误处，定行责罚；若是赢时，多有重赏。"「第十六段。」二人得令，纵马出阵，都到教场中心，两马相交，「两匹马。」二般兵器并举。「两般兵器。」索超忿怒，抡手中大斧，拍马来战杨志；杨志逞威，拈手中神枪，来迎索超。两个在教场中间，将台前面，二将相交，各赌平生本事。一来一往，一去一回，四条臂膊纵横，八只马蹄撩乱。「第十七段。」两个斗到五十余合，不分胜败。「第十八段。○此处已是五十余合矣，今欲出力写二人不相下处，则即云一千余合，亦只是四个字，读去全然无有精采也。此特特以五十余合句作一番，又遍写

满教场人好看作一番，又以收军锣响不肯住句作一番，于是读者方觉为时最久，真有战苦阵云深之叹也。｜月台上梁中书看得呆了。「不写索、杨，却去写梁中书，当知非写梁中书也，正深于写索超、杨志也。」两边众军官看了，喝采不迭。「不写索、杨，却去写两边军官。」阵面上军士们递相厮觑道："我们做了许多年军，也曾出了几遭征，何曾见这等一对好汉厮杀！"「不写索、杨，却去写阵上军士。」李成、闻达在将台上，不住声叫道："好斗！"「不写索、杨，却去写李成、闻达。〇要看他凡四段，每段还他一个位置，如梁中书则在月台上，众军官则在月台上梁中书两边，军士们则在阵面上，李成、闻达则在将台上。又要看他每一等人，有一等人身分。如梁中书只是呆了，是个文官身分。众军官便喝采，是个众官身分。军士们便说出许多话，是众人身分。李成、闻达叫好斗，是两个大将身分。真是如花似火之文。〇第十九段。眉批：一段写满教场眼睛都在两人身上，却不知作者眼睛乃在满教场人身上也。作者眼睛在满教场人身上，遂使读者眼睛不觉在两人身上。真是自有笔墨未有此文也。〇此段须知在史公《项羽纪》"诸侯皆从壁上观"一句化出来。」闻达心里只恐两个内伤了一个，慌忙招呼旗牌官，拿着令字旗，与他分了。将台上忽的一声锣响，「第二十段。」杨志和索超斗到是处，各自要争功，那里肯回马。「第二十一段。〇写二人，又带写二马。」旗牌官飞来叫道："两个好汉歇了，相公有令。"「第二十二段。」杨志、索超「两个人。」方才收了手中军器，「两般兵器。」勒坐下马，「两匹马。」各跑回本阵来，「第二十三段。」立马在旗下「收到两阵门旗下，妙绝！」看那梁中书，「收到梁中书。」只等将令。「收完许多红旗、黄旗、白旗、青旗。」

　　李成、闻达下将台来直到月台下，「精细详序。」禀复梁中书道："相公，据这两个武艺一般，皆可重用。"梁中书大喜，「主句。」传下将令，唤杨志、索超。旗牌官传令，唤两个到厅前，「梁中书不自唤，精细详序。〇第二十四段。」都下了马，「两匹马。」小校接了二人的军器，「两般兵器。」两个都上厅来，「两个。〇上厅来。」躬身听令。「第二十五段。」梁中书叫取两锭白银、两副表里，来赏赐二人，就叫军政司将两个都升做管军提辖使，便叫贴了文案，从今日便参了他两个。索超、杨志都拜谢了梁中书，「谢中书。」将着赏赐下厅来，「下厅来。」解了枪刀弓箭，卸了头盔衣甲，换了衣裳。索超也自去了披挂，换了锦袄，「精细详序。」都上厅来，「上厅来。」再拜谢了众军官。「谢众军官。」梁中书叫索超、杨志两个也见了礼，「两峰劈插，至此突然并合，妙绝。」入班做了提辖。众军卒便打着得胜鼓，把着那金鼓旗先散。「发放满教场人，留下梁中书、众军官、索超、杨志。」

梁中书和大小军官，都在演武厅上筵宴。看看红日沉西，筵席已罢，梁中书上了马，众官员都送归府。马头前摆着这两个新参的提辖，上下肩都骑着马，头上都戴着红花，迎入东郭门来。「余势犹劲。」两边街道扶老携幼，都看了欢喜。梁中书在马上问道："你那百姓，欢喜为何？"众老人都跪了禀道："老汉等生在北京，长在大名，从不曾见今日这等两个好汉将军比试。今日教场中看了这般敌手，如何不欢喜？"「半日叙满教场喝采，读者止谓若干军卒，然已极多矣。忽然于大军散去之后，梁中书回府之时，有意无意补出一大名城百姓来，遂令读者陡然回想适才交马时，人山人海，不是前番读时气象也，可谓咄咄怪事矣。」梁中书在马上听了大喜，回到府中，众官各自散了。「发放众官，留下梁中书、索超、杨志。」索超自有一班弟兄请去作庆饮酒；「发放索超，留下梁中书、杨志。」杨志新来，未有相识，自去梁府宿歇，早晚殷勤听候使唤，「满教场中人山人海，却一次一序，先发放军卒，又发放众官，又发放索超，单单剩下杨志一个，与梁中书一个，一堆儿住着，殷勤亲热，异哉！如此一回大书，乃正为此一句，为生辰纲作伏线耳，彼细儒恶足以知之？」都不在话下。

且把这闲话丢过，「眉批：已上如许一篇大文，却只算做闲话，须知。」只说正话。自东郭演武之后，梁中书十分爱惜杨志，早晚与他并不相离，「伏线有劲弓怒马之势。」月中又有一分请受，自渐渐地有人来结识他。「闲笔。」那索超见了杨志手段高强，心中也自钦伏。「闲笔。」不觉光阴迅速，又早春尽夏来，时逢端午，「生辰近矣。」蕤宾节至，梁中书与蔡夫人「陡然写出三个字来，如离似合，如急似缓，妙笔。」在后堂家宴，庆贺端阳。酒至数杯，食供两套，「八字写尽骄妻弱婿之苦。」只见蔡夫人道：「"蔡夫人道"，写尽骄妻；"只见"，写尽弱婿。○"蔡夫人道"者，言梁中书不敢则声也；"只见"者，言梁中书不敢

"相公自从出身，今日为一统帅，掌握国家重任，这功名富贵从何而来？"梁中书道："世杰 「妻前夫名，势在则礼然也。」 自幼读书，颇知经史，人非草木，岂不知泰山之恩，提携之力，感激不尽！"蔡夫人道："相公既知我父亲恩德，如何忘了他生辰？"梁中书道："下官如何不记得，泰山是六月十五日生辰，「"六月十五日"，下文都从此五字着笔。上文纪时，亦远远便为此五字也。」 已使人将十万贯收买金珠宝贝，送上京师庆寿。一月之前，干人都关领去了。现今九分齐备，数日之间，也待打点停当，差人起程。只是一件，在此踌躇。上年收买了许多玩器并金珠宝贝，使人送去，不到半路，尽被贼人劫了，枉费了这一遭财物，至今严捕贼人不获。「先用一衬，妙绝。〇俗笔不知此一衬，则下文为突，若必要写出一件事在前，则又是痴人做梦矣。」 今年叫谁人去好？"蔡夫人道："帐前见有许多军校，你还择知心腹的人去便了。"梁中书道："尚有四五十日，早晚催并礼物完足，那时选择去人未迟。夫人不必挂心，世杰自有理会。"当日家宴，午牌至二更方散，自此不在话下。

却说山东济州郓城县新到任一个知县，姓时，名文彬，当日升厅，公座左右两边排着公吏人等。知县随即叫唤尉司捕盗官员并两个巡捕都头。本县尉司管下有两个都头：一个唤做步兵都头，一个唤做马兵都头。这马兵都头，管着二十四坐马弓手、二十个土兵；那步兵都头管着二十个使枪的头目，二十个土兵。「虽是知县衙门，亦必要叙，然亦特地写此一番小小景象，与前教场中大铺排作映耀也。」 这马兵都头姓朱，名全，身长八尺四五，有一部虎须髯，长一尺五寸，面如重枣，目若朗星，似关云长模样，满县人都称他做"美髯公"。原是本处富户，只因他仗义疏财，结识江湖上好汉，学得一身好武艺。那步兵都头姓雷，名横，身长七尺五寸，紫棠色面皮，有一部扇圈胡须。为他膂力过人，能跳三二丈阔涧，满县人都称他做"插翅虎"。原是本县打铁匠人出身，后来开张碓房，杀牛放赌，虽然仗义，只有些心地偏窄，也学得一身好武艺。

那朱仝、雷横两个，专管擒拿贼盗。当日知县呼唤两个上厅来，声了喏，取台旨。知县道："我自到任以来，闻知本府济州管下所属水乡梁山泊贼盗聚众打劫，拒敌官军。「提纲。」亦恐各乡村盗贼猖狂，小人甚多，今唤你等两个，休辞辛苦，与我将带本管土兵人等，一个出西门，一个出东门，分投巡捕。若有贼人，随即剿获申解，不可扰动乡民。体知东溪村山上有株大红叶树，别处皆无，你们众人采几片来县里呈纳，方表你们会巡到那里。若无红叶，便是汝等虚妄，定行责罚不恕。"「轻轻而起。」两个都头领了台旨，各自回归，点了本管土兵，分投自去巡察。

不说朱仝引人出西门自去巡捕，只说雷横当晚引了二十个土兵出东门，绕村巡察，遍地里走了一遭，回来到东溪村山上，众人采了那红叶，就下村来。行不到三二里，早到灵官庙前，见殿门不关，雷横道："这殿里又没有庙祝，殿门不关，莫不有歹人在里面么？我们直入去看一看。"众人拿着火，一齐照将入来，只见供桌上赤条条地睡着一个大汉。「一句写出好汉顾盼非常来，不然，"供桌上""赤条条"从不曾连作一句也。」天道又热，那汉子把些破衣裳团做一块做枕头，枕在项下，「好看。○枕头也，乃云项下，写尽粗人沉睡光景。」齁齁地沉睡着了在供桌上。雷横看了道："好怪，好怪！知县相公忒神明，原来这东溪村真个有贼！"大喝一声，那汉却待要挣扎，被二十个土兵一齐向前，把那汉子一条索子绑了，押出庙门，投一个保正庄上来。不

是投那个去处，有分教：东溪村里，聚三四筹好汉英雄；郓城县中，寻十万贯金珠宝贝。正是：天上罡星来聚会，人间地煞得相逢。毕竟雷横拿住那汉，投解甚处来，且听下回分解。

【第十三回】

赤发鬼醉卧灵官殿

晁天王认义东溪村

一部书共计七十回，前后凡叙一百八人，而晁盖则其提纲挈领之人也。

晁盖提纲挈领之人，则应下笔第一回便与先叙，先叙晁盖已得停当，然后从而因事造景，次第叙出一百八个人来，此必然之事也。乃今上文已放去一十二回，到得晁盖出名，书已在第十三回，我因是而想：有有全书在胸而始下笔著书者，有无全书在胸而姑涉笔成书者。如以晁盖为一部提纲挈领之人，而欲第一回便先叙起，此所谓无全书在胸而姑涉笔成书者也。若既已以晁盖为一部提纲挈领之人，而又不得不先放去一十二回，直至第十三回方与出名，此所谓有全书在胸而后下笔著书者也。夫欲有全书在胸而后下笔著书，此其以一部七十回一百有八人轮回捆叠于眉间心上，夫岂一朝一夕而已哉！观鸳鸯而知金针，读古今之书而能识其经营，予日欲得见斯人矣。

加亮初出草庐第一句，曰："人多做不得，人少亦做不得。"至哉言乎！虽以治天下，岂复有遗论哉！然而"人少做不得"一语，人固无贤无愚，无不能知之也。若"夫人多亦做不得"一语，则无贤无愚，未有能知之者也。呜呼！君不密则失臣，臣不密则失身，岂惟民可使由，不可使知。周礼建官三百六十，实惟使由，不使知之属也。枢机之地，惟是二三公孤得与闻之。人多做不得！岂非王道治天下之要论耶？恶可以其稗官之言也而忽之哉！

一部书一百八人，声色烂然，而为头是晁盖先说做下一梦。嗟乎，可以悟矣。夫罗列此一部书一百八人之事迹，岂不有哭，有笑，有赞，有骂，有让，有夺，有成，有败，有俯首受辱，有提刀报仇，然而为头先说是梦，则知无一而非梦也。大地梦国，古今梦影，荣辱梦事，众生梦魂，岂惟一部书一百八人而已。尽大千世界无不同在一局，求其先觉者，自大雄氏以外无闻矣。真蕉假鹿，纷然成讼，长夜漫漫，胡可胜叹！

话说当时雷横来到灵官殿上，见了这条大汉睡在供桌上，众土兵上前，把条索子绑了，捉离灵官殿来，天色却早，是五更时分。雷横道："我们且押这厮去晁保正庄上讨些点心吃了，「无端曲折而来。」却解去县里取问。"一行众人却都奔这保正庄上来。

原来那东溪村保正，姓晁名盖，祖是本县本乡富户。平生仗义疏财，专爱结识天下好汉，但有人来投奔他的，不论好歹，「断定晁盖。○活画出晁盖有粗无细来。」便留在庄上住。若要去时，又将银两赍助他起身。最爱刺枪使棒，亦自身强力壮，不娶妻室，终日只是打熬筋骨。郓城县管下东门外有两个村坊，一个东溪村，一个西溪村，只隔着一条大溪。当初这西溪村常常有鬼，白日迷人下水，聚在溪里，无可奈何。忽一日，有个僧人经过，村中人备细说知此事。僧人指个去处，教用青石凿个宝塔，放于所在，镇住溪边。其时西溪村的鬼，都赶过东溪村来。「亦暗射石碣镇魔事。」那时晁盖得知了，大怒，从溪里走将过去，把青石宝塔独自夺了过来，东溪边放下，「亦暗射开碣走魔事。」因此人皆称他做"托塔天王"。晁盖独霸在那村坊，江湖都闻他名字。

那早，雷横并土兵押着那汉来到庄前敲门，庄里庄客闻知，报与保正。此时晁盖未起，听得报是雷都头到来，慌忙叫开门。庄客开得庄门，众土兵先把那汉子吊在门房里。雷横自引了十数个为头的人到草堂上坐下。晁盖起来接待，动问道："都头有甚公干到这里？"雷横答道："奉知县相公钧旨，着我与朱仝两个引了部下土兵，分投下乡村各处巡捕贼盗。因走得力乏，欲得少歇，径投贵庄暂息，有惊保正安寝。"晁盖道："这个何妨！"一面叫庄客安排酒食管待，先把汤来吃。晁盖动问道："敝村曾拿得个把小贼么？"

雷横道："却才前面灵官殿上，有个大汉睡着在那里，我看那厮不是良善君子，一定是醉了，就便睡着。我们把索子缚绑了，本待便解去县里见官，一者忒早些，二者也要教保正知道，恐日后父母官问时，保正也好答应。见今吊在贵庄门房里。"

晁盖听了，记在心，〔宰相如此，便是贤宰相也。〕称谢道："多亏都头见报。"少刻，庄客捧出盘馔酒食，晁盖喝道："此间不好说话，不如去后厅轩下少坐。"〔引开雷横。〕便叫庄客里面点起灯烛，请都头到里面酌杯。晁盖坐了主位，雷横坐了客席。两个坐定，庄客铺下果品、按酒、菜蔬、盘馔。庄客一面筛酒，晁盖又叫置酒与土兵众人吃。〔引开众人。〕庄客请众人都引去廊下客位里管待，大盘酒肉只管叫众人吃。晁盖一头相待雷横吃酒，一面自肚里寻思：〔宰相如此，便是贤宰相也。〕"村中有甚小贼吃他拿了？我且自去看是谁。"〔宰相如此，便是贤宰相也。〕相陪吃了五七杯酒，便叫家里一个主管出来："陪奉都头坐一坐，我去净了手便来。"

那主管陪侍着雷横吃酒，晁盖却去里面拿了个灯笼，径来门楼下看时，土兵都去吃酒，没一个在外面。〔明画之甚。〕晁盖便问看门的庄客："都头拿的贼吊在那里？"庄客道："在门房里关着。"晁盖去推开门，打一看时，只见高高吊起那汉子在里面，露出一身黑肉，下面抓扎起两条黑魆魆毛腿，赤着一双脚。〔先作粗看一番。〕晁盖把灯照那人脸时，紫黑阔脸，鬓边一搭朱砂记，上面生一片黑黄毛。〔又作细看一番。○只一看，必分作两番写来，何等笔法。〕晁盖便问道："汉子，你是那里人？我村中不曾见有你。"那汉道："小人是远乡客人，来这里投奔一个人，〔偏不直说出来。〕却把我来拿做贼，我须有分辩处。"晁盖道："你来我这村中投奔谁？"那汉道："我来这村中投奔一个好汉。"「偏还不直说出来。」晁盖道："这好汉叫做甚么？"那汉道："他唤做晁保正。"「凡作两番歇拍，至第三番，忽然劈面迎来，何等笔法。」晁盖道："你却寻他有甚勾当？"那汉道："他是天下闻名的义士好汉。如今我有一套富贵「奇语。」要与他说知，「奇文忽起，有山从人面，云向马头之势。」因此而来。"晁盖道："你且住，「上文一套富贵，真乃出色奇语，读者于此几有目不及眨之乐，乃陡然只用三个字横风吹断，看他一起一跌，皆极文章之致也。」只我便是晁保正，却要我救你，你只认我做娘舅之亲。少刻，我送雷都头那人出来时，你便叫我做阿舅，我便认你做外甥。只说四五岁离了这里，今番来寻阿舅，因此不认得。"那汉道："若得如此救护，深感厚恩，义士提携则个！"

当时晁盖提了灯笼，自出房来，仍旧把门拽上，「细。」急入后厅来见雷横，说道："甚是慢客。"雷横道："多多相扰，理甚不当。"两个又吃了数杯酒，只见窗子外射入天光来，雷横道："东方动了，小人告退，好去县中画卯。"晁盖道："都头官身，不敢久留。若再到敝村公干，千万来走一遭。"雷横道："却得再来拜望，请保正免送。"「故作一曲。」晁盖道："却罢，也送到庄门口。"「文情曲曲折折，并无一笔直写。」

两个同走出来，那伙土兵众人都得了酒食，吃得饱了，各自拿了枪棒，便去门房里解了那汉，背剪缚着带出门外。晁盖见了，说道："好条大汉！"「如未尝见者，写得妙绝。」雷横道："这厮便是灵官庙里捉的贼……"说犹未了，只见那汉叫一声："阿舅，救我则个！"晁盖假意看他一看，「宛然出自意外光景。」喝问道："兀的这厮不是王小三么？"那汉道："我便是，阿舅救我。"众人吃了一惊。雷横便问晁盖道："这人是谁？如何却认得保正？"晁盖道："原来是我外甥王小

三。这厮如何在庙里歇？「偏作疑惑语，妙绝。」乃是家姐的孩儿，从小在这里过活，四五岁时随家姐夫和家姐上南京去住，一去了十数年。这厮十四五岁又来走了一遭，「所以认得阿舅。」跟个本京客人来这里贩卖，向后再不曾见面。「所以不认得庄上，去卧灵官庙里。」多听得人说这厮不成器，如何却在这里？「偏作疑惑语，妙绝。」小可本也认他不得，为他鬓边有这一搭朱砂记，因此影影认得。」「偏作疑惑不肯十分相认语，妙绝。」晁盖喝道："小三，你如何不径来见我，却去村中做贼？"「偏自陷他是贼，妙绝。」那汉叫道："阿舅，我不曾做贼。"晁盖喝道："你既不做贼，如何拿你在这里？"「骂小三，却正是驳雷横，妙绝。」夺过土兵手里棍棒，劈头劈脸便打。「偏不劝，偏要打，妙绝。」雷横并众人劝道：「晁盖不劝雷横，雷横反劝晁盖，妙绝。」"且不要打，听他说。"那汉道："阿舅息怒，且听我说。自从十四五岁时来走了这遭，如今不是十年了？昨夜路上多吃了一杯酒，不敢来见阿舅，权去庙里睡得醒了，却来寻阿舅。不想被他们不问事由，将我拿了，却不曾做贼。"晁盖拿起棍来又要打，口里骂道："畜生！你却不径来见我，且在路上贪嗜这口黄汤，我家中没得与你吃，辱没杀人！"「是阿舅语。○已放去"做贼"二字矣。」雷横劝道：「雷横劝，妙绝。」"保正息怒，你令甥本不曾做贼。「晁盖偏要陷是贼，雷横极辩不是贼，妙绝。」我们见他偌大一条大汉，在庙里睡得跷蹊，亦且面生，又不认得，因此设疑，捉了他来这里。若早知是保正的令甥，定不拿他。"唤土兵："快解了绑缚的索子，放还保正。"众土兵登时解了那汉。雷横道："保正休怪，早知是令甥，不致如此，甚是得罪，小人们回去。"晁盖道："都头且住，请入小庄，再有话说。"

雷横放了那汉，一齐再入草堂里来。晁盖取出十两花银送与雷横，说道："都头休嫌轻微，望赐笑留。"「写晁盖。○不欲其说庙中之人也。」雷横道："不当如此。"晁盖道：

"若是不肯收受时，便是怪小人。"雷横道："既是保正厚意，权且收受，改日却得报答。"晁盖叫那汉拜谢了雷横。晁盖又取些银两赏了众土兵，[不欲其说庙中之人也。]再送出庄门外。雷横相别了，引着土兵自去。

晁盖却同那汉到后轩下，取几件衣裳与他换了，取顶头巾与他戴了，[可笑。]便问那汉姓甚名谁，何处人氏。那汉道："小人姓刘，名唐，祖贯东潞州人氏，因这鬓边有这搭朱砂记，人都唤小人做'赤发鬼'，[托塔天王家里却有赤发鬼来，可发一笑。]特地送一套富贵来与保正哥哥。昨夜晚了，因醉倒庙里，不想被这厮们捉住，绑缚了来，今日幸得在此，哥哥坐定，受刘唐四拜。"拜罢，晁盖道："你且说送一套富贵与我，见在何处？"刘唐道："小人自幼飘荡江湖，多走途路，专好结识好汉，往往多闻哥哥大名，不期有缘得遇。曾见山东、河北做私商的，多曾来投奔哥哥，因此刘唐敢说这话。[不惟道破晁盖，亦图便于着笔。]这里别无外人，方可倾心吐胆对哥哥说。"晁盖道："这里都是我心腹人，但说不妨。"刘唐道："小弟打听得北京大名府梁中书收买十万贯金珠、宝贝、玩器等物，送上东京，与他丈人蔡太师庆生辰。去年也曾送十万贯金珠宝贝，来到半路里，不知被谁人打劫了，至今也无捉处；今年又收买十万贯金珠宝贝，早晚安排起程，要赶这六月十五日生辰。小弟想此一套是不义之财，取之何碍！[可见是义旗。]便可商议个道理去半路上取了，天理知之，也不为罪。[可见是义旗。]闻知哥哥大名，是个真男子，武艺过人。小弟不才，颇也学得本事，休道三五个汉子，便是一二千军马队中，拿条枪，也不惧他。[特表刘唐，却用刘唐口自出之，便甚。]倘蒙哥哥不弃时，情愿相助一臂，不知哥哥心内如何？"晁盖道："壮哉！且再计较。

你既来这里，想你吃了些艰辛，且去客房里将息少歇，待我从长商议，来日说话。"晁盖叫庄客引刘唐廊下客房里歇息，庄客引到房中，也自去干事了。

且说刘唐在房里寻思道：「放过晁盖，再从刘唐身上生出文情，有千丈游丝，萦花粘草之妙。」"我着甚来由，苦恼这遭！多亏晁盖完成，解脱了这件事。只叵耐雷横那厮平白地要陷我做贼，把我吊这一夜。想那厮去未远，我不如拿了条棒赶上去，齐打翻了那厮们，却夺回那银子，送还晁盖，也出一口恶气。此计大妙！"「此非写刘唐小忿，益图曲曲转出吴学究来，所谓文生情，情生文，皆极不易之事也。○俗本作"平白骗了晁盖十两银子，我夺来还了他，他必然敬我"，此成何等语。」刘唐便出房门，去枪架上拿了一条朴刀，便出庄门，大踏步投南赶来。此时天色已明，却早望见雷横引着土兵，慢慢地行将去。刘唐赶上来，大喝一声："兀那都头不要走！"雷横吃了一惊，回过头来，见是刘唐拈着朴刀赶来。雷横慌忙去土兵手里「写出不意。」夺条朴刀拿着，「枪架上拿条朴刀，是不曾带朴刀来者。土兵手里夺条朴刀，亦是不曾带朴刀来者。虽极不经意处，都写得精细，妙手。」喝道："你那厮赶将来做甚？"刘唐道："你晓事的，留下那十两银子还了我，我便饶了你！"雷横道："是你阿舅送我的，干你甚事？我若不看你阿舅面上，直结果了你这厮性命，划地问我取银子？"刘唐道："我须不是贼，你却把我吊了一夜，又骗我阿舅十两银子。是会的将来还我，佛眼相看；你若不还我，叫你目前流血！"雷横大怒，指着刘唐大骂道："辱门败户的谎贼，怎敢无礼！"刘唐道："你那诈害百姓的腌臜泼才，怎敢骂我！"雷横又骂道："贼头贼脸贼骨头，必然要连累晁盖！你这等贼心贼肝，我行须使不得！"刘唐大怒道："我来和你见个输赢。"拈着朴刀，直奔雷横。雷横见刘唐赶上来，呵呵大笑，挺手中朴刀来迎。两个就大路上斯并了五十余合，不分胜败。众土兵见雷横赢刘唐不得，却待都要一齐上并他。只见侧首篱门开处，一个人掣两条铜链，叫道：[看他如此写出来。]"你们两个好汉且不要斗，我看了多时，权且歇一歇，我有话说。"便把铜链就中一隔。两个都收住了朴刀，跳出圈子外来，立住了脚。看那人时，[两个看出一个。]似秀才打扮，戴一顶桶子样抹眉梁头巾，穿一领皂沿边麻布宽衫，腰系一条茶褐銮带，下面丝鞋净袜，生得眉清目秀，面白须长。这人乃是"智多星"吴用，表字学究，道号加亮先生，祖贯本乡人氏。["加亮"二字，后文要一片精神发付之。]手提铜链，指着刘唐叫道："那汉且住，你因甚和都头争执？"刘唐光着眼看吴用道："不干你秀才事！"[写得妙，使秀才羞杀。○虽是借题调侃秀才语，然实反衬后文无事不干此人，以为文章波折也。]雷横便道："教授不知，这厮夜来赤条条地睡在灵官庙里，被我们拿了这厮，带到晁保正庄上，原来却是保正的外甥，看他母舅面上放了他。晁保正请我们吃了酒，送些礼物与我，这厮瞒了他阿舅，直赶到这里问我取，你道这厮大胆么？"吴用寻思道："晁盖我都是自幼结交，但有些事，便和我相议计较。他的亲眷相识，我都知道，不曾见有这个外甥。亦且年甲也不相登，必有些蹊跷。我且劝开了这场闹，却再问他。"吴用便道：[一劝。]"大汉休执迷。你的母舅与我至交，又和这都头亦过得好，他便送些人情与这都头，你却来讨了，也须坏了你母舅面皮。且看小生面，我自与你母舅说。"刘唐道："秀才，你不省得。[写得妙，使秀才羞杀。○虽是调侃秀才，亦反衬后文此人无件不省得也。]这个不是我阿舅甘心与他，他诈取了我阿舅的银两。若是不还我，誓不回去。"雷横道："只除是保正自来取，便还他，却不还

你。"刘唐道："你屈冤人做贼，诈了银子，怎的不还？"雷横道："不是你的银子，不还，不还！"刘唐道："你不还，只除问得我手里朴刀肯便罢。"「奇语。○劝不住，故妙。只因劝不住，便生出后文晁、吴相见机会来，若使一劝即住，便殊非此一段书之故也。」吴用又劝："你两个斗了半日，又没输赢，只管斗到几时是了？"「又劝。」刘唐道："他不还我银子，直和他拼个你死我活便罢。"雷横大怒道："我若怕你，添个土兵来并你，也不算好汉，我自好歹搠翻你便罢！"刘唐大怒，拍着胸前叫道："不怕！不怕！"便赶上来。「如画。」这边雷横便指手划脚也赶拢来。「如画。」两个又要厮并，这吴用横身在里面劝，那里劝得住。「三劝。○如画。」刘唐拈着朴刀，只待钻将过来。雷横口里千贼万贼价骂，挺朴刀正待要斗，「如画。」只见众土兵指道："保正来了。"

刘唐回身看时，只见晁盖披着衣裳，前襟摊开，从大路上赶来，「如画。○写得一时拉杂如火。」大喝道："畜生不得无礼！"那吴用大笑道："须是保正自来，方才劝得这场闹。"晁盖赶得气喘，问道："怎的赶来这里斗朴刀？"「不知高低语。」雷横道："你的令甥拿着朴刀赶来问我取银子，小人道：'不还你，我自送还保正，非干你事。'他和小人斗了五十合，教授解劝在此。"晁盖道："这畜生，小人并不知道，都头看小人之面请回，自当改日登门陪话。"雷横道："小人也知那厮胡为，不与他一般见识，又劳保正远出。"作别自去，不在话下。

且说吴用对晁盖说道："不是保正自来，几乎做出一场大事。这个令甥端的非凡，「凡一个好汉出现，必有一番出色语，今是刘唐出现处，故特地写出八个字，为他出色。雷横此时只算陪客，不妨权让一步也。」是好武艺。小生在篱笆里看了。这个有名惯使朴刀的雷都头，也敌不过，「又能带表雷横。」只办得架隔遮拦。若再斗几合，雷横必然有失性命，因此小生慌忙出来间隔了。这个令甥从何而来？「令甥如何云从何而来，岂不闻甥不出舅耶？」往常时庄上不曾见有。"晁盖道："却待正要来请先生到敝庄商议句话，正欲使人来，只见不见了他，枪架上朴刀又没了，「闲心妙笔。」只见牧童报说，一个大汉「庄主令甥，牧童却呼大汉，加亮面前，露此马脚，写得妙绝。」拿条朴刀望南一直赶去，我慌忙随后追得来，早是得教授谏劝住了。请尊步同到敝庄，有句话计较计较。"那吴用还至书斋，挂了铜链在书房里，「细。」分付主人家道："学生来时，说道先生今日有干，权放一日假。"拽上书斋门，将锁锁了，同晁盖、刘唐到晁家庄上，晁盖径邀了后堂深处，分宾而坐。吴用问道："保正，此人是谁？"「直问是谁，妙。盖大汉之称，已猜到九分矣。」晁盖道："此人江湖上好汉，姓刘，名唐，是东潞州人氏。因此有一套富贵，特来投奔我。夜来他醉卧在灵官庙里，却被雷横捉了，拿到我庄上，我因认他做外甥，方得脱身。他说：'有北京大名府梁中书收买十万贯金珠宝贝，送上东京，与他丈人蔡太师庆生辰，早晚从这里经过，此等不义之财，取之何碍！'他来的意，正应我一梦。「又忽然撰出一梦，奇情妙笔。○此处为一部大书提纲挈领之处，晁盖为一部大书提纲挈领之人，而为头先是一梦，可见一百八人、七十卷书，都无实事。」我昨夜梦见北斗七星，直坠在我屋脊上；斗柄上另有一颗小星，化道白光去了。「一部大书，罗列一百八座星辰，此处乃忽然撰出一梦，先提出北斗七星。夫北斗七星者，众星之所环拱也。晁盖为此泊之杓，于斯验矣。」我想星照本家，安得不利？今早正要求请教授商议，此一件事若何？"吴用笑道："小生见刘兄赶得来跷蹊，也猜个七八分了。此一事却好，只是一件，人多做不得，人少又做不得。「十字千古名言，可谓初出茅庐第一语矣。」宅上空有许多庄客，一个也用不得。如今只有保正、刘兄、小生三人，这件事如何团弄？"「此二语向保正说，下二语向刘唐说，看他写来，宛然三个人议事，回头转耳，左顾右盼也。」便是保正与兄十分了得，也担负不下。「此二语向刘唐说。」这段事须得七八个好汉方可，多也无用。"

199

晁盖道：「莫非要应梦中星数？」吴用便道：「兄长这一梦也非同小可，莫非北地上再有扶助的人来？」寻思了半晌，眉头一纵，计上心来，说道：「有了！有了！」 ［看他反先插公孙，次思三阮，笔势夭矫之极。］晁盖道：「先生既有心腹好汉，可以便去请来，成就这件事。」 ［轻财处。］吴用不慌不忙，叠两个指头，说出几句话来，有分教：东溪庄上，聚义汉翻作强人；石碣村中，打鱼船权为战舰。

正是：指挥说地谈天口，来做翻江搅海人。毕竟智多星吴用说出甚么人来，且听下回分解。

［写得料事如神。加亮之号不虚也。］

【第十四回】

吴学究说三阮撞筹

公孙胜应七星聚义

　　《水浒》之始也，始于石碣；《水浒》之终也，终于石碣。石碣之为言一定之数，固也。然前乎此者之石碣，盖托始之例也。若《水浒》之一百八人，则自有其始也。一百八人自有其始，则又宜何所始？其必始于石碣矣。故读阮氏三雄，而至石碣村字，则知一百八人之入《水浒》，断自此始也。

　　阮氏之言曰："人生一世，草生一秋。"嗟乎！意尽乎言矣。夫人生世间，以七十年为大凡，亦可谓至暂也。乃此七十年也者，又夜居其半，日仅居其半焉。抑又不宁惟是而已。在十五岁以前，蒙无所识知，则犹掷之也。至于五十岁以后，耳目渐废，腰髋不随，则亦不如掷之也。中间仅仅三十五年，而风雨占之，疾病占之，忧虑占之，饥寒又占之，然则如阮氏所谓论秤称金银，成套穿衣服，大碗吃酒，大块吃肉者，亦有几日乎耶！而又况乎有终其身曾不得一日也者！故作者特于三阮名姓深致叹焉：曰"立地太岁"，曰"活阎罗"，中间则曰"短命二郎"。嗟乎！生死迅疾，人命无常，富贵难求，从吾所好，则不著书，其又何以为活也。

　　加亮说阮，其曲折迎送，人所能也；其渐近即纵之，既纵即又另起一头，复渐渐逼近之，真有如诸葛之于孟获者，此定非人之所能也。故读说阮一篇，当玩其笔头落处，不当随其笔尾去处，盖读稗史亦有法矣。

　　话说当时吴学究道："我寻思起来，有三个人，义胆包身，武艺出众，敢赴汤蹈火，同死同生。只除非得这三个人，方才完得这件事。"晁盖道："这三个却是甚么样人？姓甚名谁？何处居住？"吴用道："这三个人是弟兄三个，在济州梁山泊边石碣村住，〔此书始于石碣，终于石碣，然所以始之终之者，必以中间石碣为提纲，此撞筹之旨也。〕日常只打鱼为生，亦曾在泊子里做私商勾当。本身姓阮，弟兄三人，一个唤做"立地太岁"阮小二，〔妙。〕一个唤做"短命二郎"阮小五，〔妙。〕一个唤做"活

阎罗"阮小七。「妙。〇合弟兄三人诨名，可发一叹。盖太岁，生方也；阎罗，死王也；生死相续，中间又是短命，则安得又不著书自娱，以消永日也！〇小七是七，小二小五合成七，小五唤做二郎，又独自成七，三人离合，凡得三个七焉。筹亦三七二十一，为少阳之数也。〇一百八人必自居于阳者，明非阴气所钟也；而必退处于少者，所以尊朝廷也。」这三个是亲弟兄。小生旧日在那里住了数年，与他相交时，他虽是个不通文墨的人，「非骂文人也，正自表此书，在无文墨处结撰停当，然后发而为文墨，读者定不当以文墨求之也。〇应知世间盖天盖地奇事，皆从不通文墨处来。」为见他与人结交真有义气，是个好男子，因此和他来往，今已好两年不曾相见。若得此三人，大事必成。"晁盖道："我也曾闻这阮家三弟兄的名字，只不曾相会。石碣村离这里只有百十里以下路程，何不使人请他们来商议？"吴用道："着人去请，他们如何肯来？「又道是不通之人，却又如许自爱其鼎，嗟乎！今世之通文墨者，又何其营营于人之门户，驱之而犹不欲去也。」小生必须自去那里，凭三寸不烂之舌，说他们入伙。"晁盖大喜道："先生高见，「二字赞得妙，盖深以礼贤下士为急务也。」几时可行？"吴用答道："事不宜迟，只今夜三更便去，明日晌午可到那里。"晁盖道："最好。"

当时叫庄客且安排酒食来吃。吴用道："北京到东京也曾行过，只不知生辰纲从那条路来，再烦刘兄休辞生受，连夜去北京路上探听起程的日期，端的从那条路上来。"刘唐道："小弟只今夜也便去。"吴用道："且住。他生辰是六月十五日，如今却是五月初头，尚有四五十日，等小生先去说了三阮弟兄回来，那时却教刘兄去。"「此一段非闲文，乃特为公孙胜来作地也。〇后公孙胜来了，刘唐便不复去，文中竟不说明，有疏密互见之妙。」晁盖道："也是，刘兄弟只在我庄上等候。"

话休絮烦。当日吃了半晌酒食，至三更时分，吴用起来洗漱罢，吃了些早饭，讨了些银两藏在身边，穿上草鞋，晁盖、刘唐送出庄门，吴用连夜投石碣村来。行到晌午时分，早来到那村中。

吴学究自来认得，不用问人，来到石碣村中，径投阮小二家来。到得门前看时，只见枯桩上缆着数只小渔船，疏篱外晒着一张破鱼网，倚山傍水，约有十数间草房。^{「写来入画。」}吴用叫一声道："二哥在家么？"只见阮小二走将出来，^{「看他兄弟三人，逐个叙出，有山断云连、水斜桥接之妙。」}头戴一顶破头巾，身穿一领旧衣服，赤着双脚，出来见了是吴用，慌忙声喏道："教授何来？甚风吹得到此？"吴用答道："有些小事，特来相浼二郎。"阮小二道："有何事，但说不妨。"吴用道："小生自离了此间，又早二年。如今在一个大财主家做门馆，他要办筵席，用着十数尾重十四五斤的金色鲤鱼，因此特地来相投足下。"阮小二笑了一声，说道："小人且和教授吃三杯，却说。"^{「写小二机扣不远处。妙绝。」}吴用道："小生的来意，也正欲要和二哥吃三杯。"^{「吴用说三阮，只用一个顺他性格，顺他口语之法，一篇皆然，盖深得控御豪杰之术者也。」}阮小二道："隔湖有几处酒店，我们就在船里荡将过去。"吴用道："最好。也要就与五郎说句话，不知在家也不在？"^{「看他如此去，并不着意要见五郎，下文叫"七哥"二字亦然，只如无心中说闲话、遇闲人也者，此史公叙事之法也。」}阮小二道："我们一同去寻他便了。"两个来到泊岸边，枯桩上缆的小船解了一只，^{「如画。」}便扶着吴用^{「如画。」}下船去了。树根头^{「如画。」}拿了一把桦楸，只顾荡。早荡将开去，望湖泊里来。正荡之间，只见阮小二把手一招，^{「生于斯者习于斯，则或从密树中，或从沙嘴上，或从破屋角头，或从大水中央，每每眼明手快，见而招之矣。若夫初来生客，目光不定，则人在树中，与树一色，人在沙上，与沙一色，人在屋角，与屋一色，人在水中，与水一色，其乌乎知此中有人来、无人来者乎？"只见阮小二把手一招"者，只见阮小二把手一招耳。文笔细妙入神，视夫直书云"只见阮小七划出一只船来"者，真有金粪之别也。○亦无他法，只是逐半句写耳。」}叫道："七哥曾见五郎么？"^{「看他如此来。○上文自说寻五郎，此处却更遇七哥，离奇错落，纵横霍跃，真行文妙诀也。」}吴用看时，只见芦苇丛中摇出一只船来。那阮小七头戴一顶遮日黑箬笠，身上穿个棋子布背心，腰系着一条生布裙，把那只船荡着，问道："二哥，你寻五哥做甚么？"吴用叫一声："七郎，「不用小二答。眉批：此回看他四个人问答不接处，如问小二，却是吴用答，都要算其神理。」小生特来相央你们说话。"阮小七道："教授恕罪，好几时不曾相见。"吴用道："一同和二哥去吃杯酒。"阮小七道："小人也欲和教授吃杯酒，「二句与前倒转，法变。」只是一向不曾见面。"「"只是"二字，不通之极。非不通文墨也，胸中有无数相思相爱，而口中不能宣通之也。便写出阮小七郁勃可爱。」两只船厮跟着在湖泊里，不多时，划到个去处，团团都是水，高埠上有七八间草房，阮小二叫道："老娘，「突然叫声老娘，令人却忆王进母子也。○试观王进母子，而后知"求忠臣必于孝子之门"，斯言为不诬也。三阮之母，独非母乎？如之何而至于有三阮也？积渐既成，而至于为黑旋风之母，益又甚矣。其死于虎，不亦宜乎！凡此等，皆作者特特安排处，读者宜细求之。」五哥在么？"那婆婆道："说不得，鱼又不得打，「此五字乃通篇之纲，却在其母口中提出。」连日去赌钱，输得没了分文，却才讨了我头上钗儿，「特写三阮之为三阮，非一朝一夕之故，其母之纵之者久矣。」出镇上赌去了。"阮小二笑了一声，便把船划开。

阮小七便在背后船上说道："哥哥，正不知怎地，赌钱只是输，却不晦气！莫说哥哥不赢，我也输得赤条条的。"「人知此句随手生发，不知此句随手套去。」吴用暗想道："中了我的计了。"两只船厮并着，投石碣村镇上来。划了半个时辰，只见独木桥边一个汉子，把着两串铜钱，「不必赢，所以赢者，为请吴用地也。」下来解船。「如画。」阮小二道："五郎来了。"吴用看时，但见阮小五斜戴着一顶破头巾，鬓边插朵石榴花，「恐人忘了蔡太师生辰日，故闲中记出三个字来。」披着一领旧布衫，露出胸前刺着的青郁郁一个豹子来，「史进、鲁达、燕青，遍身花绣，各有意义。今小五只有胸前一搭花绣，盖寓言胸中有一段垒块，故发而为《水浒》一书也。虽然，"为子不见亲父，为臣不见君过"，人而至于胸中有一段垒块，吾甚畏夫难乎为其君父也。谚不云乎："虎生三子，必有一豹。"豹为虎所生，而反食虎，五伦于是乎坠地矣。作者深恶其人，故特书之为豹，犹楚史之称《梼杌》也。呜呼！谁谓禅史无功惩哉！○前文林冲称"豹子头"，盖言恶兽之首也。林冲先上山泊，而称为"豹子头"，则知一百八人者，皆恶兽也。作者志在《春秋》，于是乎见矣。」里面匾扎起裤子，上面围着一条间道棋子布手巾。吴用叫一声道："五郎得采么？"「问自问。」阮小五道："原来却是教授，「答自答，各不对，错错落落，离离奇奇。」好两年不曾见面，我在桥上望你们半日了。"

阮小二道："我和教授直到你家寻你，老娘说道出镇上赌钱去了，因此同来这里寻你。且来和教授去水阁上吃三杯。"阮小五慌忙去桥边解了小船，跳在舱里，捉了桦楫，只一划，三只船厮并着。划了一歇，三只船撑到水亭下荷花荡中，「非写石碣村景，正记太师生辰，皆草蛇灰线之法也。」三只船都缆了。扶吴学究上了岸，入酒店里来，都到水阁内拣一副红油桌凳。阮小二便道："先生休怪我三个弟兄粗俗，请教授上坐。"「既推教授上坐，又言休怪粗俗，只二句，写出野人不通文墨情性。」吴用道："却使不得。"阮小七道："哥哥只顾坐主位，请教授坐客席。我兄弟两个便先坐了。"「快人快语，固也，然又须看他细针婉线，是对小二说者，便把弟兄三人，分作两段也。」吴用道："七郎只是性快。"「只是顺他性格法。○七郎真是快士。」四个人坐定了，叫酒保打一桶酒来。店小二把四只大盏子摆开，铺下四双箸，放了四盘菜蔬，打一桶酒，放在桌子上。阮小七道："有甚么下口？"小二哥道："新宰得一头黄牛，花糕也似好肥肉！"阮小二道："大块切十斤来。"阮小五道："教授休笑话，没甚孝顺。"吴用道："倒也相扰，多激恼你们。"阮小二道："休恁地说。"「眉批：读此文时切记"小二""小五""小七"等字样，便如鸠摩罗什与人弈棋，其间道处都成龙凤之形。」催促小二哥只顾筛酒，早把牛肉切做两盘，将来放在桌上。阮家三兄弟让吴用吃了几块，便吃不得了。那三个狼餐虎食，吃了一回。「写。」

阮小五动问道："教授到此贵干？"阮小二道：「问教授，小二答，写得错落。」"教授如今在一个大财主家做门馆教学。今来要对付十数尾金色鲤鱼，要重十四五斤的，「眉批：要十四五斤大鱼是第一段。」特来寻我们。"阮小七道："若是每常，要三五十尾也有，莫说十数个，再要多些，「既说三五十尾，又说再要多此，写不通文墨人口中，杂沓无伦，摹神之笔。○又见他老大懊愤处。」我弟兄们也包办得；如今便要重十斤的也难得！"阮小五道："教授远来，我们也对付十来个重五六斤的相送。"吴用道:"小生多有银两在此,随算价钱。只是不用小的,须得十四五斤重的便好。"阮小七道:"教授,却没讨处。便是五哥许五六斤的也不能够,「渐紧。」须是等得几日才得。我的船里有一桶小活鱼,就把来吃些。"「文势突兀,有若神变。○本是渔家,却单吃牛肉,失本色矣,故突然插入此句。虽然,此但论花色也,若以行文之法论之,则吴用故意要十四五斤者,小五只许五六斤者,吴用又固要十四五斤者,小七便连五六斤者亦道难得,文势至此,渐紧矣,故忽然寻此一法漾开去,且图布局宽转矣。」阮小七便去船内取将一桶小鱼上来,约有五七斤,自去灶上安排,盛做三盘,把来放在桌上。阮小七道:"教授,胡乱吃些个。"

四个又吃了一回,看看天色渐晚。吴用寻思道:"这酒店里须难说话。今夜必是他家权宿,到那里却又理会。"阮小二道:"今夜天色晚了,请教授权在我家宿一宵,明日却再计较。"吴用道:"小生来这里走一遭,千难万难,「好。○一句。」幸得你们弟兄今日做一处。「好。○二句。」眼见得这席酒不肯要小生还钱。「好。○三句。」今晚,借二郎家歇一夜,小生有些须银了在此,相烦就此店中沽一瓮酒,买些肉,村中寻一对鸡,夜间同一醉,如何?"阮小二道:"那里要教授坏钱!我们弟兄自去整理,不烦恼没对付处。"吴用道:"径来要请你们三位。若还不依小生时,只此告退。"阮小七道:"既是教授这般说时,且顺情吃了,却再理会。"吴用道:"还是七郎性直爽快。「顺他性格,固也,然写七郎,亦实实写得可爱。」吴用取出一两银子付与阮小七,就问主人家沽了一瓮酒,借个大瓮盛了。买了二十斤生熟牛肉、一对大鸡。阮小二道:"我的酒钱一发还你。"店主人道:"最好,最好。"「细。○小二之为小二,与村店之为村店,俱比不得鲁达之于潘楼,动便记赊帐也。」

四人离了酒店,再下了船,「细。」把酒肉都放在船舱里。「细。」解了缆索,

「细。」径划将开去，一直投阮小二家来。到得门前上了岸，把船仍旧缆在桩上。「细。」取了酒肉，「细。」四人一齐都到后面坐地。便叫点起灯来。原来阮家弟兄三个只有阮小二有老小，阮小五、阮小七都不曾婚娶。四个人都在阮小二家后面水亭上坐定。阮小七宰了鸡，「小二家自有阿嫂，却偏要小七动手宰鸡，何也？要写小七天性粗快，杀人手溜，却在琐屑处写出，此见神妙之笔也。」叫阿嫂同讨的小猴子在厨下安排。约有一更相次，酒肉都搬来摆在桌上。

吴用劝他弟兄们吃了几杯，又提起买鱼事来，说道：「九字句。」"你这里偌大一个去处，却怎地没了这等大鱼？"「看此句紧入，便信前文"一桶小鱼"句之妙。眉批：迫问为何打不得鱼是第二段。」阮小二道："实不瞒教授说：这般大鱼只除梁山泊里便有。「忽入梁山泊，有惊蛇脱兔之能。」我这石碣湖中狭小，存不得这等大鱼。"吴用道："这里和梁山泊一望不远，相通一派之水，如何不去打些？"「看他逼入去，恶极。」阮小二叹了一口气道："休说！"「只二字。」吴用又问道："二哥如何叹气？"「恶极，又逼入。」阮小五接了说道："「二个"接了说道"，非写后人性急，乃深写前人气愤也。」教授不知，在先这梁山泊是我弟兄们的衣饭碗，如今绝不敢去！"「不说完。」吴用道："偌大去处，终不成官司禁打鱼鲜？"「又用一遍入之法。」阮小五道："甚么官司敢来禁打鱼鲜！便是活阎王也禁治不得！"「又不说完。」吴用道："既没官司禁治，如何绝不敢去？"「只管逼入去。」阮小五道："原来教授不知来历，且和教授说知。"「又不说。」吴用道："小生却不理会得。"阮小七接着便道："「小五要和教授说知，却提起即恼，故又不说，却用阮小七接着说也。」这个梁山泊去处，难说难言！「四字不通文墨之极，盖"难说"即"难言"也，"难言"即"难说"也，而必重之，不通极矣，然吾每每见今之以文名世者，亦止用此叠床架屋一法，则何也？」如今泊子里新有一伙强人占了，不容打鱼。"吴用道："小生却不知，原来如今有强人，我那里并不曾闻得说。"阮小二道："那伙强人，「是一等题目。」为头的是个落第举子唤做白衣秀士王伦；第二个叫做摸着天杜迁；第三个叫做云里金刚宋万；以下有个旱地忽律朱贵，见在李家道口开酒店，专一探听事情，也不打紧。如今新来一个好汉，「另是一等题目。」是东京禁军教头，甚么豹子头林冲，十分好武艺。这几个贼男女聚集了五七百人打家劫舍，抢掳来往客人。我们有一年多不去那里打鱼。如今泊子里把住了，绝了我们的衣饭，因此一言难尽！"吴用道："小生实是不知有这段事。如何官司不来捉他们？"阮小五道："如今那官司一处处动掸便害百姓，但一声下乡村来，倒先把好百姓家养的猪羊鸡鹅尽都吃了，又要盘缠打发他。「千古同悼之言，《水浒》之所以作也。」如今也好教这伙人奈何！那捕盗官司的人那里敢下乡村来！「作者胸中悲愤之极。○一路痛恨强人，乃说到官司，便深感之，笔力飘忽夭娇之极。」若是那上司官员差他们缉捕人来，都吓得尿屎齐流，怎敢正眼儿看他！"阮小二道："我虽然不打得大鱼，也省了若干科差。"「十五字抵一篇《捕蛇者说》。」吴用道："恁地时，那厮们倒快活？"「"快活"二字忽然倒插而入，笔力矫健飙悍之极。眉批：那厮们倒快活是第三段。」阮小五道："他们不怕天，不怕地，不怕官司；论秤分金银，异样穿绸锦；成瓮吃酒，大块吃肉，如何不快活？我们弟兄三个「劈插成六个字，并不从吴用口中来。」空有一身本事，怎地学得他们！"「自来了。○"怎地"二字，有问计之辞。」吴用听了，暗暗地欢喜道："正好用计了。"

阮小七说道："人生一世，草生一秋。「八字是弟兄三人立号之意。」我们只管打鱼营生，学得他们过一日也好！"「"一日"之奇者，如做得一日神仙，虽死无憾，为绝倒也。」吴用道："这等人学他做甚么！「他三个不来，便只管逼上去，他三个来了，便倒漾开去，行文神变之极。」他做的勾当，不是笞杖五七十的罪犯，空自把一身虎威都撇下。倘或被官司拿住了，「又挑出"官司"二字，以决其心。」也是自做的罪。"阮小二道："如今该管官司没甚分晓，一片糊涂！千万犯了迷天大罪的倒都没事，「千古同叹，只为确耳。」我弟兄们不能快活。「正入前文"快活"二字玄中。」若是但有肯带挈我们的，

209

也去了罢！"〔四字说得迅疾。〕阮小五道："我也常常这般思量：〔接一句，藏下生平无数心事，不描已见。〕我弟兄三个的本事又不是不如别人，谁是识我们的？"〔另自增出"识我"二字，又加一倍精采。○前只说得官司糊涂，及快活、不快活等语，见豪杰悲愤，此增出"识我"二字，见豪杰肝肠，必不可少也。〕吴用道："假如便有识你们的，你们便如何肯去？"〔眉批：有识你们的是第四段。〕阮小七道："若是有识我们的，〔中心藏之之语。〕水里水里去，火里火里去！若能够见用得一日，便死了开眉展眼！"吴用暗暗喜道："这三个都有意了。我且慢慢地诱他。"又劝他三个吃了两巡酒。〔不惟照顾吃酒，有草蛇灰线之法，且又得一宽也。〕

吴用又说道："你们三个敢上梁山泊捉这伙贼么？"〔换一头，用反跌法起。〕阮小七道："便捉得他们，那里去请赏？也吃江湖上好汉们笑话。"〔定是小七语，小二、小五说不出，爽快奇妙不可言。〕吴用道："小生短见，〔也入梁山撞筹，是主句；敢上梁山捉贼，是宾句。初亦为主句不好便说，故先用一宾句也。然既用宾句跌过，则宜直入主句矣。然其言毕竟是口重语，不好便说，故又特用"短见"二字自责过，然后下语，作者真有抠心呕血之苦也。〕假如你们怨恨打鱼不得，也去那里撞筹，却不是好？"〔眉批：也入梁山是第五段。〕阮小二道："老先生，〔"老先生"叫得妙，说心话时，每有此称。〕你不知我弟兄们几遍商量要去入伙。〔藏下无数生平心事，不描已见。〕听得那白衣秀士王伦的手下人〔明明照出杜迁、宋万、朱贵三人在外。〕都说道他心地窄狭，安不得人，前番那个东京林冲上山，呕尽他的气。〔此句前照限林冲，后照并王伦，有左顾右盼之妙。〕王伦那厮不肯胡乱着人，因此，我弟兄们看了这般样，一齐都心懒了。"〔"一齐都"三字妙，活写出商量时。〕阮小七道："他们若似老兄这等慷慨，爱我弟兄们便好。"〔小七语，天然不从小二、小五口中出。○"老兄""老先生"，皆极亲昵之称也。〕阮小五道："那王伦若得似教授这般情分时，我们也去了多时，不到今日。我弟兄三个便替他死也甘心！"〔此句正写心肯之极。〕吴用道："量小生何足道哉，〔"小生"二字一接"何足道哉"一顿，奇笔妙笔。〕如今山东、河北多少英雄豪杰的好汉！"〔说山东，带河北，已伏卢员外矣。〕阮小二道："好汉们尽有，我弟兄自不曾遇着！"〔千古同悼之言。〕吴用道："只此间〔三字说者口快，听者眼明。〕郓城县东溪村晁保正，你们曾认得他么？"「疾入。眉批：出晁盖是第六段。」阮小五道："莫不是叫做托塔天王的晁盖么？"「疾入。」吴用道："正是此人。"阮小七道："虽然与我们只隔得百十里路程，缘分浅薄，闻名不曾相会。"吴用道："这等一个仗义疏财的好男子，如何不与他相见？"「此句不是反跌，只是又图一宽耳。」阮小二道："我弟兄们无事，也不曾到那里，因此不能够与他相见。"吴用道："小生这几年也只在晁保正庄上左近教些村学。「此句"村学"二字，与前"大财主家做门馆"字，不相顾处，待三阮之法也。」如今打听得他有一套富贵待取，特地来和你们商议，我等就那半路里拦住取了，如何？"「奇绝之笔，不图至此又出一奇也。眉批：反劫晁盖是第七段。」阮小五道："这个却使不得，他既是仗义疏财的好男子，我们却去坏他的道路，须吃江湖上好汉们知时笑话。"「《水浒》一百八人人品心术，尽此一言，然则梁中书之被劫，岂足惜哉！」吴用道："我只道你们弟兄心志不坚，原来真个惜客好义！「"我只道"三字、"原来真个"四字，都是顺他性格，顺他口气语，锁住一篇奇文，锁三位好汉，皆仗此言。」我对你们实说，「有次序，历历落落。」果有协助之心，我教你们知此一事。「有次序，历历落落。」我如今见在晁保正庄卜住。保正闻知你三个大名，特地教我来请你们说话。"「其辞未毕。」阮小二道："我弟兄三个真真实实地并没半点儿假！晁保正敢有件奢遮的私商买卖，有心要带挈我们，「句。○"敢有"妙。」一定是烦老兄来。「句。○"一定"妙。」若还端的有这事，「句。○"若还"妙。」我三个若舍不得性命相帮他时，残酒为誓，教我们都遭横事，恶病临身，死于非命！"「数语淋淋沥沥，日在天之上，心在人之内。」阮小五和阮小七把手拍着脖项道："这腔热血，只要卖与识货的！"「拉杂如火，使读者增长义气。」

吴用道："你们三位弟兄在这里，不是我坏心术来诱你们，「又自责一句，真正设身处地而后作也。眉批：方出正意是第八段。」这件事非同小可的勾当！目今朝内蔡太师是六月十五日生辰，他的女婿是北京大名府梁中书，即目起解十万贯金珠宝贝与他丈人庆生辰。

今有一个好汉姓刘，名唐，特来报知。如今欲要请你们去商议，聚几个好汉，向山凹僻静去处，取此一套不义之财，大家图个一世快活。因此特教小生只做买鱼来请你们三个计较，成此一事，不知你们心意如何？"阮小五听了道："罢！罢！"叫道："七哥，我和你说甚么来！"「"罢罢"只二字，忽插入"叫道"二字作叙事，然后又说出九个字来，却无一字是实，而能令读者心前眼前，若有无数事情，无数说话，灵心妙笔，一至于此！话，接接连连，开开阖阖，说到刺心处使人泣，说到快心处使人跃，妙不容言。」阮小七跳起来道："一世的指望，「妙语。」今日还了愿心！「妙语。」正是搔着我痒处！「妙语。」我们几时去？"「五字天生是小七语，小二、小五不说。」吴用道："请三位即便去来，明日起个五更，一齐都到晁天王庄上去。"阮家三弟兄大喜。当夜过了一宿，次早起来，吃了早饭，阮家三弟兄分付了家中，跟着吴学究，四个人离了石碣村，拽开脚步，取路投东溪村来。行了一日，早望见晁家庄，只见远远地绿槐树下晁盖和刘唐在那里等，「夏景。」望见吴用引着阮家三兄弟直到槐树前，两下都厮见了。晁盖大喜道："阮氏三雄名不虚传，且请到庄里说话。"六人却从庄外入来，到得后堂，分宾主坐定。吴用把前话说了。晁盖大喜，便叫庄客宰杀猪羊，安排烧纸。阮家三弟兄见晁盖人物轩昂，语言洒落，三个说道："我们最爱结识好汉，原来只在此间。今日不得吴教授相引，如何得会？"三个弟兄好生欢喜。当晚且吃了些饭，说了半夜话。「要知半夜所说，只是闲话。若云商量此一件事，则岂有豪杰举事，只管商量者哉！」

次日天晓，去后堂前面列了金钱、纸马、香花、灯烛，摆了夜来煮的猪羊、「"夜来煮的"，细、妙、赖此四字，遂不犯"次日天晓"字也。」烧纸。众人见晁盖如此志诚，尽皆欢喜，个个说誓道："梁中书在北京害民，诈得钱物，却把去东京与蔡太师庆生辰，此一等正是不义之财。我等六人中但有私意者，天地诛灭，神明鉴察。"六人都说誓了，烧化纸钱。

六筹好汉，「提出"六筹"二字，然后接出公孙胜。」正在堂后散福饮酒，只见一个庄客报说："门前有个先生要见保正化斋粮。"晁盖道："你好不晓事！见我管待客人在此吃酒，你便与他三五升米便了，何须直来问我！"「闲闲写去。」庄客道："小人把米与他，他又不要，只要面见保正。"晁盖道："一定是嫌少！你便再与他三二斗米去。你说与他，保正今日在庄上请人吃酒，没工夫相见。"「闲闲写去。」庄客去了多时，只见又来说道："那先生，与了他三斗米，又不肯去。自称是一清道人，不为钱米而来，只要求见保正一面。"晁盖道："你这厮不会答应，便说今日委实没工夫，教他改日却来相见拜茶。"「只是闲闲写去，再不肯合缝。」庄客道："小人也是这般说，那个先生说道：'我不为钱米斋粮，闻知保正是个义士，特求一见。'"晁盖道："你也这般缠，全不替我分忧！他若再嫌少时，可与他三四斗去，何必又来说！我若不和客人们饮时，便去厮见一面，打甚紧！你去发付他罢，再休要来说！"「偏不合缝，奇笔恣墨。」

庄客去了没半个时辰，只听得庄门外热闹，又见一个庄客飞也似来报道："那先生发怒，把十来个庄客都打倒了。"晁盖听得，吃了一惊，慌忙起身道："众位弟兄少坐，晁盖自去看一看。"便从后堂出来，到庄门前看时，只见那个先生身长八尺，道貌堂堂，生得古怪，正在庄门外绿槐树下，一头打，一头口里说道："不识好人。"晁盖见了，叫道："先生息怒。你来寻晁保正，无非是投斋化缘，他已与了你米，「且不出自己。」何故嗔怪如此？"那先生哈哈大笑道："贫道不为酒食钱米而来。我觑得十万贯如同等闲，「逗一句。」特地来

寻保正，有句话说，叵耐村夫无理，毁骂贫道，因此性发。"晁盖道："你可曾认得晁保正么？"那先生道："只闻其名，不曾会面。"晁盖道："小子便是，「出得径快。」先生有甚话说？"那先生看了道："保正休怪，贫道稽首。"晁盖道："先生少请，到庄里拜茶如何？"那先生道："多感。"

两个入庄里来，吴用见那先生入来，自和刘唐、三阮一处躲过。且说晁盖请那先生到后堂吃茶已罢，那先生道："这里不是说话处，别有甚么去处可坐？"晁盖见说，便邀那先生又到一处小小阁儿内，分宾坐定。晁盖道："不敢拜问先生高姓？贵乡何处？"那先生答道："贫道复姓公孙，单讳一个胜字，道号一清先生。小道是蓟州人氏，「北地也。」自幼乡中好习枪棒，学成武艺多般，人但呼为公孙胜大郎。为因学得一家道术，善能呼风唤雨，驾雾腾云，江湖上都称贫道做'入云龙'。贫道久闻郓城县东溪村晁保正大名，无缘不曾拜识，今有十万贯金珠宝贝，专送与保正，作进见之礼，未知义士肯纳受否？"晁盖大笑道："先生所言，莫非北地生辰纲么？"那先生大惊道："保正何以知之？"晁盖道："小子胡猜，未知合先生意否？"公孙胜道："此一套富贵，不可错过。古人有云：当取不取，过后莫悔。保正心下如何？"

正说之间，只见一个人从阁子外抢将入来，劈胸揪住公孙胜说道："好呀！明有王法，暗有神灵，你如何商量这等的勾当！我听得多时也！"吓得这公孙胜面如土色。「非真有此等儿戏之事，只为每回住处，皆是绝奇险处，此处无奇险可住，故特幻出一段，以作一回收场耳，读者谅之。」正是：机谋未就，争奈窗外人听；计策才施，又早萧墙祸起。毕竟抢来揪住公孙胜的却是何人，且听下回分解。

【第十五回】

杨志押送金银担

吴用智取生辰纲

　　盖我读此书而不胜三致叹焉，曰：嗟乎！古之君子，受命于内，莅事于外，竭忠尽智，以图报称，而终亦至于身败名丧，为世僇笑者，此其故，岂得不为之深痛哉！夫一夫专制，可以将千军，两人牵羊，未有不僵于路者也。独心所运，不难于造五凤楼曾无黍米之失，聚族而谋，未见其能筑室有成者也。梁中书以道路多故，人才复难，于是致详致慎，独简杨志而畀之以十万之任，谓之知人，洵无忝矣，即又如之何而必副之以一都管与两虞候乎？观其所云，另有夫人礼物送与府中宝眷，亦要杨志认领，多恐不知头路。夫十万已领，何难一担？若言不知头路，则岂有此人从贵女爱婿边来，现护生辰重宝至于如此之盛，而犹虑及府中之人猜疑顾忌，不视之为机密者也？是皆中书视十万过重，视杨志过轻。视十万过重，则意必太师也者，虽富贵双极，然见此十万，必嚇然心动，太师嚇然心动，而中书之宠，固于磐石，夫是故以此为献，凡以冀其心之得一动也。视杨志过轻，则意或杨志也者，本单寒之士，今见此十万，必嚇然心动，杨志嚇然心动，而生辰十担，险于蕉鹿，夫是故以一都管、两虞候为监，凡以防其心之忽一动也。然其胸中，则又熟有疑人勿用，用人勿疑之成训者，于是即又伪装夫人一担，以自盖其相疑之迹。呜呼！为杨志者，不其难哉！虽当时亦曾有早晚行住，悉听约束，戒彼三人不得别拗之教敕，然而官之所以得治万民，与将之所以得制三军者，以其惟此一人故也。今也一杨志，一都管，又二虞候，且四人矣，以四人而欲押此十一禁军，岂有得乎？《易大传》曰："阳，一君二民，君子之道也；阴，二君一民，小人之道也。"今中书徒以重视十万轻视杨志之故，而曲折计划，既已出于小人之道，而尚望黄泥冈上万无一失，殆必无之理矣。故我谓生辰纲之失，非晁盖八人之罪，亦非十一禁军之罪，亦并非一都管、两虞候之罪，而实皆梁中书之罪也，又奚议焉？又奚议焉？曰：然则杨志即何为而不争之也？圣叹答曰：杨志不可得而争也。夫十万金珠，重物也，不惟大名百姓之髓脑竭，并中书相公之心血竭矣。杨志自惟起于单寒，骤蒙显擢，夫乌知彼之遇我厚者之非独为今日之用我乎？故以十万之故而授统制易，以统制之故而托十万难，此杨志之所深知也。杨志于何知之？杨志知年年根括十万以媚于丈人者，是其人必不能以国士遇我者也。不能以国士遇我，而昔者东郭斗武，一日而逾数阶者，是其心中徒望我今日之出死力以相效耳。譬诸饲鹰喂犬，非不极其恩爱，然彼固断不信鹰之德为凤凰、犬之品为驺虞也。故于中书未拨都管、虞候之先，志反先告相公只须一个人和小人去。夫一个人和小人去者，非请武阳为副，殆请朝恩为监矣。若夫杨志早知人之疑之，而终亦主于必去，则固丈夫感恩知报，凡以酬东郭骤迁之遇耳，岂得已哉！呜呼！杨志其寓言也，古之国家，以疑立监者，比比皆有，我何能遍言之。

看他写杨志忽然肯去，忽然不肯去，忽然又肯去，忽然又不肯去，笔势夭矫，不可捉搦。

看他写天气酷热，不费笔墨，只一句两句便已焦热杀人。古称盛冬挂云汉图，满座烦闷，今读此书，乃知真有是事。

看他写一路老都管掣人肘处，真乃描摹入画。嗟乎！小人习承平之时，忽祸患之事，箕踞当路，摇舌骂人，岂不凿凿可听，而卒之变起仓猝，不可枝梧，为鼠为虎，与之俱败，岂不痛哉！

看他写枣子客人自一处，挑酒人自一处，酒自一处，瓢自一处，虽读者亦几忘其为东溪村中饮酒聚义之人，何况当日身在庐山者耶？耐庵妙笔，真是独有千古。

看他写卖酒人斗口处，真是绝世奇笔。盖他人叙此事至此，便欲骎骎相就，读之，满纸皆似惟恐不得卖者矣。今偏笔笔撒开，如强弓怒马，急不可就，务欲极扳开去，乃至不可收拾，一似惟恐为其买者，真怪事也。

看他写七个枣子客人饶酒，如数鹰争雀，盘旋跳霍，读之欲迷。

话说当时公孙胜正在阁儿里对晁盖说，这北京生辰纲是不义之财，取之

何碍。只见一个人从外面抢将入来，揪住公孙胜道："你好大胆！却才商议的事，我都知了也。"那人却是智多星吴学究。晁盖笑道："教授休取笑，且请相见。"两个叙礼罢，吴用道："江湖上久闻人说入云龙公孙胜一清大名，不期今日此处得会！"晁盖道："这位秀士先生，便是智多星吴学究。"公孙胜道："吾闻江湖上人多曾说加亮先生大名，岂知缘法却在保正庄上得会。只是保正疏财仗义，以此天下豪杰，都投门下。"晁盖道："再有几个相识在里面，一发请进后堂深处相见。"

　　三个人入到里面，就与刘唐、三阮都相见了。众人道："今日此一会，应非偶然，须请保正哥哥正面而坐。"晁盖道："量小子是个穷主人，怎敢占上！"吴用道："保正哥哥年长，依着小生，且请坐了。"晁盖只得坐了第一位，吴用坐了第二位，公孙胜坐了第三位，刘唐坐了第四位，阮小二坐了第五位，阮小五坐第六位，阮小七坐第七位。「可称"晁天王夜梦动天文，东溪村英雄小排座"。」却才聚义饮酒，重整杯盘，再备酒肴，众人饮酌。吴用道："保正梦见北斗七星坠在屋脊上，今日我等七人聚义举事，岂不应天垂象！此一套富贵，唾手而取。前日所说央刘兄去探听路程从那里来，今日天晚，来早便请登程。"公孙胜道："这一事不须去了。贫道已打听知他来的路数了——只是黄泥冈大路上来。"「妙，一者公孙此来不虚，二者省却许多闲手。」晁盖道："黄泥冈东十里路，地名安乐村，有一个闲汉叫做'白日鼠'白胜，也曾来投奔我，我曾赍助他盘缠。"吴用道："北斗上白光，莫不是应在这人？「住。」自有用他处。"「此五字不与上文连说，乃心计之辞。」刘唐道："此处黄泥冈较远，何处可以容身？"吴用道："只这个白胜家，便是我们安身处，亦还要用了白胜。"［此句方明说出来。］晁盖道："吴先生，我等还是软取，［奇文。］却是硬取？"［奇文。］吴用笑道："我已安排定了圈套，只看他来的光景，［行军妙诀，加亮之号不虚也。］力则力取，智则智取。我有一条计策，不知中你们意否？……如此如此。"晁盖听了大喜，攧着脚道："好妙计！不枉了称你做智多星，果然赛过诸葛亮，好计策！"吴用道："休得再提，常言道：'隔墙须有耳，窗外岂无人。'只可你知我知。"晁盖便道："阮家三兄且请回归，至期来小庄聚会；吴先生依旧自去教学；公孙先生并刘唐，只在敝庄权住。"当日饮酒至晚，各自去客房里歇息。

次日五更起来，安排早饭吃了，晁盖取出三十两花银，送与阮家三兄弟道："权表薄意，切勿推却。"三阮那里肯受。吴用道："朋友之意，不可相阻。"三阮方才受了银两。一齐送出庄外来，吴用附耳低言道："……这般这般，至期不可有误。"三阮相别了，自回石碣村去。晁盖留住公孙胜、刘唐在庄上，吴学究常来议事。

话休絮烦。却说北京大名府梁中书，收买了十万贯庆贺生辰礼物完备，选日差人起程。当下一日在后堂坐下，只见蔡夫人问道："相公，生辰纲几时起程？"梁中书道："礼物都已完备，明后日便可起身。只是一件事，在此踌躇未决。"蔡夫人道："有甚事踌躇未决？"梁中书道："上年费了十万贯收买金珠宝贝，送上东京去，只因用人不着，半路被贼人劫将去了，至今无获。今年帐前眼见得又没个了事的人送去，在此踌躇未决。"［多时相望，临用忽复疑之，总视十万重，视杨志轻也。］蔡夫人指着阶下道："你常说这个人十分了得，何不着他，委纸领状，

送去走一遭，不致失误。"

梁中书看阶下那人时，却是青面兽杨志。梁中书踌躇，^{「妙。」}便唤杨志上厅，说道："我正忘了你，你若与我送得生辰纲去，我自有抬举你处。"杨志叉手向前禀道："恩相差遣，不敢不依！只不知怎地打点？几时起身？"^{「第一段，不敢不去。」}梁中书道："着落大名府差十辆太平车子，帐前拨十个厢禁军监押着车，每辆上各插一把黄旗，上写着'献贺太师生辰纲'。每辆车子再使个军健跟着，三日内便要起身去。"杨志道："非是小人推托，其实去不得，乞钧旨别差英雄精细的人去。"^{「第二段，忽然去不得，文势飘忽。」}梁中书道："我有心要抬举你，这献生辰纲的札子内，另修一封书在中间，太师跟前重重保你受道勅命回来，如何倒生支调，推辞不去？"杨志道："恩相在上，小人也曾听得上年已被贼人劫去了，至今未获，今岁途中盗贼又多，此去东京，又无水路，都是旱路。经过的是紫金山、^{「虚。」}二龙山、^{「实。」}桃花山、^{「实。」}伞盖山、^{「虚。」}黄泥冈、^{「实。」}白沙坞、^{「虚。」}野云渡、^{「虚。」}赤松林，^{「实。○数出八处险害，却是四虚四实，然犹就一部书论之也，若只就一回书论之，则是七虚一实耳。」}这几处都是强人出没的去处。更兼单身客人亦不敢独自经过，他知道是金银宝物，如何不来抢劫？枉结果了性命，以此去不得。"梁中书道："恁地时，多着军校防护送去便了。"杨志道："恩相便差一万人去，也不济事。这厮们一声听得强人来时，都是先走了的。"^{「借事说出千古官兵，可恼可笑！言者无罪，闻者足戒。」}梁中书道："你这般地说时，生辰纲不要送去了？"^{「写来天生是梁中书口中语，又写得飘忽。」}杨志又禀道："若依小人一件事，便敢送去。"^{「第三段，依了一件事，又便去得，飘忽之极。眉批：忽然去得，忽然去不得，凡四段，翻腾跳跃，看他却是无中生有。」}梁中书道："我既委在你身上，如何不依你说。"杨志道："若依小人说时，并不要车子，把礼物都装做十余条担子，只做客人的打扮行货，也点十个壮健的厢禁军，却装做脚夫挑着。只消一个人和小人去，〔此语可哀，前评详之矣。〕却打扮做客人，悄悄连夜送上东京交付，恁地时方好。"〔是。〕梁中书道："你甚说得是。我写书呈重重保你受道诰命回来。"杨志道："深谢恩相抬举。"当日〔当日。〕便叫杨志一面打拴担脚，一面选拣军人。

次日，〔次日。〕叫杨志来厅前伺候，梁中书出厅来问道："杨志，你几时起身？"杨志禀道："告复恩相，只在明早准行，就委领状。"梁中书道："夫人也有一担礼物，另送与府中宝眷，也要你领。怕你不知头路，特地再教奶公谢都管，并两个虞候，和你一同去。"〔非真有夫人一担礼物，定少不得也，只为冈上失事，定少不得老都管，则不得已，倒装出一担梯己礼物来。此皆作者苦心也。〕杨志告道："恩相，杨志去不得了。"〔第四段，忽然又去不得了，飘忽如此，异哉！〕梁中书道："礼物都已拴缚完备，如何又去不得？"〔真是奇事。〕杨志禀道："此十担礼物都在小人身上，〔是。〕和他众人，都由杨志，〔是。〕要早行便早行，要晚行便晚行，要住便住，要歇便歇，亦依杨志提调。〔是。〕如今又叫老都管并虞候和小人去，他是夫人行的人，〔闲中捎带一句，千古同笑。〕又是太师府门下奶公，〔又捎带一句。〕倘或路上与小人别拗起来，杨志如何敢和他争执得？〔是。○不惟杨志争执不得，依上二句，想相公亦争执不得。〕若误了大事时，杨志那其间如何分说？"〔是。○一路都是特特写出杨志英雄精细，便把后文许多别拗争执，因而失事，隐隐都算出来，深表杨志不堕七个人计中也。〕梁中书道："这个也容易，我叫他三个都听你提调便了。"杨志答道："若是如此禀过，小人情愿便委领状。倘有疏失，甘当重罪。"梁中书大喜道："我也不枉了抬举你，真个有见识！"随即唤老谢都管并两个虞候出来，当厅分付道："杨志提辖情愿委了一纸领状，监押生辰纲——十一担金珠宝贝，

赴京太师府交割，这干系都在他身上。你三人和他做伴去，一路上早起，「句。」晚行，「句。」住，「句。」歇，「句。」都要听他言语，不可和他别拗。夫人处分付的勾当，你三人自理会，「调侃一句，然却是分外闲笔，以泯自家倒装之迹耳。」小心在意，早去早回，休教有失。"老都管一一都应了。

当日杨志领了，次日早起五更，在府里把担仗都摆在厅前，老都管和两个虞候又将一小担财帛，共十一担，拣了十一个壮健的厢禁军，都做脚夫打扮。杨志戴上凉笠儿，穿着青纱衫子，系了缠带行履麻鞋，跨口腰刀，提条朴刀。老都管也打扮做个客人模样。两个虞候假装做跟的伴当。各人都拿了条朴刀，又带几根藤条。「以备后用。○不是此处放此一句，后来一时如何生得出？」梁中书付与了札付书呈，一行人都吃得饱了，在厅上拜辞了梁中书。看那军人担仗起程，杨志和谢都管、两个虞候监押着，一行共是十五人，离了梁府，出得北京城门，取大路投东京进发。此时正是五月半天气，虽是晴明得好，只是酷热难行。杨志一心要取六月十五日生辰，只得在路上趱行。自离了这北京五七日，端的只是起五更，趁早凉便行，日中热时便歇。「先反衬出一句早行午歇，真是闲心妙笔。」

五七日后，人家渐少，行路又稀，一站站都是山路。杨志却要辰牌起身，申时便歇。「写得前后明画。眉批：第一番。」那十一个厢禁军，「第一段，先写厢禁军。」担子又重，无有一个稍轻，天气热了行不得，见着林子，便要去歇息，杨志赶着催促要行。如若停住，轻则痛骂，重则藤条便打，逼赶要行。「第一段，打骂嗔狠处。」两个虞候「第二段，写两个虞候。」虽只背些包裹行李，也气喘了行不上。杨志也嗔道："你两个好不晓事！这干系须是俺的，你们不替洒家打这夫子，却在背后也慢慢地挨，这路上不是

222

要处！"那虞候道："不是我两个要慢走，其实热了行不动，因此落后。前日只是趁早凉走，如今恁地正热里要行，正是好歹不均匀。"杨志道："你这般说话，却似放屁！前日行的须是好地面，如今正是尴尬去处，若不日里赶过去，谁敢五更半夜走？"两个虞候口里不道，肚中寻思："这厮不直得便骂人。"「第二段。」杨志提了朴刀，拿着藤条，自去赶那担子。

两个虞候坐在柳阴树下，等得老都管来，「第三段，写老都管。○看他三段三样来法。」两个虞候告诉道：「虞候诉都管。」"杨家那厮，强杀只是我相公门下一个提辖，直这般会做大！"老都管道："须是相公当面分付道：休要和他别拗，因此我不做声，这两日也看他不得，权且耐他。"两个虞候道："相公也只是人情话儿，都管自做个主便了。"老都管又道："且耐他一耐。"「第三段。」

当日行到申牌时分，寻得一个客店里歇了。那十一个厢禁军雨汗通流，都叹气吹嘘，对老都管说道：「禁军诉都管。」"我们不幸，做了军健，情知道被差山来，这般火似热的天气，又挑着重担，这两日又不拣早凉行，动不动老大藤条打来，都是一般父母皮肉，我们直恁地苦！"老都管道："你们不要怨怅，巴到东京时，我自赏你。"众军汉道："若是似都管看待我们时，并不敢怨怅。"

又过了一夜。次日天色未明，众人起来，都要乘凉起身去。「写得妙，意中之事，意外之文。」杨志跳起来喝道："那里去！且睡了，「写得妙，递成趣语。」却理会。"众军汉道："趁早不走，日里热时走不得，却打我们。"杨志大骂道："你们省得甚么！"拿了藤条要打，众军忍气吞声，只得睡了。当日直到辰牌时分，慢慢地

〔写得妙。〕打火，吃了饭走，一路上赶打着，不许投凉处歇。那十一个厢禁军口里喃喃呐呐地怨怅，〔一句禁军。〕两个虞候在老都管面前絮絮聒聒地搬口。〔一句虞候。〕老都管听了，也不着意，心内自恼他。〔一句都管。〕

话休絮烦。似此行了十四五日，那十四个人没一个不怨怅杨志。〔如椽之笔。〕当日客店里辰牌时分慢慢地〔妙。〕打火，吃了早饭行，正是六月初四日时节，天气未及晌午，〔先将未午写来，次入正午，便令分寸都出。眉批：第二番。〕一轮红日当天，没半点云彩，其实十分大热。当日行的路，都是山僻崎岖小径，南山北岭，却监着那十一个军汉，约行了二十余里路程。那军人们思量要去柳阴树下歇凉，〔此一段单写军汉，都管、虞候都落在后。〕被杨志拿着藤条打将来，喝道："快走！教你早歇！"众军人看那天时，〔写热却写不尽，写怨怅亦写不尽，陡然写出"看那天时"四字，遂已抵过云汉一篇，真是才子有才子之笔也。〕四下里无半点云彩，其实那热不可当。杨志催促一行人在山中僻路里行，看看日色当午，〔先将未午一段尽情写出炎热之苦，至此处交入正午，只用一句，便接入众人睡倒。行文详细之际，分寸不失。〕那石头上热了，脚疼〔只得一句七个字，而热极之苦描画已尽，叹今人千言之当出也。〕走不得。众军汉道："这般天气热，兀的不晒杀人！"杨志喝着军汉道："快走，赶过前面冈子去，却再理会。"正行之间，前面迎着那土冈子。一行十五人奔上冈子来，歇下担仗，那十四人都去松林树下睡倒了。〔奈何！笔势从上三番赶下来，有天崩地塌之势。〕杨志说道："苦也！这里是甚么去处，你们却在这里歇凉？起来快走！"众军汉道："你便剁做我七八段，其实去不得了！"〔真有此语。〕杨志拿起藤条，劈头劈脑打去。打得这个起来，那个睡倒，〔真有此事。〕杨志无可奈何。

只见两个虞候和老都管气喘急急，也巴到冈子上〔此一段都管、虞候方来。〕松树下坐了喘气。〔巴得他来，却也坐了，真奈何！○写来真有此事。〕看这杨志打那军健，〔八个字活写出心中刺、眼中钉来。〕老都管见了

224

说道："提辖，端的热了走不得，休见他罪过。"杨志道："都管，你不知，这里正是强人出没的去处，地名叫做黄泥冈。闲常太平时节，白日里兀自出来劫人，休道是这般光景，谁敢在这里停脚？"两个虞候听杨志说了，便道："我见你说好几遍了，只管把这话来惊吓人！"〔真有此语。○如国家太平既久，边防渐撒，军实渐废，皆此语误之也。〕

老都管道："权且教他们众人歇一歇，略过日中行，如何？"杨志道："你也没分晓了！如何使得？这里下冈子去，兀自有七八里没人家，甚么去处，敢在此歇凉！"老都管道："我自坐一坐了走，你自去赶他众人先走。"〔其言既不为杨志出力，亦不替众人分辨，而意旨已隐隐一句纵容，一句激变，老奸巨猾，何代无贤。〕

杨志拿着藤条喝道："一个不走的，吃俺二十棍。"众军汉一齐叫将起来，〔"一齐"妙。〕数内一个分说道：〔"一个"妙。〕"提辖，我们挑着百十斤担子，须不比你空手走的，〔真有此语。〕你端的不把人当人！便是留守相公自来监押时，也容我们说一句，〔真有此语。〕你好不知疼痒，只顾逞辩！"杨志骂道："这畜生不恁死俺！只是打便了。"拿起藤条，劈脸又打去。老都管喝道：〔从空忽然插入老都管一喝，借题写出千载说大话人，句句说入神入妙。〕"杨提辖，〔增出一"杨"字，其辞甚厉。〕且住！你听我说，〔二句六字，其辞甚厉，"你听我说"四厉，"你听我说"四字，写老奴托大，声色俱有。〕我在东京太师府里做奶公时，〔吓杀丑杀，可笑可恨。○一句十二字，作两半句读，我在东京太师府里，何等轩昂！做奶公时，何等出丑！然狐辈每每自谓得志，乐道不绝。〕门下军官见了无千无万，〔四字可笑，说大话人每用之。〕都向着我喏喏连声。〔太师威焰，众官谄佞，奴才放肆，一语遂写尽之。〕不是我口浅，〔老奴真有此语，〕量你是个遭死的军人，〔第一句，说破杨志恶极，〕不是提辖，〔第二句，说提辖实是我家所与，恶极。〕相公可怜抬举你做个提辖，比得芥菜子大小的官职，〔第三句，说杨志即使是个提辖，亦只比之芥子，恶极。〕直得恁地逞能！〔已上骂杨志，已下说自家，妙绝。〕休说我是相公家都管，〔一句自夸贵。〕便是村庄一个老的，〔一句自夸老。○看他说来便活是老奴声口，尤妙在反借"村庄"二字，直显出太师府来，如云休说相公家都管，便是村庄一老，亦〕

225

也合依我劝一劝，只顾把他们打，是何看待？"杨志道："都管，你须是城市里人，生长在相府里，那里知道途路上千难万难。"老都管道："四川、两广也曾去来，不曾见你这般卖弄。"杨志道："如今须不比太平时节。"都管道："你说这话，该剜口割舌，今日天下怎地不太平？"

杨志却待要回言，只见对面松林里影着一个人，在那里舒头探脑价望，杨志道："俺说甚么，兀的不是歹人来了！"撇下藤条，拿了朴刀，赶入松林里来，喝一声道："你这厮好大胆，怎敢看俺的行货！"赶来看时，只见松林里一字儿摆着七辆江州车儿，六个人脱得赤条条的，在那里乘凉，一个鬓边老大一搭朱砂记，拿着一条朴刀。见杨志赶入来，七个人齐叫一声"阿也！"都跳起来。杨志喝道："你等是甚么人？"那七人道："你是甚么人？"杨志又问道："你等莫不是歹人？"那七人道："你颠倒问，我等是小本经纪，那里有钱与你？"杨志道："你等小本经纪人，偏俺有大本钱！"那七人问道："你端的是甚么人？"杨志道："你等且说那里来的人？"那七人道："我等弟兄七人，是濠州人，贩枣子上东京去，路途打从这里经过，听得多人说这里黄泥冈上时常有贼打劫客商。我等一面走，一头自说道：'我七个只有些枣子，别无甚财货，只顾过冈子来。'上得冈子，当不过这热，权且在这林子里歇一歇，待晚凉了行。只听得有人上冈子来，我们只怕是歹

226

人，因此使这个兄弟出来看一看。"杨志道："原来如此，也是一般的客人。[过几日便一般矣，今日殊未。]却才见你们窥望，惟恐是歹人，因此赶来看一看。"那七个人道："客官请几个枣子了去。"[无有一见即请吃枣之理，只为下文过酒用着枣子，故于此处先出一句，以见另有散枣也。]杨志道："不必。"提了朴刀，再回担边来。老都管坐着道："既是有贼，我们去休。"["坐着道"，则明明听得非贼矣，却偏要还话，恶极。]杨志说道："俺只道是歹人，原来是几个贩枣子的客人。"老都管别了脸对众军道："似你方才说时，他们都是没命的！"[老奴恶极。]杨志道："不必相闹，俺只要没事便好。你们且歇了，等凉些走。"众军汉都笑了。[分明老奴所使，写得活画。〇凡老奸巨猾之人，欲排陷一人，自却不笑，而偏能激人使笑，皆如此奴矣，于国于家，何处无之。]杨志也把朴刀插在地上，自去一边树下坐了歇凉。[上文杨志如此赶打，至此亦便坐了歇凉。中间有老大用笔不得处，须看其逐递卸来。]

没半碗饭时，只见远远地一个汉子挑着一副担桶，唱上冈子来，唱道：

赤日炎炎似火烧，野田禾稻半枯焦。

农夫心内如汤煮，公子王孙把扇摇！[挑酒人唱歌，此为第三首矣。然第一首有第一首妙处，为其恰好唱入鲁智深心坎也。第二首有第二首妙处，为其恰好唱出崔道成事迹也。今第三首又有第三首妙处，为其恰好唱入众军汉耳朵也。作书者虽一歌不欲轻下如此，如之何读书者之多忽之也？〇上二句盛写大热之苦，下二句盛写人之不相体悉，犹言农夫当午在田，背焦汗滴，彼公子王孙深居水殿，犹令侍人展扇摇风，盖深喻众军身负重担，反受杨志空身走者打骂也。]

那汉子口里唱着，走上冈子来，松林里头歇下担桶，坐地乘凉。众军看见了，便问那汉子道："你桶里是甚么东西？"那汉子应道："是白酒。"众军道："挑往那里去？"那汉子道："挑出村里卖。"众军道："多少钱一桶？"那汉子道："五贯足钱。"众军商量道："我们又热又渴，何不买些吃，也解暑

气。"正在那里凑钱，〖如画。〗杨志见了，喝道："你们又做甚么？"众军道："买碗酒吃。"杨志调过朴刀杆便打，骂道："你们不得洒家言语，胡乱便要买酒吃，好大胆！"众军道："没事又来鸟乱！我们自凑钱买酒吃，干你甚事？也来打人！"杨志道："你这村鸟，理会得甚么！到来只顾吃嘴！全不晓得路途上的勾当艰难，多少好汉被蒙汗药麻翻了！"那挑酒的汉子看着杨志冷笑道：〖写得好。眉批：凡此以下，皆花攒锦凑、龙飞凤舞之文，须要逐递逐句细细看去。〗"你这客官好不晓事！〖句。〗早是我不卖与你吃，〖句。〗却说出这般没气力的话来！"〖句。○三句三折，不烦不简，妙绝。〗

正在松树边闹动争说，〖疾。〗只见对面松林里那伙贩枣子的客人，都提着朴刀走出来，问道："你们做甚么闹？"〖却做提防光景，妙。〗那挑酒的汉子道："我自挑这酒过冈子村里卖，热了，在此歇凉，〖"我自"妙，非我自挑酒，乃我自歇凉也。要知此是十七字为句，不得读断。〗他众人要问我买些吃，〖"他众人要问我"，妙。〗我又不曾卖与他；〖"我又不曾"，妙。〗这个客官〖"这个客官"，妙。深怪之辞。〗道我酒里有甚么蒙汗药，〖"甚么"，妙。〗你道好笑么？〖"你道"，妙。〗说出这般话来！"〖"这般"，妙。○凡七句，句句入妙，读之真欲入其玄中。〗那七个客人说道："呸！我只道有歹人出来，原来是如此，〖一接一落，飘忽之极。〗说一声也不打紧。〖只解一句，如不相关者，下便疾入买酒，真是声情俱有。〗我们正想酒来解渴，既是他们疑心，且卖一桶与我们吃。"〖"他们""我们"，妙。〗那挑酒的道："不卖！不卖！"〖故作奇波。〗这七个客人道："你这鸟汉子也不晓事，我们须不曾说你。〖"也不晓事"，妙。上文挑酒者骂杨志不晓事，故此反骂之云"也不晓事"，接口成文，转笔如戏。〗你左右将到村里去卖，一般还你钱，便卖些与我们，打甚么不紧？看你不道得舍施了茶汤，便又救了我们热渴。"〖此二语之妙，不惟说过卖酒者，亦已罩定杨志矣。〗那挑酒的汉子便道："卖一桶与你，不争，只是被他们说的不好，〖此语虽有余恨未平，然只是带说，看他疾入下句。〗又没碗瓢舀吃。"〖疾入此一句妙！又确是村里去卖的酒。〗那七人道："你这汉子忒认真，便说了一声，打甚么不紧？〔再为杨志解一句，不使疾入椰瓢，真乃刀利如风！〕我们自有椰瓢在这里。"〔疾。〕只见两个客人去车子前取出两个椰瓢来，〔明明瓢之与酒从两处来。〕一个捧出一大捧枣子来，七个人立在桶边，〔欲其见之，妙绝。〕开了桶盖，轮替换着舀那酒吃，把枣子过口。无一时，一桶酒都吃尽了。七个客人道："正不曾问得你多少价钱？"〔何必不问价，只为留得此句作饶酒地也。〕那汉道："我一了不说价，〔"一了"二字妙绝，确是向村里主顾分说，忘其为过路客人，入神之笔也。〕五贯足钱一桶，十贯一担。"七个客人道："五贯便依你五贯，只饶我们一瓢吃。"〔只用一"饶"字，便忽接入第二桶，奇计亦复奇文。〕那汉道："饶不得，做定的价钱。"〔"做定"妙。〕一个客人把钱还他，〔一个还钱。〕一个客人便去揭开桶盖，兜了一瓢，拿上便吃，〔一个便吃，以示无他。〕那汉去夺时，这客人手拿半瓢酒，望松林里便走，那汉赶将去。只见这边一个客人从松林里走将出来，手里拿一个瓢，便来桶里舀了一瓢酒，〔一个然后下药。〕那汉看见，抢来劈手夺住，〔妙。〕望桶里一倾，〔妙。〕便盖了桶盖，〔妙。〕将瓢望地下一丢，〔妙。〕口里说道：〔妙。〕"你这客人好不君子相！戴头识脸的，也这般啰唣！"〔住。〇一段有山雨欲来风满楼之势。眉批：此一段读者眼中有七手八脚之劳，作者腕下有细针婉线之妙，真是不慌不忙，有庠有序之文。〕

那对过众军汉见了，〔疾接过，妙笔。〕心内痒起来，都待要吃，数中一个看着老都管道：〔如画。〕"老爷爷与我们说一声，那卖枣子的客人买他一桶吃了，我们胡乱也买他这桶吃，润一润喉也好。其实热渴了，没奈何。这里冈子上又没讨水吃处，老爷方便。"〔单说枣子客人买过一桶，不说又饶一瓢，写众军是众军。〕老都管见众军所说，自心里也要吃得些，竟来对杨志说："那贩枣子客人已买了他一桶吃，只有这一桶，胡乱教他们买吃了避暑气，冈子上端的没处讨水吃。"〔亦单说枣子客人买过一桶，不说又饶一瓢，写老儿是老儿。〕杨志寻思道："俺在远处望这厮们〔闲处写出杨志半日英雄精细。〕都买他的酒吃了，那

229

桶里当面也见吃了半瓢，想是好的。〔独说那桶当面亦吃过一瓢，表出杨志英雄精细，超过众人万倍。〕打了他们半日，胡乱容他买碗吃罢。"杨志道："既然老都管说了，教这厮们买吃了，便起身。"〔三字衬后"起不来，挣不动，说不得"九字，以为一笑。〕

众军健听了这话，凑了五贯足钱，来买酒吃。那卖酒的汉子道："不卖了！不卖了！这酒里有蒙汗药在里头！"〔故作奇波。○前七个人买时作此一波，实是无药好酒，故成奇趣；今十五个人买时作此一波，酒中却已有药，故又成奇趣。盖虽一样波折，而有两样翻涌也。〕众军陪着笑说道："大哥直得便还言语！"那汉道："不卖了！休缠！"〔波头只是翻涌不肯便落，妙。〕这贩枣子的客人劝道：〔用七个人劝，妙。〕"你这个鸟汉子，他也说得差了，〔一句。○是杨志。〕你也忒认真！〔一句。○是卖酒人。〕连累我们也吃你说了几声。〔一句。○是七人。〕须不关他众人之事，〔一句。○是众军。〕胡乱卖与他众人吃些。"那汉道："没事讨别人疑心做甚么？"〔波头只是不落，妙。〕这贩枣子客人把那卖酒的汉子推开一边，只顾将这桶酒提与众军去吃。〔龙跳虎卧之才，有此一笔，不然，则众军夺吃既不好，白胜肯卖又不好也。〕那军汉开了桶盖，无甚舀吃，〔八个字，写出妙景。○一桶酒，一个桶盖，十四个人，十四双眼，二十八只手，绝倒。〕陪个小心，问客人借这椰瓢用一用。〔绝倒。〕众客人道："就送这几个枣子与你们过酒。"〔借瓢送枣，疏宕有致。〕众军谢道："甚么道理。"客人道："休要相谢，都是一般客人，何争在这百十个枣子上。"〔只争十一担金珠耳。〕众军谢了，先兜两瓢，〔匆匆中写来有体。〕叫老都管吃一瓢，杨提辖吃一瓢，杨志那里肯吃。〔写杨志英雄精细，固也，然杨志即使肯吃，亦不得于此处他肯吃，何也？从来叙事之法，有宾有主，有虎有鼠。夫杨志虎也，主也，彼老都管与两虞候，特宾也，鼠也。设叙事者于此不分宾主，不辨虎鼠，杂然写作老都管、杨志一瓢，两个虞候一瓢，众军汉各一瓢，将何以表其为杨志哉！故于此处特特勒出一句不吃，夫然后下文另自写来，此固史家叙事之体也。〕老都管自先吃了一瓢，两个虞候各吃一瓢。众军汉一发上，那桶酒登时吃尽了。杨志见众人吃了无事，自本不吃，一者天气甚热，二乃口渴难熬，拿起来只吃了一半，〔另自写，又写得曲折夭娇。〕枣子分几个吃了。那卖酒的汉子说

230

道："这桶酒被那客人饶一瓢吃了，少了你些酒，我今饶了你众人半贯钱罢。"「不惟尚有闲力寓此闲文，亦借半贯钱，映衬出十万贯金珠，以为一笑也。」众军汉凑出钱来还他。那汉子收了钱，挑了空桶，依然唱着山歌，自下冈子去了。「写出即溜。」

那七个贩枣子的客人，立在松树傍边，指着这一十五人说道："倒也！倒也！"只见这十五个人头重脚轻，一个个面面厮觑，都软倒了。那七个客人从松树林里推出这七辆江州车儿，把车子上枣子都丢在地上，「何争在这几个枣子，适已言之矣。」将这十一担金珠宝贝都装在车子内，遮盖好了，叫声聒噪，「四字绝倒。○一十五人应应之云：厚扰。」一直望黄泥冈下推去了。杨志口里只是叫苦，软了身体，挣扎不起；十五人眼睁睁地看着那七个人，「写来妙绝，三十只眼，看十四只脚去了。」都把这金宝装了去，只是起不来，挣不动，说不得。「九字妙文。」我且问你，这七人端的是谁？「奇笔。○如杜诗题下，亦有公自注也。」不是别人，原来正是晁盖、吴用、公孙胜、刘唐、三阮这七个。「明画。」却才那个挑酒的汉子，便是白日鼠白胜。「明画。」却怎地用药？原来挑上冈子时，两桶都是好酒。七个人先吃了一桶，「明画。」刘唐揭起桶盖，又兜了半瓢吃，故意要他们看着，只是叫人死心塌地。「明画。」次后吴用去松林里取出药来，抖在瓢里，只做走来饶他酒吃，把瓢去兜时，药已搅在酒里，「明画。」假意兜半瓢吃，那白胜劈手夺来倾在桶里，「明画。」这个便是计策。那计较都是吴用主张，这个唤做"智取生辰纲"。「直解至题。」

原来杨志吃的酒少，便醒得快，爬将起来，「前文杨志也吃酒，只吃得一半，我谓既已吃矣，何争一半，及读至此，始知前文吃少之妙，便于十五人中，先提出杨志，不与彼十四者聚头作计，烦恼不已也。」兀自捉脚不住。看那十四个人时，「先看一看。」口角流涎，都动不得，杨志愤闷道："不争你把了生辰纲去，教俺如何回去见得梁中书？这纸领状须缴不得，就扯破了。「领状。」如今闪得俺有家难奔，有国难投，待走那里去？不如就这冈子上寻个死处。"撩衣破步，望着黄泥冈下便跳。「岂有杨志如此，只是作者要住得怕人耳。」 正是：断送落花三月雨，摧残杨柳九秋霜。毕竟杨志在黄泥冈上寻死，性命如何，且听下回分解。

【第十六回】

花和尚单打二龙山

青面兽双夺宝珠寺

　　一部书将网罗一百八人而贮之山泊也，将网罗一百八人而贮之山泊，而必一人一至朱贵水亭，一人一段分例酒食，一人一枝号箭，一人一次渡船，是亦何以异于今之贩夫之唱筹量米之法也者，而以夸于世曰才子之文，岂其信哉？故自其天降石碣大排座次之日视之，则彼一百八人，诚已齐齐臻臻，悉在山泊矣。然当其一百八人，犹未得而齐齐臻臻悉在山泊之初，此时譬如大珠小珠，不得玉盘，迸走散落，无可罗拾。当是时，殆几非一手二手之所得而施设也。作者于此，为之踌躇，为之经营，因忽然别构一奇，而控扭鲁、杨二人，藏之二龙，俟后枢机所发，乘势可动，夫然后冲雷破壁，疾飞而去。呜呼！自古有云：良匠心苦。洵不诬也。

　　鲁达，一孽龙也；杨志，又一孽龙也。二孽龙同居一水，独不虞其斗乎？作者亦深知其然，故特于前文两人出身下，都预写作关西人，亦以望其有乡里之情也。虽然，以鲁达、杨志二人而望其以乡里为投分之故，此倍难矣。以鲁达、杨志二人，而诚肯以乡里之故而得成投分，然则何不生于关西，长于关西，老死于关西，而又必破闲啮枒而至于斯也？破闲啮枒以至于斯，而尚思以"关西"二字羁之使合，是犹以藕丝之轻，絷二孽龙，必不得之数耳。作者又深知其然，故特提操刀曹正，大书为林冲之徒，曹正贯索在手，而鲁、杨孽龙弭首帖尾，不敢复动。无他，天下怪物自须天下怪宝镇之，则读此篇者，其胡可不知林冲为禹王之金锁也？

　　顷我言此篇之中，虽无林冲，然而欲制毒龙，必须禹王金锁，所以林冲独为一篇纲领之人，亦既论之详矣。乃今我又欲试问天下之读《水浒》者，亦尝知此篇之中，为止二龙，为更有龙？为止一锁，为更有锁？为止一贯索奴，为更有贯索奴耶？孔子曰：举此隅，不以彼隅反，则不复说。然而我终亦请试言之。夫鲁达、杨志双居珠寺，他日固又有武松来也。夫鲁达一孽龙也，武松又一孽龙也。鲁、杨之合也，则锁之以林冲也，曹正其贯索者也。若鲁、武之合也，其又以何为锁，以谁为贯索之人乎哉？曰：而不见夫鲁达自述孟州遇毒之事乎？是事也，未尝见之于实事也，第一叙之于鲁达之口，

水滸傳第十七回宋公明私放晁天王 壬午馬年秋日嘉石陵筆戴敦邦於瀘上瀆河畔

一叙之于张青之口，如是焉耳。夫鲁与武即曾不相遇，而前后各各自到张青店中，则其贯索久已各各入于张青之手矣。故夫异日之有张青，犹如今日之有曹正也。曰：张青犹如曹正，则是贯索之人诚有之也，锁其奈何？曰：诚有之，未细读耳。观鲁达之述张青也，曰：看了戒刀吃惊。至后日张青之赠武松也，曰：我有两口戒刀，其此物此志也。鲁达之戒刀也，伴之以禅杖，武松之戒刀也，伴之以人骨念珠。此又作者故染间色，以眩人目也。不信，则第观武松初过十字坡之时，张青夫妇与之饮酒至晚，无端忽出戒刀，互各惊赏，此与前文后文悉不连属，其为何耶？嗟乎！读书随书读，定非读书人，即又奚怪圣叹之以钟期自许耶？

　　杨志初入曹正店时，不必先有曹正之妻也。自杨志初入店时，一写有曹正之妻，而下文遂有折本入赘等语，纠缠笔端，苦不得了，然而不得已也。何也？作者之胸中，夫固断以鲁、杨为一双，锁之以林冲，贯之以曹正，又以鲁、武为一双，锁之以戒刀，贯之以张青，如上所云矣。然而其事相去越十余卷，彼天下之人方且眼小如豆，即又乌能凌跨二三百纸，而得知其文心照耀，有如是之奇绝横极者乎？故作者万无如何，而先于曹正店中凭空添一妇人，使之特与张青店中仿佛相似，而后下文飞空架险，结撰奇观，盖才子之才，实有化工之能也。

　　鲁、杨一双以关西通气，鲁、武一双以出家逗机，皆惟恐文章不成篇段耳。

　　读至末幅，已成拖尾，忽然翻出何清报信一篇有哭有笑文字，遂使天下无兄弟人读之心伤，有兄弟人读之又心伤，谁谓稗史无劝惩乎？

　　话说杨志当时在黄泥冈上，被取了生辰纲去，如何回转去见得梁中书，欲要就冈子上自寻死路。却待望黄泥冈下跃身一跳，猛可醒悟，拽住了脚，

「败子回头，忠臣惜死，皆有此八个字。」寻思道："爹娘生下洒家，堂堂一表，凛凛一躯，自小学成

十八般武艺在身，终不成只这般休了。〔杨志语。〕比及今日寻个死处，不如日后等他拿得着时，却再理会。"回身再看那十四个人时，〔再看一看。〕只是眼睁睁地看着杨志，〔妙言奇趣，令人绝倒。○本是杨志看十四个人也，却反看出十四个人看杨志来，两"看"字，写得睁睁可笑。〕没个挣扎得起。杨志指着骂道："都是你这厮们不听我言语，因此做将出来，连累了洒家。"树根头拿了朴刀，挂了腰刀，周围看时，别无物件。〔止有满地枣子，写来绝倒。○此句先为赊酒作地。〕杨志叹了口气，一直下冈子去了。〔上文一路写来，都在杨志分中，此忽然写出"去了"二字，却似在十四人分中者，当知此句，真有移云接月之巧。盖杨志一路自去，固也，然冈上十四人，一夜毕竟作何情状，不争只要写杨志，却至后日重又追叙今夜耶？轻轻于杨志文尾，用"去了"二字，便令杨志自去，而读者眼光自住冈上，重复发放此十四人，此皆作者着乖处、偷力处，须要一一知其笔踪墨迹，毋为昔人所瞒，如是，始谓之善读书人也。○看他午间二十三个人在冈上，何等热闹，却一个人去了，又七个人去了，又一个人也去了，又十四个人也都去了，写得可发一笑。又想他连日十五个人，于路百般斗口，却一个人先去了，十四个人也都去了，写得又好笑，又好哭也。〕

　　那十四个人，直到二更，方才得醒，一个个爬将起来，〔不图一坐直坐到恁地凉快。〕口里只叫得连珠箭的苦。老都管道："你们众人不听杨提辖的好言语，今日送了我也！"众人道："老爷，今日事已做出来了，且通个商量。"老都管道："你们有甚见识？"众人道："是我们不是了。古人有言：'火烧到身，各自去扫；蜂虿入怀，随即解衣。'若还杨提辖在这里，我们都说不过；如今他自去得不知去向，我们回去见梁中书相公，何不都推在他身上？只说道：'他一路上，凌辱打骂众人，逼迫得我们都动不得。他和强人做一路，把蒙汗药将俺们麻翻了，缚了手脚，将金宝都掳去了。'"老都管道："这话也说得是。我们等天明，先去本处官司首告。留下两个虞候，随衙听候，捉拿贼人。我等众人，连夜赶回北京，报与本官知道，教动文书，申复太师得知，着落济州府，追获这伙强人便了。"次日天晓，老都管自和一行人来济州府该管官吏

首告，不在话下。「此时冈上，止
剩一堆枣子矣。」

且说杨志提着朴刀，闷闷不已，离黄泥冈，望南行了半夜，去林子里
歇了，寻思道："盘缠又没了，举眼无个相识，却是怎地好？"渐渐天色明
亮，只得趁早凉了行。又走了二十余里，杨志走得辛苦，到一酒店门前。杨
志道："若不得些酒吃，怎地打熬得过？"便入那酒店去，向这桑木桌凳座
头上坐了，「写英雄无赖，却写出身边倚了朴刀。「处处写倚朴刀，偏于今日加"身边"二
他没意思来，妙笔。」字，以便吃毕便走，写英雄无赖好笑。」
只见灶边一个妇人问道：「此"妇人"二字，遥遥直与后武松文中，"客官莫不要打火？"
十字坡张青浑家母夜叉作对，岂不怪哉！」
杨志道："先取两角酒来吃，借些米来做饭，有肉安排些个，「一句酒、一句饭、
一句肉，一直都说出
来，更不次第，写得
无赖，又写得可怜。」少停一发算钱还你。"只见那妇人先叫一个后生来面前筛酒，
一面做饭，一边炒肉，「亦用三句一叠法，叠成奇都把来杨志吃了。杨志起身，绰
势，使下文走得迅疾可笑。」
了朴刀，便出店门。「写出无那妇人道："你的酒肉饭钱都不曾有！"杨志道：
赖可笑。」
"待俺回来还你，权赊咱一赊。"「人。」说了便走。「又无赖，又没意
思，真是写出可怜。」

那筛酒的后生赶将出来，揪住杨志，被杨志一拳打翻了。那妇人叫起屈
来。杨志只顾走，「又无赖，只听得背后一个人赶来，叫道："你那厮走那里
又可怜。」
去！"杨志回头看时，那人大脱着膊，「六月。」拖着杆棒，抢奔将来。杨志道：
"这厮却不是晦气，倒来寻洒家！"立脚住了不走。看后面时，那筛酒后生
也拿条榀叉，随后赶来，「村。」又引着三两个庄客，各拿杆棒飞也似都奔将来。
「村。」杨志道："结果了这厮一个，那厮们都不敢追来。"便挺了手中朴刀来斗
这汉。这汉也轮转手中杆棒，抢来相迎。两个斗了三二十合，这汉怎地敌得
杨志，只办得架隔遮拦，上下躲闪。那后来的后生并庄客，却待一发上，只

见这汉托地跳出圈子外来叫道："且都不要动手！兀那使朴刀的大汉，你可通个姓名。"那杨志拍着胸，「是杨志，他人不然。」道："洒家行不更名，坐不改姓，青面兽杨志的便是！"这汉道："莫不是东京殿司杨制使么？"杨志道："你怎地知道洒家是杨制使？"这汉撇了枪棒，便拜道："小人有眼不识泰山。"杨志便扶这人起来，问道："足下是谁？"这汉道："小人原是开封府人氏，乃是八十万禁军都教头林冲的徒弟，「安见曹正之必为林冲之徒，特是杨志曾与林冲水泊交手，则此处不问其为谁人，定不得不是林冲之徒，此文章家结撰之法也。」姓曹，名正，祖代屠户出身。小人杀的好牲口，挑筋剐骨，开剥推剥，只此被人唤做'操刀鬼'。为因本处一个财主，将五千贯钱，教小人来此山东做客，不想折了本，回乡不得，在此入赘在这个庄农人家。却才灶边妇人，便是小人的浑家。这个拿梜叉的，便是小人的妻舅。却才小人和制使交手，见制使手段和小人师父林教师一般，「轻轻将水泊雪中一番交手提出来，真有飞针走线之法。林教头有此阿徒，不俗不俗。」因此抵敌不住。"杨志道："原来你却是林教师的徒弟，你的师父被高太尉陷害，落草去了。如今见在梁山泊。"「反寄一信，遂觉亲热。」曹正道："小人也听得人这般说将来，未知真实。且请制使到家少歇。"

杨志便同曹正再回到酒店里来。曹正请杨志里面坐下，叫老婆和妻舅都来拜了杨志，「好笑！」一面再置酒食相待。饮酒中间，曹正动问道："制使缘何到此？"杨志把做制使失陷花石纲，并如今又失陷了梁中书的生辰纲一事，从头备细告诉了。曹正道："既然如此，制使且在小人家里住几时，再有商议。"杨志道："如此却是深感你的厚意。只恐官司追捕将来，不敢久住。"曹正道："制使这般说时，要投那里去？"杨志道："洒家欲投梁山泊，去寻你师父林教头。「投梁山泊去，却是寻林教头，英雄眼里心里，真有筋力。○武师方在庑下，而海内之士已隐然归之，彼堂上者，尸居余气，何足道哉！」俺先前在那里经过时，正撞着他下山来，与洒家交手。王伦见了俺两个本事一般，因此都留在山寨里相会，以此认得你师父林冲。王伦当初苦苦相留，俺却不肯落草，如今脸上又添了金印，却去投奔他时，好没志气。因此踌躇未决，进退两难。"曹正道："制使见得是。小人也听的人传说王伦那厮，心地扁窄，安不得人，说我师父林教头上山时，受尽他的气。不若小人此间离不远，却是青州地面，有座山，唤做二龙山，山上有座寺，唤做宝珠寺。那座山生来却好，裹着这座寺，只有一条路上得去。如今寺里住持还了俗，养了头发，余者和尚都随顺了。「特写和尚还俗做强盗，便衬出英雄削发做和尚来，故知此语非表邓龙脚色，乃作鲁达渲染也。不然者，几成剩语矣。」说道他聚集的四五百人，打家劫舍。那人唤做"金眼虎"邓龙。制使若有心落草时，到去那里入伙，足可安身。"杨志道："既有这个去处，何不去夺来安身立命？"

当下就曹正家里住了一宿，借了些盘缠，拿了朴刀，相别曹正，拽开脚步，投二龙山来。行了一日，看看渐晚，却早望见一座高山。杨志道："俺去林子里且歇一夜，明日却上山去。"转入林子里来，吃了一惊。只见一个胖大和尚，「杨志实吃一惊，读者却满面堆下笑来，道师兄久别，一向何处？」脱得赤条条的，背上刺着花绣，坐在松树根头乘凉。「六月。」那和尚见了杨志，就树根头绰了禅杖，跳将起来，大喝道："兀那撮鸟，你是那里来的？"杨志听了道："原来也是关西和尚。俺和他是乡中，问他一声。"「两汉相遇，已如两峰对插，两兽齐搏矣，偏要先通此一线，把杨志略一放倒，便让出鲁达头来。及至斗到四五十合，却又先是鲁达叫住，则又放倒鲁达，仍收回杨志本文，此史家相让之法也。」杨志叫道："你是那里来的僧人？"那和尚也不回说，抢起手中禅杖，只顾打来。「久别师兄，便失记成仪矣。一句写来，不觉全身都现。」杨志道："怎奈这秃厮无礼，

且把他来出口气！"挺起手中朴刀，来奔那和尚。两个就林子里，一来一往，一上一下，两个放对。直斗到四五十合，不分胜败。那和尚卖个破绽，托地跳出圈子外来，喝一声："且歇！"〔师兄威仪，诚乃可爱，可惜久别，几至忘之。○写鲁达仍旧是鲁达，妙笔。〕两个都住了手。杨志暗暗地喝采道："那里来的这个和尚，真个好本事，手段高！俺却刚刚地只敌得他住！"〔鲁达本事，前林冲叹之矣，今杨志又叹之。至云自己刚刚敌得他住，则是杨志本事，林冲叹之，鲁达叹之，杨志亦自叹之也。〕那和尚叫道："兀那青面汉子，你是甚么人？"杨志道："洒家是东京制使杨志的便是。"那和尚道："你不是在东京卖刀杀了破落户牛二的？"杨志道："你不见俺脸上金印？"那和尚笑道："却原来在这里相见。"杨志道："不敢问师兄却是谁？缘何知道洒家卖刀？"那和尚道："洒家不是别人，俺是延安府老种经略相公帐前军官鲁提辖的便是。为因三拳打死了镇关西，却去五台山净发为僧。人见洒家背上有花绣，都叫俺做'花和尚'鲁智深。"杨志笑道："原来是自家乡里，俺在江湖上多闻师兄大名。听得说道，师兄在大相国寺里挂搭，如今何故来在这里？"鲁智深道："一言难尽。洒家在大相国寺管菜园，遇着那豹子头林冲〔陡然又提出林冲来。○林冲实不在此书中，而忽然生出曹正自称林冲徒弟，于是杨志自述遇见林冲，鲁达又述遇见林冲，一时遂令林冲身虽不在，而神采奕奕，兼使杨、鲁二人，遂得加倍亲热，不独以同乡为投分也。此譬如二龙性各不驯，必得禹王金锁，方得制之一处。今杨志、鲁达如二孽龙，必不能，作者凭空以林冲为之金锁，而又巧借曹正以为贯索之蛮奴。呜呼！二龙之居一山，其锁乃遥在水泊，试思作者之胸中，其才调为何如也！〕被高太尉要陷害他性命，俺却路见不平，直送他到沧州，救了他一命。不想那两个防送公人回来，对高俅那厮说道：'正要在野猪林里结果林冲，却被大相国寺鲁智深救了。那和尚直送到沧州，因此害他不得。'这直娘贼恨杀洒家，分付寺里长老不许俺挂搭，又差人来捉洒家，却得一伙泼皮通报，不曾着了那厮的手。吃俺一把火烧了

240

那菜园里廨宇，「前文林冲到沧州，公人回来，未有下落；鲁达松林中别了林冲，重到不重到菜园，未有下落。却于此处补完，妙绝。」逃走在江湖上，东又不着，西又不着。来到孟州十字坡过，险些儿被个酒店里妇人害了性命，把洒家着蒙汗药麻翻了。得他的丈夫归来得早，见了洒家这般模样，又看了俺的禅杖、戒刀吃惊，「此一句作者直抵上文"林冲"二字用，其精神气色，有跌跃掷霍之势，不望读者能自知之，但望读者能牢记之足矣。○牢记此句，俟后武松文中对看见。」连忙把解药救俺醒来。因问起洒家名字，留住俺过了几日，结义洒家做了弟兄。那人夫妻两个，亦是江湖上好汉有名的，都叫他做'菜园子'张青，「出一菜园，遇一菜园，点笔成趣。」其妻'母夜叉'孙二娘，甚是好义气。一住四五日，「如此一段奇文，却不正写，只用两番口中叙述而出，此非为鲁达已于此地得遇杨志，苟欲追记，则笔墨辽远，苟不追记，则情事疏漏，于是不得已，而勉出于口中叙述，以图草草塞责也。盖杨志、鲁达，各自千里怒龙，遥遥奔赴，却被曹正轻轻闪出林冲，锁住一处，固已。乃今作者胸中，已预欲为武松作地。夫武松之于鲁达，亦复千里二龙，遥遥奔赴，今欲锁之，则仗何人锁之，复用何法锁之乎？预藏个张青夫妇，以为贯索之蛮奴，而反以禅杖戒刀为金锁。呜呼！作者胸中之才调，为何如也！」打听得这里二龙山宝珠寺可以安身，洒家特地来奔那邓龙入伙。叵耐那厮不肯安着洒家在这山上，和俺厮并，又敌洒家不过，只把这山下三座关，牢牢地拴住。又没别路上去，那撮鸟由你叫骂，只是不下来厮杀，气得洒家正苦在这里没个委结，「既用林冲作锁，便务要写得与林冲一般。」不想却是大哥来。"

杨志大喜。两个就林子里剪拂了，就地坐了一夜。杨志诉说卖刀杀死了牛二的事，并解生辰纲失陷一节，都备细说了。又说曹正指点来此一事，便道："既是闭了关隘，俺们住在这里，如何得他下来？不若且去曹正家商议。"

两个厮赶着行离了那林子，来到曹正酒店里。杨志引鲁智深与他相见了，曹正慌忙置酒相待，商量要打二龙山一事。曹正道："若是端的闭了关时，休说道你二位，便有一万军马，也上去不得。「非赞邓龙之二龙山，赞杨、鲁之二龙山也。」似此只可智

取，不可力求。"鲁智深道："叵耐那撮鸟，初投他时，只在关外相见。因不留俺，厮并起来，那厮小肚上，被俺一脚点翻了。却待要结果了他性命，被他那里人多，救了上山去，闭了这鸟关，由你自在下面骂，只是不肯下来厮杀。"杨志道："既然好去处，俺和你如何不用心去打！"鲁智深道："便是没做个道理上去，奈何不得他！"

曹正道："小人有条计策，不知中二位意也不中？"〔眉批：一路皆听曹正处画，明曹正为二汉之斗笋合缝人也。〕杨志道："愿闻良策则个。"曹正道："制使也休这般打扮，只照依小人这里近村庄家穿着。小人把这位师父禅杖、戒刀，都拿了，却叫小人的妻弟，带几个火家，直送到那山下，把一条索子绑了师父——小人自会做活结头。却去山下叫道：'我们近村开酒店庄家，这和尚来我店中吃酒，吃得大醉了，不肯还钱，〔四字捎带杨志，趣绝。〕口里说道，去报人来打你山寨，因此我们听得。乘他醉了，把他绑缚在这里，献与大王。'那厮必然放我们上山去。到得他山寨里面，见邓龙时，把索子拽脱了活结头，小人便递过禅杖与师父。你两个好汉一发上，那厮走往那里去！若结果了他时，以下的人，不敢不伏。此计若何？"鲁智深、杨志齐道："妙哉！妙哉！"

当晚众人吃了酒食，又安排了些路上干粮。〔细。〕次日五更起来，众人都吃得饱了。鲁智深的行李包裹，都寄放在曹正家。〔细中之细，只因一句鲁达寄包裹，便将杨志冈上失事、店中赊酒等事，忽然衬出，令读者已忘了又提着也。〕当日杨志、鲁智深、曹正，带了小舅并五七个庄家，取路投二龙山来。晌午后，直到林子里，脱了衣裳，把鲁智深用活结头使索子绑了，〔"林子"二字细。不然，读者竟谓从曹正直绑至二龙山矣，成何说话耶！〕教两个庄家，牢牢地牵着索头。杨志戴了遮日头凉笠儿，身穿破布衫，手里倒提着朴刀。[「"倒提"妙，只如备而不用者。」]曹正拿着他的禅杖，众人都提着棍棒，在前后簇拥着。到得山下，看那关时，都摆着强弩硬弓、灰瓶炮石。小喽啰在关上，看见绑得这个和尚来，飞也似报上山去。多样时，[「三字写邓龙也，却活写出王伦，然亦活写出天下人矣。」]只见两个小头目上关来问道："你等何处人？来我这里做甚么？那里捉得这个和尚来？"曹正答道："小人等是这山下近村庄家，开着一个小酒店。这个胖和尚，不时来我店中吃酒。吃得大醉，不肯还钱，口里说道：'要去梁山泊叫千百个人来，打此二龙山，和你这近村坊，都洗荡了！'因此小人只得又将好酒请他，灌得醉了，一条索子绑缚这厮，来献与大王，表我等村邻孝顺之心，免得村中后患。"

两个小头目听了这话，欢天喜地，说道："好了！众人在此少待一时。"两个小头目就上山来报知邓龙，说拿得那胖和尚来，邓龙听了大喜，叫："解上山来，且取这厮的心肝，来做下酒，消我这点冤仇之恨！"小喽啰得令，来把关隘门开了，便叫送上来。

杨志、曹正，紧押鲁智深解上山来，看那三座关时，[「看得是，一者初到，不得不看，二乃即刻便是两位豪杰安身立命之处，脱使屯札不得，将天下万世读至此者，无不忧得好苦。故特顺着笔势，一路看进去，所以深慰后人，不劳相念，实实鲁达、杨志已占下一座好窟穴也。」]端的险峻：两下高山环绕将来，包住这座寺。山峰生得雄壮，中间只一条路上关来。三重关上，摆着擂木炮石、硬弩强弓，苦竹枪密密地攒着。过得三处关闸，来到宝珠寺前看时，三座殿门，一段镜面也似平地，周遭都是木栅为城。寺前山门下立着七八个小喽啰，看见缚得鲁智深来，都指手骂道："你这秃驴，伤了大王，今日也吃拿了！慢慢地碎割了这厮！"鲁智深只不做声。押到佛

殿看时，殿上都把佛来抬去了，中间放着一把虎皮交椅，众多小喽啰，拿着枪棒立在两边。

少刻，只见两个小喽啰扶出邓龙来，〔"扶出"二字，显是踢伤。〕坐在交椅上。曹正、杨志紧紧地帮着鲁智深到阶下。邓龙道："你那厮秃驴，前日点翻了我，伤了小腹，至今青肿未消，今日也有见我的时节。"鲁智深睁圆怪眼，大喝一声："撮鸟休走！"两个庄家把索头只一拽，拽脱了活结头，散开索子。鲁智深就曹正手里接过禅杖，云飞轮动；杨志撇了凉笠儿，倒转手中朴刀；曹正又抢起杆棒；众庄家一齐发作，并力向前。〔极忙文，写得极明画。〕邓龙急待挣扎时，早被鲁智深一禅杖，当头打着，把脑盖劈作两半个，和交椅都打碎了。手下的小喽啰，早被杨志搠翻了四五个。曹正叫道："都来投降！若不从者，便行扫除处死！"〔如此两个大汉，却是曹正一人正名定位，固知捉刀者真英雄也。〕寺前寺后，五六百小喽啰并几个小头目，惊吓得呆了，只得都来归降投伏。随即叫把邓龙等尸首，扛抬去后山烧化了。〔了。〕一面简点仓廒，整顿房舍，再去看那寺后有多少物件，〔非表鲁、杨二人经纬，乃深表二龙山实是雄镇，足可安身立命耳。〕且把酒肉安排些来吃。鲁智深并杨志做了山寨之主，置酒设宴庆贺。小喽啰们尽皆投伏了，仍设小头目管领。曹正别了二位好汉，领了庄家，自回家去了，不在话下。〔鲁达行李包裹，寄曹正家，却漏送来。〕

却说那押生辰纲老都管并这几个厢禁军，晓行午住，〔这回得自在。○蓦地又蹙出四字，却令前文苦热，兜的一现的。〕赶回北京，到得梁中书府，直至厅前，齐齐都拜翻在地下告罪。梁中书道："你们路上辛苦，多亏了你众人。"又问："杨提辖何在？"众人告道："不可说！这人是个大胆〔二字收冈上失事。〕忘恩〔二字收东郭争功。〕的贼！自离了此间五七日后，行得到黄泥冈，天气大热，都在林子里歇凉。不想杨志和七个贼人通同，假装做贩枣子客商。杨志约会与他做一路，先推七辆江州车儿，在这黄泥冈上松林里等候，却叫一个汉子，挑一担酒来冈子上歇下。小的众人不合买他酒吃，被那厮把蒙汗药都麻翻了，又将索子捆缚众人。杨志和那七个贼人，却把生辰纲财宝并行李，尽装载车上将了去。见今去本管济州府呈告了，留两个虞候在那里随衙听候，捉拿贼人。「写得有处分。」小人等众人，星夜赶回来告知恩相。”

梁中书听了大惊，「听了大惊。眉批：此段凡用四个“大惊”字。」骂道：“这贼配军！你是犯罪的囚徒，我一力抬举你成人，怎敢做这等不仁忘恩的事！我若拿住他时，碎尸万段！”随即便唤书吏，写了文书，当时差人星夜来济州投下；「济州下书是下文紧笋，东京下书是上文余波，不得做一例读去。〇又东京下书报与太师，太师星夜差干办来济州捉贼，则紧笋反缓、缓笋反紧，又不可不知也。」又写一封家书，着人也连夜上东京，报与太师知道。

且不说差人去济州下公文，只说着人上东京来到太师府报知。见了太师，呈上书札。蔡太师看了，大惊「看了大惊。」道：“这班贼人，甚是胆大！去年将我女婿送来的礼物，打劫去了，至今未获；今年又来无礼，如何干罢！”随即押了一纸公文，着一个府干，亲自赍了，星夜望济州来，着落府尹，立等捉拿这伙贼人，便要回报。「北京、东京，双逼济州，如何不弄出来。」

且说济州府尹，自从受了北京大名府留守司梁中书札付，每日理论不下。正忧闷间，只见门吏报道：“东京太师府里，差府干见到厅前，有紧急公文，要见相公。”府尹听得大惊「听得大惊。〇梁中书听得强盗情由，大惊。府尹听得太师府干，大惊。蔡太师看见申报强盗，大惊。府尹看

了太师钧帖，大惊。四"大惊"字，连珠写出，痛骂不小。道："多管是生辰纲的事！"慌忙升厅，来与府干相见了，说道："这件事，下官已受了梁府虞候的状子，已经差缉捕的人，跟捉贼人，未见踪迹。前日留守司又差人行札付到来，又经着仰尉司并缉捕观察，杖限跟捉，未曾得获。若有些动静消息，下官亲到相府回话。"府干道："小人是太师府里心腹人，今奉太师钧旨，特差来这里要这一干人。临行时，太师亲自分付，教小人到本府，只就州衙里宿歇，奇语。立等相公，要拿这七个贩枣子的，并卖酒一人、在逃军官杨志，各贼正身。限在十日捉拿完备，差人解赴东京。若十日不获得这件公事时，怕不先来请相公去沙门岛走一遭。小人也难回太师府里去，性命亦不知如何。相公不信，请看太师府里行来的钧帖。"

府尹看罢大惊，看罢大惊。随即便唤缉捕人等。只见阶下一人声喏，立在帘前，太守道："你是甚人？"那人禀道："小人是三都缉捕使臣何涛。"太守道："前日黄泥冈上打劫了去的生辰纲，是你该管么？"何涛答道："禀复相公，何涛自从领了这件公事，昼夜无眠，差下本管眼明手快的公人，去黄泥冈上往来缉捕。虽是累经杖责，到今未见踪迹。非是何涛怠慢官府，实出于无奈。"府尹喝道："胡说！'上不紧则下慢'。我自进士出身，历任到这一郡诸侯，非同容易！好货。今日东京太师府，差一干办，来到这里，领太师台旨，限十日内，须要捕获各贼正身，完备解京。若还违了限次，我非止罢官，必陷我投沙门岛走一遭。你是个缉捕使臣，倒不用心，以致祸及于我。先把你这厮迭配远恶军州，雁飞不到去处！眉批：太师责府尹，府尹责观察，便观察责公人，看他一路鹅翎卸下。便唤过文笔匠来，去何涛脸上刺下"迭配……州"字样，空着甚处州名，〔奇语。〕发落道："何涛，你若获不得贼人，重罪决不饶恕！"

何涛领了台旨，下厅前来到使臣房里，会集许多做公的，都到机密房中，商议公事。众做公的都面面相觑，如箭穿雁嘴，钓搭鱼腮，〔写来如画。〕尽无言语。何涛道："你们闲常时，都在这房里撰钱使用，如今有此一事难捉，都不做声。你众人也可怜我脸上刺的字样。"众人道："上覆观察，小人们人非草木，岂不省得？只是这一伙做客商的，必是他州外府深山旷野强人遇着，一时劫了他的财宝，自去山寨里快活，如何拿得着？便是知道，也只看得他一看。"何涛听了，当初只有五分烦恼，见说了这话，又添了五分烦恼，自离了使臣房里，上马回到家中，把马牵去后槽上拴了，独自一个，〔酒肉兄弟既去，同胞合母未来。读"况也永叹""烝也无戎"二语，真有泪如泉涌之痛。〕闷闷不已。只见老婆问道："丈夫，你如何今日这般嘴脸？"何涛道："你不知，前日太守委我一纸批文，为因黄泥冈上一伙贼人，打劫了梁中书与丈人蔡太师庆生辰的金珠宝贝，计十一担，正不知是甚么样人打劫了去。我自从领了这道钧批，到今未曾得获。今日正去转限，不想太师府又差干办来，立等要拿这一伙贼人解京。太守问我贼人消息，我回覆道：'未见次第，不曾获得。'府尹将我脸上刺下'迭配〔空一字。〕……州'字样，只不曾填甚去处，在后知我性命如何！"老婆道："似此怎地好？〔句。〕却是如何得了！"〔句。○说出两句，却只是一句，写妇人着急情意如画。〕

正说之间，只见兄弟何清来望哥哥。何涛道："你〔一"你"字可叹，何不叫他一声兄弟耶？〕来做甚么？不去赌钱，却来怎地？"〔忽然接入何清，恐太急迫矣，故反借冈中恼人意思，特特推开去，却又随手带出"赌钱"二字来，妙绝！〕何

247

涛的妻子乖觉，连忙招手，「何清若无线索，书中何用他来，来而便说线索，又多见江郎才尽也。此特反用何涛激恼何清开去，而再用妻子收转之，"乖觉"二字，盖作者揽入之辞，不必真谓此妇乖觉如何也。」说道："阿叔，你且来厨下，和你说话。"何清当时跟了嫂嫂进到厨下坐了。嫂嫂安排些酒肉菜蔬，烫几杯酒，请何清吃。何清问嫂嫂道："哥哥忒杀欺负人！我不中，也是你一个亲兄弟！「真说得痛。」你便奢遮杀，到底是我亲哥哥，「真说得痛。」便叫我一处吃盏酒，有甚么辱没了你！"「真说得痛。」阿嫂道："阿叔，你不知道，你哥哥心里自过活不得哩！"何清道："哥每日起了大钱大物，那里去了？做兄弟的又不来，有甚么过活不得处？"「真说得痛。眉批：何清与阿嫂交口，另作一篇小文读，盖《棠棣》之诗，逊其婉切矣。」阿嫂道："你不知，为这黄泥冈上，前日一伙贩枣子的客人，打劫了北京梁中书庆贺蔡太师的生辰纲去，如今济州府尹奉着太师钧旨，限十日内，定要捉拿各贼解京。若还捉不着正身时，便要刺配远恶军州去。你不见你哥哥先吃府尹刺了脸上'迭配……州'字样，只不曾填甚么去处，早晚捉不着时，实是受苦！他如何有心和你吃酒？我却才安排些酒食与你吃。他闷了几时了，你却怪他不得。"何清道："我也诽诽地听得人说道：'有贼打劫了生辰纲去。'正在那里地面上？"「好。○知而故问者，深表哥哥之不交一言也。」阿嫂道："只听得说道黄泥冈上。"何清道："却是甚么样人劫了？"「好。」阿嫂道："叔叔，你又不醉，我方才说了，是七个贩枣子的客人打劫了去。"何清呵呵的大笑道："原来恁地。既道是贩枣子的客人了，却闷怎地？何不差精细的人去捉？"「说得离合跳跃，可喜。」阿嫂道："你倒说得好，便是没捉处。"何清笑道："嫂嫂，倒要你忧。哥哥放着常来的一班儿好酒肉弟兄，「痛。」闲常不睬的是亲兄弟，「痛。」今日才有事，便叫没捉处。若是教兄弟闲常捱得几杯酒吃，

「痛。」今日这伙小贼倒有个商量处。」「可谓应以哥哥得度者，即现兄弟而为说法矣。」阿嫂道："阿叔，你倒敢知得些风路？"何清笑道："直等亲哥临危之际，兄弟或者有个道理救他。"「写得离合跳跃，可喜。」说了，便起身要去。「笔如惊鹰脱兔，其势骇人。」阿嫂留住再吃两杯。

那妇人听了这话说得跷蹊，慌忙来对丈夫备细说了。何涛连忙叫请兄弟到面前。「亦有今日。」何涛陪着笑脸说道："兄弟，「久不闻此二字，写得痛杀。」你既知此贼去向，如何不救我？"何清道："我不知甚么来历，我自和嫂子说耍。兄弟何曾救得哥哥！"「骂得好，说得透。○"兄弟""哥哥"四字，是一篇文字骨子，兄弟何曾救得哥哥，乃通天下哥哥不要兄弟之故，非何清自谦救不得何涛也。」何涛道："好兄弟，「三字可叹，自"兄弟"二字上，增出一"好"字，而天下哥哥之不以兄弟为兄弟也久矣，夫兄弟即安有不好者哉？」休得要看冷暖。只想我日常的好处，休记我闲时的歹处，「二语亦是陪笑急辞耳，夫哥哥与兄弟，有何好处，有何歹处，只须常情足矣，固知二语，定非何清之所厌闻也。」救我这条性命！"何清道："哥哥，你别有许多眼明手快的公人，管下三二百个，何不与哥哥出些气力？「说得透，骂得好。」量一个兄弟，怎救得哥哥！"「说得透，骂得好。」何涛道："兄弟「可叹，只管叫兄弟了。」休说他们，你的话眼里有些门路，休要把与别人做好汉。「何清不愿闻。」你且说与我些去向，我自有补报你处。「何清不愿闻。」正教我怎地心宽！"何清道："有甚么去向，兄弟不省得！"「此篇特为兄弟吐气，故上文何涛说话不合，何清便更不首肯，又非他文愈急愈纵之比也。」何涛道："你不要怄我，只看同胞共母之面！"「此句却说入何清本怀，故下文便肯相许。作者真有人伦之责。天下万世，其奈何不读《水浒》也。」何清道："不要慌。且待到至急处，兄弟自来出些气力，拿这伙小贼。"

阿嫂便道："阿叔，胡乱救你哥哥，也是弟兄情分。「此四字，是何清一片心事，是作者一团隐痛，是一篇文字结穴处。」如今被太师府钧帖，立等要这一干人，天来大事，你却说小贼！"何清道："嫂嫂，你须知我只为赌钱上，吃哥哥多少打骂。我是怕哥哥，不敢和

哥争涉。闲常有酒有食，只和别人快活，今日兄弟也有用处。"「说得透，骂得好。○言之至再至之者，亦所以邑发《棠棣》一章也。」何涛见他话眼有些来历，慌忙取一个十两银子，放在桌上，说道："兄弟权将这锭银收了，日后捕得贼人时，金银段匹赏赐，我一力包办。"何清笑道："哥哥正是'急来抱佛脚，闲时不烧香'。「痛语。」我若要哥银子时，便是兄弟勒掯哥了。「痛语。」快把去收了，不要将来赚我。「痛语。」哥若如此，我便不说。「痛语。」既是哥两口儿我行陪话，「痛语。」我说与哥，不要把银子出来惊我。"「痛语。」何涛道："银两都是官司信赏出的，如何没三五百贯钱？兄弟，你休推却。我且问你，这伙贼却在那里有些来历？"何清拍着大腿道："这伙贼，我都捉在便袋里了。"「奇文。」何涛大惊道："兄弟，你如何说这伙贼在你便袋里？"何清道："哥哥，只莫管我，自都有在这里便了。哥只把银子收了去，不要将来赚我，只要常情便了。"「痛语。○作者痛杀，读者亦痛杀。○不要痛杀，只要常情便好。」何清不慌不忙，却说出来。有分教：郓城县里，引出仗义英雄；梁山泊中，聚起擎天好汉。毕竟何清说出甚人来，且听下回分解。

【第十七回】

美髯公智穩插翅虎

宋公明私放晁天王

此回始入宋江传也。宋江，盗魁也。盗魁，则其罪浮于群盗一等。然而从来人之读《水浒》者，每每过许宋江忠义，如欲旦暮遇之。此岂其人性喜与贼为徒？殆亦读其文而不能通其义有之耳。自吾观之，宋江之罪之浮于群盗也，吟反诗为小，而放晁盖为大。何则？放晁盖而倡聚群丑祸连朝廷，自此始矣。宋江而诚忠义，是必不放晁盖者也；宋江而放晁盖，是必不能忠义者也。此入本传之始，而初无一事可书，为首便书私放晁盖。然则宋江通天之罪，作者真不能为之讳也。

岂惟不讳而已，又特致其辨焉。如曰：府尹叫进后堂，则机密之至也；叫了店主做眼，则机密之至也；三更奔到白家，则机密之至也；五更赶回城里，则机密之至也；包了白胜头脸，则机密之至也；老婆监收女牢，则机密之至也；何涛亲领公文，则机密之至也；就带虞候做眼，则机密之至也；众人都藏店里，则机密之至也；何涛不肯轻说，则机密之至也。凡费若干文字，写出无数机密，而皆所以深著宋江私放晁盖之罪。盖此书之宁恕群盗，而不恕宋江，其立法之严有如此者。世人读《水浒》而不能通，而遽便以忠义目之，真不知马之几足者也。

写朱仝、雷横二人各自要放晁盖，而为朱仝巧，雷横拙，朱仝快，雷横迟，便见雷横处处让过朱仝一着。然殊不知朱仝未入黑影之先，又先有宋江早已做过人情，则是朱仝又让过宋江一着也。强手之中更有强手，真是写得妙绝。

当时何观察与兄弟何清道："这锭银子，是官司信赏的，非是我把来赚你，后头再有重赏。兄弟，你且说这伙人如何在你便袋里？"只见何清去身边招文袋内摸出一个经折儿来，指道："这伙贼人都在上面。"［奇绝之文，匪夷所思。］何涛道："你且说怎的写在上面？"何清道："不瞒哥哥说，兄弟前日为赌博输了，没一文盘缠，有个一般赌博的，引兄弟去北门外十五里，地名安乐村，有个王家客店内，凑些碎赌。[何涛骂兄弟好赌，不谓贼人消息却都在赌博上捞摸出来。看他逐段不脱"赌"字，妙绝。] 为是官司行下文书来，着落本村但凡开客店的，须要置立文簿，一面上用勘合印信。每夜有客商来歇宿，须要问他：'那里来？何处去？姓甚名谁？做甚买卖？'都要抄写在簿子上。官司察照时，每月一次去里正处报名。[闲闲说出一件事。○写何清口中一时说出数事，事事如画。○可见保甲法之当行也。] 为是小二哥不识字，央我替他抄了半个月。[又闲闲说出一件事。] 当日是六月初三日，有七个贩枣子的客人，推着七辆江州车儿来歇。我却认得一个为头的客人，是郓城县东溪村晁保正。[又闲闲说出一件事。] 因何认得他？我比先曾跟一个赌汉去投奔他，因此我认得。[一件事中间又说出一件事。○亦从赌上认得。] 我写着文簿，问他道：'客人高姓？'只见一个三髭须白净面皮的[明明是吴用。] 抢将过来，答应道：'我等姓李，从濠州来贩枣子，去东京卖。'[以吴用之智而又适以智败，世界之窄，不已甚乎！] 我虽写了，有些疑心。第二日，他自去了，店主带我去村里相赌，[又闲闲说出一件事，又从赌上来。] 来到一处三叉路口，只见一个汉子挑两个桶来。我不认得他。[一个"我却认得"，一个"我不认得"，妙妙！] 店主人自与他厮叫道：'白大郎，那里去？'那人应道：'有担醋，将去村里财主家卖。'店主人和我说道：'这人叫做白日鼠白胜，他是个赌客。'[亦从赌上出名。] 我也只安在心里。后来听得沸沸扬扬地说道：'黄泥冈上一伙贩枣子的客人，把蒙汗药麻翻了人，劫了生辰纲去。'我猜不是晁保正，却是兀谁！如今只拿了白胜[只拿了白胜，只拿了晁保正，只拿了姓阮的三个，文字逐节传替而下。] 一问便知端的。这个经折儿，是我抄的副本。"[一段话说出无数零星拉杂之事，却仍收到经折。]

何涛听了大喜，随即引了兄弟何清，径到州衙里见了太守。府尹问道："那公事有些下落么？"何涛禀道："略有些消息了。"府尹叫进后堂来说，

> 「叫进后堂则机密之至也。机密之至而晁盖仍走，则非宋江私放而为谁也。〇一路极写机密，皆表并无别处走漏消息，所以正宋江私放之罪。眉批：自此以下都极写机密之至，无处走漏消息，以见晁盖之走，实系宋江放之，所以大著其罪也。」

仔细问了来历。何清一一禀说了。当下便差八个做公的，一同何涛、何清连夜来到安乐村，叫了店主人做眼，

> 「有店主做眼，便一径奔去，不致声张，机密之至也。」

径奔到白胜家里，却是三更时分。

> 「三更时分，则人都睡着，更无走漏消息，机密之至也。」

叫店主人赚开门来打火，只听得白胜在床上做声。问他老婆时，却说道害热病，不曾得汗。

> 「写心虚如画。」

从床上拖将起来，见白胜面色红白，

> 「面色红白。」

就把索子绑了，喝道："黄泥冈上做得好事！"白胜那里肯认。把那妇人捆了，也不肯招。众做公的绕屋寻赃，寻到床底下，见地面不平，众人掘开，不到三尺深，众多公人发声喊，白胜面如土色，

> 「面色如土。」

就地下取出一包金银。随即把白胜头脸包了，

> 「又包其头脸，恐或有人见之，机密之至。」

带他老婆，扛抬赃物，都连夜赶回济州城里来，却好五更天明时分，

> 「到白家是三更，到州城是五更，三更则人都睡着，五更则人都未起，皆机密之至，更无走漏消息也。」

把白胜押到厅前，便将索子捆了。问他主情造意，白胜抵赖，死不肯招晁保正等七人。

> 「白胜之所以得与于一百八人也。」

连打三四顿，打得皮开肉绽，鲜血迸流。府尹喝道："贼首，捕人已知是郓城县东溪村晁保正了，你这厮如何赖得过！你快说那六人是谁，便不打你了。"白胜又挨了一歇，

> 「写白胜。」

打熬不过，只得招道："为首的是晁保正。他自同六人来纠合白胜与他挑酒，其实不认得那六人。"知府道："这个不难。只拿住晁保正，那六人便有下落。"先取一面二十斤死囚枷，枷了白胜。他的老婆也锁了，押去女牢里监收。

> 「老婆亦监收在牢，更无走漏消息处也。」

随即押一纸公文，就差何涛亲自带领二十个眼明手快的公人，径去郓城县投下「公文不另差人，机密之至，更不得消息走漏也。」着落本县，立等要捉晁保正，并不知姓名六个正贼，就带原解生辰纲的两个虞候，作眼拿人。「有作眼人，便可一见就擒，不致打草惊蛇，走漏消息也。」一同何观察领了一行人，去时不要大惊小怪，只恐怕走透了消息。「又持书机密之至。」星夜来到郓城县，先把一行公人并两个虞候，都藏在客店里，「写得是众人都藏过，则更无走漏消息处，见机密之至也。」只带一两个跟着，来下公文，径奔郓城县衙门前来。当下巳牌时分，却值知县退了早衙，县前静悄悄地，何涛走去县对门一个茶坊里坐下，吃茶相等。吃了一个泡茶，问茶博士道："今日如何县前恁地静？"茶博士说道："知县相公早衙方散，一应公人和告状的，都去吃饭了，未来。"何涛又问道："今日县里不知是那个押司直日？"茶博士指着道："今日直日的押司来也。"「出得径疾，纸墨都省。」何涛看时，只见县里走出一个押司来。那人姓宋，名江，表字公明，排行第三，祖居郓城县，宋家村人氏。为他面黑身矮，人都唤他做"黑宋江"；又且驰名大孝，为人仗义疏财，人皆称他做"孝义黑三郎"。上有父亲在堂，母亲早丧；下有一个兄弟，唤做"铁扇子"宋清，自和他父亲宋太公在村中务农，守些田园过活。这宋江自在郓城县做押司，他刀笔精通，吏道纯熟，更兼爱习枪棒，学得武艺多般。平生只好结识江湖上好汉，但有人来投奔他的，若高若低，无有不纳，便留在庄上馆谷，终日追陪，并无厌倦；若要起身，尽力资助，端的是挥金似土。人问他求钱物，亦不推托；且好做方便，每每排难解纷，只是周全人性命。时常散施棺材药饵，济人贫苦，赒人之急，扶人之困，以此山东、河北闻名，都称他做"及时雨"；却把他比

做天上下的及时雨一般，能救万物。「一百八人中，独于宋江用此大书者，盖一百七人皆依列传例，于宋江特依世家例，亦所以成一书之纲纪也。」

当时宋江带着一个伴当，走将出县前来。只见这何观察当街迎住，叫道："押司，此间请坐拜茶。"宋江见他似个公人打扮，慌忙答礼道："尊兄何处？"何涛道："且请押司到茶坊里面吃茶说话。"「不便说话，机密之至。」宋公明道："谨领。"两个入到茶坊里坐定，伴当都叫去门前等候。「伴当都回避过，机密之至，并不曾走漏消息也。」宋江道："不敢拜问尊兄高姓？"何涛答道："小人是济州府缉捕使臣何涛的便是。不敢动问押司高姓大名？"宋江道："贱眼不识观察，少罪。小吏姓宋名江的便是。"何涛倒地便拜，说道："久闻大名，无缘不曾拜识。"宋江道："惶恐。观察请上坐。"何涛道："小人安敢占上？"宋江道："观察是上司衙门的人，又是远来之客。"两个谦让了一回，宋江坐了主位，何涛坐了客席。宋江便道："茶博士将两杯茶来。"没多时，茶到。两个吃了茶。宋江道："观察到敝县，不知上司有何公务？"何涛道："实不相瞒，来贵县有几个要紧的人。"宋江道："莫非贼情公事否？"何涛道："有实封公文在此，「公文实封，见机密之至也。」敢烦押司作成。"宋江道："观察是上司差来该管的人，小吏怎敢怠慢？不知为甚么贼情紧事？"何涛道："押司是当案的人，便说也不妨：「当案之人，犹不容易便说，见何涛机密之至，无处走漏消息。○以上写出无数机密，皆表晁盖之走，实惟宋江放之，更无处可以委罪也。」敝府管下黄泥冈上一伙贼人，共是八个，把蒙汗药麻翻了北京大名府梁中书差遣送蔡太师的生辰纲军健一十五人，「三十一字为句。」劫去了十一担金珠宝贝，计该十万贯正赃。今捕得从贼一名白胜，指说七个正贼都在贵县。这是太师府特差一个干办，在本府立等要这件公事，望押司早早维持。"宋江道："休说太师处着落，便是观察自赍公文来要，敢不捕送？看他只是口头狡狯绐语，便令天下人奔走效死，宋江真权诈之雄哉！只不知道白胜供指那七人名字？"何涛道："不瞒押司说，是贵县东溪村晁保正为首。更有六名从贼，不识姓名，烦乞用心。"

宋江听罢，吃了一惊，肚里寻思道："晁盖是我心腹弟兄。他如今犯了迷天大罪，我不救他时，捕获将去，性命便休了！"心内自慌，却答应道："晁盖这厮，奸顽役户，本县内上下人，没一个不怪他。今番做出来了，好教他受！"自此以下入宋江传，皆极写其权术，所以为群贼之魁也。○宋江权术如此，读之真乃可爱！何涛道："相烦押司便行此事。"宋江道："不妨，这事容易，'瓮中捉鳖，手到拿来'。只是一件，这实封公文，须是观察自己当厅投下，宋江权术可爱！本官看了，便好施行发落，差人去捉，小吏如何敢私下擅开？这件公事非是小可，不当轻泄于人。"宋江权术可爱！何涛道："押司高见极明，相烦引进。"宋江道："本官发放一早晨事务，倦怠了少歇。观察略待一时，少刻坐厅时，小吏来请。"何涛道："望押司千万作成。"宋江道："理之当然，休这等说话。小吏略到寒舍，分拨了些家务便到，一则曰"家务"，再则曰"家务"，后送真成家务也。观察少坐一坐。"何涛道："押司尊便，小弟只在此专等。"

宋江起身，出得阁儿，分付茶博士道："那官人要再用茶，一发我还茶钱。"看他精到。离了茶坊，飞也似跑到下处。先分付伴当去叫直司在茶坊门前伺候："若知县坐堂时，便可去茶坊里安抚那公人道'押司便来'，叫他略待一待。"看他精到。却自槽上鞁了马，牵出后门外去；"后门"妙。袖了鞭子，慌忙地跳上马，慢慢地离了县治。慌忙上马，慢慢行马，妙！出得东门，打上两鞭，那马

拨喇喇地望东溪村撺将去，没半个时辰，早到晁盖庄上。「只一上马，写得宋江有老大权术，其为群贼之魁，不亦宜乎？」庄客见了，入去庄里报知。

且说晁盖正和吴用、公孙胜、刘唐在后园葡萄树下吃酒。「夏景。」此时三阮已得了钱财，自回石碣村去了。晁盖见庄客报说宋押司在门前。晁盖问道："有多少人随从着？"「写心虚人如画。」庄客道："只独自一个飞马而来，说快要见保正。"晁盖道："必然有事。"慌忙出来迎接。宋江道了一个喏，携了晁盖手，「宋江携晁盖手第一。○宋江一生以携手为第一要务，思之可叹！」便投侧边小房里来。「权术真正可爱。」晁盖问道："押司如何来得慌速？"宋江道："哥哥不知，兄弟是心腹弟兄，我舍着条性命来救你。如今黄泥冈事发了！白胜已自拿在济州大牢里了，供出你等七人。济州府差一个何缉捕，带领若干人，奉着太师府钧帖，并本州文书，来拿你等七人，道你为首。天幸撞在我手里，我只推说知县睡着，且教何观察在县对门茶坊里等我，以此飞马而来报你。哥哥，'三十六计，走为上计'。「大书此语，以表晁盖之入山泊，正是宋江教之也。」若不快走时，更待甚么！我回去引他当厅下了公文，知县不移时，便差人连夜下来，你们不可担阁，倘有些疏失，如之奈何！休怨小弟不来救你。"

晁盖听罢，吃了一惊，道："贤弟大恩难报！"宋江道："哥哥，你休要多话，只顾安排走路，不要缠障，我便回去也。"晁盖道："七个人，三个是阮小二、阮小五、阮小七，已得了财，自回石碣村去了；后面有三个在这里，贤弟且见他一面。"「七个人，三个虚、三个实，作两段写出，妙绝文字。」宋江来到后园，晁盖指着道："这三位，一个吴学究；一个公孙胜，蓟州来的；一个刘唐，东潞州人。"「又有此一段文字者，不重晁盖赤心白意，正表宋江私放，不止晁盖一人也。」宋江略讲一礼，回身便走，「真乃人中俊杰，写得娇健可爱！」嘱付道："哥哥保重，作急快走，兄弟去也。"宋江出到庄前，上了马，打上两鞭，飞似望县里来了。「其人如此，即欲不出色，胡可得乎？」

且说晁盖与吴用、公孙胜、刘唐三人道："你们认得那来相见的这个人么？"吴用道："却怎地慌慌忙忙便去了？正是谁人？"「此句若出俗笔，便问正是谁人矣，此偏先怪其忙，次问为谁，只一问辞，便活画出宋江来也。妙。」晁盖道："你三位还不知哩！我们不是他来时，性命只在咫尺休了！"三人大惊道："莫不走了消息，这件事发了？"晁盖道："亏杀这个兄弟，担着血海也似干系，来报与我们。原来白胜已自捉在济州大牢里了，供出我等七人。本州差个缉捕何观察，将带若干人，奉着太师钧帖来，着落郓城县，立等要拿我们七个。亏了他稳住那公人在茶坊里俟候，他飞马先来报知我们，如今回去下了公文，少刻便差人连夜到来捕获我们。却是怎地好？"吴用道："若非此人来报，都打在网里。这大恩人姓甚名谁？"晁盖道："他便是本县押司，呼保义宋江的便是。"吴用道："只闻宋押司大名，小生却不曾得会。虽是住居咫尺，无缘难得见面。"「一个闻名。」公孙胜、刘唐都道："莫不是江湖上传说的及时雨宋公明？"「又是两个闻名。○无不闻名如此，宋江之为宋江何如耶？」晁盖点头道："正是此人。他和我心腹相交，结义弟兄，吴先生不曾得会，「三人皆不相识，而独指出吴用者，彼固远来不足多怪，吴用生在同县而亦不一晤，则殊可惜也。」四海之内，名不虚传，结义得这个兄弟，也不枉了。"

晁盖问吴用道："我们事在危急，却是怎地解救？"吴学究道："兄长不须商议，'三十六计，走为上计'。"晁盖道："却才宋押司也教我们走为上计，

［大书吴用与宋江同心，为一书之眼目。］却是走那里去好？"［逐节抽出，不作一笔直送。］吴用道："我已寻思在肚里了。如今我们收拾五七担挑了，一齐都奔石碣村三阮家里去。［不便说梁山泊，且先说石碣村，文情事情，都渐渐而入。］今急遣一人，先与他弟兄说知。"［写吴用有调有理，具见其才。］晁盖道："三阮是个打鱼人家，如何安得我等许多人？"［逐节抽出。］吴用道："兄长，你好不精细！石碣村那里一步步近去，便是梁山泊。如今山寨里好生兴旺，官军捕盗，不敢正眼儿看他。若是赶得紧，我们一发入了伙。"［宋江曰：走为上着。吴用亦曰：走为上着。如出一口也。然则吴用寻思梁山入伙，宋江独不寻思梁山入伙，如出一心乎？便极表宋江、吴用为一路，为全书之眼目也。］晁盖道："这一论极是上策，只恐怕他们不肯收留我们。"吴用道："我等有的是金银，送献些与他，便入伙了。"

［调侃世人语，绝倒！○做官须贿赂，做强盗亦须贿赂哉？］晁盖道："既然恁地商量定了，事不宜迟。吴先生，你便和刘唐带了几个庄客，挑担先去阮家安顿了，却来旱路上接我们。我和公孙先生两个打并了便来。"吴用、刘唐把这生辰纲打劫得金珠宝贝，做五六担装了，叫五六个庄客，一发吃了酒食。吴用袖了铜链，刘唐提了朴刀，监押着五七担，一行十数人，投石碣村来。［上文将七个人分作两段，此处又将四个人分作两段，妙绝文字也！］晁盖和公孙胜在庄上收拾。有些不肯去的庄客，赍发他些钱物，从他去投别主。

［不惟情理兼尽，又留作勘出阮家之地。］愿去的，都在庄上并叠财物，打拴行李。不在话下。

再说宋江飞马去到下处，连忙到茶坊里来，只见何观察正在门前望。

［画来急状。］宋江道："观察久等。却被村里有个亲戚，在下处说些家务，［口口以为家务。］因此担阁了些。"何涛道："有烦押司引进。"宋江道："请观察到县里。"两个入得衙门来，正值知县时文彬在厅上发落事务。宋江将着实封公文，引着何观察直至书案边，［权术妙。］叫左右挂上回避牌，［权术妙。］低声禀道：

「权术妙。」"奉济州府公文，为贼情紧急公务，特差缉捕使臣何观察到此下文书。"知县接来拆开，就当厅看了，大惊，对宋江道："这是太师府差干办来，立等要回话的勾当。这一干贼，便可差人去捉。"宋江道："日间去，只怕走了消息，只可差人就夜去捉，拿得晁保正来，那六人便有下落。"「极似为知县、为何涛，而不知其正是缓兵。宋江权术，其妙如此。」时知县道："这东溪村晁保正，闻名是个好汉，他如何肯做这等勾当？"「写知县赞晁盖，以显上文宋江骂晁盖之诈。」随即叫唤尉司并两个都头：一个姓朱，名全；一个姓雷，名横。他两个，非是等闲人也！「又出二人传。」

当下朱仝、雷横两个来到后堂，领了知县言语，和县尉上了马，径到尉司，点起马步弓手并土兵一百余人，就同何观察并两个虞候，作眼拿人。当晚都带了绳索军器，县尉骑着马，两个都头亦各乘马，各带了腰刀弓箭，手拿朴刀，前后马步弓手簇拥着，出得东门，飞奔东溪村晁家来。

到得东溪村里，已是一更天气，都到一个观音庵取齐。朱仝道："前面便是晁家庄。晁盖家前后有两条路：「既云晁盖庄上有前后两条路矣，后又云有三条路，活描出美髯一时随口生变来。」若是一齐去打他前门，他望后门走了；一齐哄去打他后门，他奔前门走了。「便见不得不与雷横分，绝妙！」我须知晁盖好生了得，「一也。已己又生出一段话头，以见不得不分也。」又不知那六个是甚么人，必须也不是善良君子。「二也。」那厮们都是死命，倘或一齐杀出来，「三也。」又有庄客协助，「四也。」却如何抵敌他？只好声东击西，等那厮们乱撺，便好下手。「说得确然应分，妙绝。」不若我和雷都头分做两路，我与你分一半人，都是步行去，先望他后门埋伏了，等候唿哨响为号，你等向前门只顾打入来，见一个捉一个，见两个捉一双。"「写美髯真有过人之才。」雷横道："也说得是。朱都头，你和县

261

尉相公，从前门打入来，我去截住后门。"「朱仝有朱仝心事，雷横有雷横心事，写两人争后门，妙绝。」朱仝道："贤弟，你不省得。晁盖庄上有三条活路，「忽然增出一条路，绝妙。」我闲常时都看在眼里了。我去那里，须认得他的路数，不用火把便见。「此三句说己之必应后门。〇"不用火把"四字，轻轻插入，便知下文朱仝在黑影里也。」你还不知他出没的去处，倘若走漏了事情，不是耍处。"「此三句说雷之必不应后门。〇写美髯真有过人之才。」县尉道："朱都头说得是，你带一半人去。"朱仝道："只消得三十来个够了。"「莫如不分更便耳，然而事理有所不可，则姑以三十来个遮饰之也。」朱仝领了十个弓手，二十个土兵，先去了。「下文"大惊小怪"三句在此内。」县尉再上了马，雷横把马步弓手，都摆在前后，帮护着县尉。土兵等都在马前，明晃晃照着三二十个火把，拿着榜叉、朴刀、留客住、钩镰刀，一齐都奔晁家庄来。

到得庄前，兀自有半里多路，只见晁盖庄里一缕火起，从中堂烧将起来，涌得黑烟遍地，红焰飞空。「于朱、雷未到之前，特写晁盖预作走计，以表宋江之罪也。」又走不到十数步，只见前后门四面八方，约有三四十把火发，焰腾腾地一齐都着。「看他写晁盖预作走计，又分二段。〇此处正写朱、雷二人争放晁盖也，又必先书此二段者，所以正私放晁盖之罪，独归宋江，不得分之朱、雷两人也。」前面雷横挺着朴刀，背后众土兵发着喊，一齐把庄门打开，都扑入里面「此一段写雷横。」看时，火光照得如同白日一般明亮，并不曾见有一个人，只听得后面发着喊，叫将起来，叫"前面捉人"。「此是写朱仝。〇看他三个人，各各自放晁盖。」原来朱仝有心要放晁盖，故意赚雷横去打前门。这雷横亦有心要救晁盖，以此争先要来打后门，却被朱仝说开了，只得去打他前门。故意这等大惊小怪，声东击西，要催逼晁盖走了。「注朱仝意中事。」

朱仝那时到庄后时，兀自晁盖收拾未了。庄客看见，来报与晁盖说道："官军到了！事不宜迟！"晁盖叫庄客四下里只顾放火，「注朱仝先来事。」他和公孙胜引了十数个去的庄客，呐着喊，挺起朴刀，从后门杀将出来，大喝道："当吾者死！避吾者生！"〔自晁盖出来以下，皆详写朱仝，略写雷横。〕朱仝在黑影里，雷横在火光里，〔皆成绝倒。〕叫道："保正快走！朱仝在这里等你多时。"〔捉贼不是住在黑影里事，写来绝倒！○朱仝在黑影里，一腔心事，不说又不得，要说又不得，看他匆匆只此一句。〕晁盖那里听得说，与同公孙胜，舍命只顾杀出来。〔此一段写晁盖舍命杀出，不顾朱仝说话。〕朱仝虚闪一闪，放开条路，让晁盖走。晁盖却叫公孙胜引了庄客先走，他独自押着后。〔此一段写晁盖摆布押后，不见朱仝让路。〕朱仝使步弓手从后门扑入去，叫道："前面赶捉贼人！"〔让走了却扑入，所以稳住雷横，便好赶上说明心事也。〕雷横听得，转身便出庄门外，叫马步弓手分头去赶。〔朱仝稳住雷横，便好自去做人情，雷横却又发脱土兵，要来自己做人情。以一笔写两人，而两人皆活灵活现，真奇事也。〕雷横自在火光之下，东观西望做寻人。〔捉贼不是火光之下事，写来绝倒。○寄语都头："剑去久矣！"○雷横每让朱仝一筹如此。〕朱仝撇了土兵，挺着刀，去赶晁盖。晁盖一面走，口里说道："朱都头，你只管追我做甚么？我须没歹处！"〔说又不听得，让又不看见，自应有此一番问答也。〕朱仝见后面没人，方才敢说道："保正，你兀自不见我好处。我怕雷横执迷，不会做人情，被我赚他打你前门，我在后面等你出来放你。你见我闪开条路，让你过去。你不可投别处去，只除梁山泊可以安身。"〔亦便算到梁山泊，朱仝之与宋江相厚有以也。○朱仝一番好心，凡作三段写来，方得明之晁盖，写尽一时人多火杂，手忙脚乱也。○朱仝得见人情，雷横不得见人情，甚矣朱仝之强于雷横也。然殊不知先有宋江早已做过人情，真乃"夜眠清早起，又有早行人"也。〕晁盖道："深感救命之恩，异日必报！"〔小衙内死于此十字矣！〕

朱仝正赶间，只听得背后雷横大叫道："休教走了人！"〔雷横之让朱仝一筹如此。〕朱仝分付晁盖道："保正，你休慌，只顾一面走，我自使转他去。"朱仝回头叫道："有三个贼望东小路去了，雷都头，你可急赶。"〔只谓忽写雷横，却是仍写朱仝，妙绝。〕雷横领了人，便投东小路上，并土兵众人赶去。〔雷横之让朱仝一筹如此。〕朱仝一面和晁盖说着话，一面

赶他，却如防送的相似。「写得活现。」渐渐黑影里不见了晁盖。朱仝只做失脚扑地，倒在地下。「写美髯真有过人之才。」众土兵随后赶来，向前扶起。朱仝道："黑影里不见路径，失脚走下野田里，滑倒了，闪挫了左腿。"「妙妙，不惟自解赶不着，亦复自委不复赶也。」县尉道："走了正贼，怎生奈何！"朱仝道："非是小人不赶，其实月黑了，没做道理处。这些土兵，全无几个有用的人，不敢向前。"县尉再叫土兵去赶，「是县尉。○上文两个都头已不知费了无数曲折，县尉睡里梦里不知也。」众土兵心里道："两个都头，尚兀自不济事，近他不得，我们有何用？"都去虚赶了一回，转来道："黑地里正不知那条路去了。"「了。」雷横也赶了一直回来，心内寻思道："朱仝和晁盖最好，多敢是放了他去，我却不见了人情。"「朱仝事毕后，雷横始见事，其让一地如此也。」回来说道："那里赶得上？这伙贼端的了得！"「了。」县尉和两个都头回到庄前时，已是四更时分。何观察见众人四分五落，赶了一夜，不曾拿得一个贼人，只叫苦道："如何回得济州去见府尹！"县尉只得捉了几家邻舍去，解将郓城县里来。「县尉好笑从来如此。○不便拿庄客，且先拿邻舍，文势逶迤曲折之极！」

这时知县一夜不曾得睡，立等回报，听得道："贼都走了，只拿得几家邻舍。"知县把一干拿到的邻舍，且当厅勘问。众邻舍告道："小人等虽在晁保正邻近居住，远者三二里田地，近者也隔着些村坊。他庄上时常有搠枪使棒的人来，如何知他做这般的事？"知县逐一问了时，务要问他们一个下落，数内一个贴邻告道："若要知他端的，除非问他庄客。"「行文逶迤曲折如此。」知县道："说他家庄客，也都跟着走了。"邻舍告道："也有不愿去的，还在这里。"「好，真写得好。」知县听了，火速差人，就带了这个贴邻做眼，「店主人做眼一，两个虞候做眼二，两个虞候同何观察做眼三，贴邻做眼四。」

264

来东溪村捉人。无两个时辰，早拿到两个庄客。当厅勘问时，那庄客初时抵赖，吃打不过，只得招道："先是六个人商议，小人只认得一个，是本乡中教学的先生，叫做吴学究；一个叫做公孙胜，是全真先生；又有一个黑大汉，姓刘；更有那三个，小人不认得，却是吴学究合将来的。听得说道：'他姓阮，在石碣村住。他是打鱼的，弟兄三个。'只此是实。"「招七人，错落参差之甚。」知县取了一纸招状，把两个庄客交割与何观察，回了一道备细公文，申呈本府。宋江自周全那一干邻舍，保放回家听候。「非表宋江仁义，正见宋江权术。然其实则为一路宋江已冷，恐人迷至忘之，故借事提出一句也。」

且说这众人与何涛押解了两个庄客，连夜回到济州，正值府尹升厅。何涛引了众人到厅前，禀说晁盖烧庄在逃一事，再把庄客口词说一遍。府尹道："既是恁地说时，再拿出白胜来！"问道："那三个姓阮的，端的住在那里？"白胜抵赖不过，只得供说："三个姓阮的，一个叫做立地太岁阮小二，一个叫做短命二郎阮小五，一个是活阎罗阮小七。都在石碣湖村里住。"「又作逐一半说。」知府道："还有那三个姓甚么？"白胜告道："一个是智多星吴用，一个是入云龙公孙胜，一个叫做赤发鬼刘唐。"「又作逐一半说。」知府听了，便道："既有下落，且把白胜依原监了，收在牢里。"随即又唤何观察，差去石碣村，"只拿了姓阮三个，便有头脑。"

不是此一去，有分教：天罡地煞，来寻聚会风云；水浒山城，去聚纵横人马。毕竟何观察怎生差去石碣村缉捕，且听下回分解。

【第十八回】

林冲水寨大并火

晁盖梁山小夺泊

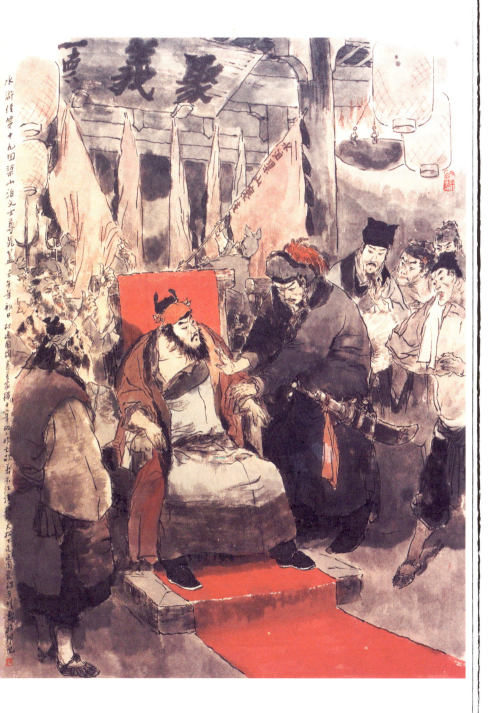

此回前半幅借阮氏口痛骂官吏，后半幅借林冲口痛骂秀才，其言愤激，殊伤雅道，然怨毒著书，史迁不免，于稗官又奚责焉？

前回朱、雷来捉时，独书晁盖断后，此回何涛来捉时，忽分作两半。前半独书阮氏水战，后半独书公孙火攻。后入山泊见林冲时，则独书吴用舌辩。盖七个人，凡大书六个人各建奇功也。中间止有刘唐未尝自效，则又于后回补书月夜入险，以表此七人者，悉皆出奇争先，互不冒滥。嗟乎！强盗犹不可以白做，奈何今之在其位、食其食者，乃曾无所事事而又殊不自怪耶！

是稗史也。稗史之作，其何所昉？当亦昉于风刺之旨也。今读何涛捕贼一篇，抑何其无罪而多戒，至于若是之妙耶！夫未捉贼，先捉船。夫孰不知捉船以捉贼也？而殊不知百姓之遇捉船，乃更惨于遇贼，则是捉船以捉贼者之即贼，百姓之胸中久已疑之也。及于船既捉矣，贼又不捉，而又即以所捉之船排却乘凉。百姓夫而后又知向之捉船者，固非欲捉贼，正是贼要乘凉耳。嗟乎！捉船以捉贼，而令百姓疑其以贼捉贼，已大不可，奈何又捉船以乘凉，而令百姓竟指为贼要乘凉，尚忍言哉！尚忍言哉！世之君子读是篇者，其亦恻然中感而慎戢官军，则不可谓非稗史之一助也。

何涛领五百官兵、五百公人，而写来恰似深秋败叶，聚散无力。晁盖等不过五人，再引十数个打鱼人，而写来便如千军万马，奔腾驰骤，有开有合，有诱有劫，有伏有应，有冲有突。凡若此者，岂谓当时真有是事，盖是耐庵墨兵笔阵，纵横入变耳。

圣叹憬然叹曰：嗟乎！怨毒之于人甚矣哉！当林冲弨首庑下，坐第四，志岂能须臾忘王伦耶？徒以势孤援绝，惧事不成，为世儌笑，故隐忍而止。一旦见晁盖者兄弟七人，无因以前，彼讵不心动乎？此虽王伦降心优礼，欢然相接，彼犹将私结之，以得肆其欲为，况又加之以猜疑耶？夫自雪天三限以至今日，林冲渴刀，已久与王伦颈血相吸，虽无吴用之舌，又岂遂得不杀哉？或林冲之前无高俅相恶之事，则其杀王伦犹未至于如是之毒乎？顾虎头针刺画影，而邻女心痛，然则杀王伦之日，俅其气绝神灭矣乎？人生世上，

　　话说当下何观察领了知府台旨下厅来，随即到机密房里，与众人商议。众多做公的道："若说这个石碣村湖荡，紧靠着梁山泊，都是茫茫荡荡，芦苇水港。若不得大队官军，舟船人马，「深感此一论，不然，安得下文一回好书看耶？」谁敢去那里捕捉贼人？"何涛听罢，说道："这一论也是。"再到厅上禀复府尹道："原来这石碣村湖泊，正傍着梁山水泊，周围尽是深港水汊，芦苇草荡。闲常时也兀自劫了人，莫说如今又添了那一伙强人在里面。若不起得大队人马，如何敢去那里捕获得人。"府尹道："既是如此说时，再差一员了得事的捕盗巡检，点与五百官兵人马，「五百官兵人马。」和你一处去缉捕。"何观察领了台旨，再回机密房来，唤集这众多做公的，整选了五百余人，「五百余做公的人。」各各自去准备什物器械。次日，那捕盗巡检领了济州府帖文，与同何观察两个，点起五百军兵，同众多做公的，一齐奔石碣村来。

　　且说晁盖、公孙胜，自从把火烧了庄院，带同十数个庄客，来到石碣村，半路上「三字疏密正妙，已藏下吴用调度、三阮义勇在内。」撞见三阮弟兄，各执器械，却来接应到家，七个人都在阮小五庄上。那时阮小二已把老小搬入湖泊里，「好！」七人商议要去投梁山泊一事。吴用道："现今李家道口有那旱地忽律朱贵，在那里开酒店，招接四方好汉。但要入伙的，须是先投奔他。我们如今安排了船只，把一应的物件装在船里，将些人情送与他引进。"「此语非抑揄朱贵，盖王伦之恶名，流布久矣。○又于此处着此一语，则知来日火并，全出林冲，殊非晁盖七人预图之也。」

　　大家正在那里商议投奔梁山泊，只见几个打鱼的〔便。〕来报道："官军人马，飞奔村里来也！"晁盖便起身叫道："这厮们赶来，我等休走！"〔写晁盖。〕阮小二道："不妨！〔写阮家。〕我自对付他。叫那厮大半下水里去死，小半都搠杀他。"公孙胜道："休慌！〔写公孙胜。〕且看贫道的本事！"晁盖道："刘唐兄弟，〔不必尽用，妙。杀鼠岂须全力哉！〕你和学究先生，〔不必出自加亮，妙。割鸡焉用牛刀哉！〕且把财赋老小，装载船里，径撑去李家道口左侧相等。我们看些头势，〔四字妙笔，深明虎鼠不敌，不过看他如何耳。〕随后便到。"阮小二选两只棹船，把娘〔王进娘自到延安府去，此娘却入水泊里来。天下无不是的娘，只是其所由来有渐耳，做娘可不慎哉！○"把娘"二字，成文可笑。王进扶娘，是孝子身分；阮二把娘，是逆子身分；至后来李逵背娘，则竟是恶兽身分矣。〕和老小、家中财赋，都装下船里。吴用、刘唐各押着一只，叫七八个伴当摇了船，先到李家道口去等。又分付阮小五、阮小七撑驾小船，如此迎敌。两个各棹船去了。〔不惟阮二有才，又表两弟快便。〕

　　且说何涛并捕盗巡检，带领官兵，渐近石碣村，但见河埠有船，尽数夺了，〔此句调侃官兵，公余读此，恻然念之！〕便使会水的官兵，下船里进发。岸上的骑马，船骑相迎，水陆并进。到阮小二家，一齐呐喊，人兵并起，扑将入去，早是一所空房，〔绝倒。○想见呐喊之声，齐起齐止。〕里面只有些粗重家火。何涛道："且去拿几家附近渔户。"问时，说道："他的两个兄弟，阮小五、阮小七，都在湖泊里住，非船不能去。"何涛与巡检商议道："这湖泊里港汊又多，路径甚杂，抑且水荡坡塘，不知深浅，若是四分五落去捉时，又怕中了这贼人奸计。我们把马匹都教人看守在这村里，一发都下船里去。"当时捕盗巡检并何观察，一同做公的人等，都下了船。那时捉的船，非止百十只，也有撑的，亦有摇的，〔写得纷纷可笑。○"撑""摇"二字，写成一笑，使船如马，固如是耶？〕一齐都望阮小五打鱼庄上来。

行不到五六里水面，只听得芦苇中间，有人嘲歌。^{「眉批：此文凡有两番，今第一番。」}众人且住了船听时，「"只听得"三字，纸上如有一人直闪出来。"住了船听时"五字，纸上如有一人复闪入去。写得变诡之极。」那歌道：

打鱼一世蓼儿洼，不种青苗不种麻。

酷吏赃官都杀尽，忠心报答赵官家。^{「以杀尽赃酷为报答国家，真能报答国家者也。」}

何观察并众人听了，尽吃一惊。只见远远地一个人，独棹一只小船儿唱将来。有认得的指道："这个便是阮小五。"^{「阮小五先听后见。」}何涛把手一招，众人并力向前，各执器械，挺着^{「好笑，见鬼。」}迎将去。只见阮小五大笑，^{「妙人。」}骂道："你这等虐害百姓的贼，^{「官是贼，贼是老爷。然则官也，贼也；贼也，老爷也。一而二，二而一者也。○快绝之文！」}直如此大胆！敢来引老爷做甚么！却不是来捋虎须！"何涛背后有会射弓箭的，搭上箭，拽满弓，一齐放箭。阮小五见放箭来，拿着桦楸，翻筋斗钻下水里去。^{「来时来得出奇，去时去得出奇。」}众人赶来跟前，拿个空。

又撑不到两条港汊，只听得芦花荡里打唿哨，众人把船摆开，^{「好笑，又见鬼。」}见前面两个人棹着一只船来。船头上立着一个人，头戴青箬笠，身披绿蓑衣，手里拈着条笔管枪，^{「阮七先见后听。」}口里也唱道：

老爷生长石碣村，禀性生来要杀人。

先斩何涛巡检首，京师献与赵王君。^{「斩赃酷首级以献其君，真能献其君矣。○又两歌辞义相承，如断若续。前云"杀尽"，后云"先斩"；前歌大，后歌紧，妙绝。」}

何观察并众人听了，又吃一惊。有认得的说道："这个正是阮小七。"何涛喝道："众人并力向前，先拿住这个贼！休教走了！"阮小七听得，笑道："泼贼！"〔也笑，妙人。〕〔前云"虐害百姓的贼"，乃明正贼之罪也。此却并"虐害百姓"四字都省去，只以二字直呼之云"泼贼"，下亦更不别接一语，更为快绝也！〕便把枪只一点，那船便使转来，望小港里串着走。〔妙。〕众人舍命喊，赶将去。〔可笑，又见鬼。〕这阮小七和那摇船的，飞也似摇着橹，口里打着唿哨，串着小港汊中只顾走。〔妙。〕众官兵赶来赶去，看见那水港窄狭了，何涛道："且住！把船且泊了，都傍岸边。"上岸看时，只见茫茫荡荡，都是芦苇，正不见一些旱路。何涛内心疑惑，却商议不定，便问那当村住的人，说道："小人们虽是在此居住，也不知道这里有许多去处。"何涛便教划着两只小船，船上各带三两个做公的，去前面探路。去了两个时辰有余，不见回报。〔妙。〕何涛道："这厮们好不了事！"再差五个做公的，又划两只船去探路。这几个做公的，划了两只船，又去了一个多时辰，并不见些回报。〔妙。〕何涛道："这几个都是久惯做公的，四清六活的人，却怎地也不晓事，如何不着一只船转来回报？不想这些带来的官兵，人人亦不知颠倒！"天色又看看晚了，何涛思想："在此不着边际，怎生奈何？我须用自去走一遭。"〔夹此一句妙。〕〔妙。〕拣一只疾快小船，选了几个老郎做公的，各拿了器械，桨起五六把桦楫，何涛坐在船头上，望这个芦苇港里荡将去。

那时已是日没沉西，〔夹此一句妙。〕划得船开，约行了五六里水面，看见侧边岸上一个人，提着把锄头走将来，〔千奇百怪，横现侧出。〕何涛问道："兀那汉子，你是甚人？这里是甚么去处？"那人应道："我是这村里庄家。这里唤做断头沟，

没路了。"何涛道："你曾见两只船过来么？"那人道："不是来捉阮小五的？"何涛道："你怎地知得是来捉阮小五的？"那人道："他们只在前面乌林里厮打。"〔不是厮打之事，说得好笑。〕何涛道："离这里还有多少路？"那人道："只在前面望得见便是。"何涛听得，便叫拢船，前去接应，便差两个做公的，拿了榥叉上岸来。只见那汉提起锄头来，手到，把这两个做公的，一锄头一个，〔快事快文！○乡间百姓锄头，千推不足供公人一饭也，岂意今日一锄头已足。〕翻筋斗都打下水里去。何涛见了吃一惊，急跳起身来时，却待奔上岸，只见那只船忽地搪将开去，水底下钻起一个人来，〔只是一两个人，写得便如怒龙行雨，其鳞爪有东现西没之势。〕把何涛两腿一扯，扑通地倒撞下水里去。那几个船里的却待要走，被这提锄头的赶将上船来，一锄头一个，〔索性快事。〕排头打下去，脑浆也打出来。这何涛被水底下这人倒拖上岸来，就解下他的搭膊来捆了。〔趣绝！朱文公见此，必当注之云：即以其人搭膊，还缚其人之身矣。〕看水底下这人，却是阮小七；岸上提锄头的那汉，便是阮小二。〔带叙带记。〕

弟兄两个，看着何涛骂道："老爷弟兄三个，从来只爱杀人放火。〔嵇康好锻，何至于此。〕量你这厮，直得甚么！你如何大胆，特地引着官兵来捉我们！"何涛道："好汉，小人奉上命差遣，盖不由己。小人怎敢大胆，要来捉好汉！望好汉可怜见家中有个八十岁的老娘，无人养赡，〔随手噜出一句"有娘"，以映衬三阮之有娘也。后李鬼文中，亦有此一句，正与今文遥遥相对。〕望乞饶恕性命则个！"阮家弟兄道："且把他来捆做个粽子，撇在船舱里。"〔不完。〕把那几个尸首，都撺去水里去了。个个唿哨一声，芦苇从中钻出四五个打鱼的人来，都上了船。〔不漏。〕阮小二、阮小七各驾了一只船出来。〔只消小二、小七驾船出来，读者亦出来矣。若自俗笔，不免老大段落。〕

272

且说这捕盗巡检，领着官兵，都在那船里说道："何观察他道做公的不了事，自去探路，也去了许多时，不见回来。"那时正是初更左右，星光满天。众人都在船上歇凉，「不是歇凉之事，写得好笑。○日里夺船，夜里歇凉，千载官兵，于今为烈。」忽然只见起一阵怪风，从背后吹将来，「又是一番。」吹得众人掩面大惊，只叫得苦，把那缆船索都刮断了。正没摆布处，只听得后面唿哨响。「先听得。」迎着风看时，「"迎着风"三字妙，是看背后，精细之至。」只见芦花侧畔，射出一派火光来。「次见。」众人道："今番却休了！"那大船小船，约有百十来只，正被这大风刮得你撞我磕，捉摸不住，那火光却早来到面前。「深赞好风也。」原来都是一丛小船，两只价帮住，「村中苦无大船，若用小船，又不发火势，设身处地算出此五字来。○此书处处设身处地而后成文，真怪事也。」上面满满堆着芦苇柴草，刮刮杂杂烧着，乘着顺风直冲将来。那百十来只官船，屯塞做一块，「写得如画，便画亦难画。」港汊又狭，又没回避处。那头等大船也有十数只，却被他火船推来，钻在大船队里一烧。「妙。」水底下原来又有人扶助着船烧将来，「妙。」烧得大船上官兵都跳上岸来，逃命奔走，不想四边尽是芦苇野港，又没旱路。只见岸上芦苇又刮刮杂杂，也烧将起来。「写得如画，便画亦难画。」那捕盗官兵，两头没处走。风又紧，火又猛，众官兵只得都奔烂泥里立地。「"烂泥里"三字，绝倒。○此"烂泥"句，算做官军仓卒应变。」火光丛中，只见「此六字冒下三段。」一只小快船，船尾上一个摇着船，船头上坐着一个先生，手里明晃晃地拿着一口宝剑，「只是船头一个先生，船尾一个摇着，写得便如中军一阵相似。」口里喝道："休教走了一个！"众兵都在烂泥里慌做一堆。「此"烂泥"句，算做官军运筹帷幄。」说犹未了，只见芦苇东岸，两个人引着四五个打鱼的，都手里明晃晃拿着刀枪走来。「只是两个人引着四五个渔人，写得便如左边一阵相似。」这边芦苇西岸，又是两个人，也引着四五个打鱼的，手里也明晃晃拿着飞鱼钩走来。

「亦只是两个人引着四五个渔人，写得便如右边一阵相似。」东西两岸，四个好汉并这伙人二、阮小七耳，写得便如两军合入中军相似。○不惟当时官军在暗里，疑他有千军万马，便是今日读者在亮里，也疑他有千军万马，作者才调如此。○每见近代露布大文，写得印板相似，便令千军万马反像街汉厮打，因叹人之才与不才，何啻河汉。」一齐动手，排头儿搠将来。无移时，把许多官兵都搠死在烂泥里。「此"烂泥"句，算做官军疆场效命。」

「两岸合来，连中间一人，只是公孙胜、晁盖、阮小五、阮小

东岸两个是晁盖、阮小五；西岸两个是阮小二、阮小七；船上那个先生，便是祭风的公孙胜。「带叙带记，叙处有奔风激电之能，记处有水落石出之致。」五位好汉，引着十数个打鱼的庄家，「忽然结算一句，五个好汉，十个渔人，收拾上文一片五花八门文字，才调异常。」把这伙官兵，都搠死在芦苇荡里。

「第二番完。○下忽又转过第一番。」单单只剩得一个何观察，捆做粽子也似，丢在船舱里。「忽然接转观察，笔如惊鹰饿虎。」阮小二提将上岸来，指着骂道："你这厮，是济州一个诈害百姓的蠹虫！「二字奇文。○虎称大虫，鼠称老虫，马称聋虫，官称蠹虫，皆奇文！」我本待把你碎尸万段，却要你回去对那济州府管事的贼说：俺这石碣村阮氏三雄、东溪村天王晁盖，都不是好撩拨的！我也不来你城里借粮，他也休要来我这村中讨死！「竟作酬酢语，妙绝。○贼与贼，老爷与老爷，正应酬酢也。」倘或正眼儿觑着，休道你是一个小小州尹，也莫说蔡太师差干人来要拿我们，便是蔡京亲自来时，我也搠他三二十个透明的窟窿。「只算上寿。」俺们放你回去，休得再来！传与你的那个鸟官人，教他休要做梦！这里没大路，「五个字里，结果一员巡检，千余人兵，读之失笑。」我着兄弟送你出路口去。"当时阮小七把一只小快船载了何涛，直送他到大路口，喝道："这里一直去，便有寻路处。别的众人都杀了，难道只恁地好好放了你去，也吃你那州尹贼驴笑！「一篇如奔风激浪，至此已得收港，却不肯便住，故又另一蹴起一波，其才如许。」且请下你两个耳朵来做表证！"「七哥趣人，不枉姓阮。」阮小七身边拔起尖刀，把何观察两个耳朵割下来，鲜血淋漓，插了刀，解了搭膊，「幽细之极。○百忙之后，人必忘之矣。」

放上岸去。何涛得了性命，自寻路 「"寻路"妙。送出路口，尚要寻路，笑上文深入虎口之易也。"自寻"又妙！千余人来，一个回去，回思夺船时，真成一梦也。」回济州去了。

且说晁盖、公孙胜和阮家三弟兄，并十数个打鱼的，一发都驾了五七只小船，离了石碣湖村泊，径投李家道口来。到得那里，相寻着吴用、刘唐船只，合做一处。吴用问起拒敌官兵一事，晁盖备细说了。吴用众人大喜。整顿船只齐了，一同来到旱地忽律朱贵酒店里。朱贵见许多人来说投托入伙，慌忙迎接。吴用将来历实说与朱贵听了，「待朱贵不薄。」大喜，逐一都相见了，请入厅上坐定，忙叫酒保安排分例酒来，管待众人。随即取出一张皮靶弓来，搭上一枝响箭，望着那对港芦苇中射去。响箭到处，早见有小喽啰摇出一只船来。朱贵急写了一封书呈，备细写众豪杰入伙姓名人数，「四字写出朱贵欢喜。」先付与小喽啰赍了，教去寨里报知，一面又杀羊管待 「深表朱贵。」众好汉。过了一夜，次日早起，朱贵唤一只大船，请众多好汉下船，就同带了晁盖等来的船只，「细。」一齐望山寨里来。行了多时，早来到一处水口，只听的岸上鼓响锣鸣。晁盖看时，只见七八个小喽啰，划出四只哨船来，见了朱贵，都声了喏，自依旧先去了。「此一段俗笔不及。」

再说一行人来到金沙滩上岸，便留老小船只并打鱼的人在此等候。「老小并打鱼人留在滩上船里。」又见数十个小喽啰，下山来接引到关上。「写事有层次。」王伦领着一班头领，出关迎接。晁盖等慌忙施礼，王伦答礼道："小可王伦，久闻晁天王大名，如雷灌耳。今日且喜光临草寨。"晁盖道："晁某是个不读书史的人，甚是粗卤，今日事在藏拙，甘心与头领帐下做一小卒，不弃幸甚。"王伦道：

"休如此说，且请到小寨，再有计议。"一行从人，都跟着上山来。「从人跟上山来。」到得大寨聚义厅上，王伦再三谦让晁盖一行人上阶。晁盖等七人，在右边一字儿立下；王伦与众头领，在左边一字儿立下。一个个都讲礼罢，分宾主对席坐下。王伦唤阶下众小头目声喏已毕，一壁厢动起山寨中鼓乐。先叫小头目去山下管待来的从人，关下另有客馆安歇。「从人仍发放关下去。」

单说山寨里宰了两头黄牛、十个羊、五个猪，大吹大擂筵席。众头领饮酒中间，晁盖把胸中之事，从头至尾，都告诉王伦等众位。王伦听罢，骇然了半晌，「外边写一句。」心内踌躇，「里边写一句。」做声不得。「又于外边写一句。」自己沉吟，「又于里边写一句。」虚作应答。「又于外边写一句。○五句活写出秀才。」筵宴至晚席散，众头领送晁盖等众人关下客馆内安歇，「此一句写王伦异心。」自有来的人伏侍。「此一句写王伦疏漏。○一句写王伦密，一句写王伦疏，活写出秀才。」晁盖心中欢喜，对吴用等六人说道："我们造下这等迷天大罪，那里去安身？不是这王头领如此错爱，我等皆已失所，此恩不可忘报！"吴用只是冷笑。「妙。○七个人须要逐个出色一写。故前朱仝来捉时，晁盖已着吴用、刘唐先行了，却又着公孙胜先行，他便独自一个挺刀押后，此是出色写个晁盖。何涛来捉时，阮小二道"不妨，我自对付他"，便调度小五与小七两只船、两个山歌来，此是出色写个三阮。后来一阵怪风、一片火光、一只小船、一口宝剑，便把一千官军烧得罄尽，此是出色写个公孙胜。今自"冷笑"二字已下完火并一篇，乃是出色写个吴用也。七个人中，独刘唐不曾出色自效，便为补写月夜一走，以见行文如行兵，遣笔如遣将，非可草草无纪也。」晁盖道："先生何故只是冷笑？有事可以通知。"吴用道："兄长性直。「此四字是一部大书中如椽之笔。晁盖只是直，宋江只是曲，此晁、宋之别也。」你道王伦肯收留我们？兄长不看他的心，只观他的颜色动静规模。"晁盖道："观他颜色怎地？"吴用道："兄长不见他早间席上与兄长说话，倒有交情；次后因兄长说出杀了许多官兵捕盗巡检，放了何涛，阮氏三雄如此豪杰，他便有些颜色变了。虽是口中答应，心里好生不然。若是他有心收留我们，只就早上便议定了坐位。

「明日排宴，已分付山南水亭矣。」杜迁、宋万这两个自是粗卤的人，「轻。○只点一句便放过。」待客之事，如何省得？只有林冲那人，「陡然提出林冲，有如榛莽之中，怪石砑露。」原是京师禁军教头，大郡的人，诸事晓得。今不得已，「知己语，只四字洒下人泪来。」坐了第四位。早间见林冲看王伦答应兄长模样「十四字一句，又如活，又如画。○王伦应晁盖，林冲看王伦应晁盖，吴用见林冲看王伦应晁盖，一句看他多曲。」他自便有些不平之气，频频把眼瞅这王伦，心内自己踌躇。「活画林冲。○亦用外一句，里一句。」我看这人，倒有顾盼之心，只是不得已。「数语中凡用两"不得已"句，写林冲乎哉？写天下丈夫也。」小生略放片言，「此语丑。」教他本寨自相火并。"晁盖道："全仗先生妙策。"当夜七人安歇了。

次早天明，只见人报道："林教头相访。"「疾。○前写晁盖挺刀押后文中，都将朱仝、雷横夹杂而写。此写吴用文中，亦将林冲夹杂而写。读者须分作两分眼色，一半去看吴用，一半去看林冲，乃双得之也。」吴用便对晁盖道："这人来相探，中俺计了。"七个人慌忙起来迎接，邀请林冲入到客馆里面。吴用向前称谢道："夜来重蒙恩赐，拜扰不当。"林冲道："小可有失恭敬。虽有奉承之心，奈缘不在其位，「林冲心事」望乞恕罪。"吴学究道："我等虽是不才，非为草木，岂不见头领错爱之心，顾盼之意，「就势便用一迎，妙绝！」感恩不浅。"晁盖再三谦让林冲上坐，林冲那里肯，推晁盖上首坐了，林冲便在下首坐定。吴用等六人一带坐下。「只客馆中片时小坐，亦不草草，深写林冲在王伦下第四椅，真是不在其位也。」晁盖道："久闻教头大名，不想今日得会。"「晁盖性直，只说闲话，并不与林冲对针，然却少不得。」林冲道："小人旧在东京时，与朋友交，礼节不曾有误。「林冲语。○武师自说海话，圣叹却蓦然想着深公，私谓：除此寒山片石，恐武师之在东京，亦未必更有可语。」虽然今日能够得见尊颜，不得遂平生之愿，特地径来陪话。"「林冲语。」晁盖称谢道："深感厚意。"「晁盖说闲话。」吴用便动问道："小生旧日久闻头领在东京时，十分豪杰，不知缘何与高俅不睦，致被陷害。后闻在沧州，亦被火烧了大军草料场，又是他的计策。「闲话七句。」

向后不知谁荐头领上山？"「正话一句。」林冲道："若说高俅这贼陷害一节，但提起，毛发直立！「句法亦有毛发直立之势。」又不能报得此仇！「答一。」来此容身，皆是柴大官人举荐到此。"「答一。」吴用道："柴大官人，莫非是江湖上人称为小旋风柴进的么？「撇过高俅，单擒柴大官人，手法敏辣，有纵蛟锁龙之妙。」林冲道："正是此人。"晁盖道："小可多闻人说柴大官人仗义疏财，接纳四方豪杰，说是大周皇帝嫡派子孙，如何能够会他一面也好。"「百忙中晁盖又说闲话，真是闲口闲嗑，全与林冲不对。然上特注云却少不得者，正为林、吴相对，镞镞相拄，括括相击，反觉斧凿之痕，太是显然，深赖晁盖夹在中间，顺他直性，自说自话，以泯其迹也。」吴用又对林冲道："据这柴大官人，名闻寰海，声播天下的人，「妙。○擒住柴大官人更不放。」教头若非武艺超群，「妙。○"若非"二字反踢，妙。」他如何肯荐上山？「妙。○"如何肯"三字反踢，妙。」非是吴用过称，「妙。○"非是"二字，亦用反踢。」理合王伦让这第一位与头领坐。此天下公论，「承"若非"句。」也不负了柴大官人的书信。"「承"如何肯"句。」林冲道："承先生高谈，只因小可犯下大罪，投奔柴大官人，非他不留林冲，「此六字令我读之骇然。盖写林冲，便活写出林冲来，写林冲精细，便活写出林冲精细来。何以言之？夫上文吴用文中，乃说柴进荐林冲上山也。林冲却忽然想道：他说柴进荐我上山，或者疑到柴进不肯留我在家耶？说时迟，那时疾，便急道一句"非他不留林冲"六个字，千伶百俐，一似草枯鹰疾相似。妙哉妙哉！盖自非此句，则写来已几乎不是林冲也。」诚恐负累他不便，自愿上山。不想今日去住无门！「"去住"二字，写林冲动摇已久也。」非在位次低微，只为王伦心术不定，语言不准，难以相聚。"「说得矫健。○"心术不定，语言不准"，犯此八字者，贼也做不成，痛言哉！」吴用道："王头领待人接物，一团和气，如何心地倒恁窄狭？"「换一头。」林冲道："今日山寨天幸，得众多豪杰到此，相扶相助，似锦上添花，如旱苗得雨。此人只怀妒贤嫉能之心，但恐众豪杰势力相压。「千古同之，仲尼之所以致叹于臧孙也。」夜来因见兄长所说众位杀死官兵一节，他便有些不然，就怀不肯相留的模样，以此请众豪杰来关下安歇。"吴用便道："既然王头领有这般之心，我等休要待他发付，「恶极！只八个字把雪天三限，直提出来。」自

278

投别处去便了。"林冲道："众豪杰休生见外之心，林冲自有分晓。〔「林冲已决。○要知此六个字，全是上文"休要待他发付"逼出。」〕小可只恐众豪杰生退去之意，特来早早说知。〔「是林冲。」〕今日看他如何相待。若这厮语言有理，不似昨日，万事罢论；倘若这厮今朝有半句话参差时，尽在林冲身上。"〔「决。」〕晁盖道："头领如此错爱，俺弟兄皆感厚恩。"〔「又插入晁盖直性人说直话，全不摸林冲头脑，全不对林冲箝括，读之如活。」〕吴用便道："头领为新弟兄面上，倒与旧弟兄分颜。〔「"新弟兄""旧弟兄"六个字，有钩枪拐马之妙。○新弟兄以亲之，旧弟兄以疏之。不谓"弟兄"二字，又可作胶漆用，又可作刀剑用也。」〕若是可容即容，不可容时，小生等登时告退。"〔「四字是吴用一篇结煞语，盖欲讨一的当相许也，恶哉！」〕林冲道："先生差矣！〔「"差"字来得疾，紧辩"新弟兄""旧弟兄"字也。」〕古人有言：'惺惺惜惺惺，好汉惜好汉。'量这一个泼男女，腌臜畜生，说甚弟兄！〔「豪杰之惜"弟兄"二字也如此矣。」〕众豪杰且请宽心。"〔「七字是林冲一篇结煞语，紧答"登时告退"四字。」〕林冲起身别了众人，说道："少间相会。"〔「也说一句闲话。○林冲此来，只此一句是闲话。」〕众人相送出来，林冲自上山去了。没多时，只见小喽啰到来相请，说道："今日山寨里头领相请众好汉，去山南水寨亭上筵会。"〔「特特避开聚义堂上。」〕晁盖道："上复头领，少间便到。"小喽啰去了。晁盖问吴用道："先生，此一会如何？"吴学究笑道："兄长放心，此一会倒有分做山寨之主。今日林教头必然有火并王伦之意。他若有些心懒，小生凭着三寸不烂之舌，不由他不火并。兄长身边各藏了暗器，〔「要。」〕只看小生把手来捻须为号，〔「要。」〕兄长便可协力。"晁盖等众人暗喜。

辰牌已后，三四次人来邀请。晁盖和众头领身边各各带了器械，暗藏在身上，结束得端正，却来赴席。只见宋万亲自骑马，又来相请，〔「前已表出朱贵，此又表出宋万，笔墨周详。独不及杜迁者，王伦为杜迁所引，且姑留以伴之，亦文家疏密相间之法也。」〕小喽啰抬过七乘山轿，七个人都上轿子，一径投南山水寨里来。直到水亭子前下了轿，王伦、杜迁、林冲、朱贵，都出来相接，邀请到那水亭子上，分宾主坐定。王伦与四个头领——杜迁、宋万、林冲、朱贵，坐在左边主位上；晁盖与六个好汉——吴用、公孙胜、刘唐、三阮，坐在右边客席。阶下小喽啰轮番把盏。酒至数巡，食供两次，晁盖和王伦盘话，但提起聚义一事，王伦便把闲话支吾开去。吴用把眼来看林冲时，「只一句急递入去，妙绝笔力。」只见林冲侧坐交椅上，把眼瞅王伦身上。「写得如画，便画也画不出。○写林冲写得崒嵂之极，郁勃之极。」

看看饮酒至午后，王伦回头叫小喽啰："取来。"三四个人去不多时，只见一人捧个大盘子里，放着五锭大银。「五。」王伦便起身把盏，对晁盖说道："感蒙众豪杰到此聚义，只恨敝山小寨，是一洼之水，如何安得许多真龙？聊备些小薄礼，万望笑留，烦投大寨歇马，小可使人亲到麾下纳降。"晁盖道："小子久闻大山招贤纳士，一径地特来投托入伙，若是不能相容，我等众人自行告退。重蒙所赐白金，决不敢领。非敢自夸丰富，小可聊有些盘缠使用。速请纳回厚礼，只此告别。"王伦道："何故推却？非是敝山不纳众位豪杰，奈缘只为粮少房稀，恐日后误了足下，众位面皮不好，因此不敢相留。"说言未了，只见林冲「八字疾。」双眉剔起，两眼圆睁，坐在交椅上大喝道：「此处若便立起，却起得没声势，若便踢倒桌子立起，又踢得没次第。故特地写个坐在交椅上骂，直骂到分际性发，然后一脚踢开桌子，抢起身来，刀亦就势掣出。有节次，有声势，作者实有设身处地之劳也。」"你前番我上山来时，也推道粮少房稀。「胸中主句，眼前宾句。」今日晁兄与众豪杰到此山寨，你又发出这等言语来，「眼前主句，胸中宾句。」是何道理？"吴用便说道："头领息怒。自是我等来的不是，倒坏了你山寨情分。「恶极，不惟自说不是，看他下"坏情分"三字，已直说林冲不是矣。今日王头领以礼发付我们下山，送与盘缠，又不曾热赶将去。「恶极！只七个字陡然把雪天三限又提出来。」请头领息怒，我等自去罢休。」「明明催之。」林冲道："这是笑里藏刀、言清行浊的人！我其实今日放他不过！"「快绝妙绝！读之神旺。○非一朝一夕之心矣。」王伦喝道："你看这畜生！「看他骂人法，活是个秀才。」又不醉了，倒把言语来伤触我，却不是反失上下！"林冲大骂道："量你是个落第穷儒，「即不落第又奈何？」胸中又没文学，「即有文学又奈何？」怎做得山寨之主！"「可见秀才虽强盗亦不服也。」吴用便道："晁兄，「更不向林冲说，妙绝。」只因我等上山相投，反坏了头领面皮。只今办了船只，便当告退。"「又催之。」晁盖等七人便起身，「句。」要下亭子。「句。○俗人不知此句之妙，便作一句读，不知上半句是真，下半句是假也。」王伦留道："且请席终了去。"「秀才可怜睡里梦里。」林冲把桌子只一脚，踢在一边，抢起身来，衣襟底下掣出一把明晃晃刀来，「有山崩海立、风起云涌之势。」搭的火杂杂。「五字不知是写人，不知是写刀，但觉人刀俱在。」吴用便把手将髭须一摸，晁盖、刘唐便上亭子来，虚拦住王伦叫道："不要火并！"吴用便假意扯林冲道："头领不可造次！"公孙胜便两边道："休为我等坏了大义。"阮小二便去帮住杜迁，阮小五帮住宋万，阮小七帮住朱贵，「百忙中写来何等明画。」吓得小喽啰们目瞪口呆。林冲拿住王伦骂道："你是一个村野穷儒，亏了杜迁得到这里。柴大官人这等资助你，赒给盘缠，与你相交，举荐我来，尚且许多推却。今日众豪杰特来相聚，又要发付他下山去。这梁山泊便是你的！「天下人听者。」你这嫉贤妒能的贼，「天下人听者。」不杀了，要你何用！「却作商量语，绝倒。」你也无大量大才，也做不得山寨之主！"「有大才，又必有大量，强盗头犹必若是耶？」杜迁、宋万、朱贵本待要向前来劝，被这几个紧紧帮着，那里敢动。王伦那时也要寻路走，却被晁盖、刘唐两个拦住。王伦见头势不好，口里叫道："我的心腹都在那里？"「活秀才。」虽有几

个身边知心腹的人，本待要来救，见了林冲这般凶猛头势，谁敢向前？林冲即时拿住王伦，又骂了一顿，「再添一句，为雪天三限吐气。」去心窝里只一刀，胳察地搠倒在亭上。晁盖见搠王伦，各掣刀在手。「方掣出暗器。」林冲疾把王伦首级割下来，提在手里，「林冲能。○却是耐庵能。」吓得那杜迁、宋万、朱贵都跪下说道："愿随哥哥执鞭坠镫！"晁盖等慌忙扶起三人来。吴用就血泊里拽过头把交椅来，「何必聚义堂上，只山南水亭有何不可，笑秀才之多计也。」便纳林冲坐地，叫道："如有不伏者，将王伦为例！今日扶林教头为山寨之主。"「好吴用。」林冲大叫道："先生差矣！「好林冲。」我今日只为众豪杰义气为重上头，火并了这不仁之贼，实无心要谋此位。今日吴兄却让此第一位与林冲坐，岂不惹天下英雄耻笑？若欲相逼，宁死而已！弟有片言，「愿闻。」不知众位肯依我么？"众人道："头领所言，谁敢不依。愿闻其言。"

　　林冲言无数句，话不一席，有分教：断金亭上，招多少断金之人；聚义厅前，开几番聚义之会。正是：替天行道人将至，仗义疏财汉便来。毕竟林冲对吴用说出甚言语来，且听下回分解。

【第十九回】

梁山泊义士尊晁盖

郓城县月夜走刘唐

此书笔力大过人处，每每在两篇相接连时，偏要写一样事，而又断断不使其间一笔相犯。如上文方写过何涛一番，入此回又接写黄安一番是也。看他前一番翻江搅海，后一番搅海翻江，真是一样才情，一样笔势。然而读者细细寻之，乃至曾无一句一字偶尔相似者。此无他，盖因其经营图度，先有成竹藏之胸中，夫而后随笔迅扫，极妍尽致，只觉干同是干，节同是节，叶同是叶，枝同是枝，而其间偃仰斜正，各自入妙，风痕露迹，变化无穷也。此书写何涛一番时，分作两番写，写黄安一番时，也分作两番写，固矣。然何涛却分为前后两番，黄安却分为左右两番。又何涛前后两番，一番水战，一番火攻。黄安左右两番，一番虚描，一番实画。此皆作者胸中预定之成竹也。夫其胸中预定成竹，即已有如是之各各差别，则虽湖荡即此湖荡，芦苇即此芦苇，好汉即此好汉，官兵一样官兵，然而间架既已各别，意思不觉都换。此虽悬千金以求一笔之犯，且不可得，而况其有偶同者耶！

宋江婆惜一段，此作者之纤笔也。为欲宋江有事，则不得不生出宋江杀人。为欲宋江杀人，则不得不生出宋江置买婆惜。为欲宋江置买婆惜，则不得不生出王婆化棺。故凡自王婆求施棺木以后，遥遥数纸，而直至于王公许施棺木之日，不过皆为下文宋江失事出逃之楔子。读者但观其始于施棺，终于施棺，始于王婆，终于王公，夫亦可以悟其洒墨成戏也。

话说林冲杀了王伦，手拿尖刀，指着众人〔八字读之不寒而栗。〕说道：〔眉批：此一段特特写林冲。〕"据林冲身系禁军遭配到此，〔开口第一句的是林冲语，他人不肯说。○汉文帝《与南粤王书》第一句云"朕高皇帝侧室之子"，与林冲第一句"身系禁军遭配到此"，二语正是一样文法。然汉文推心置腹，林冲提心在口，一是忠恕而行，一是机变立应，其厚其薄，乃如天渊。〕今日为众豪杰至此相聚，争奈王伦心胸狭隘，嫉贤妒能，推故不纳，因此火并了这厮，非林冲要图此位。据着我胸襟胆气，焉敢拒敌官军，他日剪除君侧元凶首恶？〔《水浒》一书大题目，今林冲一生大胸襟。〕今

284

有晁兄，仗义疏财，智勇足备，方今天下人闻其名，无有不伏。我今日以义气为重，立他为山寨之主，〔不是势利，不是威胁，不是私恩小惠，写得豪杰有泰山岩岩之象。〕好么？"〔眉批：一段特特写林冲。〕众人道："头领言之极当。"晁盖道："不可。自古'强宾不压主'。晁盖强杀，只是个远来新到的人，安敢便来占上？"林冲拓手向前，将晁盖推在交椅上，〔定大计，立大业，林冲之功，顾不伟哉！〕叫道："今日事已到头，不必推却。若有不从，即以王伦为例。"〔妙绝快绝！骂杀秀才。○盖谦恭多者，即系秀才，以秀才易秀才而不知其非，岂不辜负尖刀耶！〕再三再四，扶晁盖坐了。林冲喝叫众人就于亭前恭拜了。〔写得与韩琦卷帘相似。〕一面使小喽啰去大寨里摆下筵席，〔林冲才。〕一面叫人抬过了王伦尸首，〔林冲才。〕一面又着人去山前山后唤众多小头目，都来大寨里聚义。〔林冲才。〕

林冲等一行人，请晁盖上了轿马，都投大寨里来。到得聚义厅前，下了马，都上厅来。众人扶晁天王去正中第一位交椅上坐定，〔连日读《水浒》，已得十九回矣，直至此时方是开部第一句，看官都要重添眼色。〕中间焚起一炉香来。〔是。〕林冲向前道：〔顷在亭上已定第一座矣，今第二、第三座，亦须武师手定，故复凛然而前。〕"小可林冲，只是个粗卤匹夫，不过只会些枪棒而已，无学无才，无智无术。〔林冲何尝不谦，只是谦得光明历落，可以自叙，可以作列传，乃至送可以作墓表、谥议，不须更易一字。而林冲有自说如此，人说林冲亦如此，故知永异于秀才之谦也。〕今日山寨，天幸得众豪杰相聚，大义既明，非比往日苟且。〔十字洗出梁山泊来。○《埤雅》云："狗，苟也，以其苟于得食，故谓之狗。"今释"苟"字亦应倒借云："苟，狗也，以其与狗无择，故谓之苟。"呜呼！审如斯言，然则不苟且者谁乎？〕学究先生在此，便请做军师，执掌兵权，调用将校。须坐第二位。"〔尊师重傅，真定得是。〕吴用答道："吴某村中学究，胸次未见经纶济世之才，虽曾读些孙吴兵法，未曾有半粒微功，岂可占上！"林冲道："事已到头，不必谦让。"吴用只得坐了第二位。林冲道："公孙先生请坐第三位。"〔神道设教，真定得是。〕晁盖道：〔定一个，推一个，便印板可笑矣，换晁盖代之。〕"却使不得。

285

若是这等推让之时，晁盖必须退位。"林冲道："晁兄差矣。公孙先生名闻江湖，善能用兵，有鬼神不测之机，呼风唤雨之法，那个及得！"公孙胜道："虽有些小之法，亦无济世之才，如何敢占上！还是头领坐了。"林冲道："只今番克敌制胜，便见得先生妙法。「此句便。」正是鼎分三足，缺一不可，先生不必推却。"公孙胜只得坐了第三位。林冲再要让时，「过文法。」晁盖、吴用、公孙胜都不肯。三人俱道："适蒙头领所说，鼎分三足，以此不敢违命。我三人占上，头领再要让人时，晁盖等只得告退。"三人扶住，林冲只得坐了第四位。「论功行赏，真定得是。」晁盖道："今番须请宋、杜二头领来坐。"「此句乃是作者惟恐文字直谕，故聊借作一曲，若真有此事，便当抹之。」杜迁、宋万却那里肯，苦苦地请刘唐坐了第五位，阮小二坐了第六位，阮小五坐了第七位，阮小七坐了第八位，「刘、阮序齿，真定得是。」杜迁坐了第九位，宋万坐了第十位，朱贵坐了第十一位。「三个与上四个序贤坐得是。」

梁山泊自此是十一位好汉坐定。「总结一句，有笔力，有经纬。」山前山后共有七八百人，都来参拜了，分立在两下。晁盖道：「听令。」"你等众人在此，今日林教头扶我做山寨之主，「嗳。」吴学究做军师，「嗳。」公孙先生同掌兵权，「嗳。」林教头等共管山寨。「嗳。」汝等众人，各依旧职，管领山前山后事务，守备寨栅滩头，休教有失。「嗳。」各人务要竭力同心，共聚大义。"「嗳。○并不增添一语，只依上文林冲所定宣谕一遍，真是又好晁盖，又好林冲。昭烈之言曰："孤之有孔明，如鱼有水。"其乐如是也。」再教收拾两边房屋，安顿了阮家老小，「细。○收完阮家老小。」便教取出打劫得的生辰纲——金珠宝贝，「收完生辰纲。」并自家庄上过活的金银财帛，「收完保正家私。」就当厅赏赐众小头目并众多小喽啰。「大赏。」当下椎牛宰马，祭祀天地神明，庆贺重新聚义。众头领饮酒至半夜方散。次日，又办筵宴庆会，一连吃了数日筵席。晁盖与吴用等众头领计议：整点仓廒，「一。」修理寨栅，「二。」打造军器——枪刀弓箭，衣甲头盔——准备迎敌官军，「三。」安排大小船只，教演人兵水手上船厮杀，好做提备，「四。○此只是计议一遍，尚未曾得周备，故下文吴用又重申之。」不在话下。

一日，林冲见晁盖作事宽洪，疏财仗义，安顿各家老小在山，蓦然思念妻子在京师，存亡未保，遂将心腹备细诉与晁盖「文情如千丈游丝，忽然飘落。」道："小人自从上山之后，欲要搬取妻子上山来，因见王伦心术不定，难以过活，一向蹉跎过了。流落东京，不知死活。"晁盖道："贤弟既有宝眷在京，如何不去取来完聚？你快写书，便教人下山去，星夜取上山来，多少是好。"林冲当即写下了一封书，叫两个自身边心腹小喽啰下山去了。

不过两个月，小喽啰还寨，说道："直至东京城内殿帅府前，寻到张教头家，闻说娘子被高太尉威逼亲事，自缢身死，「应前。」已故半载。「完林冲娘子。○颇有人读至此处，潸然泪落者，错也。此只是作者者随手架出、随手抹倒之法，当时且实无林冲，又焉得有娘子乎哉？不宁惟是而已，今夫人之生死，亦都是随业架出、随业抹倒之事也。岂真有人昔日曾作此书，亦岂真有我今日方读此书乎哉！然则泪落亦不曾泪落，圣叹说错，乃真错也。」张教头亦为忧疑，半月之前，染患身故。「完张教头。」止剩得女使锦儿，已招赘丈夫在家过活。「完锦儿。」访问邻里，亦是如此说。「加一句。」打听得真实，「又加一句。○加此二句，所以深明不是高府迫去，待林冲不得不如此，活写出心腹喽啰。」回来报与头领。"林冲见说了，潸然泪下，自此杜绝了心中挂念。「哭得真，放得快。真豪杰，真林冲。」晁盖等见说，怅然嗟叹。山寨中自此无话，每日只是操练人兵，准备抵敌官军。

忽一日，众头领正在聚义厅上商议事务，只见小喽啰报上山来说道："济州府差拨军官，带领约有二千人马，乘驾大小船四五百只，现在石碣村湖荡

里屯住，特来报知。"晁盖大惊，便请军师吴用商议道："官军将至，如何迎敌？"吴用笑道："不须兄长挂心，吴某自有措置。自古道：'水来土掩，兵到将迎。'"随即唤阮氏三雄，附耳低言道："……如此如此。"又唤林冲、刘唐受计道："你两个便……这般这般。"再叫杜迁、宋万，也分付了。

且说济州府尹点差团练使黄安并本府捕盗官一员，带领一千余人，拘集本处船只，就石碣村湖荡调拨，分开船只作两路来取泊子。〔一句遂令文字分作两扇。〕

且说团练使黄安，带领人马上船，摇旗呐喊，杀奔金沙滩来。看看渐近滩头，只听得水面上呜呜咽咽吹将起来，黄安道："这不是画角之声？"〔前何涛文出色写，此黄安文便约略写，疏密浓淡正妙。〕且把船湾住看时，只见水面上远远地三只船来。〔只是三只船。〕看那船时，每只船上只有五个人，〔只有五个人。〕四个人摇着双橹，船头上立着一个人，〔五个人又只是一个人，然则十五个人，只是三个人，令人深感。〕头戴绛红巾，都是一样红罗绣袄，〔棋子布背心，不知抛向何处，贫富之际，令人深感。〕手里各拿着留客住，三只船上人，都一般打扮。于内有人认得的，便对黄安说道："这三只船上三个人，一个是阮小二，一个是阮小五，一个是阮小七。"黄安道："你众人与我一齐并力向前，拿这三个人！"两边有四五十只船，一齐发着喊，杀奔前去。那三只船唿哨了一声，一齐便回。〔四字如戏，不知视黄安如小儿？如虫蚁？〕黄团练把手内枪拈搭动，向前来叫道："只顾杀这贼，我自有重赏。"那三只船前面走，〔既不来。〕背后官军船上，把箭射将去。那三阮去船舱里，各拿起一片青狐皮来遮那箭矢，〔又不去。〕后面船只只顾赶。

赶不过二三里水港，黄安背后一只小船，飞也似划来报道：〔于报子口中完却一路，文情变诡，令我不测。〕"且不要赶！我们那一条杀入去的船只，都被他杀下水里去，把船都

288

夺去了。"黄安问道："怎的着了那厮的手？"小船上人答道：〔尽向口中说出。〕"我们正行船时，只见远远地两只船来，每船上各有五个人。〔只是五个人。〕我们并力杀去赶他，赶不过三四里水面，四下里小港钻出七八只小船来。〔只是七八只船。〕船上弩箭似飞蝗一般射来，我们急把船回时，来到窄狭港口，只见岸上约有二三十人，〔只是二三十人。〕两头牵一条大篾索，横截在水面上。〔只是一条篾索。〕却待向前看索时，又被他岸上灰瓶、石子，如雨点一般打将来。〔只是灰瓶、石子。〕众官军只得弃了船只，下水逃命。我众人逃得出来，到旱路边看时，那岸上人马皆不见了，马也被他牵去了，看马的军人，都杀死在水里。〔一路完。〕我们芦花荡边寻得这只小船儿，径来报与团练。"〔此船定是吴用留与报信，以乱其军心者也，不得疑作者捏凑。〕

黄安听得说了，叫苦不迭，便把白旗招动，教众船不要去赶，且一发回来。那众船才拨得转头，未曾行动，只见背后那三只船，又引着十数只船，〔十数只船。〕都只是这三五个人，〔三五个人。〕把红旗摇着，口里吹着唿哨，飞也似赶来。黄安却待把船摆开迎敌时，只听得芦苇丛中炮响。黄安看时，四下里都是红旗摆满，〔又似极多者。〕慌了手脚。后面赶来的船上叫道："黄安留下了首级回去！"〔趣语绝倒。留下首级，如何回去？且留下首级，回去如何吃饭耶？〕黄安把船尽力摇过芦苇岸边，却被两边小港里钻出四五十只小船来，〔四五十只。〕船上弩箭如雨点射将来。黄安就箭林里〔字法之奇者，如肉雨、箭林、血粥等，皆可入《谱史》。〕夺路时，只剩得三四只小船了。黄安便跳过快船内，回头看时，只见后面的人，一个个都扑通地跳下水里去了。有和船被拖去的，大半都被杀死。〔一路完。〕黄安驾着小快船，正走之间，只见芦花荡边一只船上，立着刘唐，一挠钩搭住黄安的船，托地跳将过来，只一把拦腰

提住，喝道："不要挣扎！"一时军人能识水的，水里被箭射死；不敢下水的，就船里都活捉了。「事日扫荡，文日收拾。」

黄安被刘唐扯到岸边，上了岸。远远地，晁盖、公孙胜山边骑着马，挺着刀，引五六十人，三二十四马，齐来接应。「写晁盖、吴用、公孙胜，宛然是个中军，真有不劳而定之体。然又特特藏过吴用者，盖深喻谋于九渊，发于九天，枢密之地非可以示人也。读《水浒》有极大学问，后世其念之也哉！」一行人生擒活捉得一二百人，夺的船只，尽数都收在山南水寨里安顿了。大小头领，一齐都到山寨。晁盖下了马，来到聚义厅上坐定。众头领各去了戎装军器，团团坐下，捉那黄安绑在将军柱上。取过金银段匹，赏了小喽啰。点检共夺得六百余匹好马，「山寨从此有许多马匹。」这是林冲的功劳；「明画。」东港是杜迁、宋万的功劳；「明画。」西港是阮氏三雄的功劳；「明画。」捉得黄安，是刘唐的功劳。「明画。○山寨中共是十一位英雄，今单叙出七个有功，而不言晁盖者，几众人之功，皆晁盖之功，晁盖固不得与众人争功也。吴用、公孙胜者，运筹于内，决胜于外，有发纵之能焉，亦不必与众人争功也。止有朱贵例应立功，然身在外司，势不得与，因为另生下文一段，以明无一人尸位素餐也。」

众头领大喜，杀牛宰马，山寨里筵会。自酿的好酒，水泊里出的新鲜莲藕并鲜鱼，山南树上，自有时新的桃、杏、梅、李、枇杷、山枣、柿、栗之类，自养的鸡、猪、鹅、鸭等品物，不必细说。「写得山泊无物不备。」众头领只顾庆赏。新到山寨，得获全胜，非同小可。正饮酒间，只见小喽啰报道："山下朱头领使人到寨。"「上文人各立功，此特补出朱贵，不重在晁盖诸人劫掠客商也。眉批：一事是合传，不得分作两番。」晁盖唤来问有甚事。小喽啰道："朱头领探听得一起客商，有数十人结联一处，今晚必从旱路经过，特来报知。"晁盖道："正没金帛使用，「特着一句，为朱贵地。」谁领人去走一遭？"三阮道："我弟兄们去。"「三阮去了。」晁盖道："好兄弟，小心在意，速去早来。"三阮便下厅去，换了衣裳，跨了腰刀，拿了朴刀、榱叉、留客住，点起一百余人，上厅来别了头领，便下山，就金沙滩把船载过朱贵酒店里去了。晁盖恐三阮担负不下，又使刘唐〔又刘唐去了。〕点起一百余人，教领了下山去接应，又分付道："只可善取金帛财物，切不可伤害客商性命。"〔又带表晁盖。〕刘唐去了。晁盖到三更，不见回报，又使杜迁、宋万，〔又杜迁、宋万去了。〇于朱贵文中，又特着许多人去者，非令众人与朱贵分功，盖又深表朱贵，乃系耳目采听之司，不重一枪一刀，故是役虽全赖阮、刘、杜、宋六人，而功必归之朱贵也。〕引五十余人下山接应。

晁盖与吴用、公孙胜、林冲饮酒至天明，〔上文特遣阮、刘、杜、宋都去了，非必用六人也，正独留林冲也。盖为前文抵敌黄安时，单留晁盖、吴用、公孙胜，而令林冲与彼六人一例在军前听用，虽意在显出武师村勇过人，然已几于绛灌伍之矣。此特调尽群公，大书四人饮酒，呜呼，妙哉！〕只见小喽啰报道："亏得朱头领，得了二十余辆车子金银财物，并四五十匹驴骡头口。"〔叙朱贵功已定。〕晁盖又问道："不曾杀人么？"〔带表。〕小喽啰答道："那许多客人，见我们来得头势猛了，都撇下车子、头口、行李，逃命去了，并不曾伤害他一个。"晁盖见说大喜："我等自今已后，不可伤害于人。"〔是。〕取一锭白银，赏了小喽啰，便叫将了酒果下山来，直接到金沙滩上。见众头领尽把车辆扛上岸来，再叫撑船去载头口、马匹，〔细。〕众头领大喜。把盏已毕，教人去请朱贵上山来筵宴。〔半日只为此一句耳。作文顾不难哉！〕晁盖等众头领，都上到山寨聚义厅上，簸箕掌、栲栳圈坐定。叫小喽啰扛抬过许多财物在厅上，一包包打开，将彩帛衣服堆在一边，〔好。〕行货等物堆在一边，〔好。〕金银宝贝堆在正面。〔好。〕便叫掌库的小头目，每样取一半，收贮在库，听候支用。〔好。〕这一半分做两分，厅上十一位头领，均分一分；〔好。〕山上山下众人，均分一分。〔好。〕把这新拿到的军健，脸上刺了字号，〔好。〕选壮浪的分拨去各寨喂马砍柴；

「好。」软弱的，各处看车切草。「好。」黄安锁在后寨监房内。「好。○结到黄安，断知前文不是二事也。」

晁盖道：「听晁盖说。」"我等今日初到山寨，当初只指望逃灾避难，投托王伦帐下，为一小头目，多感林教头贤弟推让我为尊，不想连得了两场喜事：第一赢得官军，收得许多人马船只，捉了黄安；二乃又得了若干财物金银。此不是皆托众弟兄的才能？"众头领道："皆托得大哥哥的福荫，以此得采。"晁盖再与吴用道："俺们弟兄七人的性命，皆出于宋押司、朱都头两个。古人道：'知恩不报，非为人也！「若论大事，则下文吴用之言为得大体，今自为后文波节，则此语真是宋江钩饵。乃今作者反若置此语于第二，而以下文申作第一，遂使后人读之而迷也，盖笔墨真能颠倒人哉！」今日富贵安乐，从何而来？早晚将些金银，可使人亲到郓城县走一遭，此是第一件要紧的事务。再有白胜陷在济州大牢里，「竟以两事双举，作者之欲迷人如此，读书可不慎欤！」我们必须要去救他出来。"吴用道："兄长不必忧心，小生自有摆划。宋押司是个仁义之人，紧地不望我们酬谢。然虽如此，礼不可缺，早晚待山寨粗安，必用一个兄弟自去。「主句。」白胜的事，可教葊生人去那里使钱，买上嘱下，松宽他，便好脱身。「只带着轻轻说。」我等且商量屯粮，造船，制办军器，安排寨栅、城垣、添造房屋，整顿衣袍、铠甲，打造枪、刀、弓、箭，防备迎敌官军。"「此段极似最重，却是故设迷人。」晁盖道："既然如此，全仗军师妙策指教。"吴用当下调拨众头领，分派去办，不在话下。

且不说梁山泊自从晁盖上山好生兴旺，却说济州府太守见黄安手下逃回的军人，备说梁山泊杀死官军，生擒黄安一事；又说梁山泊好汉，十分英雄了得，无人近傍得他，难以收捕；抑且水路难认，港汊多杂，以此不能取胜。府尹听了，只叫得苦，向太师府干办说道："何涛先折了许多人马，独自一个逃得性命回来，已被割了两个耳朵，自回家将息，至今不痊。去的五百人，无一个回来，因此又差团练使黄安并本府捕盗官，带领军兵前去追捉，亦皆失陷。黄安已被活捉上山，杀死官军，不知其数，又不能取胜，怎生是好！"太守肚里正怀着鬼胎，没个道理处，只见承局来报说："东门接官亭上，有新官到来，飞报到此。"太守慌忙上马，来到东门外接官亭上，望见尘土起处，新官已到亭子前下马。府尹接上亭子，相见已了，那新官取出中书省更替文书来，度与府尹。太守看罢，随即和新官到州衙里，交割牌印，一应府库钱粮等项。当下安排筵席，管待新官，旧太守备说梁山泊贼盗浩大，杀死官军一节。说罢，新官面如土色，心中思忖道："蔡太师将这件勾当抬举我，却是此等地面，这般府分。又没强兵猛将，如何收捕得这伙强人？倘或这厮们来城里借粮时，却怎生奈何？"旧官太守次日收拾了衣装行李，自回东京听罪，「完济州太守。」不在话下。

且说新府尹到任之后，请将一员新调来镇守济州的军官来，当下商议招军买马，集草屯粮，招募悍勇民夫、智谋贤士，准备收捕梁山泊好汉。一面申呈中书省，转行牌仰附近州郡，并力剿捕；一面自行下文书所属州县，知会收剿，及仰属县，着令守御本境。这个都不在话下。

且说本州孔目，差人赍一纸公文，行下所属郓城县，教守御本境，防备梁山泊贼人。郓城县知县看了公文，教宋江迭成文案，行下各乡村，一体守备。宋江见了公文，心内寻思道："晁盖等众人，不想做下这般大事，劫了生辰纲，杀了做公的，伤了何观察，又损害了许多官军人马，又把黄安活捉

上山。如此之罪，是灭九族的勾当。虽是被人逼迫，事非得已，于法度上却饶不得。倘有疏失，如之奈何？"自家一个心中纳闷。分付贴书后司张文远〔无意有意安放此人在此处。〕将此文书立成文案，行下各乡各保，自理会文卷。

宋江却信步走出县来，走不过三二十步，只听得背后有人叫声："押司！"〔春云渐展。〕宋江转回头来看时，却是做媒的王婆，〔此下一篇，自计婆惜直至杀婆惜，皆是借作宋江在逃楔子，所以始于王婆，终于王公，始于施棺，终于施棺。凡以自表其非正文，只是随手点染而已。〕引着一个婆子，却与他说道："你有缘，做好事的押司来也！"宋江转身来问道："有甚么话说？"王婆拦住，指着阎婆对宋江说道："押司不知，这一家儿，从东京来，不是这里人家，嫡亲三口儿。夫主阎公，有个女儿婆惜。他那阎公，平昔是个好唱的人，自小教得他那女儿婆惜，也会唱诸般耍令，年方一十八岁，颇有些颜色。三口儿因来山东投奔一个官人不着，流落在此郓城县。不想这里的人，不喜风流宴乐，因此不能过活，在这县后一个僻净巷内权住。昨日他的家公因害时疫死了，这阎婆无钱津送，没做道理处，央及老身做媒。我道：'这般时节，那里有这等恰好？'又没借换处，正在这里走头没路的，只见押司打从这里过，以此老身与这阎婆赶来，望押司可怜见他则个，作成一具棺材。"〔一具棺材。○从棺材上起。〕宋江道："原来恁地。你两个跟我来，去巷口酒店里，借笔砚写个帖子，与你去县东陈三郎家，取具棺材。"宋江又问道："你有结果使用么？"阎婆答道："实不瞒押司说，棺材尚无，那讨使用？"宋江道："我再与你银子十两，做使用钱。"阎婆道："便是重生的父母，再生的爹娘，做驴做马，〔却不道做鸡做鸭。〕报答押司。"宋江道："休要如此说。"随即取出一锭银子，递与阎婆，自回下处去了。且说这婆子将了帖子，径来县东街陈三郎家，取了一具棺材，回家发送了当，兀自余剩下五六两银子，娘儿两个把来盘缠，不在话下。

忽一朝，那阎婆因来谢宋江，见他下处没有一个妇人家面，回来问间壁王婆道：「春云再展。」"宋押司下处，不见一个妇人面，他曾有娘子也无？"王婆道："只闻宋押司家里住在宋家村，却不曾见说他有娘子。在这县里做押司，只是客居。常常见他散施棺材药饵，极肯济人贫苦，敢怕是未有娘子。"阎婆道："我这女儿长得好模样，又会唱曲儿，省得诸般耍笑。从小儿在东京时，只去行院人家串，那一个行院不爱他！「显得是个歪货。」有几个上行首，要问我过房了几次，我不肯。只因我两口儿，无人养老，因此不过房与他。不想今来倒苦了他。我前日去谢宋押司，见他下处没娘子，因此央你与我对宋押司说，他若要讨人时，我情愿把婆惜与他。我前日得你作成，亏了宋押司救济，无可报答他，与他做个亲眷来往。"王婆听了这话，次日来见宋江，备细说了这件事。宋江初时不肯，怎当这婆子撮合山的嘴擂掇，「一路只是要宋江失事，便特特生出杀婆惜来。杀之无名，便特特装出张三勾搭来。又恐张三有站宋江闺门，便特特倒装出讨做外宅，以明非系正妻妾来。讨做外宅，即宋江不免近于赵员外、西门官人之徒，便特特倒装出鸨儿见他没有娘子，情愿把女与来往。鸨儿为何情愿把女与他，便特特装出施棺木来。曲曲折折，层层次次，当知悉是闲文，不是亦比正文例，一概认真读也。」宋江依允了，就在县西巷内，讨了一所楼房，置办些家火什物，安顿了阎婆惜娘儿两个，在那里居住。没半月之间，打扮得阎婆惜满头珠翠，遍体绫罗。又过几日，连那婆子也有若干头面衣服。「写婆惜衣饰写不尽，却写一句婆子，妙绝。」端的养的婆惜丰衣足食。「点染。」初时，宋江夜夜与婆惜一处歇卧，向后渐渐来得慢了。却是为何？原来宋江是个好汉，只爱学使枪棒，于女色上不十分要紧。这阎婆惜水也似后生，

况兼十八九岁，正在妙龄之际，因此宋江不中那婆娘意。

「如何譬，却譬得妙绝，只是讲解不得。」

一日，宋江不合带后司贴书张文远来阎婆惜家吃酒。「春云三展。」这张文远，却是宋江的同房押司，那厮唤做"小张三"，生得眉清目秀，齿白唇红。平昔只爱去三瓦两舍，飘蓬浮荡，学得一身风流俊俏，更兼品竹调丝，无有不会。这婆惜是个酒色娼妓，一见张三，心里便喜，倒有意看上他。那张三亦是酒色之徒，这事如何不晓得？见这婆娘眉来眼去，十分有情，便记在心里。向后但是宋江不在，这张三便去那里，假意儿只说来寻宋江。那婆娘留住吃茶，言来语去，成了此事。谁想那婆娘自从和那张三两个搭识上了，打得火块一般热，并无半点儿情分在这宋江身上。宋江但若来时，只把言语伤他，全不兜揽他些个。这宋江是个好汉，不以这女色为念，因此半月十日，去走得一遭。那张三和这婆惜，如胶似漆，夜去明来，街坊上人也都知了，却有些风声吹在宋江耳朵里。「春云四展。」宋江半信不信，自肚里寻思道："又不是我父母匹配的妻室，他若无心恋我，我没来由惹气做甚么？我只不上门便了。"自此有几个月不去。阎婆累使人来请，宋江只推事故不上门去。

「忽然住，妙绝。」

话分两头。忽一日将晚，宋江从县里出来，去对过茶房里坐定吃茶，只见一个大汉，「奇文涌拔。」头戴白范阳毡笠儿，身穿一领黑绿罗袄，「白笠黑袄，为月下出色，然在苍然暮色中，更怕人。」下面腿绷护膝、八搭麻鞋，腰里跨着一口腰刀，背着一个大包，走得汗雨通流，气急喘促，把脸别转着看那县里。「写得作怪，妙。」宋江见了这个大汉走得跷蹊，慌忙起身赶出茶房来，跟着那汉走。「亦写得作怪。」约走了三二十步，那汉回过头来，看了宋江，却不认得。「写得作怪。」宋江见这人，略有些面熟，"莫不是那里曾厮会来？"心中一时思量不起。「亦写得作怪。」那汉见宋江看了一回，也有些认得，立住了脚，定睛看那宋江，又不敢问。「真写得作怪。」宋江寻思道："这个人好作怪！却怎地只顾看我？"宋江亦不敢问他。「真写得作怪。」只见那汉去路边一个篦头铺里问道："大哥，前面那个押司是谁？"「此一段写得有鬼怪气，深灯读之，要怕起来。」篦头待诏应道："这位是宋押司。"那汉提着朴刀，走到面前；唱个大喏，「作怪煞。」说道："押司认得小弟么？"「作怪煞。」宋江道："足下有些面善。"「作怪煞。」

那汉道："可借一步说话。"宋江便和那汉入一条僻静小巷。「细。」那汉道："这个酒店里好说话。"

两个上到酒楼，拣个僻静阁儿里坐下。那汉倚了朴刀，解下包裹，撇在桌子底下，「细。」那汉扑翻身便拜，宋江慌忙答礼道："不敢拜问足下高姓？"那人道："大恩人，如何忘了小弟？"宋江道："兄长是谁？真个有些面熟，小人失忘了。"那汉道："小弟便是晁保正庄上曾拜识尊颜蒙恩救了性命的赤发鬼刘唐便是。"「二十八字句。」宋江听了大惊，说道："贤弟，你好大胆！早是没做公的看见，险些儿惹出事来！"刘唐道："感承大恩，不惧一死，特地来酬谢。"「特表刘唐也。」宋江道："晁保正弟兄们，近日如何？兄弟，谁教你来？"「怪之之辞，吃惊如画。」刘唐道："晁头领哥哥，再三拜上大恩人。得蒙救了性命，现今做了梁山泊主都头领。吴学究做了军师，公孙胜同掌兵权。林冲一力维持，火并了王伦。山寨里原有杜迁、宋万、朱贵，和俺弟兄七个，共是十一个头领。现今山寨里聚集得七八百人，粮食不计其数。只想兄长大恩，无可报答，特

使刘唐赍一封书，并黄金一百两，相谢押司，再去谢那朱都头。"「只带一句已足。」刘唐便打开包裹，取出书来，递与宋江。「此乃半句也。夫打开包裹，则应取出书与金子矣。今却因宋江开书太疾，便使刘唐取出金子不及，于是宋江一边自看书，刘唐一边自去开包取出金子。到得刘唐打开金子了，宋江却已看完了书，摸出招文袋来，盖其时真甚疾也。」宋江看罢，便拽起褶子前襟，摸出招文袋。「此亦半句也。宋江摸出招文袋时，刘唐方乃取出金子，下文宋江便紧接一齐插入，盖甚疾也。」打开包儿时，刘唐取出金子放在桌上。宋江把那封书——就取了一条金子和这书包了——插在招文袋内，放下衣襟，「飞梁驾笋，造五凤楼手也。」便道："贤弟，将此金子依旧包了。"随即便唤量酒的「并不说明，便唤量酒的，写宋江吃惊如画。」打酒来，叫大块切一盘肉来，铺下些菜蔬果子之类，叫量酒人筛酒与刘唐吃。「宋江不陪吃者，深写吃惊之后，惟恐有失也。」

看看天色晚了，刘唐吃了酒，量酒人自下去。刘唐把桌上金子包打开，要取出来。「写一时匆匆相视如画。」宋江慌忙拦住道："贤弟，你听我说：你们七个弟兄初到山寨，正要金银使用，宋江家中颇有些过活，且放在你山寨里，等宋江缺少盘缠时，却来取。今日非是宋江见外，于内已受了一条。朱仝那人，也有些家私，不用送去，我自与他说知人情便了。「只答一句已足。」贤弟，我不敢留你去家中住，「活是吃惊语。」倘或有人认得时，不是要处。今夜月色必然明朗，你便可回山寨去，莫在此停阁。宋江再三申意众头领，不能前来庆贺，切乞恕罪。"刘唐道："哥哥大恩，无可报答，特令小弟送些人情来与押司，微表孝顺之心。保正哥哥今做头领，学究军师号令非比旧日，小弟怎敢将回去？到山寨中必然受责。"「是。」宋江道："既是号令严明，我便写一封回书，与你将去便了。"刘唐苦苦相央宋江收受，宋江那里肯接，随即取一幅纸来，借酒家笔砚，备细写了一封回书，与刘唐收在包内。刘唐是个直性的人，「深表刘唐。」

见宋江如此推却，想是不肯受了，便将金子依前包了。看看天色夜来，刘唐道："既然兄长有了回书，小弟连夜便去。"宋江道："贤弟，不及相留，以心相照。"刘唐又下了四拜。宋江教量酒人来道："有此位官人留下白银一两在此，我明日却自来算。"「连帐亦不算，不惟押司托熟，亦为吃惊不小。」刘唐背上包裹，拿了朴刀，跟着宋江下楼来。离了酒楼，出到巷口，天色昏黄，是八月半天气，月轮上来，「写还题中"月夜"二字。」宋江携住刘唐的手，「宋江携刘唐手第二。」分付道："贤弟保重，再不可来。此间做公的多，不是耍处。我更不远送，只此相别。"刘唐见月色明朗，拽开脚步，望西路便走，连夜回梁山泊来。

却说宋江与刘唐别了，自慢慢走回下处来，一头走，一面肚里寻思道："早是没做公的看见，争些惹出一场大事来！"一头想："那晁盖倒去落了草，直如此大弄。"转不过两个弯，只听得背后有人叫一声："押司，那里去来，好两日不见面。"宋江回头看时，倒吃了一惊。不因这番，有分教：宋江小胆翻为大胆，善心变做恶心。毕竟叫宋江的却是何人，且听下回分解。

【第二十回】

虔婆醉打唐牛儿

宋江怒杀阎婆惜

此篇借题描写妇人黑心，无幽不烛，无丑不备，暮年荡子读之咋舌，少年荡子读之收心，真是一篇绝妙针札荡子文字。

写淫妇便写尽淫妇，写虔婆便写尽虔婆，妙绝！

如何是写淫妇便写尽淫妇？看他一晚拿班做势，本要压伏丈夫，及至压伏不来，便在脚后冷笑，此明明是开关接马，送俏迎奸也。无奈正接不着，则不得已，乘他出门恨骂时，不难撒娇撒痴，再复将他兜住。乃到此又兜不住，正觉自家没趣，而陡然见有脏物，便早把一接一兜面孔一齐收起，竟放出狰狰食人之状来。刁时便刁杀人，淫时便淫杀人，狠时便狠杀人，大雄世尊号为花箭，真不诬也。

如何是写虔婆便写尽虔婆？看他先前说得女儿怎地思量，及至女儿放出许多张致来，便改说女儿气苦了，又娇惯了。一黄昏嘈出无数说话，句句都是埋怨宋江，怜惜女儿，自非金石为心，亦孰不入其玄中也。明早骤见女儿被杀，又偏不声张，偏用好言反来安放，直到县门前了，然后扭结发喊，盖虔婆真有此等辣手也。

话说宋江别了刘唐，乘着月色满街，〔六字不惟找足前题，兼乃递入后事，盖良夜如此，美人奈何，便不须遇着阎婆，宋江亦转入西巷矣。○月毕竟是何物，乃能令人情思满巷如此，真奇事也。○人每言英雄无儿女之情，除是英雄到夜便睡着耳。若使坐至月上时节，任是楚重瞳，亦须倚栏长叹。○见夜月便若相思，见晓月便若离别，然其实生平寡缘，无人可思，生平在家，无人可别也。见此茫茫，无端忽集，世又无圣人，我将问谁矣？○已上皆吴趋王斫山先生语，偶附于此。先生妙言奇趣，口作风云，自有《斫山语录》行世，想亦天下之所乐得而读也。〕信步自回下处来。却好的遇着阎婆〔春云五展。○前忽然住，此忽然接，有云穿月漏之妙。〕赶上前来叫道："押司，多日使人相请，好贵人，难见面！便是小贱人有些言语高低，伤触了押司，〔只说言语伤触，虔婆成精语。〕也看得老身薄面，自教训他与押司陪话。今晚老身有缘，得见押司，同走一遭去。"宋江道："我今日县里事务忙，摆拨不开，改日却来。"〔一。〕阎婆道："这个使不得。我女儿在家里专望，押司胡乱温顾他便了。直恁地下得！」「反责宋江下得，虔婆成精语。」宋江道："端的忙些个，明日准来。"

「二。」阎婆道："我今晚要和你去。"便把宋江衣袖扯住了，发话道："是谁挑拨你？「反责宋江受人挑拨，虔婆成精语。」我娘儿两个，下半世过活，都靠着押司。外人说的闲是闲非，都不要听他，押司自做个主张。我女儿但有差错，都在老身身上。「又包办一句，虔婆成精语。」押司胡乱去走一遭。"宋江道："你不要缠，我的事务分拨不开在这里。"「三。」阎婆道："押司便误了些公事，知县相公不到得便责罚你。「又奉承一句，虔婆成精语。」这回错过，后次难逢。押司只得和老身去走一遭。到家里自有告诉。"「又糊涂一句，虔婆成精语。」宋江是个快性的人，吃那婆子缠不过，便道："你放了手，我去便了。"「春云六展。」阎婆道："押司不要跑了去，老人家赶不上。"「又打诨一句，虔婆成精语。」宋江道："直恁地这等？"「直性宋江如画。」两个厮跟着到门前。

宋江立住了脚。「前三段写不肯去，此又云立住脚，见宋江之不必杀婆惜也。」阎婆把手一拦，说道："押司来到这里，终不成不入去了。"「虔婆成精如画。」宋江进到里面凳子上坐了，「前三段不肯去，一段立住脚，此又云凳子上坐，见宋江之不必杀婆惜也。」那婆子是乖的，生怕宋江走去，便帮在身边坐了，「写虔婆成精如画。」叫道："我儿，你心爱的三郎在这里。"「看他句句包荒女儿，兜揽宋江，费心费口，风云转换，入后乃渐渐搓捏不拢，读之失笑。」那阎婆惜倒在床上，对着盏孤灯，正在没可寻思处，只等这小张三来。听得娘叫道"你的心爱的三郎在这里"，那婆娘只道是张三郎，「错认陶潜写来入画。」慌忙起来，把手掠一掠云鬓，「丑。」口里喃喃地骂道："这短命，等得我苦也！「丑。」老娘先打两个耳刮子着！"「丑。」飞也似跑下楼来，就槅子眼里张时，「丑。」堂前琉璃灯却明亮，照见是宋江，那婆娘复翻身转又上楼去，依前倒在床上。「丑。」

　　阎婆听得女儿脚步下楼来，又听得再上楼去了，「两句不是听出花娘也耶，正是写出虔婆着急。」婆子又叫道："我儿，你的三郎在这里，怎地倒走了去。"那婆惜在床上应道："这屋里多远，他不会来！「句。」他又不瞎，如何自不上来，直等我来迎接他，「句。」没了当絮絮聒聒地。"阎婆道："这贼人真个望不见押司来，气苦了。恁地说也好，教押司受他两句儿。"「一场官司反打在宋江屋里，婆舌可畏如此。」婆子笑道："押司，我同你上楼去。"「春云七展。」宋江听了那婆娘说这几句，心里自有五分不自在。为这婆子来扯，勉强只得上楼去。本是一间六椽楼屋：前半间安一副春台、凳子；「实。」「虚。」后半间铺着卧房，贴里安一张三面棱花的床，两边都是栏干，「实。」上挂一顶红罗幔帐；「虚。」侧首放个衣架，「实。」搭着手巾；「虚。」这边放着个洗手盆、「实。」一个刷子；「虚。」一张金漆桌子上，「实。」放一个锡灯台；「虚。」边厢两个杌子；「实。」正面壁上挂一幅仕女；「虚。」对床排着四把一字交椅。「实。○上得楼来，无端先把几件铺陈数说一遍，到后文中或用着，或不用着，恰好虚实间杂成义，真是闲心妙笔。」

　　宋江来到楼上，阎婆便拖入房里去。宋江便向杌子上朝着床边坐了，「如画。○杌子。」阎婆就床上拖起女儿来，「拖起了，然仍在床上，如画。○床。」说道："押司在这里。我儿，你只是性气不好，把言语来伤触他，恼得押司不上门，「二十一字句。」闲时却在家里思量。我如今不容易请得他来，你却不起来陪句话儿，颠倒使性！"「三十一字句。○俗本不知此两行半是二句，便读得七零八碎，减多少色。○一句是凭空生出"语言伤触"四字，便将宋江一向不来缘故，轻轻改得好了。一句是当面生出"颠倒使性"四字，便将婆惜日常相思气苦，明明显得真了。灵心妙舌，其斯以为婆毒煞！」婆惜把手拓开，说那婆子："你做甚么这般鸟乱！我又不曾做了歹事！「浪妇偏嘴硬。○嘴硬，所以掩其浪也，乃人又反因嘴硬而断其为浪，今古皆然，浪妇戒哉！」他自不上门，教我怎地陪话！"宋江听了，也不做声。婆子便掇过一把交椅，在宋江肩下，便推他女儿过来，

<small>此句放下床来。○交椅。</small> 说道："你且和三郎坐一坐。不陪话便罢，<small>[不肯陪话，便算到同坐，不亦是不得已而思其次也。]</small> 不要焦躁。"那婆娘那里肯过来，便去宋江对面坐了。宋江低了头不做声，婆子看女儿时，也别转了脸。<small>[一写。○此语凡写数番，作一篇烟波。]</small> 阎婆道："'没酒没浆，做甚么道场？'<small>[天生妙语与婆用。]</small> 老身有一瓶儿好酒在这里，<small>[春云八展。]</small> 买些果品来，与押司陪话。我儿，你相陪押司坐地，不要怕羞，<small>[前要女儿陪话，既不陪话，便换作女儿同坐；及至又不同坐，便随口插出"陪""坐"二字来，却又倒拴一句"不要怕羞"，抬得女儿金枝玉叶相似，妙哉婆也。]</small> 我便来也。"宋江自寻思道："我吃这婆子钉住了，脱身不得。等他下楼去，我随后也走了。"<small>[先不肯来，既又立住，既又坐凳上，既又要逃走，见宋江之不必杀婆惜也。]</small> 那婆子瞧见宋江要走的意思，出得房门去，门上却有屈戌，便把房门拽上，将屈戌搭了。<small>[细婉之文。]</small> 宋江暗忖道："那虔婆倒先算了我。"

且说阎婆下楼来，先去灶前点起个灯，灶里现成烧着一锅脚汤，再凑上些柴头，<small>[细婉之文。]</small> 拿了些碎银子，出巷口去买得些时新果品、鲜鱼、嫩鸡、肥鲊之类，归到家中，都把盘子盛了。取酒倾在盆里，舀半镟子，在锅里烫热了，倾在酒壶里。<small>[细婉之文。]</small> 收拾了数盆菜蔬、三只酒盏、三双箸，一桶盘托上楼来，放在春台上。<small>[春台。]</small> 开了房门，<small>[细。]</small> 搬将入来，摆满金漆桌子。<small>[桌子。]</small> 看宋江时，只低着头；看女儿时，也朝着别处。<small>[二写。]</small> 阎婆道："我儿起来把盏酒。"婆惜道："你们自吃，我不耐烦！"婆子道："我儿，爷娘手里从小儿惯了你性儿，<small>[说得女儿娇稚可怜之极。]</small> 别人面上须使不得。"婆惜道："不把盏便怎地？终不成，飞剑来取了我头！"<small>[闲中先衬一句。]</small> 那婆子倒笑起来，<small>[一个"笑"字。○吓人语，不得不笑。]</small> 说道："又是我的不是了。<small>[其语太唐突矣，便如飞一笑，引归自己。]</small> 押司是个风流人物，不和你一般见识。<small>[一边又去如飞温住宋江。]</small> 你不把酒便罢，且回过脸来吃盏酒儿。"<small>[一边又去如飞按下女儿。○看他三四转，如]</small>

「盘珠不定。」婆惜只不回过头来，那婆子自把酒来劝宋江，宋江勉意吃了一盏。婆子笑道：「两个"笑"字。○不好开口，只得先笑。」"押司莫要见责。闲话都打叠起，明日慢慢告诉。「既云打叠起明日告诉矣，下又接出话来，看他絮花之舌。○要看他将张三事，在半含半吐间，说不得，不说不得，正如飞燕掠水，只是一点两点，真是绝世文情。」外人见押司在这里，多少干热的不怯气，「又还他一个缘故，又抬得女儿珍珠宝贝相似，若在必争也者。」胡言乱语，放屁辣臊，「八字糊涂得妙。」押司都不要听，且只顾吃酒。」「又是他自己说，又是他劝吃酒，教不要听，写出许多亲热，活是虔婆出现。」筛了三盏在桌子上，说道："我儿，不要使小孩儿的性，胡乱吃一盏酒。「先代作一解，次复劝之饮。」"婆惜道："没得只顾缠我！我饱了，吃不得。"阎婆道："我儿，你也陪侍你的三郎吃盏使得。"「上只复劝之饮，此复插入三郎，苦心之婆、匠心之文也。」婆惜一头听了，一面肚里寻思："我只心在张三身上，兀谁耐烦相伴这厮！若不把他灌得醉了，他必来缠我。"婆惜只得勉意拿起酒来，吃了半盏。「春云九展。」婆子笑道：「三个"笑"字。○此笑真是乐。」"我儿只是焦躁，且开怀吃两盏儿睡。「才见肯吃酒，便轻轻递过一"睡"字，妙绝。」押司也满饮几杯。"「递过俏来。」宋江被他劝不过，连饮了三五杯。婆子也连连吃了几杯，「为明早失救地。」再下楼去烫酒。「春云十展。」那婆子见女儿不吃酒，心中不悦，才见女儿回心吃酒，欢喜道："若是今夜兜得他住，那人恼恨都忘了。且又和他缠几时，却再商量。"婆子一头寻思，一面自在灶前吃了三大钟酒，觉道有些痒麻上来，却又筛了一碗吃，「为明早失救地。穿插无痕，真是妙手。」镟了大半镟，倾在注子里，爬上楼来，见那宋江低着头不做声，女儿也别转着脸弄裙子。「三写。○增"弄裙"字，写淫妇心动。」这婆子哈哈地笑道：「四个"笑"字。○此"笑"字上增出"哈哈"二字，写婆子带笑如画。」"你两个又不是泥塑的，做甚么都不做声？「赵松雪《戏赠管夫人词》云："我侬两个，忒煞情多。好一似练一块泥，捏一个你，塑一个我。却将来一齐都打破，再团再练，再捏一个你，再塑一个我，那时节我泥里有你也，你泥里也有了我。"据此，则目下泥塑亦不妨，只须少顷再团再练也。附作一笑。」押司，你不合是个男子汉，只得装些温柔，说

305

些风话儿耍。"「扳女儿不下了，忽然想到扳下宋江来，舌端变换之极。」宋江正没做道理处，口里只不做声，肚里好生进退不得。「此处本直接下唐二哥，却不便接去，又将他母女两个再作一顿，文笔宽转。」阎婆惜自想道："你不来睬我，指望老娘一似闲常时，来陪你话，相伴你耍笑，我如今却不耍。"那婆子吃了许多酒，口里只管夹七带八嘈，正在那里张家长，李家短，说白道绿。

却有郓城县一个卖糟腌的唐二哥，叫做"唐牛儿"，「春云十一展。」如常在街上只是帮闲，常常得宋江赍助他。但有些公事去告宋江，也落得几贯钱使。宋江要用他时，死命向前。「只为明日夺放宋江，恐有突如其来之嫌，故先插过隔夜。」这一日晚，正赌钱输了，没做道理处，却去县前寻宋江，奔到下处寻不见。街坊都道："唐二哥，你寻谁，这般忙？"唐牛儿道："我喉急了，要寻孤老，一地里不见他。"众人道："你的孤老是谁？"唐牛儿道："便是县里宋押司。"众人道："我方才见他和阎婆两个过去，一路走着。"唐牛儿道："是了。这阎婆惜贼贱虫，他自和张三两个打得火块也似热，只瞒着宋押司一个，他敢也知些风声，好几时不去了。今晚必然吃那老咬虫假意儿缠了去。我正没钱使，喉急了，胡乱去那里寻几贯钱使，就帮两碗酒吃。"一径奔到阎婆门前，见里面灯明，门却不关。入到胡梯边，「细婉之文。」听得阎婆在楼上哈哈地笑。「第五个"笑"字，只是第四个"笑"字的影子。」唐牛儿捏脚捏手，上到楼上，板壁缝里张时，见宋江和婆惜两个都低着头。「四写。」那婆子坐在横头桌子边，口里七十三八十四只顾嘈。「此行与前"夹七带八"行，只是一行书，分作两行写，又一过接之法也。」

唐牛儿闪将入来，看着阎婆和宋江、婆惜，唱了三个喏，立在边头。宋江寻思道："这厮来得最好。"把嘴望下一努。「又要走，见宋江之不欲杀婆惜也。」唐牛儿是个乖的

306

人，便瞧科，「春云十二展。」看着宋江便说道："小人何处不寻过，原来却在这里吃酒耍，好吃得安稳！"宋江道："莫不是县里有甚么要紧事？"唐牛儿道："押司，你怎地忘了？便是早间那件公事。知县相公在厅上发作，着四五替公人来下处寻押司，一地里又没寻处，相公焦躁做一片。押司便可动身。"宋江道："恁地要紧，只得去。"便起身要下楼，吃那婆子拦住道："押司不要使这科分。这唐牛儿捻泛过来，你这精贼也瞒老娘！正是'鲁般手里调大斧'！这早晚知县自回衙去，和夫人吃酒取乐，「妙语随口而成，映衬多少。」有甚么事务得发作？你这般道儿，只好瞒魍魉，老娘手里说不过去。"

唐牛儿便道："真个是知县相公紧等的勾当，我却不会说谎。"阎婆道："放你娘狗屁！老娘一双眼，却是琉璃葫芦儿一般，却才见押司努嘴过来，叫你发科，你倒不撺掇押司来我屋里，颠倒打抹他去，常言道：'杀人可恕，情理难容。'"这婆子跳起身来，便把唐牛儿劈脖子只一叉，踉踉跄跄，直从房里叉下楼来。「春云十三展。」唐牛儿道："你做甚么便叉我？"婆子喝道："你不晓得破人买卖衣饭，如杀父母妻子，你高做声，便打你这贼乞丐！"唐牛儿钻将入来道："你打！"这婆子乘着酒兴，又开五指，去那唐牛儿脸上只一掌，直搋出帘子外去。「总为明早作地。」婆子便扯帘子，撒放门背后，却把两扇门关上，拿拴拴了，口里只顾骂。「细婉之文。」

那唐牛儿吃了这一掌，立在门前大叫道："贼老咬虫，不要慌，我不看宋押司面皮，教你这屋里粉碎！教你双日不着单日着！我不结果了你，不姓唐！"拍着胸，大骂了去。「为明早作地。」

　　婆子再到楼上，看着宋江道："押司没事睬那乞丐做甚么？那厮一地里去搪酒吃，只是搬是搬非。这等倒街卧巷的横死贼，也来上门上户欺负人！"宋江是个真实的人，吃这婆子一篇道着了真病，倒抽身不得。〔春云十四展。〕婆子道："押司不要心里见责，老身只恁地知重得了。我儿和押司只吃这杯。〔此句已不是劝酒矣。〕我猜着你两口多时不见，一定要早睡，收拾了罢休。"〔无数风云，一齐收拾。〕婆子又劝宋江吃两杯，收拾杯盘下楼来，自去灶下去。〔细婉之文。○去灶下，却不收拾，婆心可怜。〕

　　宋江在楼上，自肚里寻思道："这婆子女儿，和张三两个有事，我心里半信不信，眼里不曾见真实。况且夜深了，我只得权睡一睡，且看这婆娘怎地，今夜与我情分如何。"〔丑。○春云十五展。〕只见那婆子又上楼来说道："夜深了，我叫押司两口儿早睡。"〔又作余波荡漾，诚恐寂然便住，须不称上文无数风云也。〕那婆娘应道："不干你事，你自去睡。"婆子笑下楼来，〔六个"笑"字。〕口里道："押司安置。今夜多欢，明日慢慢地起。"〔再作一余波，却便顺手带出明日宋江早起来，妙笔趣笔。〕婆子下楼来，收拾了灶上，洗了脚手，吹灭灯，自去睡了。〔细婉之文。〕

　　宋江坐在杌子上，睒那婆娘时，复地叹口气。约莫已是二更天气，〔二更。〕那婆娘不脱衣裳，〔又活写花娘气恼，又为来朝拾鸳带地。〕便上床去，自倚了绣枕，扭过身，朝里壁自睡了。〔扭过身去，如画。○春云十六展。〕宋江看了，寻思道："可奈这贼人全不睬我些个，他自睡了。我今日吃这婆子言来语去，央了几杯酒，打熬不得，夜深只得睡了罢。"把头上巾帻除下，放在桌子上，〔桌子。〕脱下上盖衣裳，搭在衣架上，〔衣架。○以此二行陪下一行。〕腰里解下鸳带，上有一把解衣刀和招文袋，却挂在床边栏干子上，〔栏干。〕脱去了丝鞋净袜，便上床去那婆娘脚后睡了。〔春云十七展。〕

半个更次，〔二更半。〕听得婆惜在脚后冷笑。〔春云十八展。○写花娘，直写出花娘心上万转千回以后事来，真是神化之笔。○一晚要宋江撑岸就船，至此忽然撑船就岸，古今无气男子，被此笑纵擒多少。〕宋江心里气闷，如何睡得着。自古道："欢娱嫌夜短，寂寞恨更长。"看看三更〔三更。〕交四更，〔四更。〕酒却醒了。挨到五更，〔五更。○逐更叙得好。〕宋江起来，面盆里冷水洗了脸，〔面盆。〕便穿了上盖衣裳，戴了巾帻，〔读者而亦必至王公汤药担边，始知失却鸾带，则斯人者，其亦不必与于读书之数也已。夫夜来明明作三番脱卸，朝来明明只两番结束，岂有两三行间所叙之事，而眼光漏落者哉。〕口里骂道："你这贼贱人好生无礼！"婆惜也不曾睡着，听得宋江骂时，扭过身回道："你不羞这脸。"〔扭过身来，如画。○春云十九展。○上冷笑犹不开口，却为兜宋江不住，故又作撒娇势骂一句。〕宋江忿那口气，便下楼来。阎婆听得脚步响，便在床上说道：〔如画。○写此一句，正为少间失救地也，却甚似为夜来酒深者，妙绝。〕"押司且睡歇，等天明去。没来由起五更做甚么？"宋江也不应，只顾来开门。婆子又道："押司出去时，与我拽上门。"〔如画，妙绝。〕宋江出得门来，就拽上了。忿那口气没出处，一直要奔回下处来。却从县前过，见一碗灯明，看时，却是卖汤药的王公来到县前赶早市。〔春云二十展。〕

那老儿见是宋江来，慌忙道："押司如何今日出来得早？"宋江道："便是夜来酒醉，错听更鼓。"王公道："押司必然伤酒，且请一盏醒酒二陈汤。"宋江道："最好。"就凳上坐了。那老子浓浓地奉一盏二陈汤，递与宋江吃。宋江吃了，蓦然想起道："时常吃他的汤药，不曾要我还钱。我旧时曾许他一具棺材，〔又是一具棺材。〕不曾与得他。想起昨日有那晁盖送来的金子，受了他一条，在招文袋里，何不就与那老儿做棺材钱，教他欢喜。"〔春云二十一展。〕宋江便道："王公，我日前曾许你一具棺木钱，一向不曾把得与你。今日我有些金子在这里，把与你，你便可将去陈三郎家，买了一具棺材，放在家里。你百年归

寿时，我却再与你些送终之资。"王公道："恩主时常觑老汉，又蒙与终身寿具，老子今世不能报答，后世做驴做马，报答押司。"「前者阎婆亦有此言。」宋江道："休如此说。"便揭起背子前襟去取那招文袋时，吃了一惊道："苦也！「春云二十二展。」昨夜正忘在那贼人的床头栏干子上，我一时气起来，只顾走了，不曾系得在腰里。这几两金子直得甚么，须有晁盖寄来的那一封书，包着这金。我本欲在酒楼上刘唐前烧毁了，他回去说时，只道我不把他来为念。「一解。」正要将到下处来烧，却被这阎婆缠将我去。「二解。」昨晚要就灯下烧时，恐怕露在贼人眼里，「三解。」因此不曾烧得。今早走得慌，不期忘了。我时常见这婆娘看些曲本，颇识几字，「先补一句。」若是被他拿了，倒是利害！"便起身道："阿公休怪。不是我说谎，只道金子在招文袋里，不想出来得忙，忘了在家。我去取来与你。"王公道："休要去取。明日慢慢地与老汉不迟。"宋江道："阿公，你不知道，我还有一件物事，做一处放着，以此要去取。"宋江慌慌急急，奔回阎婆家里来。

且说这婆惜听得宋江出门去了，爬将起来，口里自言自语道："那厮搅了老娘一夜睡不着。那厮含脸，只指望老娘陪气下情。我不信你，老娘自和张三过得好，谁耐烦睬你！你不上门来倒好！"口里说着，一头铺被，脱下上截袄儿，解了下面裙子，袒开胸前，脱下截衬衣，「细婉之文。○与前有不脱衣裳照耀。」床面前灯却明亮，照见床头栏干子上拖下条紫罗鸳带。「春云二十三展。」婆惜见了，笑道："黑三那厮吃噎不尽，忘了鸳带在这里，老娘且捉了，把来与张三系。"「点染。」便用手去一提，提起招文袋和刀子来，只觉袋里有些重，「春云二十四展。」便把手抽开，望桌子上只一抖，「桌子。」正抖出那包金子和书来。这婆娘拿起来看时，灯下照见是黄黄的一条金子。婆惜笑道："天教我和张三买物事吃。这几日我见张三瘦了，我也正要买些东西和他将息。"「丑语，只是随手点染。」将金子放下，却把那纸书展开来灯下看时，上面写着晁盖并许多事务。「春去二十五展。」婆惜道："好呀！我只道'吊桶落在井里'，原来也有'井落在吊桶里'。我正要和张三两个做夫妻。单单只多你这厮，今日也撞在我手里！原来你和梁山泊强贼通同往来，送一百两金子与你。且不要慌，老娘慢慢地消遣你。"就把这封书依原包了金子，还插在招文袋里，「自言自语中间忽插一句叙事。」"不怕你教五圣来摄了去"。「妇人语。」正在楼上自言自语，只听得「三字妙绝。不更从宋江边走来，却竟从婆娘边听去，神妙之笔。」楼下呀地门响。床上问道："是谁？"门前道："是我。"床上道："我说早哩，押司却不信要去，原来早了又回来。且再和姐姐睡一睡，到天明去。"这边也不回话，一径已上楼来。「一片都是听出来的，有影灯漏月之妙。」

那婆娘听得是宋江了，慌忙把鸾带、刀子、招文袋，一发卷做一块，藏在被里；扭过身，「又扭过身去。」靠了床里壁，只做齁齁假睡着。「春云二十六展。」宋江撞到房里，径去床头栏干上取时，却不见了。宋江心内自慌，只得忍了昨夜的气，把手去摇那妇人道："你看我日前的面，还我招文袋。"那婆惜假睡着，只不应。宋江又摇道："你不要急躁，我自明日与你陪话。"婆惜道："老娘正睡哩，是谁搅我？"宋江道："你情知是我，假做甚么？"惜婆扭过身「又扭过身来。」道："黑三，你说甚么？"宋江道："你还了我招文袋。"婆惜道："你在那里交付与我手里，却来问我讨？"宋江道："忘了在你脚后小栏干上。这里又没人

来，只得你收得。"婆惜道："呸！你不见鬼来！"宋江道："夜来是我不是了，明日与你陪话。你只还了我罢，休要作耍。"婆惜道："谁和你作耍？我不曾收得！"宋江道："你先时不曾脱衣裳睡，如今盖着被子睡，〔情事明画。〕一定是起来铺被时拿了。"

只见那婆惜柳眉踢竖，星眼圆睁，说道："老娘拿是拿了，只是不还你！你使官府的人，便拿我去做贼断。"〔骇人。〕宋江道："我须不曾冤你做贼。"婆惜道："可知老娘不是贼哩！"〔骇人。〕宋江见这话，心里越慌，便说道："我须不曾歹看承你娘儿两个，还了我罢！我要去干事。"婆惜道："闲常也只嗔老娘和张三有事。〔至此便竟承当，写得花娘可畏。〕他有些不如你处，也不该一刀的罪犯，〔骇人。〕不强似你和打劫贼通同。"宋江道："好姐姐，不要叫，邻舍听得，不是要处。"婆惜道："你怕外人听得，你莫做不得！〔语语骇人。〕这封书，老娘牢牢地收着。若要饶你时，只依我三件事便罢！"〔春云二十七展。〕宋江道："休说三件事，便是三十件事也依你。"婆惜道："只怕依不得。"宋江道："当行即行。敢问那三件事？"

阎婆惜道："第一件，你可从今日便将原典我的文书来还我；再写一纸，任从我改嫁张三，并不敢再来争执的文书。"宋江道："这个依得。"婆惜道："第二件，我头上戴的，我身上穿的，家里使用的，虽都是你办的，也委一纸文书，不许你日后来讨。"宋江道："这个也依得。"阎婆惜又道："只怕你第三件依不得。"〔春云二十八展。〕宋江道："我已两件都依你，缘何这件依不得？"婆惜道："有那梁山泊晁盖送与你的一百两金子，快把来与我，我便饶你这一场天字第一号官司，还你这招文袋里的款状。"宋江道："那两件倒都依得。这一百两金子，果然送来与我，我不肯受他的，依前教他把了回去。若端的有时，双手便送与你。"婆惜道："可知哩！常言道'公人见钱，如蝇子见血'，他使人送金子与你，你岂有推了转去的？这话却似放屁！做公人的，'那个猫儿不吃腥'，阎罗王面前，须没放回的鬼！^{「一篇中如"飞剑"句、"五圣"句、"阎王"句，确是识字看曲本妇人口中语。」}你待瞒谁！便把这一百两金子与我，直得甚么！你怕是贼赃时，快熔过了与我。"^{「骇人。」}宋江道："你也须知我是老实的人，不会说谎。你若不信，限我三日，我将家私变卖一百两金子与你。你还了我招文袋。"婆惜冷笑^{「此冷笑，正与更余肢后冷笑映衬出花娘蜜中有刺来也。」}道："你这黑三倒乖，把我一似小孩儿般捉弄。我便先还了你招文袋，这封书，歇三日却问你讨金子，正是'棺材出了，讨挽歌郎钱'。我这里一手交钱，一手交货。你快把来两相交割。"宋江道："果然不曾有这金子。"婆惜道："明朝到公厅上，你也说不曾有这金子？"^{「骇人。」}

宋江听了公厅两字，^{「春云二十九展。」}怒气直起，那里按捺得住，睁着眼道："你还也不还？"那妇人道："你恁地狠，我便还你不迭！"^{「活是伶俐妇人语，又可恼，又可爱。」}宋江道："你真个不还？"婆惜道："不还！再饶你一百个不还！^{「伶俐妇人语。」}若要还时，在郓城县还你！"^{「骇人。」}宋江便来扯那婆惜盖的被。妇人身边却有这件物，倒不顾被，^{「四字妙手。」}两手只紧紧地抱住胸前。宋江扯开被来，却见这鸾带正在那妇人胸前拖下来。^{「如画。」}宋江道："原来却在这里！"一不做，二不休，两手便来夺。那婆惜那里肯放。宋江在床边舍命地夺，婆惜死也不放。^{「重香写一句，见夺之久。」}宋江狠命只一拽，倒拽出那把压衣刀子在席上，^{「春云三十展。」}宋江便抢

在手里。那婆娘见宋江抢刀在手，叫："黑三郎杀人也！"只这一声，提起宋江这个念头来。<small>「叙事真有龙跳虎卧之能。○宋江之杀，从婆惜叫中来，婆惜之叫，从鸾刀中来，作者真已深达十二因缘法也。」</small>那一肚皮气，正没出处。婆惜却叫第二声时，宋江左手早按住那婆娘，右手却早刀落，去那婆惜颡子上只一勒，鲜血飞出，那妇人兀自吼哩。宋江怕他不死，再复一刀，那颗头，伶伶仃仃，落在枕头上。连忙取过招文袋，<small>「招文袋取了。」</small>抽出那封书来，便就残灯下烧了。<small>「书烧了。○痴人读至此语，叹云何不早烧，圣叹闻之，不觉一笑。」</small>系上鸾带，<small>「带系了。○只不见鸾刀下落。」</small>走下楼来。

那婆子在下面睡，听他两口儿论口，倒也不着在意里。<small>「梦中醉里，写来如画。」</small>只听得女儿叫一声"黑三郎杀人也"，正不知怎地，<small>「梦中醉里，写来如画。」</small>慌忙跳起来，穿了衣裳，奔上楼来，却好和宋江打个胸厮撞。阎婆问道："你两口儿做甚么闹？"宋江道："你女儿忒无礼，被我杀了！"婆子笑道<small>「七个"笑"字。○以此一"笑"字，结夜来六"笑"字，绝倒。」</small>"却是甚话！便是押司生得眼凶，<small>「妙。」</small>又酒性不好，<small>「好。」</small>专要杀人？押司休取笑老身。"宋江道："你不信时，去房里看，我真个杀了。"婆子道："我不信。"推开房门看时，只见血泊里挺着尸首。婆子道："苦也！却是怎地好？"宋江道："我是烈汉！一世也不走，随你要怎地。"婆子道："这贱人果是不好，押司不错杀了，<small>「成精虔婆。」</small>只是老身无人养赡。"宋江道："这个不妨，既是你如此说时，你却不用忧心，我颇有家计，只教你丰衣足食便了，快活过半世。"阎婆道："恁地时却是好也，深谢押司。我女儿死在床上，怎地断送？"<small>「成精虔婆。」</small>宋江道："这个容易。我去陈三郎家，买一具棺材与你。<small>「又一具棺材。」</small>件作行人入殓时，我自分付他来。我再取十两银子与你结果。"婆子谢道："押司只好趁天未明时讨具棺材盛了，邻舍街坊都不要见影。"宋江道："也好。
你取纸笔来，我写个票子与你去取。"阎婆道："票子也不济事，须是押司自
去取，便肯早早发来。"「成精虔婆。」宋江道："也说得是。"两个下楼来，婆子
去房里拿了锁钥，出到门前，把门锁了，带了钥匙。「细婉之文。」宋江与阎婆
两个投县前来。

此时天色尚早，未明，县门却才开。那婆子约莫到县前左侧，把宋江一
把结住，发喊叫道："有杀人贼在这里！"吓得宋江慌做一团，连忙掩住口
道："不要叫。"那里掩得住？县前有几个做公的，走将拢来看时，认得是宋
江，便劝道："婆子闭嘴！押司不是这般的人，有事只消得好说。"阎婆道：
"他正是凶手，与我捉住，同到县里。"原来宋江为人最好，上下爱敬，满
县人没一个不让他。因此做公的都不肯下手拿他，又不信这婆子说。正在
那里没个解救，恰好唐牛儿托一盘子洗净的糟姜来县前赶趁，「夜来写牛儿，不
知费几许笔墨，只
为此时用得着耳。○不因夜来先写一番，则牛儿
此时便是蓦生人，今却令读者皆与牛儿厮熟也。」正见这婆子结扭住宋江在那里叫冤屈。
唐牛儿见是阎婆一把扭结住宋江，想起昨夜的一肚子鸟气来，「本是为了今早夺
人，倒生出夜来怄
气，却偏做为了夜来怄气，顺生出今
早夺人。如此用笔，真令人寻觅不出。」便把盘子放在卖药的老王凳子上，「王公两用，前用
来提着招文袋，
后用来安放姜
盘子，妙。」钻将过来，喝道："老贼虫，你做甚么结扭住押司？"婆子道："唐
二，你不要来打夺人去，要你偿命也！"唐牛儿大怒，那里听他说，把婆子
手一拆，拆开了，不问事由，「四字妙手。」又开五指，去阎婆脸上只一掌，打
个满天星。「夜来亦
有一掌。」那婆子昏撒了，只得放手。宋江得脱，往闹里一直走了。

婆子便一把却结扭住唐牛儿叫道："宋押司杀了我的女儿，你却打夺去

315

了。"唐牛儿慌道："我那里得知！"阎婆叫道："上下替我捉一捉杀人贼则个！不时，须要带累你们。"众做公的，只碍宋江面皮，不肯动手。拿唐牛儿时，须不担阁。众人向前，一个带住婆子，三四个拿住唐牛儿，把他横拖倒拽，直推进郓城县里来。正是：祸福无门，惟人自召；披麻救火，惹焰烧身。毕竟唐牛儿被阎婆结住，怎地脱身，且听下回分解。

【第二十一回】

阎婆大闹郓城县

朱仝义释宋公明

　　昔者伯牙有流水高山之曲，子期既死，终不复弹。后之人述其事，悲其心，孰不为之嗟叹弥日，自云：我独不得与之同时，设复相遇，当能知之。呜呼！言何容易乎？我谓声音之道，通乎至微，是事甚难，请举易者，而易莫易于文笔。乃文笔中有古人之辞章，其言雅驯，未便通晓，是事犹难，请更举其易之易者，而易之易莫若近代之稗官。今试开尔明月之目，运尔珠玉之心，展尔粲花之舌，为耐庵先生一解《水浒》，亦复何所见其闻弦赏音，便知雅曲者乎？即如宋江杀婆惜一案，夫耐庵之繁笔累纸，千曲百折，而必使宋江成于杀婆惜者，彼其文心，夫固独欲宋江离郓城而至沧州也。而张三必固欲捉之，而知县必固欲宽之。夫诚使当时更无张三主唆虔婆，而一凭知县迁罪唐牛，岂其真将前回无数笔墨，悉复付之唐弃乎耶？夫张三之力唆虔婆，主于必捉宋江者，是此回之正文也。若知县乃至满县之人，其极力周全宋江，若惟恐其或至于捉者，是皆旁文踏蹴，所谓波澜者也。张三不唆，虔婆不禀；虔婆不禀，知县不捉；知县不捉，宋江不走；宋江不走，武松不现。盖张三一唆之力，其筋节所系，至于如此。而世之读其文者，已莫不啧啧知县，而吷吷张三，而尚谓人我知伯牙。嗟乎！尔知何等伯牙哉！

　　写朱、雷两人各有心事，各有做法，又各不相照，各要热瞒，句句都带跳脱之势，与放走晁天王时，正是一样奇笔，又却是两样奇笔。才子之才，吾无以限之也。

　　话说当时众做公的拿住唐牛儿，解进县里来。知县听得有杀人的事，慌忙出来升厅。众做公的把这唐牛儿簇拥在厅前。知县看时，只见一个婆子跪在左边，一个猴子跪在右边。知县问道："甚么杀人公事？"婆子告道："老身姓阎。有个女儿唤做婆惜，典与宋押司做外宅。昨夜晚间，我女儿和宋江一处吃酒，这个唐牛儿，一径来寻闹，叫骂出门，邻里尽知。今早宋江出去走了一遭，回来把我女儿杀了。老身结扭到县前，这唐二又把宋江打夺了去，告相公做主。"知县道："你这厮怎敢打夺了凶身？"唐牛儿告道："小人不知前后因依。只因昨夜去寻宋江搪碗酒吃，被这阎婆叉小人出来。今早小人自出来卖糟姜，遇见阎婆结扭宋押司在县前。小人见了，不合去劝他，他便走了。却不知他杀死他女儿的缘由。"知县喝道："胡说！宋江是个君子，诚实的人，如何肯造次杀人？这人命之事，必然在你身上！ 「不是写知县，亦不是写宋江，都是故作翻跌。」左右在那里？"便唤当厅公吏。

　　当下转上押司张文远来， 「借得便。○若非此人，则满县都和宋江好，谁人肯与虔婆出力，直逼宋江去柴进庄上引出武松来耶？」见说阎婆告宋江杀了他女儿，正是他的表子。随即取了各人口词，就替阎婆写了状子，叠了一宗案。便唤当地方仵作、行人，并坊厢、里正、邻佑一干人等，来到阎婆家，开了门，取尸首登场简验了。身边放着行凶刀子一把。「弯刀却在此。」当日再三看验得，系是生前项上被刀勒死。众人登场了当，尸首把棺木盛了，寄放寺院里，将一干人带到县里。

　　知县却和宋江最好，有心要出脱他，只把唐牛儿来再三推问。「不是写知县，亦非写宋江，都是故作翻跌。」唐牛儿供道："小人并不知前后。"知县道："你这厮如何隔夜去他家寻闹？一定你有干涉！"唐牛儿告道："小人一时撞去搪碗酒吃。"知县道："胡说！打这厮！"左右两边狼虎一般公人，把这唐牛儿一索捆翻了，打到三五十，前后语言一般。知县明知他不知情，一心要救宋江，只把他来勘问。且叫取一面枷来钉了，禁在牢里。「知县、张三一番结卷。眉批：知县、张三一番结案。」

　　那张文远上厅来禀道："虽然如此，见有刀子是宋江的压衣刀，必须去

319

拿宋江来对问，便有下落。"「不是与婆惜有情，正是替武松出力。○读书须心知轻重，方名善读书人。不然者，不免有懵懂葫芦之诮也。如此书既已了却晁盖，便须接入武松，正是别起一番楼台殿阁。乃今知县只管要宽，此时若更不得张三立主文案，几番勾捉，则又安得逼走宋公明，撞出武都头乎？后人不知，遂反谓张三于公明甚薄，殊不知于公明甚薄者，于读书之人殊厚也。」知县吃他三回五次来禀，遮掩不住，只得差人去宋江下处捉拿。宋江已自在逃去了，只拿得几家邻人来回话："凶身宋江在逃，不知去向。"

「知县、张三二番结卷。眉批：知县、张三二番结案。」张文远又禀道：「武松全仗。」"犯人宋江逃去，他父亲宋太公并兄弟宋清，现在宋家村居住，可以勾追到官，责限比捕，跟寻宋江到官理问。"知县本不肯行移，只要朦胧做在唐牛儿身上，日后自慢慢地出他。

「都是故作翻跌。」怎当这张文远立主文案，唆使阎婆上厅，只管来告。知县情知阻挡不住，只得押纸公文，差三两个做公的，去宋家庄勾追宋太公并兄弟宋清。

公人领了公文，来到宋家村宋太公庄上。太公出来迎接，至草厅上坐定。公人将出文书，递与太公看了。宋太公道："上下请坐，容老汉告禀。老汉祖代务农，守此田园过活。不孝之子宋江，自小忤逆，不肯本分生理，要去做吏，百般说他不从。因此，老汉数年前，本县官长处告了他忤逆，出了他籍，不在老汉户内人数。他自在县里住居，老汉自和孩儿宋清，在此荒村，守些田亩过活。他与老汉水米无交，并无干涉。老汉也怕他做出事来，连累不便，因此在前官手里告了，执凭文帖，在此存照。老汉取来，教上下看。"众公人都是和宋江好的，明知道这个是预先开的门路，苦死不肯做冤家。

「不是写众人，亦不是写宋江，都是故作翻跌。」众人回说道："太公既有执凭，把将来我们看，抄去县里回话。"太公随即宰杀些鸡鹅，置酒管待了众人，赍发了十数两银子，取出执凭公文，教他众人抄。众公人相辞了宋太公，自回县去回知县的话，说道："宋太公三年前出了宋江的籍，告了执凭文帖，见有抄白在此，难以勾捉。"知县又是要出脱宋江的，便道："既有执凭公文，他又别无亲族，只可出一千贯赏钱，行移诸处，海捕捉拿便了。"「知县、张三三番结卷。眉批：知县、张三三番结案。」

那张三又挑唆阎婆去厅上披头散发来告道："「武松全伏。」宋江实是宋清隐藏在家，不令出官。相公如何不与老身做主去拿宋江？"知县喝道："他父亲已自三年前告了他忤逆在官，出了他籍，见有执凭公文存照，如何拿得他父亲兄弟来比捕？"阎婆告道："相公，谁不知道他叫做'孝义黑三郎'？这执凭是个假的，「分明说个分上，可发一笑。」只是相公做主则个！"知县道："胡说！前官手里押的印信公文，如何是假的？"阎婆在厅下叫屈叫苦，哽哽咽咽地假哭，告道："相公，人命大如天，若不肯与老身做主时，只得去州里告状。只是我女儿死得甚苦！"那张三又上厅来替他禀道："「武松全伏。」相公不与他行移拿人时，这阎婆上司去告状，倒是利害。倘或来提问时，小吏难去回话。"知县情知有理，只得押了一纸公文，便差朱仝、雷横二都头，当厅发落："你等可带多人，去宋家村宋大户庄上，搜捉犯人宋江来。"

朱、雷二都头领了公文，便来点起土兵四十余人，径奔宋家庄上来。宋太公得知，慌忙出来迎接。朱仝、雷横二人说道："太公休怪我们。上司差遣，盖不由己。你的儿子押司见在何处？"宋太公道："两位都头在上：我这逆子宋江，他和老汉并无干涉。前官手里，已告开了他，见告的执凭在此。已与宋江三年多各户另籍，不同老汉一家过活，亦不曾回庄上来。"朱仝道："然虽如此，我们凭书请客，奉帖勾人，难凭你说不在庄上。你等我们搜一

搜看，好去回话。"便叫土兵三四十人，围了庄院。"我自把定前门，雷都头，你先入去搜。"「写朱仝出色过人。○若使真正要搜，则应拨令众人围定前后门，朱、雷一同进去搜也。只因朱仝自己胸中有事，必要独自进去，却恐雷横见疑，因倒自来把定门外，却使雷横进去独搜一遍半，然后换转雷横把定门外，不由不放他也进去独搜一遍，此皆欲取姑予之法也。」雷横便入进里面，庄前庄后搜了一遍，出来对朱仝说道："端的不在庄里。"朱仝道："我只是放心不下，雷都头，你和众弟兄把了门，我亲自细细地搜一遍。"「视雷如戏。」宋太公道："老汉是识法度的人，如何敢藏在庄里？"朱仝道："这个是人命的公事，你却嗔怪我们不得。"太公道："都头尊便，自细细地去搜。"朱仝道："雷都头，你监着太公在这里，休教他走动。"「连太公亦遣开，写朱仝出色过人。」

朱仝自进庄里，把朴刀倚在壁边，「细。」把门来拴了，「细。」走入佛堂内去，「细。」把供床拖在一边，「细。」揭起那片地板来。「细。」板底下有条索头，「细。」将索子头只一拽。「细。」铜铃一声响，宋江从地窖子里钻将出来，「分外出奇，非心所料。」见了朱仝，吃那一惊。朱仝道："公明哥哥，休怪小弟提你。只为你闲常和我最好，有的事都不相瞒。一日酒中，兄长曾说道：'我家佛堂底下有个地窖子，上面供的三世佛，佛座下有片地板盖着，上边压着供床。你有些紧急之事，可来这里躲避。'小弟那时听说，记在心里。「以叙述为疏解，今日本县手笔甚妙。」今日本县知县，差我和雷横两个来时，没奈何，要瞒生人眼目。相公也有觑兄长之心，只是被张三和这婆子在厅上发言发语，道本县不做主时，定要在州里告状，因此上又差我两个来搜你庄上。我只怕雷横执着，不会周全人，「要知此语不是排下雷横，自见殷勤，实乃真正各不相照。」倘或见了兄长，没个做圆活处，因此小弟赚他在庄前，一径自来和兄长说话。此地虽好，也不是安身之处，倘或有人知得，来这里搜着，如之奈何？"宋江道："我也自这般寻思。若不是贤兄如此周全，宋江定遭缧绁之厄。"朱仝道："休如此说。兄长却投何处去好？"宋江道："小可寻思有三个安身之处：一是沧州横海郡小旋风柴进庄上，二乃是青州清风寨小李广花荣处，三者是白虎山孔太公庄上。「先于此处伏得三支，入后翻腾颠倒，变出无数文字。譬诸龙也，当其在渊，亦与径寸之虫何异？殆其飞去，霖雨万国，天地失色，然后乃叹向之可掬而观者，今乃不测其鳞爪之所在也。文章有此，真奇矣哉！」他有两个孩儿：长男叫做'毛头星'孔明，次子叫做'独火星'孔亮，多曾来县里相会。那三处在这里踌躇未定，不知投何处去好。"朱仝道："兄长可以作急寻思，当行即行。今晚便可动身，切勿迟延自误。"宋江道："上下官司之事，全望兄长维持，金帛使用，只顾来取。"朱仝道："这事放心，都在我身上。兄长只顾安排去路。"宋江谢了朱仝，再入地窖子去。「细。」

朱仝依旧把地板盖上，「细。」还将供床压了，「细。」开门「细。」拿朴刀，「细。」出来说道："真个没在庄里。"叫道："雷都头，我们只拿了宋太公去如何？"「不会看书人，只谓此句为朱仝自解，会看书人，便知此句为雷横出色。○雷横之心与朱仝之心，一也。却因雷横粗，朱仝细，便让朱仝事事高出一头去。乃今既已表过朱仝，便以次表出雷横。行文亦不别起一头，只就上文脱卸而下，真称好手。」雷横见说要拿宋太公去，寻思："朱仝那人，和宋江最好。他怎地颠倒要拿宋太公？这话一定是反说。他若再提起，我落得做人情。"「特表雷横，用笔却又曲折之极。」朱仝、雷横叫拢土兵，都入草堂上来。宋太公慌忙置酒管待众人。朱仝道："休要安排酒食，且请太公和四郎同到本县里走一遭。"雷横道："四郎如何不见？"「先卸去四郎，好手。」宋太公道："老汉使他去近村打些农器，不在庄里。"「干净。」宋江那厮，自三年已前，把这逆子告出了户，现有一纸执凭公文在此存照。"朱仝道："如何说得过！我两个奉着知县台旨，叫拿你父

子二人，自去县里回话。"雷横道："朱都头，你听我说：〔写朱、雷二人句句防贼，声声捣鬼，令我失笑。〕宋押司他犯罪过，其中必有缘故，也未便该死罪。〔反与朱仝说，故妙。〕既然太公已有执凭公文，系是即信官文书，又不是假的，〔反与朱仝说，故妙。〕我们须看押司日前交往之面，权且担负他些个，〔反劝朱仝，故妙。读之句句欲失笑也。〕只抄了执凭去回话便了。"朱仝寻思道："我自反说，要他不疑。"朱仝道："既然兄弟这般说了，我没来由做甚么恶人？"宋太公谢了道："深感二位都头相觑。"随即排下酒食，犒赏众人，将出二十两银子，送与两位都头。朱仝、雷横坚持不受，把来散与众人，〔双表朱、雷。〕四十个土兵分了。抄了一张执凭公文，相别了宋太公，离了宋家村。朱、雷二位都头，自引了一行人回县去了。

县里知县正值升厅，见朱仝、雷横回来了，便问缘由。两个禀道："庄前庄后，四围村坊，搜遍了二次，其实没这个人。宋太公卧病在床，不能动止，早晚临危，宋清已自前月出外未回，因此只把执凭抄白在此。"知县道："既然如此……"一面申呈本府，一面动了一纸海捕文书，〔知县、张三四番结卷。眉批：知县、张三四番结案。只逼走宋江一篇，写得至再至三，笔墨淋漓如此。〕不在话下。县里有那一等和宋江好的相交之人，都替宋江去张三处说开。那张三也耐不过众人面皮，〔一句。〕况且婆娘已死了，〔二句。〕张三又平常亦受宋江好处，〔三句。〕因此也只得罢了。〔上来岂真写张三情重哉，意只在逼走宋江耳。今宋江既已走了，张三便可善刀而藏。此真得风即转，得采即罢之文。不比近日灰堆学究，所撰无轻无重者也。○完张三。〕朱仝自凑些钱物，把与阎婆，教不要去州里告状。〔既已逼走宋江，亦便收拾婆子，却又因便写在朱仝名下。〕这婆子也得了些钱物，没奈何，只得依允了。〔完阎婆。〕朱仝又将若干银两，教人上州里去使用，文书不要驳将下来。〔完申文。〕又得知县一力主张，出一千贯赏钱，行移开了一个海捕文书，只把唐牛儿问做成个"故纵凶身在逃"，脊杖二十，刺配五百里外。

「完知县、干连的人，尽数保放宁家。唐牛儿。」 「完众人。」

且说宋江，他是个庄农之家，如何有这地窖子？原来故宋时，为官容易，做吏最难。为甚的为官容易？皆因那时朝廷奸臣当道，谗佞专权，非亲不用，非财不取。为甚做吏最难？那时做押司的，但犯罪责，轻则刺配远恶军州，重则抄扎家产，结果了残生性命，以此预先安排下这般去处躲身。又恐连累父母，教爹娘告了忤逆，出了籍册，各户另居，官给执凭公文存照，不相来往，却做家私在屋里。宋时多有这般算的。

且说宋江从地窖子出来，和父亲、兄弟商议："今番不是朱全相觑，须吃官司，此恩不可忘报。如今我和兄弟两个，且去逃难。天可怜见，若遇宽恩大赦，那时回来，父子相见。父亲可使人暗暗地送些金银去与朱全，央他上下使用，及资助阎婆些少，免得他上司去告扰。"太公道："这事不用你忧心，你自和兄弟宋清，在路小心。若到了彼处，那里使个得托的人寄封信来。"

当晚弟兄两个，拴束包裹。到四更时分起来，洗漱罢，吃了早饭，两个打扮动身，宋江戴着白范阳毡笠儿，上穿白段子衫系一条梅红纵线绦，下面缠脚绷衬着多耳麻鞋。宋清做伴当打扮，背了包裹，都出草厅前，拜辞了父亲。只见宋太公洒泪不住，又分付道："你两个前程万里，休得烦恼。"

「无人处却写太公洒泪，有人处便写宋江大哭。冷眼看破，冷笔写成，普天下读书人慎勿谓《水浒》无皮里阳秋也。○自家洒泪却分付别人休恼，老牛爱犊写来如画。」宋江、宋清却分付大小庄客，早晚殷勤伏侍太公，休教饮食有缺。「人亦有言：养儿防老。写宋江分付庄客伏侍太公，亦皮」

里阳秋之笔也。」弟兄两个，各跨了一口腰刀，都拿了一条朴刀，「打扮做两段写。」径出离了宋家村。

两个取路登程，正遇着秋末冬初。「是收租米，害疟疾时。」弟兄两个行了数程，在路上思量道："我们却投奔兀谁的是？"「出门后方算去处，写尽匆匆。」宋清答道："我只闻江湖上人传说沧州横海郡柴大官人名字，说他是大周皇帝嫡派子孙，只不曾拜识，「此一语表出宋清不是公弟，亦复胸中有一片。」何不只去投奔他？人都说他仗义疏财，专一结识天下好汉，救助遭配的人，是个现世的孟尝君。我两个只投奔他去。"宋江道："我也心里是这般思想。他虽和我常常书信来往，无缘分上不曾得会。"两个商量了，径望沧州路上来。途中免不得登山涉水，过府冲州。但凡客商在路，早晚安歇，有两件事不好：吃癞碗，睡死人床。「七字说不尽苦。」

且把闲话提过，只说正话。宋江弟兄两个，不则一日，来到沧州界分，问人道："柴大官人庄在何处？"问了地名，一径投庄前来，便问庄客："柴大官人在庄上也不？"庄客答道："大官人在东庄上收租米，不在庄上。"「忽作一折，折出下文柴进身分来。」宋江便问："此间到东庄有多少路？"庄客道："有四十余里。"宋江道："从何处落路去？"庄客道："不敢动问二位官人高姓？"宋江道："我是郓城县宋江的便是。"庄客道："莫不是及时雨宋押司么？"「信及童仆，真写得妙，可见宋江，又可见柴进。」宋江道："便是。"庄客道："大官人时常说大名，只怨怅不能相会。既是宋押司时，小人引去。"庄客慌忙便领了宋江、宋清，「柴进慌忙，何足为奇，妙在"庄客慌忙"也。」径投东庄来。没三个时辰，早来到东庄。庄客道："二位官人且在此亭上坐一坐，待小人去通报大官人出来相接。"宋江道："好。"自和宋清在山亭上倚了朴刀，解了腰刀，歇了包裹，坐在亭子上。那庄客入去不多时，只见那座中间庄门大开，「只一句写出庄里嚷做一片。」柴大官人引着三五个伴当，慌忙跑将出来，「极画柴进。」亭子上与宋江相见。

柴大官人见了宋江，拜在地下，「极画柴进。」口称道："端的想杀柴进，「六个字有喜极泪零之致，真是绝妙好辞，有知耐庵如何算出来。」天幸今日甚风吹得到此，大慰平生渴仰之念，多幸！多幸！"宋江也拜在地下答道："宋江疏顽小吏，今日特来相投。"柴进扶起宋江来，口里说道："昨夜灯花，今早鹊噪，不想却是贵兄降临。"「绝妙好辞。」满脸堆下笑来。「出色画柴进。」宋江见柴进接得意重，心里甚喜，便唤兄弟宋清，也相见了。柴进喝叫伴当收拾了宋押司行李，在后堂西轩下歇处。「细。」柴进携住宋江的手，「出色画柴进。」入到里面正厅上，分宾主坐定。柴进道："不敢动问，闻知兄长在郓城县勾当，如何得暇来到荒村敝处？"宋江答道："久闻大官人大名，如雷贯耳。虽然节次收得华翰，只恨贱役无闲，不能够相会。今日宋江不才，做出一件没出豁的事来，弟兄二人寻思，无处安身，想起大官人仗义疏财，特来投奔。"柴进听罢，笑道："兄长放心。遮莫做下十恶大罪，既到敝庄，但不用忧心。不是柴进夸口，任他捕盗官军，不敢正眼儿觑着小庄。"

宋江便把杀了阎婆惜的事，一一告诉了一遍。柴进笑将起来，说道："兄长放心。便杀了朝廷的命官，劫了府库的财物，柴进也敢藏在庄里。"「此三语却不可。若果如是，柴进乃真不敢矣。○旋风之名不虚。」说罢，便请宋江兄弟两个洗浴。随即将出两套衣服、巾帻、丝鞋、净袜，教宋江弟兄两个换了出浴的旧衣裳。「写柴进殷勤，累幅不尽，故特从闲处着笔，作者真正才子。」两个洗了浴，都穿了新衣服。庄客自把宋江弟兄的旧衣裳送在歇宿处。

「细。」柴进邀宋江去后堂深处，「出色画柴进。」已安排下酒食了，便请宋江正面坐地，「出色画柴进。」柴进对席。宋清有宋江在上，侧首坐了。

三人坐定，有十数个近上的庄客并几个主管，轮替着把盏，伏侍劝饮。「出色画柴进。」柴进再三劝宋江弟兄宽怀饮几杯，宋江称谢不已。酒至半酣，三人各诉胸中朝夕相爱之念。看看天色晚了，点起灯烛。宋江辞道："酒止。"柴进那里肯放，直吃到初更左侧。宋江起身去净手，柴进唤一个庄客，提碗灯笼，引领宋江东廊尽头处去净手，便道："我且躲杯酒。"大宽转穿出前面廊下来。俄延走着，「看他蜿蜒而来。」却转到东廊前面。宋江已有八分酒，脚步踎了，只顾踏去。「蜿蜒而来。」那廊下有一个大汉，因害疟疾，当不住那寒冷，把一锨火在那里向。宋江仰着脸，只顾踏将去，正趷在火锨柄上，把那火锨里炭火，都掀在那汉脸上。「蜿蜒而来。」那汉吃了一惊，惊出一身汗来。「武二何必害疟，聊借作一纽头耳。宋、武既得相遇，此纽便当不用，故顺手便写一句惊出汗来。夫以武二之神威，何至炭火惊得汗出，一惊而遂出汗者，隐然害疟已好也。才子之文，随手起倒，其妙如此。」

那汉气将起来，把宋江劈胸揪住，「有势。」大喝道："你是甚么鸟人，敢来消遣我？"宋江也吃一惊。正分说不得，那个提灯笼的庄客，慌忙叫道："不得无礼！这位是大官人'最相待'的客官。"那汉道："'客官''客官'！我初来时，也是'客官'，也曾最相待过。如今却听庄客搬口，便疏慢了我，正是'人无千日好'。"却待要打宋江，「有势。」那庄客撇了灯笼，便向前来劝。正劝不开，只见两三碗灯笼飞也似来。柴大官人亲赶到说："我接不着押司，「有势。○去报便不及矣，来接故恰好也。○又带表出柴进。」如何却在这里闹？"

那庄客便把趷了火锨的事说一遍。柴进笑道："大汉，你不认得这位奢遮的押司？”那汉道：“奢遮杀，问他敢比得我郓城宋押司？他可能？”「三字正接下“有头有尾，有始有终”八字，却因柴进大笑，便说不完，妙妙！○柴进大笑，在“郓城宋押司”五字中起，不等到“他可能”三字方笑也。」柴进大笑道：“大汉，你认得宋押司不？”那汉道：“我虽不曾认得，江湖上久闻他是个及时雨宋公明，是个天下闻名的好汉！”柴进问道：“如何见得他是天下闻名的好汉？”那汉道：“却才说不了，「正接上“他可能”三字。」他便是真大丈夫，有头有尾，有始有终，「八个字不必隐括宋江，正是揣打柴进，妙绝。」我如今只等病好时，便去投奔他。”柴进道：“你要见他么？”那汉道：“不要见他说甚的！”「快语，自是武二口中出。」柴进道：“大汉，远便十万八千里，近便只在面前。”柴进指着宋江，便道：“此位便是及时雨宋公明。”那汉道：“真个也不是？”「五字是惊出泪来语，乃至不及欢喜，与前“端的想杀柴进”一样。」宋江道：“小可便是宋江。”那汉定睛看了看，「好武二。」纳头便拜，「真好武二。」说道：“我不信今日早与兄长相见！”「古有“相见何晚”之语，说得口顺，已成烂套，耐庵忽翻作不信相见恁早，真是惊出泪来之语。俗本改作“我不是梦里么”，真乃换金得失也。」宋江道：“何故如此错爱？”那汉道：“却才甚是无礼，万望恕罪。有眼不识泰山！”跪在地下，那里肯起来。「好武二。」宋江慌忙扶住道：“足下高姓大名？”「要问。」柴进指着那汉，说出他姓名、何处人氏。有分教：山中猛虎，见时魄散魂离；林下强人，撞着心惊胆裂。正是：说开星月无光彩，道破江山水倒流。毕竟柴大官人说出那汉还是何人，「圣叹有罪了，半日已批出是武二。」且听下回分解。

【第二十二回】

横海郡柴进留宾

景阳冈武松打虎

天下莫易于说鬼，而莫难于说虎。无他，鬼无伦次，虎有性情也。说鬼到说不来处，可以意为补接，若说虎到说不来时，真是大段着力不得。所以《水浒》一书，断不肯以一字犯着鬼怪，而写虎则不惟一篇而已，至于再，至于三。盖亦易能之事薄之不为，而难能之事便乐此不疲也。

写虎能写活虎，写活虎能写其搏人，写虎搏人又能写其三搏不中，此皆是异样过人笔力。

吾尝论世人才不才之相去，真非十里二十里之可计。即如写虎要写活虎，写活虎要写正搏人时，此即聚千人、运千心、伸千手、执千笔，而无一字是虎，则亦终无一字是虎也。独今耐庵乃以一人一心一手一笔，而盈尺之幅，费墨无多，不惟写一虎，兼又写一人，不惟双写一虎一人，且又夹写许多风沙树石，而人是神人，虎是怒虎，风沙树石是真正虎林。此虽令我读之，尚犹目眩心乱，安望令我作之耶？

读打虎一篇，而叹人是神人，虎是怒虎，固已妙不容说矣。乃其尤妙者，则又如读庙门榜文后，欲待转身回来一段；风过虎来时，叫声阿呀翻下青石来一段；大虫第一扑从半空里撺将下来时，被那一惊，酒都做冷汗出了一段；寻思要拖死虎下去，原来使尽气力手脚都苏软了，正提不动一段；青石上又坐半歇一段；天色看看黑了，惟恐再跳一只出来，且挣扎下冈子去一段；下冈子走不到半路，枯草丛中钻出两只大虫，叫声阿呀今番罢了一段，皆是写极骇人之事，却尽用极近人之笔，遂与后来沂岭杀虎一篇，更无一笔相犯也。

话说宋江因躲一杯酒，去净手了，转出廊下来，趿了火锨柄，引得那汉焦躁，跳将起来，就欲要打宋江。柴进赶将出来，偶叫起"宋押司"，〔不必与前文甚合，正是好手。〕因此露出姓名来。那大汉听得是宋江，跪在地下，那里肯起，说道：

"小人'有眼不识泰山'，一时冒渎兄长，望乞恕罪。"宋江扶起那汉，问道："足下是谁？高姓大名？"柴进指着道："这人是清河县人氏，姓武，名松，排行第二，已在此间一年了。"宋江道："江湖上多闻说武二郎名字，不期今日却在这里相会，多幸！多幸！"柴进道："偶然豪杰相聚，实是难得。就请同做一席说话。"

宋江大喜，携住武松的手，「宋江携武松手第三。」一同到后堂席上，便唤宋清与武松相见。「细。」柴进便邀武松坐地。宋江连忙让他一同在上面坐。武松那里肯坐，谦了半晌，武松坐了第三位。柴进教再整杯盘来，劝三人痛饮。宋江在灯下看了武松这表人物，心中欢喜。「灯下看美人，千秋绝调语。此却换作灯下看好汉，又是千秋绝调语也。○灯下看美人，加一倍袅袅；灯下看好汉，加一倍凛凛。所以写剑侠者，都在灯下。」便问武松道："二郎因何在此？"武松答道："小弟在清河县，因酒后醉了，与本处机密相争，一时间怒起，只一拳，打得那厮昏沉。小弟只道他死了，因此一径地逃来，投奔大官人处，来躲灾避难，今已一年有余。后来打听得那厮却不曾死，救得活了。今欲正要回乡去寻哥哥，不想染患疟疾，不能够动身回去。却才正发寒冷，在那廊下向火，被兄长跐了锨柄，吃了那一惊，惊出一身冷汗，敢怕病倒好了。"「好手。」宋江听了大喜。当夜饮至三更。酒罢，宋江就留武松在西轩下做一处安歇。「真好宋江，令人心死。」次日起来，柴进安排席面，杀羊宰猪，管待宋江，不在话下。过了数日，宋江将出些银两来与武松做衣裳。「宋江欢喜武松，亦累幅写不得尽，只说替他做衣裳，便写得一似欢喜美人相似，妙笔。○与前出浴新衣相映耀。」柴进知道，那里肯要他坏钱，自取出一箱段匹绸绢，门下自有针工，便教做三人的称体衣裳。「是。○宋江兄弟已换过新衣，此又三人一样都做者，王孙之所以异于酸子也。」

说话的，柴进因何不喜武松？ ⌈半日颇不满于柴进，得此一释。⌋ 原来武松初来投奔柴进时，也一般接纳管待。次后在庄上，但吃醉了酒，性气刚，庄客有些管顾不到处，他便要下拳打他们，因此满庄里庄客，没一个道他好。众人只是嫌他，都去柴进面前，告诉他许多不是处。柴进虽然不赶他，只是相待得他慢了。 ⌈回护法。⌋ 却得宋江每日带挈他一处，饮酒相陪，武松的前病都不发了。 ⌈何物小吏，使人变化气质。⌋

相伴宋江住了十数日，武松思乡，要回清河县看望哥哥。 ⌈四字和平之极，不想变出惊天动地事来。⌋ 柴进、宋江两个都留他再住几时。武松道："小弟因哥哥多时不通信息，只得要去望他。"宋江道："实是二郎要去，不敢苦留。如若得闲时，再来相会几时。"武松相谢了宋江。柴进取出些金银，送与武松，武松谢道："实是多多相扰了大官人。"武松缚了包裹，拴了哨棒，要行。 ⌈哨棒此处起。⌋ 柴进又治酒食送路。武松穿了一领新纳红绸袄，戴着个白范阳毡笠儿， ⌈看官着眼，须知此处写个红袄白笠，正是为下文打虎绚染也。⌋ 背了包裹，提了哨棒， ⌈哨棒二。⌋ 相辞了便行。宋江道："贤弟少等一等。"回到自己房内，取了些银两，赶出到庄门前来，说道："我送兄弟一程。" ⌈此一段非写宋江情重，只图别去柴进，便止存二宋，令武二眼中心上，一跳一跳也。⌋ 宋江和兄弟宋清两个 ⌈七个字直刺入武二眼里心里，耐庵真是才子。⌋ 等武松辞了柴大官人，宋江也道："大官人，暂别了便来。"

三个离了柴进东庄，行了五七里路，武松作别道："尊兄远了，请回。柴大官人必然专望。"宋江道："何妨再送几步。" ⌈一别。⌋ 路上说些闲话，不觉又过了三二里。武松挽住宋江手道："尊兄不必远送。常言道：'送君千里，终须一别。'"宋江指着道："容我再行几步。" ⌈二别。⌋ 兀那官道上有个小酒店，

我们吃三钟了作别。"

三个来到酒店里，宋江上首坐了，武松倚了哨棒，「哨棒三。」下席坐了，宋清横头坐定。「六字直刺入武二眼里心里。」便叫酒保打酒来，且买些盘馔、果品、菜蔬之类，都搬来摆在桌子上。三人饮了几杯，看看红日半西，武松便道："天色将晚，「四字如何接入下文，写尽武二光明历落，不似今人唧唧不止。」哥哥不弃武二时，就此受武二四拜，拜为义兄。"「何人不应与宋江结拜，而独自向武二文中者，反衬武二手足情深，以与后文兄嫂一段相激射也。」宋江大喜。武松纳头拜了四拜，宋江叫宋清「五字直刺入武二眼里心里。」身边取出一锭十两银子，送与武松。武松那里肯受，说道："哥哥，客中自用盘费。"宋江道："贤弟不必多虑。你若推却，我便不认你做兄弟。"「可见武二之求为兄弟如此，都是与后文激射法，非真宋江措语唐突也。」武松只得拜受了，收放缠袋里。宋江取些碎银子，还了酒钱。武松拿了哨棒，「哨棒四。」三个「二宋眼前多却一个，武二心头尚少一个，只两个字，便将兄弟离合之际，写得出神入妙。」出酒店前来作别。武松堕泪，拜辞了自去。「堕泪自感宋江，固也。然多半亦为宋清在旁，刺心刺眼。盖武二一心只在哥哥，却见他人兄弟双双如此，自虽金铁为心，正复如何相遣。看上"三个"字，下"自去"字，明明可见。读书固必以神理为主，若曹听曹说，无谓也。」宋江和宋清立在酒店门前，望武松不见了，方才转身回来。「写宋江又写得好。」行不到五里路头，只见柴大官人骑着马，背后牵着两匹空马来接。「写柴进又写得好。」宋江望见了大喜，一同上马回庄上来。下了马，请入后堂饮酒。宋江弟兄两个，自此只在柴大官人庄上。

话分两头。只说武松自与宋江分别之后，当晚投客店歇了。次日早，起来打火，吃了饭，还了房钱，拴束包裹，提了哨棒，「哨棒五。」便走上路，寻思道："江湖上只闻说及时雨宋公明，果然不虚。结识得这般弟兄，也不枉了！"「镜中花，水中月，俗笔临描不出，真是凭虚独撰之文。」

武松在路上行了几日，来到阳谷县地面。此去离县治还远。当日晌午时分，走得肚中饥渴，望见前面有一个酒店，挑着一面招旗在门前，上头写着五个字，道"三碗不过冈"。「奇文。眉批：自此以后几卷，都写武松神威，此卷饮酒作一段读，打虎作一段读。」

武松入到里面坐下，把哨棒倚了，「哨棒六。」叫道："主人家，快把酒来吃。"「好酒是武二生平，只此开场第一句，便如闻其声，如见其人。」只见店主人把三只碗、「奇文。」一双箸、一碟热菜，放在武松面前，满满筛一碗酒来。「第一碗。○第一番，逐碗写；第二、三、四番，逐番写；第五、六番，两番一顿写。」武松拿起碗，一饮而尽，叫道："这酒好生有气力！「其酒可知。」主人家，有饱肚的买些吃酒。"「先唤酒，次及肉，其重其轻可知。○吾闻食肉者鄙，若好酒，未有非名士者也。」酒家道："只有熟牛肉。"武松道："好的，切二三斤来吃酒。"店家去里面切出二斤熟牛肉，做一大盘子，将来放在武松面前，随即再筛一碗酒。「第二碗。」武松吃了道："好酒！"「又赞一句，其酒可知。」又筛下一碗。「第三碗。」恰好吃了三碗酒，再也不来筛。「奇文。」武松敲着桌子叫道："主人家，怎的不来筛酒？"酒家道："客官要肉便添来。"「所对非所问，绝倒。」武松道："我也要酒，也再切些肉来。"酒家道："肉便切来添与客官吃，酒却不添了。"武松道："却又作怪！"便问主人家道："你如何不肯卖酒与我吃？"酒家道："客官，你须见我门前招旗上面明明写道'三碗不过冈'。"武松道："怎的唤做'三碗不过冈'？"

酒家道："俺家的酒，虽是村酒，却比老酒的滋味。但凡客人来我店中，吃了三碗的，便醉了，过不得前面的山冈去。因此唤做'三碗不过冈'。若是过往客人到此，只吃三碗，更不再问。"「碌碌者何足挂齿。」武松笑道："原来恁地。我却吃了三碗，如何不醉？"酒家道："我这酒叫做'透瓶香'，「好名色。」又

唤做'出门倒'。〔好名色。〕初入口时，醇酽好吃，少刻时便倒。"武松道："休要胡说！没得不还你钱，再筛三碗来我吃！"酒家见武松全然不动，又筛三碗。〔第四碗，第五碗，第六碗。〕武松吃道："端的好酒！〔又赞不住，其酒可知。〕主人家，我吃一碗，还你一碗钱，只顾筛来。"酒家道："客官休只管要饮，这酒端的要醉倒人，没药医。"武松道："休得胡鸟说！便是你使蒙汗药在里面，我也有鼻子。"店家被他发话不过，一连又筛了三碗。〔第七碗，第八碗，第九碗。〕武松道："肉便再把二斤来吃。〔写酒量，兼写食量，总表武松神威。〕酒家又切了二斤熟牛肉，再筛了三碗酒。〔第十碗，第十一碗，第十二碗。〕武松吃得口滑，只顾要吃，去身边取出些碎银子，叫道："主人家，你且来看我银子，还你酒肉钱够么？"〔又换一法，读之绝倒。〕酒家看了道："有余，还有些贴钱与你。"〔妙心妙笔，见酒是不更卖矣。〕武松道："不要你贴钱，只将酒来筛。"酒家道："客官，你要吃酒时，还有五六碗酒哩！只怕你吃不得了。"武松道："就有五六碗多时，你尽数筛将来。"酒家道："你这条长汉，倘或醉倒了时，怎扶得你住？"〔无端忽从酒家眼中口中，写出武松气象来，俗笔如何临描得出。〕武松答道："要你扶的，不算好汉。"酒家那里肯将酒来筛。武松焦躁道："我又不白吃你的！休要引老爹性发，通教你屋里粉碎！把你这鸟店子倒翻转来！"酒家道："这厮醉了，休惹他。"再筛了六碗酒，与武松吃了。〔第十三碗，第十四碗，第十五碗，第十六碗，第十七碗，第十八碗。〕前后共吃了十八碗，〔结一句。〕绰了哨棒，立起身来〔哨棒七。○一路又将哨棒特特处出色描写，彼固欲令后之读者，于陡然遇虎处，浑身倚仗此物以为无恐也，却偏有出自料外之事，使人惊杀。○绰了哨棒，第一个身分。眉批：写哨棒有无数身分。〕道："我却又不曾醉！"走出门前来笑道："却不说'三碗不过冈'！"〔趣。〕手提哨棒便走。〔哨棒八。○手提哨棒，第二个身分。〕

酒家赶出来叫道："客官那里去？"〔奇文。〕武松立住了，问道："叫我做甚么？我又不少你酒钱，唤我怎地？"〔又作摇摆。〕酒家叫道："我是好意。你且回来我家，看抄白官司榜文。"〔奇文。〕武松道："甚么榜文？"酒家道："如今前面景阳冈上有只吊睛白额大虫，晚了出来伤人，坏了三二十条大汉性命。官司如今杖限猎户擒捉发落。冈子路口，都有榜文：可教往来客人，结伙成队，于巳、午、未三个时辰过冈，其余寅、卯、申、酉、戌、亥六个时辰，不许过冈。更兼单身客人，务要等伴结伙而过。这早晚正是未末申初时分，我见你走都不问人，枉送了自家性命。不如就我此间歇了，等明日慢慢凑得三二十人，一齐好过冈子。"武松听了，笑道："我是清河县人氏，这条景阳冈上，少也走过了一二十遭，几时见说有大虫？你休说这般鸟话来吓我。便有大虫，我也不怕！"酒家道："我是好意救你，你不信时，进来看官司榜文。"武松道："你鸟做声！便真个有虎，老爷也不怕！你留我在家里歇，莫不半夜三更，要谋我财，害我性命，却把鸟大虫唬吓我。"酒家道："你看么！我是一片好心，反做恶意，倒落得你恁地！你不信我时，请尊便自行！"一面说，一面摇着头，自进店里去了。〔写酒家色变如画。〕这武松提了哨棒，〔哨棒九。○提了哨棒，第三个身分。〕大着步，自过景阳冈来。约行了四五里路，来到冈子下，见一大树，刮去了皮，一片白，上写两行字。武松也颇识几字，抬头看时，上面写道：

近因景阳冈大虫伤人，但有过往客商，可于巳、午、未三个时辰，结伙成队过冈，请勿自误。〔奇文。〕

武松看了，笑道："这是酒家诡诈，惊吓那等客人，便去那厮家里宿歇。我却怕甚么鸟！"横拖着哨棒，「哨棒十。〇横拖哨棒，第四个身分。」便上冈子来。

那时已有申牌时分，这轮红日，厌厌地相傍下山。「骇人之景。」武松乘着酒兴，只管走上冈子来。走不到半里多路，见一个败落的山神庙。「奇文。〇不因此庙，几令榜文无可贴处。」行到庙前，见这庙门上贴着一张印信榜文。武松住了脚读时，上面写道：

阳谷县示：为景阳冈上，新有一只大虫，伤害人命。现今杖限各乡里正并猎户人等行捕，未获。如有过往客商人等，可于巳、午、未三个时辰，结伴过冈。其余时分及单身客人，不许过冈，恐被伤害性命。各宜知悉。政和×年×月×日。「奇文。」

武松读了印信榜文，方知端的有虎。欲待转身再回酒店里来，「有此一折，反越显出武松神威。不然，便是卒然不及回避，侥幸得免虎口者矣。」寻思道："我回去时，须吃他耻笑，不是好汉，难以转去。"「以性命与名誉对算，不亦异乎？」存想了一回，说道："怕甚么鸟！且只顾上去看怎地！"「活写出武松神威。」

武松正走，看看酒涌上来，「看他写酒醉，有节有次。」便把毡笠儿掀在脊梁上，「冬天也，偏要写得热极，后到大虫扑时，忽然惊出冷来，绝世妙手。」将哨棒绾在肋下，「哨棒十一。〇哨棒绾在肋下，第五个身分。」一步步上那冈子来。回头看这日色时，渐渐地坠下去了。「骇人之景。〇我当此时，便没虎来，也要大哭。」此时正是十月间天气，日短夜长，容易得晚。「自注一句。」武松自言自说道："那得甚么大虫？人自怕了，不敢上山。"「又作一纵。」武松走了一直，酒力发作，「醉。」焦热起来。「热。」一只手提着哨棒，「哨棒十二。○又提着哨棒，第六个身分。」一只手把胸膛前袒开，「画绝。」踉踉跄跄，直奔过乱树林来。「骇人之景，可知虎林。」见一块光挞挞大青石，「奔过乱林，便应跳出虎来矣，却偏又生出一块青石，几乎要睡，使读者急杀了，然后放出虎来，才子可恨如此。」把那哨棒倚在一边，「哨棒倚在一边，第七个身分。○哨棒十三。」放翻身体，却待要睡，「惊死读者。」只见发起一阵狂风。

那一阵风过了，只听得乱树背后扑的一声响，跳出一只吊睛白额大虫来。「出得有声势。」武松见了，叫声："阿呀！"从青石上翻将下来，「有此一折，反越显出武松神威。不然，便是三家村中说子路，不近人情极矣。」便拿那条哨棒在手里，「哨棒十四。○拿着哨棒，第八个身分。」闪在青石边。「一闪。○已下人是神人，虎是活虎，读者须逐段定眼细看。○我常思画虎有死看，真虎无死看；真虎死有虎看，真虎活无处看；活虎正走，或犹偶得一看，活虎正搏人，是断断必无处得看者也。乃今耐庵忽然以笔墨游戏，画出全副活虎搏人图来。今而后要看虎者，其尽到《水浒传》中，景阳冈上，定睛饱看，又不吃惊，真乃此思不小也。○传闻赵松雪好画马，晚更入妙，每statute构思，便于密室解衣踞地，先学为马，然后命笔。一日管夫人来，见赵宛然马也。今耐庵为此文，想亦复解衣踞地，作一扑、一掀、一剪势耶？东坡《画雁》诗云："野雁见人时，未起意先改。君从何处看，得此无人态？"我真不知耐庵何处有此一副虎食人方法在胸中也。圣叹于三千年中，独以才子许此一人，岂虚誉哉！」

那大虫又饥又渴，把两只爪在地下略按一按，和身望上一扑，从半空里撺将下来。「虎。」武松被那一惊，酒都做冷汗出了。「神妙之笔，灯下读之，火光如豆，变成绿色。」说时迟，那时快，武松见大虫扑来，只一闪，闪在大虫背后。「人。○二闪。」那大虫背后看人最难，「百忙中自注一句。」便把前爪搭在地下，把腰胯一掀，掀将起来。「虎。」武松只一闪，闪在一边。「人。○三闪。」大虫见掀他不着，吼一声，却似半天里起个霹雳，振得那山冈也动，把这铁棒也似虎尾，倒竖起来只一剪，「虎。」武松却又闪在一边。「人。○四闪。」原来那大虫拿人，只是一扑，一掀，一剪，三般提不着时，气性先自没了一半。「百忙中注一句。○才子博物，定非妄言，只是无处印证。○此段作一束，已上只用四闪法，已下放出

^{气力来。}那大虫又剪不着，再吼了一声，一兜兜将回来。^{虎。}武松见那大虫复翻身回来，双手抡起哨棒，^{抡起哨棒，第九个身分。○哨棒十五。}尽平生气力只一棒，从半空劈将下来。^{人。○此一劈，谁不以为了却大虫矣，却又变出怪事来。}只听得一声响，簌簌地将那树连枝带叶劈脸打将下来。定睛看时，一棒劈不着大虫。^{尽平生气力矣，却偏劈不着大虫，吓杀人句。}原来打急了，正打在枯树上，^{百忙中又注一句。}把那条哨棒折做两截，只拿得一半在手里。^{哨棒十六。○半日勤写哨棒，只道仗他打虎，到此忽然开除，令人瞠目噤口，不复敢读下去。○哨棒折了，方显出徒手打虎异样神威来，只是读者心胆堕矣。}

那大虫咆哮，性发起来，翻身又只一扑，扑将来。^{虎。}武松又只一跳，却退了十步远。^{人。}那大虫恰好把两只前爪搭在武松面前。^{虎。}武松将半截棒丢在一边，^{了却哨棒。○哨棒十七。}两只手就势把大虫顶花皮胳膊地揪住，一按按将下来。^{人。}那只大虫急要挣扎，^{虎。}被武松尽气力捺定，那里肯放半点儿松宽。^{人。}武松把只脚望大虫面门上、眼睛里，只顾乱踢。^{脚踢妙绝，双手放松不得也。踢眼睛妙绝，别处须踢不入也。}那大虫咆哮起来，把身底下爬起两堆黄泥，做了一个土坑。^{虎。○耐庵何由得知踢虎者，必踢其眼，又何由得知虎被人踢，便爬起一个泥坑，皆未必然之文，又必定然之事，奇绝妙绝。}武松把那大虫嘴直按下黄泥坑里去，^{人。}那大虫吃武松奈何得没了些气力。^{虎。}武松把左手紧紧地揪住顶花皮，偷出右手来，提起铁锤般大小拳头，尽平生之力，只顾打。^{人。}打到五七十拳，那大虫眼里、口里、鼻子里、耳朵里，都迸出鲜血来，更动掸不得，只剩口里兀自气喘。^{虎。}武松放了手，来松树边寻那打折的哨棒，拿在手里，只怕大虫不死，把棒橛又打了一回。^{哨棒十八。○哨棒余波。}眼见气都没了，方才丢了棒，^{哨棒此处毕。}寻思道："我就地拖得这死大虫下冈子去。"^{第一念要提去，妙。}就血泊里双手来提时，那里提得动？原来使尽了气力，手脚都苏软了。^{有此一折，便越显出方才神威。}武松再

来青石上坐了半歇，〔写出倦极，便越显出方才神威，又收到青石，妙绝。〕寻思道："天色看看黑了，倘或又跳出一只大虫来时，却怎地斗得他过？且挣扎下冈子去，明早却来理会。"〔特下此句，使下文来得突兀。〕就石头边寻了毡笠儿，〔叫声阿呀，翻下青石来，一时手脚都慌了，不及知毡笠落在何处矣，写得入神。〕转过乱树林边，〔收到乱树。〕一步步捱下冈子来。

走不到半里多路，只见枯草中，又钻出两只大虫来。〔吓杀，奇文。〕武松道："阿呀！我今番罢了！"〔吓杀，奇文。〕只见那两只大虫，在黑影里直立起来。〔吓杀，奇文。〕武松定睛看时，却是两个人，把虎皮缝做衣裳，紧紧绷在身上。手里各拿着一条五股叉，〔奇文。〕见了武松，吃一惊道："你、你、你，吃了㹴猁心、豹子胆、狮子腿，胆倒包着身躯，如何敢独自一个，昏黑将夜，又没器械，走过冈子来！你、你、你，是人是鬼？"〔打虎既毕，却于猎户口中评之。〕武松道："你两个是甚么人？"那个人道："我们是本处猎户。"武松道："你们上岭来做甚么？"〔绝倒语。○我上岭来是打虎，你上岭来却做甚么，妙绝。〕两个猎户失惊道："你兀自不知哩！如今景阳冈上，有一只极大的大虫，夜夜出来伤人。只我们猎户，也折了七八个，过往客人，不计其数，都被这畜生吃了。本县知县着落当乡里正和我们猎户人等捕捉。那业畜势大难近，〔可知一扑、一掀、一剪，乃是非常之事。〕谁敢向前！我们为他，正不知吃了多少限棒，只捉他不得！今夜又该我们两个捕猎，和十数个乡夫在此，上上下下，放了窝弓药箭等他。正在这里埋伏，却见你大剌剌地〔四字无心中写出神威。〕从冈子上走将下来，我两个吃了一惊。你却正是甚人？曾见大虫么？"武松道："我是清河县人氏，姓武，排行第二。〔百忙中带定望哥一案，故处处下此四字。〕却才冈子上乱树林边，正撞见那大虫，被我一顿拳脚打死了。"〔第一遍自叙。〕两个猎户听得痴呆

了，说道："怕没这话？"武松道："你不信时，只看我身上兀自有血迹。"

「可惜红秋。」两个道："怎地打来？"武松把那打大虫的本事，再说了一遍。

「第二遍自叙。○实是异常得意之事，不得不说了又说。○我亦要说，可怜无甚说得出的事也。」两个猎户听了，又喜又惊，叫拢那十个乡夫来。

只见这十个乡夫，都拿着钢叉、踏弩、刀、枪，随即拢来。武松问道："他们众人，如何不随你两个上山？"猎户道："便是那畜生利害，他们如何敢上来？"一伙十数个人，都在面前。两个猎户叫武松把打大虫的事，说向众人。「第三遍自叙。○叫武二说又妙，旁人且得意，何况自家。」众人都不肯信。武松道："你众人不信时，我和你去看便了。"众人身边都有火刀、火石，随即发出火来，点起五七个火把。「好。○如画。」众人都跟着武松，「四字如画。」一同再上冈子来，看见那大虫做一堆儿死在那里。众人见了大喜，先叫一个去报知本县里正并该管上户。这里五七个乡夫，自把大虫缚了，抬下冈子来。

到得岭下，早有七八十人，都哄将来，先把死大虫抬在前面，将一乘兜轿抬了武松，「上文一个神人、一个活虎，尽力放对，到此虎也抬，人也抬，读之不觉失笑也。」投本处一个上户家来。那上户里正，都在庄前迎接，把这大虫扛到草厅上。却有本乡上户，「是一色人。」本乡猎户，「又是一色人。」三二十人，都来相探武松。众人问道："壮士高姓大名？贵乡何处？"武松道："小人是此间邻郡清河县人氏，姓武，名松，排行第二。「带定。」因从沧州回乡来，昨晚在冈子那边酒店吃得大醉了，「王右军云：夜来真大醉耶？」上冈子来，正撞见这畜生。"「先说一句，下方省去。」把那打虎的身分、拳脚，细说了一遍。「第四遍自叙。」众上户道："真乃英雄好汉！"众猎户先把野味将来与武松把杯。

武松因打大虫困乏了，要睡。「一色人一色管待。」「有此一折，便越显出武松真正神威。」大户便叫庄客打并客房，且教武松歇息。

到天明，上户先使人去县里报知，一面合具虎床，安排端正，迎送县里去。天明，武松起来洗漱罢，众多上户牵一腔羊，挑一担酒，「一色人一色管待。」都在厅前伺候。武松穿了衣裳，整顿巾帻，出到前面，与众人相见。众上户把盏说道："被这个畜生，正不知害了多少人性命，连累猎户，吃了几顿限棒。今日幸得壮士来到，除了这个大害。第一，乡中人民有福；第二，客侣通行。实出壮士之赐！"武松谢道："非小子之能，托赖众长上福荫。"众人都来作贺。吃了一早晨酒食，抬出大虫，放在虎床上。众乡村上户，都把段匹花红，来挂与武松。武松有些行李包裹，寄在庄上。「细。」一齐都出庄门前来。早有阳谷县知县相公，使人来接武松。都相见了，叫四个庄客，将乘凉轿，来抬了武松。「抬人。」把那大虫扛在前面，「抬虎。」也挂着花红段匹，「为之失笑。」迎到阳谷县里来。

那阳谷县人民，听得说一个壮士打死了景阳冈上大虫，迎喝了来，尽皆出来看，哄动了那个县治。武松在轿上看时，「闲笔都好。」只见亚肩叠背，闹闹嚷嚷，屯街塞巷，都来看迎大虫。到县前衙门口，知县已在厅上专等。武松下了轿，扛着大虫，都到厅前，放在甬道上。知县看了武松这般模样，「人。」又见了这个老大锦毛大虫，「虎。」心中自忖道："不是这个汉，「人。」怎地打得这个虎！"「虎。」便唤武松上厅来。武松去厅前声了喏，知县问道："你那打虎的壮士，你却说怎生打了这个大虫？"武松就厅前，将打虎的本事说

了一遍。「第五遍自叙。」厅上厅下众多人等都惊得呆了，知县就厅上赐了几杯酒，将出上户凑的赏赐钱一千贯，给与武松。武松禀道："小人托赖相公的福荫，偶然侥幸，打死了这个大虫，非小人之能，如何敢受赏赐？小人闻知这众猎户，因这个大虫，受了相公责罚，何不就把这一千贯给散与众人去用？"「极表武松神威。○又远远先表武松无银子。」知县道："既是如此，任从壮士。"「四字待以殊礼。」武松就把这赏钱，在厅上散与众人猎户。知县见他忠厚仁德，「一篇打虎天摇地震文字，却以"忠厚仁德"四字结之，此恐并非史迁所知也。」有心要抬举他，便道："虽你原是清河县人氏，与我这阳谷县只在咫尺。我今日就参你在本县做个都头如何？"武松跪谢道："若蒙恩相抬举，小人终身受赐。"知县随即唤押司立了文案，当日便参武松做了步兵都头。众上户都来与武松作贺庆喜，连连吃了三五日酒。武松自心中想道："我本要回清河县去看哥哥，谁想倒来做了阳谷县都头。"自此上官见爱，乡里闻名。「眉批：所寄行李包裹不见送来。」

又过了三二日，那一日，武松走出县前来闲玩，只听得背后一个人叫声："武都头，你今日发迹了，如何不看觑我则个？"「谁耶？」武松回过头来看了，叫声："阿呀！「阿呀者，惊心动胆之声。篇中武松凡叫三个阿呀，一是青石上陡然见虎，一是下冈时误认猎户是虎，一是县前撞见此人也。入后回说出其姓名，方显武松真有大过人者，今且留之。」你如何却在这里？"不是武松见了这个人，有分教：阳谷县中，尸横血染。直教：钢刀响处人头滚，宝剑挥时热血流。毕竟叫唤武都头的正是甚人，且听下回分解。

图书在版编目（CIP）数据

金圣叹批评本水浒 /（明）施耐庵原著；金圣叹评改；张国光校订；戴敦邦插画 . -- 北京：北京联合出版公司，2024.9. --ISBN 978-7-5596-7769-3

Ⅰ. I207.412

中国国家版本馆 CIP 数据核字第 20246J4D65 号

金圣叹批评本水浒

作　　者：施耐庵原著　金圣叹评改　张国光校订　戴敦邦插画

出 品 人：赵红仕

选题策划：北京时代光华图书有限公司

责任编辑：牛炜征

特约编辑：李森森

封面设计：柏拉图

北京联合出版公司出版

（北京市西城区德外大街 83 号楼 9 层　　　100088）

北京时代光华图书有限公司发行

涿州市京南印刷厂印刷　　新华书店经销

字数 854 千字　　880 毫米 ×1230 毫米　　1/32　　彩插 70　　36.75 印张

2024 年 9 月第 1 版　　2024 年 9 月第 1 次印刷

ISBN 978-7-5596-7769-3

定价：228.00 元（全 3 册）

水浒

金圣叹批评本

中

施耐庵○原著　金圣叹○评改

张国光○校订　戴敦邦○插画

北京联合出版公司

Beijing United Publishing Co.,Ltd.

金聖嘆批評本水滸

【第二十三回】

王婆贪贿说风情

郓哥不忿闹茶肆

　　写武二视兄如父，此自是豪杰至性，实有大过人者，乃吾正不难于武二之视兄如父，而独难于武大之视二如子也。曰：嗟乎！兄弟之际，至于今日，尚忍言哉？一坏于干糇相争，阋墙莫劝，再坏于高谈天显，矜饰虚文。盖一坏于小人，而再坏于君子也。夫坏于小人，其失也鄙，犹可救也。坏于君子，其失也诈，不可救也。坏于小人，其失也鄙，其内即甚鄙，而其外未至于诈，是犹可以圣王之教教之者也。坏于君子，其失也诈，其外既甚诈，而其内又不免于甚鄙，是终不可以圣王之教教之者也。故夫武二之视兄如父，是学问之人之事也。若武大之视二如子，是天性之人之事也。由学问而得如武二之事兄者以事兄，是犹夫人之能事也。由天性而欲如武大之爱弟者以爱弟，是非夫人之能事也。作者写武二以救小人之鄙，写武大以救君子之诈。夫亦曰：兄之与弟，虽二人也，揆厥初生，则一本也。一本之事，天性之事也，学问其不必也。不得已而不废学问，此自为小人言之，若君子，其亦勉勉于天性可也。

　　上篇写武二遇虎，真乃山摇地撼，使人毛发倒卓。忽然接入此篇，写武二遇嫂，真又柳丝花朵，使人心魂荡漾也。吾尝见舞罘之后，便欲搦管临文，则殊苦手颤；铙吹之后，便欲洞箫清啭，则殊苦耳鸣；驰骑之后，便欲入班拜舞，则殊苦喘急；骂座之后，便欲举唱梵呗，则殊苦喉燥。何耐庵偏能接笔而出，吓时便吓杀人，憨时便憨杀人，并无上四者之苦也。

　　写西门庆接连数番蓦转，妙于叠，妙于换，妙于热，妙于冷，妙于宽，妙于紧，妙于琐碎，妙于影借，妙于忽迎，妙于忽闪，妙于有波磔，妙于无意思，真是一篇花团锦簇文字。

　　写王婆定计，只是数语可了，看他偏能一波一磔，一吐一吞，随心恣意排出十分光来。于十分光前，偏又能随心恣意，先排出五件事来。真所谓其才如海，笔墨之气，潮起潮落者也。

　　通篇写西门爱奸，却又处处插入虔婆爱钞，描画小人共为一事，而各为其私，真乃可丑可笑。吾尝晨起开户，窃怪行路之人纷若驰马，意彼万万人中，乃至必无一人心头无事者。今读此篇而失笑也。

话说当日武都头回转身来看见那人，扑翻身便拜。「奇。」那人原来不是别人，正是武松的嫡亲哥哥武大郎。武松拜罢，说道："一年有余不见哥哥，如何却在这里？"「此句在后"想你"文中，不答而答。」武大道："二哥，你去了许多时，如何不寄封书来与我？我又怨你，「句。」又想你。"「句。○六个字隐括全部北《西厢记》。武大口中有此妙句。○想伊已自不能闲，又那得工夫怨你，可为武大作一转句。」武松道："哥哥如何是怨我，想我？"武大道："我怨你时，当初你在清河县里，要便吃酒醉了，和人相打，时常吃官司，教我要便随衙听候，不曾有一个月净办，常教我受苦，这个便是怨你处。「此一段宾。」想你时，我近来取得一个老小，清河县人，不怯气都来相欺负，没人做主。你在家时，谁敢来放个屁？我如今在那里安不得身，只得搬来这里赁房居住，因此便是想你处。"「此一段主。○凭空结撰出一个搬来的缘故，不意后来变出无数奇观，咄咄怪事也。」

看官听说：原来武大与武松，是一母所生两个。武松身长八尺，一貌堂堂，浑身上下有千百斤气力，不恁地，如何打得那个猛虎？「笔头有舌。」这武大郎，身不满五尺，面目丑陋，头脑可笑。「只须四字已活画出。」清河县人见他生得短矮，起他一个诨名，叫做"三寸丁谷树皮"。

那清河县里有一个大户人家，有个女使，「可见来历不正。」娘家姓潘，「姓潘妙，后又有姓潘人作对。」小名唤做金莲；「"金莲"二字藏下在此，为武松一篇大文十来卷书锁钥。」年方二十余岁，颇有些颜色。因为那个大户要缠他，这女使只是去告主人婆，意下不肯依从。那个大户以此记恨

347

于心，［不写作主母拈酸者，便于白与武大也，良工心苦，谁能知之。］却倒赔些房奁，不要武大一文钱，白白地嫁与他。［不因此句，武大又那讨钱来？］自从武大娶得那妇人之后，清河县里有几个奸诈的浮浪子弟们，却来他家里薅恼。原来这妇人见武大身材短矮，人物猥獕，不会风流。他倒无般不好，为头的爱偷汉子。

那武大是个懦弱本分人，被这一班人不时间在门前叫道："好一块羊肉，倒落在狗口里！"因此武大在清河县住不牢，搬来这阳谷县紫石街赁房居住，每日仍旧挑卖炊饼。［"仍旧"妙，一似已说过者。］

此日正在县前做买卖，当下见了武松，武大道："兄弟，我前日在街上听得人沸沸地说道：'景阳冈上一个打虎的壮士，姓武，县里知县参他做个都头。'我也八分猜道是你，原来今日才得撞见。我且不做买卖，一同和你家去。"武松道："哥哥家在那里？"武大用手指道："只在前面紫石街便是。"武松替武大挑了担儿，［极表武二。］武大引着武松，转弯抹角，一径望紫石街来。

转过两个弯，来到一个茶坊间壁，［倒插而下，即岳庙间壁菜园一样文法。］武大叫一声："大嫂，开门。"只见帘子开处，［帘子一。○一路便勤叙帘子。］一个妇人出到帘子下［帘子二。］应道："大哥，怎地半早便归？"武大道："你的叔叔［四字不雅驯，然小家恒有之却正用在此处，妙绝。］在这里，且来厮见。"武大郎接了担儿入去［细。］便出来道："二哥，入屋里来，和你嫂嫂相见。"武松揭起帘子，入进里面，与那妇人相见。武大说道："大嫂，原来景阳冈上打死大虫新充做都头的，正是我这兄弟。"［见夫妇两个念诵已非一日。］那妇人叉手向前道："叔叔万福。"［叔叔一。○凡叫过三十九遍"叔叔"，忽然改作"你"字，真欲绝倒人也。］武松道："嫂嫂请坐。"武

348

松当下推金山，倒玉柱，纳头便拜。「极表武二。」那妇人向前扶住武松道："叔叔，「叔叔二。」折杀奴家。"武松道："嫂嫂受礼。"那妇人道："奴家听得间壁王干娘说，「亦倒插入。」有个打虎的好汉，迎到县前来，要奴家同去看一看。不想去得迟了，赶不上，不曾看见，「可见不是不出闺门妇人。」原来却是叔叔。「叔叔三。」且请叔叔到楼上去坐。"「叔叔四。」三个人同到楼上坐了，那妇人看着武大道："我陪侍着叔叔坐地，你去安排些酒食来，管待叔叔。"「两句二十字，却字字绝倒。〇叔叔五，叔叔六。」武大应道："最好。二哥，你且坐一坐，我便来也。"武大下楼去了。那妇人在楼上，看了武松这表人物，自心里寻思道："武松与他是嫡亲一母兄弟，他又生的这般长大。我嫁得这等一个，也不枉了为人一世！你看我那'三寸丁谷树皮'，三分像人，七分似鬼，我直恁地晦气！据着武松，大虫也吃他打倒了，他必然好气力。「便想到他好气力，绝倒。」说他又未曾婚娶，何不叫他搬来我家里住？「二语连说，绝倒。」不想这段姻缘，却在这里！"

那妇人脸上堆下笑来问武松道："叔叔，「叔叔七。」来这里几日了？"「闲闲而起。」武松答道："到此间十数日了。"妇人道："叔叔，「叔叔八。」在那里安歇？"「渐来。」武松道："胡乱权在县衙里安歇。"那妇人道："叔叔，「叔叔九。」恁地时，却不便当。"「渐来。」武松道："独自一身，容易料理。早晚自有土兵伏侍。"妇人道："那等人伏侍叔叔，「叔叔十。」怎地顾管得到，何不搬来一家里住？早晚要些汤水吃时，奴家亲自安排与叔叔吃，「叔叔十一。」不强似这伙腌臜人。叔叔便吃口清汤，也放心得下。"「辞令妙品。〇叔叔十二。」武松道："深谢嫂嫂。"「以上作一节。」那妇人道："莫不别处有婶婶，可取来厮会也好。"「此下三节，自作一节。〇承上叔叔搬来，急插入一句云：若有婶婶，亦可取

来。不重婶婶有无，只图以"婶婶"二字，挑逗武二心动也。」武松道："武二并不曾婚娶。"妇人又问道："叔叔「叔叔十三。」青春多少？"「急承上不曾婚娶，即接过云：青春多少？意谓岂可许大犹未近妇人耶？两句极似不相连属，逐件自问者，而独能令武二之心油然自动，真妙笔也。」武松道："武二二十五岁。"那妇人道："长奴三岁。「第一答并未婚娶，第二答已二十五岁矣。料定武二两语出口处，必已心动，便应声折到自己身上来，将叔嫂二人，并作四字，更无丝毫分得开去，灵心妙笔，一至于此。说至此四字，已是深谈矣，便只此一顿顿住，下别漾开去，再说闲话，妙绝。」叔叔今番从那里来？"「又闲闲而起。○叔叔十四。」武松道："在沧州住了一年有余，只想哥哥在清河县住，不想却搬在这里。"那妇人道："一言难尽！自从嫁得你哥哥，吃他忔憎了，被人欺负，清河县里住不得，搬来这里。若得叔叔这般雄壮，谁敢道个不字！"「忽然斜穿去，表出心中相爱来。○叔叔十五。○用新妇得配参军故事。」武松道："家兄从来本分，不似武二撒泼。"那妇人笑道："怎地这般颠倒说？常言道：'人无刚骨，安身不牢。'奴家平生快性，看不得这般三答不回头、四答和身转的人。"「忽然又表出自己与武二一合相处来。○又作一节。」武松道："家兄却不到得惹事，要嫂嫂忧心。"

正在楼上说话未了，武大买了些酒肉果品归来，放在厨下，走上楼来叫道："大嫂，你下来安排。"那妇人应道："你看那不晓事的，叔叔在这里坐地，却教我撇了下来。"「绝倒。○你看那不晓事嫂嫂，叔叔在这里坐地，却不肯撇了下来。○叔叔十六。眉批：一路"叔叔"之声多于"嫂嫂"，读之真欲绝倒。」武松道："嫂嫂请自便。"那妇人道："何不去叫间壁王干娘安排便了？「又倒插出王干娘来。」只是这般不见便！"

武大自去央了间壁王婆，安排端正了，都搬上楼来，摆在桌子上，无非是些鱼肉果菜之类，随即烫酒上来。武大叫妇人坐了主位，武松对席，武大打横。「坐得绝倒。○只一坐法，写武大浑沌，武二直性，妇人心邪，色色都有。」三个人坐下，武大筛酒在各人面前。那妇人拿起酒来道："叔叔「叔叔十七。」休怪，没甚管待，请酒一杯。"武松道：

"感谢嫂嫂，休这般说。"武大只顾上下筛酒烫酒，那里来管别事。那妇人笑容可掬，满口儿道："叔叔，﹝叔叔十八。﹞怎地鱼和肉也不吃一块儿？"拣好的递将过来。武松是个直性的汉子，只把做亲嫂嫂相待。﹝断一句。﹞谁知那妇人是个女使出身，惯会小意儿。﹝断一句。﹞武大又是个善弱的人，那里会管待人。﹝也断一句。﹞

那妇人吃了几杯酒，一双眼只看着武松的身上，武松吃他看不过，只低了头，不恁么理会。﹝真好武松。○"不恁么理会"五字，传出圣贤心性来，便觉"禅心已作沾泥絮，不逐东风上下狂"二语之未能具足受持不淫戒也。﹞当日吃了十数杯酒，武松便起身。武大道："二哥，再吃几杯了去。"武松道："只好恁地，却又来望哥哥。"都送下楼来。那妇人道："叔叔，﹝叔叔十九。﹞是必搬来家里住。﹝一句。○看他临出门时数语急拍。﹞若是叔叔不搬来时，教我两口儿也吃别人笑话。﹝二句。○叔叔二十。﹞亲兄弟难比别人。﹝三句。﹞大哥，你便打点一间房，请叔叔来家里过活，﹝四句。○叔叔二十一。﹞休教邻舍街坊道个不是。"﹝五句。○看他一刻上说两遍，绝倒。○邻舍街坊伏后。﹞武大道："大嫂说得是。二哥，你便搬来，也教我争口气。"武松道："既是哥哥、嫂嫂恁地说时，今晚有些行李，便取了来。"那妇人道："叔叔，﹝叔叔二十二。﹞是必记心，奴这里专望。"﹝绝倒，何劳嫂嫂。﹞

武松别了哥嫂，离了紫石街，径投县里来，正值知县在厅上坐衙。武松上厅来禀道："武松有个亲兄，搬在紫石街居住。武松欲就家里宿歇，早晚衙门中听候使唤，不敢擅去，请恩相钧旨。"知县道："这是孝悌的勾当，﹝说出此二字，不愧进士出身。﹞我如何阻你？你可每日来县里伺候。"武松谢了，收拾行李铺盖。有那新制的衣服，﹝点逗宋江、柴进。﹞并前者赏赐的物件，﹝点逗打虎。﹞叫个土兵挑了，

武松引到哥哥家里。那妇人见了，却比半夜里拾金宝的一般欢喜，堆下笑来。武大叫个木匠，就楼下整了一间房，铺下一张床，里面放一条桌子，「伏。」安两个杌子、「伏。」一个火炉。「伏。○此非止是应用物件也。若止是应用物件，则便总写一句，云一应物件齐整，自不必说矣。今偏要逐项细开，便要读者认得武二房里如此铺设，后来便好看他行立坐起，色色亲见也。」武松先把行李安顿了，分付土兵自回去，当晚就哥嫂家里歇卧。

次日早起，那妇人慌忙起来，烧洗面汤，盥漱口水，「于纤琐处写出。」叫武松洗漱了口面，裹了巾帻，出门去县里画卯。那妇人道："叔叔「叔叔二十三。」画了卯，早些个归来吃饭，休去别处吃。"武松道："便来也。"径去县里画了卯，伺候了一早晨，回到家里。那妇人洗手剔甲，「四字纤琐入妙。」齐齐整整，安排下饭食，三口儿共桌儿吃。武松吃了饭，那妇人双手捧一盏茶，递与武松吃。武松道："教嫂嫂生受，武松寝食不安。县里拨一个土兵来使唤。"那妇人连声叫道："「老大不便，故用连声。」叔叔「叔叔二十四。」却怎地这般见外？自家的骨肉，又不伏侍了别人。便拨一个土兵来使用，这厮上锅上灶也不干净，奴眼里也看不得这等人。"「绝之。」武松道："恁地时，却生受嫂嫂。"

话休絮烦。自从武松搬将家里来，取些银子与武大，教买饼馓茶果，请邻舍吃茶。众邻舍斗分子来与武松人情，武大又安排了回席，「又先倒插下邻舍。○他日灵山一会，俨然未散，只少却武大耳。」都不在话下。过了数日，武松取出一匹彩色段子与嫂嫂做衣裳。「两耀得妙，真是妙笔。」那妇人笑嘻嘻道："叔叔，「叔叔二十五。」如何使得！「何故使不得？」既然叔叔把与奴家，不敢推辞，只得接了。"「叔叔二十六。○零星拉杂，叙事真与史公无二。」武松自此只在哥哥家里宿歇。武大依前上街挑卖炊饼。武松每日自去县里画卯，承应差使。不论归迟归早，那妇人顿羹顿饭，欢天喜地伏侍武松，武松倒过意不去。〔省，又有笔力。〕那妇人常把些言语来撩拨他，武松是个硬心直汉，却不见怪。〔不见好，是丈夫，不见怪，是圣贤矣。极写武二过人。〕

有话即长，无话即短。不觉过了一月有余，看看是十二月天气。连日朔风紧起，四下里彤云密布，又早纷纷扬扬，飞下一天大雪来。当日那雪，直下到一更天气不止。次日，武松清早出去县里画卯，直到日中未归。武大被这妇人赶出去做买卖，〔绝倒。○先已清宫除道矣。〕央及间壁王婆〔又倒插出王婆。〕买下些酒肉之类，去武松房里簇了一盆炭火，〔火盆此处出现。〕心里自想道："我今日着实撩斗他一撩斗，不信他不动情。"〔眉批：妇人勾搭武二作一篇文字读。〕那妇人独自一个，冷冷清清立在帘儿下等着，〔帘子三。〕只见武松踏着那乱琼碎玉归来。那妇人揭起帘子，〔帘子四。〕陪着笑脸迎接道："叔叔寒冷。"〔叔叔二十七。〕武松道："感谢嫂嫂忧念。"入得门来，便把毡笠儿除将下来。那妇人双手去接，〔绝倒。〕武松道："不劳嫂嫂生受。"自把雪来拂了，挂在壁上；〔如画。〕解了腰里缠袋，脱了身上鹦哥绿纻丝衲袄，入房里搭了。〔如画。○又不一齐脱卸，必留油靴在后文者，非中间有停歇也。武二自一边忙忙脱换，妇人自一边赶着说话，于是遂生出已下三行文来，实则搭了棉袄便脱油靴，并未常有停手处也。〕那妇人便道："奴等一早起，叔叔〔叔叔二十八。〕怎地不归来吃早饭？"武松道："便是县里一个相识，请吃早饭。却才又有一个作杯，我不奈烦，一直走到家来。"那妇人道："恁地，叔叔向火。"〔叔叔二十九。〕武松道："好。"〔句。〕便脱了油靴，换了一双袜子，穿了暖鞋，〔如画。〕掇个杌子〔一个杌子出现。〕自近火边坐地。

那妇人把前门上了拴，〔绝倒。〕后门也关了，〔绝倒。○俗笔便竟搬酒来矣，此偏于酒先着此两句，写出淫妇一腔心事。○又倒插出后门来，妙绝。〕却搬些按酒、果品、菜蔬，入武松房里来，摆在桌子上。

武松问道："哥哥那里去未归？"妇人道："你哥哥每日自出去做买卖，我和叔叔自饮三杯。"「叔、嫂中间用一"和"字，真欲绝倒。〇叔叔三十。」武松道："一发等哥哥家来吃。"妇人道："那里等得他来！「一句。」等他不得！"「二句。〇只是一句，颠倒写作二句，写尽心忙口乱。」说犹未了，早暖了一注子酒来。武松道："嫂嫂坐地，等武二去烫酒正当。"妇人道："叔叔，「叔叔三十一。」你自便。"那妇人也掇个杌子，近火边坐了。「第二个杌子出现。〇如画。」火头边桌儿上，摆着杯盘。那妇人拿盏酒，擎在手里，看着武松道："叔叔「叔叔三十二。」满饮此杯。"「闲闲而起。」武松接过手来，一饮而尽。「真好武二。〇写武二饮酒处，特有神威。」那妇人又筛一杯酒来说道："天色寒冷，叔叔「叔叔三十三。」饮个成双杯儿。"「真好淫妇，辞令妙品。」武松道："嫂嫂自便。"接来又一饮而尽。「真好武二。」武松却筛一杯酒，递与那妇人吃。「又两杯。」妇人接过酒来吃了，却拿注子再斟酒来，放在武松面前。

那妇人将酥胸微露，云鬟半軃，脸上堆着笑容说道："我听得一个闲人说道：叔叔在县前东街上，养着一个唱的，敢端的有这话么？"「闲人者，何人也？叔叔养唱，嫂嫂却知，又是闲人说来，绝倒人也。〇叔叔三十四。」武松道："嫂嫂休听外人胡说，武二从来不是这等人。"「写武二答语处，都有神威。」妇人道："我不信，「三字绝倒。〇尔固嫂嫂也，信即奈何，不信又奈何哉？」只怕叔叔口头不似心头。"「何劳嫂嫂害怕，绝倒。〇叔叔三十五。」武松道："嫂嫂不信时，只问哥哥。"「今日之叙，独不可使哥哥闻耳。一直提出四字，写尽神威。」那妇人道："他晓得甚么！晓得这等事时，不卖炊饼了。「真好淫妇，字字飞鸾走凤。〇这等事，何事也？叔嫂私商，绝倒人也。」叔叔且请一杯。"「又顿一顿。〇叔叔三十六。」连筛了三四杯酒饮了。那妇人也有三杯酒落肚，哄动春心，那里按纳得住，只管把闲话来说。武松也知了四五分，自家只把头来低了。「知了四五分，只把头低了。〇可知以上已有二三分不自在矣。」

那妇人起身去烫酒，武松自在房里拿起火箸簇火。[写出不快。]那妇人暖了一注子酒来到房里，一只手拿着注子，一只手便去武松肩胛上只一捏，[写淫妇便是活淫妇。]说道："叔叔[叔叔三十七。]只穿这些衣裳不冷？"[不审如何便热。]武松已自有六七分不快意，也不应他。[六七分不快，只不应他。]那妇人见他不应，劈手便来夺火箸，口里道："叔叔不会簇火，我与叔叔拨火，只要似火盆常热便好。"[叔叔三十八，叔叔三十九。]武松有八九分焦躁，只不做声。[八九分焦躁，只不做声。○可知以下是十分震怒也。]那妇人欲心似火，不看武松焦躁，便放了火箸，却筛一盏酒来，自呷了一口，剩了大半盏，看着武松道："你若有心，吃我这半盏儿残酒。"[写淫妇便是活淫妇。○以上凡叫过三十九个"叔叔"，至此忽然换作一"你"字，妙心妙笔。]

武松劈手夺来，泼在地下，[神威。]说道："嫂嫂[潘失嫂嫂之道矣，又称"嫂嫂"者何？尊之也。何尊乎嫂嫂？尊之所以愧之也。尊之所以愧之奈何？彼固昵之，我固尊之，彼或怵然于我之尊之，当怵然于己之昵之也。君子修《春秋》，莫先于正名分，亦为此也。]休要恁地不识羞耻！"[只一句骂杀千古，武二真正神威！]把手只一推，争些儿把那妇人推一交。武松睁起眼来道："武二是个顶天立地、嗑齿戴发男子汉，[字字响。]不是那等败坏风俗、没人伦的猪狗，[字字响。]嫂嫂[再叫一声。]休要这般不识廉耻，[再申一句。]倘有些风吹草动，[直算到底，写尽武二神威。]武二眼里认得是嫂嫂，拳头却不认得是嫂嫂！[奇绝之文。○自有"嫂嫂"二字以来，未经用作如此句法，真乃嫂嫂扫地矣。]再来休要恁地！"[数语极表武二神威。]那妇人通红了脸，便掇开了杌子，[绝倒。]口里说道："我自作乐耍子，不值得便当真起来，好不识人敬重！"搬了盏碟，自向厨下去了。

武松自在房里气忿忿地。天色却早，未牌时分，武大挑了担儿归来，[眉批：武大归来，两边按留不住，另作一篇小文读。]推门，那妇人慌忙开门。武大进来，歇了担儿，随到厨下。见老婆双眼哭得红红的。武大道："你和谁闹来？"那妇人道："都是你

不争气，教外人来欺负我。"「既是外人，如何又叫他三十九遍"叔叔"。」武大道："谁人敢来欺负你？"妇人道："情知是有谁！争奈武二那厮，我见他大雪里归来，连忙安排酒请他吃。他见前后没人，便把言语来调戏我。"武大道："我的兄弟不是这等人，从来老实，「方才说"只问哥哥"，今果然也。」休要高做声，吃邻舍家笑话！"

武大撇了老婆，来到武松房里叫道："二哥，你不曾吃点心，我和你吃些个。"武松只不做声，「一歇。」寻思了半晌，「又一歇。○二句不得连气读下。」再脱了丝鞋，依旧穿上油膀鞋，着了上盖，戴上毡笠儿，「前脱时从上而下，今着时从下而上。」一头系缠袋，一面出门。「活画，画亦画不出。」武大叫道："二哥那里去？"也不应，一直地只顾去了。「瞥然去了。」

武大回到厨下来，问老婆道："我叫他又不应，只顾望县前这条路走去，「十一字活画出呆子来。」正是不知怎地了。"那妇人骂道："糊突桶，有甚么难见处！那厮羞了，没脸儿见你，走了出去。我也再不许你留这厮在家里宿歇。"「那厮这厮，即叔叔也。」武大道："他搬出去，须吃别人笑话。"那妇人道："混沌魍魉，他来调戏我，倒不吃别人笑。你要便自和他道话，我却做不得这样的人。你还了我一纸休书来，你自留他便了。"武大那里敢再开口。「活武大。○与后句照耀看。」

正在家中两口儿絮聒，只见武松引了一个土兵，拿着条扁担，径来房里，「瞥然又来。」收拾了行李，便出门去。「瞥然又去。」武大赶出来叫道："二哥，做甚么便搬了去？"武松道："哥哥不要问，说起来，装你的幌子。你只由我自去便了。"武大那里敢再开口，「活武大。○两句照耀，故妙。」由武松搬了去。那妇人在里面喃喃呐呐地骂道："却也好！「三字起得声态俱有，活画出淫妇情性来，正不知耐庵如何算出。」人只道一个亲兄弟做

356

都头，怎地养活了哥嫂，却不知反来嚼咬人！正是'花木瓜，空好看'。你搬了去，倒谢天地，且得冤家离眼前。"「如闻其声。」武大见老婆这等骂，正不知怎地，心中只是咄咄不乐，放他不下。「活武大，又好武大，读之不觉悲从中来。○嗟乎！世人读诗而不废《棠棣》之篇，彼固无所感于中也，岂不痛哉！」

自从武松搬了去县衙里宿歇，武大自依然每日上街挑卖炊饼。本待要去县里寻兄弟说话，却被这婆娘千叮万嘱分付，教不要去兜揽他，因此，武大不敢去寻武松。「按下，妙手。」拈指间，岁月如流，不觉雪晴，过了十数日。却说本县知县自到任以来，却得二年半多了，赚得好些金银，「此句不算调侃，正算作通病矣。」欲待要使人送上东京去，与亲眷处收贮使用，谋个升转，却怕路上被人劫了去，须得一个有本事的心腹人去便好。猛可想起武松来："须是此人可去。有这等英雄了得！"当日便唤武松到衙内商议道："我有一个亲戚，在东京城里住，欲要送一担礼物去，就捎封书问安则个。只恐途中不好行，须是得你这等英雄好汉，方去得。你可休辞辛苦，与我去走一遭，回来我自重重赏你。"武松应道："小人得蒙恩相抬举，安敢推故？既蒙差遣，只得便去。小人也自来不曾到东京，就那里观看光景一遭。「竟似对发生语，不似对上官语。」相公明日打点端正了便行。"知县大喜，赏了三杯，不在话下。

且说武松领下知县言语，出县门来，到得下处，取了些银两，叫了个土兵，却上街来买了一瓶酒并鱼肉果品之类，一径投紫石街来，直到武大家里。「瞥然又来。」武大恰好卖炊饼了回来，见武松在门前坐地，叫土兵去厨下安排。「武大眼中如画。」那妇人余情不断，见武松把将酒食来，「随手踢出余波，真是文情如谷。」心中自想道："莫

357

不这厮思量我了，却又回来？那厮一定强不过我，且慢慢地相问他！"

那妇人便上楼去，重匀粉面，再整云鬟，换些艳色衣服穿了，来到门前迎接武松。那妇人拜道："叔叔，「又饶数声叔叔。」不知怎地错见了？好几日并不上门，教奴心里没理会处。每日叫你哥哥来县里寻叔叔陪话，归来只说道：'没寻处。'今日且喜得叔叔家来，没事坏钱做甚么？"「嫂嫂亦可谓"糊突桶""混沌魍魉"矣。○辞令妙品。」武松答道："武二有句话，特来要和哥哥、嫂嫂说知则个。"那妇人道："既是如此，楼上去坐地。"

三个人来到楼上客位里，武松让哥嫂上首坐了，武松掇个机子，横头坐了。「眉批：武二置酒又作一篇文字读。」土兵搬将酒肉上楼来，摆在桌子上。武松劝哥哥、嫂嫂吃酒。那妇人只顾把眼来睃武松，「糊突桶，混沌魍魉。」武松只顾吃酒。酒至五巡，武松讨付劝杯，叫土兵筛了一杯酒，拿在手里，看着武大道："大哥在上：今日武二蒙知县相公差往东京干事，明日便要起程，多是两个月，少是四五十日便回。有句话，特来和你说知：你从来为人懦弱，我不在家，恐怕被外人来欺负。「兄弟二人，武大爱武二如子，武二又爱武大如子。武大自视如父，武二又自视如父。二人一片天性，便生出此句话来，妙绝。」假如你每日卖十扇笼炊饼，你从明日为始，只做五扇笼出去卖。每日迟出早归，「只防早晨夜晚，又乌料裁衣之在清昼耶？」不要和人吃酒。「武大何处吃酒？乃武二已明知武大之必将有酒吃也，妙绝。」归到家里，便下了帘子，「帘子五。○亦带帘子，妙绝。」早闭上门，省了多少是非口舌。「君子不出恶声，只如此，妙绝！」如若有人欺负你，不要和他争执，待我回来，自和他理论。「如子如父语。○数语照后，读之凛然。」大哥依我时，满饮此杯。"「武二神威。」武大接了酒道："我兄弟见得是，我都依你说。"吃过了一杯酒。

武松再筛第二杯酒，对那妇人说道："嫂嫂是个精细的人，不必用武松多说。〔妙人妙语。○可知武二不是不知人事者。〕我哥哥为人质朴，全靠嫂嫂做主看觑他。〔竟是托孤语，读之慷慨泪下。○读武二此语，忽叹昭烈"如其不才，君可自取"之言，真猪狗之言也。〕常言道：'表壮不如里壮。'嫂嫂把得家定，我哥哥烦恼做甚么？岂不闻古人言：'篱牢犬不入。'"〔语语写出武二神威。〕那妇人被武松说了这一篇，一点红从耳朵边起，紫涨了面皮，指着武大便骂道："你这个腌臜混沌！有甚么言语，在外人处说来，欺负老娘！我是一个不戴头巾男子汉，叮叮当当响的婆娘！拳头上立得人，胳膊上走得马，人面上行得人，不是那等搠不出的鳖老婆。自从嫁了武大，真个蝼蚁也不敢入屋里来，有甚么篱笆不牢，犬儿钻得入来！你胡言乱语，一句句都要下落，丢下砖头瓦儿，一个个要着地。"〔辞令妙品。○淫妇有相，只看会说话者，即其人也。〕武松笑道："若得嫂嫂这般做主最好，只要心口相应，却不要心头不似口头。〔恰与前言相照得好。〕既然如此，武二都记得嫂嫂说的话了，请饮过此杯。"〔武二神威，读者皆欲起立。〕那妇人推开酒盏，一直跑下楼来，走到半胡梯上发话道：〔活画。〕"你既是聪明伶俐，却不道'长嫂为母'！〔绝倒。〕我当初嫁武大时，曾不听得说有甚么阿叔，〔绝倒。〕那里走得来！'是亲不是亲，便要做乔家公。'〔绝倒。〕自是老娘晦气了，鸟撞着许多事！"〔语语绝倒。〕哭下楼去了。

那妇人自妆许多奸伪张致，那武大、武松弟兄自再吃了几杯。〔武二自不必说，真乃难得武大。天下之人读至此句，莫不泪下。〕武松拜辞哥哥，武大道："兄弟去了，〔莫不文于武大也，今读至"兄弟去了"四字，何其烂熳淋漓，天文弥至也。我读之而声咽气尽，不复能赞之矣。〕早早回来，和你相见。"口里说，不觉眼中堕泪。〔真好武大。〕武松见武大眼中垂泪，便说道："哥哥便不做得买卖也罢，只在家

里坐地。「又将前语一翻，务要极文之致。」盘缠兄弟自送将来。"武大送武松下楼来，临出门，武松又道："大哥，我的言语，休要忘了。"「极文之致。」

武松带了土兵，自回县前来收拾。次日早起来，拴束了包裹，来见知县。那知县已自先差下一辆车儿，把箱笼都装载车子上，点两个精壮土兵，县衙里拨两个心腹伴当，都分付了。那四个跟了武松，就厅前拜辞了知县，拽扎起，提了朴刀，监押车子，一行五人，离了阳谷县，取路望东京去了。

话分两头。只说武大郎自从武松说了去，整整地吃那婆娘骂了三四日。武大忍气吞声，由他自骂，心里只依着兄弟的言语，真个每日只做一半炊饼出去卖，未晚便归。一脚歇了担儿，便去除了帘子，「帘子六。」关上大门，却来家里坐地。那妇人看了这般，心内焦躁，指着武大脸上骂道："混沌浊物，我倒不曾见日头在半天里，便把着丧门关了，也须吃别人道我家怎地禁鬼！听你那兄弟鸟嘴，也不怕别人笑耻。"武大道："由他们笑话我家禁鬼。我的兄弟说的是好话，「真好武大，我欲哭之。」省了多少是非。"那妇人道："呸！浊物！你是个男子汉，自不做主，却听别人调遣。"武大摇手道："由他，我的兄弟是金子言语。"「武大叫兄弟处，定带"我的"二字，妙绝。○金子言语，奇文未有。」自武松去了十数日，武大每日只是晏出早归，归到家里，便关了门。那妇人也和他闹了几场，向后闹惯了，不以为事。「省。」自此这妇人约莫到武大归时，先自去收了帘儿，关上大门。「行文曲折逶迤而下。○帘子七。」武大见了，自心里也喜，寻思道："怎地时却好！"「闲心闲笔。」

又过了三二日，冬已将残，天色回阳微暖。「固是春情，应在春日。」当日武大将次归来，那妇人惯了，自先向门前来叉那帘子。「帘子八。○"惯了"妙，写得并无痕影。眉批：叉帘另作一篇文字读。」也是合当有事，却好一个人从帘子边走过。〔便走得蹊跷。○帘子九。〕自古道："没巧不成话。"这妇人正手里拿叉竿不牢，失手滑将倒去，不端不正，却好打在那人头巾上。〔此一滑，我极疑之。不然，岂前日雪天向火之日，亦失手伸将过去，不端不正，却好捏在叔叔肩胛上耶？〕那人立住了脚，意思要发作，回过脸来看时，却是一个妖娆的妇人，〔因缘生法，福倚祸伏，真有如此。〕先自酥了半边，那怒气直钻过爪洼国去了，变作笑吟吟的脸儿。〔一个如迎。〕这妇人见不相怪，便叉手深深地道个万福，〔一个似送。〕说道："奴家一时失手，官人疼了。"〔一个轻怜。〕那人一头把手整头巾，一面把腰曲着地还礼道："不妨事。娘子闪了手。"〔一个痛惜。〕却被这间壁的王婆正在茶局子里水帘底下看见了，〔至此方入王干娘正传。〕笑道：〔王婆笑起。○第一笑。〕"兀谁教大官人打这屋檐边过，打得正好！"〔积世虔婆语，使读者肉飞眉舞。〕那人笑道：〔第二笑。〕"这是小人不是。〔一个低头。〕冲撞娘子，休怪。"那妇人也笑道：〔第三笑。〕"官人恕奴些个。"〔一个万福。眉批：看他两个，一个如迎一个似送，一个轻怜一个痛惜，一个低头一个万福，倒教我看书的羞得倒躲躲躲。〕那人又笑着，〔第四笑。〕大大地唱个肥喏道："小人不敢。"〔画。〕那一双眼，都只在这妇人身上，也回了七八遍头，〔画。〕自摇摇摆摆，踏着八字去了。〔不信去了。〕这妇人自收了帘子叉竿入去，〔帘子十。〕掩上大门，等武大归来。

你道那人姓甚名谁？那里居住？原来只是阳谷县一个破落户财主，就县前开着个生药铺。〔伏砒霜。〕从小也是一个奸诈的人，使得些好拳棒。〔伏踢武大，踢武二。〕近来暴发迹，专在县里管些公事，与人放刁把滥，说事过钱，排陷官吏。〔伏官吏通线。〕因此，满县人都饶让他些个。〔伏何九忌怕。〕那人复姓西门，单讳一个庆字，排行第一，人都唤他做西门大郎。近来发迹有钱，人都称他做西门大官人。

不多时，只见那西门庆一转，〔早来了，绝倒。〕逩入王婆茶坊里来，〔眉批：西门庆转霎又作一篇文字读。〕去里边水帘下坐了。王婆笑道：〔第五笑。〕"大官人却才唱得好个大肥喏！"西门庆也笑道：〔第六笑。〕"干娘，你且来，我问你：间壁这个雌儿，是谁的老小？"王婆道："他是阎罗大王的妹子，五道将军的女儿，问他怎的？"西门庆道："我和你说正话，休要取笑。"王婆道："大官人怎么不认得？他老公便是每日在县前卖熟食的。"〔半句歇住，声口入妙。〕西门庆道："莫非是卖枣糕徐三的老婆？"〔随手捏成，如词家之有红衲袄也。○三。〕王婆摇手道："不是。若是他的，正是一对儿。大官人再猜。"西门庆道："可是银担子李二哥的老婆？"〔二。〕王婆摇头道："不是。若是他时，也倒是一双。"西门庆道："倒敢是花胳膊陆小乙的妻子？"〔一。〕王婆大笑道：〔第七笑。〕"不是。若他的时，也又是好一对儿。大官人再猜一猜。"西门庆道："干娘，我其实猜不着。"王婆哈哈笑道：〔第八笑。〕"好教大官人得知了笑一声。他的盖老，便是街上卖炊饼的武大郎。"西门庆跌脚笑道：〔第九笑。〕"莫不是人叫他'三寸丁谷树皮'的武大郎？"王婆道："正是他。"西门庆听了，叫起苦来说道："好块羊肉，怎地落在狗口里！"王婆道："便是这般苦事。自古道：'骏马却驮痴汉走，巧妻常伴拙夫眠。'月下老偏生要是这般配合！"西门庆道："王干娘，我少你多少茶钱？"〔无可搭话，无可挪延，只得随口扯淡，活画出涎脸来，使读者绝倒。〕王婆道："不多，由他歇些时却算。"西门庆又道："你儿子跟谁出去？"〔一发扯淡，活画涎脸。〕王婆道："说不得。跟一个客人淮上去，至今不归，又不知死活。"西门庆道："却不叫他跟我？"〔一发涎脸死人。〕王婆笑道：〔第十笑。○笑得贼，明明笑其涎脸扯淡也。〕"若得大官人抬举他，十分之好。"西门庆道："等他归来，却再计较。"

「淡死人，涎脸死人。」再说了几句闲话，相谢起身去了。「又去了。」

约莫未及半个时辰，又踅将来王婆店门口帘边坐地，朝着武大门前。「早又来了，绝倒。」半歇，王婆出来道："大官人，吃个梅汤？"「一路隐语点逗，都好。」西门庆道："最好多加些酸。"「隐语。」王婆做了一个梅汤，双手递与西门庆。西门庆慢慢地吃了，「只"慢慢地"三字，活画涎脸。」盏托放在桌子上。「活画出淡来。」西门庆道："王干娘，你这梅汤做得好，有多少在屋里？"王婆笑道：「第十一笑。」"老身做了一世媒，那讨一个在屋里？"「以风话入。」西门庆道："我问你梅汤，你却说做媒，差了多少。"王婆道："老身只听的大官人问这媒做得好，老身只道说做媒。"西门庆道："干娘，你既是撮合山，也与我做头媒，说头好亲事，我自重重谢你。"王婆道："大官人，你宅上大娘子得知时，婆子这脸，怎吃得耳刮子？"西门庆道："我家大娘子最好，极是容得人。现今也讨几个身边人在家里，只是没一个中得我意的。你有这般好的，与我主张一个，便来说不妨。就是回头人也好，只要中得我意。"「贼人语，已有所指。○此语渐近矣，故下王婆忽然以风话漾开去。才子为文，必欲尽情极致，每每如此。」王婆道："前日有一个倒好，只怕大官人不要。"「无端蹴出奇文，却只要消缴此节。」西门庆道："若好时，你与我说成了，我自谢你。"王婆道："生得十二分人物，只是年纪大些。"「奇文。」西门庆道："便差一两岁，也不打紧。真个几岁？"王婆道："那娘子戊寅生，属虎的，新年恰好九十三岁。"「绝倒。」西门庆笑道：「第十二笑。」"你看这风婆子，只要扯着风脸取笑。"西门庆笑了，「第十三笑。」起身去。「又去了。」

看看天色黑了，王婆却才点上灯来，正要关门，只见西门庆又踅将来，径去帘底下那座头上坐了，朝着武大门前只顾望。「如何却又来了，绝倒。」王婆道："大官

人，吃个和合汤如何？"「隐语换。」西门庆道："最好。干娘放甜些。"「隐语。」王婆点一盏和合汤，递与西门庆吃。坐个一歇，「活画出淡来。」起身道："干娘记了帐目，「活画出淡来。」明日一发还钱。"王婆道："不妨，伏惟安置，来日早请过访。"「东方麦铁，未有此舌。」西门庆又笑了去。「又去了。○第十四笑。」

当晚无事。次日清早，王婆却才开门，把眼看门外时，只见这西门庆又在门前两头来往踅。「早又来了，绝倒。○句法小变，放活多少。」王婆见了道："这个刷子踅得紧！你看我着些甜糖抹在这厮鼻子上，只叫他舐不着。那厮会讨县里人便宜，且教他来老娘手里纳些败缺。"

王婆开了门，正在茶局子里生炭，整理茶锅。西门庆一径奔入茶房里来，水帘底下，望着武大门前帘子里坐了看。「帘子十一。」王婆只做不看见，只顾在茶局里煽风炉子，不出来问茶。「与上梅汤、和合汤变化，文心诡谲。」西门庆叫道："干娘，点两盏茶来。"王婆笑道：「第十五笑。」"大官人来了。连日少见，「东方麦铁之舌，真正妙绝。」且请坐。"便浓浓地点两盏姜茶，「此非隐语，乃是百忙中点出时节来，夫姜茶所以破晓寒也。」将来放在桌子上。西门庆道："干娘相陪我吃个茶。"「涎脸死人语。」王婆哈哈笑道：「第十六笑。」"我又不是影射的。"「贼，妙。」西门庆也笑了一回，「第十七笑。」问道："干娘，间壁卖甚么？"「活画涎脸，愈画愈妙。」王婆道："他家卖拖蒸河漏子、热烫温和大辣酥。"「只是风话。」西门庆笑道：「第十八笑。」"你看这婆子只是风。"王婆笑道：「第十九笑。」"我不风，他家自有亲老公。"西门庆道："干娘，和你说正经话：说他家如法做得好炊饼，我要问他做三五十个，不知出去在家？"王婆道："若要买炊饼，少间等他街上回来买，何消得上门上户？"「贼，妙。」西门庆道："干娘说的是。"「淡死人，涎脸死人，活画出。」吃了茶，坐了一回，起身道："干娘记了帐目。"「淡死人，涎脸死人。」

王婆道："不妨事。老娘牢牢写在帐上。"西门庆笑了去。「又去了。○第二十笑。」

王婆只在茶局子里张时，冷眼睃见西门庆又在门前踅过东去，又看一看；「变化，又省。」走过西来，又睃一睃；「变化，又省。」走了七八遍，「变化，又省。」径踅入茶房里来。「又来，绝倒。」王婆道："大官人稀行，好几时不见面。"「妙绝。」西门庆笑将起来，「第二十一笑。」去身边摸出一两来银子，「一两银子。○连日用心，固不如一两之有验也，看下文虔婆便出门路，可发一笑。」递与王婆，说道："干娘权收了做茶钱。"婆子笑道："「第二十二笑。」何消得许多？"西门庆道："只顾放着。"婆子暗暗地欢喜道："来了，这刷子当败。"且把银子来藏了，便道："老身看大官人「一两入手，便生出六个字来，然则贫士而望人垂青，岂不谬乎？」有些渴，吃个宽煎叶儿茶如何？"「仍作隐语。」西门庆道："干娘如何便猜得着？"婆子道："有甚么难猜。自古道：'入门休问荣枯事，观着容颜便得知。'老身异样蹊跷作怪的事，都猜得着。"西门庆道："我有一件心上的事，干娘猜得着时，与你五两银子。"「五两银子。」王婆笑道："「第二十三笑。」老娘也不消三智五猜，只一智便猜个十分。大官人，你把耳朵来。「绝倒，活画。」你这两日脚步紧，赶趁得频，一定是记挂着隔壁那个人。我这猜如何？"西门庆笑起来「第二十四笑。」道："干娘，你端的智赛隋何，机强陆贾！不瞒干娘说：我不知怎地吃他那日叉帘子时，见了这一面，却似收了我三魂七魄的一般，只是没做个道理入脚处。不知你会弄手段么？"王婆哈哈地笑起来道："「第二十五笑。」老身不瞒大官人说：我家卖茶，叫做鬼打更。三年前六月初三下雪的那一日，卖了一个泡茶，直到如今不发市，专一靠些杂趁养口。"「奇文矢口而来。」西门庆问道："怎

地叫做杂趁？”王婆笑道：「第二十六笑。」“老身为头是做媒，又会做牙婆，也会抱腰，也会收小的，也会说风情，也会做马泊六。”「奇文矢口而来。」西门庆道：“干娘端的与我说得成时，「十两银子。」便送十两银子与你做棺材本。”王婆道：“大官人，你听我说，「一两银子便看你，五两银子便猜你，十两银子便与你说出五件事、十分光来。一篇写刷子撒奸，花娘好色，虔婆爱钞，色色入画。」但凡‘捱光’的两个字最难，要五件事俱全，方才行得。「眉批：说“光”独作一篇文字读。○于说光前先有一番五事问答，又可另作一篇读。」第一件，「下文将欲排出十分光来，却先于上文排出五件事，使读者如游深山，不觉迤逦而入。」潘安的貌；第二件，驴儿大的行货；第三件，要似邓通有钱；第四件，小，就要绵里针忍耐；第五件，要闲工夫——此五件，唤作潘、驴、邓、小、闲。「千古奇文。」五件俱全，此事便获着。”西门庆道：“实不瞒你说，这五件事，我都有些。第一，「下文将排出十分光，上文却先排出五件事，所谓欲变大阵，先设小阵也。然小阵一变，即成大阵，犹未足为奇观。此只以小阵一变，仍作小阵，读者方谓极情尽致，无可复加。而下文不觉早已排山倒海，冲至面前，真文字之极观也。」我的面儿虽比不得潘安，也充得过；第二，我小时也曾养得好大龟；第三，我家里也颇有贯伯钱财，虽不及邓通，也颇得过；第四，我最耐得，他便打我四百顿，休想我问他一下；第五，我最有闲工夫，不然，如何来的恁频？干娘，你只作成我！完备了时，我自重重地谢你。”王婆道：“大官人，虽然你说五件事都全，我知道还有一件事打搅，「五件事，又变成一件事，然后慢慢变出十件来。忽大忽小，忽小忽大，真有犹龙之誉。」也多是札地不得。”西门庆说：“你且道甚么一件事打搅？”王婆道：“大官人，休怪老身直言，但凡‘捱光’最难。十分光时，使钱到九分九厘，也有难成就处。我知你从来悭吝，不肯胡乱便使钱。只这一件打搅！”「活画出积世虔婆。」西门庆道：“这个极容易医治，我只听你的言情便了。”王婆道：“若是大官人肯使钱时，老身有一条计，便教大官人和这雌儿会一面。只不知官人肯依我么？"西门庆道："不拣怎地，我都依你。干娘有甚妙计？"王婆笑道：「第二十七笑。」"今日晚了，且回去。过半年三个月却来商量。"「行文至此，岂非西门，虽读者亦无不洗耳愿闻矣，偏有此一闪，妙。」西门庆便跪下道："干娘，休要撒科，你作成我则个！"

王婆笑道：「第二十八笑。」"大官人却又慌了。老身那条计，是个上着，虽然入不得武成王庙，端的强似孙武子教女兵，十捉九着。大官人，我今日对你说，「不容易请教。」这个人原是清河县大户人家讨来的养女，却做得一手好针线。大官人，你便买一匹白绫、一匹蓝绸、一匹白绢，再用十两好绵，都把来与老身。「积世虔婆，趁火打劫之计，令我绝倒。」我却走将过去，问他讨茶吃，却与这雌儿说道：'有个施主官人，与我一套送终衣料，特来借历头，央及娘子与老身拣个好日，去请个裁缝来做。'他若见我这般说，不睬我时，此事便休了。「先用一反。」他若说：'我替你做。'不要我叫裁缝时，这便有一分光了。「第一段。○每一段用两他若，一反一正，绝代奇文。」我便请他家来做。他若说：'将来我家里做。'不肯过来，此事便休了。「反。」他若欢天喜地地说：'我来做，就替你裁。'这光便有二分了。若是肯来我里做时，却要安排些酒食点心请他。第一日，你也不要来。「妙。」第二日，他若说不便，当时定要将家去做，此事便休了。「反。」他若依前肯过我家做时，这光便有三分了。「第三段。」这一日，你也不要来。「妙。」到第三日晌午前后，你整整齐齐打扮了来，咳嗽为号。你便在门前说道：'怎地连日不见王干娘？'我便出来，请你入房里来。若是他见你入来，便起身跑了归去，难道我拖住他？「妙。」此事便休了。「反。」他若见你入来，不动身时，这光便有四分了。「第四段。」坐下时，便对雌儿说道：'这个便是与我衣料的施主官人。亏杀他！'

我夸大官人许多好处，你便卖弄他的针线。若是他不来兜揽应答，此事便休了。「反。」他若口里应答说话时，这光便有五分了。「第五段。」我却说道：'难得这个娘子与我作成出手做。亏杀你两个施主，「合，称妙。」一个出钱的，一个出力的。「分疏，又妙。」不是老身路歧相央，难得这个娘子在这里，官人好做个主人，替老身与娘子浇手。'你便取出银子来央我买。若是他抽身便走时，不成扯住他？此事便休了。「反。」他若是不动身时，这光便有六分了。「第六段。」我却拿了银子，临出门对他道：'有劳娘子相待大官人坐一坐。'他若也起身走了家去时，我也难道阻挡他？此事便休了。「反。」若是他不起身走动时，此事又好了，这光便有七分了。「第七段。」等我买得东西来，摆在桌子上，我便道：'娘子且收拾生活，吃一杯儿酒，难得这位官人坏钞。'他若不肯和你同桌吃时，走了回去，此事便休了。「反。」若是他只口里说要去，「贼人语。〇绝倒。」却不动身时，此事又好了，这光便有八分了。「第八段。」待他吃得酒浓时，正说得入港，我便推道没了酒，再叫你买，你便又央我去买。我只做去买酒，把门拽上，关你和他两个在里面。「绝倒。」他若焦躁，跑了归去，此事便休了。「反。」他若由我拽上门，不焦躁时，这光便有九分了。「第九段。」只欠一分光了便完就。「忽然一顿。」这一分倒难。「忽然一扬。〇一顿一扬，使读者茫然。〇上来一反一正，共有十八段，已近急口令矣。得此一顿一扬，政使文情一变，譬如画龙，鳞爪都具，而不点睛，直是令人痒杀。」大官人，你在房里，着几句甜净的话儿，说将入去。你却不可躁暴，便去动手动脚，打搅了事，那时我不管你。「此处已是最后一光矣，又戒不可动手动脚，打搅了事，然则如之何耶？奇绝之笔。」先假做把袖子在桌上拂落一双箸去，你只做去地下拾箸，将手去他脚上捏一捏，他若闹将起来，我自来搭救，「绝倒。」此事也便休了，再也难得成。「反。〇又加一句。」若是他不做声时，此是十分光了。这时节，这时节，「二句六字，声情都绝。婆子至此，亦绝倒矣，何况西门，何况读者。」十分事都成了。这条计策如何？「第十段。」

西门庆听罢，大笑道：「第二十九笑。」"虽然上不得凌烟阁，端的好计！"王婆道："不要忘了许我的十两银子！"「此是虔婆传中正语。」西门庆道："'但得一片桔皮吃，莫便忘了洞庭湖！' 这条计几时可行？"王婆道："只在今晚，便有回报。我如今趁武大未归，走过去细细地说诱他。你却便使人将绫绸绢匹并绵子来。"西门庆道："得干娘完成得这件事，如何敢失信？"作别了王婆，便去市上绸绢铺里买了绫绸绢段，并十两清水好绵。家里叫个伴当，取包袱包了，带了五两碎银，「五两。」径送入茶坊里。王婆接了这物，分付伴当回去。自踅来开了后门，「后门出现第一。」走过武大家里来。「眉批：请做衣另作一篇小文读。」那妇人接着请去楼上坐地。那王婆道："娘子怎地不过贫家吃茶？"那妇人道："便是这几日身体不快，懒走去的。"王婆道："娘子家里有历日么？借与老身看一看，要选个裁衣日。"那妇人道："干娘裁甚么衣裳？"王婆道："便是老身十病九痛，怕有些山高水低，预先要制办些送终衣服。「宛然有声。」难得近处一个财主，见老身这般说，布施与我一套衣料，绫绸绢段，又与若干好绵，放在家里一年有余，不能够做。今年觉道身体好生不济，又撞着如今闰月，趁这两日要做，「看他写出许多说话来。〇以上犹是借历日，以下竟是请裁缝矣。」又被那裁缝勒揝，只推生活忙，不肯来做。老身说不得这等苦！"「辞令妙品。」那妇人听了笑道：「第三十笑。」"只怕奴家做得不中干娘意，若不嫌时，奴出手与干娘做如何？"那婆子听了这话，堆下笑来「第三十一笑。」说道："若得娘子贵手做时，老身便死来也得好处去。"「妙话，活画婆子。」久闻娘

子好手针线，只是不敢相央。"［眉批：挺光重作一篇文字读。］那妇人道："这个何妨。许了干娘，务要与干娘做了。将历头叫人拣个黄道好日，便与你动手。"王婆道："若得娘子肯与老身做时，娘子是一点福星，何用选日？［忽然借历日，忽然不必历日，夹七夹八，妙绝。］老身也前日央人看来，说道明日是个黄道好日。［忽然借历日，忽然又说已央人看个黄道好日，一发夹七夹八，妙绝妙绝。］老身只道裁衣不用黄道日了，不记他。"［上文活写婆子随口嘈出，此句又活写婆子机变自救，妙绝。］那妇人道："归寿衣正要黄道日好，何用别选日？"［第一分光已有。］王婆道："既是娘子肯作成老身时，大胆只是明日起动娘子到寒家则个。"那妇人道："干娘，不必。将过来做不得？"［好，定少不得。］王婆道："便是老身也要看娘子做生活则个，又怕家里没人看门前。"［并不强拉，只是软商，辞令妙品。］那妇人道："既是干娘恁地说时，我明日饭后便来。"那婆子千恩万谢下楼去了。［第二分光又有。］当晚回复了西门庆的话，约定后日准。当夜无话。次日清早，王婆收拾房里干净了，买了些线索，安排了些茶水，在家里等候。

且说武大吃了早饭，打当了担儿，自出去卖炊饼。［略照武大不疏漏。］那妇人把帘儿挂了，［帘子十二。］从后门走过王婆家里来。［后门二。］那婆子欢喜无限，接入房里坐下，便浓浓地点道茶，撒上些出白松子、胡桃肉，［细琐处写。］递与这妇人吃了。抹得桌子干净，［细琐偏入妙。］便将出那绫绸绢段来。妇人将尺量了长短，［量。］裁得完备，［裁。］便缝起来。［缝。］婆子看了，口里不住声价喝采道："好手段！老身也活了六七十岁，眼里真个不曾见这般好针线。"［数语于本文无谓，只是使一日不寂寞。］那妇人缝到日中，王婆便安排些酒食请他，下了一箸面，与那妇人吃了。再缝了一歇，将次晚来，便收拾起生活，自归去。

恰好武大归来，挑着空担儿进门，「不忘武大。」那妇人拽开门，下了帘子。

「帘子十三。」武大入屋里来，看见老婆面色微红，便问道："你那里吃酒来？"那妇人应道："便是间壁王干娘，央我做送终的衣裳，日中安排些点心请我。"武大道："阿呀！不要吃他的。我们也有央及他处。他便央你做得件把衣裳，你便自归来吃些点心，不值得搅恼他。你明日倘或再去做时，带了些钱在身边，也买些酒食与他回礼。常言道：'远亲不如近邻。'休要失了人情。他若是不肯要你还礼时，你便只是拿了家来，做去还他。"那妇人听了，「数语于本文无谓，只是使武大不寂寞，作文要照前照后如此。」当晚无话。

且说王婆子设计已定，赚潘金莲来家。次日饭后，武大自出去了，王婆便踅过来相请。去到他房里，取出生活，一面缝将起来。王婆自一边点茶来吃了。不在话下。看看日中，那妇人取出一贯钱付与王婆说道："干娘，奴和你买杯酒吃。"王婆道："阿呀！那里有这个道理？老身央及娘子在这里做生活，如何颠倒教娘子坏钱？"那妇人道："却是拙夫分付奴来。若还干娘见外时，只是将了家去做还干娘。"那婆子听了，连声道："大郎直恁地晓事。既然娘子这般说时，老身权且收下。"这婆子生怕打脱了这事，自又添钱去买些好酒好食、希奇果子来，殷勤相待。看官听说：但凡世上妇人，由你十八分精细，被人小意儿过纵，十个九个着了道儿。「所以六婆不许入门，后世切戒之。」再说王婆安排了点心，请那妇人吃了酒食，再缝了一歇，看看晚来，千恩万谢归去了。

「第三分光已有。」

话休絮烦。第三日早饭后，王婆只张武大出去了，便走过后门来叫道：

「后门三。」“娘子，老身大胆……”「只说得四字，妙不容说。」那妇人从楼上下来道：“奴却待来也。”两个厮见了，来到王婆房里坐下，取过生活来缝。那婆子随即点盏茶来，两个吃了。那妇人看看缝到晌午前后。却说西门庆巴不到这一日，「陡然而出。」裹了顶新头巾，穿了一套整整齐齐的衣服，带了三五两碎银子，「又带三五两碎银子。」径投这紫石街来。到得茶房门首，便咳嗽道：“王干娘，连日如何不见？”那婆子瞧科，便应道：“兀谁叫老娘？”西门庆道：“是我。”那婆子赶出来，看了笑道：「第三十二笑。」“我只道是谁，却原来是施主大官人。你来得正好，且请你入去看一看。”把西门庆袖子一拖，拖进房里，对着那妇人道：「此句拖着西门对着妇人，下句指着妇人对着西门，活画出婆子无数身分。」“这个便是那施主，与老身那衣料的官人。”西门庆见了那妇人，便唱个喏。那妇人慌忙放下生活，还了万福。「第四分光又有。」

王婆却指着这妇人对西门庆道：「婆子身分。」“难得官人与老身段匹，放了一年，不曾做得。如今又亏杀这位娘子出手与老身做成全了。真个是布机也似好针线，又密又好，其实难得！大官人，你且看一看。”「活画。」西门庆把起来看了喝采，口里说道：“这位娘子怎地传得这手好生活，神仙一般的手段！”那妇人笑道：「第三十三笑。」“官人休笑话！”西门庆问王婆道：“干娘，不敢问，这位是谁家宅上娘子？”王婆道：“大官人，你猜。”西门庆道：“小人如何猜得着？”王婆吟吟地笑道：「第三十四笑。」“便是间壁的武大郎的娘子。前日叉竿打得不疼，大官人便忘了？”「忽插入，笔头有舌。」那妇人脸便红红的道：“那日奴家偶然失手，官人休要记怀。”西门庆道：“说那里话。”王婆便接口道：“这位大官人，一生和气，从来不会记恨，极是好人。”西门庆道：“前日小人不认得，原来却是武大郎的娘子。小人只认的大郎，一个养家经纪人，且是在街上做买卖，大大小小，不曾恶了一个人。又会赚钱，又且好性格，真个难得这等人。"〔贼人恶口，明明赞之，明明挤之，明明挢之，明明羞之。〕王婆道："可知哩。娘子自从嫁得这个大郎，但是有事，百依百随。"那妇人应道："他是无用之人，〔"他"字妙，"无用"字妙，如出香口。〇好妇嫁得呆郎，第一怕人提起，气不得，不气不得，真有此六字之苦。〕官人休要笑话。"西门庆道："娘子差矣。古人道：'柔软是立身之本，刚强是惹祸之胎。'似娘子的大郎所为良善时，'万丈水无涓滴漏'。"王婆打着揸鼓儿道："说的是。"

西门庆奖了一回，便坐在妇人对面。〔第五分光已有，〇写得绝倒。〕王婆又道："娘子，你认的这个官人么？"那妇人道："奴不认的。"婆子道：〔眉批：一段女夸。〕"这个大官人，是这本县一个财主，知县相公也和他来往，〔绝倒语，真羞死人。〕叫做西门大官人。万万贯钱财，〔说出无个数目，绝倒婆语。〕开着个生药铺在县前。家里钱过北斗，米烂陈仓，赤的是金，白的是银，圆的是珠，光的是宝。也有犀牛头上角，亦有大象口中牙。"那婆子只顾夸奖西门庆，口里假嘈。〔画。〕那妇人就低了头缝针线。〔画。〕西门庆得见潘金莲十分情思，恨不就做一处。〔画。〕王婆便去点两盏茶来，递一盏与西门庆，一盏递与这妇人，说道："娘子相待大官人则个。"〔渐来。〕吃罢茶，便觉有些眉目送情。王婆看着西门庆，把一只手在脸上摸，〔活画。〕西门庆心里瞧科，已知有五分了。

王婆便道："大官人不来时，老身也不敢来宅上相请。〔巧言如簧。〕一者缘法，二者来得恰好。〔缘法只是来得恰好，来得恰好只是缘法，二句只是一句耳。却自冒冒失失，说出一者二者，活写出随口假嘈来，思之失笑。〕常言道：'一客不烦二主。'大官人便是出钱的，这位娘子便是出力的。〔说来是好一对儿也。〕不是

老身路歧相烦，难得这位娘子在这里，官人好做个主人，替老身与娘子浇手。"西门庆道："小人也见不到，这里有银子在此。"便取出来，和帕子递与王婆，那妇人便道："不消生受得。"口里说，又不动身。「活画。」王婆将了银子要去，那妇人又不起身。「活画。○第六分光又有。○光虽十分，其实只有此处最难必耳。叠写两句又不动身，在作者亦提刀而立，踌躇四顾之时也。眉批：连写许多不动身，要着眼。」婆子便出门，又道："有劳娘子相陪大官人坐一坐。"那妇人道："干娘，免了。"「二字活画淫妇。」却亦是不动身。「活画。○第七分光又有。」也是因缘，却都有意了。西门庆这厮一双眼只看着那妇人，这婆娘一双眼也偷睒西门庆。「写出四只眼来，妙绝。」见了这表人物，心中倒有五七分意了，又低着头自做生活。「画。」

不多时，王婆买了些见成的肥鹅、熟肉、细巧果子归来，尽把盘子盛了。果子菜蔬，尽都装了，搬来房里桌子上，看着那妇人道："干娘自便，相待大官人，奴却不当。"依旧原不动身。「活画。」那婆子道："正是专与娘子浇手，如何却说这话？"王婆将盘馔都摆在桌子上，三人坐定，把酒来斟。这西门庆拿起酒盏来说道："娘子，满饮此杯。"那妇人笑道：「第三十五笑。」"多感官人厚意。"王婆道："老身知得娘子洪饮，且请开怀吃两盏儿。"西门庆拿起箸来道："干娘，替我劝娘子请些个。"那婆子拣好的递将过来，与那妇人吃。一连斟了三巡酒，那婆子便去烫酒来。「写王婆忽离忽合，忽隐忽跃，真如惊龙跳虎，下紧接西门庆道，又妙绝。」

西门庆道："不敢动问娘子青春多少？"「恰是嫂嫂问叔叔语」那妇人应道："奴家虚度二十三岁。"「恰是叔叔答嫂嫂语」西门庆道："小人痴长五岁。"「恰是嫂嫂勾叔叔语。○此三句无心中遥遥自引。」那妇人道："官人将天比地。"王婆走进来道：「提科。」"好个精细的娘子，不惟做得好针线，诸子百家皆通。"西门庆道："却是那里去讨？"「妙。」武大郎好生有

福！"「妙。眉批：此节一递一句，另作一篇绝妙小文读。」王婆便道："不是老身说是非，大官人宅里枉有许多，那里讨一个赶得上这娘子的！"「妙。」西门庆道："便是这等一言难尽！「妙。」只是小人命薄，不曾招得一个好的。"王婆道："大官人先头娘子须好。"「凭空蹴起，妙想奇文。」西门庆道："休说，若是我先妻在时，却不怎地家无主，屋倒竖。如今枉自有三五七口人吃饭，「妙。」都不管事。"「妙。」那妇人问道："官人恁地时，殁了大娘子得几年了？"「关心吊胆，绝倒。」西门庆道："说不得。小人先妻，是微末出身，「妙。」却倒百伶百俐，是件都替得小人。如今不幸他殁了，已得三年，家里的事，都七颠八倒。为何小人只是走了出来？在家里时，便要恼气！"「妙。」那婆子道："大官人，休怪老身直言，你先头娘子，也没有武大娘子这手针线。"「妙妙。」西门庆道："便是小人先妻，也没此娘子这表人物。"「妙妙。」那婆子笑道："「第三十六笑。」官人，你养的外宅在东街上，「凭空又蹴起，妙想奇文，咄咄怪事！」如何不请老身去吃茶？"西门庆道："便是唱慢曲儿的张惜惜。我见他是路歧人，「妙妙。」不喜欢。"「妙。」婆子又道："官人你和李娇娇却长久。"「妙。」西门庆道："这个人，现今取在家里。若是他似娘子时，自册正了他多时。"「妙妙。」王婆道："若有娘子般中得官人意的，来宅上说，没妨事么？"「妙妙。」西门庆道："我的爹娘俱已殁了，我自主张，「妙。」谁敢道个'不'字！"「妙。」王婆道："我自说耍，急切那里有中得官人意的？"「忽然漾开，妙妙。」西门庆道："做甚么了便没！「妙妙。」只恨我夫妻缘分上薄，自不撞着。"「妙妙。」

西门庆和这婆子一递一句，说了一回。「第八分光已有。」王婆便道："正好吃酒，却又没了。官人休怪老身差拨，再买一瓶儿酒来吃如何？"西门庆道："我

手帕里有五两来碎银子，一发撒在你处，要吃时只顾取来，多的干娘便就收了。"「哀哉世人，男女之会亦必以钱物耀之。」那婆子谢了官人，起身睃这粉头时，「画。」一钟酒落肚，哄动春心；又自两个言来语去，都有意了，只低了头，却不起身。「活画。」那婆子满脸堆下笑来说道：「第三十七笑。」"老身去取瓶儿酒来，与娘子再吃一杯儿。有劳娘子相待大官人坐一坐。注子里「句。」有酒「句。」没？「句。」便再筛两盏儿，和大官人吃。老身直去县前那家，有好酒买一瓶来，有好歇儿担阁。"「"直去"妙，"县前那家"妙，"好歇儿担阁"妙，字字绝倒，读之齿寒。」那妇人口里说道："不用了。"坐着却不动身。「活画。○第九分光已有。」婆子出到房门前，便把索儿缚了房门，却来当路坐了。

且说西门庆自在房里，便斟酒来劝那妇人，却把袖子在桌上一拂，把那双箸拂落地下。也是缘法凑巧，那双箸正落在妇人脚边。西门庆连忙蹲身下去拾，只见那妇人尖尖的一双小脚儿，正跷在箸边。西门庆且不拾箸，便去那妇人绣花鞋儿上捏一把。那妇人便笑将起来，「第三十八笑。○以上通计三十八"笑"字，至此"笑"字结穴。《老子》云："不笑不足以为道也。"」说道："官人休要啰唣！你真个要勾搭我？"西门庆便跪下道："只是娘子作成小人。"那妇人便把西门庆搂将起来。「反书妇人搂起西门庆来，春秋笔法。○第十分光完满具足。」

当时两个就王婆房里，脱衣解带，无所不至。「此时不知武二已到东京否，武大炊饼已卖完否？读之一叹！」云雨才罢，正欲各整衣襟。只见王婆推开房门入来，怒道："你两个做得好事！"「虔婆此怒，却出料外，文情真是波诡云属。眉批：王婆冲奸又作一篇小文读。」西门庆和那妇人都吃了一惊。那婆子便道："好呀，好呀！我请你来做衣裳，不曾叫你来偷汉子！「绝倒！」武大得知，须连累我，不若我先去出首。"回身便走。「真正奇文。」那妇人扯住裙儿道："干娘饶恕则个！"西门庆道："干娘低声！"王婆笑道：「"笑"字余波。」"若要我饶恕，你们都要依我一件。"那妇人道："休说一件，便是十件，奴也依。"「岂知十件都已依过。」

王婆道："你从今日为始，瞒着武大，每日不要失约负了大官人，我便罢休；若是一日不来，我便对你武大说。"「绝倒！〇正合下官之意。」那妇人道："只依着干娘便了。"王婆又道："西门大官人，你自不用老身多说。"「前妇人勾搭武二一篇大文，后便有武二起身分付哥嫂一篇小文。此西门勾搭妇人一篇大文，后亦有王婆入来分付好夫淫妇一篇小文。耐庵胸中，其间架经营如此，胡能量其才之斗石也。〇前武二分付武大云"你从明日为始……每日……"云云，今王婆分付妇人，亦云"你从今日为始……每日……"云云。前武二分付妇人云"你自不用武二多说"，今王婆分付西门，亦云"你自不用老身多说"。皆特特遥遥相引，不必尽照，不必尽不照，彼固不望后世有人能赏之也。」这十分好事，已都完了。所许之物，不可失信。你若负心，我也要对武大说。"「一发绝倒！」西门庆道："干娘放心，并不失信。"三人又吃几杯酒，已是下午的时分，那妇人便起身道："武大那厮将归了，「四字是何称呼？」奴自回去。"便蹉过后门归家，「后门四。」先去下了帘子，「帘子十四。」武大恰好进门。「不漏武大。」

且说王婆看着西门庆道："好手段么？"西门庆道："端的亏了干娘！我到家，便取一锭银送来与你，所许之物，岂敢昧心。"王婆道："'眼望旌节至，专等好消息。'不要叫老身'棺材出了讨挽歌郎钱'。"西门庆笑了去，「"笑"字尚未歇。」不在话下。

那妇人自当日为始，每日蹉过王婆家里来，和西门庆做一处，恩情似漆，心意如胶。自古道："好事不出门，恶事传千里。"不到半月之间，街坊邻舍都知得了，只瞒着武大一个不知。

断章句，话分两头。且说本县有个小的，年方十五六岁，本身姓乔。因为做军在郓州生养的，就取名叫做郓哥。家中止有一个老爹，那小厮生得乖觉，「此书每于绝大文字，偏有本事一字不相犯。如武松遇虎，李逵又遇虎；金莲偷汉，巧云又偷汉是也。乃偏于极小文字，偏没本事使他不相犯。如林冲迭配时，极似卢俊义迭配时；郓哥寻西门，极似唐牛寻宋江是也。此非文叔真有小敌怯、大敌勇之异，盖僧繇画龙，若更安鳞施爪，便将破壁飞去。天下十成之物，造化皆思忌之，彼固特特不欲十成，非世人之所知也。]自来只靠

县前这许多酒店里卖些时新果品，时常得西门庆赏发他些盘缠。其日，正寻得一篮儿雪梨，提着来绕街寻问西门庆。又有一等的多口人说道："郓哥，你若要寻他，我教你一处去寻。"郓哥道："聒噪阿叔，叫我去寻得他见，赚得三五十钱养活老爹也好。"那多口的道："西门庆他如今刮上了卖炊饼的武大老婆，每日只在紫石街上王婆茶坊里坐地，这早晚多定正在那里。你小孩子家，只顾撞入去不妨。"

那郓哥得了这话，谢了阿叔指教。这小猴子提了篮儿，一直望紫石街走来，径奔入茶坊里去，却好正见王婆坐在小凳儿上绩绪。郓哥把篮儿放下，看着王婆道："干娘，拜揖。"那婆子问道："郓哥，你来这里做甚？"郓哥道："要寻大官人，赚三五十钱，养活老爹。"婆子道："甚么大官人？"郓哥道："干娘情知是那个，便只是他那个。"「妙舌。」婆子道："便是大官人，也有个姓名。"郓哥道："便是两个字的。"「妙舌。」婆子道："甚么两个字的？"郓哥道："干娘只是要作耍。我要和西门大官人说句话。"望里面便走。那婆子一把揪住道："小猴子，那里去？人家屋里，各有内外。"郓哥道："我去房里便寻出来。"王婆道："含鸟猢狲，我屋里那得甚么西门大官人！"郓哥道："不要独自吃呵！也把些汁水与我呷一呷！我有甚么不理会得！"婆子便骂道："你那小猢狲，理会得甚么！"郓哥道："你正是'马蹄刀木杓里切菜'，水泄不漏，半点儿也没得落地。直要我说出来，只怕卖炊饼的哥哥发作。"

那婆子吃他这两句道着他真病，心中大怒，喝道："含鸟猢狲，也来老

娘屋里放屁辣臊！”郓哥道：“我是小猢狲，你是马泊六！”「妙舌。○只如作五字对。」那婆子揪住郓哥，凿上两个栗暴。郓哥叫道：“做甚么便打我！”婆子骂道：“贼猢狲，高做声，大耳刮子打你出去！”郓哥道：“老咬虫，没事得便打我！”这婆子一头叉，一头大栗暴凿，直打出街上去，雪梨篮儿也丢出去。那篮雪梨四分五落，滚了开去。「不因此句，如何生出事来？」这小猴子打那虔婆不过，一头骂，一头哭，一头走，一头街上拾梨儿，「前半篇就两个人写出活画来，后半篇就三个人写出活画来。此至末后，忽然又就一个人写出活画来。笔势伸缩变化，我不能量其端倪所至。」指着那王婆茶坊里骂道：“老咬虫，我教你不要慌！我不去说与他！不做出来不信！”提了篮儿，径奔去寻这个人。正是：从前作过事，没兴一齐来。直教：掀翻狐兔窝中草，惊起鸳鸯沙上眠。毕竟这郓哥寻甚么人，且听下回分解。

【第二十四回】

王婆计啜西门庆

金莲药鸩武大郎

此回是结煞上文西门潘氏奸淫一篇，生发下文武二杀人报仇一篇，亦是过接文字，只看他处处写得精细，不肯草草处。

第一段写郓哥定计，第二段写武大捉奸，第三段写淫妇下毒，第四段写虔婆帮助，第五段写何九瞧科，段段精神，事事出色。勿以小篇而忽之也。

写淫妇心毒，几欲掩卷不读，宜疾取第二十五卷快诵一过，以为羯鼓洗秽也。

话说当下郓哥被王婆打了这几下，心中没出气处，提了雪梨篮儿，一径奔来街上，直来寻武大郎。转了两条街，只见武大挑着炊饼担儿，正从那条街上来。郓哥见了，立住了脚，看着武大道："这几时不见你，怎么吃得肥了？"「奇文。」武大歇下担儿道："我只是这般模样，有甚么吃得肥处？"郓哥道："我前日要籴些麦稃，一地里没籴处，人都道你屋里有。"「奇文。」武大道："我屋里又不养鹅鸭，那里有这麦稃？"郓哥道："你说没麦稃，怎地栈得肥胖胖地，便颠倒提起你来，也不妨，煮你在锅里也没气。"「奇文。」武大道："含鸟猢狲，倒骂得我好！我的老婆又不偷汉子，我如何是鸭？"「"鸭"字奇文。」郓哥道："你老婆不偷汉子，只偷子汉。"武大扯住郓哥道："还我主来！"郓哥道："我笑你只会扯我，却不咬下他左边的来。"武大道："好兄弟，你对我说是兀谁，我把十个炊饼送你。"郓哥道："炊饼不济事。你只做个小主人，请我吃三杯，我便说与你。"武大道："你会吃酒？跟我来。"

武大挑了担儿，引着郓哥，到一个小酒店里，歇了担儿，拿了几个炊饼，「写来好笑。」买了些肉，讨了一镟酒，请郓哥吃。那小厮又道："酒便不要添了，

肉再切几块来。”武大道：“好兄弟，你且说与我则个。”郓哥道：“且不要慌，等我一发吃了，却说与你。你却不要气苦，我自帮你打捉。”武大看那猴子吃了酒肉，道：“你如今却说与我。”郓哥道：“你要得知，把手来摸我头上疙瘩。”「趣绝。〇与王婆把耳朵来一样笔法。」武大道：“却怎地来有这疙瘩？”郓哥道：“我对你说，我今日将这一篮雪梨，去寻西门大郎挂一小钩子，一地里没寻处。街上有人说道：‘他在王婆茶房里，和武大娘子勾搭上了，每日只在那里行走。’我指望去赚三五十钱使，叵耐那王婆老猪狗，不放我去房里寻他，大栗暴打我出来。我特地来寻你。我方才把两句话来激你，我不激你时，你须不来问我。”「小贼。」武大道：“真个有这等事？”郓哥道：“又来了！「三字活画武大，神理都具。」我道你是这般的鸟人，那厮两个落得快活，只等你出来，便在王婆房里做一处，你兀自问道真个也是假。”「小贼。」武大听罢道：“兄弟，我实不瞒你说：那婆娘每日去王婆家里做衣裳，归来时便脸红，我自也有些疑忌。这话正是了！「此一语，先有来历在前。」我如今寄了担儿，便去捉奸，如何？”郓哥道：“你老大一个人，原来没些见识。那王婆老狗，怎么利害怕人，你如何出得他手？他须三人也有个暗号，「此等事郓哥固不得知，第耐庵又何由知之，诚乃博物君子。」见你入来拿他，把你老婆藏过了。那西门庆须了得，打你这般二十来个。若捉他不着，干吃他一顿拳头。他又有钱有势，反告了一纸状子，你便用吃他一场官司，又没人做主，干结果了你。”武大道：“兄弟，你都说得是。却怎地出得这口气？”郓哥道：“我吃那老猪狗打了，也没出气处。我教你一着：「写来入情。」你今日晚些归去，都不要发作，也不可露一些嘴脸，只做每日一般。明朝你便少做些炊饼出来卖，

「写来入情。○"你便""我便"二字下，皆略用一顿，活是孩子迟声慢口。眉批："你便""我便"，犹如大珠小珠落盘乱走相似。」我便在巷口等你。若是见西门庆入去时，我便来叫你。你便挑着担儿，只在左近等我，我便先去惹那老狗。必然来打我，我便将篮儿丢出街来，你便抢来。我便一头顶住那婆子，你便只顾奔入房里去，叫起屈来。此计如何？"武大道："既是如此，却是亏了兄弟。我有数贯钱，与你把去籴米，明日早早来紫石街巷口等我。"郓哥得了数贯钱，几个炊饼，「又带炊饼。」自去了。武大还了酒钱，挑了担儿，去卖了一遭归去。

原来这妇人往常时只是骂武大，百般地欺负他，近日来也自知无礼，只得窝伴他些个。「世人知之。」当晚武大挑了担儿归家，也只和每日一般，并不说起。那妇人道："大哥，买盏酒吃？"武大道："却才和一般经纪人买三碗吃了。"那妇人安排晚饭与武大吃了，当夜无话。

次日饭后，武大只做三两扇炊饼，安在担儿上。这妇人一心只想着西门庆，那里来理会武大做多做少！「好笔。」当日武大挑了担儿，自出去做买卖。这妇人巴不能够他出去了，便踅过王婆房里来等西门庆。

且说武大挑着担儿，出到紫石街巷口，迎见郓哥提着篮儿在那里张望。武大道："如何？"郓哥道："早些个。你且去卖一遭了来。他七八分来了，你只在左近处伺候。"武大飞云也似去卖了一遭回来，郓哥道："你只看我篮儿撇出来，你便奔入去。"武大自把担儿寄下，不在话下。

却说郓哥提着篮儿，走入茶坊里来，骂道："老猪狗，你昨日做甚么便打我！"那婆子旧性不改，便跳起身来喝道："你这小猢狲，老娘与你无干，你做甚么又来骂我！"郓哥道："便骂你这马泊六，做牵头的老狗，直甚么屁！"「四字奇文，才子骂世，只是胸中有此四字耳。」那婆子大怒，揪住郓哥便打。「眉批：捉奸一段真是如锦。」郓哥叫一声："你打我！"把篮儿丢出当街上来。那婆子却待揪他，被这小猴子叫声"你打"时，就把王婆腰里带个住，看着婆子小肚上，只一头撞将去，争些儿跌倒，却得壁子碍住不倒。那猴子死顶住在壁上，「以五十四字成句，反就句中自成无数曲折，真是以手忙脚乱之事，写得妙手空空，奇才妙笔。」只见武大裸起衣裳，大踏步直抢入茶坊里来。

那婆子见了是武大来，急待要拦，当时却被这小猴子死命顶住，那里肯放，婆子只叫得："武大来也！"「画虔婆。」那婆娘正在房里做手脚不迭，先奔来顶住了门。「画淫妇。」这西门庆便钻入床底下躲去。「画奸夫。」武大抢到房门边，用手推那房门时，那里推得开，口里只叫得："做得好事！"「画乌龟。○此事本急，今写来亦殊急，读之见纸上麻杂杂地。」那妇人顶住着门，慌做一团，口里便说道："闲常时，只如鸟嘴卖弄杀好拳棒。急上场时，便没些用，见个纸虎，也吓一交。"那妇人这几句话，分明教西门庆来打武大，夺路了走。「好。」西门庆在床底下听了妇人这几句言语，提醒他这个念头，「好。」便钻出来拨开门，「好。」叫声："不要打！"「好。」武大却待要揪他，被西门庆早飞起右脚。武大矮短，正踢中心窝里，扑地望后便倒了。「乘便就写一句踢中心窝，便作武大了结之由，妙绝！」西门庆见踢倒了武大，打闹里一直走了。「妙。」郓哥见不是话头，撇了王婆撒开。「妙。」街坊邻舍，都知道西门庆了得，谁敢来多管？「好。○又伏。」

王婆当时就地下扶起武大来，「好。」见他口里吐血，面皮蜡查也似黄了，便叫那妇人出来，舀碗水来，「看他写妇人出来法。」救得苏醒，两个上下肩搀着，「绝倒。」

便从后门〔武大今日亦从后门归去，绝倒！〇后门五。〕扶归楼上去，安排他床上睡了。当夜无话。次日西门庆打听得没事，依前自来和这妇人做一处，只指望武大自死。〔反顿一句。〕

武大一病五日，不能够起。更兼要汤不见，要水不见，每日叫那妇人不应，又见他浓妆艳抹了出去，归来时便面颜红色。武大几遍气得发昏，又没人来睬着。武大叫老婆来分付道："你做的勾当，我亲手来捉着你奸，你倒挑拨奸夫，踢我心头，至今求生不生，求死不死，你们却自去快活！我死自不妨，和你们争不得了！〔妙。〕我的兄弟武二，你须得知他性格。〔妙。〕倘或早晚归，他肯干休？〔妙。〕你若肯可怜我，早早伏侍我好了，他归来时，我都不提。〔妙。〕你若不看觑我时，待他归来，却和你们说话。"〔妙。〇数语妙绝，然武大死于此数语矣！〕

这妇人听了这话，也不回言，〔四字如画。〕却蹅过来，一五一十都对王婆和西门庆说了。那西门庆听了这话，却似提在冰窖子里，说道："苦也！我须知景阳冈上打虎的武都头，他是清河县第一个好汉！我如今却和你眷恋日久，情孚意合，却不恁地理会。如今这等说时，正是怎地好？却是苦也！"王婆冷笑道："我倒不曾见你是个把舵的，我是趁船的，我倒不慌，你倒慌了手脚。"西门庆道："我枉自做了男子汉，到这般去处，却摆布不开。你有甚么主见，遮藏我们则个。"王婆道："你们却要长做夫妻，短做夫妻？"西门庆道："干娘，你且说如何是长做夫妻，短做夫妻？"王婆道："若是短做夫妻，你们只就今日便分散。等武大将息好了起来，与他陪了话，武二归来，都没言语。等他再差使出去，却再来相约。这是短做夫妻。你们若要长做夫妻，每日同一处，不担惊受怕，我却有一条妙计，只是难教你。"〔非写虔婆亦复软，只是行文

385

西门庆道："干娘周全了我们则个，只要长做夫妻。"【忌直，且图一顿耳。】王婆道："这条计，用着件东西，别人家里都没，天生天化，大官人家里却有。"【奇语。○再一顿。】西门庆道："便是要我的眼睛，也剜来与你。却是甚么东西？"王婆道："如今这搗子病得重，趁他狼狈里，便好下手。大官人家里取些砒霜来，却教大娘子自去赎一帖心疼的药来，把这砒霜下在里面，把这矮子结果了。【奇称。○只是视人如戏。】一把火烧得干干净净的，没了踪迹，【反踢下何九，妙。】便是武二回来，待敢怎地？自古道：'嫂叔不通问。''初嫁从亲，再嫁由身。'阿叔如何管得？【反踢下武二，妙。】暗地里来往半年一载，等待夫孝满日，大官人娶了家去，这个不是长远夫妻，谐老同欢？此计如何？"西门庆道："干娘，只怕罪过！罢，罢，罢！一不做，二不休！"王婆道："可知好哩！这是斩草除根，萌芽不发；若是斩草不除根，春来萌芽再发。【反覆言之，皆反踢下文只斩得草，未除得根也。】官人便去取些砒霜来，我自教娘子下手。事了时，却要重重谢我。"【王婆本题收尽上文。】西门庆道："这个自然，不消你说。"便去真个包了一包砒霜来，把与王婆收了。这婆子却看着那妇人道："大娘子，我教你下药的法度。如今武大不对你说道教你看活他？【不对，犹言岂不对也。】你便把些小意儿贴恋他。【"贴恋"二字，思之可畏，大雄氏谓之诈现亲附，哀哉痛哉！】他若问你讨药吃时，便把这砒霜调在心疼药里。待他一觉身动，你便把药灌将下去，却便走了起身。【奇。】他若毒药转时，必然肠胃迸断，大叫一声，【奇。】你却把被只一盖，都不要人听得。【奇。】预先烧下一锅汤，煮着一条抹布。【奇。】他若毒药发时，必然七窍内流血，【奇。】口唇上有牙齿咬的痕迹。【奇。】他若放了命，便揭起被来，却将煮的抹布一揩，都没了血迹。【奇。】便入在棺材里，扛出去烧了，

386

有甚么鸟事？"「王婆何处得来？其实耐庵何处得来？可见才子之心，烛物如镜。」那妇人道："好却是好，只是奴手软了，临时安排不得尸首。"王婆道："这个容易。你只敲壁子，我自过来相帮你。"西门庆道："你们用心整理，明日五更来讨回报。"西门庆说罢，自去了。王婆把这砒霜用手捻为细末，「活写虔婆。○今世人家，多有容六婆常川入内者，我不知其有何相烦也。不能家喻户晓，聊识于此句之下，幸一念之！」把与那妇人将去藏了。

那妇人却暂将归来，到楼上看武大时，一丝没两气，看看待死，那妇人坐在床边假哭。「甚多。」武大道："你做甚么来哭？"「妙语令我绝倒！」那妇人拭着眼泪说道："我的一时间不是了，吃那厮局骗了。谁想却踢了你这脚！我问得一处好药，我要去赎来医你，又怕你疑忌了，不敢去取。"「好。」武大道："你救得我活，无事了，一笔都勾，并不记怀，武二家来，亦不提起。快去赎药来救我则个！"

那妇人拿了些铜钱，径来王婆家里坐地，「好。」却叫王婆去赎了药来，把到楼上，教武大看了，「好。」说道："这帖心疼药，太医叫你半夜里吃。"「人静时。」吃了倒头把一两床被发些汗，「叫喊不得。」明日便起得来。"「不在床上了也。」武大道："却是好也。生受大嫂，今夜醒睡些个，「可怜语。」半夜里调来我吃。"那妇人道："你自放心睡，我自伏侍你。"

看看天色黑了，那妇人在房里点上碗灯，「妙笔。○读之觉纸上有阴风射人。」下面先烧了一大锅汤，拿了一片抹布，煮在汤里。听那更鼓时，却好正打三更。「妙笔。」那妇人先把毒药倾在盏子里，却舀一碗白汤，把到楼上，叫声："大哥，药在那里？"「好。」武大道："在我席子底下枕头边，「可怜语。」你快调来与我吃。"那

387

妇人揭起席子，将那药抖在盏子里，把那药帖安了，「好。○极精细。」将白汤冲在盏内，把头上银牌儿只一搅，调得匀了，左手扶起武大，右手把药便灌。武大呷了一口，说道："大嫂，这药好难吃！"那妇人道："只要他医治得病，管甚么难吃。"武大再呷第二口时，被这婆娘就势只一灌，「特写与天下有奢遮标致妻子人看。」一盏药都灌下喉咙去了。那妇人便放倒武大，慌忙跳下床来。武大哎了一声，说道："大嫂，吃下这药去，肚里倒疼起来。苦呀！苦呀！倒当不得了！"这妇人便去脚后扯过两床被来，没头没脸只顾盖。「特写与天下有奢遮标致妻子人看。」武大叫道："我也气闷。"那妇人道："太医分付，教我与你发些汗，便好得快。"武大再要说时，这妇人怕他挣扎，便跳上床来，骑在武大身上，把手紧紧地按住被角，那里肯放些松宽。「特写与天下有奢遮标致妻子人看。」那武大哎了两声，喘息了一回，肠胃迸断，呜呼哀哉，身体动不得了。那妇人揭起被来，见了武大咬牙切齿，七窍流血，怕将起来，「读之怕人。」只得跳下床来，敲那壁子。王婆听得，走过后门头咳嗽。「后门六。○"咳嗽"二字写得入神，又是声响，又无声响。」那妇人便下楼来，开了后门。「后门七。」王婆问道："了也未？"那妇人道："了便了，只是我手脚软了，安排不得。"王婆道："有甚么难处，「"真好"虔婆！无怪后世人家内边，专好与之往来！」我帮你便了。"

那婆子便把衣袖卷起，「虔婆殁人。○一句。○以下看他两个妇女逐件安排，都是半夜灯下之事，读之觉纸上阴风鬼火，无怪不有。」舀了一桶汤，「二句。」把抹布撇在里面，掇上楼来。「三句。」卷过了被，「四句。」先把武大嘴边唇上都抹了，「五句。」却把七窍淤血痕迹拭净，「六句。」便把衣裳盖在尸上。「七句。」两个从楼上一步一掇，扛将下来，「八句。」就楼下寻扇旧门停了。「九句。」与他梳了头，「十句。」戴上巾帻，「十一句。」穿了衣裳，「十二句。」取双鞋袜与他穿了，「十三句。」将片白绢盖了脸，「十四句。」拣床干净被盖在死尸身上，「十五句。」却上楼来收拾得干净了。「妙。○十六句。」王婆自转将归去了。「好。」

那婆娘便号号地假哭起养家人来。「绝倒。○十七句。」看官听说，原来但凡世上妇人，哭有三样：「绝倒之语，《尔雅》所无。」有泪有声谓之哭，有泪无声谓之泣，无泪有声谓之号。当下那妇人干号了一歇，却早五更，天色未晓，「好笔。」西门庆奔来讨信，王婆说了备细。西门庆取银子把与王婆，教买棺材津送，就叫那妇人商议。这婆娘过来和西门庆说道："我的武大今日已死，我只靠着你做主。"西门庆道："这个何须得你说。"王婆道："只有一件事最要紧，地方上团头何九叔，他是个精细的人，只怕他看出破绽，不肯殓。"「非写虔婆识人，只是先着何九一笔。」西门庆道："这个不妨。我自分付他便了，他不肯违我的言语。"王婆道："大官人便用去分付他，不可迟误。"西门庆去了。

到天大明，干婆买了棺材，又买些香烛纸钱之类，归来与那妇人做羹饭，点起一盏随身灯。「此句接前文，正是第十八句，却另写在此，有似失落者，妙绝。」邻舍坊厢，都来吊问。「伏邻舍街坊。」那妇人虚掩着粉脸假哭。众街坊问道："大郎因甚病患便死了？""伏。"那婆娘答道："因害心疼病症，一日日越重了，看看不能够好，不幸昨夜三更死了。"又哽哽咽咽假哭起来。众邻舍明知道此人死得不明，「伏。」不敢死问他，只自人情劝道："死自死了，活的自要过，娘子省烦恼。"那妇人只得假意儿谢了，众人各自散了。王婆取了棺材，去请团头何九叔。但是入殓用的，都买了，并家里一应物件，也都买了。就叫了两个和尚，晚些伴灵。多样时，何九叔先拨几个火家来整顿。

　　且说何九叔到巳牌时分，慢慢地走出来，到紫石街巷口，迎见西门庆叫道："九叔何往？"何九叔答道："小人只去前面殓这卖炊饼的武大郎尸首。"西门庆道："借一步说话则个。"何九叔跟着西门庆来到转角头一个小酒店里，坐下在阁儿内。西门庆道："何九叔，请上坐。"何九叔道："小人是何等之人，对官人一处坐地？"西门庆道："九叔何故见外，且请坐。"二人坐定，叫取瓶好酒来。小二一面铺下菜蔬果品按酒之类，即便筛酒。

　　何九叔心中疑忌，想道："这人从来不曾和我吃酒，「闲中写出
西门官人。」今日这杯酒必有跷蹊。"两个吃了半个时辰，只见西门庆去袖子里摸出一锭十两银子，放在桌上，说道："九叔休嫌轻微，明日别有酬谢。"何九叔叉手道："小人无半点效力之处，如何敢受大官人见赐银两？大官人便有使令小人处，也不敢受。"西门庆道："九叔休要见外，请收过了却说。"何九叔道："大官人但说不妨，小人依听。"西门庆道："别无甚事，少刻他家也有些辛苦钱。只是如今殓武大的尸首，凡百事周全，一床锦被遮盖则个，别不多言。"何九叔道："是这些小事，有甚利害，如何敢受银两？"西门庆道："九叔不收时，便是推却。"那何九叔自来惧怕西门庆是个刁徒，把持官府的人，只得受了。两个又吃了几杯，西门庆叫酒保来记了帐，明日来铺里支钱。两个下楼，一同出了店门。西门庆道："九叔记心，不可泄漏，改日别有报效。"分付罢，一直去了。

　　何九叔心中疑忌，肚里寻思道："这件事却又作怪！我自去殓武大郎尸首，他却怎地与我许多银子？这件事必定有跷蹊。"来到武大门前，只见那几个火家在门首伺候，何九叔问道："这武大是甚病死了？"火家答道："他家说害心疼病死了。"何九叔揭起帘子入来，「帘子十五。」王婆接着道："久等阿叔多时了。"何九叔应道："便是有些小事绊住了脚，来迟了一步。"只见武大老婆，穿着些素淡衣裳，从里面假哭出来。何九叔道："娘子省烦恼。可伤大郎归天去了！"那妇人虚掩着泪眼道："说不可尽！不想拙夫心疼症候，几日儿便休了，撇得奴好苦。"何九叔上上下下看了那婆娘的模样，「好笔。」口里自暗暗地道："我从来只听得说武大娘子，「妙。」不曾认得他，「妙。」原来武大却讨着这个老婆！「妙。」西门庆这十两银子，有些来历。"「妙。○只三四语，一语一转。」何九叔看着武大尸首，揭起千秋幡，扯开白绢，用五轮八宝犯着两点神水眼，定睛看时，何九叔大叫一声，望后便倒，口里喷出血来。「怪事。」但见指甲青，唇口紫，面皮黄，眼无光。正是：身如五鼓衔山月，命似三更油尽灯。毕竟何九叔性命如何，且听下回分解。

【第二十五回】

偷骨殖何九送丧

报兄仇武二设祭

吾尝言：不登泰山，不知天下之高；登泰山不登日观，不知泰山之高也。不观黄河，不知天下之深；观黄河不观龙门，不知黄河之深也。不见圣人，不知天下之至；见圣人不见仲尼，不知圣人之至也。乃今于此书也亦然：不读《水浒》，不知天下之奇；读《水浒》不读设祭，不知《水浒》之奇也。呜呼！耐庵之才，其又岂可以斗石计之乎哉！

前书写鲁达，已极丈夫之致矣。不意其又写出林冲，又极丈夫之致也。写鲁达又写出林冲，斯已大奇矣。不意其又写出杨志，又极丈夫之致也。是三丈夫也者，各自有其胸襟，各自有其心地，各自有其形状，各自有其装束，譬诸阎、吴二子，斗画殿壁，星宫水府，万神咸在，慈即真慈，怒即真怒，丽即真丽，丑即真丑。技至此，技已止；观至此，观已止。然而二子之胸中，固各别藏分外之绝笔，又有所谓云质龙章，日姿月彩，杳非世工心之所构，目之所遇，手之所抢，笔之所触也者。今耐庵《水浒》，正犹是矣。写鲁、林、杨三丈夫以来，技至此，技已止，观至此，观已止。乃忽然磬控，忽然纵送，便又腾笔涌墨，凭空撰出武都头一个人来。我得而读其文，想见其为人。其胸襟，则又非如鲁、如林、如杨者之胸襟也，其心事则又非如鲁、如林、如杨者之心事也，其形状结束则又非如鲁、如林、如杨者之形状与如鲁、如林、如杨者之结束也。我既得以想见其人，因更回读其文，为之徐读之，疾读之，翱翔读之，歇续读之，为楚声读之，为豻声读之。呜呼！是其一篇一节一句一字，实杳非儒生心之所构，目之所遇，手之所抢，笔之所触矣。是真所谓云质龙章，日恣月彩，分外之绝笔矣。如是而尚欲量才子之才为斗为石，呜呼，多见其为不知量者也。

或问于圣叹曰："鲁达何如人也？"曰："阔人也。""宋江何如人也？"曰："狭人也。"曰："林冲何如人也？"曰："毒人也。""宋江何如人也？"曰："甘人也。"曰："杨志何如人也？"曰："正人也。""宋江何如人也？"曰："驳人也。"曰："柴进何如人也？"曰："良人也。""宋江何如人也？"曰："歹人也。"曰："阮七何如人也？"曰："快人也。""宋江何如人也？"

曰："厌人也。"曰："李逵何如人也？"曰："真人也。""宋江何如人也？"
曰："假人也。"曰："吴用何如人也？"曰："捷人也。""宋江何如人也？"
曰："呆人也。"曰："花荣何如人也？"曰："雅人也。""宋江何如人也？"
曰："俗人也。"曰："卢俊义何如人也？"曰："大人也。""宋江何如人也？"
曰："小人也。"曰："石秀何如人也？"曰："警人也。""宋江何如人也？"
曰："钝人也。"然则《水浒》之一百六人，殆莫不胜于宋江。然而此一百六
人也者，固独人人未若武松之绝伦超群。然则武松何如人也？曰："武松，
天人也。"武松天人者，固具有鲁达之阔、林冲之毒、杨志之正、柴进之良、
阮七之快、李逵之真、吴用之捷、花荣之雅、卢俊义之大、石秀之警者也。
断曰第一人，不亦宜乎？

　　杀虎后忽然杀一妇人，嗟乎！莫咆哮于虎，莫柔曼于妇人，之二物者，
至不伦也。杀虎后忽欲杀一妇人，曾不举手之劳焉耳。今写武松杀虎至盈一
卷，写武松杀妇人亦至盈一卷，咄咄乎异哉！忆大雄氏有言：狮子搏象用全
力，搏兔亦用全力。今岂武松杀虎用全力，杀妇人亦用全力耶？我读其文，
至于气咽目瞪，面无人色，殆尤骇于读打虎一回之时。呜呼！作者固真以狮
子喻武松，观其于街桥名字，悉安"狮子"二字可知也。

　　徒手而思杀虎，则是无赖之至也。然必终仗哨棒而后成于杀虎，是犹夫
人之能事也。故必于四闪，而后奋威尽力，抡棒直劈，而震天一响，树倒棒
折，已成徒手，而虎且方怒。以徒手当怒虎，而终亦得以成杀之功，夫然后
武松之神威以见，此前文所已详，今亦毋庸又述。乃我独怪其写武松杀西门
庆，亦用此法也。其心岂不曰：杀虎犹不用棒，杀一鼠子何足用刀？于是
握刀而往，握刀而来，而正值鼠子之际，刀反踢落街心，以表武松之神威。
然奈何竟进鼠子而与虎为伦矣？曰：非然也。虎固虎也，鼠子固鼠子也。
杀虎不用棒，杀鼠子不用刀者，所谓象亦全力，兔亦全力，观"狮子桥下"
四字可知也。

　　西门庆如何入奸，王婆如何主谋，潘氏如何下毒，其曲折情事，罗列前

幅，灿如星斗，读者既知之矣。然读者之知之也，亦为读之而后得知之也。乃方夫读者读之而得知之之时，正武二于东京交割箱笼、街上闲行之时，即又奈何以己之所得知，例人之所不知，而欲武松闻何九之言，即燎然知奸夫之为西门，闻郓哥之言，即燎然知半夜如何置毒耶？篇中处处写武松是东京回来，茫无头路，虽极英灵，了无入处，真有神化之能。

一路勤叙邻舍，至后幅忽然排出四家铺面来：姚文卿开银铺，赵仲铭开纸马铺，胡正卿开冷酒铺，张公开馉饳铺，合之便成"财、色、酒、气"四字，真是奇绝，详见细评中。

每闻人言：莫骇疾于霹雳，而又莫奇幻于霹雳。思之骤不敢信。如所云：有人挂两握乱丝，雷电过，辄已丝丝相接，交罗如网者。一道士藏茧纸千张，拟书全笈，一夜遽为雷火所焚，天明视之，纸故无恙，而层层遍画龙蛇之形，其细如发者。以今观于武二设祭一篇，夫而后知真有是事也。

话说当时何九叔跌倒在地下，众火家扶住。王婆便道："这是中了恶，快将水来。"喷了两口，何九叔渐渐地动转，有些苏醒。王婆道："且扶九叔回家去，却理会。"两个火家又寻扇旧门，〔一扇已停武大，闲中一映。〕一径抬何九叔到家里。大小接着，就在床上睡了。老婆哭道：〔一家老婆哭不了，偏要又寻一家老婆哭起来，以作闲中一映。才子之心，真绣虎也。〕"笑欣欣出去，却怎地这般归来！闲常曾不知中恶！"坐在床边啼哭。〔武大老婆坐在床边假哭，何九老婆坐在床边真哭，闲中一映，灵心利笔。〕何九叔觑得火家都不在面前，踢那老婆道："你不要烦恼，我自没事。〔何也？〕却才去武大家入殓，到得他巷口，迎见县前开药铺的西门庆，请我去吃了一席酒，把十两银子与我，说道：'所殓的尸首，凡事遮盖则个。'我到武大家，见他的老婆是个不良的人，我心里有

八九分疑忌。到那里，揭起千秋幡看时，见武大面皮紫黑，七窍内津津出血，唇口上微露齿痕，定是中毒身死。我本待声张起来，却怕他没人做主，恶了西门庆，却不是去撩蜂剔蝎？〔四字新艳，未经人道。〕待要胡卢提入了棺殓了，武大有个兄弟，便是前日景阳冈上打虎的武都头，他是个杀人不眨眼的男子，倘或早晚归来，此事必然要发。"〔不惟何九料得，读者亦料得，然只谓要发耳，何意后文如此。○"此事必然要发"六字，不是张皇语，正是轻率语，须知之。〕

老婆便道："我也听得前日有人说道：'后巷住的乔老儿子郓哥，去紫石街帮武大捉奸，闹了茶坊。'正是这件事了。你却慢慢地访问他。〔出得委婉有波纹。○偷奸奇事，金莲却会。通奸难事，王婆却会。捉奸丑事，何九老婆却又打听得。看他一群妇人，无不惯家，可发一笑。〕如今这事有甚难处，只使火家自去殓了，就问他几时出丧。若是停丧在家，待武二归来出殡，这个便没甚么皂丝麻线。若他便出去埋葬了，也不妨。若是他便要出去烧化时，必有跷蹊。你到临时，只做去送丧。张人眼错，拿了两块骨头，和这十两银子收着，便是个老大证见。〔写得曲折明画，读之字字有响。○何九岂见不及此，而必出自其妻，盖作者之意，正欲与王婆、金莲相映击。一边以妇人教妇人，一边早又以妇人攻妇人，不用男子一言半句，不惟恐不武也。〕他若回来，不问时便罢，却不留了西门庆面皮，做一碗饭却不好？"〔反说至此句住，最妙。若定要替武家出力，便犯朱、雷、戴、蔡脚色也。〕何九叔道："家有贤妻，〔四字通俗掉文语，却只说半句，有如歇后者，便活画小人口中极要文，反弄出不文来也。○又何九口中掉文四字，恰好映到金莲，歇后半句，恰好映到武大，妙绝！〕见得极明。"随即叫火家分付："我中了恶，去不得。你们便自去殓了。就问他几时出丧，〔要紧句。〕快来回报。得的钱帛，你们分了，都要停当。〔细。〕若与我钱帛，不可要。"〔表出西门从前，表出武二以后。〕火家听了，自来武大家入殓。停丧，安灵已罢，回报何九叔道："他家大娘子说道：'只三日便出殡，〔一句。〕去城外烧化。'"〔二句。○问一答二，妙笔。〕火家各自分钱散了。〔完火家。〕何九叔对老婆道："你说这话，正是了。我至期只去偷骨殖便了。”

且说王婆一力撺掇那婆娘，当夜伴灵。第二日，请四僧念些经文。第三日早，众火家自来扛抬棺材，也有几家邻舍街坊相送。「处处不脱邻舍街坊，妙笔！」那妇人戴上孝，一路上假哭养家人。「前一回无数“笑”字，此一回无数“假哭”字，照耀可笑。」来到城外化人场上，便教举火烧化。只见何九叔手里提着一陌纸钱，来到场里。王婆和那妇人接见道：“九叔，且喜得贵体没事了。”「化人场上见鬼。」何九叔道：“小人前日买了大郎一扇笼子母炊饼，不曾还得钱。「自从读至捉奸一日，意谓长与“炊饼”二字别矣，不图此处又提出来。物是人非，令人不得不哭武大也！○真正才子之笔。」特地把这陌纸来烧与大郎。”「说得此来无痕。」王婆道：“九叔如此志诚！”何九叔把纸钱烧了，就撺掇烧化棺材。王婆和那妇人谢道：“难得何九叔撺掇，回家一发相谢。”「《礼》：人之临其所亲之葬也，惟恐其速下也。曰：从此一别，其终已矣。故必求其又迟又迟焉。夫其天性则有然也。何九撺掇而曰“难得”，难得撺掇而许谢之，此其事，何九得而知之矣。呜呼！天闻若雷，岂必真在苍苍？神目如电，岂必真在冥冥？可不畏哉！可不畏哉！」何九叔道：“小人到处只是出热，娘子和干娘自稳便，斋堂里去相待众邻舍街坊，「使转妇人，亦即用邻舍街坊，妙笔！」小人自替你照顾。”使转了这妇人和那婆子，把火夹去，拣两块骨头，拿去澓骨池内只一浸，看那骨头酥黑。「写得好。」何九叔收藏了，也来斋堂里和哄了一回。「好笔，不寂寞。」棺木过了杀火，收拾骨殖，澓在池子里。众邻舍各自分散。「勤写邻舍，妙甚！」那何九叔将骨头归到家中，把幅纸都写了年、月、日期，「妙。」送丧的人名字，「妙。」和这银子「妙。」一处包了，做一个布袋儿盛着，放在房里。「妙。○自此为始，骨殖银两在何九处。」

再说那妇人归到家中，去橱子前面设个灵牌，上写“亡夫武大郎之位”。灵床子前点一盏琉璃灯，里面贴些经幡、钱垛、金银锭、采缯之属。每日却自和西门庆在楼上任意取乐，却不比先前在王婆房里只是偷鸡盗狗之欢。如

今家中又没人碍眼，任意停眠整宿。这条街上远近人家，无有一人不知此事，却都惧怕西门庆那厮是个刁徒泼皮，谁肯来多管。「好。」

　　常言道："乐极生悲，否极泰来。"「只用两句闲话，便疾注而下，如箭过相似。」光阴迅速，前后又早四十余日。「前云少则四十余日。」却说武松自从领了知县言语，监送车仗到东京亲戚处，投下了来书，交割了箱笼，街上闲行了几日，「绝妙闲笔。补足那边，便衬起这边有许多事也。」讨了回书，领一行人取路回阳谷县来。前后往回，恰好过了两个月。「前云多亦不过两个月。」去时残冬天气，回来三月初头。「好笔，明净之极。」于路上只觉神思不安，身心恍惚，赶回要见哥哥。「写武二路上，便写得阴风袭人。○并不用"友于恭敬"等字，却写得兄弟恩情，筋缠血渗，视今之采集经语，涂泽成篇者，真有金玉之别。」且先去县里交纳了回书，知县见了大喜。看罢回书，已知金银宝物交得明白，赏了武松一锭大银，酒食管待，不必用说。「完知县公事。○偏不疾来，偏去先完县事，心手都闲。」

　　武松回到下处房里，换了衣服鞋袜，戴上个新头巾，锁上了房门，「先写此句，与后孝服相映。○完县事后，偏又不疾来，偏又去下处脱换衣服，逶逶迤迤，如无事者，妙绝！○县中下处二段，使读者眼前心上，遂有微云淡汉之意，不复讶下文有此奔雷骇电也。○此回读之，只谓其用笔极忙，殊不知处处都着闲笔。」一径投紫石街来。两边众邻舍看见武松回了，「一笔未落，先紧接邻舍，妙笔。○一笔未落，只写一句邻舍看见，却早已阴风四射，飒飒怕人。」都吃一惊。大家捏两把汗，暗暗地说道："这番萧墙祸起了！这个太岁归来，怎肯干休！必然弄出事来。"「亦只谓弄出事来耳，何意后文如此。」

　　且说武松到门前，揭起帘子，「帘子十六。○同是"帘子"字，此处便写得惨淡无光。」探身入来，「疾。」见了灵床子，「句法咽住。○见灵床，已见"亡夫武大郎之位"七字矣，却因骤然，故又有下。」又写着"亡夫武大郎之位"「咽住。」七个字，「又咽住。○此三字不与上句连，盖上句"亡夫武大郎之位"，只是突然见了，一直念下，不及数是几个字，是第一遍。次却定睛再念第二遍，便是逐个字念，如云"亡"一个字，"夫"二个字，"武"三个字，"大"四个字，"郎"五个字，"之"六个字，"位"阿呀，是七个字，不差了，下便紧接"呆了"，真化工之笔，虽"才子"二字，何足以尽之！眉批：须知此两行中，有四遍"亡夫武大郎之位"字。」呆了！「又咽住。」睁开双眼「又咽住。○此四字中，又念一遍。」道："莫不是我眼花了？」「又咽住。○念过三遍，方说一句话。」叫声："嫂嫂，「便咽住。○此二字须一住，索解人不得。」武二归了。」「便咽住。○此四字连上读者，俗子也。」

　　那西门庆正和这婆娘在楼上取乐，听得武松叫一声，惊得屁滚尿流，一直奔后门，「后门八。」从王婆家走了。那妇人应道："叔叔少坐，奴便来也。"原来这婆娘自从药死了武大，那里肯戴孝。每日只是浓妆艳抹，和西门庆做一处取乐。听得武松叫声"武二归来了"，慌忙去面盆里洗落了脂粉，「忙。」拔去了首饰钗环，「忙。」蓬松挽了个角儿，「忙。」脱去了红裙绣袄，「忙。」旋穿上孝裙孝衫，「忙。○好一歇矣，下方接哭下来，绝倒。」方从楼上哽哽咽咽假哭下来。武松道："嫂嫂，且住，休哭！「夫死而哭，乃曰休哭，此岂英雄寡情耶？夫哭亦有雄有雌，情发乎中，不能自裁，放声一号，馨无不尽，此雄哭也。若夫展袂掩面，声如蚊蚋，借泪骂人，咽咽不已，此名雌哭，徒聒人耳，哭奚为也？」我哥哥几时死了？「一句。」得甚么症候？「一句。」吃谁的药？"「一句。○三句一气问，妙绝。」那妇人一头哭，一头说道，「活画妇人。」"你哥哥自从你转背一二十日，猛可地害急心疼起来，病了八九日，求神问卜，甚么药不吃过，「句法调侃砒霜。」医治不得，死了，撇得我好苦！"「眉批：问过一遍。○此一遍妇人所对，悉含糊未明，活是只图遮掩得过时情事也。」隔壁王婆听得，生怕决撒，即便走过来帮他支吾。「是。」武松又道："我的哥哥从来不曾有这般病，如何心疼便死了？"王婆道："都头却怎地这般说！'天有不测风云，人有暂时祸福'。谁保得长没事？"那妇人道："亏杀了这个干娘！「确。」我又是个没脚蟹，不是这个干娘，邻舍家谁肯来帮我？"「反衬邻舍，趣甚。」武松："如今埋在那里？"「补问一句。○上三句一气注射而出，此一句却在最后独出，妙绝。」妇人道："我又独自一个，那里去寻坟地？没奈何，留了三日，把出去烧化了。"武松道："哥哥死得几日了？"「上一气问三句，是死日、病症、吃药。补问一句是葬处，已都晓得了，忽然临去，又于四句中，将死日再问一遍，写得惊疑恍惚，闪闪烁烁，妙绝！眉批：重问一句。」妇

人道："再两日便是断七。"

武松沉吟了半晌，便出门去，「半晌是迟，便去是疾，今两句合写是迟是疾，却只是一霎时上事，妙笔！」径投县里来开了锁，「细。」去房里换了一身素白衣服，「与前换衣闲处相映。」便叫土兵打了一条麻绦，系在腰里，「读者自从柴家庄上得见武二，便读过他许多要寻哥哥句，不意今日见此一语，为之泪落。」身边藏了一把尖长柄短、背厚刃薄的解腕刀，「写刀亦特地出色增出八个字，非同等闲。」取了些银两，带在身边。「细。」叫一个土兵，锁上了房门，「细。」去县前买了些米面椒料等物，香烛冥纸，就晚到家敲门。

那妇人开了门，武松叫土兵去安排羹饭。武松就灵床子前点起灯烛，铺设酒肴。到两个更次，安排得端正。武松扑翻身便拜道："哥哥阴魂不远！你在世时软弱，今日死后不见分明。你若是负屈衔冤，被人害了，托梦与我，兄弟替你做主报仇。"把酒浇奠了，烧化冥用纸钱，便放声大哭，「嫂嫂便叫休哭，自家却又大哭，快哉英雄，毒哉英雄。眉批：一番设祭未算设祭。」哭得那两边邻舍，无不恓惶。「本是描写武二大哭，却又紧紧不放"两边邻舍"字，妙甚！」那妇人也在里面假哭。「嫂嫂休哭。〇邻舍真恓惶，嫂嫂只假哭，为之一叹！」武松哭罢，将羹饭酒肴和土兵吃了。「不管嫂嫂。〇好汉好钱，买来好酒好饭，岂肯喂猪狗耶？」讨两条席子，叫土兵中门傍边睡。「妙绝。不惟为下文"睡着""睡不着"点染，要看他"中门傍边"四字，深防谨避，直与云长秉烛达旦一意。」武松把条席子，就灵床子前睡。那妇人自上楼去，下了楼门自睡。「"下了楼门"四字，与上"中门傍边"四字一意，三尺童子读之，皆知非妇人，正写武二也。」

约莫将近三更时候，武松翻来覆去睡不着。「活画。」看那土兵时，齁齁地却似死人一般挺着。「要写武二睡不着，须写不出，掉转笔忽写一句土兵睡着，便已活写出武二睡不着也，只是心上有事，心上无事事。一反衬，便成活画，其妙不可不知。」武松爬将起来，看那灵床子前琉璃灯，半明半灭。侧耳听那更鼓时，正打三更三点。「先写此两句，使读者黑黑魆魆，先自怕人。」武松叹了一口气，坐在席子上，自言自语，口里说道："我哥哥生时懦弱，死了却有甚分明！"「此句一顿，下便疾出，有张有势。」说犹未了，

400

只见灵床子下卷起一阵冷气来，盘旋昏暗，灯都遮黑了，壁上纸钱乱飞。那阵冷气，逼得武松毛发皆竖。定睛看时，只见个人从灵床底下钻将出来，叫声："兄弟，「一灵嘱住"兄弟"二字，写得真好武大。」我死得好苦！"武松听不仔细，「只如此妙，若出俗笔，便从头告诉一遍，非惟无理，兼令文章扫地矣。」却待向前来再看时，并没有冷气，亦不见人。自家便一交撅翻在席子上坐地。「好。」寻思："是梦，非梦？"回头看那土兵时，正睡着。「回顾一句，文势环滚。○嫂嫂此时，正在梦与鬼交也。」武松想道："哥哥这一死，必然不明。却才正要报我知道，又被我的神气冲散了他的魂魄。"「借武二口自注一句。」放在心里不题，等天明，却又理会。

天色渐白了，土兵起来烧汤。武松洗漱了，那妇人也下楼来，看着武松道："叔叔，夜来烦恼。"「好。」武松道："嫂嫂，我哥哥端的甚么病死了？"「重问起，妙绝。○前是三句一气注射问去，此却一句一递问来，写尽前日吃惊，今日精细。眉批：重问起。」那妇人道："叔叔却怎地忘了？夜来已对叔叔说了，害心疼病死了。"武松道："却赎谁的药吃？"「妙。○三句三"谁"字，累累如贯珠，写武二意思定要问出一个人来也。」那妇人道："见有药帖在这里。"「妙应前文，可见精细。」武松道："却是谁买棺材？"「妙。○此一问，虽问出一个人，却不济事，与无人同。」那妇人道："央及隔壁王干娘去买。"武松道："谁来扛抬出去？"「妙。○此一问，却问出一个人来了。」那妇人道："是本处团头何九叔，尽是他维持出去。"武松道："原来恁地，且去县里画卯却来。"「写武二机密。」便起身带了土兵，「细。」走到紫石街巷口，问土兵道："你认得团头何九叔么？"土兵道："都头恁地忘了？前项他也曾来与都头作庆。"「借影作色。」他家只在狮子街巷内住。"「好街名，映衬出武二下文霍跃辊掷来。」武松道："你引我去。"土兵引武松到何九叔门前。武松道："你自先去。"土兵去了。「好。」武松却推开门来，叫声："何九叔在家

么？"这何九叔却才起来，「是天初明时节。」听得是武松归了，吓得手忙脚乱，头巾也戴不迭，「画。」急急取了银子和骨殖藏在身边，「好。」便出来迎接道："都头几时回来？"武松道："昨日方回到这里。有句话闲说则个，请挪尊步同往。"何九叔道："小人便去，都头且请拜茶。"武松道："不必，「句。」免赐。"「句。○下二字即上二字，叠写两句，活画出心忙口杂。」

　　两个一同出到巷口酒店里坐下，叫量酒人打两角酒来。何九叔起身道："小人不曾与都头接风，何故反扰？"武松道："且坐。「写武二说不出话来处，入神入妙。」何九叔心里已猜八九分。量酒人一面筛酒，武松更不开口，且只顾吃酒。「惊才怪笔。」何九叔见他不做声，倒捏两把汗，却把些话来撩他。武松也不开言，并不把话来提起。「惊才怪笔。」酒已数杯，只见武松揭起衣裳，飕地掣出把尖刀来，插在桌子上。「惊才怪笔。○读之眼眦都裂。」量酒的惊得呆了，那里肯近前。看何九叔面色青黄，不敢吐气。「先写量酒，次写何九，笔法错落颠倒，东坡所称"以手扪之，谓有洼隆"者也。」武松将起双袖，「又加上四字，出色惊人。眉批：武二真正神威。」握着尖刀，指何九叔道："小子粗疏，还晓得'冤各有头，债各有主'。你休惊怕，只要实说。「开剖明画。」对我一一说知哥哥死的缘故，便不干涉你。「捉住何九不知来路，便把一一缘故要他说出来，活写出初见何九，初开口问事时也。下文如飞换转话头，都是生龙活虎之笔。」我若伤了你，不是好汉。「百忙中出妙语。」倘若有半句儿差，我这口刀，「四字怕人。」立定教你身上添三四百个透明的窟窿。「百忙中出妙语。」闲言不道，「妙。○四字写出武二机变灵疾。」你只直说我哥哥死的尸首是怎地模样。"「妙。○上文一总笔统要问死缘故，说到此处，忽记起妇人说何九只是扛抬烧化，便疾换出此二句来，写匆忙便真匆忙杀人，写机变便真机变杀人。」武松道罢，一双手按住胳膝，两只眼睁得圆彪彪地看着何九叔。「又加出二十一字，出色惊人。」

　　何九叔便去袖子里取出一个袋儿，「好。○骨殖银两在酒楼上。」放在桌子上，道："都头息怒。这个袋儿便是一个大证见。"武松用手打开，看那袋儿里时，两块酥黑骨头，一锭十两银子。便问道："怎地见得是老大证见？"何九叔道："小人并然不知前后因地。[眉批：上文入殓送丧一篇，却于何九口中重述一遍，一个字亦不省。]"小人并然不知前后因地。[好说。所谓闲言不道。]忽于正月二十二日[此等事定应撰出一个月日。]在家，只见开茶坊的王婆[好说。]来呼唤小人殓武大郎尸首。至日，行到紫石街巷口，迎见县前开生药铺的西门庆大郎，[好说。]拦住，邀小人同去酒店里吃了一瓶酒。西门庆取出这十两银子，付与小人，分付道：'所殓的尸首，凡百事遮盖。'小人从来得知道，那人是个刁徒，不容小人不接。[好说。]吃了酒食，收了这银子。小人去到大郎家里，揭起千秋幡，只见七窍内有淤血，唇口上有齿痕，系是生前中毒的尸首。小人本待声张起来，只是又没苦主。他的娘子已自道是害心疼病死了。[好说。]因此小人不敢声言，自咬破舌尖，只做中了恶，扶归家来了。只是火家自去殓了尸首，不曾接受一文。[好说。]第三日，听得扛出去烧化，小人买了一陌纸，去山头假做人情，使转了王婆并令嫂，暗拾了这两块骨头，包在家里。这骨殖酥黑，系是毒药身死的证见。这张纸上，写着年、月、日、时，并送丧人的姓名。[好说。]便是小人口词了，都头详察。"武松道："奸夫还是何人？"[此六字俗笔所无，真正是东京初回，不知头路人语。]何九叔道："却不知是谁。小人闲听得说来，[好。]有个卖梨儿的郓哥，那小厮曾和大郎去茶坊里捉奸。这条街上，谁人不知。[好。]都头要知备细，可问郓哥。"[好。]武松道："是。既然有这个人时，一同去走一遭。"武松收了刀，藏了骨头、银子，算还酒钱，[骨殖、银两在武二身边。]便同何九叔望郓哥家里来。

却好走到他门前，只见那小猴子挽着个柳笼栲栳在手里，籴米归来。

「如画。」何九叔叫道："郓哥，你认得这位都头么？"郓哥道："解大虫来时，我便认得了。「亦借影作色。」你两个寻我做甚么？"郓哥那小厮，也瞧了八分，便说道："只是一件，我的老爹六十岁，没人养赡。我却难相伴你们吃官司耍。"武松道："好兄弟！"「三字接下文，此只半句耳。因一头说，一头摸出银子来，故如此写。」便去身边取五两来银子，"你把去与老爹做盘缠，跟我来说话。"郓哥自心里想道："这五两银子，如何不盘缠得三五个月？便陪侍他吃官司也不妨。"将银子和米，把与老儿，便跟了二人出巷口一个饭店楼上来。武松叫过卖造三分饭来，对郓哥道："兄弟，你虽年纪幼小，倒有养家孝顺之心，却才与你这些银子，且做盘缠。我有用着你处。事务了毕时，我再与你十四五两银子做本钱。「闲中偶许。」你可备细说与我：你怎地和我哥哥去茶坊里捉奸？"郓哥道："「眉批：上文捉奸被踢一篇，亦于郓哥口中重述一遍，一个字亦不省。」我说与你，你却不要气苦！我从今年正月十三日，「与正月二十二日对。」提得一篮儿雪梨，要去寻西门庆大郎挂一钩子，一地里没寻他处，问人时，说道：'他在紫石街王婆茶坊里，和卖炊饼的武大老婆做一处。如今刮上了他，每日只在那里。'我听得了这话，一径奔去寻他，叵耐王婆老猪狗，拦住不放我入房里去。吃我把话来侵他底子，那猪狗便打我一顿栗暴，直叉我出来，将我梨儿都倾在街上。我气苦了，去寻你大郎，说与他备细。他便要去捉奸。我道：'你不济事，西门庆那厮手脚了得。你若捉他不着，反吃他告了，倒不好。我明日和你约在巷口取齐，你便少做些炊饼出来。我若张见西门庆入茶坊里去时，我先入去，你便寄了担儿等着。只看我丢出篮儿来，你便抢入来捉奸。'我这日又提了一篮梨儿，径去茶坊里，被我骂那老猪狗。那婆子便来打我。吃我先把篮儿撇出街上，一头顶住那老狗在壁上。武大郎却抢入去时，婆子要去拦截。却被我顶住了，只叫得：'武大来也！'原来倒吃他两个顶住了门。「实是一个顶住，然说得太分明，便似同在房中矣。"两个"二字，宛然房门外人语。无论他人，我谓虽王婆，亦至今误谓两人顶住也。」大郎只在房门外声张，却不提防西门庆那厮，开了房门奔出来，把大郎一脚踢倒了。我见那妇人随后便出来，扶大郎不动。「不曾见扶进去，妙绝。」我慌忙也自走了。过得五七日，说大郎死了。我却不知怎地死了。"「妙绝。」武松听道："你这话是实了？你却不要说谎。"郓哥道："便到官府，「怪猴子。」我也只是这般说。"武松道："说得是，兄弟。"「倒"兄弟"二字在下，如闻其声。」便讨饭来吃了，还了饭钱。三个人下楼来。何九叔道："小人告退。"「四字反衬出武二面色不好。○郓哥说便到官府，何九却说小人告退，活写出不知利害、极知利害二色人来。」武松道："且随我来，正要你们与我证一证。"把两个一直带到县厅上。

知县见了，问道："都头告甚么？"武松告道："小人亲兄武大，被西门庆与嫂通奸，下毒药谋杀性命。这两个便是证见，要相公做主则个。"知县先问了何九叔并郓哥口词。当日与县吏商议。原来县吏都是与西门庆有首尾的，官人自不必说。「此二语亦倒转写，错落之极，令人绝倒。」因此官吏通同计较道："这件事难以理问。"知县道："武松，你也是个本县都头，不省得法度。自古道：'捉奸见双，捉贼见赃，杀人见伤。'你那哥哥的尸首又没了，你又不曾捉得他奸。如今只凭这两个言语，便问他杀人公事，莫非忒偏向么？你不可造次，须要自己寻思，当行即行。"「此一番却勿怪知县，实说得是。」武松怀里去取出两块酥黑骨头、十两银子、一张纸，「前只指二人，此方取出三件。○骨殖银两在县堂上。」告道："复告相公，这个须不是小人捏合出来的。"知县看了道："你且起来，待我从长商议。可行时便与你拿问。"

【骨殖、银两在知县处。】何九叔、郓哥都被武松留在房里。【好。〇看官须记此二人在房里者。】当日西门庆得知，却使心腹人来县里，许官吏银两。

次日早晨，武松在厅上告禀，催逼知县拿人。谁想这官人贪图贿赂，回出骨殖并银子来，【骨殖、银两又在县堂上。】说道："武松，你休听外人挑拨你和西门庆做对头。这件事不明白，难以对理。圣人云：【三字骗得进士，骗不得武二。〇下四句俚鄙可笑，上却装此大帽子三字，可发一笑。】'经目之事，犹恐未真。背后之言，岂能全信？'不可一时造次。"狱吏便道："都头，但凡人命之事，须要尸、伤、病、物、踪【忽与"潘、驴、邓、小、闲"作对，真乃以文为戏。】五件事全，方可推问得。"武松道："既然相公不准所告，且却又理会。"【迅疾豪快，读之满引一斗。】收了银子和骨殖，再付与何九叔收了。【骨殖、银两仍在何九叔处。〇行文精细之极，下若不付何九收了，带在身边，殊不便行事也。】下厅来到自己房内，叫土兵安排饭食，与何九叔同郓哥吃。"留在房里，相等一等，我去便来也。"【二人仍在房里。】

又自带了三两个土兵，离了县衙，将了砚瓦笔墨，就买了三五张纸，藏在身边。就叫两个土兵买了个猪首、一只鹅、一只鸡、一担酒，和些果品之类，安排在家里。约莫也是巳牌时候，带了个土兵，来到家中。那妇人已知告状不准，放下心，不怕他，大着胆看他怎的。【活画。】武松叫道："嫂嫂下来，有句话说。"那婆娘慢慢地行下楼来，【也不假哭了。】问道："有甚么话说？"【活画。〇如闻其声。】武松道："明日是亡兄断七。你前日恼了众邻舍街坊，我今日特地来把杯酒，替嫂嫂相谢众邻。"那妇人大刺刺地说道："谢他们怎地？"【活画。】武松道："礼不可缺。"唤土兵先去灵床子前，明晃晃地点起两枝蜡烛，焚起一炉香，列下一陌纸钱，把祭物去灵前摆了，堆盘满宴，【四字一哭。哭何人？哭天下之】

人也。天下之人，无不一生咬姜呷醋，食不敢饱，直到死后浇奠之日，方始堆盘满宴一番，如武大者，盖比比也。」铺下酒食果品之类。「眉批：又一番设祭，亦未算设祭。」叫一个土兵后面烫酒，两个土兵门前安排桌凳，又有两个前后把门。「犹带后门。」

武松自分付定了，便叫："嫂嫂来待客，「正客。」我去请来。"

先请隔壁王婆。「陪客。○又是陪客，又是正客。」那婆子道："不消生受，教都头作谢。"武松道："多多相扰了干娘，自有个道理。先备一杯菜酒，休得推故。"那婆子取了招儿，「细画。」收拾了门户，从后门走过来。「后门。」武松道："嫂嫂坐主位，干娘对席。"婆子已知道西门庆回话了，放心着吃酒。两个都心里道："看他怎地？"「活画。」武松又请这边下邻开银铺的「财。」姚二郎姚文卿。二郎道："小人忙些，不劳都头生受。"武松拖住，便道："一杯淡酒，又不长久，便请到家。"那姚二郎只得随顺到来。便教去王婆肩下坐了。「上回已畅写淫妇好色、虔婆爱钞矣，此忽乘便借邻舍铺面上，凭空点染出来。姚文卿坐王婆下者，表虔婆以财为命也。赵仲铭坐潘氏下者，表花娘搽脂点粉也。胡正卿坐赵仲铭下，即在潘氏一行者，言因花娘搽脂点粉，致有今日酒席也。又云吏员出身者，不惟便于下文填写口词，亦表一场官司，皆从妇人描眉画眼而起也。馒儡者，物之有气者也，梦书夜梦馒儡，明日斗气矣。先问王婆你隔壁是谁，所以深明财与气邻，盖戒世人之心全深切也。张老仍坐王婆肩下，则知虔婆但知钱钞，而不知祸者，乃今其验之，然而悔已晚矣。看他先只因虔婆爱钞，便写一银铺，因花娘好色，便写一马前。后忽又思世人所争，只是酒、色、财、气四事，乃今财、色二者，已极言之，止少酒、气二字，便随手撰出冷酒馒儡两铺来，真才子之文也。眉批：请四家四样请法，语言都变换如法。」又去对门请两家。一家是开纸马铺的「色。」赵四郎赵仲铭。四郎道："小人买卖撇不得，不及陪奉。"武松道："如何使得！众高邻都在那里了。"不由他不来，被武松扯到家里，道："老人家爷父一般，便请在嫂嫂肩下坐了。"又请对门那卖冷酒店的「酒。」胡正卿。那人原是吏员出身，便瞧道有些尴尬，那里肯来。被武松不管他，拖了过来。却请去赵四郎肩下坐了。武松道："王婆，你隔壁是谁？"王婆道："他家是卖馒儡儿的「气。」张公。"却好正在屋里，见武松入来，吃了一惊，道："都

头，没甚话说？"武松道："家间多扰了街坊，相请吃杯淡酒。"那老儿道："哎呀，老子不曾有些礼数到都头家，却如何请老子吃酒？"武松道："不成微敬，便请到家。"老儿吃武松拖了过来，请去姚二郎肩下坐地。说话的，为何先坐的不走了？「百忙中忽然自问，愈显笔势陡突。」原来都有土兵前后把着门，都似监禁的一般。「忽然自答，百忙中乃得让此一笔。」

武松请到四家邻舍并王婆和嫂嫂，共是六人。武松掇条凳子，却坐在横头。便叫土兵把前后门关了。「好。○后门此日关了，遂成收煞。」那后面土兵，自来筛酒。武松唱个大喏，说道："众高邻休怪小人粗卤，胡乱请些个。"众邻舍道："小人们都不曾与都头洗泥接风，如今倒来反扰。"武松笑道："不成意思，众高邻休得笑话则个。"土兵只顾筛酒。众人怀着鬼胎，正不知怎地。看看酒至三杯，那胡正卿便要起身，「好，活画乖觉人。」说道："小人忙些个。"武松叫道："去不得。「三字可畏。」既来到此，便忙也坐一坐。"那胡正卿心头十五个吊桶打水，七上八下，暗暗地寻思道："既是好意请我们吃酒，如何却这般相待，不许人动身？"只得坐下。「活画乖觉人。」武松道："再把酒来筛。"土兵斟到第四杯酒，前后共吃了七杯酒过。众人却似吃了吕太后一千个筵宴。

只见武松喝叫土兵："且收拾过了杯盘，「疾。」少间再吃。"「四字衬出七杯之疾。」武松抹桌子，「疾。」众邻舍却待起身，「疾。」武松把两只手只一拦，「疾。」道："正要说话。「写得可畏。」一干高邻在这里，中间那位高邻会写字？"姚二郎便道："此位胡正卿极写得好。"「捎带吏人不是银子不动笔。」武松便唱个喏道："相烦则个。"便卷起双袖，「先衬四字在前。」去衣裳底下飕地只一掣，掣出那口尖刀来。「可骇，又甚疾。」右手四指笼着刀靶，大拇指按住掩心，「又衬十五字在后。」两只圆彪彪怪眼睁起，「可骇！」道："诸位高邻在此，小人冤各有头，债各有主。只要众位做个证见。"「开剖明画。」

只见武松左手拿住嫂嫂，右手指定王婆。「看他旋写武二，旋写众人，笔势骏疾不定。」四家邻舍惊得目瞪口呆，罔知所措，都面面厮觑，不敢做声。武松道："高邻休怪！不必吃惊！武松虽是粗卤汉子，便死也不怕，「五字只作"粗卤"二字注脚。」还省得'有冤报冤，有仇报仇'，并不伤犯众位，只烦高邻做个证见。若有一位先走的，武松翻过脸来休怪，教他先吃我五七刀了去，武二便偿他命也不妨。"「句句神威。」众邻舍都目瞪口呆，再不敢动。

武松看着王婆，喝道：「本是喝骂妇人事，却不可竟置虔婆在后，故先跨入一段，便笔有余势。」"兀的老猪狗听着：我的哥哥这个性命，都在你的身上。慢慢地却问你。"「安放毕，下便动手摆布正犯。」回过脸来，看着妇人，骂道：「骏疾。」"你那淫妇听着！你把我的哥哥性命怎地谋害了？从实招了，我便饶你。"那妇人道："叔叔，你好没道理！「绝倒。」你哥哥自害心疼病死了，干我甚事！"「绝倒。」说犹未了，武松把刀胳察子插在桌子上，「骏疾。」用左手揪住那妇人头髻，右手劈胸提住，「骏疾。」把桌子一脚踢倒了，「骏疾。」隔桌子把这妇人轻轻地提将过去，一交放翻在灵床面前，「骏疾。」两脚踏住，「骏疾。」右手拔起刀来，「骏疾。」指定王婆「骏疾。」道："老猪狗，你从实说。"那婆子要脱身脱不得，只得道："不消都头发怒，老身自说便了。"「见势头凶了，便许说，次后心上一转，却又不说，活画虔婆。」武松叫土兵取过纸墨笔砚，排好了桌子，「妙。」把刀指着胡正卿道：「妙。」"相烦你与我听一句，写一句。"胡正卿疙瘩瘩抖着道："小、小人便写、写。"「妙。」讨了些砚水，「妙。百忙中偏有此闲笔。」磨起墨来。「妙。尚无可写，便且磨墨，真是活画。」胡正

卿拿着笔，拂那纸道："王婆，你实说。"「妙妙，活是等写之语。○四家邻舍中，只胡正卿插口说一句，妙。」那婆子道："又不干我事，教说甚么！"「妙妙！先忽许说，次忽又不说，都是活画。」武松道："老猪狗，我都知了，你赖那个去！"「正破"不干我事"四字。」你不说时，我先剐了这个淫妇，后杀你这老狗。"提起刀来，望那妇人脸上便搠两搠。「骇妙。○与西门热脸，冷暖自知。」那妇人慌忙叫道："叔叔，「二字绝笔。」且饶我。你放我起来，我说便了。"「武二自要虔婆说，却忽自妇人说出来，笔势捉搦不定。」武松一提，提起那婆娘，跪在灵床子前。「骇疾。」喝一声："淫妇，快说！"「骇疾。」

那妇人惊得魂魄都没了，只得从实招说，将那日放帘子因打着西门庆起，「句。」并做衣裳入马通奸，「句。」一一地说。「补上郓哥九叔所不知。」次后来怎生踢了武大，「踢武大是郓哥所知，怎生踢是补郓哥所不知。」因何设计下药，王婆怎地教唆拨置，「中毒拨置是九叔所知，因何怎地是何九叔所不知。」从头至尾说了一遍。「前二详，此一省法变。」武松叫他说一句，「骇疾。」却叫胡正卿写一句，「骇疾。○要知此两句中，武二怪眼有数十番闪烁回击。」王婆道："咬虫！你先招了，我如何赖得过，只苦了老身！"「活画虔婆。」王婆也只得招认了。把这婆子口词，也叫胡正卿写了。从头至尾，都说在上面。「每喜其与上法变，其实只是一倒耳。」叫他两个都点指画了字，「英灵。」就叫四家邻舍书了名，也画了字。「英灵。」叫土兵解搭膊来，「绝倒。」背接绑了这老狗，「妙绝！快绝！」卷了口词，藏在怀里。「英灵。」叫土兵取碗酒来，供养在灵床子前。「是，妙绝！」拖过这妇人来，跪在灵前，「是，妙绝。」喝那老狗也跪在灵前。「是，妙绝快绝。」洒泪「眉批：二"洒泪"字俗本无。」道："哥哥「句。」灵魂不远，「句。」今日「句。」兄弟与你报仇雪恨！"「句。○只十六字，自成绝妙一篇前祭武大郎文。」叫土兵把纸钱点着。「骇疾。○此一句，便知下杀淫妇一段文字，只在火化纸钱一霎时中做完，骇疾不可言。」那妇人见头势不好，却待要叫，被武松脑揪倒来，「骇疾。」两只脚踏住他两只胳膊，「骇疾。」扯开胸脯衣裳，「骇疾。○雪天曾愿自解，为之绝倒。○嫂嫂胸前衣裳，却

410

说时迟，那时快，把尖刀去胸前只一剜，［骏疾。］口里衔着刀，［五字分外出色，写出来骏疾不可言。］双手去挖开胸脯，［骏疾。］抠出心肝五脏，供养在灵前。［骏疾。眉批：第三番设祭，方是设祭，然亦未毕。］胳察一刀，便割下那妇人头来，［骏疾！］血流满地。四家邻舍，眼都定了，只掩了脸。看他凶，又不敢劝，只得随顺他。［"血流满地"四字，连下节，是邻舍分中语也。］武松叫土兵去楼上取下一床被来，［写出自在。］把妇人头包了，［自在。］揩了刀，［自在。］插在鞘里。［自在。］洗了手，［自在。］唱个喏，［自在。○写骏疾处骏疾死人，写自在处自在死人，总表武二神威。］道："有劳高邻，甚是休怪！且请众位楼上少坐。待武二便来。"［又转一奇峰。○不知何九、郓哥此时在武二房中说甚？］四家邻舍，都面面相看，不敢不依他。只得都上楼去坐了。武松分付土兵，也教押那婆子上楼去，［妙。］关了楼门，［妙。］着两个土兵在楼下看守。［妙。］

武松包了妇人那颗头，一直奔西门庆生药铺前来。［骏疾。］看着主管唱个喏，［是日武二唱了多喏。］问道："大官人在么？"主管道："却才出去。"武松道："借一步，闲说一句话。"那主管也有些认得武松，不敢不出来。武松一引，引到侧首僻净巷内。蓦然翻过脸来道："你要死却是要活？"［骏疾。］主管慌道："都头在上，小人又不曾伤犯了都……"［不待辞毕，活画骏疾。○俗本"都"字下有"头"字。］武松道："你要死，休说西门庆去向。［要死休说，皆口头语耳，却自是绝奇妙语，反若戒之也者。］你若要活，实对我说，西门庆在那里？"主管道："却才和、和一个相识，去、去狮子桥下大酒楼上吃……"［又不待辞毕，活画骏疾。○俗本"吃"字下有"酒"字。］武松听了，转身便走。［活是一个狮子。］那主管惊得半晌移脚不动，自去了。［"移脚不动"下加"自去了"三字，是写骏鳌显神龙法，思之可知。］

且说武松径奔到狮子桥下酒楼前，便问酒保道："西门庆大郎和甚人吃

酒？"酒保道："和一个一般的财主，在楼上边街阁儿里吃酒。"武松一直撞到楼上，去阁子前张时，窗眼里见西门庆坐着主位，对面一个坐着客席，两个唱的粉头，坐在两边。〔闲中一衬。○多恐是李娇娇、张惜惜耳。〕武松把那被包打开，一抖，〔骇疾。〕那颗人头血渌渌地滚出来。〔骇疾。〕武松左手提了人头，右手拔出尖刀，挑开帘子，〔骇疾。○挑开者，尖刀挑开也。〕钻将入来，〔急挑不开，故用"钻"字，活画骇疾。〕把那妇人头望西门庆脸上掼将来。〔骇疾。○不必掼，所以掼者，为此际须用双手，乃急切又无放头之处，且放便不骇疾矣，故忽然想出一"掼"字来，妙绝。〕西门庆认得是武松，吃了一惊，叫声："哎呀！"〔亦疾。〕便跳起在凳子上去。〔疾。〕一只脚跨上窗槛，要寻走路。〔疾。〕见下面是街，跳不下去，〔疾。〕心里正慌。〔疾。〕说时迟，那时快，武松却用手略按一按，〔骇疾。〕托地已跳在桌子上，〔骇疾。〕把些盏儿碟儿都踢下来。〔百忙中又夹一闲笔。〕两个唱的行院，惊得走不动。〔百忙中又夹一句。〕那个财主官人，慌了脚手，也倒了。〔百忙中又夹一句。〕西门庆见来得凶，便把手虚指一指，早飞起右脚来。〔兄终弟及，为之绝倒。〕武松只顾奔入去，〔骇妙。〕见他脚起，略闪一闪。〔妙。〕恰好那一脚正踢中武松右手，〔骇妙。〕那口刀踢将起来，直落下街心里去了。〔骇妙。○此句与上打虎折棒一样笔法，皆所以深明武二之神威也。○踢落刀也，却偏写云踢将起来，直落下去，一起一落。虽一落刀，亦必写成异样色势，真才子不虚也。〕西门庆见踢去了刀，心里便不怕他。右手虚照一照，左手一拳，照着武松心窝里打来。〔亦疾。〕却被武松略躲个过，〔骇疾。〕就势里从胁下钻入来，〔骇疾。〕左手带住头，连肩胛只一提，〔骇疾。〕右手早揪住西门庆左脚，叫声："下去！"〔骇疾。〕那西门庆一者冤魂缠定，二乃天理难容，三来怎当武松神力。〔又向百忙中忽挤下三句来。〕只见头在下，脚在上，倒撞落在当街心里去了。跌得个发昏章第十一。〔奇语，捎带俗儒分章，可笑。〕〔○独恨大雄氏之言，亦被盲僧分章裂段，真发昏章第十一也。〕街上两边人都吃了一惊。〔是闲笔，不是闲笔。〕

武松伸手下凳子边，提了淫妇的头，「骇疾。」也钻出窗子外，涌身望下只一跳，「骇疾。○第一刀下去，第二掷奸夫下去，第三自跳下去。一个酒楼窗里，凡写三番下去，妙绝！」跳在当街上，先抢了那口刀在手里。「骇疾。」看这西门庆，已跌得半死，直挺挺在地下，只把眼来动。武松按住，只一刀，割下西门庆的头来。「写得快绝。」把两颗头相结做一处，「真亏王婆撮合。」提在手里，「妙。」把着那口刀，「妙。」一直奔回紫石街来。叫土兵开了门，将两颗人头供养在灵前，把那碗冷酒浇奠了，「眉批：第四番设祭，设祭已毕。」又洒泪道："哥哥灵魂不远，早生天界！兄弟与你报仇，杀了奸夫和淫妇，今日就行烧化。"「生哥哥不得孝顺，要甚灵床子，快人快事。○绝妙一篇后祭武大郎文。」便叫土兵，楼上请高邻下来，「妙。」把那婆子押在前面。「妙。○看官须记得，老猪狗是背接绑着者。」武松拿着刀，提了两颗人头，「妙。○浇奠既毕，仍提在手。」再对四家邻舍道："我又有一句话「不顾骇死人。」对你们高邻说，须去不得。"「骇死人。」那四家邻舍又手拱立，尽道："都头但说，我众人一听尊命。"武松说出这几句话来，有分教：景阳冈好汉，屈做囚徒；阳谷县都头，变作行者。毕竟武松说出甚话来，且听下回分解。

【第二十六回】

孙二娘孟州道开黑店

武都头十字坡遇张青

前篇写武松杀嫂，可谓天崩地塌、鸟骇兽窜之事矣。入此回，真是强弩之末势不可穿鲁缟之时，斯固百江郎莫不阁笔坐愁，摩腹吟叹者也。乃作者忽复自思：文章之法不止一端，右之左之，无不咸有，我独奈何菁华既竭，褰裳便去，自同鼫鼠，为艺林笑哉？于是便随手将十字坡遇张青一案，翻腾踢倒，先请出孙二娘来。写孙二娘便加出无数"笑"字，写武松便幻出无数风话，于是读者但觉峰回谷转，又来到一处胜地。而殊不知作者正故意要将顶天立地、戴发噙齿之武二，忽变作迎奸卖俏、不识人伦之猪狗。上文何等雷轰电激，此处何等展眼招眉，上文武二活是景阳冈上大虫，此处武二活是暮雪房中嫂嫂。到得后幅，便一发尽兴写出"当胸搂住""压在身上"八个字来，正是前后穿射，斜飞反扑。不图无心又得此一番奇笔也。

相见后，武松叫无数嫂嫂，二娘叫无数伯伯，前后二篇杀一嫂嫂，遇一嫂嫂，先做叔叔，后做伯伯，亦悉是他用斜飞反扑、穿射入妙之笔。

张青述鲁达被毒下，忽然又撰出一个头陀来，此文章家虚实相间之法也。然却不可便谓鲁达一段是实，头陀一段是虚。何则？盖为鲁达虽实有其人，然传中却不见其事，头陀虽实无其人，然戒刀又实有其物也。须知文到入妙处，纯是虚中有实，实中有虚，联缩激射，正复不定，断非一语所得尽赞耳。

此书每到人才极盛处，便忽然失落一人，以明网罗之处，另有异样奇人，未可以耳目所及，遂尽天下之士也。即如开书将说一百八人，为头已先失落一王进。张青光明寺出身，便加意为鲁达、武松作合，而中间已失落一头陀。宋江三打祝家之际，聚会无数新来豪杰，而末后已失落一栾廷玉。嗟乎！名垂简册，亦复有幸有不幸乎？彼成大名，显当世者，胡可遂谓蚌外无珠也！

话说当下武松对四家邻舍道："小人因与哥哥报仇雪恨，犯罪正当其理，虽死而不怨。〔天在上，地在下，日月在明，鬼神在幽，一齐洒泪，听公此言。〕却才甚是惊吓了高邻。〔又谢众人一句。〕小人此

一去，存亡未保，死活不知。我哥哥灵床子，就今烧化了。「读之心痛。○兄弟二人，一死于仇，一将死于报仇，想其父母在地下，不知相顾作何语。」家中但有些一应物件，望烦四位高邻与小人变卖些钱来，作随衙用度之资，听候使用。「细心闲笔。」今去县里首告，休要管小人罪犯轻重，只替小人从实证一证。"「是。」随即取灵牌和纸钱烧化了。楼上有两个箱笼，取下来，打开看了，付与四邻收贮变卖。却押那婆子，提了两颗人头，径投县里来。「真好看。」

此时哄动了一个阳谷县。街上看的人不计其数。「第一番看迎虎，第二番看人头，阳谷县人何其乐也。」知县听得人来报了，先自骇然，随即升厅。武松押那王婆在厅前跪下，行凶刀子和两颗人头，放在阶下。武松跪在左边，婆子跪在中间，四家邻舍跪在右边。武松怀中取出胡正卿写的口词，从头至尾告说一遍。知县叫那令史先问了王婆口词，一般供说。四家邻舍指证明白，又唤过何九叔、郓哥，都取了明白供状。唤当该仵作行人，委吏一员，把这一干人押到紫石街简验了妇人身尸，狮子桥下酒楼前，简验了西门庆身尸，明白填写尸单格目，回到县里，呈堂立案。知县叫取长枷，且把武松同这婆子枷了，「写得绝倒，今古同叹。」收在监内。一干平人，寄监在门房里。

且说县官念武松是个义气烈汉，又想他上京去了这一遭，一心要周全他，又寻思他的好处。「用笔甚轻，只须如此。」便唤该吏商议道："念武松那厮，是个有义的汉子，把这人们招状，从新做过。改作：'武松因祭献亡兄武大，有嫂不容祭祀，因而相争。妇人将灵床推倒，救护亡兄神主，与嫂斗殴，一时杀死。次后西门庆因与本妇通奸，前来强护，因而斗殴，互相不伏，扭打至狮子桥边，以致斗杀身死。'"「读之绝倒。○招文中又无王婆，何也？」读款状与武松听了，写一道申解公文，将这一干人犯解本管东平府，申请发落。这阳谷县虽是个小县分，倒有仗义的人。有那上户之家，都资助武松银两。也有送酒食钱米与武松的。「此处数段俱是冷题热写，然却将打虎时牵映出来。」武松到下处，将行李寄顿土兵收了，将了十二三两银子，与了郓哥的老爹，「前文闲中一许，只谓口头活话，不意至此应出，行文精细如此。」武松管下的土兵，大半相送酒肉不迭。「又妙，写出义烈感人。」当下县吏领了公文，抱着文卷，并何九叔的银子、骨殖、招词、刀仗，「武大骨殖在县吏处。」带了一干人犯上路，望东平府来。众人到得府前，看的人哄动了衙门口。且说府尹陈文昭，听得报来，随即升厅。那陈府尹是个聪察的官，已知这件事了。便叫押过这一干人犯，就当厅先把阳谷县申文看了，又把各人供状招款看过，将这一干人一一审录一遍。把赃物并行凶刀仗封了，发与库子，收领上库，「武大骨殖上库。」将武松的长枷，换了一面轻罪枷枷了，下在牢里。把这婆子换一面重囚枷钉了，禁在提事司监死囚牢里收了。「县何愦愦，府何察察，只是笔墨抑扬以成文势耳。」唤过县吏，领了回文，发落何九叔、郓哥、四家邻舍这六人，且带回县去，宁家听候。「好。」本主西门庆妻子，留在本府羁管听候。等朝廷明降，方始细断。那何九叔、郓哥、四家邻舍，县吏领了，自回本县去了。武松下在牢里，自有几个土兵送饭。「闲笔。○读此句，忽忆《论语》"人皆有兄弟，我独亡"之语，不觉泪落！」

且说陈府尹哀怜武松是个仗义的烈汉，时常差人看觑他。因此节级牢子，都不要他一文钱，倒把酒食与他吃，「读至此处，忽又忆"四海之内皆兄弟"一语，叹其诚然也。」陈府尹把这招稿卷宗都改得轻了，申去省院详审议罪；却使个心腹人，赍了一封紧要密书，星夜投京师来替他干办。「此篇写武松既写得异常，则写四边人定不得不都写得异常。譬如画虎者，四边草木都须作劲势，不然，便衬不起也。不知文者，竟漫谓

难得陈文昭，真痴人说梦也。

那刑部官有和陈文昭好的，把这件事直禀过了省院官，议下罪犯："据王婆「县招漏去，此独首提，妙绝。」生情造意，哄诱通奸，唆使本妇下药，毒死亲夫，又令本妇赶逐武松，不容祭祀亲兄，「仍入此句，以明未常不采县招也。」以致杀伤人命。唆令男女，故失人伦，拟合凌迟处死。「妙。」据武松虽系报兄之仇，斗杀西门庆奸夫人命，亦则自首，难以释免。脊杖四十，刺配二千里外。「妙。」奸夫淫妇，虽该重罪，已死勿论。「妙。」其余一干人犯，释放宁家。「妙。」文书到日，即便施行。"「尤妙。○似依决不待时律，然实为读者至此，已不及俟秋后矣。」东平府尹陈文昭看了来文，随即行移，拘到何九叔、郓哥并四家邻舍，和西门庆妻小一干人等，都到厅前听断。牢中取出武松，读了朝廷明降，开了长枷，脊杖四十。上下公人，都看觑他，止有五七下着肉。「好。○独与前后诸人受杖不同。」取一面七斤半铁叶团头护身枷钉了，脸上免不得刺了两行金印，迭配孟州牢城。其余一干众人，省谕发落，各放宁家。大牢里取出王婆，当厅听命。读了朝廷明降，「这剐便有一分了。」写了犯由牌，「这剐便有二分了。」画了伏状。「这剐便有三分了。」便把这婆子推上木驴，「这剐便有四分了。」四道长钉，三条绑索，「这剐便有五分了。」东平府尹判了一个字：剐。「一字句。○这剐便有六分了。」上坐，下抬，「二字句。○这剐便有七分了。」破鼓响，碎锣鸣，「三字句。○这剐便有八分了。」犯由前引，混棍后催，「四字句。○这剐便有九分了。」两把尖刀举，一朵纸花摇，「五字句。○这剐便有十分了。」带去东平府市心里，吃了一剐。「十分光都完了。」

话里只说武松戴上行枷，看剐了王婆，「此句不是写出剐快，正显上文数行，都自武松眼中看出，非作者自置一笔也。」有那原旧的上邻姚二郎，将变卖家私什物的银两，交付与武松收受，「极细。○独借姚二郎者，为他开银铺也。」作别自回去了。当厅押了文帖，着两个防送公人领了，解赴孟州交割。府尹发落已了。只说武松与两个防送公人上路。有那原跟的土兵，付与

418

了行李，「极细。」亦回本县去了。武松自和两个公人，离了东平府，迤逦取路，投孟州来。那两个公人，知道武松是个好汉，一路只是小心伏侍他，不敢轻慢他些个。「亦独与诸人防送不同。」武松见他两个小心，也不和他计较。包里内有的是金银，但过村坊铺店，便买酒买肉，和他两个公人吃。

话休絮烦。武松自从三月初头杀了人，「好笔。」坐了两个月监房，「好笔。」如今来到孟州路上，正是六月前后。「好笔。○去年此际，杨志在二龙山下矣，流光迅速，又是一番公案。」炎炎火日当天，烁石流金之际，只得赶早凉而行。约莫也行了二十余日，来到一条大路。三个人已到岭上，却是巳牌时分。武松道：“你们且休坐了，赶下岭去，寻买些酒肉吃。”两个公人道：“也说得是。”三个人奔过岭来。只一望时，见远远地土坡下，约有数间草屋，傍着溪边。柳树上，挑出个酒帘儿。「如画。」武松见了，指道：“那里不有个酒店？”三个人奔下岭来，山冈边见个樵夫，挑一担柴过去。「并无姓名，只作眼前一闪，奇笔。」武松叫道：“汉子，借问这里叫做甚么去处？”樵夫道：“这岭是孟州道岭。前面大树林边，便是有名的十字坡。”「坡名绝妙，自表其文心交叉四出，如十字也。前宝珠篇中，已详论之。」武松问了，自和两个公人一直奔到十字坡边看时，为头一株大树，四五个人抱不交，上面都是枯藤缠着。「如画。」看看抹过大树边，早望见一个酒店。门前窗槛边坐着一个妇人，「曹正店中一个妇人，此店中又一个妇人，不知谁宾谁主。」露出绿纱衫儿来。头上黄烘烘的插着一头钗环，鬓边插着些野花。「如画。○先远望写一番。」见武松同两个公人来到门前，那妇人便走起身来迎接。下面系一条鲜红生绢裙，搽一脸胭脂铅粉，敞开胸脯，露出桃红纱主腰，上面一色金纽。「如画。○又近看写一番。○常言美人之美，乃在或远或近之间。今写此妇人，既远近皆详矣，乃觉眼前心上，如逢鬼母，何也？」说道：“客官，歇脚了去？本家有好酒

419

好肉。「句。」要点心时，好大馒头。」「句。○本色行货。」两个公人和武松入到里面一副柏木桌凳座头上，两个公人倚了棍棒，解下那缠袋，上下肩坐了。武松先把脊背上包裹解下，来放在桌子上；解了腰间搭膊，脱下布衫。两个公人道："这里又没人看见，我们担些利害，且与你除了这枷，快活吃两碗酒。"便与武松揭了封皮，除下枷来，放在桌子底下，都脱了上半截衣裳，搭在一边窗槛上。「夏景。」只见那妇人笑容可掬「前写潘氏用许多"笑"字，此写二娘复用许多"笑"字，闪耀为奇。」道："客官，打多少酒？"武松道："不要问多少，只顾烫来。肉便切三五斤来。一发算钱还你。"那妇人道："也有好大馒头。」「又说一句，深表大树坡本色道地行货也。」武松道："也把三二十个来做点心。"

那妇人嘻嘻地笑着，入里面托出一大桶酒来，放下三只大碗、三双箸，切出两盘肉来。一连筛了四五巡酒，去灶上取一笼馒头来，放在桌子上。两个公人拿起来便吃。武松取一个拍开看了，叫道："酒家，这馒头是人肉的是狗肉的？"那妇人嘻嘻笑道："客官休要取笑！清平世界，荡荡乾坤，那里有人肉的馒头，狗肉的滋味？我家馒头，积祖是黄牛的。"武松道："我从来走江湖上，多听得人说道：'大树十字坡，客人谁敢那里过？肥的切做馒头馅，瘦的却把去填河。'"「只图押韵，遂与今日诗社无异，不意武二天人，亦复不免。」那妇人道："客官那得这话！这是你自捏出来的。"武松道："我见这馒头馅内，有几根毛，一像人小便处的毛一般，「虽是说馒头，乃其语淜亵之极，已入风话矣，读之绝倒。」以此疑忌。"武松又问道："娘子，你家丈夫却怎地不见？"「绝妙风话。」那妇人道："我的丈夫出外做客未回。"武松道："恁地时，你独自一个须冷落。"「绝妙风话，宛然令嫂声口。」那妇人笑着，寻思道："这贼配军，却不是作死，倒来戏弄老娘！正是'灯蛾扑火，惹焰烧身'，不是我来寻你，我且先对付那厮。"这妇人便道："客官休要取笑。再吃几碗了，去后面树下乘凉。要歇，便在我家安歇不妨。"「也说一句风话，绝妙。」

武松听了这话，自家肚里寻思道："这妇人不怀好意了。你看我且先耍他。"武松又道："大娘子，你家这酒好生淡薄。别有甚好酒，请我们吃几碗。"那妇人道："有些十分香美的好酒，只是浑些。"武松道："最好，越浑越好。"「只是风话。」那妇人心里暗笑，便去里面托出一镟浑色酒来。武松看了道："这个正是好生酒，只宜热吃最好。"那妇人道："还是这位客官省得。我烫来你尝看。"妇人自笑道："这个贼配军正是该死！倒要热吃。这药却是发作得快，那厮当是我手里行货。"烫得热了，把将过来筛做三碗，笑道："客官，试尝这酒。"两个公人那里忍得饥渴，只顾拿起来吃了。武松便道："娘子，我从来吃不得寡酒，你再切些肉来，与我过口。"张得那妇人转身入去，却把这酒泼在僻暗处，只虚把舌头来咂道："好酒，还是这个酒冲得人动！"「写得武二真是妙人。立地生出机变。」

那妇人那曾去切肉，只虚转一遭，便出来拍手叫道："倒也！倒也！"那两个公人只见天旋地转，禁了口，望后扑地便倒。武松也双眼紧闭，扑地仰倒在凳边。「妙人。」只听得笑道："「只听得妙绝。」"着了，由你奸似鬼，吃了老娘的洗脚水。"便叫："小二、小三快出来！"只听得飞奔出两个蠢汉来，「"听得"妙绝。」听他把两个公人先扛了进去，这妇人便来桌上提那包裹，并公人的缠袋，想是捏一捏，约莫里面已是金银。「"想是"妙绝，"约莫"妙绝，"已是"妙绝。」只听得他大笑道：

「"只听得"妙绝。眉批：俗本无八个"听"字，故知古本之妙。」"今日得这三头行货，倒有好两日馒头卖，又得这若干东西。"听得把包裹缠袋提入去了，「"听得"妙绝。」随听他出来，看这两个汉子扛抬武松。「"听他"妙绝。○先取余事收拾尽，却放出笔来单写武松。」那里扛得动，直挺挺在地下，却似有千百斤重的。「妙人。」只听得妇人喝道：「"只听得"妙绝。」"你这鸟男女，只会吃饭吃酒，全没些用，直要老娘亲自动手。「一段话。」这个鸟大汉，却也会戏弄老娘。「又一段话。」

这等肥胖，好做黄牛肉卖。「"积祖"之言不谬。」那两个瘦蛮子，只好做水牛肉卖。「又一段话。」扛进去，先开剥这厮用。"「又一段话。○偏说出许多，使武松忍笑不住。」听他一头说，一头想是脱那绿纱衫儿，解了红绢裙子，「"听他"妙绝。"想是"妙绝。」赤膊着，「必须赤膊方使下文尽兴。」便来把武松轻轻提将起来，武松就势抱住那妇人，「妙人，生平未经之事。」把两只手一拘拘将拢来，当胸前搂住；「十五字句思之绝倒，武二真正妙人，无可不可。○前者嫂嫂日夜望之。」却把两只腿望那妇人下半截只一挟，压在妇人身上，「写出妙人无可不可，思之绝倒。○胸前搂住，压在身上，皆故作丑语以成奇文也。」只见他杀猪也似叫将起来。「上文许多事情，偏在耳中听出，此处杀猪也似一声，却于眼中看见，奇文绣错入妙。」那两个汉子急待向前，被武松大喝一声，惊得呆了。那妇人被按压在地上，只叫道："好汉饶我！"那里敢挣扎。

只见门前一人挑一担柴，歇在门首，「上文无端一闪，令读者几成眼挫，至此忽又闪来。」望见武松按倒那妇人在地上，那人大踏步跑将进来叫道："好汉息怒！且饶恕了，小人自有话说。"武松跳将起来，把左脚踏住妇人，提着双拳，看那人时，「写得如画。」头戴青纱凹面巾，身穿白布衫，下面腿绷护膝、八搭麻鞋，腰系着缠袋。生得三拳骨叉脸儿，微有几根髭髯，年近三十五六。看着武松，叉手不离方寸，说道："愿闻好汉大名。"武松道："我行不更名，坐不改姓，都头武松的便是！"那人道："莫不是景阳冈打虎的武都头？"武松回道："然也。"「须知此二字是得意语。」

那人纳头便拜道："闻名久矣，今日幸得拜识。"武松道："你莫非是这妇人的丈夫？"那人道："是小人的浑家，〔天下亦有所对非所问，而恰成妙对，乃至一字不复可换者，如此语是也。〕'有眼不识泰山'，不知怎地触犯了都头。可看小人薄面，望乞恕罪。"武松慌忙放起妇人来，便问："我看你夫妻两个，也不是等闲的人，〔当知此句不是写武松眼力，正是表夫妻二人。〕愿求姓名。"那人便叫妇人穿了衣裳，〔四字绝妙。〕快近前来，拜了都头。武松道："却才冲撞，嫂嫂休怪。"〔忽然叫出"嫂嫂"二字，令我一惊。○方杀一嫂嫂，又认一嫂嫂，真是行文如戏。〕那妇人便道："有眼不识好人。一时不是，望伯伯恕罪。且请伯伯里面坐地。"〔前文潘氏叫得叔叔一片响，此文二娘叫得伯伯一片响，叔叔伯伯激应奇绝。〕武松又问道："你夫妻二位，高姓大名？如何知我姓名？"〔知己之感，千古所同，独不谓武二天人，亦有之耳。〕那人道："小人姓张，名青，原是此间光明寺种菜园子。〔大相国寺菜园后，又见此处。〕为因一时间争些小事，性起，把这光明寺僧行杀了，放把火烧做白地，〔遂与鲁达同。〕后来也没对头，官司也不来问，小人只在此大树坡下剪径。忽一日，有个老儿挑担子过来，小人欺负他老，抢出去和他厮并，斗了二十余合，被那老儿一扁担打翻。原来那老儿年纪小时，专一剪径；因见小人手脚活，便带小人归去到城里，教了许多本事，又把这个女儿，招赘小人做了女婿。城里怎地住得？只得依旧来此间盖些草屋，卖酒为生；实是只等客商过往，有那入眼的，便把些蒙汗药与他吃了便死。将大块好肉，切做黄牛肉卖；零碎小肉，做馅子包馒头。小人每日也挑些去村里卖，如此度日。小人因好结识江湖上好汉，人都叫小人做'菜园子'张青。俺这浑家姓孙，全学得他父亲本事，〔特表二娘。〕人都唤他做'母夜叉'孙二娘。小人却才回来，听得浑家叫唤，谁想得遇都头。小人多曾分付浑家道：'三等人不可坏他。第一，是

云游僧道：「奇文。○张青为头是最惜和尚，便前牵鲁达，后挽武松矣。布格展笔，如画家所称大落墨也。」他不曾受用过分了，又是出家的人。「眉批：第一段为鲁达、武松提纲。」则恁地也争些儿坏了一个惊天动地的人：原是延安府老种经略相公帐前提辖，姓鲁，名达；「此事传中未常正写，只是鲁达口中述一遍，此处张青口中述一遍耳，另是一样奇格。」为因三拳打死了一个镇关西，逃走上五台山，落发为僧，因他脊梁上有花绣，江湖上都呼他做‘花和尚’鲁智深。「独详其做和尚之故，为后文武松作案。」使一条浑铁禅杖，重六十来斤。「独详禅杖，为后文戒刀作案。」也从这里经过。浑家见他生得肥胖，「也是黄牛。」酒里下了些蒙汗药，扛入在作坊里。正要动手开剥，小人恰好归来。见他那条禅杖非俗，却慌忙把解药救起来，「从禅杖上识出英雄，出色奇语。」结拜为兄。「此四字是一篇眼目，与后‘结拜为弟’四字对看，是张青生平一片之心也。」打听他近日占了二龙山宝珠寺，和一个甚么青面兽杨志，「张青一篇不重杨志，故特另加‘甚么’二字以别之。」霸在那方落草。小人几番收得他相招的书信，只是不能够去。」「闲中闲放一线。」武松道：「这两个，「张青一篇自重鲁达，武松分中却无轻重，故平提之也。」我也在江湖上多闻他名。」张青道：「只可惜了一个头陀，长七八尺一条大汉，「述鲁达事毕，忽然又撰出一个头陀来，黄昏风雨，天黑如磐，每忆此文，心绝欲死。」也把来麻坏了，小人归得迟了些个，已把他卸下四足。如今只留得一个箍头的铁界尺、一领皂直裰、一张度牒在此。「无端撰出一个头陀，便生出数般器具，真不知文生于情，情生于文。盖其笔墨亦为蚨血所涂，故有子母环帖之能也。○先出三件，入下更出二件，文笔旋舞而下。」别的都不打紧，有两件物最难得：一件是一百单八颗人顶骨做成的数珠，「人但知上文先出三件，陪下二件，殊不知下文二件，亦是以一件陪一件。」一件是两把雪花镔铁打成的戒刀。「前鲁达自述云，见俺戒刀吃惊，此又将留下戒刀，三翻四覆描写，不意戒刀上，又有此奇文也。」想这头陀也自杀人不少。直到如今，那刀要便半夜里啸响。「看他人骨数珠不更注一语，独将戒刀出色描写，便知意在戒刀，余物只作相伴也。」小人只恨道不曾救得这个人，心里常常忆念他。「张青真好。」第二是江湖上行院妓女之人：「此段于文情前后无甚关生，只有意无意与武松杀潘氏反映耳。○行院妓女则可饶恕，败坏风俗和潘氏，胡可得恕也？眉批：第二段只作闲

424

话，然亦反映武松杀潘氏作捎带。」他们是冲州撞府，逢场作戏，陪了多少小心得来的钱物，若还结果了他，那厮们你我相传，去戏台上说得我等江湖上好汉不英雄。'又分付浑家：'第三是各处犯罪流配的人，中间多有好汉在里头，切不可坏他。'「然后正入本文，妙绝。眉批：第三段正合本文。」不想浑家不依小人的言语，今日又冲撞了都头，幸喜小人归得早些。却是如何了起这片心？"「上文一篇长话，却对武松说，至尾后忽掣转对浑家说一句，写出活张青来。」母夜叉孙二娘道："本是不肯下手。一者见伯伯包裹沉重，二乃怪伯伯说起风话，「又叫两声伯伯。」因此一时起意。"武松道："我是斩头沥血的人，何肯戏弄良人！「将前回两大篇文字，直提出来。」我见嫂嫂瞧得我包裹紧，先疑忌了，因此特地说些风话，漏你下手。那碗酒我已泼了，假做中毒，你果然来提我。一时拿住，甚是冲撞了嫂嫂，休怪！「又叫两声嫂嫂。○凡此等皆作者特蹴奇波处。」

张青大笑起来，便请武松直到后面客席里坐定。武松道："兄长，你且放出那两个公人则个。"「写武松天人处。」张青便引武松到人肉作坊里看时，见壁上绷着几张人皮，「妙。」梁上吊著五七条人腿。「妙。」见那两个公人，一颠一倒，挺着在剥人凳上。「妙。○特详之，以为昔之鲁达，今之武松，已开剥之头陀，未开剥之公人，一齐出色也。」武松道："大哥，你且救起他两个来。"张青道："请问都头：今得何罪？配到何处去？"武松把杀西门庆并嫂的缘由，一一说了一遍。张青夫妻两个，欢喜不尽，「闻以叔杀嫂，却欢喜不尽，写得粗豪可笑。」便对武松说道："小人有句话说，未知都头如何？"武松道："大哥但说不妨。"张青不慌不忙，对武松说出那几句话来，有分教：武松大闹了孟州城，哄动了安平寨。直教：打翻拽象拖牛汉，撅倒擒龙捉虎人。毕竟张青对武松说出甚言语来，且听下回分解。

【第二十七回】

武松威镇安平寨

施恩再夺快活林

上文写武松杀人如菅，真是血溅墨缸，腥风透笔矣。入此回，忽然就两个公人上，三翻四落写出一片菩萨心胸，一若天下之大仁大慈，又未有仁慈过于武松也者，于是上文尸腥血迹洗刷净尽矣。盖作者正当写武二时，胸中真是出格拟就一位天人，凭空落笔，喜则风霏露洒，怒则鞭雷叱霆，无可无不可，不期然而然。固久非宋江之逢人便哭，阮七、李逵之搭刀便搠者，所得同日而语也。

读此回，至武松忽然感激张青夫妻两个之语，嗟呼！岂不痛哉！夫天下之夫妻两个，则尽夫妻两个也，如之何而至于松之兄嫂，其夫妻两个独遭至于如此之极也！天乎？人乎？念松父松母之可以生松，而不能免于生松之兄，是诚天也，非人也。然而兄之可以不娶潘氏，与松之可以不舍兄而远行，是皆人之所得为也，非天也。乃松之兄可以不娶潘氏，而财主又必白白与之，松之志可以不舍兄而远行，而知县又必重托之，然则天也，非人，诚断断然矣。嗟乎！今而后松已不信天下之大，四海之内，尚有夫良妻洁，双双两个之奇事，而今初出门庭，初接人物，便已有张青一对如此可爱。松即金铁为中，其又能不向壁弹泪乎耶？作者忽于叙事缕缕中，奋笔大书云："武松忽然感激张青夫妻两个。"嗟乎！真妙笔矣。"忽然"字，俗本改作"因此"字，又于"两个"下，增"厚意"字，全是学究注意盘飧之语，可为唾抹，今并依古本订定。

连叙管营逐日管待，如云一个军人托着一个盒子，看时，是一大镟酒、一盘肉、一盘子面，又是一大碗汁。晚来，头先那个人又顶一个盒子来，是几般菜蔬、一大镟酒、一大盘煎肉、一碗鱼羹、一大碗饭。不多时，那个人又和一个人来，一个提只浴桶，一个提一桶汤，送过浴裙手巾了，纱帐挂起，放个凉枕，叫声安置。明日，那个人又提桶面汤，取漱口水，又带个待诏篦头，绾髻子，裹巾帻。又一个人将个盒子，取出菜蔬下饭、一大碗肉汤、一大碗饭。吃罢，又是一盏茶。搬房后，那个人又将一个提盒，看时，却是四般果子、一只熟鸡，又有许多蒸卷儿、一注子酒。晚间，洗浴

乘凉，如此等事，无不细细开列，色色描画。尝言太史公酒帐肉簿，为绝世奇文，断惟此篇足以当之。若韩昌黎《画记》一篇，直是印板文字，不足道也。

将写武松威震安平，却于预先一日，先去天王堂前闲走，便先安放得个青石墩在化纸炉边，奇矣。又奇者，到明日正写武松演试神力之时，却偏不一直写，偏先写得一半，如云轻轻抱一抱起，随手一撇，打入地下一尺来深，如是便止。却自留下后半，再作一番写来，如云一提一掷一接，轻轻仍放旧处，直至如此，方是武松全副神力尽情托出之时。却又还有一半在后，如云面上不红，心头不跳，口里不喘，是也。读第一段并不谓其又有第二段，读第二段更不谓其还有第三段，文势离奇屈曲，非目之所尝睹也。

话说当下张青对武松说道："不是小人心歹，比及都头去牢城营里受苦，不若就这里把两个公人做翻，且只在小人家里过几时。「此一句宾。」若是都头肯去落草时，小人亲自送至二龙山宝珠寺，与鲁智深相聚入伙，如何？"「张青生平一片之心。○此一句主。○看他上文还带说杨志，此处已只提鲁达，为一篇大文之纲领。」武松道："最是兄长好心，顾盼小弟。只是一件：武松平生只要打天下硬汉，「早伏蒋门神。眉批：一路都写武二神威，不是人间蹊径。」这两个公人，于我分上，只是小心，一路上伏侍我来。我若害了他，天理也不容我。「妙语，直衬出杀嫂嫂合天理来。」你若敬爱我时，「"敬爱"二字妙绝。武松天人，便说得出此二字来。」便与我救起他两个来，不可害他。"「特表武松仁慈之至。」张青道："都头既然如此仗义，小人便救醒了。"

当下张青叫火家，便从剥人凳上搦起两个公人来。孙二娘便去调一碗解药来，张青扯住耳朵，灌将下去。没半个时辰，两个公人，如梦中睡觉的一般爬将起来，看了武松说道："我们却如何醉在这里？这家怎么好酒！我们又吃不多，便恁地醉了！记着他家，回来再问他买吃。"〔随笔拈成趣语。〕武松笑将起来，张青、孙二娘也笑，两个公人正不知怎地。那两个火家自去宰杀鸡鹅，煮得熟了，整顿杯盘端坐。张青教摆在后面葡萄架下，〔夏景。〕放了桌凳坐头。张青便邀武松并两个公人到后园内。

武松便让两个公人上面坐了，张青、武松在下面朝上坐了，〔张青待武松也，武松却不上坐者，盖预以弟道自居，令人又提着武大当年，悲从中来也。〕孙二娘坐在横头。〔二娘固不必避生客也，然因此一坐，男女杂乱，便忽提出武大夫妻初见武二之日，不胜风景不殊之痛也。作者挑逗之工，于斯极矣。〕两个汉子轮番斟酒，来往搬摆盘馔。张青劝武松饮酒。至晚，取出那两口戒刀来，叫武松看了。果是镔铁打的，非一日之功。〔看他将戒刀赞诵一番，摩挲一番，加意极矣。〕两个又说些江湖上好汉的勾当，却是杀人放火的事。武松又说："山东及时雨宋公明仗义疏财，如此豪杰，如今也为事逃在柴大官人庄上。"〔此却是武松生平一片之心，不得不说。○又不使宋江一边闲。〕两个公人听得，惊得呆了，只是下拜。武松道："难得你两个送我到这里了，终不成有害你之心。〔武松仁慈，再表一遍。〕我等江湖上好汉们说话，你休要吃惊，我们并不肯害为善的人。你只顾吃酒，明日到孟州时，自有相谢。"〔频频表出武松仁慈者，所以尽情洗刷上文杀奸夫淫妇之污秽，以见武松真正天人，雷霆风雨，各极其用，不比梁山李逵、阮七之徒，草菅人命以为作戏也。描写至此，真神笔哉。〕当晚就张青家里歇了。

次日，武松要行，张青那里肯放，一连留住，管待了三日。武松忽然感激张青夫妻两个。〔失一哥哥，得一哥哥，一个兄弟方做完，一个兄弟重做起，文心淋漓飞舞，读之有海霞赤诚之观。○"忽然感激"四字，定武二真天人也。〕论年齿张青却长武松九年，〔是年武松二十六岁也。○俗本"九年"作"五年"。〕因此张青便把武松结拜为弟。〔与前"结拜为兄"四字对看，是张青一篇提纲。〕武松再辞了要行，张青又置酒送路。取出行李、包裹、缠袋，来交还了。〔不见他进去，却见他出来，妙绝。〕又送十来两银子与武松，把二三两零碎银子

赏发两个公人。武松就把这十两银子一发与了两个公人。「打虎一千贯，便分猎户，张青送十两，又与公人。远远表出武松身无长物，便为后面差拨一篇奇文作地，不知文者，便叹其挥金如土也。」再戴上行枷，依旧贴了封皮。「细。」张青和孙二娘送出门前，武松忽然感激，「上东京时，嫂嫂不送出门前，还有哥哥送出门前也。到得配孟州时，已并无哥哥送出门前。天下为兄弟者，不止一人，亦有如是之怨毒者乎？今忽然于路旁萍水之张青夫妇，反生受其双双送出门前。亲兄武大，灵魂不远，今竟何在哉？忽然感激，洒出泪来，武二天人，故感激洒泪也。〇反映前文，至于如此，真正才子，万世不能易也。」只得洒泪别了，取路投孟州来。

　　未及晌午，早来到城里。直至州衙，当厅投下了东平府文牒。州尹看了，收了武松，自押了回文，与两个公人回去，不在话下。随即却把武松帖发本处牢城营来。当日武松来到牢城营前，看见一座牌额，上书三个大字，写着道："安平寨"。公人带武松到单身房里，公人自去下文书，讨了收管，不必得说。

　　武松自到单身房里，早有十数个一般的囚徒来看武松，说道："好汉，「此书凡系一段小文，便要故意相犯，如此文，亦与林冲初到牢城营不换一笔。」你新到这里，包裹里若有人情的书信，并使用的银两，取在手头，「并无，故妙。」少刻差拨到来，便可送与他。若吃杀威棒时，也打得轻。若没人情送与他时，端的狼狈！我和你是一般犯罪的人，特地报你知道。岂不闻'兔死狐悲，物伤其类'？我们只怕你初来不省得，通你得知。"武松道："感谢你们众位指教我。小人身边略有些东西，若是他好问我讨时，便送些与他；若是硬问我要时，一文也没。"「不是写武松不知世涂，只是自矗奇峰，为下文生精作怪地耳。眉批：林冲差拨管营处都有书信银两，武松两处都无，宋江牢手有节级无，写出他一个自爱，一个神威，一个机械，各各不同。」众囚徒道："好汉，休说这话，古人道：'不怕官，只怕管。''在人矮檐下，怎敢不低头。'只是小心便好。"话犹未了，只见一个道："差拨官人来了。"众人都自散了。

武松解了包裹，坐在单身房里，「反坐下，奇绝。」只见那个人走将入来，问道："那个是新到囚徒？"武松道："小人便是。"差拨道："你也是安眉带眼的人，「新语。」直须要我开口说。你是景阳冈打虎的好汉，阳谷县做都头，只道你晓事，如何这等不达时务！你敢来我这里，猫儿也不吃你打了！"「随景成趣。」武松道："你到来发话，指望老爷送人情与你，半文也没。「妙语。然世人都恒道之，而不能知其妙，何者？盖没钱至于没一文，止矣，若夫半文者，乞人亦不要也。偏说半文也没，盖云没之至也。」我精拳头有一双相送！「猫儿不吃打，狗儿或者领却拳头去。」碎银有些，留了自买酒吃，「自在之极。」看你怎地奈何我？没地里到把我发回阳谷县去不成！"「绝倒语，非武松说不出画。」那差拨大怒去了。又有众囚徒走拢来「妙波。○此却与林冲文不同。」说道："好汉你和他强了，少间苦也！他如今去和管营相公说了，必然害你性命。"武松道："不怕！随他怎么奈何我，文来文对，武来武对！"「此八字写武松不是蛮皮，盖其胸中计划已定。○然千载看书人到此，无不猜到下文定是武来武对也。」

正在那里说未了，只见三四个人来单身房里，叫唤："新到囚人武松！"「文情险绝。」武松应道："老爷在这里，又不走了，大呼小喝做甚么！"那来的人把武松一带，带到点视厅前，那管营相公正在厅上坐。五六个军汉押武松在当面，管营喝叫除了行枷，说道："你那囚徒，省得太祖武德皇帝旧制：但凡初到配军，须打一百杀威棒。那兜拖的，背将起来。"武松道："都不要你众人闹动，要打便打，也不要兜拖。我若是躲闪一棒的，不是打虎好汉。「写出打虎是得意之事。」从先打过的都不算，从新再打起。「绝倒。○一段。」我若叫一声，便不是阳谷县为事的好男子！"「写出杀嫂又是得意事。○其文本与下连。好男子。」两边看的人都笑道："这痴汉弄死，且看他如何熬！"「上下文皆是武松一连说话，中间忽夹写两边人笑，妙笔。」"要打便打毒些，不要人情棒

431

儿，打我不快活。"「其文与上"阳谷为事"句，一气连下。〇二段。」两下众人都笑起来。那军汉拿起棍来，吆呼一声。「文笔险仄。」只见管营相公身边立着一个人：六尺以上身材，二十四五年纪，白净面皮，三柳髭须，额头上缚着白手帕，「奇。」身上穿着一领青纱上盖，把一条白绢搭膊络着手。「奇。」那人便去管营相公耳朵边，略说了几句话。只见管营道："新到囚徒武松，你路上途中曾害甚病来？"「妙。〇一路看他写管营手柔，武松弓燥，一递一句，真欲失笑。」武松道："我于路不曾害！「妙妙。」酒也吃得，肉也吃得，饭也吃得，路也走得。"「妙妙，反说出一串来。」管营道："这厮是途中得病到这里，我看他面皮才好，且寄下他这顿杀威棒。"「妙。」两边行杖的军汉低低对武松道："你快说病。这是相公将就你，你快只推曾害便了。"「加赠一层更妙。」武松道："不曾害，不曾害，「妙妙，反说出两句。」打了倒干净！我不要留这一顿寄库棒，「新语。」寄下倒是钓肠债，「新语。」几时得了！"「妙妙。」两边看的人都笑。「若无此句，便是一管营、一武松、管营也笑道："想你这汉子多管害热病了，不曾得汗，故出狂言。不要听他，一行杖牢子，四边寂然更无人矣。」且把去禁在单身房里。"「妙。〇然而何也？我又欲疾读下去，得知其故，又欲且止，试一思之。愿天下后世之读是书者，至此等处，皆且止试思也。」

　　三四个军人引武松依前送在单身房里。众囚徒都来问道："你莫不有甚好相识书信与管营么？"「妙波屡皱。」武松道："并不曾有。"众囚徒道："若没时，寄下这顿棒，不是好意，晚间必然来结果你！"武松道："还是怎地来结果我？"众囚徒道："他到晚把两碗干黄仓米饭来与你吃了，趁饱带你去土牢里，把索子捆翻着，稿荐卷了你，塞了你七窍，颠倒竖在壁边；不消半个更次，便结果了你性命。这个唤做盆吊。"「上文脱过威棒，读者虽未审何故，然已心魂安帖矣。作者却偏不肯便令安帖，偏又翻出两番刑法来，使读者重复忧起，绝世奇格。」武松道："再有怎地安排我？"众人道："再有一样，也是把你来捆了，却把一个布袋，盛一袋黄沙，将来压在你身上，也不消一个更次，便是死的。这个唤土布袋。」偏有两样，写得其祸不测。」武松又问道："还有甚么法度害我？"「只管问，绝倒。」众人道："只是这两件怕人些，其余的也不打紧。"众人说犹未了，只见一个军人托着一个盒子入来，问道："那个是新配来的武都头？"「不叫作囚人武松矣，何也？」武松答道："我便是。有甚么话说？"「妙。」那人答道："管营叫送点心在这里。"武松看时，一大镟酒、一盘肉、一盘子面，又是一大碗汁。「写得出奇，竟不知其何也。○逐色开列，以表不是草草供具，妙绝。」武松寻思道："敢是把这些点心与我吃了，却来对付我？"「妙。」我且落得吃了，却又理会。"武松把那镟酒来一饮而尽，把肉和面都吃尽了。那人收拾家火回去了。「去了，并不见有事。」

武松坐在房里寻思，自己冷笑道："看他怎地来对付我！"「妙。」看看天色晚来，只见头先那个人，「竟成常随，写得妙极。眉批：看他一路历落零乱，写下无数"只见一个人""只见那个人"，妙绝。」又顶一个盒子入来。「出奇。」武松问道："你又来怎地？"「妙。」那人道："叫送晚饭在这里。"摆下几般菜蔬，又是一大镟酒、一大盘煎肉、一碗鱼羹、一大碗饭。「又逐色开列。」武松见了，暗暗自忖道："吃了这顿饭食，必然来结果我。"「妙。」且由他，便死也做个饱鬼。落得吃了，却再计较。"那人等武松吃了，收拾碗碟回去了。「又去了，并无事。」不多时，那个人又和一个汉子两个来，「越写得出奇。」一个提着浴桶，「亦逐件写。」一个提一大桶汤「逐件写。」来，看着武松道："请都头洗浴。"「真奇绝。」武松想道："不要等我洗浴了来下手？"「妙。」我也不怕他，且落得洗一洗。"那两个汉子安排倾下汤，「不要武松动手。」武松跳在浴桶里面，洗了一回，随即送过浴裙手巾，「细细写出小心服事。」教武松拭了，穿了衣裳。一个自把残汤倾了，「细细服事。」提了浴桶去。

433

「去了。」一个便把藤簟、「句。」纱帐、「句。○逐件细细开列。」将来挂起；「细细服事。」铺了藤簟，「细细服事。」放个凉枕，「细细服事。」叫了安置，「何等细细小心服事。」也回去了。「也去了，并无事。」武松把门关上，拴了。「着此句妙，写出高枕无事来。」自在里思想道："这个是甚么意思？随他便了，且看如何。"「妙。」放倒头，便自睡了，一夜无事。「此四字各处有，此却入妙。」

天明起来，才开得房门，只见夜来那个人，「出奇无穷。」提着桶洗面汤进来，教武松洗了面；「一。」又取漱口水漱了口；「二。」又带个篦头待诏来，「早饭前写到面汤，奇矣，又写出漱口，又写出篦头，奇不可言。」替武松篦了头，「三。」绾个髻子，裹了巾帻。「加一倍写。○绾髻子，裹巾帻，都不要武松动手。」又是一个人，将个盒子入来，取出菜蔬下饭，一大碗肉汤、一大碗饭。「又逐色开列。○日日逐色开列。」武松想道："由你走道儿，「妙。」我且落得吃了。"武松吃罢饭，便是一盏茶。「加此一句，与上绾髻裹巾，同一出色之法。」却才茶罢，只见送饭的那个人来请道："这里不好安歇，请都头去那壁房里安歇，搬茶搬饭却便当。"「此一吓却不可当，文情怪险至此。」武松道："这番来了！「妙，我亦惊谓这番来了。」我且跟他去，看如何！"一个便来收拾行李被卧，一个引着武松，「看他连用无数"一个""那个"字，有乱山葱茏之势。」离了单身房里，来到前面一个去处。推开房门来，里面干干净净的床帐，两边都是新安排的桌凳什物。「何也？」武松来到房里看了，存想道："我只道送我入土牢里去，却如何来到这般去处？「便是何也？」比单身房好生齐整！"

武松坐到日中，那个人又将一个提盒子入来，手里提着一注子酒。「还未归结，还要写出许多恭敬来，文情奇肆至此。」将到房中，打开看时，排下四般果子、一只熟鸡，又有许多蒸卷儿。「逐色开列。○又逐次变换。」那人便把熟鸡来斯了，「诗云：斧以斯之。是此"斯"字出处也。俗本作"撕"字。」将注子里好酒筛下，请都头吃。「细细开列服事之法。」武松心里忖道："毕竟是如何？"「妙。」

到晚又是许多下饭，「忽省。」又请武松洗浴了，「省。」乘凉「忽增二字。」歇息。「并无事。」武松自思道："众囚徒也是这般说，我也是这般想，却怎地这般请我？"「妙。」

到第三日，依前又是如此送饭送酒。「省。」武松那日早饭罢，行出寨里来闲走，「管营看顾后，读者便急欲得知其故久矣。忽然接入连日看待之厚一篇，烦文琐景，虽一往如在山阴道中，耳目应接不暇，然心头已极闷闷，正图耐过此番，便当有个归结。却突然又幻出天王堂前闲走一段来，文情恣肆，非世所有。」只见一般的囚徒都在那里，担水的，劈柴的，做杂工的，却在晴日头里晒着。正是六月炎天，那里去躲这热。「闲中一衬。」武松却背又着手，「本借囚徒做工，衬出武松，却又反借武松叉手，衬出囚徒，用笔真如司马入虎家，不复辨其谁宾谁主。」问道："你们却如何在这日头里做工？"「此语与"何不肉糜"何异，岂有武二为此言，只是作者极意挑剔耳。」众囚徒都笑起来，回说道："好汉，你自不知我们拨在这里做生活时，便是人间天上了！如何敢指望嫌热坐地？还别有那没人情的，将去锁在大牢里，求生不得生，求死不得死，大铁链锁着，也要过哩！"武松听罢，去天王堂前后转了一遭，见纸炉边一个青石墩，「倒插而入，乍读之，真不知其故。」有个关眼，是缚竿脚的，「连后文手揭处，都先倒插在此，奇绝才子。」好块大石。「又喝一声，预为下文出色。○传云自受采，乃世又有未见白地而先渲染者，此四字是也。」武松就石上坐了一会，便回房里来，「只闲闲放下。」坐地了自存想，「妙。」只见那个人又搬酒和肉来。「脚上又找一句，妙。」

话休絮烦。「半日亦细烦之极矣，偏说休絮烦。」武松自到那房里，住了数日，每日好酒好食，搬来请武松吃，并不见害他的意，武松心里正委决不下。当日晌午，那人又搬将酒食来，「又来。」武松忍耐不住，按定盒子问那人道：「不惟武松忍不住了，连读者亦忍不住了。不惟读者忍不住了，虽作者亦不好又忍住了。」"你是谁家伴当？怎地只顾将酒食来请我？"那人答道："小人前日已禀都头说了，「写得半明半灭，妙极。」小人是管营相公家里体己人。"武松道："我

且问你：每日送的酒食，正是谁教你将来请我？「句。」吃了怎地？」「句。」那人道："是管营相公家里的小管营「奇文，盖武松本与鲁达一双，故鲁达有老种经略相公、小种经略相公，武松有老施管营相公、小施管营相公也。」教送与都头吃。"武松道："我是个因徒犯罪的人，又不曾有半点好处到管营相公处，他如何送东西与我吃？"那人道："小人如何省得？小管营分付道，教小人且送半年三个月却说话。"「忽又一顿顿住，使人无出气处。」武松道："却又作怪！终不成将息得我肥胖了，却来结果我。「妙。」这个闷葫芦，教我如何猜得破？这酒食不明，我如何吃得安稳？你只说与我：你那小管营是甚么样人？在那里曾和我相会？我便吃他的酒食。"「三十字句。」那个人道："便是前日都头初来时，厅上立的那个白手帕包头、络着右手，那人便是小管营。"「三十一字句。○并不说出却已说出，妙在只说包头络手也。」武松道："莫不是穿青纱上盖，立在管营相公身边的那个人？"「二十字句。○将装束各说半句，对答如画。」那人道："正是。"武松道："我待吃杀威棒时，敢是他说，救了我，是么？"「只一句，陡将前文两节奇事，并作一事。」那人道："正是。"武松道："却又跷蹊！我自是清河县人氏，他自是孟州人，素不相识，如何这般看觑我，必有个缘故。「声如洪钟。」我且问你，那小管营姓甚名谁？"那人道："姓施，名恩，使得好拳棒，人都叫他做'金眼彪'施恩。"武松听了，道："想他必是个好男子，「武二天人语。」你且去请他出来，和我相见了，这酒食可吃你的。你若不请他出来和我厮见时，我半点儿也不吃。"那人道："小管营分付小人道：休要说知备细。教小人待半年三个月方才说知相见。"武松道："休要胡说！你只去请小管营出来，和我相会了便罢。"那人害怕，那肯去。「至此又作一顿。」武松焦躁起来，那人只得去里面说知。

多时，「偏能又作一顿。」只见施恩从里面跑将出来，看着武松便拜。「"跑"出妙，"便拜"妙，实是奇极。」武松慌忙答礼，说道："小人是个治下的囚徒，自来未曾拜识尊颜，前日又蒙救了一顿大棒，今又蒙每日好酒好食相待，甚是不当，又没半点儿差遣，正是无功受禄，寝食不安。"施恩答道："小弟久闻兄长大名，如雷灌耳，只恨云程阻隔，不能够相见。今日幸得兄长到此，正要拜识威颜。只恨无物款待，因此怀羞，不敢相见。"武松问道："却才听得伴当所说，且教武松过半年三个月，却有话说，正是小管营要与小人说甚话？"「武二。」施恩道："村仆不省得事，脱口便对兄长说知道，却如何造次说得？"武松道："管营怎地时，却是秀才耍！倒教武松憋破肚皮，闷了，怎地过得？你且说，正是要我怎地？"「武二。」施恩道："既是村仆说出了，小弟只得告诉：因为兄长是个大丈夫，真男子，有件事欲要相央，除是兄长便行得。「特特说出如许一个大冒头，却只说得一句起句，下又顿住了，读之吃力杀人。」只是兄长远路到此，气力有亏，未经完足。且请将息半午三五个月，待兄长气力完足，那时却待兄长说知备细。"武松听了，呵呵大笑道："管营听禀，我去年害了三个月疟疾，「一句言是三月疟疾后。」景阳冈上酒醉里打翻了一只大虫，「一句言又是酒醉里。」也只三拳两脚，便自打死了，「一句言尚不用全力。」何况今日！"「此句言今日既非病后，又非醉后，又有全力。」施恩道："而今且未可说。且等兄长再将养几时，待贵体完完备备，那时方敢告诉。"「索性再一顿。」武松道："只是道我没气力了。既是如此说时，我昨日看见天王堂前那个石墩，约有多少斤重？"「忽然踔跃而入。」施恩道："敢怕有三五百斤重。"武松道："我且和你去看看，武松不知拔得动也不。"施恩道："请吃罢酒了同去。"「再加一顿。」武松道："且去了回来吃未迟。"

　　两个来到天王堂前，众囚徒见武松和小管营同来，都躬身唱喏。「此句不是闲笔写景，盖倒插众人在此，以为少间罗拜地也。」武松把石墩略摇一摇，大笑道："小人真个娇惰了，那里拔得动。"「奇妙无比，文势亦先略摇一摇矣。」施恩道："三五百斤石头，如何轻视得他！"武松笑道：「妙人。」"小管营也信真个拿不起？你众人且躲开，看武松拿一拿。"武松便把上半截衣裳脱下来，拴在腰里，把那个石墩只一抱，轻轻地抱将起来，双手把石墩只一撇，扑地打下地里一尺来深。「如此可谓奇绝矣，却只是一半，看他再写出一半。」众囚徒见了，尽皆骇然。「插入众人一句，也只是一半。」武松再把右手去地里一提，提将起来，望空只一掷，掷起去离地一丈来高；武松双手只一接，接来轻轻地放在原旧安处，「此方是后一半，然尚有一半在后，奇绝之笔。眉批：看他"提"字与"提"字顶针，"掷"字与"掷"字顶针，"接"字与"接"字顶针。又看他两段，一段用"轻轻地"三字起，一段用"轻轻地"三字止。」回过身来，看着施恩并众囚徒，面上不红，心头不跳，口里不喘。「此又是一半，合一提、一掷、一接，不红、不跳、不喘，始表全副武松也。」施恩近前抱住武松便拜「便拜不奇，奇于抱住也，敬之至，爱之至，不觉抱住矣。写得奇妙无比。」道："兄长非凡人也，真天神！"「二语写得宛然是连惊带吓说出来声口。」众囚徒一齐都拜道："真神人也！"「此句即齐和管营下句也。」

　　施恩便请武松到私宅堂上请坐了。武松道："小管营今番须用说知，有甚事使令我去？"施恩道："且请少坐，待家尊出来相见了时，却得相烦告诉。"武松道："你要教人干事，不要这等儿女相，「妙。」恁地不是干事的人了。「妙。」便是一刀一割的勾当，武松也替你去干。若是有些诡佞的，非为人也！"「妙。○不是此数语，何以出一篇之气，故知下笔皆有分数。」那施恩叉手不离方寸，才说出这件事来。有分教：武松显出那杀人的手段，重施这打虎的威风。正是：双拳起处云雷吼，飞脚来时风雨惊，毕竟施恩对武松说出甚事来，且听下回分解。

水滸傳第二十七回

癸未年仲秋戴孚東大兄雅属

戴敦邦新绘水滸傳全图于滬上

【第二十八回】

施恩重霸孟州道

武松醉打蒋门神

　　尝怪宋子京官给椽烛修《新唐书》。嗟乎！岂不冤哉！夫修史者，国家之事也；下笔者，文人之事也。国家之事，止于叙事而止，文非其所务也。若文人之事，固当不止叙事而已，必且心以为经，手以为纬，踌躇变化，务撰而成绝世奇文焉。如司马迁之书，其选也。马迁之传伯夷也，其事伯夷也，其志不必伯夷也。其传游侠货殖，其事游侠货殖，其志不必游侠货殖也。进而至于汉武本纪，事诚汉武之事，志不必汉武之志也。恶乎志？文是已。马迁之书，是马迁之文也；马迁书中所叙之事，则马迁之文之料也。以一代之大事，如朝会之严，礼乐之重，战陈之危，祭祀之慎，会计之繁，刑狱之恤，供其为绝世奇文之料，而君相不得问者。凡以当其有事，则君相之权也，非儒生之所得议也。若当其操笔而将书之，是文人之权矣，君相虽至尊，其又恶敢置一末喙乎哉？此无他，君相能为其事，而不能使其所为之事必寿于世。能使君相所为之事必寿于世，乃至百世千世以及万世，而犹歌咏不衰，起敬起爱者，是则绝世奇文之力，而君相之事反若附骥尾而显矣。是故马迁之为文也，吾见其有事之巨者而隐括焉，又见其有事之细者而张皇焉，或见其有事之阙者而附会焉，又见其有事之全者而轶去焉，无非为文计，不为事计也。但使吾之文得成绝世奇文，斯吾之文传而事传矣。如必欲但传其事，又令纤悉不失，是吾之文先已拳曲不通，已不得为绝世奇文，将吾之文既已不传，而事又乌乎传耶？盖孔子亦曰："其事则齐桓、晋文，其文则史。"其事则齐桓晋文，若是乎事无文也，其文则史，若是乎文无事也。其文则史，而其事亦终不出于齐桓、晋文，若是乎文料之说，虽孔子亦早言之也。呜呼！古之君子，受命载笔，为一代纪事，而犹能出其珠玉锦绣之心，自成一篇绝世奇文。岂有稗官之家，无事可纪，不过欲成绝世奇文以自娱乐，而必张定是张，李定是李，毫无纵横曲直、经营惨淡之志者哉？则读稗官，其又何不读宋子京《新唐书》也！

　　如此篇武松为施恩打蒋门神，其事也；武松饮酒，其文也。打蒋门神，其料也；饮酒，其珠玉锦绣之心也。故酒有酒人，景阳冈上打虎好汉，其千载第一酒人也。酒有酒场。出孟州东门，到快活林十四五里田地，其千载第一酒场也。酒有酒时，炎暑乍消，金风飒起，解开衣襟，微风相吹，其千载第一酒时也。酒有酒令，无三不过望，其千载第一酒令也。酒有酒监，连饮三碗，便起身走，其千载第一酒监也。酒有酒筹，十二三家卖酒望竿，其千载第一酒筹也。酒有行酒人，未到望边，先已筛满，三碗既毕，急急奔去，其千载第一行酒人也。酒有下酒物，忽然想到亡兄而放声一哭，忽然恨到奸夫淫妇而拍案一叫，其千载第一下酒物也。酒有酒怀，记得宋公明在柴王孙庄上，其千载第一酒怀也。酒有酒风，少间蒋门神无复在孟州道上，其千载第一酒风也。酒有酒赞，"河阳风月"四字，"醉里乾坤大，壶中日月长"十字，其千载第一酒赞也。酒有酒题，快活林其千载第一酒题也。凡若此者，是皆此篇之文也，并非此篇之事也。如以事而已矣，则施恩领却武松去打蒋门神，一路吃了三十五六碗酒，只依宋子京例，大书一行足矣，何为乎又烦耐庵撰此一篇也哉？甚矣，世无读书之人，吾末如之何也。

话说当时施恩向前说道："兄长请坐，待小弟备细告诉衷曲之事。"武松道："小管营，不要文文诌诌，只拣紧要的话直说来。"〔快人快语。○每叹古今奏疏，悉是文文诌诌，不拣要紧说话直说出来，殊不足当武松一抹也。〕施恩道："小弟自幼从江湖上师父学得些小枪棒在身，孟州一境，起小弟一个诨名，叫做金眼彪。小弟此间东门外，有一座市井，地名唤做快活林。但是山东、河北客商们，都来那里做买卖。有百十处大客店，三二十处赌坊兑坊。往常时，小弟一者倚仗随身本事，二者捉着营里有八九十个拼命囚徒，去那里开着一个酒肉店，都分与众店家和赌钱兑坊里。但有过路妓女之人，到那里来时，先要来参见小弟，然后许他去趁食。那许

多去处，每朝每日，都有闲钱；月终也有三二百两银子寻觅，如此赚钱。近来被这本营内张团练新从东潞州来，带一个人到此。那厮姓蒋〔一段写得此林真是快活。〕名忠。有九尺来长身材，因此江湖上起他一个诨名，叫做'蒋门神'。那厮不特长大，原来有一身好本事，使得好枪棒，拽拳飞脚，相扑为最。自夸大言道：'三年上泰岳争交，不曾有对；〔自是奇语。〕普天之下，没我一般的了！'因此来夺小弟的道路。小弟不肯让他，吃那厮一顿拳脚打了，两个月起不得床。前日兄长来时，兀自包着头，兜着手，〔一应。〕直到如今疮痕未消。本待要起人去和他厮打，他却有张团练那一班儿正军，〔先伏一笔。〕若是闹将起来，和营中先自折理，有这一点无穷之恨，不能报得。久闻兄长是个大丈夫，〔得免本棒，与连日酒肉，何足道哉，正复此语难得耳。〕怎地得兄长与小弟出得这口无穷之怨气，死而瞑目。只恐兄长远路辛苦，气未完，力未足，因此且教将息半年三月，等贵体气完力足，方请商议。不期村仆脱口先言说了，小弟当以实告。"

武松听罢，呵呵大笑，便问道："那蒋门神还是几颗头，几条臂膊？"〔为上文许多郑重一笑。〕施恩道："也只是一颗头、两条臂膊，如何有多？"武松笑道："我只道他三头六臂，有那吒的本事，我便怕他；原来只是一颗头，两条臂膊，既然没那吒的模样，却如何怕他？"施恩道："只是小弟力薄艺疏，便敌他不过。"武松道："我却不是说嘴，凭着我胸中本事，平生只是打天下硬汉，不明道德的人。〔快人快语。○然则公又是几条臂膊，若只是两条，又如何打得尽许多人也。〕既是恁地说了，如今却在这里做甚？〔快人快语。〕有酒时，拿了去路上吃，〔快人快语。○千古第一酒场。〕我如今便和你去，看我把这厮和大虫一般结果他，〔打虎毕竟是武松平生得意之事，看他处处穿插出来。〕拳头重时打死了，我自偿命。"「只作出口成谶，却已先伏一笔。」施恩道："兄长少坐。待家尊出来相见了，当行即行，未敢造次。等明日先使人去那里探听一遭，若是本人在家时，后日便去；若是那厮不在家时，却再理会。空自去打草惊蛇，倒吃他做了手脚，却是不好。"武松焦躁道："小管营，你可知着他打了！「妙，反若与于蒋门神之甚也。」原来不是男子汉做事。「男子汉做事者，闭门如守女，开门如脱兔是也。」去便去，等甚么今日明日。「快人快语。」要去便走，怕他准备！"「再说一遍，画出要走。」

正在那里劝不住，只见屏风背后转出老管营来，叫道："义士，老汉听你多时也。今日幸得相见义士一面，愚男如拨云见日一般。且请到后堂少叙片时。"武松跟了到里面，老管营道："义士且请坐。"武松道："小人是个囚徒，如何敢对相公坐地？"老管营道："义士休如此说。愚男万幸，得遇足下，何故谦让？"武松听罢，唱个无礼喏，相对便坐了。施恩却立在面前。武松道："小管营如何却立地？"施恩道："家尊在上相陪，兄长请自尊便。"武松道："恁地时，小人却不自在。"老管营道："既是义士如此，这里又无外人。"便教施恩也坐了。「极闲处无端生出一片景致，便陡然将天伦之乐，直提出来，所谓人皆有父子，我独亡兄弟也。○看他于为兄报仇后，已隔去无数文字，尚自隐隐吊动。」仆从搬出酒肴、果品、盘馔之类，老管营亲自与武松把盏，说道："义士如此英雄，谁不钦敬。愚男原在快活林中做些买卖，非为贪财好利，实是壮观孟州，增添豪侠气象。「先把题目较正明白，然后令武松做出文字来。」不期今被蒋门神倚势豪强，公然夺了这个去处。非义士英雄，不能报仇雪恨。义士不弃愚男，满饮此杯，受愚男四拜，拜为长兄，以表恭敬之心。"「为兄报仇以后，忽然一人结拜为弟，忽然一人结拜为兄，都是飞空架出之事。○前张青文中有结拜武松为弟句，此本与结拜鲁达为兄句作照耀耳。此处忽然借来，又作武松文中一番照耀，笔势何其翻舞不定。」武松答道："小人有何才学，「"才学"二字妙，正与后"真

才实学"句对。」如何敢受小管营之礼？枉自折了武松的草料！"当下饮过酒，施恩纳头便拜了四拜。武松连忙答礼，结为弟兄。当日武松欢喜饮酒，吃得大醉了，「此句明明写是欢喜，却明明写出悲伤，我读之而知其然，天下人读之，当悉知其然也。」便叫人扶去房中安歇，不在话下。

次日，施恩父子商议道："都头昨夜痛醉，必然中酒，今日如何敢叫他去？且推道使人探听来，其人不在家里，延挨一日，却再理会。"「写豪杰是豪杰，写爱敬豪杰是爱敬豪杰。○只因此一翻踢，却翻踢出下文绝妙一个酒情来，奇想奇格。」当日施恩来见武松，说道："今日且未可去：小弟已使人探知这厮不在家里。明日饭后，却请兄长去。"武松道："明日去时不打紧，今日又气我一日。"「以不快语写出快语来，其妙可想。○此语却又似鲁达声口。」早饭罢，吃了茶，施恩与武松去营前闲走了一遭。回来到客房里，「客房里。」说些枪法，较量些拳棒。「写得不寂寞。」看看晌午，邀武松到家里，「家里。」只具着数杯酒相待，「妙。○趁势再一翻踢，务令下文极其突兀。」下饭按酒，不计其数。「妙。」武松正要吃酒，见他只把按酒添来相劝，「翻踢尽致。」心中不在意。「又妙在急用五字兜住，又再顿下一日，明日便一发突兀矣。」吃了晌午饭，起身别了，回到客房里坐地。只见那两个仆人，又来伏侍武松洗浴。武松问道："你家小管营，今日如何只将肉食出来请我，却不多将些酒出来与我吃，「此篇极写酒情，故于此等句皆应标出。」是甚意故？"仆人答道："不敢瞒都头说，今早老管营和小管营议论，今日本是要央都头去，怕都头夜来酒多，恐今日中酒，怕误了正事，因此不敢将酒出来。明日正要央都头去干正事。"武松道："怎地时，道我醉了，误了你大事？"仆人道："正是这般计较。"

当夜武松巴不得天明，「是写武松起来吃酒，非写武松起来干事也。若说是干事，此人不知文，并不知酒矣。」早起来洗漱罢，头上裹了一顶万字头巾，身上穿了一领土色布衫，腰里系条红绢搭膊，下面腿绷护膝、八搭麻鞋。讨了一个小膏药，贴了脸上金印。施恩早来请去家里吃早饭。武松吃了茶饭罢，施恩便道："后槽有马，备来骑去。"武松道："我又不脚小，骑那马怎地？「此文只写"酒"字，故于闲话都一踢踢开去。」只要依我一件事。「一篇题目。」

施恩道："哥哥但说不妨，小弟如何敢道不依？"武松道："我和你出得城去，只要还我无三不过望。"「此等好句法，恰好从"三碗不过冈"脱化出来，前后掩映绝倒。○与"三碗不过冈"只换二字，已换成自己绝妙一句奇语，更与旧文无涉。汉武《秋风辞》起句，亦只将高帝《大风歌》起句只换二字，亦换成自己绝妙一句奇语，更与旧文无涉。笑今人心枯髯断，追琢出来，自夸一字不盗旧人，却不中与旧人作屁也。」施恩道："兄长，如何无三不过望？小弟不省其意。"武松笑道："我说与你：你要打蒋门神时，出得城去，但遇着一个酒店，便请我吃三碗酒，若无三碗时，便不过望子去。这个唤做无三不过望。"「奇奥之文，须此快解。」施恩听了，想道："这快活林离东门去，有十四五里田地，「先算路。」算来卖酒的人家，也有十二三家。「次算望子。」若要每店吃三碗时，恰好有三十五六碗酒，「次算酒。」才到得那里。恐哥哥醉了，如何使得？"「次算量。」武松大笑道："你怕我醉了没本事，我却是没酒没本事。带一分酒，便有一分本事；五分酒，五分本事。我若吃了十分酒，这气力不知从何而来。「此段文字全学淳于髡"一斗亦醉，一石亦醉"笔法，却更觉精神过之。」若不是酒醉后了胆大，景阳冈上如何打得这只大虫？「忽然又举此事，那时节，「三字声情俱有。」是绝妙下酒物。」我须烂醉了，好下手，又有力，又有势。"「此又全学坡公"酒气沸沸，从十指出"句法，却更觉精神过之。」施恩道："却不知哥哥是怎地。家下有的是好酒，只恐哥哥醉了失事，因此夜来不敢将酒出来，请哥哥深饮。既是哥哥酒后愈有本事时，怎地先教两个仆人，自将了家里好酒、「妙。」果品、肴馔，「亦少不得。」去前路等候，却和哥哥慢慢地饮将去。"「妙。○第一酒场，千载未见。」武松道："恁么却才中我意！「深许之。」去打蒋门神，

445

教我也有些胆量。没酒时，如何使得手段出来？还你今朝打倒那厮，教众人大笑一场！"施恩当时打点了，教两个仆人，先挑食箩酒担，拿了些铜钱去了。老管营又暗暗地选拣了一二十条壮健大汉，慢慢地随后来接应，「武松虽是天人，然打蒋门神却实是一件事，另写老管营作下整备，极不孟浪。」都分付下了。

且说施恩和武松两个，离了安平寨，出得孟州东门外来。行过得三五百步，只见官道旁边，早望见一座酒肆，望子挑出在檐前。「笔笔欲舞，字字能飞。」那两个挑食担的仆人，已先在那里等候。「妙，妙。」施恩邀武松到里面坐下，仆人已先安下看馔，将酒来筛。武松道："不要小盏儿吃。大碗筛来，只斟三碗。"「立之监，佐之史，不许紊乱酒规，千载未见如此。」仆人排下大碗，将酒便斟。武松也不谦让，连吃了三碗便起身。「飞舞而下。」仆人慌忙收拾了器皿，奔前去了。「更好行酒人，写得尽情尽致。」武松笑道："却才去肚里发一发，「妙语，所谓开宗明义章第一。」我们去休。"两个便离了这座酒肆，出得店来。此时正是七月间天气，「好笔。」炎暑未消，金风乍起。两个解开衣襟，「又好酒候，写来入妙。」又行不得一里多路，来到一处，不村不郭，却早又望见一个酒旗儿，高挑出在树林里。「另写出一个望子，笔尖疲于变换矣。」来到林木丛中看时，却是一座卖村醪小酒店。施恩立住了脚问道："此间是个村醪酒店，也算一望么？"「妙语绝倒。○意带讽谏，妙绝。眉批："也算一望"句，俗本作"哥哥吃么"。」武松道："是酒望，须饮三碗。若是无三，不过去便了。"「酒场中忽作此大平等语。」两个入来坐下，仆人排了酒碗果品。武松连吃了三碗，便起身走。仆人急急收了家火什物，赶前去了。「飞舞而下，笔尖不得少定。○叙事入妙，固矣，试问其飞舞之故在何处？」两个出得店门来，又行不到一二里，路上又见个酒店。武松入来，又吃了三碗便走。「小省法。」

话休絮烦。武松、施恩两个一处走着，但遇酒店便入去吃三碗。约莫也吃过十来处酒肆，「大省法。」施恩看武松时，不十分醉。「此句非写武松面上无酒，只是写施恩心头有事。」武松问施恩道："此去快活林，还有多少路？"施恩道："没多了。只在前面远远地望见那个林子便是。"武松道："既是到了，你且在别处等我，我自去寻他。"施恩道："这话最好。「四字写出怕来。」小弟自有安身去处。望兄长在意，切不可轻敌。"「吃打后人语。」武松道："这个却不妨，你只要叫仆人送我，前面再有酒店时，我还要吃。"「真是笔墨淋漓，有恨不起刘伶读之之叹。」施恩叫仆人仍旧送武松。施恩自去了。

武松又行不到三四里路，再吃过十来碗酒。「笔畅墨遒，真无纤毫之憾。」此时已有午牌时分，天色正热，却有些微风。「此五字惟酒后时知之，写酒至此五字，真高山流水之曲矣。」武松酒却涌上来，把布衫摊开。虽然带着五七分酒，却装做十分醉的，前擀后偃，东倒西歪。「快人妙人。○奇绝之人，奇绝之事，奇绝之文。」来到林子前，仆人用手指道："只前头丁字路口便是蒋门神酒店。"武松道："既是到了，你自去躲得着。等我打倒了，你们却来。"

武松抢过林子背后，见一个金刚来大汉，披着一领白衫，撒开一把交椅，拿着蝇拂子，坐在绿槐树下乘凉。「却先一现，笔势奇绝，遂有饿虎当路，奇鬼来瞰之意。」武松假醉佯擗，斜着眼看了一看，心中自忖道："这个大汉，一定是蒋门神了。"直抢过去。「此来正打蒋门神也，却反放他过去，笔势奇兀不可言。」

又行不到三五十步，早见丁字路口一个大酒店，檐前立着望竿，上面挂着一个酒望子，写着四个大字道"河阳风月"。「写出无数望子，最后又写出一个异样望子来。○看他加出四个字。」转过来看时，门前一带绿油栏杆，插着两把销金旗，每把上五个金字，写道"醉里乾坤大，壶中日月长"。「又写出两把旗，陪上望子，又写出十个字，陪上四个字，总是将酒场异样排设。」一壁厢肉案、

447

砧头、操刀的家生，一壁厢蒸作馒头烧柴的厨灶，去里面一字儿摆着三只大酒缸，半截埋在地里，酒缸里面各有大半缸酒。「真正快活林，名不虚立。」正中间装列着柜身子，里面坐着一个年纪小的妇人，「孙二娘后偏又生此一妙人，与上文潘氏激映。」正是蒋门神初来孟州新娶的妾，原是西瓦子里唱说诸般宫调的顶老。武松看了，瞅着醉眼，径奔入酒店里来，便去柜身相对一付坐头上坐了。把只手按着桌子上，不转眼看妇人。「杀嫂后，偏要写出武二无数妙人妙事，一见之于十字坡，再见之于快活林矣。」那妇人瞧见，回转头看了别处。「写妇人酒保，笔笔是寻闹不成，妙妙。」

武松看那店里时，也有五七个当撑的酒保。武松却敲着桌子叫道：“卖酒的主人家在那里？”一个当头酒保过来，看着武松道：“客人，要打多少酒？”武松道：“打两角酒。先把些来尝看。”「奇文。」那酒保去柜上叫那妇人舀两角酒下来，倾放桶里，烫一碗过来道：“客人尝酒。”「好酒保，好妇人。」武松拿起来闻一闻，摇着头道：“不好，不好，换将来！”「奇文。○“闻一闻”绝倒。」酒保见他醉了，将来柜上道：“娘子，胡乱换些与他。”「好酒保。眉批：此段文情妙处不在写武松用许多撩拨，在写酒保妇人许多撩拨只是不动也，譬如张弓正以急张不得为乐矣。」那妇人接来，倾了那酒，又舀些上等酒下来。「好妇人。」酒保将去，又烫一碗过来。「又好酒保。」武松提起来咂一咂，叫道：“这酒也不好，快换来，便饶你！”「奇文。○“咂一咂”绝倒。」酒保忍气吞声，拿了酒去柜边道：“娘子胡乱再换些好的与他，休和他一般见识。这客人醉了，只要寻闹相似，便换些上好的与他罢。”「真好酒保。」那妇人又舀了一等上色的好酒来与酒保，「真好妇人。」酒保把桶儿放在面前，又烫一碗过来。「真好酒保。」武松吃了道：“这酒略有些意思。”「三番寻闹不出，只得放下另起。」问道：“过卖，你那主人家姓甚么？”「另起一头○奇文。」酒保答道：“姓蒋。"武松道:"却如何不姓李?"「奇文。○我正怪令人纷纷有姓,却如何不姓李也。」那妇人听了道:"这厮那里吃醉了,来这里讨野火么。"酒保道:"眼见得是个外乡蛮子,不省得了,在那里放屁!"「看他已逗出许多不堪了,下文却又收住,妙绝。」武松问道:"你说甚么?"「急问一句,要寻出头来。」酒保道:"我们自说话,客人,你休管,自吃酒。"「真好酒保,妙妙。真好文情,妙妙!」武松道:"过卖,叫你柜上那妇人下来,相伴我吃酒。"「又换一头。○于杀嫂后偏极写得武二凤凤失失。」酒保喝道:"休胡说!「不得不喝。」这是主人家娘子。"武松道:"便是主人家娘子,待怎地?相伴我吃酒也不打紧!"「到此处,不惟酒保、妇人不堪,虽读者亦不堪矣。」那妇人大怒,便骂道:"杀才!该死的贼!"「不得不骂。」推开柜身子,却待奔出来。

武松早把土色布衫脱下,上半截揣在怀里。便把那桶酒只一泼,泼在地上,「妙。○有时一点一滴,惜之如性命,有时如渑如淇,弃之如粪土,写豪士好酒,另是一样性情。」抢入柜身子里,却好接着那妇人。武松手硬,那里挣扎得。被武松一手接住腰胯,一手把冠儿捏作粉碎,揪住云髻,隔柜身子提将出来,望浑酒缸里只一丢,听得扑通的一声响,可怜这妇人正被直丢在大酒缸里。「奇绝妙绝之文,无一笔不在酒上出色。」武松托地从柜身前踏将出来。有几个当撑的酒保,手脚活些个的,都抢来奔武松。武松手到,轻轻地只一提,提一个过来,两手揪住,也望大酒缸里只一丢,桩在里面。「奇绝妙绝。○句法变换。」又一个酒保奔来,提着头只一掠,也丢在酒缸里。「奇绝妙绝。句法又变换。」再有两个来的酒保,一拳,「句。」一脚,「句。」都被武松打倒了。先头三个人,在三只酒缸里,那里挣扎得起。「真正快活林。」后面两个人,在酒地上爬不动。「真正快活林。○读此句,始知前文泼酒之妙,真是无处不是酒。○鲁达打郑屠,下了一阵肉雨,便无处不是肉。武松打蒋门神,泼了一酒地,便无处不是酒。一样奇妙绝之文。」这几个火家搗子,打得屁滚尿流,乖的走了一个。武松道:"那厮必然去报蒋门神来,我就接将去,大

路上打倒他好看，教众人笑一笑。"武松大踏步赶将出来。

那个捣子径奔去报了蒋门神。蒋门神见说，吃了一惊，踢翻了交椅，丢去蝇拂子，便钻将来。武松却好迎着，正在大阔路上撞见。蒋门神虽然长大，近因酒色所迷，淘虚了身子，「一。」先自吃了那一惊。「二。」奔将来，那步不曾停住，「三。」怎地及得武松虎一般似健的人，又有心来算他。蒋门神见了武松，心里先欺他醉，「四。」只顾赶将入来。说时迟，那时快，武松先把两个拳头去蒋门神脸上虚影一影，忽地转身便走。「笔翻墨舞，其捷如风。」蒋门神大怒，抢将来，被武松一飞脚踢起，踢中蒋门神小腹上，「其捷如风。」双手按了，便蹲下去。武松一踅，踅将过来，那只右脚早踢起，直飞在蒋门神额角上，踢着正中，「其捷如风。」望后便倒。武松追入一步，踏住胸脯，「其捷如风。○看他打虎有打虎法，杀嫂有杀嫂法，杀西门庆有杀西门庆法，打蒋门神有打蒋门神法，胸中有此许多解数。」提起这醋钵儿大小拳头，望蒋门神头上便打。原来说过的打蒋门神扑手：先把拳头虚影一影，便转身，却先飞起左脚，踢中了，便转过身来，再飞起右脚。这一扑，有名唤做"玉环步，鸳鸯脚"。「此扑本是其捷如风，为上文又夹叙蒋门神，恐递迟延，故又重宣一遍也。」这是武松平生的真才实学，非同小可。「前文自谦有何才学，此处便写出真才实学来。武二真是出色。」打得蒋门神在地下叫饶。武松喝道："若要我饶你性命，只要依我三件事。"蒋门神在地下叫道："好汉饶我！休说三件，便是三百件，我也依得。"武松指定蒋门神，说出那三件事来。有分教：改头换面来寻主，剪发齐眉去杀人。毕竟武松说出那三件事来，且听下回分解。

【第二十九回】

施恩三入死囚牢

武松大闹飞云浦

看他写快活林，朝蒋暮施，朝施暮蒋，遂令人不敢复作快意之事，稗官有益于世，乃复如此不小。

张都监令武松在家出入，所以死武松也，而不知适所以自死。祸福倚伏不测如此，令读者不寒而栗。

看他写武松杀嫂后，偏写出他无数风流轻薄，如十字坡、快活林，皆是也。今忽然又写出张都监家鸳鸯楼下中秋一宴，娇娆旖旎，玉绕香围，乃至写到许以玉兰妻之，遂令武大、武二、金莲、玉兰，宛然成对，文心绣错，真称绝世也。

看他写武松杀四人后，忽用"提刀""踌躇"四字，真是善用《庄子》几令后人读之，不知《水浒》用《庄子》，《庄子》用《水浒》矣。

后文血溅鸳鸯楼，是天翻地覆之事，却只先写一句，云忽然一个念头起，神妙之笔，非世所知。

话说当时武松踏住蒋门神在地下道："若要我饶你性命，只依我三件事便罢。"蒋门神便道："好汉但说。蒋忠都依。"武松道："第一件，要你便离了快活林，将一应家火什物，随即交还原主金眼彪施恩。谁教你强夺他的？"蒋门神慌忙应道："依得，依得。"武松道："第二件，我如今饶了你起来，你便去央请快活林为头为脑的英雄豪杰，都来与施恩陪话。"「此事快绝，写尽武二胸襟。」蒋门神道："小人也依得。"武松道："第三件，你从今日交割还了，便要你离了这快活林，连夜回乡去，不许你在孟州在！在这里不回去时，我见一遍，打你一遍，我见十遍，打十遍。轻则打你半死，重则结果了你命。你依得么？"蒋门神听了，要挣扎性命，连声应道："依得，依得，蒋忠都依。"武松就地下提起蒋门神来，看时，早已脸青嘴肿，脖子歪在半边，额角头流出鲜血来。「可笑。」武松指着蒋门神说道："休言你这厮鸟蠢汉，景阳冈上那只大虫，也只三拳两脚，我兀自打死了！「打虎得意之笔，便处处提唱出来。」量你这个，直得甚的！快交割还他，但迟了些个，再是一顿，便一发结果了你这厮！"蒋门神此时方才知是武松，「武松自说出来。」只得喏喏连声告饶。正说之间，只见施恩早到，带领着三二十个悍勇军健，都来相帮。却见武松赢了蒋门神，不胜之喜，团团拥定武松，「写得荣华。」武松指着蒋门神道："本主已自在这里了。你一面便搬，一面快去请人来陪话。"蒋门神答道："好汉，且请去店里坐地。"

武松带一行人都到店里，看时，满地都是酒浆，入脚不得。那两个鸟男女，正在缸里扶墙摸壁扎挣。「绝倒。」那妇人才方从缸里爬得出来，头脸都吃磕破了，下半截淋淋漓漓都拖着酒浆。「绝倒。」那几个火家酒保，走得不见影了。「绝倒。」武松与众人入到店里坐下，喝道："你等快收拾起身！"一面安排车子，收拾行李，先送那妇人去了。「了。」一面寻不着伤的酒保，「"寻"字妙，"不着伤的"又妙。」去镇上请十数个为头的豪杰，都来店里，替蒋门神与施恩陪话。尽把好酒开了，有的是按酒，都摆列了桌面，请众人坐地。武松叫施恩在蒋门神上首坐定。「争此一口无穷之气。」各人面前放只大碗，叫把酒只顾筛来。酒至数碗，武松开话道："众位高邻，都在这里：我武松「看他一篇说话，句句用"我"字起，说得响。」自从阳谷县杀了人，配在这里，便听得人说道：'快活林这座酒店，原是小施管营造的屋宇等项买卖；被这蒋门神倚势豪强，公然夺了，白白地占了他的衣饭。'你众人休猜道是我的主人，「妙妙！」我和他并无干涉。「妙妙！」我从来只要打天下这等不明道德

453

的人。「"我"字响。」我若路见不平，真乃拔刀相助，「"我"字响。」我便死也不怕。「"我"字响。」今日我本待把蒋家这厮，一顿拳脚打死，就除了一害。「"我"字响。」我看你众高邻面上，权寄下这厮一条性命。「"我"字响。」我今晚便要他投外府去。「"我"字响。」若不离了此间，我再撞见时，「"我"字响。」景阳冈上大虫，便是模样。"「打虎得意之事，处处提唱出来。」众人才知道他是景阳冈上打虎的武都头，「亦是武松自说出来。」都起身替蒋门神陪话道："好汉息怒。教他便搬了去，奉还本主。"那蒋门神吃他一吓，那里敢再做声。施恩便点了家火什物，交割了店肆。蒋门神羞惭满面，「已出一口无穷之气矣。」相谢了众人，自唤了一辆车儿，就装了行李，起身去了，不在话下。

且说武松邀众高邻，直吃得尽醉方休，至晚，众人散了，武松一觉直睡到次日辰牌方醒。「收结前篇一番快事。」却说施恩老管营听得儿子施恩重霸得快活林酒店，自骑了马，直来店里相谢武松，连日在店内饮酒作贺。快活林一境之人都知武松了得，那一个不来拜见武松。「写得荣华。」自此重整店面，开张酒肆，老管营自回平安寨理事。施恩使人打听蒋门神带了老小，不知去向。这里只顾自做买卖，且不去理他，就留武松在店里居住，自此施恩的买卖，比往常加增三五分利息，各店里并睹坊兑坊，加利倍送闲钱来与施恩。「再写快活林一句，真快活林不虚也。」施恩得武松争了这口气，把武松似爷娘一般敬重，施恩自从重霸得孟州道快活林，不在话下。

荏苒光阴，早过了一月之上。炎威渐退，玉露生凉，金风去暑，已及新秋。有话即长，无话即短。当日施恩在和武松在店里闲坐说话，论些拳棒枪法，「点缀。」只见店门前两三个军汉，牵着一匹马，来店里寻问主人道："那个

[第二十九回]

施恩三入死囚牢

武松大闹飞云浦

是打虎的武都头？"施恩却认得是孟州守御兵马都监张蒙方衙内亲随人。施恩便向前问道："你们寻武都头则甚？"那军汉说道："奉都监相公钧旨：闻知武都头是个好男子，〔武松平生一片心事，只是要人叫声好男子，乃小人之图害之者，早已一片声叫他做好男子矣。千古多有此事，君子可不慎哉！〕特地差我们将马来取他，相公有钧帖在此。"施恩看了，寻思道："这张都监是我父亲的上司官，属他调遣。今者武松又是配来的囚徒，亦属他管下，只得教他去。"施恩便对武松道："兄长，这几位郎中，是张都监相公处差来取你。他既着人牵马来，哥哥心下如何？"武松是个刚直的人，不知委曲，便道："他既是取我，只得走一遭，看他有甚话说。"随即换了衣裳巾帻，带了个小伴当，上了马，一同众人，投孟州城里来。

到得张都监宅前，下了马，跟着那军汉，直到厅前恭见张都监。那张蒙方在厅上，见了武松来，大喜道：〔"大喜"字与后"大怒"字前后相照，写小人面不由衷，真是活画。〕"教进前来相见。"武松到厅下，拜了张都监，又手立在侧边。张都监便对武松道："我闻知你是个大丈夫，〔一样好名字。〕男子汉，〔又一样好名字。〕英雄无敌，〔一样好说话。〕敢与人同死同生。〔又一样好说话。〇甚矣，小人之巧也，凡君子意之所在，彼色能知之，又色色能言之，而其心殊不然也。独世之君子，既已心知其人，而又不免感其语，于是忽然中其所图，遂至猝不可救，则独何耶？〕我帐前见缺恁地一个人，不知你肯与我做贴体己人么？"武松跪下称谢道："小人是个牢城营内囚徒。若蒙恩相抬举，小人当以执鞭随镫，伏侍恩相。"张都监大喜，便叫取果盒酒出来。张都监亲自赐了酒，叫武松吃得大醉。〔投之以所好，小人之巧真有如此，写得活画。〕就前厅廊下，收拾一间耳房，与武松安歇。次日，又差人去施恩处，取了行李来，只在张都监家宿歇。早晚都监相公，不住地唤武松进后堂与酒与食，放他穿房入户，把做亲人一般看待。〔一段便写得与施

455

思一般。」又叫裁缝与武松彻里彻外做秋衣。「一段便写得与宋江一般。〇君子所以不敢轻受人之解衣推食者，其心诚疑之也。」武松见了，也自欢喜，心里寻思道："难得这个都监相公，一力要抬举我，自从到这里住了，寸步不离，又没工夫去快活林与施恩说话。虽是他频频使人来相看我，多管是不能够入宅里来。"「却在口中补出两日来，妙笔。」武松自从在张都监宅里，相公见爱，但是人有些公事来央浼他的，武松对都监相公说了，无有不依。外人俱送些金银、财帛、段匹等件。「恶。」武松买个柳藤箱子，把这送的东西，都锁在里面，「此一段亦竟与连日闲文，一样平平叙去，遂令读者不觉。」不在话下。

时光迅速，却早又是八月中秋。张都监向后堂深处鸳鸯楼下，「楼名妙绝。狮子街定是武松杀人处，鸳鸯楼不是武松饮酒处也。〇特写此段者，一则为武松杀嫂以后，又连连写出许多妇人与他相缠，便成绝世奇文；一则为此处先写预席一次，便见内边门路都熟，以便日后血溅一回入来也。」安排筵宴，庆赏中秋，叫唤武松到里面饮酒。武松见夫人宅眷，都在席上，吃了一杯，便待转身出来。「写杀嫂人偏写出许多妇人与他缠扰，妙心妙笔。」张都监唤住武松问道："你那里去？"武松答道："恩相在上，夫人宅眷在此饮宴，小人理合回避。"「是武二。」张都监大笑道：「大笑与后大骂相照。」"差了，我敬你是个义士，「好说。」特地请将你来一处饮酒，如自家一般，「竟是武松语。」何故却要回避？"便教坐了。武松道："小人是个因徒，如何敢与恩相坐地？"张都监道："义士，「好说。」你如何见外？此间又无外人，「内人奈何？」便坐不妨。"武松三回五次谦让告辞，张都监那里肯放，定要武松一处坐地。武松只得唱个无礼喏，远远地斜着身坐下。「画。」张都监着丫环养娘相劝，「写杀嫂人写出如许多般妇女来，真正妙想妙笔。」一杯两盏。看看饮过五七杯酒，张都监叫抬上果桌饮酒，又进了一两套食，次说些闲话，问了些枪法。张都监道："大丈夫饮酒，何用小杯！"「竟是武松语。」叫："取大银赏钟，斟酒与义士吃。"连珠箭劝了武松几钟。看看月明光彩，照入东窗。「好景。」武松吃得半醉，却都忘了礼数，只顾痛饮。张都监叫唤一个心爱的养娘，叫做玉兰，「"玉兰"名字妙，与前"金莲"二字遥遥相望，为武松十来卷一篇大文两头锁钥也。〇武松一篇始于杀金莲，终于杀玉兰，金玉莲兰，千古的对矣。」出来唱曲。张都监指着玉兰道："这里别无外人，只有我心腹之人武都头在此，你可唱个中秋对月时景的曲儿，教我们听则个。"玉兰执着象板，向前各道个万福，顿开喉咙。唱一只东坡学士中秋《水调歌》，唱道是：

明月几时有，把酒问青天：不知天上宫阙，今夕是何年？我欲乘风归去，「樽前月下，忽闻此言，令人陡然念阳谷县紫石街，不知在何处。」只恐琼楼玉宇，高处不胜寒。起舞弄清影，何似在人间。高卷珠帘，低绮户，照无眠。不应有恨，何事常向别时圆？人有悲欢离合，月有阴晴圆缺，此事古难全。「绝妙好辞，令人想到亡兄，想到宋江，想到张青夫妻，想到管营父子，酒泪不止。」但愿人长久，万里共婵娟。

这玉兰唱罢，放下象板，又各道了一个万福，立在一边。张都监又道："玉兰，你可把一巡酒。"「偏要写得妇人在杀嫂人眼前袅娜不已，妙心妙笔！」这玉兰应了，便拿了一副劝盘，丫环斟酒，先递了相公，次劝了夫人，第三便劝武松饮酒。张都监叫斟满着。「妙心妙笔，不惟在眼前袅娜，直写得杀嫂人身边有许多妇人俄延不去矣！」武松那里敢抬头，起身远远地接过酒来，唱了相公、夫人两个大喏，拿起酒来，一饮而尽，便还了盏子。「宛然写出对嫂嫂饮酒时也。」张都监指着玉兰对武松道："此女颇有些聪明，不惟善知音律，亦且极能针指。「忽然合出金莲本事来，妙心妙笔！」如你不嫌低微，「忽然合出金莲本事来，妙心妙笔！」数日之间，择了良时，将来与

你做个妻室。"「写杀嫂人至此，妙心妙笔。疑非人间所有。」武松起身再拜道："量小人何者之人，怎敢望恩相宅眷为妻？枉自折武松的草料。"张都监笑道："我既出了此言，必要与你。你休推故阻，我必不负约。"

当时一连又饮了十数杯酒。约莫酒涌上来，恐怕失了礼节，便起身拜谢了相公、夫人，出到前厅廊下房门前。开了门，觉道酒食在腹，未能便睡，去房里脱了衣裳，除了巾帻，拿条哨棒来庭心里，月明下，使几回棒，打了几个轮头。「写未睡有情有景。」仰面看天时，约有三更时分。「好笔。」武松进到房里，却待脱衣去睡，只听得后堂里一片声叫起有贼来。「奇。」武松听得道："都监相公如此爱我，他后堂内里有贼，我如何不去救获。"武松献勤，提了一条哨棒，径抢入后堂里来。只见那个唱的玉兰，慌慌张张走出来指道：「看他偏写出玉兰来，显出金锁玉钥也。」"一个贼奔入后花园里去了！"武松听得这话，提着哨棒，大踏步直赶入花园里去寻时，一周遭不见。复翻身却奔出来，不提防黑影里撒出一条板凳，把武松一交绊翻，走出七八个军汉，叫一声："捉贼！"就地下把武松一条麻索绑了。武松急叫道："是我！"那众军汉那里容他分说。只见堂里灯烛荧煌，张都监坐在厅上，一片声叫道："拿将来！"众军汉把武松一步一棍，打到厅前。武松叫道："我不是贼，是武松。"张都监看了大怒，「小人面皮风云转换，其疾如此。」变了面皮，喝骂道："你这个贼配军，本是贼眉贼眼贼心贼肝的人，「前文一连叫出许多义士，此处一连说出许多贼来，小人口何足为据也。」我倒抬举你一力成人，不曾亏负了你半点儿，却才教你一处吃酒，同席坐地，我指望要抬举与你个官，你如何却做这等的勾当？"武松大叫道："相公，非干我事！我来捉贼，如何倒把我捉了做贼？

武松是个顶天立地的好汉，不做这般的事。"张都监喝道："你这厮休赖！且把他押去他房里，搜看有无赃物。"众军汉把武松押着径到他房里，打开他那柳藤箱子「绝倒。」看时，上面都是些衣服，下面却是些银酒器皿，约有一二百两赃物。武松见了，也自目瞪口呆，只叫得屈。众军汉把箱子抬出厅前，张都监看了大骂道："贼配军，如此无礼，赃物正在你箱子里搜出来，如何赖得过！常言道：'众生好度人难度。'「然则足下定好度耶？」原来你这厮外貌像人，倒有这等禽心兽肝！既然赃证明白，没话说了。"连夜便把赃物封了，且叫："送去机密房里监收，天明却和这厮说话。"武松大叫冤屈，那里肯容他分说，众军汉扛了赃物，将武松送到机密房里收管了。张都监连夜使人去对知府说了，押司孔目上下都使用了钱。

次日天明，知府方才坐厅，左右缉捕观察，把武松押至当厅，赃物都扛在厅上。张都监家心腹人，赍着张都监被盗的文书，呈上知府看了。那知府喝令左右，把武松一索捆翻。牢子节级将一束问事狱具放在面前。武松却待开口分说，知府喝道："这厮原是远流配军，如何不做贼，一定是一时见财起意。既是赃证明白，休听这厮胡说，只顾与我加力打！"那牢子狱卒，拿起批头竹片，雨点的打下来。武松情知不是话头，只得屈招做："本月十五日，一时见本官衙内许多银酒器皿，因而起意，至夜乘势窃取入己。"与了招状。知府道："这厮正是见财起意，不必说了，且取枷来钉了监下。"牢子将过长枷，把武松枷了，押下死囚牢里监禁了。「何至死囚牢里？糊涂可笑，今古一辙。」

武松下到大牢里，寻思道："叵耐张都监那厮，安排这圈套坑陷我。我

若能够挣得性命出去时，却又理会。"「怨毒。」牢子狱卒把武松押在大牢里，将他一双脚昼夜匣着；又把木杻钉住双手，那里容他些松宽。

话里却说施恩，已有人报知此事，慌忙入城来和父亲商议。「眉批：此以下写施恩，与武松文无涉，分别读之。」老管营道："眼见得是张团练替蒋门神报仇，买嘱张都监，却设出这条计策陷害武松。必然是他着人去上下都使了钱，受了人情贿赂，众人以此不由他分说，必然在害他性命。我如今寻思起来，他须不该死罪。只是买求两院押牢节级，便好可以存他性命。在外却又别作商议。"施恩道："见今当年牢节级姓康的，和孩儿最过得好。只得去求浼他如何？"老管营道："他是为你吃官司，你不去救他，更待何时？"「好。」

施恩将了一二百两银子，「写施恩为武松使用，都是大银子，不得不点出。」径投康节级，却在牢未回。施恩教他家着人去牢里说知。不多时，康节级归来，与施恩相见。施恩把上件事一一告诉了一遍。康节级答道："不瞒兄长说，此一件事，皆是张都监和张团练两个，同姓结义做兄弟。「也结义做兄弟，写来一笑。○与前施恩四拜相映衬。」见今蒋门神躲在张团练家里，却央张团练买嘱这张都监，商量设出这条计来，一应上下之人，都是蒋门神用贿赂，我们都接了他钱。厅上知府，一力与他作主，定要结果武松性命，只有当案一个叶孔目不肯，因此不敢害他。这人忠直仗义，不肯要害平人，以此武松还不吃亏。「写得好。○凡他处必要写作牢中吃苦者，定为文情前后，有不得不吃苦之故耳。今写武松，既可不必吃苦，则又何必定写吃苦也。」今听施兄所说了，牢中之事，尽是我自维持；如今便去宽他，今后不教他吃半点儿苦。「写得好。」你却快央人去，只嘱叶孔目，要求他早断出去，便可救得他性命。"施恩取一百两银子与康节级，康节级那里肯受，再推辞，方才收了。「活写世人受银子法。」

施恩相别出门来，径回营里，又寻一个和叶孔目知契的人，送一百两银子与他，只求早早紧急决断。那叶孔目已知武松是个好汉，亦自有心周全他，已把那文案做得活着；只被这知府受了张都监贿赂嘱他，不肯从轻。勘来武松窃取人财，又不得死罪，因此互相延挨，只要牢里谋他性命。今来又得了这一百两银子，亦知是屈陷武松，却把这文案都改得轻了，尽出豁了武松，只得限满决断。

次日施恩安排了许多酒馔，甚是齐备，来央康节级引领，直进大牢里看视武松，见面送饭。「一入死囚牢。」此时武松已自得康节级看觑，将这刑禁都放宽了。施恩又取三二十两银子，分俵与众小牢子。取酒食叫武松吃了，施恩附耳低言道："这场官司，明明是都监替蒋门神报仇，陷害哥哥。「施恩得之于老康，武松得之于施恩，深亏此处有此一笔，便使飞云浦回来，犹如秋鹰击雀也。」你且宽心，不要忧念。我已央人和叶孔目说通了，甚有周全你的好意。且待限满断决你出去，却再理会。"此时武松得松宽了，已有越狱之心。「突然分外添此一笔，便将施恩三入反衬出异样恩义。〇一句出狱，却令三句入狱出色。」听得施恩说罢，却放了那片心。施恩在牢里安慰了武松，归到营中。

过了两日，施恩再备些酒食钱财，又央康节级引领入牢里，与武松说话。相见了，将酒食管待，又分俵了些零碎银子与众人做酒钱。回归家来，又央浼人上下去使用，催趱打点文书。「二入死囚牢。」过得数日，施恩再备了酒肉，做了几件衣裳，「增一句。」再央康节级维持，相引将来牢里，请众人吃酒，买求看觑武松，叫他更换了些衣服，吃了酒食。「三入死囚牢。」出入情熟，一连数日，施恩

461

来了大牢里三次。「总结一句，好笔段。」却不提防被张团练家心腹人见，回去报知。那张团练，便去对张都监说了其事。张都监却再使人送金帛来与知府，就说与此事。那知府是个赃官，接受了贿赂，便差人常常下牢里来闻看，但见闲人，便要拿问。施恩得知了，那里敢再去看觑，「施恩三入，不为少矣，便忽然生个事情，一笔截住，甚有剪裁之妙。不然，日日入死囚牢，写得何日始了也。」武松却自得康节级和众牢子自照管他。施恩自此早晚只去得康节级家里讨信，得知长短，「又补得好。」都不在话下。

看看前后将及两月。有这当案叶孔目一力主张，知府处早晚说开就里。那知府方才知道张都监接受了蒋门神若干银子，通同张团练，设计排陷武松，自心里想道：“你倒赚了银两，教我与你害人！”「于今为烈。」因此心都懒了，不来管看。挨到六十日限满，牢中取出武松，当厅开了枷。当案叶孔目读了招状，定拟下罪名，脊杖二十，刺配恩州牢城，原盗赃物，给还本主。张都监只得着家人当官领了赃物。当厅把武松断了二十脊杖，刺了金印，取一面七斤半铁叶盘头枷钉了，押一纸公文，差两个壮健公人，防送武松，限了时日要起身。那两个公人领了牒文，押解了武松出孟州衙门便行。原来武松吃断棒之时，却得老管营使钱通了，叶孔目又看觑他，知府亦知他被陷害，不十分来打重，因此断得棒轻。「写得好。」

武松忍着那口气，「又是一点无穷之气。」戴上行枷，出得城来，两个公人监在后面。约行得一里多路，只见官道旁边酒店里钻出施恩来，看着武松道：“小弟在此专等。”武松看施恩时，又包着头，络着手。「不是蒋门神偏打二处，只图文情绝倒耳。」武松问道：“我好几时不见你，如何又做恁地模样？”施恩答道：“实不相瞒哥哥说，小弟自从牢里三番相见之后，知府得知了，不时差人下来牢里点闸，那张都监又差人在牢门口左近两边巡着看，〖又在口中补出未知事来。〗因此小弟不能够再进大牢里看望兄长，只到康节级家里讨信。半月之前，小弟正在快活林中店里，只见蒋门神那厮，又领着一伙军汉到来厮打。小弟被他又痛打一顿，也要小弟央浼了陪话，〖绝倒。〗却被他仍复夺了店面，依旧交还了许多家火什物。〖绝倒。〗小弟在家将息未起，今日听得哥哥断配恩州，特有两件绵衣，〖写施恩写得好。〗送与哥哥路上穿着。煮得两只熟鹅在此，〖写施恩写得好。〗请哥哥吃了两块去。"施恩便邀两个公人，请他入酒肆，那两个公人那里肯进酒店里去，便发言发语道："武松这厮，他是个贼汉，不争我们吃你的酒食，明日官府上须惹口舌。你若怕打，快走开去。"〖深明下文无冤。〗施恩见不是话头，便取十来两银子，送与他两个公人。那厮两个，那里肯接，恼忿忿地，只要催促武松上路。〖深明下文无冤。〗施恩讨两碗酒叫武松吃了，把一个包裹拴在武松腰里，〖好。〗把这两只熟鹅挂在武松行枷上。〖好。〗施恩附耳低言〖好。〗道："包裹里有两件绵衣，〖好。〗一帕子散碎银子，路上好做盘缠；〖好。〗也有两双八搭麻鞋在里面。〖好。〗只是要路上仔细，提防这两个贼男女不怀好意。"〖写来竟是父子、夫妇、兄弟，不是朋友，故写得好。○重读之，觉实实写得好，我却写不出。〗武松点头道："不须分付，我已省得了。再着两个来，也不惧他。〖每每后文事，偏在前文闲中先逗一句，至于此句，尤逗得无痕有影，妙绝妙绝。不知文者，谓是武松自夸了得也。〗你自回去将息。〖竟是父子、夫妇、兄弟。〗且请放心，我自有措置。"施恩拜辞了武松，哭着去了。〖完施恩完得好。〗不在话下。

武松和两个公人上路，行不到数里之上，〖数里。○看他一路叙出许多里数，史公敛手。〗两个公人悄悄地商议道："不见那两个来。"〖果然不出都头所料。○文笔入妙。〗武松听了，自暗暗地寻思，冷

463

笑道："没你娘鸟兴，那厮到来扑复老爷！"武松右手却吃钉住在行枷上，左手却散着。武松就枷上取下那熟鹅来，只顾自吃，也不睬那两个公人。「妙心妙笔，写出妙人妙景。」又行了四五里路，「四五里。」再把这只熟鹅除来，右手扯着，把左手斯来，只顾自吃。「妙心妙笔，写出妙人妙景。」行不过五里路，「五里。」把这两只熟鹅都吃尽了。约算离城也有八九里多路，「一总八九里。」只见前面路边先有两个人，「文笔妙绝。」提着朴刀，「朴刀此处出现。」各跨口腰刀，「腰刀此处出现。」先在那里等候。「妙绝。」见了公人监押武松到来，便帮着做一路走。「文笔妙绝。」武松又见这两个公人，与那两个提朴刀的挤眉弄眼，打些暗号。「文笔妙绝。」武松早睃见，自瞧了八分尴尬，只安在肚里，却且只做不见。「妙人。」

又走不数里多路，「数里。」只见前面来到一处济济荡荡鱼浦，「作文须作如此语，方是绝妙好辞。」四面都是野港阔河。五个人行至浦边一条阔板桥，一座牌楼上有牌额写着道"飞云浦"三字。武松见了，假意问道："这里地名，唤做甚么去处？"两个公人应道："你又不眼瞎，须见桥边牌额上写道'飞云浦'。"武松站住道："我要净手则个。"「妙。」那两个提朴刀的走近一步，「妙。」却被武松叫声："下去！"一飞脚早踢中，翻筋斗踢下水去了。「妙。」这一个急待转身，「妙。」武松右脚早起，扑通地也踢下水里去。「妙。」那两个公人慌了，望桥下便走。「妙。」武松喝一声："那里去！"把枷只一扭，折做两半个，赶将下桥来。那两个先自惊倒了一个。「妙。」武松奔上前去，望那一个走的后心上，只一拳打翻，「妙。」就水边捞起朴刀来。「读此句，为之一叹！本拟武松死于此刀，谁料自家之刀，仍杀自家之身耶？人生世上，此等事往往有之，愿后世以此为鉴也。」赶上去搠上几朴刀，死在地下。「妙。」却转身回来，把那个惊倒的也搠几刀。

「妙。」这两个踢下水去的才挣得起，正待要走，「妙。」武松追着，又砍倒一个。

「妙。」赶入一步，劈头揪住一个喝道："你这厮实说，我便饶你性命！"「妙。」

那人道："小人两个，是蒋门神徒弟。今被师父和张团练定计，使小人两个来相帮防送公人，一处来害好汉。"武松道："你师父蒋门神今在何处？"

「妙。○问得筋节。」那人道："小人临来时，和张团练都在张都监家里后堂鸳鸯楼上吃酒，专等小人回报。"「妙。○"都在"句，写出不费手脚。"鸳鸯楼"句，写出熟溜。"专等"句，写出毒。」武松道："原来恁地，却饶你不得。"手起刀落，也把这人杀了。「妙。」解下他腰刀来，拣好的带了一把。

「看他捞朴刀解腰刀，便有两刀矣。」将两个尸首，都撺在浦里。又怕那两个不死，提起朴刀，每人身上又搠了几刀。「妙。」立在桥上看了一回，「活画出来。○写武松真是武松，与他人不同。」思量道："虽然杀了这四个贼男女，不杀得张都监、张团练、蒋门神，如何出得这口恨气！"提着朴刀，踌躇了半晌，「妙绝。○"提刀""踌躇"四字，自《庄子》写庖丁后，忽于此处再见。」一个念头，竟奔回孟州城里来。「妙绝。○转笔如风。」

不因这番，有分教：武松杀几个贪夫，出一口怨气。定教：书堂深处尸横地，红烛光中血满楼。毕竟武松再回孟州城来，怎地结束，且听下回分解。

【第三十回】

张都监血溅鸳鸯楼

武行者夜走蜈蚣岭

　　我读至血溅鸳鸯楼一篇，而叹天下之人磨刀杀人，岂不怪哉！《孟子》曰："杀人父，人亦杀其父。杀人兄，人亦杀其兄。"我磨刀之时，与人磨刀之时，其间不能以寸，然则非自杀之，不过一间，所谓易刀而杀之也。呜呼！岂惟是乎！夫易刀而杀之也，是尚以我之刀杀人，以人之刀杀我，虽同归于一杀，然我犹见杀于人之刀，而不至遂杀于我之刀也，乃天下祸机之发，曾无一格，风霆骇变，不须旋踵，如张都监、张团练、蒋门神三人之遇害，可不为之痛悔哉！方其授意公人，而复遣两徒弟往帮之也，岂不尝殷勤致问："尔有刀否？"两人应言："有刀。"即又殷勤致问："尔刀好否？"两人应言："好刀。"则又殷勤致问："是新磨刀否？"两人应言："是新磨刀。"复又殷勤致问："尔刀杀得武松一个否？"两人应言："再加十四五个亦杀得，岂止武松一个供得此刀。"当斯时，莫不自谓此刀跨而往，掣而出，飞而起，劈而落，武松之头断，武松之血洒，武松之命绝，武松之冤拔，于是拭之，视之，插之，悬之，归更传观之，叹美之，摩挲之，沥酒祭之，盖天下之大，万家之众，其快心快事，当更未有过于鸳鸯楼上张都监、张团练、蒋门神之三人者也。而殊不知云浦净手，马院吹灯，刀之去，自前门而去者，刀之归，已自后门而归。刀出前门之际，刀尚姓张，刀入后门之时，刀已姓武。于是向之霍霍自磨，惟恐不铦快者，此夜一十九人，遂亲以头颈试之。呜呼！岂忍言哉！夫自买刀，自佩之，佩之多年而未尝杀一人，则是不如勿买，不如勿佩之为愈也。自买刀，自佩之，佩之多年而今夜始杀一人，顾一人未杀而刀已反为所借，而立杀我一十九人，然则买为自杀而买，佩为自杀而佩，更无疑也。呜呼！祸害之伏，秘不得知，及其猝发，疾不得掩，盖自古至今，往往皆有，乃世之人犹甘蹈之不悟，则何不读《水浒》二刀之文哉！

　　此文妙处，不在写武松心粗手辣，逢人便斫。须要细细看他笔致闲处，笔尖细处，笔法严处，笔力大处，笔路别处。如马槽听得声音方才知是武松句、丫鬟骂客人一段酒器皆不曾收句、夫人兀自问谁句，此其笔致之闲也。杀后槽便把后槽尸首踢过句、吹灭马院灯火句、开角门便掇过门扇句、掩

角门便把闩都提过句、丫鬟尸首拖放灶前句、灭了厨下灯火句、走出中门拴前门句、撇了刀鞘句，此其笔尖之细也。前书一更四点，后书四更三点，前插出施恩所送绵衣及碎银，后插出麻鞋，此其笔法之严也。抢入后门杀了后槽，却又闪出后门拿了朴刀，门扇上爬入角门，却又开出角门拨过门扇，抢入楼中杀了三人，却又退出楼梯让过两人，重复随入楼中杀了二人，然后抢下楼来杀了夫人，再到厨房换了朴刀，反出中堂拴了前门，一连共有十数个转身，此其笔力之大也。一路凡有十一个"灯"字、四个"月"字，此其笔路之别也。

鸳鸯楼之立名，我知之矣，殆言得意之事与失意之事，相倚相伏，未曾暂离，喻如鸳鸯二鸟双游也。佛言功德天尝与黑暗女姊妹相逐，是其义也。

武松蜈蚣岭一段文字，意思暗与鲁达瓦官寺一段相对，亦是初得戒刀，另与喝采一番耳，并不复关武松之事。

话说张都监听信这张团练说诱嘱托，替蒋门神报仇，要害武松性命，谁想四个人，倒都被武松搠杀在飞云浦了。当时武松立于桥上，寻思了半晌，踌躇起来，怨恨冲天："不杀得张都监，如何出得这口恨气！"便去死尸身边，解下腰刀，选好的取把来跨了，【一写腰刀。眉批：一路看他写刀，写角门，写灯，写月。】拣条好朴刀提着，【一写朴刀。○妙在即以彼家之刀，杀彼家之人。】再径回孟州城里来。进得城中，早是黄昏时候，武松径踅去张都监后花园墙外，却是一个马院。武松就在马院边伏着，听得那后槽却在衙里，未曾出来。正看之间，只见呀地角门开，【一写角门开。】后槽提着个灯笼出来，【一写灯。】里面便关了角门。【二写角门关。】武松却躲在黑影里，听那更鼓时，早打一更四点。【此句起，妙笔。】那后槽上了草料，挂起灯笼，【二写灯。】铺开被卧，脱了衣裳，上床便睡。武松却来门边挨那门响，后槽喝道："老爷方才睡，你要偷我衣裳，也早些哩！"「妙语。」武松把朴刀倚在门边，「二写朴刀。」却掣出腰刀在手里，「二写腰刀。」又呀呀地推门。那后槽那里忍得住，便从床上赤条条地跳将出来，拿了搅草棍，拔了闩。却待开门，被武松就势推开去，抢入来，「入一重门来。○看他入来，出去，又入来，又出去，写得跳脱不可言。」把这后槽揪头揪住。却待要叫，灯影下，「三字妙笔。○三写灯。」见明晃晃地一把刀在手里，「三写腰刀。○不见人，单见刀，一者灯下，二者吓极。」先自惊得八分软了，口里只叫得一声："饶命！"武松道："你认得我么？"后槽听得声音，方才知是武松，「妙。○有此闲笔。」便叫道："哥哥，不干我事，你饶了我罢！"武松道："你只实说，张都监如今在那里？"后槽道："今日和张团练、蒋门神，他三个吃了一日酒。如今兀自在鸳鸯楼上吃哩。"武松道："这话是实么？"后槽道："小人说谎，就害疔疮！"「绝倒。」武松道："恁地却饶你不得！"手起一刀，「四写腰刀。」把这后槽杀了。「杀第一个。」一脚踢开尸首。「闲细。」把刀插入鞘里，「五写腰刀。」就灯影下，「妙。○四写灯。」去腰里解下施恩送来的绵衣，「前文施恩送绵衣、碎银、麻鞋三件，今忽将两件插在前边，一件插在后边，为百忙中极闲之笔，真乃非常之才。」将出来，脱了身上旧衣裳，把那两件新衣穿了。拴缚得紧凑，把腰刀和鞘跨在腰里，「六写腰刀。」却把后槽一床单被，包了散碎银两，「百忙中插出施恩银两，非常之才。」入在缠袋里，却把来挂在门边。「记着。」却将一扇门立在墙边，先去吹灭了灯火，「闲细。○五写灯。」却闪将出来，「又出去。」拿了朴刀，「妙。○三写朴刀。○此句下又入来。」从门上一步步爬上墙来。

此时却有些月光明亮。「一写月。○妙笔。」武松从墙头上一跳，却跳在墙里，「又入一重门来。」便先来开了角门。「三写角门开。」掇过了门扇，「闲细。○此句又出去。」复翻身入来，「又入来。」

虚掩上角门。［四写角门关。］闩都提过了，［闲细。］武松却望灯明处来，［五写灯。○又入一处来。］看时，正是厨房里。只见两个丫鬟，正在那汤罐边埋怨说道："伏侍了一日，兀自不肯去睡，只是要茶吃。那两个客人也不识羞耻，［绝倒。］噇得这等醉了，也兀自不肯下楼去歇息，只说个不了。"［表出等回话。］那两个女使，正口里喃喃呐呐地怨怅，武松却倚了朴刀，［四写朴刀。○朴刀在此。］掣出腰里那口带血刀来。［七写腰刀。○"带血"妙。］把门一推，呀地推开门，抢入来，［又入一重门来。］先把一个女使鬓角儿揪住，一刀［八写腰刀。］杀了。［杀第二个。］那一个却待要走，两只脚一似钉住了的，再要叫时，口里又似哑了的，端的是惊得呆了。休道是两个丫鬟，便是说话的见了，也惊得口里半舌不展。［忽然跳出话外，真是以文为戏。］武松手起一刀，［九写腰刀。］也杀了。［杀第三个。］却把这两个尸首，拖放灶前，［闲细。］灭了厨下灯火。［六写灯。○闲细。］趁着那窗外月光［二写月。○妙笔。］一步步挨入堂里来。［又入一重来。］

武松原在衙里出入的人，已都认得路数。径踅到鸳鸯楼胡梯边来，捏脚捏手摸上楼来。［又入一重来。］此时亲随的人，都伏事得厌烦，远远地躲去了。［好。］只听得那张都监、张团练、蒋门神三个说话。武松在胡梯口听，只听得蒋门神口里称赞不了，只说："亏了相公与小人报了冤仇，再当［二字妙，将有字衬出无字处。］重重的报答恩相。"这张都监道："不是看我兄弟张团练面上，谁肯干这等的事！你虽费用了些钱财，却也安排得那厮好。这早晚多是在那里下手，那厮敢是死了，［却不道这早晚已在这里下手，为之绝倒。］只教在飞云浦结果他。待那四人明早回来，便见分晓。"张团练道："这四个对付他一个，有甚么不了？再有几个性命，［六字奇句。］也没了。"［绝倒。○送成口谶。］蒋门神道："小人也分付徒弟来：只教就那里

下手，结果了，快来回报。"武松听了，心头那把无明业火，高三千丈，冲破了青天。右手持刀，「十写腰刀。」左手搯开五指，「陪一句，衬成刀势。」抢入楼中。「再入一步来。」只见三五枝灯烛荧煌，「七写灯。」一两处月光射入，「三写月。○绝妙好辞。」楼上甚是明朗。面前酒器，皆不曾收。「闲细。」蒋门神坐在交椅上，见是武松，吃了一惊，把这心肝五脏都提在九霄云外。说时迟，那时快。蒋门神急要挣扎时，武松早落一刀，「十一写刀。」劈脸剁着，和那交椅都砍翻了。武松便转身回过刀来，「不惟转身回刀甚疾，其转笔回墨亦甚疾。○十二写腰刀。」那张都监方才伸得脚动，被武松当时一刀，「十三写腰刀。」齐耳根连脖子砍着，扑地倒在楼板上。两个都在挣命。「顿一句。」这张团练终是个武官出身，「闲细。」虽然酒醉，还有些气力。见剁翻了两个，料道走不迭，便提起一把交椅抢将来。武松早接个住，就势只一推。「疾。」休说张团练酒后，便清醒自醒时，也近不得武松神力，「真正妙笔。」扑地望后便倒了。武松赶入去，「句。」一刀「句。○十四写腰刀。」先割下头来。「杀第四个，又割头，与杀别个不同。」蒋门神有力，挣得起来。武松左脚早起，翻筋斗踢一脚，按住也割了头。「杀第五个，亦割头。」转身来，把张都监也割了头。「杀第六个，也割头。」见桌子上有酒有肉，武松拿起酒钟子，一饮而尽。连吃了三四钟，「妙。」便去死尸身上割下一片衣襟来，「奇笔。」蘸着血，「奇墨。」去白粉壁上，「奇纸。」大写下八字道："杀人者打虎武松也"。「奇文。○奇笔奇墨奇纸，定然做出奇文来。○卿试掷地，当作金石声。○看他"者"字、"也"字，何等用得好？只八个字，亦有打虎之力。○文只八字，却有两番异样奇彩在内，真是天地间有数大文也。○依谢叠山例，是一篇放胆文字。」把桌子上器皿踏扁了，揣几件在怀里。却待下楼，只听得楼下夫人声音叫道："楼上官人们都醉了，快着两个上去搀扶。"「行到水穷，又看云起，妙笔。○武松杀张都监，定必写到杀得灭门绝户，方快人意，然使夫人深坐房中，武松亦不必搜捉出来也，只借分付家人凑在手边来，一齐授首，工良心苦，人谁知之。○下养娘引着两个小

471

的，亦只闲闲凑来。」说犹未了，早有两个人上楼来。

武松却闪在胡梯边，「又出来一步。」看时，却是两个自家亲随人，便是前日拿捉武松的。「妙笔，妙不可言。」武松在黑处让他过去，却拦住去路。两个入进楼中，见三个尸首横在血泊里，惊得面面厮觑，做声不得。正如"分开八片顶阳骨，倾下半桶冰雪水"。急待回身，武松随在背后，手起刀落，「十五写腰刀。」早剁翻了一个。「杀第七个。」那一个便跪下讨饶，武松道："却饶你不得！"揪住也是一刀，「十六写腰刀。〇杀第八个。」杀得血溅画楼，尸横灯影。「绝妙好辞。〇八写灯。」武松道："一不做，二不休，杀了一百个，也只一死。"提了刀，「十七写腰刀。」下楼来。「又出来一步。」夫人问道："楼上怎地大惊小怪？"武松抢到房前，「又入一重来。」夫人见条大汉入来，兀自问道："是谁？"「闲细。〇又表是暗中，与后灯明相照。」武松的刀早飞起，「十八写腰刀。」劈面门剁着，倒在房前声唤。「杀第九个。」武松按住，将去割头时，刀切不入。「十九写腰刀。〇半日可谓忙杀腰刀，闲杀朴刀矣。得此一变，令人叫绝。〇真正才子。」武松心疑，就月光下「四写月。」看那刀时，已自都砍缺了，「二十写腰刀。」武松道："可知割不下头来。"便抽身去厨房下，「忽然直出来，真正才子。」拿取朴刀，「五写朴刀。」丢了缺刀，「二十一写腰刀。」翻身再入楼下来。「忽然又直入来，写得怕人。」只见灯明下「九写灯。」前番那个唱曲儿的养娘玉兰，引着两个小的，「人人凑聚，有法，又有情。」把灯「十写灯。」照见夫人被杀死地下，方才叫得一声："苦也！"武松握着朴刀，「六写朴刀。」向玉兰心窝里搠着。「杀第十个。〇前杀金莲是心窝里，今杀玉兰亦是心窝里，藏此三字为暗记也。」两个小的，亦被武松搠死，一朴刀一个「七写朴刀。」结果了。「杀十一个，杀第十二个。」走出中堂，把闩拴了前门，「忽然又出前门去。拴得妙，塞了许多破绽。」又入来，「忽然又入去。」寻着两三个妇女，也都搠死了在地下。「杀十三个，杀十四个，杀十五个。」

武松道："我方才心满意足，「六字绝妙好辞。」走了罢休。"撇了刀鞘，「闲细之极。〇二十二写腰刀。」

472

提了朴刀，「八写朴刀。」出到角门外「又直出来。○五写角门开。」来，马院里「再出来。」除下缠袋来，「忘之固是败笔，然不忘真是奇笔。」把怀里踏扁的银酒器，都装在里面，拴在腰里。拽开脚步，「再出来。」倒提朴刀便走。「九写朴刀。○"倒提"妙绝，是心满意足后气色，只两字便描写出来。」到城边，寻思道："若等开门，须吃拿了，不如连夜越城走。"便从城边踏上城来。这孟州城是个小去处，那土城苦不甚高，就女墙边望下，「句。」先把朴刀虚按一按，「句。○写跳城便真写出跳城来，真是才子。○十写朴刀。」刀尖在上，棒梢向下，托地只一跳，「妙写。○十一写朴刀。」把棒一拄，立在濠堑边。「妙笔。○十二写朴刀。」月明之下，看水时，「五写月，○楼上月，此月也；濠边月，亦此月也。然而楼上之月，何其惨毒；濠边之月，何其幽凉？武松在楼上时，月亦在楼上，初不知濠边月色何如。武松来濠边时，月亦在濠边，竟不记楼上月明何似。都监一家看月之时，濠边月并无一个，武松濠边立月之际，张家月更无一人，嗟乎！一月普照万方，万方不齐苦乐，月影只争转眼，转眼生死无常。前路茫茫，世间魈魈，读书至此，不知后人又何以为情也。」只有一二尺深。此时正是十月半天气，各处水泉皆涸。武松就濠堑边脱了鞋袜，解下腿绷护膝，抓扎起衣服，从这城濠里走过对岸。却想起施恩送来的包裹里有双八搭麻鞋，「如此穿插，妙岂容说。○以前篇中间一句，分插在后篇前后，真正奇笔。」取出来穿在脚上。听城里更点时，已打四更三点。「此句收，妙笔。○与前"一更四点"句，作一开一阖。」武松道："这口鸟气，今日方才出得松爽。'梁园虽好，不是久恋之家'，只可撒开。"提了朴刀，「十三写朴刀。」投东小路便走。走了一五更，「一更四点，四更三点，前提后缴，合成奇格，此更以五更带作余波。」天色朦朦胧胧，尚未明亮。武松一夜辛苦，身体困倦，棒疮发了又疼，那里熬得过。望见一座树林里，一个小小古庙，武松奔入里面，把朴刀倚了，「十四写朴刀。」解下包裹来做了枕头，「闲细。」扑翻身便睡。却待合眼，只见庙外边探入两把挠钩，把武松搭住。两个人便抢入来，将武松按定，一条绳索绑了。「奇事。」那四个男女道："这鸟汉子却肥，好送与大哥去。"武松那里挣扎得脱，被这四个人夺了包裹朴刀，「十五写朴刀。」却似牵羊的一

般，脚不点地，「好笑。」拖到村里来。这四个男女，于路上自言自说道："看这汉子一身血迹，「不正写，却用他人看出。」却是那里来？莫不做贼着了手来？"「捎带两月以前。」武松只不做声，由他们自说。行不到三五里路，早到一所草屋内，把武松推将进去。侧首一个小门，里面还点着碗灯，「十一写灯。」四个男女将武松剥了衣裳，绑在亭柱上。武松看时，见灶边梁上挂着两条人腿。武松自肚里寻思道："却撞在横死神手里，死得没了分晓。早知如此时，不若去孟州府里首告了，便吃一刀一剐，却也留得一个清名于世。"

那四个男女，提着那包裹，口里叫道："大哥，大嫂，快起来。我们张得一头好行货在这里了。"只听得前面应道："我来也！你们不要动手，「好。」没一盏茶时，只见两个人入屋后来。武松看时，前面一个妇人，背后一个大汉。两个定睛看了武松，那妇人便道："这个不是叔叔？"「妙绝，一篇十来卷文字，回环踢跳，无句不钩，无字不锁。」那大汉道："果然是我兄弟！"「妙绝，真疑鬼疑神之文。」武松看时，那大汉不是别人，却正是菜园子张青，这妇人便是母夜叉孙二娘。这四个男女吃了一惊，便把索子解了，将衣服与武松穿了。头巾已自扯碎，且拿个毡笠子与他戴上。「两句写得好笑，遂似为做头陀之谶，然实是算到做头陀时，无处安放头巾，故先于此处销缴之也。」原来这张青十字坡店面作坊，却有几处，所以武松不认得。「公自注。」张青即便请出前面客席里，叙礼罢。张青大惊，连忙问道："贤弟如何恁地模样？"武松答道：「眉批：看他一路细细叙述，"一不省一字，显出大笔力。」"一言难尽！「我读半日不得了，一言如何得尽？」自从与你相别之后，到得牢城营里，得蒙施管营儿子，唤做金眼彪施恩，一见如故，每日好酒好肉管顾我。为是他有一座酒肉店，在城东快活林内，甚是趁钱。却被一个张团练带来的蒋门神那厮，倚势豪强，公然白白地夺了。施恩如此告诉，我却路见不平，醉打了蒋门神，复夺了快活林。施恩以此敬重我。后被张团练买嘱张都监，定了计谋，取我做亲随，设智陷害，替蒋门神报仇。八月十五日夜，只推有贼，赚我到里面，却把银酒器皿，预先放在我箱笼内，拿我解送孟州府里，强扭做贼，打招了，监在牢里，却得施恩上下使钱透了，不曾受害。又得当案叶孔目仗义疏财，不肯陷害平人。又得当牢一个康节级，与施恩最好。两个一力维持，待限满脊杖，转配恩州。昨夜出得城来，叵耐张都监设计，教蒋门神使两个徒弟和防送公人相帮，就路上要结果我。到得飞云浦僻静去处，正欲要动手，先被我两脚，把两个徒弟踢下水里去。赶上这两个鸟公人，也是一朴刀一个搠死了，都撇在水里。思量这口气怎地出得，因此再回孟州城里去。一更四点，进去马院里，先杀了一个养马的后槽。爬入墙内，去就厨房里杀了两个丫鬟。直上鸳鸯楼上，把张都监、张团练、蒋门神三个都杀了，又砍了两个亲随。下楼来，又把他老婆、儿女、养娘都戳死了。四更三点，跳城出来。走了一五更路，「前正传是第一遍，此叙述是第二遍。」一时困倦，棒疮发了又疼，因行不得，投一小庙里权歇一歇，却被这四个绑缚将来。"

那四个捣子，便拜在地下道："我们四个，都是张大哥的火家。因为连日博钱输了，去林子里寻些买卖。却见哥哥从小路来，身上淋淋漓漓都是血迹，却在土地庙里歇，我四个不知是甚人。早是张大哥这几时分付道：'只要捉活的。'因此我们只拿挠钩套索出去，不分付时，也坏了大哥性命。正是'有眼不识泰山'，一时误犯着哥哥，恕罪则个！"张青夫妻两个笑道：

"我们因有挂心，这几时只要他们拿活的行货。他这四个，如何省得我心里事。[好张青夫妇。]若是我这兄弟不困乏时，不说你这四个男女，更有四十个也近他不得。"那四个捣子只顾磕头。武松唤起他来道："既然他们没钱去赌，我赏你些。"便把包裹打开，取十两碎银，把与四人将去分。[好人送好物，应如此好好用。]那四个捣子拜谢武松。张青看了，也取三二两银子，赏与他们。四个自去分了。

张青道："贤弟不知我心！[四个捣子不知我心，连武松亦复不知我心，写张青夫妻其实好。]从你去后，我只怕你有些失支脱节，或早或晚回来，[知己。]因此上分付这几个男女：但凡拿得行货，只要活的。那厮们慢仗些的，趁活捉了；敌他不过的，必致杀害。以此不教他们将刀仗出去，只与他挠钩套索。方才听得说，我便心疑，连忙分付等我自来看，[好张青。]谁想果是贤弟！"孙二娘道："只听得叔叔打了蒋门神，又是醉了赢他，那一个来往人不吃惊！[只一句便将前一篇，重复出色加染。]有在快活林做买卖的客商，常说到这里，却不知向后的事。叔叔困倦，且请去客房里将息，却再理会。"张青引武松去客房里睡了。两口儿自去厨下安排些佳肴美馔酒食，管待武松。不移时，整治齐备，专等武松起来相叙。[八个字写出好主人，正不以酒食为感也。]

却说孟州城里张都监衙内，也有躲得过的，直到五更才敢出来。[上半夜怕人，下半夜怕鬼，写得绝倒。]众人叫起里面亲随，外面当直的军牢，都来看视。声张起来，街坊邻舍，谁敢出来？挨到天明时分。[妙绝妙绝，遂令读者疑字缝里或有武松劈面直跳出来。]却来孟州府里告状。知府听说罢，大惊，火速差人下来，简点了杀死人数，行凶人出没处，填画了图像格目，回府里禀复知府道："先从马院里入来，就杀了养马的后槽一人，有脱下旧衣二件。[前文所无。〇前文止半句。]次到厨房里灶下，杀死两个丫鬓，厨门边遗下行凶缺刀一把，「前文所有。○此句本在后，倒插在前。」楼上杀死张都监一员并亲随二人。「此句本在后，倒插在前。」外有请到客官张团练与蒋门神二人。白粉壁上，衣襟蘸血，大写八字道：'杀人者打虎武松也'。楼下搠死夫人一口。在外搠死玉兰一口，奶娘二口，「此句本在后，倒插在前。」儿女三口。「此句前是二口，此多一口，前在前，此在后。」共计杀死男女一十五名，掳掠去金银酒器六件。"「正传是第一遍，叙述是第二遍，报官是第三遍，看他第一遍之纵横，第二遍之次第，第三遍之颠倒，无不处处入妙。○看他叙来有与前文合处，有与前文不必合处，政以疏密互见，错落不定为奇耳。必拘拘一字不失，何不印板印作一样三张乎。」知府看罢，便差人把住孟州四门，点起军兵并缉捕人员，城中坊厢里正，逐一排门搜捉凶人武松。

次日，飞云浦地里保正人等告称："杀死四人在浦内，见有杀人血痕在飞云浦桥下，尸首俱在水中。"「共计十五人后，急接四人，踌躇满志之笔。」知府接了状子，当差本县县尉下来，一面着人打捞起四个尸首，都简验了。两个是本府公人，两个自有苦主，各备棺木盛殓了尸首，尽来告状，催促捉拿凶首偿命。城里闭门三日，「绝倒。」家至户到，逐一挨察，五家一连，十家一保，那里不去搜寻。知府押了文书，委官下该管地面，各乡、各保、各都、各村，尽要排家搜捉，缉捕凶首。写了武松乡贯、年甲、貌相模样，画影图形，出三千贯信赏钱，如有人知得武松下落，赴州告报，随文给赏。如有人藏匿犯人在家宿食者，事发到官，与犯人同罪。遍行邻近州府，一同缉捕。

且说武松在张青家里，将息了三五日，打听得事务篾剌一般紧急，纷纷攘攘有做公人出城来各乡村缉捕。张青知得，只得对武松说道："二哥，不是我怕事，不留你久住，如今官司搜捕得紧急，排门挨户，只恐明日有些疏失，必须怨恨我夫妻两个。我却寻个好安身去处与你，在先也曾对你说来，

只不知你心中肯去也不？”武松道：“我这几日也曾寻思：想这事

「张青夫妻一片之心。」

必然要发，如何在此安得身牢？止有一个哥哥，又被嫂嫂不仁害了。甫能来

到这里，又被人如此陷害。祖家亲戚都没了。「无家之痛，此日最深。○"不仁"二字，雅驯之极，却已断尽淫妇奸夫矣，妙绝。」今日若得哥哥有这好去处，叫武松去，我如何不肯去？只知是那里

地面？”张青道：“是青州管下一座二龙山宝珠寺。我哥哥鲁智深，和甚么

青面兽好汉杨志，在那里打家劫舍，霸着一方落草。青州官军捕盗，不敢正

眼觑他。贤弟只除那里去安身，方才免得。若投别处去，终久要吃拿了。他

那里常常有书来取我入伙，我只为恋土难移，不曾去得。我写一封书，备细

说二哥的本事，于我面上，如何不着你入伙。”武松道：“大哥也说的是。我

也有心，恨时辰未到，缘法不能凑巧。今日既是杀了人，事发了没潜身处，

此为最妙。大哥，你便写书与我去，只今日便行。”

　　张青随即取幅纸来，备细写了一封书，把与武松，安排酒食送路。只见

母夜叉孙二娘指着张青说道：“你如何便只这等叫叔叔去，前面定吃人捉了。”

「独表孙二娘能。」武松道：“嫂嫂，你且说我怎地去不得？如何便吃人捉了？”孙二娘

道：“阿叔，如今官司遍处都有了文书，出三千贯信赏钱，画影图形，明写

乡贯年甲，到处张挂。阿叔脸上，见今明明地两行金印，走到前路，须赖不

过。”张青道：“脸上贴了两个膏药便了。”孙二娘笑道：“天下只有你乖，你

说这痴话，这个如何瞒得过做公的？我却有个道理，只怕叔叔依不得。”武

松道：“我既要逃灾避难，如何依不得？”孙二娘大笑道：“我说出来，叔叔

却不要嗔怪。”武松道：“嫂嫂说的定依。”「妙笔，令人忽然想到暮雪房中，不觉失笑。」孙二娘道：“二年

前，有个头陀打从这里过，吃我放翻了，把来做了几日馒头馅。却留得他一个铁界箍，一身衣服，一领皂布直裰，一条杂色短穗绦，一本度牒，一串一百单八颗人顶骨数珠，一个沙鱼皮鞘子，插着两把雪花镔铁打成的戒刀，这刀时常半夜里鸣啸得响，叔叔前番也曾看见。「妙笔。」今既要逃难，只除非把头发剪了，做个行者，须遮得额上金印。又且得这本度牒做护身符，年甲貌相，又和叔叔相等，却不是前世前缘？叔叔便应了他的名字，前路去，谁敢来盘问？这件事好么？"张青拍手道："二娘说得是，我到忘了这一着。二哥，你心里如何？"武松道："这个也使得，只恐我不像出家人模样。"张青道："我且与你扮一扮看。"「以文为戏。」孙二娘去房中取出包裹来，打开，将出许多衣裳，教武松里外穿了。武松自看道："却一似我身上做的。"「好。」着了皂直裰，系了绦，把毡笠儿除下来，「好。」解开头发，折叠起来，将界箍儿箍起，拤着数珠。张青、孙二娘看了，两个喝采道："却不是前生注定！"武松讨面镜子照了，自哈哈大笑起来。张青道："二哥为何大笑？"武松道："我照了自也好笑，不知何故做了行者。「写武二无可不可，真是天人处都在此等句见得，不得于世人所赞亦赞也。」大哥，便与我剪了头发。"张青拿起剪刀「真是豪杰相聚，便有此等妙事。」替武松把前后头发都剪了。

　　武松见事务看看紧急，便收拾包裹要行。张青又道："二哥，你听我说，好象我要便宜，「趣语。」你把那张都监家里的酒器，留下在这里，我换些零碎银两，与你路上去做盘缠，万无一失。"武松道："大哥见得分明。"尽把出来与了张青，换了一包散碎金银，都拴在缠袋内，系在腰里。武松饱吃了一顿酒饭，拜辞了张青夫妻二人，腰里跨了这两口戒刀，当晚都收拾了。孙二

娘取出这本度牒，就与他缝个锦袋盛了，教武松挂在贴肉胸前。武松临行，张青又分付道："二哥于路小心在意，凡事不可托大。酒要少吃，[四字妙。]休要与人争闹，也做些出家人行径。诸事不可躁性，省得被人看破了。如到了二龙山，便可写封回信寄来。我夫妻两个在这里，也不是长久之计，[只作商量，却便隐括后事于此，妙笔。]敢怕随后收拾家私，也来山上入伙。二哥保重保重，千万拜上鲁、杨二头领。"

武松辞了出门，插起双袖，摇摆着便行。张青夫妻看了，喝采道："果然好个行者！"[谥曰伏虎尊者。]当晚武行者离了大树十字坡，便落路走。此时是十月间天气，[好笔。]日正短，转眼便晚了。约行不到五十里，早望见一座高岭。武行者趁着月明，一步步上岭来，料道只是初更天色。武行者立在岭头上看时，见月从东边上来，照得岭上草木光辉。正看之间，只听得前面林子里，有人笑声，武行者道："又来作怪！这般一条静荡荡高岭，有甚么人笑语？"走过林子那边去打一看，只见松树林中，傍山一座坟庵，约有十数间草屋，推开着两扇小窗，一个先生，搂着一个妇人，在那窗前看月戏笑。[又是一个妇人，文情奇肆至此。]武行者看了，怒从心上起，恶向胆边生："这是山间林下，出家人["出家人"上忽添"山间林下"四字，便将三千威仪，八百细行，一齐提出。武松做行者，便真是行者，叹今日法门之非也。]却做这等勾当！"便去腰里掣出那两口烂银也似戒刀，在月光下看了[烂银也似刀，却在烂银也似月下照看，便写得纸上烂银也似射入目睛，正不辨其是刀，是月，是纸，是墨也。]道："刀却是好，到我手里不曾发市，且把这个鸟先生试刀。"[["先生"字上加"鸟"字，下加"试刀"字，千载奇语。]手腕上悬了一把，再将这把插放鞘内，把两只直裰袖，结起在背上，[画出。]竟来到庵前敲门，那先生听得，便把后窗关上。武行者拿起块石头，便去打门。只见呀地侧首门开，走出一个道童来，喝道："你是甚人，如何敢半夜三更，大惊小怪，敲门打户做甚么？"武行者睁圆怪眼，大喝一声："先把这鸟道童祭刀！"说犹未了，手起处，铮的一声响，道童的头落在一边，倒在地上。只见庵里那个先生大叫道："谁敢杀我道童！"托地跳将出来。那先生手抡着两口宝剑，竟奔武行者。武松大笑道："我的本事，不要箱儿里去取，「一生本事都放箱儿里，盖乌先生则然矣。」正是挠着我的痒处。"便去鞘里再拔出那口戒刀，抡起双戒刀来，迎那先生。两个就月明之下，一来一往，一去一回，四道寒光旋成一圈冷气。「竟是剑术传中选句，俗本改去，何也？〇写两口剑，两口刀，却偏增出"月明之下"四字，便有异常气色。」两个斗到十数合，只听得山岭傍边一声响亮，两个里倒了一个。「妙。〇此语前文未有。」但见：寒光影里人头落，杀气丛中血雨喷。毕竟两个里厮杀，倒了一个的是谁，且听下回分解。

【第三十一回】

武行者醉打孔亮

锦毛虎义释宋江

此回完武松，入宋江，只是交代文字，故无异样出奇之处。然我观其写武松酒醉一段，又何其寓意深远也。盖上文武松一传，共有十来卷文字，始于打虎，终于打蒋门神。其打虎也，因"三碗不过冈"五字，遂至大醉，大醉而后打虎，甚矣，醉之为用大也。其打蒋门神也，又因"无三不过望"五字，至于大醉，大醉而后打蒋门神，又甚矣，醉之为用大也。虽然，古之君子，才不可以终恃，力不可以终恃，权势不可终恃，恩宠不可终恃，盖天下之大，曾无一事可以终恃，断断如也。乃今武松一传，偏独始于大醉，终于大醉，将毋教天下以大醉独可终恃乎哉？是故怪力可以徒搏大虫，而有时亦失手于黄狗；神威可以单夺雄镇，而有时亦受缚于寒溪。盖借事以深戒后世之人，言天人如武松，犹尚无十分满足之事，奈何纭纭者，曾不一虑之也。

下文将入宋江传矣，夫江等之终皆不免于窜聚水泊者，有迫之必入水泊者也。若江等生平一片之心，则固皎然如冰在玉壶，千世万世，莫不共见。故作者特于武松落草处顺手表暴一通，凡以深明彼江等一百八人，皆有大不得已之心，而不必其后文之必应之也。乃后之手闲面厚之徒，无端便因此等文字，遽续一部，唐突才子，人之无良，于斯极矣。

当时两个斗了十数合，那先生被武行者卖个破绽，让那先生两口剑砍将入来，被武行者转过身来，看得亲切，只一戒刀，那先生的头滚落在一边，尸首倒在石上。武行者大叫："庵里婆娘出来，我不杀你，只问你个缘故。"只见庵里走出那个妇人来，倒地便拜。武行者道："你休拜我，你且说这里叫甚么去处？那先生却是你的甚么人？"那妇人哭着道："奴是这岭下张太公家女儿。这庵是奴家祖上坟庵。这先生不知是那里人，来我家里投宿，言说善习阴阳，能识风水，我家爹娘，不合留他在庄上，因请他来这里坟上观

看地理，被他说诱，又留他住了几日。那厮一日见了奴家，便不肯去了。住了三两个月，把奴家爹娘哥嫂都害了性命，却把奴家强骗在此坟庵里住。这个道童，也是别处掳掠来的。这岭唤做蜈蚣岭。这先生见这条岭好风水，以此他便自号飞天蜈蚣王道人。"「好风水，今日验矣，绝倒。○若真有风水，则又何以偏有此等事也？若风水本有，人自一时看不出，则何日当遇看得出人也？世之愚人，必欲津津言之，何哉！」武行者道："你还有亲眷么？"那妇人道："亲戚自有几家，都是庄农之人，谁敢和他争论？"武行者道："这厮有些财帛么？"妇人道："他也积蓄得一二百两金银。"武行者道："有时，你快去收拾。我便要放火烧庵了。"那妇人问道："师父，你要酒肉吃么？"「好。」武行者道："有时，将来请我。"「好。」那妇人道："请师父进庵里去吃。"武行者道："怕别有人暗算我么？"那妇人道："奴有几颗头，敢赚得师父？"武行者随那妇人入到庵里，见小窗边桌子上摆着酒肉。「补前未写。」武行者讨大碗，吃了一回。那妇人收拾得金银财帛已了，武行者便就里面放起火来。那妇人捧着一包金银，献与武行者。武行者道："我不要你的，你自将去养身。快走！快走！"那妇人拜谢了，自下岭去。武行者把那两个尸首，都揎在火里烧了。插了戒刀，「四字妙。○此一段，岂以必杀飞天蜈蚣为武乎？岂以必救妇人为仁乎？于是二者皆无取焉。然则为写戒刀，此言为独断也。」连夜自过岭来，迤逦取路，望着青州地面来。

又行了十数日，但遇村坊道店、市镇乡城，果然都有榜文张挂在彼处，捕获武松。到处虽有榜文，武松已自做了行者，于路却没人盘诘他。时遇十一月间，天色好生严寒。「好笔。」当日武行者一路上买酒肉吃，只是敌不过寒威。上得一条土冈，早望见前面有一座高山，生得十分险峻，「先叙白虎山，古云行人如在武行者下土冈子来，走得三五里路，早见一个酒店。门前一道〔画图中，今日笔墨都入画图中也。〕清溪，〔「门前一道清溪。」〕屋后都是颠石乱山。〔屋后都是乱山。○此二句，人只谓是写景，却不知都是章法。〕看那酒店时，却是个村落小酒肆。武行者过得那土冈子来，径奔入那村酒店里坐下。便叫道："店主人家，先打两角酒来，肉便买些来吃。"店主人应道："实不瞒师父说，酒却有些茅柴白酒，肉却多卖没了。"〔看他说没了。〕武行者道："且把酒来挡寒。"店主人便去打两角酒，大碗价筛来，教武行者吃，将一碟熟菜，与他过口。〔看他说没了。〕片时间，吃尽了两角酒，又叫再打两角酒来，店主人又打了两角酒，大碗筛来。武行者只顾吃。原来过冈子时先有三五分酒了。〔好笔。○四角酒不足多，又恐与"三碗不过冈""无三不过望"相近，因倒迫到前文去插此一句，特与俗笔不同。〕〔好笔。○四角酒不足以醉武松也，然要写多，〕一发吃过这四角酒，又被朔风一吹，酒却涌上。武松却大呼小叫道："主人家，你真个没东西卖？你便自家吃的肉食，也回些与我吃了，〔想到自吃的肉，一发挑动下文。〕一发还你银子。"店主人笑道："也不曾见这个出家人，酒和肉只顾要吃，〔只是顺口捎带一句，亦是情所必有，却偏与楼义捕获相挑斗，故妙。〕却那里去取？师父，你也只好罢休。"〔看他只是说没了。〕武行者道："我又不白吃你的，如何不卖与我？"店主人道："我和你说过，只有这些白酒，那得别的东西卖？"〔看他到底说没了。〕正在店里论口，只见外面走入一条大汉，引着三四个人入进店里。主人笑容可掬迎接道："二郎请坐。"那汉道："我分付你的，安排也未？"店主答道："鸡与肉都已煮熟了，〔不但肉，又有鸡，不但有，又已熟，忽然写得馨香满鼻，绝妙文情。〕只等二郎来。"那汉道："我那青花瓮酒在那里？"〔"酒"字上又加"青花瓮"三字，写得分外入耳。〕店主人道："在这里。"〔「三字活跳，与前许多郎当语相激射。」〕那汉引了众人，便向武行者对席上头坐了。〔又偏坐得相激射。〕那同来的三四人，却坐在肩下。店主人却捧出一樽青花瓮酒来，〔写得射眼之极。〕开了泥头，

485

倾在一个大白盆里。「青花瓮外，又加写出一个大白盆，不惟其物，惟其器，便已令人眼涎喉痒之极，况又实实青香滑辣耶！」武行者偷眼看时，「写得绝倒，四字中有又恼又羞在内，馋自不必说。」却是一瓮窨下的好酒，风吹过一阵阵香味来。武行者不住闻得香味，「写得绝倒，中间又恼又羞，馋自不必说。」喉咙痒将起来，「"痒"字绝倒，又爬挠不得。」恨不得钻过来抢吃。只见店主人又去厨下，把盘子托出一对熟鸡、一大盘精肉来，「射眼之极。」放在那汉面前，便摆了蔬菜，用杓子舀酒去烫。「故意写得射眼，绝妙文情。」武行者看自己面前只是一碟儿熟菜，不由的不气。「写得馋，自不必说，其实又恼又羞。」正是眼饱肚中饥，酒又发作，恨不得一拳打碎了那桌子，大叫道："主人家，你来！你这厮好欺负客人！"店主人连忙来问道："师父，「为头是此一声当不起。」休要焦躁。要酒便好说。"「好。○活写出半日不来顾管。」武行者睁着双眼喝道："你这厮好不晓道理！这青花瓮酒和鸡肉之类，如何不卖与我？我也一般还你银子。"店主人道："青花瓮酒和鸡肉，都是那二郎家里自将来的，只借我店里坐地吃酒。"武行者心中要吃，那里听他分说，一片声喝道："放屁！放屁！"店主人道："也不曾见你这个出家人，恁地蛮法！"「只管将"出家人"三字，挑斗榜文捕获，有铜山东崩洛钟西应之巧。」武行者喝道："怎地是老爷蛮法？我白吃你的！"那店主人道："我倒不曾见出家人自称老爷。"「绝倒语。○看他只管说曾不看见，妙绝。」武行者听了，跳起身来，又开五指望店主人脸上只一掌，把那店主人打个跟跄，直撞过那边去。

那对席的大汉见了大怒。看那店主人时，打得半边脸都肿了，半日挣扎不起。「写那汉大怒，却不便来发作，却又去看店主人，然后跳起身来，如画之笔。」那大汉跳起身来，「眉批：一个立起。」指定武松道："你这个鸟头陀，好不依本分！却怎地便动手动脚？却不道是：'出家人勿起嗔心。'"「只管将"出家人"三字，挑斗榜文捕获，使读者心中疑忌。」武行者道："我自打他，干你甚事！"「一个硬○写两硬相磑，互不肯让。」那大汉怒道："我好意劝你，你这鸟头陀敢把言语伤我！"「一个又硬。句句出色。」

武行者听得大怒，便把桌子推开，走出来喝道："眉批：又"你那厮说谁？"一个立起。」

「一个又硬。○有那大汉笑道："你这鸟头陀，要和我厮打，正是来太岁头上动声有色。」
土！"便点手叫道："你这贼行者，出来和你说话。"「一个又硬。○有声有色。眉批：一个走出。」武行
者喝道："你道我怕你不敢打你？"一抢抢到门边，「一个又硬。○须知是一头喝，一头抢出来。眉批：又一个走出。」
那大汉便闪出门外去。「眉批：一个出门。」武行者赶到门外，「眉批：又一个出门，一路看他写两个硬汉各不相下。」那大
汉见武松长壮，那里敢轻敌，便做个门户等着他。「如画。」武行者抢入去，接
住那汉手。「如画。」那大汉却待用刀跌武松，「如画。」怎禁得他千百斤神力，
就手一扯，扯入怀中，只一拨，拨将去，恰似放翻小孩的一般，那里做得半
分手脚。「如画。○自打虎至此，曾无一次不变。」那三四个村汉看了，手颤脚麻，那里敢上前来。武
行者踏住那大汉，提起拳头来，只打实落处。「如画。」打了二三十拳，就地下
提起来，望门外溪里只一丢。「如画。○写得只如将大汉作戏，又表神力，又表醉后。○"溪里"二字，妙绝文情。」那三四个村
汉叫声苦，不知高低，都下水去把那大汉救上溪来，「救上溪来，捉上溪来，不意寒溪有此妙事。」自搀
扶着投南去了。「如画。」这店主人吃了这一掌，打得麻了，动掸不得，自入屋
后躲避去了。「去了。」

武行者道："好呀！你们都去了，老爷吃酒了！"「二语写出快活，有旁若无人之意。」把个碗
去白盆内舀那酒来，只顾吃。「可怜，好酒却是冷吃，○虽然冷吃，亦足强似顷间偷看时也。」桌子上那对鸡、一盘
子肉，都未曾吃动。「写得快活。」武行者且不用箸，双手扯来任意吃。「快活亦有，醉亦有。」
没半个时辰，把这酒、「句。」肉「句。」和鸡「句。」都吃个八分。武行者醉饱了，
把直裰袖结在背上，便出店门，沿溪而走。「绝妙文情。」却被那北风卷将起来，

武行者提脚不住，一路上抢将来，〔画出头陀，画出醉，画出严寒，画出溪边。〕离那酒店，走不得四五里路，傍边土墙里走出一只黄狗，看着武松叫。〔无端忽想出一只黄狗，文心千奇百怪，真乃意想不到。〕武行者看时，一只大黄狗赶着吠。〔叠写一句者，上句从作者笔端写出，此句从武松眼中写出。从笔中写出者，写狗也。从眼中写出者，写醉也。〕武行者大醉，正要寻事，〔四字骂世，言世间无事可寻，一寻便寻了狗的事也。〕恨那只狗赶着他只管吠，便将左手鞘里掣一口戒刀来，大踏步赶〔狗上加一"恨"字，赶狗上着一"戒刀"字，皆喻古今君子，有时邑与小人相持，为可深痛惜也。夫狗岂足恨之人，戒刀岂赶狗之具哉。〕那只黄狗绕着溪岸叫。〔写出寒溪，写出村犬，写出醉头陀，真是笔头有画。〕武行者一刀砍将去，却砍个空，使得力猛，头重脚轻，翻筋斗倒撞下溪里去，却起不来。〔其力可以打倒大虫，而不能不失手于黄狗，为用世者读之寒心。〕黄狗便立定了叫。〔活画黄狗，活画小人。○狗得意。○俗本落此句。〕冬月天道，虽只有一二尺深浅的水，却寒冷得当不得。爬起来，淋淋的一身水，〔学道必须闻一知十，看书却须闻一知二。如此句寒冷得当不得，须知是两个人寒冷得当不得。淋淋漓漓一身水，须知是淋淋漓漓两个水也。作传妙处，全妙于写一边，不写一边，却将不写一边，宛然在写一边时现出。其妙不可以一端尽也。〕却见那口戒刀，浸在溪里，亮得耀人。〔爬起时不记戒刀，起来后忽然耀眼，写醉人真是醉人，写戒刀真好戒刀。俗本落此句。〕便在蹲下去捞那刀时，扑地又落下去，再起不来，只在那溪水里滚。〔此段不止活画醉人而已，喻言君子用世，每每一蹶之后，不能再振，所以深望其慎之也。〕

岸上侧首墙边，转出一伙人来，当先一个大汉，头戴毡笠子，身穿鹅黄纻丝衲袄，手里拿着一条哨棒，〔却不接吃打大汉，妙。〕背后十数个人跟着，都拿木耙白棍。众人看见狗吠，〔画。○一狗吠而众人随之，类如此矣。〕指道："这溪里的贼行者，便是打了小哥哥的。如今小哥哥寻不见大哥哥，却又引了二三十个庄客，自奔酒店里捉他去了。他却来到这里。"〔又作补，又作引。〕说犹未了，只见远远地那个吃打的汉子，换了一身衣服，〔细笔不漏。〕手里提着一条朴刀，背后引着三二十个庄客，都拖枪拽棒，跟着那个大汉，吹风唿哨来寻武松。赶到墙边，见了，指着武松，

488

对那穿鹅黄袄子的大汉道："这个贼头陀，正是打兄弟的。"那个大汉道："且捉这厮，去庄里细细拷打。"那汉喝声："下手！"三四十人一发上。可怜武松醉了，挣扎不得，急要爬起来，被众人一齐下手，横拖倒拽，捉上溪来。〔不成捉矣，止可谓之捞上溪来耳。○前文闲写一句云门前一道清溪，不意递两用之。〕转过侧首墙边一所大庄院，两下都是高墙粉壁，垂柳乔松，围绕着墙院。众人把武松推抢入去，剥了衣裳，夺了戒刀、包裹，揪过来绑在大柳树上，叫取一束藤条来，细细地打那厮。

却绕打得三五下，只见庄里走出一个人来问道："你兄弟两个，又打甚么人？"〔"又打"妙。〕只见这两个大汉叉手道："师父听禀：兄弟今日和邻庄三四个相识，去前面小路店里吃三杯酒，回耐这个贼行者到来寻闹，把兄弟痛打了一顿，又将来揎在水里，头脸都磕破了，险些冻死，却得相识救了回来。归家换了衣服，带了人，再去寻他。那厮把我酒肉吃了，却大醉倒在门前溪里。因此捉拿在这里，细细地拷打。看起这贼头陀来，也不是出家人，脸上见刺着两个金印，这贼却把头发披下来遮了，必是个避罪在逃的囚徒。问出那厮根源，解送官司理论。"〔忽然一遍。〕这个吃打伤的大汉道："问他做甚么！〔忽然一松。○一遍一松，总是摇漾读者。〕这秃贼打得我一身伤损，不着一两个月，将息不起。不如把这秃贼一顿打死了，一把火烧了他，才与我消得这口恨气。"说罢，拿起藤条，恰待又打，只见出来的那人说道："贤弟，且休打，待我看他一看，这人也像是一个好汉。"〔"也像是"三字，妙绝！可见连日说好汉也，可见连日说武松也。〕

此时武行者心中略有些醒了，理会得，〔此三字中又提动景阳打虎一事在心头矣。〕只把眼来闭了，由他打，只不做声。那个人先去背上看了杖疮，〔写看一看，亦不一直写出，且先写个看背上杖疮，以作一曲，便无饰笔

渴墨之诮。」便道："作怪，这模样想是决断不多时的疤痕。"转过面前，便将手把武松头发揪起来，「方才看正面，便有酣笔饱墨之致也。」定睛看了，叫道："这个不是我兄弟武二郎？"「疑鬼疑神之笔。」武行者方绽闪开双眼，看了那人道："你不是我哥哥？"「疑鬼疑神之笔。」那人喝道："快与我解下来，这是我的兄弟。"「自武二郎兄死之后，如十字坡、孟州营、白虎庄，处处写出许多"哥哥""弟弟"字来，读之真有"昨夜雨滂烹，打倒葡萄棚"之妙也。然前两处犹明明知是某人，却写到结拜兄弟，便有通身击应之能耳。此却更不知是何人，竟写一个认是哥哥，一个认是兄弟，叫得一片亲然，使读者茫不知其为谁，岂其梦中见武大耶？盖特特为是疑鬼疑神之笔以自娱乐，亦以娱乐后世之人也。」那穿鹅黄袄子的「妙。」并吃打的「妙。〇一时写出四个人，却一个人认得三个人，一个人认得一个人，两个人各认得两个人，一个人只认得一个人，一个人认得三个人者，出来的人认得三个人也。一个人认得一个人者，武松只认得出来的人也。两个人各认得两个人者，鹅黄袄子的认得出来的、吃打的，吃打的认得出来的、鹅黄袄子的也。一个人只认得一个人者，读者此时只认得武松，并不认得出来的、鹅黄袄子的、吃打的也。〇妙批。眉批：看他写四个人都无名字。」尽皆吃惊，连忙问道："这个行者，如何却是师父的兄弟？"那人便道："他便是我时常和你们说的那个景阳冈上打虎的武松。「景阳冈打虎不惟自己时常说，别人也时常说，可知是一件非常事。」我也不知他如今怎地做了行者。"「如画，如话。」那弟兄两个听了，慌忙解下武松来，便讨几件干衣服与他穿了。「细笔不漏。」便扶入草堂里来，武松便要下拜，那个人惊喜相半，扶住武松道："兄弟酒还未醒，且坐一坐说话。"「《水浒》写拜，已成套事，此又写得异样出色，〇真好哥哥。」武松见了那人，欢喜上来，酒早醒了五分。「真有是事。」讨些汤水洗漱了，吃些醒酒之物，便来拜了那人，「一只拜作两撅写。」相叙旧话。

那人不是别人，「又略一顿。」正是郓城县人氏，「句。」姓宋，「句。」名江，「句。」表字公明。「句。」武行者道："只想哥哥在柴大官人庄上，却如何来在这里？兄弟莫不是和哥哥梦中相会么？"宋江道："我自从和你在柴大官人庄上分别之后，我却在那里住得半年。「是打虎杀嫂初遇张青时也。」不知家中如何，恐父亲烦恼，先发付兄弟宋清归去。「便带出三十四回来。」后却收拾得家中收信说道：'官司一事，全得朱、雷二都头气力，已自家中无事，「口中补写朱、雷。」只要缉捕正身。因此已动了个海捕文书，各处追获。’这事已自慢了。却有这里孔太公，屡次使人去庄上问信。后见宋清回家，说道宋江在柴大官人庄上。因此，特地使人直来柴大官人庄上，取我在这里。「口中补写来孔家前半节事。」此间便是白虎山，这庄便是孔太公庄上。恰才和兄弟相打的，便是孔太公小儿子。因他性急，好与人厮闹，到处叫他做独火星孔亮。这个穿鹅黄袄子的，便是孔太公大儿子，人都叫他做毛头星孔明。因他两个好习枪棒，却是我点拨他些个，以此叫我做师父。「此句丑。」我在此间住半年了。「是打蒋门神，杀张都监，再遇张青时也。」我如今正欲要上清风寨走一遭，这两日方欲起身。「便入此句，为下作引。」我在柴大官人庄上时，只听得人传说兄弟在景阳冈上打了大虫，又听知你在阳谷县做了都头，又闻斗杀了西门庆。「此是半年。」向后不知你配到何处去。兄弟，如何做了行者？」「此是半年。○上文云柴家半年，孔家半年，此又叙出半年中事都知，半年中事都不知，不惟行文有虚实之妙，又表出柴、孔两庄大小之不同也。」武松答道：“小弟自从柴大官人庄上别了哥哥，去到得景阳冈上打了大虫，送去阳谷县，知县就抬举我做了都头。后因嫂嫂不仁，与西门庆通奸，「通奸上坐以“不仁”二字，妙绝，遂令“风情”二字，更立不起。」药死了我先兄武大。「诸字哭杀，何也？昔佛入灭后，阿难结集四经，升座初唱如是我闻四字，一时大众，无不大哭也。曰：“昨犹见佛，今日已称我闻。”今武松别宋江时，犹口口哥哥，见宋江时已口称先兄。嗟乎！肠断脉绝，胡可以言也。」被武松把两个都杀了，自首告到本县，转申东平府。后得陈府尹一力救济，断配孟州。”至十字坡，怎生遇见张青、孙二娘；到孟州，怎地会施恩，怎地打了蒋门神，如何杀了张都监一十五口，又逃在张青家，“母夜叉孙二娘教我做了头陀行者”的缘故；过蜈蚣岭试刀，杀了王道人；至村店吃酒，“醉打了孔兄”。把自家的事，从头备细告诉了宋江一遍。孔明、

孔亮两个听了大惊，扑翻身便拜。武松慌忙答礼道："却才甚是冲撞，休怪！休怪！"孔明、孔亮道："我弟兄两个'有眼不识泰山'，万望恕罪！"武行者道："既然二位相觑武松时，却是与我烘焙度牒、书信，并行李衣服，不可失落了那两口戒刀，这串数珠。"孔明道："这个不须足下挂心，小弟已自着人收拾去了，整顿端正拜还。"武行者拜谢了。宋江请出孔太公，〔竟是哥哥身分，妙。○写得宋江亦有夸耀武松之意，妙妙！〕都相见了。孔太公置酒设席管待，不在话下。

当晚宋江邀武松同榻，叙说一年有余的事，〔我于世间无所爱，正独爱此一句耳。我二三同学人，亦同此癖也，武松之入玄中，宜哉。〕宋江心内喜悦。武松次日天明起来，都洗漱罢，出到中堂，相会吃早饭。孔明自在那里相陪。孔亮挨着疼痛，也来管待。〔妙。写得孔亮爱敬豪杰出，写得武松豪杰为人爱敬出！〕孔太公便叫杀羊宰猪，安排筵宴。是日，村中有几家街坊亲戚，都来谒拜。又有几个门下人，亦来拜见。宋江见了大喜。〔写武松到处有人拜迎生，可谓荣华之极，一百七人中，无一个得及也。○官司榜文，有如无物，写得妙绝。〕当日筵宴散了，宋江问武松道："二哥，今欲往何处安身？"武松道："昨夜已对哥哥说了，〔一夜话中抽出一句，妙笔。〕菜园子张青写书与我，着兄弟投二龙山宝珠寺花和尚鲁智深〔不说起杨志。〕那里入伙。他也随后便上山来。"宋江道："也好。〔也好者，仅好而有所未尽之辞，只二字截住，下却疾转出清风寨同去一段来，深表自家爱惜武松之至，不愿其遂去落草，而自家之一片冰心，遂可借此得以自白。此皆宋江生平权诈过人处，而后人反因此等续出后数十回，真可笑也。〕我不瞒你说，我家近日有书来说道，清风寨知寨小李广花荣，他知道我杀了阎婆惜，每每寄书来与我，千万教我去寨里住几时。此间又离清风寨不远，我这两日正待要起身去。因见天气阴晴不定，未曾起程。早晚要去那里走一遭，不若和你同往如何？"〔写出恩爱如见。○诚如此，可谓爱人以德矣。〕武松道："哥哥，怕不是好情分，带携兄弟投那里去住几时。只是武松做下的罪犯至重，遇赦不宥，因此发心，只是投二龙山落草避难。亦且我又做了头陀，难以和哥哥同往。路上被人设疑，倘或有些决撒了，须连累了哥哥。便是哥哥与兄弟同死同生，也须累及了花知寨不好。〖说得妙！曾不见花知寨，因宋公明而爱及花知寨，一妙也。虽因宋公明而爱及花知寨，然毕竟信公明深于信知寨，二妙也。〗只是由兄弟投二龙山去了罢。〖"只是由"三字、"去了罢"三字，便活衬出宋江思爱来。〗天可怜见，异日不死，受了招安，那时却来寻访哥哥未迟。"〖武松不必有此心，只因上文宋江数语感激至深，便慨然将出宋江口中便说明之事，一直都说出来。读其言，真令我欲痛哭也。○殊不知宋江却不然。〗宋江道："兄弟既有此心归顺朝廷，皇天必佑〖看他便着实赞叹，全是一片权诈。〗若如此行，不敢苦劝，〖此八字重上四字。〗你只相陪我住几日了去。"〖此句又落到兄弟恩情上来，妙绝。○只因宋江要表不反，便有此一段文；只因有此一段，便为七十回后续貂者作地也。〗

自此，两个在孔太公庄上，一住过了十日之上。宋江与武松要行，孔太公父子那里肯放。又留了三五日，宋江坚执要行，孔太公只得安排筵席送行。管待一日了，次日，将出新做的一套行者衣服，皂布直裰，〖陪。〗并带来的度牒、书信、界箍、数珠、戒刀、金银之类，交还武松。又各送银五十两，权为路费。宋江推都不受，〖武松偏不然。〗孔太公父子只顾将来拴缚在包裹里。宋江整顿了衣服器械，武松依前穿了行者的衣裳，戴上铁界箍，挂了人顶骨数珠，跨了两口戒刀，收拾了包裹，拴在腰里。宋江提了朴刀，悬口腰刀，戴上毡笠子，辞别了孔太公。孔明、孔亮叫庄客背了行李，弟兄二人直送了二十余里路，拜辞了宋江、武行者两个。宋江自把包裹背了，说道："不须庄客远送，我自和武兄弟去。"孔明、孔亮相别，自和庄客归家，不在话下。

只说宋江和武松两个，在路上行着，于路说些闲话，走到晚，歇了一宵。次日早起，打伙又行。两个吃罢饭，又走了四五十里，却来到一市镇上，地

名唤做瑞龙镇，却是个三岔路口。宋江借问那里人道："小人们欲投二龙山、清风镇上，不知从那条路去？"那镇上人答道："这两处不是一条路去了。这里要投二龙山去，只是投西落路。若要投清风镇去，须用投东落路，过了清风山便是。"宋江听了备细，便道："兄弟，我和你今日分手，就这里吃三杯相别。"武行者道："我送哥哥一程了，却回来。"〔真正哥哥既死，且把认义哥哥远送所谓虽无老成人，尚有典型也。〕宋江道："不须如此。自古道：'送君千里，终有一别。'兄弟，你只顾自己前程万里，早早地到了彼处。入伙之后，少戒酒性。〔与张青如出一口。〕如得朝廷招安，你便可撺掇鲁智深投降了。日后但是去边上，一枪一刀，博得个封妻荫子，久后青史上留得一个好名，也不枉了为人一世，〔前宋江口中不好说明，却向武松口中说明之；然而武松口中却说不畅，便再向宋江口中畅说之，妙绝。然而其实都是宋江权术，七十回后纷纷续貂，殊无谓也。〕我自百无一能，虽有忠心，不能得进步。兄弟你如此英雄，决定做得大事业，可以记心。听愚兄之言，图个日后相见。"〔此非宋江自谦，实是武松珠玉在前矣。〕武行者听了，〔此五字真写得好，有如鱼似水之乐。〕酒店上饮了数杯，还了酒钱。二人出得店来，行到市镇梢头，三岔路口，武行者下了四拜。宋江洒泪不忍分别，又分付武松道："兄弟，休忘了我的言语，〔笔墨淋漓之至。〕少戒酒性。〔再申四字者，所以消缴武松十来卷文字，直挽至最初柴进庄上使酒打人一句也。〕保重，保重！"武行者自投西去了。看官，牢记话头，武行者自来二龙山投鲁智深、杨志入伙了，不在话下。

且说宋江自别了武松，转身投东，望清风山路上来，于路只忆武行者。〔七字妙绝，遥遥直与一年前柴进庄上武松别宋江上路时相应。〕又自行了几日，却早远远地望见前面一座高山，生得古怪，树木稠密，心中欢喜，观之不足，贪走了几程，不曾问得宿头。〔如此入。〕看看天色晚了，宋江心内惊慌，肚里寻思道："若是夏月天道，胡乱

494

在林子里歇一夜；却恨又是仲冬天气，风霜正冽，夜间寒冷，难以打熬。倘或走出一个毒虫虎豹来时，如何抵当？却不害了性命！"只顾望东小路里撞将去，约莫走了也是一更时分，心里越慌，看不见地下，�13了一条绊脚索。树林里铜铃响，走出十四五个伏路小喽啰来，发声喊，把宋江捉翻，一条麻索缚了，夺了朴刀、包裹，吹起火把，将宋江解上山来。宋江只得叫苦，却早押到山寨里。

「即晚间心中欢喜，观之不足之山也。」

宋江在火光下看时，四下里都是木栅，当中一座草厅，厅上放着三把虎皮交椅，后面有百十间草房。小喽啰把宋江捆做粽子相似，将来绑在将军柱上。有几个在厅上的小喽啰说道："大王方才睡，且不要去报。等大王酒醒时，却请起来，剖这牛子心肝做醒酒汤，我们大家吃块新鲜肉。"宋江心里寻思道："我的造物只如此偃蹇，只为杀了一个烟花妇人，变出得如此之苦。谁想这把骨头，却断送在这里！"只见小喽啰点起灯烛荧煌。宋江已自冻得身体麻木了，动掸不得，只把眼来四下里张望，低了头叹气。

约有二三更天气，只见厅背后走出三五个小喽啰来叫道："大王起来了。"便去把厅上灯烛剔得明亮。宋江偷眼看时，只见那个出来的大王头上绾着鹅梨角儿，一条红绢帕裹着，身上披着一领枣红绫丝衲袄，便来坐在当中虎皮交椅上。那个好汉祖贯山东莱州人氏，姓燕，名顺，绰号"锦毛虎"。原是贩羊马客人出身，因为消折了本钱，流落在绿林丛内打劫。那燕顺酒醒起来，坐在中间交椅上，问道："孩儿们那里拿得这个牛子？"小喽啰答道："孩儿们正在后山伏路，只听得树林里铜铃响。原来这个牛子，独自个背些包裹，

撞了绳索，一交绊翻，因此拿得来。"燕顺道："正好！快去与我请得二位大王来同吃。"小喽啰去不多时，只见厅侧两边走上两个好汉来，左边一个，五短身材，一双光眼，祖贯两淮人氏，姓王，名英，江湖上叫他做"矮脚虎"。原是车家出身，为因半路里见财起意，就势劫了客人，事发到官，越狱走了，上清风山，和燕顺占住此山，打家劫舍，右边这个，生得白净面皮，三牙掩口髭须，瘦长膀阔，清秀模样，也裹着顶绛红头巾。他祖贯浙西苏州人氏，姓郑，双名天寿。为他生得白净俊俏，人都号他做"白面郎君"。原是打银为生，因他自小好习枪棒，流落在江湖上，因来清风山过，撞着王矮虎，和他斗了五六十合，不分胜败。因此燕顺见他好手段，留在山上，坐了第三把交椅。当下三个头领坐下，王矮虎便道："孩儿们快动手，取下这牛子心肝来，造三分醒酒酸辣汤来！"只见一个小喽啰掇一大铜盆水来，放在宋江面前。「怕。」又一个小喽啰卷起袖子，手中明晃晃拿着一把剜心尖刀。「怕。」那个掇水的小喽啰便把双手泼起水来，浇那宋江心窝里。「怕。○一部大书以宋江为主，则如此等处处当不妨，然作者却偏故意写着怕人，读之亦复吃惊不少。」原来但凡人心都是热血裹着，把这冷水泼散了热血，取出心肝来时，便脆了好吃。「再注一句者，为欲少迟下文也，然于何知之？」那小喽啰把水直泼到宋江脸上，宋江叹口气道："可惜宋江死在这里！"

燕顺亲耳听得"宋江"两字，「三十七字只作一句读，其事甚疾。○此三十七字中，凡叙三个人、三件事，然其实泼时即是叹时，叹时即是听时，听时即是泼时，虽是三个人、三件事，然只在一霎中一齐都有，故应作一句读也。」便喝住小喽啰道："且不要泼水。"燕顺问道："他那厮「妙。」说甚么'宋江'？"「妙。○看他两半句不合处。」小喽啰答道："这厮口里「妙。」说道：'可惜宋江死在这里。'"「妙。」燕顺便起身来「妙。」问道："兀那汉子，你认得宋江？「妙妙。」宋江道："只我便是宋江。"「妙妙。」燕顺走近跟前，「妙妙。」又问道："你是那里的宋江？"「天下岂有两宋江耶？妙妙！」宋江答道："我是济州郓城县做押司的宋江。"「妙妙。」燕顺嚷道：「妙妙。」"你莫不是山东及时雨宋公明，杀了阎婆惜，逃出在江湖上的宋江？"「妙妙！○详其地不足信，又必详其事焉。笔墨淋漓，乃至于此。」宋江道："你怎得知？我正是宋三郎宋江。"「妙妙！○无所不详矣，只余"三郎"二字，亦详出来，文当面变化而出，非先有定式可据也。○看他连用无数"宋江"字押脚，有"渔阳掺挝"之声，能令满座动色。○俗本讹。」燕顺吃了一惊，便夺过小喽啰手内尖刀，把麻索都割断了。「便夺尖刀，妙绝，妙绝！」便把自身上披的枣红绉丝衲袄脱下来，裹在宋江身上，「便脱枣红衲袄，妙绝，妙绝！」便抱在中间虎皮交椅上，「便抱上虎皮交椅，妙绝，妙绝！」便叫王矮虎、郑天寿快下来。三人纳头便拜。「便叫来拜，妙绝，妙绝！○写得燕顺屁滚尿流如活。○上七"宋江"字押脚，此四"便"字提头，文笔盘飞踢跳。俗本讹。」宋江滚下来答礼，问道："三位壮士，何故不杀小人，反行重礼，此意如何？"亦拜在地。那三个好汉一齐跪下。燕顺道："小弟只要把尖刀剜了自己的眼睛！「未审亦作汤否？」原来不识好人。一时间见不到处，少问个缘由，争些儿坏了义士。若非天幸，使令仁兄自说出大名来，我等如何得知仔细！小弟在江湖上绿林丛中，走了十数年，闻得贤兄仗义疏财、济困扶危的大名，只恨缘分浅薄，不能拜识尊颜。今日天使相会，真乃称心满意。"宋江答道："量宋江有何德能，教足下如此挂心错爱。"燕顺道："仁兄礼贤下士，结纳豪杰，名闻寰海，谁不钦敬！梁山泊近来如此兴旺，四海皆闻。曾有人说道，尽出仁兄之赐。「全书大眼目」不知仁兄独自何来，今却到此？"宋江把这救晁盖一节，杀阎婆惜一节，却投柴进并孔太公许多时，及今次要往清风寨寻小李广花荣，这几件事，一一备细说了。三个头领大喜，随即取套衣服与宋江穿了。一面叫

杀羊宰马，连夜筵席，当夜直吃到五更，叫小喽啰伏侍宋江歇了。次日辰牌起来，诉说路上许多事务，又说武松如此英雄了得。「妙。〇又妙于夜来不说，留作今朝竟日之欢也。」三个头领跌脚懊恨道："我们无缘，若得他来这里，十分是好，却恨他投那里去了。"「妙。」

话休絮烦。宋江自到清风寨，住了五七日，每日好酒好食管待，不在话下。

时当腊月初旬，山东人年例，腊日上坟。「笔法。」只见小喽啰山下报上来说道："大路上有一乘轿子，七八个人跟着，挑着两个盒子，去坟头化纸。"王矮虎是个好色之徒，见报了，想此轿子必是个妇人，点起三五十个小喽啰，便要下山。宋江、燕顺那里拦挡得住。绰了枪刀，敲一棒铜锣，下山去了。宋江、燕顺、郑天寿三人，自在寨中饮酒。

那王矮虎去了约有三两个时辰，远探小喽啰报将来，说道："王头领直赶到半路里，七八个军汉都走了，拿得轿子里抬着的一个妇人。只有一个银香盒，别无物件财物。"燕顺问到："那妇人如今抬到那里？"小喽啰道："王头领已自抬在山后房中去了。"燕顺大笑。宋江道："原来王英兄弟，要贪女色，不是好汉的勾当。"燕顺道："这个兄弟，诸般都肯向前，只是就这些毛病。"宋江道："二位和我同去劝他。"

燕顺、郑天寿便引了宋江，直来到后山王矮虎房中，推开房门，只见王矮虎正搂住那妇人求欢。见了三位入来，慌忙推开那妇人，请三位坐。宋江看见那妇人，便问道："娘子，你是谁家宅眷？这般时节，出来闲走，有甚么要紧？"那妇人含羞向前，深深地道了三个万福，便答道："侍儿是清风寨知寨的浑家。〔凭空设幻，疑其笔尖有五鬼搬运之符也。〕为因母亲弃世，今得小祥，特来坟前化纸。那里敢无事出来闲走？告大王垂救性命！"宋江听罢，吃了一惊，肚里寻思道："我正来投奔花知寨，莫不是花荣之妻？我如何不救？"〔文情奇妙，读之欲迷。〕宋江问道："你丈夫花知寨，〔好。〕如何不同你出来上坟？"那妇人道："告大王，侍儿不是花知寨的浑家。"〔好。〕宋江道："你恰才说是清风寨知寨的恭人。"〔好。〕那妇人道："大王不知，这清风寨如今有两个知寨，〔好。〕一文〔好。〕一武。〔好。〕武官便是知寨花荣；〔好。〕文官便是侍儿的丈夫，知寨刘高。"〔好。〕宋江寻思道："他丈夫既是和花荣同僚，我不救时，明日到那里须不好看。"〔看他下文好看。○此等皆是无中生有文字。〕宋江便对王矮虎说道："小人有句话说，不知你肯依么？"王英道："哥哥有话，但说不妨。"宋江道："但凡好汉犯了'溜骨髓'三个字的，好生惹人耻笑，我看这娘子说来，是个朝廷命官的恭人。怎生〔二字宋江卢山〕看在下薄面，并江湖上'大义'两字，放他下山回去，教他夫妻完聚如何？"王英道："哥哥听禀：王英自来没个押寨夫人做伴，况兼如今世上，都是那大头巾弄得歹了，哥哥管他则甚？〔骂世语，竟似李贽恶习矣，然偶然一见即不妨，但不得通身学李贽，便殊累盛德也。〕胡乱容小弟这些个。"宋江便跪一跪，〔宋江身分。〕道："贤弟若要押寨夫人时，日后宋江拣一个停当好的，在下纳财进礼，娶一个伏侍贤弟。只是这个娘子，是小人友人同僚正官之妻，怎地做个人情，放了他则个。"燕顺、郑天寿一齐扶住宋江道："哥哥且请起来，这个容易。"宋江又谢道："恁地时，重承不阻。"燕顺见宋江坚意要救这妇人，因此不顾王矮虎肯与不肯，喝令轿夫抬了去。

那妇人听了这话，插烛也似拜谢宋江，一口一声叫道："谢大王！"　「此是写燕顺。」
宋江道："恭人你休谢我，我不是山寨里大王，我自是郓城县客人。"　「辩得迟矣，亦可云辩得早哩。」
那妇人拜谢了下山，两个轿夫也得了性命，抬着那妇人下山来，飞也似走，
只恨爷娘少生了两只脚。这王矮虎又羞又闷，只不做声，被宋江拖出前厅劝
道："兄弟，你不要焦躁。宋江日后好歹要与兄弟完娶一个，教你欢喜便了。
小人并不失信。"燕顺、郑天寿都笑起来。王矮虎一时被宋江以礼义缚了，
「礼义可以缚人，乃至可以缚王矮虎，而何世之不用之也？」虽不满意，敢怒而不敢言，只得陪笑。自同宋江在山
寨中吃了筵席，不在话下。

　　且说清风寨军人，一时间被掳了恭人去，只得回来到寨里报知刘知寨，
说道："恭人被清风山强人掳去了。"刘高听了大怒，喝骂去的军人不了事，
如何撇了恭人，大棍打那去的军汉。众人分说道："我们只有五七个，他那
里三四十人，如何与他敌得。"刘高喝道："胡说！你们若不去夺得恭人回来
时，我都把你们下在牢里问罪。"那几个军人吃逼不过，没奈何只得央浼本
寨内军健七八十人，各执枪棒，用意来夺。不想来到半路，正撞见两个轿夫，
抬得恭人飞也似来了。众军汉接见恭人，问道："怎地能够下山？"那妇人
道："那厮捉我到山寨里，见我说道是刘知寨的夫人，唬得他慌忙拜我，便
叫轿夫送我下山来。"　「活是文官妻子，亦会说大话编人。」　众军汉道："恭人可怜见我们，只对相
公说："我们打夺得恭人回来，权救我众人这顿打。"那妇人道："我自有道理
说便了。"众军汉拜谢了，簇拥着轿子便行。众人见轿夫走得快，「妙。」便说
道："你两个闲常在镇上抬轿时，只是鹅行鸭步，「妙。」如今却怎地这等走的

快？"「妙。」那两个轿夫应道："本是走不动，却被背后老大栗暴打将来。"

「妙。」众人笑道："你莫不见鬼，背后那得人？"轿夫方才敢回头，看了道：

"哎也！是我走得慌了，脚后跟直打着脑杓子。"「妙。○此文只是花荣楔子，作者无可见长，故借此作闲中一笑也。」

众人都笑。簇着轿子，回到寨中。刘知寨见了大喜，便问恭人道："你得谁

人救了你回来？"那妇人道："便是那厮们掳我去，不从奸骗，正要杀我；

「活是文官妻子，会说自家好处。」见我说是知寨的恭人，不敢下手，慌忙拜我，却得这许多人来

抢夺得我回来。"刘高听了这话，便叫取十瓶酒、一口猪，赏了七八十人，

「十瓶酒、一口猪，赏七八十人，文官破格事也。」不在话下。

且说宋江自救了那妇人下山，又在山寨中住了五七日，思量要来投奔

花知寨，当时作别要下山。三个头领，苦留不住，做了送路筵席饯行，各

送些金宝与宋江，打缚在包裹里。当日宋江早起来，洗漱罢，吃了早饭，

栓束了行李，作别了三位头领下山。那三个好汉，将了酒果看馔，直送到

山下二十余里官道傍边，把酒分别。三人不舍，叮嘱道："哥哥去清风寨回

来是必再到山寨相会几时。"「带一句。」宋江背上包裹，提了朴刀，说道："再

得相见。"唱个大喏，分手去了。若是说话的同时生，并肩长，拦腰抱住，

把臂拖回。便不使宋江要去投奔花知寨，险些儿死无葬身之地。「又变出一样住法。」正

是：遭逢坎坷皆天数，际会风云岂偶然。毕竟宋江来寻花知寨，撞着甚人，

且听下回分解。

【第三十二回】

宋江夜看小鳌山

花荣大闹清风寨

文章家有过枝接叶处，每每不得与前后大篇一样出色。然其叙事洁净，用笔明雅，亦殊未可忽也。譬诸游山者游过一山，又问一山，当斯之时，不无借径于小桥曲岸浅水平沙。然而前山未远，魂魄方收，后山又来，耳目又费，则虽中间少有不称，然政不致遂败人意。又况其一桥一岸一水一沙，乃殊非七十回后一望荒屯绝徼之比。想复晚凉新浴，豆花棚下，摇蕉扇，说曲折，兴复不浅也。

看他写花荣文秀之极，传武松后定少不得此人，可谓矫矫虎臣，翩翩儒将，分之两俊，合之双璧矣。

话说这清风山离青州不远，只隔得百里来路。这清风寨，却在青州三岔路口，地名清风镇。因为这三岔路上通三处恶山，因此特设这清风寨在这清风镇上。「落笔亦似一座恶山，便伏下许多林莽。」那里也有三五千人家，却离这清风山只有一站多路，当日三位头领自上山去了。

只说宋公明独自一个，背着些包裹，迤逦来到清风镇上，便借问花知寨住处。那镇上人答道："这清风寨衙门，在镇市中间。南边有个小寨，是文官刘知寨住宅。「问花知寨，偏先答刘寨，行文有犬牙交错之法。」北边那个小寨，正是武官花知寨住宅。"宋江听罢，谢了那人，便投北寨来。到得门首，见有几个把门军汉，问了姓名，入去通报。只见寨里走出那个少年的军官来，拖住宋江，喝叫军汉接了包裹、朴刀、腰刀，扶到正厅上，便请宋江当中凉床上坐了，纳头便拜四拜，「写花荣又有花荣。○正厅上当中设放凉床，写得妙绝。盖花荣望宋江来久矣，特暗借陈蕃故事，翻写出异样交情来，真正妙手。」起身道："自从别了兄长之后，屈指又早五六年矣，常常念想。听得兄长杀了一个泼烟花，官司行文书

各处追捕。小弟闻得，如坐针毡，连连写了十数封书去贵庄问信，不知曾到也不？今日天赐，幸得哥哥到此，相见一面，大慰平生。"说罢又拜。宋江扶住道："贤弟休只顾讲礼，请坐了，听在下告诉。"花荣斜坐着。「三字与上"凉床"句对看，要知他全不用"宾主"二字相待，便连下文妻妹一段，都有神理，作者之手法如此。」宋江把杀阎婆惜一事和投奔柴大官人，并孔太公庄上遇见武松，清风山上被捉，遇燕顺等事，细细地都说了一遍。花荣听罢，答道："兄长如此多难，今日幸得仁兄到此，且住数年，「人寿凡何，是何言与！」却又理会。"宋江道："若非兄弟宋清寄书来孔太公庄上时，在下也特地要来贤弟这里走一遭。"花荣便请宋江去后堂里坐，唤出浑家崔氏来拜伯伯。拜罢，花荣又叫妹子出来拜了哥哥。「写花荣，又有花荣。〇花荣武官，何其文也！〇看他文心前掩后映，何其妙哉！见刘知寨恭人，却误认是花知寨恭人，既晓得不是花知寨恭人，却又仍得见花知寨恭人，一奇也。未算着秦家嫂嫂，却先见花家妹子，今日是花家妹子，后又却是秦家嫂嫂，二奇也。世之浅夫读此文，则止谓是花荣出妻见嫂耳，岂复知其结构之妙哉！」便请宋江更换衣裳鞋袜，香汤沐浴，「真好花荣。」在后堂安排筵席洗尘。

当日筵宴上，宋江把救了刘知寨恭人的事，备细对花荣说了一遍。花荣听罢，皱了双眉说道："兄长没来由，救那妇人做甚么？正好教灭这厮的口！"宋江道："却又作怪！我听得说是清风寨知寨的恭人，因此把做贤弟同僚面上，特地不顾王矮虎相怪，一力要救他下山。你却如何恁地说？"花荣道："兄长不知，不是小弟说口，这清风寨是青州紧要去处。「是。」若还是小弟独自在这里守把时，「是。」远近强人怎敢把青州搅得粉碎！「是。」近日除将这个穷酸饿醋来做个正知寨，「是。」这厮又是文官，又不识字，「是。」自从到任，只把乡间些少上户诈骗，「是。」朝庭法度，无所不坏。「是。」小弟是个武官副知寨，每每被这厮恼气，「是。」恨不得杀了这滥污禽兽。兄长却如何救了这厮的妇人？打紧这婆娘极不贤，只是调拨他丈夫行不仁的事，残害良民，贪图贿赂。「贪图贿赂，未有不残害良民者；残害良民以图贿赂，未有不奉其婆娘者；婆娘既识贿赂滋味，未有不调拨丈夫多行不仁者。借花荣口中，写得如秦镜相似。」正好叫那贼人受些玷辱。兄长错救了这等不才的人。"宋江听，便劝道："贤弟差矣！自古道'冤仇可解不可结'。他和你是同僚官，虽有些过失，你可隐恶而扬善。贤弟休如此浅见。"花荣道："兄长见得极明。来日公廨内见刘知寨时，与他说过救了他老小之事。"宋江道："贤弟若如此，也显的好处。"花荣夫妻几口儿，朝暮臻臻至至，献酒供食，伏侍宋江。「极写花荣。」当晚安排床帐，在后堂轩下请宋江安歇。次日，又备酒食筵宴管待。

话休絮烦。宋江自到花荣寨里，吃了四五日酒。花荣手下有几个体己人，一日换一个，拨些碎银子在他身边，每日教相陪宋江去清风镇街上，观看市井喧哗，村落宫观寺院，闲走乐情。「写花荣都好。〇为下文作引，好。」自那日为始，这体己人相陪着闲走，邀宋江去市井上闲玩。那清风镇上，也有几座小勾栏，并茶坊酒肆，自不必说得。当日宋江与这体己人，在小勾栏里闲看了一回，又去近村寺院道家宫观游赏一回，请去市镇上酒肆中饮酒。临起身时，那体己人取银两还酒钱。宋江那里肯要他还钱，却自取碎银还了。宋江归来，又不对花荣说。那个同去的人欢喜，又落得银子，又得身闲。「此等只是闲笔闲搁。」自此每日拨一个相陪，和宋江去闲走。每日又只是宋江使钱。自从到寨里，无一个不敬爱他的。宋江在花荣寨里，住了将及一月有余，看看腊尽春回，又早元宵节近。

且说这清风寨镇上居民，商量放灯一事，准备庆赏元宵，科敛钱物，去土地大王庙前扎缚起一座小鳌山，上面结彩悬花，张挂五七百碗花灯。土地

505

大王庙内，逞赛诸般社火。家家门前，扎起灯棚，赛悬灯火。市镇上，诸行百艺都有，虽然比不得京师，只此也是人间天上。当下宋江在寨里和花荣饮酒，正值元宵。是日晴明得好，花荣到巳牌前后，上马去公廨内点起数百个军士，教晚间去市镇上弹压。又点差许多军汉，分头去四下里守把栅门。

〔为官应如此矣。漏却地方正话。〕未牌时分回寨来，邀宋江吃点心。宋江对花荣说道："听闻此间市镇上今晚点放花灯，我欲去看看。"花荣答道："小弟本欲陪侍兄长，奈缘我职役在身，不能够闲步同往。〔先补一句。〕今夜兄长自与家间二三人去看灯，早早的便回。小弟在家专待家宴三杯，以庆佳节。"宋江道："最好。"却早天色向晚，东边推出那轮明月。宋江和花荣家亲随体己人两三个，跟随着缓步徐行。到这清风镇上看灯时，只见家家门前，搭起灯棚，悬挂花灯，灯上画着许多故事，也有剪彩飞白牡丹花灯，并芙蓉荷花异样灯火。四五个人，手厮挽着，来到大王庙前。在鳌山前看了一回，迤逦投南。走不过五七百步，只见前面灯烛荧煌，一伙人围住在一个大墙院门首热闹。锣声响处，众人喝采。宋江看时，却是一伙舞鲍老的。宋江矮矬人，背后看不见。那相陪的体己人，却认的社火队里，便教分开众人，让宋江看。那跳鲍老的身躯扭得村村势势的，宋江看了，呵呵大笑。

只见这墙院里面，却是刘知寨夫妻两口儿，和几个婆娘在里面看。〔武知寨便上马去弹压，文知寨便和婆娘看灯，往往如是矣。〕听得宋江笑声，那刘知寨的老婆，于灯下却认的宋江，便指与丈夫道："兀那个黑矮汉子，便是前日清风山抢掳下我的贼头。"刘知寨听了，吃了一惊，便唤亲随六七人，叫捉那个笑的黑汉子。宋江听得，回身便走。走不过十余家，众军汉赶上，把宋江捉住，拿到寨里，用四条麻索绑了，押至厅前。那三个体己人见捉了宋江去，自跑回来报与花荣知道。

且说刘知寨坐在厅上，叫解过那厮来，众人把宋江簇拥在厅前跪下。刘知寨喝道："你这厮是清风山打劫强贼，如何敢擅自来看灯！今被擒获，有何理说？"宋江告道："小人自是郓城县客人张三，与花知寨是故友。来此间多日了，从不曾在清风山打劫。"刘知寨老婆，却从屏风背后转将出来喝道："你这厮兀自赖哩！你记得教我叫你做大王时？"宋江告道："恭人差矣！那时小人不对恭人说来：'小人自是郓城县客人，亦被掳掠在此间，不能够下山去。'"刘知寨道："你既是客人被掳劫在那里，今日如何能够下山来，却到我这里看灯？"那妇人便说道："你这厮在山上时，大剌剌地坐在中间交椅上，由我叫大王，那里睬人！"宋江道："恭人全不记我一力救你下山，如何今日倒把我强扭做贼！"那妇人听了大怒，指着宋江骂道："这等赖皮赖骨，不打如何肯招！"刘知寨道："说得是。"喝叫："取过批头来打那厮。"一连打了两料，打得宋江皮开肉绽，鲜血迸流。叫把铁锁锁了，明日合个囚车，把做郓城虎张三解上州里去。

却说相陪宋江的体己人，慌忙奔回来报知花荣。花荣听罢大惊，连忙写一封书，差两个能干亲随人，去刘知寨处取。亲随人赍了书，急忙到刘知寨门前。把门军士入去报复道："花知寨差人在门前下书。"刘高叫唤至当厅。那亲随人将书呈上，刘高拆开封皮读道：

花荣拜上僚兄相公座前：所有薄亲刘丈，「花荣文甚。」近日从济州来
「放开"郓城"二字。」因看灯火，误犯尊威，万乞情恕放免，自当造谢。草字不恭，烦乞
照察不宣。

刘高看了大怒，把书扯得粉碎，大骂道："花荣这厮无礼！你是朝廷命
官，如何却与强贼通同，也来瞒我。这贼已招是郓城县张三，你却如何写济
州刘丈？俺须不是你侮弄的。你写他姓刘，是和我同姓，恁地我便放了他！"
「文官徒知此耳。」喝令左右把下书人推将出去。那亲随人被赶出寨门，急急归来，禀
复花荣知道。花荣听了，只叫得："苦了哥哥！快备我的马来。"

花荣披挂，拴束了弓箭，「花荣一生。」绰枪上马，带了三五十名军汉，都
拖枪拽棒，直奔至刘高寨里来。把门军人见了，那里敢拦挡，见花荣头势不
好，尽皆吃惊，都四散走了。「写得好看。」花荣抢到厅前，下了马，手中拿着
枪，那三五十人，都摆在厅前。「写得好看。」花荣口里叫道："请刘知寨说话。"
刘高听得，惊得魂飞魄散。惧怕花荣是个武官，那里敢出来相见。花荣见刘
高不出来，立了一回，喝叫左右去两边耳房里搜人。那三五十军汉一齐去搜
时，早从廊下耳房里寻见宋江，被麻索高吊起在梁上，又使铁索锁着，两腿
打得肉绽。几个军汉便把绳索割断，铁锁打开，救出宋江。花荣便叫军士先
送回家里去，花荣上了马，绰枪在手，口里发话道："刘知寨，你便是个正
知寨，待怎的奈何了花荣！谁家没个亲眷，你却甚么意思？我的一个表兄，
直拿在家里，强扭做贼。好欺负人，明日和你说话！"花荣带了众人，自回

到寨里来看视宋江。

却说刘知寨见花荣救了人去，急忙点起一二百人，也叫来花荣寨夺人。那二百人内，新有两个教头。为首的教头，虽然了得些枪刀，终不及花荣武艺，不敢不从刘高，只得引了众人，奔花荣寨里来。把门军士入去报知花荣。此时天色未甚明亮，那二百来人拥在门首，谁敢先入去，「写得好看。」都惧怕花荣了得。看看天大明了，却见两扇大门不关，「写得好看。」只见花知寨在正厅上坐着，「写得好看。」左手拿着弓，右手挽着箭，「写得好看。」众人都拥在门前，花荣竖起弓，大喝道："你这军士们。不知冤各有头，债各有主。刘高差你来，休要替他出色。你那两个新参教头，还未见花知寨的武艺，今日先教你众人看花知寨弓箭，然后你那厮们要替刘高出色，不怕的入来。看我先射大门上左边门神的骨朵头。「妙。眉批：搭上箭，拽满弓，只一箭，喝声："着！"写得好看。」正射中门神骨朵头。「妙。」二百人都吃一惊。花荣又取第二枝箭，大叫道："你们众人，再看我这第二枝箭，要射右边门神的头盔上朱缨。"「妙。」飕地又一箭，不偏不斜，正中缨头上。「妙。」那两枝箭却射定在两扇门上。「总结一句，有力。」花荣再取第三枝箭，喝道："你众人看我第三枝箭，要射你那队里穿白的教头心窝。"「妙妙。」那人叫声："哎呀！"便转身先走。「写得好看。」众人发声喊，一齐都走了。「写得好看。」

花荣且叫闭上寨门，却来后堂看觑宋江。花荣说道："小弟误了哥哥，受此之苦。"宋江答道："我却不妨，只恐刘高那厮，不肯和你干休。我们也要计较个长便。"花荣道："小弟舍着弃了这道官诰，「真好花荣。真忠义。」和那厮理会。"

509

宋江道："不想那妇人将恩作怨，教丈夫打我这一顿。我本待自说出真名姓来，却又怕阎婆惜事发，因此只说郓城客人张三。叵耐刘高无礼，要把我做郓城虎张三，解上州去，合个囚车盛我。要做清风山贼首时，顷刻便是一刀一剐。不得贤弟自来力救，便有铜唇铁舌，也和他分辩不得。"花荣道："小弟寻思，只想他是读书人，须念同姓之亲，因此写了'刘丈，'「花知寨差矣，越是读书人，越把同姓痛恶，越是同姓，越为读书人痛恶耳。读至此处，我将听普天下慨叹之声。」不想他直恁没些人情。如今既已救了来家，且却又理会。"宋江道："贤弟差矣。既然仗你豪势，救了人来，凡事要三思。自古道：'吃饭防噎，行路防跌。'他被你公然夺了人来，急使人来抢，又被你一吓，尽都散了，我想他如何肯干罢，必然要和你动文书。今晚我先走上清风山去躲避，你明日却好和他白赖，终久只是文武不和相殴的官司。我若再被他拿出去时，你便和他分说不过。"「是。」花荣道："小弟只是一勇之夫，却无兄长的高明远见。只恐兄长伤重了，走不动。"「好花荣。」宋江道："不妨。事急难以担阁，我自挨到山下便了。"当日敷贴了膏药，吃了些酒肉，把包裹都寄在花荣处。黄昏时分，便使两个军汉，送出栅外去了。宋江自连夜挨去。不在话下。

再说刘知寨见军士一个个都散回寨里来，说道："花知寨十分英勇了得，谁敢去近前当他弓箭！"两个教头道："着他一箭时，射个透明窟窿，却是都去不得。"刘高终是个文官，有些算计，当下寻思起来："想他这一夺去，必然连夜放他上清风山去了，明日却来和我白赖。便争竟到上司，也只是文武不和斗殴之事，我却如何奈何得他？「刘高又贼。」我今夜差二三十军汉，去五里路头等候。倘若天幸捉着时，将来悄悄地关在家里，却暗地使人连夜去州里，报知军官下来取，就和花荣一发拿了，都害了他性命。那时我独自霸着这清风寨，「文武不和只为此句，写出千古炯鉴，非直稗官而已。」省得受那厮们的气。"当晚点了二十余人，各执枪棒，就夜去了。约莫有二更时候，去的军汉背剪绑得宋江到来。「看他省法，便避却前文清风山下被提一段矣。」刘知寨见了，大喜道："不出吾之所料。且与我因在后院里，休教一个人得知。"连夜便写了实封申状，差两个心腹之人，星夜来青州府飞报。次日，花荣只道宋江上清风山去了，坐视在家，心里只道："我且看他怎的！"竟不来睬着。刘高也只做不知，两下都不说着。「好。」

且说这青州府知府，正值升厅公座。那知府复姓慕容，「"慕容"两字可称赐姓。」双名彦达，是今上徽宗天子慕容贵妃之兄。倚托妹子的势要，在青州横行，残害良民，欺压僚友，无所不为。「为六十二回作案。」正欲回衙早饭，只见左右公人接上刘知寨申状，飞报贼情公事。知府接来，看了刘高的文书，吃了一惊，便道："花荣是个功臣之子，如何结连清风山强贼？这罪犯非小，未审虚实。"便教唤那本州兵马都监来到厅上，分付他去。

原来那个都监姓黄，名信。为他本身武艺高强，威镇青州，因此称他为"镇三山"，那青州地面，所管下有三座恶山：第一便是清风山，第二便是二龙山，第三便是桃花山。「三山出名。」这三处都是强人草寇出没的去处。黄信却自夸要捉尽三山人马，因此唤做"镇三山"。这兵马都监黄信上厅来，领了知府的言语，出来点起五十个壮健军汉，披挂了衣甲，马上擎着那口丧门剑，连夜便下清风寨来，径到刘高寨前下马。刘知寨出来接着，请到后堂叙

礼罢，一面安排酒食管待，一面犒赏军士。后面取出宋江来，教黄信看了。黄信道："这个不必问了，连夜合个囚车，把这厮盛在里面，头上抹了红绢，插一个纸旗，上写着：'清风山贼首郓城虎张三'。"宋江那里敢分辩，只得由他们安排。黄信再问刘高道："你拿得张三时，花荣知也不知"？「黄信能。眉批：此下一段专为黄信。」刘高道："小官夜来二更拿了他，悄悄地藏在家里，花荣只道去了，安坐在家。"黄信道："既是恁地，却容易。明早安排一副羊酒，去大寨里公厅上摆着。却教四下里埋伏下三五十人，预备着。我却自去花荣家请得他来，只说道：'慕容知府听得你文武不和，因此特差我来置酒劝谕。'赚到公厅，只看我掷盏为号，就下手拿住了，一同解上州里去。此计如何？"刘高喝采道："还是相公高见，此计却似瓮中捉鳖，手到拿来。"

当夜定了计策，次日天晓，先去大寨左右两边帐幕里，预先埋伏了军士，厅上虚设着酒食筵宴。早饭前后，黄信上了马，只带三两个从人，来到花荣寨前。军人入去传报，花荣问道："来做甚么？"军汉答道："只听得教报道黄都监特来相探。"花荣听罢，便出来迎接。黄信下马，花荣请至厅上，叙礼罢，便问道："都监相公，有何公干到此？"黄信道："下官蒙知府呼唤，发落道：为是你清风寨内，文武官僚不和，未知为甚缘由，知府诚恐二位因私仇而误公事，「黄信会说。」特差黄某赍到羊酒，前来与你二位讲和。已安排在大寨公厅上，便请足下上马同往。"花荣笑道："花荣如何敢欺压刘高，他又是个正知寨。只是他累累要寻花荣的过失，不想惊动知府，有劳都监下临草寨，花荣将何以报？"

　　黄信附耳低言道："知府只为足下一人。倘有些刀兵动时，他是文官，做得何用？你只依着我行。"「黄信能。」花荣道："深谢都监过爱。"黄信便邀花荣同出门首上马，花荣道："且请都监少叙三杯了去。"黄信道："待说开了，畅饮何妨。"「黄信能。」花荣只得叫备马。

　　当时两个并马而行，直来到大寨，下了马，黄信携着花荣的手，同上公厅来。「黄信能。」只见刘高已自先在公厅上，三个人都相见了。黄信叫取酒来，从人已自先把花荣的马牵将出去，闭了寨门。「黄信能。」花荣不知是计，只想黄信是一般武官，必无歹意。黄信擎手一盏酒来，先劝刘高道："知府为因听得你文武二官，同僚不和，好生忧心。今日特委黄信到来，与你二公陪话。烦望只以报答朝廷为重，再从有事，和同商议。"「黄信会说。」刘高答道："量刘高不才，颇识些理法，直教知府恩相，如此挂心。我二人也无甚言语争执，此是外人妄传。"黄信大笑道："妙哉！"「黄信能。」刘高饮过酒，黄信又斟第二杯酒，来劝花荣道："虽然是刘知寨如此说了，想必是闲人妄传，故是如此，且请饮一杯。"花荣接过酒吃了，刘高拿副台盏，斟一盏酒，回劝黄信道："动劳都监相公降临敝地，满饮此杯。"黄信接过酒来，拿在手里，把眼四下一看，「黄信能。」有十数个军汉簇上厅来。黄信把酒盏望地下一掷，只听得后堂一声喊起，两边帐幕里，走出三五十个壮健军汉，一发上把花荣拿倒在厅前。黄信喝道："绑了。"花荣一片声叫道："我得何罪？"黄信大笑，喝道："你兀自敢叫哩！你结连清风山强贼，一同背反朝廷，当得何罪！我念你往日面皮，不去惊动拿你家老小。"「此却不是黄信交情，正是文章要着。」花荣叫道："也须有个

证见。"黄信道:"还你一个证见,教你看真赃真贼,我不屈你。左右,与我推将来。"「黄信能。」无移时,一辆囚车,一个纸旗儿,一条红抹额,从外面推将入来。花荣看时,却是宋江。目瞪口呆,面面厮觑,做声不得。黄信喝道:"这须不干我事,现有告人刘高在此。"花荣道:"不妨,不妨,这是我的亲眷。他自是郓城县人,你要强扭他做贼,到上司自有分辩处。"黄信道:"你既然如此说时,我只解你上州里,你自去分辩。"便叫刘知寨点起一百寨兵防送。花荣便对黄信说道:"都监赚我来,虽然捉了我,便到朝廷,和他还有分辩。可看我和都监一般武职官面,休去我衣服,「此亦不是花荣爱好,正是文章要着。」容我坐在囚车里。"黄信道:"这一件容易,便依着你。就叫刘知寨一同去州里折辩,明白休要枉害人性命。"「此却不是黄信公道,正是文章要着,入下回便知。」当时黄信与刘高都上了马,监押着两辆囚车,并带三五十军士、一百寨兵,簇拥着车子,取路奔青州府来。有分教:火焰堆里,送数百间屋宇人家;刀斧丛中,杀一二千残生性命。正是:生事事生君莫怨,害人人害汝休嗔。毕竟宋江怎地脱身,且听下回分解。

【第三十三回】

镇三山大闹青州道

霹雳火夜走瓦砾场

　　吾观元人集剧，每一篇为四折，每折止用一人独唱，而同场诸人，仅以科白从旁挑动承接之。此无他，盖昔者之人，其胸中自有一篇一篇绝妙文字，篇各成文，文各有意，有起有结，有开有阖，有呼有应，有顿有跌，特无所附丽，则不能以空中抒写，故不得已旁托古人生死离合之事，借题作文，彼其意期于后世之人见吾之文而止，初不取古人之事得吾之文而见也。自杂剧之法坏，而一篇之事乃有四十余折，一折之辞乃用数人同唱，于是辞烦节促，比于蛙鼓，句断字歇，有如病夫，又一似古人之事全赖后人传之，而文章在所不问也者。而冬烘学究，乳臭小儿，咸摇笔洒墨来作传奇矣。稗官亦然。稗官固效古史氏法也，虽一部前后必有数篇，一篇之中凡有数事，然但有一人必为一人立传，若有十人必为十人立传。夫人必立传者，史氏一定之例也。而事则通长者，文人联贯之才也。故有某甲某乙共为一事，而实书在某甲传中，斯与某乙无与也。又有某甲某乙不必共为一事，而于某甲传中忽然及于某乙，此固作者心爱某乙，不能暂忘，苟有便可以及之，辄遂及之，是又与某甲无与。故曰文人操管之际，其权为至重也。夫某甲传中忽及某乙者，如宋江传中再述武江，是其例也。书在甲传，乙则无与者，如花荣传中不重宋江，是其例也。夫一人有一人之传，一传有一篇之文，一文有一端之指，一指有一定之归，世人不察，乃又摇笔洒墨，纷纷来作稗官，何其游手好闲一至于斯也。

　　古本《水浒》写花荣便写到宋江悉为花荣所用。俗本只落一二字，其丑遂不可当。不知何人所改，既不可致诘，故特取其例一述之。

　　话说那黄信上马，手中横着这口丧门剑。刘知寨也骑着马，身上披挂些戎衣，手中拿一把叉。「可谓"善戏谑兮，不为虐兮"者矣。○"叉"差同音，手中拿一把差，不止刘高，天下之人皆然矣。」那一百四五十军汉寨兵，各执着缨枪棍棒，腰下都带短刀利剑，两下鼓，一声锣，解宋江和花荣望青州来。

众人都离了清风寨，行不过三四十里路头，前面见一座大林子。正来到那山咀边，前头寨兵指道："林子里有人窥望。"都立住了脚。黄信在马上问道："为甚不行？"军汉答道："前面林子里有人窥看。"黄信喝道："休睬他，只顾走！"

看看渐近林子前，只听得当当的二三十面大锣，一齐响起来。那寨兵人等，都慌了手脚，只待要走。黄信喝道："且住，都与我摆开。"叫道："刘知寨，你压着囚车。"刘高在马上，死应不得，只口里念："救苦救难天尊，「句。」哎呀呀，「句。」十万卷经，「句。」三十坛醮，「句。」救一救！"「句。○写得口中乱撺之极，或无上半句，或无下半句，真是绝倒。」惊得脸如成精的东瓜，青一回，黄一回。「绝倒。○亦是奇语。」这黄信是个武官，终有些胆量，便拍马向前看时，只见林子四边齐齐地分过三五百个小喽啰来，一个个身长力壮，都是面恶眼凶，头裹红巾，身穿衲袄，腰悬利剑，手执长枪，早把一行人围住。林子中跳出三个好汉来：一个穿青，一个穿绿，一个穿红，都戴着一顶销金万字头巾，各跨一口腰刀，又使一把朴刀，当住去路。中间是锦毛虎燕顺，上首是矮脚虎王英，下首是白面郎君郑天寿。三个好汉大喝道："来往的到此当住脚，留下三千两买路黄金，任从过去。"黄信在马上大喝道："你那厮们，不得无礼，镇三山在此！"「好。」三个好汉睁着眼，大喝道："你便是镇万山，也要三千两买路黄金！「好。」没时，不放你过去。"黄信说道："我是上司取公事的都监，有甚么买路钱与你。"那三个好汉笑道："莫说你是上司一个都监，便是赵官家驾过，也要三千贯买路钱。

若是没有，且把公事人当在这里，待你取钱来赎。"「奇谭解人颐。」黄信大怒，骂道："强贼，怎敢如此无礼！"喝叫左右擂鼓鸣锣。黄信拍马舞剑，直奔燕顺。三个好汉一齐挺起朴刀，来战黄信。黄信见三个好汉都来并他，奋力在马上斗了十合，怎地当得他三个住。亦且刘高已自抖着，向前不得，见了这般头势，只待要走。黄信怕吃他三个拿了，坏了名声，只得一骑马扑喇喇跑回旧路，三个头领挺着朴刀赶将来。黄信那里顾得众人，独自飞马奔回清风镇去了。众军见黄信回马时，已自发声喊，撇了囚车，都四散走了。只剩得刘高，「写得好。○读至此始知前文要刘高同来对理之妙。不然，则重要到镇捉刘高也。」见头势不好，慌忙勒转马头，连打三鞭。那马正待跑时，被那小喽啰拽起绊马索，早把刘高的马掀翻，倒撞下来。众小喽啰一发向前，拿了刘高，抢了囚车，打开车辆，花荣已把自己的囚车掀开了，「好。」便跳出来，将这缚索都挣断了，却打碎那个囚车，救出宋江来。「好。」自有那几个小喽啰，已自反剪了刘高，「好。」又向前去抢得他骑的马，「好。」亦有三匹驾车的马，「好。」却剥了刘高的衣服，与宋江穿了，「好。○读至此始知前文花荣乞留衣服之妙。不然，则一刘高之衣，隆寒中不可分衣两人，花荣又不可赤条条上山也。」把马先送上山去。「好。」这三个好汉一同花荣并小喽啰，把刘高赤条条地绑了，押回山寨来。「好。○一段叙得凑手。」

　　原来这三位好汉，为因不知宋江消息，差几个能干的小喽啰下山，直来清风镇上探听，闻人说道："都监黄信掷盏为号，拿了花知寨并宋江，陷车囚了，解投青州来。"因此报与三个好汉得知，带了人马，大宽转兜出大路来，预先截住去路，小路里亦差人伺候。「闲笔周匝。」因此救了两个，拿得刘高，都回山寨里来。

当晚上得山时，已是二更时分，都到聚义厅上相会，请宋江、花荣当中坐定，三个好汉对席相陪，一面且备酒食管待。燕顺分付，叫孩儿们各自都去吃酒。花荣在厅上称谢三个好汉，说道："花荣与哥哥皆得三位壮士救了性命，报了冤仇，此恩难报。只是花荣还有妻小妹子在清风寨中，必然被黄信擒捉，却是怎生救得？"燕顺道："知寨放心，料应黄信不敢便拿恭人，若拿时也须从这条路里经过。「好。○读至此始知前文黄信许花荣不拿家小之妙。」我明日弟兄三个下山去，取恭人和令妹还知寨。"便差小喽啰下山，先去探听。花荣谢道："深感壮士大恩。"宋江便道："且与我拿过刘高那厮来。"燕顺便道："把他绑在将军柱上，割腹取心，与哥哥庆喜。"花荣道："我亲自下手割这厮。"「花荣文甚。」

宋江骂道："你这厮，我与你往日无冤，近日无仇，你如何听信那不贤的妇人害我！今日擒来，有何理说？"花荣道："哥哥问他则甚？"把刀去刘高心窝里只一剜，那颗心献在宋江面前。「花荣文甚。○不是花荣说，便要写刘高许多摇尾乞命之话，污笔坏纸极矣。」小喽啰自把尸首拖在一边。宋江道："今日虽杀了这厮滥污匹夫，只有那个淫妇不曾杀得，未出那口怨气。"王矮虎便道："哥哥放心，我明日自下山去，拿那妇人，今番还我受用。"「行文一时行到平淡处，无可出色，故借此作笑耳，不必真有之。」众皆大笑。当夜饮酒罢，各自歇息。次日起来，商议打清风寨一事。燕顺道："昨日孩儿们走得辛苦了，今日歇他一日，明日早下山去也未迟。"宋江道："也见得是，正要将息人强马壮，不在促忙。"

不说山寨整点军马起程，且说都监黄信，一骑马奔回清风镇上大寨内，便点寨兵人马，紧守四边栅门。黄信写了申状，叫两个教军头目，飞马报与

慕容知府。知府听得飞报军情紧急公务，连夜升厅，看了黄信申状：反了花荣，结连清风山强盗，时刻清风寨不保，事在告急，早遣良将保守地方。知府看了大惊，便差人去请青州指挥司总管本州兵马秦统制，急来商议军情重事。那人原是山后开州人氏，姓秦，讳个明字，因他性格急躁，声若雷霆，以此人都呼他做"霹雳火"秦明。祖是军官出身，使一条狼牙棒，有万夫不当之勇。

【已上三十字是申状。】

那人听得知府请唤，径到府里来见知府，各施礼罢。那慕容知府将出那黄信的飞报申状来，教秦统制看了，秦明大怒道："红头子敢如此无礼！不须公祖忧心，不才便起军马，不拿这贼，誓不再见公祖。"慕容知府道："将军若是迟慢，恐这厮们去打清风寨。"秦明答道："此事如何敢迟误？只今连夜便去点起人马，来日早行。"知府大喜，忙叫安排酒肉干粮，先去城外等候赏军。秦明见说反了花荣，怒忿忿地上马，【大书秦明忠孝天性。】奔到指挥司里，便点起一百马军、四百步军，先叫出城去取齐，摆布了起身。

却说慕容知府先在城外寺院里蒸下馒头，摆下大碗，烫下酒，每一个人三碗酒、两个馒头、一斤熟肉。【须知此非闲笔，盖因知府赏军，便得先见秦统制一番军容，先见一番军容，便令后文宋江定计，不写已见。】方才备办得了，却望见军马出城，引军红旗上大书"兵马总管秦统制"。慕容知府看见秦明全副披挂了出城来，果是英雄无比。【特详此笔，绝妙章法。】秦明在马上，见慕容知府在城外赏军，慌忙叫军汉接了军器，下马来和知府相见。施礼罢，知府把了盏，将些言语嘱付总管道："善觑方便，早奏凯歌。"赏军已罢，放起信炮，秦明辞了知府，飞身上马，摆开队伍，催赶军兵，大刀阔斧，径奔清风寨来。原来这清风镇却在青州东南上，从正南取清风山较近，可早到山北小路。［有此句，便令在前不碍不收花家老小，在后不碍单骑来说黄信也。］

却说清风山寨里这小喽啰们探知备细，报上山来。山寨里众好汉正待要打清风寨去，只听得报道："秦明引兵马到来。"都面面厮觑，俱各骇然。花荣便道：［独写花荣。］"你众位俱不要慌。自古兵临告急，必须死敌，教小喽啰饱吃了酒饭，只依着我行。先须力敌，后用智取，如此如此，好么？"［真好花荣。］宋江道："好计！正是如此行。"当日宋江、花荣先定了计策，便叫小喽啰各自去准备。花荣自选了一骑好马，［定是刘高马也。］一副衣甲，弓箭铁枪，都收拾了等候。

再说秦明领兵来到清风山下，离山十里，下了寨栅。次日五更造饭，军士吃罢，放起一个信炮，直奔清风山来，拣空阔去处摆开人马，发起擂鼓。只听得山上锣声震天响，飞下一彪人马出来。秦明勒住马，横着狼牙棒，睁着眼看时，却见众小喽啰簇拥着小李广花荣下山来。到得山坡前，一声锣响，列成阵势，花荣在马上擎着铁枪，朝秦明声个喏。［花荣文甚。］秦明大喝道："花荣，你祖代是将门之子，朝廷命官，教你做个知寨，掌握一境地方，食禄于国，有何亏你处？却去结连贼寇，反背朝廷。我今特来提你，会事的下马受缚，免得腥手污脚。"花荣陪着笑道：［看他一个只是笑一个只是怒，一个儒雅一个性急，各各如画。］"总管听禀：量花荣如何肯反背朝廷？实被刘高这斯，无中生有，官报私仇，逼迫得花荣有家难奔，有国难投，权且躲避在此，［六字。是一部大书供状。］望总管详察救解。"秦明道："你兀自不下马受缚，更待何时？划地花言巧语，煽惑军心。"喝叫左

521

右两边擂鼓。秦明抡动狼牙棒，直奔花荣。花荣大笑道："秦明，你这厮原来不识好人饶让。我念你是个上司官，〔妙谭，未经人说。〕你道俺真个怕你！"便纵马挺枪，来战秦明。两个交手斗到四五十合，不分胜败。花荣连斗了许多合，卖个破绽，拨回马望山下小路便走。秦明大怒，〔大怒。〕赶将来。花荣把枪去了事环上带住，把马勒个定，左手拈起弓，右手拔箭，拽满弓，扭过身躯，望秦明盔顶上只一箭，正中盔上，射落斗来大那颗红缨，却似报个信与他。〔妙绝花荣！〕秦明吃了一惊，不敢向前追赶，霍地拨回马，恰要赶杀，众人却早一哄地都上山去了。花荣自从别路，也转上山寨去了。

秦明见他都走散了，心中越怒道：〔越怒。〕"叵耐这草寇无礼！"喝叫鸣锣擂鼓，取路上山。众军齐声呐喊，步军先上山来。转过三两个山头，只见上面擂木、炮石、灰瓶、金汁，从险峻处打将下来。向前的退步不迭，早打倒三五十个，只得再退下山来。

秦明怒极，〔怒极。〕带领军马，绕山下来寻路上山。寻到午牌时分，只见西山边锣响，树林丛中闪出一对红旗军来。〔妙绝花荣。〕秦明引了人马，赶将去时，〔赶到西来。〕锣也不响，红旗都不见了。〔妙绝花荣！〕秦明看那路时，又没正路，都只是几条砍柴的小路，却把乱树折木交叉当了路口，又不能上去得。

正待差军汉开路，只见军汉来报道："东山边锣响，一阵红旗军出来。"〔妙绝花荣！〕秦明引了人马，飞也似奔过东山边来，〔赶到东来。〕看时，锣也不鸣，红旗也不见了。〔妙绝花荣！〕秦明纵马去四下里寻路时，都是乱树折木，塞断了砍柴的路径。〔句亦小变。〕

只见探事的又来报道："西边山上锣又响，红旗军又出来了。"「妙绝花荣！○句法亦变。」秦明拍马再奔来西山边，「又赶到西来。」看时又不见一个人，红旗也没了。「妙绝花荣！」秦明怒坏，「怒坏。眉批：看他用许多"怒"字，写秦明性急，皆太史法。」恨不得把牙齿都咬碎了。

正在西山边气忿忿的，又听得东山边锣声震地价响，「妙绝花荣。○句法又变。」忽带了人马，又赶过来东山边，「又赶过东来。」看时，又不见有一个贼汉，红旗都不见了。「妙绝花荣！」秦明怒挺胸脯，「怒挺胸脯。」又要赶军汉上山寻路，只听得西山边又发起喊来。「妙绝花荣！○又变。」秦明怒气冲天，「怒气冲天。」大驱兵马，投西山边来，「又赶过西来。」山上山下看时，并不见一个人。「妙绝花荣！」秦明喝叫军汉，两边寻路上山，数内有一个军人禀说道："这里都不是正路，只除非东南上有一条大路，可以上去。若是只在这里寻路上去时，惟恐有失。"秦明听了，便道："既有那条大路时，连夜赶将去。"便驱一行军马奔东南角上来。「又赶到东南上来。」

看看天色晚了，又走得人困马乏，巴得到那山下时，正欲下寨造饭，只见山上火把乱起，锣鼓乱鸣。「妙绝花荣！○又变施计暗捉秦明，既而兵军死者无数，秦明被捉上山，亦天也。」秦明转怒，「转怒。」引领四五十马军跑上山来。「又跑上山来。」只见山上树林内乱箭射将下来，又射伤了些军士，秦明只得回马下山，「又跑下山来。」且教军士只顾造饭。恰才举得火着，只见山上有八九十把火光，吹风唿哨下来。「妙绝花荣！」秦明急待引军赶时，「又赶。」火把一齐都灭了。「妙绝花荣！○只是骗他赶来，骗他赶去耳。偏写数遍，不嫌重复，故妙。○处急性人妙法。○想见花荣胸中，有八门五花之妙。」当夜虽有月光，亦被阴云笼罩，不甚明朗。「找上一句好，便先为假秦明留一地也。」秦明怒不可当，「怒不可当。」便叫军士点起火把，烧那树木。只听得山咀上鼓笛之声。「妙绝花荣！出奇无穷。」秦明纵马上来看时，见山顶上点着十余个火把，照见花荣陪侍着

宋江在上面饮酒。「妙绝花荣，令人绝倒。」秦明看了，心中没出气处，勒住马，在山下大骂。「处急性人妙绝。」花荣笑答道：「只是笑，好花荣。」"秦统制，你不必焦躁，且回去将息着，「妙绝。」我明日和你并个你死我活的输赢便罢。"秦明怒喊道：「怒喊。」"反贼，你便下来，我如今和你并个三百合，却再作理会。"花荣笑道：「只是笑。」"秦总管，你今日劳困了，「妙绝。」我便赢得你，也不为强。「妙绝。」你且回去，明日却来。"秦明越怒，「越怒。」只管在山下骂，本待寻路上山，却又怕花荣的弓箭因此只在山坡下骂。「百忙中忽注一句。」

　　正叫骂之间，只听得本部下军马发起喊来。「妙绝花荣！出奇无穷。」秦明急回到山下看时，只见这边山上，火炮火箭，一发烧将下来。「妙绝。」背后二三十个小喽啰做一群，把弓弩在黑影里射入。「妙绝。〇写得又绝倒。」众军马发喊，一齐都拥过那边山侧深坑里去躲。「十九字句。〇"深坑"字绝倒。」此时已有三更时分，「好笔。」众军马正躲得弓箭时，只叫得苦，上溜头滚下水来，「妙绝花荣！出奇无穷。」一行人马却都在溪里，各自挣扎性命。「妙绝。」爬得上岸的，尽被小喽啰挠钩搭住活捉上山去了。「妙绝。」爬不上岸的，尽淹死在溪里。「妙绝。」

　　且说秦明此时，怒得脑门都粉碎了。「怒得脑门粉碎。〇看他写大怒、越怒、怒极、怒坏、怒挺胸脯、怒气冲天、转怒、怒不可当、怒喊、越怒、怒得脑门都粉碎了，全用史公章法。」却见一条小路在侧边。「妙绝花荣！」秦明把马一拨，抢上山来。走不到三五十步，和人连马撷下陷坑里去。「妙绝花荣！〇一路写花荣不劳一蹄，不折一矢，功成名立，真是妙绝。」两边埋伏下五十个挠钩手，把秦明搭将起来，剥了浑身衣甲、「句。」头盔、「句。」军器，「句。〇妙绝花荣！令我读之而笑。」拿条绳索绑了，把马也救起来，「妙绝花荣。」都解上清风山来。

原来这般圈套，都是花荣的计策。「自注一遍，令上文再一清出。」先使小喽啰或在东，或在西，引诱得秦明人困马乏，策立不定；预先又把这土布袋填住两溪的水，等候夜深，却把人马逼赶溪里去，上面却放下水来，那急流的水都结果了军马。你道秦明带出的五百人马，「忽然提一句，笔法奇矫。」一大半淹在水中，都送了性命。生擒活捉有一百五七十人，夺了七八十匹好马，不曾逃得一个回去。次后陷马坑里活捉了秦明。「自注止此。」

当下一行小喽啰，捉秦明到山寨里，早是天明时候。五位好汉坐在聚义厅上，小喽啰缚绑秦明「妙绝花荣！」解在厅前，花荣见了，连忙跳离交椅，接下厅来，亲自解了绳索，扶上厅来，纳头拜在地下。「妙绝花荣！真正出奇无穷。」秦明慌忙答礼，便道：“我是被擒之人，由你们碎尸而死，何故却来拜我？”花荣跪下道：「妙。」“小喽啰不识尊卑，误有冒渎，切乞恕罪。”随取锦段衣服与秦明穿了。「妙绝花荣！令我读之而笑。」秦明问花荣道：“这位为头的好汉，却是甚人？”「偏动人问，何也？」花荣道：“这位是花荣的哥哥，郓城县宋押司讳江的便是。「又妙绝花荣。」这三位是山寨之主：燕顺、王英、郑天寿。”秦明道：“这三位我自晓得，「句轻。」这宋押司莫不是唤做山东及时雨宋公明么？”「句重。」宋江答道：“小人便是。”秦明连忙下拜道：“闻名久矣，不想今日得会义士！”宋江慌忙答礼不迭。秦明见宋江腿脚不便，「写得好。」问道：“兄长如何贵足不便？”宋江却把自离郓城县起头，直至刘知寨拷打的事故，从头对秦明说了一遍。秦明只把头来摇道：“若听一面之词，误了多少缘故。容秦明回州去对慕容知府说知此事。”燕顺相留且住数日，随即便叫杀羊宰马，安排筵席饮宴。拿上山的军汉，都藏在

山后房里，「妙绝花荣！」也与他酒食管待。

秦明吃了数杯，起身道："众位壮士，既是你们的好情分，不杀秦明，还了我盔甲、马匹、军器，「妙笔，令我读之而笑。」回州去。"燕顺道："总管差矣。你既是引了青州五百兵马，都没了，如何回得州去？慕容知府如何不见你罪责？不如权在荒山草寨住几时。本不堪歇马，权就此间落草，论秤分金银，整套穿衣服，不强似受那大头巾的气？"秦明听罢，便下厅道：「便下厅，写秦明妙。」"秦明生是大宋人，死为大宋鬼。朝廷教我做到兵马总管，兼受统制使官职，又不曾亏了秦明，我如何肯做强人，背反朝廷？你们众位要杀时，便杀了我。"花荣赶下厅来，拖住道：「赶下厅，写花荣妙。」"兄长息怒，听小弟一言：我也是朝廷命官之子，无可奈何，被逼迫得如此。总管既是不肯落草，如何相逼得你随顺？只请少坐，席终了时，小弟讨衣甲、头盔、鞍马、军器「妙笔，令我读之而笑。」还兄长去。"秦明那里肯坐。花荣又劝道："总管夜来劳神费力了一日一夜，人也尚自当不得，那匹马如何不喂得他饱了去？"「妙绝花荣！」秦明听了，肚内寻思，也说得是。再上厅来，「再上厅，写秦明花荣都妙。」坐了饮酒，那五位好汉轮番把盏，陪话劝酒。秦明一则软困，「是。」二为众好汉劝不过，「是。」开怀吃得醉了，扶入帐房睡了。这里众人自去行事，「实事虚写。〇一句八字中，有一夜男啼女哭，杀人放火在内。」不在话下。

且说秦明一觉直睡到次日辰牌方醒，跳将起来，「急性如画。」洗漱罢，便要下山。众好汉都来相留道："总管，且吃早饭动身，送下山去。"秦明性急的人，便要下山。众人慌忙安排些酒食管待了，取出头盔、衣甲「妙笔好笑。」与秦明披挂了，牵过那匹马来，并狼牙棒，「妙笔好笑。〇为是好笑，便不忍一句写尽，却分作两三句出之。」先叫人在山下伺候，五位好汉都送秦明下山来，相别了，交还马匹军器。「妙笔好笑。」

秦明上了马，「好笑，妙。」拿着狼牙棒，「好笑，妙。」趁天色大明，离了清风山，取路飞奔青州来。到得十里路头，恰好巳牌前后，远远地望见烟尘乱起，并无一个人来往。「奇文。」秦明见了，心中自有八分疑忌。到得城外看时，原来旧有数百人家，却都被火烧做白地，「奇文。」一片瓦砾场上，横七竖八，杀死的男子妇人，不计其数。「奇文。」秦明看了大惊，打那匹马在瓦砾场上跑到城边，大叫开门时，只见门边吊桥高拽起了，「奇文。」都摆列着军士旌旗，擂木炮石。秦明勒着马大叫：“城上放下吊桥，度我入城。”城上早有人看见是秦明，便擂起鼓来呐着喊。「奇文。」秦明叫道：“我是秦总管，如何不放我入城？”只见慕容知府立在城上女墙边大喝道：“反贼，「奇文。」你如何不识羞耻！昨夜引人马来打城子，把许多好百姓杀了，又把许多房屋烧了。今日兀自又来赚哄城门，朝廷须不曾亏负了你，你这厮倒如何行此不仁！已自差人奏闻朝廷去了，早晚拿住你时，把你这厮碎尸万段。”秦明大叫道：“公祖差矣，秦明因折了人马，又被这厮们捉了上山去，方才得脱，昨夜何曾来打城子？”知府喝道：“我如何不认得你这厮的马匹、「句。」衣甲、「句。」军器、「句。」头盔，「句。〇奇文妙文。」城上众人明明地见你指拨红头子杀人放火，「奇文妙文。」你如何赖得过？便做你输了被擒，如何五百军人没一个逃得回来报信？你如今指望赚开城门取老小，你的妻子，今早已都杀了。你若不信，与你头看。”军士把枪将秦明妻子首级挑起在枪上，教秦明看。秦明是个性急的人，看了浑家首级，气破胸脯，分说不得，只叫得苦屈。城上弩箭如雨点般射将下来，

秦明只得回避，「上文已足，只如此撒开。」看见遍野处火焰尚兀自未灭。「再画一句。」

秦明回马在瓦砾场上，恨不得寻个死处，「一句。」肚里寻思了半晌，「一句。」纵马在回旧路。「一句。」行不得十来里，只见林子里「妙绝花荣。」转出一伙人马来，当先五匹马上五个好汉，不是别人，宋江、花荣、燕顺、王英、郑天寿，随从一二百小喽啰。宋江在马上欠身道："总管何不回青州？独自一骑投何处去？"秦明见问，怒气道："不知是那个天不盖，地不载，该剐的贼，装做我去打了城子，坏了百姓人家房屋，杀害良民，到结果了我一家老小，闪得我如今上天无路，入地无门，我若寻见那人时，直打碎这条狼牙棒便罢！"宋江便道："「妙绝，花荣此处便不出头也。〇人但知宋江服秦明，不知花荣用宋江也。」总管息怒，小人有个见识，这里难说。且请到山寨里告禀，总管可以便往。"秦明只得随顺，再回清风山来。于路无话，早到山亭前下马，众人一齐都进山寨内。小喽啰已安排酒果肴馔在聚义厅上，五个好汉，邀请秦明上厅，都让他中间坐定，「妙绝花荣！〇此句与后"仍请"句对看，便知花荣之妙也。」五个好汉齐齐跪下，秦明连忙答礼，也跪在地。宋江开话道："「妙绝花荣，能用宋江。」总管休怪，昨日因留总管在山，坚意不肯，却是宋江定出这条计来，「妙绝花荣！既能用宋江，又能深信宋江之必能服秦明，盖不惟能将军，又能将将者矣。」叫小卒似总管模样的，却穿了总管的衣甲、头盔，骑着那马，横着狼牙棒，直奔青州城下，点拨红头子杀人。燕顺、王矮虎带领五十余人助战，只做总管去家中取老小。因此杀人放火，先绝了总管归路的念头。今日众人特地请罪。"秦明见说了，怒气攒心，欲待要和宋江等厮并，「一句。」却又自肚里寻思：「一句。」一则是上界星辰契合，二乃被他们软困，以礼待之，三则又怕斗他们不过。「三句。〇上二句，不足以按住秦明，故作因此只得纳了这口气，便说道："你们弟兄虽是好意，要留秦明，者在旁帮入三句，笔力妙甚。只是害得我忒毒些个，断送了我妻小一家人口。"宋江答道：此亦是花荣意，却到底用宋江说。○何用知其必出于花荣也？盖一人有一人正传，今此文正属花荣正传也。"不恁地时，兄长如何肯死心塌地？若是没了嫂嫂夫人，花知寨自说有一令妹，甚是贤慧，他情愿赔出，立办装奁，与总管为室如何？"妙绝花荣！不惟善用兵，又善用将，乃又善用其妹也。○俗本删。秦明见众人如此相敬相爱，方才放心归顺。花荣仍请宋江在居中坐了。秦明道。"好。"妙绝花荣，不惟裁定祸乱，又能正名定位，真是极写之矣。○俗本皆删。秦明、花荣及三位好汉依次都坐，大吹大擂饮酒，商议打清风寨一事。

秦明道："这事容易，不须众弟兄费心。黄信那人，亦是治下；二者是秦明教他的武艺；三乃和我过的最好。明日我便先去叫开栅门，一席话，说他入伙投降，就取了花知寨宝眷，倒此句在拿刘高老婆之前，特与王英映带作趣。○前文宋江先许为王英作媒，后文却忽与秦明作媒，皆是行文闪烁之法。拿了刘高的泼妇，与仁兄报仇雪恨，偏与上句连说，独不为王英地乎？作进见之礼如何？"宋江大喜道："若得总管如此慨然相许，却是多幸多幸！"当日筵席散了，各自歇息。次日早起来，吃了早饭，都各各披挂了。秦明上马，先下山来，拿了狼牙棒，飞奔清风镇来。

却说黄信自到清风镇上，发放镇上军民，点起寨兵，晓夜提防，牢守栅门，又不敢出战，回护前文法。累累使人探听，不见青州调兵策应。当日只听得报道："栅外有秦统制独自一骑马到来，叫开栅门。"黄信听了，便上马飞奔门边看时，果是一人一骑，又无伴当。黄信便叫开栅门，放下吊桥，迎接秦明总管入来，直到大寨公厅前下马。请上厅来，叙礼罢，黄信便问道："总管缘何单骑到此？"秦明当下先说了损折军马等情，后说山东及时雨宋公明，

疏财仗义，结识天下好汉，谁不钦敬。"他如今见在清风山上，我今次也在山寨入了伙。你又无老小，「花荣秦明都成累笔，故此处特省一句。」何不听我言语，也去山寨入伙，免受那文官的气。"黄信答道："既然恩官在彼，黄信安敢不从？只是不曾听得说有宋公明在山上，今次却说及时雨宋公明，自何而来？"「妙笔明画。」秦明笑道："便是你前日解去的郓城虎张三便是，「妙笔明画，又复绝倒。」他怕说出真名姓，惹起自己的官司，以此只认说是张三。"黄信听了，跌脚道："若是小弟得知是宋公明时，路上也自放了他。「又表黄信。」一时见不到处，只听了刘高一面之词，险不坏了他性命。"秦明、黄信两个，正在公廨内商量起身，只见寨兵报道："有两路军马，鸣锣擂鼓，杀奔镇上来。"秦明、黄信听得，都上了马，前来迎敌。军马到得栅门边望时，只见尘土蔽日，杀气遮天，两路军兵投镇上，四条好汉下山来。毕竟秦明、黄信怎地迎敌，且听下回分解。

【第三十四回】

石将军村店寄书

小李广梁山射雁

　　此回篇节至多，如清风寨起行是一节，对影山遇吕方郭盛是一节，酒店遇石勇是一节，宋江得家书是一节，宋江奔丧是一节，山泊关防严密是一节，宋江归家是一节。

　　读清风寨起行一节，要看他将车数、马数、人数通计一遍，分调一遍，分明是一段《史记》。

　　读对影山斗戟一节，要看他忽然变作极耀艳之文，盖写少年将军，定当如此。

　　读酒店遇石勇一节，要看他写得石将军如猛虎当路，直是撩拨不得，只是认得两位豪杰，其顾盼雄毅，便乃如此，何况身为豪杰者，其于天下人当如何也。

　　读宋江得家书一节，要看他写石勇不便将家书出来，又不甚晓得家中事体。偏用笔笔捺住法，写得宋江大喜，便又叙话饮酒，直待尽情尽致了，然后开出书来；却又不便说书中之事，再写一句封皮逆封，又写一句无"平安"字，皆用极奇拗之笔。

　　读宋江奔丧一节，要看他活画出奔丧人来，至如麻鞋句、短棒句、马句，则又分外妙笔也。

　　读水泊一节，要看他设置雄丽，要看他号令精严，要看他谨守定规，要看他深谋远虑，要看他盘诘详审，要看他开诚布忠，要看他不昵所亲之言，要看他不敢慢于远方之人，皆作者极意之笔。

　　读归家一节，要看他忽然生一张社长作波；却恐疑其单薄，又反生一王社长陪之。可见行文要相形势也。

　　当下秦明和黄信两个到栅门外看时，望见两路来的军马，却好都到。

「眉批：此回篇节至多，须一一分别观之。」　一路是宋江、花荣，一路是燕顺、王矮虎，各带一百五十余人。黄信便叫寨兵放下吊桥，大开寨门，迎接两路人马都到镇上。宋江早传下号令：休要害一个百姓，休伤一个寨兵；叫先打入南寨，把刘高一家老小尽都杀了。王矮虎自先夺了那个妇人。「可谓老婆心切。○极似写王矮虎，却不知借此一句，收取泼妇上山，报仇正法也。」小喽啰尽把应有家私、金银、财物、宝货之资，都装上车子。再有马匹牛羊，尽数牵了。花荣自到家中，将应有的财物等项，装载上车，搬取妻小、妹子。内有清风镇上人数，都发还了。「闲心细笔，文所本无，事所必有。」众多好汉收拾已了，一行人马离了清风镇，都回到山寨里来。

车辆人马，都到山寨，郑天寿迎接向聚义厅上相会。黄信与众好汉讲礼罢，坐于花荣肩下。宋江叫把花荣老小安顿一所歇处，「细。」将刘高财物分赏与众小喽啰。「细。」王矮虎拿得那妇人，将去藏在自己房内。燕顺便问道："刘高的妻，今在何处？"王矮虎答道："今番须与小弟做个押寨夫人。"燕顺道："却与你，且唤他出来，我有一句话说。"「辞令能品。」宋江便道："我正要问他。"王矮虎便唤到厅前，那婆娘哭着告饶。宋江喝道："你这泼妇，我好意救你下山，念你是个命官的恭人，你如何反将冤报？今日擒来，有何理说？"燕顺跳起身来便道："这等淫妇，问他则甚？"拔出腰刀，一刀挥为两段。「赃官淫妇前后一样杀法，亦此篇之章段也。○换燕顺者，只恐仍出花荣，便有碍矮虎，不如用他自家人，得省手耳。」王矮虎见砍了这妇人，心中大怒，夺过一把朴刀，便要和燕顺交并，宋江等起身来劝住。宋江便道："燕顺杀了这妇人也是。兄弟，你看我这等一力救了他下山，教他夫妻团圆完聚，尚兀自转过脸来，叫丈夫害我。贤弟，你留在身边，久后有损无益。宋江日后别娶一个好的，教贤弟满意。"燕顺道："兄弟便是这等寻思，不杀他，久

后必被他害了。"王矮虎被众人劝了，默默无言。燕顺喝叫打扫这尸首血迹，且排筵席庆贺。

次日，花荣请宋江、黄信主婚，燕顺、王矮虎、郑天寿做媒执伐，把妹子嫁与秦明，一应礼物，都是花荣出备。「王英方失夫人，秦明便得夫人，两事偏要接连写在一处，以为激射。」吃了三五日筵席。五七日后，小喽啰探得事情，上山来报道："青州慕容知府申将文书，去中书省奏说，反了花荣、秦明、黄信，要起大军来征剿。"众人听罢，商量道："此间小寨，不是久恋之地。倘或大军到来，四面围住，如何迎敌？"宋江道："小可有一计，不知中得诸位心否？"众好汉都道："愿闻良策。"宋江道："自这南方有个去处，地名唤做梁山泊，方圆八百余里，中间宛子城、蓼儿洼，晁天王聚集着三五千军马，把住着水泊，官兵捕盗，不敢正眼觑他。我等何不收拾起人马，去那里入伙？「一段大书宋江倡众落草，以正其罪也。」秦明道："既然有这个去处，却是十分好。只是没人引进，他如何肯便纳我们？"宋江大笑，却把这打劫生辰纲金银一事，直说到"刘唐寄书，将金子谢我，因此上杀了阎婆惜，逃去在江湖上"。秦明听了大喜道："恁地，兄长正是他那里大恩人。事不宜迟，可以收拾起快去。"「今日众人既属宋江倡率，前日晁盖又属宋江私放，以深表宋江为贼之首，罪之魁也。」

只就当日商量定了，「眉批：此一节是清风山起行。」便打并起十数辆车子，「通计车。」把老小并金银财物、衣服、行李等件，都装载车子上，共有三二百匹好马。「通计马。」小喽啰们有不愿去的，赍发他些银两，任从他下山去投别主。「闲笔，却少不得。」有愿去的，编入队里，就和秦明带来的军汉，通有三五百人。

宋江教分作三起下山，^{「妙。」}只做去收捕梁山泊的官军。^{「妙。○此一句，便引出后文山泊一篇来。」}山上都收拾得停当，装上车子，放起火来，把山寨烧作光地，分为三队下山。宋江便与花荣引着四五十人，^{「分人。」}三五十骑马，^{「分马。」}簇拥着五七辆车子，^{「分车。」}老小队仗先行。^{「第一队。」}秦明、黄信引领八九十匹马，^{「分马。」}和这应用车子，^{「分车。」}作第二起。^{「第二队。」}后面^{「第三队字倒在上。」}便是燕顺、王矮虎、郑天寿三个，引着四五十匹马。^{「分马。」}一二百人^{「分人。○第一队有人有马有车，第二队有马有车无人，第三队有马有人无车。○通共只十辆车、三二百匹马、三五百人，看他写得错纵变化。」}离了清风山，取路投梁山泊来。于路中见了这许多军马，旗号上又明明写着收捕草寇官军，因此无人敢来阻挡。在路行五七日，离得青州远了。

且说宋江、花荣两个骑马在前头，背后车辆载着老小，与后面人马只隔着二十来里远近。前面到一个去处，地名唤对影山，两边两座高山，一般形势，中间却是一条大阔驿路。两个在马上正行之间，只听得前山里锣鸣鼓响。^{「为是强贼，为是官军，读至下，却都不是，始信山名对影，都有为也。」}花荣便道："前面必有强人。"把枪带住，取弓箭来整顿得端正，再插放飞鱼袋内。一面叫骑马的军士，催赶后面两起军马上来。^{「好。」}且把车辆人马扎住了。宋江和花荣两个引了二十余骑军马，向前探路。

至前面半里多路，早见一簇人马，约有一百余人，尽是红衣红甲，拥着一个穿红少年壮士，横戟立马^{「奇文奇格。」}在山坡前大叫道："今日我和你比试，分个胜败，见个输赢。"^{「眉批：此一节是吕方、郭盛斗戟，特表花荣神箭。」}只见对过山冈子背后，早拥出一队人马来，也有百十余人，都是白衣白甲，也拥着一个穿白少年壮士，手中

也使一枝方天画戟。「奇文奇格。〇处处皆用散叙，此处忽然用两扇一联法，奇绝。」这边都是素白旗号，那壁都是绛红旗号。「又一联。」只见两边红白旗摇，震地花腔鼓擂。那两个壮士更不打话，各人挺手中戟，纵坐下马，两个就中间大阔路上，斗到三十余合，不分胜败。花荣和宋江两个在马上看了喝采。「看他前后两番喝采，寓意深隐，为之一叹。」花荣一步步趱马向前看时，只见那两个壮士斗到深涧里。这两枝戟上，一枝是金钱豹子尾，一枝是金钱五色幡，「又一联。」却搅做一团，上面绒条结住了，那里分拆得开。「奇文。」花荣在马上看了，便把马带住，右手去飞鱼袋内取弓，右手向走兽壶中拔箭，「亦是一联。〇此一段文都作分外耀艳语。」搭上箭，拽满弓，觑着豹尾绒绦较亲处，飕地一箭，恰好正把绒绦射断。只见两枝画戟分开做两下，「奇文。」那二百余人一齐喝声采。「前言两番喝采，寓意深隐者，何也？盖两戟相交，不相上下，则两戟之妙，可得而知也。两戟之妙可得而知，然而宋江知，花荣知者，二百余人不得知。二百余人不得知，则止有宋江、花荣马上喝采，而二百余人瞠目不出一声矣。盖天下曲高寡和，才高无赏，往往如是，不足怪也。迨夫花荣一箭分开两戟，而二百余人齐声喝采。夫二百余人，即又岂知花荣之内正外直、左托右抱乎哉！眼见两戟得箭而开，则喝采耳。呜呼！天下以成功论英雄，又往往如是，亦不足怪也。」

那两个壮士便不斗，「写两戟互不相服，却写一箭能服两戟，可谓极表花荣矣。」都纵马跑来，直到宋江、花荣马前，就马上欠身声喏，都道：“愿求神箭将军大名。”花荣在马上答道：“我这个义兄，乃是郓城县押司、山东及时雨宋公明。「说得响。」我便是清风镇知寨小李广花荣。”「说得响。〇愿求神箭大名，却反先说郓城押司，岂以神箭重押司哉，得押司而神箭越重耳。」那两个壮士听罢，扎住了戟，便下马推金山，倒玉柱，「又一联。〇此六字，他书亦学用之矣，却不知在此处分外耀艳中，则映衬成色耳。他书前后不称，亦复硬用入来，真是文章苦海也。」都拜道：“闻名久矣。”宋江、花荣慌忙下马，扶起那两位壮士道：“且请问二位壮士高姓大名？”那个穿红的说道：“小人姓吕，名方，祖贯潭州人氏，平昔爱学吕布为人，因此习学这枝方天画戟，人都唤小人做‘小温侯'吕方。「一个古人。」因贩生药到山东，消折了本钱，不能够还乡，权且占住这对影山，打家劫舍。近日走这个壮士来，要夺吕方的山寨。和他各分一山，他又不肯，因此每日下山厮杀。不想原来缘法注定，今日得遇尊颜。"宋江又问这穿白的壮士高姓，那人答道："小人姓郭，名盛，祖贯四川嘉陵人氏，因贩水银货卖，黄河里遭风翻了船，回乡不得。原在嘉陵学得本处兵马张提辖的方天戟，向后使得精熟，人都称小人做'赛仁贵'郭盛。「又一个古人，两异名又是一联。○三个古人一般绝技，文心妙绝。」江湖上听得说，对影山有个使戟的占住了山头，打家劫舍，因此一径来比并戟法。连连战了十数日，不分胜败。不期今日得遇二公，天与之幸。"

宋江把上件事都告诉了，便道："既幸相遇，就与二位劝和如何？"两个壮士大喜，都依允了。后队人马已都到齐，一个个都引着相见了。吕方先请上山，杀牛宰马筵会。次日，却是郭盛置酒设席筵宴。宋江就说他两个撞筹入伙，辍队上梁山泊去，投奔晁盖聚义。「大书宋江倡众。」欢天喜地都依允了，「此二少年上山，读之真有芝兰玉树，生于庭阶之乐。」便将两山人马点起，收拾了财物，待要起身，宋江便道："且住，非是如此去。「一路文势如龙赴海，至此忽用中途一变，遂令读者不复知其鳞甲在何处。」假如我这里有三五百人马投梁山泊去，他那里亦有探细的人，在四下里探听，倘或只道我们真是来收捕他，不是耍处。等我和燕顺先去报知了，「后文手书，尚足相据，岂有今日宋江亲在行间，而虞山泊之见怪者？只是要凭空生出枝节，令下文风雨忽变，不欲宋江引着一行人直至山寨，如僧家所谓行道者然也。」你们随后却来，还作三起而行。"花荣、秦明道："兄长高见，正是如此计较，陆续进程。兄长先行半日，我等催督人马，随后起身来。"

　　且不说对影山人马陆续登程，只说宋江和燕顺各骑了马，带领随行十数人，先投梁山泊来。在路上行了两日，当日行到晌午时分，正走之间，只见官道傍边一个大酒店。宋江看了道："孩儿们走得困乏，都叫买些酒吃了过去。"当时宋江和燕顺下了马，入酒店里来，「眉批：此一节 是酒店遇石勇。」叫孩儿们松了马肚带，「看官记 此一句。」都入酒店里来。

　　宋江和燕顺先入店里来看时，只有三副大座头，小座头不多几副。只见一副大座头上，先有一个在那里占了。宋江看那人时，裹一顶猪嘴头巾，脑后两个太原府金不换纽丝铜镮。上穿一领皂袖衫，腰系一条白搭膊，下面腿绷护膝、八搭麻鞋。「看官记 此一句。」桌子边倚着短棒，「看官记 此一句。」横头上放着个衣包。「看官记 此一句。」生得八尺来长，淡黄骨查脸，一双鲜眼，没根髭髯。「怪丑如画。」宋江便叫酒保过来说道："我的伴当多，我两个借你里面坐一坐，你叫那个客人移换那副大座头，与我伴当们坐地吃些酒。"酒保应道："小人理会得。"宋江与燕顺里面坐了，先叫酒保："打酒来，大碗先与伴当一人三碗，有肉便买来先与他众人吃，「借宋江爱念众人，为酒保央求换座地；借酒保换座，为那人厮闹地；借 那人厮闹，为得书地。看他叙事，何等曲折尽变，定不肯直写一笔也。」却来我这里掇酒。"酒保又见伴当们都立满在炉边，「如画。○又贴一句， 为酒保必要换座地也。」酒保却去看着那个公人模样的客人道："有劳上下，「央求换座，何至便到寻闹，却先写个酒保 误认他是上下，如此生情出笔，真称妙绝。」挪借这副大座头与里面两个官人的伴当坐一坐。"那汉嗔怪呼他做上下，便焦躁道："也有个先来后到。甚么官人的伴当，要换座头！老爷不换！"燕顺听了，对宋江道："你看他无礼么！"「先放一句，下 便有节次。」宋江道："由他便了，你也和他一般见识！"却把燕顺按住了。

只见那汉转头看了宋江，燕顺冷笑。〖傲豪杰之士耶？是"冷笑"二字之意。〗酒保又陪小心道："上下，〖只管叫他上下。〗周全小人的买卖，换一换有何妨。"那汉大怒，拍着桌子道："你这鸟男女，好不识人！欺负老爷独自一个，〖明明怪其仆从如云。〗要换座头！便是赵官家，〖此亦脚底下泥。〗老爷也别鸟不换。高则声，大脖子拳不认得你！"〖你亦脚底下泥。〗酒保道："小人又不曾说甚么。"那汉喝道："量你这厮敢说甚么！"〖妙。〗燕顺听了，那里忍耐得住，便说道："兀那汉子，你也鸟强，不换便罢，没可得鸟吓他。"那汉便跳起来，绰了短棒在手里，便应道："我自骂他，要你多管！老爷天下只让得两个人，其余的都把来做脚底下的泥。"〖奇峰忽然当面矗起。〗燕顺焦躁，便提起板凳，却待要打将去。

宋江因见那人出语不俗，〖妙。〗横身在里面劝解："且都不要闹。我且请问你：你天下只让得那两个人？"那汉道："我说与你惊得你呆了。"〖犹言脚底下泥曾何足以知之，妙绝。〗宋江道："愿闻那两个好汉大名。"那汉道："一个是沧州横海郡柴世宗的孙子，唤做小旋风柴进柴大官人。"〖两个人中须有宾主，今反先说宾在前者，便于跌成妙势也。〗宋江暗暗地点头，〖妙，如画。○脚底下泥，乃曳解此语乎？〗又问那一个是谁。那汉道："这一个又奢遮，〖偏又摇摆一句，不忍便说出来，使脚底下泥侧耳。〗是郓城县押司山东及时雨呼保义宋公明。"〖此等名字与脚底下泥言之，尚可惜耳。〗宋江看了燕顺暗笑，〖妙，如画。〗燕顺早把板凳放下了。〖妙，如画。〗"老爷只除了这两个，〖此句接上文连说，"宋江""燕顺"二句乃夹叙法耳。〗便是大宋皇帝也不怕他。"〖皆所谓其余也。〗宋江道："你且住。我问你，你既说起这两个人，我却都认得。〖脚底下泥亦复难料。〗你在那里与他两个厮会？"那汉道："你既认得，我不说谎。三年前在柴大官人庄上住了四个月有余，只不曾见得宋公明。"〖文情虚实都妙。〗宋江道："你便要认黑三郎么？"那汉

道："我如今正要去寻他。"「紧凑。」宋江问道："谁教你寻他？"那汉道："他的亲兄弟铁扇子宋清教我寄家书去寻他。"「紧凑。眉批：此一节是宋江得书。」宋江听了大喜，「四字妙绝，既已寄书，偏不明白，便顿出许多节次来。○"大喜"字与一篇"痛哭"字，击射成文。眉批：此一节是宋江得书。使宋江喜逢石勇，提变得妙。」向前拖住道："有缘千里来相会，无缘对面不相逢。只我便是黑三郎宋江。"那汉相了一面，便拜道："天幸使令小弟得遇哥哥，争些儿错过，空去孔太公那里走一遭。"宋江便把那汉拖入里面问道："家中近日没甚事？"「看他问得对针，对得偏不对针，顿挫入妙。」那汉道："哥哥听禀：小人姓石，名勇，原是大名府人氏，日常只靠放赌为生。本乡起小人一个异名，唤做'石将军'。为因赌博上一拳打死了个人，逃走在柴大官人庄上。多听得往来江湖上人说哥哥大名，因此特去郓城县投奔哥哥，却又听得说道为事出外。因见四郎，听得小人说起柴大官人来，却说哥哥在白虎山孔太公庄上。因小弟要拜识哥哥，四郎特写这封家书与小人寄来孔太公庄上。如寻见哥哥时，可叫兄长作急回来。"「只如此，妙妙！」宋江见说，心中疑惑，「渐从"大喜"字变过来。」便问道："你到我庄上住了几日？曾见我父亲么？"「问得对针，妙妙！」石勇道："小人在彼只住得一夜，便来了，不曾得见太公。"「只是揿住并不对针，妙妙！」宋江把上梁山泊一节都对石勇说了。「反写宋江说闲话，妙妙！」石勇道："小人自离了柴大官人庄上，江湖上只闻得哥哥大名，疏财仗义，济困扶危。如今哥哥既去那里入伙，是必携带。"宋江道："这不必你说，何急你一个人！「反写宋江只管说闲话，妙妙！」且来和燕顺厮见。"「反写宋江做闲事，妙妙！」叫酒保且来这里斟酒三杯，酒罢，「反写宋江把酒相劝，只管纵将开去，务令文情尽奇尽变，然后写出石勇书来，妙妙！」石勇便去包裹内取出家书，慌忙递与宋江。

宋江接来看时，封皮逆封着，「一句。」又没"平安"二字。「二句。○又添二句使读不突然。」

宋江心内越是疑惑，「从大喜渐变过来。」连忙扯开封皮，从头读至一半，「省一半，念一半，只一家书，写得有许多方法。」后面写道：

父亲于今年正月初头因病身故，见今停丧在家，专等哥哥来家迁葬。千万，千万！切不可误！弟清泣血奉书。

宋江读罢，叫声苦，不知高低，自把胸脯揢将起起，自骂道："不孝逆子，做下非为，老父身亡，不能尽人子之道，畜生何异！"自把头去壁上磕撞，大哭起来。「与前大喜照耀。」燕顺、石勇抱住。宋江哭得昏迷，半晌方才苏醒。燕顺、石勇两个劝道："哥哥且省烦恼。"宋江便分付燕顺道："不是我寡情薄意，其实只有这个先父记挂，「"只有这个"四字，是纯孝之言。然"只有"二字，又妙在"只"字；"这个"二字，又妙在"这"字，中间便有"昊天罔极，父一而已"等意，勿以宋江而忽之也。〇"先父"二字，遽becoming呼得妙，为后文一笑。〇武松呼朱兄，便终作兄弟；宋江呼先父，未必真作先父。文情各有其妙。」今已没了，只是星夜赶归去，教兄弟们自上山则个。"「眉批：此一节是宋江奔丧。」燕顺劝道："哥哥，太公既已没了，便到家时，也不得见了。天下无不死的父母，「只改一字，遂成奇语，令人绝倒。」且请宽心，引我们弟兄去了。「是。〇写各人胸中各有其心，如画。」那时小弟却陪侍哥哥归去奔丧，未为晚了。自古道：'蛇无头而不行。'若无仁兄去时，他那里如何肯收留我们？"「写燕顺留宋江，这少不得。不然，便上文都成浪笔矣。」宋江道："若等我送你们上山去时，误了我多少日期，却是使不得。我只写一封备细书札，都说在内，就带了石勇一发入伙，等他们一处上山。我如今不知便罢，既是天教我知了，正是度日如年，烧眉之急。我马也不要，从人也不带，「二语插放此处，作宋江自说最妙。若俗笔，便定写在出门时；又其次者，竟日忘之也。」一个连

夜自赶回家。"燕顺、石勇那里留得住。宋江问酒保借笔砚，讨了一幅纸，一头哭着，一面写书，「悉与前大喜照耀。」再三叮咛在上面。写了，封皮不粘，「四字画出匆匆，真是妙笔。」交与燕顺收了。脱石勇的八搭麻鞋穿上，「妙绝。○真正才子，有此曲心曲笔，俗笔梦想不到。」取了些银两，藏放在身边，跨了一口腰刀，就拿了石勇的短棒，「妙绝。」酒食都不肯沾唇，便出门要走。燕顺道："哥哥也等秦总管、花知寨都来相见一面了，去也未迟。"「定少不得。」宋江道："我不等了。我的书去，并无阻滞。石家贤弟，自说备细。可为我上覆众兄弟们，可怜见宋江奔丧之急，休怪则个。"宋江恨不得一步跨到家中，飞也似独自一个去了。「一路写宋江都覆众人投入山泊，读者莫不试目洗耳，观忠义堂上，晁、宋二人如何相见也。忽然此处如如龙化去，令人眼光忽遭一闪，奇文奇格，妙绝，妙绝！」

　　且说燕顺同石勇，只就那店里吃了些酒食点心，还了酒钱。却教石勇骑了宋江的马，「一双八搭麻鞋、一条短棒，却换了一匹马，妙笔。○宋江奔丧回去，须要随身短棒及八搭麻鞋，便记得石勇身边有。宋江回去后，便记得宋江马空了，只此记得，岂他人所及哉！」带了从人，只离酒店三五里路，寻个大客店歇了等候。次日辰牌时分，全伙都到。燕顺、石勇接着，备细说宋江哥哥奔丧去了。众人都埋怨燕顺「是，定少不得。」道："你如何不留他一留？"石勇分说道："他闻得父亲没了，恨不得自也寻死，如何肯停脚，巴不得飞到家里。写了一封备细书札在此，教我们只顾去。他那里看了书，并无阻滞。"花荣与秦明看了书，与众人商议道："事在途中，进退两难。「是。」回又不得，「是。」散了又不成。「是。」只顾且去。「是。」还把书来封了，「是。○方始封书。」都到山上看，那里不容，却别作道理。「是。○数语定少不得。」

　　九个好汉并作一伙，带了三五百人马，渐近梁山泊，来寻大路上山。一行人马正在芦苇中过，只见水面上锣鼓振响。众人看时，漫山遍野都是杂彩旗幡。〔写得精严之极。眉批：此一节是山泊关防严密。〕水泊中棹出两只快船来。当先一船上，摆着三五十个小喽啰，船头上中间坐着一个头领，乃是豹子头林冲。〔精严之极。〕背后那只哨船上，也是三五十个小喽啰，船头上也坐着一个头领，乃是赤发鬼刘唐。〔精严之极。〕前面林冲在船上喝问道："汝等是甚么人？那里的官军，敢来收捕我们？教你人人皆死，个个不留，你也须知俺梁山泊的大名！"花荣、秦明等都下马，立在岸边答应道："我等众人非是官军，有山东及时雨宋公明哥哥书札在此，特来相投大寨入伙。"林冲听了道："既有宋公明兄长的书札，且请过前面到朱贵酒店里，〔写得水泊精严之极。〕先请书来看了，却来相请厮会。"〔精严之极。〕船上把青旗只一招，〔何等精严！〕芦苇里棹出一只小船，〔妙。〕内有三个渔人，一个看船，〔妙。〕两个上岸来，〔妙。〕说道："你们众位将军都跟我来。"水面上那两只哨船，一只船上把白旗招动，〔何等精严！〕铜锣响处，两只哨船一齐去了。〔何等精严。〕

　　一行众人看了，都惊呆了，说道："端的此处，官军谁敢侵傍？我等山寨如何及得？"众人跟着两个渔人，从大宽转〔表出八百里。〕直到旱地忽律朱贵酒店里。朱贵见说了，迎接众人，都相见了。便叫放翻两头黄牛，〔富贵气象。〕散了分例酒食，讨书札看了。〔精严。〕先向水亭上放一枝响箭射过对岸，芦苇中早摇过一只快船来。朱贵便唤小喽啰分付罢，叫把书先赍上山去报知，〔精严。〕一面店里杀宰猪羊，〔富贵。〕管待九个好汉，把军马屯住在四散歇了。

〔看他极写精严，深表泊中有人。○虽有宋江手书，然或恐官府严刑逼写，假作投伙而图我者有之，把军马屯在四散，真经济之才也！〕

543

第二日辰牌时分，只见军师吴学究自来朱贵酒店里迎接众人，「又用军师自来。」一个个都相见了。叙礼罢，动问备细，「何等精严。」然后二三十只大白棹船来接。「何等精严，何等富贵！」吴用、朱贵邀请九位好汉下船，老小车辆、人马行李，亦各自都搬在各船上，前望金沙滩来。上得岸，松树径里，众多好汉随着晁头领，全副鼓乐来接。「富贵。」晁盖为头，与九个好汉相见了，迎上关来。各自乘马坐轿，「富贵。」直到聚义厅上，一对对讲礼罢。左边一带交椅上，「森然。」却是晁盖、吴用、公孙胜、林冲、刘唐、阮小二、阮小五、阮小七、杜迁、宋万、朱贵、白胜。「恭喜白胜已早在此！」那时白日鼠白胜，数月之前，已从济州大牢里越狱，「"只须"二字。」逃走到山上入伙。皆是吴学究使人去用度，救他脱身。右边一带交椅上「森然。」却是花荣、秦明、黄信、燕顺、王英、郑天寿、吕方、郭盛、石勇。列两行坐下。中间焚起一炉香来，各设了誓。当日大吹大擂，杀牛宰马筵宴。一面叫新到伙伴厅下参拜了，自和小头目管待筵席。「何等精严，何等富贵！」收拾了后山房舍，教搬老小家眷都安顿了。秦明、花荣在席上称赞宋公明许多好处，清风山报冤相杀一事，众头领听了大喜。后说吕方、郭盛两个比试戟法，花荣一箭射断绒绦，分开画戟。晁盖听罢，意思不信，口里含糊应道："直如此射得亲切，改日却看比箭。"

当日酒至半酣，食供数品，众头领都道："且去山前闲玩一回，再来赴席。"当下众头领相谦相让，下阶闲步乐情，观看山景。行至寨前第三关上，只听得空中数行宾鸿嘹亮。花荣寻思道："晁盖却才意思不信我射断绒绦，何不今日就此施逞些手段，教他们众人看，日后敬伏我。"「眉批：此一节是花荣试箭。」把眼一观，随行人伴数内却有带弓箭的，〖妙笔。〗花荣便问他讨过一张弓来，在手看时，却是一张泥金鹊画细弓，正中花荣意，〖花荣妙箭，安肯以寻常之弓试哉！文人所以必用妙笔，美人所以必须妙镜也。〗急取过一枝好箭，〖弓详箭略。〗便对晁盖道："恰才兄长见说花荣射断绒绦，众头领似有不信之意，远远地有一行雁来，花荣未敢夸口，这枝箭要射雁行内第三只雁的头上。〖此处一句，后分作二句，只是随手成文。〗射不中时，众头领休笑。"花荣搭上箭，拽满弓，觑得亲切，望空中只一箭射去，果然正中雁行内第三只，〖先写前之半句。〗直坠落山坡下。急叫军士取来看时，那枝箭正穿在雁头上。〖次找完前之半句，看他随手小文，皆有次第。〗晁盖和众头领看了，尽皆骇然，都称花荣做"神臂将军"。吴学究称赞道："休言将军比小李广，便是养由基也不及神手，真乃是山寨有幸！"自此梁山泊无一个不钦敬花荣。〖始结花荣传。〗

众头领再回厅上筵会，到晚各自歇息。次日，山寨中再备筵席，议定坐次。本是秦明才及花荣，因为花荣是秦明大舅，众人推让花荣在林冲肩下，坐了第五位，秦明坐第六位，刘唐坐第七位，黄信坐第八位，三阮之下，便是燕顺、王矮虎、吕方、郭盛、郑天寿、石勇、杜迁、宋万、朱贵、白胜，一行共是二十一个头领。坐定，〖第二结。〗庆贺筵宴已毕，山寨中添造大船、屋宇、车辆、什物，打造枪刀、军器、铠甲、头盔，整顿旌旗、袍袄、弓弩、箭矢，准备抵敌官军，〖于总结后，更添两行，极写水泊精严富贵。○以上一篇单表水泊雄丽精严，是全部书作身分处。〗不在话下。

却说宋江自离了村店，连夜赶归。当日申牌时候，奔到本乡村口张社长酒店里暂歇一歇。〖本至家矣，却不便归，再生出一张社长家作波碟，真是触手生情，落笔成景。〗那张社长却和宋江家来往得好。张社长见了宋江容颜不乐，眼泪暗流，张社长动问道："押司有年半来

不到家中，今日且喜归来，如何尊颜有些烦恼，心中为甚不乐？且喜官事已遇赦了，必是减罪了。」「不惟无忧，反报一喜，妙。眉批：此一节是宋江归家。」宋江答道："老叔自说得是。家中官事且靠后，只有一个生身老父殁了，如何不烦恼？"张社长大笑道："押司真个，也是作耍？令尊太公却才在我这里吃酒了回去，只有半个时辰来去，「奇文。」如何却说这话？"宋江道："老叔休要取笑小侄。"便取出家书，教张社长看了。「此句是夹叙法，下语与上语连读下。」"兄弟宋清明明写道父亲于今年正月初头殁了，专等我归来奔丧。"张社长看罢，说道："呸！那得这般事！只午时前后和东村王太公「随手又添一人，妙。」在我这里吃酒了去，我如何肯说谎？"宋江听了，心中疑影，「前文疑惑，是从大喜渐变到哭；此文疑影，是从大哭渐变至喜。」没做道理处。寻思了半晌，只等天晚，别了社长，便奔归家。

入得庄门看时，没些动静。「奇。」庄客见了宋江，都来参拜，「奇。」宋江便问道："我父亲和四郎有么？"庄客道："太公每日望得押司眼穿，今得归来，却是欢喜。方才和东村里王社长在村口张社长店里吃酒了回来，睡在里面房内。"「奇文。」宋江听了大惊，撇了短棒，「细。」径入草堂上来，只见宋清迎着哥哥便拜。宋江见他果然不戴孝，「奇文。」心中十分大怒，便指着宋清骂道："你这忤逆畜生，是何道理！父亲见今在堂，如何却写书来戏弄我？教我两三遍自寻死处，一哭一个昏迷，你做这等不孝之子！"

宋清却待分说，只见屏风背后转出宋太公来「明明假计，乃我读至此句，始觉如梦忽醒，盖于前文一路，所感者深矣。」叫道："我儿不要焦躁，这个不干你兄弟之事。是我每日思量要见你一面，因此教四郎只写道我殁了，你便归来得快。我又听得人说，白虎山地面多有强人，又怕你一时被人撺掇，落草去了，做个不忠不孝的人，为此急急寄书去，唤你归家。「作者特特书太公家教，正所以深明宋江不孝。而自来读者至此，俱谬许其为忠义之子，斯真过矣。」又得柴大官人那里来的石勇，寄书去与你。这件事尽都是我主意，不干四郎之事，你休埋怨他。我恰才在张社长店里回来，睡在房里听得是你归来了。"宋江听罢，纳头便拜太公，「句。」忧喜相半。「不便变出喜来，且写个忧喜相半，善体人情，方有此笔。」宋江又问父亲道："不知近日官司如何？已经赦宥，必然减罪。适间张社长也这般说了。"宋太公道："你兄弟宋清未回之时，多得朱仝、雷横的气力，向后只动了一个海捕文书，再也不曾来勾扰。我如今为何唤你归来，近闻朝廷册立皇太子，已降下一道赦书，应有民间犯了大罪，尽减一等科断，俱已行开各处施行。便是发露到官，也只该个徒流之罪，不到得害了性命。且由他，却又别作道理。"宋江又问道："朱、雷二都头曾来庄上么？"宋清说道："我前日听得说来，这两个都差出去了。朱仝差往东京去，「一实。」雷横不知差到那里去了。「一虚。〇递开二人，便使下文展笔，乃其妙却在闲中问及，全无痕影。」如今县里却是新添两个姓赵的勾摄公事。"宋太公道："我儿远路风尘，且去房里将息几时。"「止。」合家欢喜，不在话下。

天色看看将晚，玉兔东生，约有一更时分，庄上人都睡了，只听得前后门发喊。起来看时，四下里都是火把，团团围住宋家庄，一片声叫道："不要走了宋江！"太公听了，连声叫苦。不因此起，有分教：大江岸上，聚集好汉英雄；闹市丛中，来显忠肝义胆。毕竟宋公明在庄上怎地脱身，且听下回分解。

【第三十五回】

梁山泊吴用举戴宗

揭阳岭宋江逢李俊

一部书中写一百七人最易，写宋江最难。故读此一部书者，亦读一百七人传最易，读宋江传最难也。盖此书写一百七人处，皆直笔也，好即真好，劣即真劣。若写宋江则不然，骤读之而全好，再读之而好劣相半，又再读之而好不胜劣，又卒读之而全劣无好矣。夫读宋江一传，而至于再，而至于又再，而至于又卒，而诚有以知其全劣无好，可不谓之善读书人哉！然吾又谓由全好之宋江而读至于全劣也，犹易；由全劣之宋江而写至于全好也，实难。乃今读其传，迹其言行，抑何寸寸而求之，莫不宛然忠信笃敬君子也？篇则无累于篇耳，节则无累于节耳，句则无累于句耳，字则无累于字耳。虽然，诚如是者，岂将以宋江真遂为仁人孝子之徒哉？史不然乎？记汉武，初未尝有一字累汉武也，然而后之读者，莫不洞然明汉武之非是，则是褒贬固在笔墨之外也。呜呼！稗官亦与正史同法，岂易作哉！岂易作哉！

话说当时宋太公掇个梯子上墙来看时，只见火把丛中，约有一百余人，当头两个，便是郓城县新参的都头，却是弟兄两个：一个叫做赵能，一个叫做赵得。两个便叫道："宋太公，你若是晓事的，便把儿子宋江献将出来，我们自将就他。若是不教他出官时，和你这老子一发捉了去。"宋太公道："宋江几时回来？"赵能道："你便休胡说！有人在村口见他从张社长家店里吃了酒归来，亦有人跟到这里。〔添一句，好。〕你如何赖得过？"宋江在梯子边说道："父亲，你和他论甚口！孩儿便挺身出官也不妨。县里府上都有相识，况已经赦宥的事了，必当减罪。求告这厮们做甚？赵家那厮是个刁徒，如今暴得做个都头，知道甚么义理！〔"暴"字妙，骂世不尽。〕他又和孩儿没人情，空自求他。"宋太公哭道："是我苦了孩儿。"宋江道："父亲休烦恼，官司见了，到是有幸。

明日孩儿躲在江湖上，撞了一班儿杀人放火的弟兄们，打在网里，如何能够见父亲面？「于清风山收罗花荣、秦明、黄信、吕方、郭盛及燕顺等三人，纷纷入水泊者，复是何人？方得死父赚转，便将生死热瞒，作者正深写宋江权诈，乃至忍于欺其至亲。而自来读者皆叹宋江忠孝，真不著读书人也。」便断配在他州外府，也须有程限，日后归来，也得早晚伏侍父亲终身。"宋太公道："既是孩儿恁地说时，我自来上下使用，买个好去处。"

宋江便上梯来叫道："你们且不要闹，我的罪犯，今已赦宥，定是不死。且请二位都头进敝庄少叙三杯，明日一同见官。"赵能道："你休使见识，赚我入来。"「丑。」宋江道："我如何连累父亲、兄弟？你们只顾进家里来。"宋江便下梯子来，开了庄门，请两个都头到庄里堂上坐下，连夜杀鸡宰鹅，置酒相待。那一百土兵人等，都与酒食管待，送些钱物之类。取二十两花银，把来送与两位都头做"好看钱"。「只三个字，便胜过一篇《钱神论》。〇人之所以必要钱者，以钱能使人"好看"也。人以钱为命，而亦有时以钱与人者，既要好看，便不复顾钱也。乃世又有守钱成窖，而不要好看者，斯又一类也矣。」当夜两个都头就在庄上歇了。次早五更，同到县前，等待天明，解到县里来时，知县才出升堂。只见都头赵能、赵得押解宋江出官，知县时文彬见了大喜，责令宋江供状。当下宋江一笔供招："不合于前年秋间，典赡到阎婆惜为妾，为因不良，一时恃酒争论斗殴，致被误杀身死，一向避罪在逃。今蒙缉捕到官，取勘前情，所供甘罪无词。"知县看罢，且叫收禁牢里监候。

满县人见说拿得宋江，谁不爱惜他？都替他去知县处告说讨饶，备说宋江平日的好处。知县自心里也有八分开豁他，「数语皆为送配作地，不重在写宋江生平。」当时依准了供状，免上长枷手杻，只散禁在牢里。宋太公自来买上告下，使用钱帛。那时阎婆已自身故了半年，没了苦主。这张三又没了粉头，不来做甚冤家。
「无笔不到。〇若非此二语，便将必入宋江死罪，瘐死郓城狱耶？算来不如放他迭配出去，再生出事来，使读者欢喜。故当省即省，乃文家妙诀也。」县里叠成文案，待
六十日限满，结解上济州听断。本州府尹看了申解情由，赦前恩宥之事，已
成减罪，把宋江脊杖二十，刺配江州牢城。本州官吏亦有认得宋江的，
「一句。」更兼他又有钱帛使用，「二句。」名唤做断杖刺配，又无苦主执证，「三句。」
众人维持下来，都不甚深重。当厅戴下行枷，押了一道牒文，差两个防送公
人，无非是张千、李万。「三字妙。可见一部书，皆从才子文心捏造而出，愚夫则必谓真有其事。」

当下两个公人领了公文，监押宋江到州衙前。宋江的父亲宋太公同兄弟
宋清，都在那里等候；置酒管待两个公人，赏发了些银两。教宋江换了衣服，
打拴了包裹，穿上麻鞋。宋太公唤宋江到僻静处叮嘱道："我知江州是个好
地面，鱼米之乡。特地使钱买将那里去。你可宽心守耐，我自使四郎来望你，
「固少不得。」盘缠，有便人常常寄来。你如今此去，正从梁山泊过，倘或他们
下山来劫夺你入伙，切不可依随他，教人骂做不忠不孝。此一节，牢记于
心！「屡申此言。深表宋江不孝之子，不肯终受厥考之教也。〇观其前聚清风山，后吟浔阳楼，当信此言不谬。」孩儿，路上慢慢地去。天可怜
见，早得回来，父子团圆，兄弟完聚。"宋江洒泪拜辞了父亲，「洒泪。」兄弟
宋清送一程路。宋江临别时嘱付兄弟道："我此去不要你们忧心。只有父亲
年纪高大，我又累被官司缠扰，背井离乡而去。兄弟，你早晚只在家侍奉，
休要为我到江州来，弃掷父亲，无人看顾。「太公许四郎来，此是人情文情，两所必至。然于后文，来则费笔，不来又疑漏笔，不如便于此处，随手放倒，省却无数心机也。」我自江湖上相识多，见的那一个不相助，盘缠自有对付处。
天若见怜，有一日归来也！"宋清洒泪拜辞了，「父前子洒泪，兄前弟洒泪，写得秩秩然。」自回家中

551

去侍奉父亲宋太公，不在话下。

只说宋江和两个公人上路，那张千、李万已得了宋江银两，又因他是个好汉，因此于路上只是伏侍宋江。三个人上路行了一日，到晚投客店安歇了，打火做些饭吃，又买些酒肉请两个公人。宋江对他说道："实不瞒你两个说，我们今日此去，正从梁山泊边过。山寨上有几个好汉，闻我的名字，怕他下山来夺我，枉惊了你们。我和你两个明日早起些，只拣小路里过去，宁可多走几里不妨。"两个公人道："押司，你不说俺们如何得知？我等自认得小路过去，定不得撞着他们。"当夜计议定了，次日起个五更来打火。两个公人和宋江离了客店，只从小路里走。约莫也走了三十里路，只见前面山坡背后转出一伙人来。宋江看了，只叫得苦，「四字两写，击应为奇。」来的不是别人，为头的好汉正是赤发鬼刘唐，「全泊头领分路等候，而撞着宋江独是刘唐者，言刘唐则众人见，言他人则刘唐不见，此固史氏之法也。」将领着三五十人，便来杀那两个公人。这张千、李万，唬做一堆儿跪在地下。宋江叫道："兄弟，你要杀谁？"刘唐道："哥哥，不杀了这两个男女，等甚么？"宋江道："不要你污了手，把刀来我杀便了。"「笔墨狡狯，令人莫测其故。」两个人只叫得苦。「与上击应。」刘唐把刀递与宋江，「妙。」宋江接过，「妙。〇此等处写出宋江权术。」问刘唐道："你杀公人何意？"刘唐答道："奉山上哥哥将令，特使人打听得哥哥吃官司，直要来郓城县劫牢，却知道哥哥不曾在牢里，不曾受苦。今番打听得断配江州，只怕路上错了路头，教大小头领分付去四路等候，迎接哥哥，「补文中之所无。」便请上山。这两个公人不杀了如何？"宋江道："这个不是你们弟兄抬举宋江，倒要陷我于不忠不孝之地。「其言甚正，然作者特书之于清风山起行之后，吟反诗之前，殆所以深明宋江之权诈耶。」若是如此来挟

552

我，只是逼宋江性命，我自不如死了。把刀望喉下自刎。「看他假，此其所以为宋江也。〇立意原本忠孝，是宋江好处，处处以权诈行其忠孝，是宋江不好处。」刘唐慌忙攀住胳膊道："哥哥，且慢慢地商量。"就手里夺了刀。「自刎之假，不如夺刀之真，然真者终为小卒，假者终为大王。世事如此，何可胜叹。」宋江道："你弟兄们若是可怜见宋江时，容我去江州牢城，听候限满回来，那时却待与你们相会。"刘唐道："哥哥这话，小弟不敢主张。「是。」前面大路上有军师吴学究同花知寨在那里专等，迎迓哥哥。「二人迎。」容小弟着小校请来商议。"宋江道："我只是这句话，由你们怎地商量。"

小喽啰去报不多时，只见吴用、花荣两骑马在前，后面数十骑马跟着，飞到面前。下马叙礼罢，花荣便道："如何不与兄长开了枷？"「花荣真。」宋江道："贤弟，是甚么话！此是国家法度，如何敢擅动！"「宋江假。〇于知己兄弟面前，偏说此话，于李家店、穆家庄，偏又不然，写尽宋江丑态。」吴学究笑道："我知兄长的意了。这个容易，只不留兄长在山寨便了。「写宋江假杀，出不得吴用圈缋。看他只一笑字，便已算定不是今日之事。」众头领多时不曾得与仁兄相会，今次也正要和兄长说几句心腹的话，略请到山寨，少叙片时便送登程。"「看他便笼罩宋江。」宋江听了道："只有先生便知道宋江的意。"「看他也笼罩吴用。〇写两人互用权术相加，真是出色妙笔。」扶起两个公人来，宋江道："要他两个放心，宁可我死，不可害他。"「看他写宋江一片假。〇既许不留，则定不害二人矣，偏是宋江便要再说一句，写得权诈人如镜。」两个公人道："全靠押司救命。"

一行人都离了大路，来到芦苇岸边，已有船只在彼。当时载过山前大路，却把山轿教人抬了，直到断金亭上歇了。叫小喽啰四下里去请众头领都来聚会，「妙笔。」迎接上山，到聚义厅上相见。晁盖谢道："自从郓城救了性命，兄弟们到此，无日不想大恩。前者又蒙引荐诸位豪杰上山，光辉草寨，恩报无

553

门！”宋江答道：“小可自从别后，杀死淫妇，逃在江湖上，去了年半。本欲上山相探兄长一面，偶然村店里遇得石勇，捎寄家书，只说父亲弃世。不想却是父亲恐怕宋江随众好汉入伙去了，因此写书来唤我回家。虽然明吃官司，多得上下之人看觑，不曾重伤。今配江州，亦是好处。适蒙呼唤，不敢不至。今来既见了尊颜，奈我限期相逼，不敢久住，只此告辞。”晁盖道：「前聚清风，后吟反诗，抑又何也？」“直如此忙？「骂得假人妙。」且请少坐！”两个中间坐了。宋江便叫两个公人只在交椅后坐，与他寸步不离。「看他写宋江假。○便不要害公人，亦何至于如此？偏是假人，偏在人面前做张致，写得真是如镜。」晁盖叫许多头领都来参拜了宋江，分两行坐下；小头目一面斟酒。先是晁盖把盏了，向后军师吴学究、公孙胜起至白胜，把盏下来。酒至数巡，宋江起身相谢道：“足见弟兄们相爱之情，宋江是个得罪囚人，不敢久停，只此告辞。”「只要问前聚清风，后吟反诗，何也？」晁盖道：“仁兄，直如此见怪？「骂得假人妙。」虽然仁兄不肯要坏两个公人，多与他些金银，发付他回去，只说我梁山泊抢掳了去，不到得治罪于他。”宋江道：“兄这话休题。这等不是抬举宋江，明明的是苦我。家中上有老父在堂，宋江不曾孝敬得一日，如何敢违了他的教训，负累了他？前者一时乘兴，与众位来相投，「写他自解。○试问天下后世，此语还为前回一篇解过否？」天幸使令石勇在村店里撞见在下，指引回家。父亲说出这个缘故，情愿教小可明吃了官司；急断配出来，又频频嘱付；临行之时，又千叮万嘱，教我休为快乐，苦害家中，免累老父怆惶惊恐。因此，父亲明明训教宋江，小可不争随顺了，便是上逆天理、下违父教，做了不忠不孝的人，在世虽生何益？如不肯放宋江下山，情愿只就众位手里乞死。”说罢，泪如雨下，便拜倒在地。「极写宋江权术，何也？忠孝之性，生于心，发于色，诚不可存，虽用三军夺一匹夫而不可得也，如之何其至于哭乎？哭者，人生畅遂之情，非此时之所得来也。」晁盖、吴用、公孙胜一齐扶起。众人道："既是哥哥坚意要往江州，今日且请宽心住一日，明日早送下山。"三回五次，留得宋江就山寨里吃了一日酒。教去了枷也不肯除，「再写一句，与后对看。」只和两个公人同起同坐。

当晚住了一夜，次日早起来，坚心要行。吴学究道："兄长听禀：「看吴用更不留，可谓惟贼知贼。○写吴、宋两人权诈相当处，几有曹、杨之忌。」吴用有个至爱相知，见在江州充做两院押牢节级，姓戴名宗，本处人称为戴院长。为他有道术，一日能行八百里，人都唤他做'神行太保'。此人十分仗义疏财。夜来小生修下一封书在此，与兄长去，到彼时可和本人做个相识。但有甚事，可教众兄弟知道。"众头领挽留不住，安排筵宴送行，取出一盘金银，送与宋江；「为揭阳岭作引。」又将二十两银子送与两个公人；就与宋江挑了包裹，都送下山来。一个个都作别了。吴学究和花荣直送过渡，到大路二十里外，「二人送。○迎宋江用吴用、花荣者，花荣与宋江最昵，盖是以情招之，冀其必来也。然又算到宋江假人，未必为情所动，则必须又用吴用以智胜之。此二人迎宋江之意也。送时又用二人者，迎既有之，送亦必然，此作者所以自成其章法也。乃俗子无赖，忽因此文，便向后日捏撰成吴用、花荣与宋江同死之文，为之欲呕而死也。」众头领回上山去。

只说宋江自和两个防送公人取路投江州来。那个公人见了山寨里许多人马，「一句。」众头领一个个都拜宋江，「一句。」又得他那里若干银两，「一句。」一路上只是小心伏侍宋江。三个人在路约行了半月之上，早来到一个去处，望见前面一座高岭。两个公人说道："好了！过得这条揭阳岭，便是浔阳江。到江州却是水路，相去不远。"宋江道："天色暗暖，趁早走过岭去，寻个宿头。"公人道："押司说得是。"三个人厮赶着奔过岭来。

行了半日，巴过岭头，早看见岭脚边一个酒店，背靠颠崖，门临怪树，前后都是草房。去那树阴之下，挑出一个酒旆儿来。「画出阴磴。」宋江见了，心中欢喜，便与公人道："我们肚里正饥渴哩！原来这岭上有个酒店，我们且买碗酒吃再走。"三个人入酒店来，两个公人把行李歇了，将水火棍靠在壁上。宋江让他两个公人上首坐定，宋江下首坐了。半个时辰，不见一个人出来，「置之死地而又生，是必天然有以生之，故妙也。宋江入酒店坐下半个时辰，不见人出来，早已先明火家不在矣。使无此句，而但于后云等男女不见归，岂不同西游捏撮耶？」宋江叫道："怎地不见有主人家？"只听得里面应道："来也！来也！"侧首屋下，走出一个大汉来：赤色虬须，红丝虎眼；头上一顶破头巾，身穿一领布背心，露着两臂，下面围一条布手巾。看着宋江三个人，唱个喏「画出阴磴。」道："客人，打多少酒？"宋江道："我们走得肚饥，你这里有甚么肉卖？"那人道："只有熟牛肉和浑白酒。"宋江道："最好。你先切二斤熟牛肉来，打一角酒来。"那人道："客人，休怪说：我这里岭上卖酒，只是先交了钱，「好。」方才吃酒。"宋江道："倒是先还了钱吃酒，我也喜欢。等我先取银子与你。"宋江便去打开包裹。取出些碎银子。那人立在侧边偷眼睃着，「好。」见他包裹沉重，有些油水，心内自有八分欢喜。接了宋江的银子，便去里面舀一桶酒，切一盘牛肉出来，放下三只大碗、三双箸，一面筛酒。三个人一头吃，一面口里说道："如今江湖上歹人，多有万千好汉着了道儿的：酒肉里下了蒙汗药，麻翻了，劫了财物，人肉把来做馒头馅子。我只是不信，那里有这话。"「好。」那卖酒的人笑道："你三个说了，不要吃，我这酒和肉里面都有了麻药。"「好。」宋江笑道："这个大哥瞧见我们说着麻药，便来取笑。"「好。」两个公人：

"大哥，热吃一碗也好。"那人道："你们要热吃，我便将去烫来。"那人烫热了，将来筛做三碗。正是饥渴之中，酒肉到口，如何不吃？三人各吃了一碗下去。只见两个公人瞪了双眼，口角边流下涎水来，你揪我扯，望后便倒。宋江跳起来道："你两个怎地吃得一碗，便恁醉了？"向前来扶他，「三个人，偏留一个人再作一纵。」不觉自家也头晕眼花，扑地倒了。光着眼，都面面厮觑，麻木了，动掸不得。酒店里那人道："惭愧！好几日没买卖，今日天送这三头行货来与我。"先把宋江倒拖了入去，「宋江奈何！」又来把这两个公人也拖了入去，「奈何！」那人再来，却把包裹行李都提在后屋内。解开看时，都是金银。那人自道："我开了许多年酒店，不曾遇着这等一个囚徒。「不知其人，视其物，亦可以动心矣。」量这等一个罪人，怎地有许多「偏不转笔，偏能再生出事来。」财物？却不是从天降下，赐与我的！"那人看罢包裹，却再包了，且去门前，望几个火家归来开剥。

立在门前看了一回，不见一个男女归来。「读者无不知赖有此句，宋江当得不死。而殊不知宋江之不死，非不死于此句，早已不死于并无一人出来，句也。」只见岭下这边三个人奔上岭来。「陡接奇文，有怪峰飞来之势。」那人却认得，慌忙迎接道："大哥，那里去来？"那三个内一个大汉应道：「便分主使。」"我们特地上岭来接一个人，「奇绝。」料道是来的程途「一。」日期「二。」了。我每日出来，只在岭下等候，不见到，正不知在那里担阁了。"「远不千里，近只目前，读之绝倒。」那人道："大哥，却是等谁？"那大汉道："等个奢遮的好男子"。「即所谓只等一个囚徒也。」那人问道："甚么奢遮的好男子？"那大汉答道："你敢也闻他的大名，「捎带妙绝。○岂惟闻名，实乃见面。」便是济州郓城县宋押司宋江。"那人道："莫不是江湖上说的山东及时雨宋公明？"「写得逗颵僻澒，无不贯耳。」那大汉道："正是此人。"那人又问道："他却因甚打这里

过？"那大汉道："我本不知。[妙。]近日有个相识从济州来，说道：'郓城县宋押司宋江，不知为甚么事[妙。○我本不知，知之相识，乃相识亦复不知，活写出传闻异辞来。]发在济州府，断配江州牢城。'我料想他必从这里过来，别处又无路。他在郓城县时，我尚且要去和他厮会，今次正从这里经过，如何不结识他？[写得笔墨淋漓，病夫闻之，皆欲奋发。]因此在岭下连日等候，接了他四五日，[恰表出山泊一番来。]并不见有一个囚徒过来。我今日同这两个兄弟信步踱上山岭，来你这里买碗酒吃，就望你一望。近日你店里买卖如何？"[忽然将说话闲闲说开去，妙绝。不然，便像特特飞奔上岭来救宋江矣。○虽是闲闲说开，然末句仍带定话脚，松急都有其妙。]那人道："不瞒大哥说，这几个月里好生没买卖。今日谢天地，捉得三个行货，又有些东西。"那大汉慌忙问道："三个甚样人？"[「慌忙」妙。○看他写一个慌忙张致，一个慢条斯理，笔意入妙。]那人道："两个公人和一个罪人。"[非是那汉慢条斯理，亦为不如此，不足以衬起大汉之慌故也。]那汉失惊道："这囚徒莫非是黑矮肥胖的人？"[「失惊」妙。○传说宋江，并传说其黑矮，名士真有如此。]那人应道："真个不十分长大，面貌紫棠色。"[绝倒。]那大汉连忙道：[「连忙」妙。○看他用「慌忙」字、「失惊」字、「连忙」字，声情俱有。]"等我认他一认。"[写至此句，有骏马下坡之势矣。入下忽又用认不得句，陡然一收，笔法奇拗不可言。]

那大汉看见宋江，却又不认得。[拗文妙笔。]相他脸上金印，又不分晓。[拗文妙笔。]没可寻思处，猛想起道："且取公人的包裹来，我看他公文便知。"[绝处逢生，灵变之极。]那人道："说得是。"便去房里取过公人的包裹打开，见了一锭大银，又有若干散碎银两，[无端写来，便成绝倒。○为是宋江，不得不救耳。不然，满眼如此物，胡可以忍耶？]解开文书袋来，看了差批，众人只叫得："惭愧！"那大汉便道："天使令我今日上岭来，早是不曾动手，争些儿误了我哥哥性命。"那大汉便叫那人："快讨解药来，先救起我哥哥。"那人也慌了，[半日写那人如醉梦相似者，所以衬起大汉也。此处写那人也慌者，所以开释那人也。]连忙调了解药，便和那大汉去作房里，先开了枷，［前花荣要开，宋江不肯，此李立私开，宋江不问，皆作者笔法严冷处。○或解云：此处宋江未醒，安得责其不问？不知我不责其作房开时，我正责其出门带时也。］扶将起来，把这解药灌将下去。

四个人将宋江扛出前面客位里。［四个人自扛宋江，火家归来扛公人，有轻重贵贱之分。］那大汉扶住着，渐渐醒来。光着眼，看了众人立在面前，又不认得。［画出初醒时。］只见那大汉教两个兄弟扶住了宋江，纳头便拜。宋江问道："是谁？我不是梦中么？"［写宋江既不答，又不扶，妙绝，画出初醒时也。］只见卖酒的那人也拜。［妙。］宋江道："这是正是那里？不敢动问二位高姓？"［写宋江只是动不得，妙绝。］那大汉道："小弟姓李，名俊，祖贯庐州人氏，专在扬子江中，撑船稍公为生，能识水性；人都呼小弟做'混江龙'李俊便是。这个卖酒的，是此间揭阳岭人，只靠做私商道路，人尽呼他做'催命判官'李立。这两个兄弟，是此间浔阳江边人，专贩私盐来这里货卖，却是投奔李俊家安身。大江中伏得水，驾得船，是弟兄两个：一个唤做'出洞蛟'童威，一个叫做'翻江蜃'童猛。"两个也拜了宋江四拜。［只是答不得，扶不得，妙绝。○凡二段写拜，乃其妙处，恰在无文字处，盖文字之难知如此。］宋江问道："却才麻翻了宋江，如何却知我姓名？"［真要问。］李俊道："小弟有个相识，近日做买卖从济州回来，说起哥哥大名，为事发在江州牢城。李俊往常思念，只要去贵县拜识哥哥，只为缘分浅薄，不能够去。今闻仁兄来江州，必从这里经过，小弟连连在岭下等接仁兄五七日了，不见来。今日无心，天幸使令李俊同两个弟兄上岭来，就买杯酒吃，遇见李立，说将起来。因此小弟大惊，慌忙去作房里看了，却又不认得哥哥。猛可思量起来，取讨公文看了。才知道是哥哥。不敢拜问仁兄，闻知在郓城县做押司，不知为何事配来江州？"［应前不知为甚事句。］宋江把这杀了阎婆惜，直至石勇村店寄

书，回家事发，今次配来江州，备细说了一遍，四人称叹不已。李立道："哥哥何不只在此间住了，休上江州牢城去受苦。"宋江答道："梁山泊苦死相留，我尚兀自不肯住，恐怕连累家中老父，「看他处处自说孝义，真是丑极。○纯孝不在口说，以口说求得孝子之名，甚矣，宋江衣钵之满天下也！」此间如何住得？"李俊道："哥哥义士，必不肯胡行，「特书此一句，与前吴用击映。盖李俊不留，乃真信宋江；吴用不留，宋江也。」你快救起那两个公人来。"李立连忙叫了火家，已都归来了，便把公人扛出前面客位里来，把解药灌将下去，救得两个公人起来，面面厮觑道："我们想是行路辛苦，怎地容易得醉！"众人听了都笑。

当晚李立置酒管待众人，在家里过了一夜。次日，又安排酒食管待，送出包裹，还了宋江并两个公人。当时相别了，宋江自和李俊、童威、童猛，两个公人下岭来，径到李俊家歇下。置备酒食，殷勤相待，结拜宋江为兄，留住家里。过了数日，宋江要行，李俊留不住，取些银两赍发两个公人。宋江再戴了行枷，「朝廷法度擅动，宋江不问，何也？」收拾了包裹行李，辞别李俊、童威、童猛，离了揭阳岭下，取路望江州来。

三个人行了半日，早是未牌时分。行到一个去处，只见人烟辏集，市井喧哗。正来到市镇上，只见那里一伙人围住着看。宋江分开人丛，挨入去看时，却原来是一个使枪棒卖膏药的，宋江和两个公人立住了脚，看他使了一回枪棒。那教头放下了手中枪棒，又使了一回拳。宋江喝采道："好枪棒拳脚！"那人却拿起一个盘子来，口里开科道：「画。」"小人远方来的人，投贵地特来就事。虽无惊人的本事，全靠恩官作成，远处夸称，近方卖弄。如要筋骨膏药，当下取赎。如不用膏药，可烦赐些银两铜钱赍发，休教空过了。"

那教头把盘子掠了一遭，没一个出钱与他。「画。」那汉又道："看官高抬贵手。"又掠了一遭，众人都白着眼看，又没一个出钱赏他。「画。」宋江见他惶恐，掠了两遭，没人出钱，便叫公人取出五两银子来。「一路写宋江都从银钱上出色，深表宋江无他好处，盖作泥中有刺之笔也。」宋江叫道："教头，我是个犯罪的人，没甚与你。这五两白银，权表薄意，休嫌轻微！"那汉子得了这五两白银，托在手里，便收科道："恁地一个有名的揭阳镇上，没一个晓事的好汉抬举咱家！「实是恶。」难得这位恩官，本身见自为事在官，又是过往此间，「恶。」颠倒赍发五两白银。正是'当年却笑郑元和，只向青楼买笑歌。「恶。」惯使不论家豪富，风流不在着衣多'。「恶。」这五两银子强似别的五十两。「恶。」自家拜揖，愿求恩官高姓大名，使小人天下传扬。"「恶。」宋江答道："教师，量这些东西，直得几多！不须致谢。"正说之间，只见人丛里一条大汉，分开人众，抢近前来，大喝道："奇文突兀。"「兀那厮是甚么鸟汉？那里来的囚徒？敢来灭俺揭阳镇上威风！"搭着双拳，来打宋江。不因此起相争，有分教：浔阳江上，聚数筹搅海苍龙；梁山泊中，添一伙爬山猛虎。毕竟那汉为甚么要打宋江，且听下回分解。

【第三十六回】

没遮拦追赶及时雨

船火儿夜闹浔阳江

天下之人，莫不自亲于宋江，然而亲之至者，花荣其尤著也。然则花荣迎之，宋江宜无不来；花荣留之，宋江宜无不留；花荣要开枷，宋江宜无不开耳。乃宋江者，方且上援朝廷，下申父训，一时遂若百花荣曾不得劝宋江暂开一枷也者。而于是山泊诸人，遂真信为宋江之枷，必至江州牢城，方始开放矣。作者恶之，故特于揭阳岭上，书曰：先开了枷。于别李立时，书曰：再戴上枷。于穆家门房里，书曰：这里又无外人，一发除了行枷。又书曰：宋江道说得是，当时去了行枷。于逃走时，书曰：宋江自提了枷。于张横口中，书曰：却又项上不戴行枷。于穆弘叫船时，书曰：众人都在江边安排行枷。于江州上岸时，书曰：宋江方才戴上行枷。于蔡九知府口中，书曰：你为何枷上没了封皮。于点视厅前，书曰：除了行枷。凡九处特书行枷，悉与前文花荣要开一段遥望击应。嗟乎！以亲如花荣而尚不得宋江之真心，然则如宋江之人，又可与之一朝居乎哉！

此篇节节生奇，层层追险。节节生奇，奇不尽不止；层层追险，险不绝必追。真令读者到此，心路都休，目光尽灭，有死之心，无生之望也。如投宿店不得，是第一追。寻着村庄，却正是冤家家里，是第二追。掇壁逃走，乃是大江截住，是第三追。沿江奔去，又值横港，是第四追。甫下船，追者亦已到，是第五追。岸上人又认得艄公，是第六追。艎板下摸出刀来，是最后一追，第七追也。一篇真是脱一虎机，踏一虎机，令人一头读，一头吓，不惟读亦读不及，虽吓亦吓不及也。

此篇于宋江恪遵父训，不住山泊后，忽然闲中写出一句不满其父语，一句悔不住在山泊语，皆作者用笔极冷，寓意极严，处处不得漏也。

话说当下宋江不合将五两银子赏发了那个教师，只见这揭阳镇上众人丛中钻过这条大汉，睁着眼喝道："这厮那里学得这些鸟枪棒，来俺这揭阳镇

上逞强，我已分付了众人休睬他，你这厮如何卖弄有钱，「四字骂宋江确。」把银子赏他，灭俺揭阳镇上的威风！"宋江应道："我自赏他银两，却干你甚事？"那大汉揪住宋江喝道："你这贼配军敢回我话！"宋江道："做甚么不敢回你话！"那大汉提起双拳，劈脸打来，宋江躲个过。那大汉又赶入一步来，宋江却待要和他放对，「写宋江要放对，下却不必宋江放对，笔路活泛。」只见那个使枪棒的教头从人背后赶将来，一只手揪住那大汉头巾，一只手提住腰胯，望那大汉肋骨上只一兜，跟跄一交，撷翻在地。「偏写撷得不甚费力，与"揭阳镇上威风"句击应。」那大汉却待挣扎起来，又被这教头只一脚踢翻了。「偏翻两次，与"揭阳镇上威风"句击应。」两个公人劝住教头，那大汉从地下爬将起来，「七个字写得羞极。为下文地。」看了宋江和教头说道："使得使不得，教你两个不要慌。"一直望南去了。「一纵。」

宋江且请问："教头高姓，何处人氏？"教头答道："小人祖贯河南洛阳人氏，姓薛，名永。祖父是老种经略相公帐前军官，为因恶了同僚，不得升用，子孙靠使枪棒卖药度日。江湖上但呼小人'病大虫'薛永。不敢拜问：恩官高姓大名？"宋江道："小可姓宋，名江，祖贯郓城县人氏。"薛永道："莫非山东及时雨宋公明么？"宋江道："小可便是。"薛永听罢便拜。宋江连忙扶住道："少叙三杯如何？"薛永道："好，正要拜识尊颜，却为无门得遇兄长。"慌忙收拾起枪棒和药囊，同宋江便往邻近酒肆内去吃酒。只见酒家说道："酒肉自有，只是不敢卖与你们吃。"「分付酒家不卖，凡四叙，却段段变换，学国策城北徐公章法。」宋江问道："缘何不卖与我们吃？"酒家道："却才和你们厮打的大汉，已使人分付了，「第一段作两节说。」若是卖与你们吃时，把我这店子都打得粉碎。我这里却是不敢恶他。这人是此间揭阳镇上一霸，谁敢不听他说？"宋江道："既然恁地，我们去休，那厮必然要来寻闹。"薛永道："小人也去店里算了房钱还他，一两日间，也来江州相会。兄长先行。"宋江又取一二十两银子与了薛永，「一路写宋江好处，只是使银撒漫，更无他长，是作者笔法严冷处。」辞别了自去。宋江只得自和两个公人也离了酒店，又自去一处吃酒，那店家说道："小郎已自都分付了，我们如何敢卖与你们吃？「第二段作一节说，却将下句倒作上句。」你枉走，甘自费力，不济事。"宋江和两个公人都做声不得。连连走了几家，都是一般话说。「第三段省。」三个来到市梢尽头，见了几家打火小客店，正待要去投宿，却被他那里不肯相容。宋江问时，都道："他已着小郎连连分付去了，不许安着你们三个。"「第四段换一句。」

当下宋江见不是话头，三个便拽开脚步，望大路上走。看见一轮红日低坠，天色昏暗。宋江和两个公人，心里越慌。三个商量道："没来由看使枪棒，恶了这厮！如今闪得前不巴村，后不着店，却是投那里去宿是好？"只见远远地小路上望见隔林深处射出灯光来，「此一折，谓是一救，反是一跌，真乃匪夷所思。○先说是小路上，便与江岸相引。」宋江见了道："兀那里灯光明处，必有人家，遮莫怎地陪个小心，借宿一夜，明日早行。"公人看了道："这灯光处又不在正路上。"「再插一句不是正路，务与江岸相引。」宋江道："没奈何。虽然不在正路上，明日多行三二里，却打甚么不紧。"三个人当时落路来，行不到二里多路，林子背后闪出一座大庄院来。宋江和两个公人来到庄院前敲门，庄客听得，出来开门道："你是甚人，黄昏夜半来敲门打户！"宋江陪着小心答道："小人是个犯罪配送江州的人，今日错过了宿头，无处安歇，欲求贵庄借宿一宵，来早依例拜纳房金。"庄客道："既是恁

地，你且在这里少待，等我入去报知庄主太公，可容即歇。"庄客入去通报了，复翻身出来说道："太公相请。"宋江和两个公人到里面草堂上，参见了庄主太公。太公分付教庄客领去门房里安歇，就与他们些晚饭吃。「只一笔便打发到房门，极其径净者，所以便了那汉归来也。」庄客听了，引去门首草房下，点起一碗灯，教三个歇定了。取三分饭食、羹汤、菜蔬，教他三个吃了。庄客收了碗碟，自入里面去。两个公人道："押司，这里又无外人，一发除了行枷，「"这里又无外人"六字，追入宋江心里，真是如镜之笔。」快活睡一夜，明日早行。"宋江道："说得是。"当时去了行枷，「闲中无端出此一笔，与前山泊对看，所以深明宋江之权诈也。○写宋江答公人，偏不答别句，偏答出此三个字，便显出前文国家法度之语之诈。○此书写宋江权诈，俱于前后对照处露出，若散读之，皆恒事耳。」和两个公人去房外净手。看见星光满天，「妙笔。○此四字先从闲中一点。○既不甚亮，又不甚暗，在此夜事情恰好。」又见打麦场边屋后，是一条村僻小路，「闲中先看出妙。不然，后文如何忽然生得出来。」宋江看在眼里。三个净了手，入进房里，关上门去睡。宋江和两个公人说道："也难得这个庄主太公留俺们歇这一夜。"正说间，听得里面有人「九字，与第二节九字作章法。」点火把来打麦场上一到处照看。「陡然蠹出奇峰，却只先作一影，妙笔妙笔。」宋江在门缝里张时，见是太公引着三个庄客，把火一到处照看。宋江对公人道："这太公和我父亲一般，件件定要自来照管。这早晚也不肯去睡，琐琐地亲自点看。"「闲中无端，忽然插出宋江不满父亲语，暗与人前好话相射，热撺冷刺，妙不可言。」

正说间，只听得外面有人「九字，与上文作章法，中间只换一外字。」叫"开庄门"。「奇文。眉批：第一吓。」庄客连忙来开了门，放入五七个人来，为头的手里拿着朴刀，「单见刀。」背后的都拿着稻叉棍棒。「单见叉棒。」火把光下，宋江张看时："那个提朴刀的正是在揭阳镇上要打我们的那汉。"「再看方看出来。○险绝之想，奇绝之笔。」宋江又听得那太公问道："小郎，你那里去来？和甚人厮打？日晚了，拖枪拽棒？"那大汉道："阿爹不

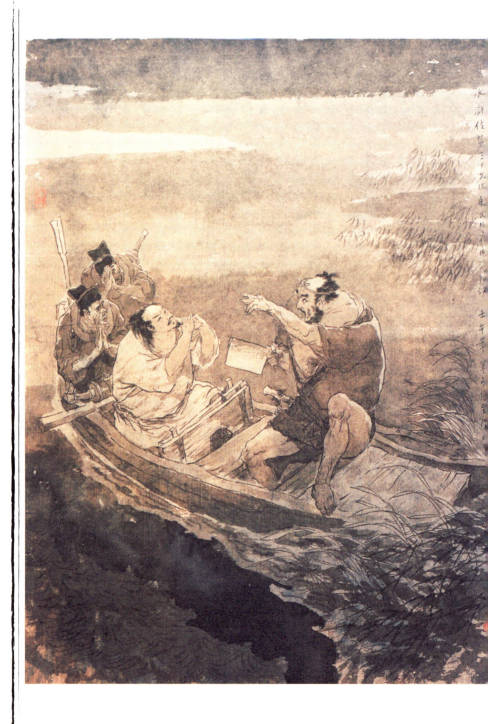

知，哥哥在家里么？"「忽然增出一个哥哥。」太公道："你哥哥吃得醉了，去睡在后面亭子上。"那汉道："我自去叫他起来，我和他赶人。"太公道："你又和谁合口，叫起哥哥来时，他却不肯干休。「写得增出之人倒又利害，妙笔。」你且对我说这缘故。"那汉道："阿爹，你不知，今日镇上一个使枪棒卖药的汉子，叵耐那厮不先来见我弟兄两个，便去镇上撒科卖药，教使枪棒；被我都分付了镇上的人，分文不要与他赏钱。「补叙出前文所无。」不知那里走一个囚徒来，那厮做好汉出尖，把五两银子赏他，灭俺揭阳镇上威风。我正要打那厮，却恨那卖药的脑揪翻我，打了一顿，又踢了我一脚，至今腰里还疼。我已教人四下里分付了酒店客店，不许着这斯们吃酒安歇。「补叙前文所无。」先教那厮三个今夜没存身处。随后吃我叫了赌房里一伙人，赶将去客店里，拿得那卖药的来，尽气力打了一顿，如今把来吊在都头家里。「补叙前文所无。」明日送去江边，捆做一块，抛在江里，「先是一个馄饨。」出那口鸟气！却只赶这两个公人押的囚徒不着，前面又没客店，竟不知投那里去宿了。「又是远不千里，近只目前，绝倒之笔。」我如今叫起哥哥来，分投赶去，捉拿这厮。"太公道："我儿休恁地短命相。他自有银子赏那卖药的，却干你甚事！你去打他做甚么？可知道着他打了，也不曾伤重。快依我口便罢，休教哥哥得知。你吃人打了，他肯干罢？又是去害人性命！「偏将未出现者倒说得利害，令文情险绝。」你依我说，且去房里睡了，半夜三更，莫去敲门打户，激恼村坊。你也积些阴德。"那汉不顾太公说，拿着朴刀，径入庄内去了。「文情险怪之极，读之如逢奇鬼。」太公随后也赶入去。

宋江听罢，对公人说道："这般不巧的事！怎生是好？却又撞在他家投宿，我们只宜走了好，倘或这斯得知，必然吃他害了性命。便是太公不说，

庄客如何敢瞒？"〔此处既有太公，宋江便可不走；然不走，则安得下回奇文耶？特写出一个必走之故，妙绝。〕两个公人都道："说得是。事不宜迟，及早快走。"宋江道："我们休从门前出去，掇开屋后一堵壁子出去罢。"〔净手时看得，遂令此际得便，用笔既妙；即叙事省力，不可不知此法也。〕两个公人挑了包裹，宋江自提了行枷，〔国家法度，奈何如此。○自花荣开枷，宋江不肯后，接手便将枷来写出数番触触，深表宋江之诈也。〕便从房里挖开屋后一堵壁子。三个人便趁星光之下，〔妙笔。〕望林木深处小路上只顾走。正是慌不择路，走了一个更次，〔一更作提，五更作结，妙笔。〕望见前面满目芦花，一派大江，滔滔滚滚，正来到浔阳江边。〔出一虎机，踏一虎机，令读者吃吓不暇。○第一逼。眉批：第二吓。〕只听得背后喊叫，火把乱明，吹风唿哨赶将来，〔第二逼。眉批：第三吓。〕宋江只叫得苦道："上苍救一救则个！"三人躲在芦苇丛中，望后面时，那火把渐近，〔第三逼。○既作险笔，便令险杀。〕三人心里越慌，脚高步低，在芦苇里撞。前面一看，不到天尽头，早到地尽处。一带大江拦截，〔不重此半句，只重下半句耳，此半句已在上。〕侧边又是一条阔港。〔再加一句，见更不可走。○第四逼，真是险杀。眉批：第四吓。〕宋江仰天叹道："早知如此的苦，从直住在梁山泊也罢。〔在宋江是急时真话，在作者是闲中冷笔。〕谁想直断送在这里！"

宋江正在危急之际，只见芦苇丛中悄悄地忽然摇出一只船来。〔谓是一救，又是一跌，匪夷所思，奇至于此。〕宋江见了，便叫："艄公，且把船来救我们三个，俺与你几两银子。"〔虽是急时相求，亦写卖弄银子。〕那艄公在船上问道："你三个是甚么人？却走在这里来？"宋江道："背后有强人打劫我们，一味地撞在这里。你快把船来渡我们，我多与你些银两。"〔一路写宋江只是以银子出色，是此回一篇之眼，不得不与标出。〕那艄公早把船放得拢来，三个连忙跳上船去。一个公人便把包裹丢下舱里，〔轻轻四字，又引出下文来。〕一个公人便将水火棍拤开了船。〔写忙乱如画。〕那艄公一头搭上橹，一面听着包裹落舱有些好响声，心中暗喜。

「前跌犹轻，后跌至重。奇文险笔，使读者吃吓不尽。」把橹一摇，那只小船早荡在江心里去。岸上那伙赶来的人，早赶到滩头。「可骇。」有十数个火把，为头两个大汉，各挺着一条朴刀；随从有二十余人，各执枪棒。口里叫道："你那艄公，快摇船拢来！"「可骇。」宋江和两个公人做一块伏在船舱里，说道："艄公！却是不要拢船，我们自多谢你些银子！"「只是卖弄银子」那艄公点头，只不应岸上的人，把船望上水咿咿哑哑地摇将去。「试问看官，将谓是救，将谓是跌？真是推测不出。」那岸上这伙人大喝道："你那艄公，不摇拢船来，教你都死！"「可骇。」那艄公冷笑几声，也不应。「此是第一段。下又忽然变出同姓来，一发可骇之极。」岸上那伙人又叫道："你是那个艄公？"「问那个艄公。」直恁大胆！不摇拢来！"那艄公冷笑应道："老爷叫做张艄公！"「是张艄公。」你不要咬我鸟！"「眉批：第五吓」岸上火把从中那个长汉「再画一笔。」说道："原来是张大哥，你见我弟兄两个么？"「乃是一路，一发可骇。」那艄公应道："我又不瞎，做甚么不见你！"「果是一路，一发可骇。」那长汉道："你既见我时，且摇拢来和你说话。"「吓杀吓杀。」那艄公道："有话明朝来说，趁船的要去得紧。"「极慌忙中忽作趣语，令人又吓又笑。○此是第二段。入下又换出艄公本意，使读者一发可骇。」那长汉道："我弟兄两个正要捉这趁船的三个人！"「骇笔。」那艄公道："趁船的三个都是我家亲眷，衣食父母，「奇谈骇笔。」请他归去吃碗'板刀面'了来！"「奇谈骇笔。」那长汉道："你且摇拢来，和你商量。"「骇笔。」那艄公道："我的衣饭，倒摇拢来把与你，倒乐意！"「第三段。写艄公决不肯拢来，其文愈骇也。」那长汉道："张大哥，「再叫一句，写出相求之极。」不是这般说，我弟兄只要捉这囚徒。「此句分明说不要你衣饭，单要你囚徒。」你且拢来！"那艄公一头摇橹，「再画一笔。」一面说道："我自好几日接得这个主顾，却是不摇拢来，倒吃你接了去！「决不摇拢来矣，虽然，读者真骇绝也。」你两个只得休怪，改日相见！"宋江呆了，不听得话

里藏阁，「妙。」在船舱里悄悄地和两个公人说："也难得这个艄公！救了我们三个性命，「妙。」又与他分说，「妙。」不要忘了他恩德！却不是幸得这只船来渡了我们！"

却说那艄公摇开船去，离得江岸远了。三个人在舱里望岸上时，火把也自去芦苇中明亮。「如画之笔。○不便说去了，为下文留步也。○将谓又离一虎机，不知正踏一虎机，奇文怪笔，层叠而起。」宋江道："惭愧！正是'好人相逢，恶人远离'，「艄公闻之，能无失笑？」且得脱了这场灾难。"「如那场何？」只见那艄公摇着橹，口里唱起湖州歌来。唱道：

老爷生长在江边，不怕官司不怕天！「七字妙绝。」

昨夜华光来趁我，临行夺下一金砖！「骇人语。」

宋江和两个公人听了这首歌，都酥软了。宋江又想道："他是唱耍。"「且作一纵。」三个正在舱里议论未了，只见那艄公放下橹，「骇绝。」说道："你这个撮鸟，两个公人，平日最会诈害做私商的人，今日却撞在老爷手里！你三个却是要吃'板刀面'？「奇语。」却是要吃'馄饨'？"「奇语。」宋江道："家长休要取笑！怎地唤做板刀面？怎地是馄饨？"那艄公睁着眼「骇绝。」道："老爷和你耍甚鸟！若还要吃'板刀面'时，「奇语。○"若要吃"三字，奇绝可笑。」俺有一把泼风也似快刀，在这艎板底下。我不消三刀五刀，我只一刀一个，都剁你三个人下水去！你若要吃'馄饨'时，「奇语。」你三个快脱了衣裳，都赤条条地跳下江里自死。"宋江听罢，扯定两个公人，说道："却是苦也！正是'福无双至，祸不单行'！"那艄公喝道：「骇绝。」"你三个好好商量，快回我话！"宋江答道："艄公不知，我们也是没奈何，犯下了罪，迭配江州的人，你如何可怜见，饶了我三！"那艄公喝道："你说甚么闲话！「临死讨饶，谓之闲话，可发一笑。」饶你三个？我半个也不饶你！「饶半个又作何用？」老爷唤作有名的'狗脸张爷爷'，来也不认得爹，去也不认得娘！「出色骇语，出色奇语。」你便都闭了鸟嘴，快下水里去！"宋江又求告道："我们都把包裹内金银、财帛、衣服等项，尽数与你，只饶了我三人性命。"那艄公便去艎板底下，摸出那把明晃晃板刀来，大喝「骇绝。○险笔至此，真令读者有死之心，无生之气。」道："你三个要怎地？"宋江仰天叹道："为因我不敬天地，不孝父母，犯下罪责，连累了你两个！"「临死犹为此言，即孟子所谓久假而不归，恶知其非有也。」那两个公人也扯着宋江道："押司，罢，罢！我们三个一处死休！"那艄公又喝道："你三个好好快脱了衣裳，「此又一喝，似催速跳，然其实反借"脱衣裳"三字，腾那出下文救兵来，须知良工心苦处。」跳下江去！跳便跳，不跳时，老爷便剁下水里去！"

宋江和那两个公人抱做一块，望着江里。「四字住得妙，只是上半句，但未及有下半句耳。写出一时迅速之极。」只见江面上咿咿哑哑橹声响，「奇文层叠而出。」艄公回头看时，「俗语本作宋江回头看也。」一只快船飞也似从上水头急溜下来。「古本"急溜"二字，便写出船到之速。俗本改作"摇将"二字，谬以千里。」船上有三个人：一条大汉「谁？」手里横着托叉，立在船头上；艄头两个后生，「谁？谁？」摇着两把快橹。星光之下，「妙笔。○四字之妙，正是苦不甚明，又不极暗。」早到面前。那船头上横叉的大汉，便喝道："前面是甚么艄公，敢在当港行事？船里货物，见者有分。"「仍作骇人语，不便露出救兵行径来，妙绝。」这船艄公回头看了，慌忙应道："原来却是李大哥！「李甚么？急急？」我只道是谁来。大哥又去做买卖？只是不曾带挈兄弟。"「此句正紧对其"见者有分"一句也，活画出狗脸张爷爷来，活画出不爱交游

571

大汉道：“张家兄弟，你在这里又弄这一手！船里甚么行货？有些油水么？”艄公答道：“教你得知好笑。我这几日没道路，又赌输了，没一文；正在沙滩上闷坐，岸上一伙人，赶着三头行货，来我船里。却是两个鸟公人，解一个黑矮囚徒，〔揭阳岭上问而后说，浔阳江中不问自说，只“黑矮”二字，用笔不同如此。〕正不知是那里人。他说道，送配江州来的，却又项上不戴行枷。〔处处写出宋江不戴行枷，与山泊欺花荣一段击应。〕赶来的岸上一伙人，却是镇上穆家哥儿两个，〔艄公姓张，来船姓李，岸上两个姓穆，姓则都知之矣，名则都不知也。〕定要讨他。我见有些油水吃，我不还他。”船上那大汉道：“咄！〔一字，如闻其声。〕莫不是我哥哥宋公明？”〔半日如逢无数奇鬼，读至此句，忽然眼前一亮。〕宋江听得声音厮熟，便舱里叫道：“船上好汉是谁？救宋江则个！”那大汉失惊道：“真个是我哥哥，〔上文险极，此句快极。不险则不快，险极则快极也。〕早不做出来！”宋江钻出船上来看时，星光明亮，〔此十一字，妙不可说。非云星光明亮，照见船那汉，乃是极写宋江半日心惊胆碎，不复知天地何色；直至此，忽然得救，夫而后依然又见星光也。盖吃吓一回，始知之矣。〕那船头上立的大汉，正是混江龙李俊。背后船艄上两个摇橹的，一个是出洞蛟童威，一个是翻江蜃童猛。

这李俊听得是宋公明，便跳过船来，口里叫苦道：“哥哥惊恐。若是小弟来得迟了些个，误了仁兄性命！今日天使李俊在家坐立不安，棹船出来江里，赶些私盐，不想又遇着哥哥在此受难！”那艄公呆了半晌，做声不得，〔与上“狗脸”三句映衬。〕方才问道：“李大哥，这黑汉便是山东及时雨宋公明么？”李俊道：“可知是哩！”那艄公便拜道：“我那爷！你何不早通个大名，省得着我做出歹事来，争些儿伤了仁兄！”〔却又只受交游不要钱也。〕宋江问李俊道：“这个好汉是谁？请问高姓？”〔半日有叫张大哥，有叫张兄弟，他又自叫张爷爷，“张”字之多，非一遍矣。此处宋江忽然又问高姓，活画出前文吓极。〕李俊道：“哥哥不知，这个好汉却是小弟结义的兄弟，姓张，〔将“姓张名横”四字分作两段，所以深写宋江吓极，不闻张大哥、张爷

572

〔只受钱面目来。〕

爷、张兄弟多遍"张"字也。俗本讹。」是小孤山下人氏，单名横字，绰号'船火儿'，专在此浔阳江做这件'稳善'的道路。」「言之可伤。○以极险恶事，而谓之稳善，岂非以世间道路更险恶于板刀面耶?」宋江和两个公人都笑起来。

当时两只船并着摇奔滩边来，缆了船，舱里扶宋江并两个公人上岸。李俊又与张横说道："兄弟，我常和你说，「可见李俊。」天下义士，只除非山东及时雨郓城宋押司，今日你可仔细认着。"张横敲开火石，点起灯来，照着宋江，扑翻身，又在沙滩上拜「星光中来，不好又是星光中去，则必敲火点灯，照着同行矣。乃作者文心，只一点灯亦不肯轻率便写，又必随手生出李俊，使张横仔细认认宋江来。写得一个点灯，何等笔墨淋漓，真正才子之笔。」道："望哥哥恕兄弟罪过。"张横拜罢，问道："义士哥哥，为何事配来此间?"李俊把宋江犯罪的事说了："……今来迭配江州。"张横听了说道："好教哥哥得知，小弟一母所生的亲弟兄两个，长的便是小弟，我有个兄弟，却又了得，浑身雪练也似一身白肉，没得四五十里水面，水底下伏得七日七夜，水里行一似一根白条，更兼一身好武艺。因此人起他一个异名，唤做'浪里白条'张顺。当初我兄弟两个，只在扬子江边做一件依本分的道路。"宋江道："愿闻则个。"张横道："我弟兄两个，但赌输了时，我便先驾一只船，渡在江边净处做私渡。有那一等客人贪省贯百钱的，又要快，便来下我船。等船里都坐满了，却教兄弟张顺也扮做单身客人，背着一个大包，也来趁船。我把船摇到半江里，歇了橹，抛了钉，插一把板刀，却讨船钱。本合五百足钱一个人，我便定要他三贯。却先问兄弟讨起，教他假意不肯还我。我便把他来起手，一手揪住他头，一手提定腰胯，扑通地撺下江里；排头儿定要三贯。一个个都惊得呆了，把出来不迭。都敛得足了，

却送他到僻净处上岸。我那兄弟自从水底下走过对岸，等没了人，却与兄弟分钱去赌。「一篇大文中，忽然插入一篇小文，奇笔。」那时我两个只靠这道路过日。"宋江道："可知江边多有主顾来寻你私渡！"李俊等都笑起来。张横又道："如今我弟兄两个都改了业，「妙语。〇升官亦然，出了一个衙门，进了一个衙门，旁人只谓其改了业，殊不知只卖旧时行货也。」我便只在这浔阳江里做私商。兄弟张顺，他却如今自在江州做卖鱼牙子。如今哥哥去时，小弟寄一封书去。只是不识字，写不得。"「画。」李俊道："我们去村里央个门馆先生来写。"留下童威、童猛看船。三个人跟了李俊、张横提了灯，「千妖百怪之后，见此三字，如异国忽归。」投村里来。

走不过半里路，看见火把还在岸上明亮。「可见江心一事，其间甚疾。」张横说道："他弟兄两个还未归去。"李俊道："你说兀谁弟兄两个？"张横道："便是镇上那穆家哥儿两个。"李俊道："一发叫他两个来拜了哥哥。"「更为奇笔。」宋江连忙说道："使不得，他两个赶着要捉我！"李俊道："仁兄放心，他弟兄不知是哥哥。他亦是我们一路人。"李俊用手一招，唿哨了一声，只见火把人伴都飞奔将来。「于前火把飞奔，是一是二。皆空中结撰，成此奇笔。」看见李俊、张横都恭奉着宋江做一处说话，那弟兄二人大惊道："二位大哥如何与这三人厮熟？"李俊大笑道："你道他是兀谁？"「李俊妙人。」那二人道："便是不认得。只见他在镇上出银两赏那使枪棒的，灭俺镇上威风，正待要捉他！"李俊道："他便是我日常和你们说的，山东及时雨郓城宋押司公明哥哥！你两个还不快拜。"「可见李俊。」那弟兄两个撇了朴刀，扑翻身便拜「又可见穆家兄弟。」道："闻名久矣！不期今日方得相会！却才甚是冒渎，犯伤了哥哥，望乞怜悯恕罪！"宋江扶起二人道："壮士，愿求大名！" 李俊便道："这弟兄两个富户，是此间人：姓穆，名弘，绰号'没遮拦'；兄弟穆春，唤做'小遮拦'，是揭阳镇上一霸。我这里有'三霸'，哥哥不知，一发说与哥哥知道：〔忽然结束，其笔如橡。〕揭阳岭上岭下，便是小弟和李立一霸；〔此一句结束揭阳岭一篇奇文字。〕揭阳镇上，是他弟兄两个一霸；〔此一句结束揭阳镇一篇绝奇文字。〕浔阳江边做私商的，却是张横、张顺两个一霸，〔此一句结束浔阳江一篇绝奇文字。〕以此谓之'三霸'。"〔又总结一句。〕宋江答道："我们如何省得？既然都是自家弟兄情分，望乞放了薛永！"〔此是宋江好处。〕穆弘笑道："便是使枪棒的那厮？哥哥放心。" 随即便教兄弟穆春："去取来还哥哥。我们且请仁兄到敝庄伏礼请罪。" 李俊说道："最好，最好！便到你庄上去。" 穆弘叫庄客着两个去看了船只，就请童威、童猛一同都到庄上去相会。〔是。〕一面又着人去庄上报知，置办酒食，杀羊宰猪，整理筵宴。

一行众人等了童威、童猛，一同取路投庄上来，却好五更天气。〔五更作结，妙笔。○可知吓了一夜。〕都到庄里，请出穆太公来相见了，就草堂上分宾主坐下。宋江与穆太公对坐。说话未久，天色明朗，穆春已取到病大虫薛永进来，一处相会了。穆弘安排筵席，管待宋江等众位饮宴，至晚都留在庄上歇宿。次日，宋江要行，穆弘那里肯放，把众人都留庄上，陪侍宋江去镇上闲玩，观看揭阳市村景致。又住了三日，宋江怕违了限次，〔写宋江偏在人前便要着假。〕坚意要行。穆弘并众人苦留不住，当日做个送路筵席。次日早起来，宋江作别穆太公并众位好汉，临行分付薛永："且在穆弘处住几时，却来江州再得相会。"〔写宋江权术。〕穆弘道："哥哥但请放心，我这里自看顾他。" 取出一盘金银，送与宋江，又赏发两个公人些银两。临动身，张横在穆弘庄上央人修了一封家书，央宋江付与

张顺。当时宋江收放包裹内了。「又成后文一引。」一行人都送到浔阳江边。「与芦苇中映。」穆弘叫只船来，「与艄公映。」取过先头行李下船。众人都在江边，安排行栲，「处处写江行栲不在颈上，笔法严冷。」取酒食上船饯行，当下众人洒泪而别。李俊、张横、穆弘、穆春、薛永、童威、童猛一行人，各自回家，不在话下。

只说宋江自和两个公人下船，投江州来。这艄公非比前番，「忽插一语作趣。」拽起一帆风篷，早送到江州上岸。宋江方才戴上行栲。「写宋江行栲，笔笔严冷。」两个公人取出文书，挑了行李，直至江州府前来，正值府尹升厅。原来那江州知府，姓蔡，双名得章，是当朝蔡太师蔡京的第九个儿子，因此江州人叫他做蔡九知府。那人为官贪滥，作事骄奢。「为后作案。」为这江州是个钱粮浩大的去处，抑且人广物盈，因此太师特地教他来做个知府。当时两个公人当厅下了公文，押宋江投厅下。蔡九知府看见宋江一表非俗，便问道："你为何栲上没了本州的封皮？"「加意写出宋江视行栲如儿戏，与前欺花荣对看，笔法严冷之极。」两个公人告道："于路上春雨淋漓，却被水湿坏了。"知府道："快写个帖来，便送下城外牢城营里去，本府自差公人押解下去。"这两个公人就送宋江到牢城营内交割。当时江州府公人赍了文帖，监押宋江并同公人，出州衙，前来酒店里买酒吃。宋江取三两银子「写宋江单是银子出色。」与了江州府公人，当讨了收管，将宋江押送单身房里听候。那公人先去对管营差拨处，替宋江说了方便，交割讨了收管，自回江州府去了。这两个公人也交还了宋江包裹行李，千酬万谢，相辞了入城来。两个自说道："我们虽是吃了惊恐，却赚得许多银两。"「又用两个公人闲口闲嗑，一句隐括上文三霸，一句点缀宋江本色。」自到州衙府里伺候，讨了回文，两个取路往济州去了。

话里只说宋江又自央浼人情，差拨到单身房里，送了十两银子与他。「银子出色。」管营处又自加倍送十两并人事。「银子出色。」营里管事的人，并使唤的军健人等，都送些银两与他们买茶吃。「银子出色。」因此无一个不欢喜宋江。「写宋江只如此，严冷之笔。」少刻，引到点视厅前，除了行枷「写宋江行枷至此始毕。」参见管营。为得了贿赂，在厅上说道："这个新配到犯人宋江听着：先朝太祖武德皇帝圣旨事例，但凡新入流配的人，须先打一百杀威棒。左右，与我捉去背起来！"宋江告道："小人于路感冒风寒时症，至今未曾痊可。"管营道："这汉端的像有病的，不见他面黄肌瘦，有些病症？且与他权寄下这顿棒。此人既是县吏出身，着他本营抄事房做个抄事。"就时立了文案，便教发去抄事。宋江谢了，去单身房取了行李，到抄事房安顿了。众囚徒见宋江有面目，都买酒来庆贺。次日，宋江置备酒食，与众人回礼。「一句。」不时间，又请差拨、牌头递杯，「二句。」管营处常常送礼与他。「三句。」宋江身边有的是金银财帛，单把来结识他们。「写宋江出色，只是金银财帛，更不见有他长，处处皆下特笔。」住了半月之间，满营里没一个不欢喜他。

自古道："世情看冷暖，人面逐高低。"「赞叹宋江能得人心，乃只用此二语，其意可知。」宋江一日与差拨在抄事房吃酒，那差拨说与宋江道："贤兄，我前日和你说的那个节级常例人情，如何多日不使人送去与他？今已一旬之上了，他明日下来时，须不好看。"宋江道："这个不妨。那人要钱，不与他。若是差拨哥哥但要时，只顾问宋江取不妨。那节级要时，一文也没！等他下来，宋江自有话说。"差拨道："押司，那人好生利害，更兼手脚了得！「看他全是权诈。」倘或有些言语高低，吃了他些羞辱，却道我不与你通知！"宋江道："兄长由他，但请放心，小

577

可自有措置。敢是送些与他，也不见得。他有个不敢要我的，也不见得。"

「语语写出宋江权诈。」正恁地说未了，只见牌头来报道："节级下在这里了。正在厅上大发作，骂道：'新到配军，如何不送常例钱来与我！'"差拨道："我说是么，那人自来，连我们都怪。"宋江笑道："差拨哥哥休罪，不及陪侍，改日再得作杯，小可且去和他说话。"差拨也起身道："我们不要见他。"「省。」宋江别了差拨，离了抄事房，自来点视厅上，见这节级。

不是宋江来和这人厮见，有分教：江州城里，翻为虎窟狼窝；十字街头，变作尸山血海。直教撞破天罗归水浒，掀开地网上梁山。毕竟宋江来与这个节级怎么相见，且听下回分解。

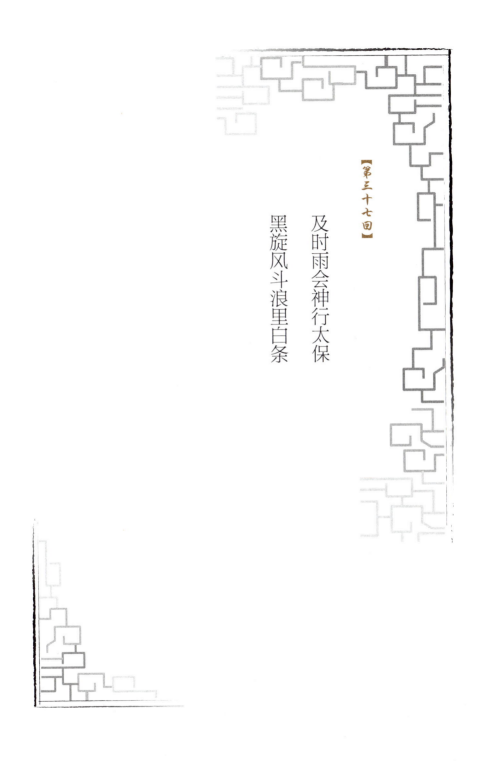

【第三十七回】

及时雨会神行太保

黑旋风斗浪里白条

写宋江以银子为交游后，忽然接写一铁牛李大哥，妙哉用笔，真令宋江有珠玉在前之愧，胜似骂，胜似打，胜似杀也。看他要银子赌，便向店家借；要鱼请人，便向渔户讨。一若天地间之物，任凭天地间之人公同用之。不惟不信世有悭吝之人，亦并不信世有慷慨之人。不惟与之银子不以为恩，又并不与银子不以为怨。夫如是，而宋江之权术独遇斯人而穷矣。宋江与之银子，彼亦不过谓是店家渔户之流，适值其有之时也。店家不与银子，渔户不与鲜鱼，彼亦不过谓即宋江之流适值其无之时也。夫宋江之以银子与人也，夫固欲人之感之也；宋江之不敢不以银子与人也，夫固畏人之怨之也。今彼亦何恩？彼亦何怨？无宋江可骗，则自有店家可借；无店家可借，则自有赌房可抢；无赌房可抢，则自有江州城里城外执涂之人无不可讨。使必恃有结识好汉之宋江，而后李逵方得银子使用，然则宋江未配江州之前，彼将不吃酒不吃肉，小张乙赌房中亦复不去赌钱耶？通篇写李逵浩浩落落处，全是激射宋江，绝世妙笔。

处处将戴宗反衬宋江，遂令宋江愈慷慨愈出丑。皆属作者匠心之笔。

写李逵粗直不难，莫难于写粗直人处处使乖说谎也。彼天下使乖说谎之徒，却处处假作粗直，如宋江其人者，能不对此而羞死乎哉！

话说当时宋江别了差拨，出抄事房来，到点视厅上看时，见那节级掇条凳子坐在厅前，〔如画。○掇条凳子便算官长，可发一笑。〕高声喝道："那个是新配到囚徒？"牌头指着宋江道："这个便是。"那节级便骂道："你这黑矮杀才，倚仗谁的势要，不送常例钱来与我？"宋江道："'人情人情，在人情愿。'〔妙解解颐。〕你如何逼取人财？好小哉相！"两边看的人听了，倒捏两把汗。那人大怒，喝骂："贼配军，安敢如此无礼！颠倒说我小哉！那兜驮的，与我背起来，且打这厮一百讯棍。"两边营里众人都是和宋江好的，见说要打他，一哄都走了，只剩得那节级和宋江。^{「上文已成必打之势，却只写作众人走了，便腾那出下文来。笔墨曲折之甚。」}那人见众人都散了，肚里越怒，拿起讯棒，便奔来打宋江。宋江说道："节级，你要打我，我得何罪？"^{「好。」}那人大喝道："你这贼配军，是我手里行货。轻咳嗽便是罪过！"^{「奇语可骇。」}宋江道："你便寻我过失，也不到得该死。"^{「好。」}那人怒道："你说不该死，我要结果你也不难，只似打杀一个苍蝇！"宋江冷笑道："我因不送得常例钱便该死时，结识梁山泊吴学究的，却该怎地？"^{「好。」}那人听了这话，慌忙丢了手中讯棍，便问道："你说甚么？"^{「好。」}宋江道："我自说那结识军师吴学究的，^{「好。」}你问我怎地？"^{「好。」}那人慌了手脚，拖住宋江问道："你正是谁？^{「好。」}那里得这话来？"^{「好。」}宋江笑道："小可便是山东郓城县宋江。"那人听了大惊，连忙作揖，^{「写戴宗下拜，独与他人异，有情有文之笔。」}说道："原来兄长正是及时雨宋公明。"宋江道："何足挂齿！"那人便道："兄长，此间不是说话处，未敢下拜。^{「戴宗口中自注一句，好。」}同往城里叙怀，请兄长便行。"宋江道："好，节级少待，容宋江锁了房门便来。"

宋江慌忙到房里，取了吴用的书，^{「细。」}自带了银两，^{「又带银子。」}出来锁上房门，分付牌头看管，便和那人离了牢城营里，奔入江州城里来，去一个临街酒肆中楼上坐下。那人问道："兄长何处见吴学究来？"宋江怀中取出书来，递与那人。那人拆开封皮，从头读了，藏在袖内，起身望着宋江便拜。^{「只一拜，写得节次如画。」}宋江慌忙答礼道："适间言语冲撞，休怪，休怪！"那人道："小弟只听得说有个姓宋的^{「五字为上文补漏，便令后人更无訾议处。」}发下牢城营里来。往常时，但是发来

的配军，常例送银五两。今番已经十数日，不见送来。今日是个闲暇日头，因此下来取讨，不想却是仁兄。「与上"姓宋"句合作一语。」恰才在营内，甚是言语冒渎了哥哥，万望恕罪！"宋江道："差拨亦曾常对小可说起大名。宋江有心要拜识尊颜，却不知足下住处，又无因入城，特地只等尊兄下来，要与足下相会一面，以此耽误日久。不是为这五两银子不舍得送来，「写宋江自表，亦不出银子，真是丑杀。」只想尊兄必是自来，故意延挨。今日幸得相见，以慰平生之愿。"

说话的，那人是谁？便是吴学究所荐的江州两院押牢节级戴院长戴宗。「笔法。」那时，故宋时，金陵一路节级都称呼"家长"，湖南一路节级都称呼做"院长"。「正叙事中偏有此闲笔。」原来这戴院长，有一等惊人的道术：但出路时，赍书飞报紧急军情事，把两个甲马拴在两只腿上，作起"神行法"来，一日能行五百里；把四个甲马拴在腿上，便一日能行八百里。因此人都称做神行太保戴宗。

当下戴院长与宋公明说罢了来情去意。戴宗、宋江俱各大喜。两个坐在阁子里，叫那卖酒的过来，安排酒果、肴馔、菜蔬来，就酒楼上两个饮酒。宋江诉说一路上遇见许多好汉，众人相会的事务。戴宗也倾心吐胆，把和这吴学究相交来往的事，告诉了一遍。两个正说到心腹相爱之处，才饮得两三杯酒，只听楼下喧闹起来。过卖连忙走入阁子来，对戴宗说道："这个人，只除非是院长说得他下。「未来先画，另是一样妙笔。」没奈何，烦院长去解拆则个。"戴宗问道："在楼下作闹的是谁？"「眉批：自此去入李逵传。」过卖道："便是时常同院长走的那个唤做铁牛李大哥，「李大哥，来何迟也，真令读者盼杀也，想杀也。」在底下寻主人家借钱。"「二字妙绝。宋江处处以银子为要务，李逵却

「初入书便是借钱。作者特别将两人写在一处，中间形击賨假，笔笔妙绝。」戴宗笑道："又是这厮在下面无礼，我只道是甚

么人。兄长少坐，我去叫这厮上来。"戴宗便起身下去。不多时，引着一个

黑凛凛大汉「画李逵只五字，已画得出相。」上楼来。宋江看见，吃了一惊，「"黑凛凛"三字，不惟画出李逵形状，兼画李逵顾

盼，李逵性格，李逵心地来。下便紧接宋江吃惊句，盖深表李逵旁若无人，不晓阿

谀，不可以威劫，不可以名服，不可以利动，不可以智取，宋江吃一惊，真吃一惊也。」便问道："院

长，这大哥是谁？"戴宗道："这个是小弟身边牢里一个小牢子，姓李，名

逵，祖贯是沂州沂水县百丈村人氏。本身一个异名，唤做'黑旋风'李逵。

他乡中都叫他做李铁牛。因为打死了人，逃走出来，虽遇赦宥，流落在此江

州，不曾还乡。为他酒性不好，多人惧他。能使两把板斧，及会拳棍，见今

在此牢里勾当。"李逵看着宋江，问戴宗道："哥哥，这黑汉子是谁？"

「黑汉子，则呼之为黑汉子耳，岂以其衣冠济楚也而阿谀之。写李逵如画。」戴宗对宋江笑道："押司，你看这厮怎么粗卤，

全不识些体面！"李逵道："我问大哥，怎地是粗卤？"「连粗卤不知是何语，妙绝。读至此，始知鲁达自说粗

卤。尚是后天之民，未及李大哥也。」戴宗道："兄弟，你便请问'这位官人是谁'便好，「暗用苏东坡教坏司马君

实什事。」你倒却说'这黑汉子是谁'，这不是粗卤，却是甚么？我且与你说知：

这位仁兄，便是闲常你要去投奔他的义士哥哥。"「从戴宗口中表出李逵生平。」李逵道："莫不

是山东及时雨黑宋江？"「看戴宗只提出"义士"二字，李逵便说出其地来，说出其号来，说出其状来，说出其名来，极写李逵念诵宋江，如人持咒也。」戴

宗喝道："咄！你这厮敢如此犯上，直言叫唤，全不识些高低！兀自不快下

拜，等几时？"李逵道："若真个是宋公明，我便下拜！「妙语。」若是闲人，我

却拜甚鸟！「妙语。○看他下语，真有铁牛之意。○"拜鸟"二字，未经人说，为之绝倒。」节级哥哥，不要赚我拜了，你却

笑我！"「偏写李逵作乖觉语，而其呆愈显，真正妙笔。」宋江便道："我正是山东黑宋江。"「便写出宋江喜之至，敬之至。」李

逵拍手叫道："我那爷！「称呼不类，表表独奇。」你何不早说些个，「却反责之，妙绝妙绝。」也教铁牛欢喜。"

583

【写得逶若不是世间性格，读之泪落。○"铁牛欢喜"四字，又是奇文。】扑翻身躯便拜。【写拜亦复不同。○"扑翻身躯"字，写他拜得死心搭地。"便"字，写他拜得更无商量。】宋江连忙答礼，说道："壮士大哥请坐！"戴宗道："兄弟，你便来我身边坐了吃酒。"李逵道："不耐烦小盏吃，换个大碗来筛。【若在他面前说不得此语，即拜之何为？若既已拜之，即何妨开口便说此语？写李逵妙绝。○更无第一句，只此是第一句。】

宋江便问道："却才大哥为何在楼下发怒？"李逵道："我有一锭大银，解了十两小银使用了，【第一句讨大碗，第二句便说谎。写得奇绝妙绝。】却问这主人家挪借十两银子，【写宋江则以银子为其平生，写李逵则以银子视同儿戏，笔墨激射，令人不堪。】去赎那大银出来，便还他，自要些使用。【李逵亦复有使用银子处，为之绝倒。】只耐这鸟主人不肯借与我，【上文宋江猜戴宗必为五两银，故自家下来；此文李逵猜主人不惜十两银，故径来告借。写两个人：一个纯以小人待君子，一个纯以君子待小人。其厚其薄，天地悬隔，笔墨激射，令人不堪。】却待要和那厮放对，打得他家粉碎，却被大哥叫了我上来。"宋江道："只用十两银子去取，再要利钱么？"李逵道："利钱已有在这里了，【写他说谎，偏极妩媚。】只要十两本钱去讨。"宋江听罢，便去身边取出一个十两银子，把与李逵，【以十两银买一铁牛，宋江一生得意之笔。】说道："大哥，你将去赎来用度。"戴宗要阻挡时，【眉批：写戴宗又另是一色人。】宋江已把出来了。李逵接得银子，便道："却是好也！两位哥哥只在这里等我一等，赎了银子便来送还，就和宋哥哥去城外吃碗酒。"宋江道："且坐一坐，吃几碗了去。"李逵道："我去了便来。"推开帘子，下楼去了。【我读至此处，不觉掩卷而叹。嗟乎！世安得有此人哉！下之，则骤然与我十两银子；上之，则斯人固我平常无日不念诵，无日不愿见之人也。乃今突然而来，突然而去，不惟今日之恩惠不能留之少些，即平日之爱慕亦不必赘以盘桓，要拜便拜，要去便去，要吃酒便吃酒，要说谎便说谎。嗟乎！世岂真有此人哉！】

戴宗道："兄长休借这银与他便好。却才小弟正欲要阻，兄长已把在他手里了。"宋江道："却是为何？"戴宗道："这厮虽是耿直，只是贪酒好赌。他却几时有一锭大银解了，兄长吃他赚漏了这个银去。他慌忙出门，必是去赌。

若还赢得时，便有得送来还哥哥。「丑语。」若是输了时，那讨这十两银来还兄长？「丑语。写戴宗只与宋江一样。」戴宗面上须不好看。"宋江笑道："尊兄何必见外，些须银子，何足挂齿，由他去赌输了罢。「写宋江好处只如此。」我看这人，倒是个忠直汉子。"戴宗道："这厮本事自有，只是心粗胆大不好。在江州牢里，但吃醉了时，却不奈何罪人，只要打一般强的牢子。「驳李逵，殆所以自驳也。」我也被他连累得苦。专一路见不平，好打强汉，以此江州满城人都怕他。"「又在戴宗口中补写生平。」宋江道："俺们再饮两杯，却去城外「忽生一笋。」闲玩一遭。"戴宗道："小弟也正忘了，和兄长去看江景则个。"宋江道："小可也要看江州的景致，如此最好。"

且不说两个再饮酒，只说李逵得了这个银子，寻思道："难得宋江哥哥，又不曾和我深交，便借我十两银子，果然仗义疏财，名不虚传。如今来到这里，却恨我这几日赌输了，没一文做好汉请他。「没一文便做不得好汉，此宋江一路来，所以独做成好汉也。语语皆与宋江激射。」如今得他这十两银子，且将去赌一赌。倘或赢得几贯钱来，请他　请也好看。"「要好看，是李逵白璧一瑕，分别观之。」当时李逵慌忙跑出城外「一笋。」小张乙赌房里来，便去场上将这十两银子撒在地下，「画。」叫道："把头钱过来我博！"那小张乙得知李逵从来赌直，便道："大哥，且歇这一博，下来便是你博。"「画。下语皆与李逵不称，故妙。○客人已坐店中，只要赢得，便去做好汉请他矣，却偏说出歇一博来，妙绝。」李逵道："我要先赌这一博！"小张乙道："你便傍猜也好。"「画。○语语与李逵不称，妙绝。」李逵道："我不傍猜，只要博这一博！五两银子做一注！"「又欲赢得快，又欲赢得多，绝倒。」有那一般赌的，却待要博，被李逵劈手夺过头钱来，便叫道："我博兀谁？"小张乙道："便博我五两银子。"李逵叫声："快！"肐膊地博一个"叉"。「绝倒。」小张乙便拿了银子过来。李逵叫道："我的银子

585

是十两！”小张乙道：“你再博我五两；‘快’，便还了你这锭银子。”李逵又拿起头钱，叫声：“快！”肐膝地又博个“叉”。〔绝倒。○不如此，不成奇文。〕小张乙笑道：“我教你休抢头钱，且歇一博，不听我口，如今一连博上两个‘叉’。”〔画。○赌场信色，写来活现。〕李逵道：“我这银子是别人的！”〔铁牛作此软语，越可怜越无理，越好笑，越妩媚。〕小张乙道：“遮莫是谁的，也不济事了！你既输了，却道甚么？”李逵道：“没奈何，〔三字越可怜，越无理，越好笑，越妩媚。〕且借我一借，〔妙绝语。宋江处处以银为正经，李逵处处以银为戏事，笔墨激射，极其不堪。〕明日便送来还你。”〔看他又说谎，正妙极也。〕小张乙道：“说甚么闲话？自古‘赌钱场上无父子’！你明明地输了，如何倒来革争？”李逵把布衫拽起在前面，〔先作盛放银子之地，绝倒。〕口里喝道：“你们还我也不还？”小张乙道：“李大哥，你闲常最赌得直，〔口碑凿凿。〕今日如何怎么没出豁？”李逵也不答应他，〔不答应，又写得妙，直写出他外虽发软，内实心服来。〕便就地下掳了银子，又抢了别人赌的十来两银子，〔索性。〕都搂在布衫兜里，〔妙绝之事，奇绝之文。〕睁起双眼就道：“老爷闲常赌直，今日权且不直一遍！”〔二语遂若出自圣人口中，盖上句守经，下句达权也。〕小张乙急待向前夺时，被李逵一指一交。十二三个赌博的一齐上，〔银子是命，要真有此事。〕要夺那银子，被李逵指东打西，指南打北。李逵把这伙人打得没地躲处，便出到门前。把门的问道：“大郎那里去？”被李逵提在一边，〔“提”字妙，一手兜银可知。〕一脚踢开了门，〔一手兜银，一手提人，便一脚踢门矣，活画出此时李大哥来。〕便走。〔何等爽利，看他到底不答应一句。〕那伙人随后赶将出来，都只在门前叫道：〔画。〕“李大哥，你怎地没道理，都抢了我们众人的银子去！”只在门前叫喊，没一个敢近前来讨。〔此二句便又写出平日来也。〕

李逵正走之时，听得背后一人赶上来，扳住肩臂〔奇文。〕喝道：“你这厮，如何却抢掠别人财物？”李逵口里应道：“干你鸟事！”〔骂尽天下。○常想世人评论古今，真是干你鸟事。〕

回过脸来看时，却是戴宗，背后立着宋江。「先骂后回，笔笔入妙。」李逵见了，惶恐满面，「天真烂漫，不是世人害羞身份。」便道："哥哥休怪，铁牛闲常只是赌直，「又不说谎。」今日不想输了哥哥银子，又没得些钱来相请哥哥，喉急了，时下做出这些不直来。"「写他自辩处，恰与上文解银取赎语相违，得却一边，失却一边，天真烂熳，妙不可说。」宋江听了，大笑道："贤弟但要银子使用，只顾来问我讨。「写宋江只如此。」今日既是明明地输与他了，快把来还他。"李逵只得从布衫兜里取出来，都递在宋江手里。「又写他使乖，绝倒。」宋江便叫过小张乙前来，都付与他。「宋江只如此。」小张乙接过来，说道："二位官人在上：小人只拿了自己的。这十两原银，虽是李大哥两博输与小人，如今小人情愿不要他的，省得记了冤仇。"「画。」宋江道："你只顾将去，不要记怀。"小张乙那里肯？宋江便道："他不曾打伤了你们么？"小张乙道："讨头的、拾钱的和那把门的，都被他打倒在里面。"宋江道："既是恁的，就与他众人做将息钱；「宋江只如此。」兄弟自不敢来了，我自着他去。"小张乙收了银子，拜谢了回去。

宋江道："我们和李大哥吃三杯去。"戴宗道："前面靠江有那琵琶亭酒馆，是唐朝白乐天古迹。我们去亭上酌三杯，就观江景则个。"宋江道："可于城中买些看馔之物将去。"「插一句，早为鱼汤作引。」戴宗道："不用，如今那亭上有人在里面卖酒。"宋江道："恁地时却好。"当时三人便望琵琶亭上来。到得亭子上看时，一边靠着浔阳江，一边是店主人家房屋。琵琶亭上有十数副座头，戴宗便拣一副干净座头，让宋江坐了头位，戴宗坐在对席，肩下便是李逵。三个坐定，便叫酒保铺下菜蔬、果品、海鲜、按酒之类，「李逵不爱。○偏写得与李逵不称。」酒保取过两樽"玉壶春"酒，此是江州有名的上色好酒，「写酒皆用出色明目，非为与宋戴映衬，全为与李逵不称也。」开了

泥头。李逵便道：「三个人中第一开口。」"酒把大碗来筛，不耐烦小盏价吃。"「赌房抢银一事，竟若太虚云点，更不一字周旋，妙绝之笔。○不得做主，又来做客，在世人便有无数殷勤周致之语，今偏写得朴至慷慨，正不辨其谁主谁客，妙哉，至于此乎！○李逵传妙处，都在无字句处，要细玩。」戴宗喝道："兄弟好村，你不要做声，只顾吃酒便了。"宋江分付酒保道："我两个面前放两只盏子，这位大哥面前放个大碗。"酒保应了，下去取只碗来，放在李逵面前；一面筛酒，一面铺下肴馔。李逵笑道：「一"笑"字，有小儿得饼之乐。」"真个好个宋哥哥，人说不差了，「看他极粗人胸中，又要三回四转将友生来玩味，真是奇笔。」便知做兄弟的性格。「李逵只说出八个字，而千载已无合式中选之人矣，何可胜叹！」结拜得这位哥哥，也不枉了。"「竟骂戴宗矣，绝倒。」

　　酒保斟酒，连筛了五七遍。宋江因见了这两人，心中欢喜，「结上文。○下另出第三个人也。」吃了几杯，忽然心里想要鱼辣汤吃，「凭空落下"鱼"字，无影无痕。」便问戴宗道："这里有好鲜鱼么？"戴宗笑道："兄长，你不见满江都是渔船，「便插入渔船，明快之笔。」此间正是鱼米之乡，如何没有鲜鱼？"宋江道："得些辣鱼汤醒酒最好。"戴宗便唤酒保，教造三分加辣点红白鱼汤来。「偏写得与李逵不称。」顷刻造了汤来，宋江看见道："美食不如美器，虽是个酒肆之中，端的好整齐器皿。"「偏写得与李逵不称。」拿起箸来，相劝戴宗、李逵吃，自也吃了些鱼，呷几口汤汁。李逵并不使箸，便把手去碗里捞起鱼来，和骨头都嚼吃了。「何等妖媚，其疾如风。」宋江一头忍笑不住，呷了两口汁，「此呷汁与上呷汁连，中间插出李逵捞鱼嚼吃，如风卷云，故宋江呷汁犹未毕也。」便放下箸不吃了。「文情渐引而出。」戴宗道："兄长，一定这鱼醃了，不中仁兄吃。"宋江道："便是不才酒后，只爱口鲜鱼汤吃，「渐引下。」这个鱼，真是不甚好。"戴宗应道："便是小弟也吃不得。是醃的，不中吃。"李逵嚼了自碗里鱼，便道："两位哥哥都不吃，我替你们吃了。"「忽用"替你们"三字，写他何等出力。○非写今日吃鱼出力，正写他日出力只如吃鱼也。」便伸手去宋江碗里捞将过来吃了，又去戴宗碗里也捞过来吃了，「无党无偏，平平荡荡，使宰天下，如此鱼矣。」滴滴点点淋一桌子汁水。「观此，便深厌曲礼为烦。」

　　宋江见李逵把三碗鱼汤和骨头都嚼吃了，便叫酒保来分付道："我这大哥想是肚饥，你可去大块肉切二斤来与他吃，「好宋江，人说不差了，真是知他肚里。」少刻一发算钱还你。"酒保道："小人这里只卖羊肉，却没牛肉。「四字绝倒，忽从酒保口中，画出李逵不吃羊肉人，妙笔凭空生出。」要肥羊尽有。"李逵听了，便把鱼汁劈脸泼将去，淋那酒保一身。「泼酒保有何妙处？妙在因此一波，便写出李逵不吃汁来，偏与宋江思汤想水，不是一样，绝倒绝倒。」戴宗喝道："你又做甚么！"「四字问得妙。真是令人应接不暇。」李逵应道："叵耐这厮无礼，欺负我只吃牛肉，「吃牛肉何足赖？不赖抢银，却赖吃牛肉，妙绝。」不卖羊肉与我吃！"酒保道："小人问一声，也不多话。"宋江道："你去只顾切来，我自还钱。"「宋江只如此。」酒保忍气吞声，去切了二斤羊肉做一盘，将来放桌子上。李逵见了，也不更问，「买与我吃，则我吃矣，问固不差，不问更不差也。」大把价搋来只顾吃，捻指间，把这二斤羊肉都吃了。「何其妩媚。」宋江看了道："壮哉，真好汉也！"「宋江掉文」李逵道："这宋大哥便知我的鸟意，吃肉不强似吃鱼？"「无端插出宋江掉文一句，却紧接出李逵误认来，奇笔妙笔，鬼神于文矣。」○宋江自赞李逵壮哉，李逵却认是说羊肉壮哉；宋江自赞李逵真好汉，李逵却认是说羊肉真好吃。写通文人与不通文人相对，如画。

　　戴宗叫酒保来问道："却才鱼汤，家生甚是整齐，鱼却腌了不中吃，别有甚好鲜鱼时，另造些辣汤来，与我这位官人醒酒。"酒保答道："不敢瞒院长说：这鱼端的是昨晚的。今日的活鱼还在船内，等鱼牙主人不来，「渐引而下。」未曾敢卖动，因此未有好鲜鱼。"李逵跳起来道："我自去讨两尾活鱼来与哥哥吃！"「此句须分上下两半句读，正是各有其妙。盖"我自去讨"四字，只是向店主借银手段，而"与哥哥吃"四字，已是做好汉请宋江胸襟也。」戴宗道："你休去！只央酒保去回几尾来便了。"李逵道："船上打鱼的，不敢不与

我。直得甚么！"戴宗拦挡不住，李逵一直去了。〔又去了，并不以温存软款，自表平日相慕。而狡狯如宋江，已为之一倾。然则为人在世，其应学李大哥也。〕戴宗对宋江说道："兄长休怪：小弟引这等人来相会，全没些个体面，羞辱杀人！"〔写戴宗丑。〕宋江道："他生性是恁地，如何教他改得？我倒敬他真实不假。"〔写宋江见李逵，便令权诈都尽，是作者特特合传之旨。〕两个自在琵琶亭上笑语说话取乐。

却说李逵走到江边看时，见那渔船一字排着，约有八九十只，都缆系在绿杨树下。〔看他一路写绿杨树。〕船上渔人，有斜枕着船梢睡的，〔画。○不止一人。〕有在船头上结网的，〔画。又不止一人。〕也有在水里洗浴的。〔画。○又不止一人。〕此时正是五月半天气，〔好笔。〕一轮红日将及沉西，不见主人来开舱卖鱼。李逵走到船边，喝一声道："你们船上活鱼，把两尾来与我。"〔只如取诸宫中者然。〕那渔人应道："我们等不见鱼牙主人来，不敢开舱。你看，那行贩都在岸上坐地。"〔妙。○却从渔人口中，又补画中一样。○又不止一人。○先写下无数人，便令下文看厮打热闹如画。〕李逵道："等甚么鸟主人！先把两尾鱼来与我。"〔真是天不能盖，地不能载，王化不能服语，可骇可笑。〕那渔人又答道："纸也未曾烧，如何敢开舱？那里先拿鱼与你？"李逵见他众人不肯拿鱼，便跳上一只船去，渔人那里拦挡得住。李逵不省得船上的事，只顾便把竹笆篾来拔，〔奇文。〕渔人在岸上只叫得："罢了！"〔奇文。〕李逵伸手去艎板底下一绞摸时，那里有一个鱼在里面。〔奇文。〕原来那大江里渔船，船尾开半截大孔，放江水出入，养着活鱼，却把竹笆篾拦住，以此船舱里活水往来，养放活鱼，因此江州有好鲜鱼。这李逵不省得，倒先把竹笆篾提起了，将那一舱活鱼都走了。〔自注一遍。〕李逵又跳过那边船上，去拔那竹篾。〔奇文。〕那七八十渔人都奔上船把竹篙来打李逵。〔奇文。○七八十竹篙打李逵，奇文绝倒。〕李逵大怒，焦躁起来，便脱下布衫，〔看他一路写布衫。〕里面单系着一条棋子布手巾儿；〔好看。〕见

590

那乱竹篙打来，两只手一架，早抢了五六条在手里，一似扭葱般都扭断了。「奇文。」渔人看见，尽吃一惊，却都去解了缆，把船撑开去了。「奇文好看。」李逵忿怒，赤条条地拿了截折竹篙，上岸来赶打行贩，「无理之极。○奇文。」都乱纷纷地挑了担走。「奇文好看。」

正热闹里，只见一个人从小路里走出来。众人看见叫道："主人来了！这黑大汉在此抢鱼，都赶散了渔船！"那人道："甚么黑大汉，敢如此无礼！"众人把手指道："那厮兀自在岸边寻人厮打！"那人抢将过去，喝道："你这厮吃了豹子心、大虫胆，也不敢来搅乱老爷的道路！"李逵看那人时：六尺五六身材，三十二三年纪，三柳掩口黑髯；头上裹顶青纱万字巾，掩映着穿心红一点髻儿；上穿一领白布衫，腰系一条绢搭膊；下面青白裹脚多耳麻鞋；手里提条行秤。「李逵眼中看出。」那人正来卖鱼，见了李逵在那里横七竖八打人，「好看。」便把秤递与行贩接了，「细。」赶上前来大喝道："你这厮要打谁？"李逵不回话，抢过竹篙，却望那人便打。「无理之极。○奇文。眉批：此一段李逵主，那人宾。」那人抢入去，早夺了竹篙。李逵便一把揪住那人头发。「奇文。」那人便奔他下三面，要跌李逵，怎敌得李逵水牛般气力，直推将开去，不能够拢身，「奇文。」那人便望肋下擂得几拳，李逵那里着在意里，「奇文。」那人又飞起脚来踢，被李逵直把头按将下去，提起铁锤般大小拳头，去那人脊梁上擂鼓也似打。「奇文。○一总无理之极。」那人怎生挣扎。

李逵正打哩，一个人在背后劈腰抱住，一个人便来帮住手，喝道："使不得！使不得！"李逵回头看时，却是宋江、戴宗。李逵便放了手，那人略

得脱身，一道烟走了。「忽然半路\n一顿。」戴宗埋怨李逵道："我教你休来讨鱼，又在这里和人厮打！倘或一拳打死了人，你不去偿命坐牢？"李逵应道："你怕我连累你？我自打死了一个，我自去承当！"宋江便道："兄弟休要论口，拿了布衫，「布衫。」且去吃酒。"李逵向那柳树根头「绿杨树。」拾起布衫，搭在肐膊上，「布衫。」跟了宋江、戴宗便走。行不得十数步，只听得「前忽然用半路一顿，\n至此重复涌坌而起，文\n格奇绝。」背后有人叫骂道："黑杀才！今番要和你见个输赢！"李逵回转头来看时，便是那人脱得赤条条的，腰扎起一条水裩儿，露出一身雪练也似白肉；头上除了巾帻，显出那个穿心一点红俏髭儿来；「奇文。」在江边独自一个「妙。」把竹篙「妙。」撑着一只渔船「妙。」赶将来，口里大骂道："千刀万剐的黑杀才，老爷怕你的，不算好汉！「宾句。」走的，不是好男子！"「主句。○妙绝语，读之欲笑。\n眉批：此一段那人主，李逵宾。」李逵听了大怒，吼了一声，「如画。」撇了布衫，「布衫。」抢转身来。那人便把船略拢来，凑在岸边，「妙。」一手把竹篙点定了船，「妙。」口里大骂着。「妙。」李逵也骂道："好汉便上岸来！"「不便合\n妙笔。」那人把竹篙去李逵腿上便搠，「妙，妙。读\n之欲笑。」撩拨得李逵火起，托地跳在船上。「妙。」说时迟，那时快，那人只要诱得李逵上船，便把竹篙望岸边一点，「妙。」只脚一蹬，「妙。」那只渔船箭也似投江心里去了。「妙。」李逵虽然也识得水，「反衬一句李逵识\n水，为后文不死地。」苦不甚高，当时慌了手脚。那人更不叫骂，撇了竹篙，叫声："你来！今番和你定要见个输赢！"便把李逵胳膊拿住，口里说道："且不和你厮打，先教你吃些水！"两只脚把船一晃，船底朝天，英雄落水，「绝妙好辞。」两个好汉扑通地都翻筋斗撞下江里去。宋江、戴宗急赶至岸边，那只船已翻在江里，两个只在岸上叫苦。「画二人。」

江岸边早拥上三五百人，在柳阴底下看，﹝画三五百人。﹞都道："这黑大汉今番却着道儿，便挣扎得性命，也吃了一肚皮水！"宋江、戴宗在岸边看时，只见江面开处，那人把李逵提将起来，又淹将下去。﹝奇文。﹞两个正在江心里面，清波碧浪中间，一个显浑身黑肉，一个露遍体霜肤。﹝绝妙好辞。○青波碧浪。黑肉白肤。斐然成章，照笔耀纸。﹞两个打做一团，绞做一块。江岸上那三五百人，没一个不喝采。﹝每见人看火发喝采，看杖责喝采，看厮打喝采。嗟乎！人之无良，一至于此！愿后之读至此者，其一念之也。﹞

当时宋江、戴宗看见李逵被那人在水里揪扯，浸得眼白，又提起来，又纳下去，老大吃亏，﹝铁牛遂作出水牛，奇文绝倒。﹞便叫戴宗央人去救。戴宗问众人道："这白大汉是谁？"﹝渐引而下。﹞有认得的说道："这个好汉，便是本处卖鱼主人，唤做张顺。"宋江听得，猛省道：﹝渐引而下。﹞"莫不是绰号'浪里白条'的张顺？"众人道："正是，正是。"宋江对戴宗说道："我有他哥哥张横的家书在营里。"戴宗听了，便向岸边高声叫道："张二哥，﹝叫得妙。﹞不要动手！有你令兄张横家书在此。这黑大汉是俺们兄弟，你且饶了他，上岸来说话。"张顺在江心里，见是戴宗叫他，却也时常认得，便放了李逵，﹝不便肯饶，笔有余劲。﹞赴到岸边，爬上岸来，看着戴宗唱个喏道："院长休怪小人无礼。"戴宗道："足下可看我面，且去救了我这兄弟上来，却教你相会一个人。"﹝便似相赎者然，真是妙语。﹞张顺再跳下水里，赴将开去。李逵正在江里探头探脑，假挣扎赴水。﹝偏写他假处，偏是天真烂熳，令人绝倒。﹞张顺早赴到分际，带住了李逵一只手，自把两条腿踏着水浪，如行平地，那水浸不过他肚皮，淹着脐下；摆了一只手，直托李逵上岸来。江边的人个个喝采。﹝再画三五百人一句，表牙市未散。﹞宋江看得呆了半晌。张顺、李逵都到岸上，

李逵喘做一团，口里只吐白水。^{「三碗辣鱼、二斤羊肉，一齐都出，为之绝倒。」}戴宗道："且都请你们到琵琶亭上说话。"

张顺讨了布衫穿着，李逵也穿了布衫。^{「前只一领布衫，此忽变出两领布衫，妙。」}四个人再到琵琶亭上来。戴宗便对张顺道："二哥，你认得我么？"^{「先问自家起，做个波磔。」}张顺道："小人自识得院长，只是无缘，不曾拜会。"戴宗指着李逵，问张顺道："足下日常曾认得他么？^{「次问李逵，再做一波磔。」}今日倒冲撞了你。"张顺道："小人如何不认得李大哥？只是不曾交手。"李逵道："你也淹得我够了！"^{「妙。」}张顺道："你也打得我好了！"^{「妙。」}戴宗道："你两个今番却做个至交的弟兄。常言道：'不打不成相识。'"李逵道："你路上休撞着我。"^{「妙。」}张顺道："我只在水里等你便了！"^{「妙。」}四人都笑起来，大家唱个无礼喏。

戴宗指着宋江对张顺道："二哥，你曾认得这位兄长么？"^{「用两波磔后，忽然放去作李张斗口语，然后再提出第三问来，笔法奇妙。」}张顺看了道："小人却不认得，这里亦不曾见。"李逵跳起身来道："这哥哥便是黑宋江。"^{「司马君实仆，苏东坡教得坏；李逵、戴宗教不坏。看他依旧直言叫唤也。○活写出他得意来。」}张顺道："莫非是山东及时雨郓城宋押司？"戴宗道："正是公明哥哥。"张顺纳头便拜道："久闻大名，不想今日得会！多听的江湖上来往的人说兄长清德，扶危济困，仗义疏财。"宋江答道："量小可何足道哉！前日来时，揭阳岭下混江龙李俊家里住了几日；后在浔阳江，因穆弘相会，得遇令兄张横，修了一封家书，寄来与足下，放在营内，不曾带得来。今日便和戴院长并李大哥来这里琵琶亭吃三杯，就观江景。宋江偶然酒后思量些鲜鱼汤醒酒，怎当得他定要来讨鱼，^{「一句画出李逵。」}我两个阻他不住，只听得江岸上发喊热闹，叫酒保看时，说道是黑大汉和人厮打。我两个急急走来劝解，不想却与壮士相会。今日宋江一朝得遇三位豪杰，「又结束一句。○前结两人，此结三人。」岂非天幸！且请同坐，酌三杯。"再唤酒保重整杯盘，再备肴馔。张顺道："既然哥哥要好鲜吃鱼，兄弟去取几尾来。"宋江道："最好。"李逵道："我和你去讨。"「宋江与银，不以为恩，张顺水浸，不为以怨，天真烂熳，荡荡平平。」戴宗喝道："又来了！你还吃得水不快活！"张顺笑将起来，绾了李逵手，说道："我今番和你去讨鱼，看别人怎地？"「情分语言，都臻绝妙，又真好张顺也。」

两个下琵琶亭来。到得江边，张顺略哨一声，只见江上渔船都撑拢来到岸边。「画。」张顺问道："那个船里有金色鲤鱼？"只见这个应道："我船上来！"那个应道："我船里有！"一霎时，却凑拢十数尾金色鲤鱼来。张顺选了四尾大的，折柳条穿了，「绿杨树。」先教李逵将来亭上整理。「竟是一家。」张顺自点了行贩，分付了小牙子去把秤卖鱼。「细。○收拾三五百人，好笔。」张顺却自来琵琶亭上，陪侍宋江。宋江谢道："何须许多？但赐一尾便够了。"张顺答道："些小微物，何足挂齿！兄长食不了时，将回行馆做下饭。"两个序齿坐了。李逵道："自家年长。"坐了第三位。「妙绝。○礼岂为我辈设耶？然而先王之礼，莫大于此矣。」张顺坐第四位。再叫酒保讨两樽"玉壶春"上色酒来，些些海鲜、按酒、果品之类。张顺分付酒保，把一尾鱼做辣汤，用酒蒸一尾，叫酒保切鲙。

四人饮酒中间，各叙胸中之事。正说得入耳，只见一个女娘，年方二八，穿一身纱衣，「五月。」来到跟前，深深的道了四个万福，顿开喉音便唱。李逵正待要卖弄胸中许多豪杰的事务，却被他唱起来一搅，三个且都听唱，打断了他的话头。「不表李逵不近女色，正讥三人不觉露其本色也。」李逵怒从心起，跳起身来，把两个指

595

头去那女娘额上一点，「饶他三个指头，已算惜玉怜香矣。」那女娘大叫一声，蓦然倒地。众人近前看时，只见那女娘桃腮似土，檀口无言。那酒店主人，一发向前拦住四人，要去经官告理。正是：怜香惜玉无情绪，煮鹤焚琴惹是非。毕竟宋江等四人在酒店里怎地脱身，且听下回分解。

【第三十八回】

浔阳楼宋江吟反诗

梁山泊戴宗传假信

此回止黄通判读反诗一段，错落扶疏之极，其余止看其叙事明净径捷耳。

浔阳楼饮酒后，忽写宋江腹泻，是作者惨淡经营之笔。盖不因此事，便要仍复入城寻彼三人，则笔墨殊费；不复入城寻彼三人，即又嫌新交冷落也。此正与林冲气闷，连日不上街来同法。

写宋江问三个人住处，凡三样答法，可谓极尽笔墨之巧。至行入正库，饮酒吟诗，便纯用月明星稀，乌鹊南飞笔气，读之令人慷慨。

篇首女娘晕倒一段，只是吃鱼后借作收科，更无别样照应。

话说当下李逵把指头捺倒了那女娘，酒店主人拦住说道："四位官人，如何是好？"主人心慌，便叫酒保过卖都向前来救他，就地下把水喷噀。看看苏醒。扶将起来看时，额角上抹脱了一片油皮，因此那女子晕昏倒了。救得醒来，千好万好。他的爹娘听得说是黑旋风，〔一句便省无数。〕先自惊得呆了半晌，那里敢说一言。看那女子已自说得话了，娘母取个手帕自与他包了头，收拾了钗鬓。宋江问道："你姓甚么？那里人家？"那老妇人道："不瞒官人说，老身夫妻两口儿，姓宋，原是京师人。只有这个女儿，小字玉莲。他爹自教得他几个曲儿，胡乱叫他来这琵琶亭上卖唱养口。为他性急，〔反映李逵性急。〕不看头势，不管官人说话，只顾便唱，今日这哥哥失手，伤了儿女些个，终不成经官动词，连累官人。"宋江见他说得本分，便道："你着甚人跟我到营里，我与你二十两银子，〔宋江只如此。〕将息女儿，日后嫁个良人，免在这里卖唱。"那夫妻两口儿便拜谢道："怎敢指望许多！"宋江道："我说一句是一句，并不会说谎，〔反映李逵说谎。〕你便叫你老儿自跟我去讨与他。"那夫妻二人拜谢道："深

水滸傳第三十四回黑旋風斗浪裏白条 壬午馬年墨瑞 癸未年千春呉老瑞画改

感官人救济。"

戴宗埋怨李逵道:"你这厮要便与人合口,又教哥哥坏了许多银子。"李逵道:「非写戴宗小哉相,正借以反衬宋江耳。」"只指头略擦得一擦,他自倒了。不曾见这般鸟女子恁地娇嫩!你便在我脸上打一百拳也不妨。「绝倒之语,可谓刻画铁牛,唐突玉莲矣。」"宋江等众人都笑起来。张顺便叫酒保去说:"这席酒钱,我自还他。"「写李逵无钱作主,又来大腹作客,后忽生出宋张争还酒钱一段,前后照射,令人不堪。」酒保听得道:"不妨,不妨!只顾去!"宋江那里肯,「丑。」便道:"兄弟,我劝二位来吃酒,倒要你还钱!"「丑。」张顺苦死要还,「丑。」说道:"难得哥哥会面,仁兄在山东时,小弟哥儿两个也兀自要来投奔哥哥。今日天幸得识尊颜,权表薄意,非足为礼。"戴宗劝道:「丑。」"宋兄长,既然是张二哥相敬之心,只得曲允。"宋江道:"既然兄弟还了,改日却另置杯复礼。"「丑。」张顺大喜,就将了两尾鲤鱼,和戴宗、李逵带了这个宋老儿,都送宋江离了琵琶亭,来到营里。五个人都进抄事房里坐下。宋江先取两锭小银二十两,与了宋老儿。「写宋江只如此。」那老儿拜谢了去,不在话下。天色已晚,张顺送了鱼,宋江取出张横书,付与张顺,相别去了。宋江又取出五十两一锭大银与李逵「宋江只如此。」道:"兄弟,你将去使用。"戴宗也自作别,和李逵赶入城去了。「神妙之笔,更不写李逵谢,亦不写李逵别。」

只说宋江把一尾鱼送与管营,「宋江只如此。」留一尾自吃。宋江因见鱼鲜,贪爱爽口,多吃了些,至夜四更,肚里绞肠刮肚价疼,天明时,一连泻了二十来遭,昏晕倒了,睡在房中。「昨日之叙,为见三人也。既见三人了,明日若又叙,便觉行文稠叠。不叙,又殊觉冷淡也。只改作腹泻睡倒,其法与林冲连日气闷不上街来正同。」宋江为人最好,营里人都来煮粥烧汤,看觑伏侍他。次日,张顺因

见宋江爱吃鱼，又将得好金色大鲤鱼两尾送来，「余波。」就谢宋江寄书之义。却见宋江破腹，泻倒在床，众囚徒都在房里看视。张顺见了，要请医人调治。宋江道："自贪口腹，吃了些鲜鱼，破了肚腹，你只与我赎一帖止泻六和汤来，吃便好了。"叫张顺把这两尾鱼，一尾送与王管营，一尾送与赵差拨。「写宋江只如此。」张顺送了鱼，就赎了一帖六和汤药来与宋江了，自回去，不在话下。营内自有众人煎药伏侍。次日，戴宗备了酒肉，李逵也跟了，径来抄事房看望宋江。只见宋江暴病才可，吃不得酒肉。两个自在房面前吃了。直至日晚，相别去了。「写三人不复叙，只各自来，各自去，妙绝。」亦不在话下。

只说宋江自在营中将息了五七日，觉得身体没事，病症已痊，思量要入城中去寻戴宗。又过了一日，不见他一个来。「先写一句作引。」次日早膳罢，辰牌前后，揣了些银子，「又带银子。」锁上房门，离了营里。信步出街来，径走入城，去州衙前左边寻问戴院长家。有人说道：「妙笔。」"他又无老小，只在城隍庙间壁观音庵里歇。"「是个太保。」宋江听了，直寻访到那里，已自锁了门出去了。「妙想妙笔。○若寻着，便又续前日之游矣，有何妙哉。」却又来寻问黑旋风李逵时，多人说道：「妙笔。○偏是他多人说。」"他是个没头神，「妙。」又无家室，「妙。」只在牢里安身。「妙。」没地里的巡检，东边歇两日，西边歪几时，「妙笔。」正不知他那里是住处。"「妙。」宋江又寻问卖鱼牙子张顺时，亦有人说道：「妙笔。」"他自在城外村里住。便自卖鱼时，也只在城外江边，只除非讨赊钱入城来。"「三段其文各变。」宋江听罢，只得出城来。「五字一顿，妙绝，遂若此日已毕，不复有事者。」直要问到那里，独自一个，闷闷不已，信步再出城外来，看见那一派江景非常，观之不足，「以非常之人，负非常之才，抱非常之志，对非常之景，每每露出圭角来，写得雄浑之极。」正行到一座酒楼前过，仰面看时，旁边竖着一根望竿，悬挂着一个青布酒旆子，上写道"浔阳江正库"。「奇语。」雕檐外一面牌额，上有苏东坡大书"浔阳楼"三字。宋江看了，便道："我在郓城县时，只听得说江州好座浔阳楼，原来却在这里。我虽独自一个在此，不可错过。何不且上楼去自己看玩一遭？"宋江来到楼前看时，只见门边朱红华表柱上，两面白粉牌，各有五个大字，写道"世间无比酒，天下有名楼"。「将写宋江吟反诗，却先写出此十个字来，替他挑动诗兴。却又暗将"世间无比""天下有名"八个字，挑动宋江雄才异志，真是绝妙之笔。」宋江便上楼来，去靠江占一座阁子里坐了；凭栏举目，喝采不已。酒保上楼来，问道："官人，还是要待客，只是自消遣？"宋江道："要待两位客人，未见来。你且先取一樽好酒，果品、肉食只顾卖来，鱼便不要。"「余波。」酒保听了，便下楼去。少时一托盘把上楼来，一樽"蓝桥风月"美酒，摆下菜蔬、时新果品、按酒，列几般肥羊、嫩鸡、酿鹅、精肉，尽使朱红盘碟。宋江看了，心中暗喜，自夸道："这般整齐肴馔、济楚器皿，端的是好个江州。我虽是犯罪远流到此，却也看了些真山真水。我那里虽有几座名山古迹，却无此等景致。"独自一个，一杯两盏，倚栏畅饮，不觉沉醉，猛然蓦上心来，思想道：「奇文突兀。〇宋江平生狡狯，却于醉后露出真心，极严极冷之笔。」"我生在山东，长在郓城，学吏出身，结识了多少江湖好汉。虽留得一个虚名，目今三旬之上，名又不成，利又不就，倒被文了双颊，配来在这里。我家乡中老父和兄弟，如何得相见！"不觉酒涌上来，潸然泪下；临风触目，感恨伤怀。忽然作了一首《西江月》词，「写出宋江言发于衷，奇文突兀。」便唤酒保索借笔砚来，起身观玩，见白粉壁上多有先人题咏。「画。」宋江寻思道："何不就书于此？倘若他日身荣，「公欲以何科目出

601

身？写宋江内蓄异心，笔墨如镜。」再来经过，重睹一番，以记岁月，想今日之苦。"「寒士真有此兴，写来欲哭。」

乘着酒兴，磨得墨浓，蘸得笔饱，去那白粉壁上便写道：

自幼曾攻经史，长成亦有权谋。「表出权术，为宋江全传提纲。」

恰如猛虎卧荒丘，潜伏爪牙忍受！

不幸刺文双颊，那堪配在江州。

他年若得报冤仇，血染浔阳江口！「写宋江心事，令人不可解，既不知其冤仇为谁，又不知其何故乃在浔阳江上也。」

宋江写罢，自看了大喜大笑，一面又饮了数杯酒，「突兀淋漓之极。」不觉欢喜，自狂荡起来，手舞足蹈，又拿起笔来，去那《西江月》后再写下四句诗，「突兀淋漓之极。」道是：

心在山东身在吴，飘蓬江海漫嗟吁。

他时若遂凌云志，敢笑黄巢不丈夫！「其言咄咄，使人欲惊。」

宋江写罢诗，又去后面大书五字道："郓城宋江作"。「突兀淋漓之极。」写罢，掷笔在桌上，又自歌了一回。再饮满数杯酒，「突兀淋漓之极。」不觉沉醉，力不胜酒，便唤酒保计算了，取些银子算还，多的都赏了酒保，「写宋江醉中亦如此，真是久假成性。」拂袖下楼来，踉踉跄跄，取路回营里来。开了房门，便倒在床上，一觉直睡到五更。酒醒时，全然不记得昨日在浔阳江楼上题诗一节。「宋江权术人，何至有漏，特补一笔，甚妙。」

当日害酒，自房里睡卧，不在话下。

且说这江州对岸，另有个城子，唤做无为军，却是个野去处。城中有个在闲通判，姓黄，双名文炳。这人虽读经书，却是阿谀谄佞之徒，心地偏窄，只要嫉贤妒能，胜如己者害之，不如己者弄之，专在乡里害人。「为后伏案。」闻知蔡九知府是当朝蔡太师儿子，每每来浸润他，时常过江来请访知府，指望他引荐出职，再欲做官。也是宋江命运合当受苦，撞了这个对头。

当日这黄文炳在私家闲坐，无可消遣，带了两个仆人，买了些时新礼物，自家一只快船渡过江来，径去府里探望蔡九知府。恰恨撞着府里公宴，不敢进去。却再回船，正好那只船仆人已经在浔阳楼下。「来得便净。」黄文炳因见天气暄热，且去楼上闲玩一回。信步入酒库里来，看了一遭，转到酒楼上，凭栏消遣，观见壁上题咏甚多，也有做得好的，「陪一句。」亦有歪谈乱道的。「再陪一句。」黄文炳看了冷笑。「大惊句，亦先作一陪。」正看到宋江题《西江月》词，并所吟四句诗，大惊道："这个不是反诗？谁写在此！"后面却书道"郓城宋江作"五个大字。黄文炳再读道：「一。」"自幼曾攻经史，长成亦有权谋。"冷笑道：「冷笑妙。」"这人自负不浅！"「确。」又读道：「二。」"恰如猛虎卧荒丘，潜伏爪牙忍受！"侧着头道：「侧着头妙。」"那厮也是个不依本分的人！"「确。」又读：「三。」"不幸刺文双颊，那堪配在江州。"又笑道：「又笑妙。」"也不是个高尚其志的人，看来只是个配军。"「确。」又读道：「四。」"他年若得报冤仇，血染浔阳江口！"摇头道：「摇头妙。」"这厮报仇兀谁？「我亦疑之。」却要在此间生事！"「我亦疑之。」量你是个配军，做得甚用！"「是又殊不然。」又读诗道：「五。」"心在山东身

在吴，飘蓬江海漫嗟吁。"一点头道：「点头妙。」"这两句兀自可恕。"「是。」又读道：「六。」"他时若遂凌云志，敢笑黄巢不丈夫！"伸着舌、摇着头道：「伸着舌，摇着头，妙。」"这厮无礼！他却要赛过黄巢，不谋反待怎地！"「确。」再读了"郓城宋江作"，「七。」想道：「想妙。」"我也多曾闻这个名字，那人多管是个小吏。"「确。○一段逐句读，逐句评，有峡云乱卷，江树对生之势。」便唤酒保来问道："作这两篇诗词，端的是何人题下在此？"酒保道："夜来一个人，独自吃了一瓶酒，写在这里。"黄文炳道："约莫甚么样人？"酒保道："面颊上有两行金印，多管是牢城营里人。「好。○有此句，后便有脚。」生得黑矮肥胖。"黄文炳道："是了。"就借笔砚，取幅纸抄了，藏在身边,分付酒保休要刮去了。「细。」

　　黄文炳下楼，自去船中歇了一夜。次日饭后，仆人挑了盒仗，一径又到府前，正值知府退堂在衙内，使人入去报复。多样时，蔡九知府遣人出来，邀请在后堂。蔡九知府却出来与黄文炳叙罢，寒温已毕，送了礼物，分宾坐下。黄文炳禀说道："文炳夜来渡江到府拜望，闻知公宴不敢擅入，今日重复拜见恩相。"蔡九知府道："通判乃是心腹之交，径入来同坐何妨！下官有失迎迓。"左右执事人献茶。茶罢，黄文炳禀道："相公在上，不敢拜问，不知近日尊府太师恩相曾使人来否？"「心上正经语，却又宛然接入新闻，妙甚。」知府道："前日才有书来。"黄文炳道："不敢动问，京师近日有何新闻？"「报新闻，反先问新闻，口角如画。」知府道："家尊写来书上分付道：近日太史院司天监奏道：夜观天象，罡星照临吴、楚，敢有作耗之人，随即体察剿除。更兼街市小儿谣言四句道：'耗国因家木，刀兵点水工。纵横三十六，播乱在山东。'因此嘱付下官，紧守地方。"

黄文炳寻思了半晌，笑道："恩相，事非偶然也！"黄文炳袖中取出所抄之诗，呈与知府道："不想却在此处。"蔡九知府看了道："这是个反诗，通判那里得来？"黄文炳道："小生夜来不敢进府，回至江边，无可消遣，却去浔阳楼上避热闲玩，观看闲人吟咏，只见白粉壁上，新题下这篇。"知府道："却是何等样人写下？"「写公子官如画。」黄文炳回道："相公，上面明题着姓名，道是'郓城宋江作'。"知府道："这宋江却是甚么人？"「数日前曾问枷上无封皮，数日后已梦梦不知，公子官活画。」黄文炳道："他分明写着'不幸刺文双颊，那堪配在江州'。眼见得只是个配军，牢城营犯罪的囚徒。"知府道："量这个配军，做得甚！"黄文炳道："相公不可小觑了他。恰才相公所言，尊府恩相家书说小儿谣言，正应在本人身上。"知府道："何以见得？"黄文炳道："'耗国因家木'，耗散国家钱粮的人，必是'家'头着个'木'字，明明是个'宋'字；第二句'刀兵点水工'，兴起刀兵之人，水边着个'工'字，明是'江'字。这个人姓宋，名江，又作下反诗，明是天数，万民有福。"知府又问道："何为'纵横三十六，播乱在山东'？"黄文炳答道："或是六六之年，或是六六之数；「不明白'正妙。」'播乱在山东'，今郓城县正是山东地方。这四句谣言，已都应了。"知府又道："不知此间有这个人么？"「公子官活画。」黄文炳回道："小生夜来问那酒保时，说道这人只是前日写下了去。这个不难，只取牢城营文册一查，便见有无。"知府道："通判高见极明。"「公子官活画。」便唤从人叫库子，取过牢城营里文册簿来看。当时从人于库内取至文册，蔡九知府亲自检看，见后面果有五月间新配到囚徒一名"郓城县宋江"。黄文炳看了道："正是应谣言的人，非同小可。如是迟缓，

诚恐走透了消息。可急差人捕获，下在牢里，却再商议。"知府道："言之极当。"^{「公子官活画。」}随即升厅，叫唤两院押牢节级过来。厅下戴宗声喏。知府道："你与我带了做公的人，快下牢城营里，捉拿浔阳楼吟反诗的犯人郓城县宋江来，不可时刻违误。"

戴宗听罢，吃了一惊，心里只叫得苦。^{「一。」}随即出府来，点了众节级牢子，都叫"各去家里取了各人器械，来我下处间壁城隍庙里取齐"。戴宗分付了众人，各自归家去。戴宗却自作起神行法，先来到牢城营里，径入抄事房，推开门看时，宋江正在房里，见是戴宗入来，慌忙迎接，便道："我前日入城来，那里不寻遍。因贤弟不在，独自无聊，自去浔阳楼上饮了一瓶酒。这两日迷迷不好，正在这里害酒。"^{「补两日又不见三人也。」}戴宗道："哥哥，你前日却写下甚言语在楼上？"宋江道："醉后狂言，谁个记得。"戴宗道："却才知府唤我当厅发落，叫多带从人，'拿捉浔阳楼上题反诗的犯人郓城县宋江正身赴官'。兄弟吃了一惊，先去稳住众做公的，在城隍庙等候，如今我特来先报你知。哥哥，却是怎地好？如何解救？"宋江听罢，搔头不知痒处，^{「偏写宋江用不着权诈，妙绝。」}只叫得苦："我今番必是死也！"戴宗道："我教仁兄一着解手，未知如何？如今小弟不敢担阁，回去便和人来提你，你可披乱了头发，把屎尿泼在地上，就倒在里面，诈作风魔。我和众人来时，你便口里胡言乱语，只做失心风，我便好自去替你回复知府。"^{「绝倒。○宋江权诈偏至于此，令人绝倒！」}宋江道："感谢贤弟指教，万望维持则个。"

戴宗慌忙别了宋江，回到城里，径来城隍庙，唤了众做公的，一直奔入牢城营里来，假意喝问："那个是「好。」新配来的宋江？"牌头引众人到抄事房里，只见宋江披散头发，倒在尿屎坑里滚，见了戴宗和做公的人来，便说道："你们是甚么鸟人！"戴宗假意大喝一声："捉拿这厮！"宋江白着眼，却乱打将来，口里乱道："我是玉皇大帝的女婿。丈人教我领十万天兵来杀你江州人，阎罗大王做先锋，五道将军做合后。与我一颗金印，重八百余斤，杀你这般鸟人。"众做公的道："原来是个失心风的汉子，我们拿他去何用？"戴宗道："说得是。「好。」我们且去回话，要拿时再来。"众人跟了戴宗回到州衙里。蔡九知府在厅上专等回话。戴宗和众做公的在厅下回复知府道："原来这宋江是个失心风的人。尿屎秽污全不顾，口里胡言乱语，浑身臭粪不可当，因此不敢拿来。"蔡九知府正待要问缘故时，黄文炳早在屏风背后转将出来，对知府道："休信这话。本人作的诗词，写的笔迹，不是有风症的人，其中有诈！「黄文炳能。」好歹只顾拿来！便走不动，扛也扛将来！"「黄文炳能。」蔡九知府道："通判说得是。"「公子官活画。」便发落戴宗："你们不拣怎他，只与我拿得来。"

戴宗领了钧旨，只叫得苦。「二。」再将带了众人下牢城营里来，对宋江道："仁兄，事不谐矣。兄长只得去走一遭。"便把一个大竹箩扛了宋江，直抬到江州府里，当厅歇下。知府道："拿过这厮来。"众做公的把宋江押于阶下。宋江那里肯跪，睁着眼，见了蔡九知府道："你是甚么鸟人，敢来问我！我是玉皇大帝的女婿。丈人教我引十万天兵，来杀你江州人！阎罗大王做先锋，五道将军做合后。有一颗金印，重八百余斤，你也快躲了，不时，我教

你们都死！"蔡九知府看了，没做理会处。「公子官活画。」黄文炳又对知府道："且唤本营差拨并牌头来问，这人来时有风，近日却才风?「黄文炳能。」若是来时风，便是真症候；若是近日才风，必是诈风。"知府道："言之极当。"「公子官活画。」便差人唤到管营、差拨，问他两个时，那里敢隐瞒，只得直说道："这人来时不见有风病，敢只是近日举发此症。"知府听了大怒，唤过牢子狱卒，把宋江捆翻，一连打上五十下；打得宋江一佛出世，二佛涅槃，皮开肉绽，鲜血淋漓。戴宗看了，只叫得苦。「三。」又没做道理救他处。宋江初时也胡言乱语，次后吃拷打不过，只得招道："自不合一时酒后，误写反诗，别无主意。"蔡九知府明取了招状，将一面二十五斤死囚枷枷了，推放大牢里收禁。宋江吃打得两腿走不动，当厅钉了，直押赴死囚牢里来。却得戴宗一力维持，分付了众小牢子，都教好觑此人。戴宗自安排饭食，供给宋江，不在话下。

再说蔡九知府退厅，邀请黄文炳到后堂，称谢道："若非通判高明远见，下官险些儿被这厮瞒过了。"黄文炳又道："相公在上，此事也不宜迟。只好急急修一封书，便差人星夜上京师，报与尊府恩相知道，显得相公干了这件国家大事。「只说显得相公，便已显得自家，小人机智，明捷如此。」就一发禀道：'若要活的，便着一辆陷车解上京；如不要活的，恐防路途走失，就于本处斩首号令，以除大害。'「为下作引。」便是今上得知必喜。"「只说相公，便显自己。」蔡九知府道："通判所言有理。「公子官活画。」下官即日也要使人回家，书上就荐通判之功，使家尊面奏天子，早早升授富贵城池，去享荣华。"「通篇归结。」黄文炳拜道："小生终身皆依托门下，「是文中旁语，却是文炳正题。」自当衔环背鞍之报。"黄文炳就撺掇蔡九知府写了家书，印上

608

图书。「八字详细，为下作引。」黄文炳问道："相公差那个心腹人去？"知府道："本州自有两个院节级，唤做戴宗，会使神行法，一日能行八百里路程。只来早便差此人径往京师，只消旬日，可以往回。"黄文炳道："若得如此之快，最好，最好！"蔡九知府就后堂置酒，管待了黄文炳，次日相辞知府，自回无为军去了。

且说蔡九知府安排两个信笼，打点了金珠宝贝玩好之物，上面都贴了封皮。次日早晨，唤过戴宗到后堂，嘱付道："我有这般礼物、一封家书，要送上东京太师府里去，庆贺我父亲六月十五日生辰。「奇文大笔，忽若怪石飞落。○宋江为事之根，今日忽又撞着。」日期将近，只有你能干去得。你休辞辛苦，可与我星夜去走一遭，讨了回书便转来，我自重重地赏你。你的程途，都在我心上。我已料着你神行的日期，专等你回报。切不可沿途担阁，有误事情。"戴宗听了，不敢不依，只得领了家书、信笼，便拜辞了知府。挑回下处安顿了。却来牢里对宋江说道："哥哥放心，知府差我上京师去，只旬日之间便回。就太师府里使些见识，解救哥哥的事。「写戴宗不知书里事，妙。」每日饭食，我自分付在李逵身上，委着他安排送来，不教有缺。仁兄且宽心守奈几日。"宋江道："望烦贤弟救宋江一命则个。"戴宗叫李逵，当面分付道："你哥哥「是对李逵语，只此三字已足。」误题了反诗，在这里吃官司，未知如何。我如今又吃差往东京去，早晚便回。哥哥饭食，朝暮全靠着你看觑他则个。"李逵应道："吟了反诗，打甚么鸟紧！万千谋反的，倒做了大官！「骇人语，快绝妙绝。」你自放心东京去，牢里谁敢奈何他！好便好，不好，我使老大斧头砍他娘。"「亦为下作引。」戴宗临行，又嘱付道："兄弟小心，不要贪酒，失

609

误了哥哥饭食。休得出去嗜醉了，饿着哥哥。"李逵道："哥哥，你自放心去。若是这等疑忌时，兄弟从今日就断了酒，「看他断头沥血，可敬可畏。」待你回来却开。「未曾断，先算开，写来绝倒。○看他未曾断，先算开，却又肯断，一发难得也。」早晚只在牢里服侍宋江哥哥，有何不可！"戴宗听了大喜道："兄弟若得如此发心，坚意守看哥哥，更好。"当日作别自去了。李逵真个不吃酒，早晚只在牢里服侍宋江，寸步不离。「写得至性人可敬可爱。○写李逵口中并不说忠说孝，而忽然发心服侍宋江，便如此寸步不离，激射宋江日日谈忠说孝，不曾伏侍太公一刻也。」

不说李逵自看觑宋江。且说戴宗回到下处，换了腿绷护膝、八搭麻鞋；穿上杏黄衫，整了搭膊，腰里插了宣牌，换了巾帻，便袋里藏了书信、盘缠，挑上两个信笼。出到城外，身边取出四个甲马，去两只腿上，每只各拴两个，口里念起神行法咒语来，顷刻离了江州。「戴宗打扮，至此方出。」一日行到晚，投客店安歇，解下甲马，取数陌金纸烧送了；「奇语。」过了一宿。次日早起来，吃了酒食，离了客店，又拴上四个甲马，挑起信笼，放开脚步便行，端的是耳边风雨之声，脚不点地。路上略吃些素饭、素酒、点心又走。看看日暮，戴宗早歇了，又投客店宿歇一夜。次日起了五更，赶早凉行，拴上甲马，挑上信笼，又走。约行过了三二百里，已是巳牌时分，不见一个干净酒店。此时正是六月初旬天气，蒸得汗雨淋漓，满身蒸湿，又怕中了暑气。正饥渴之际，早望见前面树林侧首，一座傍水临湖酒肆。「可知。」戴宗捻指间走到跟前看时，干干净净有二十副座头，尽是红油桌凳，一带都是槛窗。戴宗挑着信笼入到里面，拣一副稳便座头，歇下信笼，解下腰里搭膊，脱下杏黄衫，喷口水晾在窗栏上。「夏景。」戴宗坐下，只见个酒保来问道："上下，打几角酒？要甚么肉食下酒？或猪、羊、牛肉？"戴宗道："酒便不要多，与我做口饭来吃。"酒保又道："我这里卖酒卖饭，又有馒头粉汤。"戴宗道："我却不吃荤腥，有甚素汤下饭？"酒保道："加料麻辣熓豆腐如何？"戴宗道："最好，最好！"酒保去不多时，熓一碗豆腐，放两碟菜蔬，连筛三大碗酒来。戴宗正饥又渴，一上把酒和豆腐都吃了。却待讨饭吃，只见天旋地转，头晕眼花，就凳边便倒。酒保叫道："倒了！"只见店里走出一个人来，便是梁山泊旱地忽律朱贵，说道："且把信笼将入去，先搜那厮身边有甚东西。"便有两个火家去他身上搜看，只见便袋里搜出一个纸包，包着一封书，取过来，递与朱头领。朱贵拆开，却是一封家书，见封皮上面写道："平安家信，百拜奉上父亲大人膝下，男蔡德章谨封。"朱贵便拆开，从头看去，见上面写道："见今拿得应谣言题反诗山东宋江，监收在牢"一节，"听候施行。"朱贵看罢，惊得呆了，半晌做声不得。火家正把戴宗扛起来，背入杀人作房里去开剥，只见凳头边溜下搭膊，上挂着朱红绿漆宣牌。朱贵拿起来看时，上面雕着银字道是："江州两院押牢节级戴宗。"「看出戴宗，又是一样写法。」朱贵看了道："且不要动手，我常听得军师说，这江州有个神行太保戴宗，是他至爱相识。莫非正是此人？如何倒送书去害宋江？"「好。」这一段书，却又天幸撞在我手里。"叫火家："且与我把解药救醒他来，问个虚实缘由。"当时火家把水调了解药，扶起来，灌将下去。须臾之间，只见戴宗舒眉展眼，便爬起来。却见朱贵拆开家书在手里看，「好。」戴宗便喝道："你是甚人？好大胆，却把蒙汗药麻翻了我！如今又把太师府书信擅开拆，毁了封皮，却该甚罪？"朱贵笑道："这封鸟书，打

甚不紧！休说拆开了太师府书札，俺这里兀自要和大宋皇帝做个对头的！"
戴宗听了大惊，便问道："好汉，你却是谁？愿求大名！"朱贵答道："俺是
梁山泊好汉，旱地忽律朱贵。"戴宗道："既是梁山泊头领时，定然认得吴学
究先生。"朱贵道："吴学究是俺大寨里军师，执掌兵权。足下如何认得他？"
戴宗道："他和小可至爱相识。"朱贵道："兄长莫非是军师常说的，江州神
行太保戴院长么？"戴宗道："小可便是。"朱贵又问道："前者宋公明断配
江州，经过山寨，吴军师曾寄一封书与足下，如今却缘何倒去害宋三郎性
命？"戴宗道："宋公明和我又是至爱兄弟，他如今为吟了反诗，救他不得。
我如今正要往京师寻门路救他，如何肯害他性命！"朱贵道："你不信，请
看蔡九知府的来书。"戴宗看了，自吃一惊，却把吴学究初寄的书、与宋公
明相会的话，并宋江在浔阳楼醉后误题反诗一事，备细说了一遍。朱贵道：
"既然如此，请院长亲到山寨里，与众头领商议良策，可救宋公明性命。"

朱贵慌忙叫备分例酒食，管待了戴宗。便向水亭上，觑着对港，放了一
枝号箭，响箭到处，早有小喽啰摇过船来。朱贵便同戴宗带了信笼「细。」下
船，到金沙滩上岸，引至大寨。吴用见报，连忙下关迎接，见了戴宗，叙礼
道："间别久矣！今日甚风吹得到此？且请到大寨里来。"与众头领相见了。
朱贵说起戴宗来的缘故，如今宋公明见监在彼。晁盖听得，慌忙请戴院长坐
地，备问宋三郎吃官司为甚么事起。戴宗却把宋江吟反诗的事，一一说了。
晁盖听罢大惊，便要起请众头领，点了人马，下山去打江州，救取宋三郎上
山。吴用谏道："哥哥不可造次。江州离此间路远，军马去时，诚恐因而惹

祸，打草惊蛇，倒送宋公明性命。此一件事，不可力敌，只可智取。吴用不才，略施小计。只在戴院长身上，定要救宋三郎性命。"「奇事。」晁盖道："愿闻军师妙计。"吴学究道："如今蔡九知府却差院长送书上东京去，讨太师回报，只这封书上，将计就计，写一封假回书，「可称吴学究二劫生辰纲也。」教院长回去。书上只说教：'把犯人宋江切不可施行，便须密切差的当人员解赴东京，问了详细，定行处决示众，断绝童谣，'「真好计策，真好回书。」等他解来此间经过，我这里自差人下山夺了。「读者只谓下文，又若清风山前故事矣。」此计如何？"晁盖道："倘若不从这里过时，却不误了大事！"「详得好。」公孙胜便道："这个何难。我们自着人去远近探听，遮莫从那里过，务要等着，好歹夺了。「是。」只怕不能够他解来。"「此句又为下作引。」

晁盖道："好却是好，只是没人会写蔡京笔迹。"「奇文。」吴学究道："吴用已思量心里了。如今天下盛行四家字体，是苏东坡、黄鲁直、米元章、「不意三公落名水浒传中亦是奇事。」蔡京四家字体。苏、黄、米、蔡，宋朝'四绝'。「四绝。」小生曾和济州城里一个秀才做相识，那人姓萧，名让。因他会写诸家字体，人都唤他做'圣手书生'，又会使枪弄棒、舞剑抡刀。吴用知他写得蔡京笔迹，不若央及戴院长，就到他家赚道：'泰安州岳庙里要写道碑文，先送五十两银子在此，作安家之资。'便要他来。随后却使人赚了他老小上山，就教本人入伙，如何？"晁盖道："书有他写，便好了，也须要使个图书印记。"「奇文。」吴学究又道："小生再有个相识，亦思量在肚里了。这人也是中原一绝，「一绝。」见在济州城里居住。本身姓金，双名大坚，开得好石碑文，剔得好图书、玉石、印记，亦会枪棒厮打。因为他雕得好玉石，人都称他做'玉

臂匠'。也把五十两银去，就赚他来镌碑文。到半路上，却也如此行便了。这两个人，山寨里亦有用他处。"「补一句妙。」晁盖道："妙哉！"当日且安排筵席，管待戴宗，就晚歇了。

次日早饭罢，烦请戴院长打扮做太保模样，将了一二百两银子，「不限两个五十两好。」拴上甲马便上山；把船渡过金沙滩上岸，拽开脚步，奔到济州来。没两个时辰，早到城里，寻问圣手书生萧让住处。有人指道："只在州衙东首文庙前居住。"「住得是。」戴宗径到门首，咳嗽一声，问道："萧先生有么？"只见一个秀才从里面出来，见了戴宗，却不认得，便问道："太保何处？有甚见教？"戴宗施礼罢，说道："小可是泰安州岳庙里打供太保。今为本庙重修五岳楼，本州上户要刻道碑文，特地教小可赍白银五十两，作安家之资。请秀才便挪尊步，同到庙里作文则个。选定了日期，不可迟滞。"萧让道："小生只会作文及书丹，别无甚用。如要立碑，还用刻字匠作。"「顺手串下好。」戴宗道："小可再有五十两白银，就要请玉臂匠金大坚刻石。拣定了好日，万望指引，「串下好。」寻了同行。"萧让得了五十两银子，便和戴宗同来寻请金大坚。正行过文庙，只见萧让把手指道："前面那个来的，便是玉臂匠金大坚。"「顺手串出，便不相犯，好。」当下萧让唤住金大坚，教与戴宗相见，具说「前用戴宗说，此换萧让说，都好。」泰安州岳庙里重修五岳楼，众上户要立道碑文碣石之事。"这太保特地各赏五十两银子，来请我和你两个去。"金大坚见了银子，心中欢喜。两个邀请戴宗就酒肆中市沽三杯，置些蔬食，管待了。戴宗就付与金大坚五十两银子，作安家之资，又说道："阴阳人已拣定了日期，请二位今日便烦动身。"萧让道："天气暄热，今日便动身，也行不多路，前面赶不上宿头。只是来日起个五更，挨门出去。"金大坚道："正是如此说。"两个都约定了来早起用，各自归家收拾动身。萧让留戴宗在家宿歇。

次日五更，金大坚持了包裹行头，来和萧让、戴宗三人同行。离了济州城里，行不过十里多路，戴宗道："二位先生慢来，不敢催逼，小可先去报知众上户来接二位。"拽开步数，争先去了。这两个背着些包裹，自慢慢而行。看看走到未牌时候，约莫也走过了七八十里路，只见前面一声唿哨响，山坡下跳出一伙好汉，约有四五十人，当头一个好汉，正是那清风山王矮虎，「看他用相迎之人，只是肩上肩下一辈，都好。」大喝一声道："你两个是甚么人？那里去？孩儿们，拿这厮！取心来吃酒！"萧让告道："小人两个是上泰安州刻石镌文的，又没一分财赋，止有几件衣服。"王矮虎喝道："俺不要你财赋衣服，只要你两个聪明人的心肝做下酒。"萧让和金大坚焦躁，倚仗各人胸中本事，便挺杆棒，径奔王矮虎。王矮虎也挺朴刀来斗。三人各使手中器械，约战了五七合，王矮虎转身便走，两个却待去赶，听得山上锣声又响，左边走出云里金刚宋万，右边走出摸着天杜迁，背后却是白面郎君郑天寿。「自是一辈。」各带三十余人，一发上，把萧让、金大坚横拖倒拽，捉投林子里来。

四筹好汉道："你两个放心，我们奉着晁天王的将令，特来请你二位上山入伙。"萧让道："山寨里要我们何用？我两个手无缚鸡之力，只好吃饭。"杜迁道："吴军师一来与你相识，二乃知你两个武艺本事，特使戴宗来宅上相请。"萧让、金大坚都面面厮觑，做声不得。当时都到旱地忽律朱贵酒店

里，相待了分例酒食，「不漏。」连夜唤船，便送上山来。到得大寨，晁盖、吴用并头领众人都相见了，一面安排筵席相待，且说修蔡京回书一事，"因请二位上山入伙，共聚大义。"两个听了，都扯住吴学究道："我们在此趋待不妨，只恨各家都有老小在彼，「自是闲文，然亦正领了却。」明日官司知道，必然坏了！"吴用道："二位贤弟不必忧心，天明时便有分晓。"「奇。」当夜只顾吃酒歇了。

次日天明，只见小喽啰报道："都到了。"吴学究道："请二位贤弟亲自去接宝眷。"「奇。」萧让、金大坚听得，半信不信。两个下至半山，只见数乘轿子抬着两家老小上山来。两个惊得呆了，问其备细。老小说道："你昨日出门之后，只见这一行人将着轿子来，说家长只在城外客店里中了暑风，快叫取老小来看救。出得城时，不容我们下轿，直抬到这里。"两家都一般说。萧让听了，与金大坚两个闭口无言，只得死心塌地，再回山寨入伙。

安顿了两家老小。「了。」吴学究却请出来，与萧让商议写蔡京字体回书，去救宋公明。金大坚便道："从来雕得蔡京的诸样图书名讳字号。"当时两个动手完成，「疾。」忙排了回书，「疾。」备个筵席，快送戴宗起程，「疾。」分付了备细书意。「疾。」戴宗辞了众头领下山出来时，小喽啰忙把船只渡过金沙滩，「疾。」送至朱贵酒店里；连忙取四个甲马拴在腿上，作别朱贵，拽开脚步，登程去了。「疾。○数话写得手忙脚乱，为失事作地，妙绝。」

且说吴用送了戴宗过渡，自同众头领再回大寨筵席。正饮酒间，只见吴学究叫声苦，不知高低。「奇妙不可言。」众头领问道："军师何故叫苦？"吴用便道："你众人不知，是我这封书，倒送了戴宗和宋公明性命也！"「奇妙不可言。」众头领大惊，连忙问道："军师书上却是怎地差错？"吴学究道："是我一时只顾其前，不顾其后，书中有个老大脱卯。"萧让便道："小生写得字体和蔡太师字体一般，语句又不曾差了。「一衬妙绝。」请问军师，不知那一处脱卯？"金大坚又道："小生雕的图书，亦无纤毫差错，「又一衬妙绝。」怎地见得有脱卯处？"吴学究叠两个指头，说出这个差错脱卯处。有分教：众好汉大闹江州城，鼎沸白龙庙。直教弓弩丛中逃性命，刀枪林里救英雄。毕竟军师吴学究说出怎生脱卯来，且听下回分解。

【第三十九回】

梁山泊好汉劫法场

白龙庙英雄小聚义

写急事不得多用笔，盖多用笔则其事缓矣。独此书不然：写急事不肯少用笔，盖少用笔则其急亦遂解矣。如宋江戴宗，谋逆之人，决不待时，虽得黄孔目挨延五日，然至第六日已成水穷云尽之际。此时只须云：只等午时三刻，便要开刀，一句便过耳，乃此偏写出早辰先着地方打扫法场，饭后点土兵刀仗剑子；巳牌时分狱官禀请监斩，孔目呈犯由牌，判斩字，又细细将贴犯由牌之芦席，亦都描画出来。此一段是牢外众人打扮诸事，作第一段。次又写匾扎宋江、戴宗，各将胶水刷头发，各绾作鹅梨角儿，又各插朵红绫纸花；青面大圣案前各有长休饭、永别酒；然后六七十个狱卒，一齐推拥出来。此一段是牢里打扮宋、戴两人，作第二段。次又写押到十字路口，用枪棒团团围住；又细说一个面南背北，一个面北背南，纳坐在地，只等监斩官来。此一段是宋、戴已到法场，只等监斩，作第三段。次又写众人看出人，为未见监斩官来，便去细看两个犯由牌。先看宋江云：犯人一名某人，如何如何，律斩。次看戴宗云：犯人某人，如何如何，律斩。逡巡间，不觉知府已到，勒住马，只等午时三刻，此一段是监斩已到，只等时辰，作第四段。使读者乃自陡然见有"第六日"三字，便吃惊起，此后读一句吓一句，读一字吓一字，直至两三叶后，只是一个惊吓。吾尝言读书之乐，第一莫乐于替人担忧，然若此篇者，亦殊恐得乐太过也。

此篇妙处，在来日便要处决，迅雷不及掩耳，此时即有人报知山泊，亦已缩地无法，又况更无有人得知他二人与山泊有情分也。今却在前回中，写吴用预先算出漏误，连忙授计众人下山。至于路数日，则恰好是事发迟二日，黄孔目挨五日，三处各不相照，而时至事起，适然凑合，真是脱尽印板小说套子也。

写戴宗事发后，李逵、张顺二人杳然更不一见；不惟不见而已，又反写两番众人叫苦，以倒踢之，真令读者一路不胜闷闷。及读至"虎形黑大汉"一句，不觉毛骨都抖；至于张顺之来，则又做梦亦梦不到之奇文也。

话说当时晁盖并众人听了，请问军师道："这封书如何有脱卯处？"吴用说道："早间戴院长将去的回书，是我一时不仔细，见不到处！才使的那个图书，不是玉箸篆文'翰林蔡京'四字？「篆体字文，前略此详，正妙。」只是这个图书，便是教戴宗吃官司！"「奇谈。」金大坚便道："小弟每每见蔡太师书缄，并他的文章，都是这样图书。今次雕得无纤毫差错，如何有破绽？"吴学究道："你众位不知，如今江州蔡九知府是蔡太师儿子，如何父写书与儿子，却使个讳字图书？「说得明快之极。」因此差了。是我见不到处。此人到江州，必被盘诘，问出实情，却是利害！"晁盖道："快使人去赶唤他回来，别写如何？"吴学究道："如何赶得上？他作起神行法来，这早晚已走过五百里了。「好。」只是事不宜迟，我们只得恁地，可救他两个。"晁盖道："怎生去救？用何良策？"吴学究便向前与晁盖耳边说道：这般这般，如此如此。"主将便可暗传下号令，与众人知道，只是如此动身，休要误了日期。"众多好汉得了将令，各各拴束行头，连夜下山望江州来，不在话下。

且说戴宗扣着日期，「好。」回到江州，当厅下了回书。蔡九知府见了戴宗如期回来，好生欢喜，先取酒来赏了三钟，亲自接了回书，便道："你曾见我太师么？"戴宗禀道："小人只住得一夜便回了，不曾得见恩相。"知府拆开封皮，看见前面说「正经。」"信笼内许多物件都收了"；中间说「次之。」"妖人宋江，今上自要他看，可令牢固陷车盛载，密切差的当人员，连夜解上京师，沿途休教走失"；书尾说「带。」"黄文炳早晚奏过天子，必然自有除授"。蔡九知府看了，喜不自胜，叫取一锭二十五两花银赏了戴宗。一面分付教造陷车，商量差人解发起身。戴宗谢了，自回下处，买了些酒肉，来牢里看觑宋江。不在话下。

且说蔡九知府催并合成陷车，过得一二日，正要起程，只见门子来报道："无为军黄通判特来相探。"「紧接。」蔡九知府叫请至后堂相见，又送些礼物、时新酒果。知府谢道："累承厚意，何以克当。"黄文炳道："村野微物，何足挂齿！"知府道："恭喜早晚必有荣除之庆。"黄文炳道："相公何以知之？"知府道："昨日下书人已回，妖人宋江，教解京师。通判只在早晚奏过今上，升擢高任。家尊回书，备说此事。"黄文炳道："既是恁地，深感恩相主荐。那个人下书，真乃神行人也！"知府道："通判如不信时，就教观看家书，显得下官不谬。"黄文炳道："小生只恐家书不敢擅看。如此相托，求借一观。"知府便道："通判乃心腹之交，看有何妨？"便令从人取过家书，递与黄文炳看。

黄文炳接书在手，从头至尾读了一遍。卷过来，看了封皮，只见图书新鲜。黄文炳摇着头道："这封书不是真的。"「贼。」知府道："通判错矣。此是家尊亲手笔迹，真正字体，如何不是真的？"黄文炳道："相公容复：往常家书来时，曾有这个图书么？"「贼。」知府道："往常来的家书，却不曾有这个图书，只是随手写的。今番一定是图书匣在手边，就便印了这个图书在封皮上。"「反用一解妙。」黄文炳道："相公休怪小生多言，这封书被人瞒过了。相公，方今天下盛行苏、黄、米、蔡四家字体，谁不习学得？「书轻点过。」只是这个图书，是令尊恩相做翰林学士时使出来，「贼。」法帖文字上，多有人曾见。「贼。」

如今升转太师丞相，如何肯把翰林图书使出来？「贼。○此一段比前吴用所说，又另增出。」更兼亦是父寄书与子，须不当用讳字图书。令尊太师恩相，是个识穷天下，高明远见的人，安肯造次错用？「贼。○此一段与吴用所说同。」相公不信小生之言，可细细盘问下书人，曾见府里谁来。若说不对，便是假书。休怪小生多说，因蒙错爱至厚，方敢僭言。"蔡九知府听了，说道："这事不难，此人自来不曾到东京，「补一句。」一盘问，便显虚实。"知府留住黄文炳在屏风背后坐地，随即升厅，叫唤戴宗有委用的事。当下做公的领了钧旨，四散去寻。

且说戴宗自回到江州，先去牢里见了宋江，附耳低言将前事说了，宋江心中暗喜。次日，又有人请去酌杯，戴宗正在酒肆中吃酒，只见做公的四下来寻。当时把戴宗唤到厅上，蔡九知府问道："前日有劳你走了一遭，真个办事，未曾重重赏你。"戴宗答道："小人是承奉恩相差使的人，如何敢怠慢？"知府道："我正连日事忙，未曾问得你个仔细。你前日与我去京师，那座门入去？"戴宗道："小人到东京时，那日天色晚了，不知唤做甚么门。"「东京帝都，人山人海，如何日晚门都不知，写得好笑。」知府又道："我家府里门前，谁接着你？留你在那里歇？"戴宗道："小人到府前寻见一个门子，「'寻见'二字好笑，写得如市之门。可张雀网。」接了书入去。少刻，「'少刻'又好笑，写得潭潭之府，跬步即尽。」门子出来，「又好笑，写得相府中，鬼亦更无别个。」交收了信笼，着小人自去寻客店里歇了。「写得相府中，门房亦无一问，好笑。」次日早五更去「写得太师府前，如鸡声茅店，人迹板桥相似，好笑。」府门前伺候时，只见那门子「只是这个门子，如贫士仓头相似，好笑。」回书出来，小人怕误了日期，那里敢再问备细，「戴宗不问，门子如何也不问，好笑。」慌忙一径来了。"知府再问道："你见我府里那个门子，却是多少年纪？或是黑瘦也白净肥胖？长大也是矮小？有须的也是无须的？"戴宗道："小人到府里时，天色黑了。「好笑。」次早回时，又是五更时候，天色昏暗，「好笑。〇趁黑交进去，趁黑交出来，写得太师府前，如做鬼市，好笑。」不十分看得仔细，只觉不怎么长，中等身材，「"中等"二字好笑，长亦有之，短亦不远。」敢是有些髭须。"「反与知府商量髭须，好笑之极。」

知府大怒，喝一声："拿下厅去！"旁边走过十数个狱卒牢子，将戴宗拖翻在当面。戴宗告道："小人无罪！"知府喝道："你这厮该死！我府里老门子王公已死了数年，如今只是个小王看门，如何却道他年纪大，有髭髯？况兼门子小王不能够入府堂里去，但有各处来的书信缄帖，必须经由府堂里张干办，方才去见李都管，然后递知里面，才收礼物。便要回书，也须得伺候三日。我这两笼东西，如何没个心腹的人出来，问你个常便备细，就胡乱收了。我昨日一时间仓卒，被你这厮瞒过了！你如今只好好招说，这封书那里得来！"戴宗道："小人一时心慌，要赶程途，因此不曾看得分晓。"蔡九知府喝道："胡说！这贼骨头，不打如何肯招？左右与我加力打这厮！"狱卒牢子情知不好，觑不得面皮，把戴宗捆翻，打得皮开肉绽，鲜血迸流。戴宗捱不过拷打，只得招道："端的这封书是假的！"知府道："你这厮怎地得这封假书来？"戴宗告道："小人路经梁山泊过，走出那一伙强人来，把小人劫了，绑缚上山，要割腹剖心。「辩。」去小人身上搜出书信看了，把信笼都夺了，却饶了小人。情知回乡不得，只要山中乞死，他那里却写这封书与小人，回来脱身。「辩。」一时怕见罪责，小人瞒了恩相。"知府道："是便是了，中间还有些胡说！眼见得你和梁山泊贼人通同造意，谋了我信笼物件，却如何说这话？再打那厮！"戴宗由他拷讯，只不肯招和梁山泊通情。蔡九知府

再把戴宗拷讯了一回，语言前后相同，说道："不必问了！取具大枷枷了，下在牢里！"却退厅来称谢黄文炳道："若非通判高见，下官险些儿误了大事。"黄文炳又道："眼见得这人也结连梁山泊，通同造意，谋叛为逆；若不祛除，必为后患。"知府道："便把这两个问成了招状，立了文案，押去市曹斩首，然后写表申朝。"黄文炳道："相公高见极明。似此：一者朝廷见喜，知道相公干这件大功；二者免得梁山泊草寇来劫牢。"知府道："通判高见甚远，下官自当动文书，亲自保举通判。"当日管待了黄文炳，送出府门，自回无为军去了。

次日蔡九知府升厅，便唤当案孔目来，分付道："快教叠了文案，把这宋江、戴宗的供状招款粘连了；一面写下犯由牌，教来日押赴市曹斩首施行。自古'谋逆之人，决不待时'，斩了宋江、戴宗，免致后患。"〔作此疾语，当令人吃惊。〕案却是黄孔目，本人与戴宗颇好，却无缘便救他，只替他叫得苦。〔先写一句孔目无便救他，只叫得苦，反呼梁山泊诸公，妙甚。〕当日禀道："明日是个国家忌日，〔妙。○空中结撰，有此奇文。○此止为梁山泊来不及作地耳，然在俗笔，定向知府边延挨下去，更不能先作骇疾语，次又生出奇情救之也。〕后日又是七月十五日中元之节，〔妙。○生出许多枝节。〕皆不可行刑。大后日亦是国家景命。〔妙。○看他'亦是'二字，勉强之极。〕直至五日后，方可施行。"〔一日是国忌，一日是中元，一日是景命，然则止是三日后耳，却云五日后，妙。〕原来黄孔目也别无良策，只图与戴宗少延残喘，亦是平日之心。〔又反呼梁山泊诸公，妙。〕

蔡九知府听罢，依准黄孔目之言，直待第六日〔此五字中，暗伏无数事在内。〕早辰，〔早辰。〕先差人去十字路口，打扫了法场。〔偏是急杀人事，偏要故意细细写出，以惊吓读者。读者惊吓，斯作者快活也。○读者曰不我亦然，我亦以惊吓为快活，不惊吓处亦便不快活也。〕饭后〔饭后。〕点起土兵和刀仗刽子，〔急杀人事。〕约有五百余人，都在大牢门前伺候。[闲中先叙土兵之多，为后出色。]巳牌时候，[巳牌时候。]狱官禀了，知府亲自来做监斩官。[急杀人事。]黄孔目只得把犯由牌呈堂，当厅判了两上"斩"字，便将片芦席贴起来。[急杀人事。○急杀人事，偏又写得细。]江州府众多节级牢子，虽然和戴宗、宋江过得好，却没做道理救得他，众人只替他两个叫苦。[再插一句众人无力相救只叫得苦，反呼山泊诸公，妙甚。○李逵两日不知在何处。○张顺两日一发不知在何处，急切中令人闷闷。]当时打扮已了，就大牢里把宋江、戴宗两个揪扎起，[一发急杀人。]又将胶水刷了头发，绾个鹅梨角儿，[偏要细写，恶极。]各插上一朵红绫子纸花，[偏要细写，恶极。]驱至青面圣者神案前，[偏要细写。]各与了一碗"长休饭""永别酒"。[偏要细写。]吃罢，辞了神案，漏转身来，搭上利子。[越急杀人。]六七十个狱卒[五百土兵，又加六七十狱卒，写得闹乱之极，为后作地。]早把宋江在前、戴宗在后，推拥出牢门前来。[越急杀人。]宋江和戴宗两个面面厮觑，各做声不得。宋江只把脚来跌，戴宗低了头只叹气。江州府看的人，真乃压肩叠背，何止一二千人。[五百余土兵，六七十狱卒，又加二千看的人，写得闹动之极，为后作地。○李逵何在？张顺何在？急切中都不见了，令人闷绝。]押到市曹十字路口，团团枪棒围住，[越急杀人。]把宋江面南背北，将戴宗面北背南，[偏细。]两个纳坐下，只等午时三刻，监斩官到来开刀。[十八字句，真正急杀人。]那众人仰面看那犯由牌上写道："江州府犯人一名宋江，故吟反诗，妄造妖言，结连梁山泊强寇，通同造反，律斩。犯人一名，戴宗，与宋江暗递私书，勾结梁山泊强寇，通同谋叛，律斩。监斩官，江州府知府蔡某。[已到法场上，只等午时到矣，却不便接"午时三刻"四字，却反生出众人看犯由牌一段，如得恶梦，偏不便醒，多挨一刻，即多吓一刻。吾常言写急事，须用缓笔，正此法也。]那知府勒住马，只等报来。[上言只等午时三刻，监斩官到，即便开刀。此又云监斩官已到，只等午时三刻。文情愈迫愈急，真是地脉尽绝，天路不通，令人更无生情入想之处。]

只见法场东边一伙弄蛇的丐者，[奇文。○法场必在十字路口，故有东边、西边、南边、北边之文也。]强要挨入法

625

场里看，众土兵赶打不退。正相闹间，只见法场西边一伙使枪棒卖药的，「奇文。」也强挨将入来。土兵喝道："你那伙人好不晓事！这是那里，强挨入来要看！"那伙使枪棒的说道："你倒鸟村，我们冲州撞府，那里不曾去，到处看出人！便是京师天子杀人，也放人看。你这小去处，砍得两个人，闹动了世界，我们便挨入来看一看，打甚么鸟紧！"「东边略，西边详，各异。」正和土兵闹将起来。监斩官喝道："且赶退去，休放过来！"闹犹未了，只见法场南边一伙挑担的脚夫，「奇文。」又要挨将入来，土兵喝道："这里出入，你挑那里去！"那伙人说道："我们挑东西送与知府相公去的，你们如何敢阻挡我！"土兵道："便是相公衙里人，也只得去别处过一过！"那伙人就歇了担子，都掣了扁担，立在人从里看。「第二段闹，第三段不闹，又各异。」只见法场北边一伙客商，推两辆车子过来，定要挨入法场上来。土兵喝道："你那伙人那里去！"客人应道："我们要赶路程，可放我等过去！"土兵道："这里出入，如何肯放你！你要赶路程，从别路过去！"那伙客人笑道："你倒说的好，俺们便是京师来的人，不认得你这里鸟路，只是从这大路走。"土兵那里肯放？那伙客人齐齐地挨定了不动，「亦与上异。」四下里吵闹不住。「再总束一句，极其精神。」这蔡九知府也禁治不得，又见这伙客人都盘在车子上立定了看。

　　没多时，法场中间人分开处，一个报，报道一声："午时三刻！"「写得急杀不可当。」监斩官便道："斩讫报来！"「急杀不可当。」两势下刀棒刽子，便去开枷，「急杀不可当。」行刑之人，执定法刀在手。「急杀不可当。」说时迟，「说时迟，那时快"六字，固此书中奇话也，乃此处又作两半用，更奇绝。」那伙客人在车子上听得"斩"字，数内一个客人便向怀中取出一面小锣儿，立在车子嗙嗙嗙地敲得两三声，四下里一齐动手。那时快，却见十字路口茶坊楼上，一个虎形黑大汉，脱得赤条条的，两只手握两只板斧，大吼一声，却似半天起个霹雳，从半空中跳将下来。「五十一字成一句，不得读断。○自拿翻戴宗后，便不复更见大哥，何意此时从天而降，读之，令人身毛都竖。○要想他更无商量处，直是一副血性自做出来，可笑可爱。」手起斧落，早砍翻了两个行刑的刽子，「要着。○每言大哥粗鲁，大哥辄不肯服，只如此处两斧，大哥真是不粗鲁也。」便望监斩官马前砍将来。「更要着，妙绝。」众土兵急待把枪去搠时，那里拦挡得住？众人且簇拥蔡九知府逃命了。

只见东边那伙弄蛇的丐者，「写如此匆忙事，偏板板下"东西南北"四字，却又偏板板用两遍，而又能不见其板板，偏见其匆忙，见其笔力过人处。」身边都掣出尖刀，看着土兵便杀。西边那伙使枪棒的，「妙。」大发喊声，只顾乱杀将来，一派杀倒土兵狱卒。「比前增"狱卒"字，便有变换。」南边那伙挑担的脚夫，「妙。」抢起匾担，横七竖八，都打翻了土兵和那看的人。「比前又增看的人。」北边那伙客人，「妙。」都跳下车来，推过车子，拦住了人。「写得妙。」两个客商钻将入来，一个背了宋江，「要着。」一个背了戴宗。「要着。」其余的人，也有取出弓箭来射的，也有取出石子来打的，也有取出标枪来标的。「写出纷纷杂杂，真使其事如画。」原来扮客商的这伙，便是晁盖、花荣、黄信、吕方、郭盛。「此五个人真像客商。」那伙扮使枪棒的，便是燕顺、刘唐、杜迁、宋万。「此四个人真像使枪棒的。」扮挑担的，便是朱贵、王矮虎、郑天寿、石勇。「此四个人真像脚夫。」那伙扮丐者的，便是阮小二、阮小五、阮小七、白胜。「此四个人真像丐者。」这一行梁山泊共是十七个头领到来，带领小喽啰一百余人，四下里杀将起来。

只见那人丛里那个黑大汉，轮两把板斧，一味地砍将来。晁盖等却不认得，「写黑大汉忽然欲明，忽然欲灭，笔势奇绝。○此处忽灭。」只见他第一个出力，杀人最多。「叙功疏中奇话。」晁盖猛省

起来：戴宗曾说一个黑旋风李逵，和宋三郎最好，是个莽撞之人。〔此处忽明，闲中补出戴宗在山泊说琵琶亭饮酒事，如画。〕晁盖便叫道："前面那好汉，莫不是黑旋风？"那汉那里肯应，火杂杂地抢着大斧，只顾砍人。〔此处又忽灭，妙绝。〕晁盖便叫背宋江、戴宗的两个小喽啰，只顾跟着那黑大汉走。〔晁盖极是。○只因极是，变出极不是来，奇想奇笔，出人意料。〕当下去十字街口，不问军官百姓，杀得尸横遍地，血流成渠，推倒擷翻的，不计其数。众头领撇了车辆担仗，〔细。〕一行人尽跟了黑大汉，〔妙绝。〕直杀出城来。背后花荣、黄信、吕方、郭盛，四张弓箭，飞蝗般望后射来。那江州军民百姓，谁敢近前？这黑大汉直杀到江边来，身上血溅满身，兀自在江边杀人。晁盖便挺朴刀，〔四字写得义形于色。〕叫道："不干百姓事，休只管伤人！"〔好晁盖。〕那汉那里来听叫唤？一斧一个，排头儿砍将去。〔又好黑大汉，真乃各成其事。〕

约莫离城沿江上也走了五七里路，前面望见尽是淘淘一派大江，却无了旱路。〔偏要逼到险绝处，使读者受吓不少。〕晁盖看见，只叫得苦。那黑大汉方才叫道：〔"方才"二字，有僧繇点睛之妙，忽然将他跳楼以后气忿不开口直写出来，并将他跳楼以前气忿不开口，亦直写出来。〕"不要慌，且把哥哥背来庙里！"众人都到来看时，〔合二语，活写出黑大汉在前，众人在后，好笑。〕靠江一所大庙，两扇门紧紧地闭着。黑大汉两斧砍开，〔快事。〕便抢入来。晁盖众人看时，两边都是老桧苍松，林木遮映，前面牌额上四个金书大字，写道："白龙神庙"。小喽啰把宋江、戴宗背到庙里歇下，宋江方才敢开眼。〔宋江、戴宗开眼，不作一齐，好笔法也。〕见了晁盖等众人，哭道："哥哥！莫不是梦中相会？"晁盖便劝道："恩兄不肯在山，致有今日之苦。这个出力杀人的黑大汉是谁？"〔"黑大汉"上加"出力杀人"四字，可作李大哥生时官名，死后谥号，妙绝，妙绝。○写晁盖勤问李逵，非表晁盖关心，正表李逵骇目也。〕宋江道："这个便是叫做黑旋风李逵。"〔此处忽明。〕他几番就要大牢里放了我，「补得妙绝。」却是我怕走不脱，不肯依他。”晁盖道：“却是难得这个人！出力最多，「四字评尽一生。」又不怕刀斧箭矢。”「六字画尽平生。」花荣便叫：“且将衣服与俺二位兄长穿了。”「问李逵是晁盖，定是大将。讨衣服是花荣，定是儒将。」

正相聚间，只见李逵提着双斧，从廊下走出来。「奇。」宋江便叫住道：“兄弟那里去？”李逵应道：“寻那庙祝，一发杀了！”叵耐那厮见神见鬼日日把鸟庙门关上，我指望拿他来祭门，却寻那厮不见！”「余波，一笑。」宋江道：“你且来，先和哥哥头领相见。”李逵听了，丢了双斧，望着晁盖跪了一跪，「要知此跪非跪晁盖，正为宋江严命不敢不跪耳。○“跪了一跪”四字，不是写他肯跪，正是写他不肯拜也。与前文“扑翻身躯便拜”六字反对，妙绝。」说道：“大哥，休怪铁牛粗卤。”「杀得快活，便认粗卤，绝倒。」与众人都相见了，却认得朱贵是同乡人，两个大家欢喜。「遥作沂水杀虎之引。」花荣便道：“哥哥，你教众人只顾跟着李大哥走，如今来到这里，前面又是大江拦截住，断头路了，却又没一只船接应。倘或城中官军赶杀出来，却怎生迎敌？将何接济？”李逵便道：“不要慌！「上云不要慌，是背入庙里；此又云个要慌，不审有何良策，陡然看到下句，不觉绝倒。」我与你们再杀入城去，「奇语。」和那个鸟蔡九知府一发都砍了快活！”戴宗此时方才苏醒，「然后戴宗苏醒。」便叫道：“兄弟，使不得莽性！城里有五七千军马，「下文城中运兵，遥望如何能定其数，先向无意中就戴宗口中点出一句，其法非人所知。」若杀入去，必然有失！”阮小七便道：“远望隔江那里有数只船在岸边，我兄弟三个赴水过去，夺那几只船过来载众人如何？”「若无下文张、李、穆、童船来，则并不写隔江有船矣。为有下文张、李、穆、童船来，故先以隔江有船作引也。」晁盖道：“此计是最上着。”

当时阮家三弟兄都脱剥了衣服，各人插把尖刀，便钻入水里去。约莫赴开得半里之际，「妙笔。○不是等船，又不是夺船。」只见江面上溜头流下三只棹船，吹风唿哨，飞

629

也似摇将来。「偏写得两耀，妙。」众人看时，见那船上各有十数个人，都手里拿着军器。「两耀得妙。」众人却慌将起来。「妙。」宋江听得说了，便道："我命里这般合苦也！"奔出庙前看时，「张顺不认众人，宋江又在庙内，叙事至此，几成两错，看他如此卸出笋口来，真有捻笔如花之乐。」只见当头那只船上坐着一条大汉，倒提一把明晃晃五股叉，「只"倒提"二字，明明写出不是追兵，妙极。」头上挽个穿心红，一点角儿，下面拽起条白绢水裈，口里吹着唿哨。「可知。」宋江看时，不是别人，正是张顺。宋江连忙便招手叫道："兄弟救我！"张顺等见是宋江，大叫道："好了！"「写出心中无数又苦又急。」飞也似摇到岸边。三阮看见，退赴过来。「夺船一段乃引文，盖惟恐张顺来得突然，故先作一波折，今既迎入，便随笔放下。」一行众人都上岸来得庙前。

宋江看见「宋江看出，余人不认，都好。」张顺自引十数个壮汉「此一段乃独写张顺，故在当先船上，又独坐一只船。」在那只船头上。「张顺独作第一队。」张横引着穆弘、穆春、薛永，带十数个庄客在一只船上。「揭阳镇一霸，浔阳江一霸，作第二队。」第三只船上，「倒一句，便觉文字变换。」李俊引着李立、童威、童猛，也带十数个卖盐火家，「揭阳岭一队三霸作第三，忽将上文无数长书，收在一处。布想立格，无大奇。」都各执枪棒上岸来。张顺见了宋江，喜从天降，哭拜道："「"喜从天降"四字下，却接"哭拜"二字，直写出豪杰朋友神理来。俗笔如何能有一字。○真正大喜，未有不哭者，俗子安得知之，才子则知之耳。」自从哥哥吃官司，兄弟坐立不安，又无路可救！「补了数日中又苦又急。」近日又听得拿了戴院长；李大哥又不见面；「补出寻李逵不着又苦又急。○不惟补出张顺寻李逵，兼补出李逵自去行事，无一人与他商量，妙绝。」我只得去寻了我哥哥，「补出浔阳江心兄弟二人又苦又急。」引到穆太公庄上，「补出揭阳镇上穆、薛三人又苦又急。」叫了许多相识。「补出揭阳岭上四人又苦又急。」今日我们正要杀入江州，要劫牢救哥哥。「正文是劫法场，旁文又说劫牢，写一时人事。咄咄之极。」不想仁兄已有好汉们救出，来到这里。不敢拜问，这伙豪杰，莫非是梁山泊义士晁天王么？"「是不曾相认语。」宋江指着上首立的「四字写出山泊体统。」道："这个便是晁盖哥哥，你等众位都来庙里叙礼则个。"张顺等九人，晁盖

水滸傳第三十九回 梁山泊好漢劫法場 壬午年秋日□新化 水滸全圖 戴敦邦

等十七人，宋江、戴宗、李逵，共是二十九人，都入白龙庙聚会——这个唤做白龙庙小聚会。　「忽然一束，其笔如椽。
〇此一段为一部书之腰。」

当下二十九筹好汉，各各讲礼已罢，只见小喽啰慌慌忙忙入庙来报道："江州城里鸣锣擂鼓，整顿军马，出城来追赶。远远望见旗幡蔽日，刀剑如麻，前面都是戴甲马军，后面尽是擎枪兵将，大刀阔斧，杀奔白龙庙路上来！"李逵听了，大叫一声："杀将去！"　「只三字，壮多少军威，
笑锐歌之繁弱也。」　提了双斧，便出庙门，晁盖叫道："一不做，二不休！众好汉相助着晁某，直杀尽江州军马，方才回梁山泊去！"众英雄齐声应道："愿依尊命！"一百四五十人一齐呐喊，杀奔江州岸上来。有分教：血染波红，尸如山积。直教跳浪苍龙喷毒水，爬山猛虎吼天风。毕竟晁盖等众好汉怎地脱身，且听下回分解。

【第四十回】

宋江智取无为军

张顺活捉黄文炳

前回写吴用劫江州，皆呼众人默然授计，直至法场上，方突然走出四色人来。此回写宋江打无为军，却将秘计——说出，更不隐伏一句半句，凡以特特与之相异也。然文章家又有省则加倍省，增即加倍增之法。既已写宋江明明定计，便又写众人个个起行，不写则只须一句，写则必须两番。此又特特与俗笔相异，不可不知也。

打无为军——事宜，已都在定计时明白开列，入后正叙处，只将许多"只见"字点逗人数而已。譬诸善奕者，满盘大势都已打就，入后只将一子两子处处劫杀，便令全局随手变动。文章至此，真妙手也。

写宋江口口恪遵父训，宁死不肯落草，却前乎此，则收拾花荣、秦明、黄信、吕方、郭盛、燕顺、王矮虎、郑天寿、石勇等八个人，拉而归之山泊；后乎此，则又收拾戴宗、李逵、张横、张顺、李俊、李立、穆弘、穆春、童威、童猛、薛永、侯健、欧鹏、蒋敬、马麟、陶宗旺等十六个人。拉而归之山泊。两边皆用大书，便显出中间奸诈，此史家案而不断之式也。

一路写宋江使权诈处，必紧接李逵粗言直叫，此又是画家所谓反衬法。读者但见李逵粗直，便知宋江权诈，则庶几得之矣。

写宋江上梁山后，毅然更张旧法，别出自己新裁，暗压众人，明欺晁盖，甚是咄咄逼人。不意笔墨之事，其力可以至此。

话说江州城外白龙庙中，[常论一篇大文，全要尾上结束得好，固也。独今此文，忽然反在头上结束一遍。看他将"白龙庙中"四字，兜头提出，下却分出梁山泊好汉某人某人等、浔阳江好汉某人某人等、城里好汉某人某人，通共计有若干好汉，读之正不知其为是结前文，为是起后文，但见其有切玉如泥之力。可见文无定格，随手可造也。]梁山泊好汉[先叙山泊。]劫了法场，救得宋江、戴宗。正是晁盖、花荣、黄信、吕方、郭盛、刘唐、燕顺、杜迁、宋万、朱贵、王矮虎、郑天寿、石勇、阮小二、阮小五、阮小七、白胜，共是一十七人，[看他许多大将。]带领着八九十个悍勇

壮健小喽啰。「看他许多手下人。〇一结。」浔阳江上来接应的好汉「次叙江上。」张顺、张横、李俊、李立、穆弘、穆春、童威、童猛、薛永九筹好汉，「看他又是许多大将。」也带四十余人，「看他亦有许多手下人。」都是江面上做私商的火家，撑驾三只大船，前来接应。「一结。」城里「未叙城里。」黑旋风李逵「看他单是一个人。〇上文结叙山泊、江上两支人马，可称雄师。此单是李逵一个，亦不可不称雄师。笔墨之妙，史迁未及。」引众人「山泊、江上、如许人马；城里李逵，只是一个。可云多寡不敌之至矣。却忽然写出"引众人"三字，便令山泊之十七人，及江上之九人，无不悉为李逵所统。是至少者反至多，为奇变之极也。」杀至浔阳江边。两路救应，通共有一百四五十人，都在白龙庙里聚义。「如此结束，岂是恒人之笔。」只听得小喽啰报道："江州城里军兵，擂鼓摇旗，鸣锣发喊，追赶到来。"

　　那黑旋风李逵听得，大吼了一声，提两把板斧，先出庙门。「先出妙。」众好汉呐声喊，都挺手中军器，齐出庙来迎敌。「齐出妙。」刘唐、朱贵先把宋江、戴宗护送上船。「调刘、朱好。」李俊同张顺、三阮整顿船只。「调李、张、三阮好。」就江边看时，见城里出来的官军，约有五七千马军，「须知五七千，不是从众人眼中约出，是从戴宗口中约出。」当先都是顶盔衣甲，全副弓箭，手里都使长枪，「彼军当先。」背后步军簇拥，「彼军背后。〇写得彼军精神之极。」摇旗呐喊，杀奔前来。这里李逵当先，轮着板斧，赤条条地飞奔砍将入去。「此军当先。」背后便是花荣、黄信、吕方、郭盛四将拥护。「此军背后。写得此军亦出色之极。」花荣见前面的军马都扎住了枪，只怕李逵着伤，偷手取弓箭出来，搭上箭，拽满弓，望着为头领的一个马军，飕地一箭，只见翻筋斗射下马去。那一伙马军，吃了一惊，各自奔命，「活画。」拨转马头便走，倒把步军先冲倒了一半。「活画。〇是以师中重纪律也。」这里众多好汉们一齐冲突将去，杀得那官军尸横野烂，血染江红，直杀到江州城下。城上策应官军早把擂木炮石打将下来。官军慌忙入城，

634

关上城门，好几日不敢出来。「为打无为
州地。」

众多好汉拽转黑旋风，「"拽"字妙，非旗可令，非
金可收，画出铁牛情性。」回到白龙庙前下船。晁盖整
点众人完备，都叫分头下船，开江便走。「四字如
脱兔。」却值顺风，拽起风帆，三只
大船载了许多人马头领，却投穆太公庄上来。一帆顺风，早到岸边埠头，一
行众人，都上岸来。穆弘邀请众好汉到庄内堂上，穆太公出来迎接。宋江等
众人都相见了。太公道："众头领连夜劳神，且请客房中安歇，将息贵体。"
各人且去房里暂歇将养，整理衣服器械。当日穆弘叫庄客宰了一头黄牛，杀
了十数个猪、羊、鸡、鹅、鱼、鸭、珍肴异馔，排下筵席，管待众头领。饮
酒中时，说起许多情节。晁盖道："若非是二哥众位把船相救，我等皆被陷
于缧绁！"穆太公道："你等如何却打从那条路上来？"「是近江州
人语。」李逵道："我
自只拣人多处杀将去，他们自要跟我来，我又不曾叫他！"「大哥口中纯
是天籁。」众人
听了，都大笑。

宋江起身与众人道："小人宋江，若无众好汉相救时，和戴院长皆死于
非命。今日之恩，深于沧海，如何报答得众位！只恨黄文炳那厮搜根剔齿，
「聪明人为人干事，往往不遭人
怨，定被天怨，只为犯此四字耳。」几番唆毒，要害我们。这冤仇如何不报！怎地启
请众位好汉，再做个天大人情，去打了无为军，杀得黄文炳那厮，也与宋江
消了这口无穷之恨。那时回去如何？"晁盖道："我们众人偷营劫寨，只可
使一遍，如何再行得？「非写晁盖心懒，亦非写其老成，盖止为才闹江州，便打无为，笔
墨无节，便同戏事。故特向主军口中商量一句，以作文章一顿也。」似
此奸贼，已有提备。不若且回山寨去，聚起大队人马，一发和学究、公孙二
先生，并林冲、秦明，都来报仇，也未为晚。"宋江道："若是回山去了，再

不能够得来。一者山遥路远，二乃江州必然申开明文，各处谨守；不要痴想。只是趁这个机会，便好下手，不要等他做了准备。"花荣道："哥哥见得是。〔每写花荣灵警。〕虽然如此，只是无人识得路径，不知他地理如何。先得个人去那里城中探听虚实，也要看无为军出没的路径去处，就要认黄文炳那贼的住处了，然后方好下手。"薛永便起身说〔薛永上山无功，故特用之。〕道："小弟多在江湖上行，此处无为军最熟，我去探听一遭，如何？"宋江道："若得贤弟去走一遭最好。"薛永当日别了众人，自去了。

只说宋江自和众头领在穆弘庄上，商议要打无为军一事，整顿军器枪刀，安排弓弩箭矢，打点大小船只等项，提备已了。只见薛永去了两日，带将一个人回到庄上来，拜见宋江。宋江便问道："兄弟，这位壮士是谁？"薛永答道："这人姓侯，名健，祖居洪都人氏；做得第一手裁缝，端的是飞针走线；更兼惯习枪棒，曾拜薛永为师。人见他黑瘦轻捷，因此唤他做'通臂猿'。见在这无为军城里黄文炳家做生活。小弟因见了，就请在此。"宋江大喜，便教同坐商议。那人也是一座地煞星之数，自然义气相投。宋江便问江州消息，〔一。〕无为军路径如何，〔二。〕薛永说道：〔薛永说江州消息，侯健说无为州路径，行文清整之甚。〕"如今蔡九知府，计点官军百姓，被杀死有五百余人，带伤中箭者，不计其数。见今差人星夜申奏朝廷去了。城门日中后便关，出入的好生盘问得紧。原来哥哥被害一事，倒不干蔡九知府事，都是黄文炳那厮〔前回事情，却于此处薛永口中醒出，妙甚。〕三回五次点拨知府，教害二位。如今见劫了法场，城中甚慌，晓夜提备。小弟又去无为军打听，正撞见这个兄弟出来吃饭，因是得知备细。"〔薛永只说江州，无为州便交卸下去。〕

宋江道："侯兄何以知之？"侯健道：「侯健说无为州路径。」"小人自幼只爱习学枪棒，多得薛师父指教，因此不敢忘恩。近日黄通判特取小人来他家做衣服，因出来遇见师父，提起仁兄大名，说起此一节事来。小人要结识仁兄，特来报知备细。这黄文炳有个嫡亲哥哥，唤做黄文烨，「止为后要赚他开门，便预先添出一个大官人来。然又不必杀大官人，故反加倍写他好善，以形容文炳之恶，其实乃是闲文，别无意也。」与这文炳是一母所生二子。这黄文烨，平生只是行善事，修桥补路，塑佛斋僧，扶危济困，救拔贫苦，那无为军城中，都叫他'黄面佛'。「好。○俗本作"黄子佛"。」这黄文炳，虽是罢闲通判，心里只要害人，惯行歹事，无为军都叫他做'黄蜂刺'。「好。」他兄弟两个分开做两院住，只在一条巷内出入，靠北门里便是他家。黄文炳贴着城住，黄文烨近着大街。「此数语，是特特生出黄文烨来本意。」小人在他那里做生活，却听得黄通判回家来说这件事：'蔡九知府已被瞒过了，却是我点拨他，教知府先斩了，然后奏去。'黄文烨听得说时，只在背后骂说道：'又做这等短命促掐的事！于你无干，何故定要害他？倘或有天理之时，报应只有目前，却不是反招其祸！'这两日听得劫了法场，好生吃惊。昨夜去江州探望蔡九知府，与他计较，尚兀自未回来。「反先为不见黄文炳作注，妙笔。○注在前而不知，读至而犹然疑之，甚矣，人之不会读书也。」宋江道："黄文炳隔着他哥哥家多少路？"侯健道："原是一家分开，如今只隔着中间一个菜园。"「是生出黄文烨本意。」宋江道："黄文炳家多少人口？有几房头？"侯健道："男子妇人通有四五十口。"「报仇至杀其四五十口，可称大快。然杀之而后数之，不若数之而后杀之之尤快也。笔法之妙如此。」宋江道："天教我报仇，特地送这个人来！虽是如此，全靠众弟兄维持。"众人齐声应道："当以死向前！正要驱除这等赃滥奸恶之人，「宋江以私怨杀黄文炳家四五十口，不可训矣，特标此句以盖之也。」与哥哥报仇雪恨！"宋江又道："只恨黄文炳

那贼一个，却与无为军百姓无干。〔是。〕他兄既然仁德，亦不可害他，休教天下人骂我不仁。众弟兄去时，不可分毫侵害百姓。今去那里，我有一计，只望众人扶助扶助。"众头领齐声道："专听哥哥指教。"宋江道："有烦穆太公〔调遣诸将，第一先是太公，趣甚。○往常诸将听计，皆用秘密，此独彰明昭著，一一都写出来者，为避劫江州时吴用调遣一篇也。〕对付八九十个叉袋，又要百十束芦柴，用着五只大船、两只小船。央及张顺、李俊驾两只小船；〔一一写出。〕五只大船上，用着张横、三阮、童威和识水的人护船。〔一一写出。〕此计方可。"穆弘道："此间芦苇、油柴、布袋都有。我庄上的人都会使水驾船。便请哥哥行事。"宋江道："却用侯家兄弟引着薛永并白胜，先去无为军城中藏了，来日三更二点为期，只听门外放起带铃鹁鸽，便教白胜上城策应。先插一条白绢号带，近黄文炳家，便是上城去处。"〔一一写出。〕再又教石勇、杜迁扮做丐者，去城门边左近埋伏，只看火为号，便要下手杀把门军士。〔一一写出。〕李俊、张顺只在江面上往来巡绰，等候策应。〔完"李俊、张顺"句。○一一写出。〕

宋江分拨已定。薛永、白胜、侯健先自去了。〔先一队作埋伏。○上一番明写调遣，此一番又明写发军，务要与劫江州时不同也。〕随后再是石勇、杜迁扮做丐者，身边各藏了短刀暗器，也去了。〔一队作策应。〕这里自一面扛抬沙土布袋和芦苇、油柴，上船装载。众好汉至期，各各拴束了，身上都准备了器械，船舱里埋伏军汉。众头领分拨下船。晁盖、宋江、花荣在童威船上，〔此是中军第一队。〕燕顺、王矮虎、郑天寿在张横船上。〔第二队。〕戴宗、刘唐、黄信在阮小二船上。〔第三队。〕吕方、郭盛、李立在阮小五船上。〔第四队。〕穆弘、穆春、李逵在阮小七船上。〔第五队。〕只留下朱贵、宋万在穆太公庄，看理江州城里消息。〔另一队作防守。〕先使童猛棹一只打鱼快船，前去探路。「另一队作探听。○不过二三十人，写得如许有进有退，有攻有守，有伏有应，有伸有缩，妙甚。」小喽啰并军健，都伏在舱里，大家庄客、水手，撑驾船只，当夜密地望无为军来。

此时正是七月尽天气，夜凉风静，月白江清，水影山光，上下一碧。「如许杀人放火事，偏用绝妙好辞，写得景物清夷，行文亦当有诸葛君真名士之誉也。」约莫初更前后，大小船只都到无为江岸边，拣那有芦苇深处，「好。○何物文人，其胸中无所不妙。」一字儿缆定了船只。只见那童猛「看他历历落落，写出无数‘只见’字，如闻棋子落枰之声。」回船来报道："城里并无些动静。"「好。」宋江便叫手下众人，把这沙土布袋和芦苇干柴都搬上岸，望城边去。听那更鼓时，正打二更。宋江叫小喽啰各各抬了沙土布袋并芦柴，就城边堆垛了。众好汉各挺手中军器，只留张横、三阮、两童守船接应，「不惟精于行文，亦复精于行兵，若在俗笔，竟一哄都上岸矣。」其余头领都奔城边来。望城上时，约离北门有半里之路，宋江便叫放起带铃鹁鸽。只见城上「只见二。」一条竹竿，缚着白号带，风飘起来。宋江见了，便叫军士就这城边堆起沙土布袋，分付军汉，一面挑担芦苇、油柴上城。只见白胜「只见二。」已在那里接应等候，把手指与众军汉道："只那条巷，便是黄文炳住处。"「好。」宋江问白胜道："薛永、侯健在那里？"「妙。○调曲曲折，前文已详，此处连用数个只见，不过更将前计，再一点醒之耳，若又逐一板板应出，便觉了无灵变之气，只就一问一答，显得众人无不效命。笔法妙绝。」白胜道："他两个潜入黄文炳家里去了，只等哥哥到来。"宋江又问道："你曾见石勇、杜迁么？"「妙。」白胜道："他两个在城门边左近伺候。"宋江听罢，引了众好汉下城来，径到黄文炳门前。只见侯健「只见四。」闪在房檐下，宋江唤来，附耳低言道："你去将菜园门开了，放他军士，把芦苇、油柴堆放里面，可教薛永寻把火来点着，却去敲黄文炳门道：‘间壁大官人家失火，有箱笼什物搬来寄顿。"「大官人失火，曾与二官人何涉？然大官人失火，而搬运箱笼前来寄顿，此言直钻入

二官人耳朵心坎也。○上文增
出大官人，只为此一句耳。敲得门开，我自有摆布。"

宋江教众好汉分几个把住两头。精于用兵。侯健先去开了菜园门，军汉
把芦柴搬来，堆在里面。侯健就讨了火种，递与薛永，将来点着。侯健便闪
出来，却去敲门，叫道："间壁大官人家失火，有箱笼搬来寄顿。快开门则
个！"里面听得便起来看时，望见隔壁火起，连忙开门出来。晁盖、宋江等
呐声喊，杀将入去。众好汉亦各动手，把黄文炳一门尽皆杀了。献勤人
看样。只不
见了文炳一个。文情奇绝，偏要作此一闪。
○前已注明，人自不觉也。众好汉把他从前酷害良民积攒下许多
家私金银，"家私金银"上，加出"酷害良
民积攒下"七字，与天下看样。收拾俱尽。大哨一声，众多好汉，都扛
了箱笼家财，却奔城上来。

且说石勇、杜迁见火起，各掣出尖刀，便杀把门的军人，却见前街邻舍
拿了水桶、梯子，都奔来救火。好。石勇、杜迁大喝道："你那百姓，休得
向前！我们是梁山泊好汉，数千在此，来杀黄文炳一门良贱，与宋江、戴宗
报仇！不干你百姓事，你们快回家躲避了，休得出来闲管事。"众邻舍有不
信的，立住了脚看，写得好。真
有是事。只见黑旋风李逵只见五轮起两把板斧，着
地卷将来，众邻居方才呐声喊，抬了梯子、水桶，一哄都走了。写得好。这
边后巷也有几个守门军汉，带了些人，扡了麻搭火钩，都奔来救火。写得好。
○多写救火
者，正是张
皇火势也。早被花荣张起弓，当头一箭，射翻了一个，好，足矣。大喝道："要
死的，便来救火！"那伙军汉一齐都退去了。写得好。只见薛永只见六拿
着火把，便就黄文炳家里前后点着，乱乱杂杂火起。当时李逵砍断铁锁，大
开城门，一半人从城上出去，一半人从城门下出去。必尽从门下出去，便是死笔，
此独写出纷纷杂杂，得胜便走之

状，就画也画不来。○前宋江用石、杜压门，正是要众人都从门下出去也。到此忽然写出一半人不依宋江将令，一时忙乱乱如画。只见三阮、张、童「只见七。」都来接应，合做一处，扛抬财物上船。无为军已知江州被梁山泊好汉劫了法场，杀死无数的人，如何敢出来追赶？只得回避了。「写得好。」这宋江一行众好汉，只恨拿不着黄文炳。「结上引下。」都上了船，摇开了，自投穆弘庄上来。不在话下。

却说江州城里望见无为军火起，蒸天价红，「此一句上边都红。○上文止写众人，各逞功劳，不曾写到火势，此处方显出大火来。」满城中都讲动，只得报知本府。这黄文炳正在府里议事，「直接俊健语。」听得报说了，慌忙来禀知府道："敝乡失火，「"敝乡"二字妙，写得从宽渐紧。」急欲回家看觑！"蔡九知府听得，忙叫开城门，差一只官船相送。「文炳之被捉，知府害之矣。」黄文炳谢了知府，随即出来，带了从人，慌速下船，摇开江面望无为军来。看见火势猛烈，映得江面上都红，「此一句下边多红。」艄公说道："这火只是北门里火。"「比敝乡渐紧。」黄文炳见说了，心里越慌。看看摇到江心里，只见一只小船从江面上摇过去了，「妙，写得神出鬼没。○只见八。」少时，又是一只小船摇将过来，「摇过去，摇过来，妙不可言。」却不径过，望着官船直撞将来。「此句上暗藏两只小船商量可知。」从人喝道："甚么船，敢如此直撞来！"只见那小船上一条大汉跳起来。「只见九。」手里拿着挠钩，「妙，又可救火，又可搭人。」口里应道："去江州报失火的船！"「只道手里拿一钩，不道口里又舒一钩也。」黄文炳便钻出来问道："那里失火？"那大汉道："北门黄通判家，「第一句是敝乡，第二句是北门，第三句便直逼出"黄通判家"四字来，妙妙。」被梁山泊好汉杀了一家人口，劫了家私，如今正烧着哩！"黄文炳失口叫声苦，不知高低。「写得疾。」那汉听了，一挠钩搭住了船，便跳过来。「写得疾。」黄文炳是个乖觉的人，早瞧了八分，便奔船艄后走，望江里踊身便跳。「写得疾。」只见当面前又

一只船。^{「只见十，写得疾。」}水底下早钻过一个人，把黄文炳劈腰抱住，拦头揪起，扯上船来。^{「写得疾。」}船上那个大汉早来接应，^{「写得疾。」}便把麻索绑了。水底下活捉了黄文炳的，便是浪里白条张顺，船上把挠钩的，便是混江龙李俊。两个好汉立在船上。那摇官船的艄公只顾下拜。^{「余波。」}李俊说道："我不杀你们，只顾捉黄文炳这厮，你们自回去，说与蔡九知府那贼驴知道：俺梁山泊好汉们权寄下他那颗驴头，早晚便要来取！"^{「斩首犯。赦从犯，都好。」}艄公战抖抖地道："小人去说！"李俊、张顺拿了黄文炳过自己的小船上，放那官船去了。

两个好汉棹了两只快船，径奔穆弘庄上。早摇到岸边，望见一行头领，都在岸上等候，搬运箱笼上岸。见说拿得黄文炳，宋江不胜之喜，众好汉一齐心中大喜，说："正要此人见面！"^{「可谓久慕通判高才。」}李俊、张顺早把黄文炳带上岸。众人看了，监押着，离了江岸，到穆太公庄上来。朱贵、宋万接着众人，^{「看他一笔不乱。」}入到庄里草厅上坐下。宋江把黄文炳剥了湿衣服，绑在柳树上，请众头领团团坐定。宋江叫取一壶酒来，与众人把盏。上自晁盖，下至白胜，共是三十位好汉，都把遍了。宋江大骂："黄文炳！你这厮，我与你往日无冤，近日无仇，你如何只要害我？三回五次，教唆蔡九知府杀我两个。你既读圣贤之书，如何要做这等毒害的事？我又不与你有杀父之仇，你如何定要谋我？你哥哥黄文烨，与你这厮一母所生，他怎恁般修善？久闻你那城中都称他做'黄面佛'，我昨夜分毫不曾侵犯他。你这厮在乡中只是害人，交结权势，浸润官长，欺压良善。我知道无为军人民都叫你做'黄蜂刺'，我今日且替你拔了这个'刺'！"^{「妙说解颐。」}黄文炳告道："小人已知过失，只求早死！"晁盖喝道："你那贼驴！怕你不死！你这厮早知今日，悔不当初！"

众多好汉看割了黄文炳，都来草堂上与宋江贺喜。只见宋江先跪在地下，[看他写宋江甫得性命，便用权术，真是笔情如镜。]众头领慌忙都跪下，齐道："哥哥有甚事，但说不妨，兄弟们敢不听？"宋江便道："小可不才，自小学吏。初世为人，便要结识天下好汉。[谦得奇绝。]奈缘力薄才疏，不能接待，以遂平生之愿。自从刺配江州，多感晁头领并众豪杰苦苦相留，宋江因守父亲严训，不曾肯住。正是天赐机会，于路直至浔阳江上，又遭际许多豪杰。不想小可不才，一时间酒后狂言，险累了戴院长性命。感谢众位豪杰，不避凶险，来虎穴龙潭，力救残生；又蒙协助，报了冤仇。如此犯下大罪，闹了两座州城，必然申奏去了。今日不由宋江不上梁山泊投托哥哥去，未知众位意下若何？如是相从者，只今收拾便行；[只此语，亦不必跪说，偏写宋江跪，皆表其权术也。]如不愿去的，一听尊命。[假作一顿，下便疾收，妙甚。]只恐事发，反遭……"[宋江口口不肯上山，却前在清风收拾许多人去，今在江州又要收拾许多人去。两番都用大书，盖深表其以权术为生平也。○反遭下，辞尚未毕。]说言未绝，李逵先跳起来，便叫道："都去，都去！但有不去的，吃我一鸟斧，砍做两截便罢！"[写宋江权术处，偏写李逵衷直相形之。○一个跪说，一个斧砍，谁是谁非，人必能辨。○"先跳起来"四字妙，便见众人尚懒也。]宋江道："你这般粗卤说话！全在各弟兄们心肯意肯，方可同去。"[事发一句已说在前，便仍以心肯意肯听之众人，极似不相强者，然写宋江权术不可当。]众人议论道："如今杀死了许多官军人马，闹了两处州郡，他如何不申奏朝廷？必然起军马来擒获。今若不随哥哥去，同死同生，却投那里去？"

宋江大喜，谢了众人。当日先叫朱贵和宋万前回山寨里去报知，次后分作五起进程：头一起，便是晁盖、[旧。]宋江、[新。]花荣、[旧。]戴宗、[新。]

李逵；[新。○第一起旧新相间。] 第二起，便是刘唐、[旧]杜迁、[旧]石勇、[旧]薛永、[新]侯健；[新。○第二起旧在前，新在后。] 第三起，便是李俊、[新]李立、[新]吕方、[新]郭胜、[旧]童威、[新]童猛；[新。○第三起两头新，中间旧。] 第四起，便是黄信、[旧]张顺、[新]张横、[新]阮家三弟兄；[旧。○第四起两头旧，中间新。] 第五起，便是穆弘、[新]穆春、[新]燕顺、[旧]王矮虎、[旧]郑天寿、[旧]白胜。[旧。○第五起新在前，旧在后。] 五起二十八个头领，[总结一句，有气力，有神采。] 带了一干人等，将这所得黄文炳家财各各分开，装载上车子。穆弘带了穆太公并家小人等，将应有家财金宝装载车上。庄客数内有不愿去的，都赍发他些银两，自投别主去佣工；有愿去的，一同便往。前四起陆续去了，已自行动。穆弘收拾庄内已了，放起十数个火把，烧了庄院，[了。]撇下了田地，[了。]自投梁山泊来。

　且不说五起人马登程，节次进发，只隔二十里而行。先说第一起晁盖、宋江、花荣、戴宗、李逵五骑马，带着车仗人伴，在路行了三日。前面来到一个去处，地名唤做黄山门。宋江在马上，与晁盖说道："这座山生得形势怪恶，莫不有大伙在内？可着人催攒后面人马上来，一同过去。"说犹未了，只见前面山嘴上，锣鸣鼓响。[渐与对影山相犯矣，看他极力摆脱。] 宋江道："我说么！且不要走动，等后面人马到来，好和他厮杀。"花荣便拈弓搭箭在手，晁盖、戴宗各执朴刀，李逵拿着双斧，拥护着宋江，[闲中又写四人拥护，独表宋江无能，只是一生权术，便得为头为脑，妙笔人看不出。] 一齐趱马向前。只见山坡边，闪出三五百个小喽啰，当先簇拥出四筹好汉，各挺军器在手，高声喝道："你等大闹了江州，劫掠了无为军，杀害了许多官军百姓，待回梁山泊去，我四个等你多时！会事的只留下宋江，都饶了你们性命！"｜何由知之，写得可骇。｜宋江听得，便挺身出去，跪在地下，说道："小可宋江｜处处写宋江权术过人。○好在挺身出跪，又妙在竟实说出"小可宋江"四字。｜被人陷害，冤屈无伸，今得四方豪杰救了性命。小可不知在何处触犯了四位英雄，万望高抬贵手，饶恕残生。"｜不刚不柔，又悲又响，辞令至此，无人不哭。｜那四筹好汉，见了宋江跪在前面，都慌忙滚鞍下马，撇下军器，飞奔前来，拜倒在地下。｜又奇。｜说道："俺弟兄四个，只闻山东及时雨宋公明大名，想杀也不能够见面。俺听知哥哥在江州为事吃官司，我弟兄商议定了，正要来劫牢，｜有晁盖等十五筹好汉劫法场，便有李逵独自一个劫法场以陪之。有张鹏等六筹相识好汉要劫牢。便有欧鹏等四筹不相识好汉要劫牢。文心文格，无不诡变之极。｜只是不得个实信。｜劫法场若单靠李逵，几误大事。劫牢若单靠欧鹏等，亦几误大事。令人事过思之，尚有余畏未定。｜前日使小喽啰直到江州来打听，回来说道：'已有多少好汉闹了江州，劫了法场，救出往揭阳镇去了。后又烧了无为军，劫掠黄通判家。'料想哥哥必从这里来，节次使人路中来探望。犹恐未真，故反作此一番诘问，｜得此一段，遂令前话有由。｜冲撞哥哥，万勿见罪。今日幸见仁兄，小寨里略备薄酒粗食，权当接风。请众好汉同到敝寨盘桓片时。"

宋江大喜，扶起四位好汉，逐一请问大名。为头的那人姓欧，名鹏，祖贯是黄州人氏；守把大江军户，因恶了本官，逃走在江湖上绿林中，熬出｜奇语，又痛语。｜这个名字，唤做"摩云金翅"。第二个好汉姓蒋，名敬，祖贯是湖南潭州人氏；原是落科举子出身，科举不第，弃文就武，颇有谋略，精通书算，积万累千，纤毫不差，亦能刺枪使棒，布阵排兵，因此人都唤他做"神算子"。第三个好汉姓马，名麟，祖贯是南京建康人氏；原是小番子闲汉出身，吹得双铁笛，使得好大滚刀，百十人近他不得，因此人都唤他做"铁笛仙"。

第四个好汉姓陶，名宗旺，祖贯是光州人氏；庄家田户出身，能使一把铁锹，有的是气力，亦能使枪轮刀，因此人都唤做"九尾龟"。怎见得四个好汉英雄？这四筹好汉接住宋江，小喽啰早捧过果盒、一大壶酒、两大盘肉，托来把盏。先递晁盖、宋江，次递花荣、戴宗、李逵。与众人都相见了，一面递酒。没两个时辰，第二起头领又到了，「看他写后四起，不一齐来。」一个个尽都相见。把盏已遍，邀请众位上山。两起十位头领先来到黄门山寨内，那四筹好汉便叫椎牛宰马管待。却教小喽啰陆续下山，接请后面那三起十八位头领上山来筵宴。未及半日，三起好汉已都来到了，「叙得省手。」尽在聚义厅上筵席相会。宋江饮酒中间，在席上闲话道："今次宋江投奔了哥哥晁天王，「看他紧顶晁天王，则晁天王一席，他日便更无余人能夺之者，写宋江权术如镜。」上梁山泊去，一同聚义。未知四位好汉肯弃了此处，同往梁山泊大寨相聚否？"「处处写他收罗人马上山，可知前番大哭之诈。」四个好汉齐答道："若蒙二位义士不弃贫贱，情愿执鞭坠镫。"宋江、晁盖大喜，便说道："既是四位肯从大义，便请收拾起程。"众多头领俱各欢喜。在山寨住了一日，过了一夜。次日，宋江、晁盖仍旧做头一起，「真是用笔详到。」下山进发先去。次后依例而行，只隔着二十里远近。四筹好汉收拾起财帛金银等项，带领了小喽啰三五百人，便烧毁了寨栅，随作第六起登程。「第六起纯是新，更无旧。○忽然增出一起，意外奇笔。」宋江又合得这四个好汉，心中甚喜，于路在马上对晁盖说道："「晁盖直性人，任凭宋江调拨。看他第一起只是自己与晁盖两个，其余三人悉是梯己心腹，更不着一余人在旁，于路便好多将言语兜绾他。写宋江权术，真有出神入化之笔。」小弟来江湖上走了这几遭，虽是受了些惊恐，却也结识得这许多好汉。「看他自家先叙功一句，可谓咄咄逼人。○笔墨之事，摹画至此，奇哉。」今日同哥哥上山去，这回只得死心塌地，与哥哥同死同生。"「看他一段话语，先叙功高，次表心赤。功高，则众人不得而争之；心赤，则晁盖不得而疑之矣。」

一路上，说着闲话，〔此是宋江吃紧权诈语，却说是闲话，妙绝。〇愚尝思世人一生鹿鹿，皆闲话也。宋江谋晁盖交椅，今复安在哉！后人笑前人，后人又笑后人，笑自笑，闲话自闲话，世间之事，胡可胜叹。〕不觉早来到朱贵酒店里了。

且说四个守山寨的头领，吴用、公孙胜、林冲、秦明和两个新来的萧让、金大坚，已得朱贵、宋万先回报知，每日差小头目棹船出来酒店里迎接。一起起都到金沙滩上岸，擂鼓吹笛，众好汉们都乘马轿，迎上寨来。到得关下，军师吴学究等六人，把了接风酒，都到聚义厅上，焚起一炉好香。晁盖便请宋江为山寨之主，坐第一把交椅。〔晁盖已入玄中，一路闲说之力如此。〕宋江那里肯，〔又妙。〕便道："哥哥差矣！感蒙众位不避刀斧，救拔宋江性命。哥哥原是山寨之主，如何却让不才？若要坚执如此相让，宋江情愿就死！"晁盖道："贤弟如何这般说？当初若不是贤弟担那血海般干系，救得我等七人性命上山，如何有今日之众？你正该山寨之恩主。你不坐，谁坐？"宋江道："仁兄，论年齿，兄长也大十岁，〔看他句句权诈之极。〇让晁盖，还只是论齿，然则余人可知矣。俨然以功自居，真乃咄咄相逼。〕宋江若坐了，岂不自羞？"再三推晁盖坐了第一位，宋江坐了第二位，吴学究坐了第三位，公孙胜坐了第四位。宋江道：〔看他毅然开口，目无晁盖，咄咄逼人。〕"休分功劳高下，〔只一句，便将晁盖从前号令一齐推倒，别出自己新裁，使山泊无旧无新，无不仰其鼻息，枭雄之才如此。〇耐庵不过舐笔蘸墨耳，何其枭雄遂至如此？才子胸中，淘不可测也。〕梁山泊一行旧头领，去左边主位上坐，〔欲形其少也，贼贼。〕新到头领，去右边客位上坐。〔欲夸其多也，贼贼！〕待日后出力多寡，那时另行定夺。"〔尽入宋江手矣。〇大才调人，做大事业，只是一着两着，譬如高手弈棋，只在一着两着也。但得一笔墨之间，更为奇事耳。〕众人齐道："此言极当。"左边一带，林冲、刘唐、阮小二、阮小五、阮小七、杜迁、宋万、朱贵、白胜；〔只九人。〕右边一带，论年甲次序，互相推让，〔增此八字，便显得右边济济。〕花荣、秦明、黄信、戴宗、李逵、李俊、穆弘、张横、张顺、燕顺、吕方、

647

郭盛、萧让、王矮虎、薛永、金大坚、穆春、李立、欧鹏、蒋敬、童威、童猛、马麟、石勇、侯健、郑天寿、陶宗旺——「共二十七人。○中间止萧让、金大坚非宋江相识，然要拖过花荣、秦明、黄信、燕顺、吕方、郭盛、王矮虎、郑天寿八人，列在右边，定不得不并及之矣。宋江此时，真顾盼自豪矣哉。」共是四十位头领坐下。「一结。」大吹大擂，且吃庆喜筵席。

宋江说起江州蔡九知府捏造谣言一事，说与众头领："叵耐黄文炳那厮，事又不干他己，却在知府面前，将那京师童谣解说道：'耗国因家木'，耗散国家钱粮的人，必是家头着个'木'字，不是个'宋'字？'刀兵点水工'，兴动刀兵之人，必是三点水着个'工'字，不是个'江'字？这个正应宋江身上。那后两句道：'纵横三十六，播乱在山东。'合主宋江造反在山东，「妙绝之笔。○要知此一番，不是酒席上闲述乐情而已，须知宋江只把现成公案，向众重宣一遍，便抵无数篝火狐鸣、鱼置书帛之事，无处不写宋江权术过人。」以此拿了小可。不期戴院长又传了假书，以此黄文炳那厮撺掇知府，只要先斩后奏。若非众好汉救了，焉得到此！"李逵跳将起来道："好！哥哥正应着天上的言语！「每每写宋江用诈处，便被李逵跳破。如上文自述童谣一遍，本是以符谶军笼众人，然却口中不要说出，自得众人心中暗动。偏忽然用李逵一句，直叫出来，两两相形，文情奇绝。○'天上言语'四字，从何而来？奇妙绝绝。」虽然吃了他些苦，黄文炳那贼也吃我割得快活！「正应天上言语下，忽然说入自己快活事，夹七夹八，活画铁牛。」放着我们许多军马，便造反，怕怎地！晁盖哥哥便做大宋皇帝，宋江哥哥便做小宋皇帝；「见当时国号大宋，便误认'宋皇帝'三字，再折不开，一妙也。宋江姓宋，忽说是宋皇帝，晁盖不姓宋，亦说是宋皇帝，二妙也。皇帝又有大小两个，三妙也。○要知晁盖大皇帝，全是宋江面上增出来者，妙绝。」吴先生做个丞相，「何处学来？」公孙道士便做个国师，「何处学来？」我们都做个将军。「铁牛思做将军，真乃未能免俗，然吾不知其藏之胸中，已复几时，直至今日，始得快吐之也。○除两哥哥做皇帝外，其余本做将军；亦止为吴用、公孙二人，看来不似做将军者，故遂生出丞相、国师来也。○铁牛居然欲为周公，真是梦想不到。」杀去东京，夺了鸟位，在那里快活，却不好？不强似这个鸟水泊里！"「位是鸟位，水泊是鸟水泊，说得兴尽。」戴宗慌忙喝道：

"铁牛，你这厮胡说！你今日既到这里，不可使你那在江州性儿，须要听两位头领哥哥的言语号令。亦不许你胡言乱语，多嘴多舌。再如此多言插口，先割了你这颗头来为令，以警后人！"李逵道："阿呀！若割了我这颗头，几时再长得一个出来。我只吃酒便了！"〔此不是呆语，又写李大哥鉴貌辨色，明哲保身也。〕众多好汉都笑。

宋江又提起拒敌官军一事，说道："那时小可初闻这个消息，好不惊恐；不期今日轮到宋江身上。"〔将前文直绾结到今日。〕吴用道："兄长当初若依了兄弟之言，只住山上快活，不到江州，不省了多少事？这都是天数注定如此！"宋江道："黄安那厮，如今在那里？"〔已隔数卷，至此忽问，可见此书一笔不漏。〕晁盖道："那厮住不够两三个月，便病死了。"〔将今日直绾到前文。〕宋江嗟叹不已。当日饮酒，各各尽欢。晁盖先叫安顿穆太公一家老小。〔完。〕叫取过黄文炳的家财，赏劳了众多出力的小喽啰。〔完。〕取出原将来的信笼，交还戴院长收用。〔完。〕戴宗那里肯要？定教收放在库内，公支使用。〔又表戴宗。○此等是戴宗与宋江做人一样处。完。〕晁盖叫众多小喽啰参拜了新头领李俊等，都参见了。连日山寨里杀牛宰马，作庆贺筵席。不在话下。

再说晁盖教山前山后，各拨定房屋居住。山寨里再起造房舍，修理城垣。至第三日酒席上，宋江起身对众头领说道："宋江还有一件大事，正要禀众弟兄：小可今欲下山走一遭，乞假数日，〔何也。〕未知众位肯否？"晁盖便问道："贤弟，今欲要往何处？干甚么大事？"宋江不慌不忙，说出这个去处，有分教：枪刀林里，再逃一遍残生；山岭边旁，传授千年勋业。正是：只因玄女书三卷，留得清风史数篇。毕竟宋公明要往何处去走一遭，且听下回分解。

【第四十一回】

还道村受三卷天书

宋公明遇九天玄女

尝观古学剑之家，其师必取弟子，先置之断崖绝壁之上，迫之疾驰；经月而后，授以竹枝，追刺猿猱，无不中者；夫而后归之室中，教以剑术，三月技成，称天下妙也。圣叹叹曰：嗟乎！行文亦犹是矣。夫天下险能生妙，非天下妙能生险也。险故妙，险绝故妙绝，不险不能妙，不险绝不能妙绝也。游山亦犹是矣：不梯而上，不缒而下，未见其能穷山川之窈窕，洞壑之隐秘也。梯而上，缒而下，而吾之所至，乃在飞鸟徘徊，蛇虎踯躅之处，而吾之力绝，而吾之气尽，识吾之神色索然犹如死人，而吾之耳目乃一变换，而吾之胸襟乃一荡涤，而吾之而略乃得高者愈高，深者愈深，奋而为文笔，亦得愈极高深之变也。行文亦犹是矣：不搁笔，不卷纸，不停墨，未见其有穷奇尽变、出妙入神之文也。笔欲下而仍搁，纸欲舒而仍卷，墨欲磨而仍停，而吾之才尽，而吾之髯断，而吾之目矐，而吾之腹痛，而鬼神来助，而风云急通，而后奇则真奇，变则真变，妙则真妙，神则真神也。吾以此法遍阅世间之文，未见其有合者。今读还道村一篇，而独赏其险妙绝伦。嗟乎！支公畜马，爱其神骏，其言似谓自马以外都更无有神骏也者。今吾亦虽谓自《水浒》以外都更无有文章，亦岂诬哉！

前半篇两赵来捉，宋江躲过，俗笔只一句可了。今看他写得一起一落，又一起又一落，再一起再一落，遂令宋江自在厨中，读者本在书外，却不知何故，一时便若打并一片心魂，共受若干惊吓者。灯昏窗响，壁动鬼出，笔墨之事，能令依正一齐震动，真奇绝也。

上文神厨来捉一段，可谓风雨如磐，虫鬼骇逼矣。忽然一转，却作花明草媚，团香削玉之文。如此笔墨，真乃有妙必臻，无奇不出矣。

第一段神厨搜捉，文妙于骇紧。第二段梦受天书，文妙于整丽。第三段群雄策应，便更变骇紧为疏奇，化整丽为错落。三段文字，凡作三样笔法，不似他人小儿舞鲍老，只有一副面具也。

此书每写宋江一片奸诈后，便紧接李逵一片真诚以激射之，前已处处论之详矣。最奇妙者，又莫奇妙于写宋江取爷后，便写李逵取娘也。夫爷与娘，

所谓一本之亲者也。譬之天矣，无日不戴之，无日不忘之。无日不忘之，无日不戴之，非有义可尽，亦并非有恩可感；非有理可讲，亦并非有情可说也。执涂之人而告之曰："我孝。"孝，口说而已乎？执涂之人而告之曰："我念我父。"然则尔之念尔父也，殆亦暂矣。我闻诸我先师曰："夫孝，推而放之四海而准"。推而放之四海而准者，以孝我父者孝我君，谓之忠；以孝我父者孝我兄，谓之悌；以孝我父者孝我友，谓之敬；以孝我父者孝我妻，谓之良；以孝我父者孝我子，谓之慈；以孝我父者孝我百姓，谓之有道仁人也。推而至于伐一树、杀一兽，不以其顺谓之不孝。故知孝者，百顺之德也，万福之原也。故知孝之为言，顺也，顺之为言，时也。时春则生，时秋则杀，时喜则笑，时怒则骂；生杀笑骂，皆谓之孝。故知行孝，非可以口说为也。我父，我母，非供我口说之人也。自世之大逆极恶之人，多欲自言其孝。于是出其狡狯阴阳之才，先施之于其父其母，而后亦遂推而加之四海，驯至殃流天下，祸害相攻，大道既失，不可复治。然则孝之为德，惟不说者其内独至！宋江不为人骂死，不为雷震死，亦当自己羞死也矣。

　　李逵取娘文前，又先借公孙胜取娘作一引者，一是写李逵见人取爷，不便想到娘，直至见人取娘，方解想到娘，是写李逵天真烂熳也。一是写宋江作意取爷，不足以感动李逵，公孙胜偶然看娘，却早已感动李逵，是写宋江权诈无用也。《易·象辞》曰："中孚，信及豚鱼。"言豚鱼无知，最为易信。中孚无为，而天下化之。解者乃作豚鱼难信，盖久矣权术之行于天下，而大道之不复讲也！

　　自家取爷，偏要说死而无怨，偏一日亦不可待。他人取娘，便怕他有疏失，便要他再过几时。传曰："夫子之道，忠恕而已矣。"观其不恕，知其不忠，何意稗官，有此论道之乐！

话说当下宋江在筵上，对众好汉道："小可宋江，自蒙救护上山，到此连日饮宴，甚是快乐。不知老父在家，正是何如？即目江州申奏京师，必然行移济州，着落郓城县追捉家属，比捕正犯，恐老父存亡不保！宋江想念，欲往家中搬取老父上山，以绝挂念，不知众弟兄还肯容否？"晁盖道："贤弟，这件是人伦中大事，不成我和你受用快乐，倒教家中老父吃苦，如何不依贤弟！只是众兄弟们连日辛苦，寨中人马未定，再停两日，点起山寨人马，一径去取了来。"〔下文宋江本欲一人自去，却先于晁盖口中作一宽笔，然后转出独自去来，行文何等委婉。○又此处先表过众兄弟不去，便令玄女庙侧，大树背后，出其不意，所谓欲起后文，先于前文作地矣。〕宋江道："仁兄，再过几日不妨。只恐江州行文到济州追捉家属，以此事不宜迟。今也不须点多人去，只宋江潜地自去，和兄弟宋清搬取老父连夜上山来，那时乡中神不知，鬼不觉；若还多带了人伴去，必然惊吓乡里，反招不便。"晁盖道："贤弟路中倘有疏失，无人可救。"宋江道："若为父亲，死而无怨。"〔看他方得性命，又早说死而无怨，读之失笑。〕当日苦留不住，宋江坚执要行，便取个毡笠戴了，提条短棒，腰带利刃，便下山去。众头领送过金沙滩自回。

且说宋江过了渡，到朱贵酒店里上岸，出大路投郓城县来。路上少不得饥餐渴饮，夜住晓行。〔无事即省。〕一日奔宋家村，晚了，到不得，且投客店歇了，次日趱行到宋家村时，却早，且在林子里伏了，等待到晚，却投庄上来敲后门。〔看他归家踪迹，写得招摇之甚。〕庄里听得，只见宋清出来开门，见了哥哥，吃那一惊，慌忙道："哥哥，你回家来怎地？"〔画。〕宋江道："我特来家取父亲和你。"宋清道："哥哥！你在江州做了的事，如今这里都知道了。本县差下这两个赵都头，每日来勾取，管定了我们，不得转动。只等江州文书到来，便要捉

我们父子二人，下在牢里监禁，听候拿你。日里夜间，一二百土兵巡绰。你不宜迟，快去梁山泊请下众头领来，救父亲并兄弟！"宋江听了，惊得一身冷汗，不敢进门，转身便走，奔梁山泊路上来。

是夜，月色朦胧，路不分明，宋江只顾拣僻净小路去处走。约莫也走了一个更次，〔写得妙。〕只听得背后有人发喊起来。宋江回头听时，只隔一二里路，看见一簇火把照亮，只听得叫道："宋江休走！"宋江一头走，一面肚里寻思：不听晁盖之言，果有今日之祸！皇天可怜，垂救宋江则个。远远望见一个去处，只顾走。少间，风扫薄云，现出那轮明月，宋江方才认得仔细，叫声苦，不知高低。看了那个去处，有名唤做还道村。〔写得妙。○月暗月明，翻入奇境。〕原来团团都是高山峻岭，山下一遭涧水，中间单单只一条路。入来这村，左来右去走，只是这条路，更没第二条路。宋江认得这个村口，欲待回身，却被背后赶来的人，已把住了路口，火把照耀如同白日。

宋江只得奔入村里来，寻路躲避。抹过一座林子，早看见一所古庙。双手只得推开庙门，〔闲处先留一笔。〕乘着月光，入进庙里来，寻个躲避处。前殿后殿，相了一回，安不得身，心里越慌。〔一进来便入神厨，此小儿捉迷藏耳，先顿一句安不得身，直等赵能到了，方乘急钻入神厨。写一时匆匆情景，可谓活画。〕只听得外面有人道："都管只走在这庙里！"〔真是急杀。眉批：第一段。〕宋江听时，是赵能声音，〔赵能声音，前未配江州时识之。〕急没躲处，见这殿上一所神厨，〔神厨如何躲得过，故必写到赵能到了，急没躲处，然后看到神厨。写慌迫中情事，分寸都出。〕宋江揭起帐幔，望里面探身便钻入神厨里，安了短棒，做一堆儿伏在厨内，身体把不住簌簌地抖。〔一。○看他数"抖"字。〕只听得外面拿着火把，照将入来。〔急杀。〕

654

宋江在神厨里一头抖〔二〕一头偷眼看时，赵能、赵得引着四五十人，拿着火把，各到处照，看看照上殿来。〔急杀不可言。〕宋江抖道：〔三〕"我今番走了死路，望神明庇佑则个，神明庇佑，神明庇佑！"〔活写出情急人口中念诵无伦无次来。〕一个个都走过了，没人看着神厨里。〔如此奇峰，忽然一跌。○看他一路忽然耸起，忽然跌落，凡有数番。〕宋江抖定道：〔四。〕"可怜天！"只见赵得将火把来神厨里一照，〔方得上句一跌，下句忽然矗起，令人劈面一吓。○赵得一照，陡然接入，令宋江一句话，只说得三个字，真是奇笔。〕宋江抖得几乎死去。〔五。〕赵得一只手将朴刀杆挑起神帐，上下把火只一照，〔偏是急杀句，偏要仔细写，妙绝。〕火烟冲将起来，冲下一片黑尘来，正落在赵得眼里，眯了眼，便将火把丢在地下，一脚踏灭了，走出殿门外来。〔忽然又跌落。〕对土兵们道："这厮不在庙里，别又无路，却走向那里去了？"众土兵道："多应这厮走入村中树林里去了。这里不怕他走脱，这个村唤做还道村，只有这条路出入，里面虽有高山林木，却无路上得去。都头只把住村口，〔频提"把住村口"四字，使读者心头有两层着急。〕他便会插翅飞上天去，也走不脱了。待天明，村里去细细搜捉！"赵能、赵得道："也是。"引了土兵下殿去了。〔赵跌落时，再与着实一跌，奇笔妙笔。〕

宋江抖定道：〔六。〕"却不是神明庇佑！若还得了性命，必当重修庙宇，再塑……"〔意是"再塑金身"四字，却不及说完。〕只听得有几个土兵在庙门前叫道："都头，在这里了！"〔陡然又矗起，奇笔妙笔。〕赵能、赵得和众人又抢入来。宋江簌簌地又把不住抖。〔七。〕赵能到庙前问道："在那里？"土兵道："都头，你来看庙门上两个尘手迹！〔何等奇妙，真乃天外飞来，却是当面拾得。〕一定是却才推开庙门，闪在里面去了。"赵能道："说的是。再仔细搜一搜看！"这伙人再入庙里来搜时，〔急杀。〕宋江这一番抖真是几乎休了。〔八。〕那伙人去殿前殿后搜遍，只不曾翻过砖来。〔写得好笑。〕

众人又搜了一回，火把看看照上殿来。「急杀。○上殿来，下殿去，又上殿来，文笔奇恣，至于如此。」赵能道："多是只在神厨里。却才兄弟看不仔细，我自照一照看。"「急杀。○前赵得照，乃突然一照，此赵能照，却先说了要照，然后来照，为神厨中人急杀也。」一个土兵拿着火把，赵能便揭起帐幔，五七个人伸头来看。「前赵得只是一个人匆匆一看而已，此却五七个人仔细来看，便一发急杀不可当。」不看万事俱休，才看一看，「故作惊人语。」只见神厨里卷起一阵恶风，将那火把都吹灭了，黑腾腾罩了庙宇，对面不见。赵能道："却又作怪，平地里卷起这阵恶风来！想是神明在里面，定嗔怪我们只管来照，因此起这阵恶风显应。我们且去罢。「又跌落。」只守住村口，待天明再来寻。"赵得道："只是神厨里不曾看得仔细，再把枪去搠一搠。"赵能道："也是。"「欲落未落，忽然又起，奇恣至此，真是惊人绝笔。」两个却待向前，只听得殿后又卷起一阵怪风，吹得飞砂走石，滚将下来。摇得那殿宇岌岌地动，罩下一阵黑云，布合了上下，冷气侵入，毛发竖起。赵能情知不好，叫了赵得道："兄弟，快走！神明不乐！"众人一哄都奔下殿来，望庙门外跑走。「方跌落。」有几个撷翻了的，也有闪胁腿的，爬得起来，奔命走出庙门。只听得庙里有人叫："饶恕我们！"「余波奇绝，出于意外。」赵能再入来看时，两三个土兵跌倒在龙墀里，被树根钩住了衣服，死也挣不脱，手里丢了朴刀，扯着衣裳叫饶。「绝倒。○如此死急事，偏有本事写得一起一落，突兀尽致，临了犹作峰峦拳曲之形，真是才子。」宋江在神厨里听了，又抖又笑。「九。」赵能把土兵衣服解脱了，领出庙门去。有几个在前面的土兵「"在前面的"四字，令人绝倒，即暗翻孟子五十步笑百步法。」说道："我说这神道最灵，「"我说"二字绝倒，不知在何处说也。○活写出小人说风凉话来。」你们只管在里面缠障，引得小鬼发作起来。「小鬼发作，奇语。」我们只去守住了村口等他，须不吃他飞了去。"赵能、赵得道："说得是，只消村口四下里守定。"众人都望村口去了。「无数奇峰，一齐尽跌。」

只说宋江在神厨里口称惭愧道："虽不被这厮们拿了，却怎能够出村口去？"正在厨内寻思，百般无计，只听得后面廊下有人出来。〔上文无数奇峰，一齐尽跌，忽然此处又另转出一峰，令人猜测不出。〕宋江又抖道："又是苦也！早是不钻出去。"只见两个青衣童子，径到厨边举口道："小童奉娘娘法旨，请'星主'说话。"宋江那里敢做声答应？〔一请。〕外面童子又道："娘娘有请，'星主'可行。"宋江也不敢答应。〔二请。〕外面童子又道："'宋星主'休得迟疑，娘娘久等。"〔三请。〕宋江听得莺声燕语，不是男子之音，便从神椅底下钻将出来，看时，却是两个青衣女童侍立在床边。宋江吃了一惊，却是两个泥神。〔分明听得三番相请，却借两个泥神忽作一跌，写鬼神便有鬼神气，真是奇绝之笔。〕只听得外面又说道："'宋星主'，娘娘有请。"〔写得便活是鬼神，闪闪尸尸之极。眉批：第二段。上文如怒龙入云，鳞爪忽没忽现；又如怪鬼夺路，形状忽近忽远。一转却别作天清地朗，柳霏花拂之文，令读者惊喜摇惑不定。〕宋江分开帐幔，钻将出来，只见是两个青衣螺髻女童，〔有上一番闪烁，便令此处亦不敢信其真假。〕齐齐躬身，各打个稽首。宋江问道："二位仙童，自何而来？"青衣道："奉娘娘法旨，有请星主赴宫。"宋江道："仙童差矣。我自姓宋，名江，不是甚么'星主'。"青衣道："如何差了，请'星主'便行，娘娘久等。"宋江道："甚么娘娘？亦不曾拜识，如何敢去？"青衣道："'星主'到彼便知，不必询问。"宋江道："娘娘在何处？"青衣道："只在后面宫中。"青衣前引便行，宋江随后跟下殿来，转过后殿侧首一座子墙角门，青衣道："'宋星主'从此间进来。"宋江跟入角门来看时，星月满天，香风拂拂，四下里都是茂林修竹。宋江寻思道："原来这庙后又有这个去处。早知如此，却不来这里躲避，不受那许多惊恐！"〔一路都作疑鬼疑神，似信不信之笔。〕

宋江行时，觉道香坞两行夹种着大松树，都是合抱不交的，中间平坦

一条龟背大街。宋江看了，暗暗寻思道："我到不想古庙后有这般好路径。"〔都不实写。〕跟着青衣，行不过一里来路，听得潺潺的涧水响。看前面时，一座青石桥，两边都是朱栏杆，〔要识梦回时，记取来时路。〕岸上栽种奇花异草、苍松茂竹、翠柳夭桃；桥下翻银滚雪般的水，流从石洞里去。过得桥基看时，两行奇树，中间一座大朱红棂星门。宋江入得棂星门看时，抬头见一所宫殿。宋江寻思道："我生居郓城县，不曾听得说有这个去处。"心中惊恐，不敢动脚。〔都不实写。〕青衣催促："请星主行。"一引引入门内，有个龙墀，两廊下尽是朱红亭柱，都挂着绣帘。正中一所大殿，殿上灯烛荧煌。青衣从龙墀内一步步引到月台上，听得殿上阶前又有几个青衣道："娘娘有请'星主'进来。"宋江到大殿上，不觉肌肤战栗，毛发倒竖。下面都是龙凤砖阶。青衣入帘内奏道："请至'宋星主'在阶前。"宋江到帘前御阶之下，躬身再拜，俯伏在地，口称："臣乃下浊庶民，不识圣上，伏望天慈，俯赐怜悯。"御帘内传旨："教请'星主'坐。"宋江那里敢抬头。〔委婉。〕教四个青衣扶上锦墩坐，宋江只得勉强坐下。殿上喝声卷帘，数个青衣早把珠帘卷起，搭在金钩上。娘娘问道："'星主'别来无恙？"宋江起身再拜道："臣乃庶民，不敢面觑圣容。"娘娘道："'星主'既然至此，不必多礼。"宋江恰才敢抬头舒眼，〔委婉。〕看见殿上金碧交辉，点着龙灯凤烛，两边都是青衣女童，持笏捧圭，执旌擎扇侍从；正中七宝九龙床上，坐着那个娘娘：身穿金缕绛绡之衣，手秉白玉圭璋之器。天然妙目，正大仙容，〔常叹《神女》《感甄》等赋，笔墨淫秽，殊愧大雅。似此绝妙好辞，令人敬爱交至。○"天然"句，妙在"妙目"字。"仙容"句，妙在"正大"字。岂惟稗史未有，亦是诸书所无。〕口中说道："请'星主'到此，命童子献酒。"两下青衣女童，执着莲花宝瓶，捧酒过来，斟在杯内。一个为首的女童，执杯递酒，来劝宋江。宋江起身，不敢推辞，接过杯，朝娘娘跪饮了一杯。宋江觉道这酒馨香馥郁，如醍醐灌顶，甘露洒心。又是一个青衣，捧过一盘仙枣，上劝宋江。宋江战战兢兢，怕失了体面，伸着指头，取了一枚，就而食之，怀核在手。青衣又斟过一杯酒来劝宋江，宋江又一饮而尽。娘娘法旨，教再劝一杯。青衣再斟一杯酒过来劝宋江，宋江又饮了。仙女托过仙枣，又食了两枚。共饮过三杯仙酒，三枚仙枣。宋江便觉有些微醺，又怕酒后醉失体面，再拜道："臣不胜酒量，望乞娘娘免赐。"殿上法旨道："既是'星主'不能饮酒，可止。"教："取那三卷天书赐与'星主'。"青衣去屏风背后，青盘中托出黄罗袂子，包着三卷天书，度与宋江。宋江看时，可长五寸，阔三寸。不敢开看，再拜祗受，藏于袖中。娘娘法旨道："'宋星主'，传汝三卷天书，汝可替天行道，为主全忠仗义，为臣辅国安民；去邪归正，勿忘勿泄。"<small>〔只因此等语，遂为后人续貂之地。殊不知此等悉是宋江权术，不是一部提纲也。〕</small>宋江再拜谨受。娘娘法旨道："玉帝因为星主魔心未断，道行未完，暂罚下方，不久重登紫府，切不可分毫懈怠！若是他日罪下酆都，吾亦不能救汝。此三卷之书，可以善观熟视，只可与'天机星'同观，其他皆不可见。<small>〔写宋江用权诈，独不敢瞒吴用，其笔如镜。〕</small>功成之后，便可焚之，勿留在世。<small>〔从来相传异书，悉以此语为出身之路，思之每欲失笑。〕</small>所嘱之言，汝当记取。目今天凡相隔，难以久留，汝当速回。"便令童子急送"星主"回去，"他日琼楼金阙，再当重会。"宋江便谢了娘娘，跟随青衣女童下得殿庭来。出得棂星门，送至石桥边，<small>〔依稀记得来时有路，写得妙绝。〕</small>青衣道："恰才'星主'受惊，不是娘娘护佑，已被擒拿。天明时，自然脱离了此难。

'星主'看石桥下水里二龙相戏！"宋江凭栏看时，果见二龙戏水。二青衣望下一推，宋江大叫一声，却撞在神厨内，觉来乃是南柯一梦。「入梦时不说是梦，至出后始说，此法诸书遍用，而不知出于此。」

宋江爬将起来看时，月影正午，料是三更时分。「好。」宋江把袖子里摸时，手内枣核三个，袖里帕子包着"天书"。将出来看时，果是三卷"天书"。又只觉口里酒香。宋江想道："这一梦真乃奇异，似梦非梦！若把做梦来，「妙。○前文何等匆遽，此文何等舒缓，疾雷激电之后，偏接一番烟霏云卷之态，极尽笔墨之致。」如何有这"天书"在袖子里，口中又酒香，枣核在手里，说与我的言语都记得，不曾忘了一句？不把做梦来，「妙。○两番话是初醒未醒意思。」我自分明在神厨里，一交撷将入来。有甚难见处，想是此间神圣最灵，显化如此。只是不知是何神明？"「又作一顿，笔笔飞舞。」揭起帐幔看时，九龙椅上坐着一位妙面娘娘，正和方才一般。「妙笔入化，令人不能寻其笔迹。○入梦时，青衣女童是真是假？出梦时，妙面娘娘是假是真？只古庙中三个泥神，分作头尾两波，写得活灵生现，令俗子何处着笔也。」宋江寻思道："这娘娘呼我做'星主'，想我前生非等闲人也。这三卷'天书'，必然有用。分付我的天言，「天何言哉，况于书也？」不曾忘了。青衣女童道：'天明时自然脱离此村之厄。'如今天色渐明，我却出去。"「借势便出。」便探手去厨里摸了短棒，「细。」把衣服拂拭了，「细。」一步步走下殿来。从左廊下转出庙前，仰面看时，旧牌额上刻着四个金字道："玄女之庙"。「牌额金字，有来时看者，有去时看者，皆写尽一时情事，不是浪补一笔。」宋江以手加额，称谢道："惭愧！原来是九天玄女娘娘传受与我三卷'天书'，又救了我的性命。如若能够再见天日之面，必当来此重修庙宇，再修殿庭。伏望圣'慈'俯垂护佑。"称谢已毕，只得望着村口悄悄出来。

离庙未远，只听得前面远远地喊声连天。「又闪一影。〇二赵去后，侍女一闪，此处又一闪，笔情飘忽至此，读之猜测不出。」

眉批：第三段。宋江寻思道："又不济了！住了脚，且未可出去。「上忽自云我却出去，此忽又自云未可出去，笔笔作鬼神恍惚之势。〇一句未可出去。」我若到他面前，定吃他拿了。不如且在这里路傍树背后躲一躲。"

却才闪得入树背后去，只见数个土兵，「只见先是土兵。」急急走得喘做一堆，「奇绝之笔。」把刀枪拽着，一步步撅将入来，「拽着妙，活画出来。」口里声声都只叫道："神圣救命则个！"「"神圣救命"四字，忽然棨括前来两段大文，倒敍反剔之法，于斯极矣。」宋江在树背后看了，寻思道："却又作怪！他们把着村口，「紧提此句，真令读者摇颤不定。」等我出来拿我，却又怎地抢入来？"再看时，赵能也抢入来，「只见次是赵能。」口里叫道："神圣！神圣救命！"「土兵叫神圣救命，赵能又叫神圣救命，令读者疑是玄女显化，定有鬼兵在后也。此皆作者特特为此奇怪之笔，俗本乃作我们都是死也，一何可笑！」宋江道："那厮如何恁地慌？"却见背后一条大汉追将入来。那个大汉上半截不着一丝，露出鬼怪般肉，手里拿着两把夹钢板斧，「奇绝。〇此人定不一人，然冲锋陷敌，当先敢死，必是大哥，写得情性俱有。」口里喝道："含鸟休走！"远观不睹，近看分明，正是黑旋风李逵。「看他句句作鬼神恍惚之笔。〇是泥塑侍女，又是梦中娘娘，又是泥塑娘娘，上文无数鬼神恍惚之事，忽然就黑旋风上，反衬一笔，真乃出神入化之文也。」宋江想道："莫非是梦里么？"「句句与上文摇曳出鬼神恍惚之色来。」不敢走出去。「又一句不敢出去。」

那赵能正走到庙前，被松树根只一绊，一交撅在地下。「只松根绊跌，亦复写得前后掩映。」李逵赶上，就势一脚踏住脊背，手起大斧，却待要砍，背后又是两筹好汉赶上来，把毡笠儿掀在脊梁上，各挺一条朴刀，「看他写得如连珠炮相似，令人目光摇动。」上首的是欧鹏，下首的是陶宗旺，李逵见他两个赶来，恐怕争功，坏了义气，就手把赵能一斧，砍做两半，连胸脯都砍开了。跳将起来，把土兵赶杀，四散走了。宋江兀自不敢便走出来。「又一句不敢出来。」背后只见又赶上三筹好汉，也杀将来。「写众人来，真写得好，活画

661

前面赤发鬼刘唐，第二石将军石勇，第三催命判官李立。这六筹好汉说道："这厮们都杀散了，只寻不见哥哥，却怎生是好？"石勇叫道："兀那松树背后，一个人立在那里！"宋江方才敢挺身出来，［方写宋江出来，前凡用三跌也。］说道："感谢众兄弟们又来救我性命，将何以报大恩？"六筹好汉见了宋江，大喜道："哥哥有了！［四字妙，可见意不在杀人，又可见已寻了一早晨也。］快去报与晁头领得知。"石勇、李立分头去了。［只四字便棨括各处赶杀，而晁盖等七人、李俊等八人之许多辛苦，赵得之被杀，悉在其中矣。］

　　宋江问刘唐道："你们如何得知来这里救我？"刘唐答道："哥哥前脚下得山来，晁头领与吴军师放心不下，［此句单写晁盖，不写吴用，须知。］便叫戴院长随即下来，探听哥哥下落。［补。］晁头领又自己放心不下，［写晁盖好。〇"放心不下"四字作两番写来，使人感泣。］再着我等众人前来接应，［补。］只恐哥哥有些疏失。半路里撞见戴宗道：'两个贼驴追赶捕捉哥哥。'［补。］晁头领大怒，分付戴宗去山寨，只教留下吴军师、公孙胜、阮家三兄弟、吕方、郭盛、朱贵、白胜看守寨栅，其余兄弟都教来此间寻觅哥哥。［补。］听得人说道：'赶宋江入还道村去了。'［补。］村口守把的这厮们，尽数杀了，不留一个，［补。］只有这几个奔进村里来。随即李大哥追来，我等都赶入来，不想哥哥在这里。"说犹未了，石勇引将［淋漓错落之至。］晁盖、花荣、秦明、黄信、薛永、蒋敬、马麟到来，李立引将李俊、穆弘、张横、张顺、穆春、侯健、萧让、金大坚，一行众多好汉都相见了。宋江作谢众位头领。晁盖道："我叫贤弟不须亲自下山，不听愚兄之言，险些儿又做出来。"宋江道："小可兄弟，只为父亲这一事悬肠挂肚，坐卧不安，不由宋江不来取。"晁盖："好教贤弟欢喜，令尊并令弟家眷，我先叫戴宗引杜迁、宋万、

王矮虎、郑天寿、童威、童猛送去，已到山寨中了。"「省多少笔墨。」宋江听得大喜，拜谢晁盖道："得仁兄如此施恩，宋江死亦无怨！"「方得性命，又说死亦无怨，将谁欺，欺天乎？」一时众头领各各上马，离了还道村口。宋江在马上以手加额，望空顶礼，称谢："神明庇佑之力，容日专当拜还心愿。"

一行人马径回梁山泊来。吴学究领了守山头领，直到金沙滩，都来迎接。前到得大寨聚义厅上，众好汉都相见了。宋江急问道："老父何在？"「一片权诈。〇孝顺不在口说，孝顺亦不在人前，凡属口说及在人前者，皆强盗，非孝顺也。」晁盖便叫请宋太公出来。不多时，铁扇子宋清策着一乘山轿，抬着宋太公到来。众人扶策下轿，上厅来。宋江见了，喜从天降，笑逐颜开。再拜道："老父惊恐，宋江做了不孝之子，负累了父亲吃惊受怕！"宋太公道："叵耐赵能那厮弟兄两个，每日拨人来守定了我们，只待江州公文到来，便要捉取我父子二人，解送官司。听得你在庄后敲门，此时已有八九个土兵在前面草厅上，续后不见了，不知怎地赶出去了。「补。〇宛然口吻，送宛然事情。」到三更时候，又有二百余人把庄门开了，将我搭扶上轿抬了，教你兄弟四郎收拾了箱笼，放火烧了庄院。那时不由我问个缘由，径来到这里。"「补。」宋江道："今日父子团圆相见，皆赖众兄弟之力也。"叫兄弟宋清拜谢了众头领。晁盖众人都来参拜宋太公已毕，一面杀牛宰马，且做庆喜筵席，作贺宋公明父子团圆，当日尽醉方散。次日又排筵席贺喜，大小头领尽皆欢喜。

第三日，晁盖又梯已备个筵席，「写得有情有致。」庆贺宋江父子完聚。忽然感动公孙胜一个念头，思忆老母在蓟州，「写宋江取父一片假后，便欲写李逵取母一片真，以形激之。却恐文情太觉唐突，故又先借公孙胜作一过

663

接，看他下文只用数语略递，便紧入李逵，别构奇观，意可见也。○今日借作李逵过接，后日又借作杨林等众人枝节，可谓一用两便矣。」离家日久了，未知如何。众人饮酒之时，只见公孙胜起身，对众头领说道："感蒙众位豪杰相待贫道许多时，恩同骨肉。只是小道自从跟着晁头领到山，逐日宴乐，一向不曾还乡看视老母，亦恐我真人本师悬望。欲待回乡省视一遭，暂别众头领三五个月，再回来相见，以满小道之愿，免致老母挂念悬望。"晁盖道："向日已闻先生所言，令堂在北方无人侍奉。「如曾说者，妙。」今既如此说时，难以阻挡，只是不忍分别。虽然要行，且待来日相送。"公孙胜谢了，当日尽醉方散，各自归房安歇。次日早，就关下排了筵席，与公孙胜饯行。

且说公孙胜依旧做云游道人打扮了，腰里腰包、肚包，背上雌雄宝剑，肩胛上挂着棕笠，手中拿把鳖壳扇，便下山来。众头领接住，就关下筵席，各各把盏送别。饯行已遍，晁盖道："一清先生，此去难留，却不可失信。本是不容先生去，只是老尊堂在上，不敢阻挡。百日之外，专望鹤驾降临，切不可爽约。"公孙胜道："重蒙列位头领看待许久，小道岂敢失信！回家参过本师真人，安顿了老母，便回山寨。"宋江道："先生何不将带几个人去？一发就搬取老尊堂上山，早晚也得侍奉。"「全为引出李逵，并非为一清作计，当想其用笔之妙。」公孙胜道："老母平生只爱清幽，吃不得惊吓，因此不敢取来。家中自有田产山庄，老母自能料理。「上宋江语本为李逵作引，故一清只如此撇开。○一清之母，只爱清幽，一清能养其志。如何公明之父，惟恐其子落草，而终亦至于受尽惊吓也？写宋江许多孝行后，偏写出许多反衬之笔，以深志宋江之恶逆也。」小道只去省视一遭，便来再得聚义。"宋江道："既然如此，专听尊命。只望早早降临为幸！"晁盖取出一盘黄白之资相送，公孙胜道："不消许多，但只够盘缠足矣。"晁盖定教收了一半，打拴在腰包里。打个稽首，别了众人，过金沙滩便行，望蓟州去了。

众头领席散，却待上山，只见黑旋风李逵就关下放声大哭起来。宋江连忙问道："兄弟，你如何烦恼？" 李逵哭道："干鸟气么！这个也去取爷，那个也去望娘，偏铁牛是土掘坑里钻出来的！" 晁盖便问道："你如今待要怎地？" 李逵道："我只有一个老娘在家里。我的哥哥，又在别人家做长工，如何养得我娘快乐？我要去取他来这里，快乐几时也好。" 晁盖道："兄弟说得是。我差几个人同你去，取了上来，也是十分好事。" 宋江便道："使不得！李家兄弟生性不好，回乡去必然有失。若是教人和他去，亦是不好；况且他性如烈火，到路上必有冲撞。他又在江州杀了许多人，那个不认得他是黑旋风。这几时，官司如何不行移文书到那里了？必然原籍追捕。你又形貌凶恶，倘有疏失，路程遥远，如何得知？你且过几时，打听得平静了，去取未迟。" 李逵焦躁，叫道："哥哥，你也是个不平心的人！你的爷便要取上山来快活，我的娘由他在村里受苦。兀的不是气破了铁牛的肚子！" 宋江道："兄弟，你不要焦躁。既是要去取娘，只依我三件事，便放你去。" 李逵道："你且说那三件事？" 宋江点两个指头，说出这三件事来。有分教李逵：施为撼地摇天手，来斗巴山跳涧虫。毕竟宋江对李逵说出那三件事来，且听下回分解。

【第四十二回】

假李逵剪径劫单人

黑旋风沂岭杀四虎

　　粤自仲尼殁而微言绝，而忠恕一贯之义，其不讲于天下也，既已久矣。夫中心之谓忠也，如心之谓恕也。见其父而知爱之谓孝，见其君而知爱之谓敬。夫孝敬由于中心，油油然不自知其达于外也，如恶恶臭，如好好色，不思而得，不勉而中，此之谓自慊。圣人自慊，愚人亦自慊；君子为善自慊，小人为不善亦自慊。为不善亦自慊者，厌然掩之，而终亦肺肝如见。然则天下之意，未有不诚者也。善亦诚于中形于外，不善亦诚于中形于外。不思善，不思恶，若恶恶臭好好色之微，亦无不诚于中形于外。盖天下无有一人、无有一事、无有一刻不诚于中形于外也者。故曰：自诚明，谓之性。性之为言，故也，故之为言，自然也，自然之为言，天命也。天命圣人，则无一人而非圣人也；天命至诚，则无善无不善而非至诚也。性相近也，习相远也。善不善，其习也；善不善，无不诚于中，形于外，其性也。唯上智与下愚不移者，虽圣人亦有下愚之德，虽愚人亦有上智之德。若恶恶臭，好好色，不惟愚人不及觉，虽圣人亦不及觉，是下愚之德也。若恶恶臭，好好色，乃至为善为不善。无不诚于中，形于外，圣人无所增，愚人无所减，是上智之德也。何必不喜？何必不怒？何必不哀？何必不乐？喜怒哀乐，不必圣人能有之也；匹妇能之，赤子能之，乃至禽虫能之，是则所谓道也。道也者，不可须臾离也。道，即所谓独也，不可须臾离，即所谓慎也。何谓独？诚于中，形于外，喜即盈天地之间止一喜，怒即盈天地之间止一怒，哀、乐即盈天地之间止一哀、止一乐，更无旁念得而副贰之也。何谓慎？修道之教是也。教之为言自明而诚者也。有不善未尝不知，知之未尝复行，则庶几矣不敢掩其不善，而著其善也。何也？恶其无益也。知不善未尝复行，然则其择乎中庸，得一善而拳拳服膺，必弗失之矣。是非君子恶于不善之如彼也，又非君子好善之如此也。夫好善恶不善，则是君子遵道而行，半途而必废者耳，非所以学而至于圣人之法也，若夫君子欲诚其意之终必由于择善而固执之者，亦以为善之后也若失，为不善之后也若得。若得，则不免于厌然之掩矣；若失，则庶几其无祗于悔矣。圣人知当其欲掩而制之使不掩也难，不若引而置之无

悔之地，而使之驯至乎心广体胖也易。故必津律以择善教后世者，所谓慎独之始事，而非大学止至善之善也。择乎中庸，得一善，固执之而弗失，能如是矣，然后谓之慎独。慎独而知从本是独，不惟有小人之掩即非独，苟有君子之慎亦即非独。于是始而择，既而那个，终而并慎亦不复慎。当是时，喜怒哀乐，不思而得，不勉而中，如恶恶臭，如好好色，从容中道，圣人也。如是谓之止于至善。不曰至于至善，而曰止于至善者，至善在近不在远。若欲至于至善，则是人之为道而远人不可以为道也。故曰：贤智过之。为其欲至至善，故过之也。若愚不肖之不及，则为其不知择善慎独，故不及耳。然其同归不能明行大道，岂有异哉！若夫止于至善也者，维皇降衷于民，无不至善；无不至善，则应止矣。不惟小人为不善之非止也，彼君子之为善亦非止也；不惟为善为不善之非止也，彼君子之犹未免于慎独之慎，犹未止也。人诚明乎此，则能知止矣。知止也者，不惟能知至善之当止也，又能知不止之从无不止也。夫诚知不止之从无不止，而明于明德，更无惑矣，而后有定；知致则意诚也，而后能静；意诚则心正也，而后能安；心正则身修也，而后能虑；身修则家齐、国治、天下平也，而后能得；家齐、国治、天下平，则尽明德之量，所谓德之为言得也。夫始乎明，终乎明德，而正心、修身、齐家、治国、平天下，无不全举如此，故曰：明则诚矣。惟天下至诚，为能赞天地之化育也。呜呼！是则孔子昔者之所谓忠之义也。盖忠之为言，中心之谓也。喜怒哀乐之未发，谓之中；发而为喜怒哀乐之中节，谓之心；率我之喜怒哀乐，自然诚于中，形于外，谓之忠。知家国天下之人率其喜怒哀乐，无不自然诚于中，形于外，谓之恕。知喜怒哀乐无我无人，无不自然诚于中形于处，谓之格物。能无我无人无不任其自然喜怒哀乐，而天地以位，万物以育，谓之天下平。曾子得之，忠谓之一，恕谓之贯；子思得之，忠谓之中，恕谓之庸。故曰：无党无偏，王道平平；无偏无党，王道荡荡。呜呼！此固昔者孔子志在《春秋》，行在《孝经》之精义。后之学者，诚得闻此，内以之治其性情，即可以为圣人；外以之治其民物，即可以辅王者。然惜乎三千年来，不复更讲。愚又欲讲之，而惧或乖于遁世不悔之教，故反因读稗史之次，而偶及之。当世不乏大贤、亚圣之材，想能垂许于斯言也。

能忠未有不恕者，不恕未有能忠者。看宋江不许李逵取娘，便断其必不孝顺太公，此不恕未有能忠之验。看李逵一心念母，便断其不杀养娘之人，此能忠未有不恕之验也。

此书处处以宋江、李逵相形对写，意在显暴宋江之恶，固无论矣。独奈何轻以"忠恕"二字，下许李逵？殊不知忠恕天性，八十翁翁道不得，周岁娃娃却行得，以"忠恕"二字下许李逵，正深表忠恕之易能，非叹李逵之难能也。

宋江取爷村中遇神，李逵取娘村中遇鬼。此一联绝倒。

宋江黑心人取爷便遇玄女，李逵赤心人取娘便遇白兔。此一联又绝倒。

宋江遇玄女是奸雄捣鬼，李逵遇白兔是纯孝格天。此一联又绝倒。

宋江遇神受三卷天书，李逵遇鬼见两把板斧。此一联又绝倒。

宋江天书定是自家带去，李逵板斧不是自家带来。此一联又绝倒。

宋江到底无真，李逵忽然有假。此一联又绝倒。

宋江取爷吃仙枣，李逵取娘吃鬼肉。此一联又绝倒。

宋江爷不忍见活强盗，李逵娘不及见死大虫。此一联又绝倒。

宋江爷不愿见子为盗，李逵娘不得见子为官。此一联又绝倒。

宋江取爷，还时带三卷假书；李逵取娘，还时带两个真虎。此一联又绝倒。

宋江爷生不如死，李逵娘死贤于生。此一联又绝倒。

宋江兄弟也做强盗，李逵阿哥亦是孝子。此一联又绝倒。

二十二回写武松打虎一篇，真所谓极盛难继之事也。忽然于李逵取娘文中，又写出一夜连杀四虎一篇，句句出奇，字字换色。若要李逵学武松一毫，李逵不能；若要武松学李逵一毫，武松亦不敢。各自兴奇作怪，出妙入神，笔墨之能，于斯竭矣。

话说李逵道："哥哥，你且说那三件事？"宋江道："你要去沂州沂水县搬取母亲，第一件，径回，不可吃酒。〔为曹大公家醉翻先作反衬。〕第二件，因你性急，谁肯和你同去？〔为朱贵弟兄先作反衬。〕你只自悄悄地取了娘便来。第三件，你使的那两把板斧，休要带去。〔为假李逵先作反衬。〕路上小心在意，早去早回。"李逵道："这三件事，有甚么依不得！哥哥放心，我只今日便行，我也不住了。"〔宋江之取爷也，众人饯之；公孙之取娘也，众人又饯之。奈何乎取爷取娘，而受人饯别乎哉？不提起，则连日饮酒；提起，则立刻便行，情之至，义之尽也。〕当下李逵拽扎得爽俐，只跨一口腰刀，提条朴刀，带了一锭大银、〔为李逵一段地。〕三五个小银子，〔为李鬼一段地。〕吃了几杯酒，〔俗谓之封酒。〕唱个大喏，别了众人，〔八字妙绝，摹神之笔。盖其待众人如此，则其待娘可知。我亦不知宋江之事父何如，但观其生平，全以权诈待人，而断其必忤逆太公之甚者也。〕便下山来，过金沙滩去了。

晁盖、宋江与众头领送行已罢，回到大寨里聚义厅上坐定。宋江放心不下，对众人说道："李逵这个兄弟，此去必然有失。不知众兄弟们，谁是他乡中人？可与他那里探听个消息。"杜迁便道："只有朱贵原是沂州沂水县人，与他是乡里。"宋江听罢，说道："我却忘了：前日在白龙庙聚会时，李逵已自认得朱贵是同乡人。"〔好穿插。〕宋江便着人去请朱贵。小喽啰飞奔下山来，直至店里，请得朱贵到来。宋江道："今有李逵兄弟，前往家乡搬取老母。因他酒性不好，为此不肯差人与他同去，诚恐路上有失。今知贤弟是他乡中人，你可去他那里探听走一遭。"朱贵答道："小弟是沂州沂水县人，见在一个兄弟唤做朱富，〔顺便带出兄弟。〕在本县西门外开着个酒店。这李逵，他是本县百丈村董店东住；有个哥哥唤做李达，〔朱贵有弟，李逵有兄，随笔颠簸而成。○未有孝子而非悌弟者也。写李逵归家，口口哥哥，因还忆宋江怒骂李清，盖真假之不能终掩，有如此也。〕专与人家做长工。这李逵自小凶顽，因打死了人，逃走在江湖上，一向不曾回归。如今着小弟去那里探听也不妨，只怕店里无人看管。小弟也多时不曾还乡，亦就要回家探望兄弟一遭。"宋江道："这个看店不必你忧心。我自教侯健、石勇替你暂管几时。"朱贵领了这言语，相辞了众头领，下山来，便走到店里收拾包裹，交割铺面与石勇、侯健，自奔沂州去了。这里宋江与晁盖在寨中，每日筵席，饮酒快乐，与吴学究看习天书。「宋江与吴用看天书，谁则知之？然则宋江自言与吴用看天书耳，可发一笑也。〇因是而思昔者巢父饮牛，许由洗耳，千口相传，已成美谭。然亦谁知之而谁言之？若言有人见之，则有人见之之处，巢许不应如此，若言无人见之，然则巢许自挂之，自洗之，又自言之矣。世间此类至多，胡可胜笑。」不在话下。

且说李逵独自一个离了梁山泊，取路来到沂水县界。于路李逵端的不吃酒「徒以有老母在。」因此不惹事，无有话说。行至沂水县西门外，见一簇人围着榜看，李逵也立在人丛中，听得读榜上道："第一名，正贼宋江，系郓城县人。「只得上半句。」第二名，从贼戴宗，系江州两院押狱。「亦只得上半句。」第三名，从贼李逵，系沂州沂水县人。……"「也只得上半句。〇只一榜，又分上下两半截写出，妙笔。」李逵在背后听了，正待指手画脚，没做奈何处，只见一个人抢向前来，拦腰抱住，叫道："张大哥，「此段极似鲁达至雁门县时，然而各不相妨者，为鲁达只是无心忽遇金老而已，今此文却有二意：一是写朱贵之来，必在李逵未有事前，便预脱去从来救应套子；一是李逵天性爽直，不解叫名假姓，须得此处朱贵教他一遍，后文便生出"张大胆"三字来也。」你在这里做甚么？"李逵扭过身看时，认得是旱地忽律朱贵。李逵问道："你如何也来在这里？"朱贵道："你且跟我来说话。"

两个一同来西门外近村一个酒店内，直入到后面一间静房中坐了。「是。」朱贵指着李逵道："你好大胆！「前"张大哥"句，便教李逵假姓，此"好大胆"句，便以李逵假名，绝倒。」那榜上明明写着赏一万贯钱捉宋江，「补前下半句。」五千贯捉戴宗，「补前下半句。」三千贯捉李逵，「补前下半句。」你却如何立在那里看榜？倘或被眼疾手快的拿了送官，如之奈何？宋公明哥哥

只怕你惹事，不肯教人和你同来；又怕你到这里做出怪来，续后特使我赶来，探听你的消息。我迟下山来一日，又先到你一日，[恰好李逵看榜，恰好朱贵抢来，一何巧合至此，几于印板笔法矣。反说一句迟来先到，不觉随手成趣，真妙笔也。]你如何今日才到这里？"李逵道："便是哥哥分付，教我不要吃酒，以此路上走得慢了。[此等都是随手成趣。]你如何认得这个酒店里？你是这里人，家在那里住？"朱贵道："这个酒店便是我兄弟朱富家里。我原是此间人，因在江湖上做客，消折了本钱，就于梁山泊落草，今次方回。"便叫兄弟朱富来与李逵相见了。朱富置酒管待李逵。李逵道："哥哥分付教我不要吃酒，今日我已到乡里了，便吃两碗儿，打甚么鸟紧！[爱哥哥则爱，爱酒则爱，笔笔真李逵，笔笔不是假宋江也。]朱贵不敢阻挡他，由他吃。当夜直吃到四更时分，安排些饭食，李逵吃了，趁五更晓星残月，霞光明朗，便投村里去。朱贵分付道："休从小路去，只从大朴树转弯，投东大路，一直往百丈村去，便是董店东。[写得宛然是同乡人声音。]快取了母亲，和你早回山寨去。"李逵道："我自从小路去，却不从大路走，谁耐烦！"[宛然同乡人声音。]朱贵道："小路走，多大虫，[轻轻一案。]又有乘势夺包裹的剪径贼人。"[又轻轻一案。○轻轻下此二笔，下忽转出两段奇文，正不知文生情，情生文矣。]李逵应道："我却怕甚鸟！"戴上毡笠儿，提了朴刀，跨了腰刀，别了朱贵、朱富，便出门投百丈村来。

约行了十数里，天色渐渐微明，[眉批：天色微明。第一段。]去那露草之中，赶出一只白兔儿，望前路去了。[传言大孝合天，则甘露降；至孝合地，则芝草生；明孝合日，则凤凰集；纯孝合月，则白兔驯。闲中忽生出一白兔，明是纯孝所感，盖深许李逵之至孝也。○宋江取爷时无此可知。]李逵赶了一直，笑道："那畜生倒引了我一程路！"[活写孝感。]正走之间，只见前面有五十来株大树丛杂，时值新秋，叶儿正红。[凡写景处，须合下事观之，便成一幅图画。]李逵来到树林边厢，只见转过一条大汉，喝道："是会的留下买路钱，免得夺了包裹！"李逵看那人时，戴一顶红绢抓髯儿头巾，穿一领粗布衲袄，手里拿着两把板斧，「令人忽思江州时打扮。」把黑墨搽在脸上。「夫妻二人一个搽墨，一个搽粉，写得好笑。」李逵见了，大喝一声：「先喝是李逵。」"你这厮是甚么鸟人？「此句处处有，然都问着别人，独此处忽然问着自己，几于以李逵问李逵，以鸟人问鸟人也。极奇极幻之文，有痴猴觑觎镜之妙。」敢在这里剪径！"那汉道："若问我名字，吓碎你心胆！老爷叫做黑旋风！「绝倒。○若问黑旋风名字，吓碎黑旋风心胆，一好笑也。别人说别人是自己，自己闻自己是别人，二好笑也。」你留下买路钱并包裹，便饶了你性命，容你过去。"李逵大笑道：「不得不大笑。」"没你娘鸟兴！「写宋江处处将"父亲"二字高抬至顶，写李逵只把"娘"字当做骂人，妙绝。」你这厮是甚么人，「再问一句，真是如梦如幻，如镜如影。○吾友靳山先生尝言：人影是无日光处，而人误谓有影；法帖是无墨拓处，而人误谓有字；四大中虚空是无四大处，而人误谓有人。如此妙语，真是未经人道，附识如此。○假李逵是无李逵处，而人必呼之为假李逵，虽李逵当时，亦不能无我又是谁之疑也。」那里来的？也学老爷名目，在这里胡行！"李逵挺起手中朴刀来奔那汉。那汉那里抵挡得住，却待要走，早被李逵腿股上一朴刀，搠翻在地，一脚踏住胸脯，喝道："认得老爷么？"「妙绝。○若不认得，只问自己。○几于不识庐山真面目，只缘身在此山中矣。」那汉在地下叫道："爷爷！饶你孩儿性命。"「"爷爷""孩儿"等字，都与本文踢跳成趣。」李逵道："我正是江湖上的好汉黑旋风李逵便是！你这厮辱没老爷名字！"那汉道："孩儿虽然姓李，「孩儿姓李，不知爷又姓张，绝倒。」不是真的黑旋风。「分疏绝倒。○向真黑旋风说我不是真黑旋风，一何可笑！」为是爷爷江湖上有名目，提起爷爷大名，鬼也害怕，「鬼也害怕，惟鬼能知鬼也。」因此孩儿盗学爷爷名目，胡乱在此剪径。但有孤单客人经过，听得说了黑旋风三个字，便撇了行李逃奔了去，以此得这些利息，实不敢害人。小人自己的贱名叫做李鬼，只在这前村住。"「宋江取爷，村中遇神；李逵取娘，村中遇鬼，遥对奇绝。」李逵道："叵耐这厮无礼，却在这里夺人的包裹行李，坏我的名目，学我使两把板斧，「李逵爱名目，兼爱其板斧，是以君子爱品节，兼爱其羔雁也。○每见无知小儿，动笔便拟高、岑、王、孟诸家诗体，可谓学使板斧矣。」且教他先吃我一斧！"劈手夺过一把斧来便砍。李鬼慌忙叫道："爷爷杀我一个，便是杀我两个。"「奇绝之文。○李逵一个，忽然走出两个；杀李鬼一个，忽然又杀两个，笔笔不从人间来。」李逵听得，住了手，问道："怎的杀你一个，便是杀你两个？"李鬼道："孩儿本不敢剪径，家中因有个九十岁的老母，无人养赡，因此孩儿单题爷爷大名唬吓人，夺些单身的包裹，养赡老母；「绝妙奇文。○强盗之假者，偏会假说出许多孝顺来。此篇全是描写李逵之真，以反衬宋江之假。此又顺借李鬼之假，以正衬宋江之假也。」其实并不曾敢害了一个人。如今爷爷杀了孩儿，家中老母必是饿杀。"「我观此言，疑非假李逵，竟是真宋江矣。」李逵虽是个杀人不斩眼的魔君，听得说了这话，自肚里寻思道："我特地归家来取娘，却倒杀了一个养娘的人，天地也不容我。「看他一片孝子不匮、永锡尔类心肠，正与宋江不许取娘，一段对看。」罢罢，我饶了你这厮性命。"放将起来，李鬼手提着斧，纳头便拜。「好笑。」李逵道："只我便是真黑旋风，你从今已后，休要坏了俺的名目。"李鬼道："孩儿今番得了性命，自回家改业，再不敢倚着爷爷名目，在这里剪径。"李逵道："你有孝顺之心，我与你十两银子做本钱，便去改业。"「从来真正孝子，定能爱重孝子，宋江不许李逵取娘，便是宋江一生供状，写得真假画然。」李逵便取出一锭银子，把与李鬼，拜谢去了。李逵自笑道："这厮却撞在我手里。既然他是个孝顺的人，必去改业；我若杀了他，天地必不容我。「再说一遍，与上文宋江对看。○孝子之心，只是一片忠恕，写得妙绝。○两句天地不容，骂杀宋江矣。」我也自去休。"拿了朴刀，一步步投山僻小路而来。

走到巳牌时分，看看肚里又饥又渴，四下里都是山径小路，不见有一个酒店饭店。正走之间，只见远远的山凹里，露出两间草屋。李逵见了，奔到那人家里来。只见后面走出一个妇人来，鬓髻鬓边插一簇野花，搽一脸胭脂铅粉。「夫妇二人，黑白之极，读之一笑。」李逵放下朴刀道："嫂子，我是过路客人，肚中饥饿，寻不着酒食店。我与你几钱银子，央你回些酒饭吃。"那妇人见了李逵这般模样，「妙绝趣绝，真是看不惯，却不知即是日日看惯之人也。○做了他半世老婆，却从不曾认得，绝倒。」不敢说没，只得答道："酒便没买处，饭便做些与客人吃了去。"李逵道："也罢，只多做些个，正肚中饥出鸟来。"那妇人道："做一升米不少么？"李逵道："做三升米饭来吃。"那妇人向厨中烧起火来，便去溪边淘了米，将来做饭。李逵却转过屋后山边来净手，只见一个汉子，撅手撅脚，从山后归来。「奇文。○上文若便了结，亦何以如李鬼之必非养娘之人哉，定然曲折到此矣。」李逵却转过屋后听时，那妇人正要上山讨菜，开后门见了，便问道："大哥，那里闪朒了腿？"那汉子应道："大嫂，我险些儿和你不厮见了！你道我晦鸟气么？指望出去等个单身的过，整整的等了半个月，不曾发市。甫能今日抹着一个，你道是谁？「绝倒。○原来他正是我，原来我不是他，我亦不道是他，你可知道是我。○远保千里，近只目前，妙绝。○猜不着时，便猜尽天下人亦猜不着，猜得着时，便只消猜一个，恰早猜着也。」原来正是那真黑旋风！却恨撞着那驴鸟，我如何敌得他过？倒吃他一朴刀，「"倒"字妙绝，人之骄妻妾也，每用此言矣。」搠翻在地，定要杀我。吃我假意叫道：「捎带宋江。」'你杀我一个，却害了我两个！'他便问我缘故。我便假道：'家中有个九十岁的老娘，无人养赡，定是饿死。'那驴鸟真个信我，饶了我性命，又与我一个银子做本钱，教我改了业养娘。我恐怕他省悟了赶将来，且离了那林子里，僻净处睡了一回，从山后走回家来。"「文笔周致。」那妇人道："休要高声。却才一个黑大汉来家中，教我做饭，莫不正是他？如今在门前坐地，你去张一张。看若是他时，你去寻些麻药来，放在菜内，教那厮吃了，麻翻在地，我和你却对付了他，谋得他些金银，搬往县里住去，做些买卖，却不强似在这里剪径？"

李逵已听得了，便道："叵耐这厮，我倒与了他一个银子，又饶了性命，

他倒又要害我。这个正是天地不容。"「妙绝。○凡三言之。○孝顺之道，必须则天明，事地察，可见天地只容孝子也。」一转暨到后门边。这李鬼恰待出门，被李逵劈胸揪住，那妇人慌忙自望前门走了。「放走妇人，文格奇变。」李逵捉住李鬼，按翻在地，身边掣出腰刀，早割下头来。拿着刀，却奔前门寻那妇人时，正不知走那里去了。「便不了。」再入屋来，去房中搜看，只见有两个竹笼，盛些旧衣裳，底下搜得些碎银两并几件钗环，李逵都拿了，又去李鬼身边，搜了那锭小银子，「细。」都打缚在包裹里，却去锅里看时，三升米饭早熟了。「好。」只没菜蔬下饭。李逵盛饭来，吃了一回，看着自己笑道："好痴汉，放着好肉在面前，却不曾吃。"「可云吃鬼肉，亦可云自吃自，笔笔绝倒。」拔出腰刀，便去李鬼腿上割下两块肉来，把些水洗净了，灶里抓些炭火来便烧；一面烧，一面吃。吃得饱了，把李鬼的尸首拖放屋下，放了把火，提了朴刀，自投山路里去了。

比及赶到董店东时，日已平西。「眉批：日已西第三段。」径奔到家中，推开门，入进里面，只听得娘在床上问道："是谁入来？"李逵看时，见娘双眼都盲了，坐在床上念佛。「眼盲，便令下文深山讨水，情暑都有，且虎吃后，便不疑到偶然走开也。○念佛娘养出吃人儿子，可笑一。半世念佛，临终却被虎吃，可笑二。只二字，活画出村里老妪来。」李逵道："娘，铁牛来家了。"娘道："我儿，你去了许多时，这几年正在那里安身？你的大哥只是在人家做长工，止博得些饭食吃，养娘全不济事。我时常思量你，眼泪流干，因此瞎了双目。「又与眼瞎作一注，妙甚。」你一向正是如何？"李逵寻思道："我若说在梁山泊落草，娘定不肯去；我只假说便了。"「宋江对人假说，李逵对娘假说。对人假说，是真强盗；对娘假说，是真孝子。盖对人假说，是做人方法，对娘假说，是为子方法也。」李逵应道："铁牛如今做了官，「文官乎？武官乎？前云做个将军，然则是武官矣。○古之君子有捧檄色喜者，盖养志之法，当如是也。」上路特来取娘。"娘道："恁地却

676

好也！只是你怎生和我去得？"李逵道："铁牛背娘到前路，[殊失官体，绝妙之文。]却觅一辆车儿载去。"娘道："你等大哥来，却商议。"李逵道："等做甚么，我自和你去便了。"恰待要行，只见李达提了一罐子饭来。[又一孝子。○吾闻以子养，不闻以盗养，此宋江公孙之别也。又闻以饭养，不闻以官养，此李家弟兄之别也。]入得门，李逵见了便拜道："哥哥，多年不见。"[真正孝子，定是悌弟，写得蔼然一片。]李达骂道："你这厮归来做甚？又来负累人！"娘便道："铁牛如今做了官，[只知其一。]特地家来取我。"李达道："娘呀，休信他放屁，当初他打杀了人，教我披枷戴锁，受了千万的苦。如今又听得他和梁山泊贼人通同，劫了法场，闹了江州，见在梁山泊做了强盗。[然则做了官无疑矣。○《笑林》有其父名良臣者，其子不敢斥言之也，读孟子曰："今之所谓爹爹，古之所谓民贼也。"即是此等骂法。]前日江州行移公文到来，着落原籍追捕正身，却要捉我到官比捕，又得财主替我官司分理，[补得周致。]说：'他兄弟已自十来年不知去向，亦不曾回家，莫不是同名同姓的人冒供乡贯？'[闲笔也，偏有本事与本文激射，遂令人怒思李鬼不杀，亦几乎被人捉去赚三千贯也。]又替我上下使钱，因此不吃官司杖限追要。见今出榜赏三千钱捉他。你这厮不死，却走家来胡说乱道！"李逵道："哥哥，不要焦躁，一发和你同上山去快活，多少是好。"李达大怒，本待要打李逵，却又敌他不过，把饭罐撇在地下，一直去了。李逵道："他这一去，必报人来捉我，却是脱不得身，不如及早走罢。我大哥从来不曾见这大银，我且留下一锭五十两的大银子放在床上，[管子之感鲍子也，曰："鲍叔不以我为贪，知我贫也。"千古真知己，便似兄弟。今李逵之赠其兄也，曰："我大哥从来不曾见这大银，我且留下一锭在此。"千古真兄弟，便似知己。写得恩深义重之极。]大哥归来见了，必然不赶来。"李逵便解下腰包，取一锭大银，放在床上，叫道："娘，我自背你去休。"娘道："你背我那里去？"李逵道："你休问我，只顾去快活便了。[其言真是铁牛，真是孝子，宋江说不出。]我自背你去不妨。"李

逵当下背了娘，提了朴刀，出门望小路里便走。「为下作引。」

却说李达奔来财主家报了，领着十来个庄客，飞也似赶到家里看时，不见了老娘，只见床上留下一锭大银子。「不见家母，乃见家兄，一笑。」李达见了这锭大银，心中忖道："铁牛留下银子，背娘去那里藏了。必是梁山泊有人和他来，我若赶去，倒吃他坏了性命。想他背娘，必去山寨里快活。"「一是见了银子，便有解说；一是随笔收卷上文，便更入下文也。」众人不见了李逵，都没做理会处。李达却对众庄客说道："这铁牛背娘去，不知往那条路去了，这里小路甚杂，怎地去赶他？"众庄客见李达没理会处，俄延了半晌，也各自回去了。「省妙。」不在话下。

这里只说李逵怕李达领人赶来，背着娘，只奔乱山深处僻静小路而走。「便借上文穿入下文，好手。」看看天色晚了，「眉批：天晚第四段。」李逵背到岭下。娘双眼不明，不知早晚。李逵却自认得这条岭，唤做沂岭。过那边去，方才有人家。娘儿两个，趁着星明月朗，一步步挨上岭来。娘在背上说道："我儿，那里讨口水来我吃也好。"李逵道："老娘，且待过岭去，借了人家安歇了，做些饭吃。"娘道："我日中吃了些干饭，口渴得当不得。"李逵道："我喉咙里也烟发火出。「此句不是不肯寻水，正是背寻水之根也。」你且等我背你到岭上，寻水与你吃。"娘道："我儿，端的渴杀我也，救我一救。"李逵道："我也困倦得要不得。"「此句是把娘歇放之根。」李逵看看挨得到岭上，松树边一块大青石上，把娘放下，插了朴刀在侧边，「写得有色认好。」分付娘道："耐心坐一坐，我去寻水来你吃。"李逵听得溪涧里水响，闻声寻将去，盘过了两三处山脚，「闻声可知其远，寻去可知其久，写来妙绝。」来到溪边，捧起水来自吃了几口，「了前烟发火出句。」寻思道："「又是好一回。」怎生能够得这水去把与娘吃？"立起身来，东观西望，

〔又是好一回。〕远远地山顶上，见一座庙。李逵道："好了！"攀藤揽葛，〔又是好一回。〕上到庵前，推开门看时，却是个泗州大圣祠堂；面前只有个石香炉。李逵用手去掇，原来却是和座子凿成的。〔绝倒。〕李逵拔了一回，那里拔得动？〔又是好一回。〕一时性起来，连那座子掇出前面石阶上一磕，把那香炉磕将下来，〔又是好一回。○绝倒。〕拿了再到溪边，〔又是好一回。〕将这香炉水里浸了，拔起乱草，洗得干净，〔又是好一回。〕挽了半香炉水，双手擎来，〔可知重哩。〕再寻旧路，夹七夹八，走上岭来。〔又是好一回。〕到得松树边石头上，〔松树石头在，不见娘上。〕不见了娘，只见朴刀插在那里。〔朴刀在不见娘下。〕李逵叫："娘，吃水！"〔三字宛然纯孝之声，无贤无愚，闻之下泪。〕杳无踪迹，叫了几声不应。李逵心慌，〔四字奇文，李逵一生，只此一次。○于此不用其慌，恶乎用其慌？○宋江之慌为己，李逵之慌为娘，慌亦有不同也。〕丢了香炉，定住眼四下里看时，并不见娘。走不到三十余步，只见草地上一团血迹。李逵见了，一身肉发抖，〔看宋江许多"抖"字，看李逵许多"抖"字，妙绝。○俗本失。〕趁着那血迹寻将去，寻到一处大洞口，〔血迹引到洞口。〕只见两个小虎儿，在那里舐一条人腿。〔铁牛吃鬼腿，小虎吃娘腿，亦复映刷成趣。〕李逵把不住抖〔"抖"妙。〕道："我从梁山泊归来，特为老娘，来取他。千辛万苦，背到这里，倒把来与你吃了！〔"把来与你"四字，绝倒。○分明把娘与虎吃了，而不能不服李逵之孝；分明接太公在山寨快乐，而不能不骂宋江之陷父于不义也。〕那鸟大虫，拖着这条人腿，不是我娘的是谁的？"心头火起，便不抖，赤黄须蚤竖起来，〔"不抖"又妙。〕将手中朴刀挺起，来搠那两个小虎，这小大虫被搠得慌，也张牙舞爪，钻向前来，被李逵手起，先搠死了一个，〔好。〕那一个望洞里便钻了入去。李逵赶到洞里，也搠死了。〔小虎引入洞里。〕李逵却钻入那大虫洞内，〔入虎穴，意在得虎子也，既杀虎子，又入虎穴，岂不怪哉！○前有武松打虎，此又有李逵杀虎，看他一样题目，写出两样文字，曾无一笔相近，岂非异才！○写武松打虎，纯是精细；写李逵杀虎，纯是大胆。如虎未归洞，钻入洞内；虎在洞外，赶出洞来，都是武松不肯做之事。〕伏在里面，张外面时，〔绝倒。〕只见那母大虫张牙舞爪望

679

窝里来。李逵道："正是你这业畜，吃了我娘！"放下朴刀，跨边掣出腰刀。那母大虫到洞口，先把尾去窝里一剪，「不知耐庵从何知之，奇绝妙绝。○武松文中，一扑一掀一剪，此亦一剪，却偏不同。」便把后半截身躯坐将入去。「耐庵从何知之，诚乃格物君子，奇绝妙绝。」李逵在窝里看得仔细，把刀朝母大虫尾底下，尽平生气力，舍命一戳，「武松有许多方法，李逵只是蛮戳，绝倒。」正中那母大虫粪门。李逵使得力重，和那刀靶也直送入肚里去了。「加一句，写得异样出色，真正才子之笔。」那母大虫吼了一声，就洞里带着刀，跳过涧边去了。李逵却拿了朴刀，就洞里赶将出来。「钻入洞，是何等大胆；赶出洞，又是何等大胆。直是更无一毫算计，纯乎不是武松也。」那老虎负疼，直抢下山石岩下去了，「不知何处去了，后半明白。」李逵恰待要赶，只见就树边卷起一阵狂风，吹得败叶树木如雨一般打将下来。「写得出色。」自古道："云生从龙，风生从虎。"那一阵风起处，星月光辉之下，大吼了一声，忽地跳出一只吊睛白额虎来。「骇绝之文。」那大虫望李逵势猛一扑，「亦写一扑。○武松文中，一扑一掀一剪都躲过，是写大智量人，让一步法。今写李逵不然，虎更耐不得，李逵也更耐不得，劈面相遭，大家便出全力死搏，更无一毫算计，纯乎不是武松，妙绝。」那李逵不慌不忙，趁着那大虫的势力，手起一刀，正中那大虫颔下。「武松有许多方法，李逵又只如此。」那大虫不曾再掀再剪：「特写一句，表与武松文异。」一者护那疼痛，二者伤着它那气管。那大虫退不够五七步，只听得响一声，如倒半壁山，登时间死在岩下。那李逵一时间杀了子母四虎，还又到虎窝边，将着刀复看了一遍，只恐还有大虫，「是何等大胆，武松不肯。」已无有踪迹。李逵也困乏了，「只此句与写武松时同，俗笔偏不肯此句，则何也？」走向泗州大圣庙里，睡到天明。「是何等大胆，武松不肯。」

次日早晨，「眉批：次日早晨第五段。」李逵却来收拾亲娘的两腿及剩的骨殖，把布衫包裹了，「敛之以礼，真正孝子。」直到泗州大圣庙后掘土坑葬了。「葬之以礼，真正孝子。」李逵大哭了一场。「写得生尽其爱，养尽其劳，葬尽其诚，哭尽其哀，真正仁人孝子，不与宋江权诈一样。」肚里又饥又渴，不免收拾包裹，拿了朴刀，

680

寻路慢慢地走过岭来。只见五七个猎户[撞见猎户，亦与武松两样。]都在那里收窝弓弩箭，见了李逵一身血污，行将下岭来，众猎户吃了一惊，问道："你这客人莫非是山神土地？如何敢独自过岭来？"李逵见问，自肚里寻思道："如今沂水县出榜，赏三千贯钱捉我，我如何敢说实话？只谎说罢。"[偏写李逵慌说，偏愈见其真诚；偏写宋江信义，偏愈见其权诈。]答道："我是客人。昨夜和娘过岭来，因我娘要水吃，我去岭下取水，被那大虫把我娘拖去吃了，我直寻到虎窝里，先杀了两个小虎，后杀了两个大虎，泗州大圣庙里睡到天明，方才下来。"众猎户齐叫道："不信！你一个人如何杀得四个虎？便是李存孝和子路，也只打得一个。这两个小虎且不打紧，那两个大虎非同小可！我们为这两个畜生，不知都吃了几顿棍棒。这条沂岭，自从有了这窝虎在上面，整三五个月没人敢行。我们不信，敢是你哄我？"李逵道："我又不是此间人，[看他会谎说，妙绝。]没来由哄你做甚么？你们不信，我和你上岭去，寻着与你，就带些人夫扛了下来。"众猎户道："若端的有时，我们自重重的谢你，却是好也。"众猎户打起唿哨来，一霎时聚起三五十人，都拿了挠钩枪棒，跟着李逵，[必聚起众人，必拿着家生，必跟在后头，皆写猎户怕极，以反衬李逵大胆。]再上岭来。

此时天大明朗，[眉批：天大明朗第六段。]都到那山顶上。远远望见窝边，果然杀死两个小虎，一个在窝内，一个在外面；一只母大虫，死在山岩边；一只雄虎，死在泗州大圣庙前。众猎户见了杀死四个大虫，尽皆欢喜，便把索子抓缚起来。众人扛抬下岭，就邀李逵同去请赏。一面先使人报知里正上户，都来迎接着，抬到一个大户人家，唤做曹太公庄上。那人曾充县吏，家中暴有几贯

浮财，专一在乡放刁把缆；初世为人，便要结几个不三不四的人恐唬邻里；极要谈忠说孝，只是口是心非。「句句打着宋江。」当时曹太公亲自接来，相见了，邀请李逵到草堂上坐定，动问那杀虎的缘由。李逵却把夜来同娘到岭上要水吃，因此杀死大虫的话，说了一遍。众人都呆了。曹太公动问："壮士高姓名讳？"李逵答道："我姓张，无名，只唤做张大胆。"「非朱贵教之不能，看他异日改杀，只是姓李，便知今日"张大胆"三字，先有稿本也。」曹太公道："真乃是大胆，壮士不恁地胆大，如何杀得四个大虫！"一壁厢叫安排酒食管待，不在话下。

且说当村里得知沂岭杀了四个大虫，抬到曹太公家，讲动了村坊道店，哄得前村后村，山僻人家，大男幼女，成群拽队，都来看虎，「引出。」入见曹太公相待着打虎的壮士，在厅上吃酒。数中却有李鬼的老婆，「文情如环无端，随笔盘舞而出。○无昨日其夫被杀，次日其妻看虎之礼，只图文字回环耳。」逃在前村爹娘家里，随着众人也来看虎，却认得李逵的模样，「思李鬼不得见，见李逵如见李鬼焉。」慌忙来家，对爹娘说道："这个杀虎的黑大汉，便是杀我老公、烧了我屋的。他叫做梁山泊黑旋风。"「李鬼平日只提"黑旋风"三字，故其妻亦熟闻之。至于"李逵"二字，必留下里正口中出。俗本淆讹之极。○写李鬼妻，只重在杀李鬼、烧房屋，黑旋风乃指其名耳，实不知有出榜赏钱之事。」爹娘听得，连忙来报知里正。里正听了道："他既是黑旋风时，正是岭后百丈村打死了人的李逵，「始出李逵。○鬼妻只重昨日事，里正只重旧时事，都像。」逃走在江州，又做出事来，行移到本县原籍追捉。如今官司出三千贯赏钱拿他，他却走在这里！"暗地使人去请得曹太公到来商议。曹太公推道更衣，急急的到里正家里。正说这个杀虎的壮士，便是岭后百丈村里的黑旋风李逵，见今官司着落拿他。曹太公道："你们要打听得仔细。倘不是时，倒惹得不好；若真个是时，却不妨，要拿他时也容易，只怕不是他时却难。"里正道："见有李鬼的老婆认得他。曾来李鬼家做饭吃，杀了李鬼。"

曹太公道："既是如此，我们且只顾置酒请他，却问他今番杀了大虫，还是要去县里请功，还是要村里讨赏？若还他不肯去县里请功时，便是黑旋风了；着人轮换把盏，灌得醉了，缚在这里，却去报知本县，差都头来取去，万无一失。"众人道："说得是。"

里正与众人商量定了。曹太公回家来款住李逵，一面且置酒来相待，便道："适间抛撇，请勿见怪。且请壮士解下腰间腰刀，放过朴刀，宽松坐一坐。"〔写老奸巨猾活现。〕李逵道："好，好！我的腰刀我搠在雌虎肚里了，只有刀鞘在这里。〔触手成趣，闲心妙笔。〕若开剥时，可讨来还我。"曹太公道："壮士放心，我这里有的是好刀，相送一把与壮士悬带。"李逵解了腰间刀鞘，并缠袋包裹，都递与庄客收贮，便把朴刀倚过一边。曹太公叫取大盘肉、大壶酒来。众多大户并里正、猎户人等，轮番把盏，大碗大钟，只顾劝李逵。曹太公又请问道："不知壮士要将这虎解官请功，只是在这里讨些赍发？"李逵道："我是过往客人，忙些个。偶然杀了这窝猛虎，不须去县里请功，只此有些赍发便罢；若无，我也去了。"曹太公道："如何敢轻慢了壮士！少刻村中敛取盘缠相送。我这里自解虎到县里去。"李逵道："布衫先借一领，与我换了上盖。"曹太公道："有，有。"当时便取一领细青布衲袄，〔黑大汉穿青布衲袄，好看好笑。〕就与李逵换了身上的血污衣裳。只见门前鼓响笛鸣，都将酒来与李逵把盏作庆：一杯冷，一杯热；李逵不知是计，只顾开怀畅饮，全不计宋江分付的言语。不两个时辰，把李逵灌得酩酊大醉，立脚不住。众人扶到后堂空屋下，放翻在一条板凳上，

就取两条绳子，连板凳绑住了。便叫里正带人，飞也似去县里报知，就引李鬼老婆去做原告，补了一纸状子。「好。」

此时哄动了沂水县里。知县听得大惊，连忙升厅，问道："黑旋风拿住在那里？这是谋叛的人，不可走了！"原告人并猎户答应道："见缚在本乡曹大户家，为是无人近得他，诚恐有失，路上走了，不敢解来。"知县随即叫唤本县都头李云上厅来，分付道："沂岭下曹大户庄上，拿住黑旋风李逵，你可多带人去，密地解来。休要哄动村坊，被他走了。"「反引二朱。」李都头领了台旨，下厅来，点起三十个老郎土兵，各带了器械，便奔沂岭村中来。这沂水县是个小去处，如何掩饰得过？此时街市上讲动了，「正引二朱。」说道："拿着了闹江州的黑旋风，如今差李都头去拿来。"朱贵在东庄门外朱富家，听得了这个消息，慌忙来后面，对兄弟朱富说道："这黑厮又做出来了，如何解救？宋公明特为他诚恐有失，差我来打听消息。如今他吃拿了，我若不救得他时，怎的回寨去见哥哥？似此怎生是好！"朱富道："大哥且不要慌。这李都头一身好本事，有三五十人近他不得。我和你只两个同心合意，如何敢近傍他？只可智取，不可力敌。李云日常时最是爱我，常常教我使些器械。我却有个道理对他，只是在这里安不得身了。今晚煮三二十斤肉，将十数瓶酒，把肉大块切了，却将些蒙汗药拌在里面，我两个五更带数个火家，挑着去半路里僻静处，等候他解来时，只做与他把酒贺喜，将众人都麻翻了，却放李逵，如何？"朱贵道："此计大妙。事不宜迟，可以整顿，及早便去。"朱富道："只是李云不会吃酒，便麻翻了，终久醒得快。「非写难于用计相救，正为留得李云，更有后文耳。」

684

还有件事，倘或日后得知，须在此安身不得。"朱贵道："兄弟，你在这里卖酒，也不济事。不如带领老小，跟我上山，一发入了伙。论秤分金银，换套穿衣服，却不快活？今夜便叫两个火家，觅了一辆车儿，先送妻子和细软行李起身，约在十里牌等候，都去上山。我如今包裹内带得一包蒙汗药在这里，〔好。不然，何处急办？〕李云不会吃酒时，肉里多糁些，逼着他多吃些，也麻倒了。救得李逵同上山去，有何不可？"朱富道："哥哥说得是。"便叫人去觅下了一辆车儿，打拴了三五个包箱，捎在车儿上；家中粗物都弃了，叫浑家和儿女上了车子，分付两个火家，跟着车子，只顾先去。

且说朱贵、朱富当夜煮熟了肉，切做大块，将药来拌了，连酒装做两担，带了二三十个空碗；又有若干菜蔬，也把药来拌了：恐有不吃肉的，也教他着手。〔因上文有李云不吃酒，便糁放肉内一句，便又生出或有不吃肉，再拌菜蔬内一句以陪之。总之不肯以金针示人也。〕两担酒肉，两个火家各挑一担。弟兄两个，自提了些果盒之类，四更前后，直接将来僻静山路口坐。等到天明，远远地只听得敲着锣响，朱贵接到路口。

且说那三十来个土兵，自村里吃了半夜酒，四更前后，把李逵背剪绑了，解将来；后面李都头坐在马上。看看来到面前，朱富便向前拦住，叫道："师父且喜，小弟特来接力。"桶内舀一壶酒来，斟一大钟，上劝李云。朱贵托着肉来，火家捧过果盒。李云见了，慌忙下马，跳向前来，说道："贤弟，何劳如此远接。"朱富道："聊表徒弟孝顺之心。"李云接过酒来，到口不吃。〔不吃。〕朱富跪下道："小弟已知师父不饮酒，今日这个喜酒，也饮半盏儿。"李云推却不过，略呷了两口。〔略呷。〕朱富便道："师父不饮酒，须请些肉。"

685

李云道："夜间已饱，吃不得了。"「不惟不吃酒，并不吃肉，文情入妙。」朱富道："师父行了许多路，肚里也饥了。虽不中吃，胡乱请些，也免小弟之羞。"拣两块好的，递将过来。李云见他如此殷勤，只得勉意吃了两块。「只吃两块。○一总为留得李云之地，不为难救李逵摇摆也。」朱富把酒来劝上户、里正并猎户人等，都劝了三钟。朱贵便叫土兵庄客众人都来吃酒。这伙男女，那里顾个冷、「句。」热，「句。」好吃、「句。」不好吃，「句。」酒肉到口，只顾吃，正如这风卷残云，落花流水，一齐上来，抢着吃了。李逵光着眼，看了朱贵兄弟两个，已知用计，故意道："你们也请我吃些！"朱贵喝道："你是歹人，有酒肉与你吃？这般杀才，快闭了口！"李云看着土兵，喝教快走，只见一个个都面面厮觑，走动不得，口颤脚麻，都跌倒了。李云急叫："中了计了！"恰待向前，不觉自家也头重脚轻，晕倒了，软做一堆，睡在地下。当时朱贵、朱富各夺了一条朴刀，「夺刀好。」喝声："孩儿们休走！"两个挺起朴刀，来赶这伙不曾吃酒肉的庄客并那看的人。走得快的走了，走得迟的，就搠死在地。李逵大叫一声，把那绑缚的麻绳都挣断了，便夺过一条朴刀来杀李云。「眉批：已下独写朱富。」朱富慌忙拦住叫道："不要无礼！他是我的师父，为人最好。你只顾先走。"「好朱富。」李逵应道："不杀得曹太公老驴，如何出得这口气！"李逵赶上，手起一朴刀，先搠死曹太公「杀得好。」并李鬼的老婆，「杀得好。」续后里正也杀了；「杀得好。」性起来，把猎户排头儿一味价搠将去，「杀得好。」那三十来个土兵都被搠死了。「杀得好。」这看的人和众庄客只恨爹娘少生两只脚，都往深野路逃命去了。「不杀好。」李逵还只顾寻人要杀，朱贵喝道："不干看的人事，休只管伤人！"慌忙拦住。李逵方才住了手，就土兵身上剥了两件衣服穿上。「好。」三个人提着朴刀，便要从小路里走。朱富道："不好，却是我送了师父性命。「好朱富。」他醒时，如何见得知县？必然赶来。你两个先行，我等他一等。「好朱富。」我想他日前教我的恩义。「好朱富。」且是为人忠直，「好朱富。」等他赶来，就请他一发上山入伙，也是我的恩义，「好朱富。」免得教回县去吃苦。"「好朱富。」朱贵道："兄弟，你也见得是。我便先去跟了车子行，「调道得好。」留李逵在路傍帮你等他。「调道得好。〇看他三个人，也调道定了行事，笑今日行兵之无纪也。」若是他不赶来时，你们两个休执迷等他。"「反补一句，文心周致。」朱富道："这是自然了。"当下朱贵前行去了。只说朱富和李逵坐在路傍边等候，果然不到一个时辰，只见李云挺着一条朴刀，飞也似赶来，大叫道："强贼休走！"李逵见他来得凶，跳起身，挺着朴刀来斗李云，恐伤朱富。「四字。写出李逵生平一片之心。」正是有分教：梁山泊内添双虎，聚义厅前庆四人。毕竟黑旋风斗青眼虎，二人胜败如何，且听下回分解。

【第四十三回】

锦豹子小径逢戴宗

病关索长街遇石秀

以上宋江既入山寨，一切线头都结矣；不得已，生出戴宗寻取公孙，别开机扣；便转出杨雄、石秀一篇锦绣文章，乃至直带出三打祝家无数奇观。而此一回，则正其过接长养之际也。贪游名山者，须耐仄路；贪食熊蹯者，须耐慢火，贪看月华者，须耐深夜；贪见美人者，须耐梳头。如此一回，固愿读者之耐之也。

看他一路无数小文字，都复有一丘一壑之妙，不似他书，一望平原而已。

一部收尾，此篇独居第一。

话说当时李逵挺着朴刀来斗李云，两个就官路旁边斗了五七合，不分胜败。朱富便把朴刀去中间隔开，叫道："且不要斗，都听我说。"二人都住了手。朱富道："师父听说：小弟多蒙错爱，指教枪棒，非不感恩；只是我哥哥朱贵见在梁山泊做了头领，今奉及时雨宋公明将令，着他来照管李大哥。不争被你拿了解官，教我哥哥如何回去见得宋公明？因此做下这场手段。却才李大哥乘势要坏师父，却是小弟不肯容他下手，只杀了这些土兵。我们本待去得远了，猜道师父回去不得，必来赶我；小弟又想师父日常恩念，特地在此相等。师父，你是个精细的人，有甚不省得？如今杀害了许多人性命，又走了黑旋风，你怎生回去见得知县？你若回去时，定吃官司，又无人来相救。不如今日和我们一同上山，投奔宋公明入了伙。未知尊意如何？"李云寻思了半晌，便道："贤弟，只怕他那里不肯收留我。"朱富笑道："师父，你如何不知山东及时雨大名，专一招贤纳士，结识天下好汉？"李云听了，叹口气道："闪得我有家难奔，有国难投！只喜得我并无妻小，［省。］不怕吃官

司拿了，只得随你们去休。”李逵便笑道：“我的哥，你何不早说？”〔粗直是其天性。〕便和李云剪拂了。这李云既无老小，亦无家当。〔省。〕当下三人合做一处，来赶车子。半路上朱贵接见了，大喜。四筹好汉跟了车仗便行，于路无话。看看相近梁山泊，路上又迎着马麟、郑天寿，〔好。○昭烈敕后主曰：勿以善小而不为，勿以恶小而为之。吾谓行文亦然。如李、朱四人看看到山，又增出马麟、郑天寿来探听，此所谓小善必为。李云老小家当，定要写还二句，必不肯漏，此所谓小恶必避也。〕都相见了，说道：“晁、宋二头领，又差我两个下山来探听你消息。〔好。〕今既见了，我两个先去回报。”当下二人先上山来报知。

次日，四筹好汉带了朱富家眷，都至梁山泊大寨聚义厅来。朱贵向前，先引李云拜见晁、宋二头领，相见众好汉，说道：“此人是沂水县都头，姓李，名云，绰号‘青眼虎’。”〔上文“虎”字犹留余影，妙。〕次后朱贵引朱富参拜众位，说道：“这是舍弟朱富，绰号‘笑面虎’。”〔妙。〕都相见了。李逵拜了宋江，〔独拜宋江。〕给还了两把板斧，〔细。〕诉说假李逵剪径一事，众人大笑。又诉说杀虎一事，为取娘至沂岭，被虎吃了，说罢，流下泪来。〔写出至人至性也。〕宋江道：“被你杀了四个猛虎，今日山寨里却添得两个活虎，〔不悲别人无娘，但夸自家添虎。〕正宜作庆。”〔不吊孝子，但庆强盗。皆深恶宋江笔法。〕众多好汉大喜，便教杀羊宰马，做筵席庆贺。两个新到头领，晁盖便叫去左边白胜上首坐定。

吴用道：〔此三字是上来一篇大结束处，非结束李云、朱富而已，直结束劫法场以来也。〕“近来山寨十分兴旺，感得四方豪杰望风而来，皆是晁、宋二兄之德，亦众弟兄之福也。然虽如此，还令朱贵仍复掌管山东酒店，替回石勇、侯健。〔朱贵在东。〕朱富老小，另拨一所房舍住居。目今山寨事业大了，非同旧日，可再设三处酒馆，专一探听吉凶事情，往来义士上山，如若朝廷调遣官兵捕盗，可以报知如何进兵，好做准备。西山地面广阔，可令童威、童猛弟兄带领十数个火伴那里开店，〔二童在西。〕令李立带十数个火家，去山南边那里开店，〔李立在南。〕令石勇也带十来个伴当，去北山那里开店。〔石勇在北。〕仍复都要设立水亭、号箭、接应船只，但有缓急军情，飞捷报来。〔已上第一令。〕山前设置三座大关，专令杜迁总行守把，但有一应委差，不许调遣，〔十字妙绝，读之一叹。〕早晚不得擅离。〔六字妙绝，读之一叹。○第二令。〕又令陶宗旺把总监工，掘港汊、修水路、开河道，整理宛子城垣，修筑山前大路。〔妙绝，读之一叹。○第三令。〕他原是庄户出身，修理久惯。令蒋敬掌管库藏仓廒，支出纳入，积压万累千，书算帐目。〔第四令。〕令萧让设置寨中寨外、山上山下、三关把隘，许多行移关防文约，大小头领号数。〔妙。○第五令。〕烦令金大坚刊造雕刻一应兵符、印信、牌面等项。〔第六令。〕令侯健管造衣袍铠甲、五方旗号等件。〔第七令。〕令李云监造梁山泊一应房舍、厅堂。〔第八令。〕令马麟监管修造大小战船。〔第九令。〕令宋万、白胜去金沙滩下寨。令王矮虎、郑天寿去鸭嘴滩下寨。〔两段第十令。〕令穆春、朱富管收山寨钱粮。〔第十一令。〕吕方、郭盛于聚义厅两边耳房安歇。〔绝妙亲兵。○第十二令。〕令宋清专管筵宴。"〔写得宋清酒食是议，读之绝倒。○无数经济，发出一段极大文字，却以一戏语终之，妙绝。○此篇调遣众人，所以结束宋江上山许大文字也。以无数说话描写大宋机械变诈，几于食少事烦，却以一句话描写小宋百无一能，只图口腹。如此结构，真是锦心绣手。〕都分拨已定，筵席了三日，不在话下。梁山泊自此无事，每日只是操练人马，教演武艺；水寨里头领都教习驾船赴水，船上厮杀，亦不在话下。〔一大结后，再作一小结。〕

忽一日，宋江与晁盖、吴学究并众人闲话道："我等弟兄众位今日共聚大义，只有公孙一清不见回还。我想他回蓟州探母、参师，期约百日便回，

今经日久，不知信息，莫非昧信不来？可烦戴宗兄弟与我去走一遭，探听他虚实下落，如何不来。"戴宗愿往。宋江大喜，说道："只有贤弟去得快，旬日便知信息。"当日戴宗别了众人，次早打扮做承局，离了梁山泊，取路望蓟州来。把四个甲马拴在腿上，作起神行法来，于路只吃些素茶素食。在路行了三日，来到沂水县界，只闻人说道：「随手点缀。」"前日走了黑旋风，伤了好些人，连累了都头李云，不知去向，「不甚分明正妙，宛然是闲人说闲话。」至今无获处。"戴宗听了冷笑。当日正行之次，只见远远地转过一个人来，手里提着一根浑铁笔管枪。「匆匆行次，只见人枪而已，下文回看，始详其状。」那人看见戴宗走得快，便立住了脚，叫一声："神行太保！"「穿接得奇。」戴宗听得，回过脸来，定睛看时，见山坡下小径边立着一个大汉，生得头圆耳大，鼻直口方，眉秀目疏，腰细膀阔。「像条好汉。」戴宗连忙回转身来问道："壮士素不曾拜识，如何呼唤贱名？"那汉慌忙答道："足下果是神行太保！"撇了枪，便拜倒在地。「穿接甚好。」戴宗连忙扶住答礼，问道："足下高姓大名？"那汉道："小弟姓杨，名林，祖贯彰德府人氏，多在绿林丛中安身，江湖上都叫小弟做'锦豹子'杨林。数月之前，路上酒肆里遇见公孙胜先生，同在店中吃酒相会，「便写得不冷落。」备说梁山泊晁、宋二公招贤纳士，如此义气，写下一封书，教小弟自来投大寨入伙，只是不敢轻易擅进。公孙先生又说，李家道口旧有朱贵开酒店在彼，招引上山入伙的人；山寨中亦有一个招贤飞报头领，「好官名。」唤做神行太保戴院长，日行八百里路。今见兄长行步非常，因此唤一声看，「固知穿接之奇也。」不想果是仁兄，正是天幸，无心得遇。"戴宗道："小可特为公孙胜先生回蓟州去，杳无音信，今奉晁、宋二公将令，差遣来蓟州探听消息，寻取公孙胜还寨，不期却遇足下。"杨林道："小弟虽是彰德府人，这蓟州管下地方州郡都走遍了。倘若不弃，就随侍兄长同去走一遭。"戴宗道："若得足下作伴，实是万幸。寻得公孙先生见了，一同回梁山泊未迟。"杨林见说了，大喜，就邀住戴宗，结拜为兄。

戴宗收了甲马，两个缓缓而行，到晚，就投村店歇了。杨林置酒请戴宗，戴宗道："我使神行法，不敢食荤。"两个只买些素馔相待。过了一夜，次日早起，打火吃了早饭，收拾动身。杨林便问道："兄长使神行法走路，小弟如何走得上？只怕同行不得。"戴宗笑道："我的神行法也带得人同走。我把两个甲马拴在你腿上，作起法来，也和我一般走得快，「奇事。」要行便行，要住便住。不然，你如何赶得我走？"杨林道："只恐小弟是凡胎浊骨，比不得兄长神体。"戴宗道："不妨，我这法诸人都带得，「耐庵写至此句，早已想到李逵矣。」作用了时，和我一般行；只是我自吃素，并无妨碍。"「后日独难李逵，故妙。」当时取两个甲马，替杨林缚在腿上，戴宗也只缚了两个，作用了神行法，吹口气在上面，两个轻地走了去，要紧要慢，都随着戴宗行。「后日独难李逵，故妙。」两个于路间说些江湖上的事，虽只见缓缓而行，正不知走了多少路。「"神行"二字。已是奇想，更有此奇笔描写之。」

两个行到巳牌时分，前面来到一个去处，四围都是高山，中间一条驿路。杨林却自认得，「引。」便对戴宗说道："哥哥，此间地名唤做饮马川。前面兀那高山里常常有大伙在内，近日不知如何。因为山势秀丽，水绕峰环，以此唤做饮马川。"两个正来到山边过，只听得忽地一声锣响，战鼓乱鸣，走出一二百小喽啰，拦住去路。当先捧着两筹好汉，各挺一条朴刀，大喝道："行

人须住脚！「五字恰好喝神行人，故妙。」你两个是甚么鸟人？那里去的？会事的快把买路钱来，饶你两个性命！"杨林笑道："哥哥，你看我结果那呆鸟。"「二字骂尽千载。○见好人而不识，闻好话而不信，读好文字而不解，皆呆鸟也。」拈着笔管枪，抢将入去。那两个好汉见他来得凶，走近前来看了，上首的那个便叫道："且不要动手！兀的不是杨林哥哥么？"杨林住了，却才认得。上首那个大汉「一个大。」提着军器向前剪拂了，便唤下首这个长汉「一个长。」都来施礼罢。杨林请过戴宗，说道："兄长，且来和这两个弟兄相见。"戴宗问道："这两个壮士是谁？如何认得贤弟？"杨林便道："这个认得小弟的好汉，他原是盖天军襄阳府人氏，姓邓，名飞。为他双睛红赤，江湖上人都唤他做'火眼狻猊'。能使一条铁链，人皆近他不得。多会合伙，一别五年，不曾见面。谁想今日却在这里相遇着。"邓飞便问道："杨林哥哥，这位兄长是谁？必不是等闲人也。"杨林道："我这仁兄，「各说其所知，与下文相对。」是梁山泊好汉中神行太保戴宗的便是。"邓飞听了道："莫不是江州的戴院长，能行八百里路程的？"戴宗答道："小可便是。"那两个头领慌忙剪拂道："平日只听得说大名，不想今日在此拜识尊颜。"戴宗忙问道："这位好汉高姓大名？"邓飞道："我这兄弟，「我这仁兄，我这兄弟，以闲笔作对，令文字不懈散。」姓孟，名康，祖贯是真定州人氏，善造大小船只。原因押送花石纲，要造大船，嗔怪这提调官催并责罚他，把本官一时杀了，弃家逃走，在江湖上绿林中安身，已得年久，因他长大白净，人都见他一身好肉体，起他一个绰号，叫他做'玉幡竿'孟康。"戴宗见说大喜。

四筹好汉说话间，杨林问道："二位兄弟在此聚义几时了？"邓飞道："不瞒兄长说，也有一年多了。只半载前，在这直西地面上遇着一个哥哥，

姓裴，名宣，「先生一人，次生出二人。却因二人，又生出一人，真是行文省力法。〇不是耐庵要图省力，其实收罗一百八人，亦大难事。」祖贯是京兆府人氏。原是本府六案孔目出身，极好刀笔，为人忠直聪明，分毫不肯苟且，本处人都答他铁面孔目。亦会拈枪、「一。」使棒、「二。」舞剑、「三。」轮刀，「四。」智勇足备。为因朝廷除将一员贪滥知府到来，把他寻事，刺配沙门岛，从我这里经过，被我们杀了防送公人，救了他在此安身，聚集得三二百人。这裴宣极使得好双剑，「上枪、棒、剑、刀四事，此又抽出一件独赞之，有神色。」让他年长，见在山寨中为主。烦请二位义士同往小寨相会片时。"便叫小喽啰牵过马来，戴宗杨林卸下甲马，「细。」骑上马，望山寨来。行不多时，早到寨前，下了马。裴宣已有人报知，连忙出寨降阶而接。戴宗、杨林看裴宣时，果然好表人物，生得面白肥胖，四平八稳，心中暗喜。当下裴宣邀请二位义士到聚义厅上，俱各讲礼罢，相请戴宗正面坐了，次是杨林、裴宣、邓飞、孟通五筹好汉，宾主相待，坐定筵宴。当日大吹大擂饮酒。

戴宗在筵上说起晁、宋二人如何招贤纳士，仗义疏财；「一如何。」众好汉如何同心协力；「二如何。」八百里梁山泊如何广阔；「三如何。」中间宛子城如何雄壮；「四如何。」四下里如何都是茫茫烟水；「五如何。」如何许多军马，不愁官兵来捉。「六如何。」只管把言语说他三个。「写得错错落落。」裴宣回道："小弟也有这个山寨，「一也有。」也有三百来匹马，「二也有。」财赋也有十余辆车子，粮食草料不算，「三也有。」也有三五百孩儿们；「四也有。」倘若仁兄不弃微贱时，引荐于大寨入伙，也有微力可效。「五也有。」未知尊意若何？"「写得错错落落。」戴宗大喜道："晁、宋二公待人接物，并无异心；更得诸公相助，如锦上添花。若果有此心，可便收拾

下行李，待小可和杨林去蓟州见了公孙胜先生同来，那时一同扮做官军，星夜前往。"众人大喜，酒至半酣，移至后山断金亭上，看那饮马川景致吃酒。「一百八人实难收罗，故借戴宗寻公孙作线，便顺手串出四五人也。然又恐写得冷落，便露出凑泊之迹，故特特写作加意之笔。」喝采道："山沓水匝，真乃隐秀「八字画尽饮马川，抵无数名人游记。」你等二位如何来得到此？"邓飞道："原是几个不成材小厮们「骂世。」在这里屯扎，后被我两个来夺了这个去处。"众皆大笑。五筹好汉吃得大醉。裴宣起身舞剑助酒，「看他特特移席，特写评赞山水，特写骂世语，特写舞剑，皆极力要写作加意之笔。」戴宗称赞不已。至晚，便留到寨内安歇。次日，戴宗定要和杨林下山，三位好汉苦留不住，相送到山下作别。自回寨里收拾行装，整理动身，不在话下。

且说戴宗和杨林离了饮马川山寨，在路晓行夜住，早来到蓟州城外，投个客店安歇了。杨林便道："哥哥，我想公孙胜先生是个学道人，必在山间林下，不住城里。"「妙论，使吾浩叹。○今之学道之人，皆不在山间林下；今之山间林下，却葬无数死人，哀哉！」戴宗道："说得是。"当时二人先去城外，一到处询问公孙胜先生下落消息，并无一个人晓得他。「先生好。」住了一日，次早起来，又去远近村坊、街市访问人时，亦无一个认得。「先生好。」两个又回店中歇了。第三日，戴宗道："敢怕城中有人认得他？"「不然若使有人认得，斯不足以称先生矣。」当日和杨林却入蓟州城里来寻他。两个寻问老成人时，都道："不认得。敢不是城中人？只怕是外县名山大刹居住。"「先生好。」杨林正行到一个大街，只见远远地一派鼓乐迎将一个人来。「过接。」戴宗、杨林立在街上看时，前面两个小牢子，一个驮着许多礼物花红，一个捧着若干段子采缯之物；后面青罗伞下，罩着一个押狱刽子。那人生得好表人物，露出蓝靛般一身花绣，两眉入鬓，凤眼朝天，淡黄面皮，细细有几根髭髯。那人祖贯是河南人氏，姓杨，名雄，因跟一个叔伯哥哥来蓟州做知府，一向流落在此。续后一个新任知府却认得他，因此就参他做两院押狱，兼充市曹行刑剑子。因为他一身好武艺，面貌微黄，以此人都称他做"病关索"杨雄。当时杨雄在中间走着，背后一个小牢子擎着鬼头靶法刀。原来才去市心里决刑了回来，众相识与他挂红贺喜，送回家去，正从戴宗、杨林面前迎将过来。一簇人在路口拦住了把盏。只见侧首小路里又撞出七八个军汉来，为头的一个叫做"踢杀羊"张保。〔杨志被牛所苦，杨雄为羊所困，皆非必然之事，只是借勾水兴洪波耳。〕这汉是蓟州守御城池的军，带着这几个，都是城里城外时常讨闲钱使的破落户汉子，官司累次奈何他不改；为见杨雄原是外乡人来蓟州，却有人惧怕他，因此不怯气。当日正见他赏赐得许多段匹，带了这几个没头神，吃得半醉，却好赶来要惹他。又见众人拦住他在路口把盏，那张保拨开众人，钻过面前叫道："节级拜揖。"杨雄道："大哥，来吃酒。"张保道："我不要吃酒，我特来问你借百十贯钱使用。"杨雄道："虽是我认得大哥，不曾钱财相交，如何问我借钱？"张保道："你今日诈得百姓许多财物，如何不借我些？"杨雄应道："这都是别人与我做好看的，怎么是诈得百姓的？你来放刁！我与你军卫有司，各无统属！"张保不应，便叫众人向前一哄，先把花红段子都抢了去。杨雄叫道："这厮们无礼！"却待向前打那抢物事的人，被张保劈胸带住，背后又是两个来拖住了手。那几个都动起手来，小牢子们各自回避了。杨雄被张保并两个军汉逼住了，施展不得，只得忍气，解拆不开。

正闹中间，只见一条大汉挑着一担柴来，〔一路行文，如龙初成，鳞甲隐隐而起。〕看见众人逼住

杨雄，动掸不得。那大汉看了，路见不平，便放下柴担，分开众人，前来劝道："你们因甚打这节级？"那张保睁起眼来，喝道："你这打脊饿不死冻不杀的乞丐，敢来多管！"那大汉大怒，性发起来，将张保劈头只一提，一交撷翻在地。那几个破落户见了，却待要来动手，早被那大汉一拳一个，都打的东倒西歪。杨雄方才脱得身，把出本事来施展，一对拳头撺梭相似。那几个破落户，都打翻在地。「数语救正出杨雄。〇非一张保便困杨雄，亦只是借以引出石秀耳，须知行文之苦。」张保见不是头，爬将起来，一直走了。「了。〇没毛牛之必至于死者，不死不弄出杨志也；踢杀羊之一直逃去者，只此已足显杨雄也。行文都无浪笔，须知。」杨雄忿怒，大踏步赶将去。张保跟着抢包袱的走，「活画小人。」杨雄在后面追着，赶转一条巷内去了。「将杨雄递开去，便令戴宗先结石秀有地，笔法甚好。〇一个巷内。」那大汉兀自不歇手，在路口寻人厮打。戴宗、杨林看了，暗暗地喝采道："端的是好汉！真正路见不平，拔刀相助！"便向前邀住，劝道："好汉，看我二人薄面，且罢休了。"两个把他扶劝到一个巷内。「又一个巷内。」杨林替他挑了柴担，「好。」戴宗挽住那汉子，「好。〇写得亲热。」邀入酒店里来。杨林放下柴担，「好。」同到阁儿里面。那大汉叉手道："感蒙二位大哥，解救了小人之祸。"戴宗道："我弟兄两个也是外乡人，因见壮士仗义之心，只恐一时拳手太重，误伤人命，特地做这个出场，请壮士酌三杯，到此相会，结义则个。"那大汉道："多得二位仁兄解拆小人这场，却又蒙赐酒相待，实是不当。"杨林便道："四海之内，皆是兄弟，怎如此说？且请坐。"戴宗相让，那汉那里肯僭上。戴宗、杨林一带坐了，那汉坐在对席。叫过酒保，杨林身边取出一两银子来，把与酒保道："不必来问，但有下饭，只顾买来与我们吃了，一发总算。"酒保接了银子去，一面铺下菜蔬、果品、按酒之类。

三人饮过数杯。戴宗问道："壮士高姓大名？贵乡何处？"那汉答道："小人姓石，名秀，祖贯是金陵建康府人氏，自小学得些枪棒在身。一生执意，[是石秀，是另又一样人物。]路见不平，便要去相助，人都呼小弟作'拼命三郎'。因随叔父来外乡贩羊马卖，不想叔父半途亡故，消折了本钱，还乡不得，流落在此蓟州卖柴度日。既蒙拜识，当以实告。"戴宗道："小可两个因来此间干事，得遇壮士如此豪杰，流落在此卖柴，怎能够发迹？不若挺身[＂挺身＂二字妙绝。做事业要挺身出去，了生死亦要挺身出去。挺身真世（是？）出世间之要诀也。]江湖上去，做个下半世快乐也好。"石秀道："小人只会使些枪棒，别无甚本事，如何能够发达快活！"戴宗道："这般时节认不得真！一者朝廷闭塞，二乃奸臣不明。[朝廷用＂闭塞＂字，妙，言非朝廷不爱人材，只是好臣闭塞之也。奸臣用＂不明＂字，更妙，言奸臣闭塞朝廷，亦非有大过恶，只由不明故也。＂不明＂二字，何等轻却，却断得奸臣尽情，断得奸臣心服，真是绝妙之笔。俗本乃误作朝廷不明，奸臣闭塞，复成何语耶？只二字转换，其优劣相去如此。古本俗本之相去，胡可尽说？亦在天下善读书人，取两本细细对读，便知其异耳。]小可一个薄识，因一口气，去投奔了梁山泊宋公明入伙，如今论秤分金银，换套穿衣服。只等朝廷招安了，早晚都做个官人。"[只是好看语，盖有权术人，开口便防人一着。如宋江之于武松，皆此类也。学究不知世事，便因此语续出半部，真要笑杀。]石秀叹口气道："小人便要去，也无门路可进。"戴宗道："壮士若肯去时，小可当以相荐。"石秀道："小人不敢拜问二位官人贵姓？"戴宗道："小可姓戴，名宗；兄弟姓杨，名林。"石秀道："江湖上听得说个江州神行太保，莫非正是足下？"戴宗道："小可便是。"叫杨林身边包袱内取一锭十两银子，送与石秀做本钱。[看他写戴宗全学宋江，绝倒。○又学宋江说好话，又学宋江使银子，写得戴宗便活是第二宋江。]石秀不敢受，再三谦让，方才收了，才知道他是梁山泊神行太保。正欲要诉说些心腹之话，投托入伙，[移云接月之笔。○人但知接下之疾，岂复料此文乃直兜

699

只听得外面有人寻问入来。三个看时，却是杨雄带领着二十余人，都是做公的，赶入酒店里来。戴宗、杨林见人多，吃了一惊，乘闹哄里，两个慌忙走了。「卸去戴、杨，交入杨、石，移云接月，出笔最巧。〇子弟少时读书，最要知古人出笔，有无数方法：有正笔，有反笔，有过笔，有杳笔，有转笔，有偷笔，上五法易解。所谓偷笔，则如此文是也。盖一路都是戴宗作正文。至此忽趁势偷去戴宗，竟入杨雄、石秀正传，所谓移云接月。用力不多而得便至大。知此，则作史记非难事也。」石秀起身迎住道："节级，那里去来？"杨雄便道："大哥，何处不寻你，却在这里饮酒。「便放出戴宗一会那延，好笔。」我一时被那厮封住了手，施展不得，多蒙足下气力，救了我这场便宜。一时间只顾赶了那厮去，夺他包袱，却撇了足下。这伙兄弟听得我厮打，都来相助，依还夺得抢去的花红段匹回来，「亦补。」只寻足下不见。却才有人说道：'两个客人劝他去酒店里吃酒。'因此才知得，特地寻将来。"石秀道："却才是两个外乡客人，「写出石秀有心人。」邀在这里酌三杯，说些闲话，「只二语写出石秀有心人。」不知节级呼唤。"杨雄大喜，便问道："足下高姓大名？贵乡何处？因何在此？"石秀答道："小人姓石，名秀，祖贯是金陵建康府人氏。平生执性，路见不平，便要去舍命相护，以此都唤小人做拼命三郎。因随叔父来此地贩卖羊马，不期叔父半途亡故，消折了本钱，流落在此蓟州，卖柴度日。"「再述一遍不换一字。」杨雄又问："却才和足下一处饮酒的客人何处去了？"「周致。」石秀道："他两个见节级带人进来，只道相闹，以此去了。"杨雄道："怎地，便唤酒保取两瓮酒来，大碗叫众人一家三碗，吃了先去，明日却得来相会。"「杨雄领众人来，只为卸去戴宗之地耳。戴宗既已卸去，便并卸去众人，行文亦有狡兔死、走狗烹之法也。」众人都吃了酒，自各散了。杨雄便道："石家三郎，你休见外。想你此间必无亲眷，「恩深义重，反在此句。」我今日就结义你做个弟兄如何？"石秀见说，大喜，便说道："不敢动问节级贵庚？"杨雄道："我今年二十九岁。"石秀道："小弟今年二十八岁，就请节级坐，受小弟拜为哥哥。"石秀拜了四拜。杨雄大喜，便叫酒保安排饮馔酒果来，"我和兄弟今日吃个尽醉方休。"

正饮酒之间，只见杨雄的丈人潘公〔先露出一"潘"字来，先露出一丈人来。〕带领了五七个人，〔前借二十余人，所以走戴宗也。却恐痕迹太露，又生此五七个人陪之，此书每每如此。〕直寻到酒店里来。杨雄见了起身道："泰山来做甚么？"潘公道："我听得你和人厮打，特地寻将来。"杨雄道："多谢这个兄弟救护了我，打得张保那厮见影也害怕。我如今就认义了石家兄弟做我兄弟。"潘公道："好，好。且叫这几个弟兄吃碗酒了去。"杨雄便叫酒保讨酒来，每人三碗吃了去。〔明明陪前一段可知。〕便叫潘公中间坐了，杨雄对席上首，石秀下首。三人坐下，酒保自来斟酒。潘公见了石秀这等英雄长大，心中甚喜，便说道："我女婿得你做个兄弟相帮，也不枉了，公门中出入，谁敢欺负他！叔叔原曾做甚买卖道路？"石秀道："先父原是操刀屠户。"潘公道："叔叔曾省得杀牲口的勾当么？"石秀笑道："自小吃屠家饭，如何不省得宰杀牲口？"潘公道："老汉原是屠户出身，只因年老做不得了，止有这个女婿，他又自一身入官府差遣，因此撇下这行衣饭。"三人酒至半酣，计算酒钱，石秀将这担柴也都准折了。〔柴下落，好。〕三人取路回来。

杨雄入得门，便叫："大嫂，快来与这叔叔相见。"〔"这"字妙；是个认义叔叔。○与武大引武二回时对看，便知其妙。〕只见布帘里面应道："大哥，你有甚叔叔？"〔是个认义叔叔，写得妙。〕杨雄道："你且休问，先出来相见。"〔所谓一言难尽。〕布帘起处，走出那个妇人来。〔眉批：务要写得与武松初见金莲一般。〕原来那妇人是七月七日生的，因此小字唤做巧云，先嫁了一个吏员，是

蓟州人，唤做王押司，两年前身故了，「不妨便嫁杨雄，却 方才晚嫁得杨雄，未及 为周年作地耳。」

一年夫妻。石秀见那妇人出来，慌忙向前施礼道："嫂嫂，请坐。"石秀便拜。

那妇人道："奴家年轻，「字法新妙。」如何敢受礼！"杨雄道："这个是我今日新认

义的兄弟，你是嫂嫂，可受半礼。"当下石秀推金山，倒玉柱，拜了四拜。「与武 松一样

人，与武松一样事，与武松 那妇人还了两礼。请入来里面坐地，收拾一间空房，教叔 一样文章，不换一字，妙绝。」

叔安歇。「活是潘金莲， 话休絮烦。次日，杨雄自出去应当官府，分付家中道："安 读之失笑。」

排石秀衣服巾帻。"客店内有些行李、包裹，都教去取来杨雄家里安放了。

却说戴宗、杨林，自酒店里看见那伙做公的人来寻访石秀，闹哄里两个

自走了，回到城外客店中歇了。次日，又去寻问公孙胜。两日，绝无人认得，

「先生到 底好。」又不知他下落住处。两个商量了且回去。当日收拾了行李，便起身离

了蓟州，自投饮马川来，和裴宣、邓飞，孟康一行人马，扮作官军，星夜望

梁山泊来。戴宗要见他功劳，纠合得许多人马上山，山上自做庆贺筵席，不

在话下。「卸去戴宗，亦是 狗烹弓藏之法。」

再说这杨雄的丈人潘公，自和石秀商量要开屠宰作坊。潘公道："我家

后门头是一条断路小巷，「先伏断头小巷。〇上文杨雄赶张保入一条巷内，戴 有一间空房 宗邀石秀入一条巷内，便引出后门一条断头小巷来。」

在后面，那里井水又便，可做作坊，「点染成一 就教叔叔做房在里面，又好照 座作坊。」

管。"「几乎不得照 石秀见了也喜，端的便益。潘公再寻了个旧时识熟副手，"只 管，绝倒。」

央叔叔掌管帐目。"石秀应承了，叫了副手，便把大青大绿妆点起肉案子、

水盆、砧头，打磨了许多刀杖，整顿了肉案，打并了作坊、猪圈，赶上十数

个肥猪，选个吉日，开张肉铺。众邻舍亲戚，都来挂红贺喜，「又费挂红 吃了 贺喜。」

一两日酒。杨雄一家，得石秀开了店，都欢喜。自此无话。

一向潘公、石秀自做买卖，不觉光阴迅速，又早过了两个月有余。时值秋残冬到，石秀里里外外，身上都换了新衣穿着。〔先下一句"新衣穿着"，然后下文翻出波澜来，疑其腕中有鬼也。〕石秀一日早起五更，出外县买猪，三日了，方回家来，只见铺店不开；却到家里看时，肉店砧头也都收过了，刀仗家火亦藏过了。〔绝世奇文，令人再猜不着。〕石秀是个精细的人，看在肚里便省得了，〔石秀错用心也，却偏说他精细，便令读者走入八阵图中，更寻不出。〕自心中忖道："常言：'人无千日好，花无百日红。'〔好。〕哥哥自出外去当官，不管家事，必然嫂嫂见我做了这些衣裳，一定背后有说话；又见我两日不回，必有人搬口弄舌，想是疑心，不做买卖。我休等他言语出来，我自先辞了回乡去休。自古道：'那得长远心的人？'"〔此回本石秀错用心也，乃转入后文，却又真应此言，则又文章家之随手风云，腕中神鬼也。〕石秀已把猪赶在圈里，〔一句一事。〕却去房中换了脚手，〔一事。〕收拾了包裹、行李，〔一事。〕细细写了一本清帐，〔一事。〕从后面入来。〔此句亦为后日作状，不止叙今日也。〕潘公已安排下些素酒食，〔素酒食妙，石秀心中又疑慢之也，邻子窃铁，自古然然。〕请石秀坐定吃酒。潘公道："叔叔远出劳心，自赶猪来辛苦。"石秀道："丈人，礼当。且收过了这本明白帐目。若上面有半点私心，天地诛灭。"〔收过店面，石秀吃一惊；交清帐目，潘公吃一惊。收过店面，石秀再猜不出；交清帐目，潘公再猜不出。全是鬼神搬运之文。〕潘公道："叔叔何故出此言？并不曾有个甚事。"石秀道："小人离乡五七年了，今欲要回家去走一遭，特地交还帐目。今晚辞了哥哥，明早便行。"潘公听了，大笑起来道："叔叔差矣！你且住，听老汉说。"〔七十回住法各妙，而以此卷为第一。〕那老子言无数句，话不一时，有分教：报仇壮士提三尺，破戒沙门丧九泉。毕竟潘公说出甚言语来，且听下回分解。

【第四十四回】

杨雄醉骂潘巧云

石秀智杀裴如海

佛灭度后，诸恶比丘于佛事中，广行非法，破坏象教，起大疑谤，殄灭佛法，不尽不止。我欲说之，久不得便，今因读此而寄辩之。恶世比丘行非法时，每欲假托如来象教，或云讲经，或云造像，或云忏摩，或云受戒。外作种种无量庄严，其中包藏无量淫恶。是初不知如是佛事，如来在时，悉有仪则；如讲经者，如来大师于人天中作师子吼，三转法轮，得道为正，非第二人力之所及。如来既灭，有诸大士承佛遗嘱，流通尊经，则必审择希世法器，住于深山，闭门讲说。讲已思惟，思已坐禅，坐已行道，行已覆说。于二六时，不暇剪爪。初不听许在于圜阓，椎钟布告，招集男女，拍肩联臂，作诸戏笑，令菩提场杂秽充满。造像法者，如来非欲以己形像，流布人间。是皆广用异妙方便，表宣法相，令众欢喜。四王天者，表示四谛：右伽蓝神，左应真者，表于俗谛，及以真谛；十六尊者，表十六句；迦叶阿难，表行与说；三世佛者，表世间尊；如是等像，莫不有表。初不听许广造一切淫祀鬼神，罗列堂殿，引诸女人，烧香求福，惑乱僧徒，污染梵行。忏摩法者，超出世间有力大人，了知本性，纯白无垢，非以后心，忏于前心；从本寂静，不造罪故。譬如以水而洗于水，当知毕竟无有是处。然为微细，余习未除，是用翘勤，质对尊像，求哀自责，誓愿清净，克期一报，永尽无遗。初不听许广开坛场，巧音歌唱，族姓子女，履舄交错，僧尼无分，笑语不择，于惭愧法，无惭无愧。受戒法者，如来制戒，分性与遮，性戒广渊，是为一切法身大士所游戏处，遮戒谨严，则为七众同所受持。若或有人，持于遮戒，通达性戒，是名合道芬陀利华。若不通于性戒妙义，但著袈裟，细视徐行，直不得名持遮戒也。授戒之法，释迦世尊为大和尚，弥勒菩萨作教授师，文殊尸利作羯磨师。初不听许盲师瞎众，自相叹誉，网罗士女，作己眷属，交通闺房，僧俗相接，密坐低语，招世毁谤。至如近世佛教滥觞，更有一切庆佛诞生，开佛光明，烧船化库，求乞法名，如是种种怪异之事，竟共兴作，惑乱世间，妖比丘尼，穿门入室，邀诸淫女、寡女、处女，连袂接屦，招摇梵刹，广起无量不净诸行，尤为非法，恼乱如来。夫释迦者，二月八日沸星出

时，降生皇宫；二月八日沸星出时，成菩提道：二月八日沸星出时，转大法轮；二月八日沸星出时，入于涅槃。其余一切诸大菩萨，无不各各先一日生，后一日灭。何尝某甲于某日生，某甲某日如世俗事。若为如来开光明者，如来已于无量劫来开大光明，五眼四智，种种具足。何曾有人反以光明，施与如来？若谓如来教人营福，烧化船库，寄来生者，如来法中诃责三业，贪为第一。是故现世国城妻子，犹教之言汝应弃舍，何得反兴妖妄之论，谓来世福，今世可求？若谓如来听诸女人求法名者，如来在时，尚禁女人不得来于僧伽蓝中，何尝广求在家女人围绕于己？至如经中末利夫人、韦提夫人、舍脂夫人、德鬘夫人，秉大誓愿，来从佛学，亦皆仍其旧时名字，何曾为其别立异名？世间当知，如是种种怪异之事，皆是恶僧为钱财故，巧立名色。既得钱财，必营房室；营房室已，次营衣服，广于一身，作诸庄严；作庄严已，恣求淫欲，求淫欲时，何所不至？破坏佛法，破坏世法，破坏常住，破坏檀越，如是恶僧，出现世时，如来象教，应时必灭。是以世尊于垂涅槃，敕诸国王、大臣、长者、一切世间菩萨大人，欲护我法，必先驱逐如是恶僧，可以刀剑而研刺之。彼若避走，疾以弓箭而射杀之。在在处处，搜捕扫除，毋令恶种尚有遗留。是则名为真正护法，是则名为爱恋如来，是则名为最胜供养，是则名为众生眼目。若复有人顾瞻祸福，犹豫不忍，是人即为世间大愚可怜悯者，一切如来为之悲哭。譬如壮士，展臂之间，已堕地狱，不可救拔，呜呼伤哉！安得先佛重出于世，一为廓清，令我众生，知是福田，为非福田，不以此言为河汉也！

西门庆一篇，已极尽淫秽之致矣，不谓忽然又有裴如海一篇，其淫其秽又复极尽其致。读之真似初春食河鲀，不复信有深秋蟹螯之乐。及至持螯引白，然后又疑梅圣俞不数鱼虾之语，徒虚语也。

王婆十分研光，以整见奇；石秀十分瞧科，以散入妙，悉是绝世文字。

话说石秀回来，见收过店面，便要辞别出门。潘公说道："叔叔且住！老汉已知叔叔的意了。叔叔两夜不曾回家，今日回家，见收拾了家火什物，叔叔一定心里只道是不开店了，因此要去。休说恁地好买卖；便不开店时，也养叔叔在家。不瞒叔叔说，我这小女先嫁得本府一个王押司，不幸没了，今得二周年，做些功果与他，因此歇了这两日买卖。明日请下报恩寺僧人来做功德，就要央叔叔管待则个。老汉年纪高大，熬不得夜，因此一发和叔叔说知。"石秀道："既然丈人恁地说时，小人再纳定性过几时。"潘公道："叔叔今后并不要疑心，只顾随分且过。" 「老龟声口。」当时吃了几杯酒，并些素食，收过不提。

明早，果见道人挑将经担到来，铺设坛场，摆放佛像供器、鼓钹钟磬，香花灯烛，厨下一面安排斋食。杨雄倒在外边回家来，分付石秀道："贤弟，我今夜却限当牢，不得前来，凡事 「杨节级家里，却与王押司做周年，真是老大不堪之事，只用一字喝括过去，读之一笑。」央你支持则个。"石秀道："哥哥放心自去，自然兄弟替你料理。"杨雄去了。石秀自在门前照管。此时甫得清清天亮，只见一个年纪小的和尚揭起帘子入来，深深地与石秀打个问讯。石秀答礼道："师父少坐。"随背后一个道人，挑两个盒子入来。石秀便叫："丈人，有个师父在这里。"潘公听得，从里面出来。那和尚便道："干爷，如何一向不到敝寺？"老子道："便是开了这些店面，却没工夫出来。"那和尚便道："押司周年，无甚罕物相送，些少挂面、几包京枣。"老子道："阿也，甚么道理，教师父坏钞！"教："叔叔收过了。"石秀自搬入去，叫点茶出来，门前请和尚吃。只见那妇人从楼上下来，不敢十

分穿重孝，只是淡妆轻抹，「写出回头人，一笑。」便问："叔叔，谁送物事来？"石秀道："一个和尚，叫丈人做干爷的送来。"「不快之极。」那妇人便笑道："是师兄海阇黎裴如海，「写出熟极。」一个老实的和尚。「又熟他性格。○谁疑其不老实耶？绝倒。」他是裴家绒线铺里小官人，「又熟他族姓。」出家在报恩寺中。「又熟他挂搭。」因他师父是家里门徒，结拜我父做干爷，「又熟他门徒。」长奴两岁，因此上叫他做师兄。「又熟他年纪。」他法名叫做海公。「又熟他法名。」叔叔，晚间你只听他请佛念经，有这般好声音！"「又熟他声音。○与卿何涉？」石秀道："原来恁地！"「不快之极。」自肚里已瞧科一分了。「一分了。○潘金莲之于西门庆也，王婆以十分硎光成就之；潘巧云之于裴如海也，石秀以十分瞧科看破之。真乃各极其妙。」那妇人便下楼来见和尚。石秀却背叉着手，「活画出不快之极。」随后跟出来，布帘里张看。「随后跟出来，妙。一写石秀精细，一写淫妇不防。」只见那妇人出到外面，那裴如海便起身向前来，「三字画贼秃。」合掌深深地打个问讯。那妇人便道："甚么道理，教师兄坏钞！"裴如海道："贤妹，些少微物，不足挂齿。"那妇人道："师兄何故这般说。出家人的物事，怎的消受得？"裴如海道："敝寺新造水陆堂了，要来请贤妹随喜，「一个要他去。」只恐节级见怪。"那妇人道："看来拙夫「四字活画。○一是活画回头亲家人，一是活画偷养汉子妇人也。」也不恁地计较。我娘死时，亦曾许下血盆愿心，早晚也要来寺里「一个也要来。」相烦还了。"裴如海道："这是自家的事，如何恁地说？但是分付如海的事，小僧便去办来。"那妇人道："师兄，多与我娘念几卷经便好。"只见里面丫嬛捧茶出来。那妇人拿起一盏茶来，把袖子去茶钟口边抹一抹，双手递与裴如海。「极写亲热不堪。」那裴如海连手接茶，「连手妙，轻重可知。」两只眼涎瞪瞪地只顾睃那妇人的眼。这妇人一双眼也笑迷迷的，只管睃裴如海的眼。「写得四眼极其不堪。」自古"色胆如天"，却不防石秀在布帘里一眼张见，「一双眼，张见四只眼，文情妙绝。俗本尽失。」早瞧科了二分，[二分了。]道："'莫信直中直，须防仁不仁。'我几番见那婆娘常常的只顾对我说些风话，[又于极忙中补文中之所无。]我只以亲嫂嫂一般相待，原来这婆娘倒不是个良人。莫教撞在石秀手里，敢替杨雄做个出场也不见得。"石秀一想，一发有三分瞧科了。[三分了。]便揭起布帘，撞将出来。[疾甚妙绝。]那贼秃连忙放茶，[疾甚妙绝。○一"连忙"。]便道："大郎请坐。"这潘巧云便插口道："这个叔叔，便是拙夫新认义的兄弟。"那裴如海虚心冷气，连忙问道：[二"连忙"。]"大郎贵乡何处？高姓大名？"石秀道："我么？[句。]姓石，[句。]名秀，[句。]金陵人氏。[句。○十个字作四句，咄咄骇人。]为要闲管替人出力，又叫做拼命三郎。[咄咄骇人。]我是个粗卤汉子，倘有冲撞，和尚休怪！"[咄咄骇人。○要好故似，却似惹着爆炭，妙绝。]裴如海连忙道：[三"连忙"。]"不敢不敢！小僧去接众僧来赴道场。"连忙出门去了。[疾甚，妙绝。○四"连忙"。]那潘巧云道："师兄早来些个！"那裴如海连忙走，更不答应。[五"连忙"。○写裴如海正要迎奸卖俏，陡然看见石秀气色，便连忙放茶，连忙动问，连忙不敢，连忙出门，连忙走，更不应，真活现一个贼秃海也。]潘巧云送了裴如海出门，自入里面去了。石秀却在门前低了头，只顾寻思，其实心中已瞧科四分。[四分了。]

多时，[又着此二字，显出裴如海先来之早。]方见行者走来点烛烧香。少刻，这裴如海引领众僧，都来赴道场。潘公央石秀接着。相待茶汤已罢，打动鼓钹，歌咏赞扬。[一篇淫荡之文，中间偏夹写许多佛事，正复妙绝。]只见裴如海同一个一般年纪小的和尚做阇黎，摇动铃杵，发牒请佛，献斋赞供诸天护法、监坛主盟，追荐亡夫王押司早生天界。[夹写许多佛事。]只见那潘巧云["只见"二字，总是那淫妇、那贼秃、那一堂和尚三段之头，皆石秀眼中事。]乔素梳妆，来到法坛上，手捻香炉，拈香礼佛。[极写石秀眼里不堪。]裴如海越逞精神，摇着铃杵，唱动真言。[极写石秀眼里不堪。]那一堂和尚见他两个并肩摩倚，这等模样，也都七颠八倒。[极写石秀眼里不堪。]

证盟已毕，请众和尚里面吃斋。「夹写佛事。」那裴如海让在众僧背后，「贼秃贼甚。」
转过头来看着这潘巧云笑，「笑。」那潘巧云也掩着口笑。「笑。○前以四"眼"字写出不堪，此以二"笑"字写
出不堪。」两个处处眉来眼去，以目送情。石秀都瞧科了，足有五分来不快意。
「五分了。」众僧都坐了吃斋。先饮了几杯素酒，搬出斋来，都下了衬钱。
「夹写佛事。」潘公致了不安，先入去睡了。「一个碍眼人去了。」少刻，众僧斋罢，都起身行
食去了。转过一遭，再入道场。「夹写佛事。」石秀不快，此时真到六分。
「六分了。」只推肚疼，自去睡在板壁后了，「妙，又一个碍眼人去了。」那潘巧云一点情动，那
里顾得防备人看见？便自去支持。众僧又打了一回鼓钹动事，把些茶食果
品煎点。那裴如海着众僧用心看经，请天王拜忏，设浴召亡，参礼三宝。
「处处夹写许多佛事。」追荐到三更时分，众僧困倦，「许多碍眼人都倦了。」那裴如海越逞精神，高声
念诵。那潘巧云在布帘下久立，欲火炽盛，不觉情动，便教丫鬟请海师兄说
话。那裴如海一头念诵，一头趋到潘巧云前面。「贼秃贼甚。」这潘巧云摘住裴
如海袖子，「淫妇淫极。」说道："师兄明日来取功德钱时，就对爹爹说血盆愿心
一事，不要忘了！"「反嘱之。」裴如海道："做哥哥的记得。只说「二字妙，两人一时
商量出来，使板壁后人绝倒。」'要还愿，也还了好'。"裴如海又道："你家这个叔叔好生利害！"
「贼秃贼甚。」潘巧云把头一摇道："这个睬他则甚！并不是亲骨肉！"「淫妇淫极。○于兄妹是亲骨肉也。」
裴如海道："恁地，小僧却才放心。"一头说，一头就袖子里捏那潘巧云的
手。潘巧云假意把布帘来隔，那裴如海笑了一声，「石秀眼中，极其不堪。」自出去判斛
送亡。「到底夹写佛事。」不想石秀却在板壁后假睡，正瞧得着，已看到七分了。「七分了。」
当夜五更，道场满散，送佛化纸已了，「夹写佛事到底。」众僧作谢回去，那潘巧云自

上楼去睡了。石秀却自寻思了，气道："哥哥恁地豪杰，却恨撞了这个淫妇！"忍了一肚皮鸟气，自去作坊里睡了。

次日，杨雄回家，俱各不提。饭后，杨雄又出去了。只见那裴如海又换了一套整整齐齐的僧衣，径到潘公家来。那潘巧云听得是和尚来了，慌忙下楼，出来接着，邀入里面坐地，便叫点茶来。潘巧云谢道："夜来多教师兄劳神，功德钱未曾拜纳。"裴如海道："不足挂齿。小僧夜来所说血盆忏愿心这一事，特禀知贤妹：要还时，小僧寺里见在念经，只要写疏一道就是。"潘巧云便道："好，好。"忙叫丫嬛请父亲出来商量。潘公便出来谢道："老汉打熬不得，夜来甚是有失陪侍。不想石叔叔又肚疼倒了，无人管待，却是休怪休怪！"裴如海道："干爷正当自在。"潘巧云便道："我要替娘还了血盆忏旧愿，师兄说道，明日寺中做好事，就附答还了。先教师兄去寺里念经，我和你明日饭罢去寺里，只要证明忏疏，也是了当一头事。"潘公道："也好。明日只怕买卖紧，柜上无人。"潘巧云道："放着石叔叔在家照管，却怕怎的？"潘公道："我儿出口为愿，明日只得要去。"潘巧云就取些银子做功果钱，与裴如海去："有劳师兄，莫责轻微，明日准来上刹讨素面吃。"裴如海道："谨候拈香。"收了银子，便起身谢道："多承布施，小僧将去分俵众僧，来日专等贤妹来证盟。"那妇人直送和尚到门外去了。石秀自在坊里安歇，起来宰猪赶趁。是日，杨雄至晚方回。妇人待他吃了晚饭，洗了脚手，却教潘公对杨雄说道：[虚心。]"我的阿婆临死时，孩儿许下血盆经忏愿心在这报恩寺中。我明日和孩儿去那里证盟了便回，说与你知道。"杨雄道："大嫂，

711

你便自说与我，何妨？「一路都写杨雄直性，只是有粗无细，全是衬出石秀。」那妇人道："我对你说，又怕你嗔怪，因此不敢与你说。"当晚无话，各自歇了。次日五更，杨雄起来，「接连写五个"起来"。如溪云乱起，读之应接不暇。」自去画卯，承应官府。石秀起来，自理会做买卖。只见潘巧云起来，梳头，「句」裹脚，「句。」洗脖项，「句」薰衣裳；「句」迎儿起来寻香盒，「句」催早饭；「句」潘公起来买纸烛，「句」讨轿子。「句。○古本有如此妙文，俗本都失。」石秀自一早晨顾买卖，也不来管他。「极其不快。」饭罢，把迎儿也打扮了。「好笑」已牌时候，潘公换了一身衣裳，「好笑。」来对石秀道："相烦叔叔照管门前，老汉和拙女同去还些愿心便回。"石秀笑道："小人自当照管。丈丈但照管嫂嫂，多烧些好香，「绝倒」早早来。"石秀自瞧科八分了。「八分了。」

且说潘公和迎儿跟着轿子，「送亲」一径望报恩寺里来。这裴如海已先在山门下伺候，看见轿子到来，喜不自胜，向前迎接。潘公道："甚是有劳和尚！"那潘巧云下轿来，谢道："多多有劳师兄！"裴如海道："不敢！不敢。小僧已和众僧都在水陆堂上，从五更起来诵经，到如今未曾住歇，只等贤妹来证盟。却是多有功德。"把这妇人和老子引到水陆堂上。「一"引"。」已自先安排下香花灯烛之类，有十数个僧人在彼看经，那潘巧云都道了万福，参礼了三宝。裴如海引到地藏菩萨面前，「二"引"。」证盟忏悔。通罢疏头，便化了纸，请众僧自去吃斋，着徒弟陪侍。那裴如海却请："干爷和贤妹去小僧房里拜茶。"一引把这潘巧云引到僧房里深处，「三"引"。」预先都准备下了，叫声："师哥，拿茶来！"只见两个侍者捧出茶来。白雪锭器盏内，朱红托子，「雪白锭器盏内，绝细好茶也，却干半句中间夹出"朱红托子"四字，笔法之妙，俗子何知。」绝细好茶。吃罢，放下盏子，"请贤妹里面坐一坐！"又引到一个小小阁儿里，〔四"引"。〕琴光黑漆春台，挂几幅名人书画，小桌儿上焚一炉妙香。〔佛灭度后，末恶世中，有恶比丘破坏佛法，皆复私营房室，造作种种非律器皿，弹琴烧香，藏蓄翰墨。如是恶人出现之时，能令佛法应时速灭。何以故？非律仪故，消信施故，不坐禅故，不观心故，多淫欲故，背和合故，起疑谤故，增生死故。若复是时，有大菩萨誓愿护法，出兴于世，身为国王及作大臣、长者居士、善男信女，见此恶人行非法时，即当白佛，鸣鼓椎钟，罢令其人还俗策使。其诸非法房室器皿，即当毁坏，毋令遗留。能如是者，则为佛法之所永赖，则为如来之所付托，则为一切诸佛欢喜，则为后世众生增长信心。若复有人愍于祸福，听信妖言，为彼恶人更生庇护，是人即当堕大地狱，妻不贞良。出大藏，附识于此。〕潘公和女儿一台坐了，裴如海对席，迎儿立在侧边。那潘巧云道："师兄，端的是好个出家人去处，清幽静乐。"裴如海道："妹子休笑话，怎生比得贵宅上！"潘公道："生受了师兄一日，我们回去。"那裴如海那里肯？便道："难得干爷在此，又不是外人。今日斋食已是贤妹做施主，如何不吃箸面了去？师哥，快搬来！"说言未了，却早托两盘进来，都是日常里藏下的希奇果子、异样菜蔬，并诸般素馔之物，排一春台。潘巧云便道："师兄，何必治酒？反来打搅。"裴如海笑道："不成礼数，微表薄情而已。"师哥将酒来斟在杯中。裴如海道："干爷多时不来，试尝这酒。"老儿饮罢道："好酒，端的味重。"〔好。〕裴如海道："前日一个施主，家传得此法，做了三五石米，明日送几瓶来与令婿吃。"老儿道："甚么道理！"裴如海又劝道："无物相酬，贤妹娘子，〔贤妹下忽添"娘子"字，好。〕胡乱告饮一杯。"两个小师哥儿轮番筛酒，迎儿也吃劝了几杯。〔好。〕那潘巧云道："酒住，〔有心。〕吃不去了。"裴如海道："难得娘子〔竟称娘子矣，好。〕到此，再告饮一杯。"潘公叫轿夫入来，各人与他一杯酒吃。裴如海道："干爷不必记挂，小僧都分付了。已着道人邀在外面，自有坐处吃酒面。〔好。〕干爷放心，且请开怀多饮几杯。"〔好。〕原来这裴如海为这个妇人，特地对付下这等有力气的好酒，

潘公吃央不过，多吃了两杯，当不住醉了。和尚道："且扶干爷去床上睡一睡。"和尚叫两个师哥，只一扶，把这老儿搀在一个冷净房里去睡了。

这里和尚自劝道："娘子开怀再饮一杯。"那潘巧云一者有心，二来酒入情怀，便觉有些朦朦胧胧上来，口里嘈道："师兄，你只顾央我吃酒做甚？"〔活画。〕裴如海低低告道："只是敬爱娘子。"〔活画。〕潘巧云便道："我酒是罢了……"〔活画。○其言未毕，愿更详之。〕裴如海道："请娘子去小僧房里看佛牙。"〔活画。○罪过。〕潘巧云便道："我正要看佛牙了来。"〔活画。○却又说还血盆愿心。〕这裴如海把那潘巧云一引，引到一处楼上，〔五"引"。〕却是那裴如海的卧房，铺设得十分整齐。潘巧云看了，先自五分欢喜，〔今之妖僧，所以必营卧房也。〕便道："你端的好个卧房，干干净净！"裴如海道："只是少一个娘子。"〔贼秃贼甚。○看他逐渐入港。〕那潘巧云也笑道："你便讨一个不得？"〔淫妇淫极。○看他针针相接，梭梭相逐。〕裴如海道："那里得这般施主？"潘巧云道："你且教我看佛牙则个。"裴如海道："你叫迎儿下去了，我便取出来。"〔贼秃贼甚。〕潘巧云便道："迎儿，你且下去，看老爷醒也未？"〔淫妇淫甚。〕迎儿自下得楼来，去看潘公。裴如海把楼门关上。潘巧云笑道："师兄，你关我在这里怎的？"〔便是不知怎的，卿试猜之。〕这裴如海淫心荡漾，向前搂住那潘巧云说道："我把娘子十分爱慕，我为你下了两年心路，今日难得娘子到此，这个机会作成小僧则个！"潘巧云道："我的老公不是好惹的，你却要骗我？倘若他得知，却不饶你！"裴如海跪下道："只是娘子可怜见小僧则个！"那潘巧云张着手，说道："裴如海家，倒会缠人！我老大耳刮子打你！"〔淫甚。〕裴如海嘻嘻地笑着，说道："任从娘子打，只怕娘子闪了手。"〔贼甚。〕那潘巧云淫心飞动，便搂起裴如海道："我

终不成当真打你？" ［淫甚。］裴如海便抱住这潘巧云，向床前卸衣解带，了其心愿。［佛牙遂入血盆，一时心愿都毕。］

好半日，［只三字，写得极其不堪。今之人家，必欲纵其妻女登山入庙者，亦未思其好半日之不堪也。］两个云雨方罢。那裴如海搂住这潘巧云，说道："你既有心于我，我身死而无怨。只是今日虽然亏你作成了我，只得一霎时的恩爱快活，不能够终夜欢娱，久后必然害杀小僧。"那潘巧云便道："你且不要慌，我已寻思一条计了：我家的人，一个月倒有二十来日当牢上宿，我自买了迎儿，教他每日在后门里伺候。若是夜晚，他一不在家时，便掇一个香桌儿出来，烧夜香为号，你便入来不妨。只怕五更睡着了，不知省觉，却那里寻得一个报晓的头陀。买他来后门头大敲木鱼，高声叫佛，便好出去。若买得这等一个时，一者得他外面策望，二乃不叫你失了晓。"裴如海听了这话，大喜道："妙哉！你只顾如此行。我这里自有个头陀胡道人，我自分付他来策望便了。"潘巧云道："我不敢留恋长久，恐这厮们疑忌。我快回去是得，你只不要误约。"那潘巧云连忙再整云鬟，重匀粉面，开了楼门，便下楼来，教迎儿叫起潘公，慌忙便出僧房来。轿夫吃了酒面，已在寺门前伺候。那裴如海直送那潘巧云到山门外，那潘巧云作别上轿，自和潘公、迎儿归家。不在话下。

却说这裴如海自来寻报晓头陀。本房原有个胡道，今在寺后退居里小庵中过活，诸人都叫他做胡头陀，每日只是起五更，来敲木鱼报晓，劝人念佛；天明时，收掠斋饭。裴如海唤他来房中，安排三杯好酒相待了他，又取些银子送与胡道。胡道起身说道："弟子无功，怎敢受禄？日常又承师父的恩惠。"

裴如海道："我自看你是个志诚的人，我早晚出些钱，贴买道度牒，剃你为僧。这些银子，权且将去买些衣服穿着。"原来这裴如海日常时，只是教师哥不时送些午斋与胡道，待节下又带挈他去诵经，得些斋衬钱。「补一层，便衬起心感。」胡道感恩不浅，寻思道："他今日又与银两，必有用我处，何必等他开口？"胡道便道："师父但有使令小道处，即当向前。"裴如海道："胡道，你既如此好心说时，我不瞒你，所有潘公的女儿要和我来往，「不说我要和，却说要和我，口角如活。」约定后门首但有香桌儿在外时，便是教我来。我却难去那里趓。若得你先去看探有无，我才可去。又要烦你五更起来，叫人念佛时，可就来那里后门头，看没人，便把木鱼大敲报晓，高听叫佛，我便好出来。"胡道便道："这个，「句。○略顿一顿，口角如活。」有何难哉！"当时应允了。其日，先来潘公后门首讨斋饭。「先来一次，针线之极。」只见迎儿出来说道："你这道人，如何不来前门讨斋饭，却在后门里来？"那胡道便念起佛来。里面这潘巧云听得了，便出来后门问道："你这道人，莫不是五更报晓的头陀？"胡道应道："小道便是五更报晓的头陀，教人省睡，「妙。」晚间宜烧些香，「妙。」佛天欢喜。"「妙。」那潘巧云听了大喜，便叫迎儿去楼上取一串铜钱来布施他。「名曰布施。」这头陀张得迎儿转背，便对潘巧云说道："小道便是海师父心腹之人，特地使我先来探路。"潘巧云道："我已知道了。今夜晚间，你可来看，如有香桌儿在外，你可便报与他则个。"胡道把头来点着。迎儿取将铜钱来，与胡道去了。那潘巧云来到楼上，却把心腹之事对迎儿说。奴才但得些小便宜，如何不随顺了！「省笔。」

　　却说杨雄此日正该当牢，未到晚，先来取了铺盖去监里上宿。这一日，倒是迎儿巴不到晚，早去安排了香桌儿，黄昏时掇在后门外。「写小儿女不知人事情性如活，写奴才献勤如活。○俗本误。」那妇人却闪在旁边伺候。初更左侧，一个人戴顶头巾，闪将入来。迎儿吃一吓，「奇绝妙绝之文。○迎儿吃一吓，妙绝。俗本皆失，可笑。」道："谁？"「只一个字，写出吃吓来，令小儿女情性如活。」那人也不答应。「如活。」这潘巧云在侧边，伸手便扯去他头巾，露出光顶来，轻轻地骂一声："裴如海！倒好见识！"「奇绝妙绝之文。俗本皆误。○淫妇倒好见识。」两个厮搂厮抱着上楼去了。迎儿自来掇过了香桌儿，关上了后门，也自去睡了。他两个当夜如胶似漆，如糖似蜜，如酥似髓，如鱼似水，「极写不堪，却极其雅驯也。」快活淫戏了五七遍。「只三字，写得极其不堪。」正好睡哩，只听得咯咯的木鱼响，「奇绝妙绝。」高声念佛，裴如海和潘巧云一齐惊觉。「"一齐"二字，奇妙如活。俗本尽误。」那裴如海披衣起来道："我去也，今晚再相会。"潘巧云道："今后但有香桌儿在后门外，你便不可负约；如无香桌儿在后门，你便切不可来。"裴如海下床，潘巧云替他戴上头巾，「淫极妙绝之文。俗本误。」迎儿开了后门，篠「只一字妙绝如活。」去了。自此为始，但是杨雄出去当牢上宿，那裴如海便来家中。只有这个老儿，未晚先自要睡；迎儿这个丫头，已自做一床；「极写不堪。」只要瞒着石秀一个。那潘巧云淫发起来，那里管顾？这裴如海又知了妇人的滋味，便似摄了魂魄的一般。这裴如海只待头陀报了，便离寺来。那潘巧云专得迎儿做脚，放他出入。因此快活往来戏要，将近一月有余。「又省，又错落。」

　　且说石秀每日收拾了店时，自在坊里歇宿，常有这件事挂心，每日委决不下，却又不曾见这裴如海往来。「先反跌一句，妙。」每日五更睡觉，不时跳将起来，料度这件事。「斗笋合缝，又紧又密。」只听得报晓头陀直来巷里敲木鱼，高声叫佛。石秀

是个乖觉的人，早瞧了九分，「九分了。」冷地里思量道："这条巷是条死巷，如何有这头陀，连日来这里敲木鱼叫佛？事有可疑！"「写石秀又作三番：第一番听得，第二番张见，第三番方是杀。今第一番。」当是十一月中旬之日，五更时分，石秀正睡不着，只听得木鱼敲响，头陀直敲入巷里来，到后门口，高声叫道："普度众生救苦救难诸佛菩萨！"「奇妙无比。」石秀听得叫得蹊跷，便跳将起来，去门缝里张时，「第二番张见。」只见一个人，戴顶头巾，从黑影里闪将出来，和头陀去了，随后便是迎儿关门。「妙笔。」石秀瞧到十分，「十分了。○此十分瞧科之文，作者乃特特与十分研光相对。俗本悉行改失，何也？○设不遇古本，岂不惜哉！」恨道："哥哥如此豪杰，却讨了这个潘巧云！倒被这婆娘瞒过了，做成这等勾当。"巴得天明，把猪出去门前挂了，卖个早市；「偏有此闲细之笔。」饭罢，讨了一遭赊钱；「偏有此闲细之笔。」日中前后，「看他写出天明、饭罢、日中，前后次序，闲婉之甚。」径到州衙前来寻杨雄。

却好行至州桥边，正迎见杨雄。杨雄便问道："兄弟，那里去来？"石秀道："因讨赊钱，就来寻哥哥。"杨雄道："我常为官事忙，并不曾和兄弟快活吃三杯，且来这里坐一坐。"杨雄把这石秀引到州桥下一个酒楼上，拣一处僻净阁儿里，两个坐下，叫酒保取瓶好酒来，安排盘馔海鲜案酒。二人饮过三杯，杨雄见石秀只低了头寻思。「是石秀。」杨雄是个性急的人，便问道："「是杨雄。」兄弟，你心中有些不乐，莫不家里有甚言语伤触你处？"石秀道："家中也无有甚话。兄弟感承哥哥把做亲骨肉一般看待，有句话敢说么？"「是石秀。」杨雄道："兄弟何故今日见外？有的话，但说不妨。"「是杨雄。」石秀道："哥哥每日出来，只顾承当官府，却不知背后之事。这个嫂嫂不是良人，兄弟已看在眼里多遍了，且未敢说。今日见得仔细，忍不住来寻哥哥，直言休怪。"杨雄道:"我自无背后眼,你且说是谁?"石秀道:"前者家里做道场,请那个贼秃海阇黎来,嫂嫂便和他眉来眼去,兄弟都看见;第三日又去寺里还血盆忏愿心,两个都带酒归来。我近日只听得一个头陀,直来巷内敲木鱼叫佛,那厮敲得作怪。今日五更,被我起来张时,看见果然是这贼秃,戴顶头巾,从家里出去。似这等淫妇,要他何用!"「四字问得妙。」杨雄听了大怒道:"这贼人怎敢如此!"石秀道:"哥哥,且息怒,今晚都不要提,「是石秀。」只和每日一般。明日只推做上宿,三更后却再来敲门。那厮必然从后门先走,兄弟一把拿来,从哥哥发落。"杨雄道:"兄弟见得是。"石秀又分付道:"哥哥,今晚且不可胡发说话。"「是石秀。」杨雄道:"我明日约你便是。"两个再饮了几杯,算还了酒钱,一同下楼来,出得酒肆,各散了。只见四五个虞候叫杨雄道:「偏生出别样事头,故妙。」"那里不寻节级!知府相公在花园里坐地,教寻节级来和我们使棒。快走快走!"杨雄便分付石秀道:"本官唤我,只得去应答。兄弟,你先回家去。"石秀当下自归家里来,收拾了店面,自去作坊里歇息。

且说杨雄被知府唤去,到后花园中使了几回棒,知府看了大喜,叫取酒来,一连赏了十大赏钟。杨雄吃了,都各散了。众人又请杨雄去吃酒。至晚,吃得大醉,扶将归来。那潘巧云见丈夫醉了,谢了众人,却自和迎儿挽上楼梯去,明晃晃地点着灯盏。杨雄坐在床上,迎儿去脱鞡鞋,「先作一陪。」潘巧云与他除头巾,解巾帻。「奇绝妙绝之文。」杨雄见他来除巾帻,一时蓦上心来,「奇绝妙绝之文。○因除巾帻,忽然提着贼秃戴巾也。俗本悉改失。」自古道:"醉是醒时言。"指着潘巧云骂道:"你这贼人!「句。」这贼妮子!「句。」好歹我要结果了你!"「句。○无头无脑,写得活是醉人。」那淫妇吃

719

了一惊，不敢回话，且伏侍杨雄睡了。杨雄一头上床睡，一头口里恨恨地骂道："你这贱人！「一"你这"。」你这淫妇！「二"你这"。」你这，你这，大虫口里倒涎！「三"你这"，四"你这"。」你这，你这，我手里不到得轻轻地放了你！"「五"你这"，六"你这"。○支离偌屈，写得活是醉人。」那潘巧云那里敢喘气？直待杨雄睡着。看看到五更，杨雄酒醒了，讨水吃。那潘巧云起来，舀碗水，递与杨雄吃了，桌上残灯尚明。「是酒醒时景物。」杨雄吃了水，便问道："大嫂，你夜来不曾脱衣裳睡？"「活是酒醒人。」那潘巧云道："你吃得烂醉了，只怕你要吐，那里敢脱衣裳？只在脚后倒了一夜。"杨雄道："我不曾说甚言语？"「活是酒醒人。」潘巧云道："你往常酒性好，但吃醉了便睡。我夜来只有些儿放不下。"杨雄又问道："石秀兄弟这几日，不曾和他快活吃得三杯，「绝妙酒醒遮头盖脚语。」你家里也自安排些请他。"那潘巧云便不应，自坐在踏床上，眼泪汪汪，口里叹气。「写淫妇机变可畏。」杨雄又说道："大嫂，我夜来醉了，又不曾恼你，做甚么了烦恼？"那潘巧云掩着泪眼只不应。「如活。」杨雄连问了几声，那潘巧云掩着脸假哭。「如活。」杨雄就踏床上，扯起他在床上，务要问道为何烦恼。

潘巧云一头哭，一面口里说道：「如活。」"我爹娘当初把我嫁王押司，只指望一竹竿打到底，「声口如活。○看他说出自家贞节。」谁想半路相抛！今日只为你十分豪杰，却嫁得个好汉，谁想你不与我做主！"「声口如活。○看他如此说入去，便令杨雄不觉入其玄中，妇人可畏都如此。」杨雄道："又作怪！谁敢欺负你，我不做主？"那潘巧云道："我本待不说，「如活，又恩爱软顺之极。」却又怕你着他道儿；欲待说来，「如活。」又怕你忍气。"杨雄听了，便道："你且说怎么地来？"潘巧云道："我说与你，你不要气苦。「看他思爱之至，安得不入玄中。」自你认义了这个石秀家来，初时也好，「顿一句。」向后看看放出刺来，「奇语。」见你不归时，时常看了我说道：'哥哥今日又不来，嫂嫂自睡，也好冷落。'「却便宛然。」我只不睬他，「贞节。」不是一日了。「妙妙。」这个且休说。「又顿一句，声声如活。」

昨日早晨，我在厨房洗脖项，这厮从后走出来，看见没人，从背后伸只手，来摸我胸前道：'嫂嫂，你有孕也无？'「却又宛然。」被我打脱了手。「贞节。」本待要声张起来，「何等贞节。」又怕邻舍得知笑话，装你的幌子；「何等恩爱。」巴得你归来，却又滥泥也似醉了，又不敢说。「写得恩爱软顺之极，安得不入玄中。」我恨不得吃了他，你兀自来问石秀兄弟怎的！"「声声如活。」杨雄听了，心中火起，便骂道：「是杨雄。」"'画虎画皮难画骨，知人知面不知心'，这厮倒来我面前，又说海阇黎许多事，说得个没巴鼻！眼见得那厮慌了，便先来说破，使个见识！"「和盘托出，是个杨雄。」口里恨恨地道："他又不是我亲兄弟，赶了出去便罢。"「是杨雄。」

杨雄到天明，下楼来对潘公说道："宰了的牲口腌了罢，「绝倒。○活写出性急人。」从今日便休要做买卖！"一霎时，把柜子和肉案都拆了。石秀天明正将了肉出来门前开店，只见肉案并柜子都拆翻了。「又要做周年那？」石秀是个乖觉的人，如何不省得？笑道："是了。「四字写出精细乖觉。」因杨雄醉后出言，走透了消息，倒吃这婆娘使个见识撺掇，定反说我无礼，他教丈夫收了肉店。我若便和他分辩，教杨雄出丑。我且退一步了，却别作计较。"「石秀可畏，我恶其人。」石秀便去作坊里收拾了包裹。「第二番也。」杨雄怕他羞耻，也自去了。「决撇得好笑。」石秀提了包裹，跨了解腕尖刀，「妙笔。○便不单是去。」来辞潘公道："小人在宅上打搅了许多时，今日哥哥既是收了铺面，小人告回。帐目已自明明白白，并无分文来去。如有毫厘昧心，天

诛地灭！" ［石秀可畏，我恶其人。］ 潘公被女婿分付了，也不敢留他，由他自去了。

这石秀却只在近巷内 ［又一条巷。］ 寻个客店安歇，赁了一间房住下。石秀却自寻思道："杨雄与我结义，我若不明白得此事，枉送了他的性命。他虽一时听信了这妇人说，心中怪我，我也分别不得，务要与他明白了此一事。我如今且去探听他几时当牢上宿，起个四更，便见分晓。"在店里住了两日，却去杨雄门前探听。当晚只见小牢子取了铺盖出去。石秀道："今晚必然当牢，我且做些工夫看便了。"当晚回店里，睡到四更起来，跨了这口防身解腕尖刀，悄悄地开了店门，轻轻到杨雄后门头巷内，伏在黑影里张时，却好交五更时候，只见那个头陀，挟着木鱼来巷口探头探脑。石秀一闪，闪在头陀背后， ［骏疾。］ 一只手扯住头陀，一只手把刀去脖子上搁着， ［骏疾。］ 低声喝道： ［低声喝，妙。］ "你不要挣扎！若高做声，便杀了你！ ［妙妙。］ 你只好好实说，海和尚叫你来怎地？"那头陀道："好汉，你饶我便说。"石秀道："你快说，我不杀你。"头陀道："海阇黎和潘公女儿有染，每夜来往，教我只看后门头有香桌儿为号，唤他入钹； ［奇文。］ 五更里却教我来敲木鱼叫佛，唤他出钹。" ［奇文。］ 石秀道："他如今在那里？" ［精细之至。］ 头陀道："他还在他家里睡着。我如今敲得木鱼响，他便出来。"石秀道："你且借你衣服木鱼与我。" ［奇极。］ 头陀手里先夺了木鱼，头陀把衣服正脱下来，被石秀将刀就颈上一勒， ［骏疾。○一勒妙，真已有成竹于胸中。］ 杀倒在地，头陀已死了。石秀却穿上直裰、护膝， ［妙。］ 一边插了尖刀， ［妙。］ 把木鱼直敲入巷里来。 ［奇极之文。］ 那裴如海在床上，却好听得木鱼咯咯地响，连忙起来披衣下楼。迎儿先来开门，裴如海随后从后门里闪将出来。石秀兀自把木鱼敲响。那和尚悄悄喝道："只顾敲做甚么！"「绝倒。」石秀也不应他，让他走到巷口，一交放翻，「骇疾。」按住喝道："不要高做声！高做声便杀了你。「妙妙。」只等我剥了衣服便罢！"「奇极。」裴如海知道石秀，那里敢挣扎做声？被石秀都剥了衣裳，赤条条不着一丝。「妙绝奇极之文。」悄悄去屈膝边拔出刀来，三四刀搠死了，「"三四刀"又妙，石秀可畏之极。」却把刀来放在头陀身边，「杀人是极忙遽事，看他何等闲逸脱套。」将了两个衣服卷做一捆包了，「精细之极，石秀可畏。」再回客店里，轻轻地「妙。」开了门进去，悄悄地「妙。」关上了，自去睡。不在话下。

却说本处城中一个卖糕粥的王公，其日五更，挑着担糕粥，点着个灯笼，一个小猴子跟着，出来赶早市。正来到死尸边过，却被绊一交，把那老子一担糕粥倾泼在地下。只见小猴子叫道："苦也！一个和尚醉倒在这里。"「绝倒。」老子摸得起来，摸了两手腥血，叫声苦，不知高低。几家邻舍听得，都开了门出来，把火照时，只见遍地都是血粥，「奇文。」两个尸首躺在地上。众邻舍一把拖住老子，要去官司陈告。正是：祸从天降，灾向地生。毕竟王公怎地脱身，且听下回分解。

图书在版编目（CIP）数据

金圣叹批评本水浒 /（明）施耐庵原著；金圣叹评
改；张国光校订；戴敦邦插画 . -- 北京：北京联合出
版公司，2024.9. --ISBN 978-7-5596-7769-3

Ⅰ. I207.412

中国国家版本馆 CIP 数据核字第 20246J4D65 号

金圣叹批评本水浒

作　　者：施耐庵原著　金圣叹评改　张国光校订　戴敦邦插画

出 品 人：赵红仕

选题策划：北京时代光华图书有限公司

责任编辑：牛炜征

特约编辑：李淼淼

封面设计：柏拉图

北京联合出版公司出版

（北京市西城区德外大街 83 号楼 9 层　　　100088）

北京时代光华图书有限公司发行

涿州市京南印刷厂印刷　　　新华书店经销

字数 854 千字　　880 毫米 ×1230 毫米　　1/32　　彩插 70　　36.75 印张

2024 年 9 月第 1 版　　2024 年 9 月第 1 次印刷

ISBN 978-7-5596-7769-3

定价：228.00 元（全 3 册）

水浒

金圣叹批评本

下

施耐庵 ○ 原著　　金圣叹 ○ 评改

张国光 ○ 校订　　戴敦邦 ○ 插画

北京联合出版公司

Beijing United Publishing Co.,Ltd.

金圣嘆批評本水滸傳

【第四十五回】

病关索大闹翠屏山

拼命三火烧祝家店

前有武松杀奸夫、淫妇一篇，此又有石秀杀奸夫、淫妇一篇，若是者班乎？曰：不同也。夫金莲之淫，乃敢至于杀武大。此其恶贯盈矣，不破胸取心，实不足以蔽厥辜也。若巧云淫诚有之，未必至于杀杨雄也。坐巧云以他日必杀杨雄之罪，此自石秀之言，而未必遂服巧云之心也。且武松之于金莲也，武大已死，则武松不得不问，此实武松万不得已而出于此。若武大固在，武松不得而杀金莲者，法也。今石秀之于巧云，既去则亦已矣，以姓石之人而杀姓杨之人之妻，此何法也？总之，武松之杀二人，全是为兄报仇，而己曾不与焉；若石秀之杀四人，不过为己明冤而已，并与杨雄无与也。观巧云所以污石秀者，亦即前日金莲所以污武松者。乃武松以亲嫂之嫌疑，而落落然受之，曾不置辩，而天下后世，亦无不共明其如冰如玉也者。若石秀则务必辩之；背后辩之，又必当面辩之；迎儿辩之，又必巧云辩之，务令杨雄深有以信其如冰如玉而后已。呜呼，岂真天下之大，另又有此一种峻刻狠毒之恶物欤？吾独怪耐庵以一手搦一笔，而既写一武松，又写一石秀。呜呼，又何奇也！

话说当下众邻舍结住王公，直到蓟州府里首告。知府却才升厅，一行人跪下告道："这老子挑着一担糕粥，泼翻在地下。看时，却有两个死尸在粥里：〔先说泼粥，次说死尸妙绝。〇在粥里，妙。〕一个是和尚，一个是头陀，俱各身上无一丝。头陀身边有刀一把。"老子告道："老汉每日常卖糕糜营生，只是五更出来赶趁。今朝起得早了些个，和这铁头猴子只顾走，不看下面，一交绊翻，碗碟都打碎了。相公可怜！〔重诉跌碎碗碟，轻带两个死尸，妙得经纪老子情性。知此，则听讼直易易也。〕只见血渌渌的两个死尸，又吃一惊！〔只诉自己吃惊，不管两人被杀，妙妙。〕叫起邻舍来，倒被扯住到官，〔倒被妙，活是不知高低老子。〕望相公明镜辨察！"知府随即取了供词，行下公文，委当方里甲，带了仵作公人，押了邻舍王公一干人等，下来简验尸首，明白回报。众人登场看简已了，回州禀复知府："被杀死僧人，系是报恩寺阇黎裴如海；傍边头陀，系是寺后胡道。和尚不穿一丝，身上三四道搠伤，致命方死；胡道身边见有凶刀一把，只见项上有勒死伤痕一道。系是胡道掣刀搠死和尚，惧罪自行勒死。"〔益叹石秀胸中精细，做事出人。〕知府叫拘本寺僧，鞠问缘故，俱各不知情由。知府也没个决断。当案孔目禀道："眼见得这和尚裸形赤体，必是和那头陀干甚不公不法的事，互相杀死，不干王公之事。邻舍都教召保听候；尸首着仰本寺住持，即备棺木盛殓，放在别处；立个互相杀死的文书便了。"知府道："也说得是。"随即发落了一干人等，不在话下。前头巷里〔又是一条巷。〕那些好事的子弟，做成一只曲儿，唱道：

堪笑报恩和尚，撞着前生冤障；将善男瞒了，〔妙。〕信女勾来，〔妙。〕要他喜舍肉身，〔妙妙。〕慈悲欢畅。〔妙。〕怎极乐观音方才接引，〔妙。〕早血盆地狱塑来出相？〔妙。○真是绝妙好辞。〕

想"色空空色，空色色空"，他全不记《多心经》上。〔妙。〕到如今，徒弟度生回，〔妙，绝倒。〕连长老涅槃街巷。〔妙，绝倒。〕

若容得头陀，头陀容得，和合多僧，〔妙。○多僧者，上下各二也。〕同房共住，〔妙妙。〕未到得无常勾帐。〔妙。〕只道目连救母上西天，从不见这贼秃为娘身丧！〔妙妙。〕

后头巷里〔又是一条巷。〕也有几个好事的子弟，听得前头巷里唱着，却不伏气，

便也做只《临江仙》唱出来赛他道：

　　淫戒破时招杀报，「妙。」因缘不爽分毫。「妙。」本来面目忒蹊跷，「妙。」一丝真不挂，「妙妙。」立地放屠刀！「真正绝妙好辞。」大和尚今朝圆寂了，「绝倒。」小和尚昨夜狂骚。「绝倒。」头陀刎颈见相交，「妙。」为争同穴死，「妙，同穴绝倒。」誓愿不相饶。「妙。」

　　两只曲，条条巷「又是条条巷。」都唱动了。那妇人听得，目瞪口呆，却不敢说，只是肚里暗暗地叫苦。杨雄在蓟州府里，有人告道杀死和尚、头陀，心里早知了些个，寻思："此一事，准是石秀做出来的。我前日一时间错怪了他，我今日闲些，且去寻他，问他个真实。"正走过州桥前来，只听得背后有人叫道："哥哥，那里去？"杨雄回过头来，见是石秀，「撞着略换。」便道："兄弟，我正没寻你处。"石秀道："哥哥，且来我下处，和你说话。"把杨雄引到客店里小房内，说道："哥哥，兄弟不说谎么？"「石秀可畏，笔笔写出咄咄相逼之势。」杨雄道："兄弟，你休怪我。是我一时愚蠢，酒后失言，反被那婆娘猜破了，说兄弟许多不是。我今特来寻贤弟，负荆请罪。"石秀道："哥哥，兄弟虽是个不才小人，却是顶天立地的好汉，如何肯做别样之事？「此语前武松亦曾说，却觉其阔大；今在石秀文中，便见其尖刻。真乃各极其妙。」怕哥哥日后中了奸计，因此来寻哥哥，有表记教哥哥看。"「此句直贯下"尽剥在此"，皆石秀语。中间却夹写一句将出衣裳，越显石秀咄咄可畏。」将出和尚、头陀的衣裳，"尽剥在此。"「将出衣裳了，又说此四字，写得如活。」杨雄看了，心头火起，便道："兄弟休怪。我今夜碎割了这贱人，出这口恶气！"「是杨雄。」

728

石秀笑道："你又来了！「石秀又狠毒，又精细，笔笔写出。」你既是公门中勾当的人，如何不知法度？你又不曾拿得他真奸，如何杀得人？倘或是小弟胡说时，却不错杀了人？"「石秀转说转复可畏。」杨雄道："似此怎生罢休得？"「"罢休"二字绝倒。忽然说到碎割，忽然说到罢休，是杨雄也。」石秀道："哥哥，只依着兄弟的言语，教你做个好男子。"杨雄道："贤弟，你怎地教我做个好男子？"石秀道："此间东门外有一座翠屏山，好生僻静。哥哥到明日，只说道：'我多时不曾烧香，我今来和大嫂同去。'把那妇人赚将出来，就带了迎儿同到山上，「精细。」小弟先在那里等候着，当头对面，把这是非都对得明白了。哥哥那时写与一纸休书，弃了这妇人，「多恐杨雄不肯，且先说是休弃；到得是非对毕，飕地递过刀来。石秀节节精细，节节狠毒，我畏其人。」却不是上着？"杨雄道："兄弟何必说得！你身上清洁，我已知了。都是那妇人谎说！"「杨雄似不肯。」石秀道："不然，「咄咄可畏。」我也要哥哥知道他往来真实的事。"「写石秀可畏之极。」杨雄道："既然兄弟如此高见，必然不差。「是杨雄。」我明日准定和那贱人来，你却休要误了。"石秀道："小弟不来时，所言俱是虚谬。"「句句生棱，字字出角，转说转复可畏。」

杨雄当下别了石秀，离了客店，且去府里办事，至晚回家，并不提起，亦不说甚，只和每日一般。「前夜何不便你？文情回合成趣。」次日天明起来，对那妇人说道："我昨夜梦见神人怪我，说有旧愿不曾还得，「也是还愿，绝倒。」向日许下东门外岳庙里那炷香愿，未曾还得。今日我闲些，要去还了，须和你同去。"那妇人道："你便自去还了罢，要我去何用？"「同是还愿，一肯去，一不肯去，写来绝倒。」杨雄道："这愿心却是当初说亲时许下的，必须要和你同去。"那妇人道："既是恁地，我们早吃些素饭，烧汤洗浴了去。"杨雄道："我去买香纸，雇轿子。你便洗浴了，梳头

729

插带了等我。就叫迎儿也去走一遭。"杨雄又来客店里相约石秀："饭罢便来，兄弟休误。"石秀道："哥哥，你若抬得来时，只教在半山里下了轿，你三个步行上来，我自在上面一个僻处等你，不要带闲人上来。"「石秀色色精细，可畏之甚。」

杨雄约了石秀，买了纸烛归来，吃了早饭。那妇人不知有此事，只顾打扮的齐齐整整。迎儿也插带了。轿夫扛轿子，早在门前伺候。杨雄道："泰山看家，我和大嫂烧香了便回。"潘公道："多烧香，早去早回。"「宛然前日石秀告潘公语，回合成趣。」那妇人上了轿子，迎儿跟着，杨雄也随在后面。出得东门来，杨雄低低分付轿夫道："与我抬上翠屏山去，我自多还你些轿钱。"不到两个时辰，早来到翠屏山上。原来这座翠屏山，在蓟州东门外二十里，都是人家的乱坟。上面一望，尽是青草白杨，并无庵舍寺院。当下杨雄把那妇人抬到半山，叫轿夫歇下轿子，拔去葱管，搭起轿帘，「微细必悉。」叫那妇人出轿来。妇人问道："却怎地来这山里？"杨雄道："你只顾且上去。轿夫只在这里等候，不要来，少刻一发打发你酒钱。"轿夫道："这个不妨，小人自只在此间伺候便了。"

杨雄引着那妇人并迎儿，三个人上了四五层山坡，只见石秀坐在上面。那妇人道："香纸如何不将来？"「妇人未上轿，杨雄以买香纸诳之，及其既上轿，杨雄便只空身跟来，以免后文收拾也。」杨雄道："我自先使人将上去了。"把妇人一引引到一处古墓里。「前日一引二引三引四引五引，今日只一引，回合成趣。」石秀便把包裹、腰刀、杆棒都放在树根前来「精细之极。」道："嫂嫂拜揖！"「只四字，亦复咄咄可畏。」那妇人连忙应道："叔叔怎地也在这里？"一头说，一面肚里吃了一惊。「活画。」石秀道："在此专等多时。"「咄咄可畏。」杨雄道："你前日对我说道，叔叔多遍把言语调戏你，又将手摸着你胸前，问你有孕也未。今日这里无人，你两个对得明白。"那妇人道："哎呀，过了的事，只顾说甚么？"〔妙绝，绝倒。〕石秀睁着眼道："嫂嫂，你怎么说？"〔活画石秀。〇只四字妙绝。〕那妇人道："叔叔，你没事自把鬓儿提做甚么？"〔妙绝，绝倒。〇合前后二语，想妇人此时千难万难，妙笔能体出也。〕石秀道："嫂嫂！嘻！"〔只一字妙绝。〇上只四字，此只一字，而石秀一片精细，满面狠毒，都活画出来。俗本妄改许多闲话，失之万里。〕便打开包裹，取出海阇黎并头陀的衣服来，撒放地下道："你认得不？"〔咄咄畏人。〕那妇人看了，飞红了脸，无言可对。石秀飕地掣出腰刀，〔石秀狠毒之极，笔笔写出。〕便与杨雄说道："此事只问迎儿！"〔看他写翠屏山，全是石秀调遣杨雄。〕杨雄便揪过那丫头，〔是杨雄。〕跪在前面，喝道："你这小贱人，快好好实说！如何在和尚房里入奸，〔一"如何"。〕如何约会把香桌儿为号，〔二"如何"。〕如何教陀头来敲木鱼。〔三"如何"。〇问中三用"如何"。〕实对我说，饶你这条性命；但瞒了一句，先把你剐做肉泥！"迎儿叫道："官人！不干我事，不要杀我，我说与你。"如何僧房中吃酒；〔一"如何"。〕如何上楼看佛牙；〔二"如何"。〕如何赶他下楼下看潘公酒醒；〔三"如何"。〕第三日如何头陀来后门化斋饭；〔四"如何"。〕如何教我取铜钱布施与他；〔五"如何"。〕如何娘子和他约定：但是官人当牢上宿，要我掇香桌儿放出后门外，便是暗号，头陀来看了，却去报知和尚；〔六"如何"。〕如何海阇黎扮做俗人，戴顶头巾入来，娘子扯去了，露出光头来；〔七"如何"。〕如何五更听敲木鱼响，要我开后门放他出去；〔八"如何"。〕如何娘子许我一副钏镯、一套衣裳，〔所许前略此补。〕我只得随顺了；〔九"如何"。〕如何往来已不止数十遭，后来便吃杀了。〔十"如何"。〕如何又与我几件首饰，教我对官人说石叔叔把言语调戏一节，这个我眼里不曾见，因此

不敢说。「十一"如何"。○补前所无，又说得好。」"只此是实，并无虚谬。"迎儿说罢，石秀便道："哥哥得知么？「石秀可畏，语语咄咄来逼。」这般言语，须不是兄弟教他如此说。「语语咄咄来逼。」请哥哥却问嫂嫂备细缘由！"「看他又调道。」

杨雄揪过那妇人来，「是杨雄。」喝道："贼贱人！丫头已都招了，你便一些儿休赖，再把实情对我说了，饶你这贱人一条性命！"那妇人说道："我的不是了。你看我旧日夫妻之面，饶恕了我这一遍！"石秀道："哥哥，含糊不得！「石秀狠毒之极。我恶其人。○写得石秀拦接之间，骏疾不可当。」须要问嫂嫂一个从头备细原由！"杨雄喝道："贱人，你快说！"那妇人只得把和尚二年前如何起意；「一"如何"。」如何来结拜我父做干爷「二"如何"。」做好事日，如何先来下礼；「三"如何"。」我递茶与他，如何只管看我笑；「四"如何"。」如何石叔叔出来了，连忙去了；「五"如何"。」如何我出去拈香，只管挨近身来；「六"如何"。」半夜如何到布帘前捏我的手，便教我还了愿好；「七"如何"。」如何叫我是娘子，骗我看佛牙；「八"如何"。」如何求我图个长便；「九"如何"。」如何教我反间你，便撺得石叔叔出去；「十"如何"。」如何定要我把迎儿也与他，说不时我便不来了；「十一"如何"。○迎儿说一遍，巧云又说一遍，却句句不同，迎儿所说皆是事，巧云所说皆是情也。」——都说了。石秀道："你却怎地对哥哥倒说我来调戏你？"「上第十句，已明明招出，石秀要特地再提出来，洗刷清白，咄咄相逼，可畏可恨。」那妇人道："前日他醉了骂我，我见他骂得跷蹊，我只猜是叔叔看见破绽，说与他；也是前两三夜，他先教道我如此说，「补文中之所无。」这早晨便把来支吾；实是叔叔并不曾怎地。"石秀道："今日三面说明白了，任从哥哥心下如何措置。"「石秀转说，转更可畏。○通篇结束到此一句，写石秀只为明白自己，并非若武松之于金莲，令人可恨。」

杨雄道："兄弟，你与我拔了这贱人的头面，剥了衣裳，然后我自伏侍他！"「杨雄好笑。」石秀便把那妇人头面首饰衣服都剥了，「"便把"二字，写石秀可畏可恨。」杨雄割两条裙带，把妇人绑在树上。石秀径把迎儿的首饰也去了，「"便把"妙，"径把"又妙，都写石秀可畏可恨。」递过刀来，「写石秀却在人情之外，天地间固另有此一等狠毒人。」说道："哥哥，这个小贱人留他做甚么？一发斩草除根！"「何至于此，可畏可恨。」杨雄应道："果然！「好笑。」兄弟把刀来，我自动手！"迎儿见头势不好，却待要叫，杨雄手起一刀，挥作两段。那妇人在树上叫道："叔叔，劝一劝！"「活画绝倒。」石秀道："嫂嫂，不是我劝的事。"「石秀狠毒，句句都画出来。○不是你劝的事，又是你帮的事耶！」杨雄向前指着骂道："你这贼贱人！我一时误听不明，险些被你瞒过了。一者坏了我兄弟情分，二乃久后必然被你害了性命。"一刀将这妇人杀了。又将钗钏首饰都拴在包裹里了。「好。」杨雄道："兄弟，你且来，和你商量一个长便。如今一个奸夫，「少说了一个。」一个淫妇，「亦少说一个。」都已杀了，只是我和你投那里去安身？"石秀道："兄弟自有个所在，请哥哥便行。"「写石秀精细出人。」杨雄道："却是那里去？"石秀道："哥哥杀了人，兄弟又杀人，不去投梁山泊入伙，却投那里去？"杨雄道："且住！我和你又不曾认得他那里一个人，如何便肯收录我们？"石秀道："哥哥差矣。如今天下江湖上，皆闻山东及时雨宋公明招贤纳士，结识天下好汉，谁不知道？放着我和你一身好武艺，愁甚不收留？"杨雄道："凡事先难后易，免得后患。我却不合是公人，只恐他疑心，不肯安着我们。"石秀笑道："他不是押司出身？「石秀写得色色出人。」我教哥哥一发放心：前者哥哥认义兄弟那一日，先在酒店里和我吃酒的那两个人，一个是梁山泊神行太保戴宗，一个是锦豹子杨林。他与兄弟十两一锭银子，尚兀自在包里，「忽然回合。」因此可去投托他。"杨雄道："既有

这条门路，我去收拾了些盘缠便走。"石秀道："哥哥，你也这般搭缠。倘或入城，事发拿住，如何脱身？放着包裹里见有若干钗钏首饰，兄弟又有些银两，再有人同去也够用了，〔逗一句引下文，妙笔。〕何须又去取？讨惹起是非来，如何解救？这事少时便发，不可迟滞，我们只好望山后走。"石秀便背上包裹，拿了杆棒；杨雄插了腰刀在身边，提了朴刀。却待要离古墓，只见松树后走出一个人来，叫道："清平世界，荡荡乾坤，把人割了，却去投奔梁山泊入伙，我听得多时了！"〔奇文。〕杨雄、石秀看时，那人纳头便拜。〔又奇。〕杨雄却认得这人，姓时，名迁，祖贯是高唐州人氏，流落在此，只一地里做些飞檐走壁、跳篱骗马的勾当。曾在蓟州府里吃官司，却是杨雄救了。人都叫他做"鼓上蚤"。当时杨雄便问时迁："你如何在这里？"时迁道："节级哥哥听禀：小人近日没甚道路，在这山里掘些古坟，觅两分东西。因见哥哥在此行事，不敢出来冲撞。却听说去投梁山泊入伙。小人如今在此，只做得些偷鸡盗狗的勾当，几时是了？跟随得二位哥哥上山去，却不好？未知尊意肯带挈小人么？"石秀道："既是好汉中人物，他那里如今招纳壮士，那争你一个？若如此说时，我们一同去。"时迁道："小人却认得小路去。"〔好。〕当下引了杨雄、石秀，三个人自取小路下后山，投梁山泊去了。

却说这两个轿夫，在半山里等到红日平西，不见三个下来，分付了，又不敢上去。挨不过了，〔如活。〕不免信步寻上山来，只见一群老鸦成团打块在古墓上。〔奇文。〕两个轿夫上去看时，原来却是老鸦夺那肚肠吃，以此聒噪。〔奇文。〕轿夫看了，吃着一惊，慌忙回家报与潘公，一同去蓟州府里首告。知府随即差委一员县尉，带了仵作行人，来翠屏山简验尸首。已了，回复知府，禀道："简得一口妇人潘巧云，割在松树边，女使迎儿，杀死在古墓下；坟边遗下一堆妇人与和尚、头陀衣服。"〔写石秀胸中经济如许。〕知府听了，想起前日海和尚、头陀的事，备细询问潘公。那老子把这僧房酒醉一节和这石秀出去的缘由，细说了一遍。知府道："眼见得这妇人与和尚通奸，那女使、头陀做脚。想石秀那厮路见不平，杀死头陀、和尚；杨雄这厮今日杀了妇人、女使无疑，定是如此！只拿得杨雄、石秀，便知端的。"当即行移文书，捕获杨雄、石秀。其余轿夫人等，各放回听候。潘公自去买棺木，将尸首殡葬。不在话下。

再说杨雄、石秀、时迁，离了蓟州地面，在路夜宿晓行，不则一日，行到郓州地面；过得香林洼，早望见一座高山。不觉天色渐渐晚了，看见前面一所靠溪客店。三个人行到门首，店小二却待关门，只见这三个人撞将入来。小二问道："客人来路远，以此晚了？"时迁道："我们今日走了一百里以上路程，因此到得晚了。"小二哥放他三个入来安歇，问道："客人不曾打火么？"时迁道："我们自理会。"小二道："今日没客歇，灶上有两只锅干净，客人自用不妨。"时迁问道："店里有酒肉卖么？"小二道："今日早起有些肉，都被近村人家买了去，只剩得一瓮酒在这里，并无下饭。"时迁道："也罢，先借五升米来做饭，却理会。"小二哥取出米来与时迁，就淘了，做起一锅饭来。石秀自在房中安顿行李。〔叙得清楚。〕杨雄取出一只钗儿，把与店小二〔叙得清楚。〕先回他这瓮酒来吃，明日一发算帐。小二哥收了钗儿，便去里面掇出那瓮酒来开了，将一碟儿熟菜放在桌子上。时迁先提一桶汤来，叫杨雄、

735

石秀洗了脚手，_{「写时迁渐引入事来。」}一面筛酒来，就来请小二哥一处坐地吃酒：_{「非必要小二同饮，只为要问起祝家备细也。」}放下四只大碗，斟下酒来吃。石秀看见店中檐下，插着十数把好朴刀，_{「奇。」}问小二哥：“你家店里怎的有这军器？”小二哥应道：“都是主人家留在这里。”石秀道：“你家主人是甚么样人？”小二道：“客人，你是江湖上走的人，如何不知我这里的名字？前面那座高山，便唤做独龙山。山前有一座凛巍巍冈子，便唤做独龙冈。上面便是主人家住宅。这里方圆三十里，却唤做祝家庄。庄主太公祝朝奉，有三个儿子，称为祝氏三杰。庄前庄后有五七百人家，都是佃户，各家分下两把朴刀与他。这里唤作祝家店，常有数十个家人来店里上宿，以此分下朴刀在这里。”石秀道：“他分军器在店里何用？”小二道：“此间离梁山泊不远，只恐他那里贼人来借粮，因此准备下。”石秀道：“与你些银两，回与我一把朴刀用，如何？”_{「生波。」}小二哥道：“这个却使不得，器械上都编着字号，我小人吃不得主人家的棍棒，我这主人法度不轻。”石秀笑道：“我自取笑你，你却便慌，且只顾吃酒。”小二道：“小人吃不得了，先去歇了。客人自便，宽饮几杯。”小二哥去了。

杨雄、石秀又自吃了一回酒。只见时迁道：“哥哥，要肉么？”杨雄道：“店小二说没了肉卖，你又那里得来？”时迁嘻嘻地笑道，去灶上提出一只老大公鸡来。_{「都是生发后文，无甚出色。」}杨雄问道：“那里得这鸡来？”时迁道：“小弟却才去后面净手，见这只鸡在笼里，寻思没甚吃酒，被我悄悄把去溪边杀了，提桶汤去后面，就那里持得干净，煮得熟了，把来与二位哥哥吃。”杨雄道：“你这厮还是这等贼手贼脚！”石秀笑道：“还未改本行！”三个笑了一回，把这鸡来手撕开吃了，一面盛饭来吃。只见那店小二略睡一睡，放心不下，爬将起来，前后去照管，只见厨桌上有些鸡毛和鸡骨头，却去灶上看时，半锅肥汁。小二慌忙去后面笼里看时，不见了鸡，连忙出来问道："客人，你们好不达道理，如何偷了我店里报晓的鸡吃？"时迁道："见鬼了，耶耶！我自路上买得这只鸡来吃，何曾见你的鸡！"小二道："我店里的〔如闻其声。〕鸡却那里去了？"时迁道："敢被野猫拖了？黄猩子吃了？鹞鹰扑去了？我却怎地得知？"〔好，如闻其声。〕小二道："我的鸡才在笼里，不是你偷了是谁？"石秀道："不要争，直几钱，陪了你便罢。"店小二道："我的是报晓鸡，店内少他不得，你便陪我十两银子也不济，只要还我鸡。"石秀大怒道："你诈哄谁？老爷不陪你，便怎地？"店小二笑道："客人，你们休要在这里讨野火吃！只我店里不比别处客店，拿你到庄上，便做梁山泊贼寇解了去。"〔看他要生出事头，无可牛处，如此曲折写来。〕石秀听了，大骂道："便是梁山泊好汉，你怎么拿了我去请赏？"杨雄也怒道："好意还你些钱，不陪你怎地拿我去！"小二叫一声："有贼！"只见店里赤条条地走出三五个大汉来，径奔杨雄、石秀来。被石秀手起，一拳一个，都打翻了。小二哥正待要叫，被时迁一拳打肿了脸，做声不得。这几个大汉都从后门走了。杨雄道："兄弟，这厮们一定去报人来，我们快吃了饭走了罢。"三个当下吃饱了，把包裹分开背了，穿上麻鞋，跨了腰刀，各人去枪架子上拣了一条好朴刀。〔好。〕石秀道："左右只是左右，不可放过了他！"便去灶前寻了把草，灶里点个火，望里面四下焌着。〔毕竟写出是石秀。〕看那草房被风一煽，刮刮杂杂火起来。那火顷刻间天也似般大。三

个拽开脚步，望大路便走。

三个人行了两个更次，只见前面后面火把不计其数，约有一二百人，发着喊赶将来。石秀道："且不要慌，我们且拣小路走。"「石秀只是乖。」杨雄道："且住！一个来，杀一个；两个来，杀一双。待天色明朗即走。"「眉批：此处忽然写杨雄。」说犹未了，四下里合拢来。杨雄当先，石秀在后，时迁在中，「此处却写出杨雄。」三个挺着朴刀来战庄客。那伙人初时不知，轮着枪棒赶来，杨雄「独写杨雄。」手起朴刀，早戳翻了五七个。前面的便走，后面的急待要退，石秀赶入去，又戳翻了六七人。四下里庄客见说杀伤了十数人，都是要性命的，思量不是头，都退去了。三个得一步赶一步，正走之间，喊声又起。枯草里舒出两把挠钩，正把时迁一挠钩搭住，拖入草窝去了。「苦！一时迁拖去，便令下文住手不得，生出三打祝家庄也。」石秀急转身来救时迁，背后又舒出两把挠钩来，却得杨雄眼快，便把朴刀一拨拨开，望草里便戳，发声喊，都走了。「不可不救，不可定救，只如此好。」两个见捉了时迁，怕深入重地，亦无心恋战，顾不得时迁了，且四下里寻路走罢。见远远地火把乱明，小路上又无丛林树木，照得有路便走，「画出。」一直望东边去了。众庄客四下里赶不着，自救了带伤的人去，将时迁背剪绑了，押送祝家庄来。

且说杨雄、石秀走到天明，望见一座村落酒店。石秀道："哥哥，前头酒肆里买碗酒饭吃了去，就问路程。"两个便入村店里来，倚了朴刀坐下，叫酒保取些酒来，就做些饭吃。酒保一面铺下菜蔬，烫将酒来，方欲待吃，只见外面一个大汉走入来，生得阔脸方腮，眼鲜耳大，貌丑形粗，穿一领茶褐绸衫，戴一顶万字头巾，系一条白绢搭膊，下面穿一双油膀靴，叫道："大官人教你们挑担来庄上纳。"店主人连忙应道："装了担，少刻便送到庄上。"
那人分付了，便转身又说道："快挑来！"却待出门，正从杨雄、石秀面前
过。杨雄却认得他，便叫一声："小郎，你如何在这里？不看我一看？"那
人回转头来看了一看，却也认得，便叫道："恩人如何来到这里？"望着杨
雄便拜。不是杨雄撞见了这个人，有分教：三庄盟誓成虚谬，众虎咆哮起祸
殃。毕竟杨雄、石秀遇见的那人是谁，且听下回分解。

【第四十六回】

扑天雕两修生死书

宋公明一打祝家庄

人亦有言："不遇盘根错节，不足以见利器。"夫不遇难题，亦不足以见奇笔也。此回要写宋江打祝家庄。夫打祝家庄，亦寻常战斗之事耳，乌足以展耐庵之经纬？故未制文先制题；于祝家庄之东，先立一李家庄；于祝家庄之西，又立一扈家庄。三庄相连，势如翼虎。打东则中帅西救，打西则中帅东救，打中则东西合救。夫如是而题之难御，遂如六马乱驰，非一缰所鞯；伏箭乱发，非一牌所隔；野火乱起，非一手所扑矣。耐庵而后回锦心，舒绣手，弄柔翰，点妙墨，早于杨雄、石秀未至山泊之日，先按下东李，此之谓挈其右臂。入下回，十六虎将浴血苦战，生擒西扈，此之谓戕其左腋。东西定，而歼厥三祝，曾不如缚一鸡之易者，是皆耐庵相题有眼，捽题有法，捣题有力，故得至是。人徒就篇尾论长数短，谓亦犹夫能事，殊未向篇首一筹量其落笔之万难也。

看他写李祝之战，只是相当，非不欲作快笔，徒恐因而两家不得住手，便碍宋江一打笔势。故行文有时占得一笔，是多一笔；亦有时留得一笔，是多一笔也。

石秀探路一段，描出全副一个精细人，读之益想耐庵七窍中，真乃无奇不备。

话说当时杨雄扶起那人来，叫与石秀相见。石秀便问道："这位兄长是谁？"杨雄道："这个兄弟，姓杜，名兴，祖贯是中山府人氏。因为面颜生得粗莽，以此人都叫他做'鬼脸儿'。上年间做买卖，来到蓟州，因一口气上打死了同伙的客人，吃官司监在蓟州府里。杨雄见他说起拳棒都省得，一力维持救了他。不想今日在此相会。"杜兴便问道："恩人为何公事来到这里？"杨雄附耳低言道："我在蓟州杀了人命，欲要投梁山泊去入伙。昨晚

在祝家店投宿，因同一个来的火伴时迁，偷了他店里报晓鸡吃，一时与店小二闹将起来，性起把他店屋都烧了。我三个连夜逃走，不提防背后赶来。我弟兄两个搠翻了他几个，不想乱草中间舒出两把挠钩，把时迁搭了去。我两个乱撞到此，正要问路，不想遇见贤弟。"杜兴道："恩人不要慌，我教放时迁还你。"杨雄道："贤弟少坐，同饮一杯。"三人坐下，当下饮酒。杜兴便道："小弟自从离了蓟州，多得恩人的恩惠；来到这里，感承此间一个大官人见爱，收录小弟在家中做个主管，每日拨万论千，尽托付与杜兴身上，甚是信任，以此不想回乡去。"杨雄道："此间大官人是谁？"杜兴道："此间独龙冈前面，有三座山冈，列着三个村坊：中间是祝家庄，西边是扈家庄，东边是李家庄。这三处庄上，三村里算来，总有一二万军马人家。惟有祝家庄最豪杰，为头家长，唤做祝朝奉，有三个儿子，名为祝氏三杰：长子祝龙，次子祝虎，三子祝彪。又有一个教师，唤做'铁棒栾廷玉'，此人有万夫不当之勇。「可惜此人。」庄上自有一二千了得的庄客。西边那个扈家庄，庄主扈太公，有个儿子唤做'飞天虎'扈成，也十分了得。惟有一个女儿最英雄，名唤'一丈青'扈三娘，使两口日月双刀，马上如法了得。这里东村庄上，却是杜兴的主人，姓李，名应，「不说出绰号，留与下杨雄作问，甚好。」能使一条浑铁点钢枪，背藏飞刀五口，百步取人，神出鬼没。这三村结下生死誓愿，同心共意，但有吉凶，递相救应。惟恐梁山泊好汉过来借粮，因此三村准备下抵敌他。如今小弟引二位到庄上，见了李大官人，求书去搭救时迁。"杨雄又问道："你那李大官人，莫不是江湖上唤'扑天雕'的李应？"杜兴道："正是他。"石秀道：

"江湖上只听得说，独龙冈有个扑天雕李应是好汉，却原来在这里。「好。」多闻他真个了得，是好男子，我们去走一遭。"杨雄便唤酒保，计算酒钱。杜兴那里肯要他还？便自招了酒钱。三个离了村庄，便引杨雄、石秀来到李家庄上。杨雄看时，真个好大庄院：外面周回一遭阔港，粉墙傍岸，有数百株合抱不交的大柳树，门外一座吊桥接着庄门。入得门来，到厅前，两边有二十余座枪架，明晃晃的都插满军器。杜兴道："两位哥哥在此少等，待小弟入去报知，请大官人出来相见。"

　　杜兴入去不多时，只见李应从里面出来。杜兴引杨雄、石秀上厅拜见。李应连忙答礼，便教上厅请坐。杨雄、石秀再三谦让，方才坐了。李应便教取酒来且相待。杨雄、石秀两个再拜道："望乞大官人致书与祝家庄，来救时迁性命，生死不敢有忘。"李应教请门馆先生来，商议修了一封书缄，「看他先用代笔书，便令无层折处，生出层折。」填写名讳，使个图书印记，「又细。」便差一个副主管赍了，「先差副主管，亦于无层折处生层折也。」备一匹快马，星火去祝家庄，取这个人来。那副主管领了东人书札，上马去了。杨雄、石秀拜谢罢。「一谢。○写出许多谢，令下文便于变羞成怒。」李应道："二位壮士放心，小人书去，便当放来。"「写他两番托意，亦令下文便于变羞成怒也。」杨雄、石秀又谢了。「又谢。」李应道："且请去后堂，少叙三杯等待。"「看他说得便极。」两个随进里面，就具早膳相待。饭罢，「一。」吃了茶，「二。」李应问些枪法，见杨雄、石秀说得有理，心中甚喜。「三。」已牌时分，「四。○叠写四句，见去得甚久。」那个副主管回来。李应唤到后堂问道："去取的这人在那里？"「看他说得如此便极。」主管答道："小人亲见朝奉下了书，倒有放还之心；后来走出祝氏三杰，反焦躁起来，书也不回，人也不放，

定要解上州去。"李应失惊道:"他和我三家村里结生死之交,书到便当依允,如何恁地起来?必是你说得不好,以致如此。「总写李应非意所料,以便下文变羞成怒也。」杜主管,你须自去走一遭,「副主管换正主管。○上先写书,次写主管;此却先写主管,次写书,笔法变换。」亲见祝朝奉,说个仔细缘由。"杜兴道:"小人愿去,只求东人亲笔书缄,「代笔书柬换亲笔书柬。」到那里方才肯放。"李应道:"说得是。"急取一幅花笺纸来,李应亲自写了书札,封皮面上,使一个讳字图书,「又细。」把与杜兴接了。后槽牵过一匹快马,备上鞍辔,拿了鞭子,便出庄门,上马加鞭,奔祝家庄去了。李应道:"二位放心,我这封亲笔书去,少刻定当放还。"「又写托意。」杨雄、石秀深谢了。「深谢,总令下文李应不堪。」留在后堂,饮酒等待。「只是便极。」

看看天色待晚,「前写去久,用四句;此写去久,只用一句,法都变换。」不见杜兴回来。李应心中疑惑,再教人去接。只见庄客报道:"杜主管回来了。"李应问道:"几个人回来?"「看他只是非意所料,妙极。」庄客道:"只是主管独自一个,跑将回来。"李应摇着头道:"却又作怪!往常这厮,不是这等兜搭,今日缘何恁地?"走出前厅。杨雄、石秀都跟出来。只见杜兴下了马,入得庄门,见他模样,气得紫涨了面皮,咨牙露嘴,半晌说不得话。「前店中初遇时却不写,忽于此处画出一个鬼脸来,妙笔。」李应道:"你且言备细缘故,怎么地来?"杜兴气定了,方才道:「画出。」"小人赍了东人书札,到他那里第三重门下,却好遇见祝龙、祝虎、祝彪弟兄三个坐在那里。小人声了三个喏。「杜兴尽礼。」祝彪喝道:「一路虽兼写三祝,而独显祝彪。○甫声喏,未开口,兜头便喝,极写祝彪无礼。」'你又来则甚?'小人躬身禀道:「尽礼。」'东人有书在此,拜上。'祝彪那厮变了脸,骂道:「极写祝彪无礼。」'你那主人恁地不晓人事!早晌使个泼男女来这里上书,要讨那个梁山泊贼

744

人时迁。如今我正要解上州里去，又来怎地？'小人说道：'这个时迁不是梁山泊伙内人数，他自是蓟州来的客人。要投见敝庄东人。不想误烧了官人店屋，明日东人自当依旧盖还。〔极善辞令，不是说得不好。〕万望俯看薄面，高抬贵手，宽恕宽恕！'祝家三个都叫道：〔虽独写祝彪，亦有时兼写三祝，便错落之极。〕'不还，不还！'小人又道：'官人，请看东人亲笔书札在此。'祝彪那厮接过书去，也不拆开来看，就手扯得粉碎，〔极其无礼。〕喝叫把小人直叉出庄门。〔极其无礼。〕祝彪、祝虎发话道：〔又置祝龙，单兼祝虎，错落之极。〕'休要惹老爷们性发，把你那……'〔言"把你那李应捉来，也解去"也，却不好唐突主人名字，忽然"把你那"三个字下收住，下又另自尽一句礼，然后重说出来，妙笔出神入化。〕小人本不敢尽言，实被那三个畜生无礼，〔尽一句礼，然后重说。〕说，'把你那李……〔重说却又因气极，又说不出，只说得一"李"字，笔笔出神入妙。〕李应捉来，也做梁山泊强寇解了去！'〔叠一"李"字，便活画出气极后，说不出话来时。〕又喝叫庄客原拿了小人，〔先说"直叉出"，又说"原拿了"，无礼之极，真不可耐矣。〕被小人飞马走了。于路上气死小人！叵耐那厮，枉与他许多年结生死之交，今日全无些仁义！"〔又找两句，激山李应。〕李应听罢，心头那把无明业火，高举三千丈，按捺不下，大呼："庄客！快备我那马来！"杨雄、石秀谏道："大官人息怒。休为小人们，坏了贵处义气。"李应那里肯听？便去房中披上一副黄金锁子甲，前后兽面掩心，掩一领大红袍，背胯边插着飞刀五把，拿了点钢枪，戴上凤翅盔，出到庄前，点起三百悍勇庄客。〔画出李应。〕杜兴也披一副甲，持把枪上马，〔画出杜兴。〕带领二十余骑马军。杨雄、石秀也抓扎起，挺着朴刀，跟着李应的马，〔画出杨雄、石秀。○画李应是个大官人，画杜兴是个主管，画杨雄、石秀是个客人，各各不同。〕径奔祝家庄来。

日渐衔山时分，早到独龙冈前，便将人马排开。原来祝家庄又盖得好，

占着这座独龙山冈，四下一遭阔港。那庄正造在冈上，有三层城墙，都是顽石垒砌的，约高二丈。前后两座庄门，两条吊桥。墙里四边，都盖窝铺，四下里遍插着枪刀军器，门楼上排着战鼓铜锣。李应勒马在庄前大叫："祝家三子！怎敢毁谤老爷！"只见庄门开处，拥出五六十骑马来。当先一骑似火炭赤的马，上坐着祝朝奉第三子祝彪。李应指着大骂道："你这厮！口边奶腥未退，头上胎发犹存，你爷与我结生死之交，誓愿同心共意，保护村坊！你家但有事情，要取人时，早来早放；要取物件，无有不奉。我今一个平人，二次修书来讨，你如何扯了我的书札？耻辱我名？是何道理！"祝彪道："俺家虽和你结生死之交，誓愿同心协意，共捉梁山泊反贼，扫清山寨，你如何却结连反贼，意在谋叛？"李应喝道："你说他是梁山泊甚人？你这厮却冤平人做贼，当得何罪？"祝彪道："贼人时迁已自招了，你休要在这里胡说乱道，摭掩不过。你去便去，不去时，连你捉了，也做贼人解送。"〔写祝彪无礼之极。〕李应大怒，拍坐下马，挺手中枪，便奔祝彪。祝彪纵马去战李应。两个就独龙冈前，一来一往，一上一下，斗了十七八合。祝彪战李应不过，拨回马便走。〔极写祝彪能。〕李应纵马赶将去。祝彪把枪横担在马上，左手拈弓，右手取箭，搭上箭，拽满弓，觑得较亲，背翻身一箭。〔极写祝彪能。〕李应急躲时，臂上早着。李应翻筋斗坠下马来，祝彪便勒转马来抢人。〔极写祝彪能。〕杨雄、石秀见了，大喝一声，拈两把朴刀，直奔祝彪马前杀将来。祝彪抵当不住，急勒回马便走，〔极写祝彪能。○写祝彪不止是枭勇，直是灵利之极。〕早被杨雄一朴刀戳在马后股上，〔此是特写杨雄。〕那马负疼，壁直立起来，险些儿把祝彪掀在马下，〔写祝、李皆输赢相当，正好。〕却得随从马上的人都搭上箭射将来。〔只须如此，收煞得正好。〕杨雄、石秀见了，自思又无衣甲遮身，只得退回不赶。〔只须如此，收煞得正好。〕杜兴早自把李应救起上马，先去了。〔等杨雄、石秀退回，然后救李应，几不成语矣。杨雄、石秀自杀奔祝彪，杜兴自救李应，极忙乱事，写得极清楚；极兜搭事，写得极轻捷，妙笔。〕杨雄、石秀跟了众庄客也走了。〔"也走了"上，加"跟了众庄客"五字，便藏下后文无数奇情。〕〔只须如此。〕祝家庄人马赶了二三里路，见天色晚来，也自回去了。

杜兴扶着李应，回到庄前，下了马，同入后堂坐定。宅眷都出来看视。〔是个大官人。〕拔了箭矢，伏侍卸了衣甲，〔是个大官人。〕便把金疮药敷了疮口，连夜在后堂商议。杨雄、石秀与杜兴说道："既是大官人被那厮无礼，又中了箭，时迁亦不能够出来，都是我等连累大官人了。我弟兄两个，只得上梁山泊去，恳告晁、宋二公并众头领，来与大官人报仇，就救时迁。"因辞谢了李应。李应道："非是我不用心，实出无奈，两位壮士只得休怪。"叫杜兴取些金银相赠。杨雄、石秀那里肯受？李应道："江湖之上，二位不必推却。"两个方才收受，拜辞了李应。杜兴送出村口，指与大路。〔极似闲笔，却都为后文藏下奇情。〕杜兴作别了，自回李家庄。不在话下。

且说杨雄、石秀取路投梁山泊来，早望见远远一处新造的酒店，〔映出。〇一是新设三座，而一座亦不出现，是犹无设也。一是姓石人来，而不用姓石人接，是为无文也。〕那酒旗儿直挑出来。两个人入到店里，买些酒吃，就问路程。这酒店却是梁山泊新添设做眼的酒店，正是石勇掌管。〔两石相接，文随手起。〕两个一面吃酒，一头动问酒保上梁山泊路程。石勇见他两个非常，便来答应道："你两位客人从那里来？要问上山去怎地？"杨雄道："我们从蓟州来。"石勇猛可想起道："莫非足下是石秀么？"杨雄道："我乃是杨雄，〔问得绣错，若定向石秀问石秀，即是呆笔死墨，更有何妙。〕这个兄弟是石秀。大哥如何得知石秀名？"

747

石勇慌忙道："小子不认得。前者戴宗哥哥到蓟州回来，多曾称说兄长，闻名久矣。今得上山，且喜，且喜。"〔缴还戴宗。〕三个叙礼罢，杨雄、石秀把上件事都对石勇说了。石勇随即叫酒保置办分例酒来相待，〔须知此是第一番分例酒。〕推开后面水亭上窗子，拽起弓，放了一枝响箭。只见对港芦苇丛中，早有小喽啰摇过船来。〔须知此又另一水亭、另一对港、另一张弓、另一枝箭、另一喽啰、另一划船也。〕石勇便邀二位上船，直送到鸭嘴滩上岸。石勇已自先使人上山去报知，早见戴宗、杨林下山来迎接。〔回翔盘舞。〕俱各叙礼罢，一同上至大寨里。

众头领知道有好汉上山，都来聚会大寨坐下。戴宗、杨林引杨雄、石秀，上厅，参见晁盖、宋江并众头领。相见已罢，晁盖细问两个踪迹。杨雄、石秀把本身武艺，投托入伙先说了，众人大喜，让位而坐。杨雄渐渐说道："有个来投托大寨同入伙的时迁，不合偷了祝家店里报晓鸡，一时争闹起来，石秀放火烧了他店屋，时迁被捉。李应二次修书去讨，怎当祝家三子坚执不放，誓要捉山寨里好汉，且又千般辱骂，叵耐那厮十分无礼。"不说万事皆休，才然说罢，晁盖大怒，喝叫："孩儿们！将这两个与我斩讫报来！"〔此等波非，非为铺张山寨忠义，乃所以翻跌出宋江问罪之师也。无此一番，而便轻举妄动，三打祝家，恐类儿戏，故不得已而生此也。〕宋江慌忙道："哥哥息怒！两个壮士，不远千里来此协助。如何却要斩他？"晁盖道："俺梁山泊好汉，自从伙并王伦之后，便以忠义为主，全施恩德于民；一个个兄弟下山去，不曾折了锐气；新旧上山的弟兄们，各各都有豪杰的光彩；〔晁盖语，读之想出其生平。〕这厮两个，把梁山泊好汉的名目去偷鸡吃，〔其类至多。〕因此连累我等受辱。今日先斩了这两个，将这厮首级去那里号令。我亲领军马去洗荡了那个村坊，不要输了

748

锐气！孩儿们！快斩了报来！"〔又饶一句，风棱四起。〕宋江劝住道："不然。哥哥不听这两位贤弟却才所说，那个鼓上蚤时迁，他原是此等人，以致惹起祝家那厮来，岂是这二位贤弟要玷辱山寨？我也每每听得有人说，祝家庄那厮要和俺山寨对敌了。〔自补一句，妙笔。〕哥哥权且息怒，即目山寨人马数多，钱粮缺少，非是我等要去寻他，那厮倒来吹毛求疵，因而正好乘势去拿那厮。若打得此庄，倒有三五年粮食。非是我们生事害他，其实那厮无礼。〔再三申说此句，妙。〕只是哥哥山寨之主，岂可轻动？〔自此以下，凡写梁山兴师建功，宋江悉不许晁盖下山。〕小可不才，亲领一支军马，启请几位贤弟们下山，去打祝家庄。若不洗荡得那个村坊，誓不还山，一是山寨不折了锐气；〔好。〕二乃免此小辈，被他耻辱；〔好好。〕三则得许多粮食，以供山寨之用；〔好好。〕四者就请李应上山入伙。"〔好好。〕吴学究道："公明哥哥之言最好，岂可山寨自斩手足之人？"戴宗便道："宁可斩了小弟，不可绝了贤路。"〔回翔盘舞。〕众头领力劝，晁盖方才免了二人。杨雄、石秀也自谢罪。宋江抚谕道：〔晁盖、宋江，各写得好，真乃恩威并著矣。〕"贤弟休生异心，此是山寨号令，不得不如此。便是宋江，倘有过失，〔妙论。〕也须斩首，不敢容情。如今新近又立了'铁面孔目'裴宣做军政司，赏功罚罪，已有定例。〔就上文新立规制中，忽抽出一石勇，忽抽出一裴宣，便表得众多豪杰，各各用命，非尸位素餐而已。○此等插带，真是才子。〕贤弟只得恕罪恕罪。"杨雄、石秀拜罢，谢罪已了，晁盖叫去坐在杨林之下。山寨里都唤小喽啰来参贺新头领已毕，一面杀牛宰马，且做庆喜筵席；拨定两所房屋，教杨雄、石秀安歇，每人拨十个小喽啰伏侍。

当晚席散。次日再备筵席，会众商量议事。宋江教唤铁面孔目裴宣，计

较下山人数，「好。」启请诸位头领，同宋江去打祝家庄，定要洗荡了那个村坊。商量已定：除晁盖头领镇守山寨不动外，「一寨之尊，写得好。」留下吴学究、刘唐并阮家三弟兄、吕方、郭盛护持大寨。「根本重地，写得好。」原拨定守滩、守关、守店有职事人员，俱各不动。「各有专司旧令，不许调遣，写得好。」又拨新到头领孟康管造船只，顶替马麟监督战船。「补署新到头领，写得好。○将打祝家庄，却先写许多不打祝家庄者，如此文字，虽在《史记》，不可多得。」写下告示，将下山打祝家庄头领分作两起：头一拨宋江、花荣、李俊、穆弘、李逵、杨雄、石秀、黄信、欧鹏、杨林，带领三千小喽啰、三百马军，披挂已了，下山前进；「前军写得好。」第二拨便是林冲、秦明、戴宗、张横、张顺、马麟、邓飞、王矮虎、白胜，也带三千小喽啰、三百马军，随后接应。「后军写得好。」再着金沙滩、鸭嘴滩二处小寨，只教宋万、郑天寿把守，就行接应粮草。「军行粮接，写得好。○以上数段，岂真写山泊号令哉，亦所谓寓言十九，意在讽谏也。」晁盖送路已了，自回山寨。

且说宋江并众头领径奔祝家庄来，于路无话，早来到独龙山前。尚有一里多路，前军下了寨栅。宋江在中军帐里坐下，「此一句止为前军射定寨脚，后军犹未到。」便和花荣商议道："我听得说祝家庄里路径甚杂，未可进兵。且先使两个人去，探听路途曲折，知得顺逆路程，却才进去，与他敌对。"李逵便道，「看他并不审己量力，便插一句，绝倒。」"哥哥，兄弟闲了多时，不曾杀得一人，我便先去走一遭。"宋江道："兄弟，你去不得。若是破阵冲敌，用着你先去；这是做细作的勾当，用你不着。"李逵笑道："量这个鸟庄，何须哥哥费力，只兄弟自带了三二百个孩儿们杀将去，把这个鸟庄上人都砍了，何须要人先去打听。"宋江喝道："你这厮休胡说！且一壁厢去，叫你便来。"李逵走开去了，自说道："打死几个苍蝇，也何须大惊小怪。"宋江便唤石秀来，说道："兄弟曾到彼处，可和杨林走一遭。"「旧头领都已出色，故令新到者立功，此行文生熟停匀之法。○要知宋江点将，都是耐庵点将，则为善读书人矣。」石秀便道："如今哥哥许多人马到这里，他庄上如何不提备，我们扮作甚么人入去好？"杨林便道："我自打扮了解魔的法师去，身边藏了短刀，手里擎着法环，于路摇将入去。你只听我法环响，不要离了我前后。"石秀道："我在蓟州，原曾卖柴，我只是挑一担柴进去卖便了。身边藏了暗器，有些缓急，扁担也用得着。"杨林道："好，好！我和你计较了，今夜打点，五更起来便行。"

　　到得明日，石秀挑着柴担先入去。行不到二十来里，只见路径曲折多杂，四下里弯环相似；树木丛密，难认路头。石秀便歇下柴担不走。「是石秀，此等处，一山泊人都不及也。」听得背后法环响得渐近，石秀看时，却见杨林头戴一个破笠子，身穿一领旧法衣，手里擎着法环，于路摇将进来。「杨林却从石秀眼中看出。○实叙石秀，虚带杨林，妙笔。」石秀见没人，叫住杨林，说道："此处路径弯杂，不知那里是我前日跟随李应来时的路。「文情翔舞。」天色已晚，他们众人烂熟奔走，正看不仔细。"「又自破解一句。」杨林道："不要管他路径曲直，只顾拣大路走便了。"「错也。」石秀又挑了柴，只顾望大路先走，见前面一村人家，数处酒店肉店。石秀挑着柴，便望酒店门前歇了。只见各店内都把刀枪插在门前，每人身上穿一领黄背心，写个大"祝"字，往来的人亦各如此。「祝家号令，亦从石秀眼中看出。」石秀见了，便看着一个年老的人，唱个喏，「是石秀。」拜揖道："丈人，请问此间是何风俗，为甚都把刀枪插在当门？"「问得好，又精细。」那老人道："你是那里来的客人？原来不知，只可快走。"石秀道："小人是山东贩枣子的客人，消折了本钱，回乡不得，因此担柴来这

里卖，不知此间乡俗地理。"老人道："只可快走，别处躲避，这里早晚要大
厮杀也！"石秀道："此间这等好庄坊去处，怎地了大厮杀？「问得好。」老人
道："客人，你敢真个不知？我说与你：俺这里唤做祝家村，冈上便是祝朝
奉衙里。如今恶了梁山泊好汉，见今引领军马在村口，要来厮杀。却怕我这
村里路杂，未敢入来，见今驻扎在外面。如今祝家庄上行号令下来：每户人
家，要我们精壮后生准备着，但有令传来，便要去策应。"石秀道："丈人，
村中总有多少人家？「问得精细。」老人道："只我这祝家村，也有一二万人家，
东西还有两村人接应。东村唤做扑天雕李应李大官人；西村唤扈太公庄，有
个女儿，唤做扈三娘，绰号一丈青，十分了得。"石秀道："似此，如何却怕
梁山泊做甚么？"那老人道："便是我们初来时，不知路的，也要吃捉了。"
石秀道："丈人，怎地初来要吃捉了？「问得紧。」老人道："我这村里的路，有
旧人说道：'好个祝家庄，尽是盘陀路：容易入得来，只是出不去。'"石秀
听罢，便哭起来，扑翻身便拜，「是石秀，机
警之极。」向那老人道："小人是个江湖上折
了本钱，归乡不得的人，「妙绝，是石秀方得
出，能令老人下泪也。」倘或卖了柴出去，撞见厮杀，走
不脱，却不是苦？爷爷怎地可怜见，小人情愿把这担柴相送爷爷，只指与小
人出去的路罢！"「妙绝，是石
秀方说得出。」那老人道："我如何白要你的柴？我就买你的。
「是老人
情性。」你且入来，请你吃些酒饭。"「是老人情性。○写老人情性，固也，然亦是行文精细入
妙处，盖宋江大军既已压境，则祝家巡绰之人，定应络
绎于路，岂可一老翁、一卖柴者，叨叨说路
耶？故此两句，正妙在"你且入来"四字也。」石秀拜谢了，挑着柴，跟那老人入到屋里。
那老人筛下两碗白酒，盛一碗糕糜，叫石秀吃了。石秀再拜谢道："爷爷指教
出去的路径。"「是石秀，只记本
题，写得机警。」那老人道："你便从村里走去，只看有白杨树便可

752

转弯。[只须一语，令读者亦复一快！]不问路道阔狭，但有白杨树的转弯便是活路；[上一句已明，此又再申"不问阔狭"四字，活是老人声口。]没那树时都是死路。[但有便是活路，则如无定是死路矣，却偏要再申一句。]如有别的树木转弯也不是活路。[既说白杨，则别树定非矣，却偏要再申一句。○看他写老人说话，只须一句处，便要说十数句，真活画老人。]若还走差了，左来右去，只走不出去。更兼死路里地下埋藏着竹签铁蒺藜，若是走差了，踏着飞签，准定吃捉了，待走那里去？"[活是老人，说得怎细。]石秀拜谢了，便问："爷爷高姓？"[是石秀。]那老人道："这村里姓祝的最多，惟有我复姓钟离，土居在此。"石秀道："酒饭小人都吃够了，改日当厚报。"

正说之间，只听得外面闹吵。石秀听得道："拿了一个细作！"[写得一波初平，一波疾起，真是妙笔。]石秀吃了一惊，跟那老人[是石秀，不看不得，自看又不得，跟那老人，真写得妙。]出来看时，只见七八十个军人，背绑着一个人过来。石秀看时，却是杨林，剥得赤条条的，索子绑着。石秀看了，只暗暗地叫苦，悄悄假问老人道："这个拿了的是甚么人？为甚事绑了他？"[他本不必打听，只为要写石秀遮掩自己，又顺便带出杨林被捉事耳。]那老人道："你不见，说他是宋江那里来的细作？"石秀又问道："怎地吃他拿了？"那老人道："说这厮也好大胆，独自一个来做细作，打扮做个解魔法师，闪入村里来。却又不认这路，只拣大路走了，左来右去，只走了死路，又不晓得白杨树转弯抹角的消息。人见他走得差了，来路跷蹊，报与庄上官人们来捉他，这厮方才又掣出刀来，手起伤了四五个人。[补出杨林被捉时事。]当不住这里人多，一发上，因此吃拿了。有人认得他，从来是贼，叫做锦豹子杨林。"[杨林不必被捉也，必写杨林被捉者，一以显石秀之独能，一以激宋江之进兵也。]

说言未了，只听得前面喝道，说是"庄上三官人巡绰过来"。[写得一波又平，一波又

起，真是妙笔。」　石秀在壁缝里张时，看见前面摆着二十对缨枪，后面四五个人骑着马，都弯弓插箭；又有三五对青白哨马，中间拥着一个年少壮士，坐在一匹雪白马上，全副披挂，跨了弓箭，手执一条银枪。石秀自认得他，特地问老人道："过去相公是谁？"「又从石秀眼中极写祝彪。○得此一段，遂令石秀入村，神采焕发之极。○呼将军是相公，活是卖柴人口气。」那老人道："这个人正是祝朝奉第三子，唤做祝彪，定着西村扈家庄一丈青为妻。兄弟三个，只有他第一了得！"石秀拜谢道："老爷爷指点寻路出去。"

「忽然截住，急提本题。石秀机警，写来如活。」那老人道："今日晚了，前面倘或厮杀，枉送了你性命。"石秀道："爷爷可救一命则个！"那老人道："你且在我家歇一夜，「事莫急于进兵，尤莫急于进兵之有探路也，岂有机警如石秀，而肯于得路之后，再住一夜者？只因作者一心要铺张祝家号令严整，一心又要写得宋江轻入重地，作一险势，便暂留石秀一笔，若惟恐为杨林之续者。此皆文人惨淡经营之处，不可不知也。」明日打听没事，便可出去。"石秀拜谢了，坐在他家。只听得门前四五替报马报将来，排门分付道："你那百姓，今夜只看红灯为号，「即花荣所射者也。」齐心并力，捉拿梁山泊贼人解官请赏。"叫过去了。「本是后文秘计，却先明放此处，真正才子之笔。○设使不留石秀，如何得听出来。」石秀问道："这个人是谁？"那老人道："这个官人是本处捕盗巡检，今夜约会要捉宋江。"石秀见说，心中自忖了一回，讨个火把，叫了安置，自去屋后草窝里睡了。「便不更说闲话，写石秀机警出人处，笔笔妙绝。」

却说宋江军马在村口屯驻，不见杨林、石秀出来回报，随后又使欧鹏去到村口，出来回报道："听得那里讲动，说道捉了一个细作。小弟见路径又杂难认，不敢深入重地。"宋江听罢，忿怒道："如何等得回报了进兵？又吃拿了一个细作，必然陷了两个兄弟，我们今夜只顾进兵杀将入去，也要救他两个兄弟。"「宋江不肯轻入重地，则安得文章出奇；然宋江不为救两兄弟，即又安肯轻入重地也？笔墨相引而出，每每如此。」未知你众头领意下如

754

何？"只见李逵便道："我先杀入去，看是如何！"[看他先因要去被喝，至此忽又要去，一似并不记得曾被喝者，真写得好。]宋江听得，随即便传将令，教军士都披挂了。李逵、杨雄前一队做先锋，使李俊等引军做合后，穆弘居左，黄信居右，宋江、花荣、欧鹏等中军头领，摇旗呐喊，擂鼓鸣锣，大刀阔斧，杀奔祝家庄来。

比及杀到独龙冈上，是黄昏时分。宋江催趱前军打庄。先锋李逵脱得赤条条的，[奇人奇情奇景，亦复奇文。]挥两把夹钢板斧，火拉拉地杀向前来。到得庄前看时，已把吊桥高高地拽起了，庄门里不见一点火，[极写祝彪能。]李逵便要下水过去。[奇人奇情，亦复奇文。○不许他探路，真乃憋破肚皮，何意得做先锋，又被阔港截住，忽然想出下水过去，真是一片天真烂熳，令我读之又吓又笑也。]杨雄扯住道："使不得！关闭庄门，必有计策。待哥哥来，别有商议。"李逵那里忍得住？拍着双斧，隔岸大骂[战阵之事，偏写出天真烂熳来，妙绝。]道："那鸟祝太公老贼，你出来，黑旋风爷爷在这里！"庄上只是不应。[极写祝彪能。]宋江中军人马到来，杨雄接着，报说庄上并不见人马，亦无动静。宋江勒马看时，庄上不见刀枪军马，心中疑忌，猛省道："我的不是了。天书上明明戒说，'临敌休急暴'。[此五字何必天书始能言之，有意无意逗此一句，正表宋江天书之诈也。]是我一时见不到，只要救两个兄弟，以此连夜进兵。不期深入重地，直到了他庄前，不见敌军，他必有计策。快教三军且退。"李逵叫道："哥哥！军马到这里了，休要退兵！我与你先杀过去，你们都跟我来。"说犹未了，庄上早知。只听得祝家庄里一个号炮，直飞起半天里去。[极写祝彪能。]那独龙冈上千百把火把，一齐点着；那门楼上弩箭如雨点般射将来。宋江急取旧路回军，只见后军头领李俊人马先发起喊来，说道："来的旧路都阻塞了，必有埋伏！"[写得纸上发发震动。]宋江教军兵四下里寻路走。李逵挥起双斧，往来寻人

厮杀，不见一个敌军。〔极忙中写李逵三番气闷事：第一番要做探路，宋江不许；第二番得做先锋，阔港截住；第三番寻人厮杀，不见一个。思之绝倒。〕只见独龙冈上，山顶又放一个炮来，〔极写祝彪能。〕响声未绝，四下里喊声震地，惊得宋公明目睁口呆，罔知所措。你便有文韬武略，怎逃出地网天罗？正是：安排缚虎擒龙计，要捉惊天动地人。毕竟宋公明并众将军怎地脱身，且听下回分解。

【第四十七回】

一丈青单捉王矮虎

宋公明二打祝家庄

　　吾幼见陈思镜背八字，顺逆伸缩皆成二句，叹以为妙。稍长读苏氏织锦回文，而后知天下又有如是化工肖物之才也。幼见希夷方圆二图，参伍错综，悉有定象，以为大奇。稍长闻诸葛八阵图法，而后知天下又有如是纵横神变之道也。今观耐庵二打祝家一篇，亦犹是矣。以墨为兵，以笔为马，以纸为疆场，以心为将令；我试读其文，真乃墨无停兵，笔无住马，纸几穿于躁躏，心已绝于磨旗者也。欧鹏救矮虎，三娘便战欧鹏，邓飞助欧鹏奔三娘，祝龙便助三娘取宋江；马麟为宋江迎祝龙，邓飞便弃欧鹏保宋江；宋江呼秦明替马麟，秦明便舞狼牙取祝龙；马麟得秦明便夺矮虎，三娘却撇欧鹏战马麟；廷玉助祝龙取秦明，欧鹏便撇三娘接廷玉；邓飞舍宋江救欧鹏，廷玉却撇邓飞诱秦明；邓飞救秦明赶廷玉，马麟便撇三娘保宋江。此是第一阵。此军落荒正走，忽然添出穆弘、杨雄、石秀、花荣三路人马。彼军亦添出小郎君祝彪。虽李俊、张横、张顺下水不得，而戴宗、白胜亦在对岸助喊。此是第二阵。第一阵妙于我以四将战彼三将，而我四将中前后转换，必用一将保护宋江，则亦以三将战三将，而迭跃挥霍，写来便有千万军马之势。第二阵妙于借秦明过第一拨中。却借第三拨花荣、穆弘作第二拨，前来策救，真写出一时临敌应变，不必死守宋江成令，而末又补出戴宗、白胜隔港呐喊，以见不漏一人也。然又有奇之尤奇者，于鸣金收军之后，忽然变出三娘独赶宋江，而手足无措之际，却跳出一李逵，吾不怪其至此又作奇峰，正怪其前文如何藏过，乃一之为甚，而岂意跳出李逵之后，尚藏过一林冲，盖此第三阵尤为绝笔矣。

　　如此一篇血战文字，却以王矮虎做光起头，遂使读者胸中，只谓儿戏之事，而一变便作轰雷激电之状，直是惊吓绝人。

　　矮虎、三娘本夫妻二人，而未入此回，则夫在此，妻在彼；既过此回，即妻在此，夫在彼。一篇以捉其夫去始，以捉其妻来终，皆属耐庵才子戏笔。

话说当下宋江在马上看时，四下里都有埋伏军马，且教小喽啰只往大路杀将去。只听得三军屯塞住了，众人都叫起苦来，宋江问道："怎么叫苦？"众军都道："前面都是盘陀路，走了一遭，又转到这里。"宋江道："教军马望火把亮处，有房屋人家，取路出去。"又走不多时，只见前军又发起喊来，叫道："甫能望火把亮处取路，又有苦竹签、铁蒺藜，遍地撒满鹿角，都塞了路口。"宋江道："莫非天丧我也！"

正在慌急之际，只听得左军中间，穆弘队里闹动，［写来令人又吃一吓，笔法淋漓突兀之极。］报来说道："石秀来了！"［只一石秀来，写得淋漓突兀至此。］宋江看时，见石秀拈着口刀，奔到马前道："哥哥休慌，兄弟已知路了。暗传下将令，教三军只看有白杨树便转弯走去，不要管他路阔路狭。"宋江催趱人马，只看有白杨树便转，约走过五六里路，只见前面人马越添得多了。［笔笔写来，淋漓骇绝。］宋江疑忌，便唤石秀问道："兄弟，怎么前面贼兵众广？"石秀道："他有烛灯为号。"花荣在马上看见，［忽然记得将军神箭，笔笔生龙活虎。］把手指与宋江道："哥哥，你看见那树影里这碗烛灯么？只看我等投东，他便把那烛灯望东扯；若是我们投西，他便把那烛灯望西扯。只那些儿，想来便是号令。"［如此写出祝彪英灵，真有不烦一刀、不费一矢之略。］宋江道："怎地奈何得他那碗灯？"花荣道："有何难哉！"便拈弓搭箭，纵马向前，望着影中只一箭，不端不正，恰好把那碗红灯射将下来。［若写祝家赶杀，便是俗笔。若写山寨血战，亦是俗笔。看他写祝家只是一碗灯，写宋江只是一枝箭，战阵之事，写来全是仙笔，亦大奇也。］四下里埋伏军兵，不见了那碗红灯，便都自乱撺起来。［妙。］宋江叫石秀引路，且杀出村口去。只听得前山喊声连天，一带火把纵横撩乱。宋江教前军扎住，［写来令人又吃一吓，笔笔淋漓突兀之极。］且使石秀领路去探。不多时，回

来报道："是山寨中第二拨马军到了，[石秀来作一吓，第二拨到又作一吓，其用笔之奇至此。]接应杀散伏兵。"宋江听罢，进兵夹攻，夺路奔出村口。祝家庄人马四散去了。

会合着林冲、秦明等众人军马，同在村口驻扎，却好天明，去高阜处下了寨栅，整点人马，数内不见了镇三山黄信。宋江大惊，询问缘故。有昨夜跟去的军人见的，来说道："黄头领听着哥哥将令，前去探路，不提防芦苇丛中舒出两把挠钩，拖翻马脚，被五七个人活捉去了，救护不得。"宋江听罢大怒，要杀随行军汉，"如何不早报来？"林冲、花荣劝住宋江。众人纳闷道："庄又不曾打得，倒折了两个兄弟，似此怎生奈何？"杨雄道：[石秀既有探路之功，便让李应。]杨雄说出"此间有三个村坊结并。所有东村李大官人，前日已被祝彪那厮射了一箭，见今在庄上养病，哥哥何不去与他计议？"宋江道："我正忘了也。他便知本处地理虚实。"分付教取一对段匹羊酒，选一匹好马并鞍辔，亲自上门去求见。林冲、秦明权守栅寨。宋江带同花荣、杨雄、石秀[一个护身，两个介绍。]上了马，随行三百马军，取路投李家庄来。

到得庄前，早见门楼紧闭，吊桥高拽起了，墙里摆着许多庄兵人马，门楼上早擂起鼓来。宋江在马上叫道："俺是梁山泊义士宋江，特来谒见大官人，别无他意，休要提备。"庄门上杜兴看见有杨雄、石秀在彼，[好。]慌忙开了庄门，放只小船过来，与宋江声喏。宋江慌忙下马来答礼。杨雄、石秀近前禀道：[好。]"这位兄弟，便是引小弟两个接李大官人的，唤做鬼脸儿杜兴。"宋江道："原来是杜主管。相烦足下对李大官人说，俺梁山泊宋江，久闻大官人大名，无缘不曾拜会。今因祝家庄要和俺们做对头，经过此间，特献彩段名马羊酒薄礼，只求一见，别无他意。"杜兴领了言语，再渡过庄来，直到厅前。李应带伤披被，坐在床上。杜兴把宋江要求见的言语说了。李应道："他是梁山泊造反的人，我如何与他厮见？无私有意。你可回他话道，只说我卧病在床，动止不得，难以相见，改日却得拜会。所赐礼物，不敢祗受。"杜兴再渡过来，见宋江禀道："俺东人再三拜上头领，本欲亲身迎迓，奈缘中伤，患躯在床，不能相见，容日专当拜会。适蒙所赐厚礼，并不敢受。"宋江道："我知你东人的意了。我因打祝家庄失利，欲求相见则个，他恐祝家庄见怪，不肯出来相见。"杜兴道："非是如此，委实患病。〔只一句截住。〕小人虽是中山人氏，到此多年了，颇知此间虚实事情。〔何必见李应，见杜兴犹见李应矣，用笔何等净便之极。〕中间是祝家庄，东是俺李家庄，西是扈家庄。这三村庄上，誓愿结生死之交，有事互相救应。今番恶了俺东人，自不去救应，〔只一句便放倒一边，皆耐庵匠心所运也。〕只恐西村扈家庄上要来相助。他庄上别的不打紧，只有一个女将唤做一丈青扈三娘，使两口日月刀，好生了得。〔详。○又即引动下文。〕却是祝家庄第三子祝彪定为妻室，早晚要娶。若是将军要打祝家庄时，不须提备东边，只要紧防西路。〔特特折笔写到李家，只为要提出此句也。得此一笔，下文便好注意只写西边，此所谓耐庵匠心之笔也。〕祝家庄上前后有两座庄门：〔详。〕一座在独龙冈前，一座在独龙冈后。若打前门，却不济事；须是两面夹攻，方可得破。〔详。〕前门打紧，路杂难认，一遭都是盘陀路径，阔狭不等，但有白杨树便可转弯，方是活路，如无此树，便是死路。"〔详。○此虽石秀已知，然在杜兴口中不得不写一过。〕石秀道："他如今都把白杨树木斫伐去了，将何为记？"〔前并不见此事，忽然口中问出，虚实互用，笔法妙绝。〕杜兴道："虽然斫伐了树，如何起得根尽？也须有树根在彼。〔作书不过弄笔之事也，乃写来便若真有其事而亲临其地者，真正

才子，谁其匹之。只宜白日进兵去攻打，黑夜不可进去。"「详。」

宋江听罢，谢了杜兴，一行人马却回寨里来。「足矣，此行可谓不虚。」林冲等接着，都到大寨里坐下。宋江把李应不肯相见，并杜兴说的话，对众头领说了。李逵便插口道："好意送礼与他，那厮不肯出来迎接哥哥，我自引三百人去打开鸟庄，脑揪这厮出来拜见哥哥。"宋江道："兄弟，你不省得，他是富贵良民，惧怕官府，如何造次肯与我们相见？"李逵笑道："那厮想是个小孩子，怕见。"众人一齐都笑起来。宋江道："虽然如此说了，两个兄弟陷了，不知性命存亡，你众兄弟可竭力向前，跟我再去攻打祝家庄。"众人都起身说道："哥哥将令，谁敢不听？不知教谁前去？"黑旋风李逵说道：「定是大哥，暗中亦猜得着。」"你们怕小孩子，我便前去！"宋江道："你做先锋不利，今番用你不着。"「此篇每以闲笔写李逵气闷，令读者绝倒。」李逵低了头忍气。宋江便点马麟、邓飞、欧鹏、王矮虎四个："跟我亲自做先锋去。"第二点戴宗、秦明、杨雄、石秀、李俊、张横、张顺、白胜，准备下水路用人；第三点林冲、花荣、穆弘、李逵，分作两路策应。众军标拨已定，都饱食了，披挂上马。

且说宋江亲自要去做先锋，攻打头阵；前面打着一面大红帅字旗，「一面红旗，引出两面白旗。」引着四个头领、一百五十骑马军、一千步军，杀奔祝家庄来。直到独龙冈前，宋江勒马，看那祝家庄上，扬起两面白旗，旗上明明绣着十四个字道"填平水泊擒晁盖，踏破梁山捉宋江"。「极写祝彪可人。」当下宋江在马上，心中大怒，设誓道："我若打不得祝家庄，永不回梁山泊！"众头领看了，一齐都怒起来。

762

宋江听得后面人马都到了，留下第二拨头领攻打前门，[写得明画。] 宋江自引了前部人马，转过独龙冈后面来看祝家庄时，后面都是铜墙铁壁，把得严整，正看之时，只见直西一彪军马，呐着喊，从后杀来。[三庄相联，殊难布笔，先以一段按下李应，次作一番先写扈家。是皆耐庵匠心运成，非易构之笔也。] 宋江留下马麟、邓飞把住祝家庄后门，[写得明画。] 自带了欧鹏、王矮虎，分一半人马前来迎接。山坡下来军约有二三十骑马军，当中簇拥着一员女将，正是扈家庄女将一丈青扈三娘，一骑青骏马上，[加一"青"字，便觉青极。] 轮两口日月双刀，引着三五百庄客，前来祝家庄策应。宋江道："刚说扈家庄有这个女将，好生了得，想来正是此人。谁敢与他迎敌？"说犹未了，只见这王矮虎是个好色之徒，[亲迎则得妻，不亲迎则不得妻，必亲迎乎？] 听得说是个女将，指望一合便捉得过来；当时喊了一声，骤马向前，挺手中枪，便出迎敌。两军呐喊，那扈三娘拍马舞刀，来战王矮虎。一个双刀的熟闲，一个单枪的出众。[忽作戏论。] 两个斗敌十数合之上。宋江在马上看时，见王矮虎枪法架隔不住。原来王矮虎初见一丈青，恨不得便捉过来；谁想斗过十合之上，看看的手颤脚麻，枪法便都乱了。不是两个性命相扑时，王矮虎却要做光起来。[绝倒。] 那一丈青是个乖觉的人，心中道："这厮无理！"便将两把双刀，直上直下砍将入来。这王矮虎如何敌得过？拨回马却待要走，被一丈青纵马赶上，把右手刀挂了，轻舒粉臂，将王矮虎提脱雕鞍。众庄客齐上，横拖倒拽，活捉去了。

欧鹏见捉了王英，[疾接出欧鹏。眉批：欧鹏。] 便挺枪来救，一丈青纵马跨刀，接着欧鹏，两个便斗。原来欧鹏祖是军班子弟出身，使得好一条铁枪，[如此忙，又有闲笔，写欧鹏武艺。]

宋江看了，暗暗地喝采。怎的欧鹏枪法精熟，也敌不得那女将半点便宜。邓飞在远远处〔忽插出邓飞。〕看见捉了王矮虎，欧鹏又战那女将不下，跑着马，舞起一条铁链，大发喊赶将来。〔邓飞本欲助欧鹏战三娘，却因祝龙来取宋江，便疾退转保护，此发赶来，乃在半道，写得迅疾骇人。〕祝家庄上已看多时，诚恐一丈青有失，慌忙放下吊桥，开了庄门，祝龙〔彼军添出祝龙。〕亲自引了三百余人，骤马提枪来捉宋江。〔不说助三娘，却说捉宋江，迅疾骇人。〕马麟看见，〔疾接出马麟。眉批：马麟。〕一骑马使起双刀，来迎住祝龙厮杀。〔亦不说救宋江，却说战祝龙，马麟迎住祝龙，而邓飞疾回保护，笔笔迅疾骇人。〕邓飞恐宋江有失，〔疾掣转邓飞。〕不离左右，看他两边厮杀，喊声迭起。宋江见马麟斗祝龙不过，〔马麟、祝龙一对。〕欧鹏斗一丈青不下，〔欧鹏、三娘一对。〕正慌哩，只见一彪军马从刺斜里杀将来。宋江看时，大喜，却是霹雳火秦明，〔忽转出秦明。眉批：秦明。〕听得庄后厮杀，前来救应。宋江大叫："秦统制，你可替马麟！"秦明是个急性的人，更兼祝家庄捉了他徒弟黄信，正好没气，〔如此忙，又有闲笔写秦明心事。〕拍马飞起狼牙棍，便来直取祝龙。祝龙也挺枪来敌秦明。马麟引了人却夺王矮虎。那一丈青看见了马麟来夺人，便撇了欧鹏，却来接住马麟厮杀。两个都会使双刀，马上相迎着，正如风飘玉屑，雪撒琼花，宋江看得眼也花了。〔秦明直取祝龙，便已替下马麟；乃马麟偏不归阵，却去救夺矮虎；三娘见来夺人，便反撇了欧鹏，来战马麟。一番接换，忽变出四口刀来，迅疾骇人，不独宋江眼花也。〕

这边秦明和祝龙斗到十合之上，祝龙如何敌得秦明过？庄门里面那教师栾廷玉，〔彼军添出栾廷玉。〕带了铁锤，上马挺枪，杀将出来。欧鹏便来迎住栾廷玉厮杀。〔三娘方撇欧鹏，欧鹏恰迎廷玉，迅疾骇人。〕栾廷玉也不来交马，带住枪时，刺斜里便走。欧鹏赶将去，被栾廷玉一飞锤，正打着，〔写廷玉亦极迅疾。〕翻筋斗撷下马去。邓飞大叫："孩儿们救人！"〔疾接入邓飞。〕舞着铁链径奔栾廷玉。宋江急唤小喽啰，救得欧鹏上马。

764

那祝龙当敌秦明不住，拍马便走。栾廷玉也撇了邓飞，［邓飞舍宋江奔廷玉，宋江便得救欧鹏。迅疾骇人之极。］却来战秦明。［邓飞舍宋江奔廷玉，廷玉却撇邓飞战秦明，笔笔迅疾骇人，不曾有点墨少停。］两个斗了一二十合，不分胜败。栾廷玉卖个破绽，落荒即走，秦明舞棍，径赶将去。栾廷玉便望荒草之中，跑马入去。秦明不知是计，也追入去。原来祝家庄那等去处，都有人埋伏；见秦明马到，拽起绊马索来，连人和马都绊翻了，发声喊，捉住了秦明。［写秦明被捉，亦极迅疾。］邓飞见秦明坠马。［疾赶上邓飞。］慌忙来救时，见绊马索起，却待回身，两下里叫声："着！"挠钩似乱麻一般搭来，就马上活捉了去。［写邓飞被捉，又极迅疾。○看廷玉撇了邓飞，却战秦明，及捉得秦明，便并捉得邓飞，笔笔跳掷而去，非五指之所得捫定也。］宋江看见，只叫得苦，止救得欧鹏上马。马麟撇了一丈青，急奔来保护宋江，［疾掣回马麟。○以上一番血战，骤读之，疑谓此以四人战彼三人。及细读之，而始知此四人者，段段除出一人，保护宋江，实止三人出战也。真正才子，真正奇文。］望南而走，背后栾廷玉、祝龙、一丈青分投赶将来。看看没路，正待受缚，只见正南上一个好汉飞马而来，［疾。］背后随从约有五百人马。宋江看时，乃是没遮拦穆弘。［忽飞出穆弘。眉批：穆弘。］东南上也有三百余人、两个好汉，飞奔前来：［疾。］一个是病关索杨雄，一个是拼命三郎石秀。［又飞出杨雄、石秀。眉批：杨雄、石秀。］东北上又一个好汉，高声大叫："留下人着！"［疾。］宋江看时，乃是小李广花荣。［又飞出花荣。○行文固有水穷云起之法，不图此处水到极穷，云起极变也。使我读之，头目岑岑矣。眉批：花荣。］三路人马一齐都到，宋江心下大喜，一发并力来战栾廷玉、祝龙。庄上望见，恐怕两个吃亏，且教祝虎守把住庄门，［如此忙，又有闲笔顿此一句。］小郎君祝彪骑一匹劣马，使一条长枪，自引五百余人马，从庄后杀将出来，［彼军又添出祝彪。］一齐混战。庄前李俊、张横、张顺，［又回顾到李俊、张横、张顺。］下水过来，被庄上乱箭射来，不能下手。戴宗、白胜，［又补出戴宗、白胜。眉批：李俊、张横、张顺、戴宗、白胜。］只在对岸呐喊。［只补写二段，亦复天摇地震。］宋江见天色晚了，急叫

765

马麟先保护欧鹏出村口去。「如此忙，用笔偏如此周折。」宋江又教小喽啰筛锣，聚拢众好汉，且战且走。宋江自拍马到处寻了看，只恐弟兄们迷了路。「上来如此一篇奇文，真是天崩地塌，山摇海啸，非复目光所照，心魂所知矣。读至此句，方图少得休息，不意下文一转，忽然兴精作怪，重出奇文。才子之笔，千载无两。」

正行之间，只见一丈青飞马赶来。「迅疾骇人。」宋江措手不及，便拍马望东而走。「迅疾骇人。」背后一丈青紧追着，八个马蹄翻盏撒钹相似「迅疾骇人。」赶投深村处来。一丈青正赶上宋江，待要下手，「迅疾骇人。」只听得山坡上有人大叫道："那鸟婆娘赶我哥哥那里去？"宋江看时，却是黑旋风李逵，「无数好汉莫不各出死力，血战至深，乃至戴宗、白胜，亦复收拾已毕。却于不意中，独漏一李逵，至此忽然跳出。奇情奇文，不知其先构局、后下笔，先下笔、后变局也。眉批：李逵。」轮两把板斧，引着七八十个小喽啰，大踏步赶将来。「连日闷闷，此得一吐。」一丈青便勒转马，望这树林边去。宋江也勒住马看时，只见树林边转出十数骑马军来，当先簇拥着一个壮士，正是豹子头林冲，「收拾众人已毕，忽然漏一李逵，已属意外之事，不谓还有一林冲也。才子奇情，我直无以测之矣。眉批：林冲。」在马上大喝道："兀那婆娘走那里去？"一丈青飞刀纵马，直奔林冲，林冲挺丈八蛇矛迎敌。两个斗不到十合，林冲卖个破绽，放一丈青两口刀砍入来。林冲把蛇矛逼个住，两口刀逼斜了，赶拢去，轻舒猿臂，款扭狼腰，把一丈青只一拽，活挟过马来。「头上活捉矮虎过去，尾上活捉三娘来，是一役也，只是夫妻二人交易而退，为之失笑。」宋江看见喝声采，不知高低。林冲叫军士绑了，骤马向前道："不曾伤犯哥哥么？"宋江道："不曾伤着。"便叫李逵快走村中，接应众好汉，"且教来村口商议，天色已晚，不可恋战。"黑旋风领本部人马去了。林冲保护宋江，押着一丈青在马上，取路出村口来。当晚众头领不得便宜，急急都赶出村口来。祝家庄人马也收回庄上去了，满村中杀死的人，不计其数。祝龙教把捉到的人都将来陷车囚了，一发拿了宋江，却解上东京去请功。扈家庄已把王矮虎解送到祝家庄去了。

且说宋江收回大队人马，到村口下了寨栅，先教将一丈青过来，「"先教"妙。」唤二十个老成的小喽啰，「"老成"妙。」着四个头目，骑四匹快马，「"快马"妙。」把一丈青拴了双手，也骑一匹马。"连夜与我送上梁山泊去，「"连夜"妙。」交与我父亲宋太公收管，「"交太公"妙。」便来回话；「"便回话"妙。」待我回山寨，自有发落。"「"待我"妙。○字字都成妙语。」众头领都只道宋江自要这个女子，尽皆小心送去。「妙，绝倒。○一篇天摇地震文字之后，忽作此风致煞尾，奇笔妙笔，总出常人意外。」先把一辆车儿教欧鹏上山去将息。「细匝。」一行人都领了将令，连夜去。宋江其夜在帐中纳闷，一夜不睡，坐而待旦。

次日，只见探事人报来说："军师吴学究引将三阮头领，并吕方、郭盛带五百人马到来。"宋江听了，出寨迎接了军师吴用，到中军帐里坐下。吴学究带将酒食来，与宋江把盏贺喜，「何喜可贺，下文又未及详，遂令读者无不疑为一丈青也。」一面犒赏三军众将。吴用道："山寨里晁头领多听得哥哥先次进兵不利，特地使将吴用并五个头领来助战。不知近日胜败如何？"宋江道："一言难尽。叵耐祝家那厮，他庄门上立两面白旗，写道'填平水泊擒晁盖，踏破梁山捉宋江'。这厮无礼！先一遭进兵攻打，因为失其地利，折了杨林、黄信；夜来进兵，又被一丈青捉了王矮虎，栾廷玉锤打伤了欧鹏，绊马索拖翻捉了秦明、邓飞。如此失利，若不得林教头恰活捉得一丈青时，折尽锐气！今来似此，如之奈何！若是宋江打不得祝家庄破，救不出这几个兄弟来，情愿自死于此地，也无面目回去见得晁盖哥哥。"吴学究笑道："这个祝家庄也是合当天败。恰好有这

个机会，吴用想来，事在旦夕可破。"宋江听罢，十分惊喜，连忙问道："这
祝家庄如何旦夕可破？机会自何而来？"吴学究笑着，不慌不忙，叠两个指
头，说出这个机会来。正是：空中伸出拿云手，救出天罗地网人。毕竟军师
吴用说出甚么机会来，且听下回分解。

【第四十八回】

解珍解宝双越狱

孙立孙新大劫牢

千军万马后忽然扬去，别作湍悍娟致之文，令读者目不暇易。

乐和说："你有个哥哥。"解珍却说："我有个姐姐。"乐和所说哥哥，乃是娘面上来，解珍所说姐姐，却自爷面上起。乐和说起哥哥，乐和却是他的妻舅；解珍说起姐姐，解珍又是他兄弟的妻舅，无端撮弄出一派亲戚，却又甜笔净墨，绝无困蠢彭亨之状。昨读《史记》霍光与去病兄弟一段，叹其妙笔，今日又读此文也。

"赖"字，出《左传》；赖人姓毛，出《大藏》。然此族今已蔓延天下矣，如之何？

话说当时吴学究对宋公明说道："今日有个机会，却是石勇面上来投入伙的人，又与栾廷玉那厮最好，亦是杨林、邓飞的至爱相识。他知道哥哥打祝家庄不利，特献这条计策来入伙，以为进身之礼，随后便至。五日之内，可行此计，却是好么？"宋江听了，大喜道："妙哉！"方才笑逐颜开。

原来这段话，正和宋公明初打祝家庄时一同事发。「如此风急火急之文，忽然一阁阁起，却去另叙一事，见其才大如海也。〇欲赋天台山，却指东海霞，真是奇情恣笔。」乃是山东海边有个州郡，唤做登州。登州城外有一座山，山上多有豺狼虎豹，出来伤人。因此登州知府拘集猎户，当厅委了杖限文书，捉捕登州山上大虫；又仰山前山后里正之家，也要捕虎文状；限外不行解官，痛责枷号不恕。

且说登州山下有一家猎户，弟兄两个，哥哥唤做解珍，兄弟唤做解宝。弟兄两个，都使浑铁点钢叉，有一身惊人的武艺。当州里的猎户们，都让他第一。那解珍一个绰号唤做"两头蛇"，这解宝绰号叫做"双尾蝎"。二人父母俱亡，不曾婚娶。「只八个字，写得二解单兄双弟，更无一丝半线。入后忽然因亲及亲，牵出许多绳索来，又是一样方法。」那哥哥七尺以上身材，紫棠色面皮，腰细膀阔；「写出好汉。」这兄弟更是利害，也有七尺以上身材，面圆身黑，两只腿上刺着两个飞天夜叉，有时性起，恨不得拔树摇山，腾天倒地。「写出好汉。」那兄弟两个当官受了甘限文书，回到家中，整顿窝弓、药箭、弩子、锒叉，穿了豹皮裤、虎皮套体，拿了钢叉，「详悉写之，以见二解得虎之难，而毛之赖之为不仁也。○今世之前人心竭力尽，而后人就口便吞者，亦岂少哉！」两个径奔登州山上，下了窝弓，去树上等了一日，不济事了，「得虎之难如此。」收拾窝弓下去。次日，又带了干粮，再上山伺候，看看天晚，弟兄两个再把窝弓下了，爬上树去，直等到五更，又没动静。「得虎之难如此。」两个移了窝弓，却来西山边下了，坐到天明，又等不着。「得虎之难如此。」两个心焦，说道："限三日内要纳大虫，迟时须用受责，却是怎地好！"两个到第三日夜，伏至四更时分，不觉身体困倦，两个背厮靠着且睡。「一路皆极写得虎之苦。」未曾合眼，忽听得窝弓发响。两个跳将起来，拿了钢叉，四下里看时，只见一个大虫中了药箭，在那地上滚。「写大虫入园，亦不是一笔，妙。」两个拈着钢叉向前来，那大虫见了人来，带着箭便走。「第一句是滚，第二句是走，第三句方是入园里去，妙。」两个追将向前去，不到半山里时，药力透来，那大虫挡不住，吼了一声，骨碌碌滚将下山去了。「上得虎不作一笔，此失虎亦不作一笔，可见文无大小，皆无浪笔。」解宝道："好了！我认得这山是毛太公「姓便不佳。○今日此族最盛。」庄后园里，我和你下去他家，取讨大虫。"当时弟兄两个提了钢叉「细。」径下山来，投毛太公庄上敲门。此时方才天明，两个敲开庄门入去，庄客报与太公知道。多时，「事不佳矣。」毛太公出来。解珍、解宝放下钢叉，「细。」声了喏，说道："伯伯多

时不见，今日特来拜扰。"毛太公道："贤侄，如何来得这等早？有甚话说？"
解珍道："无事不敢惊动伯伯睡寝。如今小侄因为官司委了甘限文书，要捕
获大虫。一连等了三日，今早五更射得一个，不想从后山滚下，在伯伯园里。
望烦借一路，取大虫则个。"毛太公道："不妨。〔二字是口头便语，而小既是落在
人之奸猾者尤说之最熟。〕
我园里，二位且少坐，敢是肚饥了，吃些早饭去取。"〔可见早饭叫庄客且去
不可乱吃。〕
安排早膳来相待。当时劝二位吃了酒饭，〔又多时。〕解珍、解宝起身谢道："感
承伯伯厚意，望烦引去取大虫还小侄。"毛太公道："既是在我庄后，却怕怎
地？且坐吃茶，〔吃饭后又吃茶，却去取未迟。"解珍、解宝不敢相违，只得又
皆极其迁延。〕
坐下，庄客拿茶来，教二位吃了。〔又多时。〕毛太公道："如今和贤侄去取大
虫。"解珍、解宝道："深谢伯伯。"

　　毛太公引了二人，入到庄后，方叫庄客把钥匙来开门，〔入到庄后方叫，妙，
便活写出老奸矣。〕
百般开不开。〔又多时。〕毛太公道："这园多时不曾有人来开，敢是锁镥锈了，
〔活写老奸。○只因此开不得？去取铁锤来，打开了罢。"庄客身边取出铁锤，
合应云不是。〕
〔钥匙便到了方讨，铁锤便身边打开了锁。众人都入园里去看时，遍山边去看，寻不
取出。皆极力写出老奸败笔。〕
见。毛太公道："贤侄，你两个莫不错看了，认不仔细？敢不曾落在我园里？"
〔看他一路解珍道："怎地得我两个错看了？是这里生长的人，如何不认得？"
渐渐赖来。〕
毛太公道："你自寻便了，有时自抬去。"〔上犹作诳长商量语，此渐作白眼冷解宝道：
看语矣。毛口毛舌，真是写来如画。〕
"哥哥，你且来看：〔如画。〕这里一带草滚得平平地都倒了，〔一证。〕又有血路在
上头，〔二证。○看此二句，便知二解不是无端来赖如何说不在这里？必是伯伯家庄
毛家，且令下文苦要还虎，便更无商量也。〕
客抬过了。"〔先指庄客，后斥太公，讨虎亦不作一笔。眉毛太公道："你休这等说，我
批：毛解争虎，一声一口，是一篇绝妙小文字。〕

772

家庄上的人如何得知有大虫在园里？便又抬得过？你也须看见，方才当面敲开锁来，「看他说得极干净，便如活画。」和你两个一同入园里来寻。你如何这般说话！"解珍道："伯伯，你须还我这个大虫去解官。"「上犹云庄客抬过，此竟云你须还我，其辞渐迫。」毛太公道："你这两个好无道理！我好意请你吃酒饭，「酒饭便作话本，老奸可畏可丑，每每如此。」你颠倒赖我大虫！"解宝道："有甚么赖处！你家也见当里正，官府中也委了甘限文书，却没本事去捉，倒来就我见成，「真是毒极。」你倒将去请功，教我兄弟两个吃限棒！"「真是毒极。」毛太公道："你吃限棒，干我甚事！"「老奸可畏，上犹赖，至此竟不复赖矣。」解珍、解宝睁起眼来，便道："你敢教我搜一搜么？"毛太公道："我家比你家？「写老奸相凌之语如画。」各有内外！你看这两个叫化头，「不知教谁看，活画老奸声口。○句句明欺之。」倒来无礼！"解宝抢近厅前，寻不见，心中火起，便在厅前打将起来。解珍也就厅前攀折栏杆，打将入去。毛太公叫道："解珍、解宝白昼抢劫！"「看他只叫出八个字，而喝其名字，喝其罪状，字无虚发，活画老奸。」那两个打碎了厅前椅桌，见庄上都有准备，两个便拔步出门，指着庄上骂道："你赖我大虫，和你官司里去理会！"

那两个正骂之间，只见两三匹马投庄上来，引着一伙伴当。解珍认得是毛太公儿子毛仲义，「虽姓毛，幸名义，疑尚可诉也。其实孰知虽锡嘉名，实承恶教，父子不义，同恶相济也哉！甚矣！名之不足以定人，而仁义忠信，徒欺我也。○名之佳者莫如霍去病、辛弃疾、晁无咎、张无垢，皆以改过自勉，其他以好字立名者，我见其人矣。」接着说道："你家庄上庄客「仍旧托辞庄客，写二解未尝无礼。」捉过了我大虫，你爹不讨还我，颠倒要打我弟兄两个！"毛仲义道："这厮村人不省事，我父亲必是被他们瞒过了；你两个不要发怒，随我到家里，「宛然留吃早饭，铁锤打锁教法。」讨还你便了。"解珍、解宝谢了。毛仲义叫开庄门，教他两个进去；待得解珍、解宝入得门来，「疾。」便叫关上庄门，「疾。」喝一声："下

手！"〔疾。〕两廊下走出二三十个庄客，并恰才马后带来的都是做公的。〔疾。〕那兄弟两个措手不及，众人一发上，把解珍、解宝绑了。〔疾。○有是父，有是子。〕毛仲义道："我家昨夜自射得一个大虫，〔看他说。〕如何来白赖我的？乘势抢掳我家财，打碎家中什物，当得何罪？解上本州，也与本州除了一害！"

原来毛仲义五更时，先把大虫解上州里去了，却带了若干做公的来捉解珍、解宝。不想他这两个不识局面，正中了他的计策，〔注一通，此又一文法也。〕分说不得。毛太公教把他的使的钢叉〔一。〕做一包赃物，〔二。○赃物上写"做"字，令人失笑。〕扛抬了许多打碎的家火什物，〔三。〕将解珍、解宝剥得赤条条的，背剪绑了，解上州里来。本州有个六案孔目，姓王，名正，〔又是一个好名字人。〕却是毛太公的女婿，〔村中既有毛男，州里又有毛女。毛头毛脑既多，而毛手毛脚遂不可当矣。○此篇写得因亲及亲，如此句，亦是先衬一笔也。〕已自先去知府面前禀说了；才把解珍、解宝押到厅前，不由分说，捆翻便打，定要他两个招做混赖大虫，各执钢叉，因而抢掳财物。解珍、解宝吃拷不过，只得依他招了。知府教取两面二十五斤的重枷来枷了，钉下大牢里去。毛太公、毛仲义自回庄上商议道："这两个男女，却放他不得，不若一发结果了他，免致后患。"当时子父二人自来州里，分付孔目王正："与我一发斩草除根，了此一案。我这里自行与知府透打关节。"

却说解珍、解宝押到死囚牢里，引至亭心上来〔亭心一见。〕见这个节级。为头的那人姓包，名吉，〔又是一个好名字人。○极奸邪人却名义，极奸邪人却名正，极凶恶人却名吉，可叹可笑。〕已自得了毛太公银两，并听信王孔目之言，教对付他两个性命，便来亭心里坐下。〔亭心。〕小牢子对他两个说道："快过来跪在亭子前！"〔看他特地将亭子写一番。〕包节级喝道："你两个便是甚么两头蛇、双尾蝎，是你么？”解珍道：“虽然别人叫小人们这等混名，实不曾陷害良善。”［其语隐然相刺，亦真有两头蛇、双尾蝎之能。］包节级喝道：“你这两个畜生，今番我手里，教你两头蛇做一头蛇，双尾蝎做单尾蝎！且与我押入大牢里去！”

那一个小牢子把他两个带在牢里来，见没人，那小节级便道：“你两个认得我么？我是你哥哥的妻舅。”［遥遥贤亲，凭空而坠。］解珍道：“我只亲弟兄两个，别无那个哥哥。”［故作一折，文澜横溢。○一哥哥不肯认，下却弯环枝蔓，牵出无数亲戚，又是一样文情。］那小牢子道：“你两个须是孙提辖的兄弟？”［且置妻舅而辨哥哥，声声如话。眉批：解乐认亲，一声一口，是一篇绝妙小文字。］解珍道：“孙提辖是我姑舅哥哥。”［第一句认哥哥。］我却不曾与你相会。［第二句不认哥哥妻舅。］足下莫非是乐和舅？”［第三句又忽然想出，声声如话。］那小节级道：“正是。我姓乐，名和，祖贯茅州人氏。先祖挈家到此，将姐姐嫁与孙提辖为妻。我自在此州里勾当，做小牢子。人见我唱得好，都叫我做‘铁叫子’乐和。姐夫见我好武艺，也教我学了几路枪法在身。”原来这乐和是一个聪明伶俐的人，诸般乐品学着便会；作事道头知尾；说起枪棒武艺，如糖似蜜价爱。［好乐和。］为见解珍、解宝是好汉，有心要救他两个，只是单丝不线，孤掌难鸣，只报得他一个信。［只报一个信句，与下只央寄个信句，闲中穿应，甚好。］乐和说道：“好教你两个得知：如今包节级得受了毛太公钱财，必然要害你两个性命。你两个却是怎生好？”解珍道：“你不说起孙提辖则休，你既说起他来，只央你寄一个信。”［真是行到水穷，坐看云起，而所起之云，又止肤十，不图后文冉冉而兴，腾龙降雨，作此奇观也。］乐和道：“你却教我寄信与谁？”解珍道：“我有个姐姐，［乐和说你有个哥哥，解珍却云我有个姐姐，东穿西透，绝世文情。］是我爷面上的，［乐和所说哥哥，娘面上来；解珍所说姐，爷面上出。东穿西透，绝世文情。］却与孙提辖兄弟为妻，［乐和算来，是孙提辖妻舅；二解算来，又是孙提辖兄弟妻舅。东穿西透，绝世文情。○上文先云父母双亡，不谓父母面上却寻出如此一派亲眷，真正绝世奇文。眉批：亲上叙亲，极繁曲处偏清出如画，史公列传多有之，须留眼细读，始尽其妙，无以小文

「而忽之也。」见在东门外十里牌住。他是我姑娘的女儿，叫做'母大虫'顾大嫂，开张酒店，家里又杀牛开赌。我那姐姐有三二十人近他不得，姐夫孙新这等本事，也输与他。「此本赞姐姐语，却连姐夫都赞出来，妙笔。○又似戏语，乐和妙人，定曾失笑。」只有那个姐姐，和我弟兄两个最好。孙新、孙立的姑娘，却是我母亲，以此，他两个又是我姑舅哥哥。「上云孙提辖是我姑舅哥哥，此又云顾大嫂是我爷面上姐姐，诚恐读者疑姑舅亦是爷面上亲，便令妙文塞断，故特特又自注一句。」央烦得你暗暗地寄个信与他，把我的事说知，姐姐必然自来救我。"

乐和听罢，分付说："贤亲，你两个且宽心着。"先去藏些烧饼肉食，来牢里开了门，把与解珍、解宝吃了；推了事故，锁了牢门，教别个小节级看守了门，一径奔到东门外，望十里牌来。早望见一个酒店门前，悬挂着牛羊等肉；后面屋下，一簇人在那里赌博。「如画。」乐和见酒店里一个妇人坐在柜上，心知便是顾大嫂，走向前，唱个喏道："此间姓孙么？"顾大嫂慌忙答道："便是。足下却要沽酒？却要买肉？如要赌钱，后面请坐。"「接连三句，遂令乐和之来，真乃甚风吹到。」乐和道："小人便是孙提辖妻弟乐和的便是。"顾大嫂笑道："原来却是乐和舅，可知尊颜和姆姆一般模样。「此句妙，不惟为乐大娘子作引，亦写出乐和人物标致也。」且请里面拜茶。"乐和跟进里面，客位里坐下。顾大嫂便动问道："闻知得舅舅在州里勾当，家下穷忙少闲，不曾相会。「是亲戚中语。」今日甚风吹得到此？"乐和答道："小人无事，也不敢来相恼。今日厅上，偶然发下两个罪人进来，虽不曾相会，「是亲戚中语。」多闻他的大名。一个是两头蛇解珍，一个是双尾蝎解宝。"顾大嫂道："这两个是我的兄弟，不知因甚罪犯下在牢里？"乐和道："他两个因射得一个大虫，被本乡一个财主毛太公赖了，又把他两个强扭做贼，抢掳家财，解入州里来。他又上上下下都使了钱物，早晚间要教包节级牢里做翻他两个，结果了性命。小人路见不平，独自难救。只想一者占亲，二乃义气为重，特地与他通个消息。他说道，只除是姐姐便救得他。若不早早用心着力，难以救拔。"顾大嫂听罢，一片声叫起苦来，〔一篇写顾大嫂，全用不着"窈窕淑女"四字。〕便叫火家，快去寻得二哥家来说话。这几个火家去不多时，寻得孙新归来，与乐和相见。原来这孙新，祖是琼州人氏，军官子孙，因调来登州驻扎，弟兄就此为家。孙新生得身长力壮，全学得他哥哥的本事，使得几路好鞭枪，因此多人把他弟兄两个比尉迟恭，叫他做"小尉迟"。〔连哥说弟。〕顾大嫂把上件事对孙新说了。孙新道："既然如此，教舅舅先回去。他两个已下在牢里，全望舅舅看觑则个。我夫妻商量个长便道理，却径来相投。"乐和道："但有用着小人处，尽可出力向前。"顾大嫂置酒相待已了，将出一包碎银，付与乐和道："烦舅舅将去牢里，散与众人并小牢子们，好生周全他两个弟兄。"乐和谢了，收了银两，自回牢里来，替他使用，不在话下。

且说顾大嫂和孙新商议道："你有甚么道理，救我两个兄弟？"孙新道："毛太公那厮，有钱有势，他防你两个兄弟出来，须不肯干休，定要做番了他两个，似此必然死在他手。若不去劫牢，别样也救他不得。"顾大嫂道："我和你今夜便去。"〔我和你妙，今夜便去妙，真乃目无难事。○亦可号之为"母旋风"，意思实与李逵无二。〕孙新笑道："你好粗卤！我和你也要弄个长便，劫了牢，也要个去向。若不得我那哥哥〔乐和本说哥哥，解珍忽说姐姐；乐和寻着姐姐，孙新仍挽到哥哥。笔笔盘旋，处处跌打，妙绝妙绝。〕和这两个人时，〔又于许多亲戚外，添出两个人。〕行不得这件事。"顾大嫂道："这两个是谁？"孙新道："便是那叔侄两个最好赌的邹渊、

邹闰，「十五字一句，便如两人在纸背踢跳而出。」如今见在登云山台峪里，聚众打劫。他和我最好，若得他两个相帮，此事便成。"顾大嫂道："登云山离这里不远，你可连夜去请他叔侄两个来商议。"孙新道："我如今便去。你可收拾了酒食肴馔，我去定请得来。"顾大嫂分付火家宰了一口猪，铺下数盘果品按酒，排下桌子。

天色黄昏时候，只见孙新引了两筹好汉归来。那个为头的姓邹，名渊，原是莱州人氏；自小最好赌钱，闲汉出身，为人忠良慷慨，更兼一身好武艺，性气高强，不肯容人，江湖上唤他绰号"出林龙"。「写出好汉。」第二个好汉，名唤邹闰，是他侄儿，年纪与叔叔仿佛，二人争差不多，身材长大，天生一等异相，脑后一个肉瘤；往常但和人争闹，性起来，一头撞去；忽然一日，一头撞折了涧边一株松树，看的人都惊呆了，因此都唤他做"独角龙"。「写出好汉。」当时顾大嫂见了，请入后面屋下坐地，却把上件事告诉与他，次后商量劫牢一节。邹渊道："我那里虽有八九十人，只有二十来个心腹的。明日干了这件事，便是这里安身不得了。我却有个去处，我也有心要去多时，只不知你夫妇二人肯去么？"顾大嫂道："遮莫甚么去处，都随你去，只要救了我两个兄弟。"「写顾大嫂何等肝肠。」邹渊道："如今梁山泊十分兴旺，宋公明大肯招贤纳士。他手下见有我的三个相识在彼：一个是锦豹子杨林，「已被祝家捉去。」一个是火眼狻猊邓飞，「亦已被祝家捉去。」一个是石将军石勇，「此在山泊边开店，○先一映出。」都在那里入伙了多时。我们救了你两个兄弟，都一发上梁山泊，投奔入伙去如何？"顾大嫂道："最好！有一个不去的，我便乱枪戳死他！"「写顾大嫂活是黑旋风。」邹闰道："还有一件：我们倘或得了人，诚恐登州有些军马追来，如之奈何？"孙新道："我的亲哥哥见做本州兵马提辖，如今登州只有他一个了得，^{「得此一语，后便省手。」}几番草寇临城，都是他杀散了，到处闻名。^{「不惟表出孙立本事，亦遂为对调张本也。」}我明日自去请他来，要他依允便了。"邹渊道："只怕他不肯落草。"孙新说道："我自有良法。"

当夜吃了半夜酒，歇到天明，留下两个好汉在家里。却使一个火家，带领了一两个人，推一辆车子："快去城中营里，请我哥哥孙提辖并嫂嫂乐大娘子。说道：'家中大嫂害病沉重，便烦来家看觑。'"顾大嫂又分付火家道："只说我病重临危，有几句紧要的话，须是便来，只有一番相见嘱付。"^{「大虫口中又能作此情语，奇妙无比。○我年虽幼，而眷属凋伤，独为至多，骤读此言，不觉泪下。」}火家推车儿去了。孙新专在门前伺候，等接哥哥。饭罢时分，远远望见车儿来了，^{「远望如画。」}载着乐大娘子，^{「近睹如画。」}背后孙提辖骑着马，十数个军汉跟着，^{「远望是车，车上是乐大娘子，乐大娘子背后是孙提辖，孙提辖背后是军汉，写得一行如画。○非画来人，画望来人者也。」}望十里牌来。孙新入去报与顾大嫂得知，说："哥嫂来了。"顾大嫂分付道："只依我如此行。"孙新出来接见哥嫂，且请嫂嫂下了车儿，同到房里看视弟媳妇病症。孙提辖下了马，入门来，端的好条大汉：淡黄面皮，^{「是病。」}腮落胡须，^{「是尉迟。」}八尺以上身材；^{「是尉迟。」}姓孙，名立，绰号"病尉迟"，射得硬弓，骑得劣马，使一管长枪，腕上悬一条虎眼竹节钢鞭，^{「是尉迟。」}海边人见了，望风便跌。^{「写出好汉。」}当下病尉迟孙立下马来，进得门，便问道："兄弟，姊子害甚么病？"孙新答道："他害的症候甚是蹊跷，请哥哥到里面说话。"孙立便入来。孙新分付火家，着这伙跟马的军士去对门店里吃酒，^{「精细。」}便教火家牵过马，请孙立入到里面来坐下。

良久，孙新道："请哥哥、嫂嫂去房里看病。"孙立同乐大娘子入进房里，

见没有病人。孙立问道："婶子病在那里房内？"只见外面走入顾大嫂来，邹渊、邹闰跟在背后。「写得奇绝。」孙立道："婶子，你正是害甚么病？"顾大嫂道："伯伯拜了。「万福一句，亦与寻常妇人不同。」我害些救兄弟的病。"「四百四病中，未闻有此症，笔势踢跳之极。」孙立道："却又作怪，救甚么兄弟？"顾大嫂道："伯伯，你不要推聋装哑。「口未开，便责之，活是黑旋风意思。」你在城中岂不知道他两个「不出姓名，妙绝。」是我兄弟，偏不是你的兄弟！"「上文两番叙亲，至此一句忽合，绝世文情。」孙立道："我并不知因由，是那两个兄弟？"「照上不出姓名句。」顾大嫂道："伯伯在上，今日事急，「绝妙，大嫂字字读之快。」只得直言拜禀：这解珍、解宝被登云山下毛太公与同王孔目设计陷害，早晚要谋他两个性命。我如今和这两个好汉商量已定，要去城中劫牢，救出他两个兄弟，都投梁山泊入伙去。恐怕明日事发，先负累伯伯，因此我只推患病，请伯伯、姆姆到此，说个长便。若是伯伯不肯去时，我们自去上梁山泊去了。如今天下有甚分晓？走了的到没事，见在的便吃官司。常言道：'近火先焦。'伯伯便替我们吃官司、坐牢，那时又没人送饭来救你。伯伯尊意若何？"孙立道："我却是登州的军官，怎地敢做这等事？"顾大嫂道："既是伯伯不肯，我今日便和伯伯拼个你死我活！"「绝妙大嫂，佩服其言，可以愈疟。」顾大嫂身边便掣出两把刀来，「如火。」邹渊、邹闰各拔出短刀在手。「如火。」孙立叫道："婶子且住！「写伯伯叫，衬出婶婶凶来。」休要急速，待我从长计较，慢慢地商量。"乐大娘子惊得半晌做声不得。「闲笔能到。」顾大嫂又道："既是伯伯不肯去时，即便先送姆姆前行，我们自去下手。"孙立道："虽要如此行时，也待我归家去收拾包裹行李，看个虚实，方可行事。"顾大嫂道："伯伯，你的乐阿舅透风与我们了。「又牵出他内亲，一时妙口妙手。」一就去劫牢，一就去取行李不迟。"孙立叹了一口气,说道:"你众人既是如此行了,我怎地推却得?终不成日后倒要替你们吃官司?罢罢罢!都做一处商议了行。"先叫邹渊去登云山寨里收拾起财物马匹,「马匹重。」带了那二十个心腹的人,来店里取齐,邹渊去了。又使孙新入城里来,问乐和讨信,就约会了,暗通消息解珍、解宝得知。

次日,登云山寨里邹渊收拾金银已了,自和那起人到来相助;孙新家里也有七八个知心腹的火家,并孙立带来的十数个军汉,共有四十余人。孙新宰了两口猪、一腔羊,众人尽吃了一饱。顾大嫂贴肉藏了尖刀,扮做个送饭的妇人先去。「绝妙大嫂,只"先去"二字,活是黑旋风意思。」孙新跟着孙立,「弟跟兄。」邹渊领了邹闰,「叔领侄。○两句只十二字,又用一颠一倒,笔端乃妙之极。」各带了火家,分作两路入去。「线索清楚。」

却说登州府牢里包节级得了毛太公钱物,只要陷害解珍、解宝的性命。当日乐和拿着水火棍,正立在牢门里狮子口边,只听得拽铃子响。乐和道:"甚么人?"顾大嫂应道:"送饭的妇人。"乐和已自瞧科了,便来开门,放顾大嫂入来,再关了门,将过廊下去。包节级正在亭心里,「亭心再见。」看见便喝道:"这妇人是甚么人?敢进牢里来送饭!自古狱不通风!"乐和道:"这是解珍、解宝的姐姐自来送饭。"包节级喝道:"休要教他入去,你们自与他送进去便了。"「又作一勒。」乐和讨了饭,却来开了牢门,「开了牢门。」把与他两个。解珍、解宝问道:"舅舅,夜来所言的事如何?"「补出夜来暗约。」乐和道:"你姐姐入来了,只等前后相应。"乐和便把匣床与他两个开了。「开了匣床。」只听的小牢子入来报道:"孙提辖敲门,要走入来。"包节级道:"他自是营管,来

我牢里，有何事干？休要开门！" ^{「又作一勒。」}顾大嫂一蹾，蹾下亭心边去。^{「疾甚。〇亭心。」}外面又叫道："孙提辖焦躁了打门。"包节级忿怒，便下亭心来。^{「亭心。」}顾大嫂大叫一声："我的兄弟在那里？"^{「其势极凶，其声极痛，令我吓，又令我酸。」}身边便掣出两把明晃晃尖刀来。包节级见不是头，望亭心外便走。^{「亭心。」}解珍、解宝提起枷，从牢眼里钻将出来，^{「疾甚。」}正迎着包节级。包节级措手不及，被解宝一枷梢打去，把脑盖擗得粉碎。^{「包吉完。」}当时顾大嫂手起，早戳翻了三五个小牢子，一齐发喊，从牢里打将出来。孙立、孙新两个把住牢门，见四个从牢里出来，一发望州衙前便走。^{「想见其夜来定计，写得疾甚。」}邹渊、邹闰早从州衙里提出王孔目头来。^{「王正完，又疾甚。〇只勤叙一边，一边只一句便足。」}一行人大喊，步行者在前，孙提辖骑着马，弯着弓，搭着箭，压在后面。^{「写得如火如锦。」}街上人家都关上门，不敢出来。^{「又衬一句。」}

州里做公的人，认得是孙提辖，谁敢向前拦挡？^{「又衬一句。」}众人簇拥着孙立，奔出城门去，一直望十里牌来。扶挽乐大娘子上了车儿，^{「"扶挽"二字，人知写出闺房之秀，」}顾大嫂上了马，帮着便行。^{「不知正反衬女中大虫也。」}^{「姻娌绝倒。」}

解珍、解宝对众人道："叵耐毛太公老贼冤家，如何不报了去！"^{「是。〇论事不报不快，论文不报不完。」}孙立道："说得是。"便令兄弟孙新，与舅舅乐和，先护持车儿前行着，^{「是。」}"我们随后赶来。"孙新、乐和簇拥着车儿，先行去了。孙立引着解珍、解宝、邹渊、邹闰并火家伴当，一径奔毛太公庄上来，正值毛仲义与太公在庄上庆寿饮酒，^{「庆寿妙绝，随手成趣。」}却不提备一伙好汉，呐声喊，杀将入去。就把毛太公、毛仲义并一门杀了，去卧房里搜检得十数包金银财宝，后院里牵得七八匹好马，^{「马匹重。」}把四匹捎带驮载。解珍、解宝拣几件好的衣服穿了，

「换去囚服，甚细。」将庄院一把火齐放起烧了。各人上马，带了一行人，赶不到三十里路，早赶上车仗人马，一处上路行程。于路庄户人家，又夺得三五匹好马，「马匹重。」一行星夜奔上梁山泊去。

不一二日，来到石勇酒店里。那邹渊与他相见了，问起杨林、邓飞二人。石勇说起宋公明去打祝家庄，二人都跟去，两次失利。听得报来说，杨林、邓飞俱被陷在那里，不知如何。备闻祝家三子豪杰，又有教师铁棒栾廷玉相助，「千丈游丝，忽然飘到。」因此二次打不破那庄。孙立听罢，大笑道："我等众人来投大寨入伙，正没半分功劳，献此一条计去打破祝家庄，为进身之报，如何？"石勇大喜道："愿闻良策。"孙立道："栾廷玉和我是一个师父教的武艺。我学的枪刀，他也知道；他学的武艺，我也尽知。我们今日只做登州对调来郓州守把，经过来此相望，他必然出来迎接；我们进身入去，里应外合，必成大事。此计如何？"正与石勇说计未了，只见小校报道："吴学究下山来，前往祝家庄救应去。"「斗笋都紧筬。」石勇听得，便叫小校快去报知军师，请来这里相见。说犹未了，已有军马来到店前，乃是吕方、郭盛并阮氏三雄，随后军师吴用带领五百人马到来。石勇接入店内，引着这一行人都相见了，备说投托入伙，献计一节。吴用听了大喜，说道："既然众位好汉肯作成山寨，且休上山，便烦疾往祝家庄，行此一事，成全这段功劳，如何？"孙立等众人皆喜，一齐都依允了。吴用道："小生如今人马先去，众位好汉随后一发便来。"

吴学究商议已了，先来宋江寨中，见宋公明眉头不展，面带忧容。吴用置酒，与宋江解闷，备说起："石勇、杨林、邓飞三个的一起相识，是登州

兵马提辖病尉迟孙立，和这祝家庄教师栾廷玉是一个师父教的。今来共有八人，投托大寨入伙，特献这条计策，以为进身之报。今已计较定了，里应外合，如此行事，随后便来参见兄长。"宋江听说罢大喜，把愁闷都撇在九霄云外，忙叫寨内置酒，安排筵席，等来相待。

却说孙立教自己的伴当人等，跟着车仗人马投一处歇下，只带了解珍、解宝、邹渊、邹闰、孙新、顾大嫂、乐和，共是八人，来参宋江。都讲礼已毕，宋江置酒设席管待，不在话下。吴学究暗传号令与众人，教第三日如此行，第五日如此行，分付已了，孙立等众人领了计策，一行人自来和车仗人马投祝家庄进身行事。

再说吴学究道："启动戴院长，到山寨里走一遭，快与我取将这四个头领来，「又奇。○跨节生枝，又一住法。」我自有用他处。"不是教戴宗连夜来取这四个人来，有分教：水泊重添新羽翼，山庄无复旧衣冠。毕竟吴学究取那四个人来，且听下回分解。

784

【第四十九回】

吴学究双掌连环计

宋公明三打祝家庄

　　三打祝家，变出三样奇格，知其才大如海。而我之所尤为叹赏者，如写栾廷玉，竟无下落。呜呼，岂不怪哉！夫开庄门，放吊桥，三祝一栾一齐出马，明明在纸，我得而读之也，如之何三祝有杀之人，廷玉无死之地，从此一别，杳然无迹，而仅据宋江一声叹惜；遂必断之为死也？吾闻昔者英雄，知可为则为之，知不可为则瞥然扬去。譬如鹰隼击物不中，而高飞远引，深自灭迹者，如是等辈往往而有，即又恶知廷玉之不出此？如是则栾廷玉当亦未死。然吾观扈成得脱，终成大将，名在中兴，不可灭没，彼岂真出廷玉上哉！而显著若此，彼廷玉非终贫贱者，而独不为更出一笔，然则其死是役，信无疑也。所可异者，独为当日宋江之军，林冲、李俊、阮二在东，花荣、张横、张顺在西，穆弘、杨雄、李逵在南，而廷玉当先出马，乃独冲走正北，夫不取有将之三面，而独取无将之一面，存此一句之疑，诚不能无未死之议。然吾独谓三鼓一炮之际，四马势如崛虎，使此时廷玉早有所见，力犹可以疾按三祝全军不动，其如之何而仅以身遁，计出至下乎？此又其必死之明验也。曰：然则独走正北无将之一面者，何也？曰：正北非无将之面也，宋江军马四面齐起而不书正北，当是为廷玉讳也。盖为书之则必详之，详之而廷玉刀不缺，枪不折，鼓不衰，箭不竭，即廷玉不至于死；廷玉而终亦至于必死，则其刀缺、枪折、鼓衰、箭竭之状，有不可言者矣。春秋为贤者讳，故缺之而不书也。曰：其并不书正北领军头领之名，何也？曰：为杀廷玉则恶之也。呜呼，一栾廷玉死，而用笔之难至于如此，谁谓稗史易作，稗史易读乎耶？

　　史进寻王教头，到底寻不见，吾读之胸前弥月不快；又见张青店中麻杀一头陀，竟不知何人，吾又胸前弥月不快；至此忽然又失一栾廷玉下落，吾胸前又将不快弥月也。岂不知耐庵专故作此鹘突之笔，以使人气闷。然我今日若使看破寓言，更不气闷，便是辜负耐庵，故不忍出此也。

　　第二连环计，何其轻便简净之极！三打祝家一篇累坠文字后，不可无此捷如风、明如玉之笔，以挥洒之。

话说当时军师吴用启烦戴宗道："贤弟可与我回山寨去，取铁面孔目裴宣、圣手书生萧让、通臂猿侯健、玉臂匠金大坚。〔玄之又玄，几乎玄杀。〕可教此四人带了如此行头，连夜下山来，我自有用他处。"戴宗去了。

只见寨外军士来报，西村扈家庄上扈成，牵牛担酒，特来求见。宋江叫请入来。扈成来到中军帐前，再拜恳告道："小妹一时粗卤，年幼不省人事，误犯威颜，今者被擒，望乞将军宽恕。奈缘小妹原许祝家庄上，前者不合奋一时之勇，陷于缧绁。如蒙将军饶放，但用之物，当依命拜奉。"宋江道："且请坐说话。祝家庄那厮，好生无礼，平白欺负俺山寨，因此行兵报仇，须与你扈家无冤。只是令妹引人捉了我王矮虎，因此还礼，拿了令妹。你把王矮虎放回还我，我便把令妹还你。"扈成答道："不期已被祝家庄拿了这个好汉去。"吴学究便道："我这王矮虎今在何处？"扈成道："如今拘锁在祝家庄上，小人怎敢去取？"宋江道："你不去取得王矮虎来还我，如何能够得你令妹回去？"吴学究道："兄长休如此说，〔忽然接来一按按住，遂令祝家西臂亦断，妙绝。〕只依小生一言：今后早晚祝家庄上但有些响亮，你的庄上切不可令人来救护。倘或祝家庄上有人投奔你处，你可就缚在彼。若是捉下得人时，那时送还令妹到贵庄。只是如今不在本寨，前日已使人送在山寨，奉养在宋太公处。你且放心回去，我这里自有个道理。"扈成道："今番断然不敢去救应他。若是他庄上果有人来投我时，定缚来奉献将军麾下。"〔西臂已断，写得决绝。〕宋江道："你若是如此，便强似送我金帛。"扈成拜谢了去。

孙立便把旗号上改唤作"登州兵马提辖孙立"，领了一行人马，都来到

祝家庄后门前。「好。」庄下墙里，望见是登州旗号，报入庄里去。栾廷玉听得是登州孙提辖到来相望，说与祝氏三杰道："这孙提辖是我弟兄，自幼与他同师学艺，今日不知如何到此？"带了二十余人马，开了庄门，放下吊桥，「开庄门，放吊桥。○此回勤写庄门吊桥，以为一篇节目。」出来迎接。孙立一行人都下了马。众人讲礼已罢，栾廷玉问道："贤弟在登州守把，如何到此？"孙立答道："总兵府行下文书，对调我来此间郓州守把城池，提防梁山泊强寇，便道经过，闻知仁兄在此祝家庄，特来相探。本待从前门来，因见村口庄前，俱屯下许多军马，「是远来不知头路语。」不好冲突，特地寻觅村里，从小路问到庄后，入来拜望仁兄。"栾廷玉道："便是这几时连日与梁山泊强寇厮杀，已拿得他几个头领在庄里了，只要捉了宋江贼首，一并解官。天幸今得贤弟来此间镇守，正如锦上添花，旱苗得雨。"孙立笑道："小弟不才，且看相助捉拿这厮们，成全兄长之功。"栾廷玉大喜。

当下都引一行人进庄里来，再拽起了吊桥，关上了庄门。「拽吊桥，关庄门。」孙立一行人安顿车仗人马，更换衣裳，都在前厅来相见祝朝奉，与祝龙、祝虎、祝彪三杰都相见了，一家儿都在厅前相接。栾廷玉引孙立等上到厅上相见，讲礼已罢，便对祝朝奉说道："我这个贤弟孙立，绰号病尉迟，任登州兵马提辖，今奉总兵府对调他来镇守此间郓州。"祝朝奉道："老夫亦是治下。"孙立道："卑小之职，何足道哉！早晚也要望朝奉提携指教。"祝氏三杰相请众位尊坐。孙立动问道："连日相杀，征阵劳神！"祝龙答道："也未见胜败。众位尊兄鞍马劳神不易。"孙立便叫顾大嫂引了乐大娘子、叔伯姆两个，去后堂拜见宅眷；「好。」唤过孙新、解珍、解宝参见了，说道："这三个是我兄弟。"「好。」指着乐和便道："这位是此间郓州差来取的公吏。"「好。」指着邹渊、邹闰道："这两个是登州送来的军官。"「好。」祝朝奉并三子虽是聪明，却见他又有老小，「一。」并许多行李车仗人马，「二。」又是栾廷玉教师的兄弟，「三。」那里有疑心？只顾杀牛宰马，做筵席管待众人饮酒。

过了一两日，到第三日，「提动。」庄兵报道："宋江又调军马杀奔庄上来了！"祝彪道：「第一日，只写祝彪出庄。」"我自去上马拿此贼。"便出庄门，放下吊桥，「出庄门，放吊桥。」引一百余骑马军杀将出来。早迎见一彪军马，约有五百来人。当先拥出那个头领，弯弓插箭，拍马轮枪，乃是小李广花荣。祝彪见了，跃马挺枪，向前来斗。花荣也纵马来战祝彪，两个在独龙冈前，约斗了十数合，不分胜败。花荣卖个破绽，拨回马便走。「卖个破绽，拨马便走，当知此日将令，原只要如此。俗本自增"引他赶来"四字，失之千里。」祝彪正待要纵马追去，背后有认得的，说道："将军休要去赶，恐防暗器，此人深好弓箭。"祝彪听罢，便勒转马来不赶，领回人马，投庄上来，拽起吊桥，「投庄上，拽吊桥。」看花荣时，已引军马回去了。「可知将令。」祝彪直到厅前下马，进后堂来饮酒。孙立动问道："小将军今日拿得甚贼？"祝彪道："这厮们伙里有个甚么小李广花荣，枪法好生了得。斗了五十余合，那厮走了，我却待要赶去追他，军人们道，那厮好弓箭，因此各自收兵回来。"孙立道："来日看小弟不才，拿他几个。"当日筵席上叫乐和唱曲，「闲中点笔。」众人皆喜。至晚席散，又歇了一夜。

到第四日午牌，「提动。」忽有庄兵报道："宋江军马又来在庄前了！"堂下

祝龙、祝虎、祝彪三子都披挂了，出到庄前门外。〔第二日，写三祝出庄。〇出庄门。〕远远地听得鸣锣擂鼓，呐喊摇旗，对面早摆下阵势。这里祝朝奉坐在庄门上，左旁栾廷玉，右边孙提辖，祝家三杰并孙立带来的许多人伴，都摆在门边。早见宋江阵上豹子头林冲，高声叫骂。祝龙焦躁，〔先祝龙。〕喝叫放下吊桥，〔放吊桥。〕绰枪上马，引一二百人马，大喊一声，直奔林冲阵上。庄门下擂起鼓来，两边各把弓弩射住阵脚。林冲挺起丈八蛇矛，和祝龙交战，连斗到三十余合，不分胜败。两边鸣锣，各回了马。〔可知将令。〕祝虎大怒，〔次祝虎。〕提刀上马，跑到阵前，高声大叫："宋江决战！"说言未了，宋江阵上早有一将出马，乃是没遮拦穆弘来战祝虎。两个斗了三十余合，又没胜败。〔可知将令。〕祝彪见了大怒，〔三祝彪。〕便绰枪飞身上马，引二百余骑，奔到阵前。宋江队里病关索杨雄，一骑马，一条枪，飞抢出来战祝彪。孙立看见两队儿在阵前厮杀，心中忍耐不住，〔故意作此疑笔。〕便唤孙新："取我的鞭枪来，就将我的衣甲、头盔、袍袄把来披挂了。"牵过自己马来，这骑马号乌骓马，〔是尉迟。〇此句乃补写第四十八回淡黄面皮一段文。〕备上鞍子，扣了三条肚带，腕上悬了虎眼钢鞭，绰枪上马。祝家庄上一声锣响，孙立出马在阵前。〔可知将令。〕宋江阵上林冲、穆弘、杨雄都勒住马，立于阵前。〔可知将令。〕孙立早跑马出来，说道："看小可捉这厮们！"孙立把马兜住，喝问道："你那贼兵阵上，有好厮杀的，出来与我决战！"宋江阵内鸾铃响处，一骑马跑将出来，众人看时，乃是拼命三郎石秀来战孙立。两马相交，双枪并举，两个斗到五十合，孙立卖个破绽，让石秀一枪搠入来，虚闪一个过，把石秀轻轻地从马上捉过来，直挟到庄前撇下，喝道："把来缚了。"「只如戏事。」祝家三子把宋江军马一搅，都赶散了。「一赶便散，可知将令。」

三子收军，回到门楼下，见了孙立，众皆拱手钦伏。孙立便问道："共是捉得几个贼人？"祝朝奉道："起初先捉得一个时迁，次后拿得一个细作杨林，又捉得一个黄信；扈家庄一丈青捉得一个王矮虎；阵上捉得两个：秦明、邓飞；今番将军又捉得这个石秀，这厮正是烧了我店屋的。共是七个了。"孙立道："一个也不要坏他。「妙，只如戏事。」快做七辆囚车装了，与些饭酒，将养身体，休教饿损了他，不好看。「只如戏事，读之失笑。」他日拿了宋江，一并解上东京去，教天下传名，说这个祝家庄三杰。"「真会说，只如戏事。」祝朝奉谢道："多幸得提辖相助，想是这梁山泊当灭了。"邀请孙立到后堂筵宴，石秀自把囚车装了。

看官听说：石秀的武艺不低似孙立，要赚祝家庄人，故意教孙立捉了，使他庄上人一发信he。「自注一遍。」孙立又暗暗地使邹渊、邹闰、乐和去后房里把门户都看了出入的路数。杨林、邓飞见了邹渊、邹闰，心中暗喜。乐和张看得没人，便透个消息与众人知了。顾大嫂与乐大娘子在里面，又看了房户出入的门径。「将写第五日，却先详此数笔，甚妙。」

至第五日，「提动。」孙立等众人都在庄上闲行。当日辰牌时候，早饭已后，只见庄兵报道："今日宋江分兵做四路，「此处说分兵四路，下却只写三路，奇矣。又正少栾廷玉一路，更奇之奇也。盖其用笔之妙，都非世人所知矣。」来打本庄。"孙立道："分十路待怎地！你手下人且不要慌，早作准备便了。先安排些挠钩套索，须要活捉，拿死的也不算。"「妙，只如戏笔。○已捉者惟恐饿坏，未捉者又恐失手，处处丁宁详至。」庄上人都披挂了。祝朝奉亲自率引着一班儿上门楼来看时，见正东上一彪人马，当先一个头领乃是豹子头林冲，背后便是李俊、阮小二，

^{「正东上，先叙头领。」}约有五百以上人马；^{「次叙人马。」}正西上又有五百来人马，^{「正西上，先叙人马。」}当先一个头领乃是小李广花荣，随背后是张横、张顺；^{「次叙头领。」}正南门楼上望时，也有五百来人马，当先三个头领乃是没遮拦穆弘、病关索杨雄、黑旋风李逵。^{「正南上，头领总叙，二段三换。」}四面都是兵马，战鼓齐鸣，喊声大举。栾廷玉听了道："今日这厮们厮杀，不可轻敌。我引了一队人马出后门，^{「一个出去了。」}杀这正西北上的人马。"^{「此一句便结果栾廷玉矣，不惟不知其如何杀死，亦并不知人马为谁也。」}祝龙道："我出前门，^{「两个出去了。」}杀这正东上的人马。"祝虎道："我也出后门，^{「三个出去了。」}杀那西南上的人马。"祝彪道："我自出前门^{「四个都出去了。」}捉宋江，是要紧的贼首。"祝朝奉大喜，都赏了酒。^{「偏写细事。」}各人上马，尽带了三百余骑，奔出庄门，其余的都守庄院门楼前呐喊。

此时^{「二字妙，又用一法提动。」}邹渊、邹闰已藏了大斧，只守在监门左侧；^{「邹渊、邹闰在监侧。」}解珍、解宝藏了暗器，不离后门，^{「解珍、解宝在后门。」}孙新、乐和已守定前门左右；^{「孙新、乐和在前门。」}顾大嫂先拨军兵保护乐大娘子，^{「妙。」}却自拿了两把双刀在堂前踅，只听风声，便乃下手。^{「顾大嫂在堂前。○以上一段写人人磨擦，事事齐备。」}且说祝家庄上擂了三通战鼓，放了一个炮，把前后门都开，^{「前后庄门都开了。」}放了吊桥，^{「放下吊桥了。」}一齐杀将出来。^{「都杀出去了。」}四路军兵出了门，四下里分投去厮杀。临后，^{「二字妙，又用一法提动。」}孙立带了十数个军兵，立在吊桥上。^{「妙绝，如火如锦。」}门里孙新便把原带来的旗号插起在门楼上，^{「妙绝，如火如锦。○暗用拨帜立帜事。」}乐和便提着枪，直唱将入来。^{「妙绝，如火如锦。」}邹渊、邹闰听得乐和唱，便嗯哨了几声，轮动大斧，早把守监门的庄兵砍翻了数十个，便开了陷车，放出七只大虫来，各各架上拔了枪。^{「妙绝，如火如锦。」}一声喊起，顾大嫂掣出两把刀，^{「妙绝，如火如锦。」}

直奔入房里，把应有妇人，一刀一个，尽都杀了。〔祝家一门毕。〕祝朝奉见头势不好了，却待要投井时，早被石秀一刀剁翻，割了首级。〔祝朝奉毕。〕那十数个好汉，分投来杀庄兵。后门头解珍、解宝便去马草堆里放起把火，黑焰冲天而起。〔妙绝，如火如锦。○以上一段写庄内伏兵拉杂四起。〕

四路人马见庄上火起，并力向前。祝虎见庄里火起，先奔回来。〔祝虎从前门回来。〕孙立守在吊桥上，〔妙绝。〕大喝一声："你那厮那里去！"拦住吊桥。〔是以通篇勤写吊桥也。〕祝虎省口，便拨转马头，再奔宋江阵上来。这里吕方、郭盛两戟齐举，早把祝虎和人连马搠翻在地，众军乱上，剁做肉泥。〔祝虎毕。〕前军四散奔走。孙立、孙新迎接宋公明入庄。〔百忙中先定主将，真正奇笔，真正大笔。〕东路祝龙斗林冲不住，飞马望庄后而来。〔祝龙望后门回来。〕到得吊桥边，〔是以勤写吊桥也。〕见后门头解珍、解宝〔妙绝。〕把庄客的尸首一个个揢将下来。火焰里，祝龙急回马，望北而走，猛然撞着黑旋风，踊身便到，轮动双斧，早砍翻马脚。祝龙措手不及，倒撞下来，被李逵只一斧，把头劈翻在地。〔祝龙毕。〕祝彪见庄兵走来报知，不敢回，直望扈家庄投奔〔祝彪又变一法，却写得情势都活。〕被扈成叫庄客捉了，绑缚下，正解将来见宋江，恰好遇着李逵，只一斧，砍翻祝彪头来。〔祝彪毕。○以上一段写祝家兄弟一齐珍灭。〕庄客都四散走了。李逵再轮起双斧，便看着扈成砍来。扈成见局面不好，投马落荒而走，弃家逃命，投延安府去了。后来中兴内也做了个军官武将。〔百忙中有此闲笔。〕且说李逵正杀得手顺，直抢入扈家庄里，把扈太公一门老幼，尽数杀了，不留一个。〔快人快事快笔。〕叫小喽啰牵了有的马匹，把庄里一应有的财赋，捎搭有四五十驮，将庄院门一把火烧了，〔快人快事快笔。〕却回来献纳。

再说宋江已在祝家庄上正厅坐下，众头领都来献功：生擒得四五百人，夺得好马五百余匹，活捉牛羊不计其数。「纪功也。」宋江见了，大喜道："只可惜杀了栾廷玉那个好汉！"正嗟叹间，「前并不见有一笔写栾廷玉相持以及被杀之事，至此忽然嗟叹其杀了可惜，文法疏奇之甚，皆学史公笔也。○读此回至不曾见栾廷玉如何死，与前文史进寻王进不见，张青店中头陀不知何人，三事俱极闷闷，乃作者固欲人闷闷，以为娱乐也。」闻人报道："黑旋风烧了扈家庄，砍得头来献纳。"宋江便道："前日扈成已来投降，谁教他杀了此人？如何烧了他庄院？"只见黑旋风一身血污，腰里插着两把板斧，直到宋江面前唱个大喏，「极面黑旋风。」说道："祝龙是兄弟杀了，祝彪也是兄弟砍了，扈成那厮走了，扈太公一家都杀得干干净净，兄弟特来请功。"宋江喝道："祝龙曾有人见你杀了，别的怎地是你杀了？"黑旋风道："我砍得手顺，望扈家庄赶去，正撞见一丈青的哥哥，解那祝彪出来，被我一斧砍了，只可惜走了扈成那厮，「宋江说只可惜杀了栾廷玉那汉，李逵偏道只可惜走了扈成那厮，二语天然成对，妙绝。」他家庄上，被我杀得一个也没了！"宋江喝道："你这厮，谁叫你去来？你也须知扈成前日牵牛担酒，前来投降了，如何不听得我的言语，擅自去杀他一家，故违我的将令？"李逵道："你便忘记了，我须不忘记。那厮前日教那个鸟婆娘赶着哥哥要杀，你今却又做人情。你又不曾和他妹子成亲，便又思量阿舅、丈人！"「忽然将上文一丈青公案再一勾染，便令下文异样出色，妙心妙笔。」宋江喝道："你这铁牛，休得胡说！我如何肯要这妇人？我自有个处置。你这黑厮，拿得活的有几个？"李逵答道："谁鸟耐烦，见着活的便砍了！"「非为黑旋风快心满意，正为一丈青死心塌地也，用笔之巧如此。」宋江道："你这厮违了我的军令，本合斩首，且把杀祝龙、祝彪的功劳折过了，下次违令，定行不饶！"黑旋风笑道："虽然没了功劳，也吃我杀得快活！"「所谓人生行乐耳，须富贵何时。○三打祝家，通篇以密见奇，中间又夹叙李逵，正复以疏入妙。一文之中，疏密并行，真是奇事。」

只见军师吴学究引着一行人马，都到庄上来与宋江把盏贺喜。宋江与吴用商议，要把这祝家庄村坊洗荡了。石秀禀说起这钟离老人指路之力："也有此等善心良民在内，亦不可屈坏了好人。"「前文极写石秀狠毒，至此忽然作石秀劝宋江之语。作者正深表宋江之狠毒，更过于石秀也。」宋江听罢，叫石秀去寻那老人来。石秀去不多时，引着那个钟离老人来到庄上，拜见宋江、吴学究。宋江取一包金帛赏与老人，因为你一家为善，以此饶了你这一境村坊人民。"「眉批：以上吴学究一掌连环计。」那钟离老人只是下拜。宋江又道：「极写宋江奸猾转变。」"我连日在此搅扰你们百姓，今日打破了祝家庄，与你村中除害，所有各家赐粮米一石，以表人心。"「忽然相忘，便放出狠毒，直要洗荡村坊；忽然提着，便装出仁心，又赐粮米一石。接连二事，绝不相蒙，顷刻之间，做人两截。写宋江内小人而外君子，真是笔笔如镜。」就着钟离老人为头给散。「老人毕。」一面把祝家庄多余粮米，尽数装载上车；金银财赋，犒赏三军众将；其余牛羊骡马等物，将去山中支用。打破祝家庄，得粮五十万石。「收足出军本题。」宋江大喜。大小头领，将军马收拾起身，又得若干新到头领孙立、孙新、解珍、解宝、邹渊、邹闰、乐和、顾大嫂，并救出七个好汉。孙立等将自己马也捎带了自己的财赋，同老小乐大娘子跟随了大队军马上山。当有村坊乡民，扶老挈幼，香花灯烛，于路拜谢。宋江等众将一齐上马，将军兵分作三队摆开，连夜便回山寨。

话分两头。且说扑天雕李应恰才将息得箭疮平复，闭门在庄上不出，暗地使人常常去探听祝家庄消息，已知被宋江打破了，惊喜相半。只见庄客入来报说："有本州知府带领三五十部汉到庄，「突如其来。」便问祝家庄事情。"「眉批：篇初先按下李应，而篇后先收完扈成。李应不受宋江羊酒，而终归山泊；扈成献宋江以羊酒，而反佐中兴，皆作者立篇命格之大略。」李应慌忙叫杜兴开了庄

门，放下吊桥，迎接入庄。李应把条白绢搭膊络着手，「为避罪计。」出来迎迓，邀请进庄里前厅。知府下了马，来到厅上，居中坐了。侧首坐着孔目，「奇。」下面一个押番，「奇。」几个虞候，「奇。」阶下尽是许多节级、牢子。「奇。」李应拜罢，立在厅前。知府问道："祝家庄被杀一事如何？"李应答道："小人因被祝彪射了一箭，有伤左臂，一向闭门，不敢出去，不知其实。"知府道："胡说！祝家庄见有状子告你结连梁山泊强寇，引诱他军马，打破了庄；前日又受他鞍马、羊酒、彩段、金银，你如何赖得过？"李应告道："小人是知法度的人，如何敢受他的东西？"知府道："难信你说，且提去府里，你自与他对理明白。"「妙。」喝教狱卒牢子捉了，带他州里去，与祝家分辩。两下押番虞候，把李应缚了，众人簇拥知府上了马。知府又问道："那个是杜主管杜兴？"「又突如其来。」杜兴道："小人便是。"知府道："状上也有你名，一同带去。"「妙。」也与他锁了。一行人都出庄门。当时拿了李应、杜兴，离了李家庄，脚不停地解来。「奇绝妙绝。」

行不过三十余里，只见林子边撞出宋江、林冲、花荣、杨雄、石秀一班人马，拦住去路。「奇绝妙绝。」林冲大喝道："梁山泊好汉合伙在此！"「奇绝妙绝。」那知府人等不敢抵敌，撇了李应、杜兴，逃命去了，「奇绝妙绝。」宋江喝叫："赶上！"「奇绝妙绝。」众人赶了一程，回来说道："我们若赶上时，也把这个鸟知府杀了，但已不知去向。"「奇绝妙绝。」便与李应、杜兴解了缚索，开了锁，便牵两匹马过来，与他两个骑了。「奇绝妙绝。」宋江便道："且请大官人上梁山泊躲几时如何？"「奇绝妙绝。○真是不劳而至，却又毫无痕迹。」李应道："却是使不得。知府是你们杀了，不干我事。"宋江笑道："官司里怎肯与你如此分辩？我们去了，必然要负累了你。既然大官人不肯落草，且在山寨消停几日，打听得没事了时，再下山来不迟。"当下不由李应、杜兴不行，大队军马中间如何回得来？〔笔下虽无声，却有声。〕一行三军人马，迤逦回到梁山泊了。

寨里头领晁盖等众人播鼓吹笛，下山来迎接，把了接风酒，都上到大寨里聚义厅上，扇圈也似坐下，请上李应与众头领都相见了。两个讲礼已罢，李应禀宋江道："小可两个已送将军到大寨了，既与众头领亦都相见了，在此趋侍不妨，只不知家中老小如何？可教小人下山则个。"吴学究笑道："大官人差矣！宝眷已都取到山寨了。贵庄一把火已都烧做白地，大官人却回那里去？"李应不信，早见车仗人马队队上山来。〔奇绝妙绝。〕李应看时，却见是自家的庄客，并老小人等。李应连忙来问时，妻子说道："你被知府捉了来，随后又有两个巡简引着四个都头，带领三百来土兵，到来抄扎家私，〔又补出一番奇事，奇绝妙绝。〕把我们好好地教上车子，将家里一应箱笼、牛羊、马匹、驴骡等项，都拿了去，又把庄院放起火来都烧了。"〔又向妻子口中决绝一句。〕李应听罢，只得叫苦。晁盖、宋江都下厅伏罪道："我等兄弟们端的久闻大官人好处，因此行出这条计来，万望大官人情恕。"〔眉批：以上吴学究二掌连环计。〕李应见了如此言语，只得随顺了。宋江道："且请宅眷后厅耳房中安歇。"李应又见厅前厅后这许多头领亦有家眷老小在彼，便与妻子道："只得依允他过。"宋江等当时请至厅前，叙说闲话，众皆大喜。宋江便取笑道："大官人，你看我叫过两个巡简并那知府过来相见。"〔奇妙。〕那扮知府的是萧让，〔奇妙。〕扮巡简的两个是戴宗、杨

林，「奇妙。」扮孔目的是裴宣，「奇妙。」扮虞候的是金大坚、候健。「奇妙。」又叫唤那四个都头，却是李俊、张顺、马麟、白胜。「奇妙。」李应都看了，目睁口呆，言语不得。

宋江喝叫小头目快杀牛宰马，与大官人陪话，庆贺新上山的十二位头领，乃是：李应、孙立、孙新、解珍、解宝、邹渊、邹闰、杜兴、乐和、时迁，女头领扈三娘、顾大嫂，同乐大娘子、李应宅眷，另做一席，在后堂饮酒。大小三军，自有犒赏。正厅上大吹大擂，众多好汉饮酒至晚方散。新到头领俱各拨房安顿。

次日，又作席面会请众头领作主张。宋江唤王矮虎来说道："我当初在清风山时，许下你一头亲事，「文情如瀑布千尺，当头挂落。」悬悬挂在心中，不曾得完得此愿。今日我父亲有个女儿，招你为婿。"「明是一丈青矣，却又作此一闪，真是灵心利笔，处处引人入胜。」宋江自去请出宋太公来，引着一丈青扈三娘到筵前。宋江亲自与他陪话，说道："我这兄弟王英，虽有武艺，不及贤妹。是我当初曾许下他一头亲事，一向未曾成得。今日贤妹你认义我父亲了，众头领都是媒人，今朝是个良辰吉日，贤妹与王英结为夫妇。"一丈青见宋江义气深重，推却不得，两口儿「三字骤合，为之一笑。」只得拜谢了。晁盖等众人皆喜，都称颂宋公明真乃有德有义之士。当日尽皆筵席，饮酒庆贺。

正饮宴间，只见山下有人来报道："朱贵头领酒店里，有个郓城县人在那里。「谁耶？」要来见头领。"晁盖、宋江听得报了，大喜道："既是这恩人上山来入伙，足遂平生之愿。"正是：恩仇不辨非豪杰，黑白分明是丈夫。毕竟来的是郓城县甚么人，且听下回分解。

【第五十回】

插翅虎枷打白秀英

美髯公误失小衙内

　　此篇为朱、雷二人合传。前半忽作香致之调，后半别成跳脱之笔，真是才子腕下，无所不有。

　　写雷横孝母，不须繁辞，只落落数笔，便活画出一个孝子。写朱仝不肯做强盗，亦不须繁辞，只落落数笔，便直提出一副清白肚肠。笑宋江传中，越说得真切，越哭得悲痛，越显其忤逆不肖；越要尊朝廷，守父教，矜名节，爱身体，越见其以做强盗为性命也。人云：宁犯武人刀，莫犯文人笔。信哉！

　　景之奇幻者，镜中看镜；情之奇幻者，梦中圆梦；文之奇幻者，评话中说评话。如豫章城双渐赶苏卿，真对妙景，焚妙香，运妙心，伸妙腕，蘸妙墨，落妙纸，成此妙裁也。虽然，不可无一，不可有二，江瑶柱连食，当复口臭，何今之弄笔小儿学之至十百，卒未休也。

　　《豫章城双渐赶苏卿》，妙绝处正在只标题目，便使后人读之如水中花影，帘里美人，意中蚤已分明，眼底正自分明不出。若使当时真尽说出，亦复何味耶？

　　雷横母曰："老身年纪六旬之上，眼睁睁地只看着这个孩儿。"此一语，字字自说母之爱儿，却字字说出儿之事母。何也？夫人老至六十之际，大都百无一能，惟知仰食其子。子与之食，则得食；子不与之食，则不得食者也。子与之衣服、钱物，则可以至人之前；子不与之衣服、钱物，则不敢以至人之前者也。其眼睁睁地只看孩儿，正如初生小儿眼睁睁地只看母乳，岂曰求报，亦其势则然矣。乃天下之老人，吾每见其垂首向壁，不来眼睁睁地看其孩儿者，无他，眼睁睁看一日，而不应，是其心悲可知也。明日又眼睁睁看一日，而又不应，是其心疑可知也。又明日又眼睁睁看一日，而终又不应，是其心夫而后永自决绝，誓于此生不复来看。何者？为其无益也！今雷横独令其母眼睁睁地无日不看，然则其日日之承伺颜色、奉接意思为何如哉！《陈情表》曰："臣无祖母，无以至今日；祖母无臣，无以终余年。"雷横之母亦曰："若这个孩儿有些好歹，老身的性命也便休了。"悲哉！仁孝之声，读之如闻夜猿矣。

　　话说宋江主张一丈青与王英配为夫妇，众人都称赞宋公明仁德，当日又设席庆贺。正饮宴间，只见朱贵酒店里使人上山来报道："林子前大路上一伙客人经过，小喽啰出去拦截，数内一个称是郓城县都头雷横。朱头领邀请住了，见在店里饮分例酒食，先使小校报知。"﹝眉批：前不接，后不续，忽然一现，如院本之楔子。﹞晁盖、宋江听了大喜，随即同军师吴用三个下山迎接。﹝异数。﹞朱贵早把船送至金沙滩上岸。宋江见了，慌忙下拜﹝写宋江独拜，何以处晁盖哉？咄咄之色，我不敢读。﹞道："久别尊颜，常切思想，今日缘何经过贱处？"雷横连忙答礼道："小弟蒙本县差遣，往东昌府公干回来，经过路口，小喽啰拦讨买路钱，小弟提起贱名，因此朱兄坚意留住。"宋江道："天与之幸！"请到大寨，教众头领都相见了，置酒管待。一连住了五日，每日与宋江闲话。晁盖动问朱仝消息。﹝晁盖直性人，至今未见雷横好处，故又独问朱仝，写得性情都有，然其实是借此一笔，为下文作引也。﹞雷横答道："朱仝见今参做本县当牢节级，﹝先放在此，笔法最好。﹞新任知县好生欢喜。"宋江宛曲把话来说雷横上山入伙，雷横推辞："老母年高，不能相从，待小弟送母终年之后，却来相投。"﹝徒以有老母在。○正写雷横大孝，反显宋江不端，妙笔。﹞雷横当下拜辞了下山。宋江等再三苦留不住，众头领各以金帛相赠，宋江、晁盖自不必说。雷横得了一大包金银下山，﹝亦先放此一笔，以见下文枸阑中不是无钱使，俗子不知，遂为雷横食指跳动也。﹞众头领都送至路口辞别，把船渡过大路，自回郓城县去了，﹝山泊每添一番人马，必换一番调遣，此忽将雷横上山插放未及调遣之前，有云断月出之妙。﹞不在话下。

且说晁盖、宋江回至大寨聚义厅上，起请军师吴学究定议山寨职事。「眉批：此一段又是一篇大排调文字。」吴用已与宋公明商议已定，「何至晁盖不及与闻，笔笔写宋江咄咄之色，令我更不欲读。」次日会合众头领听号令。先拨外面守店头领，宋江道：「上无晁盖，下无吴用，公然竟是宋江独说，只三字写尽咄咄之色。」"孙新、顾大嫂原是开酒店之家，着令夫妇二人替回童威、童猛别用。"「西山新店。○新人旧职。」再令时迁去帮助石勇，「北山新店。○新人添。」乐和去帮助朱贵，「东山旧店。○新人添。」郑天寿「旧于鸭嘴滩下寨。」去帮助李立：「南山新店。○旧人旧职。」东南西北四座店内，卖酒卖肉，每店内设两个头领，招接四方入伙好汉。「酒店为一山眼目，故番番调遣，必先申之。」一丈青、王矮虎后山下寨，监督马匹。「王矮虎旧于鸭嘴滩下寨。○新职。」金沙滩小寨，童威、童猛弟兄两个守把。「二童旧于西山新店。○旧人旧职。」鸭嘴滩小寨，邹渊、邹闰叔侄两个守把。「新人旧职。」山前大路，黄信、燕顺部领马军下寨守护。「旧人新职。」解珍、解宝守把山前第一关。「山前三座大关，旧令杜迁总行守把，今分。○新人新职。」杜迁、宋万守把宛子城第二关。「宋万旧于金沙滩下寨。○旧人旧职。」刘唐、穆弘守把大寨口第三关。「旧人新职。」阮家三雄守把山南水寨。「旧人旧职。」孟康仍前监造战船。「新人旧职，未打家时替管。」李应、杜兴、蒋敬总管山寨钱粮金帛。「蒋敬旧人旧职，李应、杜兴新添。」陶宗旺、薛永监筑梁山泊内城垣雁台。「陶宗旺旧人旧职，薛永新添。」侯健专管监造衣袍、铠甲、旌旗、战袄。「旧人旧职。」朱富、宋清提调筵宴。「朱富旧收钱粮。○旧人旧职。」穆春、李云监造屋宇寨栅。「李云旧人旧职，穆春旧管钱粮。」萧让、金大坚掌管一应宾客书信公文。「旧分今合。」裴宣专管军政司赏功罚罪。「新人新职。」其余吕方、郭盛、孙立、欧鹏、马麟、邓飞、杨林、白胜，分调大寨八面安歇。「吕方、郭盛旧住忠义耳房，马麟旧管战船，白胜金沙滩下寨。」晁盖、宋江、吴用居于山顶寨内。「中军。」花荣、秦明居于山左寨内。「左军。○旧人新职。」林冲、戴宗居于山右寨内。「右军。○旧人新职。」李俊、李逵居于山前，「前军。○新人新职。」张横、张顺

802

居于山后。「后军。○旧人新职。」杨雄、石秀守护聚义厅两侧。」「新人旧职，替吕方、郭盛。」一班头领，分拨已定，每日轮流一位头领做筵宴庆贺，山寨体统甚是齐整。「每每一番大发放后，便有一篇大结束，巨笔如椽，肉眼不识。」

再说雷横离了梁山泊，背了包裹，提了朴刀，取路回到郓城县。到家参见老母，「一篇提纲。」更换些衣服，赍了回文，径投县里来。拜见了知县，回了话，销缴公文批帖，且自归家暂歇。依旧每日县中书画卯酉，听候差使。因一日行到县衙东首，只听得背后有人叫道："都头，几时回来？"雷横回过脸来看时，却是本县一个帮闲的李小二。「引子。眉批：前来无数雄奇震骇之篇，忽于此卷别作点染掩抑之调，如游太华归，忽登虎丘也。」雷横答道："我却才前日来家。"李小二道："都头出去了许多时，不知此处近日有个东京新来打踅的行院，「字法。」色艺双绝，叫做白秀英。那妮子来参都头，「反借此句。显出雷横已是县里出色人物。」却值公差出外不在。如今见在构栏里说唱诸般品调。每日有那一般打散，「字法。」或是戏舞，「一般技艺。」或是吹弹，「又一般技艺。」或是歌唱，「又一般技艺，真说得耳热脚痒。」赚得那人山人海价看。「称述一句。」都头如何不去睃一睃？「从更一句。」端的是好个粉头！"「又自家赞赏一句，声声口口，真令雷横耳热脚痒。」

雷横听了，又遇心闲，「四字不但写雷横肯去之故，亦已先伏后文无钱之故矣。」便和那李小二径到构栏里来看。只见门首挂着许多金字帐额，旗杆吊着等身靠背。入到里面，便去青龙头上「字法。」第一位坐了。「坐得不尴尬，便生出事来。」看戏台上，却做笑乐院本。「字法。」那李小二人丛里撇了雷横，自出外面赶碗头脑去了。「李小二既已引入，便随手放去，妙。○字法。」院本下来，只见一个老儿「章法。」裹着磕脑儿头巾，穿着一领茶褐罗衫，系一条皂绦，拿把扇子，上来开科「字法。○龟形如画。」道："老汉是东京人氏，白玉乔的便是。如今

年迈，只凭女儿秀英歌舞吹弹，普天下伏侍看官。"［句法。○七字其实妙语。］锣声响处，那白秀英早上戏台，［章法。］参拜四方，［一。○好看。］拈起锣棒，如撒豆般点动［二。○好看。］拍下一声界方，［三。○好看。］念出四句七言诗道："新鸟啾啾旧鸟归，老羊羸瘦小羊肥。［定场诗只是寻常叹世语耳，却偏直贯入雷横双耳，真是绝妙之笔。○第一句言子望母，第二句言母念子，天下岂有无母之人哉，读之能不泪下也？］人生衣食真难事，［四句并不联贯，而实联贯入妙者，彼固以四句联贯一篇，不在求四句之联贯也。○第三句七字，说尽世界，又一样泪下。］不及鸳鸯处处飞！"

［一、二句刺入雷横耳，第三句刺入合棚众人耳，到第四句忽然转到自家身上，显出与知县相好。只四句诗，便将一回情事罗掘出来，才子绝笔，一无一两。○俗本失此一段，可谓食蛑蟷乃弃其螯矣。○此书每每横插诗歌，如五台山里、瓦官寺前、黄泥冈上、鸳鸯楼下，皆妙不可言。］雷横听了，喝声采。［要知雷横喝采，是动心前二句，不是感伤后二句也。○三字中并无一"孝子"字，而已活写出孝子来。］那白秀英道："今日秀英招牌上明写着这场话本，是一段风流韫藉的格范，唤做《豫章城双渐赶苏卿》。"［我未见其书，只是题目，已文妙无双矣。］说了开话又唱，唱了又说，［详处极详，省处极省。］合棚价众人喝采不绝。那白秀英唱到务头，［章法，字法。］这白玉乔按喝［字法。］道："虽无买马博金艺，要动聪明鉴事人。看官喝采是过去了，我儿且下来，［声声如画。］这一回便是衬交鼓儿的院本。"［字法。○笑乐院本既毕，又先许是交鼓院本，便令合棚众人，不得不为缠头，如耐庵自己每回住处，必用惊疑之笔，即其法也。］白秀英拿起盘子，指着道："财门上起，利地上住，吉地上过，旺地上行。［全副构栏语，句法字法都妙。］手到面前，休教空过。"［四字不过口头便语，乃入下却偏是空过，故妙不可言。］白玉乔道："我儿且走一遭，看官都待赏你。"［声声如画。］白秀英托着盘子，先到雷横面前。［青龙头上第一座，绝倒。］雷横便去身边袋里摸时，不想并无一文。［绝倒。○只将"并无一文"四字，费耐庵无数心血。盖直于山泊下来时，便写一句得了一大包金银，以表雷横不同贫乞人之并无一文；又于遇李小二时，再写一句又值心闲，以表雷横亦不谓自己身边并无一文。如此便令上文青龙一座，既不梦，梦下文又羞又恼，都有因由也。若俗手亦曾解写"并无一文"四字，何曾少缺一点一画，而彼此相较，遂如金泥，才与不才，岂同理！］雷横道："今日忘了，不曾带得些出来，明日一发赏你。"白秀英笑道：［一笑不堪。］"'头醋不酽二醋薄。'［乃至以合棚之罪归之，不堪之甚，"头醋""二醋"，字法。］官人坐当其位，［四字尤

可出个标首。"「字法。」雷横通红了面皮道："我一时不曾带得出来，非是我舍不得。"「其不堪。」白秀英道："官人既是来听唱，如何不记得带钱出来？"「辩折得不堪之甚。」雷横道："我赏你三五两银子，也不打紧，却恨今日忘记带来。"白秀英道："官人今日眼见一文也无，提甚三五两银子，「不堪之甚，恶毒之甚。」正是教俺望梅止渴，画饼充饥。"「恰好妙对，声声院本。○句法。」白玉乔叫道：「章法。」"我儿，你自没眼，不看城里人村里人「骂女儿，却是骂雷横，妙妙。」只顾问他讨甚么？且过去自问晓事的恩官「赞别人，却又是骂雷横，妙妙。」告个标首。"雷横道："我怎地不是晓事的？"白玉乔道："你若省得这子弟门庭时，「字法。」狗头上生角。"「不堪之甚，恶毒之甚。○句法。」众人齐和起来。「旁衬一句，尤极不堪。○章法。」雷横大怒，便骂道："这忤奴，「字法。」怎敢辱我？"白玉乔道："便骂你这三家村使牛的，「字法。」打甚么紧！"有认得的喝道："使不得，这个是本县雷都头。"「此一衬却定不可少。」白玉乔道："只怕是驴筋头。"「"雷""驴""都""筋""头"字，随口相混成句，恶毒不可言。」雷横那里忍耐得住？从坐椅上直跳下戏台来，揪住白玉乔，一拳一脚，便打得唇绽齿落。众人见打得凶，都来解拆，又劝雷横自回去了。构栏里人，一哄尽散。

原来这白秀英却和那新任知县旧在东京两个来往，今日特地在郓城县开构栏。「鸳鸯处处飞，斯言验矣。」那花娘「字法。○李贺诗有"花面丫头"四字，殊妙。」见父亲被雷横打了，又带重伤，叫一乘轿子，径到知县衙内诉告："雷横殴打父亲，搅散构栏，意在欺骗奴家！"「好货。」知县听了，大怒道：「好货。」"快写状来！"这个唤做枕边灵。「句法。」便叫白玉乔写了状子，验了伤痕，指定证见。本处县里有人都和雷横好的，替他去知县处打关节，怎当那婆娘守定在衙内，撒娇撒痴，不由知县不行。「一路都写花娘有死之道。」立等知县差人把雷横捉拿到官，当厅责打，取了招状，将

具枷来枷了，押出去号令示众。〔第一段责枷。○逐段详写，以表雷横一枷梢，非陡然性起，其由来者渐也。〕那婆娘要逞好手，〔写花娘有死之道。〕又去知县行说了，定要把雷横号令在构栏门首。第二日，那婆娘再去做场，知县却教把雷横号令在构栏门首。〔第二段号令。〕这一班禁子人等，都是和雷横一般的公人，如何肯绑扒他？这婆娘寻思一会："既是出名奈何了他，只是一怪！"〔写花娘有死之道。〕走出构栏门，去茶坊里坐下，叫禁子过去，发话道："你们都和他有首尾，却放他自在。知县相公教你们绑扒他，你到做人情，少刻我对知县说了，看道奈何得你们也不！"禁子道："娘子不必发怒，我们自去绑扒他便了。"白秀英道："恁地时，我自将钱赏你。"禁子们只得来对雷横说道："兄长，没奈何，且胡乱绑一绑。"把雷横绑扒在街上。〔第三段绑扒。〕人闹里，却好雷横的母亲正来送饭，〔"新鸟啾啾""老羊羸瘦"之言，又验矣。眉批：此篇将雷横、朱仝分作两段文字，第一段写雷横孝母是真孝，不比宋江孝父是假孝。〕看见儿子吃他绑扒在那里，便哭起来，骂那禁子们道："你众人也和我儿一般在衙门里出入的人，〔衬出美髯来。〕钱财直这般好使？谁保得常没事！"禁子答道："我那老娘听我说，我们却也要容情，怎禁被原告人监定在这里要绑，我们也没做道理处。不时，便要去和知县说，苦害我们，因此上做不得面皮。"那婆婆道："几曾见原告人自监着被告号令的道理！"禁子们又低低道："老娘，他和知县来往得好，一句话便送了我们，因此两难。"那婆婆一面自去解索。〔一头骂，一头先解绑扶，妙笔，便放活雷横手脚，生出下文情事来也。〕一头口里骂道："这个贼贱人，直恁地倚势！我且解了这索子，看他如今怎的！"白秀英却在茶房里听得，走将过来，便道："你那老婢子，却才道甚么？"那婆婆那里有好气，便指着骂道："你这千人骑、万人压、乱人入的贱母狗，做甚么倒骂我！"白秀英听得，柳眉倒竖，星眼圆睁，大骂道："老咬虫、乞贫婆、贱人怎敢骂我！"

[第四段
大骂。] 婆婆道："我骂你待怎的？你须不是郓城县知县！" 白秀英大怒，抢向

前只一掌，把那婆婆打个踉跄。那婆婆却待挣扎，白秀英再赶入去，老大耳

光子只顾打。[第五段毒打。〇凡用五
段文字，跌出一枷梢来。] 这雷横已是衔愤在心，又见母亲吃打，一

时怒从心发，[与前喝采句应。〇俗本此
处增"雷横大孝的人"句。] 扯起枷来，望着白秀英脑盖上只一枷梢，

打个正着，劈开了脑盖，扑地倒了。众人看时，脑浆迸流，眼珠突出，动掸

不得，情知死了。

众人见打死了白秀英，就押带了雷横，一发来县里首告，见知县备诉前

事。知县随即差人押雷横下来，会集相官，拘唤里正、邻佑人等，对尸简验

已了，都押回县来。雷横一面都招承了，并无难意，[徒以有老
母在。] 他娘自保领回

家听候。把雷横枷了，下在牢里。当牢节级却是美髯公朱仝。[忽然转出
髯公。] 见发

下雷横来，也没做奈何处，只得安排些酒食管待，教小牢子打扫一间净房，

安顿了雷横。少间，他娘来牢里送饭，哭着哀告朱仝道："老身年纪六旬之

上，眼睁睁地只看着这个孩儿，[绝妙妙文，绝世奇文，读之乃觉《陈情表》不及其
沉痛，天下岂有无母之人哉，读之其能不泪下也。] 望烦

节级哥哥看日常间弟兄面上，可怜见我这个孩儿，看觑看觑。"朱仝道："老

娘自请放心归去，今后饭食不必来送，[不是朱仝包办，亦图收住老娘
也；设无此句，送饭何日是了。] 小人自管待

他。倘有方便处，可以救之。"雷横娘道："哥哥救得孩儿，却是重生父母。

若孩儿有些好歹，老身性命也便休了。"[绝世妙文，绝世奇文，
《陈情表》不及沉痛。] 朱仝道："小人专

记在心，[美髯生平
一片之心。] 老娘不必挂念。"那婆婆拜谢去了。朱仝寻思了一日，没做

道理救他处；[极写其难，
以表朱仝。] 又自央人去知县处打关节，上下替他使用人情。那知

807

县虽然爱朱仝，只是恨这雷横打死了他表子白秀英，也容不得他说了；又怎奈白玉乔那厮催并叠成文案，要知县断教雷横偿命。因在牢里六十日限满，断结解上济州。主案押司抱了文卷先行，却教朱仝解送雷横。「曲曲折折，生出事情来。」

朱仝引了十数个小牢子，监押雷横，离了郓城县。约行了十数里地，见个酒店。朱仝道：「合三句，是个专记在心者。」"我等众人就此吃两碗酒去。"众人都到店里吃酒。朱仝独自带过雷横，只做水火，来后面僻净处，开了枷，放了雷横，「叙得直截爽快。」分付道："贤弟自回，快去家里取了老母，「可谓子与子言孝矣，写得妙绝。」星夜去别处逃难，这里我自替你吃官司。"「帮真绝伦超群，写来令人感激。」雷横道："小弟走了自不妨，必须要连累了哥哥。"朱仝道："兄弟，你不知，知县怪你打死了他表子，把这文案都做死了，解到州里，必是要你偿命。我放了你，我须不该死罪。况兼我又无父母挂念，「惟孝子能知孝子，笔笔妙绝。○此语雷横能得之于朱仝，而宋江不能得之于一时万世者，则真假之别也。」家私尽可赔偿。你顾前程万里，快去！"雷横拜谢了，便从后门小路奔回家里，收拾了细软包裹，引了老母，「雷横传毕。眉批：雷横传毕。」星夜自投梁山泊入伙去了，「徒以有老母在。」不在话下。

却说朱仝拿这空枷撺在草里，「细。」却出来对众小牢子说道："吃雷横走了，却是怎地好？"众人道："我们快赶去他家里捉！"朱仝故意延迟了半晌，料着雷横去得远了，却引众来县里出首。朱仝告道："小人自不小心，路上被雷横走了，在逃无获，情愿甘罪无辞。"「雷横为母，朱仝为友，写得一样慷慨。○雷横招承，并无难色，徒以有老母在。朱仝情愿甘罪，徒以吾友有老母在也。两句合来，不过十数字，而其势遂欲与史公游侠诸传，分席争雄，淘奇争雄也。」知县本爱朱仝，有心将就出脱他，被白玉乔要赴上司陈告朱仝故意脱放雷横，知县只得把朱仝所犯情由申将济州去。朱仝家中自着人去上州里使钱透了，却解朱仝到济州来，当厅审录明白，断了二十脊杖，刺配沧州牢城。朱仝只得戴上行枷，两个防送公人领了文案，押送朱仝上路。家间自有人送衣服盘缠，先赍发了两个公人。当下离了郓城县，迤逦望沧州横海郡来，于路无话。

到得沧州，入进城中，投州衙里来，正值知府升厅。两个公人押朱仝在厅阶下，呈上公文。知府看了，见朱仝一表非俗，貌如重枣，美髯过腹。知府先有八分欢喜，便教："这个犯人休发下牢城营里，只留在本府听候使唤。"当下除了行枷，便与了回文，两个公人相辞了自回。

只说朱仝自在府中，每日只在厅前伺候呼唤。那沧州府里押番、虞候、门子、承局、节级、牢子，都送了些人情；又见朱仝和气，因此上都欢喜他。忽一日，本官知府正在厅上坐堂，朱仝在阶待立。知府唤朱仝上厅，问道："你缘何放了雷横，自遭配在这里？"「句句写出爱惜。」朱仝禀道："小人怎敢故放了雷横，只是一时间不小心，被他走了。"知府道："你也不必得此重罪？"「句句写出爱惜。」朱仝道："被原告人执定要小人如此招做故放，以此问得重了。"知府道："雷横为何打死了那娼妓？"朱仝却把雷横上项的事，备细说了一遍。知府道："你敢见他孝道，为义气上放了他？"「句句写出爱惜之至。」朱仝道："小人怎敢欺公罔上。"正问之间，只见屏风背后转出一个小衙内来，年方四岁，生得端严美貌，乃是知府亲子，知府爱惜，如金似玉。「甫写完母子恩爱，又接出父子恩爱来，奇文妙笔，是联是断。○母无不爱之子，而老妇爱子尤剧；父亦无不爱之子，而幼子可爱尤甚。雷横老娘，知府衙内，似断却连，似连仍断，作者命意之妙，当于笔墨之外寻之。」那小衙内见了朱仝，径走过来，便要他抱，「要抱是第一段，看他文情渐渐生出来。」朱仝只得抱起小衙内在怀里。那小衙内双手扯住朱仝长髯，说道："我只要这胡子抱。"「不要别人抱，只要朱仝抱，是第二段。」知府道："孩儿

快放了手，〔写知府爱惜朱仝固也，此却写到知府爱惜朱仝美髯。夫云长制囊珍护，茂先不复御被，灵运临刑犹施维摩，此皆自有髯自惜之，而此知府乃遂至于惜人之髯，真写出名士风流也。〕休要罗唣。"小衙内又道："我只要这胡子抱，和我去耍。"〔抱了要要，是第三段。〕朱仝禀道："小人抱衙内去府前闲走，耍一回了来。"知府道："孩儿既是要你抱，你和他去耍一回了来。"〔知府教抱去要，是第四段。看他文情渐渐生来。〕朱仝抱了小衙内，出府衙前来，买些细糖果子与他吃，转了一遭，再抱入府里来。知府看见，问衙内道："孩儿那里去来？"小衙内道："这胡子和我街上看耍，又买糖和果子请我吃。"知府说道："你那里得钱买物事与孩儿吃？"〔句句写出爱惜。〕朱仝禀道："微表小人孝顺之心，何足挂齿！"知府教取酒来与朱仝吃。府里侍婢捧着银瓶果盒筛酒，连与朱仝吃了三大赏钟。〔此一句不重赏酒，单重侍婢，盖此处逗出侍婢，便令后文传送衙内，早晚无禁，皆细心安顿之笔也。〕知府道："早晚孩儿要你耍时，你可自行去抱他耍去。"〔知府教可自抱，是第五段，看他文情渐渐生出来。〕朱仝道："恩相台旨，怎敢有违！"自此为始，每日来和小衙内上街闲耍。朱仝囊箧又有，只要本官见喜，小衙内面上尽自赔费。〔用省笔叙抱要已惯，是第六段。〕

时过半月之后，便是七月十五日，盂兰盆大斋之日。〔于闲笔点染处，忽然又将雷横大孝一提，盖盂兰盆为报母佛事也。〕年例各处点放河灯，修设好事。当日天晚，堂里侍婢奶子叫道：〔前银瓶果盒一行专为此句耳。〕"朱都头，小衙内今夜要去看河灯，夫人分付，你可抱他去看一看。"朱仝道："小人抱去。"那小衙内穿一领绿纱衫儿，头上角儿拴两条珠子头须，从里面走出来。〔写来可爱，便活有小儿在纸上也。〕朱仝拕在肩头上，转出府衙门来，望地藏寺里去看点放河灯。

那时才交初更时分，朱仝肩背着小衙内，绕寺看了一遭，却来水陆堂放生池边，看放河灯。那小衙内爬在栏杆上，看了笑耍。只见背后有人拽朱仝袖子道："哥哥，借一步说话。"朱仝回头看时，却是雷横，吃了一惊，「笔势亦跳脱而出，读之吃惊。眉批：此段另是一样笔法。」便道："小衙内，且下来，坐在这里，我去买糖来与你吃，切不要走动。"小衙内道："你快来，我要去桥上看河灯。"朱仝道："我便来也。"转身却与雷横说话。朱仝道："贤弟因何到此？"雷横扯朱仝到净处，拜道："自从哥哥救了性命，和老母无处归着，只得上梁山泊，投奔了宋公明入伙。小弟说哥哥恩德，宋公明亦甚思想哥哥旧日放他的恩念，晁天王和众头领皆感激不浅，因此特地教吴军师同兄弟前来相探。"朱仝道："吴先生见在何处？"背后转过吴学究道："吴用在此。"言罢便拜。「笔笔跳脱而出，令人吃惊。」朱仝慌忙答礼道："多时不见先生，一向安乐。"吴学究道："山寨里众头领多多致意，今番教吴用和雷都头特来相请足下上山，同聚大义。「不答寒暄，直说来意，笔势跳脱，令人吃惊。」到此多日了，不敢相见，今夜伺候得着，请仁兄便那尊步，同赴山寨，以满晁、宋二公之意。"「更不商量，笔势跳脱之甚。」朱仝听罢，半晌答应不得，便道：「眉批：这一段言朱仝不肯落草，是真正不肯点污身体，不比宋江假道学也。」"先生差矣。「看他半晌答应不得下，却矢口喝出"先生差矣"四字，妙绝。」这话休题，恐被外人听了不好。雷横兄弟，他自「"他自""我自"，明画之极，心直口快，乃有此语，宋江一生亦说不出。」犯了该死的罪，我因义气放了他，他出头不得，上山入伙，「真正说得做强盗是未等事，口齿明画之极，不是宋江假惺惺语也。」我自为他配在这里。天可怜见，一年半载，挣扎还乡，复为良民，我却如何肯做这等的事？「明画之极，不是宋江语也。」你二位便可请回，休在此间惹口面不好。"「"他自""我自"两段下，便急接"请回"句，写出美髯一片冰心，决决绝绝也。」雷横道："哥哥在此，无非只是在人之下，伏侍他人，非大丈夫男子汉的勾当。不是小弟纠合上山，端的晁、宋二公仰望哥哥久矣，休得迟延有误。"朱仝道："兄弟，「上一段与吴用说，此一段与雷横说，各妙。」你是甚么言语！「写得骇笑之极，一似

蜂虿入怀者，
妙绝。」你不想，「句。」我为你母老家寒上「说出"母老家寒"四字，真正仁人
孝子，遂觉豪杰肝胆，都是乱民。」放了你去，今日你到来陷我为不义！」「斩钉截铁，天地鉴之，
不是宋江假惺惺语。」吴学究道："既然都头不肯去时，我们自告退，相辞了去休。"「突然而来，瞥然
便去，笔笔跳脱。」朱仝道："说我贱名，上复众位头领。"「只如此，更无半
语周旋，妙绝。」一同到桥边。

朱仝回来，不见了小衙内，「笔笔跳脱，
令人吃惊。」叫起苦来，两头没路去寻。雷横扯住朱仝道："哥哥休寻，「笔笔跳脱。」多管是我带来的两个伴当，听得哥哥不肯去，因此倒抱了小衙内去了，我们一同去寻。"朱仝道："兄弟，不是耍处。若这个小衙内有些好歹，知府相公的性命也便休了。"「上文雷横娘云："若这个孩儿
有些好歹，老身的性命也便休
了。"此忽云："若这个小衙内有些好歹，知府相公
的性命也便休了。"闲中作一关锁，两传遂成一篇。」雷横道："哥哥，且跟我来。"朱仝帮住雷横、吴用，三个离了地藏寺，径出城外。「笔笔跳脱。」朱仝心慌，便问道："你的伴当抱小衙内在那里？"雷横道："哥哥且走到我下处，包还你小衙内。"朱仝道："迟了时，恐知府相公见怪。"吴用道："我那带来的两个伴当，是个没分晓的，一定直抱到我们的下处去了。"朱仝道："你那伴当姓甚名谁？"雷横答道："我也不认得，只听闻叫做黑旋风。"「笔笔跳脱，
令人吃惊。」朱仝失惊道："莫不是江州杀人的李逵么？"吴用道："便是此人。"朱仝跌脚叫苦，慌忙便赶。离城约走到二十里，只见李逵在前面叫道："我在这里。"「笔笔作奇鬼
攫人之势，跳
脱之极。」朱仝抢近前来，问道："小衙内放在那里？"李逵唱个喏道："拜揖「写一个慌忙，一个
作耍，令我失笑。」节级哥哥，小衙内有在这里。"「只论有无，
绝倒。」朱仝道："你好好的抱出来还我。"李逵指着头上道："小衙内头须儿却在我头上。"「笔笔不犹人，跳
脱之极。○问衙
内，却答头须，忙者忙极，
顽者顽极，令我失笑不已。」朱仝看了，慌问："小衙内正在何处？"李逵道："被我拿些麻药，抹在口里，直揝出城来，如今睡在林子里，你自请去看。"朱全乘着月色明朗，径抢入林子里寻时，只见小衙内倒在地上。朱全便把手去扶时，只见头劈做两半个，已死在那里。〔读到此句，失声一叹者，痴也。此自耐庵奇文耳，岂真有此事哉！〕

当时朱全心下大怒，奔出林子来，早不见了三个人。〔笔笔作奇鬼之状。〕四下里望时，只见黑旋风远远地拍着双斧叫道："来，来，来！"〔笔笔作奇鬼之状。○俗本此处多一句。〕朱全性起，奋不顾身，拽扎起布衫，大踏步赶将来。李逵回身便走。〔笔笔作奇鬼之状。〕背后朱全赶来。这李逵却是穿山度岭惯走的人，朱全如何赶得上？先自喘做一块。李逵却在前面又叫："来，来，来！"〔笔笔作奇鬼弄人之状，跳脱不可言。○俗本此处又增一句。〕朱全恨不得一口气吞了他，只是赶他不上。赶来赶去，天色渐明。李逵在前面急赶急走，慢赶慢行，不赶不走。〔三句写得墨气淋漓，却是极省之笔。〕看看赶入一个大庄院里去了。〔竟是奇鬼身分。○读书须要留心，如此篇，但能留心记得美髯所配州名，则此座大庄院，便不吃他一惊也。〕

朱全看了道："那厮既有下落，我和他干休不得。"朱全直赶入庄院内厅前去，见里面两边都插着许多军器。朱全道："想必也是个官宦之家。"〔不止。〕立住了脚，高声叫道："庄里有人么？"只见屏风背后转出一个人来。〔鬼没鬼出，读之又惊又喜。笔墨之事，遂乃及此。〕那人是谁？〔顿一句。〕正是小旋风柴进，〔跳脱而出。○此篇另用一样笔法，读之有野树花争发，春塘水乱流之势，于全书中为变调也。〕问道："兀的是谁？"朱全见那人趋走如龙，神仪照日，〔八字妙文，画出王孙，别处移用不得。〕慌忙施礼，答道："小人是郓城县当牢节级朱全，犯罪刺配到此。昨晚因和知府的小衙内出来看放河灯，被黑旋风〔不说出"李逵"二字，对下读之。〕杀了小衙内，见今走在贵庄，望烦添力捉拿送官。"柴进道："既是美髯公，且请坐。"朱全道："小人不敢拜问官人高姓？"柴进答道："小可小旋风便是。"

813

「亦不说姓柴名进。〇不见黑旋风，却见小旋风，无端自成关锁。」朱仝道："久闻柴大官人。"连忙下拜，道：「上下句连此五字，乃夹叙也。」"不期今日得识尊颜。"柴进说道："美髯公亦久闻名，且请后堂说话。"

朱仝随着柴进直到里面。朱仝道："黑旋风那厮，「妙。」如何却敢径入贵庄躲避？"柴进道："容复：小可小旋风，「妙。〇文情只如小鸟斗口，一接一妙。」专爱结识江湖上好汉。为是家间祖上有陈桥让位之功，先朝曾敕赐丹书铁券，但有做下不是的人，停藏在家，无人敢搜。近间有个爱友，和足下亦是旧友，目今见在梁山泊做头领，名唤及时雨宋公明，写一封密书，令吴学究、雷横、黑旋风俱在敝庄安歇，礼请足下上山，同聚大义。因见足下推阻不从，故意教李逵杀害了小衙内，先绝了足下归路，「竟说明，奇绝。〇此回都不用婉语。」只得上山坐把交椅。吴先生、「句。」雷兄，「句。」如何不出来陪话？"「此篇真另是一样机杼，笔笔不犹人。」只见吴用、雷横从侧首阁子里出来，「写得真有鬼神出没之状。」望着朱仝便拜，「便拜妙。」说道："兄长，望乞恕罪！皆是宋公明哥哥将令，分付如此。若到山寨，自有分晓。"朱仝道："是则是你们弟兄好情意，只是忒毒些个！"柴进一力相劝。朱仝道："我去则去，只教我见黑旋风面罢。"柴进道："李大哥，你快出来陪话。"李逵也从侧首出来，「奇妙之极。」唱个大喏。「却不拜，只唱喏，又妙。」朱仝见了，心头一把无明业火高三千丈，按纳不下，起身抢近前来，要和李逵性命相搏。柴进、雷横、吴用三个苦死劝住。朱仝道："若要我上山时，依得我一件事，我便去！"「奇。」吴用道："休说一件事，遮莫几十件也都依你，愿闻那一件事？"不争朱仝说出这件事来，有分教：大闹高唐州，惹动梁山泊。直教：招贤国戚遭刑法，好客皇亲丧土坑。毕竟朱仝说出甚事来，且听下回分解。

【第五十一回】

李逵打死殷天锡

柴进失陷高唐州

　　此是柴进失陷本传也。然篇首朱仝欲杀李逵一段，读者悉误认为前回之尾，而不知此已与前了不相涉，只是偶借热铛，趁作煎饼，顺风吹花，用力至便者也。吾尝言读书者，切勿为作书者所瞒。如此一段文字，瞒过世人不为不久；今日忍俊不禁，就此一处道破，当于处处思过半矣，不得以其稗官也而忽之也！

　　柴皇城妻写作继室者，所以深明柴大官人之不得不亲往也。以偌大家私之人，而既已无儿无女，乃其妻又是继室，以此而遭人亡家破之日，其分崩决裂可胜道哉！继室则年尚少，年尚少而智略不足以御强侮，一也。继室则来未久，来未久而恩威不足以压众心，二也。继室则其志未定，志未定而外有继嗣未立，内有帷箔可忧，三也，四也。然则柴大官人即使蚤知祸患，而欲敛足不往，亦不可得也。

　　嗟乎！吾观高廉倚仗哥哥高俅势要，在地方无所不为；殷直阁又倚仗姐夫高廉势要，在地方无所不为，而不禁怃然出涕也。曰：岂不甚哉！夫高俅势要，则岂独一高廉倚仗之而已乎？如高廉者，仅其一也。若高俅之势要，其倚仗之以无所不为者，方且百高廉正未已也。乃是百高廉，又当莫不各有殷直阁其人；而每一高廉，岂仅于一殷直阁而已乎？如殷直阁者，又其一也。若高廉之势要，其倚仗之以无所不为者，又将百殷直阁正未已也。夫一高俅，乃有百高廉；而一一高廉，各有百殷直阁，然则少亦不下千殷直阁矣！是千殷直阁也者，每一人又各自养其狐群狗党二三百人，然则普天之下，其又复有宁宇乎哉！呜呼！如是者，其初高俅不知也，既而高俅必当知之。夫知之而能痛与戢之，亦可以不至于高俅也；知之而反若纵之甚者，此高俅之所以为高俅也。

　　此书极写宋江权诈，可谓处处敲骨而剔髓矣。其尤妙绝者，如此篇铁牛不肯为髯陪话处，写宋江登时捏撮一片好话，逐句断续，逐句转变，风云在口，鬼蜮生心，不亦怪乎！夫以才如耐庵，即何难为江拟作一段联贯通畅之语，而必故为如是云云者，凡所以深著宋江之穷凶极恶，乃至敢于欺纯是赤子之李逵，为稗史之梼杌也。

　　写宋江入伙后，每有大事下山，宋江必劝晁盖："哥哥山寨之主，不可轻动。"如祝家庄、高唐州，莫不皆然。此作者特表宋江之凶恶，能以权术软禁晁盖，而后乃得惟其所欲为也。何也？盖晁盖去，则功归晁盖；晁盖不去，则功归宋江，一也。晁盖去，则宋江为副，众人悉听晁盖之令；晁盖不去，则宋江为帅，众人悉听宋江之令，二也。夫出则其位至尊，入则其功至高，位尊而功高，咄咄乎取第一座有余矣！此宋江之所以必软禁晁盖，而作者深著其穷凶极恶，为稗史之梼杌也。

　　劫寨乃兵家一试之事也。用兵而至于必劫寨，甚至一劫不中而又再劫，此皆小儿女投掷之戏耳。而今耐庵偏若不得不出于此者，盖为欲破高廉，斯不得不远取公孙，远取公孙，斯不得不按住高廉；意在杨林之一箭，斯不得不用学究之料劫也。

　　此篇本叙柴进失陷，然至柴进既陷而又必盛张高廉之神师者，非为难于搭救柴进，正以便于收转公孙。所谓墨酣笔疾，其文便连珠而下，梯接而上，正不知亏公孙救柴进，亏柴进归公孙也。读书者切勿为作书者所瞒，此又其一矣。

　　玄女而真有天书者，宜无不可破之神师也。玄女之天书而不能破神师者，耐庵亦可不及天书者也。今偏要向此等处提出天书，而天书又曾不足以奈何高廉，然则宋江之所谓玄女可知，而天书可知矣。前曰："终日看习天书。"此又曰："用心记了咒语。"岂有终日看习而今始记咒语者？明乎前之看习是诈，而今之记咒又诈也。前曰："可与天机星同观。"此忽曰："军师放心，我自有法。"岂有终日两人看习，而今吴用尽忘者？明乎前之未尝同观，而今之并非独记也。著宋江之恶至于如此，真出篝火狐鸣下倍蓰矣。

话说当下朱仝对众人说道：「眉批：看他过接法。」"若要我上山时，你只杀了黑旋风，与我出了这口气，我便罢！"「奇谈骇事。○文章妙处，全在脱卸。脱卸之法，千变万化，而总以使人读之，如神鬼搬运，全无踪迹，为绝技也。只如上回已赚得朱仝，则其文已毕，入此回，正是失陷柴进之正传。今看他不更别起事端，而便留李逵做一关捩，却又更借朱仝怒气顺手带下，遂令读者深叹美髯之忠，而竟不知耐庵之巧。真乃文坛中拔赵帜，立赤帜之材也。○每见读此文者，误认尚是前回余文。小说之不能读，而欲读天下奇书，其谁欺？欺小衙内乎？」李逵听了大怒道："教你咬我鸟！晁、宋二位哥哥将令，干我屁事！"「"将令"与"屁"合做一句，李大哥妙人，有此妙语。」朱仝怒发，又要和李逵厮并，三个又劝住了。朱仝道："若有黑旋风时，我死也不上山去！"「奇谈骇事。○总之是耐庵立意要脱卸到下文，非美髯立意要死并李逵也。」柴进道："怎地也却容易。我自有个道理，只留下李大哥在我这里便了。「看他文章过接奇绝处，如星移电掣，瞥然便去，不令他人留目。」你们三个自上山去，以满晁、宋二公之意。"朱仝道："如今做下这件事了，知府必然行移文书，去郓城县追捉，拿我家小，如之奈何？"吴学究道："足下放心，此时多敢宋公明已都取宝眷在山上了。"朱仝方才有些放心。柴进置酒相待，就当日送行。三个临晚辞了柴大官人便行。柴进叫庄客备三骑马，送出关外。临别时，吴用又分付李逵道："你且小心，只在大官人庄上住几时，切不可胡乱惹事累人。「每于事前先逗一线，如游丝惹花，将迎复脱，妙不可言。」待半年三个月，等他性定，却来取你还山，「此一句极似承上文吃紧语。」多管也来请柴大官人入伙。"「此一句极似无来历突然语，然却是正笔。○只此二笔，要分正反，洵知文之难作，与文之难读也。」「此一句极似承上文吃紧语，然却是假笔。」三个自上马去了。

不说柴进和李逵回庄，且只说朱仝随吴用、雷横来梁山泊入伙。行了一程，出离沧州地界，庄客自骑了马回去。「细。」三个取路投梁山泊来，于路无话，早到朱贵酒店里，先使人上山寨报知。晁盖、宋江引了大小头目，打鼓吹笛，直到金沙滩迎接，一行人都相见了。各人乘马回到山上大寨前下了马，

都到聚义厅上，叙说旧话。朱仝道："小弟今蒙呼唤到山，沧州知府必然行移文书，去郓城县捉我老小，如之奈何？"宋江大笑道："我教兄长放心，尊嫂并令郎已取到这里多日了。"朱仝便问道："见在何处？"宋江道："奉养在家父太公歇处，兄长请自己去问慰便了。"朱仝大喜。宋江着人引朱仝直到宋太公歇所，见了一家老小，并一应细软行李。妻子说道："近日有人赍书来，说你已在山寨入伙了，因此收拾，星夜到此。"朱仝出来拜谢了众人。宋江便请朱仝、雷横山顶下寨，〔陡然将朱、雷一结，令两龙齐来入穴，看他何等笔力。○闲中忽大书"宋江便请"四字，见宋江之无晃盖也；又大书"山顶下寨"四字，见宋江之多树援也。一笔一削，遂拟春秋，岂意稗官，有此奇事！眉批：不但结朱仝，并结雷横，谓之两头一结法。〕一面且做筵席，连日庆贺新头领，不在话下。〔毕。〕

却说沧州知府至晚不见朱仝抱小衙内回来，差人四散去寻了半夜。次日，有人见杀死在林子里，报与知府知道。府尹听了大惊，亲自到林子里看了，痛哭不已，备办棺木烧化。次日升厅，便行开公文，诸处缉捕，捉拿朱仝正身。郓城县已自申报朱仝妻子挈家在逃，不知去向。行开各州县，出给赏钱捕获，〔笔墨周致，又补郓城县事。〕不在话下。〔毕。〕

只说李逵在柴进庄上住了一个来月，〔闲杀铁牛。〕忽一日，〔轻轻三字，生出后回无数大文字。〕见一个人赍一封书火急奔庄上来。柴大官人却好迎着，接书看了，大惊道："既是如此，我只得去走一遭。"李逵便问道：〔须知急插入真是妙笔，不得但赞描画李逵如活而已。〕"大官人有甚紧事？"柴进道："我有个叔叔柴皇城，见在高唐州居住，今被本州知府高廉的老婆兄弟殷天锡那厮，来要占花园，呕了一口气，卧病在床，早晚性命不保，必有遗嘱的言语分付，特来唤我。想叔叔无儿无女，〔注出必须亲往之故。〕必

须亲身去走一遭。"李逵道："既是大官人去时，我也跟大官人去走一遭，如

何？"〔以事论之，谓是旁文；以文论之，却是正
事。须看耐庵妙笔，莫只看李逵妙人也。〕柴进道："大哥肯去时，就同走一遭。"

柴进即便收拾行李，选了十数匹好马，带了几个庄客。次日五更起来，柴进、

李逵并从人都上了马，离了庄院，望高唐州来。

不一日，来到高唐州，入城直至柴皇城宅前下马，留李逵和从人在外面

厅房内。柴进自径入卧房里来看视叔叔，坐在榻前，放声恸哭。皇城的继室

〔既已无儿无女矣，乃其妻又是继
室，皆所以深明柴进之必亲往也。〕出来劝柴进道："大官人鞍马风尘不易，初到此间，

且休烦恼。"〔家破人亡之时，只有妇人哭，男子劝之理，岂有男子哭，妇人反劝之理哉？分明写出
皇城家中，又无痛痒，又无缓急，此继室之所以为继室，而柴进之不得不亲往也。○只

"继室"二字，直从意匠惨淡处经营出来，
作文岂是易事，而读文又乌得不难也！〕柴进施礼罢，便问事情。继室答道："此间新

任知府高廉，兼管本州兵马，〔便伏交战诸文，设无此一
语，下直取而杀之可也。〕是东京高太尉的叔伯兄弟，

倚仗他哥哥势要，在这里无所不为。〔一部书并不正写高俅一笔，而高俅之恶贯于斯
盈矣。无所不为者，一辞不足以尽之之谓也。〕带

将一个妻舅殷天锡来，人尽称他做殷直阁。那厮年纪却小，又倚仗他姐夫的

势要，又在这里无所不为。〔高俅无所不为，犹可限也；高俅之伯叔兄弟无所不为，胡可限
也！高俅之伯叔兄弟无所不为，不可限也；高俅之伯叔兄弟，又有

亲戚，又复无所不为，胡可限也！高俅之伯叔兄弟，又有亲戚，又复无所不为，不可限也；高俅伯叔兄
弟之亲戚，又当各有其狐狗奔走之徒，又当各各无所不为，胡可限也！嗟乎！天下者朝廷之天下也，百
姓者朝廷之赤子也。今也纵不可限之虎狼，张不可限之馋吻，夺不可
限之几肉，填不可限之溪壑，而欲民之不畔，国之不亡，胡可得也！〕有那等献勤的卖科，对

他说我家宅后有个花园水亭盖造得好。〔前书高俅之伯叔兄弟夺人妻女；此书高俅伯叔兄弟
之妻舅夺人田宅。盖高俅之党愈多，而高俅之势愈

赫矣。前书高俅因伯叔兄弟夺人妻女，而欲诬诛林冲；此书高俅因伯叔兄
弟之妻舅夺人田宅，而至祸连甲兵。盖高俅之势愈赫，而高俅之恶愈盈矣。〕那厮带将许多奸诈

不及的三二十人，径入家里来宅子后看了，〔写得赫赫。〕便要发遣我们出去，

他要来住。〔写得赫赫。〕皇城对他说道：'我家是金枝玉叶，有先朝丹书铁券在

门，诸人不许欺侮。你如何敢夺占我的住宅，赶我老小那里去？'那厮不容

所言，定要我们出屋。皇城去扯他，反被这厮推抢殴打，因此受这口气，一卧不起，饮食不吃，服药无效，眼见得上天远、入地近。今日得大官人来家做个主张，便有些山高水低，也更不忧。"柴进答道："尊婶放心，只顾请好医士调治叔叔，但有门户，小侄自使人回沧州家里去取丹书铁券来，和他理会。「先顿一句在此者，非表丹书铁券之即来，正表丹书铁券之未来也。」便告到官府、今上御前，「此四字是叠一句法，本言便告到官府也不怕他，却于"官府"二字下，叠出"今上御前"四字，以表丹书铁券之老大足恃，而不谓后文之殊不然也。」也不怕他。"继室道："皇城干事全不济事，还是大官人理论是得。"

柴进看视了叔叔一回，却出来和李逵并带来人从说知备细。李逵听了，跳将起来，说道："这厮好无道理！「忽然提出"道理"二字，令奸臣一吓。」我有大斧在这里，教他吃我几斧，却再商量！"柴进道："李大哥，你且息怒，没来由，和他粗卤做甚么？他虽是倚势欺人，我家放着有护持圣旨。这里「指高廉也。」和他理论不得，须是京师也有大似他的，「指道君也。必道君皇帝方大似他，然则他之为他，其大何哉！○只知这里之有高廉，而不知大似他的身边之有高俅，何哉？」放着明明的条例，和他打官司！"李逵道："条例，条例，若还依得，天下不乱了！「快论确论。」我只是前打后商量！「五字是李大哥生平，亦是一大篇题目，不得作一句闲话读也。」那厮若还去告状，和那鸟官一发都砍了！"「亦是下文一大篇题目，不是口头顺便快语而已。」柴进笑道："可知朱仝要和你厮并，见面不得。「本为要留李逵生出事来，故上文写作朱仝怒发耳。今偏倒拄此笔，以自掩其笔墨之迹，耐庵每每如此。」这里是禁城之内，如何比得你山寨里横行！"李逵道："禁城便怎地？江州无为军偏我不曾杀人！"「妙人妙语，全是妖媚，毫无粗卤，令我读之解颐。」柴进道："等我看了头势，用着大哥时，那时相央，无事只在房里请坐。"「又于柴进口中特作按压之语，以见下文突如其来，非柴进之所料也。」

正说之间，里面侍妾慌忙来请大官人看视皇城。柴进入到里面卧榻前，

只见皇城阁着两眼泪，对柴进说道："贤侄志气轩昂，不辱祖宗。我今日被殷天锡殴死，你可看骨肉之面，亲赍书往京师拦驾告状，与我报仇。九泉之下，也感贤侄亲意。保重！保重！再不多嘱！"言罢便放了命。柴进痛哭了一场，继室恐怕昏晕，「不惟不哭，反劝人勿哭，极写"继室"二字。」劝住柴进道："大官人烦恼有日，「只四字，写尽新死人家相劝人语。」且请商量后事。"柴进道："誓书在我家里，不曾带得来，星夜教人去取，须用将往东京告状。叔叔尊灵，且安排棺椁盛殓，成了孝服，却再商量。"柴进教依官制，备办内棺外椁，依礼铺设灵位，一门穿了重孝，大小举哀。李逵在外面听得堂里哭泣，自己磨拳擦掌价气，「妙人，写得如画。」问从人都不肯说。「一发可恼。」宅里请僧修设好事功果。

至第三日，只见这殷天锡骑着一匹撺行的马，「撺行妙。」将引闲汉三二十人，手执弹弓、川弩、吹筒、气球、拈竿、乐器，城外游玩了一遭，带五七分酒，佯醉假撒，径来到柴皇城宅前，勒住马，叫里面管家的人出来说话。「描写如画，正与高衙内一样脚色。」柴进听得说，挂着一身孝服，慌忙出来答应。那殷天锡在马上问道："你是他家甚么人？"柴进答道："小可是柴皇城亲侄柴进。"殷天锡道："我前日分付道，教他家搬出屋去，如何不依我言语？"柴进道："便是叔叔卧病，不敢移动，夜来已自身故，待断七了搬出去。"殷天锡道："放屁！我只限你三日便要出屋，三日外不搬，先把你这厮枷号起，先吃我一百讯棍！"柴进道："直阁休恁相欺！我家也是龙子龙孙，放着先朝丹书铁券，谁敢不敬？"殷天锡喝道："你将出来我看！"「好。」柴进道："见在沧州家里，已使人去取来。"殷天锡大怒道："这厮正是胡说！便有誓书铁券，我也不怕！"「又好。」

822

左右与我打这厮！"众人却待动手，原来黑旋风李逵在门缝里张看，﹝全是妩媚，毫无粗卤，妙人。﹞听得喝打柴进，便拽开房门，大吼一声，直抢到马边，早把殷天锡揪下马来，一拳打翻。﹝何等快便，何等条直。拦驾告状，何为也哉！﹞那二三十人却待抢他，﹝写得好。﹞被李逵手起，早打倒五六个，一哄都走了。却再拿殷天锡提起来，拳头脚尖一发，柴进那里劝得住？看那殷天锡时，早已打死在地。﹝只是一顿打，却作两截写。○快活。﹞柴进只叫得苦，便教李逵且去后堂商议。柴进道："眼见得便有人到这里，你安身不得了。官司我自支吾，你快走回梁山泊去。"李逵道："我便走了，须连累你。"﹝至性人语。○纯是一团道理在胸中，方说得出此八个字来。怪不得他骂人无道理也。○必如此人，方能与人同生同死，他人只是闲时好听语耳。﹞柴进道："我自有誓书铁券护身，你便去是，事不宜迟。"李逵取了双斧，带了盘缠，出后门，自投梁山泊去了。

不多时，只见二百余人，各执刀杖枪棒，围住柴皇城家。柴进见来捉人，便出来说道："我同你们府里分诉去。"众人先缚了柴进，便入家里搜捉行凶黑大汉，不见，只把柴进绑到州衙内，当厅跪下。知府高廉听得打死了他的舅子殷天锡，正在厅上咬牙切齿忿恨，只待拿人来；早把柴进驱翻在厅前阶下。高廉喝道："你怎敢打死了我殷天锡？"柴进告道："小人是柴世宗嫡派子孙，家门有先朝太祖誓书铁券，见在沧州居住。为是叔叔柴皇城病重，特来看视，不幸身故，见今停丧在家。殷直阁将带三二十人到家，定要赶逐出屋，不容柴进分说，喝令众人殴打，被庄客李大救护，一时行凶打死。"高廉喝道："李大见在那里？"柴进道："心慌逃走了。"高廉道："他是个庄客，不得你的言语，如何敢打死人！你又故纵他逃走了，却来瞒昧官府。你这厮，

不打如何肯招？牢子下手，加力与我打这厮！"柴进叫道："庄客李大救主，误打一死人，非干我事！放着先朝太祖誓书，如何便下刑法打我？"高廉道："誓书有在那里？"「好。」柴进道："已使人回沧州去取来了。"高廉大怒，喝道："这厮正是抗拒官府，左右腕头加力，好生痛打！"众人下手，把柴进打得皮开肉绽，鲜血迸流，只得招做使令庄客李大打死殷天锡，取那二十五斤死囚枷钉了，发下牢里监收。殷天锡尸首简验了，自把棺木殡葬，不在话下。这殷夫人要与兄弟报仇，教丈夫高廉抄扎了柴皇城家私，监禁下人口，封占了房屋围院，柴进自在牢中受苦。

却说李逵连夜回梁山泊，到得寨里来见众头领。朱仝一见李逵，怒从心起，掣条朴刀，径奔李逵。「须知此只是周旋前文，盖既已一时借作波折，便不得不与之收拾完缴，所谓情生文，文又生情，了不得已也。」黑旋风拔出双斧，便斗朱仝。「胸中自有一场大祸，且未及说，而见人要厮杀，便且与之厮杀，妙人之妙如此。眉批：此是余文，不入朱仝传，亦不作李逵传。」晁盖、宋江并众头领，一齐向前劝住。宋江与朱仝陪话道："前者杀了小衙内，不干李逵之事，却是军师吴学究因请兄长不肯上山，一时定的计策。今日既到山寨，便休记心，只顾同心协助，共兴大义，休教外人耻笑。"便叫李逵："兄弟，与美髯公陪话。"李逵睁着怪眼，叫将起来，「有时要他死亦齐，有时要他陪话亦不肯，真是第一妙人。」说道："他直恁般做得起！我也多曾在山寨出气力，「自是李逵心口如一语。」他又不曾有半点之功，却怎地倒教我陪话！"宋江道："兄弟，却是你杀了小衙内，「此语与下语不连。」虽是军师严令，「此语与下语又不连。」论齿序，他也是你哥哥。「此语与下语又不连。」且看我面，与他伏个礼，「看他句句不连。」我却自拜你便了。"「弯弯曲曲，一句一换，直换到此句，不得不令李逵心肯，写尽宋江权术，当面转变而出。○耐庵何难为宋江作一片理直气畅语，足使李逵心服，而必故为如此屈曲断续之辞，此盖所以深明宋江之权术，乃至于忍于欺天性一直之李逵，而又敢于李逵面前，明明变换以欺之，所谓深恶痛绝之笔也。」李逵吃宋江央及不过,便道:"我不是怕你,为是哥哥逼我没奈何了,与你陪话。"「一"逼"字、"没奈何了"四字,写李逵服宋江,毕竟不是心服,妙笔。」李逵吃宋江逼住了,只得撇了双斧,拜了朱全两拜,朱全方才消了这口气。「毕。」山寨里晁头领且教安排筵席,与他两个和解。「补写晁盖,正是反剔宋江。」

李逵说起「方才说起虽文势不得不然,亦活写李逵天趣。」柴大官人因去高唐州看亲叔叔柴皇城病症,却被本州高知府妻舅殷天锡,要夺屋宇花园,殴骂柴进,吃我打死了殷天锡那厮。宋江听罢,失惊道:"你自走了,须连累柴大官人吃官司。"吴学究道:"兄长休惊,等戴宗回山,便有分晓。"「未审虚实,轻动大军,既不可;差人往探,稽延时日,又不可。忽然斜插一句,有意无意,便似恰好凑着者,巧心妙笔,独我能知之耳。」李逵问道:"戴宗哥哥那里去了?"吴用道:"我怕你在柴大官人庄上惹事不好,特地教他来唤你回山。他到那里不见你时,必去高唐州寻你。"「反作一注注开去,以自掩其笔墨之迹,妙绝。○每每有一段事,前文不能及,因向后文补叙出者,此自是补叙之一例。今此文乃是前文实实本无,而一时不得不生出此一法,以自叙其两难之笔,谓之随手撒出例,并非补叙之一例也。」说言未绝,只见小校来报:"戴院长回来了。"「看他何等迅疾。○看此句始悟上文之能。」宋江便去迎接,到了堂上坐下,便问柴大官人一事。戴宗答道:"去到柴大官人庄上,已知同李逵投高唐州去了。径奔那里去打听,只见满城人传说:殷天锡因争柴皇城庄屋,被一个黑大汉打死了;见今负累了柴大官人陷于缧绁,下在牢里;柴皇城一家人口家私,尽都抄扎了。柴大官人性命,早晚不保。"晁盖道:"这个黑厮又做出来了,但到处便惹口面。"李逵道:"柴皇城被他打伤,呕气死了,又来占他房屋,又喝教打柴大官人,便是活佛也忍不得!"「妙人妙语,正以不可解为奇,并不知活佛又是甚东西也。」

晁盖道:"柴大官人自来与山寨有恩,今日他有危难,如何不下山去救

他？我亲自去走一遭。"宋江道："哥哥是山寨之主，如何可便轻动？［写宋江自到山寨，便软禁晁盖，不许转动，而又每以好语遮饰之，权诈可畏如画。］小可和柴大官人旧来有恩，情愿替哥哥下山。"吴学究道："高唐州城池虽小，人物稠穰，军广粮多，不可轻敌。烦请林冲、［第一员便点林冲，陡然提出五岳楼下故事。］花荣、秦明、李俊、吕方、郭盛、孙立、欧鹏、杨林、邓飞、马麟、白胜十二个头领，部引马步军兵五千，作前队先锋；中军主帅宋公明、吴用，并朱仝、雷横、戴宗、李逵、张横、张顺、杨雄、石秀十个头领，部引马步军兵三千策应。"共该二十二位头领，辞了晁盖等众人，离了山寨，望高唐州进发。

梁山泊前军到得高唐州地界，早有军卒报知高廉。高廉听了，冷笑道："你这伙草贼，在梁山泊窝藏，我兀自要来剿捕，今日你倒来就缚，此是天教我成功。左右，快传下号令，整点军马，出城迎敌，着那众百姓上城守护。"这高知府上马管军，下马管民，一声号令下去，那帐前都统、监军、统领、统制、提辖军职一应官员，各各部领军马，就教场里点视已罢，诸将便摆布出城迎敌。高廉手下有三百梯己军士，号为"飞天神兵"［轻轻添出四字，便就柴进传中收出公孙胜来，可谓文心梯接而上，不得认真谓当时真有其人也。眉批：看他趁势过接。］一个个都是山东、河北、江西、湖南、两淮、两浙选来的精壮好汉。知府高廉亲自引了，披甲背剑，［便奇。］上马出到城外，把部下军官周回排成阵势，却将三百神兵列在中军，摇旗呐喊，擂鼓鸣金，只等敌军来到。

却说林冲、花荣、秦明［总出三人。］引领五千人马到来，两军相迎，旗鼓相望，各把强弓、硬弩，射住阵脚。两军中吹动画角，发起擂鼓。花荣、秦明「别出二人。○上总出三人，此又别出二人，便单单让出林冲一个头来，为五岳楼下、白虎堂前、山神庙里无数大书，一齐吐气也。○作书须学此等笔法。」带同十个头领都到阵前，把马勒住。头领林冲横丈八蛇矛，跃马出阵，「自岳楼下忍此一口气，节堂前再忍一口气，草场外再忍一口气，乃至水泊里再忍一口气，直到此一处，方乃一齐发作，快文亦快事也。」厉声高叫："姓高的贼，快快出来！"「姓高的贼，所包甚广，俗本讹。」高廉把马一纵，引着三十余个军官，都出到门旗下，勒住马，指着林冲骂道："你这伙不知死的叛贼，怎敢直犯俺的城池！"林冲喝道："你这个害民的强盗，「骂高廉只此一句，下自痛骂高俅，妙绝。」我早晚杀到京师，把你那厮欺君贼臣高俅，碎尸万段，方是愿足！"「对高廉骂高俅，各人心中自有怨毒，妙绝。○柴进传中忽为林冲传作结，真所谓借他人酒杯，浇自己垒块矣。○此等意思，又确是林武师，宋江不尔，武松不尔，鲁达不尔，李逵不尔，石秀近之矣，而犹不尔。」高廉大怒，回头问道："谁人出马先捉此贼去？"军官队里转出一个统制官，姓于，名直，拍马抡刀，竟出阵前。林冲见了，径奔于直。两个战不到五合，于直被林冲心窝里一蛇矛刺着，翻筋斗撷下马去。「小喜作折。」高廉见了大惊，"再有谁人出马报仇？"军官队里又转出一个统制官，姓温，双名文宝，使一条长枪，骑一匹黄骠马，銮铃响，珂珮鸣，早出到阵前，四只马蹄荡起征尘，直奔林冲。秦明见了，大叫："哥哥稍歇，看我立斩此贼！"林冲勒住马，收了点钢矛，让秦明战温文宝。两个约斗十合之上，秦明放个门户，让他枪搠进来，手起棍落，把温文宝削去半个天灵盖，死于马下，那马跑回本阵去了。「小喜作折。」两阵军相对，齐呐声喊。

高廉见连折二将，便去背上掣出那口太阿宝剑来，口中念念有词，喝声道："疾！"「"念念有词，喝声道疾"八字，耐庵撰之于前，诸小说家用之于后，至今日已成烂熟旧语，乃读之便似活画出一位法官。字字有身分，有威势，有声响，有棱角，始信前人描画之工也。」只见高廉队中卷起一道黑气。那道气散至半空里，飞沙走石，撼地摇天，刮起怪风，径扫过对阵来。林冲、秦明、花荣等众将，对面不能相顾，

惊得那坐下马乱撺咆哮，众人回身便走。高廉把剑一挥，指点那三百神兵，从阵里杀将出来，背后官军协助，一掩过来，赶得林冲等军马星落云散，七断八续，呼兄唤弟，觅子寻爷，五千军兵折了一千余人，直退回五十里下寨。高廉见人马退去，也收了本部军兵，入高唐州城里安下。

「先将两番小喜作一波折，然后转出一番大败来，看他处处不作直笔。」

却说宋江中军人马到来，林冲等接着，具说前事。宋江、吴用听了大惊，与军师道："是何神术，如此利害？"吴学究道："想是妖法。若能回风返火，便可破敌。"宋江听罢，打开天书看时，第三卷上有回风返火破阵之法。「忽然又作一折。」宋江大喜，用心记了咒语并秘诀，整点人马，五更造饭吃了，摇旗擂鼓，杀进城下来。

有人报入城中，高廉再点了得胜人马并三百神兵，开放城门，布下吊桥，出来摆成阵势。宋江带剑纵马出阵前，望见高廉军中一簇皂旗。「如画。」吴学究道："那阵内皂旗，便是使神师计的军兵，但恐又使此法，如何迎敌？"宋江道："军师放心，我自有破阵之法。诸军众将勿得惊疑，只顾向前杀去。"高廉分付大小将校："不要与他强敌挑斗，但见牌响，一齐并力擒获宋江，我自有重赏。"两军喊声起处，高廉马鞍鞒上挂着那面聚兽铜牌，上有龙章凤篆；「先插在前。」手里拿着宝剑，出到阵前。宋江指着高廉骂道："昨夜我不曾到，兄弟们误折一阵，今日我必要把你诛尽杀绝！"高廉喝道："你这伙反贼，快早早下马受缚，省得我腥手污脚！"言罢，把剑一挥，口中念念有词，喝声道："疾！"黑气起处，早卷起怪风来。宋江不等那风到，口中也念念有词，左手捏诀，右手把剑一指，喝声道："疾！"那阵风不望宋江阵里来，倒望高廉神兵队里去了。「小喜作折。」宋江却待招呼人马，杀将过去。高廉见回了风，急取铜牌，把剑敲动，向那神兵队里卷一阵黄沙，就中军走出一群怪兽毒虫，直冲过来。「又是一番大败，却于其前亦先作一波折。」宋江阵里众多人马惊呆了。宋江撇了剑，拨回马先走；「可知天书非玄女所授。」众头领簇捧着，尽都逃命；大小军校，你我不能相顾，夺路而走。高廉在后面把剑一挥，神兵在前，官军在后，一齐掩杀将来。宋江人马，大败亏输。高廉赶杀二十余里，鸣金收军，城中去了。

宋江来到土坡下，收住人马，扎下寨栅。虽是损折了些军卒，却喜众头领都有。「特特注明。」屯住军马，便与军师吴用商议道："今番打高唐州，连折了两阵，无计可破神兵，如之奈何？"「眉批：此一段是为后回作地法。」吴学究道："若是这厮会使神师计，他必然今夜要来劫寨，「须知此非学究妙算，正是耐庵妙笔。○详见下批。」可先用计提备。此处只可屯扎些少军马，我等去旧寨内驻扎。"宋江传令，只留下杨林、白胜看寨，「杨林、白胜，于众中为下材，然却不可使之无所树立，故每于此等事便调遣之，耐庵真有宰相之才。」其余人马，退去旧军内将息。

且说杨林、白胜引人离寨半里草坡内埋伏，等到一更时分，只见风雷大作。杨林、白胜同三百余人在草里看时，只见高廉步走，引领三百神兵，吹风唿哨，杀入寨里来；见是空寨，回身便走。杨林、白胜呐声喊，高廉只怕中了计，四散便走，三百神兵各自奔逃。杨林、白胜乱放弩箭，只顾射去，一箭正中高廉左肩。「妙绝。○上文吴用只合云：那厮会使神师计，必须请将公孙胜来方可，却忽然又算两军并杀方息，若必须将请公孙胜来，则又将如何按住高廉一面耶？左思右想，陡然算到不如射他一箭。然日里方卒路逃命之际，情势必所不及，故又左思右想，算出预备劫寨一番。此皆良工心苦，独我能知之也。○后文又劫寨者，盖言高廉惯要劫寨，以遮掩此文笔墨

之迹，切勿为古人所瞒，则称善读书人矣。」众军四散，冒雨赶杀。高廉引领了神兵，去得远了。杨林、白胜人少，不敢深入。「只要一箭足矣，不用深入也。」少刻，雨过云收，复见一天星斗。月光之下，草坡前搠翻射倒拿得神兵二十余人，「如画。」解赴宋公明寨内，具说雷雨风云之事。宋江、吴用见说，大惊道："此间只隔得五里远近，却又无雨无风！"众人议道："正是妖法。只在本处，离地只有三四十丈，云雨气味，是左近水泊中摄将来的。"「便写得一似真有此事。」杨林说："高廉也自披发仗剑，杀入寨中，身上中了我一弩箭，回城中去了。为是人少，不敢去追。"宋江分赏杨林、白胜，把拿来的中伤神兵斩了。分拨众头领，下了七八个小寨，围绕大寨，堤备再来劫寨；「岂有再来劫寨之理，正是耐庵自掩之笔也。〇后文偏又当真再来劫寨，则耐庵弄奇犯险，每以此等笔法为能事也。」一面使人回山寨，取军马协助。「于高廉中箭后传出二令，一备再劫，一取救兵，皆故意避开取公孙胜一句，以自掩其笔墨之迹，妙绝。」

且说高廉自中了箭，回到城中养病，令军士："守护城池，晓夜堤备，且休与他厮杀，待我箭养平复起来，捉宋江未迟。"「劫寨一段文字，乃正为此句耳，须知之。」

却说宋江见折了人马，心中忧闷，和军师吴用商量道："只这个高廉尚且破不得，倘或别添他处军马，并力来助，如之奈何？"吴学究道："我想要破高廉妖法，只除非依我如此如此。若不去请这个人来，柴大官人性命，也是难救；高唐州城子，永不能得。"正是：要除起雾兴云法，须请通天彻地人。毕竟吴学究说这个人是谁，且听下回分解。

【第五十二回】

戴宗二取公孙胜

李逵独劈罗真人

此篇纯以科诨成文，是传中另又一样笔墨，然在读者，则必须略其科诨，而观其意思。何则？盖科诨，文章之恶道也。此传之间一为之者，非其未能免俗而聊复尔尔，亦其意思真有甚异于人者也。何也？盖传中既有公孙，自不得又有高廉。夫特生高廉以衬出公孙也，乃今不向此时盛显其法术，不且虚此一番周折乎哉！然而盛显法术，固甚难矣。不张皇高廉，斯无以张皇公孙也；顾张皇高廉以张皇公孙，而斯两人者，争奇斗异，至于牛蛇神鬼，且将无所不有，斯则与彼《西游》诸书又何以异？此耐庵先生所义不为也。吾闻文章之家，固有所谓避实取虚之法矣。今兹略于破高廉，而详于取公孙，意者其用此法与？然业已略于高廉，而详于公孙，则何不并略公孙，而特详于公孙之师？盖所谓避实取虚之法，至是乃为极尽其变，而李大哥特以妙人见借，助成局段者也。是故，凡李大哥插科打诨，皆所以衬出真人；衬出真人，正所以衬出公孙也。若不知作者意思如此，而徒李大哥科诨之是求，此真东坡所谓士俗不可医，吾未如之何也。

此篇又处处用对锁作章法，乃至一字不换，皆惟恐读者堕落科诨一道去故也。

此篇如拍桌溅面一段，不省说甚一段，皆作者呕心失血而得，不得草草读过。

话说当下吴学究对宋公明说道："要破此法，只除非快教人去蓟州寻取公孙胜来，便可破得高廉。"宋江道："前番戴宗去了几时，全然打听不着，却那里去寻？"吴用道："只说蓟州，「句。」有管下多少县治、「句。」镇市、「句。」乡村，「句。」他须不曾寻得到。我想公孙胜他是个学道的人，必然在个名山大川，洞天真境居住。「为学道人一锥。○吾闻其语矣，未见其人也。」今番教戴宗可去绕蓟州管下山川去处，寻觅一遭，不愁不见他。"宋江听罢，随即叫请戴院长商议，可往蓟州寻取公孙胜。戴宗道："小可愿往，只是得一个做伴的去方好。"〔非院长怕途中寂寞，正耐庵怕文章寂寞也。〕吴用道："你作起神行法来，谁人赶得你上？"戴宗道："若是同伴的人，我也把甲马拴在他腿上，教他也便走得快了。"李逵便道：〔院长真说得快，大哥又接得快。○肉飞眉动之文。〕"我与戴院长做伴走一遭。"戴宗道："你若要跟我去，须要一路上吃素，〔恶。○前并不以此难杨林，今忽偏以此难铁牛，故恶。○亏得题目恶，方生出妙文来。〕都听我的言语。"李逵道："这个有甚难处？〔今日不曾难，真是不难；后日难起来，真是不易。铁牛真是心直口直。〕我都依你便了。"宋江、吴用分付道："路上小心在意，休要惹事。若得见了，早早回来。"李逵道："我打死了殷天锡，却教柴大官人吃官司，我如何不要救他？〔情理俱到，剔心剔胆之言，圣贤菩萨，只存得此一片心耳。〕今番并不许惹事了。"〔不曰并不敢，而曰并不许，自家分付自家，铁牛可爱如此。〕

二人各藏了暗器，拴缚了包裹，拜辞宋江并众人，离了高唐州，取路投蓟州来。走得二三十里，李逵立住脚道："大哥，买碗酒吃了走也好。"〔却早来了，妙人。〕戴宗道："你要跟我作神行法，须要只吃素酒。"李逵笑道：〔看他赔一"笑"字，妙人。〕"便吃些肉也打甚紧？"〔只先探一句。〕戴宗道："你又来了。今日已晚，且向前寻个客店宿了，明日早行。"两个又走了三十余里，天色昏黑，寻着一个客店歇了，烧起火来做饭，沽一角酒来吃。李逵搬一碗素饭〔一碗。〕并一碗菜汤，〔一碗。〕来房里与戴宗吃。〔妙绝之笔，并不曾写李逵如何，而读者早已为之失笑矣。〕戴宗道："你如何不吃饭？"李逵应道："我且未要吃饭哩。"〔看他说谎，铁牛苦心。〕戴宗寻思："这厮必然瞒着我，背地里吃荤。"戴宗自把菜饭吃了，悄悄地来后面张时，见李逵讨两角酒、一盘牛肉，立着在那里乱吃。〔两角酒、一盘牛肉，自不必说；妙处乃在"乱吃"字与"立着"字，活写出铁牛饥肠馋吻，又心慌智乱也。〕

戴宗道："我说甚么！且不要道破他，明日小小地耍他耍便了。"「恶。」戴宗先去房里睡了。李逵吃了一回酒肉，恐怕戴宗问他，也轻轻地来房里睡了。「"轻轻"妙。李逵亦有轻轻之日，真是奇事。俗本作"暗暗"，可笑。」到五更时分，戴宗起来，叫李逵打火做些素饭吃了。各分行李在背上，算还了房宿钱，离了客店。行不到二里多路，戴宗说道："我们昨日不曾使神行法，今日须要赶程途，你先把包裹拴得牢了，我与你作法，行八百里便住。"戴宗取四个甲马，去李逵两只腿上缚了，分付道："你前面酒食店里等我。"「恶。」戴宗念念有词，吹口气在李逵腿上。李逵拽开脚步，浑如驾云的一般，飞也似去了。戴宗笑道："且着他忍一日饿。"戴宗也自拴上甲马，随后赶来。

李逵不省得这法，只道和他走路一般好耍，「是以来也。」那当得耳旁边有如风雨之声，两边房屋树木一似连排价倒了的，脚底下如云催雾趱。「神行法奇事，偏有此奇笔描写之。」李逵怕将起来，「李逵亦有怕将起来之日，奇事。」几遍待要住脚，两条腿那里收拾得住？却似有人在下面推的相似，脚不点地只管走去了。看见酒肉饭店，连排飞也似过去，又不能够入去买吃。「恶，恶极。」李逵只得叫："爷爷，「看他口中叫唤，且住一住！"看看走到红日平西，「好笔力。」肚里又饥又渴，越不能够住脚，惊得一身臭汗，气喘做一团。戴宗从背后赶来，叫道："李大，怎的不买些点心吃了去？"「恶极。」李逵应道："哥哥，「再叫"哥哥"，哀切之至，如闻其声。」救我一救，饿杀铁牛了！"戴宗怀里摸出几个炊饼来自吃。「恶极。」李逵叫道："我不能够住脚买吃，你与我个充饥。"戴宗道："兄弟，你立住了与你吃。"「恶极。」李逵伸着手，只隔一丈来远近，只接不着。「恶极。」李逵叫道："好哥哥，「"哥哥"上又加"好"字，哀切

〔之至，如闻其声。〕且住一住！"戴宗道："便是今日有些蹊蹊，我的两条腿也不能够住。"

李逵道："阿也！〔稚子声口。〕我这鸟脚不由我半分，只管自家在下边奔了去。〔脚则我之脚也，今日不由我。又曰只管自家；便若我自我，脚自脚，各不相s也者，如此妙语，自非李大哥，谁能道之。〕不要讨我性发，把大斧砍了下来！"〔以大斧唬吓自家之脚，妙语，非李大哥不能道。〕戴宗道："只除是恁地般方好；〔恶极。〕不然，直走到明年正月初一日，也不能住。"〔恶极。〕李逵道："好哥哥，〔又叫"好哥哥"，哀切之至。〕休使道儿耍我！砍了腿下来，把甚么走回去？"〔写李大哥，偏用又憨又猾之笔，令人绝倒。〕戴宗道："你敢是昨夜不依我？今日连我也奔不得住，你自奔去。"李逵叫道："好爷爷，〔"哥哥"二字忽换作"爷爷"，越哀越切，情事如画。〕你饶我住一住！"戴宗道："我的这法，不许吃荤，第一戒的是牛肉。若还吃了一块牛肉，直要奔一世方才得住。"〔恶极。○走一世方才得住，亦是妙语，质言之，正是"走杀"二字耳。○脱犹未死，则何以为一世哉。〕李逵道："却是苦也！我昨夜不合瞒着哥哥，其实偷买五七斤牛肉吃了，正是怎么好！"〔的的妙人。○就此处写出夜来牛肉多少，妙笔。〕戴宗道："怪得今日连我的这腿也收不住，你这铁牛害杀我也！"〔恶极。〕李逵听罢，叫起撞天屈来。〔妙人。〕戴宗笑道："你从今以后，只依得我一件事，我便罢得这法。"

李逵道："老爹，〔看他口中无伦无次，哀切如画。〕你快说来，看我依你！"〔看我依你，妙语非李大哥不能道。〕戴宗道："你如今敢再瞒我吃荤么？"李逵道："今后但吃时，舌头上生碗来大疔疮！〔奇语。○此语至今日已成烂熟恶贱之句，然在此处读之，宛然新出于口，何也？〕我见哥哥会吃素，〔吃素又有会不会，妙语非李大哥不能道。〕铁牛却其实烦难，〔烦难妙，却不道有甚难处。〕因此上瞒着哥哥试一试，今后并不敢了。"〔吃荤又有试一试，又吃荤又有并不敢，句句妙绝。〕戴宗道："既是恁地，饶你这一遍！"赶上一步，把衣袖去李逵腿上只一拂，喝声："住！"李逵应声立定。戴宗道："我先去，你且慢慢地来。"〔不便收缴，再作一波。〕李逵正待抬脚，那里移得动？拽也拽不起，一似生铁铸就了的。

李逵大叫道："又是苦也！哥便再救我一救。"「其辞宛转哀切，的的画出妙人。」戴宗转回头来，笑道："你方才罚咒真么？"「恶极。」李逵道："你是我亲爷，「其辞愈哀，其声愈切。○由"哥哥"改作"好哥哥"，由"好哥哥"改作"好爷爷"，由"好爷爷"改作"老爹"，由"老爹"改作"亲爷"，可谓无伦无次，无所不叫矣。」却如何敢违了你的言语！"戴宗道："你今番真个依我？"便把手绾了李逵，喝声"起"，两个轻轻地走了去。李逵道："哥哥可怜见铁牛，早歇了罢！"「宛转哀切，的的妙人。○九字中全不诉适来之苦，而苦情一时诉尽，妙笔。」见个客店，两个入来投宿。戴宗、李逵入到房里，去腿上卸下甲马，取出几陌纸钱烧送了，问李逵道："今番却如何？"李逵扪着脚，叹气道："这两条腿方才是我的了！"「的的画出妙人。○有不信此脚之意。」

　　戴宗便叫李逵安排些素酒素饭吃了，烧汤洗了脚，上床歇息。睡到五更，起来洗漱罢，吃了饭，还了房钱，两个又上路。行不到三里多路，戴宗取出甲马道："兄弟，今日与你只缚两个，教你慢行些。"李逵道："亲爷，「昨入店时已叫"哥哥"，此处忽然重叫"亲爷"，活画出谈虎色变来。」我不要缚了。"「不要缚诚是，然何计与神行者相追逐哉？」戴宗道："你既依我言语，我和你干大事，如何肯弄你？你若不依我，教你一似夜来，只钉住在这里，直等我去蓟州寻见了公孙胜，回来放你。"李逵慌忙叫道："你缚，你缚！"「诚乃早知如此，悔不当初矣。」戴宗与李逵当日各只缚两个甲马，作起神行法，扶着李逵同走。原来戴宗的法，要行便行，要住便住。李逵从此那里敢违他言语？于路上只是买些素酒素饭，吃了便行。

　　话休絮烦。两个用神行法，不旬日，迤逦来蓟州城外客店里歇了。次日，「一日。」两个入城来，戴宗扮做主人，李逵扮做仆者，绕城中寻了一日，并无一个认得公孙胜的，两个自回店里歇了。次日，「又一日。」又去城中小街狭巷，寻了一日，绝无消耗。李逵心焦，骂道："这个乞丐道人，却鸟躲在那里？〔无亲无疏，无上无下，但不合意，便大骂之。三代直道而行，我仅见李大哥耳。〕我若见时，脑揪将去见哥哥。"戴宗瞅道："你又来了，便不记得吃苦！"〔妙语。〕李逵陪笑道："不敢，不敢！我自这般说一声儿耍。"〔的的写出妙人。○与后对锁作章法。〕戴宗又埋怨了一回，李逵不敢回话。〔妙人。〕两个又来店里歇了。次日早起，〔又一日。〕却去城外近村镇市寻觅。戴宗但见老人，〔先逗出"老人"二字，然后转过面店老人来，行文亦有步步莲花之法。〕便施礼拜问公孙胜先生家在那里居住，并无一人认得。戴宗也问过数十处。〔前已空过两日，到第三日，读者已料更空不过，却偏要再分上半日作一空也。〕

当日晌午时分，〔当日晌午。〕两个走得肚饥，路旁边见一个素面店，两个直入来，买些点心吃。只见里面都坐满，没一个空处，戴宗、李逵立在当路。〔看他如此做出机会来，曲笔妙笔，非人所能也。〕过卖问道："客官要吃面时，和这老人合坐一坐。"〔只是轻轻地落出一笋，绝不见斧削之迹。〕戴宗见个老丈，独自一个占着一副大座头，便与他施礼，唱个喏，两个对面坐了。李逵坐在戴宗肩下。分付过卖造四个壮面来。戴宗道："我吃一个，你吃三个不少？"李逵道："不济事。一发做六个来，我都包办。"〔本欲便写拍桌溅汁，斗出机会，然又恐突然便拍，不惟无此粗糙李逵，亦无此粗糙文章也。今先写肚饥，作第一段。〕过卖见了也笑。等了半日，不见把面来，〔写等久，作第二段。〕李逵却见都搬入里面去了，〔写都搬进去，作第三段。○其实不堪，不得不拍。〕心中已有五分焦躁。只见过卖却搬一个热面，放在合坐老人面前。〔写单搬一个，作第四段。○一发不堪，不得不拍。〕那老人也不谦让，拿起面来便吃。〔写老人便吃，作第五段。○一发不堪，不得不拍。○只李逵一拍，看他曲曲写来，暂不肯作直笔。〕那分面却热，老儿低着头，伏桌儿吃，〔上五段为拍桌作引，此一段为溅汁作注。看他笔法安顿之妙。〕李逵性急，叫一声："过卖！"骂道："却教老爷等了这半日！"把那桌子只一拍，〔先有上五段，便令此句不突。〕溅那老人一脸热汁，〔先有前一注，便令此句不突。○看他如此斗出机会来，曲笔妙笔，非人所能也。〕那分面都泼翻了。

837

老儿焦躁，便来揪住李逵喝道："你是何道理，打翻我面？"李逵捻起拳头，要打老儿。戴宗慌忙喝住，与他陪话道："丈丈，休和他一般见识。小可陪丈丈一分面。"那老人道："客官不知，老汉路远，早要吃了面回去听讲，〔反从老人口中陡然出笋，不用戴宗开言访问，妙绝。〕迟时误了程途。"戴宗问道："丈丈何处人氏？却听谁人讲甚么？"老儿答道："老汉是本处蓟州管下九宫县〔好县名。〕二仙山下人氏，〔好山名。○如七宝村、桃花庄、狮子桥、对影山等，皆与本文关合作致，不是无端指斥。〕因来这城中买些好香回去，听山上罗真人讲说长生不死之法。"戴宗寻思："莫不公孙胜也在那里？"便问老人道："丈丈，贵庄曾有个公孙胜么？"老人道："客官问别人定不知，多有人不认得他。老汉和他是邻舍。他只有个老母在堂。〔着。〕这个先生一向云游在外，〔着。〕比时唤做公孙一清。〔着。〕如今出姓，都只叫他清道人，不叫做公孙胜。此是俗名，无人认得。"〔为前一遭及昨二日寻不着注破。〕戴宗道："正是'踏破铁鞋无觅处，得来全不费工夫'。"又拜问："丈丈，九宫县二仙山离此间多少路？清道人在家么？"老人道："二仙山只离本县四十五里便是。清道人，他是罗真人上首徒弟。他本师如何放他离左右！"戴宗听了大喜，连忙催趱面来吃。和那老人一同吃了，〔若此处又必分表戴宗吃一个，李逵吃五个，岂不是呆鸟？〕算还面钱，同出店肆，问了路途。戴宗道："丈丈先行。〔不令先行，少间如何销缴？凡作文须切记此法。〕小可买些香纸，也便来也。"老人作别去了。

戴宗、李逵回到客店里，取了行李、包裹，再拴上甲马，离了客店，两个取路投九宫县二仙山来。戴宗使起神行法，四十五里，片时到了。二人来到县前，问二仙山时，有人指道："离县投东，只有五里便是。"两个又离了县治，投东而行，果然行不到五里，早来到二仙山下。见个樵夫，戴宗与他施礼，说道："借问此间清道人家在何处居住？"樵夫指道："只过这个山嘴，门外有条小石桥的便是。"[山居如画。先问居，次问人。文章极小处，都有节次。]两个抹过山嘴来，见有十数间草房，一周围矮墙，墙外一座小小石桥。[山居如画。]两个来到桥边，见一个村姑，提一篮新果子出来。[山居如画。○诗云："野兔眠岸有闲意，老树着花无丑枝。"一樵夫、一村姑、一石桥、一果篮，写来真令人想杀山居也。]戴宗施礼问道："娘子从清道人家出来，清道人在家么？"村姑答道："在屋后炼丹。"[山居如画。○高唐州斯杀忙杀人，二仙山炼丹闲杀人，乃忙者不知忙到何时方了，闲者又不知闲到何时方了，令我一叹也。]戴宗心中暗喜，分付李逵道："你且去树多处躲一躲，待我自入去，见了他，却来叫你。"

戴宗自入到里面看时，一带三间草房，门上悬挂一个芦帘。[山居如画。]戴宗咳嗽了一声，只见一个白发婆婆从里面出来。戴宗当下施礼道："告禀老娘：小可欲求清道人相见一面。"婆婆问道："官人高姓？"戴宗道："小可姓戴，名宗，从山东到此。"婆婆道："孩儿出外云游，不曾还家。"戴宗道："小可是旧时相识，要说一句紧要的话，[无紧要，尚回不在家；安有有紧要，反望其出来耶？戴宗徒知紧要之紧要，而不知世上之所谓紧要，乃山中之所谓扯淡，真可笑，亦可哀也。]求见一面。"婆婆道："不在家里，有甚话说，留下在此不妨。待回家，自来相见。"戴宗道："小可再来。"就辞了婆婆，却来门外对李逵道："今番须用着你。[是以院长必须得一个做伴同来也。]方才他娘说道，不在家里，如今你可去请他。他若说不在时，你便打将起来，[好。]却不得伤犯他老母。[又好。]我来喝住你便罢。"[又好。○未放火，先算收火者，待李逵不得不尔也。]

李逵先去包裹里取出双斧，插在两胯下，[数日冈人，一时松颏，写得活画。]入得门里，大叫一声："着个出来！"[四字绝倒。深山学道人家，曾未常闻此声，真非李大哥道不出也。○明知学道之家定无余人，而云着个出来者，盖言自出来也得，娘出来也得也。四字中已画出火杂杂拨爷之势矣。○读之觉纸上有声甚厉。]婆婆慌忙迎着问道："是谁？"见了李逵睁着双眼，

先有八分怕他，问道："哥哥有甚话说？"李逵道："我乃梁山泊黑旋风，〔我常笑世间出将入相之人，其名震天震地，而以告于住山学道之士，方且瞠目不省何物。如黑旋风到处惊人，今日便欲以之惊此老母，可丑也。〕奉着哥哥将令，教我来请公孙胜。你叫他出来，佛眼相看；若还不肯出来，放一把鸟火，把你家当都烧做白地！"又大叫一声："早早出来！"〔妙人妙绝。〕婆婆道："好汉莫要恁地！我这里不是公孙胜家，自唤做清道人。"李逵道："你只叫他出来，我自认得他鸟脸！"〔妙人妙绝。〕婆婆道："出外云游未归。"李逵拔出大斧，先砍翻一堵壁，〔妙人妙绝。〕婆婆向前拦住。李逵道："你不叫你儿子出来，我只杀了你！"拿起斧来便砍，〔妙人妙绝。〕把那婆婆惊倒在地。只见公孙胜从里面奔将出来，叫道："不得无礼！"〔一个"只见"。〕只见戴宗便来喝道："铁牛，如何吓倒老母！"〔又一个"只见"。○看他用两"只见"，便知都从李逵眼中写出，笔法之妙如此。〕戴宗连忙扶起。李逵撇了大斧，便唱个喏道："阿哥休怪。不恁地，你不肯出来。"〔妙人妙绝。〕

公孙胜先扶娘入去了，〔写公孙胜好。若写宋江，便要跪问其母不已，埋怨李逵不已矣。〕却出来拜请戴宗、李逵，邀进里间净室坐下，〔写公孙胜好。〕问道："亏二位寻得到此。"戴宗道："自从哥哥下山之后，小可先来蓟州寻了一遍，并无打听处，只纠合得一伙弟兄上山。今次宋公明哥哥，因去高唐州救柴大官人，致被知府高廉两三阵用妖法赢了，无计奈何，只得教小可和李逵径来寻请足下。绕遍蓟州，并无寻处，偶因素面店中，得个此间老丈指引到此。却见村姑说足下在家烧炼丹药，老母只是推却，因此使李逵激出哥哥来。这个太莽了些，望乞恕罪！宋公明哥哥在高唐州界上度日如年，请哥哥便可行程，以见始终成全大义之美。"公孙胜道："贫道〔只开口二字，已不肯去矣。〕幼年飘荡江湖，多与好汉们相聚。自从梁山泊分别回乡，非是昧心：一者母亲年老，无人奉侍；「真孝。」二乃本师罗真人留在座前，「真悌。」恐怕山寨有人寻来，故意改名清道人，隐居在此。"戴宗道："今者宋公明正在危急之际，哥哥慈悲，只得去走一遭。"公孙胜道："干碍老母无人养赡，本师罗真人如何肯放？其实去不得了。"戴宗再拜恳告，公孙胜扶起戴宗，说道："再容商议。"公孙胜留戴宗、李逵在净室里坐定，安排些素酒素食相待。三个吃了一回，戴宗又苦苦哀告道："若是哥哥不肯去时，宋公明必被高廉捉了。山寨大义，从此休矣！"公孙胜道："且容我去禀问本师真人。若肯容许，便一同去。"戴宗道："只今便去启问本师。"公孙胜道："且宽心住一宵，明日早去。"「亦先逗出"一宵"二字。」戴宗道："公明在彼，一日如度一年，烦请哥哥便问一遭。"

公孙胜便起身，引了戴宗、李逵，离了家里，取路上二仙山来。此时已是秋残初冬时分，日短夜长，容易得晚，来到半山甲，却早红轮西坠。「不惟写景，亦已觊定夜半矣。」松阴里面一条小路，「山居如画。」直到罗真人观前，见有朱红牌额，上写着"紫虚观"三个金字。「真乃如画。」三人来到观前着衣亭上，整顿衣服，从廊下入来，径投殿后松鹤轩里去。两个童子「童子。」看见公孙胜领人入来，报知罗真人，传法旨，教请三人入来。当下公孙胜引着戴宗、李逵，到松鹤轩内，正值真人朝真才罢，坐在云床上。公孙胜向前行礼起居，躬身侍立。戴宗当下见了，慌忙下拜。「自见宋公明，几以为天下之人物，至此而止矣，又岂知深山穷谷之处，又有如是之人物乎？写戴宗慌忙下拜，盖戴宗于是乎怅然自失矣。」李逵只管光着眼看。「有戴宗，不可无李逵，写得各极其妙。」罗真人问公孙胜道："此二位何来？"公孙胜道："便是昔日弟子曾告我师，山东义友是也。今为高唐州知府高廉

显逞异术，有兄宋江，特令二弟来此呼唤弟子，未敢擅便，故来禀问我师。"罗真人道："一清既脱火坑，学炼长生，何得再慕此境？"戴宗再拜道："容乞暂请公孙先生下山，破了高廉，便送还山。"罗真人道："二位不知，此非出家人闲管之事。汝等自下山去商议。"「不因此一跌，安得生出下文绝奇文字来。看官须感激真人，莫便错怪真人也。」公孙胜只得引了二人，离了松鹤轩，连晚下山来。「连晚妙，为下文蛛丝马迹。」

李逵问道："那老仙先生说甚么？"「妙笔妙笔。设无此一曲，则竟当时发作耳，又安肯待到半夜耶？才子作文，真乃心到手到，非他人之所知也。○"老仙先生"四字，是铁牛胸中忽然杜撰出来之文，字字出人意外，又字字在人眼前。妙绝妙绝，令我绝倒。」戴宗道："你偏不听得？"李逵道："便是不省得这般鸟做声。"「妙人妙绝，令我绝倒。」戴宗道："便是他的师父说道教他休去！"李逵听了，叫起来道："教我两个走了许多路程，我又吃了若干苦，「知其受创之深。」寻见了，却放出这个屁来！莫要引老爷性发，一只手捻碎你这道冠儿，一只提住腰胯，把那老贼道倒直撞下山去！"「于事则先有此语，而后有半夜之事；于文则先有半夜之事，而后有此语，盖是先衬之法也。○又与前脑揪相对作章法。」戴宗瞅着道："你又要钉住了脚！"李逵陪笑道："不敢，不敢！我自这般说一声儿耍。"「与前对锁作章法。」

三个再到公孙胜家里，当夜安排些晚饭，戴宗和公孙胜吃了。李逵却只呆想，不吃。「偷吃牛肉，便吃五七斤；同吃壮面，便吃五六个；干事不成，便只呆想不吃。李大哥诚乃无处不是。○俗本讹。」公孙胜道："且权宿一宵，明日再去恳告本师。「涉笔成趣。」若肯时，便去。"戴宗只得叫了安置，收拾行李，和李逵来净室里睡。这李逵那里睡得着？「胸中既有连累柴大官人一事，耳中又有必捉公明哥哥一句，真是如何睡得着。写李逵忠孝过人，令人感泣。」挨到五更左侧，轻轻地爬将起来，「李逵又有轻轻之日，妙人妙绝。」听那戴宗时，正齁齁地睡熟。「妙。」自己寻思道：「一寻思。○李逵又有寻思之日，李逵又有寻思两遍之日，都是妙人奇事。」"却不是干鸟气么？你原是山寨里人，却来问甚么鸟师父！「快论确论。」我本待一斧砍

了，出口鸟气；不争杀了他，却又请那个去救俺哥哥？"「妙。○是李逵寻思语。」又寻思道："设使明朝那厮又不肯，却不误了哥哥的大事？「极快极确。」我只是忍不得了，「妙妙。○只是忍不得，一似李逵又有忍得之日，妙人奇事。」莫若杀了那个老贼道，教他没问处，只得和我去。"「快论确论。」

李逵当时摸了两把板斧，轻轻地开了房门，「为了弟兄，便有无数轻轻，吾闻其语，未见其人也。」乘着星月明朗，一步步摸上山来。到得紫虚观前，却见两扇大门关了，旁边篱墙苦不甚高。李逵腾地跳将过去，开了大门，一步步摸入里面来。直到松鹤轩前，只听隔窗有人念诵甚么经号之声，「不省得这般鸟做声，妙绝。○俗本作玉框宝经，谁知之，谁记曰云乎？甚矣，古本之不可不读也。」李逵爬上来，搠破纸窗张时，「李逵又有搠破窗张别人之日，妙人奇事。」见罗真人独自一个坐在日间这件东西上；「云床也，乃自戴宗眼中写之，则曰云床；自李逵眼中写之，则曰东西，妙绝。○俗本讹。」面前桌儿上烟煤煤地，「香也，却从李逵眼中写成四字，用笔之妙，几于出入神化矣。○俗本又讹，真乃可恨。」两只蜡烛点得通亮。李逵道："这贼道却不是当死！"一蹍蹍过门边来，把手只一推，扑地两扇亮隔齐开。李逵抢将入去，提起斧头，便望罗真人脑门上只一劈，早斫倒在云床上。「奇文。」李逵看时，流出白血来，「奇文。○一个"看时"。」笑道："眼见得这贼道是童男子身，颐养得元阳真气，不曾走泄，正没半点的红。"「奇文。○因此文，忽然想到李大哥亦定是童男子身，不尔，教他何处破身也？一笑。」李逵再仔细看时，连那道冠儿劈做两半，一颗头直砍到项下。「两个"看时"。○再看一遍，以见不曾眼错，皆特特与明早作照耀也。」李逵道："这个人只可驱除了他，「与后真人语对锁作章法。」先不烦恼公孙胜不去！"便转身出了松鹤轩，从侧首廊下奔将出来。只见一个青衣童子，拦住李逵，「奇文不欲便住，故再蹴起一波。」喝道："你杀了我本师，待走那里去！"李逵道："你这个小贼道，也吃我一斧！"手起斧落，把头早砍下台基边去。「偏不杀一个妙笔。」李逵笑道："如今只好

撒开！"径取路出了观门，飞也似奔下山来。到得公孙胜家里，闪入来，闭上了门。净室里听戴宗时，〔妙。〕兀自未觉，李逵依前轻轻地睡了。〔李逵要他只管轻轻，真是奇事。〕

直到天明，公孙胜起来安排早饭，相待两个吃了。戴宗道："再请先生同引我二人上山，恳告真人。"李逵听了，咬着唇冷笑。〔冷笑如画。○又好笑，又怕神行法，"咬唇"二字，活画出妙人。〕三个依原旧路再上山来，入到紫虚观里松鹤轩中，见两个童子。〔依然妙。〕公孙胜问道："真人何在？"童子答道："真人坐在云床上养性。"李逵听说，吃了一惊，把舌头伸将出来，半日缩不入去。〔妙人妙绝。○此句至今日亦成烂熟套语，乃今在此处读之，依旧妙不可言，何也？〕三个揭起帘子，入来看时，〔三个"看时"。〕见罗真人坐在云床上中间。〔奇文。〕李逵暗暗想道："昨夜我敢是错杀了？"〔妙人妙想。○我敢是错杀，你敢是错认，对锁作章法。〕罗真人便道："汝等三人又来何干？"戴宗道："特来哀告我师慈悲，救取众人免难。"罗真人道："这黑大汉是谁？"〔此一问，真乃陡然相遇，下文却变出趣事，文情转变，令人不测。〕戴宗答道："是小可义弟，姓李，名逵。"真人笑道："本待不教公孙胜去，看他的面上，教他去走一遭。"〔真人无假，只是顽耳。〕戴宗拜谢，对李逵说了。〔五字妙。紧照上文不省鸟做声句也。俗本失之，其过不小。〕李逵寻思："那厮知道我要杀他，却又鸟说！"〔偏好骂，妙人。〕

只见罗真人道："我教你三人片时便到高唐州，如何？"三个谢了。戴宗寻思，〔李逵寻思，戴宗寻思，总写真人小小狡狯，便令二人无不颠倒。〕"这罗真人，又强似我的神行法。"〔涉笔成趣。〕真人唤道童取三个手帕来。戴宗道："上告我师：却是怎生教我们便能够到高唐州？"罗真人便起身道："都跟我来。"三个人随出观门外石岩上来。先取一个红手帕，铺在石上道："一清可登。"公孙胜双脚踏在上面。罗真人把袖一拂，喝声道："起！"那手帕化作一片红云，载了公孙胜冉冉腾空便起，离山约有二十余丈。「便为擒高廉时作影。」罗真人喝声："住！"那片红云不动。却铺下一个青手帕，教戴宗踏上，喝声："起！"那手帕却化作一片青云，载了戴宗，起在半空里去了。那两片青红二云，如芦席大，起在天上转，李逵看得呆了。「云写如画。○爱神行则爱，爱腾云则爱，妙人妙绝。」

　　罗真人却把一个白手帕，铺在石上，唤李逵踏上。李逵笑道："你不是耍，若跌下来，好个大疙瘩！"「偏好猜，妙人。○只一"跌"字，亦必先逗。」罗真人道："你见二人么？"李逵立在手帕上。罗真人喝一声："起！"那手帕化作一片白云，飞将起去。李逵叫道："阿也！「稚子之声。」我的不稳，放我下来！"「偏好猜，妙人。」罗真人把右手一招，那青红二云平平坠将下来。戴宗拜谢，侍立在右手，公孙胜侍立在左手。李逵在上面叫道："我也要撒尿撒屎，你不着我下来，我劈头便撒下来也！"「妙人妙语。○反以劈头吓唬人，绝倒。」罗真人问道："我等自是出家人，不曾恼犯了你，你因何夜来越墙而过，入来把斧劈我？若是我无道德，已被杀了，又杀了我一个道童！"李逵道："不是我，你敢错认了？"「与上文对锁作章法。」罗真人笑道："虽然只是砍了我两个葫芦，「直到此处方注出。」其心不善，且教你吃些磨难。"把手一招，喝声："去！"一阵恶风，把李逵吹入云端里。只见两个黄巾力士，押着李逵，耳朵边有如风雨之声，下头房屋树木一似连排曳去的，脚底下如云催雾趱，正不知去了多少远，唬得魂不着体，手脚摇战。「与前神行法对锁作章法。」忽听得刮剌剌地响一声，却从蓟州府厅屋上骨碌碌滚将下来。「奇文。」

　　当日正值府尹马士弘坐衙，「偏撰一名，如真有之者。」厅前立着许多公吏人等，看见半

845

天里落下一个黑大汉来，「奇文。〇"半天"二字，是谁量定？亦是千古奇文，而人人不觉者，附记于此。」众皆吃惊。马知府见了，叫道："且拿这厮过来！"当下十数个牢子狱卒，把李逵驱至当面。马府尹喝道："你这厮是那里妖人？「特来请法师破妖人，却反被法师弄做妖人，笔颠墨倒，妙不可言。」如何从半天里吊将下来？"李逵吃跌得头破额裂，半晌说不出话来。「绝倒。」马知府道："必然是个妖人！"教去取些法物来。「奇文。」牢子、节级将李逵捆翻，驱下厅前草地里。一个虞候掇一盆狗血，没头一淋；又一个提一桶尿粪来，望李逵头上直浇到脚底下。李逵口里、耳朵里都是狗血、尿、屎。「亲做一遍妖人，便学得许多破妖人之法。明日回去，即以此知府之法，还破彼知府之妖，可也。〇未见公孙胜作法破高廉，先见马知府作法破李逵，笔颠墨倒，妙不可言。」李逵叫道："我不是妖人，我是跟罗真人的伴当！"「偏奸猾，妙人。」原来蓟州人都知道罗真人是个现世的活神仙，从此便不肯下手伤他，再驱李逵到厅前。早有吏人禀道："这蓟州罗真人，是天下有名的得道活神仙。若是他的从者，不可加刑。"马府尹笑道："我读千卷之书，每闻今古之事，未见神仙有如此徒弟，「丑语。〇汝读千卷之书，每闻古今之事，曾见神仙如何徒弟？」既系妖人！牢子，与我加力打那厮！"众人只得拿翻李逵，打得一佛出世，二佛涅槃。「奇语。」马知府喝道："你那厮快招了妖人，便不打你！"李逵只得招做妖人李二。「换来换去，只是李大李二，绝倒。」取一面大枷钉了，押下大牢里去。李逵来到死囚狱里，说道："我是直日神将，如何枷了？我好歹教你这蓟州一城人都死！"「偏奸猾，妙人。」那押牢节级、禁子，都知罗真人道德清高，谁不钦服，都来问李逵："你端的是甚么人？"李逵道："我是罗真人亲随直日神将，因一时有失，恶了真人，把我撇在此间，教我受些苦难，三两日必来取我。你们若不把些酒肉来将息我时，我教你们众人全家都死！"「偏奸猾，妙人。」那节级、牢子见了他说，倒都怕他，只得买酒买肉请他吃。「戴宗不得而禁之也，绝倒之文。」李逵见他们害怕，越说起风话来。牢里众人越怕了，又将热水来与他洗浴了，换些干净衣裳。「细。」李逵道："若还缺了我酒肉，我便飞了去，教你们受苦！"「连日作神行法，真令铁牛瘦了一半，深感真人，送我乐土。」牢里禁子只得倒陪告他。李逵陷在蓟州牢里不题。

且说罗真人把上项的事，一一说与戴宗。戴宗只是苦苦哀告，求救李逵。罗真人留住戴宗在观里宿歇，动问山寨里事务。戴宗诉说晁天王、宋公明仗义疏财，专只替天行道，誓不损害忠臣烈士、孝子贤孙、义夫节妇，许多好处。罗真人听罢默然。「四字写出真人。俗本作听罢甚喜，真俗本耳！」一住五日，戴宗每日磕头礼拜，求告真人，乞救李逵。罗真人道："这等人只可驱除了罢，「与前对锁作章法。俗本悉无，真是可恨。」休带回去。"戴宗告道："真人不知：这李逵虽是愚蠢，不省礼法，也有些小好处：第一，鲠直，分毫不肯苟取于人。第二，不曾阿谄于人，虽死其忠不改。第三，并无淫欲邪心、贪财背义，敢勇当先。「明明分出第一第二第三，而其文拉杂无辩，一见戴宗心忙口乱，一见李逵赞叹不尽也。」因此，宋公明甚是爱他。不争没了这个人，回去教小可难见兄长宋公明之面。"罗真人笑道："贫道已知这人，是上界天杀星之数，「于真人口中轻轻先逗出两座星辰名字，为第七十回通气。」为是下土众生作业太重，故罚他下来杀戮。吾亦安肯逆天，坏了此人？「甚矣定业可畏，而神官之劝戒不小也。」只是磨他一会，我叫取来还你。"戴宗拜谢。罗真人叫一声："力士安在？"就鹤轩前起一阵风。风过处，一尊黄巾力士出现，躬身禀复："我师有何法旨？"「此回纯是此等文字，盖笔墨亦有气类也。」罗真人道："先差你押去蓟州的那人，罪业已满。你还去蓟州牢里取他回来，速去速回。"力士声喏去了。约有半个时辰，从虚空里把李逵撇将下来。戴宗连忙扶住李逵，问道："兄弟，这两

日在那里？"李逵看了罗真人，只管磕头拜说："亲爷爷，铁牛不敢了也！" 「忽然移过"亲爷爷"三字来。妙人妙不可言。」罗真人道："你从今已后，可以戒性，竭力扶持宋公明，休生歹心。"李逵再拜道："你是我的亲爷，却如何敢违了你的言语！" 「与前对锁作章法。」戴宗道："你正去那里走了这几日？" 「戴宗只道是走，妙绝。〇半日只写李逵，可谓冷杀戴宗矣，故如又强似我神行法，你去那里走几日之句，皆楚笔相顾之法也。」李逵道："自那日一阵风，直刮我去蓟州府里，从厅屋脊上直滚下来，被他府里众人拿住。那个鸟知府道我是妖人，捉翻我捆了，却教牢子狱卒，把狗血和尿屎，淋我一头一身；打得我两腿肉烂，把我枷了，下在大牢里去。众人问我是何神将，从天上落下来？只吃我说道罗真人的亲随直日神将，因有些过失，罚受此苦，过三二日，必来取我。虽是吃了一顿棍棒，却也诈得些酒肉嗼。那厮们惧怕真人，却与我洗浴，换了一身衣裳。方才正在亭心里诈酒肉吃，「真有此间乐不思蜀之意。」只见半空里跳下这个黄巾力士，把枷锁开了，喝我闭眼，一似睡梦中，直扶到这里。"公孙胜道："师父似这般的黄巾力士，有一千余员，都是本师真人的伴当。"李逵听了，叫道："活佛，「自"好哥""老爷""亲爷"以至"活佛"，不伦不次，信口而出，妙人妙绝。〇称道士是佛，绝倒。」你何不早说？免教我做了这般不是。"只顾下拜。「反责他人，妙人妙绝。」戴宗也再拜恳告道："小可端的来得多日了，高唐州军马甚急，望乞师父慈悲，放公孙先生同弟子去救哥哥宋公明，破了高廉，便送还山。"罗真人道："我本不教他去，今为汝大义为重，权教他去走一遭。我有片言，汝当记取。"公孙胜向前，跪听真人指教。正是：满还济世安邦愿，来作乘鸾跨凤人。毕竟罗真人对公孙胜说出甚话来，且听下回分解。

【第五十三回】

入云龙斗法破高廉

黑旋风下井救柴进

请得公孙胜后，三人一同赶回，可也；乃戴宗忽然先去者，所以为李逵买枣糕地也。李逵特买枣糕者，所以为结识汤隆地也。李逵结识汤隆者，所以为打造钩镰枪地也。夫打造钩镰枪，以破连环马也。连环马之来，固为高廉报仇也。高廉之死，则死于公孙胜也。今公孙胜则犹未去也，公孙胜未去，是高廉未死也；高廉未死，则高俅亦不必遣呼延；高俅不遣呼延，则亦无有所谓连环马也；无有所谓连环马，则亦不须所谓钩镰枪也；无有连环马，不须钩镰枪，则亦不必汤隆也。乃今李逵已预结识也；为结识故，已预买糕也；为买糕故，戴宗亦已预去也。夫文心之曲，至于如此，洵鬼神之所不得测也。

写公孙神功道法，只是一笔两笔，不肯出力铺张，是此书特特过人一筹处。

写公孙破高廉，若使一阵便了，则不显公孙；然欲再持一日，又太张高廉。趁前篇劫寨一势，写作又来劫寨，因而便扫荡之。不轻不重，深得其宜矣。

前劫寨是乘胜而来，后劫寨是因败而至；前后两番劫寨，以此为其分别。然作者其实以后劫寨自掩前劫寨之笔痕墨迹，如上卷论之详矣。

此回独大书林冲战功者，正是高家清水公案，非浪笔漫书也。太史公曰："怨毒之于人甚矣哉！"不其然乎？

李逵朴至人，虽极力写之，亦须写不出。乃此书但要写李逵朴至。便倒写其奸猾；写得李逵愈奸猾，便愈朴至，真奇事也。

古诗云："井水知天风。"盖言水在井中，未必知天风也。今两旋风都入高唐枯井之底，殆寓言当时宋江扰乱之恶，至于无处不至也。

卷末描画御赐踢雪乌雅只三四句，却用两"那马"句，读之遂抵一篇妙绝《马赋》。

水滸傳第五十二回李逵打死殷天錫 壬午秋陰雲 海上白雲觀 許魁倒 遠帆運達畢 戴敦邦寫意

话说当下罗真人道："弟子，你往日学的法术，却与高廉一般。吾今特授与汝五雷天心正法，依此而行，可救宋江，保国安民，替天行道。你的老母，我自使人早晚看视，勿得忧念。[独此母不入山泊，为一部书之所无。]汝本上应天间星数，[略逗。]以此暂容汝去一遭。切须专持从前学道之心，休被人欲摇动，误了自己脚跟下大事。[其言使人读之生惧，不枉是一代真人。○只此数句，便是五雷天心正法，何处更有别法？]公孙胜跪受了诀法，便和戴宗、李逵拜辞了罗真人，别了众道伴下山。归到家中，收拾了宝剑二口并铁冠道衣等物了当，拜辞老母，离山上路。

行过了三四十里路程，戴宗道："小可先去报知哥哥，[好，又显事急，又显神足。]先生和李逵大路上来，却得再来相接。"公孙胜道："正好。贤弟先往报知，吾亦趱行来也。"戴宗分付李逵道："于路小心伏侍先生，但有些差池，教你受苦。"李逵答道："他和罗真人一般的法术，我如何敢轻慢了他！"[余波作笑。]戴宗拴上甲马，作起神行法来，预先去了。

却说公孙胜和李逵两个，离了二仙山、九宫县，取大路而行，到晚寻店安歇。李逵惧怕罗真人法术，十分小心伏侍公孙胜，那里敢使性。两个行了三日，来到一个去处，地名唤做武冈镇。只见街市人烟辏集，公孙胜道："这两日于路走得困倦，买碗素酒面吃了行。"李逵道："也好。"["也好"者，仅好而有所未尽之辞也。]却见驿道傍边一个小酒店，两个入来店里坐下。公孙胜坐了上首，李逵解了腰包，[单写李逵解包，便显待先生如此其敬也。]下首坐了。叫过卖一面打酒，就安排些素馔来吃。公孙胜道："你这里有甚素点心卖？"过卖道："我店里只卖酒肉，没有素点心，市口人家有枣糕卖。"李逵道："我去买些来。"[逶迤生出事来。]便去包内取了铜

钱，径投市镇上来，买了一包枣糕。〔眉批：买枣糕忽然生出一段奇文来。〕

欲待回来，只听得路傍侧首，有人喝采道："好气力！"〔奇文骏笔。○李大哥耳边忽然有此三字，虽欲不生出事来，不可得也。〕李逵看时，一伙人围定一个大汉，把铁瓜锤在那里使，众人看了，喝采他。李逵看那大汉时，〔先看大汉，看得出色。〕七尺以上身材，面皮有麻，鼻子上一条大路。〔就李逵眼中写出大汉形状来。〕李逵看那铁锤时，〔次看铁锤，看得出色。〕约有三十来斤。〔就李逵眼中写出铁锤斤两来。〕那汉使得发了，一瓜锤正打在压街石上，把那石头打做粉碎，众人喝采。〔此一行正为上文"好气力"三字作注，非李逵眼见此事也。〕李逵忍不住，便把枣糕揣在怀里，便来拿那铁锤。〔妙人。○此一拿，全从"好气力"三字中生出来。○须知此一拿，全是心服大汉气力真好，非是要显自己气力又好，来比落大汉也。下文只因那汉喝道甚么鸟人，便不免翻出恼来，亦喝道甚么鸟好。其实此时一片都是心服，看他一看大汉，又看一看铁锤，一时眼前心上，真有十二分爱惜。○此一拿正是端详铁锤，不是轻觑大汉。写李大哥一笔不肯轻薄，是此书手法。〕那汉喝道："你是甚么鸟人，敢来拿我的锤！"〔眼光声口，恰是李逵一流人物。〕李逵道："你使得甚么鸟好，教众人喝采！看了到污眼！你看老爷使一回教众人看。"〔妙人。○胸中实实爱惜，只因他出口轻薄，便亦接口轻薄之，真乃一片天趣。〕那汉道："我借与你，你若使不动时，且吃我一顿脖子拳了去！"〔眼光声口，恰是李逵一流人物。〕李逵接过瓜锤，如弄弹丸一般，使了一回，轻轻放下，面又不红，心头不跳，口内不喘。那汉看了，倒身便拜，说道："愿求哥哥大名。"〔写大汉意思，恰是李逵一流人物。〕李逵道："你家在那里住？"〔一边问名，一边却问住处，非表李逵精细，不肯人前漏泄；盖图便于收卷，不肯延搅笔墨也。〕那汉道："只在前面便是。"引了李逵到一个所在，见一把锁锁着门。〔便早写出无妻小、无家当来，皆图便于收卷，不肯延搅笔墨耳。〕那汉把钥匙开了门，请李逵到里面坐地。

李逵看他屋里都是铁砧、铁锤、火炉、钳、凿家伙，寻思道："这人必是个打铁匠人，山寨里正用得着，何不叫他也去入伙？〔公孙到，方才破高廉；高廉死，方才惊太尉；太尉怒，方才遣呼延；呼延至，方才赚徐宁；徐宁至，方才用汤隆。一路文情，本乃如此生去，今却忽然先将汤隆倒插前面，不惟教钩镰之文未起，并用钩镰之故亦未起，乃至并公孙先生亦尚坐在酒店中间，而铁匠李逵又道："汉子，你通个姓名，教我知道。"那汉道："小人姓汤，名隆。父亲原是延安府知寨官，因为打铁上，遭际老种经略相公帐前叙用。近年父亲在任亡过，小人贪赌，所好略同，闲中点染。流落在江湖上，因此权在此间打铁度日。入骨好使枪棒。字法奇。为是自家浑身有麻点，人都叫小人做'金钱豹子'。前请公孙遇一豹子，此请公孙又遇一豹子，何豹子之多也！敢问哥哥高姓大名？"李逵道："我便是梁山泊好汉黑旋风李逵。"汤隆听了，再拜道："多闻哥哥威名，谁想今日偶然得遇。"李逵道："你在这里，几时得发迹，不如跟我上梁山泊入伙，教你也做个头领。"汤隆道："若得哥哥不弃，肯带携兄弟时，愿随鞭镫。"就拜李逵为兄，李逵认汤隆为弟。一片恩爱，与他人结拜不同。汤隆道："我又无家人伴当，同哥哥去市镇上吃三杯淡酒，表结拜之意。今晚歇一夜，明日早行。"故作一折。李逵道："我有个师父在前面酒店里，等我买枣糕去吃了便行，担阁不得，只可如今便行。"汤隆道："如何这般要紧？"故作一折。○上午街头弄锤，下午随人落草，实是山奇之事，不得不作一折。李逵道："你不知，宋公明哥哥见今在高唐州界首厮杀，只等我这师父到来救应。"汤隆道："这个师父是谁？"李逵道："你且休问，快收拾了去。"来得迅疾，结得迅疾，真正绝奇文字。汤隆急急拴了包裹盘缠银两，戴上毡笠儿，跨了口腰刀，提条朴刀，弃了家中破房旧屋、粗重家伙，跟了李逵，直到酒店里来见公孙胜。

公孙胜埋怨道："你如何去了许多时？再来迟些，我依前回去了。"呼延未到，先备汤隆，可谓亦太早计矣；忽然反衬出一句公孙回去来。夫得一未便用之汤隆，却失一急欲用之公孙，奇情幻笔，非人所知也。李逵不敢做声回语，引过汤隆拜了公孙胜，备说结义一事。活写出新得兄弟，分外快活来。公孙胜见说他是打铁出身，心中也喜。李逵取出枣糕，叫过卖将去整理。三个一同饮了几杯酒，

吃了枣糕，算还酒钱。李逵、汤隆各背上包裹，[单写李逵、汤隆背包，便显待先生如此其敬也。]与公孙胜离了武冈镇，迤逦望高唐州来。

三个于路，三停中走了两停多路，那日早却好迎着戴宗来接。[是待公孙先生礼。]公孙胜见了大喜，连忙问道："近日相战如何？"戴宗道："高廉那厮，近日箭疮平复，[陡然接出，擒纵在手。]每日引兵来搦战。哥哥坚守，不敢出敌，只等先生到来。"公孙胜道："这个容易。"李逵引着汤隆拜见戴宗，说了备细，[活写出新得兄弟快活来。]四人一处奔高唐州来。离寨五里远，早有吕方、郭盛引一百余骑军马迎接着。[是待公孙先生礼。]四人都上了马，一同到寨。宋江、吴用等出寨迎接。[是待公孙先生礼。]各施礼罢，摆了接风酒，叙问间阔之情，请入中军帐内，众头领亦来作庆。李逵引过汤隆来参见宋江、吴用并众头领等。[活写出新得兄弟分外快活来。○看他如此空傯之际，只知得意自家新有兄弟，全是一派天趣。○然其实描写李逵得意处，却都是遮掩其副插之法耳，读者毋为作者所瞒也。]讲礼已罢，寨中且做庆贺筵席。[上文与公孙作庆已过，此正是庆李逵之得汤隆也。]

次日，中军帐上，宋江、吴用、公孙胜商议破高廉一事。公孙胜道："主将传令，且着拔寨都起，看敌军如何，小弟自有区处。"当日宋江传令各寨，一齐引军起身，直抵高唐州城壕，下寨已定。次早五更造饭，军人都披挂衣甲。宋公明、吴学究、公孙胜三骑马直到军前，摇旗播鼓，呐喊筛锣，杀到城下来。

再说知府高廉在城中箭疮已痊，隔夜小军来报知宋江军马又到，早辰都披挂了衣甲，便开了城门，放下吊桥，将引三百神兵并大小将校出城迎敌。两军渐近，旗鼓相望，各摆开阵势。两阵里花腔鼍鼓播，杂彩绣旗摇。宋江阵门开处，分出十骑马来，雁翅般摆开在两边。「绝妙军容。眉批：雁翅般是一样军容，纺车般是一样军容，十队般连环是一样军容。看他只是洒笔布墨，便有无数阵图摆出，不似三国志处处战到若干合，一刀斩于马下而已。」左手下五将：花荣、秦明、朱仝、欧鹏、吕方；右手下五将是：林冲、孙立、邓飞、马麟、郭盛；中间三个总军主将，三骑马出到阵前。「绝妙军容。」看对阵金鼓齐鸣，门旗开处，也有二三十个军官，簇拥着高唐州知府高廉，出在阵前，立马门旗之下，厉声喝骂道："你那水洼草贼，既有心要来厮杀，定要见个输赢，走的不是好汉！"宋江问一声："谁人出马，立斩此贼？"小李广花荣挺枪跃马，直至垓心。高廉见了，喝问道："谁与我直取此贼去？"那统制官队里转出一员上将，唤做薛元辉，使两口双刀，骑一匹劣马，飞出垓心，来战花荣。两个在阵前斗了数合，花荣拨回马，望本阵便走。薛元辉纵马舞刀，尽力来赶。花荣略带住了马，拈弓取箭，扭转身躯，只一箭，把薛元辉头重脚轻射下马去。两军齐呐声喊。

高廉在马上见了大怒，急去马鞍鞒前取下那面聚兽铜牌，把剑去击。那里敲得三下，只见神兵队里卷起一阵黄沙来，罩得天昏地黑，日色无光。喊声起处，豺狼虎豹、怪兽毒虫，就这黄沙内卷将出来。众军恰待都起，公孙胜在马上早掣出那一把松文古定剑来，「松文好色泽，古定好名目。」指着敌军，口中念念有词，喝声道："疾！"只见一道金光射去，那伙怪兽毒虫，都就黄沙中乱纷纷坠于阵前。众军人看时，却都是白纸剪的虎豹走兽，黄沙尽皆荡散不起。「此等处看他只略叙，不肯极力铺张，皆特避俗笔也。」宋江看了，鞭梢一指，大小三军一齐掩杀过去；但见人亡马倒，旗鼓交横。高廉急把神兵退走入城。宋江军马赶到城下，城上急拽

起吊桥，闭上城门，擂木、炮石，如雨般打将下来。宋江叫且鸣金，收聚军马下寨，整点人数，各获大胜。回帐称谢公孙先生神功道德，随即赏劳三军。次日，分兵四面围城，尽力攻打。公孙胜对宋江、吴用道："昨夜虽是杀败敌军大半，眼见得那三百神兵退入城中去了。今日攻击得紧，那厮夜间必来偷营劫寨。「前劫寨，所以为一箭地也；此又劫寨，所以免明日之再战也。然两文对立，亦便借作章法矣。」今晚可收军一处，至夜深，分去四面埋伏。这里虚札寨栅，教众将只听霹雳响，看寨中火起，一齐进兵。"传令已了，当日攻城至未牌时分，都收四面军兵还寨，却在营中大吹大擂饮酒。「谋定之军，每每如此。」看看天色渐晚，众头领暗暗分拨开去，四面埋伏已定。

却说宋江、吴用、公孙胜、花荣、秦明、吕方、郭盛上土坡等候。是夜高廉果然点起三百神兵，背上各带铁葫芦，于内藏着硫黄焰硝、烟火药料；各人俱执钩刀、铁扫帚，口内都衔芦哨。「劫寨神兵结束，前略此详。」二更前后，大开城门，放下吊桥，高廉当先，驱领神兵前进，背后却带三十余骑，奔杀前来。离寨渐近，高廉在马上作起妖法，却早黑气冲天，狂风大作，飞沙走石，播土扬尘。三百神兵各取火种，去那葫芦口上点着，一声芦哨齐响，黑气中间，火光罩身，大刀阔斧，滚入寨里来。高埠处，公孙胜仗剑作法，就空寨中平地上刮剌剌起个霹雳。三百神兵急待退步，只见那空寨中火起，火焰乱飞，上下通红，无路可出。四面伏兵齐赶，围定寨栅，黑处偏见。「只是略叙，不肯极力铺张。」三百神兵不曾走得一个，都被杀在阵里。「先了神兵。」高廉急引了三十余骑奔走回城。背后一支军马追赶将来，乃是豹子头林冲。看看赶上，急叫得放下吊桥。高廉只带得八九骑入城，其余尽被林冲和人连马生擒活捉了去。「独写林冲者，直为五岳楼下、白

高廉进到城中，尽点百姓上城守护。

高廉军马神兵，被宋江、林冲杀个尽绝。

次日，宋江又引军马四面围城甚急。高廉寻思："我数年学得术法，不想今日被他破了，似此如之奈何？"只得使人去邻近州府求救。急急修书二封，教去东昌、寇州："二处离此不远，这两个知府都是我哥哥抬举的人，教星夜起兵来接应。"差了两个帐前统制官，赍擎书信，放开西门，杀将出来，投西夺路去了。众将却待去追赶，吴用传令："且放他出去，可以将计就计。"宋江问道："军师如何作用？"吴学究道："城中兵微将寡，所以他去求救。我这里可使两支人马，诈作救应军兵，于路混战。高廉必然开门助战，乘势一面取城，把高廉引入小路，必然擒获。"宋江听了大喜。令戴宗回梁山泊另取两支军马，分作两路而来。

且说高廉每夜在城中空阔处，堆积柴草，竟天价放火为号，城上只望救兵到来。过了数日，守城军兵望见宋江阵中不战自乱，急忙报知。高廉听了，连忙披挂上城瞻望，只见两路人马，战尘蔽日，喊杀连天，冲奔前来；四面围城军马，四散奔走。高廉知是两路救军到了，尽点在城军马，大开城门，分头掩杀出去。

且说高廉撞到宋江阵前，看见宋江引着花荣、秦明，三骑马望小路而走。高廉引了人马，急去追赶，忽听得山坡后连珠炮响，心中疑惑，便收转人马回来。两边锣响，左手下小温侯，右手下赛仁贵，各引五百人马冲将出来。高廉急夺路走时，部下军马折其大半，奔走

脱得垓心时，望见城上已都是梁山泊旗号；「妙，写得如锦如火。」举眼再看，无一处是救应军马，只得引着些败卒残兵，投山僻小路而走。行不到十里之外，山背后撞出一彪人马，当先拥出病尉迟「又一个古人。」拦住去路，厉声高叫："我等你多时，好好下马受缚！"高廉引军便回。背后早有一彪人马，截住去路，当先马上却是美髯公。「又一个古人。○看他四面截住，便撮出四个古人，真乃以文为戏，读之令人叹绝。○极小一篇文字，亦必作一章法，真是不得不叹绝也。」两头夹攻将来，四面截了去路，高廉只得弃了马，「次"了马"。」却走上山。那四下里部军一齐赶上山去。高廉慌忙口中念念有词，喝声道："起！"驾一片黑云，冉冉腾空，直上山顶。「高廉妖术不便住，至此又生出一段。」只见山坡边转出公孙胜来，见了，便把剑在马上望空作用，只中也念念有词喝声道："疾！"将剑望上一指，只见高廉从云中倒撞下来。「只是略叙，不肯极力铺张。」侧首抢过插翅虎雷横，一朴刀把高廉挥做两段。

雷横提了首级，都下山来，「前独详写林冲者，所以使沉冤一快也；此必大书雷横者，所以使新来立功也。耐庵笔下调遣众人，不肯草草如此。」先使人去飞报主帅。宋江已知杀了高廉，收军进高唐州城内。先传下将令：休得伤害百姓，一面出榜安民，秋毫无犯；「如此言，所谓仁义之师也。今强盗而忽用仁义之师，是强盗之权术也。强盗之权术又书之者，所以深叹当时之官军反不能然也。彼三家村学究，不知作史笔法，而遽因此等语，过许强盗真有仁义，不亦怪哉！○看他写宋江此来，本是救柴进，却反将救柴进作第二句，将假仁义陡然翻作第一句，以表江之权术，真有大过人者，为诸盗之魁也。」且去大牢中救出柴大官人来。那时当牢节级、押狱禁子，已都走了，止有三五十个罪囚，尽数开了枷锁释放。数中只不见柴大官人一个，「千曲百折，得破高唐，无不以为救出柴进易如探囊也。忽然又作一跌，真正出自意外。眉批：不见柴进，第一跌。」宋江心中忧闷。寻到一处监房内，却监着柴皇城一家老小；又一座牢内，监着沧州提捉到柴进一家老小，同监在彼；「补前所无。」为是连日厮杀，未曾取问发落。「自注一句。」只是没寻柴大官人处。「再一跌。○前一跌是初入之时，此一跌是搜遍之后，写得妙绝。」吴学究教唤集高唐州押狱禁子跟问时，数内有一个禀道:"小人是当牢节级蔺仁。前日蒙知府高廉所委,专一牢固监守柴进,不得有失。〔补一。〕又分付道:'但有凶吉,你可便下手。'〔补二。〕三日之前,知府高廉要取柴进出来施刑,小人为见本人是个好男子,不忍下手,只推道:'本人病至八分,不必下手。'〔补三。〕后又催并得紧,小人回称:'柴进已死。'〔补四。〕因是连日厮杀,知府不闲,小人却恐他差人下来看视,必见罪责,昨日引柴进去后面枯井边,开了枷锁,推放里面躲避,如今不知存亡。"〔真正奇文,出自意外。〕

宋江听了,慌忙着蔺仁引入。直到后牢枯井边望时,见里面黑洞洞的,不知多少深浅。〔写枯井。〕上面叫时,那得人应?〔写枯井。〕把索子放下去探时,约有八九丈深。〔写枯井。○先定枯井,便村出李逵舍身下探之忠勇,妙笔。〕宋江道:"柴大官人眼见得都是没了。"宋江垂泪。吴学究道:"主帅且休烦恼。谁人敢下去探看一遭,便见有无。"说犹未了,转过黑旋风李逵来,大叫道:"等我下去!"〔妙人。○一半忠勇,一半好奇。一半忠勇,为连累你吃官司句作结;一半好奇,为入神行法青红云作结。〕宋江道:"正好。当初也是你送了他,今日正宜报本。"〔揸斤播两,是宋江语,令人闻之,可恼可畏。我若作李逵,便不复下去。〕李逵笑道:"我下去不怕,你们莫要割断了绳索。"〔自神行法吃亏后,处处小心叮嘱,又处处好奇欲试,写出妙人妙绝。○与上"大疙瘩"句一样句法。〕吴学究道:"你却也忒奸猾。"〔骂得妙,妙于极确,却妙于极确,令人忽然失笑。〕且取一个大箩笊,把索子络了,接长索头,扎起一个架子,把索挂在上面。李逵脱得赤条条的,手拿两把板斧,坐在笊里,却放下井里去。索上缚两个铜铃,渐渐放到底下。李逵却从笊里爬将出来,去井底下摸时,摸着一堆却是骸骨。〔故作吓人语,妙笔妙笔。眉批:摸着骸骨,第二跌。〕李逵道:"爷娘,甚鸟东西在这里!"〔此句写出井底之黑,画井底真是井底。〕又去这边摸时,底下湿漉漉的,没下脚处。〔此句写井底湿,画井底真是井底。〕李

859

逵把双斧拔放箩里，两手去摸底下，四边却宽；「此句写井底空洞，画井底真是井底。」一摸摸着一个人，做一堆儿蹲在水坑里。李逵叫一声："柴大官人！"那里见动？「又故作吓人笔。○入监不见柴进是第一跌，下井摸着骸骨是第二跌，摸着叫唤不应是第三跌。此书之妙，莫妙于逐步作跌，而俗子偏学其科诨以为奇也。眉批：那里见动，第三跌。」把手去摸时，只觉口内微微声唤。李逵道："谢天地，「三个字直与柴皇城家出后门时两句说话，正是一副道理。」恁地时，还有救性！"随即爬在箩里，摇动铜铃。众人扯将上来，却只李逵一个，「妙人妙绝，绝倒我也。眉批：只一李逵，第四跌。」备细说了下面的事。宋江道："你可再下去，先把柴大官人放在箩里，先发上来，却再放箩下来取你。"李逵道："哥哥不知，我去蓟州着了两道儿，今番休撞第三遍。"「真是好辩。○两番写李逵好辩，忽翻出下文发喊大叫来，妙文随手而成，正不知有意得之，无意得之也。」宋江笑道："我如何肯弄你？你快下去。"李逵只得再坐箩里，又下井去。「偏是他下井，偏是他下去两遍，字字可为失笑。○写李逵好奇，故肯下去；又好辩，故不肯下去。妙人妙绝处，全在"只得"二字。」到得底下，李逵爬将出箩去，却把柴大官人抱在箩里，摇动索上铜铃。上面听得，早扯起来到上面，众人大喜。「先喜寻着。」及见柴进头破额裂，两腿皮肉打烂，眼目略开又闭，众人甚是凄惨，「得次悲受苦，写得有节次。」叫请医生调治。李逵却在井底下发喊大叫。「不惟自己要紧，亦急要看柴大官人也。」宋江听得，急叫把箩放将下去，取他上来。李逵到得上面，发作道："你们也不是好人，「妙人妙绝。」便不把箩放下来救我！"宋江道："我们只顾看顾柴大官人，因此忘了你，休怪。"宋江就令众人把柴进扛扶上车睡了。先把两家老小并夺转许多家财，共有二十余辆车子，叫李逵、雷横先护送上梁山泊去。「护送用雷横、李逵，一是新到效劳，一是完连累一案。」却把高廉一家老小良贱三四十口，处斩于市。赏谢了蔺仁，再把府库财帛，仓厫粮米，并高廉所有家私，尽数装载上山。

大小将校离了高唐州，得胜回梁山泊，所过州县，秋毫无犯。「特笔之，以愧当时

〔官军也。〕在路已经数日，回到大寨。柴进扶病起来，称谢晁、宋二公并众头领。晁盖教请柴大官人就山顶宋公明歇处，另建一所房子，与柴进并家眷安歇。〔每一人上山，必特书宋江军笔作自己心腹，今此独书出自晁盖，岂晁盖至此已悟耶？〕晁盖、宋江等众皆大喜。自高唐州回来，又添得柴进、汤隆两个头领，且作庆贺筵席，不在话下。

再说东昌、寇州两处〔顺风斜渡，又一过接之法。〕已知高唐州杀了高廉，失陷了城池，只得写表差人申奏朝廷；又有高唐州逃难官员，都到京师说知真实。高太尉听了，知道杀死他兄弟高廉。〔特书高俅黩皇师，报私怨，以深恶之也。〕次日五更，在待漏院中，专等景阳钟响。百官各具公服，直临丹墀，伺候朝见。当日五更三点，道君皇帝升殿。净鞭三下响，文武两班齐。天子驾坐，殿头官喝道："有事出班启奏，无事卷帘退朝。"高太尉出班奏道："今有济州梁山泊贼首晁盖、宋江，累造大恶：打劫城池，抢掳仓廒；聚集凶徒恶党，见在济州杀害官军，闹了江州、无为军；今又将高唐州官民杀戮一空，仓廒库藏尽被掳去。此是心腹大患，若不早行诛剿，他日养成贼势，难以制伏。伏乞圣断。"天子闻奏大惊，随即降下圣旨，"就委高太尉选将调兵前去剿捕，务将扫清水泊，杀绝种类。"高太尉又奏道："量此草寇，不必兴举大兵。臣保一人，可去收复。"天子道："卿若举用，必无差错，即令起行。飞捷报功，加官赐赏，高迁任用。"高太尉奏道："此人乃开国之初，河东名将呼延赞嫡派子孙，单名唤个灼字；使两条铜鞭，有万夫不当之勇。见受汝宁郡都统制，手下多有精兵勇将。臣举保此人，可以征剿梁山泊。可授兵马指挥使，领马步精锐军士，克日扫清山寨，班师还朝。"天子准奏，降下圣旨：着枢密院即便差人赍敕前往汝宁州，

星夜宣取。「奉旨调将，是第一段。○一路特详呼延出军重大，以明是役之惊天动地，非复前文小小捕盗之比。眉批：奉旨调将。」当日朝罢，高太尉就于帅府着枢密院拨一员军官，赍擎圣旨，前去宣取。当日起行，限时定日，要呼延灼赴京听命。

却说呼延灼在汝宁州统军司坐衙，听得门人报道："有圣旨特来宣取将军赴京，有委用的事。"呼延灼与本州官员出郭迎接到统军司，开读已罢，设筵管待使臣。火急收拾了头盔衣甲、鞍马器械，带引三四十从人，一同使命，离了汝宁州，星夜赴京。于路无话，早到京师城内，殿司府前下马，来见高太尉。「未见天子，先见太尉，可叹可笑。」

当日高俅正在殿帅府坐衙。门吏报道："汝宁州宣到呼延灼，见在门外。"高太尉大喜，叫唤进来参见。高太尉问慰已毕，与了赏赐。次日早朝，引见道君皇帝。天子看见呼延灼一表非俗，喜动天颜，就赐踢雪乌骓一匹。「下文将有连环马一篇奇文，便先向此处生出踢雪乌骓一匹，装作头彩，绝妙章法也。」那马，「句。」浑身墨锭似黑，四蹄雪练价白，因此名为踢雪乌骓。「先画其毛片。○一段。」那马，「句。○二"那马"句，神彩奕奕。」日行千里，「次叹其德性。○一段。」奉圣旨赐与呼延灼骑坐。「两"那马"下，又撰一道圣旨，文势淋漓溃兀。眉批：天子赐马。」呼延灼谢恩已罢，「天子赐是第二段。」随高太尉再到殿帅府，「既见天子，又到太尉，可叹可笑。」商议起军剿捕梁山泊一事。呼延灼道："禀明恩相：小人观探梁山泊，兵粗将广，马劣枪长，「绝妙好辞，遂为山泊作赞。」不可轻敌小觑。乞保二将为先锋，同提军马到彼，必获大功。"高太尉听罢大喜，问道："将军所保谁人，可为前部先锋？"不争呼延灼举保此二将，有分教：宛子城重添良将，梁山泊大破官军。且教：功名未上凌烟阁，姓字先标聚义厅。毕竟呼延灼对高太尉保出谁来，且听下回分解。

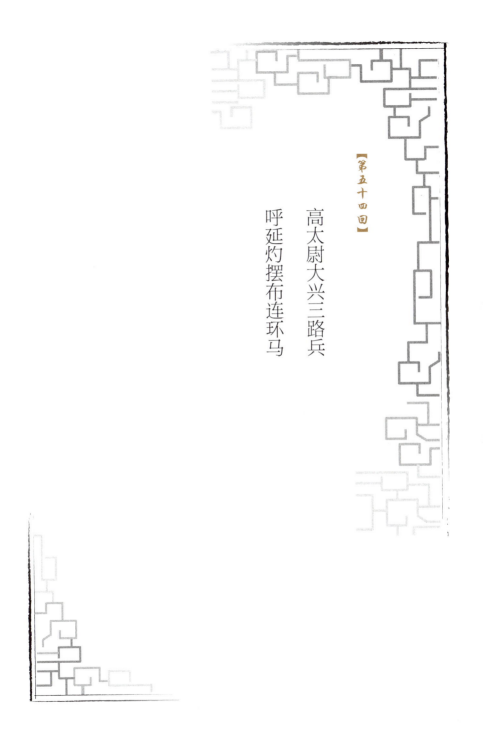

【第五十四回】

高太尉大兴三路兵

呼延灼摆布连环马

　　此回凡三段文字。第一段，写宋江纺车军；第二段，写呼延连环军，皆极精神极变动之文；至第三段，写计擒凌振，却只如儿戏也。所以然者，盖作者当提笔未下之时，其胸中原只有连环马军一段奇思，却因不肯突然便推出来，故特就"连环"二字上，颠倒生出"纺车"二字，先于文前别作一文，使读者眼光盘旋跳脱卓策不定了，然后忽然一变，变出排山倒海异样阵势来。今试看其纺车轻，连环重，以轻引重，一也。纺车逐队，连环一排，以逐队引一排，二也。纺车人各自战，连环一齐跑发，以各自引一齐，三也。纺车忽离忽合，连环铁环连锁，以离合引连锁，四也。纺车前军战罢，转作后军，连环无前无后，直冲过来；以前转作后引无前无后，五也。纺车有进有退，连环只进无退，以有进有退引只进无退，六也。纺车写人，连环写马，以人引马，七也。盖如此一段花团锦簇文字，却只为连环一阵做得引子，然后入第二段。正写本题毕，却又不肯霎然一收便住，又特就马上生出炮来，做一拖尾。然又惟恐两大番后，又极力写炮，便令文字累坠不举，所以只将闲笔余墨写得有如儿戏相似也。呜呼！只为中间一段，变成前后三段，可谓极尽中间一段之致；乃前后二段，只为中间一段，而每段又各各极尽其致。世人即欲起而争彼才子之名，吾知有所断断不能也。

　　前后二段，又各各极尽其致者。如前一段写纺车军，每一队欲去时，必先有后队接住。一接一卸，譬如鹅翎也。耐庵却又忽然算到第五队欲去时，必须接出押后十将，此处一露痕迹，便令"纺车"二字老大败阙，故特特于第五队方接战时，便写宋江十将预先已到，以免断续之咎，固矣。然却又算到何故一篇章法，独于第五队中忽然变换？此处仍露痕迹，毕竟鼯鼠技穷；于是特特又于第四队方接战时，便写第五队预先早到，以为之衬。真苦心哉，良工也。

　　又如前一段写纺车军五队，一队胜如一队，固矣。又须看他写到第四队，忽然阵上飞出三口刀，既而一变，变作两口刀、两条鞭，既而又一变，变作三条鞭，越变越奇，越奇越骇，越骇越乐，洵文章之盛观矣。

　　后一段，则如晁盖传令，且请宋江上山，宋江坚意不肯。读之只谓意在灭此朝食耳，却不知正为凌振放炮作衬，此真绝奇笔法，非俗士之所能也。

　　又如要写炮，须另有写炮法。盖写炮之法，在远不在近。今看他于凌振来时，只是称叹名色，设立炮架；而炮之威势，则必于宋江弃寨上关后，砰然闻之，真绝奇笔法，非俗士之所能也。

　　写接连三个炮后，又特自注云"两个打在水里，一个打在小寨上"者，写两个以表水泊之阔，写一个以表炮势之猛也。

　　至于此篇之前之后，别有奇情妙笔，则如：将写连环马，便先写一匹御赐乌骓以吊动之；将写徐宁甲，因先写若干关领甲仗以吊动之。若干马则以一匹马吊动，一副甲则以若干甲吊动，洵非寻常之机杼也。

　　话说高太尉问呼延灼道："将军所保何人，可为先锋？"呼延灼禀道："小人举保陈州团练使，姓韩，名滔，原是东京人氏，曾应过武举出身；使一条枣木槊，人呼为'百胜将军'，此人可为正先锋。又有一人，乃是颍州团练使，姓彭，名玘，亦是东京人氏，乃累代将门之子；使一口三尖两刃刀，武艺出众，人呼为'天目将军'，此人可为副先锋。"高太尉听了，大喜道："若是韩、彭二将为先锋，何愁狂寇不灭！"当日高太尉就殿帅府押了两道牒文，着枢密院差人星夜往陈、颍二州调取韩滔、彭玘，火速赴京。〔保举将材是第三段。眉批：保举将材。〕不旬日间，二将已到京师，径来殿帅府，参见了太尉并呼延灼。

　　次日，〔眉批：太尉看操。〕高太尉带领众人，都往御教场中操演武艺。看军了当，〔太尉看操是第四段。〕却来殿帅府，会同枢密院官，计议军机重事。〔眉批：枢院议兵。〕高太尉问道："你等三路总有多少人马在此？"呼延灼答道："三路军马计有五千，连步军

数及一万。"高太尉道："你三人亲自回州，拣选精锐马军三千、步军五千，约会起程，收剿梁山泊。"呼延灼禀道："此三路马步军兵都是训练精熟之士，人强马壮，不必殿帅忧虑。[枢院议兵是第五段。]但恐衣甲未全，[以赐雪乌雅吊动连环马，以关领衣甲吊动徐宁甲，真妙绝之文。○以一匹马吊许多马，以许多甲吊动一副甲，真奇绝之文也。○或有俗士不信此评者，圣叹因愿闻特写呼延之军衣甲未全之故，何故也?]只怕误了日期，取罪不便，乞恩相宽限。"高太尉道："既是如此说时，你三人可就京师甲仗库内，不拘数目，任意选拣衣甲盔刀，关领前去。务要军马整齐，好与对敌。出师之日，我自差官来点视。"呼延灼领了钧旨，带人往甲仗库关支。[眉批：关领甲仗。]呼延灼选讫铁甲三千副、熟皮马甲五千副、铜铁头盔三千顶、长枪二千根、滚刀一千把、弓箭不计其数、火炮铁炮五百余架，都装载上车。临辞之日，高太尉又拨与战马三千匹。三个将军各赏了金银段匹，三军尽关了粮赏。[关领甲仗是第六段。]呼延灼和韩滔、彭玘，都与了必胜军状，辞别了高太尉并枢密院等官，三人上马，都投汝宁州来。于路无话。

到得本州，呼延灼便遣韩滔、彭玘各往陈、颍二州起军，前来汝宁会合。[眉批：三路合军。]不够半月之上，三路兵马都已完足。呼延灼便把京师关到衣甲盔刀、旗枪鞍马，并打造连环铁铠、军器等物，分俵三军已了，伺候出军。[三路合军，是第七段。]高太尉差到殿帅府两员军官，前来点视。犒赏三军已罢，[眉批：太尉犒军。]呼延灼摆布三路兵马出城：[太尉犒军是第八段。]前军开路韩滔，中军主将呼延灼，后军催督彭玘。马步三军人等，浩浩荡荡，杀奔梁山泊来。["浩浩荡荡"四字，写军容绝妙好辞，抵过无数"车如流水马如龙""落日照大旗""马鸣风萧萧"语。]

却说梁山泊远探报马，径到大寨报知此事。聚义厅上，当中晁盖、宋江，上首军师吴用，下首法师公孙胜，并众头领，各与柴进贺喜，终日筵宴。听知报道："汝宁州双鞭呼延灼，引着军马到来征进。"众皆商议迎敌之策。吴用便道："我闻此人，乃开国功臣河东名将呼延赞之后，武艺精熟，使两条铜鞭，卒不可近。必用能征敢战之将，先以力敌，后用智擒。"说言未了，黑旋风李逵便道："我与你去捉这厮。"〔不是描写铁牛，正是提清题目，言此番大文，尚从打死殷天锡根上起。眉批：此下凡两段文字，此一段详梁山，略呼延；后一段详呼延，略梁山。〕宋江道："你怎去得？我自有调度。可请霹雳火秦明打头阵，豹子头林冲打第二阵，小李广花荣打第三阵，一丈青扈三娘打第四阵，病尉迟孙立打第五阵。将前面五阵一队队战罢，如纺车般转作后军。〔调拨出奇，真是以兵为戏，亦是以文为戏。〕我亲自带引十个弟兄，引大队人马押后。左军五将：朱仝、雷横、穆弘、黄信、吕方；右军五将：杨雄、石秀、欧鹏、马麟、郭盛。〔好。〕水路中，可请李俊、张横、张顺、阮家三弟兄，驾船接应。〔好。〕却教李逵与杨林引步军，分作两路，埋伏救应。"〔好。〕宋江调拨已定，前军秦明〔第一拨。〕早引人马下山，向平山旷野之处，列成阵势。〔眉批：第一番详山泊，略呼延，作引文。〕

此时虽是冬天，却喜和暖。〔偏是百忙时，偏有本事作此闲笔。〕等候了一日，早望见官军到来。先锋队里百胜将韩滔领兵扎下寨栅，当晚不战。次日天晓，两军对阵。三通画鼓，出到阵前。马上横着狼牙棍，望对阵门旗开处，先锋将韩滔横槊勒马，大骂秦明道："天兵到此，不思早早投降，还敢抗拒，不是讨死！我直把你水泊填平，梁山踏碎，生擒活捉你这伙反贼解京，碎尸万段！"秦明本是性急的人，听了也不打话，〔就性格上作省笔。〕便拍马舞起狼牙棍，直取韩滔。韩滔挺槊跃马，来战秦明。两个斗到二十余合，韩滔力怯，只待要走。背后中

军主将呼延灼已到，见韩滔战秦明不下，便从中军舞起双鞭，纵坐下那匹御赐踢雪乌骓，咆哮嘶喊，来到阵前。「此一合中，呼延忽来。○此段文字本以山泊为主，以呼延为宾。今看他详写山泊诸将纺车般脱换，又插写呼延将军掷狮来去，以一笔兼写两家健将，遂令两篇章法，一齐俱成，妙绝。」

秦明见了，欲待来战呼延灼，第二拨豹子头林冲已到，「接第二拨。」便叫："秦统制少歇，看我战三百合却理会！"林冲挺起蛇矛，奔呼延灼。秦明自把军马从左边跐向山坡后去。「第一拨纺车般转去矣。」这里呼延灼自战林冲，两个正是对手：枪来鞭去花一团，鞭去枪来锦一簇。「绝妙好辞，不过两句七个字，而便令人眼光霍霍不定。」两个斗到五十合之上，不分胜败。

第三拨小李广花荣军到，「接第三拨。」阵门下大叫道："林将军少歇，看我擒捉这厮！"林冲拨转马便走。呼延灼因见林冲武艺高强，也回本阵。「此一合后，呼延忽去。」林冲自把本部军马一转，转过山坡后去，「第二拨纺车般转去矣。」让花荣挺枪出马。呼延灼后军也到，天目将彭玘横着那三尖两刃四窍八环刀，聚着五明千里黄花马，「绝妙好辞，"三""两""四""八""五""千"，六个字用在一处，遂成异样花色。」出阵大骂花荣道："反国逆贼，何足为道！与吾并个输赢！"花荣大怒，也不答话，便与彭玘交马。两个战二十余合，呼延灼看见彭玘力怯，纵马舞鞭，直奔花荣。「此一合中，呼延忽又来。」

斗不到三合，第四拨一丈青扈三娘人马已到，「接第四拨。」大叫："花将军少歇，看我捉这厮！"花荣也引军望右边跐转山坡下去了。「第三拨纺车般转去矣。」彭玘来战一丈青未定，第五拨病尉迟孙立军马早到，「便入第五拨，法变。」勒马于阵前摆着，看这扈三娘去战彭玘，「此处忽然增出第五拨人马酣战。便令精彩加倍耀艳，真文章之盛观也。」两个正在征尘影里，杀气阴中，一个使大杆刀，「是一样刀。」一个使双刀。「又是一样刀。○虽两将一样使刀，然实是两样刀也。忽然两样刀引出一样鞭

来，真文章
之盛观也。两个斗到二十余合，一丈青把双刀分开，回马便走。彭玘要逞功劳，纵马赶来。一丈青便把双刀挂在马鞍桥上，袍底下取出红绵套索，上有二十四个金钩，等彭玘马来得近，纽过身躯，把套索望空一撒，看得亲切，彭玘措手不及，早拖下马来。孙立喝教众军一发向前，把彭玘捉了。呼延灼看见大怒，恁力向前来救，看他忽又来。一丈青便拍马来迎敌，呼延灼恨不得一口水吞了那一丈青。两个斗到十合之上，急切赢不得一丈青，呼延灼心中想道："这个泼妇人，在我手里斗了许多合，倒恁地了得！"心忙意急，卖个破绽，放他入来，却把双鞭只一盖，盖将下来；好呼延灼，真惊死人。那双刀却在怀里。又好一丈青，真惊死人。提起右手铜鞭，望一丈青顶门上打下来；好呼延灼，真惊死人。却被一丈青眼明手快，早起刀，只一隔，右手那口刀望上直飞起来。又好一丈青，却好那一鞭打将下来，正在刀口上，铮的一声响，火光迸散，好呼延灼，又好一丈青，真惊死人。一丈青回马望木阵便走。呼延灼纵马赶来，病尉迟孙立见了，接第五拨。便挺枪纵马向前，迎住厮杀。背后宋江却好引十对良将都到，列成阵势。五拨人马跌毕，纺车几乎停住矣。陡然接出押后大队，真文章之盛观也。一丈青自引了人马也投山坡下去了。第四拨纺般转去矣。

宋江见活捉得天目将彭玘，心中甚喜，且来阵前，看孙立与呼延灼交战。又是一番看战，真乃十倍精彩。○文章声势，一段胜似一段，使人叹绝。孙立也把枪带住，手腕上绰起那条竹节钢鞭，来迎呼延灼。两个都使钢鞭，却更一般打扮：上文三口刀，中间忽然变出两口刀、两条鞭；至此又忽然变出三条鞭，真文章之盛观也。病尉迟孙立是交角铁幞头、交角。大红罗抹额、大红罗。百花点翠皂罗袍、百花点翠。乌油戗金甲，乌油戗金。骑一匹乌骓马，乌骓。使一条竹节虎眼鞭，竹节虎眼。赛过尉迟恭；借一古人画出孙立。这呼延灼却是冲天角铁幞头、冲天角。

销金黄罗抹额、「销金黄罗。」七星打钉皂罗袍、「七星打钉。」乌油对嵌铠甲，「乌油对嵌。」骑一匹御赐踢雪乌骓，「踢雪乌骓。」使两条水磨八棱钢鞭，「水磨八棱。」左手的重十二斤，右手的重十三斤，「加倍添写两句，异样精彩。」真似呼延赞。「亦借一古人画出呼延。」两个在阵前左盘右旋，斗到三十余合，不分胜败。

官军阵里韩滔见说折了彭玘，便去后军队里，尽起军马，一发向前厮杀。宋江只怕冲将过来，便把鞭梢一指，十个头领，引了大小军士，掩杀过去；背后四路军兵，分作两路夹攻拢来。「所谓转作后军也。」呼延灼见了，急收转本部军马，各敌个住。为何不能全胜？「忽问一句，笔力奇绝。」却被呼延灼阵里，都是连环马军，「至此方表出连环马。」马戴马甲，人披铁铠。马戴甲，只露得四蹄悬地；人披铠，只露着一对眼睛。「此回都作绝妙好辞。」宋江阵上虽有甲马，只是红缨面具、铜铃雉尾而已。「好。」这里射将箭去，那里甲都护住了。「好。」那三千马军各有引箭，对面射来，「好。」因此不敢近前。「借答作叙，笔力奇绝。」宋江急叫鸣金收军，呼延灼也退二十余里下寨。「以上第一阵，详山泊，略官军。」

宋江收军，退到山西下寨，屯住军马，且叫左右群刀手，簇拥彭玘过来。宋江望见，便起身喝退军士，亲解其缚，扶入帐中，分宾而坐。宋江便拜。彭玘连忙答拜道："小人被擒之人，理合就死，何故将军宾礼相待？"宋江道："某等众人，无处容身，暂占水泊，权时避难。今者，朝廷差遣将军前来收捕，本合延颈就缚，但恐不能存命，因此负罪交锋，误犯虎威，敢乞恕罪。"「此等悉是宋江权诈之辞，而学宠借作续貂之本。」彭玘答道："素知将军仗义行仁，扶危济困，不想果然如此义气！倘蒙存留微命，当以捐躯报效。"宋江当日就将天目将彭玘，使人送上大寨，教与晁天王相见，留在寨里。这里自一面犒赏三军，并众头领计议军情。

再说呼延灼收军下寨，自和韩滔商议，如何取胜梁山水泊。韩滔道："今日这厮们见俺催军近前，他便慌忙掩击过来。明日尽数驱马军向前，必获大胜。"呼延灼道："我已如此安排下了，只要和你商量相通。"「要知此一语，非计议明日，正注解今日也。不然，何不便驱过来？」随即传下将令，教三千匹马军，做一排摆着，「好。」每三十匹一连，却把铁环连锁。「好。」但遇敌军，远用箭射，近则使枪，直冲入去。「好。」三千连环马车，分作一百队锁定。「好。」五千步军在后策应。「好。」"明日休得挑战，「好。」我和你押后掠阵。「好。」但若交锋，分作三面冲将过去。"「好。眉批：第二番详呼延，略山泊，为正文。」计策商量已定，次日天晓出战。

却说宋江次日把军马分作五队在前，后军十将簇拥，两路伏兵分于左右。秦明当先，搦呼延灼出马交战。只见对阵但只呐喊，并不交锋。「比昨日忽然换出一样阵势，便令笔墨都变，真文章之盛观也。」为头五军都一字儿摆在阵前：中是秦明，左是林冲、一丈青，右是花荣、孙立。在后随即宋江引十将也到，重重叠叠摆着人马。「仍依昨日所拨，而纺车换作一字，便令笔墨尽变。」看对阵时，约有一千步军，只见擂鼓发喊，并无一人出马交锋。「写并无一人，却写异样精彩。」宋江看了，心中疑惑，暗传号令，教后军且退；「赖此句，便令宋江一军不至覆没，用笔之妙如此。」却纵马直到花荣队里窥望，猛听对阵里连珠炮响，「异样精彩。」一千步军，忽然分作两下，「异样精彩。」放出三面连环马军，直冲将来；「异样精彩。」两边把弓箭乱射，「异样精彩。」中间尽是长枪。「异样精彩。」宋江看了大惊，急令众军把弓箭施放，那里抵敌得住？每一队三十匹马，一齐跑发，不容你不向前走；

那连环马车，漫山遍野，横冲直撞将来。前面五队军马望见，便乱撺了，策立不定；后面大队人马拦挡不住，各自逃生。宋江慌忙飞马便走，十将拥护而行。背后早有一队连环马军追将来，却得伏兵李逵、杨林引人从芦苇中杀出来，救得宋江。逃至水边，却有李俊、张横、张顺、三阮六个水军头领摆下战船接应。宋江急急上船，便传将令，教分头去救应众头领下船。那连环马直赶到水边，乱箭射来，船上却有傍牌遮护，不能损伤。慌忙把船掉到鸭嘴滩头，尽行上岸。就水寨里整点人马，折其大半。却喜众头领都全，虽然折了些马匹，都救得性命。少刻，只见石勇、时迁、孙新、顾大嫂都逃命上山，却说："步军冲杀将来，把店屋平拆了去。我等若无号船接应，尽被擒捉。"宋江一一亲自抚慰。计点众头领时，中箭者六人：林冲、雷横、李逵、石秀、孙新、黄信。小喽啰带伤中箭者，不计其数。晁盖闻知，同吴用、公孙胜下山来动问。宋江眉头不展，面带忧容。吴用劝道："哥哥休忧，胜败乃兵家常事，何必挂心？别生良策，可破连环军马。"晁盖便传号令，分付水军，牢固寨栅船只，保守滩头，晓夜堤备，请宋公明上山安歇。宋江不肯上山，只就鸭嘴滩寨内驻扎，只教带伤头领上山养病。

却说呼延灼大获全胜，回到本寨，开放连环马，都次第前来请功。杀死者不计其数，生擒得五百余人，夺得战马三百余匹。随即差人前去京师报捷，一面犒赏三军。

「注疏明快，直画出连环马声势来也。」

「始知前文拨伏军不虚。」

「始知前文拨水军不虚。」

「周匝。」

「异样声势，异样精彩。」

「陡然插出奇文，令人出于意外，犹如怪峰飞来，然又却是眼前景色。才子之文，诚绝世无双矣。○并不写连环马，却写得连环马异样声势，文亦异样精彩。」

「闲处忽然布此一笔，不知乃为后文炮手作地。用笔之妙，不望人赏。」

「如此等句必不肯漏，不为此书长处；只因必漏此句，乃他书短处，遂令此书独步也。」

　　却说高太尉正在殿帅府坐衙，门上报道："呼延灼收捕梁山泊得胜，差人报捷。"心中大喜。次日早朝，越班奏闻天子。天子甚喜，敕赏黄封御酒十瓶，锦袍一领，〔眉批：御赐袍酒。〕差官一员，赍钱十万贯，前去行营赏军。〔御赐袍酒是第九段。〕高太尉领了圣旨，回到殿帅府，随即差官赍捧前去。

　　却说呼延灼已知有天使到，与韩滔出二十里外迎接。接到寨中，谢恩受赏已毕，置酒管待天使；一面令韩先锋赍钱赏军，且将捉到五百余人囚在寨中，待拿到贼首，一并解赴京师，示众施行。天使问："彭团练如何不见？"〔高太尉不曾奏闻天子，此报捷之通诀也。〕呼延灼道："为因贪捉宋江，探入重地，致被擒捉。今次群贼必不敢再来。小可分兵攻打，务要肃清山寨，扫尽水洼，擒获众贼，拆毁巢穴；但恨四面是水，无路可进。遥观寨栅，只除非得火炮飞打，以碎贼巢。久闻东京有个炮手凌振，名号'轰天雷'，此人善造火炮，能去十四五里远近，石炮落处，天崩地陷，山倒石裂。若得此人，可以攻打贼巢。〔眉批：申请炮手。〕更兼他深通武艺，弓马熟闲。若得天使回京，于太尉前言知此事，可以急急差遣到来，克日可取贼巢。"

　　天使应允，次日起程，于路无话。回到京师，来见高太尉，备说呼延灼求索炮手凌振，要建大功。高太尉听罢，传下钧旨，教唤甲仗库副使炮手凌振那人来。原来凌振祖贯燕陵人，是宋朝天下第一个炮手，所以人都号他是轰天雷。更兼武艺精熟。当下凌振来参见了高太尉，就受了行军统领官文凭，便教收拾鞍马军器起身。〔申请炮手是第十段。〕

　　且说凌振把应用的烟火、药料，就将做下的诸色火炮，并一应的炮石、

炮架，装载上车；带了随身衣甲、盔刀、行李等件，并三四十个军汉，离了东京，取路投梁山泊来。到得行营，先来参见主将呼延灼，次日先锋韩滔，备问水寨远近路程，「制炮要领。」山寨崄峻去处，安排三等炮石攻打：第一是风火炮，「名色奇妙。」第二是金轮炮，「名色奇妙。」第三是子母炮。「名色奇妙。○便样写出三等名色，异精先令军健整顿炮架，直去水边竖起，准备放炮。彩。」「未见放炮，先竖炮架，写得异样精彩。」

却说宋江正在鸭嘴滩上小寨内，和军师吴学究商议破阵之法，无计可施。有探细人来报道："东京新差一个炮手，唤做轰天雷凌振，即日在水边竖起架子，安排施放火炮，攻打寨栅。"吴学究道："这个不妨。我山寨四面都是水泊，港汊甚多，宛子城离水又远，总有飞天火炮，如何能够打得到城边？「数语先为读者作一安慰。」且弃了鸭嘴滩小寨，看他怎地设法施放，却做商议。"

当下宋江弃了小寨，便都起身，且上关来。「上文特写不肯上关，只谓宋江誓欲灭此朝食耳，不意正为凌振作渲染也，妙笔。」晁盖、公孙胜接到聚义厅上，问道："似此如何破敌？"动问未绝，早听得山下炮响。「写炮又是一样声势，文亦又是一样精彩。」一连放了三个火炮，两个打在水里，「又是一样精彩。○此句特表水泊之阔，不是闲笔。」一个直打到鸭嘴滩边小寨上。「此句正表炮势之大，又是一样精彩，写得骇人。○写战必须写近，写炮必须写远，此故谁当知之？」宋江见说，心中展转忧闷，众头领尽皆失色。吴学究道："若得一人诱引凌振到水边，先捉了此人，方可商议破敌之法。"晁盖道："可着李俊、张横、张顺、三阮六人棹船，如此行事，岸上朱仝、雷横如此接应。"

且说六个水军头领得了将令，分作两队：李俊和张横先带了四五十个会水的，用两只快船，从芦苇深处悄悄过去；背后张顺、三阮掉四十余只小船接应。再说李俊、张横上到对岸，便去炮架子边呐声喊，把炮架推翻。

军士慌忙报与凌振知道。凌振便带了风火二炮，拿枪上马，引了「只如儿戏，奇妙之极。」一千余人赶将来。李俊、张横领人便走。「只如儿戏。」凌振追至芦苇滩边，看见一字儿摆开四十余只小船，船上共有百十余个水军。李俊、张横早跳在船上，故意不把船开。看看人马到来，呐声喊，都跳下水里去了。「只如儿戏。」凌振人马已到，便来抢船。朱全、雷横却在对岸呐喊擂鼓。「只如儿戏，奇妙之极。」凌振夺得许多船只，叫军健尽数上船，便杀过去。船才行到波心之中，只见岸上朱全、雷横鸣起锣来。「奇妙之极，只如儿戏。」水底下早钻起四五十水军，尽把船尾楔子拔了，「只如儿戏。」水都滚入船里来；外边就势扳翻船，军健都撞在水里。凌振急待回船，船尾舵橹已自被拽下水底去了。「奇妙之极，只如儿戏。」两边却钻上两个头领来，把船只一扳，「只如儿戏，奇妙之极。」仰合转来，凌振却被合下水里去，水底下却是阮小二一把抱住，直拖到对岸来。「连环马已大难事，忽然又增出一轰天雷来，诚所谓心摇胆落，手足无措之事也。一段只轻轻用五七个人、百十只船，彼以火攻，此以水胜，用力不多，而大难立解。令人读之，只如儿戏，真文章之盛观也。」岸上早有头领接着，便把索子绑了，先解上山来。水中生擒二百余人，一半水中淹死，些少逃得性命回去。呼延灼得知，急领马军赶将来时，船都已过鸭嘴滩去了。「绝倒。」箭又射不着，人都不见了，「绝倒。」只忍得气。「绝倒。○此一段只用戏笔。」呼延灼恨了半晌，只得引人马回去。

且说众头领捉得轰天雷凌振，解上山寨，先使人报知。宋江便同满寨头领，下第二关迎接。见了凌振，连忙亲解其缚，便埋怨众人道："我教你们礼请统领上山，如何恁地无礼！"凌振拜谢不杀之恩。宋江便与他把盏已了，自执其手，「宋江执凌振手。」相请上山。到大寨，见了彭玘已做了头领，凌振闭口无

言。彭玘劝道："晁、宋二头领替天行道，招纳豪杰，专等招安，与国家出力。既然我等到此，只得从命。"宋江却又陪话。凌振答道："小的在此趋侍不妨；争奈老母妻子都在京师，倘或有人知觉，必遭诛戮，如之奈何！"宋江道："但请放心，限日取还统领。"凌振谢道："若得头领如此周全，死亦瞑目。"晁盖道："且教做筵席庆贺。"次日，厅上大聚会众头领。饮酒之间，宋江与众又商议破连环马之策。正无良法，只见金钱豹子汤隆起身道：

〔读至此句，始信圣叹前批不谬。〇为造枪故，先备汤隆；今反借汤隆，生出徐宁。笔法屈曲，其妙无比。〕"小人不材，愿献一计。险是得这般军器和我一个哥哥，可以破得连环甲马。"吴学究便问道："贤弟，你且说用何等军器？你这个令亲哥哥是谁？"汤隆不慌不忙，叉手向前，说出这般军器和那个人来。正是：计就玉京擒獬豸，谋成金阙捉狻猊。毕竟汤隆对众说出那般军器、甚么人来，且听下回分解。

【第五十五回】

吴用使时迁盗甲

汤隆赚徐宁上山

　　盖耐庵当时之才，吾直无以知其际也。其忽然写一豪杰，即居然豪杰也；其忽然写一奸雄即又居然奸雄也；甚至忽然写一淫妇，即居然淫妇；今此篇写一偷儿，即又居然偷儿也。人亦有言：非圣人不知圣人。然则非豪杰不知豪杰，非奸雄不知奸雄也。耐庵写豪杰，居然豪杰，然则耐庵之为豪杰可无疑也。独怪耐庵写奸雄，又居然奸雄，则是耐庵之为奸雄又无疑也。虽然，吾疑之矣。夫豪杰必有奸雄之才，奸雄必有豪杰之气；以豪杰兼奸雄，以奸雄兼豪杰，以拟耐庵，容当有之。若夫耐庵之非淫妇、偷儿，断断然也。今观其写淫妇居然淫妇，写偷儿居然偷儿，则又何也？噫嘻，吾知之矣！非淫妇定不知淫妇，非偷儿定不知偷儿也。谓耐庵非淫妇、非偷儿者，此自是未临文之耐庵耳。夫当其未也，则岂惟耐庵非淫妇，即彼淫妇亦实非淫妇；岂惟耐庵非偷儿，即彼偷儿亦实非偷儿。经曰：不见可欲，其心不乱。群天下之族，莫非王者之民也。若夫既动心而为淫妇，既动心而为偷儿，则岂惟淫妇、偷儿而已。惟耐庵于三寸之笔，一幅之纸之间，实亲动心而为淫妇，亲动心而为偷儿。既已动心，则均矣，又安辩；泚笔点墨之非入马通奸，泚笔点墨之非飞檐走壁耶？经曰：因缘和合，无法不有。自古淫妇无印板偷汉法，偷儿无印板做贼法，才子亦无印板做文字法也。因缘生法，一切具足。是故龙树著书，以破因缘品而弁其篇，盖深恶因缘。而耐庵作水浒一传，直以因缘生法，为其文字总持，是深达因缘也。夫深达因缘之人，则岂惟非淫妇也，非偷儿也，亦复非奸雄也，非豪杰。何也？写豪杰、奸雄之时，其文亦随因缘而起，则是耐庵固无与也。或问曰：然则耐庵何如人也？曰：才子也，何以谓之才子也？曰：彼固宿讲于龙树之学者也。讲于龙树之学，则菩萨也。菩萨也者，真能格物致知者也。

　　读此批也，其于自治也，必能畏因缘。畏因缘者，是学为圣人之法也。传称戒慎不睹，恐惧不闻是也。其于治人也，必能不念恶。不念恶者，是圣人忠恕之道也。《传》称王道平平，王道荡荡是也。天下而不乏圣人之徒，其必有以教我也。

此篇文字变动，又是一样笔法。如：欲破马，忽赚枪；欲赚枪，忽偷甲。由马生枪，由枪生甲，一也。呼延既有马，又有炮；徐宁亦便既有枪，又有甲。呼延马虽未破，炮先为山泊所得；徐宁亦便枪虽未教，甲先为山泊所得，二也。赞呼延踢雪骓时，凡用两"那马"句；赞徐宁赛唐猊时，亦便用两"那副甲"句，三也。徐家祖传枪法，汤家却祖传枪样；二"祖传"字对起，便忽然从意外另生出一祖传枪来，四也。于三回之前，遥遥先插铁匠，已称奇绝；却不知已又于数十回之前，遥遥先插铁匠，五也。

写时迁入徐宁家，已是更余，而徐宁夫妻偏不便睡；写徐宁夫妻睡后，已入二更余，而时迁偏不便偷。所以者何？盖制题以构文也。不构文而仅求了题，然则何如并不制题之为愈也。

前文写朱仝家眷，忽然添出"令郎"二字者，所以反衬知府舐犊之情也。此篇写徐宁夫妻，忽然又添出一六七岁孩子者，所以表徐氏之有后，而先世留下镇家之甲，定不肯漫然轻弃于人也。作文向闲处设色，惟毛诗及史迁有之；耐庵真正才子，故能窃用其法也。

写时迁一夜所听说话，是家常语，是恩爱语；是主人语，是女使语；是楼上语，是寒夜语；是当家语，是贪睡语；句句中间有眼，两头有棱，个只死写几句而已。

写徐家楼上夫妻两个说话，却接连写两夜，妙绝，奇绝！

汤隆、徐宁互说红羊皮匣子，徐宁忽向内里增一句云："里面又用香绵裹住。"汤隆便忽向外面增一句云："不是上面有白线刺着绿云头如意，中间有狮子滚绣球的？"只"红羊皮匣子"五字，何意其中又有此两番色泽。知此法者，赋海欲得万言，固不难也。

由东京至山泊，其为道里不少，便分出三段赚法来，妙不可言。

正赚徐宁时，只用空红羊皮匣子；及赚过徐宁后，却反两用雁翎砌就圈金赛唐猊甲。实者虚之，虚者实之，真神掀鬼踢之文也。

话说当时汤隆对众头领说道："小可是祖代打造军器为生。先父因此艺上，遭际老种经略相公，得做延安知寨。先朝曾用这连环甲马取胜。欲破阵时，须用钩镰枪可破。汤隆祖传已有画样在此，若要打造，便可下手。「未有枪法，已有枪样，未有教枪人，先有打枪手，又是一样出题法。○枪法祖传，枪样亦祖传，下因别生出一样祖传宝贝来，妙绝。」汤隆虽是会打，却不会使。「忽然一擒，忽然一纵，笔势变动。」若要会使的人，只除非是我那个姑舅哥哥。「不必姑舅哥哥也，先写是姑舅哥哥者，为便于得知藏甲之处也。」会使这钩镰枪法，只有他一个教头，他家祖传习学，不教外人。「此三句非徐宁不可。」或是马上，或是步行，都有法则；「此三句见教使不可。」端的使动，神出鬼没！"「一个人赞。」说言未了，林冲问道："莫不是见做金枪班教师徐宁？"「汤隆称叹半日，却忽然换林冲口出其名字，虽为"东京"二字关锁，然文势亦极变动也。」汤隆应道："正是此人。"林冲道："你不说起，我也忘了。这徐宁的金枪法、「先衬一句作宾。」钩镰枪法，「次出主。○汤隆独赞钩镰者，为破呼延计也；林冲并赞金枪者，为识徐宁注也。」端的是天下独步。在京师时，多与我相会，较量武艺，彼此相敬相爱；「又一个人赞。○不惟赞徐宁，兼复自赞矣，妙笔。」只是如何能够得他上山来？"汤隆道："徐宁祖传一件宝贝，「徐既祖传枪法，汤又祖传枪样，则破呼延固必用钩镰，而教钩镰固必赚徐宁矣。今便就两个祖传上，再生出一个祖传来，成此一篇绝妙奇文，则真正凭空结撰之才也。」世上无对，乃是镇家之宝。汤隆比时曾随先父知寨往东京视探姑姑时，多曾见来，是一副雁翎砌就圈金甲。「写得活现。○上是眼见，下是耳闻，妙绝。」这副甲，「一句这副甲。○赞踢乌骓时，用两"那马"句；赞雁翎金甲时，用两"这副甲"句，各成异样花色。」披在身上，又轻又稳，「四字写出一副妙甲来。○轻是甲之材，稳是甲之德。」刀剑箭矢急不能透，「此句补赞入上四字内。」人都唤做'赛唐猊'。「名色奇妙。」多有贵公子要求一见，造次不肯与人看。「此句既赞徐宁极爱，又显汤隆独知。」这副甲，「又一句这副甲。」是他的性命。「五字写爱甲入神，然正为追贼作地也。」用一个皮匣子盛着，直挂在卧房中梁上。「非姑舅兄弟，若何从得知？」若是先对付得他这副甲来时，不由他不到这里。"

吴用道："若是如此，何难之有？放着有高手弟兄在此，〔耐庵用人之法如此。〕今次却用着鼓上蚤时迁去走一遭。"时迁随即应道："只怕无此一物在彼。若端的有时，好歹定要取了来。"汤隆道："你若盗得甲来，我便包办赚他上山。"宋江问道："你如何去赚他上山？"汤隆去宋江耳边低低说了数句，宋江笑道："此计大妙！"

吴学究道："再用得三个人同上东京走一遭。一个到京收买烟火、药料，并炮内用的药材，〔百忙中忽然插出别事，妙笔。〕两个去取凌统领家老小。"〔妙笔。〕彭玘见了，便起身禀道："若得一人到颍州取得小弟家眷上山，实拜成全之德。"〔上文百忙中忽然插出二事，虽与偷甲无涉，然犹是东京顺带之事。若此句则并不关东京矣，亦就百忙中一齐插出，不惟妙笔，真奇笔也。〕宋江便道："团练放心。便请二位修书，小可自教人去。"便唤杨林，可将金银书信，带领伴当，前往颍州取彭玘将军老小；薛永扮作使枪棒卖药的，往东京取凌统领老小；李云扮作客商，同往东京，收买烟火、药料等物；乐和随汤隆同行，又挈薛永往来作伴。一面先送时迁下山去了。〔看他写众人起身，又分作三次，不肯作一率笔。〕次后且叫汤隆打起一把钩镰枪做样，〔入下偷甲文既毕，即徐宁已到山寨矣，打枪安顿此处，妙绝。〕却叫雷横提调监督。〔新铁匠下又陪出一旧铁匠，奇不可言。○倒插铁匠于三回之前，已谓奇不可言，又岂知先已倒插一位于数十回之前耶！〕再说汤隆打起钩镰枪样子，教山寨里打军器的照着样子打造，自有雷横提督，不在话下。大寨做个送路筵席，当下杨林、薛永、李云、乐和、汤隆辞别下山去了。〔第二番起身。〕次日又送戴宗下山，往来探听事情。〔第三番起身。〕这段话，一时难尽。

这里且说时迁〔忽然安放看官一句，只谓少间定将逐段说来，却不知其骗我也。〕离了梁山泊，身边藏了暗器、诸般行头，在路迤逦来到东京，投个客店安下了。次日，踅进城来，寻问金枪

班教师徐宁家。有人指点道："入得班门里，靠东第五家黑角子门便是。"[如画。]时迁转入班门里，[班门。]先看了前门；[前门。]次后踅来，相了后门，[后门。]见是一带高墙，[墙。]墙里望见两间小巧楼屋，[楼。]侧首却是一根戗柱。[戗柱。○每欲画出一篇绝妙文字，必先向前文一一将应用字眼逐件排出，如棋家先列后着也。]时迁看了一回，又去街坊问道："徐教师在家里么？"人应道："直到晚方归家，五更便去内里随班。"[明日五更事，邻舍隔晚先说，便见不是捏凑之文。]时迁叫了相扰，且回客店里来，取了行头，藏在身边，分付店小二道："我今夜多敢是不归，照管房中则个。"小二道："但放心自去，这里禁城地面，并无小人。"[劈面注射语，读之绝倒。○与瓦官寺和尚对鲁智深说"那里似个出家人，只是绿林中强贼一般"，是一样文法。]

时迁再入到城里，买了些晚饭吃了，却踅到金枪班徐宁家，左右看时，没一个好安身去处。[入手忽作一跌，令人吃惊。]看看天色黑了，时迁捱入班门里面。[一层。眉批：第一节，时迁捱入班门]是夜，寒冬天色，却无月光。[不惟点出时景，亦复安放时迁一夜。]时迁看见土地庙后一株大柏树，便把两只腿夹定，一节节爬将树头顶上去，骑马儿坐在枝柯上。[又一层。眉批：第二节，时迁上树。]悄悄望时，只见徐宁归来，望家里去了。[只见如画。]只见班里两个人提出灯笼出来关门，把一把锁锁了，各自归家去了。[只见如画。○第一只见是主，第二只见是宾，第三只见宾主双亡。只此小小一段，便是妙绝之文。]早听得谯楼禁鼓，却转初更。[初更。]云寒星斗无光，露散霜花渐白。只见班里静悄悄地，[只见如画。只见徐宁归家，只见两人关门，只见静悄悄地。前两只见，是有所见；后一只见，是无所见。活画出做贼人眼中节次。]却从树上溜将下来，踅到徐宁后门边，从墙上下来，不费半点气力，爬将过去，[又一层。眉批：第三节，时迁下树，爬过墙伏厨外。]看里面时，却是个小小院子。时迁伏在厨房外张时，见厨房下灯明，两个丫鬟兀自收拾未了。[是收拾将了之辞，便省却徐宁夫妻吃晚饭一段也。]时迁却从戗柱上盘到膊风板边，[眉批：第四节，时迁从戗柱上楼檐。]伏做一块，张那楼

水滸傳第五十三回 黑旋風斗井救柴進 千干金秋艶陽天 戴敬柳遲工北於中圖道功同仁 阿見頤同於滬上

水滸傳第五十四回呼延灼擺布連環馬 壬午年金秋 戴敦邦於滬上澹河儴畔

上时，见那"金枪手"徐宁和娘子对坐炉边向火，〔写出寒景。〕怀里抱着一个六七岁孩儿。〔偏写出不是便睡光景，妙绝。○徐宁有儿妙。前朱仝有儿，所以能推知府爱子之心；此徐宁有儿，所以宝惜几世留传之甲也。〕时迁看那卧房里时，见梁上果然有个大皮匣拴在上面。〔指出正经题目。○张见皮匣是主，并张见弓箭、腰刀、衣服是宾。张见皮匣后，又必张见弓箭、腰刀、衣服者，多恐单写皮匣，便令房中寒俭也。○贼眼中无所不见，写如画。〕房门口挂着一副弓箭、一口腰刀，衣架上挂着各色衣服。〔上张见皮匣是主，此又张见弓箭、腰刀、衣服，乃宾也。然亦活衬出内里徐直装束来。〕徐宁口里叫道："梅香，你来与我折了衣服。"〔上写弓箭、腰刀、衣服，只是陪伴皮匣，使不寂寞耳。此忽然便就三句内抽出衣服一句来，另自细细描写一通，以见本日真从内里随直出来。却又句句恰与匣中金甲先作映衬。〕下面一个丫鬟上来，就侧首春台上，先折了一领紫绣圆领；〔一。〕又折一领官绿衬里袄子，〔二。〕并下面五色花绣踢串，〔三。〕一个护项彩色锦帕，〔四。〕一条红绿结子并手帕一包；〔五。〕另用一个小黄帕儿，包着一条双獭尾荔枝金带；〔六。○此六句与金甲映衬。〕共放在包袱内，〔此一句与皮匣映衬。〕把来安在烘笼上。〔此一句与梁上映衬。〕时迁都看在眼里。〔本为梁上匣中金甲而来，却反看了烘笼上包袱内许多衣服，做贼真有如此苦事。〕

约至二更以后，〔二更交三更。〕徐宁收拾上床。娘子问道："明日随直也不？"〔妮妮如画。〕徐宁道："明日正是天子驾幸龙符宫，须用早起五更去伺候。"〔不惟说明日出去必早之故，亦并说明日归来独迟之故矣。〕娘子听了，便分付梅香道："官人明日要起五更，出去随班；你们四更起来烧汤，安排点心。"〔只一五更随直，街上邻舍先说，隔夜娘子又先说，妙绝。○向火弄儿、折衣服后，偏问此一段话，便令匆匆早睡有故。〕时迁自忖道："眼见得梁上那个皮匣子，便是盛甲在里面。我若赶半夜下手便好；倘若闹将起来，明日出不得城，却不误了大事？且挨到五更里下手不迟。"〔偏写作不便偷。○此篇是全副贼文章，故上写贼眼脑，此写贼心肝，后写贼手脚也。〕听得徐宁夫妻两口儿上床睡了，〔一"听"、"得"字。〕两个丫鬟在房门外打铺。〔若作一碍，令人吃惊。〕房里桌上，却点着碗灯。那五个人都睡着了。两个梅香一日伏侍到晚，精神困倦，鼾鼾打呵。〔活画小儿女。〕时

883

迁溜下来，去身边取个芦管儿，就窗棂眼里，只一吹，把那碗灯早吹灭了。^{「又一层。眉批：第五节，时迁溜至楼窗外。」}

看看伏到四更左侧，^{「四更。」}徐宁起来，便唤丫鬟起来烧汤。那两个女使从睡梦里起来，^{「活画小儿女。」}看房里没了灯，叫道："阿呀，今夜却没了灯！"徐宁道："你不去后面讨灯，等几时！"^{「极似下半句催促梅香，却不知上半句引逗时迁也。妙绝。」}那个梅香开楼门，下胡梯响。时迁听得，^{「二"听得"字。」}却从柱上只一溜，来到后门边黑影里伏了。^{「又一层。眉批：第六节，时迁仍从柱上溜下伏后门外。」}听得丫鬟正开后门出来，便去开墙门，^{「三"听得"字。○只见他去开墙门，不知他去讨火，写得妙绝。」}时迁却潜入厨房里，贴身在厨桌下。^{「又一层。眉批：第七节，时迁潜入厨房伏厨桌下。」}梅香讨了灯火入来，又去关门，^{「闲细之笔。」}却来灶前烧火。这个女使也起来生炭火上楼去。^{「一"上去"。○又写出寒景。」}多时汤滚，捧面汤上去，^{「二"上去"。」}徐宁洗漱了，叫烫些热酒上来。^{「写出寒景。」}丫鬟安排肉食炊饼上去，^{「三"上去"。○炭火上去，面汤上去，肉食上去，三"上去"字，都是厨桌下人分中语。」}徐宁吃罢，叫把饭与外面当直的吃。^{「又有此闲细之笔。」}时迁听得徐宁下来叫伴当吃了饭，背着包袱，拿了金枪出门。^{「四"听得"字。○二十四字句。」}两个梅香点着灯，送徐宁出去。^{「不惟时事如画，亦为遣开梅香。便于时迁入来耳。」}时迁却从厨桌下出来，便上楼去，从榻子边直蹉到梁上，却把身躯伏了。^{「又一层。眉批：第八节，时迁上楼卧梁上。」}两个丫鬟又关闭了门户，吹灭了灯火，^{「此是提灯。○细极。」}上楼来，脱了衣裳，倒头便睡。^{「活画小儿女。」}

时迁听得两个梅香睡着了，^{「五"听得"字。」}在梁上把那芦管儿指灯一吹，那灯又早灭了。时迁却从梁上轻轻解了皮匣。^{「又一层。」}正要下来，徐宁的娘子觉来，听得响，^{「忽作险笔，令人吃惊。」}叫梅香道："梁上甚么响？"时迁做老鼠叫。^{「妙。」}丫鬟道："娘子不听得是老鼠叫？因厮打，这般响。"^{「小儿女贪睡怕冷，不肯起来，便随口附会一句，真乃如画。」}时迁就便学老鼠厮打，溜将下来，〔反借此语而下，奇妙之极。眉批：第九节，时迁溜下梁来。〕悄悄地开了楼门，款款地背着皮匣，下得胡梯，从里面直开到外门，〔偷甲毕。眉批：第十节，时迁去了。〕来到班门口，已自有那随班的人出门，四更便开了锁。〔如此一段奇文，却将两头随班人下锁开锁作章法，奇绝。〕时迁得了皮匣，从人队里趁闹出去了；一口气奔出城外，到客店门前，此时天色未晓，敲开店门，去房里取出行李，拴束做一担儿挑了，计算还了房钱，出离店肆，投东便走。行到四十里外，方才去食店里打火做些饭吃，只见一个人也撞将入来。〔写得突兀。〕时迁看时，不是别人，却是神行太保戴宗。见时迁已得了物，两个暗暗说了几句话。戴宗道："我先将甲投山寨去，〔妙妙。〕你与汤隆慢慢地来。"时迁打开皮匣，取出那副雁翎锁子甲来，做一包袱包了。戴宗拴在身上，出了店门，作起神行法，自投梁山泊去了。

时迁却把空皮匣子明明的拴在担子上，〔奇奇妙妙。〕吃了饭食，还了打火钱，挑上担儿，出店门便走。到二十里路上，撞见汤隆，两个便入酒店里商量。汤隆道："你只依我从这条路去。〔妙妙。〕但过路上酒店、饭店、客店，门上若见有白粉圈儿，〔奇奇妙妙。〕你便可就在那店里买酒买肉吃；客店之中，就便安歇；特地把这皮匣子放在他眼睛头。〔奇奇妙妙。〕离此间一程外等我。"〔奇奇妙妙。〕时迁依计去了。汤隆慢慢地吃了一回酒，却投东京城里来。

且说徐宁家里。天明，两个丫鬟起来，只见楼门也开了，下面中门大门都不关。慌忙家里看时，一应物件都有。〔写得变动。〕两个丫鬟上楼来，对娘子说道："不知怎的，门户都开了，却不曾失了物件。"娘子便道：〔便道者，不起身而道也。〕〔一写不曾失物，一写寒天懒起，的的如画。〕"五更里听得梁上响，你说是老鼠厮打，你且看那皮匣子没

885

甚事么？"〔何遽便及皮匣？故从五更鼠打而入，妙妙。不更作俄延，竟霉然而入，妙妙。〕两个丫鬟看了，只叫得苦："皮匣子不知那里去了！"那娘子听了，慌忙起来〔听得不曾失物，且卧而不起；听得不见皮匣，便慌忙起来。只一娘子起身，亦必挑剔尽妙如此。〕道："快央人去龙符宫里，报与官人知道，教他早来跟寻！"丫鬟急急寻人去龙符宫报徐宁；连央了三四替人，〔写忙处忙极。〕都回来说道："金枪班直随驾内苑去了，〔写缓处缓极。〕外面都是亲军护御守把，谁人能够入去？〔缓处缓极。〕直须等他自归。"〔缓处缓极。〕徐宁娘子并两个丫鬟，如热鏊子上蚂蚁，走投无路，不茶不饭，慌做一团。〔写忙处忙极。〕

徐宁直到黄昏时候，〔写缓处缓极。〕方才卸了衣袍服色，着当直的背了，〔缓处缓极。〕将着金枪，慢慢家来。〔缓处缓极。〕到得班门口，邻舍说道：〔偏写邻舍说，表出家中嚷做一片。〕"娘子在家失盗，等候得观察不见回来。"徐宁吃了一惊，〔先知失贼，次知失甲，写吃惊都有轻重。〕慌忙走到家里。两个丫鬟迎门道：〔先是邻居，次是丫鬟，次是娘子，如画。〕"官人五更出去，却被贼人闪将入来，单单只把梁上那个皮匣子盗将去了。"徐宁听罢，只叫那连声的苦，从丹田底下直滚出口角来。〔奇语。〕娘子道："这贼正不知几时闪在屋里！"〔写娘子活是娘子。○邻舍说，丫鬟又说，娘子只应如此矣。〕徐宁道：〔不答娘子妙绝。〕"别的都不打紧，这副雁翎甲，乃是祖宗留传四代之宝，不曾有失。花儿王太尉曾还我三万贯钱，我不曾舍得卖与他；〔忽然撰出一段事，妙绝。〕恐怕久后军前阵后要用，生怕有些差池，因此拴在梁上。多少人要看我的，只推没了。今次声张起来，枉惹他人耻笑，〔或问失此宝贝，何得不去缉捕？故作此语解之。○不去缉捕，便单等汤隆矣。〕今却失去，如之奈何！"徐宁一夜睡不着，思量道："不知是甚么人盗了去？〔自问。〕也是曾知我这副甲的人。"〔自答。○活画出失物人家恍恍惚惚，心口问答来。〕娘子想道："敢是夜来灭了灯时，那贼已躲在家里了？〔亦自答还自问。○前娘子问，徐宁不答；此徐宁自问自答，娘子

886

必然是有人爱你的，将钱问你买不得，因此使这个高手贼来盗了去。「此一段与花儿太尉一段对。」你可央人慢慢缉访出来，别作商议，且不要打草惊蛇。"「此一段与枉惹耻笑一段对。」徐宁听了，到天明起来，坐在家中纳闷。「不接话头，亦只是自答。活画出失物人家恍恍惚惚，东猜西测来。」

早饭时分，只听得有人叩门。当直的出去问了名姓，入来报道：「是失物纳闷人家气色。」"有个延安府汤知寨儿子汤隆，特来拜望。"徐宁听罢，教请进客位里相见。汤隆见了徐宁，纳头拜下，说道："哥哥一向安乐？"徐宁答道："闻知舅舅归天去了，一者官身羁绊，二乃路途遥远，不能前来吊问。并不知兄弟信息，一向正在何处？今次自何而来？"汤隆道："言之不尽。自从父亲亡故之后，时乖运蹇，一向流落江湖。今从山东径来京师，探望兄长。"徐宁道："兄弟少坐。"便叫安排酒食相待。汤隆去包袱内取出两锭蒜条金，重二十两，送与徐宁，「是钩镰枪教师聘礼，为之一笑。○有此便见不是为甲报信而来。」说道："先父临终之日，留下这些东西，教寄与哥哥做遗念。为因无心腹之人，不曾捎来。今次兄弟特地到京师纳还哥哥。"徐宁道："感承舅舅如此挂念。我又不曾有半分孝顺处，怎地报答！"汤隆道："哥哥，休恁地说。先父在日之时，常是想念哥哥这一身武艺，只恨山遥水远，不能够相见一面，因此留这些物与哥哥做遗念。"徐宁谢了汤隆，交收过了，且安排酒来管待。

汤隆和徐宁饮酒中间，徐宁只是眉头不展，面带忧容。汤隆起身道："哥哥，如何尊颜有些不喜？心中必有忧疑不决之事。"徐宁叹口气道："兄弟不知，一言难尽，夜来家间被盗。"汤隆道："不知失去了多少物事？"徐宁道："单单只盗去了先祖留下那副雁翎锁子甲，又唤做赛「妙绝，便剔出"单单"二字来。」

唐猊。昨夜失了这件东西，以此心下不乐。"汤隆道："哥哥那副甲，兄弟也曾见来，端的无比，先父常常称赞不尽。「说我先人，便剔起彼先人；说我先人犹称赞不尽，便剔起彼先人着实宝惜，盖分明劝之必追矣。」却是放在何处被盗了去？"「若在山泊中并不曾说梁上也者。」徐宁道："我把一个皮匣子盛着，拴缚在卧房中梁上；正不知贼人甚么时候入来盗了去。"汤隆问道："却是甚等样皮匣子盛着？"「若在酒店中并不曾见红羊皮也者。」徐宁道："是个红羊皮匣子盛着，里面又用香绵裹住。"「忽然在红羊皮里，另又添出一样铺设，妙不可言。」汤隆失惊道："红羊皮匣子？"「接口说五个字，一顿顿住，妙绝。」问道：「俗本失"问道"二字，便令上文"红羊皮匣子"五字，不得一顿，神色便减多少。」"不是上面有白线刺着绿云头如意，中间有狮子滚绣球的？"「徐宁在红羊皮匣里添出色泽，汤隆在红羊皮匣外添出色泽，妙文对剔而起，妙不可言。」徐宁道："兄弟，你那里见来？"汤隆道："小弟夜来离城四十里，在一个村店里沽酒吃，见个鲜眼睛黑瘦汉子「一百八人，有正出身便画者；有未出身先画者；有已出身却不画，少间别借一人眼中画出者。奇莫奇于时迁，在四十五回出身，直至此篇方与一画也。」担儿上挑着。我见了，心中也自暗忖道：'这个皮匣子，却是盛甚么东西的？'「只此三行文字，亦分作三段读，第一段是红羊皮匣。」临出门时，我问道：'你这皮匣子作何用？'那汉子应道：'原是盛甲的，「第二段是盛甲红羊皮匣。」如今胡乱放些衣服。'「第三段是空红羊皮匣，妙绝。」必是这个人了。我见那厮却似闪胁了腿的，一步步挑着走。「奇奇妙妙，见必可追者。」何不我们追赶他去？"徐宁道："若是赶得着时，却不是天赐其便！"汤隆道："既是如此，不要担阁，便赶去罢。"「不令再计，行兵如脱兔，此之谓也。眉批：此第一段望空赶。」

徐宁听了，急急换上麻鞋，带了腰刀，提条朴刀，便和汤隆两个出了东郭门，拽开脚步，迤逦赶来。前面见有白圈壁上酒店里，汤隆道："我们且吃碗酒了赶，就这里问一声。"「奇奇妙妙。」汤隆入得门坐下，便问道："主人家，借问一声，曾有个鲜眼黑瘦汉子，挑个红羊皮匣子过去么？"店主人道："昨夜晚是有这般一个人，挑着个红羊皮匣子过去了；一似腿上吃跌了的，一步一撅走。"〔此句不曾问，却答出来，文字变动之极。〕汤隆道："哥哥，你听却如何？"〔一路汤隆语，段段作踢跳之调。〕徐宁听了，做声不得。〔是气昏人。〕两个连忙还了酒钱，出门便去。前面又见一个客店，壁上有那白圈。汤隆立住了脚，〔奇奇妙妙。〕说道："哥哥，兄弟走不动了，和哥哥且就这客店里歇了，明日早去赶。"徐宁道："我却是官身，倘或点名不到，官司必然见责，如之奈何？"汤隆道："这个不用兄长忧心，嫂嫂必自推个事故。"当晚又在客店里问时，店小二答道："昨夜有一个鲜眼黑瘦汉子〔此句前在汤隆口中，此在小二口中，文字变动之极。〕在我店里歇了一夜，直睡到今日小日中，方才去了；〔前店显说跌腩，此店虚写跌腩，文字变动之极。〕口里只问山东路程。"〔忽然插出路引，妙绝。〕汤隆道："怎地，可以赶了。"〔段段作踢跳之调。〕当夜两个歇了，次日起个四更，离了客店，又迤逦赶来。汤隆但见壁上有白粉圈儿，便做买酒买食，吃了问路，处处皆说得一般。〔省文。〕徐宁心中急切要那副甲，只顾跟随着汤隆赶了去。〔是气昏人。○又好笔力。〕

看看天色又晚了，望见前面一所古庙，庙前树下，时迁放着担儿在那里坐地。〔奇奇妙妙。〕汤隆看见，叫道："好了！〔段段作踢跳之调。〕前面树下那个，不是哥哥盛甲的红羊皮匣子？"〔眉批：此第二段押赃着。〕徐宁见了，抢向前来，一把揪住了时迁，喝道："你这厮好大胆！如何盗了我这副甲来！"时迁道："住，住，不要叫！〔如此接口，匪夷所思。〕是我盗了你这副甲来，〔偏不赖，匪夷所思。〕你如今却要怎地？"〔反问怎地，匪夷所思。○奇奇妙妙。〕徐宁喝道："畜生无礼，倒问我要怎的！"时迁道："你且看匣子里有甲也无？"汤隆便把匣子打开看时，里面却是空的。〔奇奇妙妙。○看他行文何等撇捷，何等洁净，我一生学不到者。〕徐宁道："你这厮把我这副甲那里去了？"时迁道："你听我说：小人姓张，

排行第一，泰安州人氏。本州有个财主，要结识老种经略相公，知道你家有这副雁翎锁子甲，不肯货卖，特地使我同一个李三，两人来你家偷盗，许俺们一万贯。不想我在你家柱子上跌下来，闪肭了腿，因此走不动，先教李三拿了甲去，只留得空匣在此。你若要奈何我时，便到官司，就拼死我也不招！〔一段作对。〕若还肯饶我时，我和你去讨来还你。"〔一段作正。〕徐宁踌躇了半晌，决断不下。〔是气昏人。〕汤隆便道："哥哥，不怕他飞了去！只和他去讨甲！〔承他第二段。〕若无甲时，须有本处官司理理。"〔翻他第一段。〕徐宁道："兄弟也说得是。"三个厮赶着，又投客店里来歇了。徐宁、汤隆监住时迁一处宿歇。〔见鬼绝倒。〕原来时迁故把些绢帛扎缚了腿，只做闪肭的。徐宁见他又走不动，因此十分中只有五分防他。三个又歇了一夜，次日早起来再行。时迁一路买酒买肉陪告。〔一路无事，惟恐寂寞，故特写此一句，便有多少景色可想。若写作徐宁、汤隆买酒肉吃，便无多少景色可想也。〕又行了一日。

次日，徐宁在路上心焦起来，不知毕竟有甲也无？正走之间，只见路旁边三四个头口，拽出一辆空车子，背后一个人驾车；旁边一个客人，看着汤隆，纳头便拜。〔忽然变幻出来，奇奇妙妙。〕汤隆问道："兄弟，因何到此？"那人答道："郑州做了买卖，要回泰安州去。"汤隆道："最好。〔更不说第二句，陡然便合，何等撇捷，何等洁净，我一生学不到。〕我三个要搭车子，也要到泰安州去走一遭。"那人道："莫说三个上车，再多些也不计较。"汤隆大喜，叫与徐宁相见。徐宁问道："此人是谁？"汤隆答道："我去年在泰安州烧香，结识得这个兄弟，姓李〔林连切洛。〕名荣，〔云元切学。〕是个有义气的人。"徐宁道："既然如此，这张一又走不动，〔闪腿为可赶地，今又为搭车地，妙绝。〕都上车子坐地。"〔眉批：此第三段上车赶。〕只叫车客驾车子行。四个人坐在车子上，〔一个贼，一个失主，一

个报信人，一个闲
人，坐得好笑。徐宁问道：赶甲极急，搭车又极闲。
东究西审，便如活画。"张一，你且说与我那个财主姓名。"时迁推托再三，说道："他是有名的郭大官人。"徐宁却问李荣道：问一个，又问一个，
又画出急，又画出闲。"你那泰安州曾有个郭大官人么？"李荣答道："我那本州郭大官人，是个上户财主。是出得一万
贯人。专好结识官宦来往，是要扳老种经
略相公人。门下养着多少闲人。"是张一李三主人。○只三
句，而句句恰拍，奇奇妙妙。徐宁听罢，心中想道："既有主坐，必不碍事。"又见李荣一路上说些枪棒，喝几个曲儿，不惟引路，亦已
明明写出此客人。不觉又过了一日。

看看到梁山泊只有两程多路，只见李荣叫车客把葫芦去沽些酒来，是。买些肉来，就车子上吃三杯。李荣把出一个瓢来，先倾一瓢来劝徐宁，徐宁一饮而尽。李荣再叫倾酒，车客假做手脱，把这一葫芦酒，都翻在地下。李荣喝叫车客再去沽些，只见徐宁口角流涎，扑地倒在车子上了。李荣是谁？便是铁叫子乐和。好笔力。○如
脱面具。三个从车上跳将下来，赶着车子，直送到旱地忽律朱贵酒店里。众人就把徐宁扛扶下船，都到金沙滩上岸。宋江已有人报知，和众头领下山接着徐宁。此时麻药已醒，众人又用解药解了，徐宁开眼见了众人，吃了一惊，便问汤隆道："兄弟，你如何赚我来到这里？"汤隆道："哥哥听我说：小弟今次闻知宋公明招接四方豪杰，因此上在武冈镇拜黑旋风李逵做哥哥，投托大寨入伙。今被呼延灼用连环甲马冲阵，无计可破，是小弟献此钩镰枪法，只除是哥哥会使。由此定这条计：使时迁先来偷了你的甲，却教小弟赚哥哥上路，后使乐和假做李荣，过山时，下了蒙汗药，请哥哥上山来坐把交椅。"徐宁道："都是兄弟送了我也！"宋江执杯向前陪告

道："见今宋江暂居水泊，专待朝廷招安，尽忠竭力报国，非敢贪财好杀，行不仁不义之事。万望观察怜此真情，一同替天行道。"〔此数语是宋江所以赚人做强盗者，乃村学究遽许其忠义，何哉？只看他处处用，便可知。〕林冲也来把盏陪话道："小弟亦在此间，兄长休要推却。"〔缴还林冲，章法。〕徐宁道："汤隆兄弟，你却赚我到此，家中妻子必被官司擒捉，如之奈何！"宋江道："这个不妨。观察放心，只在小可身上，早晚便取宝眷到此完聚。"晁盖、吴用、公孙胜都来与徐宁陪话，安排筵席作庆。一面选拣精壮小喽啰，学使钩镰枪法；一面使戴宗和汤隆星夜往东京，搬取徐宁老小。

句日之间，杨林自颍州取到彭玘老小，薛永自东京取到凌振老小，李云收买到五车烟火药料回寨。〔先结余文。○中间一篇徐家金甲文字，两头却插出别家别事许多余文，章法奇绝。〕更过数日，戴宗、汤隆取到徐宁老小上山。〔次结正文。〕徐宁见了妻子到来，吃了一惊，问是如何便得到这里。妻子答道："自你转背，官司点名不到，我使了些金银首饰，只推道患病在床，因此不来叫唤。忽见汤叔叔赍着雁翎甲来，〔仍用甲，奇奇妙妙。〕说道：'甲便夺得来了，哥哥只是于路染病，将次死在客店里，叫嫂嫂和孩儿便来看视。'把我赚上车子，我又不知路径，迤逦来到这里。"徐宁道："兄弟，好却好了，只可惜将我这副甲陷在家里了。"汤隆笑道："好教哥哥欢喜：〔余波更作一曲。〕打发嫂嫂上车之后，我便复翻身去赚了这甲，〔甲赚人，人赚甲，一时几转，变动之极。〕诱了这两个丫鬟，收拾了家中应有细软，做一担儿挑在这里。"徐宁道："恁地时，我们不能够回东京去了。"汤隆道："我又教哥哥再知一件事来：〔余波之余，再作一曲。〕在半路上撞见一伙客人，我把哥哥雁翎甲穿了，〔仍用甲，奇奇妙妙。〕搽画了脸，说哥哥名姓，劫了那伙客人的财物；这早晚，东京已自遍行文书，捉拿哥哥。"徐宁道："兄弟，你也害得我不浅！"晁盖、宋江都来陪话道："若不是如此，观察如何肯在这里住？"随即拨定房屋，与徐宁安顿老小。众头领且商议破连环马军之法。

此时雷横监造钩镰枪已都完备，「与前呼应。○得此一呼一应，便知从前偷甲赚人之时，皆打造钩镰之时也。」宋江、吴用等启请徐宁，教众军健学使钩镰枪法。徐宁道："小弟今当尽情剖露，训练众军头目，拣选身材长壮之士。"众头领都在聚义厅上看徐宁选军，说那个钩镰枪法。有分教：三千甲马登时破，一个英雄指日降。毕竟金枪徐宁怎的敷演钩镰枪法，且听下回分解。

第五十六回

徐宁教使钩镰枪

宋江大破连环马

　　看他当日写十队诱军，不分方面，只是一齐下去；至明日写三面诱军，亦不分队号，只是一齐拥起。虽一时纸上，文势有如山雨欲来野火乱发之妙，然毕竟使读者胸中茫不知其首尾乃在何处，亦殊闷闷也。乃闷闷未几，忽然西北闪出穆弘、穆春，正北闪出解珍、解宝，东北闪出王矮虎、一丈青。七队虽战苦云深，三队已龙没爪现。有七队之不测，正显三队之出奇；有三队之分明，转显七队之神变。不宁惟是而已，又于鸣金收军各请功赏之后，陡然又闪出刘唐、杜迁一队来。呜呼！前乎此者有战矣，后乎此者有战矣。其书法也，或先整后变，或先灭后明。奇固莫奇于今日之通篇不得分明，至拖尾忽然一闪，一闪，一闪；三闪之后，已作隔尾，又忽然两人一闪也。

　　当日写某某是十队，某某是放炮，某某是号带，调拨已定。至明日，忽然写十队，忽然写放炮，忽然写号带。于是读者正读十队，忽然是放炮；正读放炮，忽然又是十队；正读十队，忽然是号带；正读号带，忽然又是放炮。遂令纸上一时亦复发发摇动，不能不令读者目眩耳聋，而殊不知作者正自心闲手缓也。异哉，技至此乎！

　　吾读呼延爱马之文，而不觉垂泪浩叹。何也？夫呼延爱马，则非为其出自殊恩也，亦非为其神骏可惜也，又非为其藉此恢复也。夫天下之感，莫深于同患难；而人生之情，莫重于周旋久。盖同患难，则曾有生死一处之许；而周旋久，则真有性情如一之谊也。是何论亲之与疏，是何论人之与畜，是何论有情之与无情！吾有一苍头，自幼在乡塾，便相随不舍。虽天下之骏，无有更甚于此苍头也者；然天下之爱吾，则无有更过于此苍头者也，而不虞其死也。吾友有一苍头，自与吾友往还，便与之风晨雨夜，同行共住。虽天下之骏，又无有更甚于此苍头也者；然天下之知吾，则又无有更过于此苍头者也，而不虞其去也。吾有一玉钩，其质青黑，制作朴略，天下之弄物，无有更贱于此钩者。自周岁时，吾先王母系吾带上，无日不在带上，犹五官之第六，十指之一枝也。无端渡河坠于中流，至今如缺一官，如臁一指也。然是三者，犹有其物也。吾数岁时，在乡塾中临窗诵书，每至薄暮，书完日落，

窗光苍然，如是者几年如一日也。吾至今暮窗欲暗，犹疑身在旧塾也。夫学道之人，则又何感何情之与有，然而天下之人之言感言情者，则吾得而知之矣。吾盖深恶天下之人之言感言情，无不有为为之，故特于呼延爱马，表而出之也。

　　话说晁盖、宋江、吴用、公孙胜与众头领，就聚义厅上，启请徐宁教使钩镰枪法。众人看徐宁时，果是一表好人物：六尺五六长身体，团团的一个白脸，三牙细黑髭髯，十分腰围膀阔。「就众人眼中看出。」选军已罢，便下聚义厅来，拿起一把钩镰枪，自使一回。众人见了喝采。徐宁便教众军道："但凡马上使这般军器，就腰胯里做步上来：上中七路，三钩四拨，一搠一分，共使九个变法。「此一段是钩镰变法，是宾。」若是步行使这钩镰枪，亦最得用：先使八步四拨，荡开门户；十二步一变，十六步大转身，分钩镰搠缴；二十四步，那上攒下，钩东拨西；三十六步，浑身盖护，夺硬斗强。此是钩镰枪正法。「此一段是钩镰正法，是主。」有诗诀为证：四拨三钩通七路，共分九变合神机。二十四步那前后，一十六翻大转围。"「以诗诀总结上二段。○竟似考工记文字。」徐宁将正法一路路敷演，教众头领看。众军汉见了徐宁使钩镰枪，都喜欢。就当日为始，将选拣精锐壮健之人，晓夜习学。又教步军藏林伏草，钩蹄拽腿：下面三路暗法。「又补一句。」不到半月之间，教成山寨五七百人。宋江并众头领看了大喜，准备破敌。

　　却说呼延灼自从折了彭玘、凌振，每日只把马军来水边搦战。山寨中只教水军头领牢守各处滩头，水底钉了暗桩。呼延灼虽是在山西山北两路出哨，决不能够到山寨边。梁山泊却叫凌振制造了诸般水炮。克日定时下山对敌；学使钩镰枪军士已都成熟。宋江道：[本是徐宁训练，吴用调拨，乃反大书宋江者，此篇抗拒王师，罪在不赦，特书尽出宋江之谋，所以深著其恶也。]"不才浅见，未知合众位心意否？"吴用便道："愿闻其略。"宋江道："明日并不用一骑马军，众头领都是步战。[是。]孙吴兵法，却利于山林沮泽，今将步军下山，分作十队诱敌；[是。]但见军马冲掩将来，都望芦苇荆棘林中乱走。却先把钩镰枪军士埋伏在彼，[是。]每十个会使钩镰枪的，间着十个挠钩手；[是。]但见马到，一搅钩翻，便把挠钩搭将入去捉了。平川窄路，也如此埋伏。此法如何？"吴学究道：[本是吴用调拨，此反书作吴用答，是春秋笔法。]"正应如此藏兵捉将。"徐宁道：[本是徐宁训练，此反书作徐宁答，是春秋笔法。]"钩镰枪并挠钩，正是此法。"宋江当日，分拨十队步军人马：刘唐、杜迁引一队，[一。]穆弘、穆春引一队，[二。]杨雄、陶宗旺引一队，[三。]朱仝、邓飞引一队，[四。]解珍、解宝引一队，[五。]邹渊、邹闰引一队，[六。]一丈青、王矮虎引一队，[七。]薛永、马麟引一队，[八。]燕顺、郑天寿引一队，[九。]杨林、李云引一队；[十。]这十队步军，先行下山诱引敌军。再差李俊、张横、张顺、三阮、童威、童猛、孟康，九个水军头领，乘驾战船接应。[十一。]再叫花荣、秦明、李应、柴进、孙立、欧鹏，六个头领，乘马引军只在山边搦战。[十二。]凌振、杜兴专放号炮。[十三。]却叫徐宁、汤隆总行招引使钩镰枪军士。[十四。]中军宋江、吴用、公孙胜、戴宗、吕方、郭盛总制军马，指挥号令。[十五。]其余头领俱各守寨。[十六。]宋江分拨已定。是夜三更，先载使钩镰枪军士过渡，四面去分头埋伏已定。[写得明画之极。]四更，却渡十队步军过去。[明画之极。]凌振、杜兴载过风火炮

架，上高埠去处，竖起炮架，阁上火炮。「明画之极。」徐宁、汤隆各执号带渡水。「明画之极。〇此处写得明画，以后便纵横灭没，不复知其首尾何处，又是一样章法。」平明时分，宋江守中军人马隔水擂鼓，呐喊摇旗。「论调拨，则中军乃居最后；论挑战，则中军独居最先，又是一样章法。〇极似先用中军，却独不用中军，奇绝。」

呼延灼正在中军帐内，听得探子报知，传令便差先锋韩滔先来出哨，随即锁上连环甲马。呼延灼全身披挂，骑了踢雪乌骓马，仗着双鞭，大驱军马，杀奔梁山泊来。隔水望见宋江引着许多人马，「奇景如画。」呼延灼教摆开马军。先锋韩滔来与呼延灼商议道："正南上一队步军，不知多少的？"呼延灼道："休问他多少，只顾把连环马冲将去！"韩滔引着五百马军，飞哨出去。又见东南上一队军兵起来，却欲分兵去哨，只见西南上又有起一队旗号，招飐呐喊。韩滔再引军回来，对呼延灼道："南边三队贼兵，都是梁山泊旗号。"呼延灼道："这厮许多时不出来厮杀，必有计策。"「第一段南方三队，逐队写出。」说犹未了，只听得北边一声炮响。「叙十队诱军，就便间入炮声，离奇错落，笔力奇绝。〇十队拥起之时，即施放号炮之时，既不可单叙十队，又叙放炮；又不可叙毕十队，方叙放炮。得此奇横之笔，一齐夹杂写出，令人耳目震动。」呼延灼骂道："这炮必是凌振从贼，教他施放！"「写出懊恼，令人失笑。」众人平南一望，只见北边又拥起三队旗号。「第二段北方三队，一句写出。」呼延灼对韩滔道："此必是贼人奸计。我和你把人马分为两路：我去杀北边人马，你去杀南边人马。"正欲分兵之际，只见西边又是四队人马起来，「第三段西方四队，亦一句写出。」呼延灼心慌；又听得正北上连珠炮响，一带直接到土坡上。那一个母炮周回接着四十九个子炮，名为子母炮，响处风威大作。「又极写炮声，纸上皆发发震动。〇离奇错落，笔力奇绝。〇十队既是诱军，便写不出声势，却借放炮写出十队声势来，妙笔。」呼延灼军兵不战自乱，急和韩滔各引马步军兵四下冲突。

这十队步军，东赶东走，西赶西走。「此十三字是叙徐宁、汤隆号带之功，非叙十队也。〇看他写得诱敌者、放炮者、招引者，人

[人用命，色色精神，妙绝。] 呼延灼看了大怒，引兵望北冲将来。[望北第一段。] 宋江军兵尽投芦苇中乱走，呼延灼大驱连环马，卷地而来。那甲马一齐跑发，收勒不住，尽望败苇折芦之中、枯草荒林之内跑了去。[又算注，又算画，注得明，画得活。] 只听里面唿哨响处，钩镰枪一齐举手，先钩倒两边马脚，中间的甲马便自咆哮起来。[又算注，又算画，注得明，画得活。] 那挠钩手军士一齐搭住，芦苇中只顾缚人。呼延灼见中了钩镰枪计，便勒马回南边去赶韩滔。[望南第二段。] 背后风火炮当头打将下来；[又忽写炮，离奇错落，笔力奇绝。] 这边那边，漫山遍野，都是步军追赶着。韩滔、呼延灼部领的连环甲马，乱滚滚都撷入荒草芦苇之中，尽被捉了。二人情知中了计策，纵马去四面跟寻马军夺路奔走时，更兼那几条路上，麻林般摆着梁山泊旗号，不敢投那几条路走，一直便望西北上来。[望西第三段。] 行不到五六里路，早拥出一队强人，当先两个好汉拦路：一个是没遮拦穆弘，一个是小遮拦穆春。[前叙十队不分方面，只是一齐下去，至此忽然在三面闪出六个人来，不必尽见，不必尽不见，正如怒龙行雨，见其一爪两爪也。] 拈两条朴刀，大喝道："败将休走！"[眉批：十队伏军，忽然闪出二段，绝妙章法。] 呼延灼忿怒，舞起双鞭，纵马直取穆弘、穆春。略斗四五合，穆春便走。[画出诱敌。] 呼延灼只怕中了计，不来追赶，[不赶妙。] 望正北大路而走。[仍望正北第四段。] 山坡下又转出一队强人，当先两个好汉拦路：一个是两头蛇解珍，一个是双尾蝎解宝。[又闪出两个。] 各挺钢叉，直奔前来。呼延灼舞起双鞭，来战两个。斗不到五七合，解珍、解宝拔步便走。[画出诱敌。○两队如此，余队可知。] 呼延灼赶不过半里多路，[试赶又妙。○两段，一段写不赶，一段写赶，法变。] 两边钻出二十四把钩镰枪，着地卷将来。[画出无处不是钩镰枪，离奇错落，笔力奇绝。] 呼延灼无心恋战，拨转马头，望东北上大路便走：[望东北第五段。] 又撞着王矮虎、一丈青夫妻二人[又闪出两个。] 截住去路。呼延灼见路径不平，四下兼有荆棘

遮拦，拍马舞鞭，杀开条路直冲过去。〖变一句。○要变一句，便径变一句，是耐庵筋节处。〗王矮虎、一丈青赶了一直赶不上，〖"赶"字亦翻用转来，奇笔妙笔。〗呼延灼自投东北上去了。〖水穷云尽处，忽留此一线，妙笔。〗杀得大败亏输，雨零星乱。

宋江鸣金收军回山，各请功赏。三千连环甲马，有停半被钩镰枪拨倒，伤损了马蹄，剥去皮甲，把来做菜马；〖字法奇绝。〗二停多好马，牵上山去，喂养作坐马。〖开注连环甲马下落，为前篇结案。〗戴甲军士，都被生擒上山。〖又开注甲军下落。〗五千步军，被三面围得紧急，有望中军躲的，都被钩镰枪拖翻捉了；望水边逃命的，尽被水军头领围裹上船去，拽过滩头，拘捉上山。〖又开注步军下落。〗先前被拿去的马匹并捉去军士，尽行复夺回寨。〖要足。〗把呼延灼寨栅尽数拆来，水边泊内搭盖小寨。再造两处做眼酒店房屋等项，仍前着孙新、顾大嫂、石勇、时迁两处开店。〖陡插闲事，以文为戏。〗刘唐、杜迁拿得韩滔，〖挽转第一队。○上文闪出六个人，此处又闪出六个人，灭没撑持，极笔墨之变事。〗把来绑缚，解到山寨。宋江见了，亲解其缚，请上厅来，以礼陪话，相待筵宴，令彭玘、凌振说他入伙。〖说之之辞，则又是只待招安、安民报国等句也。而总谓之说，盖不听其久假不归也。〗韩滔也是七十二煞之数，自然意气相投，就梁山泊做了头领。宋江便教修书，使人往陈州搬取韩滔老小，来山寨中完聚。〖譬如与前卷凌振、彭玘、徐宁等句作一合相，如孤飞之雁，遥逐前行，妙笔妙笔。〗宋江喜得破了连环马，又得了许多军马、衣甲、盔刀，每日做筵席庆喜。仍旧调拨各路守把，堤防官兵，不在话下。

却说呼延灼折了许多官军人马，不敢回京，独自一个骑着那匹踢雪乌骓马，〖自此以下，以踢雪乌骓生波作折，另是一样章法。〗把衣甲拴在马上，〖活画出逃败将官来。〗于路逃难。却无盘缠，解下束腰金带，卖来盘缠。〖活画出逃败将官来。〗在路寻思道："不想今日闪得我如此，却是去投谁好？"猛然想起："青州慕容知府〔我亦猛然想起。〕旧与我有一面相识，何不去那里投奔他？却打慕容贵妃的关节，〔闲中一笔，早为慕容正罪。○非写呼延将军要关节，正表慕容知府有关节也。〕那时再引军来报仇不迟。"

在路行了二日，当晚又饥又渴，见路旁一个村酒店，呼延灼下马，把马拴在门前树上；〔呼延将军有败逃饥渴之时，御赐名马有拴在野树之时，人生生意，真常事耳。〕入来店内，把鞭子放在桌上，〔都从马上写出，细妙之极。〕坐下了，叫酒保取酒肉来吃。酒保道："小人这里只卖酒，要肉时，村里却才杀羊，若要，小人去回买。"呼延灼把腰里料袋解下来，取出些金带倒换的碎银两，把与酒保道："你可回一脚羊肉与我煮了，就对付草料喂养我这匹马。〔一路都从马上着笔，细妙之极。〕今夜只就你这里宿一宵，明日自投青州府里去。"酒保道："官人，此间宿不妨，只是没好床帐。"呼延灼道："我是出军的人，但有歇处便罢。"〔出色写村店，亦出色写失意人。〕酒保拿了银子，自去买羊肉。呼延灼把马背上梢的衣甲取将下来，松了肚带，〔我尝言美人爱青镜，名士爱古砚，大将爱良马，此处又一写出。〕坐在门前。等了半晌，只见酒保提一脚羊肉归来。呼延灼便叫煮了，回三斤面来打饼，打两角酒来。酒保一面煮肉打饼，一面烧脚汤与呼延灼洗了脚，〔逃败人无可形容，忽然写出"洗脚"二字情事如画。〕便把马牵放屋后小屋下，〔一路都从马上着意。〕酒保一面切草煮料，呼延灼先讨热酒吃了一回，少刻肉熟，呼延灼叫酒保也与他些酒肉吃了，分付道："我是朝廷军官，为因收捕梁山泊失利，待往青州投慕容知府。你好生与我喂养这匹马，是今上御赐的，名为踢雪乌骓马。〔上文写大军覆没之后，更无一物可恃，只爱念此一匹马；此文写大军覆没之后，更无一长可说，只爱示得此一匹马。人至失意时，真是活活如此。名士下第归来，向所亲吟其射策，亦犹是也。〕明日我重重赏你。"酒保道："感承相公。却有一件事教相公得知：离此间不远有座山，唤做桃花山。"〔陡然回合。〕

山上有一伙强人，为头的是打虎将李忠，第二个是小霸王周通，聚集着五七百小喽啰，打家劫舍，时常来搅恼村坊。官司累次着仰捕盗官军来收捕他不得，相公夜间须用小心醒睡。"呼延灼说道："我有万夫不当之勇，便道那厮们全伙都来，也待怎生！只与我好生喂养这匹马。"「别事都不经心，勤勤只嘱此马，不惟章法应尔，亦写将军之与战马，真有死生知己之感也。」吃了一回酒肉饼子，酒保就店里打了一铺，「画出村店。」安排呼延灼睡了。

一者呼延灼连日心闷，二乃又多了几杯酒，就和衣而卧，「便于下文。」一觉直睡到三更方醒。只听得屋后酒保在那里叫屈起来。呼延灼听得，连忙跳将起来，提了双鞭，「只四字写出英雄无用武之地来，可发一笑。」走去屋后问道："你如何叫屈？"酒保道："小人起来上草，只见篱笆推翻，被人将相公的马偷将去。「前篇写偷甲，此篇写偷马，章法对而不对，不对而对，奇妙之极。」远远地望见三四里火把尚明，一定是那里去了！"呼延灼道："那里正是何处？"酒保道："眼见得那条路上，正是桃花山小喽啰偷得去了！"呼延灼吃了一惊，便叫酒保引路，就田塍上赶了二三里。火把看看不见，正不知投那里去了。呼延灼说道："若无了御赐的马，却怎的是好！"「不惜连环三千，却痛惜御赐一马者，众材易集，名士难求也。荀彧佳人难再得之叹，亦此意也。」酒保道："相公明日须去州里告了，差官军来剿捕，方才能够这匹马。"

呼延灼闷闷不已，坐到天明，叫酒保挑了衣甲，径投青州。「第一节先赐一匹马，第二节布出无数马，第三节葬送无数马，第四节并失一匹马，章法妙绝奇绝。○昨日画出一幅逃败将官，画得好笑；今日又画出一幅逃败将官，一发画得好笑。」来到城里时，天色已晚了，且在客店里歇了一夜。次日天晓，径到府堂阶下，参拜了慕容知府。知府大惊，问道："闻知将军收捕梁山泊草寇，如何却到此间？"呼延灼只得把上项诉说了一遍。慕容知府听了道："虽是将军折了许多人马，此非慢功之罪，中了贼人奸计，亦无奈何。下官所辖地面，多被草寇侵害。将军到此，可先扫清桃花山，夺取那匹御赐的马；〔紧抱题目，妙笔。〕却连那二龙山、白虎山〔又陡然回合出二处来。〕两处强人，一发剿捕了时，下官自当一力保奏，再教将军引兵复仇如何？"呼延灼再拜道："深谢恩相主监。若蒙如此，誓当效死报德！"慕容知府教请呼延灼去客房里暂歇，一面更衣宿食。那挑甲酒保，自叫他回去了。〔前篇有偷甲好汉，此篇又有挑甲酒保，妙妙。〕一住三日，呼延灼急欲要这匹御赐马，〔紧提题目，又妙笔。〕又来禀复知府，便教点军。慕容知府便点马步军二千，借与呼延灼，又与了一匹青骏马。〔又引出一匹马来。〕呼延灼谢了恩相，披挂上马，带领军兵前来夺马，径往桃花山进发。

且说桃花山上打虎将李忠与小霸王周通，自得了这匹踢雪乌骓马，每日在山上庆喜饮酒。〔可见名士所至，望风而靡。〕当日有伏路小喽啰报道："青州军马来也！"小霸王周通起身道："哥哥守寨，兄弟去退官军。"便点起一百小喽啰，绰枪上马，下山来迎敌官军。却说呼延灼引起二千兵马来到山前，摆开阵势。呼延灼出马，厉声高叫："强贼早来受缚！"小霸王周通将小喽啰一字儿摆开，便挺枪出马，呼延灼见了，便纵马向前来战。周通也跃马来迎。二马相交，斗不到六七合，周通气力不加，拨转马头，往山上便走。呼延灼赶了一直，怕有计策，急下山来札住寨栅，等候再战。却说周通回寨，见了李忠，诉说："呼延灼武艺高强，遮拦不住，只得且退上山；倘或他赶到寨前来，如之奈何？"李忠道："我算二龙山宝珠寺花和尚鲁智深在彼，多有人伴；更兼有

个甚么青面兽杨志，又新有个行者武松，都有万夫不当之勇。不如写一封书，使小喽啰去那里求救。「如此挽合，如扳强弩。」若解得危难，拼得投托他大寨，月终纳他些进奉也好。「特避便归水泊一句也。」周通道："小弟也多知他那里豪杰，只恐那和尚记当初之事，「轻轻四字，提动无数。」不肯来救。"李忠笑道："不然！他是个直性的好人，使人到彼，必然亲引军来救我。"「能知鲁达，此其所以为李忠也。俗本略增数字，便不复成语。」周通道："哥哥也说得是。"就写了一封书，差两个了事的小喽啰，从后山滚将下去，「妙绝妙绝，数十卷前绝倒之事，此处忽然以闲笔又画出来。○俗本作趱将下去，骤读之，亦殊不觉其失。及见古本乃是"滚"字，方叹一言之讹，相去不算也。」取路投二龙山来。行了两日，蚤到山下，那里小喽啰问了备细来情。

且说宝珠寺里大殿上，坐着三个头领：为首是花和尚鲁智深，第二是青面兽杨志，第三是行者二郎武松。前面山门下，坐着四个小头领：一个是金眼彪施恩，「一齐出现，真挽强弩。」原是孟州牢城施管营的儿子，为因武松杀了张都监一家人口，官司着落他家追捉凶身，以此连夜挈家逃走在江湖上；后来父母俱亡，打听得武松在二龙山，连夜投奔入伙。「补血溅鸳鸯一篇尾。」一个是操刀鬼曹正，「一齐出现。」原是同鲁智深、杨志收夺宝珠寺，杀了邓龙，后来入伙。「补双夺宝珠寺一篇尾。」一个是菜园子张青，一个是母夜叉孙二娘，夫妻两个，「一齐出现。」原是孟州道十字坡开黑店的，因鲁智深、武松连连寄书招他，亦来投奔入伙。「补开黑店一篇尾。」曹正听得说桃花山有书，先来问了详细，直上殿去禀复三个大头领知道。智深便道："洒家当初离五台山时，到一个桃花村投宿，好生打了那撮鸟一顿。那厮却为认得洒家，倒请上山去吃了一日酒，「凡叙旧事，正以约略为妙耳。俗本止增一二字，便令太详，不复可读。○略于叙旧，详于叙偷，写出妙人。」结识洒家为兄，却便留俺做个寨主。俺见这厮们悭吝，被俺偷了若干金银酒器撒开他。[真是青天白日心事，烈风雷雨弗迷者也。] 如今却来求救。且放那小喽啰上关来，看他说甚么。"曹正去不多时，把那小喽啰引到殿下，唱了喏，说道："青州慕容知府近日收得个征进梁山泊失利的双鞭呼延灼。如今慕容知府先教扫荡俺这里桃花山、二龙山、白虎山几座山寨，却借军与他收捕梁山泊复仇。俺的头领，今欲启请大头领将军下山相救，明朝无事了时，情愿来纳进奉。"杨志道："俺们各守山寨，保护山头，本不去救应的是。洒家一者怕坏了江湖上豪杰；二者恐那厮得了桃花山，便小觑了洒家这里。可留下张青、孙二娘、施恩、曹正看守寨栅，俺三个亲自走一遭。"随即点起五百小喽啰，六十余骑军马，各带了衣甲军器，径往桃花山来。

却说李忠知二龙山消息，自引了三百小喽啰下山策应。呼延灼闻知，急领所部军马，拦路列阵，舞鞭出马，来与李忠相持。原来李忠祖贯濠州定远人氏，家中祖传，靠使枪棒为生；人见他身材壮健，因此呼他做打虎将。[前文所略，至此始出。] 当时下山来与呼延灼交战，却如何敌得呼延灼过？斗了十合之上，见不是头，拨开军器便走。呼延灼见他本事低微，纵马赶上山来。小霸王周通正在半山里看见，便飞下鹅卵石来。呼延灼慌忙回马下山来。只见官军迭头呐喊，呼延灼便问道："为何呐喊？"后军答道："远望见一彪军马飞奔而来！"呼延灼听了，便来后军队里看时，见尘头起处，当头一个胖大和尚，骑一匹白马，正是花和尚鲁智深，在马上大喝道："那个是梁山泊杀败的撮鸟，敢来俺这里唬吓人！"[收捕盗贼，名之为唬吓人，绝倒。] 呼延灼道："先杀你这个秃驴，豁我心中怒气！"鲁智深轮动铁禅杖，呼延灼舞起双鞭，二马相交两边呐喊。

斗至四五十合，不分胜败。呼延灼暗暗喝采道：「章法。」"这个和尚倒恁地了得！"「又恶知其初之非和尚耶？」两边鸣金，各自收军暂歇。呼延灼少停，却耐不得，再纵马出阵，「又活画出呼延，又急转出杨志，妙笔。」大叫："贼和尚！再出来！与你定个输赢，见个胜败！"鲁智深却待正要出马，杨志叫道："大哥少歇，看洒家去捉这厮！"舞刀出马，来与呼延灼交锋。两个斗到四五十合，不分胜败。呼延灼又暗暗喝采道：「章法。」"怎的那里走出这两个来！恁地了得，不是绿林中手段！"「又恶知其无可奈何，始入绿林耶？〇借呼延口中一笑。」杨志也见呼延灼武艺高强，卖个破绽，拨回马，跑回本阵。呼延灼也勒转马头，不来追赶。两边各自收军。鲁智深便和杨志商议道："俺们初到此处，不宜逼近下寨，且退二十里，明日却再来厮杀。"「轻轻一折，折出奇景，读下哑然一笑。」带领小喽啰，自过附近山冈下寨去了。

却说呼延灼在帐中纳闷，心内想道："指望到此，势如破竹，便拿了这伙草寇，怎知却又逢着这般对手！我直如此命薄！"正没摆布处，只见慕容知府使人来唤道："叫将军且领兵回来保守城中。今有白虎山强人孔明、孔亮「白虎山换一法出。」引人马来青州劫牢。怕府库有失，特令来请将军回城守备。"呼延灼听了，就这机会，带领军马，连夜回青州去了。「作一不了局，妙。」

次日，鲁智深与杨志、武松又引了小喽啰摇旗呐喊，直到山下来看时，一个军马也无了，到吃了一惊。「闲处赚出奇景，令文字不寂寞。」山上李忠、周通，引人下来，拜请三位头领上到山寨里，杀羊宰马，筵席相待，一面使人下山探听前路消息。

且说呼延灼引军回到城下，却见了一彪军马，正来到城边。为头的乃是白虎山下孔太公儿子毛头星孔明、独火星孔亮。「如挽强弩。」两个因和本乡一个财主争竞，把他一门良贱尽都杀了，聚集起五七百人，占住白虎山，打家劫舍。「亦补醉打孔亮一篇尾。」因为青州城里有他的叔叔孔宾，被慕容知府捉下，监在牢里，孔明、孔亮特地点起山寨小喽啰来打青州，要救叔叔出去。「撮起一事，令文字成贯。」正迎着呼延灼军马，两边拥着，敌住厮杀，呼延灼便出马到阵前。慕容知府在城楼上观看，见孔明当先挺枪出马，直取呼延灼。两马相交，斗到二十余合，呼延灼要在知府跟前显本事，又值孔明武艺低微。「是宋江高弟也，闲中忽置一贬，以表宋江之百无一长，只是一片权诈也。○如此写宋江，真是皮里秋阳矣。」只办得架隔遮拦；斗到间深里，被呼延灼就马上把孔明活捉了去。孔亮只得引了小喽啰便走。慕容知府在敌楼上指着，叫呼延灼引兵去赶。官兵一掩，活捉得百十余人。孔亮大败，四散奔走，至晚寻个古庙安歇。

却说呼延灼活捉得孔明，解入城中来，见慕容知府。知府大喜，叫把孔明大枷钉下牢里，和孔宾一处监收。一面赏劳三军，一面管待呼延灼，备问桃花山消息。呼延灼道："本待是瓮中捉鳖，手到拿来，无端又被一伙强人前来救应。数内一个和尚，一个青脸大汉，二次交锋，各无胜败。这两个武艺不比寻常，不是绿林中手段，因此未曾拿得。"慕容知府道："这个和尚，便是延安府老种经略帐前军官提辖鲁达；「如此人物，止令做提辖已不可，况并不容做提辖！」今次落发为僧，唤做花和尚鲁智深。这一个青脸大汉亦是东京殿帅府制使官，唤做青面兽杨志。「如此人物，止令做制使已不可，况并不容做制使！」再有一个行者，唤做武松，原是景阳冈打虎的武都头。「如此人物，止令做都头已不可，况并不容做都头！○三句不是重出之文，正与呼延喝采相对，所谓借太守口中一哭也。」这三个占住了二龙山，

打家劫舍，累次拒敌官军，杀了三五个捕盗官；直至如今，未曾捉得。"呼延灼道："我见这厮们武艺精熟，原来却是杨制使、鲁提辖，真名不虚传！〔上呼延只赞鲁、杨，知府却并及武二，此知府自说三个，呼延却只叹二人，笔下分寸都出。○既已这厮，则应削其官矣，仍称之为制使、提辖者，所以深许杨志、鲁达之为边庭有用之才，不得已而至于绿林，而非其自为绿林也。借呼延口中一哭，令千载读之，人人弹泪。〕恩相放心。呼延灼今日在此，少不得一个个活捉了解官！"知府大喜，设筵管待已了，且请客房内歇，不在话下。

却说孔亮引了败残人马，正行之间，猛可里树林中撞出一彪人马，当先一筹好汉，便是行者武松。〔如此牵合，力挽强弩。○前用鲁、杨斗呼延，此用武松遇孔亮，只三个人，笔下调遣之妙如此。若在俗笔，何难昨日再写一阵，今日总写撞出耶？〕孔亮慌忙滚鞍下马，便拜道："壮士无恙！"武松连忙答应，扶起问道："闻知足下弟兄们占住白虎山聚义，几次要来拜望，一者不得下山，二乃路途不顺，以此难得相见。今日何事到此？"孔亮把救叔叔孔宾陷兄之事，告诉了一遍。武松道："足下休慌。我有六七个弟兄，见在二龙山聚义。今为桃花山李忠、周通被青州官军攻击得紧，来我山寨求救，鲁、杨二头领引了孩儿们先来与呼延灼交战。两个厮并了一日，不知何故，呼延灼忽然夜间去了。桃花山留我弟兄三人筵宴，把这踢雪马送与我们。〔连贯三山，以马为线，妙笔。〕今我部领头队人马回山，他二位随后便到。我叫他去打青州，救你叔兄如何？"孔亮拜谢武松。等了半晌，只见鲁智深、杨志两个并马都到。〔只三个人，何故两个却是并马，一个偏作前军？明明露出调遣匀停之迹，与读书之人欣赏也。〕武松引孔亮拜见二位，备说："那时我与宋江在他庄上相会，多有相扰。今日俺们可以义气为重，聚集三山人马，攻打青州，杀了慕容知府，擒获呼延灼，各取府库钱粮，以供山寨之用，如何？"鲁智深道："洒家也是这般思想。便使人去桃花山报知，叫李忠、周通引孩儿们来，俺

三处一同去打青州。"杨志便道:"青州城池坚固,人马强壮;又有呼延灼那
厮英勇;不是俺自灭威风,若要攻打青州时,只除非依我一言,指日可得。"
武松道:"哥哥,愿闻其略。"那杨志言无数句,话不一席,有分教:青州百
姓,家家瓦裂烟飞;水浒英雄,个个磨拳擦掌。毕竟杨志对武松说出怎地打
青州,且听下回分解。

【第五十七回】

三山聚义打青州
众虎同心归水泊

打青州，用秦明、花荣为第一拨，真乃处处不作浪笔。

村学先生团泥作腹，镂炭为眼，读《水浒传》，见宋江口中有许多好语，便遽然以"忠义"两字许之，甚或弁其书端，定为题目，此决不得不与之辩。辩曰：宋江有过人之才，是即诚然；若言其有忠义之心，心心图报朝廷，此实万万不然之事也。何也？夫宋江，淮南之强盗也。人欲图报朝廷，而无进身之策，至不得已而姑出于强盗，此一大不可也。曰：有逼之者也。夫有逼之，则私放晁盖亦谁逼之？身为押司，骫法纵"贼"，此二大不可也。为农则农，为吏则吏；农言不出于畔，吏言不出于庭，分也。身在郓城，而名满天下，远近相煽，包纳荒秽，此三大不可也。私连大贼以受金，明杀平人以灭口，幸从小惩，便当大戒，乃浔阳题诗反思报仇，不知谁是其仇？至欲血染江水，此四大不可也。语云：求忠臣必于孝子之门。江以一朝小忿，贻大祸于老父。夫不有于父，何有于他？诚所谓是可忍孰不可忍！此五大不可也。燕顺、郑天寿、王英，则罗而致之梁山；吕方、郭盛，则罗而致之梁山，此犹可恕也。甚乃至于花荣，亦罗而致之梁山；黄信、秦明亦罗而致之梁山，是胡可恕也？落草之事虽未遂，营窟之心实已久，此六大不可也。白龙之劫，犹出群力；无为之烧，岂非独断？白龙之劫，犹曰"救死"，无为之烧，岂非肆毒？此七大不可也。打州掠县，只如戏事，劫狱开库，乃为固然。杀官长，则无不坐以污滥之名，买百姓则便借其府藏之物，此八大不可也。官兵则拒杀官兵，王师则拒杀王师，横行河朔，其锋莫犯，遂使上无宁食天子，下无生还将军，此九大不可也。初以水泊避罪，后忽忠义名堂，设印信赏罚之专司，制龙虎熊罴之旗号，甚乃至于黄钺、白旄、朱幡、皂盖违禁之物，无一不有，此十大不可也。夫宋江之罪，擢发无穷，论其大者，则有十条。而村学先生犹鳃鳃以忠义目之，一若惟恐不得当者，斯其心何心也！

原村学先生之心，则岂非以宋江每得名将，必亲为之释缚、攀盏，流泪纵横，痛陈忠君报国之志，极诉寝食招安之诚，言言刳胸臆，声声沥热血哉？乃吾所以断宋江之为强盗，而万万必无忠义之心者，亦正于此。何也？

夫保障方面，为王干城，如秦明、呼延等；世受国恩，宠绥未绝，如花荣、徐宁等；奇材异能，莫不毕效，如凌振、索超、董平、张清等；虽在偏裨，大用有日，如彭玘、韩滔、宣赞、郝思文、龚旺、丁得孙等；是皆食宋之禄，为宋之官。乃吾不知宋江何心，必欲悉擒而致之于山泊。悉擒而致之，而或不可致，则必曲为之说曰：其暂避此，以需招安。嗟乎！强盗则须招安，将军胡为亦须招安？身在水泊则须招安而归顺朝廷；身在朝廷，胡为亦须招安而反入水泊？以此语问宋江，而宋江无以应也。故知一心报国，日望招安之言，皆宋江所以诱人入水泊。谚云：饵芳可钓，言美可招也。宋江以是言诱人入水泊，而人无不信之而甘心入于水泊。传曰：久假而不归，恶知其非有也？彼村学先生不知乌之黑白，犹鳃鳃以忠义目之，惟恐不得其当，斯其心何心也！

自第七回写鲁达后，遥遥直隔四十九回而复写鲁达。乃吾读其文，不惟声情鲁达也，盖其神理悉鲁达也。尤可怪者，四十九回之前，写鲁达以酒为命；乃四十九回之后，写鲁达涓滴不饮，然而声情神理无有非鲁达者。夫而后知今日之鲁达涓滴不饮，与昔日之鲁达以酒为命，正是一副事也。

话说武松引孔亮拜告鲁智深、杨志，求救哥哥孔明并叔叔孔宾，鲁智深便要聚集三山人马前去攻打。杨志道：「请宋公明，偏出自杨志、鲁达二人，脱去武松，此行文避熟之法也。」"若要打青州，须用大队军马，方可得济。俺知梁山泊宋公明大名，江湖上都唤他做及时雨宋江，更兼呼延灼是他那里仇人。俺们弟兄和孔家弟兄的人马，都并做一处；「孔家人马，杨志说并做一处，下又交付鲁达，都卸出武松，以避俗笔之熟。」洒家这里，再等桃花山人马齐备，一面且去攻打青州。孔亮兄弟，你却亲身星夜去梁山泊，请下宋公明来，并力攻城，此为上计。亦且宋三郎与你至厚，你们弟兄心下如何？"鲁智深道：

[请宋江若单出自杨志口，便是漏失武松；今出杨志口，又出鲁达口，便知不是漏失武松也。行文之妙如此。]

"正是如此。我只见今日也有人说宋三郎好，明日也有人说宋三郎好，可惜洒家不曾相会。众人说他的名字，聒得洒家耳朵也聋了，想必其人是个真男子，以致天下闻名。[一段写得笔墨淋漓，是苏舜钦下酒物也。]前番和花知寨在清风山时，洒家有心要去和他厮会。及至洒家去时，又听得说道去了，以此无缘，不得相见。[补叙出一段，便令夺珠寺后，救桃花前，作者自无两番笔墨，鲁达并非老大隔断。]罢了，[二字是计决抖撒之辞，俗本连上作一句读，可笑。]孔亮兄弟，你要救你哥哥时，快亲自去那里告请他来。洒家等先在这里和那撮鸟们厮杀！"[谓之预补法。]孔亮交付小喽啰与了鲁智深，[本是杨志说并做一处，此却交付鲁达，笔笔周匝。]只带一个伴当，扮做客商，星夜投梁山泊来。

且说鲁智深、杨志、武松三人，去山寨里唤将施恩、曹正，再带一二百人下山来相助。桃花山李忠、周通得了消息，便带本山人马，尽数起点，只留三五十个小喽啰看守寨栅，其余都带下山来青州城下聚集，一同攻打城池，不在话下。

却说孔亮自离了青州，迤逦来到梁山泊边催命判官李立酒店里，买酒吃问路。李立见他两个来得面生，便请坐地，问道："客人从那里来？"孔亮道："从青州来。"李立问道："客人要去梁山泊寻谁？"孔亮答道："有个相识在山上，特来寻他。"李立道："山上寨中，都是大王住处，你如何去得？"孔亮道："便是要寻宋大王。"李立道："既是来寻宋头领，我这里有分例。"便叫火家快去安排分例酒来相待。孔亮道："素不相识，如何见款？"李立道："客官不知：但是来寻山寨头领，必然是社火中人，故旧交友，岂敢有

失祇应？便当去报。"孔亮道："小人便是白虎山前庄户孔亮的便是。"李立道："曾听得宋公明哥哥说大名来，今日且喜上山。"二人饮罢分例酒，随即开窗，就水亭上放了一枝响箭，见对港芦苇深处早有小喽罗棹过船来，到水亭下。李立便请孔亮下了船，一同摇到金沙滩上岸，却上关来。孔亮看见三关雄壮，枪刀剑戟如林，心下想道："听得说梁山泊兴旺，不想做下这等大事业！" 〔将白虎之隘陋，只一笔反照出来。〕 已有小喽罗先去报告，宋江慌忙下来迎接。孔亮见了，连忙下拜。宋江问道："贤弟缘何到此？" 〔武艺低微，所以到此。〕 孔亮拜罢，放声大哭。宋江道："贤弟心中有何危厄不决之难，但请尽说不妨。便当不避水火，一力与汝相助。贤弟且请起来。"孔亮道："自从师父离别之后，老父亡化，哥哥孔明与本乡上户争些闲气起来，杀了他一家老小，官司来捕捉得紧，因此反上白虎山，聚得五七百人，打家劫舍。青州城里，却有叔父孔宾，被慕容知府捉了，重枷钉在狱中；因此我弟兄两个去打城子，指望救取叔叔孔宾。谁想去到城下，正撞了那个使双鞭的呼延灼，哥哥与他交锋，致被他捉了，解送青州，下在牢里，存亡未保。小弟又被他追杀一阵。次日，正撞着武松。他便引我去拜见同伴的：一个是花和尚鲁智深，一个是青面兽杨志。他二人一见如故，便商议救兄一事。他道：〔他道者，武松道也。上文本是杨志、鲁达道也，此却正云武松道者，淘知上文脱去武松，只是行文避熟。其实杨志、鲁达，即武松也。〕'我请鲁、杨二头领并桃花山李忠、周通，聚集三山人马，攻打青州；你可连夜快去梁山泊内，告你师父宋公明，来救你叔兄两个。'以此今日一径到此。"宋江道："此是易为之事，你且放心。"

宋江便引孔亮参见晁盖、吴用、公孙胜并众头领，备说呼延灼走在青州，

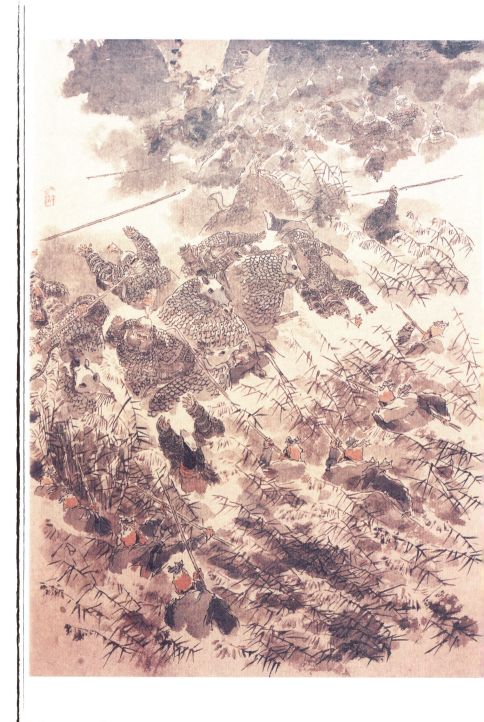

投奔慕容知府，今来捉了孔明，以此孔亮来到，恳告求救。晁盖道："既然他两处好汉尚兀自仗义行仁，今者，三郎和他至爱交友，如何不去？三郎贤弟，你连次下山多遍，今番权且守寨，愚兄替你走一遭。"宋江道："哥哥是山寨之主，不可轻动，这个是兄弟的事。既是他远来相投，小可若自不去，恐他弟兄们心下不安；小可情愿请几位弟兄同走一遭。"〔又书晁盖要去，宋江不肯，与后对看。〕说言未了，厅上厅下一齐都道："愿效犬马之劳，跟随同去。"〔须知此句，正为三山归泊作大呼大应。盖今日若千人，一齐都下去，便引后日若千人，一齐都上来也。不善读书人，只谓是宋江面上耳。眼光之大小。岂可以彼此计！〕宋江大喜。当日设筵管待孔亮。饮筵中间，宋江唤铁面孔目裴宣定拨下山人数，分作五军起行：前军便差花荣、秦明、燕顺、王矮虎〔第一拨便是花荣、秦明、而以燕顺、王矮虎副之，为青州故也。〕开路作先锋，第二队便差穆弘、杨雄、解珍、解宝，〔第二拨。〕中军便是主将宋江、吴用、吕方、郭盛，〔中军居中，又是一样章法。〕第四队便是朱仝、柴进、李俊、张横，〔第三拨。〕后军便差孙立、杨林、欧鹏、凌振催军作合后。〔第四拨。○以"前军""中军""后军"字，与"第二队""第四队"字，间杂成文，甚好。〕

梁山泊点起五军，共计二十个头领，马步军兵二千人马。其余头领，自与晁盖守把寨栅。当下宋江别了晁盖，自同孔亮下山前进。所过州县，秋毫无犯。〔凡此书每书"所过州县"四字者，皆特著宋江之恶，见其过都历国，公然横行，而又以"秋毫无犯"四字为之省文也。俗本不知，乃又于二句上另加"于路无事"四字。彼又岂知"所过州县"之即"于路"，"秋毫无犯"之即"无事"哉！世人不识字，至于如此！〕已到青州，孔亮先到鲁智深等军中，报知众好汉安排迎接。宋江中军到了，武松引鲁智深、杨志、李忠、周通、施恩、曹正都来相见了。〔上文独脱去武松，此文独提出武松，笔笔妙笔。〕宋江让鲁智深坐地。鲁智深道：〔二句连读，始知其妙。活写出宋江谦恭，鲁达却付之不知也。权诈人到大人面前，一寸一尺都行不去，可笑可丑。〕"久闻阿哥大名，无缘不曾拜会，今日且喜认得阿哥。"〔活是鲁达语，八字哭笑兼有。〕宋江答道："不才何足道哉！江湖上义士甚称吾师清

德；「宋江丑语。」今日得识慈颜，「丑语。」平生甚幸。"杨志起身再拜道：「写杨志便有旧家子弟体，便有官体，一发衬出鲁达直遂阔大来。」"杨志旧日经过梁山泊，多蒙山寨重义相留；为是洒家愚迷，不曾肯住。今日幸得义士壮观山寨，此是天下第一好事。"「杨志语又是一样，八字中赞骂都有。」宋江答道："制使威名，播于江湖，只恨宋江相见太晚！"鲁智深便令左右置酒管待，一一都相见了。

次日，宋江问青州一节，近日胜败如何。杨志道："自从孔亮去了，前后也交锋三五次，各无输赢。「只谓是补，不知是省。」如今青州，只凭呼延灼一个；若是拿得此人，觑此城子，如汤泼雪。"吴学究笑道："此人不可力敌，可用智擒。「八字极写呼延，下文以两扇文字应之，章法严正。」"宋江道："用何智可获此人？"吴学究道："只除如此如此。"宋江大喜道："此计大妙！"当日分拨了人马。次早起军，前到青州城下，四面尽着军马围住，擂鼓摇旗，呐喊搦战。城里慕容知府见报，慌忙教请呼延灼商议："今次群贼又去报知梁山泊宋江到来，似此如之奈何？"呼延灼道："恩相放心。群贼到来，先失地利。这厮们只好在水泊里张狂，今却擅离巢穴，「说得好，便与前文不犯。」一个来，捉一个，那厮们如何施展得？请恩相上城，看呼延灼厮杀。"

呼延灼连忙披挂衣甲上马，叫开城门，放下吊桥，领了一千人马，近城摆开。宋江阵中，一将出马。那人手搭狼牙棍，厉声高骂知府："滥官，害民贼徒，把我全家诛戮，今日正好报仇雪恨！"慕容知府认得秦明，「冤有头，债有主；笔有踪，墨有线，不是孟浪置笔。○高唐林冲奋威，青州秦明怒发，是一样文字。」便骂道："你这厮是朝廷命官，国家不曾负你，缘何便敢造反？若拿住你时，碎尸万段！呼将军可先下手拿这贼！"呼延灼听了，舞起双鞭，纵马直取秦明。秦明也出马，舞动狼牙大棍，来迎呼延灼。二将交马，正是对手，直斗到四五十合，不分胜败。慕容知府见斗得多时，恐怕呼延灼有失，慌忙鸣金，收军入城。〔如此救出秦明，深文曲笔，人所不晓。〕秦明也不追赶，退回本阵。宋江教众头领军校，且退十五里下寨。

却说呼延灼回到城中，下马来见慕容知府，说道："小将正要拿那秦明，恩相如何收军？"知府道："我见你斗了许多合，但恐劳困，因此收军暂歇。秦明那厮，原是我这里统制，与花荣一同背反，这厮亦不可轻敌。"呼延灼道："恩相放心，小将必要擒此背义之贼！适间和他斗时，棍法已自乱了。来日教恩相看我立斩此贼！"〔此一段应前"不可力敌"一句，下一段应前"可用智擒"一句。〕知府道："既是将军如此英雄，来日若临敌之时，可杀开条路，送三个人出去：一个教他去东京求救；两个教他去邻近府州会合起兵，相助剿捕。"〔详于三山之请宋江，而不详于青州之请救援，此所谓徐六担板，只见一边也。既写三山之请宋江，又另自写青州之请救援，此所谓一个李白、两个李黑也。又不担板，又不李黑，横穿斜插，情势俱备如此段，真耐庵贯花之才也。〕呼延灼道："恩相高见极明。"当日知府写了求救文书，选了三个军官，都发放了当。〔不必明日真有是事，乃隔夜却详写如此，譬如花影横窗，有时真有，有时并无，妙绝。〕

只说呼延灼回到歇处，卸了衣甲暂歇。天色未明，〔文书未及发，官军未及送，写得好笑。〕只听得军校来报道：〔眉批：此一段应"可用智擒"。〕"城北门外土坡上，有三骑私自在那里看城：中间一个穿红袍骑白马的；两边两个只认得右边的是小李广花荣，左边那个道妆打扮。"〔写三骑，或明或暗，如画如话。〕呼延灼道："那个穿红的，眼见是宋江了，道妆的必是军师吴用。你们且休惊动了他，便点一百马军，跟我捉这三个。"呼延灼连忙披挂上马，提了双鞭，带领一百余骑马军，悄悄地开了北门，放下吊

桥，引军赶上坡来。只见三个正自呆了脸看城。﹝奇事。﹞呼延灼拍马上坡，三个勒转马头，慢慢走去。﹝奇事。﹞呼延灼奋力赶到前面几株枯树边厢，只见三个齐齐地勒住马。﹝奇事。﹞呼延灼方才赶到枯树边，只听得呐声喊。﹝奇事。﹞呼延灼正踏着陷坑，人马都跌将下坑去了。﹝写得妙绝，轻轻而来，实出意外，令读者亦复一惊也。﹞两边走出五六十个挠钩手，先把呼延灼钩将起来，绑缚了去，后面牵着那匹马。﹝带马。﹞其余马军赶来，花荣射倒当头五七个，后面的勒转马，一哄都走了。

宋江回到寨里，那左右群刀手却把呼延灼推将过来。宋江见了，连忙起身，喝叫快解了绳索，亲自扶呼延灼上帐坐定。宋江拜见。呼延灼道："何故如此？"宋江道："小可宋江怎敢背负朝廷？盖为官吏污滥，威逼得紧，误犯大罪；因此权借水泊里随时避难，只待朝廷赦罪招安。不想起动将军，致劳神力。实慕将军虎威。今者误有冒犯，切乞恕罪。"﹝处处以此数语说人入伙，正是宋江权诈铁案，而村竖反因此文，续出半部，又哀然加以忠义之名，何也？﹞呼延灼道："被擒之人，万死尚轻，义士何故重礼陪话？"宋江道："量宋江怎敢坏得将军性命？皇天可表寸心。"只是恳告哀求。呼延灼道："兄长尊意，莫非教呼延灼往东京告请招安，到山赦罪？"﹝忽然借呼延口为秦宫铜镜，窣地将宋江一照，妙笔。宋江处处以招安说人入伙，人无有答之者，于是天下后世，遂真以宋江为日望招安也。此处忽然用呼延反问一句，直令宋江更遮不得，皮里阳秋，其妙如此。﹞宋江道："将军如何去得？﹝写宋江只用一句截住，权诈如见，然亦心事如见矣，妙笔。﹞高太尉那厮是个心地偏窄之徒，忘人大恩，记人小过。将军折了许多军马钱粮，他如何不见你罪责？﹝写宋江巧言如簧，必主于说入伙而后止，皆是皮里阳秋之笔，不重于骂高俅也。﹞如今韩滔、彭玘、凌振已多在敝山入伙。倘蒙将军不弃山寨微贱，宋江情愿让位与将军；﹝数语是宋江正经题目。〇情愿让位，丑语难堪。﹞等朝廷见用，受了招安，那时尽忠报国，未为晚矣。"﹝仍作好言，写宋江权诈可笑。﹞呼延灼沉吟了半晌，一者是宋江礼教甚恭，「骂杀宋江。」二者见宋江语言有理，「骂杀宋江。」叹了一口气，跪下在地道："非是呼延灼不忠于国，实感兄长义气过人，不容呼延灼不依。愿随鞭镫，决无还理。"宋江大喜，请呼延灼和众头领相见了，叫问李忠、周通讨这匹踢雪乌骓马，还将军坐骑。「"马"字至此始结。」

众人再商议救孔明之计，吴用道："只除非教呼延将军赚开城门，垂手可得。更兼绝了这呼延将军念头。"「好。」宋江听了，来与呼延灼陪话道："非是宋江贪劫城池，实因孔明叔侄陷在缧绁之中，非将军赚开城门，必不可得。"呼延灼答道："小弟既蒙兄长收录，理当效力。"当晚点起秦明、花荣、「仍点秦明、花荣为首，好。」孙立、燕顺、吕方、郭盛、解珍、解宝、欧鹏、王英十个头领，都扮作军士衣服模样，跟了呼延灼，共是十一骑军马，来到城边，直至濠堑上，大呼："城上开门！我逃得性命回来！"城上人听得是呼延灼声音，慌忙报与慕容知府。此时知府为折了呼延灼，正纳闷间，听得报说呼延灼逃得回来，心中欢喜，连忙上马，奔到城上；望见呼延灼有十数骑马跟着，又不见面颜，只认得呼延灼声音。知府问道："将军如何走得回来？"呼延灼道："我被那厮的陷坑捉了我到寨里，却有原跟我的头目，暗地盗这匹马与我骑，就跟我来了。"「马尚有余音。」知府只听得呼延灼说了，便叫军士开了城门，放下吊桥。十个头领跟到城门里，迎着知府，早被秦明一棍，把慕容知府打下马来。「结瓦砾场一案，若写孔亮打杀，便如曙蜡。」解珍、解宝便放起火来；欧鹏、王矮虎奔上城，把军士杀散。宋江大队人马，见城上火起，一齐拥将入来。宋江急急传令：休教残害百姓，且收仓库钱粮。「宋江权术如此。」就大牢里救出孔明并他叔叔孔宾一家老小，

便教救灭了火。「细笔。」把慕容知府一家老幼，尽皆斩首，抄扎家私，分俵众军。「一知府而家私乃至可俵众军，则亦不可不抄扎也。」天明，计点在城百姓被火烧之家，给散粮米救济。把府库金帛、仓廒米粮，装载五六百车；又得了二百余匹好马；就青州府里做个庆喜筵席，请三山头领同归大寨。「如椽之笔，读之令人壮旺。」李忠、周通使人回桃花山，尽数收拾人马钱粮下山，放火烧毁寨栅。「毕。」鲁智深也使施恩、曹正回二龙山，与张青、孙二娘，「补出二人。」收拾人马钱粮，也烧了宝珠寺寨栅。「毕。」

数日之间，三山人马都皆完备。宋江领了大队人马，班师回山。先叫花荣、秦明、呼延灼、朱仝四将开路。所过州县，分毫不扰。乡村百姓，扶老挈幼，烧香罗拜迎接。数日之间，已到梁山泊边。众多水军头领，具舟迎接。晁盖引领山寨马步头领，都在金沙滩迎接。直至大寨，向聚义厅上，列位坐定，大排筵席，庆贺新到山寨头领。呼延灼、鲁智深、杨志、武松、施恩、曹正、张青、孙二娘、李忠、周通、孔明、孔亮，共十二位新上山头领。坐间，林冲说起相谢鲁智深相救一事。「一段如观群龙戏海，彼穿此接，东牵西掣，极文章之致也。○无数大段落，不得不作此大绾结，妙极。」鲁智深动问道："洒家自与教头别后，无日不念阿嫂，近来有信息否？"「奇语绝倒，令人闻之，又感又笑。○俗本改。」林冲道："自火并王伦之后，使人回家搬取老小，已知拙妇被高太尉逆子所逼，随即自缢而死；妻父亦为忧疑，染病而亡。"杨志举起旧日王伦手内山前相会之事。「亦是绝倒事。」众人皆道："此皆注定，非偶然也！"晁盖说起黄泥冈劫取生辰纲一事，「又是绝倒事。○凡举三段事，却事事绝倒，不止泛泛叙旧而已。」众皆大笑。次日轮流做筵席，不在话下。

且说宋江见山寨又添了许多人马，如何不喜？便叫汤隆做铁匠总管，提督打造诸般军器，并铁叶连环等甲；侯健管做旌旗袍服总管，添造三才九曜四斗五方二十八宿等旗、飞龙飞虎飞熊飞豹旗、黄钺白旄、朱缨皂盖；山边四面筑起墩台，重造西路、南路二处酒店，招接往来上山好汉，一就探听飞报军情。山西路酒店，仍令孙青、孙二娘，夫妇二人原是酒家，前去看守；山南路酒店，今令孙新、顾大嫂夫妇看守；山东路酒店，依旧朱贵、乐和；山北路酒店，还是李立、时迁、三关上添造寨栅，分调头领看守。部领已定，各各遵依，〔又是一番大发放。○中间只作闲叙，写出"黄钺白旄、朱缨皂盖"等字、"探听飞报军情"等句，皆深著宋江无君之罪也。〕不在话下。

忽一日，花和尚鲁智深来对宋公明说道："智深有个相识，是李忠兄弟徒弟，唤做九纹龙史进，〔又陡然回合出一人，与上文连类而动。〕见在华州华阴县少华山上，和那一个神机军师朱武，又有一个跳涧虎陈达，一个白花蛇杨春，〔又回合出三人。〕四个在那里聚义。洒家常常思念他。自从瓦官寺与他别了，无一日不在心上。〔念阿嫂则念，念少年则念，写鲁达笔笔淋漓，声声慷慨。〕今洒家要去那里探望他一遭，就取他四个同来入伙，未知尊意如何？"宋江道："我也曾闻得史进大名，若得吾师去请他来，最好。然虽如此，不可独自行，可烦武松兄弟相伴走一遭，他是行者，一般出家人，正好同行。"〔写景。〕武松应道："我和师兄去。"当日便收拾腰包行李。鲁智深只做禅和子打扮，武松装做随侍行者。两个相辞了众头领下山。过了金沙滩，晓行夜住，不止一日，来到华州华阴县界，径投少华山来。

且说宋江自鲁智深、武松去后，一时容他下山，常自放心不下；便唤神行太保戴宗随后跟来，探听消息。〔布笔都好。〕再说鲁智深两个，来到少华山下，伏路小喽啰出来拦住问道："你两个出家人那里来？"武松便答道："这

山上有史大官人么？"「亦倒脱去鲁达，即上文避熟之法。」小喽啰说道："既是要寻史大王的，且在这里少等。我上山报知头领，便下来迎接。"武松道："你只说鲁智深到来相探。"「既避俗笔之熟，又免俗笔之淡。」小喽啰去不多时，只见神机军师朱武并跳涧虎陈达、白花蛇杨春，三个下山来接鲁智深、武松，却不见有史进。「出奇。〇若非此句，便一卷而去，有何生发？」鲁智深便问道："史大官人在那里？却如何不见他？"朱武近前上复道："吾师不是延安府鲁提辖么？"鲁智深道："洒家便是。这行者便是景阳冈打虎都头武松。"三个慌忙剪拂道："闻名久矣！听知二位在二龙山扎寨，今日缘何到此？"鲁智深道："俺们如今不在二龙山了，投托梁山泊宋公明大寨入伙，今者特来寻史大官人。"朱武道："既是二位到此，且请到山寨中，容小可备细告诉。"鲁智深道："有话便说，史家兄弟又不见，谁鸟耐烦到你山上去！"「不惟爽直，兼写贞烈。〇"贞烈"是赞奇女子字，今赞鲁达却用此二字，真奇事也。〇忠臣不事二君，烈女不更二夫，好友不交二人，观于鲁达，可以兴矣。」武松道："师兄是个急性人，有话便说甚好。"朱武道："小人等三个在此山寨，自从史大官人上山之后，好生兴旺。近日史大官人下山，因撞见一个画匠，原是北京大名府人氏，姓王，名义；因许下西岳华山金天圣帝庙内妆画影壁，「一篇以西岳圣帝为文字收放。」前去还愿。因为带将一个女儿，名唤玉娇枝同行，却被本州贺太守，原是蔡太师门人；那厮为官贪滥，非理害民；「先出其罪。」一日因来庙里行香，不想正见了玉娇枝有些颜色，累次着人来说，要娶他为妾。王义不从，太守将他女儿强夺了去，却把王义刺配远恶军州。路经这里过，正撞见史大官人，告说这件事。史大官人把王义救在山上，将两个防送公人杀了，直去府里要刺贺太守；被人知觉，倒吃拿了，见监在牢里。又要聚起军马，扫荡山寨，我等正在这里无计可施！"鲁智深听了道："这撮鸟敢如此无礼，倒恁么利害！洒家便去结果了那厮！"「直爽是大师天性。」朱武道："且请二位到寨里商议。"鲁智深立意不肯。武松一手挽住禅杖，一手指着道："哥哥不见日色已到树梢尽头？"「画出活武松，画也画不出。」鲁智深看一看，吼了一声，愤着气，只得都到山寨里坐下。「画出活鲁达，画也画不出。」朱武便叫王义出来拜见，再诉太守贪酷害民，强占良家女子。三人一面杀牛宰马，管待鲁智深、武松。鲁智深道："史家兄弟不在这里，酒是一滴不吃！要便睡一夜，明日却去州里打死那厮罢！"「句句使人洒出热泪，字字使人增长义气，非鲁达定说不出此语，非此语定写不出鲁达，妙绝妙绝。」武松道："哥哥不得造次。我和你星夜回梁山泊去，报知宋公明，领大队人马来打华州，方可救得史大官人。"「写爽直，便真正爽直；写精细，便真正精细。一副笔墨，叙出两副豪杰，又能各极其致，妙绝。」鲁智深叫道："等俺们去山寨里叫得人来，史家兄弟性命不知那里去了！"「句句字字和血和泪写出来。」武松道："便打杀了太守也怎地救得史大官人？武松却决不肯放哥哥去。"「写鲁达不顾事之不济，写武松必求事之必济，活提出两个人。」朱武又劝道："师兄且息怒。武都头实论得是。"鲁智深焦躁起来，便道："都是你这般性慢直娘贼，「骂得奇绝，骂人而人不怨，友道不堕，永锡尔类是故也。」送了俺史家兄弟！"「二语骂尽千古。」只今性命在他人手里，还要饮酒细商！"「和血和泪之墨，带哭带骂之笔，读之纸上尝尝震动，妙绝之文。○俗本皆改去，何也？」众人那里劝得他呷一杯半盏。「鹅项凳边，铁匠间壁，正与此处对看。」当晚和衣歇宿，明早起个四更，提了禅杖，带了戒刀，不知那里去了。「使我敬，使我骇，使我哭，使我思。○写得便与剑侠诸传相似。」武松道："不听人说，此去必然有失。"朱武随即差两个精细小喽啰，前去打听消息。

却说鲁智深奔到华州城里，路旁借问州衙在那里。人指道："只过州桥，投东便是。"鲁智深却好来到浮桥上，只见人都道："和尚且躲一躲，太守相

公过来。"「反作一迎，妙笔。」鲁智深道："俺正要寻他，却正好撞在洒家手里！那厮多敢是当死！"贺太守头踏一对对摆将过来，看见太守那乘轿子，却是暖轿；轿窗两边，各有十个虞候簇拥着，人人手执鞭枪铁链，守护两下。「忽作一迎，忽又作一闪，妙笔。○只一暖轿家丁，便活衬出史进前日行刺来。」鲁智深看了寻思道："不好打那撮鸟；若打不着，倒吃他笑。"贺太守却在轿窗眼里，看见了鲁智深欲进不进。过了渭桥，到府中下了轿，便叫两个虞候分付道："你与我去请桥上那个胖大和尚，到府里赴斋。"虞候领了言语，来到桥上，对鲁智深说道："太守相公请你赴斋。"鲁智深想道："这厮合当死在洒家手里。俺却才正要打他，只怕打不着，让他过去了。俺要寻他，他却来请洒家。"鲁智深便随了虞候，径到府里。太守已自分付下了，一见鲁智深进到厅前，太守叫放了禅杖，去了戒刀，请后堂赴斋。鲁智深初时不肯。众人说道："你是出家人，好不晓事！府堂深处，如何许你带刀杖入去？"鲁智深想道："只俺两个拳头，也打碎了那厮脑袋！"「妙解。」廊下放了禅杖、戒刀，跟虞候入来。贺太守正在后堂坐定，把手一招，喝声："捉下这秃贼！"两边壁衣内，走出三四十个做公的来，横拖倒拽，捉了鲁智深。你便是那吒太子，怎逃地网天罗？火首金刚，难脱龙潭虎窟！正是：飞蛾投火身倾丧，怒鳖吞钩命必伤。毕竟鲁智深被贺太守拿下，性命如何，且听下回分解。

【第五十八回】

吴用赚金铃吊挂

宋江闹西岳华山

俗本写鲁智深救史进一段，鄙恶至不可读，每私怪耐庵，胡为亦有如是败笔？及得古本，始服原文之妙如此。吾因叹文章生于吾一日之心，而求传于世人百年之手。夫一日之心，世人未必知；而百年之手，吾又不得夺。当斯之际，文章又不能言，改窜一惟所命，如俗本《水浒》者，真可为之流涕呜咽者也！

渭河拦截一段，先写朱仝、李应执枪立宋江后，宋江立吴用后，吴用立船头，作一总提。然后分开两幅：一幅写吴用与客帐司问答，一转，转出宋江，宋江一转，转出朱仝，朱仝一转，转出岸上花荣、秦明、徐宁、呼延灼，是一样声势；一幅写宋江与太尉问答，一转，转出吴用，吴用一转，转出李应，李应一转，转出河里李俊、张顺、杨春，是一样声势。然后又以第三幅宋江、吴用一齐发作，以总结之，章法又齐整又变化，真非草草之笔。

极写华州太守狡狯者，所以补写史进、鲁达两番行刺不成之故也。然读之殊无补写之迹，而自令人想见其时其事，盖以不补为补，又补写之一法也。

史进芒砀一叹，亦暗用阮籍时无英雄故事，可谓深表大郎之至矣。若夫蛮牌之败，只是文章交卸之法，不得以此为大郎惜也。

话说贺太守把鲁智深赚到后堂内，喝声："拿下！"众多做公的，把鲁智深簇拥到厅阶下。贺太守正要开言勘问，只见鲁智深大怒道：^{太守不及勘问，鲁达反先怒发，文字都有身分。俗本悉改，令人气尽。眉批：据古本《水浒》第五十八回如此，不知俗本何故另改作一段奄奄欲死文字，乌焉成马，令人可恨。}"你这害民贪色的直娘贼，^{八个字骂尽千古。}你敢便拿倒洒家！俺死亦与史进兄弟一处死，倒不烦恼！^{一直奔来，只咬定"史进兄弟"四字，读之令人心痛，又令人快活。}只是洒家死了，宋公明阿哥须不与你干休！俺如今说与你：天下无解不得的冤仇。^{此语反出其口，思之失笑。}你只把史进兄弟还了洒家；^{亦大难事，奇绝妙绝。}玉娇枝也还了洒家，等洒家自带去交还王义；^{还史进已大难事，又要还娇枝，又是还与和尚去}

你却连夜也把华州太守交还朝廷。[还娇枝已奇绝妙绝，又要还太守，一发奇绝妙绝。○说到还娇枝还太守句，回思还史进，真易事耳。] 量你这等贼头鼠眼，专一欢喜妇人，也做不得民之父母！[千载读之，无不汗颜。○此句为还太守作注也。] 若依得此三事，便是佛眼相看；若道半个不的，不要懊悔不迭！如今你且先交俺去看看史家兄弟，却回俺话！”[不知是墨，不知是泪，不知是血，写得使人心痛，使人快活。] 贺太守听了，气得做声不得，[与上正要开言作一句读。] 只道得个“我心疑是个行刺的贼，原来果然是史进一路！[古本如此情文曲折，俗本真是无理可笑。] 那厮，你看那厮[写太守气咽不成语，且监下真是活画出来。] 这厮，慢慢处置！这秃驴原来果然是史进一路！”[活画出气急败坏，语言重叠；又活画出自神其智，心口相诬，妙绝。] 也不拷打，取面大枷来钉了，押下死囚牢里去；一面申闻都省，乞请明降。禅杖、戒刀，封入府堂里去了。

此时闹动了华州一府。小喽啰得了这个消息，飞报上山来。武松大惊道：“我两个来华州干事，折了一个，怎地回去见众头领！”正没理会处，只见山下小喽啰报道：“有个梁山泊差来的头领，唤做神行太保戴宗，见在山下。”[便快。] 武松慌忙下来迎接上山，和朱武等三人都相见了，诉说鲁智深不听劝谏失陷一事。戴宗听了，大惊道：“我不可久停了！就便回梁山泊，报与哥哥知道，早遣兵将，前来救取！”武松道：“小弟在这里专等，万望兄长早去急来。”

戴宗吃了些素食，作起神行法，再回梁山泊来。三日之间，已到山寨。见了晁、宋二头领，便说鲁智深因救史进，要刺贺太守，被陷一事，晁盖听罢，失惊道：“既然两个兄弟有难，如何不救？我今不可担阁，便亲去走一遭。”宋江道：“哥哥山寨之主，未可轻动，原只兄弟代哥哥去。”[又书宋江不肯。] 当

日点起人马，作三队而行：前军点五员先锋，林冲、杨志、^{「先拨林冲、杨志，妙。」}花荣、秦明、呼延灼，^{「呼延新到，例应立功，故亦在第一拨。」}引领一千甲马、二千步军先行，逢山开路，遇水叠桥；中军领兵主将宋公明，军师吴用，朱仝、徐宁、解珍、解宝，共是六个头领，马步军兵二千；后军主掌粮草，李应、杨雄、石秀、李俊、张顺，共是五个头领押后，马步军兵二千。共计七千人马，离了梁山泊，直取华州来，在路趱行，不止一日，早过了半路，先使戴宗去报少华山上。朱武等三人，安排下猪羊牛马，酝造下好酒等候。

再说宋江军马三队都到少华山下，武松引了朱武、陈达、杨春三人，^{「亦用武松引见，笔法。」}下山拜请宋江、吴用并众头领，都到山寨里坐下。宋江备问城中之事。朱武道："两个头领，已被贺太守监在牢里，只等朝廷明降发落。"宋江与吴用说道："怎地定计去救取便好？"朱武道："华州城郭广阔，濠沟深远，急切难打；只除非得里应外合，方可取得。"吴学究道："明日且去城边看那城池如何，却再商量。"宋江饮酒到晚，巴不得天明，要去看城。吴用谏道："城中监着两只大虫在牢里，如何不做堤备？白日不可去看。今夜月色必然明朗，申牌前后下山。一更时分可到那里窥望。"当日挨到午后，宋江、吴用、花荣、秦明、朱仝共是五骑马下山，迤逦前行。初更时分，已到华州城外。在山坡高处，立马望华州城里时，正是二月中旬天气，月华如昼，天上无一片云彩。^{「偏向刀枪剑戟林中写得花明月媚，妙笔妙笔。」}看见华州周围有数座城门，城高地壮，堑濠深阔。看了半晌，远远地也便望见那西岳华山。^{「是王义画壁、太尉降香之处，不得不映带出来。」}

宋江等看见城池厚壮，形势坚牢，无计可施。吴用道："且回寨里去，再作商议。"五骑马连夜回到少华山上。宋江眉头不展，面带忧容。吴学究道："且差十数个精细小喽啰下山，去远近探听消息。"两日内，忽有一人上山来报道："如今朝廷差个殿司太尉，将领御赐金铃吊挂来西岳降香，从黄河入渭河而来。" ﹝其事风马牛不及；令人不知所谓。﹞吴用听了，便道："哥哥休忧，计在这里了。"便叫李俊、张顺："你两个与我如此如此而行。"李俊道："只是无人识得地境，得一个引领路道最好。"白花蛇杨春便道："小弟相帮同去如何？"宋江大喜。三个下山去了。次日，吴学究请宋江、李应、朱仝、呼延灼、花荣、秦明、徐宁，共七个人，悄悄止带五百余人下山。到渭河渡口，李俊、张顺、杨春已夺下十余只大船在彼，吴用便叫花荣、秦明、徐宁、呼延灼四个伏在岸上，﹝第一拨﹞宋江、吴用、朱仝、李应下在船里，﹝中军﹞李俊、张顺、杨春分船都去滩头藏了。﹝第二拨。﹞众人等候了一夜。

次日天明，听得远远地锣鸣鼓响，三只官船下来，船上插着一面黄旗，上写"钦奉圣旨西岳降香太尉宿"。朱仝、李应各执长枪，立在宋江背后。吴用立在船头。﹝从船尾顺写至船头，读之如画。○正写之，则ం作吴用立宋江前，朱仝、李应立宋江后也。○要知只四个人，便锁定一篇章法，盖吴用领第一段，宋江领第二段，朱仝领岸上诸人，李应领水军诸人也。细读之，便知其合辟之妙耳。○俗本略缺。﹞太尉船到，当港截住。﹝四字笔力。﹞船里走出紫衫银带虞候二十余人，喝道："你等甚么船只，敢当港拦截住大臣！"宋江执着骨朵，躬身声喏。﹝此第一段宋江不开言，悉是吴用说，妙笔。﹞吴学究立在船头上，说道：﹝眉批：第一段吴用说。﹞"梁山泊义士宋江，谨参祗候。"﹝分明以吴用抵对客帐司，以宋江抵对太尉，宾主正副，笔笔画然。﹞船上客帐司出来答道："此是朝廷太尉，奉圣旨去西岳降香。汝等是梁山泊乱寇，何故拦截？"宋江躬身不起。船头上吴用道："俺们义士，只要求见太尉尊

颜，有告复的事。"［宋江只不开言，段
段用吴用说，妙笔。］客帐司道："你等是何等人，敢造次要见
太尉！"两边虞候喝道："低声！"宋江却躬身不起。船头上吴用道："暂请
太尉到岸上，自有商量的事。"［段段用吴用说，宋
江只不开口，妙笔。］客帐司道："休胡说！太尉是
朝廷命臣，如何与你商量！"宋江立起身来［笔势悚骇。］道："太尉不肯相见，只
怕孩儿们惊了太尉。"［一路吴用到此忽
换宋江，妙笔。］朱仝把枪上小号旗只一招动，［宋江背后一个传
令。○写得又严
整，又错综，
真正妙笔。］岸上花荣、秦明、徐宁、呼延灼引出马军，一齐搭上弓箭，都到
河口，摆列在岸上。［奇文骇事，
得未曾有。］那船上艄公都惊得钻入舱里去了。［如画。○此
一段用吴用与
客帐司问答，忽换宋江传令
作尾，真正一篇奇绝章法。］

客帐司人慌了，只得入去禀复。宿太尉只得出到船头上坐定。宋江又
躬身唱喏道：［眉批：第二"宋江等不敢造次。"［以下第二段吴用不开
段宋江说。］言，悉是宋江说，妙笔。］宿太尉道：
"义士何故如此邀截船只？"宋江道："某等怎敢邀截太尉！只欲求请太尉上
岸，别有禀复。"［尽是宋江自
说，妙笔。］宿太尉道："我今持奉圣旨，自去西岳降香，与义
士有何商议？朝廷大臣如何轻易登岸！"船头上吴用道："太尉不肯时，只
怕下面伴当亦不相容。"［一路宋江，至此
忽换吴用，妙笔。］李应把号带枪一招，［宋江背后又
一个传令。］李俊、
张顺、杨春一齐撑出船来。［奇文骇事，
得未曾有。］宿太尉看见，大惊。［此一段写宋江与太尉
问答，忽换吴用传令作
尾，又一篇真
正奇绝章法。］李俊、张顺明晃晃掣出尖刀在手，早跳过船来，［奇文骇事。］手起先
把两个虞候撷下水里去。［奇文骇事。］宋江连忙喝道："休得胡做，惊了贵人！"
李俊、张顺扑通也跳下水去，［奇文骇事。］早把两个虞候又送上船来；［奇文骇事。］
自己两个也便托地又跳上船来。［奇文骇事。○一段写李俊、吓得宿太尉魂不着体。
张顺跳掷忽霍，读之目炫。］
宋江、吴用一齐喝道："孩儿们且退去，休得惊着贵人，俺自慢慢地请太尉

登岸。」「已下第三段，宋江、吴用一齐说，妙笔。」宿太尉道："义士有甚事，就此说不妨。"宋江、吴用道：「眉批：第三段宋江、吴用齐说。」"这里不是说话处，谨请太尉到山寨告禀，并无损害之心；若怀此念，西岳神灵诛灭！"「宋江、吴用一齐说，妙笔。」

到此时候，不容太尉不上岸，宿太尉只得离船上了岸。众人在树林里牵出一匹马来，扶策太尉上了马，不得已随众同行。宋江、吴用先叫花荣、秦明陪奉太尉上山。宋江、吴用也上了马，「看他于宋江、吴用各写一幅后，又将宋江、吴用各写一幅，真正一篇绝奇章法。」分付教把船上一应人等并御香、祭物、金铃吊挂，齐齐收拾上山，只留下李俊、张顺带领一百余人看船。「此处只说看船，后又忽借作伏兵截杀，真乃笔无定墨，纸非一文。」一行众头领都到山上。宋江、吴用下马入寨，把宿太尉扶在聚义厅上当中坐定，两边众头领拔刀侍立。「奇文骇事，真写得好。」宋江独自下了四拜，跪在面前，告复道："宋江原是郓城县小吏，为彼官司所逼，不得已哨聚山林，权借梁山水泊避难，专等朝廷招安，与国家出力。今有两个兄弟，无事被贺太守生事陷害，下在牢里。欲借太尉御香、仪从，并金铃吊挂，去赚华州，事毕并还，于太尉身上并无侵犯。乞太尉钧鉴。"宿太尉道："不争你将了御香等物去，明日事露，须连累下官。"宋江道："太尉回京，都推在宋江身上便了。"「宋江之恶如此，闲处妙出。」宿太尉看了那一班人模样，怎生推托得？只得应允了。宋江执盏擎杯，设筵拜谢。就把太尉带来的人穿的衣服，都借穿了。于小喽啰数内，选拣一个俊俏的，剃了髭须，穿了太尉的衣服，扮做宿元景；「妙。」宋江、吴用扮做客帐司；「妙。」解珍、解宝、杨雄、石秀扮成虞候；「妙。」小喽啰都是紫衫银带，执着旌节、旗幡、仪杖、法物，檠抬了御香、祭礼、金铃吊挂；花荣、徐宁、朱仝、李应扮做四

个衙兵。「妙。」朱武、陈达、杨春款住太尉并跟随一应人等，置酒管待。「是主人事。」却教秦明、呼延灼引一队人马，林冲、杨志引一队人马，分作两路取城。「妙。」教武松预先去西岳门下伺候，只听号起行事。「岳门此处只写一个，后忽添换一个，皆所谓笔无定墨，纸非一文也。」

话休絮烦。且说一行人等，离了山寨，径到河口下船而行，不去报与华州太守，一径奔西岳庙来。戴宗先去报知云台观观主，并庙里职事人等，直至船边，迎接上岸。香花灯烛，幢旛宝盖，摆列在前。先请御香上了香亭，庙里人夫扛抬了，导引金铃吊挂前行。观主拜见了太尉。吴学究道："太尉一路染病不快，且把暖轿来。"「只"暖轿"二字，亦复影衬作趣。」左右人等扶策太尉上轿，径到岳庙里官厅内歇下。客帐司吴学究对观主道："这是特奉圣旨，赍捧御香、金铃吊挂，来与圣帝供养。缘何本州官员轻慢，不来迎接？"观主答道："已使人去报了，敢是便到。"

说犹未了，本州先使一员推官，带领做公的五七十人，「极写太守妆绘。」将着酒果，来见太尉。原来那小喽啰虽然模样相似，却语言发放不得；「绝倒。○虽复发放不得，然亦曲盖鼓吹，身为王公矣。」因此只教装做染病，把靠褥围定在床上坐，推官一眼看那来的旌节、门旗、牙仗等物，「极写太守妆绘。」都是内府制造出的，如何不信？客帐司匆匆入去禀复了两遭，「写得好。」却引推官入去，远远地阶下参拜了。见那太尉只把手指，并不听得说甚么。「绝倒。」客帐司直走下来，埋怨推官道："太尉是天子前近幸大臣，不辞千里之遥，特奉圣旨到此降香，不想于路染病未痊；本州众官，如何不来远接？"推官答道："前路官司虽有文书到州，不见近报，因此有失迎迓；不期太尉先到庙里。本是太守便来，奈缘少华山贼人纠合梁山泊强盗要打城池，「客帐司应喝低声。」每日在彼提防，以此不敢擅离；特差小官先来贡献酒礼，太守随后便来参见。"客帐司道："太尉涓滴不饮，只叫太守快来商议行礼。"「是要紧题目。」推官随即教取酒来，与客帐司亲随人把盏了。客帐司又入去禀一遭，请了钥匙出来，引着推官去开了锁，就香帛袋中取出那御赐金铃吊挂来，把条竹竿叉起，叫推官仔细自看。「写得好。」果然好一对金铃吊挂！乃是东京内府高手匠人做成的，浑是七宝珍珠嵌造，中间点着碗红纱灯笼，乃是圣帝殿上正中挂的；不是内府降来，民间如何做得？「赞语入拍。」客帐司叫推官看了，再收入柜匣内锁了；又将出中书省许多公文付与推官；「写得好。」便叫太守快来商议拣日祭祀。「是要紧题目。」推官和众多做公的都见了许多物件文凭，便辞了客帐司，径回到华州府里来报贺太守。

却说宋江暗暗地喝采道："这厮虽然奸猾，也骗得他眼花心乱了。"此时武松已在庙门下了。「笔力娇健，实称武二。」吴学究又使石秀藏了尖刀，也来庙门下相帮武松行事；却又换戴宗扮做虞候。「此等事又复当面转换，写当时众人视华州如无物也。」云台观主进献素斋，一面教执事人等安排铺陈岳庙。宋江闲步看那西岳庙时，果然是盖造得好；殿宇非凡，真乃人间天上。「百忙中又补画出岳庙来，真是笔有余武。」宋江看了一回，回至官厅前。门上报道："贺太守来也！"宋江便叫花荣、徐宁、朱仝、李应四个衙兵，各执着器械，分列在两边；解珍、解宝、杨雄、戴宗各戴暗器，侍立在左右。

却说贺太守将领三百余人，「极写太守狡狯。」来到庙前下马，簇拥入来。「极写太守狡狯。」客帐司吴学究、宋江见贺太守带着三百余人，都是带刀公吏人等入来。客帐

933

司喝道："朝廷贵人在此，闲杂人不许近前！"众人立住了脚，「写得好。」贺太守独自进前来拜见太尉。客帐司道："太尉教请太守入来厮见。"贺太守入到官厅前，望着小喽啰便拜。「绝倒。」客帐司道："太守，你知罪么？"太守道："贺某不知太尉到来，伏乞恕罪。"客帐司道："太尉奉敕到此西岳降香，如何不来远接？"太守答道："不曾有近报到州，有失迎迓。"吴学究喝声："拿下！"「疾。」解珍、解宝弟兄两个飕地掣出短刀，一脚把贺太守踢翻，便割了头。「疾。○快活。」宋江喝道："兄弟们动手！"早把那跟来的人三百余个，惊得呆了，正走不动。花荣等一齐向前，把那一干人，算子般都倒在地下；「可谓大算盘，无帐不结矣。」有一半抢出庙门下，武松、石秀舞刀杀将入来，小喽啰四下赶杀，三百余人不剩一个回去。「疾。○快活。」续后到庙来的，都被张顺、李俊杀了。「须知此句是文外之文，笔势飘忽如此。」

宋江急叫收了御香、吊挂下船，都赶到华州时，早见城中两路火起，一齐杀将入来，先去牢中救了史进、鲁智深；就打开库藏，取了财帛，装载上车。鲁智深径奔后堂，取了戒刀、禅杖。玉娇枝早已投井而死。「此二句俗本失，古本有。」众人离了华州，上船回到少华山上，都来拜见宿太尉，纳还了御香、金铃吊挂、旌节、门旗、仪仗等物，拜谢了太尉恩相。宋江教取一盘金银相送太尉；随从人等，不分高低，都与了金银。「大书金银，可谓许伯哭世矣。」就山寨里做了个送路筵席，谢承太尉。众头领直送下山，到河口交割了一应什物船只，一些不少，还了原来人等。宋江谢别了宿太尉，回到少华山上，便与四筹好汉商议收拾山寨钱粮，放火烧了寨栅。「再结一处。」一行人等，军马粮草，都望梁山泊来。王义自赍发盘缠，投奔别处不题。

且说宿太尉下船来到华州城中，已知被梁山泊贼人杀死军兵人马，劫了府库钱粮；城中杀死军校一百余人，马匹尽皆掳去；西岳庙中又杀了许多人性命。便叫本州推官「推官便。」动文书申达中书省起奏，都做"宋江先在途中劫了御香、吊挂；因此赚知府到庙，杀害性命"。宿太尉到庙里焚了御香，把这金铃吊挂分付与了云台观主，星夜急急自回京师奏知此事，不在话下。

再说宋江救了史进、鲁智深，带了少华山四个好汉，仍旧作三队分傲人马，回梁山泊来。所过州县，秋毫无犯，「八字只算于路无话四字，作省文耳。」先使戴宗前来上山报知。晁盖并众头领下山迎接宋江等一同到山寨里聚义厅上，都相见已罢，一面做庆喜筵席。次日，史进、朱武、陈达、杨春各以己财做筵宴，拜谢晁、宋二公。酒席间，晁盖说道："我有一事，为是公明贤弟连日不在山寨，只得权时阁起；昨日又是四位兄弟新到，不好便说出来。三日前，有朱贵卜山报说，徐州沛县芒砀山中，新有一伙强人，聚集着三千人马。为头一个先生，姓樊名瑞，绰名'混世魔王'，能呼风唤雨，用兵如神。手下两个副将——一个姓项名充，绰号'八臂那吒'，能使一面团牌，牌上插飞刀二十四把，百步取人，无有不中；手中仗一条铁标枪。又有一个姓李名衮，绰号'飞天大圣'，也使一面团牌，牌上插标枪二十四根，亦能百步取人，无有不中；手中使一口宝剑。这三个结为兄弟，占住芒砀山，打家劫舍。三个商量了，要来吞并俺梁山泊大寨。我听得说，不由不怒！"宋江听了，大怒道："这贼怎敢如此无礼！小弟便再下山走一遭！"只见九纹龙史进便起身道："小弟

等四个初到大寨，无半米之功，情愿引本部人马，前去收捕这伙强人。"「久冷应热，固行文之法也。」宋江大喜。

当下史进点起本部人马，与同朱武、陈达、杨春都披挂了，来辞宋江下山，把船渡过金沙滩上路，径奔芒砀山来。三日之内，早望见那座山。史进叹口气问朱武道："这里正不知何处是昔日汉高祖斩蛇起义之处！"「写史进。○绝妙之文。」朱武等三人也大家叹口气。「写朱武三人。」不一时，来到山下，早有伏路小喽啰上山报知。

且说史进把少华山带来的人马一字儿摆开，自己全身披挂，骑一匹火炭赤马，当先出阵，手中横着三尖两刃刀；背后三个头领便是朱武、陈达、杨春。四个好汉，勒马阵前。「好看。」望不多时，只见芒砀山上飞下一彪人马来。当先两个好汉：为头那个便是徐州沛县人，姓项名充；果然使一面团牌，背插飞刀二十四把；右手仗条标枪；后面打着一面认军旗，上书"八臂那吒"四个大字。「另是一样气色，读之正复可畏。」次后那个便是邳县人，姓李名衮；果然也使一面团牌，背插二十四把标枪；左手把牌，右手仗剑；后面打着一面认军旗，上书"飞天大圣"四个大字。「另是一样气色，读之真复可畏。」

当下两个步行下山，见了对阵史进、朱武、陈达、杨春四骑马在阵前，并不打话。小喽啰筛起锣来，两个好汉舞动团牌，一齐上，直滚入阵来。「人固另是一样气色，文亦另是一样声势。」史进等拦挡不住，后军先走，「写得好笑。」史进前军抵敌，「写得好笑。」朱武等中军呐喊，「写得好笑。○要知此三句，正望下篇公孙八阵先作反衬也。」退三四十里。史进险些儿中了飞刀，「写飞刀，又写史进。」杨春转身得迟，被一飞刀，战马着伤，弃了马，逃命而走。「写飞刀。」史进点军，折了一半，和朱武等商议，欲要差人回梁山泊求救。正忧疑之间，只见军士来报："北边大路上尘头起处，约有二千军马到来。"史进等上马望时，却是梁山泊旗号，当先马上两员上将：一个是小李广花荣，一个是金枪手徐宁。「第一拨先写兵，次写将。」史进接着，备说项充、李衮蛮牌滚动，军马遮拦不住。花荣道："宋公明哥哥见兄长来了，放心不下，好生懊悔，特差我两个到来帮助。"史进等大喜，合兵一处下寨。

次日天晓，正欲起兵对敌，军士又报："北边大路上又有军马到来。"花荣、徐宁、史进一齐上马望时，却是宋公明亲自和军师吴学究、公孙胜、柴进、朱仝、呼延灼、穆弘、孙立、黄信、吕方、郭盛，带领三千人马来到。「第二拨先写将，次写兵。只小小两节，亦必变换作章法。○每次援兵，皆从山上明写调拨，此处忽变为突如其来之文，不先提出，亦是行文避熟也。」史进备说项充、李衮飞刀、标枪、滚牌难近，折了人马一事。宋江大惊。吴用道："且把军马扎下寨栅，别作商议。"宋江性急，便要起兵剿捕，直到山下。此时天色已晚，望见芒砀山上都是青色灯笼。「实写项充、李衮，虚写樊瑞，妙笔非人所及。」公孙胜看了，便道："此寨中青色灯笼，便是会行妖法之人在内。我等且把军马退去，来日贫道献一个阵法，要捉此二人。"宋江大喜，传令教军马且退二十里，扎住营寨。次日清晨，公孙胜献出这个阵法，有分教：魔王拱手上梁山，神将倾心归水泊。毕竟公孙胜献出甚么阵法来，且听下回分解。

【第五十九回】

公孙胜芒砀山降魔

晁天王曾头市中箭

读《水浒》俗本至此处，为之索然意尽；及见古本，始喟然而叹。呜呼妙哉！文至此乎！夫晁盖欲打祝家庄，则宋江劝：哥哥山寨之主，不可轻动也。晁盖欲打高唐州，则宋江又劝：哥哥山寨之主，不可轻动也。晁盖欲打青州，则又劝：哥哥山寨之主，不可轻动。欲打华州，则又劝：哥哥山寨之主，不可轻动也。何独至于打曾头市，而宋江默未尝发一言？宋江默未尝发一言，而晁盖亦遂死于是役。今我即不能知其事之如何，然而君子观其书法，推其情状，引许世子不尝药之《经》以断斯狱，盖宋江弑晁盖之一笔为决不可宥也。此非谓史文恭之箭，乃真出于宋江之手也；亦非谓宋江明知曾头市之五虎能死晁盖，而坐不救援也。夫今日之晁盖之死，即诚非宋江所料，然而宋江之以晁盖之死为利，则固非一日之心矣。吾于何知之？于晁盖之每欲下山，宋江必劝知之。夫宋江之必不许晁盖下山者，不欲令晁盖能有山寨也，又不欲令众人尚有晁盖也。夫不欲令晁盖能有山寨，则是山寨诚得一旦而无晁盖，是宋江之所大快也。又不欲令众人尚有晁盖，则夫晁盖虽未死于史文恭之箭，而已死于厅上厅下众人之心非一日也。如是而晁盖今日之死于史文恭，是特晁盖之余矣；若夫晁盖之死，固已甚久甚久也。如是而晁盖至而苦惊，晁盖死而苦惊，其惟史文恭之与曾氏五虎有之；若夫宋江之心，固晁盖去而夷然，晁盖死而夷然也。故于打祝家则劝，打高唐则劝，打青州则劝，打华州则劝，则可知其打曾头市之必劝也。然而作者于前之劝则如不胜书，于后之劝则直削之者，书之以著其恶，削之以定其罪也。呜呼！以稗官而几欲上与阳秋分席，讵不奇绝？然不得古本，吾亦何由得知作者之笔法如是哉！

通篇皆用深文曲笔，以深明宋江之弑晁盖。如风吹旗折，吴用独谏，一也；戴宗私探，匿其回报，二也；五将死救，余各自顾，三也；主军星殒，众人不还，四也；守定啼哭，不商疗治，五也；晁盖遗誓，先云莫怪，六也；骤摄大位，布令详明，七也；拘牵丧制，不即报仇，八也；大怨未修，逢僧闲话，九也；置死天王，急生麒麟，十也。

第二回写少华山，第四回写桃花山，第十六回写二龙山，第三十一回写白虎山，至上篇而一齐挽结，真可谓奇绝之笔。然而吾嫌其同。何谓同？同于前若布棋，后若棋劫也。及读此篇，而忽然添出混世魔王一段，曾未尝有。突如其来得此一虚，四实皆活。夫而后知文章真有相救之法也。

话说公孙胜对宋江、吴用献出那个阵图「问曰：何不出自吴用？答曰：上金铃吊挂，既已全出吴用，此处例应独出公孙，不得吴用太熟也。公孙太冷也。」道："是汉末三分诸葛孔明摆石为阵之法：四面八方，分八八六十四队，中间大将居之。其像四头八尾，左旋右转，按天地风云之机，龙虎鸟蛇之状。待他下山冲入阵来，两军齐开，有如伺候。等他一入阵，只看七星号带起处，把阵变为长蛇之势。贫道作起道法，教这三人在阵中，前后无路，左右无门。却于坎地上掘一陷坎，直逼此三人到于那里。两边埋伏下挠钩手，准备捉将。"宋江听了大喜，便传将令，叫大小将校依令而行。再用八员猛将守阵。那八员：呼延灼、朱仝、花荣、徐宁、穆弘、孙立、史进、黄信。却叫柴进、吕方、郭盛权摄中军。宋江、吴用、公孙胜带领陈达磨旗。叫朱武指引五个军士，在近山高坡上看对阵报事。

是日巳牌时分，众军近山摆开阵势，摇旗擂鼓搦战。只见芒砀山下有三二十面锣声震地价响，三个头领一齐来到山下，便将三千余人摆开：左右两边，项充、李衮；中间拥出那个混世魔王樊瑞，骑一匹黑马，立于阵前。那樊瑞虽会使些妖法，却不识阵势。「须知此语，正是反显公孙，非菱樊瑞也。」看了宋江军马，四面八方，团团密密，心中暗喜道："你若摆阵，中我计了！"分付项充、李衮：

940

"若见风起，你两个便引五百滚刀手杀入阵去。"项充、李衮得令，各执定蛮牌，挺着标枪飞剑，只等樊瑞作用。只见樊瑞立在马上，左手挽定流星铜锤，右手仗着混世魔王宝剑，口中念念有词，喝声道："疾！"却早狂风四起，飞沙走石，天昏地暗，日色无光。项充、李衮呐声喊，带了五百滚刀手杀将过去。宋江军马见杀将过来，便分开做两下。〔写得八阵图出，真是妙笔。〕项充、李衮一搅入阵，两下里强弓硬弩射住来人，只带得四五十人入来，其余的都回本阵去了。〔写得八阵图出。〕宋江望见项充、李衮已入阵里，便叫陈达把七星号旗只一招。那座阵势，纷纷滚滚，变作长蛇之阵。〔写得八阵图出。〕项充、李衮正在阵里，东赶西走，左盘右转，寻路不见。高坡上朱武把小旗在那里指引：他两个投东，朱武便望东指；〔写得好。〕若是投西，便望西指。〔写得好。〕原来公孙胜在高处看了，已先拔出那松文古定剑来，口中念动咒语，喝声道："疾！"便借着那风，尽随着项充、李衮脚跟边乱卷。〔"便借那风"四字，读之绝倒。○古有诸葛借风，不如公孙借风之更奇也。○如此写公孙道法，真乃脱尽牛鬼蛇神，别成幽溪小洞矣。〕两个在阵中，只见天昏地暗，日色无光，〔即前八字绝倒。〕四边并不见一个军马，一望都是黑气，〔此句写此军。〕后面跟的都不见了。〔此句写彼军。〕项充、李衮心慌起来，只要夺路出阵，百般地没寻归路处。〔写出八阵图来。〕正走之间，忽然雷震一声，两个在阵叫苦不迭，一齐跶了双脚，翻筋头撷下陷马坑里去。〔妙绝。○凡前文写得极难，皆倒衬后文甚易也。庄子曰：每至于族，见其难为，然后奏刀謋然，如土委地。盖行文之乐，正莫乐于此也，岂其扬公孙，抑此进哉！〕两边挠钩手，早把两个搭将起来，便把麻绳绑缚了，解上山坡请功。宋江把鞭梢一指，三军一齐掩杀过去。樊瑞引人马奔走上山，三千人马，折其大半。

宋江收军，众头领都在帐前坐下。军健早解项充、李衮到于麾下。宋江

见了，忙叫解了绳索，亲自把盏，说道："二位壮士，其实休怪；临敌之际，不如此不得。小可宋江，久闻三位壮士大名，欲来礼请上山，同聚大义；盖因不得其便，因此错过。倘若不弃，同归山寨，不胜万幸。"两个听了，拜伏在地道："久闻及时雨大名，只是小弟等无缘，不曾拜识。原来兄长果有大义！我等两个不识好人，要与天地相拗，〔奇崛之句，写来活是使蛮牌人声口。〕今日既被擒获，万死尚轻，反以礼待。若蒙不杀，誓当效死，报答大恩。樊瑞那人，无我两个，如何行得？义士头领，若肯放我们一个回去，〔好。〕就说樊瑞来投拜，不知头领尊意如何？"宋江便道："壮士，不必留一人在此为当，便请二位同回贵寨。宋江来日专候佳音。"〔写宋江权术过人处，真是非常之才。〕两个拜谢道："真乃大丈夫！若是樊瑞不从投降，我等擒来，奉献头领麾下。"〔便活是使蛮牌人声口。〕宋江听说大喜，请入中军，待了酒食，〔看他尽放回去，又有尽放回去了法，写得权术非常。○一也。〕换了两套新衣，〔二也。〕取两匹好马，〔三也。〕呼小喽啰拿了枪牌，〔四也。〕亲送二人下坡回寨。〔五也。○便过诸葛七纵一等也。○因明用八阵，便又暗用借风七纵一事以陪之，耐庵文心之巧如此。〕

两个于路，在马上感恩不尽。来到芒砀山下，小喽啰见了大惊，接上山寨。樊瑞问两个来意如何。项充、李衮道："我等逆天之人，合该万死！"〔句句活是使蛮牌人声口。〕樊瑞道："兄弟，如何说这话？"两个便把宋江如此义气，说了一遍。樊瑞道："既然宋公明如此大义，我等不可逆天，〔是一家之言。〕来早都下山投拜。"两个道："我们也为如此而来。"〔不用项充、李衮相说，竟出樊瑞自家主意，好。〕当夜把寨内收拾已了。次日天晓，三个一齐下山，直到宋江寨前，拜伏在地。宋江扶起三人，请入帐中坐定。三个见了宋江，没半点相疑之意，彼此倾心吐胆，诉说平生之事。「极表三人。」三人拜请众头领，都到芒砀山寨中，杀牛宰马，管待宋公明等众多头领，一面赏劳三军。饮宴已罢，樊瑞就拜公孙胜为师。宋江立主教公孙胜传授五雷天心正法与樊瑞，樊瑞大喜。「绾结妙绝，只在篇中，又出篇外，才子之才如此。」数日之间，牵牛拽马，卷了山寨钱粮，驮了行李，收聚人马，烧毁了寨栅，「又结一处。○前三处实，此一处虚。有三处实，正不可无一处虚也。」跟宋江等班师回梁山泊，于路无话。

宋江同众好汉军马已到梁山泊边，却欲过渡，只见芦苇岸边大路上一个大汉望着宋江便拜。「奇文妙接。」宋江慌忙下马扶住，问道："足下姓甚名谁？何处人氏？"那汉答道："小人姓段，双名景住。人见小弟赤发黄须，都呼小人为'金毛犬'。祖贯是涿州人氏，平生只靠去北边地面盗马。今春去到枪竿岭北边，盗得一匹好马，雪练也似价白，浑身并无一根杂毛；头至尾，长一丈；蹄至脊，高八尺。那马一日能行千里，北方有名，唤做照夜玉狮子马，乃是大金王子骑坐的，「文情由前踢雪骓生来，马名照后玉麒麟出立，前唤后带，绝世奇文。」放在枪竿岭下，被小人盗得来。江湖上只闻及时雨大名，无路可见，欲将此马前来进献与头领，权表我进身之意。不期来到凌州西南上曾头市过，被那曾家五虎夺了去。小人称说是梁山泊宋公明的，不想那厮多有污秽的言语，小人不敢尽说。「且复收口作一顿跌，文有步骤。」逃走得脱，特来告知。"宋江看这人时，虽是黄发卷须，却也一表非俗，心中暗喜，便道："既然如此，且同到山寨里商议。"带了段景住，一同都下船，到金沙滩上岸。晁天王并众头领接到聚义厅上。宋江教樊瑞、项充、李衮和众头领相见，段景住一同都参拜了。打起筵厅鼓来，且做庆贺筵席。

宋江见山寨连添了许多人马，四方豪杰望风而来，因此叫李云、陶宗旺

监工，添造房屋并四边寨栅。[又作一小发放。]段景住又说起那匹马的好处，宋江叫神行太保戴宗去曾头市，探听那马的下落。戴宗去了四五日，回来对众头领说道："这个曾头市上，共有三千余家，内有一家唤做曾家府。这老子原是大金国人，名为曾长者，生下五个孩儿，号为曾家五虎：大的儿子唤做曾涂，第二个唤做曾密，第三个唤做曾索，第四个唤做曾魁，第五个唤做曾升。又有一个教师史文恭，一个副教师苏定。去那曾头市上，聚集着五七千人马，扎下寨栅，造下五十余辆陷车，发愿要与我们势不两立，定要捉尽俺山寨中头领，做个对头。那匹千里玉狮子马，见今与教师史文恭骑坐。更有一般堪恨那厮之处，杜撰几句言语，教市上小儿们都唱道：'摇动铁镮铃，神鬼尽皆惊。铁车并铁锁，上下有尖钉。扫荡梁山清水泊，剿除晁盖上东京！生擒及时雨，活捉智多星！曾家生五虎，天下尽闻名！'没一个不唱，真是令人忍耐不得！"[曾头市写得又有一样出色处，真乃风云海岳之才。○要知因偷马引出曾家五虎，亦与上文因偷鸡引出祝氏三雄，特特相犯，以显笔力。]晁盖听罢，心中大怒道："这畜生怎敢如此无礼！我须亲自走一遭，不捉得这畜生，誓不回山！我只点五千人马，请启二十个头领相助下山；其余都和宋公明保守山寨。"宋江道："哥哥是山寨之主，不可轻动，小弟愿往！"晁盖道："不是我要夺你的功劳，你下山多遍了厮杀劳困。我今替你走一遭。"

当日晁盖便点林冲、[特点林冲第一，章法奇绝人。]呼延灼、徐宁、穆弘、刘唐、张横、阮小二、阮小五、阮小七、杨雄、石秀、孙立、黄信、杜迁、宋万、燕顺、邓飞、欧鹏、杨林、白胜、[点至后半，忽然是最初小夺泊人，章法奇绝人。]共是二十个头领，部领三军人马下山。宋江与吴用、公孙胜众头领，就山下金沙滩饯行。[上文若干篇，每动大军，便书晁盖要行，宋江力劝。独此行宋江不劝，而晁盖亦遂以死。深文曲笔，读之不寒而栗。〇俗本妄添加，古本悉无，故知古本之可宝也。】饮酒之间，忽起一阵狂风，正把晁盖新制的认军旗半腰吹折。众人见了，尽皆失色。【大书众人失色，以见宋江不失色也。不然者，何不书"宋江等众人"五字耶？】吴学究谏道："此乃不祥之兆，兄长改日出军！"宋江劝道："哥哥方才出军，风吹折认旗，于军不利。不若停待几时，却去和那厮理会。"晁盖道："天地风云，何足为怪！趁此春暖之时，不去拿他，直待养成那厮气势，却去进兵，那时迟了。你且休阻我，遮莫怎地，要去走一遭！"吴用一个那里别拗得住？晁盖引兵渡水去了。宋江回到山寨，密叫戴宗下山去探听消息。【此语后无下落，非耐庵漏失，正故为此深文曲笔，以明曾市之败，非宋江所不料，而绝不闻有救援之意，以深著其罪也。〇骤读之，极似写宋江好；细读之，始知正是写宋江之罪。文章之妙，都在无字句处，安望世人读而知之！】

且说晁盖领着五千人马、二十个头领，来到曾头市相近，对面下了寨栅。次日，先引众头领上马去看曾头市。众多好汉立马正看之间，只见柳林中飞出一彪人马来，约有七八百人。当先一个好汉，便是曾家第四子曾魁，高声喝道："你等是梁山泊反国草寇，我正要来拿你解官请赏，原来天赐其便！还不下马受缚，更待何时！"晁盖大怒，回头一看，早有一将出马去战曾魁。那人是梁山初结义的好汉豹子头林冲。【特于此处大书林冲本色，以为一篇眼目。】两人交马，斗了二十余合。曾魁料道斗林冲不过，掣枪回马，便往柳林中走。林冲勒住马不赶。【此篇于战处只略写，意只重在晁、宋间耳。】晁盖领转军马回寨，商议打曾头市之策。林冲道："来日直去市口搦战，就看虚实如何，再作商议。"

次日平明，引领五千人马，向曾头市口平川旷野之地，列成阵势，擂鼓呐喊。曾头市上炮声响处，大队人马出来，一字儿摆着七个好汉：中间便是

都教师史文恭；上首副教师苏定；下首便是曾家长子曾涂；左边曾密、曾魁；右边曾升、曾索；都是全身披挂。教师史文恭弯弓插箭，「照后箭。」坐下那匹便是千里玉狮子马，「照前马。」手里使一枝方天画戟。三通鼓罢，只见曾家阵里推出数辆陷车，放在阵前，「曾头市写得又有一样出色。」曾涂指着对阵骂道："反国草贼，见俺陷车么！我曾家府里杀你死的，不算好汉！我一个个直要捉你活的，装载陷车里解上东京，方显是五虎手段！你们趁早纳降，还有商议！"晁盖听了大怒，挺枪出马，直奔曾涂。众将一发掩杀过去，两军混战。曾家军马一步步退入村里。林冲、呼延灼东西赶杀，却见路途不好，急退回来收兵。「本日战处只略写，却取次日失事先一勾染出来，用笔妙甚。」当日两边各折了些人马。晁盖回到寨中，心中甚忧。「一句引。」众将劝道："哥哥且宽心，休得愁闷，有伤贵体。往常宋公明哥哥出军，亦曾失利，好歹得胜回寨。今日混战，各折了些军马，又不曾输了与他，何须忧闷！"晁盖只是郁郁不乐。「又一句引。」一连三日搦战，曾头市上并不曾见一个。

第四日，忽有两个僧人直到晁盖寨里投拜。「写得突兀。」军人引到中军帐前，两个僧人跪下告道："小僧是曾头市上东边法华寺里监寺僧人，今被曾家五虎不时常来本寺作践啰唣，索要金银财帛，无所不至。小僧尽知他的备细出没去处，只今特来拜请头领入去劫寨。剿除了他时，当坊有幸！"晁盖见说大喜，便请两个僧人坐了，置酒相待。独有林冲谏道：「一路详写林冲独谏，以恶宋江之居然不来。深文曲笔，都要细看。」"哥哥休得听信，其中莫非有诈？"晁盖道："他两个出家人，怎肯妄语？「轻轻便说出三个原故，明足拒谏之人，每每如此。○一。」我梁山泊久行仁义之道，所过之处，并不扰民，他两个与我何仇，却来撺赚？「二。」况兼曾家未必赢得我们大军，何故相疑？

946

水滸佳筆五十七回众虎同心归水泊
甲午岁初春阳月戴敦邦子迈工滨河倒醉哈巳弘力无快遞仙迷阖巷靖音

水滸傳第五十八回吳用賺金鈴吊掛

壬午馬年金秋吉日六旬叟馬未戴敦邦畫於上海河畔

「三。」兄弟休生疑心，误了大事。今晚我自去走一遭。"林冲苦谏道："哥哥必要去时，林冲分一半人马去劫寨，哥哥只在外面接应。"「极写林冲，总是反刺宋江，妙极。」晁盖道："我不自去，谁肯向前！「前写宋江下山，一时厅上厅下下一齐愿去，何至令晁盖作如许语？深文曲笔，处处有刺。」你却留一半军马在外接应。"林冲道："哥哥带谁人去？"晁盖道："点十个头领，分二千五百人马入去。"十个头领是：刘唐、呼延灼、阮小二、欧鹏、阮小五、燕顺、阮小七、杜迁、白胜、宋万。「写十将，亦复间列成文，章法奇绝人。」

当晚造饭吃了。马摘铃，军衔枚，夜色将黑，便悄悄地跟了两个僧人，直奔法华寺来。晁盖看时，却是一座古寺。晁盖下马，入到寺内，见没僧众，问那两个僧人道："怎地这个大寺院没一个和尚？"僧人道："便是曾家畜生薅恼，不得已，各自归俗去了；只有长老并几个侍者，自在塔院里居住。头领暂且屯住了人马，等更深些，小僧直引到那厮寨里。"晁盖道："他的寨在那里？"和尚道："他有四个寨栅，只是北寨里便是曾家弟兄屯军之处。若只打得那个寨子时，这三个寨便罢了。"晁盖道："那个时分可去？"和尚道："如今只是二更天气，且待三更时分，便无准备。"晁盖听曾头市上时，整整齐齐打更鼓响；又听了半个更次，绝不闻更点之声。「只略写。」僧人道："这厮想是都睡了，如今可去。"僧人当先引路。晁盖带同诸将上马，领兵离了法华寺，跟着便走。行不到五里多路，黑影处不见了两个僧人，「来得突兀，去得突兀。」前军不敢行动；看四边时，又且路径甚杂，都不见有人家。军士却慌起来，报与晁盖知道。呼延灼便叫急回旧路。走不到百十步，只见四下里金鼓齐鸣，喊声震地，一望都是火把。晁盖众将引军夺路而走，才转得两个弯，撞见一彪军马，当头乱箭射将

来，扑地一箭，正中晁盖脸上，「亦只略写。」倒撞下马来。却得呼延灼、燕顺两骑马，死并将去。背后刘唐、白胜并将去，救得晁盖上马，杀出村中来。村口林冲等引军接应，刚才敌得个住。两军混战，直杀到天明，各自归寨。

林冲回来点军时，三阮、宋万、杜迁水里逃得性命。带去二千五百人马，止剩得一千二三百人，跟着欧鹏都回到帐中。众头领且来看晁盖时，那枝箭正射在面颊上；急拔得箭出，血晕倒了。看那箭时，上有"史文恭"字。「写得精神。」林冲叫取金枪药敷贴上，原来却是一枝药箭。晁盖中了箭毒，已自言语不得。林冲叫扶上车子，「极写林冲生死交情，以深恶宋江；又令火并一篇，有起有结，章法奇绝人。」便差三阮、杜迁、宋万先送回山寨。其余十五个头领，在寨中商议："今番晁天王哥哥下山来，不想遭这一场，正应了风折认旗之兆，我等只可收兵回去。这曾头市急切不能取得。"呼延灼道："须等公明哥哥将令下来，方可回军。"「但知生宋江，不顾死晁盖。深文曲笔，直写出宋江平日使众人视晁盖如无也。」当晚二更时分，天色微明，十五个头领都在寨中嗟咨不安，进退无措。「得此语，便令其罪悉归宋江，妙绝。」忽听得伏路小校慌急来报："前面四五路军马杀来，火把不计其数！"林冲听了，一齐上马。三面山上火把齐明，照见如同白日，四下里呐喊到寨前。林冲领了众头领，不去抵敌，拔寨都起，回马便走。「上文等宋江将令，只是借此一笔，以著宋江之恶耳。其文既见，便可脱换而去。若必真等将令，又是死板文字也。」曾家军马背后卷杀将来，两军且战且走。走过了五六十里，方才得脱。计点人兵，又折了五七百人，大败亏输。急取旧路，望梁山泊回来。

众头领回到水浒寨上山，都来看视晁头领时，已自水米不能入口，饮食不进，浑身虚肿。宋江等守定在床前啼哭，亲手敷贴药饵，灌下汤散。众头领都守在帐前看视。当日夜至三更，晁盖身体沉重，转头看着宋江，嘱付道："贤弟保重！若那个捉得射死我的，便教他做梁山泊主。" 「一路写宋江之于晁盖一位，可谓虎视眈眈；至是晁盖将死，却忽然生出一难，笔力险怪不可言。○"莫怪我说"，妙绝。」 言罢，便瞑目而死。宋江见晁盖死了比似丧考妣一般，哭得发昏。「独写宋江哭，俗士以为好。○特写宋江"如丧考妣"四字，以表其哭之不伦，妙绝。」 众头领扶策宋江出去主事。吴用、公孙胜劝道："哥哥且省烦恼。生死人之分定，何故痛伤？且请理会大事。"宋江哭罢，便教把香汤沐浴了尸首，装殓衣服巾帻，停在聚义厅上。众头领都来举哀祭祀。一面合造内棺外椁，选了吉时，盛放在正厅上，建起灵帏，中间设个神主，上写道：梁山泊主天王晁公神主。山寨中头领，自宋公明以下，都戴重孝；小头目并众小喽啰，亦戴孝头巾。把那枝誓箭，就供养在灵前。寨内扬起长幡，请附近寺院僧众上山做功德，追荐晁天王。「虽必有之事，然亦前映法华僧人，后引大圆和尚。」 宋江每日领众举哀，无心管理山寨事务。林冲与吴用、公孙胜并众头领商议，立宋公明为梁山泊主，诸人拱听号令。「首书林冲，笔法。」

次日清晨，香花灯烛，林冲为首，「笔法。」 与众等请出宋公明在聚义厅上坐定。林冲开话道：「林冲一段是义。」"哥哥听禀：国一日不可无君，家一日不可无主。晁头领是归天去了，山寨中事业，岂可无主？四海之内，皆闻哥哥大名，来日吉日良辰，请哥哥为山寨之主，诸人拱听号令。"「再提此句，以显下文宋江之有号令也。」 宋江道："晁天王临死时嘱付：如有人捉得史文恭者，便立为梁山泊主。此话众头领皆知。「一碍。」 誓箭在彼，「一碍。○妙绝之文，读之令人不愿为恶，受如此苦。○权诈人一生受苦，如宋江其验也；真率人世界越阔，如李逵其验也。」 亦不可忘了！又不曾报得仇、雪得恨，如何便居得此位？"吴学究道：「吴用一段是智。」"晁天王虽是如此说，今日又未曾捉得那人，山寨中岂可一日无主？若哥哥

不坐时，谁敢当此位？「锥心之言。」寨中人马如何管领。然虽遗言如此，哥哥便可权临此位坐一坐，「善处之言。」待日后别有计较。」「又一句善处之言。」宋江道："军师言之极当。今日小可权当此位，「心事毕见。」待日后报仇雪恨已了，拿住史文恭的，不拘何人，须当此位。"黑旋风李逵在侧边叫道："哥哥休说做梁山泊主，便做个大宋皇帝你也肯！「每每宋江一番权诈，便紧接李大哥一番直遂以形击之，妙不可言。○有眼如电，有舌如刀，逵之所以如虎也。包藏祸心，外施仁义，江之所以如鬼也。」宋江喝道：「不得不怒。」"这黑厮又来胡说！再若如此乱言，先割了你这厮舌头！"李逵道："我又不教哥哥不做社长；请哥哥做皇帝，倒要割了我的舌头！"「越弹压，越说出来，妙人妙文。○"不做"字妙，俗本讹。」吴学究道："这厮不识时务的人，「语语妙绝。○识时务者为俊杰，又岂知不识时务者为圣贤耶？」兄长不要和他一般见识。「语语妙绝。」且请哥哥主张大事。"

宋江焚香已罢，林冲、吴用挽到主位，居中正面坐了第一把椅子。「又书林冲、吴用挽，画尽宋江权诈。○越权诈，越见丑不可当。○"居中正面"四字，丑不可当。○论来尊宋江，正与尊晁盖一样耳，何至又有不同？嗟乎！人自不读其文耳。无如此许多字句便可以知晁盖，有如此许多字句便可以知宋江。夫文字，人之图像也。观其图像，知其好恶，岂有疑哉？」上首军师吴用，下首公孙胜。左一带林冲为头，右一带呼延灼居长。众人参拜了，两边坐下。宋江便说道：「"便"字，字法，言不领拟议也。」"小可今日权居此位，全赖众兄弟扶助，同心合意，共为股肱，一同替天行道。「看他开口第一句，便买住众心，妙绝。」如今山寨人马数多，非比往日，可请众兄弟分做六寨驻扎。「此岂临时猝办之言？」聚义厅今改为忠义堂。「此岂临时猝办之言？」前后左右立四个旱寨，后山两个小寨，前山三座关隘，山下一个水寨，两滩两个小寨，今日各请弟兄分投去管。「先作一总，次复分说，有章法。」忠义堂上是我权居尊位，第二位军师吴学究，第三位法师公孙胜，第四位花荣，第五位秦明，第六位吕方，第七位郭盛。「第一章。」左军寨内：第一位林冲，第二位刘唐，第三位史进，第四位杨雄，第五位石秀，第六位杜迁，第七位宋万。「第二章。」右军寨内：第一位呼延灼，第二位朱仝，第三位戴宗，第四位穆弘，第五位李逵，第六位欧鹏，第七位穆春。「第三章。」前军寨内：第一位李应，第二位徐宁，第三位鲁智深，第四位武松，第五位杨志，第六位马麟，第七位施恩。「第四章。」后军寨内：第一位柴进，第二位孙立，第三位黄信，第四位韩滔，第五位彭玘，第六位邓飞，第七位薛永。「第五章。」水军寨内：第一位李俊，第二位阮小二，第三位阮小五，第四位阮小七，第五位张横，第六位张顺，第七位童威，第八位童猛。「第六章。」六寨计四十三员头领。「忽作一结，有章法。」山前第一关令雷横、樊瑞守把，第二关令解珍、解宝守把，第三关令项充、李衮守把；「第七章。」金沙滩小寨令燕顺、郑天寿、孔明、孔亮四个守把；鸭嘴滩小寨令李忠、周通、邹渊、邹闰四个守把。山后两个小寨，左一个旱寨令王矮虎、一丈青、曹正，右一个旱寨令朱武、陈达、杨春，六人守把。「第八章。」忠义堂内，左一带房中：掌文卷，萧让，掌赏罚，裴宣；掌印信，金大坚；掌算钱粮，蒋敬。「第九章。」右一带房中：管炮，凌振；管造船，孟康；管造衣甲，侯健；管筑城垣，陶宗旺。「第十章。」忠义堂后两厢房中管事人员，监造房屋，李云；铁匠总管，汤隆；监造酒醋，朱富；监备筵宴，宋清；掌管什物，杜兴，白胜。「第十一章。」山下四路作眼酒店，原拨定：朱贵、乐和、时迁、李立、孙新、顾大嫂、张青、孙二娘。「第十二章。」管北地收买马匹：杨林、石勇、段景住。「第十三章。○如此十三章。岂是临时猝办之言？前书谦让，后书分拨，以深表宋江之权诈也。」分拨已定，各自遵守，毋得违犯。"梁山泊水浒寨内，大小头领，自从宋公明为寨主，尽皆欢喜，人心悦服，诸将

都皆拱听约束。「此亦反表前此之有二心也。二心也者，一心晁盖，一心宋江也。作者恶宋江之至矣。」

异日，宋江聚众商议：欲要与晁盖报仇，兴兵去打曾头市。军师吴用谏道："哥哥！庶民居丧，尚且不可轻动。待百日之后，然后举兵，未为迟矣。"宋江依吴学究之言守在山寨居丧。每日修设好事，只做功果，追荐晁盖。

一日，请到一僧，法名大圆，乃是北京大名府在城龙华寺法主。只为游方来到济宁，经过梁山泊，就请在寨内做道场，因吃斋闲话间，宋江问起北京风土人物。「极写宋江缓于报仇。」那大圆和尚说道："头领如何不闻河北玉麒麟之名？"宋江听了，猛然省起，说道："你看我们未老，却恁地忘事！「笔墨飞舞。」北京城里是有个卢大员外，双名俊义，绰号"玉麒麟"，是河北三绝，祖居北京人氏，一身好武艺，棍棒天下无对。梁山泊寨中若得此人时，小可心上还有甚么烦恼不释？"「不悲失晁盖，但愿得麒麟；虽复文字转接，亦是深文曲笔。」吴用笑道："哥哥何故自丧志气？若要此人上山，有何难哉！"宋江答道："他是北京大名府第一等长者，如何能够得他来落草？"吴学究道："吴用也在心多时了，不想一向忘却。小生略施小计，便教本人上山。"宋江便道："人称足下为智多星，端的名不虚传！敢问军师用甚计策，赚得本人上山？"吴用不慌不忙说出这段计来。有分教卢俊义：撇却锦簇珠围，来试龙潭虎穴。正是：只为一人归水浒，致令百姓受兵戈。毕竟吴学究怎地赚卢俊义上山，且听下回分解。

【注】 此回涉及晁、宋关系的文字，大体都改从《忠义水浒传》（容与堂本）。

【第六十回】

吴用智赚玉麒麟

张顺夜闹金沙渡

吴用卖卦用李逵同去，是偶借李逵之丑，而不必尽李逵之材也。偶借其丑，则不得不为之描画一二；不必尽其材，则得省即省，盖不过以旁笔相及，而未尝以正笔专写也。是故，入城以后，是正笔也。正笔则方写卢员外不暇矣，奚暇再写李逵？若未入城以前，是旁笔也。旁笔即不惜为之描画一二者，一则以存铁牛本色，一又以作明日喧动之地也。

中间写小儿自哄李逵，员外自惊天口，世人小大相去之际，令我浩然发叹。呜呼！同读圣人之书，而或以之弋富贵，或以之崇德业；同游圣人之门，而或以之矜名誉，或以之致精微者，比比矣。于小儿何怪之有？

卢员外本传中，忽然插出李固、燕青两篇小传。李传极叙恩数，燕传极叙风流。乃卒之受恩者不惟不报，又反噬焉；风流者笃其忠贞，之死靡忒，而后知古人所叹：狼子野心，养之成害，实惟恩不易施；而以貌取人，失之子羽，实惟人不可忽也。稗官有戒有劝，于斯篇为极矣。

夫李固之所以为李固，燕青之所以为燕青，娘子之所以为娘子，悉在后篇；此殊未及也。乃读者之心头眼底，已早有以猜测之三人之性情行径者，盖其叙事虽甚微，而其用笔乃甚著。叙事微，故其首尾未可得而指也；用笔著，故其好恶早可得而辨也。《春秋》于定哀之间，盖屡用此法也。

写卢员外别吴用后，作书空咄咄之状，此正白绢旗、熟麻索之一片雄心，浑身绝艺，无可出脱，而忽然受算命先生之所感触，因拟一试之于梁山；而又自以鸿鹄之志未可谋之燕雀，不得已望空咄咄，以自决其心也。写英雄员外，正应作如此笔墨，方有气势。俗本乃改作误听吴用，寸心如割等语，一何丑恶至此！

前写吴用，既有卦歌四句；后写员外，便有绢旗四句以配之，已是奇绝之事；不谓读至最后，却另自有配此卦歌四句者，又且不止于一首而已也。论章法则如演连珠；论一一四句，各各入妙，则真不减于旗亭画壁赌记绝句矣。俗本处处改作唐突之语，一何丑恶至此！

写许多诱兵忽然而出，忽然而入，番番不同，人人善谑，奇矣！然尤奇者，如李逵、鲁智深、武松、刘唐、穆弘、李应入去后，忽然一断，便接入车仗人夫，读者至此孰不以为已作收煞，而殊不知乃正在半幅也。徐徐又是朱仝、雷横引出宋江、吴用、公孙胜一行六七十人，真所谓愈出愈奇，越转越妙。此时忽然接入花荣神箭，又作一断。读者于是始自惊叹，以为夫而后方作收煞耳，而殊不知犹在半幅。徐徐又是秦明、林冲、呼延灼、徐宁四将夹攻，夫而后引入卦歌影中，呜呼！章法之奇，乃令读者欲迷；安得阵法之奇，不令员外中计也！

话说这龙华寺和尚，说出三绝玉麒麟卢俊义名字与宋江。吴用道："小生凭三寸不烂之舌，直往北京说卢俊义上山，如探囊取物，手到拈来。只是少一个奇形怪状的伴当和我同去。"〔奇语猜不出。〕说犹未了，只见黑旋风李逵高声叫道："军师哥哥，小弟与你走一遭！"〔看他出席自荐，便知李逵之奇形怪状，不惟他人所惊，亦其自家所惊也。〇我尝思天下美人无有不自以为美者，天下丑人亦无有不自以为丑者，如之何又有不自以为丑之人也？〕宋江喝道："兄弟，你且住着！若是上风放火，下风杀人，打家劫舍，冲州撞府，合用着你。这是做细作的勾当，你这性子怎去得？"李逵道："别遭〔一字句。〕你道我生得丑，〔绝倒语，如嫌我，〔二字句。〕有隐恨者。〕不要我去！"〔绝倒语，如有隐恨者。〇不说下半截，妙不可言，既以丑自荐，又以丑自讳也。〕宋江道："不是嫌你。如今大名府做公的极多，倘或被人看破，枉送了你的性命。"李逵叫道："不妨，我不去也料无别人中得军师的意！"〔只用"不妨"二字答宋江，下却另为自负之言以鸣得意，妙不可言。〇以奇形怪状独步一时，奇绝妙绝。〕吴用道："你若依得我三件事，便带你去；若依不得，只在寨中坐地。"〔既欲用之，又故难之，便令吴用权术，李逵性情，一齐出见。〕李逵道："莫说三件，便是三十件也依你！"吴用道："第一件，你的酒性如烈火，自今日去，便断了酒，回来你却开；第二件，于路上

做道童打扮，随着我，我但叫你，不要违拗；第三件，最难，你从明日为始，并不要说话，只做哑子一般。依得这三件，便带你去。"李逵道："不吃酒，做道童，都依得；闭着这个嘴不说话，却是憋杀我！"吴用道："你若开口，便惹出事来。"李逵道："也容易，我只口里衔着一文铜钱便了！"〔闲中忽作调侃世人语，令我一叹。〕众头领都笑。那里劝得住？当日忠义堂上做筵席送路，至晚各自去歇息。次日清早，吴用收拾了一包行李，教李逵打扮做道童，挑担下山。宋江与众头领都在金沙滩送行，再三分付吴用小心在意，休教李逵有失。吴用、李逵别了众人下山，宋江等回寨。

且说吴用、李逵二人往北京去，行了四五日路程，每日天晚投店安歇，平明打火上路。于路上，吴用被李逵呕得苦。〔省。○此行本欲以李逵之丑喧动员外，若必详写一路惹事本末，岂惟顾奴失郎，亦当累纸不尽耳。只用一二段约略点缀一意径趋正传，手法高妙，非稗史所能。〕行了几日，赶到北京城外店肆里歇下。当晚李逵去厨下做饭，一拳打得店小二吐血。小二哥来房里告诉吴用道："你家哑道童忒狠，小人烧火迟了些，就打得小人吐血！"吴用慌忙与他陪话，把十数贯钱与他将息，自埋怨李逵，不在话下。〔岂有李逵而不惹事者。然一惹事而枝节烦蔓，文几不可了矣，只如此预先安放，有意无意，正自工良心苦。〕

过了一夜，次日天明起来，安排些饭食吃了。吴用唤李逵入房中，分付道："你这厮苦死要来，一路上呕死我也！今日入城，不是耍处，你休送了我的性命！"李逵道："我难道不省得？"〔的的妙人，的的妙语，的的妙笔。〕吴用道："我再和你打个暗号：若是我把头来摇时，你便不可动掸。"李逵应承了。〔只一李逵惹事，既已穿插于前，又复安放于后，工良心苦，始有此文。○如此，方得一片笔墨入卢员外正传去。〕两个就店里打扮入城：吴用戴一顶乌绉纱抹眉头巾，穿一领皂沿边白绢道服，系一条杂彩吕公绦，着一双方头青布履，手里拿一副渗金熟铜铃杵；李逵戗几根蓬松黄发，绾两枚浑骨丫髻，穿一领粗布短褐袍，勒一条杂色短须绦，穿一双蹬山透土靴，担一条过头木拐棒，挑着个纸招儿，上写着"讲命谈天，卦金一两"。〔两人如画。〕两个打扮了，锁上房门，离了店肆，望北京城南门来。此时天下各处盗贼生发，各州府县俱有军马守把。此处北京，是河北第一个去处；更兼又是梁中书统领大军镇守，如何不摆得整齐？

　　且说吴用、李逵两个，摇摇摆摆，却好来到城门下。守门的约有四五十军士，簇捧着一个把门的官人在那里坐定。吴用向前施礼。军士问道："秀才那里来？"吴用答道："小生姓张，名用。这个道童姓李。江湖上卖卦营生，今来大郡与人讲命。"身边取出假文引，教军士看了。众人道："这个道童的鸟眼，恰像贼一般看人！"〔写初到城门人便惊怪，便衬出一到街市无不喧哄，所以得动卢员外也。吴用要奇形怪状伴当同去，本旨如此，不是闲画李逵，读之领知。〕李逵听得，正待要发作。吴用慌忙把头来摇，李逵便低了头。〔绝倒。○李逵发作是此传闲文，只平平放倒，不用十分描写，妙。〕吴用向前与把门军士陪话道："小生一言难尽！这个道童，又聋又哑，只有一分蛮气力；却是家生的孩儿，没奈何带他出来。这厮不省人事，望乞恕罪！"辞了便行。李逵跟在背后，脚高步低，〔又添出四字，不止两眼像贼而已，凡此皆为得动卢员外作地，不是闲画李逵也。〕望市心里来。吴用手中摇着铃杵，口里念着口号道："甘罗发早子牙迟，彭祖、颜回寿不齐；范丹贫穷石崇富，八字生来各有时。此乃时也，运也，命也。〔隐括子平全书。〕知生知死，知贵知贱。若要问前程，先赐银一两。"〔既以丑仆动其耳，又以高价动其心。〕说罢，又摇铃杵。北京城内小儿，约有五六十个，

跟着看了笑。却好转到卢员外解库门首，[星卜贱伎，何至得动卢员外？故知得奇形怪状伴当气力不少。]一头摇头，一头唱着，去了复又回来，小儿们哄动越多了。[写得便若纸上活有吴用，活有李逵，活有群小儿，妙笔。○不惟活有而已，直写得纸上吴用是一样气色，李逵是一样气色，群小儿是一样气色，妙在何处？妙在"一头摇头"四字。]

卢员外正在解库厅前坐地，看着那一班主管收解，只听得街上喧哄，唤当直的问道："如何街上热闹？"当直的报复："员外，端的好笑！街上一个别处来的算命先生，在街上卖卦，要银一两算一命，谁人舍得？[四字正挑着员外，妙笔。○一段先叙先生。]后头一个跟的道童，且是生得渗赖，走又走得没样范，小的们跟定了笑。[渗赖句应前贼眼，样范句应前脚高步低。一段次叙伴当。]卢俊义道："既出大言，必有广学。[小儿自笑道童丑貌，员外自赏先生大言，人之相去，诚有如此。]当直的，与我请他来。"当直的慌忙去叫道："先生，员外有请。"吴用道："是那个员外请我？[请则请耳，问甚员外？只图不像水泊好汉，岂知反不象算命先生。世间固有着意而反失之者，如此正自不少也。]当直的道："卢员外相请。"吴用便与道童跟着转来，揭起帘子，入到厅前，教李逵只在鹅项椅上坐定等候。[用李逵毕。]吴用转过前来，向卢员外施礼。卢俊义欠身答着，问道："先生贵乡何处？尊姓高名？"吴用答道："小生姓张，名用，别号天口；[既说假姓矣，却又将真姓拆作隐语，而能恰与算命先生宛合，真正妙才妙笔。]祖贯山东人氏，能算皇极先天神数，知人生死贵贱。卦金白银一两，方才排算。"卢俊义请入后堂小阁儿里，分宾坐定。茶汤已罢，叫当直的取过白银一两，奉作命金，"烦先生看贱造则个。"吴用道："请贵庚月日下算。"卢俊义道："先生，君子问灾不问福；不必道在下豪富，[七字闲杀天下算命人诮口。]只求推算目下行藏。在下今年三十二岁，甲子年，乙丑月，丙寅日，丁卯时。[此年无此月，此日无此时，必得八字会合，方有此人，是必无此人也。]吴用取出一把铁算子来，搭了一回，拿起算子一拍，大叫一声："怪哉！"

〔动女子小人则用软语，动豪杰丈夫必用险语，夫性各有所近，政不嫌于突如其来也。〕卢俊义失惊问道："贱造主何吉凶？"吴用道："员外必当见怪。岂可直言！"〔再用一激，妙绝。○动豪杰员外须作此语，若对纨袴员外，则止应云：若不见怪，当以直言矣。〕卢俊义道："正要先生与迷人指路，但说不妨。"吴用道："员外这命，目下不出百日之内必有血光之灾；家私不能保守，死于刀剑之下。"卢俊义笑道："先生差矣！卢某生于北京，长在豪富；祖宗无犯法之男，亲族无再婚之女；更兼俊义作事谨慎，非理不为，非财不取，如何能有血光之灾？"吴用改容变色，急取原银付还，起身便走，〔又用一激，妙绝。○待豪杰员外必须如此，若待纨袴员外，则止应转口云：幸喜某星相救矣。〕嗟叹而言："天下原来都要阿谀谄佞！罢，罢！分明指与平川路，却把忠言当恶言。小生告退。"〔语语激动豪杰员外，却语活似算命声口，妙笔。〕卢俊义道："先生息怒。卢某偶然戏言，愿得终听指教。"吴用道："从来直言原不易信。"卢俊义道："卢某专听，愿勿隐匿。"吴用道："员外贵造，一切都行好运，独今年时犯岁君，正交恶限，恰在百日之内，要见身首异处。此乃生来分定，不可逃也。"〔先关断一句，妙。〕卢俊义道："可以回避否？"吴用再把铁算子搭了一回，沉吟自语道："只除非去东南方巽地上一千里之外，可以免此大难；〔东南避难一句，若今日越说得确，便后日越未必来；若今日越说得不甚确，便后日越来得无疑惑。此皆行兵知彼，说法鉴机之秘诀也。〕然亦还有惊恐，却不得伤大体。"〔东南避难一句亦不甚劝，妙绝，盖不甚劝，斯深于劝矣。〕卢俊义道："若是免得此难，当以厚报。"吴用道："贵造有四句卦歌，小生说与员外，员外写于壁上；〔要他亲笔，恶极妙极。〕日后应验，方知小生妙处。"〔黄昏渡河，始信其妙。〕卢俊义叫取笔砚来，便去白粉壁上平头自写。吴用口歌四句道："芦花滩上有扁舟，俊杰黄昏独自游。义到尽头原是命，反躬逃难必无忧。"〔俗本此论。○四句忽然在前，忽然在后，忽然在壁上，忽然在河里，又是一样章法。〕当时卢俊义写罢，吴用收拾起算子，作揖便行。〔写得捷如脱兔，妙笔。〕

959

卢俊义留道："先生少坐，过午了去。"吴用答道："多蒙员外厚意，小生恐误卖卦，改日有处拜会。"「不必先说，不必不说，妙笔。」抽身便起。卢俊义送到门首，李逵拿了拐棒，走出门外。

吴学究别了卢俊义，引了李逵，径出城来；回到店中，算还房宿饭钱，收拾行李包裹，李逵挑出卦牌。出离店肆，对李逵说道："大事了也！我们星夜赶回山寨，安排迎接卢员外去。他早晚便来也！"「数语写吴用真有名士风流。」

且不说吴用、李逵还寨。却说卢俊义自送吴用出门之后，每日傍晚，便立在厅前，独自个看着天，忽忽不乐；亦有时自言自语，正不知甚么意思。「写卢员外，暗用书空咄咄事，妙绝。不然而真为吴用所赚，亦何以为卢员外也。」这一日却耐不得，便叫当直的去唤众主管商议事务。「笔势突兀，便活衬出卢员外来。俗本曾讹。」少刻都到。那一个为头管家私的主管，姓李，名固。这李固原是东京人，因来北京投奔相识不着，冻倒在卢员外门前，卢员外救了他性命，「其恩如此。」养在家中。「其恩如此。」因见他勤谨，写得算得，教他管顾家间事务。「其恩如此。」五年之内，直抬举他做了都管，「其恩如此。」一应里外家私都在他身上，手下管着四五十个行财管干。「其恩如此。」一家内外都称他做李都管。「其恩如此。○卢员外传中，忽然又入一篇小传，笔力奇绝。」当日大小管事之人，都随李固来堂前声喏。卢员外看了一遭，便道："怎生不见我那一个人？"说犹未了，阶前走过一人：六尺以上身材，二十四五年纪；三牙掩口髭须，十分腰细膀阔；戴一顶木瓜心攒顶头巾，穿一领银丝纱团领白衫，系一条蜘蛛斑红线压腰，着一双土黄皮油膀夹靴；脑后一对挨兽金环，鬓畔斜簪四季花朵。这人是北京土居人氏，自小父母双亡，卢员外家中养得他大。为见他一身雪练也似白肉，卢员外叫一个高手匠人，与他刺了这一身遍体花绣，却似玉亭柱上铺着软翠；若赛锦体，由你是谁，都输与他。〔妙人。〕不止一身好花绣，更兼吹得，弹得，唱得，舞得，拆白道字，顶真续麻，无有不能，无有不会。〔妙人。〕亦是说得诸路乡谈，省得诸行百艺的市语。〔妙人。〕更且一身本事，无人比得：拿着一张川弩，只用三枝短箭，郊外落生，并不放空，箭到物落；〔四字作一篇绝妙射赋读，正使他人千锤万琢不能到。〕晚间入城，少杀也有百十个虫蚁。若赛锦标社，那里利物管取都是他的。〔妙人。〕亦且此人百伶百俐，道头知尾。〔妙人。〕本身姓燕，排行第一，官名单讳个青字。北京城里人口顺，都叫他做"浪子燕青"。原来他却是卢员外一个心腹之人，〔卢员外传中，忽然又入一段小传，笔力奇绝。〕也上厅声喏了。做两行立住：李固立在左边，燕青立在右边。

卢俊义开言道："我夜来算了一命，道我有百日血光之灾，只除非出去东南上一千里之外躲避。因想东南方有个去处，是泰安州，那里有东岳泰山天齐仁圣帝金殿，管天下人民生死灾厄。〔连日书空咄咄，实不曾作此想，而忽自云然者，鸿鹄之志，固不可与燕雀道也。〕我一者去那里烧炷香，消灾灭罪；〔不是卢员外语。〕二者躲过这场灾晦；〔亦不是卢员外语。〕三者做些买卖，〔一发不是卢员外语。〕观看外方景致。〔亦不是卢员外语。○连举数言，悉非心语，写得卢员外智深勇远，真好人物。〕李固，你与我觅十辆太平车子，装十辆山东货物，你就收拾行李，跟我去走一遭。燕青小乙看管家里库房钥匙，只今日便与李固交割。我三日之内，便要起身。"李固道："主人误矣。常言道：'卖卜卖卦，转回说话。'〔奇语如古谣谚。〕休听那算命的胡言乱语。只在家中，怕做甚么？"卢俊义道："我命中注定了，你休逆我。若有灾来，悔却晚矣。"燕青道："主人在上，须听小乙愚言：这一条路，

去山东泰安州，正打从梁山泊边过。「一语便已道着，非道着吴用奇计，正道着员外雄心也。○不枉员外呼之为我那人。」近年泊内，是宋江一伙强人在那里打家劫舍，官兵捕盗，近他不得。主人要去烧香，等太平了去。休信夜来那个算命的胡讲。倒敢是梁山泊歹人，假装做阴阳人，来煽惑主人。「只是有意无意之语，却宛然千伶百俐声口，又令行文波致横生，妙笔。」小乙可惜夜来不在家里，若在家时，三言两语盘倒那先生，倒敢有场好笑！」「绝世妙人，绝世妙语。若真有之，真乃绝世妙事；今即无之，亦是绝世妙文。」卢俊义道："你们不要胡说，谁人敢来赚我！梁山泊那伙贼男女打甚么紧，我看他如同草芥，兀自要去特地捉他，把日前学成武艺，显扬于天下，也算个男子大丈夫！"说犹未了，「不得不说，却又不欲尽说，忽作一顿，妙语。」屏风背后，走出娘子贾氏来，也劝道："丈夫，我听你说多时了。自古道：'出外一里，不如屋里。'休听那算命的胡说，撇下海阔一个家业，耽惊受怕，去虎穴龙潭里做买卖。你且只在家里收拾别室，清心寡欲，高居静坐，自然无事。"「观其所以留丈夫者，而知意不在于留丈夫也。读之令人掩口，却又大雅不露，妙笔。」卢俊义道："你妇人家省得甚么！「却不知省得一件。」我既主意定了，你都不得多言多语！"

燕青又道："小人靠主人福荫，学得些个棒法在身。不是小乙说嘴，帮着主人去走一遭，路上便有些个草寇出来，小人也敢发落得三五十个开去。留下李都管看家，小人伏侍主人走一遭。"「写一个愿去，空中映发。」卢俊义道："便是我买卖上不省得，要带李固去，他须省得，便替我大半气力；因此留你在家看守。自有别人管帐，只教你做个桩主。"李固便道："小人近日有些脚气的症候，十分走不得多路。"「写一个不愿去，空中映发。○读者初至此处，竟不知其妙在何处，故妙绝也。」卢俊义听了，大怒道："养兵千日，用在一朝。我要你跟去走一遭，你便有许多推故。若是那一个再阻我的，教他知我拳头的滋味！"李固吓得只看娘子，「如画。」娘子便漾漾地走进去，「如画。」燕青亦更不再说。「如画。〇三句写三个人，便活画出三个人神理来，妙笔妙笔。」

众人散了。李固只得忍气吞声，自去安排行李。讨了十辆太平车子，唤了十个脚夫，四五十拽车头口，把行李装上车子，行货拴缚完备。卢俊义自去结束。第三日烧了神福，给散了家中大男小女，一个个都分付了。当晚，先叫李固引两个当直的尽收拾了出城。李固去了，娘子看了车仗，流泪而入。「看他写娘子流泪仍在今日，不在明日，妙笔。〇极猥亵事，写得极大雅，真正妙笔也。」

次日五更，卢俊义起来沐浴罢，更换一身新衣服，吃了早膳，取出器械，到后堂里辞别了祖先香火。「出门景色，一部所无。」临时出门上路，分付娘子："好生看家。多便三个月，少只四五十日便回。"贾氏道："丈夫路上小心，频寄书信回来！"说罢，燕青流泪拜别。「写娘子昨日流泪，今日不流泪也，却恐不甚明显，又特地紧接燕青流泪，以形击之，妙笔妙笔。」卢俊义分付道："小乙在家，凡事向前，不可出去三瓦两舍打哄。"燕青道："主人如此出行，小乙怎敢怠慢？"「只二语精义交至，令我读之泪下。」

卢俊义提了棍棒，出到城外，李固接着。卢俊义道："你可引两个伴当先去。但有干净客店，先做下饭等候。车仗脚夫到来便吃，省得耽阁了路程。"李固也提条杆棒，先和两个伴当去了。卢俊义和数个当直的，随后押着车仗行。但见途中山明水秀，路阔坡平，心中欢喜道："我若是在家，那里见这般景致！"「此第三句之半也，点逗轻妙之甚。」行了四十余里，李固接着主人。吃点心中饭罢，李固又先去了。再行四五十里，到客店里，李固接着车仗人马宿食。卢俊义来到店房内，倚了棍棒，挂了毡笠儿，解下腰刀，换了鞋袜宿食，皆

963

不必说。_{「第一日虽无事，亦必详写，此《水浒传》例也。」}次日清早起来，打火做饭，众人吃了，收拾车辆头口，上路又行。_{「第二日独写出店上路之时，以引起下文小二报信也。」}

自此在路夜宿晓行，已经数日，_{「省。○先详后省，故不见其空缺。今之稗官，真老大空缺耳。」}来到一个客店里宿食。天明要行，只见店小二哥对卢俊义说道："好教官人得知：离小人店不得二十里路，正打梁山泊边口子前过去。山上宋公明大王虽然不害来往客人，官人须是悄悄过去，休得大惊小怪。"_{「瞥然而出。○每每惊天惊地之事，其来必轻轻冉冉。」}卢俊义听了道："原来如此。"便叫当直的_{「奇绝。」}取下衣箱，打开锁，去里面提出一个包，_{「奇绝。」}包内取出四面白绢旗；_{「奇绝。」}问小二哥讨了四根竹竿，_{「奇绝。」}每一根缚起一面旗来，每面栲栳大小七个字，_{「奇绝。」}写道："慷慨北京卢俊义，金装玉匣来深地。太平车子不空回，收取此山奇货去"。_{「此回前用卦歌，此用白绢旗，后用三阮唱歌作章法。○绝妙好诗，俗本之讥，真乃可恨。○"奇货"字，又用得妙。」}李固、当直的、脚夫、店小二看了，一齐叫起苦来。_{「不曰李固等，而必备写众人，活画出一齐叫情状来。」}店小二问道："官人莫不和山上宋大王是亲么？"_{「吓极说出趣话来。」}卢俊义道："我自是北京财主，却和这贼们有甚么亲！我特地要来捉宋江这厮！"小二哥道："官人低声些，不要连累小人，不是耍处！你便有一万人马，也近他不得！"卢俊义道："放屁！你这厮们都合那贼人做一路！"店小二掩耳不迭，_{「四字，却写出梁山声势。」}众车脚夫都痴呆了。李固和当直的跪在地下告道："主人，可怜见众人，留了这条性命回乡去，强似做罗天大醮！"卢俊义喝道："你省得甚么！这等燕雀，安敢和鸿鹄厮并？_{「用古不合，是精于用古之法者也。」}我思量平生学得一身本事，不曾逢着买主。今日幸然逢此机会，不就这里发卖，更待何时？我那车子上叉袋里不是货物，却是准备下一袋熟麻索！_{「可知连日咄咄不是为趋吉避凶}

之计，写卢员外精神过人。〕倘或这贼们当死合亡，撞在我手里，一朴刀一个砍翻，你们众人与我便缚！把车子里货物撇了不打紧，且收拾车子装贼；〔可知此行不为买卖而来，真乃写得精神过人。〕把这贼首解上京师，请功受赏，方表我平生之志！若你们一个不肯去的，只就这里把你们先杀了！"〔只此一句，写卢员外与山泊众人一鼻孔出气。〕

前面摆四辆车子，上插了四把绢旗；后面六辆车子，随后了行。那李固和众人哭哭啼啼，只得依他。卢俊义取出朴刀，装在杆棒上，三个丫儿扣牢了，〔要出色写其人，因出色写其刀，妙笔。〕赶着车子奔梁山泊路上来。众人见了崎岖山路，行一步，怕一步，卢俊义只顾赶着要行。从清早起来，行到巳牌时分，远远地望见一座大林，有千百株合抱不交的大树。却好行到林子边，只听得一声唿哨响，吓得李固和两个当直的没躲处。卢俊义教把车仗押在一边，车夫众人都躲在车子底下叫苦。〔勤勤描写众人，皆染叶衬花之法。〕卢俊义喝道："我若搠翻，你们与我便缚！"说犹未了，只见林子边走出四五百小喽啰来；〔来得闪闪忽忽。〕听得后面锣声响处，又有四五百小喽啰截住后路。〔一发闪闪忽忽。〕林子里一声炮响，托地跳出一筹好汉，手搭双斧，〔读之觉纸上乱如麻，杂如火，闪闪忽忽，真正妙绝。〕厉声高叫："卢员外！认得哑道童么？"〔趣极。○偏是哑道童，偏厉声高叫。妙绝。眉批：自李逵已下，逐个有逐个出来法，逐个有逐个去法，写得纵横变乱之妙。○一路俱作趣语，又是一番妙笔也。〕卢俊义猛省，喝道："我时常有心要来拿你这伙强盗，今日特地到此！快教那宋江下山投拜！倘或执迷，我片时间教你人人皆死，个个不留！"李逵大笑道："员外，你今日被俺军师算定了命，〔趣极。〕快来坐把交椅！"卢俊义大怒，搭着手中朴刀，来斗李逵，李逵轮起双斧来迎。两个斗不到三合，李逵托地跳出圈子外来，转过身望林子里便走。〔妙。○一路都以三合便走为章法。〕卢俊义挺着朴刀，随后赶去。李逵

在林木丛中东闪西躲，「妙。」引得卢俊义性发，破一步，抢入林来。李逵飞奔乱松林中去了。「一个去了。」卢俊义赶过林子这边，一个人也不见了。「闪闪忽忽之极。」却待回身，只听得松林旁边转出一伙人来，一个人高声大叫："员外不要走！难得到此，认认洒家去！"「趣极。」卢俊义看时，却是一个胖大和尚，「又一样出来法。」身穿皂直裰，倒提铁禅杖。卢俊义喝道："你是那里来的和尚？"鲁智深大笑道："洒家便是花和尚鲁智深！今奉军师将令，着俺来迎接员外避难！"「趣极。」卢俊义焦躁，大骂："秃驴敢如此无礼！"挺着朴刀，直取鲁智深。鲁智深抡起铁禅杖来迎，两个斗不到三合，鲁智深拨开朴刀，回身便走。「又一个去了。」卢俊义赶将去。正赶之间，喽啰里走出行者武松，「又一样出来法。」轮两口戒刀，直奔将来，叫道："员外，只随我去，不到得有血光之分！"「句句趣极。」卢俊义不赶智深，径取武松。又不到三合，武松拔步便走。「又一个去了。」卢俊义哈哈大笑道："我不赶你。你这厮们何足道哉！"说犹未了，只见山坡下一个人在那里叫道："卢员外，你不要夸口，岂不闻人怕落荡，铁怕落炉？军师定下计策，犹如落地定了八字。你待走那里去？"「句句趣极。」卢俊义喝道："你这厮是谁？"那人笑道："小可只是赤发鬼刘唐。"「又一样出来法。」卢俊义骂道："草贼休走！"挺手中朴刀，直取刘唐。方才斗得三合，「此处不说便走，文法一变也。」刺斜里一个大叫道："员外，没遮拦穆弘在此！"「又一样出来法。」当时刘唐、穆弘两个，两条朴刀，双斗卢俊义。正斗之间，不到三合，「亦不说便走，文法一变。」只听得背后脚步响。「以一样出来法。」卢俊义喝声："着！"刘唐、穆弘跳退数步。卢俊义急转身，看背后那人时，却是扑天雕李应。「一个人有一样出法，而李应此处尤为奇笔。」三个头领丁字脚围定，卢俊义全然不慌，越斗越健。正好步斗，只听得山顶上一声锣响，三个头领各自卖个破绽，一齐拔步走了。〔又三个去了。○此又是一样去法，文亦一变。〕

卢俊义此时也自一身臭汗，不去赶他；却出林子外，来寻车仗人伴时，十辆车子、人伴、头口，都不见了。卢俊义便向高阜处四下里打一望，只见远远地山坡下，一伙小喽啰，把车仗头口赶在前面；将李固一干人，连连串串，缚在后面；鸣锣擂鼓，解投松树那边去。〔上文无数诱兵，逐逐而出，至此处忽然收到人夫车仗，读者只谓已作结煞矣；却不知还有一半在后，一递一递正要出来。章法变动之极，非小篇所得侔也。〕卢俊义望见，心头火炽，鼻里烟生，提着朴刀，直赶将去。约莫离山坡不远，只见两筹好汉喝一声道："那里去！"一个是美髯公朱仝，一个是插翅虎雷横。〔先是一个一个，次是接连三个，此是一齐两个，后是六七十个，后又是并肩四个，末是散散四五个，章法变动之极。○又一样出来法。〕卢俊义见了，高声骂道："你这伙草贼！好好把车仗人马还我！"朱仝手捻长髯大笑道：〔妙。〕"卢员外，你还恁地不晓事！我常听得俺军师说：'一盘星辰，只有飞来，没有飞去。'〔句句趣极。〕事已如此，不如坐把交椅。"卢俊义听了大怒，挺起朴刀，直奔二人。朱仝、雷横各将兵器相迎。斗不到三合，两个回身便走。〔又两个去了。〕卢俊义寻思道："须是赶翻一个，却才讨得车仗。"舍着性命，赶转山坡，两个好汉都不见了。只听得山顶上击鼓吹笛。〔妙绝之笔。〕仰面看时，风刮起那面杏黄旗来，上面绣着"替天行道"四字。〔妙绝之笔。〕转过来打一望，望见红罗销金伞下，盖着宋江，〔妙绝之笔。〕左有吴用，右有公孙胜。一行部从六七十人，〔又一样出来法。○此一段另增出无数色泽，真正妙绝之笔。〕一齐声喏道："员外，且喜无恙！"〔句句趣极。〕卢俊义见了越怒，指名叫骂。山上吴用劝道："员外，且请息怒！宋公明久慕威名，特令吴某亲诣门墙，迎员外上山，一

同替天行道，请休见外。"卢俊义大骂："无端草贼，怎敢赚我！"宋江背后，转过小李广花荣，拈弓取箭，看着卢俊义喝道："卢员外，休要逞能，先教你看花荣神箭！"说犹未了，飕地一箭，正射落卢俊义头上毡笠儿的红缨，吃了一惊，回身便走，[「便走」字，上都在此，此忽在彼，笔端变动，真乃才子。○读至此处，又只谓结煞矣，却不知还有一半在后，章法奇绝妙绝。]山上鼓声震地，只见霹雳火秦明、豹子头林冲，引一彪军马，摇旗呐喊，从东山边杀出来；又见双鞭将呼延灼、金枪手徐宁，[四将又一样出来法。]也领一彪军马，摇旗呐喊，从山西边杀出来；吓得卢俊义走头没路。看看天又晚，脚又疼，肚又饥，正是慌不择路，望山僻小径只顾走。[上文数段悉是诱兵走，此二段悉是员外走，笔力转变，非人所知。]约莫黄昏时分，平烟如水，蛮雾沉山，月少星多，不分丛莽。[四句绝妙好辞。]看看走到一处，不是天尽头，须是地尽处。抬头一望，但见满目芦花，浩浩大水。[妙绝。]卢俊义立住脚，仰天长叹道："是我不听人言，今日果有此祸！"

正烦恼间，只见芦苇里面一个渔人，摇着一只小船出来。那渔人倚定小船叫道："客官好大胆！这是梁山泊出没的去处，半夜三更怎地来到这里！"[又一样出来法。○又写得吉凶不定，妙甚。]卢俊义道："便是我迷踪失路，寻不着宿头，你救我则个！"渔人道："此间大宽转有一个市井，却用走三十余里向开路程；更兼路杂，最是难认。若是水路去时，只有三五里远近。[使其必从。]你舍得十贯钱与我，我便把船载你过去。"卢俊义道："你若渡得我过去，寻得市井客店，我多与你些银两。"那渔人摇船傍岸，扶卢俊义下船，把铁篙撑开。约行三五里水面，只听得前面芦苇丛中橹声响，一只小船飞也似来。船上有两个人，[又一样出来法。]前面一个赤条条地拿着一条木篙，后面那个摇着橹。[此段先写篙次写橹。]前面的人横定篙，口里唱着山歌道："英雄不会读诗书，[英雄不读书，千古快论。彼刘项原来之诗，真是儒生酸馅耳。○不曰不曾读，而曰不会读，便有睥睨不屑之意。《项羽本纪》起首数行，此只以七字尽之，异哉！]只合梁山泊里居。["只合"二字妙绝。一若安分守己之甚者，而读之乃觉嘻笑怒骂，色色俱有。才子之笔，真奇事也。○既以读书人居廊庙，则不读书人定合居山泊矣。千古通病，可胜叹息。]准备窝弓收猛虎，安排香饵钓鳌鱼。"卢俊义听得，吃了一惊，不敢做声。又听得左边芦苇丛中也是两个人摇一只小船出来。[又一个出来。]后面的摇着橹，有咿哑之声；前面横定篙，[此段先写橹次写篙。]口里也唱山歌道："虽然我是泼皮身，杀贼原来不杀人。[分疏奇快。读之一则以喜，一则以惧。喜者喜其实未尝杀一人，惧者惧其将杀尽世间也。○亦暗用药师疗鹤事。]手拍胸前青豹子，眼睃船里玉麒麟。"[如此妙绝之语，俗本悉行改窜，真乃可恨。○极险之情，极趣之笔，读之便欲满引一斗。]卢俊义听了，只叫得苦。只见当中一只小船，飞也似摇将来，[又一个出来。]船头上立着一个人倒提铁钻木篙，[此段单写篙，省却橹。○三段凡三样。]口里亦唱着山歌道："芦花滩上有扁舟，俊杰黄昏独自游。义到尽头原是命，反躬逃难必无忧。"[日后验矣，先生妙哉！卦歌恰是太岁唱出，奇绝之事，奇绝之文。○三面皆唱卦歌，是何卦歌之多也！]

　　歌罢，三只船一齐唱喏：中间是阮小二，左边是阮小五，右边是阮小七。[水军通姓名，或不自通，或自通，或通而长，或通而短，亦段段各变。]那三只小船一齐撞将来。卢俊义心内自想又不识水性，连声便叫渔人："快与我拢船近岸！"那渔人哈哈大笑，对卢俊义说道："上是青天，下是绿水；我生在浔阳江，来上梁山泊，三更不改名，四更不改姓，绰号'混江龙'李俊的便是！[通姓名却作誓辞，奇妙不可言。○读至此段，又欲满引一斗。]员外若还不肯降，枉送了你性命！"卢俊义大惊，喝一声："不是你，便是我！"拿着朴刀，望李俊心窝里搠将来。李俊见朴刀搠将来，拿定掉牌，一个背抛筋斗，扑通地翻下水去了。[又是一样去法，愈变而愈妙也。]那只船滴溜溜在水面上转，朴刀又搠将下水去了。[写得妙绝。○先是刀下去，次是人下去，只落水一句，不肯草草着尾。]只见船尾一个人从水底下钻出来，

叫一声："我是浪里白条张顺！"「又一个出来。○李俊通姓名，有许多语；张顺通姓名，只一语，可谓长短各极其致。○读至此，又欲满引一斗。」

把手挟住船梢，脚踏水浪，把船只一侧，船底朝天，英雄落水。「八字奇文。」

正是：铺排打凤捞龙计，坑陷惊天动地人。毕竟卢俊义性命如何，且听下回分解。

【第六十一回】

放冷箭燕青救主

劫法场石秀跳楼

　　写卢员外宁死不从数语，语语英雄员外。梁山泊有如此人，庶几差强人意耳。俗本悉遭改窜，对之使人气尽。

　　写宋江以"忠义"二字网罗员外，却被兜头一喝；既又以金银一盘诱之，却又被兜头一喝。遂令老奴一生权术、此书全部关节，至此一齐都尽也。呜呼！其才能以权术网罗众人者，固众人之魁也；其才能不为权术之所网罗如彼众人者，固亦众人之魁也。卢员外之坐第二把交椅，诚宜也。乃其才能不为权术之所网罗，而终亦不如能以权术网罗众人者之更为奸雄。呜呼！不雄不奸，不奸不雄。然则卢员外即欲得坐第一交椅，又岂可得哉！

　　读俗本至小乙求乞，不胜笔墨疏略之疑。窃谓以彼其人，即何至无术自资，乃万不得已而且出于求乞？既读古本，而始流泪叹息也。嗟乎！员外不知小乙，小乙自知员外。夫员外不知小乙，员外不知小乙，故不知小乙也；若小乙而既已知员外矣。既已知员外，则更不能不知员外；更不能不知员外，即又以何辞弃员外而之他乎？或曰：人之感恩，为相知也。相知之为言，我知彼，彼亦知我也。今者小乙自知员外，员外初不能知小乙，然则小乙又何感于员外而必恋恋不弃此而之他？曰：是何言哉！是何言哉！夫我之知人，是我之生平一片之心也，非将以为好也；其人而为我所知，是必其人自有其人之异常耳，而非有所赖于我也。若我知人，而望人亦知我，我将以知为之钓乎？必人知我，而后我乃知人，我将以知为之报与？夫钓之与报，是皆市井之道；以市井之道，施于相知之间，此乡党自好者之所不为也。况于小乙知员外者，身为小乙则其知员外也易；员外不知小乙者，身为员外则其知小乙也难。然则小乙今日之不忍去员外者，无他，亦求求为可知而已矣。夫而后小乙知员外，员外亦知小乙；前乎此者为主仆，后乎此者为兄弟，诚有以也。夫而后天下后世无不知员外者，即无不知小乙；员外立天罡之首，小乙即居天罡之尾，洵非诬也。不然，而自恃其一身技巧，不难舍此远去。嗟乎！自员外而外，茫茫天下，小乙不复知之矣。夫舍我心所最知之员外，而别事一不复可知之人，小乙而猪狗也者则出于此；小乙而非猪狗也，如之何其不至于求乞也？

自有《水浒传》至于今日，彼天下之人，又孰不以燕小乙哥为花拳绣腿、逢场笑乐之人乎哉！自我观之，仆本恨人盖自有《水浒传》至于今日，殆曾未有人得知燕小乙哥者也。李后主云：此中日夕只以眼泪洗面。是燕小乙哥之为人也。

蔡福出得牢来，接连遇见三人，文势层见叠出，使人应接不暇，固矣。乃吾读第一段燕青，不觉为之一哭失声，哀哉！奴而受恩于主，所谓主犹父也；奴而深知其主，则是奴犹友也。天下岂有子之于父而忍不然，友之于友而得不然也与？哭竟，不免满引一大白。又读第二段李固，不觉为之怒发上指，有是哉！昔者主之生之，可谓至矣，尽矣；今之奴之杀之，亦复至矣，尽矣。古称恶人，名曰穷奇，言穷极变态，非心所料，岂非此奴之谓与？我欲唾之而恐污我颊，我欲杀之而恐污我刀。怒甚，又不免满引一大白。再读第三段柴进，不觉为之慷慨悲歌，增长义气。悲哉！壮哉！卢员外死，三十五人何必独生；卢员外生，三十五人何妨尽死。盖不惟黄金千两，同于草莽，实惟柴进一命，等于鸿毛。所谓不诺我，则请杀我；不能杀我，则请诺我，两言决也。感激之至，又不免满引一大白。或曰：然则当子之读是篇也，亦既大醉矣乎？笑曰：不然。是夜大寒，童子先睡，竟无处索酒，余未尝引一白也。

最先上梁山者，林武师也；最后上梁山者，卢员外也。林武师，是董超、薛霸之所押解也；卢员外，又是董超、薛霸之所押解也。其押解之文，乃至于不换一字者，非耐庵有江郎才尽之日，盖特特为此，以锁一书之两头也。

董超、薛霸押解之文，林、卢两传，可谓一字不换；独至于写燕青之箭，则与昔日写鲁达之杖，遂无纤毫丝粟相似，而又一样争奇，各自入妙也。才子之为才子，信矣。

薛霸手起棍落之时，险绝矣，却得燕青一箭相救；乃相救不及一纸，而满村发喊，枪刀围匝，一二百人，又复擒卢员外而去。当是时，又将如之

何？为小乙者，势不得不报梁山。乃无端行劫，反几至于不免。于一幅之中，而一险初平，骤起一险；一险未定，又加一险，真绝世之奇笔也。

必燕青至梁山，而后梁山之救至，不惟虑燕青之迟，亦殊怪梁山之疏也。燕青一路自上梁山，梁山一路自来打听，则行路之人又多多矣，梁山之人如之何而知此人之为燕青？燕青如之何而知此人之为梁山之人也？工良心苦而算至行劫，工良心苦而算至行劫之前倒插射鹊，才子之为才子，信也。

六日之内而杀宋江，不已险乎？六日之内杀宋江，而终亦得劫法场者，全赖吴用之见之早也。乃今独于一日之内而杀卢俊义，此其势于宋江为急，而又初无一人预为之地也。呜呼！生平好奇，奇不望至此；生平好险，险不望至此。奇险至于如此之极，而终又得劫法场，才子之为才子，信也。

话说这卢俊义虽是了得，却不会水，被浪里白条张顺扳翻小船，倒撞下水去。张顺却在水底下拦腰抱住，钻过对岸来。只见岸上早点起火把，有五六十人在那里等；〔一个"只见"。○从水底下钻上岸来，接连写此无数"只见"，文势如满盘珠迸也。〕接上岸来，团团围住，解了腰刀，尽脱下湿衣服，便要将索绑缚。只见神行太保戴宗传令，高叫将来："不得伤犯了卢员外贵体！"〔两个"只见"。〕只见一人捧出一包袱锦衣绣袄，与卢俊义穿了。〔三个"只见"。〕只见八个小喽啰抬过一乘轿来，推卢员外上轿便行。〔四个"只见"。〕只见远远地早有二三十对红纱灯笼，照着一簇人马，动着鼓乐，前来迎接。为头宋江、吴用、公孙胜，后面都是众头领。〔五个"只见"。〕只见一齐下马，〔六个"只见"。○此六字只是半句，未毕。〕卢俊义慌忙下轿，宋江先跪，后面众头领排排地都跪下。〔写得使人心动泪落，虽有金铁之人，至此不能自持矣。〕卢俊义亦跪在地下道："既被擒捉，只求早死！"宋江笑道："且请员外上轿。"众人一齐上马，动着鼓乐，迎上三关，直到忠义堂前下马，请卢俊义到厅上，明晃晃地点着灯烛。宋江向前陪话道："小可久闻员外大名，如雷贯耳，今日幸得拜识，大慰平生。却才众兄弟甚是冒渎，万乞恕罪。"吴用向前道："昨奉兄长之命，特令吴某亲诣门墙，以卖卦为由，赚员外上山，共聚大义，一同替天行道。"

宋江便请卢员外坐第一把交椅。［晁盖之誓何在？处处故出宋江之恶，不为少讳也。］卢俊义大笑道："卢某昔日在家，实无死法；［此句照破前日吴用。］卢某今日到此，并无生望。［此句喝破今日宋江。］要杀便杀，何得相戏！"［数语画出一位英雄员外，读之令人起敬起爱，叹名下真无虚士也。俗本草草，一何可笑！○亦暗用严将军语。］宋江陪笑道："岂敢相戏！实慕员外威德，如饥如渴，已非一日；所以定下计策，屈员外作山寨之主，早晚共听严命。"卢俊义道："住口！卢某要死极易，要从实难！"［真正英雄员外，语语读之，使人壮气。］吴用道："来日却又商议。"［吴用于此不措一语，但主延揆时日而已，盖其计已久定也。］当时置备酒食管待。卢俊义无计奈何，只得默饮数杯，小喽啰请去后堂歇了。

次日，［次日。］宋江杀牛宰马，大排筵宴，请出卢员外来赴席；再三再四偎留在中间坐了，酒至数巡，宋江起身把盏陪话道："夜来甚是冲撞，幸望宽恕。虽然山寨窄小，不堪歇马，员外可看"忠义"二字之面，［宋江"忠义"二字，处处网罗豪杰，独不能网罗卢员外，妙笔。］宋江情愿让位，休得推却。"卢俊义道："咄！［只一字，便令谈忠说义人，惊心夺魄。］头领差矣！［宋江开口说忠义，员外却接口说差矣，妙绝。］卢某一身无罪，薄有家私。生为大宋人，死为大宋鬼。若不提起'忠义'两字，今日还胡乱饮此一杯；［快绝之谈，足令老奸心死。］若是说起'忠义'来时，卢某头颈热血可以便溅此处！"［快绝之谈，语语令老奸心死。］吴用道："员外既然不肯，难道逼勒？只留得员外身，留不得员外心。只是众弟兄难得员外到此；既然不肯入伙，且请小寨略住数日，却送还宅。"［吴用只是一意，妙笔。］卢俊义道："头领既留

975

卢某不住，何不便放下山？^{「英雄员外语语健旺，俗本尽讹。」}实恐家中老小，不知这般消息。"
吴用道："这事容易，先教李固送了车仗回去，员外迟去几日，却何妨？"^{「写吴用实是妙人。」}吴用便问："李都管，你的车仗货物都有么？"李固应道："一些儿不少。"宋江叫取两个大银，把与李固；两个小钱，打发当直的；那十个车脚，共与他白银十两。众人拜谢。卢俊义分付李固道："我的苦，你都知了。你回家中说与娘子，不要忧心。我若不死，可以回来。"^{「到底是英雄员外语。」}李固道："头领如此错爱，主人多住两月，但不妨事。"^{「李固又有李固心事。」}辞了，便下忠义堂去。吴用随即起身说道："员外宽心少坐，小生发送李都管下山便来。"吴用一骑马，却先到金沙滩等候。

少刻，李固和两个当直的，并车仗、头口、人伴，都下山来。吴用将引五百小喽啰围在两边，坐在柳阴树下，^{「写吴用实是妙人。」}便唤李固近前说道："你的主人，已和我们商议定了，今坐第二把交椅。^{「此句非早定员外之座，正阴破宋江之心，盖知宋江之深者，莫如吴用；吴用口中，并不以第一把予员外，则知宋江心中，久不以第一把予晁盖也。此书处处故出宋江之恶，不为少讳如此。」}此乃未曾上山时，预先写下四句反诗在家里壁上。^{「四句卦歌，一用之以赚员外出门，再用之以排员外下水，三又用之使员外还家不得，奇绝。」}我教你们知道：壁上二十八个字，每一句头上出一个字。^{「自注一遍，奇绝。」}芦花滩上有扁舟，头上卢字；^{「奇绝。」}俊杰黄昏独自游，头上俊字；^{「奇绝。」}义士手提三尺剑，头上义字；^{「奇绝。」}反时须斩逆臣头，头上反字；^{「奇绝。○四句，后二句忽变正妙，不必印板写出三遍也。」}这四句诗包藏卢俊义反四字。^{「奇绝。○宋江反诗，黄文炳逐句闲评；卢俊义反诗，吴用亲口注释，可谓各极其妙。」}今日上山，你们怎知？本待把你众人杀了，显得我梁山泊行短。今日姑放你们回去，便可布告京城：主人决不回来！"^{「不惟李固反噬，惟吴用亦实教之。」}李固等只顾下拜。吴用教把船送过渡口，一行人上路奔回北京。

话分两头。不说李固等归家，且说吴用回到忠义堂上，再入筵席，各自默默饮酒，至夜而散。次日，〔次日。〕山寨里再排筵会庆贺。卢俊义说道："感承众头领不杀；但卢某杀了倒好罢休，不杀便是度日如年；今日告辞。"〔英雄员外，到底不作软语。〕宋江道："小可不才，幸识员外；来日宋江梯己备一小酌，对面论心一会，望勿推却。"又过了一日。〔又过一日。〕

次日，宋江请；〔次日。〕次日，吴用请；〔次日。〕又次日，公孙胜请。〔又次日。〕话休絮烦，三十余个上厅头领，每日轮一个做筵席。〔三十余日可知。〕光阴荏苒，日月如流，早过一月有余。〔过一月有余。〕卢俊义性发，又要告别。宋江道："非是不留员外，争奈急急要回；来日忠义堂上，安排薄酒送行。"〔又来日。〕次日，宋江又梯己送路。〔又次日。〕只见众头领都道："俺哥哥敬员外十分，俺等众人当敬员外十二分！〔好话。〕偏我哥哥饯行便吃？砖儿何厚，瓦儿何薄！"〔妙妙。〕李逵在内大叫道："我受了多少气闷，直往北京请得你来，却不容我饯行了去？我和你眉尾相结，性命相扑！"〔更妙更妙。〕吴学究大笑道："不曾见这般请客的，我劝员外鉴你众人薄意，再住几时。"〔吴用只是一意，妙笔。〕便不觉又过四五日。〔又过四五日。〕卢俊义坚意要行，只见神机军师朱武，将引一班头领直到忠义堂上，开话道："我等虽是以次弟兄，也曾与哥哥出气力，偏我们酒中藏着毒药？卢员外若是见怪，不肯吃我们的，我自不妨，只怕小兄弟们做出事来，老大不便！"〔又妙又妙。〇厅上厅下，写得参差蓬勃，声音情状都有。〕吴用起身便道："你们都不要烦恼，我与你央及员外再住几时，有何不可？"常言道："将酒劝人，本无恶意。"〔吴用只是一意，妙笔。〕

卢俊义抑众人不过，只得又住了几日。^{「又几日。」}前后却好三五十日。^{「总结一句，笔法老到。」}自离北京是五月的话，不觉在梁山泊早过了两个多月。但见金风淅淅，玉露泠泠，早是深秋时分。卢俊义一心要归，对宋江诉说。宋江笑道："这个容易，来日金沙滩送行。"^{「又来日。」}卢俊义大喜。次日，还把旧时衣裳刀棒送还员外，一行众头领都送下山。宋江把一盘金银相送。^{「又写宋江银子处处网罗豪杰，独不能网罗卢员外，妙笔。」}卢俊义笑道："山寨之物，从何而来，卢某好受？^{「骂得痛快。」}若无盘缠，如何回去，卢某好却？^{「又算得阔绰。」}但得度到北京，其余也是无用。"^{「数语写得进以礼，退以义，绰绰有余，真乃英雄员外。」}宋江等众头领直送过金沙滩，作别自回，不在话下。

不说宋江回寨。只说卢俊义拽开脚步，星夜奔波，行了旬日，方到北京。日已薄暮，赶不入城，就在店中歇了一夜。次日早晨，卢俊义离了村店，飞奔入城。尚有一里多路，只见一人头巾破碎，衣裳褴褛，看着卢俊义，伏地便哭。卢俊义抬眼看时，却是浪子燕青。^{「先出小乙，布笔甚好，亦恐员外归家后，更插不下也。」}便问："小乙，你怎地这般模样？"燕青道："这里不是说话处。"卢俊义转过土墙侧首，细问缘故。燕青说道："自从主人去后，不过半月，李固回来对娘子说：'主人归顺了梁山泊宋江，坐了第二把交椅。'当时便去官司首告了。他已和娘子做了一路，嗔怪燕青违拗，将一房家私，尽行封了，赶出城外。更兼分付一应亲戚相识：但有人安着燕青在家歇的，他便舍半个家私和他打官司。因此，小乙城中安不得身，只得来城外求乞度日。小乙非是飞不得别处去，^{「得此一语，便令千伶百俐人，乃复求乞，更不遭驳。」}只为深知主人必不落草，故此忍这残喘，在这里候见主人一面。^{「只二十余字，已抵一篇《豫让列传》矣。读此语时，正值寒冬深更，灯昏酒尽，无可如何，因拍桌起立，浩叹一声，开门视天，云黑如磐也。」}若主人果自

水滸傳 第五十九回 公孫勝芒碭山降魔

山泊里来，可听小乙言语，再回梁山泊去，别做个商议。若入城中，必中圈套！"卢俊义喝道："我的娘子不是这般人，你这厮休来放屁！"燕青又道："主人脑后无眼，怎知就里？主人平昔只顾打熬气力，不亲女色。「倒补员外。」娘子旧日和李固原有私情，「倒补娘子。」今日推门相就，做了夫妻。主人回去，必遭毒手！"卢俊义大怒，喝骂燕青道："我家五代在北京住，谁不识得！量李固有几颗头，敢做恁般勾当！莫不是你做出歹事来，今日到来反说！「前嘱付云：休去三瓦两舍；此喝骂云：莫不倒来反说，皆写员外失之燕青，而欲得之李固，皆文家反衬之法也。」我到家中问出虚实，必不和你干休！"燕青痛哭，爬倒地下，拖住员外衣服。「不惟小乙哭，我亦要哭，非哭员外，哭小乙也。」卢俊义一脚踢倒燕青，大踏步便入城来。

奔到城内，径入家中，只见大小主管都吃一惊。李固慌忙前来迎接，请到堂上，纳头便拜。卢俊义便问："燕青安在？"李固答道："主人且休问，端的一言难尽！辛苦风霜，待歇息定了却说。「李固语与娘子语不差一字，写两人一路，绝倒。」贾氏从屏风后哭将出来。卢俊义说道："娘子见了，且说燕小乙怎地来？"贾氏道："丈夫且休问，端的一言难尽！辛苦风霜，待歇息定了却说。「娘子语与李固语不差一字，绝倒。」卢俊义心中疑虑，定死要问燕青来历。李固便道："主人且请换了衣服，拜了祠堂，吃了早膳，那时诉说不迟。「写李固安排手脚，乃恰与出门时事逐句相应，妙绝之笔。」一边安排饭食与卢员外吃。方才举箸，只听得前门后门喊声齐起，二三百个做公的抢将入来。卢俊义惊得呆了，就被做公的绑了，一步一棍，直打到留守司来。

其时梁中书正坐公厅，左右两行，排列狼虎一般公人七八十个，把卢俊义拿到当面。李固和贾氏也跪在侧边。「俗本作"贾氏和李固"，古本作"李固和贾氏"。夫"贾氏和李固"者，犹似以尊及卑，是二人之罪

不见也；"李固和贾氏"者，彼固俨然如夫妇焉，然则李固之叛，与贾氏之淫，不言而自见也。先贾氏，则李固之罪不见；先李固，则贾氏之罪见，此书法也。」厅上梁中书大喝

道："你这厮是北京本处良民，如何却去投降梁山泊落草，坐了第二把交椅？

如今倒来里勾外连，要打北京！「别又增出八字，便正李固之罪，明更非吴用之教之也。〇吴用之教李固也，其计可谓毒甚矣，乃李固只增八字，而其毒遂更甚于吴用百倍。天下负恩之奴，真有如此之奇凶者。」今被擒来，有何理说？"卢俊义道："小人一时愚蠢，

被梁山泊吴用，假做卖卜先生来家，口出讹言，煽惑良心，掇赚到梁山泊，

软监了两个多月。今日幸得脱身归家，并无歹意。望恩相明镜。"梁中书喝

道："如何说得过！你在梁山泊中，若不通情，如何住了许多时？见放着你

的妻子并李固告状出首，怎地是虚？"李固道：「看他写李固道、贾氏道，一递一口，俨然唱随，读之丑不可堪。」"主

人既到这里，招伏了罢。家中壁上见写下藏头反诗，便是老大的证见，不必

多说。"贾氏道："不是我们要害你，只怕你连累我。常言道：'一人造反，九

族全诛！'"卢俊义跪在厅下，叫起屈来。李固道："主人不必叫屈。是真难

灭，是假易除。早早招了，免致吃苦。"贾氏道："丈夫，虚事难入公门，实

事难以抵对。你若做出事来，送了我的性命。不奈有情皮肉，无情杖子。你

便招了，也只吃得有数的官司。"李固上下都使了钱。张孔目上厅禀道："这

个顽皮赖骨，不打如何肯招！"梁中书道："说得是！"喝叫一声："打！"

左右公人把卢俊义捆翻在地，不由分说，打得皮开肉绽，鲜血迸流，昏晕去

了三四次。卢俊义打熬不过，伏地叹道："果然命中合当横死，「忽然捎带算命，可谓随笔成趣。」

我今屈招了罢！"张孔目当下取了招状，讨一面一百斤死囚枷钉了，押去大

牢里监禁。府前府后看的人都不忍见。「特下此语，以反衬受恩之奴，结发之妻，不是浪者。」当日推入牢门，

押到庭心内，跪在面前。狱子炕上坐着那个两院押牢节级，兼充行刑刽子，

姓蔡，名福，北京土居人氏；因为他手段高强，人呼他为"铁臂膊"。傍边立着这个嫡亲兄弟小押狱，生来爱戴一枝花，河北人顺口都叫他做"一枝花"蔡庆。那人拄着一条水火棍，立在哥哥侧边，〔写二蔡，便若一幅绝妙白描地狱变相。〕蔡福道："你且把这个死囚带在那一间牢里，我家去走一遭便来。"蔡庆把卢俊义且带去了。

蔡福起身，出离牢门来，只见司前墙下转过一个人来，〔此下写只见一人，又只见一人，令人眼光闪动应接不及。〕手里提着饭罐，满面挂泪。〔只四字活画出屈原、申生、豫让等一辈人。〕蔡福认得是浪子燕青。〔李固之急于杀员外也，应书先遇李固可也；李固急于杀员外，而书先遇燕青，夫然后知燕青之忠事员外，加于常情万万也。〕蔡福问道："燕小乙哥，你做甚么？"燕青跪在地下，眼泪如抛珠撒豆，告道："节级哥哥，可怜见小人的主人卢员外吃屈官司，又无送饭的钱财！小人城外叫化得这半罐子饭，权与主人充饥！节级哥哥，怎地做个方……"〔缩一"便"字，妙绝，不惟小乙说不完，虽读者亦不忍读完也。〕说不了，气早咽住，爬倒在地。〔真是活画，画亦画不出。读之真乃猪狗有心，皆当下泪。〕蔡福道："我知此事。你自去送饭把与他吃。"〔写二蔡。〕燕青拜谢了，自进牢里去送饭。蔡福行过州桥来，只见一个茶博士，〔又只见一人。〕叫住唱喏道："节级，有个客人在小人茶房内楼上，专等节级说话。"蔡福来到楼上看时，正是主管李固。〔俗本作"却是"，古本作"正是"。"却是"者，出自意外之辞也；"正是"者，不出所料之辞也。只一字便写尽叛奴之毒，公人之惯，古本之妙如此。〕各施礼罢。蔡福道："主管有何见教？"李固道："奸不厮瞒，俏不厮欺；小人的事，都在节级肚里。今夜晚间，只要光前绝后。〔只将"绝"字换过"耀"字，而"光"字亦都换却矣。换古之妙，至此方是出神入化。笑村学先生，取古人语拗曲改作，自称绝调也。○吾生平所见笔舌之妙，无喻临川清远先生者。其《牡丹亭》传奇杜丽娘入塾诗曰："酒是先生馔，女为君子儒。"上句以"是"字换过"食"字，而恰恰字异同音，已为奇绝；至下句并不换一字，而化板重为风流，变圣经为香艳，真乃千秋绝唱，一座尽倾也。○然犹未若吾友研山先生之妙舌也，其他多不可举，姑举其一。一日会食蛤蜊，有校书在席，问客曰："不审何故，雀入大水化为蛤。"先生应口答曰："卿且莫理会此，我正未解卿家何故，雀入大蛤便化为水耳。"一座哄然大笑，乃至有翻酒失箸者。其灵唇妙舌，日有千言，言言仿此。盖其心清如水，故物来毕照，非他人之所得及也。〕无甚孝顺，五十两蒜

条金在此，送与节级。厅上官吏，小人自去打点。"蔡福笑道："你不见正厅戒石上，刻着'下民易虐，上苍难欺'？你那瞒心昧己勾当，怕我不知，你又占了他家私，谋了他老婆，如今把五十两金子与我，结果了他性命；日后提刑官下马，我吃不得这等官司！"李固道："只是节级嫌少，小人再添五十两。"蔡福道："李主管，你割猫儿尾，拌猫儿饭！北京有名怎地一个卢员外，只值得这一百两金子？你若要我倒地他，不是我诈你，只把五百两金子与我！"「非不为二蔡地，盖行文欲险，不得不尔。」李固便道："金子有在这里，便都送与节级，只要今夜完成此事。"蔡福收了金子，藏在身边，起身道："明日早来扛尸。"

李固拜谢，欢喜去了。蔡福回到家里，却才进门，只见一人揭起芦帘，跟将入来，叫一声："蔡节级相见。"「又只见一人。〇接笔而来，叠墨而起，妙不可言。」蔡福看时，但见那一个人生得十分标致，且是打扮整齐：身穿鸦翅青圆领，腰系羊脂玉闹妆，头戴骏毼冠，足蹑珍珠履。那人进得门，看着蔡福便拜。「前二人读之易知，此一人思之难解，奇绝妙绝。」蔡福慌忙答礼。便问道："官人高姓？有何见教？"那人道："可借里面说话。"蔡福便请入来，一个商议阁里，「阁名绝倒，不知商议何事？不出于官过赃，替人谋命耳。」分宾坐下。那人开话道："节级休要吃惊。"「开语令人吃惊。」在下便是沧州横海郡人氏，姓柴，名进，大周皇帝嫡派子孙，绰号小旋风的便是。「此来用柴进者，何也？富莫富于卢员外，贵莫贵于柴王孙，富贵相衬，一也；高唐救出之后，至今未尝立功，借此立功，二也。」只因好义疏财，结识天下好汉，不幸犯罪，流落梁山泊。今奉宋公明哥哥将令，差遣前来，打听卢员外消息。谁知被赃官「梁中书。」污吏、「张孔目。」淫妇「贾氏。」奸夫、「李固。〇四物以类相从，写得好笑。」通情陷害，监在死囚牢里，一命悬丝，尽在足下之手。「妙妙。」不避生死，特来到宅告知：若是留得卢员外性命

982

在世，佛眼相看，不忘大德；但有半米儿差错，兵临城下，将至濠边，无贤无愚，无老无幼，打破城池，尽皆斩首！「妙妙。」久闻足下是个仗义全忠的好汉，无物相送，今将一千两黄金薄礼在此。倘若要捉柴进，就此便请绳索，誓不皱眉。」「妙妙。」蔡福听罢，吓得一身冷汗，半晌答应不得。柴进起身道："好汉做事，休要踌躇，便请一决。"「又妙又妙。」蔡福道："且请壮士回步，小人自有措置。"柴进便拜道："既蒙语诺，当报大恩。"「又妙又妙。」出门唤过从人，取出黄金，递与蔡福，唱个喏便走。「又妙又妙。○以上三段，写燕青是一样，写李固是一样，写柴进是一样。」外面从人乃是神行太保戴宗，又是一个不会走的！「百忙中忽作趣语，然非此传正例也。」

蔡福得了这个消息，摆拨不下，思量半晌，回到牢中，把上项的事，却对兄弟说了一遍。蔡庆道："哥哥生平最会断决，量这些小事，有何难哉！常言道：'杀人须见血，救人须救彻。'既然有一千两金子在此，我和你替他上下使用。"「写二蔡。」梁中书、张孔目都是好利之徒，接了贿赂，必然周全卢俊义性命，葫芦提配将出去。救得救不得，自有他梁山泊好汉，「此等语鲁达不肯说，此七十二人之所以逊于三十六人也与？」俺们干的事便完了。"蔡福道："兄弟这一论，正合我意，你且把卢员外安顿好处，早晚把些好酒食将息他，传个消息与他。"蔡福、蔡庆两个商议定了，暗地里把金子买上告下，关节已定。

次日，李固不见动静，前来蔡福家催并。蔡庆回说："我们正要下手结果他，中书相公不肯，已叫人分付要留他性命。你自去上面使用，嘱付下来，我这里何难？"「妙妙如闻。」李固随即又央人去上面使用。中间过钱人去嘱托，梁中书道："这是押牢节级的勾当，难道教我下手？过一两日，教他自死。"

「妙妙如闻。」两下里厮推。张孔目已得了金子，只管把文案拖延了日期。蔡福就里又打关节，教极早发落。张孔目将了文案来禀，梁中书道："这事如何决断？"张孔目道："小吏看来，卢俊义虽有原告，却无实迹；虽是在梁山泊住了许多时，这个是扶同诖误，难问真犯。只宜脊杖四十，刺配三千里。不知相公心下如何？"梁中书道："孔目见得极明，正与下官相合。"「笑杀。」随唤蔡福牢中取出卢俊义来，就当厅除了长枷，读了招状文案，决了四十脊杖；换一具二十斤铁叶盘头枷，就厅前钉了，便差董超、薛霸管押前去，直配沙门岛。原来这董超、薛霸，自从开封府做公人，押解林冲去沧州，路上害不得林冲，回来被高太尉寻事刺配北京。梁中书因见他两个能干，就留在留守司勾当。「闲中忽补闲事，笔墨奇逸之甚。」今日又差他两个监押卢俊义。「林冲者山泊之始，卢俊义者山泊之终，一始一终，都用董超、薛霸作关锁，笔墨奇逸之甚。」

当下董超、薛霸领了公文，带了卢员外离了州衙，把卢俊义监在使臣房里，「以下皆特地与林冲文相犯。」各自归家收拾行李包裹，即便起程。李固得知，只叫得苦，便叫人来请两个防送公人说话。董超、薛霸到得那里酒店内，李固接着，请至阁儿里坐下，一面铺排酒食管待。三杯酒罢，李固开言说道："实不相瞒：卢员外是我仇家。「千载受恩深处，必至于此，读之使人寒心。」今配去沙门岛，路途遥远，他又没一文，「绝倒之语，为守财虏寒心。」教你两个空费了盘缠。急待回来，也得三四个月。我没甚的相送，两锭大银，权为压手。多只两程，少无数里，就便的去处，结果了他性命，揭取脸上金印回来表证，教我知道，每人再送五十两蒜条金与你。你们只动得一张文书，留守司房里，我自理会。"董超、薛霸两相觑。董超道："只怕行不得！"薛霸便道："哥哥，这李官人，有名一个好男子。「绝倒，世间月旦，大率如此矣。」我们也把这件事结识了他，若有急难之处，要他照管。"李固道："我不是忘恩失义的人，「足见高谊，绝倒杀人。」慢慢地报答你两个。"

董超、薛霸收了银子，相别归家收拾包裹，连夜起身。卢俊义道："小人今日受刑，杖疮作痛，容在明日上路罢！"薛霸骂道："你便闭了鸟嘴！老爷自晦气，撞着你这穷神！沙门岛往回六千里有余，费多少盘缠！你又没一文，教我们如何布摆！"卢俊义诉道："念小人负屈含冤，上下看觑则个！"董超骂道："你这财主们，闲常一毛不拔；今日天开眼，报应得快！你不要怨怅，我们相帮你走！"卢俊义忍气吞声，只得走动。「眉批：一路特地与林冲文一般，耐庵每每偏爱如此。」行出东门，董超、薛霸把衣包、雨伞都挂在卢员外枷头上。两个一路上做好做恶，管押了行。看看天色傍晚，约行了十四五里，前面一个村镇，寻觅客店安歇。当时小二哥引到后面房里，安放了包裹。薛霸道："老爷们苦杀是个公人，那里倒来伏侍罪人？你若要饭吃，快去烧火！"卢俊义只得戴着枷来到厨下，问小二哥讨了个草柴，缚做一块，来灶前烧火。小二哥替他淘米做饭，洗刷碗盏。卢俊义是财主出身，这般事却不会做，草柴火把又湿，又烧不着，一齐灭了；甫能尽力一吹，被灰眯了眼睛。「写得好极。」董超又喃喃呐呐地骂。做得饭熟，两个都盛去了，卢俊义并不敢讨吃。两个自吃了一回，剩下些残汤冷饭，与卢俊义吃了。薛霸又不住声骂了一回。吃了晚饭，又叫卢俊义去烧脚汤。等得汤滚，卢俊义方敢去房里坐地。两个自洗了脚，掇一盆百煎滚汤，赚卢俊义洗脚。「与林冲文倒转。」方才脱得草鞋，被薛霸扯两条腿纳在

滚汤里，大痛难禁。薛霸道："老爷伏侍你，颠倒做嘴脸！"两个公人自去炕上睡了。把一条铁索，将卢员外锁在房门背后，声唤到四更，两个公人起来，叫小二哥做饭，自吃饱了，收拾包裹要行。卢俊义看脚时，都是燎浆泡，点地不得。当日秋雨纷纷，路上又滑，〔写得好极。○自是断肠听不得，非干吹出断肠声，为此秋雨作一注脚。〕卢俊义一步一颠，薛霸拿起水火棍，拦腰便打，董超假意去劝，一路上埋冤叫苦。

离了村店，约行了十余里，到一座大林。卢俊义道："小人其实走不动了，可怜见权歇一歇！"两个公人带入林子来，正是东方渐明，未有人行。薛霸道："我两个起得早了，好生困倦；欲要就林子里睡一睡，只怕你走了。"卢俊义道："小人插翅也飞不去！"薛霸道："莫要着你道儿，且等老爷缚一缚！"〔可谓与林冲传一字不换矣，笔力之大如此。〕腰间解下麻索来，兜住卢俊义肚皮，去那松树上只一勒，反拽过脚来绑在树上。〔缚法于林冲文为加详。〕薛霸对董超道："大哥，你去林子外立着，若有人来撞着，咳嗽为号。"董超道："兄弟，放手快些个。"薛霸道："你放心去看着外面。"说罢，拿起水火棍，看着卢员外道："你休怪我两个。你家主管李固，教我们路上结果你。便到沙门岛也是死，不如及早打发了！你阴司地府，不要怨我们，明年今日是你周年！"卢俊义听了，泪如雨下，低头受死。

薛霸两只手拿起水火棍，望着卢员外脑门上劈将下来。〔故作险笔，惊死读者。〕董超在外面，只听得一声扑的响，只道完事了，慌忙走入来看时，卢员外依旧缚在树上，〔奇之甚，妙之甚。〕薛霸倒仰卧在树下，水火棍撇在一边。〔奇之甚，妙之甚。〕董超道：

986

"却又作怪！莫不你使得力猛，倒吃一交？"「又趣甚。」用手去扶时，那里扶得动？只见薛霸口里出血，心窝里露出三四寸长一枝小小箭杆。「奇之甚，妙却之甚。」待要叫，只见东北角树上，坐着一个人。「奇之甚，妙之甚。」听得叫声："着！"撒手响处，董超脖项上早中了一箭，两脚蹬空，扑地也倒了。「奇之甚，妙之甚。」那人托地从树上跳将下来，拔出解腕尖刀，割断绳索，劈碎盘头枷，就树边抱住卢员外，放声大哭。卢俊义闪眼看时，认得是浪子燕青，「奇之甚，妙之甚。○一路偏要写得与林冲传一样，乃至不差一字，然后转出燕青救主来，却与鲁达救林冲，并无毫厘相犯，所谓不辞险道，务臻妙境也。」叫道："小乙，莫不是魂魄和你相见么？"燕青道："小乙直从留守司前，跟定这厮两个到此。不想这厮果然来这林子里下手。如今被小乙两弩箭结果了，主人见么？"卢俊义道："虽是你强救了我性命，却射死了这两个公人，这罪越添得重了，待走那里去的是？"燕青道："当初都是宋公明苦了主人，今日不上梁山泊时，别无去处。"卢俊义道："只是我杖疮发作，脚皮破损，点地不得。"燕青道："事不宜迟，我背着主人去。"「莫怜悧于小乙也，而此时此际，遂宛然李铁牛身分者，至性所发，固当不谋而合也。○只六字，逐抵一篇陆秀夫张世杰列传。」心慌手乱，便踢开两个死尸，带着弩弓，插了腰刀，拿了水火棍，背着卢俊义，一直望东便走。不到十数里，早驮不动，见一个小小村店，入到里面，寻房安下。叫做饭来，权且充饥。两个暂时安歇。

这里却说过往人看见林子里射死两个公人在彼，近处社长报与里正得知，却来大名府里首告。随即差官人下来简验，却是留守司公人董超、薛霸。回复梁中书，着落大名府缉捕观察，限了日期，要捉凶身。做公的人都来看了，"论这弩箭，眼见得是浪子燕青的。事不宜迟！"一二百做公的，分头去，

一到处贴了告示，说那两个模样，晓谕远近村房道店，市镇人家，挨捕捉拿。却说卢俊义正在店房将息杖疮，正走不动，只得在那里且住。店小二听得有杀人公事，无有一个不说；又见画他两个模样，小二心疑，却走去告本处社长："我店里有两个人，好生脚叉，不知是也不是。"社长转报做公的去了。

却说燕青为无下饭，拿了弩子，去近边处寻几个虫蚁吃。「脱得妙绝，又无痕影。」却待回来，只听得满村里发喊。燕青躲在树林里张时，看见一二百做公的，枪刀围匝，把卢俊义缚在车子上，推将过去。燕青要抢出去救时，又无军器，只叫得苦。「方脱一险，又成一险，奇峰怪壑，层见叠出，真欲惊死天下人。」寻思道："若不去梁山泊报与宋公明得知，叫他来救，却不是我误了主人性命？"当时取路。行了半夜，肚里又饥，身边又没一文。走到一个土冈子上，丛丛杂杂有些树木，就林子里睡到天明，心中忧闷，只听得树枝上喜鹊咶咶噪噪，「写至此处，可谓笔慌墨促，急不得矣；偏有余力，作此奇波，才子淘非恒情可量耳。」寻思道："若是射得下来，村坊人家讨些水煮瀑得熟，也得充饥。"「只一喜鹊作波，却又写出燕青绝技，又写出燕青穷途，妙笔妙笔。」走出林子外抬头看时，那喜鹊朝着燕青噪。「百忙中作闲笔，却画出许多身分，上是听得鹊噪，此方是走出来看也。」燕青轻轻取出弩弓，暗暗问天买卦，望空祈祷，说道："燕青只有这一枝箭了！「特写燕青神技。」若是救得主人性命，箭到，「句。」灵鹊坠空；若是主人命运合休，箭到，「句。」灵鹊飞去。"「祝辞都妙。」搭上箭，叫声："如意子，不要误我！"「闻此妙语，如见妙人。」弩子响处，正中喜鹊后尾，带了那枝箭，直飞下冈子去。「中鹊而鹊飞去，后知作者之意，固不在于得鹊也。」

燕青大踏步赶下冈子去，不见喜鹊，却见两个人从前面走来：「如此交卸过来，文字便无牵合之迹。不然，燕青恰下冈，而两人恰上冈，天下容或有如是之巧事。而文家固必无如是之率笔也。」前头的，戴顶猪嘴头巾，脑后两个金裹银环，上穿香皂罗衫，腰系销金搭膊，穿半膝软袜麻鞋，提一条齐眉棍棒；后面的，白范阳遮尘笠子，茶褐攒线袖衫，腰系绯红缠袋，脚穿踢土皮鞋，背了衣包，提条短棒，跨口腰刀。「奇哉，此何人斯？」「奇哉，又何人斯？」这两个来的人，正和燕青打个肩厮拍。燕青转回身看一看，寻思：“我正没盘缠，何不两拳打倒他两个，夺了包裹，却好上梁山泊？”揣了弩弓，抽身回来。这两个低着头只顾走。「如画。」燕青赶上，把后面戴毡笠儿的后心一拳，扑地打倒。却待拽拳再打那前面的，却被那汉手起棒落，正中燕青左腿，打翻在地。后面那汉子爬将起来，踏住燕青，掣出腰刀，劈面门便剁。「又蹴出一险事，令人一惊未了，一惊又起，妙绝。」燕青大叫道：“好汉！我死不妨，可怜无人报信！”那汉便不下刀，收住了手，提起燕青，问道：“你这厮报甚么信？”燕青道：“你问我待怎地？”前面那汉把燕青手一拖，却露出手腕上花绣，慌忙问道：“你不是卢员外家甚么浪子燕青？”「燕青自通姓名既不可，那汉自晓姓名又不可，良工苦心，忽算到花绣上来，奇妙不可信。〇一路写燕青忠勇处，处处写出妙人，可谓雕青剜绿之文矣。」燕青想道：“左右是死，索性说了，教他捉去，和主人阴魂做一处！”便道：“我正是卢员外家浪子燕青。”「读之甚似极曲折者，却不知其极径直也。〇此处固不径直不得，若其径直而又似曲折，则非他笔之所能耳。」二人见说，一齐看一看道：“早是不杀了你，原来正是燕小乙哥！你认得我两个么？我是梁山泊头领病关索杨雄，他便是拼命三郎石秀。”「用杨雄、石秀，亦从奸夫淫妇上映带而来。」杨雄道：“我两个今奉哥哥将令，差往北京，打听卢员外消息。军师与戴院长亦随后下山，专候通报。”「先伏一句。」燕青听得是杨雄、石秀，把上件事都对两个说了。杨雄道：“既是如此说时，我和小乙哥上山寨报知哥哥，别做个道理；你可自去北京打听消息，便来回报。”「只轻轻扬一下笔，其弱如丝，又岂料其后文，变作惊天动地耶！」石秀道：“最

好。"便取身边烧饼、干肉与燕青吃，「结射鹊一案。」把包裹与燕青背了，跟着杨雄，连夜上梁山泊来。见了宋江，燕青把上项事备细说了一遍。宋江大惊，便会众头领商议良策。

且说石秀只带自己随身衣服，来到北京城外，天色已晚，入不得城，就城外歇了一宿。次日早饭罢，入得城来，但见人人嗟叹，个个伤情。「奇文骏笔。」石秀心疑。来到市心里，问市户人家时，只见一个老丈回言道："客人，你不知，我这北京有个卢员外，等地财主，因被梁山泊贼人掳掠前去，逃得回来，倒吃了一场屈官司，迭配去沙门岛。又不知怎地路上坏了两个公人，昨夜拿来，今日午时三刻，解来这里市曹上斩他！客人可看一看。"石秀听罢，兜头一杓冰水；「六日后斩宋江，已成险绝之笔；此更写出当日斩卢俊义，令我读至此处，不敢更望有转笔处。〇真是吓死人，才子之才如此。」急走到市曹，却见一个酒楼，石秀便来酒楼上，临街占个阁儿坐下。酒保前来问道："客官，还是请人，还是独自酌杯？"「急杀人时，偏有此消停之语，写得如画。」石秀睁着怪眼道："大碗酒，大块肉，只顾卖来，问甚么鸟？"酒保倒吃了一惊，打两角酒，切一大盘牛肉将来。石秀大碗大块，吃了一回。坐不多时，只听得楼下街上热闹，「吓杀吓杀，如之何？如之何？」石秀便去楼窗外看时，「先将楼窗挑逗一笔。」只见家家闭户，铺铺关门。酒保上楼来道："客官醉也？楼下出人公事，快算了酒钱，别处去回避！"石秀道："我怕甚么鸟！你快走下去，莫要讨老爷打！"酒保不敢做声，下楼去了。

不多时，只听得街上锣鼓喧天价来。「吓，吓杀，如之何？如之何？」石秀在楼窗外看时，「再将楼窗挑逗一句。」十字路口，周回围住法场，十数对刀棒刽子，前排后拥，把卢俊义绑押到楼前跪下。铁臂膊蔡福拿着法刀，一枝花蔡庆扶着枷梢，「写二蔡。」说道："卢员外，你自精细着，不是我弟兄两个救你不得，事做拙了。前面五圣堂里，我已安排下你的坐位了，你可一块去那里领受。"说罢，人丛里一声叫道："午时三刻到了。"「吓，吓杀，如之何？如之何？」一边开枷。「吓杀。」蔡庆早拿住了头，「吓杀。」蔡福早掣出法刀在手。「吓杀。」当案孔目高声读罢犯由牌，「吓杀。」众人齐和一声。「吓杀，如之何？如之何？」楼上石秀只就那一声和里，掣着腰刀在手，应声大叫："梁山泊好汉全伙在此！"「吓杀人，乐杀人，奇杀人，妙杀人。」蔡福、蔡庆撇了卢员外，扯了绳索先走。「兼写二蔡。」石秀从楼上跳将下来，手举钢刀，杀人似砍瓜切菜，走不迭的，杀翻十数个。「吓杀乐杀，奇杀妙杀。」一只手拖住卢俊义，投南便走。原来这石秀不认得北京的路，「只谓救出一个，却是陷入两个，笔力之奇，如龙搅海，的的才子。」更兼卢员外惊得呆了，越走不动。梁中书听得报来，大惊，便点帐前头目，引了人马，分头去把城门关上，差前后做公的，合将拢来。随你好汉英雄，怎出高城峻垒？正是：分开陆地无牙爪，飞上青天欠羽毛。毕竟卢员外同石秀当下怎地脱身，且听下回分解。

【第六十二回】

宋江兵打大名城

关胜议取梁山泊

"奴才"古作"奴财"，始于郭令公之骂其儿，言为群奴之所用也。乃自今日观之，而群天之下又何此类之多乎哉！一哄之市，抱布握粟，梦如也。彼梦如者何为也？为奴财而已也。山川险阻，舟车翻覆，梦如也。彼梦如者何为也？为奴财而已也。甚而至于穷夜呻唔，比年入棘，梦如也。彼梦如者何为？为奴财而已也。又甚至于握符绾绶，呵殿出入，梦如也。彼梦如者何为？为奴财而已也。驰戈骤马，解腘陷脑，梦如也。幸而功成，既无不为奴财者也。千里行脚，频年讲肆，梦如也。既而来归，亦无不为奴才者也。呜呼！群天下之人，而无不为奴财。然则君何赖以治？民何赖以安？亲何赖以养？子何赖以教？己德何赖以立？后学何赖以仿哉？石秀之骂梁中书曰："你这与奴才做奴才的奴才。"诚乃耐庵托笔骂世，为快绝哭绝之文也。

索超先是已从杨志文中出见，至是隔五十余卷，而乃忽然欲合，恐人谓其无因而至前也，于是先从此处斜见横出，却又借韩滔一箭再作一顿，然后转出雪天之擒，其不肯率然置笔如此。

射索超用韩滔者，何也？意在再顿索超，非意在必射索超也。故有时射用花荣，是成乎其为射也；有时射用韩滔，是不成乎其为射也，不成乎其为射，而必用韩滔者，何也？韩滔为秦明副将，便即借之也。

以堂堂宰相之尊，衮衮枢密院官，三衙太尉之众，而面面厮觑。则面面厮觑已耳，亦有何策上纾国忧，下弭贼势乎哉？忽然背后转出一人；忽然背后转出之人，又从背后引出一人；忽然背后人所引之背后人，又从背后引出一人。呜呼！才难未必然乎？是何背后之多人也？然则之三人亦幸而得遇朝廷多事，尚得有以自见；不然者，几何其不为堂堂宰相、衮衮枢密院官、三衙太尉之脚底下泥，终亦不见天日之面也。之三人亦不幸而得遇朝廷多事，终亦不免自见；不然者，吾知其闭户高卧，亦足自老，殊不愿从堂堂宰相、衮衮枢密院官、三衙太尉之鼻下喉间仰取气息也。读竟，为之三叹。

话说当时石秀和卢俊义两个，在城内走投没路，四下里人马合来，众做公的把挠钩套索一齐上，可怜寡不敌众，两个当下尽被捉了。解到梁中书面前，叫押过劫法场的贼来。石秀押在厅下，睁圆怪眼，高声大骂："你这与奴才做奴才的奴才！「"奴才"二字，始于郭令公之骂其儿也，曰尔殆为奴辈之所用耳。今亦暗用其意，撰成奇句，凡十一字，而有三"奴才"字，妙绝快绝。」我听着哥哥将令：早晚便引军来打你城子，踏为平地，把你砍做三截！先教老爷来和你们说知！"石秀在厅前千奴才、万奴才价骂，厅上众人都唬呆了。「俗本误作"千贼万贼"，无谓之甚。」梁中书听了，沉吟半晌，叫取大枷来，且把二人枷了，监放死囚牢里，分付蔡福在意看管，休教有失。蔡福要结识梁山泊好汉，把他两个做一处牢里关着，忙将好酒好肉与他两个吃，因此不曾吃苦。「安放此句于"没头帖子"之前者，表二蔡也。」

却说梁中书唤本州新任王太守当厅发落，就城中计点被伤人数。杀死的有七八十个，跌伤头面、磕折腿脚者，不计其数，「此非表梁中书爱民，盖补写上文势头之猛恶也。」报名在官。梁中书支给官钱，医治烧化了当。次日，城里城外报说将来："收得梁山泊没头帖子数十张，不敢隐瞒，只得呈上。"「不会读书人只谓从天而降，会读书人却谓前文已有线了。」梁中书接着念道：

梁山泊义士宋江，仰示大名府官吏：员外卢俊义者，天下豪杰之士。「好文章，掷地当作金石声。」吾今启请上山，一同替天行道。如何妄徇奸贿，屈害善良？吾令石秀先来报知，不期反被擒捉。如是存得二人性命，献出淫妇奸夫，吾无多求；「好文章。」倘若故伤羽翼，屈坏股肱，便当拔寨兴师，同心雪恨。大兵到处，玉石俱焚。剿除奸诈，殄灭愚顽，天地咸扶，鬼神共佑。谈笑而来，鼓舞而去。［好文章，从来露布之所未有。］义夫节妇，孝子顺孙，安分良民，清慎官吏，切勿惊惶，各安职业。谕众知悉。［真正绝妙一篇好文章。］

当时梁中书看毕，便唤王太守到来商议："此事如何剖决？"王太守是个善懦之人，听得说了这话，便禀梁中书道："梁山泊这一伙，朝廷几次尚且收捕他不得，何况我这里一郡之力？倘若这亡命之徒引兵到来，朝廷救兵不迭，那时悔之晚矣！若论小官愚意：且姑存此二人性命，［没头帖子正复何用？只求得此一句耳。］一面写表申奏朝廷；二即奉书呈上蔡太师恩相知道；三着可教本处军马出城下寨，提备不虞。如此可保大名无事，军民不伤。若将这两个一时杀坏，诚恐寇兵临城，一者无兵解救，二者朝廷见怪，三乃百姓惊慌，城中扰乱，深为便未。"［看他做出一正一反两股文章，知其进士出身也。］梁中书听了道："知府言之极当。"先唤押牢节级蔡福来，便道："这两个贼徒，非同小可。你若是拘束得紧，诚恐丧命；若教你宽松，又怕走了。你弟兄两个，早早晚晚，可紧可慢，在意坚固，管候发落，休得时刻怠慢。"［没头帖子之用如此。］蔡福听了，心中暗喜：如此发放，正中下怀。领了钧旨，自去牢中安慰两个，不在话下。

只说梁中书便唤兵马都监大刀闻达、天王李成两个，都到厅前商议。梁中书备说梁山泊没头告示，王太守所言之事。两个都监听罢，李成便道："量这伙草寇，如何敢擅离巢穴？相公何必有劳神思？李某不才，食禄多矣，无功报德，愿施犬马之劳，统领军卒，离城下寨。草寇不来，别作商议；如若那伙强寇年衰命尽，擅离巢穴，领众前来，不是小将夸口，定令此贼片甲不

回！"梁中书听了大喜，随即取金花绣段，赏劳二将。两个辞谢，别了梁中书，各回营寨安歇。次日，李成升帐，唤大小官军上帐商议。傍边走过一人，威风凛凛，相貌堂堂，便是急先锋索超，又出头相见。〔可谓久别。〕李成传令道："宋江草寇，早晚临城，要来打俺大名。你可点本部军兵离城三十五里下寨，我随后却领军来。"索超得了将令，次日点起本部军兵，至三十五里，地名飞虎峪，靠山下了寨栅。〔飞虎峪是一段。〕次日，李成引领正偏将，离城二十五里，地名槐树坡，下了寨栅。〔槐树坡是一段。〕周围密布枪刀，四下深藏鹿角，三面掘下陷坑。众军摩拳擦掌，诸将协力同心，只等梁山泊军马到来，便要建功。〔写得有声势。〕

话分两头。原来这没头帖子，却是吴学究闻得燕青、杨雄报信，又叫戴宗打听得卢员外、石秀都被擒捉，因此虚写告示，向没人处撒下，及桥梁道路上贴放，只要保全卢俊义、石秀二人性命。〔注明。〕戴宗回到梁山泊，把上项事备细与众头领说知。宋江听罢大惊，就忠义堂上打鼓集众。大小头领，各依次序而坐。宋江开话对吴学究道："当初军师好计，启请卢员外上山，今日不想却教他受苦，又陷了石秀兄弟，再用何计可救？"吴用道："兄长放心。小生不才，乘此机会，要取大名钱粮，以供山寨之用。明日是个吉辰，请兄长分一半头领把守山寨，其余尽随出去攻打城池。"

宋江当下便唤铁面孔目裴宣，派拨大小军兵，来日起程，黑旋风李逵便道："我这两把大斧多时不曾发市，听得打州劫县，他也在厅边欢喜。〔真正妙人，有此灵心妙舌。○说得板斧便似两个快友，奇妙非他人可及。〕哥哥拨与我五百小喽啰，抢到大名，把那鸟城池砍做肉地，救出卢员外、石三郎，也使我哑道童吐口宿气！又教我做事做彻，却不快活？"「说得情理都尽，真正妙人。○一语中有三故焉：高兴是一，出气是一，又愤是一也。」宋江道："兄弟虽然勇猛，这所在，非比别处州府。那梁中书又是蔡太师女婿，更兼手下有李成、闻达，都是万夫不挡之勇，不可轻敌。"李逵大叫道："哥哥，前日晓得我一生口快，便要我去装做哑子；今日晓得我欢喜杀人，便不教我去做个先锋！依你这样用人之时，却不是屈杀了铁牛！"「心直口快，骂得宋江更无可辩。○语语带定哑道童，便令章法不断，读者应知。○俗本讹。」吴用道："既然你要去，便教做先锋。点与五百好汉相随，就充头阵。来日下山。"

当晚宋江和吴用商议，拨定了人数。裴宣写了告示送到各寨，各依拨次施行，不得时刻有误。此时秋末冬初天气，征夫容易披挂，战马久已肥满。军卒久不临阵，皆生战斗之心；正是有事为荣，无不欢天喜地，收拾枪刀，拴束鞍马，吹风唿哨，时刻下山。「句句有鼓擊之声，绝妙军中铙吹曲辞。若杜工部前后出塞，徒乱军心耳。」第一拨：当先哨路黑旋风李逵，部领小喽啰五百。「好。」第二拨：两头蛇解珍、双尾蝎解宝、毛头星孔明、独火星孔亮，部领小喽啰一千。「好。」第三拨：女头领一丈青扈三娘，副将母夜叉孙二娘、母大虫顾大嫂，部领小喽啰一千。「好。」第四拨：扑天雕李应，副将九纹龙史进、小尉迟孙新，部领小喽啰一千。「好。○已上是一段。」中军主将都头领宋江，军师吴用；「好。」簇帐头领四员：小温侯吕方、赛仁贵郭盛、病尉迟孙立、镇三山黄信。「好。○此一段虚。」前军头领霹雳火秦明，副将百胜将韩滔、天目将彭玘。「好。」后军头领豹子头林冲，副将铁笛仙马麟、火眼狻猊邓飞。「好。」左军头领双鞭呼延灼，副将摩云金翅欧鹏、锦毛虎燕顺。「好。」右军头领小李广花荣，副将跳涧虎陈达、白花蛇杨春。「好。」并

带炮手轰天雷凌振。〔好。○前后左右四军并炮手是一段。○实。〕接应粮草、探听军情头领一员：神行太保戴宗。〔好。○只一调拨，文字亦殊易相犯耳，偏能逐番变换，逐番出色，岂非才子之笔！〕军兵分拨已定，平明各头领依次而行，当日进发。只留下副军师公孙胜，并刘唐、朱仝、穆弘四个头领，统领马步军兵，守把山寨。三关水寨中，自有李俊等守把，〔独详此段，为下关胜用围魏救赵计作案。〕不在话下。

却说索超正在飞虎峪寨中坐地，只见流星报马前来报说："宋江军马大小人兵，不计其数，离寨约有二三十里，将近到来！"索超听得，飞报李成槐树坡寨内。李成听了，一面报马入城，一面自备了战马，直到前寨。索超接着，说了备细。次日五更造饭，平明拔寨都起，前到庚家疃，列成阵势，摆开一万五千人马。李成、索超全副披挂，门旗下勒住战马。平东一望，远远地尘土起处，约有五百余人，飞奔前来。当前一员好汉，乃是黑旋风李逵，〔调拨时第一段之一。〕手搦双斧，高声大叫："认得梁山泊好汉黑爷爷么？"〔奇称。〕李成在马上看了，与索超大笑道："每日只说梁山泊好汉，原来只是这等腌臢草寇，何足为道！〔真堪一笑。〕先锋，你看么？何不先捉此贼？"索超笑道："不须小将，有人建功。"〔李成委索超，索超委偏裨，写得风流谈笑之极。〕言未绝，索超马后一员首将，姓王，名定，手拈长枪，引领部下一百马军，飞奔冲将过来。李逵被马军一冲，当下四散奔走。索超引军直赶过庚家疃时，只见山坡背后，锣鼓喧天，早撞出两彪军马，左有解珍、孔亮，右有孔明、解宝，〔第一段之二。〕各领五百小喽啰，冲杀将来。索超见他有接应军马，方才吃惊，不来追赶，勒马便回。李成问道："如何不拿贼来？"索超道："赶过山去，正要拿他，原来这厮们倒有接应人

998

马，伏兵齐起，难以下手。"李成道："这等草寇，何足惧哉！"将引前部军兵，尽数杀过庾家疃来。只见前面摇旗呐喊，擂鼓鸣锣，另是一彪军马，当先一骑马上，却是一员女将，引军红旗上金书大字"美人一丈青"，〔奇称。○"黑爷爷"奇，"美人一丈青"又奇，俗本都失之，遂令文章削色不少。〕左手顾大嫂，右手孙二娘，〔第一段之三。〕引一千余军马，尽是七长八短汉，四山五岳人。李成看了道："这等军人，作何用处！先锋与我向前迎敌，我却分兵勒捕四下草寇！"索超领了将令，手搭金蘸斧，拍坐下马，杀奔前来。一丈青勒马回头，望山凹里便走。李成分开人马，四下赶杀。忽然当头一彪人马，〔写得奇变。〕喊声动地，却是扑天雕李应，左有史进，右有孙新，着地卷来。〔第一段之四。〕李成急忙退入庾家疃时，左冲出解珍、孔亮，右冲出孔明、解宝，部领人马，重复杀转。三员女将拨转马头，随后杀来，赶得李成等四分五落。将及近寨，黑旋风李逵当先拦住。〔上只四分五落，至此忽然而合，兵势奇变，笔势亦奇变也。〕李成、索超冲开人马，夺路而去。比及至寨，大折无数。宋江军马也不追赶，一面收兵暂歇，扎下营寨。

却说李成、索超慌忙差人入城，报知梁中书。梁中书连夜再差闻达速领本部军马，前来助战。李成接着，就槐树坡寨内，商议退兵之策。闻达笑道："疥癞之疾，何足挂意！"当夜商议定了：明日四更造饭，五更披挂，平明进兵。战鼓三通，拔寨都起，前到庾家疃。只见宋江军马，泼风也似价来。〔泼风奇文。〕闻达便教将军马摆开，强弓硬弩，射住阵脚。宋江阵中，早已捧出一员大将，红旗银字，大书"霹雳火秦明"，〔"早已"二字为秦明摹神。〕勒马阵前，厉声大叫："大名滥官污吏听着！多时要打你这城子，诚恐害了百姓良民。好好

将卢俊义、石秀送将出来，淫妇、奸夫一同解出，我便退兵罢战，誓不相侵。若是执迷不悟，亦须有话早说！"闻达听了大怒，便问："谁去力擒此贼？"说犹未了，索超早已出马，〔"早已"二字，为索超摹神。〕立在阵前，高声喝道："你这厮是朝廷命官，国家有何负你？你好人不做，却落草为贼！我今拿住你时，碎尸万段！"秦明听了这话，一发炉中添炭，火上浇油，〔写得如画。〕拍马向前，轮狼牙棍直奔将来；索超纵马直挺秦明。二匹劣马相交，两个急人发愤，〔秦明、索超真是一双妙笔写出，只须二语。〕众军呐喊。斗过二十余合，不分胜败。前军队里转过韩滔，就马上拈弓搭箭，觑得索超较亲，飕地只一箭，正中索超左臂，〔此非为韩滔立功，正是与索超作地。〕撇下大斧，回马望本阵便走。宋江鞭梢一指，大小三军一齐卷杀过去。正是尸横遍野，流血成河，大败亏输。直追过庾家疃，随即夺了槐树坡小寨。〔完槐树坡一寨。〕当晚闻达直奔飞虎峪，计点军兵，三停去一。宋江就槐树坡寨内屯扎。吴用道："军兵败走，心中必怯。若不乘势追赶，诚恐养成勇气，急忙难得。"宋江道："军师之言极当。"随即传令：当晚就将精锐得胜军将，分作四路，连夜进发，杀奔将来。

再说闻达奔到飞虎峪，方在寨中坐了喘息。〔如画。〕小校来报："东边山上一带火起！"〔写得有声有势。〕闻达带领军兵上马投东看时，只见遍山遍野通红，西边山上又是一带火起。〔不出来将姓名，先写两带火起，笔下声势之甚。〕闻达便引军兵急投西时，听得马后喊声震地。当先首将小李广花荣，引副将杨春、陈达，从东边火里直冲出来。〔声势之甚。〕闻达一时心慌，领兵便回飞虎峪。西边火里，〔东边火里，西边火里，声势之甚。〕当先首将双鞭呼延灼，引副将欧鹏、燕顺，直冲出来。〔声势之甚。〕两路并力追来。后面喊声越大，火光越明，「声势之甚。」又是首将霹雳火秦明，引副将韩滔、彭玘，人喊马嘶，不计其数。闻达军马大乱，拔寨都起，只见前面喊声又发，火光晃耀。「声势之甚。」闻达引军夺路，只听得震天震地一声炮响，「又添出凌振，声势不可当。」却是轰天雷凌振，将带副手，从小路直转飞虎峪那边，放起这炮。炮响里一片火把，「妙妙。」火光里一彪军马拦路，「妙妙，声势百倍。」乃是首将豹子头林冲，引副将马麟、邓飞，截住归路。四下里战鼓齐鸣，烈火竞举，「此是第二段所调拨也。」众军乱撺，各自逃生。闻达手舞大刀，苦战夺路，恰好撞着李成，合兵一处，且战且走。直到天明，方至城下。梁中书听得这个消息，惊得三魂失二，七魄剩一，「奇语。」连忙点军出城，接应败残人马，紧闭城门，坚守不出。次日，宋江军马追来，直抵东门下寨，准备攻城。

且说梁中书在留守司聚众商议，如何解救。李成道："贼兵临城，事在告急，若是迟延，必至失陷。相公可修告急家书，差心腹之人，星夜赶卜京师，报与蔡太师知道，早奏朝廷，调遣精兵，前来救应，此是上策。第二，作紧行文，关报邻近府县，亦教早早调兵接应。第三，北京城内，着仰大名府起差民夫上城，同心协助，守护城池，准备擂木炮石，踏弩硬弓，灰瓶金汁，晓夜提备。如此，可保无虞。"梁中书道："家书随便修下，谁人去走一遭？"当日差下首将王定，全副披挂，又差数个马军，领了密书，放开城门吊桥，望东京飞报声息，及关报邻近府分，发兵救应。先仰王太守起集民夫，上城守护，不在话下。

且说宋江分调众将，引军围城，东西北三面下寨，只空南门不围。每日

引军攻打。一面向山寨中催取粮草，为久屯之计，务要打破大名，救取卢员外、石秀二人。「为关胜围魏救赵之计反衬一笔。」李成、闻达，连日提兵出城交战，不能取胜；「略点以遮其冷。」索超箭疮将息，未得痊可。「再顿以留其地。」

不说宋江军兵打城，且说首将王定赍领密书，三骑马，直到东京太师府前下马。门吏转报入去，太师教唤王定进来。直到后堂拜罢，呈上密书。蔡太师拆开封皮看了，大惊，问其备细。王定把卢俊义的事，一一说了，"如今宋江领兵围城，声势浩大，不可抵敌。"庾家疃、槐树坡、飞虎峪，三处厮杀，尽皆说罢。蔡京道："鞍马劳困，你且去馆驿内安下，待会我会官商议。"王定又禀道："太师恩相：大名危如累卵，破在旦夕；倘或失陷，河北县郡如之奈何？望太师恩相，早早遣兵剿除！"蔡京道："不必多说，你且退去。"王定去了。太师随即差当日府干，请枢密院官急来商议军情重事。不移时，东厅枢密使童贯，引三衙太尉，都到节堂，参见太师。蔡京把大名危急之事备细说了一遍："……如今将何计策，用何良将，可退贼兵，以保城郭？"说罢，众官互相厮觑，各有惧色。只见那步军太尉背后转出一人，「每每非常之人，多在人背后转出。」乃是衙门防御保义使，姓宣，名赞，掌管兵马。此人生得面如锅底，鼻孔朝天，卷发赤须，彪形八尺，使口钢刀，武艺出众。「画出名士，夫名士岂必鲜衣白面哉！」先前在王府曾做郡马，人呼为"丑郡马"；因对连珠箭赢了番将，郡王爱他武艺，招做女婿。谁想郡主嫌他丑陋，怀恨而亡，因此不得重用，只做得个兵马保义使。「叙述履历令人悲感。〇连珠箭不能偿其丑陋，郡王爱不能行于郡主，功名得失之际，使人意气尽。」当时却忍不住，出班来禀太师道："小将当初在乡中，有个相识，此人乃是汉末三分义勇武安王嫡派子孙，姓关，名胜，生得规模与祖上云长相似，使一口青龙偃月刀，人称为‘大刀关胜’。见做蒲东巡简，屈在下僚。 「又一人背后人，妙妙。○亦与叙述履历一篇令人愈增悲感。○丑陋者不得重用，奇伟者又在下僚，然则当时用人，真惟贿赂一途矣，今日求之不既晚乎？」 此人幼读兵书，深通武艺，有万夫不当之勇。若以礼币请他，拜为上将，可以扫清水寨，殄灭狂徒，保国安民。乞取钧旨。”蔡京听罢大喜，就差宣赞为使，赍了文书鞍马，连夜星火，前往蒲东，礼请关胜赴京计议。众官皆退。

话休絮烦。宣赞领了文书，上马进发，带将三五个从人，不则一日，来到蒲东巡简司前下马。当日关胜正和郝思文在衙内，论说古今兴废之事， 「又一人背后人，妙妙。」 闻说东京有使命至，关胜忙与郝思文出来迎接。各施礼罢，请到厅上坐地。关胜问道：“故人久不相见，今日何事，远劳亲自到此？”宣赞回言：“为因梁山泊草寇攻打大名，宣某在太师面前，一力保举兄长有安邦定国之策，降兵斩将之才，特奉朝廷敕旨，太师钧命，彩币鞍马，礼请起行。兄长勿得推却，便请收拾赴京。”关胜听罢大喜， 「何遽大喜？只四字写尽英雄可怜。」 与宣赞说道：“这个兄弟，姓郝，双名思文，是我拜义弟兄。 「看他初被人荐便转荐人，写豪杰胸襟真与奸臣天壤。○看他一个背后人引出一个背后人，一个背后人又引出一个背后人，章法便与杨羡鹅笼无二。」 当初他母亲梦井木犴投胎，因而有孕，后生此人，因此人唤他做‘井木犴’。这兄弟，十八般武艺无有不能，可惜至今屈沉在此。只今同去协力报国，有何不可？” 「亦与叙述履历一篇令人悲感不已。」 宣赞喜诺，就行催请登程。

当下关胜分付老小，一同郝思文，将引关西汉十数个人，收拾刀马、盔甲、行李，跟随宣赞，连夜起程。来到东京，径投太师府前下马。门吏转报蔡太师得知，教唤进。宣赞引关胜、郝思文，直到节堂。拜见已罢，立在阶

下。蔡京看了关胜，端的好表人材：堂堂八尺五六身躯，细细三柳髭须；两眉入鬓，凤眼朝天；面如重枣，唇若涂朱。「又画出一名士。」太师大喜，便问："将军青春多少？"关胜答道："小将三十有二。"「随手补出年甲。」蔡太师道："梁山泊草寇围困大名，请问将军，施何妙策以解其围？"关胜禀道："久闻草寇占住水洼，惊群动众；今擅离巢穴，自取其祸。若救大名，虚劳人力。乞假精兵数万，先取梁山，后拿贼寇，教他首尾不能相顾。"

太师见说，大喜，与宣赞道："此乃围魏救赵之计，「读至此计，令人吃惊，且叹名下无虚也。」正合吾心。"随即唤枢密院官，调拨山东、河北精锐军兵一万五千；教郝思文为先锋，宣赞为合后，关胜为领兵指挥使，步军太尉段常接应粮草。犒赏三军，限日下起行。大刀阔斧，杀奔梁山泊来。直教：龙离大海，不能驾雾腾云；虎到平川，怎办张牙舞爪？正是：贪观天上中秋月，失却盘中照殿珠。毕竟宋江军马怎地结果，且听下回分解。

【第六十三回】

呼延灼月夜赚关胜

宋公明雪天擒索超

此回写水军劫寨，何至草草如此？盖意在衬出大刀，则余人总非所惜。所谓琬琰之藉，无过白茅者也。

写大刀处处摹出云长变相，可谓儒雅之甚，豁达之甚，忠诚之甚，英灵之甚。一百八人中，别有绝群超伦之格，又不得以读他传之眼读之。

写雪天擒索超，略写索超而勤写雪天者，写得雪天精神，便令索超精神，此画家所谓衬染之法，不可不一用也。

话说蒲东关胜当日辞了太师，统领一万五千人马，分为三队，离了东京，望梁山泊来。话分两头。且说宋江与同众将，每日攻打城池，李成、闻达那里敢出对阵？索超箭疮深重，又未平复，更无人出战。宋江见攻打城子不破，心中纳闷，离山已久，不见输赢。是夜在中军帐里闷坐，点上灯烛，取出玄女天书，正看之间，忽小校报说："军师来见。"吴用到得中军帐内，与宋江道："我等众军围许多时，如何杳无救军来到，城中又不出战？向有三骑马奔出城去，必是梁中书使人去京师告急。他丈人蔡太师必然上紧遣兵，中间必有良将。倘用围魏救赵之计，且不来解此处之危，反去取我梁山大寨，如之奈何？兄长不可不虑。「论事可谓英雄所见略同，论文可谓忽伸忽缩，极奇极变矣。」我等先着军士收拾，未可都退。"「又妙。」正说之间，只见神行太保戴宗到来报说："东京蔡太师，拜请关菩萨玄孙蒲东郡大刀关胜，引一彪军马，飞奔梁山泊来。寨中头领主张不定，请兄长军师早早收兵回来，且解梁山之难。"吴用道："虽然如此，不可急还。今夜晚间，先教步军前行，留下两支军马，就飞虎峪两边埋伏。城中知道我等退军，必然追赶；若不如此，我兵先乱。"「真好。」宋江道："军师言之极当。"

传令便差小李广花荣，引五百军兵，去飞虎峪左边埋伏；「是。」豹子头林冲，引五百军兵，去飞虎峪右边埋伏。「是。」再叫双鞭呼延灼，引二十五骑马军，带着凌振，将了风火等炮，离城十数里远近，但见追兵过来，随即施放号炮，令其两下伏兵齐去并杀追兵。「是。」一面传令前队退兵，要如雨散云行，遇兵勿战，慢慢退回。「是。」步军队里，半夜起来，次第而行。直至次日巳牌前后，方才尽退。「看他写退兵亦必详尽如此。」

城上望见宋江军马，手拖旗幡，肩担刀斧，纷纷滚滚，拔寨都起，有还山之状。城上看了仔细，报与梁中书知道："梁山泊军马，今日尽数收兵都回去了。"梁中书听得，随即唤李成、闻达商议。闻达道："想是京师救军去取他梁山泊，这厮们恐失巢穴，慌忙归去。可以乘势追杀，必擒宋江。"说犹未了，城外报马到来，赍东京文字，约会引兵去取贼巢；他若退兵，可以速追。「紧凑。」梁中书便叫李成、闻达，各带一支军马，从东西两路追赶宋江军马。

且说宋江引兵正回，见城中调兵追赶，舍命便走。一边李成、闻达直赶到飞虎峪那边，只听得背后火炮齐响。李成、闻达吃了一惊，勒住战马看时，后面旗幡对刺，战鼓乱鸣，李成、闻达措手不及。左手下撞出小李广花荣，右手下撞出豹子头林冲，各引五百军马，两边杀来。李成、闻达知道中计，火速回军。前面又撞出呼延灼，引着一支马军，死并一阵。杀得李成、闻达，头盔不见，衣甲飘零，退入城中，闭门不出。宋江军马次第方回。渐近梁山泊边，却好迎着丑郡马宣赞拦路。宋江约住军兵，权且下寨；「若出俗笔，便写竟回山寨，然则一万五千人马何在耶？故知此句必不可少。」暗地使人从偏僻小路赴水上山报知，约会水陆军兵，两下

救应。

　　且说水寨内船火儿张横，与兄弟浪里白条张顺商议道："我和你弟兄两个，自来寨中，不曾建功。现今蒲东大刀关胜三路调军，打我寨栅，不若我和你两个先去劫了他寨，捉得关胜，立这件大功，众兄弟面上也好争口气。"张顺道："哥哥，我和你只管得些水军，倘或不相救应，枉惹人耻笑。"张横道："你若这般把细，何年月日能够建功？你不去便罢，我今夜自去。"张顺苦谏不听。当夜张横点了小船五十余只，每船上只有三五人，浑身都是软战，手执苦竹枪，各带蓼叶刀，趁着月光微明，寒露寂静，把小船直抵旱路。此时约有二更时分。

　　却说关胜正在中军帐里点灯看书。有伏路小校悄悄来报："芦花荡里，约有小船四五十只，人人各执长枪，尽去芦苇里面两边埋伏，不知何意，特来报知。"关胜听了，微微冷笑，回顾贴旁首将，低低说了一句。〔以下皆极画关胜，正不及为水军诸人惜也。○绝妙一幅云长变相。〕且说张横将引三二百人，从芦苇中间藏踪蹑迹，直到寨边，拔开鹿角，径奔中军，望见帐中灯烛荧煌，关胜手捻髭髯，坐着看书。〔又一幅绝妙云长变相。○张横望见灯烛荧煌，关胜看书；三阮望见灯烛荧煌，并无一人。两"灯烛荧煌"句，相照作章法。俗本讹。〕张横暗喜，手搭长枪，抢入帐房里来。傍边一声锣响，众军喊动，如天崩地塌，山倒江翻，吓得张横倒拖长枪，转身便走。四下里伏兵乱起，张横同二三百人，不曾走得一个，尽数被缚，推到帐前。关胜看了，笑骂："无端草贼，安敢张我！"〔草贼骂曰无端，劫寨名为张我，真正英雄，真正阔大，真正儒雅，真正风流。○皆极画关胜。〕喝把张横陷车盛了，其余的尽数监着；直等捉了宋江，一并解上京师。〔每赖此句，便得不杀。〕

不说关胜捉了张横，却说水寨内三阮头领，正在寨中商议，使人去宋江哥哥处听令，只见张顺到来报说："我哥哥因不听小弟苦谏，去劫关胜营寨；不料被捉，囚车监了。"阮小七听了，叫将起来，说道："我兄弟们同死同生，吉凶相救，你是他嫡亲兄弟，却怎地教他独自去，被人捉了？你不去救，我弟兄三个自去救他。"张顺道："为不曾得哥哥将令，却不敢轻动。"阮小七道："若等将令来时，你哥哥吃他剁做泥了！"阮小二、阮小五都道："说得是。"张顺迭他三个不过，只得依他。当夜四更，点起大小水寨头领，各驾船一百余只，一齐杀奔关胜寨来。岸上小军，望见水面上战船如蚂蚁相似，都傍岸边，慌忙报知主帅。关胜笑道："无见识奴！"【骂得妙，儒雅人骂人亦骂得儒雅，真乃笔妙传出。○俗本于此四字下，添出许多字，反减许多色泽。古本于此四字下，更无许多字，却有许多色泽，不可不知。】回顾首将，又低低说了一句。【极写关胜。○此与前同作章法。】却说三阮在前，张顺在后，呐声喊，抢入寨来。只见寨内灯烛荧煌，并无一人。【此与前变作章法。】三阮大惊，转身便走。帐前一声锣响，左右两边马军步军，分作八路，簸箕掌，栲栳圈，重重叠叠，围裹将来。张顺见不是头，扑通地先跳下水去。三阮夺路到得水边，后军却早赶上，挠钩齐下，套索飞来，早把活阎罗阮小七横拖倒拽捉去了。阮小二、阮小五、张顺，却得混江龙李俊带领童威、童猛死救回去。

不说阮小七被捉，囚在陷车之中。且说水军报上梁山泊来，【报上去。】刘唐便使张顺从水路里直到宋江寨中，报说这个消息。【报下来，一丝不错。】宋江便与吴用商议，怎生退得关胜。吴用道："来日决战，且看胜败如何。"正定计间，猛听得战鼓乱起，【藏过所定之计，下便若出意外，此又一样笔法，非前文之所有。】却是丑郡马宣赞部领三军，直到

大寨。宋江举众出迎，看了宣赞在门旗下勒战，便问："兄弟，那个出马？"只见小李广花荣 「妍丑一双。」 拍马持枪，直取宣赞。宣赞舞刀来迎，一来一往，一上一下，斗到十合。花荣卖个破绽，回马便走。宣赞赶来，花荣就了事环带住钢枪，拈弓取箭，侧坐雕鞍，轻舒猿臂，翻身一箭。宣赞听得弓弦响，却好箭来，把刀只一隔，铮的一声响，射在刀面上。 「不是写花荣，乃是写宣赞。○写宣赞者，非止写宣赞也，写宣赞所以写关胜也。古有之云：欲知其人，先看所使。但极写宣赞，便已衬出关胜来也。」 花荣见一箭不中，再取第二枝箭，看得较近，望宣赞胸膛上射来。宣赞蹬里藏身，又射个空。 「极写宣赞。」 宣赞见他弓箭高强，不敢追赶，霍地勒回马跑回本阵。花荣见他不赶，连忙便勒转马头，望宣赞赶来；又取第三枝箭，望得宣赞后心较近，再射一箭，只听得铛的一声响，正射在背后护心镜上。 「虽意在极写宣赞，然终亦让出花荣，盖天罡之与地煞，固当有其辨耳。」 宣赞慌忙驰马入阵，使人报与关胜。关胜得知，便唤小校："快牵我那马来！"霍地立起身，绰青龙刀，骑火炭马，门旗开处，直临阵前。 「又一幅绝妙云长变相。」 宋江看见关胜天表亭亭， 「四字绝妙，云长变相。」 与吴用指指点点喝采， 「"指指点点"妙，活画出所定计来。○上文定计，藏过其文，却隐隐约约一路逗出之，妙。」 回头又高声对众对将道："将军英雄，名不虚传！" 「"回头"妙，"高声"妙。」 只这一句，林冲大怒，叫道："我等弟兄，自上梁山，大小五七十阵，未尝挫了锐气，今日何故灭自己威风！"说罢挺枪出马，直取关胜。 「"怒叫"妙。」 关胜见了，大喝道："水泊草寇，我不直得便凌逼你！单唤宋江出来，吾要问他何意背反朝廷！" 「英雄儒雅，俨似其祖。○极写关胜也。」 宋江在门旗下听了，喝住林冲，纵马亲自出阵，欠身与关胜施礼，说道："郓城小吏宋江谨参，一惟将军问罪。" 「定计如此，真是妙绝。」 关胜喝道："汝为小吏，安敢背叛朝廷？"宋江答道："盖为朝廷不明，纵容

奸臣当道，不许忠良进身，〔是一段说话，照关胜
宣赞、郝思文说，妙妙。〕布满滥官污吏，陷害天下百
姓。〔是一段说话，照梁
山泊众人说，妙妙。〕宋江等替天行道，并无异心。"关胜大喝道："分明草贼，
替何天行何道！〔骂得畅，骂得
倒，极画关胜。〕天兵在此，还敢巧言令色！〔四字骂尽宋江一生，
真乃绝妙关胜。〕若
不下马受缚，着你粉骨碎身！"猛可里霹雳火秦明听得，大叫一声，舞狼牙
棍，纵马直抢过来；〔是一个
虎将。〕林冲也大叫一声，挺枪出马，飞抢来。〔又一个
虎将。〕
两将双取关胜。关胜一齐迎住。三骑马向征尘影里，转灯般厮杀。宋江忽然
指指点点，便教鸣金收军。〔忽然指指点点，妙绝妙绝。〇忽然放出二
将，忽然收转二将，定计如此，真是妙绝。〕林冲、秦明回
马，一齐叫道："正待擒捉这厮，兄长何故收军罢战？"〔一齐叫妙。〕宋江高
声道："贤弟，我等忠义自守；以两取一，非所愿也。〔语语锥入其耳，
定计妙绝。〕纵使一时
捉他，亦令其心不服。〔语语锥耳。〕吾看大刀义勇之将，世本忠臣，乃祖为
神，家家家庙，〔语语锥耳，安能不入玄中？〇三
"家"字成句，句法奇绝。〕若得此人上山，宋江情愿让位。"
〔虽是计赚之言，然此位则岂宋江之所得让
乎？又于闲处逗露宋江心事，以黑之也。〕林冲、秦明变色各退。〔"变色"妙。〇以上皆所定之
计也，俗本尽讹，遂不可读。〕
当日两边各自收兵。

　　且说关胜回到寨中，下马卸甲，心中暗忖〔已入玄中，
写来如画。〕道："我力斗二将不
过，看看输与他了，宋江倒收了军马，不知是何意思？"〔已入玄中，
写来如画。〕便叫小
军推出陷车中张横、阮小七过来，问道："宋江是个郓城县小吏，你这厮们
如何伏他？"〔忽转到陷车，笔
墨超忽之甚。〕阮小七应道："俺哥哥山东、河北驰名，叫做及时
雨呼保义宋公明。你这厮不知忠义之人，〔以此六字骂关胜，可谓更骂不
着，乃恰与关胜合拍，何也？〕如何省得！"
关胜低头不语，〔深入玄中，写
来如画。〕且教推过陷车。当晚坐卧不安，走出中军看月，
寒色满天，霜华遍地，关胜嗟叹不已。〔又一幅绝妙云长变相，
精神意思，都画出来。〕有伏路小校前来报

说："有个胡须将军，匹马单鞭，要见元帅。"〔突如其来，又不是突如其来，笔法可想。〕关胜道："你不问他是谁？"小校道："他又没衣甲军器，并不肯说姓名，只言要见元帅。"〔不便出名好。〕关胜道："既是如此，与我唤来。"没多时，来到帐中，拜见关胜。关胜回顾首将，剔灯再看，〔又一幅绝妙云长变相。〕形貌也略认得，便问那人是谁。那人道："乞退左右。"关胜大笑道："大将身居百万军中，若还不是一德一心，安能用兵如指？吾帐上帐下，无大无小，尽是机密之人；你有话，但说不妨。"〔极写关胜绝伦超群，真是不妙绝之论。○此语庶几惟郭子仪，岳武穆有之，读之令人起敬起畏。〕那人道："小将呼延灼的便是。前日曾与朝廷统领连环马军，征进梁山泊。谁想中贼奸计，失陷了军机，不得还京见驾。昨者听得将军到来，真乃不胜之喜。早间阵上，林冲、秦明待捉将军，宋江火急收军，诚恐伤犯足下。此人素有归顺之意，独奈众贼不从。方才暗与呼延灼商议，正要驱使众人归顺。将军若是听从，明日夜间，轻弓短箭，骑着快马，从小路直入贼寨，生擒林冲等寇，解赴京师，不惟将军建立大功，亦令宋江与小将得赎重罪。"关胜听了大喜，请入帐中，置酒相待。呼延灼备说宋江专以忠义为主，不幸陷落贼巢。关胜掀髯饮酒，拍膝嗟叹〔又一幅绝妙云长变相。〕不题。

却说次日宋江举兵搦战。关胜与呼延灼商议："晚间虽有此计，今日不可不先赢此将。"呼延灼借副衣甲穿了，〔好。〕上马都到阵前。宋江独自大骂呼延灼道："山寨不曾亏负你半分，因何黄夜私去！"〔宋江独骂妙。〕呼延灼回道："无知小吏，成何大事！"〔独骂宋江妙。○如此虚虚实实，安得不入玄中？〕宋江便令镇三山黄信出马，直奔呼延灼。两马相交，斗不到十合，呼延灼手起一鞭，把黄信打死马下。

关胜大喜，令大小三军一齐掩杀。呼延灼道："不可追掩！吴用那厮广有神机；若还赶杀，恐贼有计。"关胜听了，火急收军，都回本寨；到中军帐里，置酒相待，动问镇三山黄信如何。

呼延灼道："此人原是朝廷命官，青州都监，与秦明、花荣一时落草，平日多与宋江意思不合。今日要他出马，正要打杀此贼。"

关胜大喜，传下将令，教宣赞、郝思文两路接应；自引五百马军，轻弓短箭，叫呼延灼引路，至夜二更起身，三更前后，直奔宋江寨中，炮响为号，里应外合，一齐进兵。是夜月光如昼。黄昏时候，披挂已了，马摘鸾铃，人披软战，军卒衔枚疾走，一齐乘马。呼延灼当先引路，众人跟着。转过山径，约行了半个更次。前面撞见三五十个小军，低声问道："来的不是呼将军么？"呼延灼喝道："休言语！随在我马后走！"

呼延灼纵马先行，关胜乘马在后。又转过一层山嘴，只见呼延灼把枪尖一指，远远地一碗红灯。关胜勒住马，问道："有红灯处是那里？"呼延灼道："那里便是宋公明中军。"急催动人马。将近红灯，忽听得一声炮响，众军跟定关胜，杀奔前来。到红灯之下看时，不见一个；便唤呼延灼时，亦不见了。关胜大惊，知道中计，慌忙回马。听得四边山上，一齐鼓响锣鸣。正是慌不择路，众军各自逃生。关胜连忙回马时，只剩得数骑马军跟着。转出山嘴，又听得脑后树林边一声炮响，四下里挠钩齐出，把关胜拖下雕鞍，夺了刀马，卸去衣甲，前推后拥，拿投大寨里来。

却说林冲、花荣自引一支军马，截住宣赞。月明之下，三马相交，「一幅好画。」斗无二三十合，宣赞势力不加，回马便走。肋后撞出个女将一丈青扈三娘，撒起红绵套索，把宣赞拖下马来。「独添女将，为"丑郡马"三字渲染。」步军向前，一齐捉住，解投大寨。「一段。」

话分两处。这边秦明、孙立自引一支军马去捉郝思文，当路劈面撞住。郝思文拍马大骂："草贼匹夫，当吾者死，避我者生！"秦明大怒，跃马挥狼牙棍直取郝思文。二马相交，约斗数合，孙立侧首过来。郝思文慌张，刀法不依古格，被秦明一棍揪下马来。三军齐喊一声，向前捉住。「二段。」再有扑天雕李应引领大小军兵，抢奔关胜寨内来，先救了张横、阮小七并被擒水军人等，夺去一应粮草马匹，却去招安四下败残人马。「三段。」

宋江会众上山，此时东方渐明。「妙。○因此一句，令人想见一夜月下。」忠义堂上分开坐次，早把关胜、宣赞、郝思文分投解来。宋江见了，慌忙下堂，喝退军卒，亲解其缚，把关胜扶在正中交椅上，纳头便拜，叩首伏罪，说道："亡命狂徒，冒犯虎威，望乞恕罪！"「好。」呼延灼亦向前来伏罪道："小可既蒙将令，不敢不依，万望将军免恕虚诳之罪！"「又好。」关胜看了一班头领，义气深重，回顾宣赞、郝思文道："我们被擒在此，所事若何？"「极画关胜，精神意思都有。」二人答道："并听将令。"「极画关胜。○写得被擒之后，其威令犹行于下如此，又只是四个字，妙妙。」关胜道："无面还京，愿赐早死！"宋江道："何故发此言？将军倘蒙不弃微贱，可以一同替天行道；若是不肯，不敢苦留，只今便送回京。"「语语投其性之所近，定计如此，真是妙绝。○吴用所定计，直至此处方毕。眉批：直至此语，皆吴用所定计。」关胜道："人称忠义宋公明，果然有之！人生世上，君知我报君，友知我报友。

今日既已心动，愿住部下为一小卒。"[啮啮名论，可为厌祖义释曹公注脚也。○说心动，便知其心之难动；彼自言心不动者，正转转心动之人耳。][今日既已心动，卓然纯臣之言，诚哉，日在天上心在人内]宋江大喜。当日一面设筵庆贺，一边使人招安逃窜败军，又得了五七千人马；军内有老幼者，随即给散银两，便放回家。一边差薛永赍书往蒲东搬取关胜老小，都不在话下。

宋江正饮宴间，默然想起卢员外、石秀陷在北京，潸然泪下。[独不想起晁盖，何也?]吴用道："兄长不必忧心，吴用自有措置。只过今晚，来日再起军兵，去打大名，必然成事。"关胜便起身说道："关某无可报答爱我之恩，[人生除君亲而外，惟爱我之恩不可忘也。只一句，直提出乃祖云长全副心事来。○"爱我"二字，便橐括上文吴用一篇定计，妙绝。]愿为前部。"宋江大喜。次日早晨传令，就教宣赞、郝思文为副，拨回旧有军马，便为前部先锋；其余原打大名头领，不缺一个；添差李俊、张顺将带水战盔甲随去，[为安道全也，非为索超也，若诱索超之用之，则所以自掩其笔迹也。]以次再望大名进发。

这里却说梁中书在城中，正与索超起病饮酒。是日，日无晶光，朔风乱吼，[三句写得索超跌顿有法，雪天穿插无痕。]只见探马报道："关胜、宣赞、郝思文并众军马，俱被宋江捉去，已入伙了！梁山泊军马，见今又到！"梁中书听得，唬得目睁口呆，杯翻箸落。只见索超禀道："前者中贼冷箭，今番定复此仇！"梁中书便斟热酒，立赏索超，[便捷之甚。]教快引本部人马出城迎敌。李成、闻达随后调军接应。其时正是仲冬天气，连日大风，天地变色，马蹄冰合，铁甲如冰。索超出席提斧，直至飞虎峪下寨。[写得竟是一首绝妙《饮马长城窟行》，真正绝妙好辞。]

次日，宋江引前部吕方、郭盛，上高阜处看关胜厮杀。三通战鼓罢，这里关胜出阵，对面索超出马。当时索超见了关胜，却不认得。[是新起病人，妙。]随征

军卒说道："这个来的，便是新背反的大刀关胜。"索超听了，并不打话，直抢过来，径奔关胜。关胜也拍马舞刀来迎。两个斗无十合，李成却在中军看见索超斧法战关胜不下，自舞双刀出阵，夹攻关胜。「写关胜。」这边宣赞、郝思文见了，各持兵器，前来助战。五骑马搅做一块。「写宣赞、郝思文。」宋江在高阜看见，鞭梢一指，大军卷杀过去。李成军马大败亏输，连夜退入城去。宋江催兵直抵城下，扎住营寨。

次日彤云压城，天惨地裂，索超独引一支军马出城冲突。「只"雪天"二字，一路渐次写来，真若北风图，对之欲寒也。○写索超极其精神。」吴用见了，便教军校迎敌戏战：他若追来，乘势便退。因此，索超得了一阵，欢喜入城。「好。」当晚云势越重，风色越紧。吴用出帐看时，却早成团打滚，降下一天大雪。「凡三写欲雪之势，至此方写出雪来，妙笔。○俗本都讹。」吴用便差步军去大名城外，靠山边河路狭处，掘成陷坑，上用土盖。那雪降了一夜，平明看时，约已没过马膝。「写索超极其精神，写雪亦极其精神。」

却说索超策马上城，望见宋江军马，各有惧色，东西策立不定，当下便点三百军马，蓦地冲出城来。宋江军马四散奔波而走，却教水军头领李俊、张顺，身披软战，勒马横枪，前来迎敌。却才与索超交马，弃枪便走，特引索超奔陷坑边来。索超是个性急的，那里照顾？那里一边是路，一边是坑。李俊弃马跳入涧中，向着前面，口里叫道："宋公明哥哥快走！"「妙绝，真乃戏战也。」索超听了，不顾身体，飞马撞过阵来。山背后一声炮响，索超连人和马，撷将下去。后面伏兵齐起，这索超便有三头六臂，也须七损八伤。正是：烂银深盖藏圈套，碎玉平铺作陷坑。毕竟急先锋索超性命如何，且听下回分解。

【第六十四回】

托塔天王梦中显圣

浪里白条水上报冤

盖至是而宋江成于反矣，大书背疮以著其罪，盖亦用韩信相君之背字法也。独怪耐庵之恶宋江如是，而后世之人犹务欲以忠义予之，则岂非耐庵作书为君子春秋之志，而后人之颠倒肆言，为小人无忌惮之心哉！有世道人心之责者，于其是非可不察乎？

宋江之反，始于私放晁盖也。晁盖走而宋江之毒生，晁盖死而宋江之毒成。至是而大书宋江疽发于背者，殆言宋江反状至是乃见，而实宋江必反之志不始于今日也。观晁盖梦告之言，与宋江私放之言乃至不差一字，是作者不费一辞，而笔法已极严矣。

打大名一来一去，又一来又一去，极文家伸缩变化之妙。

前文一打祝家庄，二打祝家庄，正到苦战之后，忽然一变，变出解珍、解宝一段文字，可谓奇幻之极，此又一打大名府，二打大名府，正到苦战之后，忽然一变，变出张旺、孙五一段文字，又复奇幻之极也。世之读者殊不觉其为一副炉锤，而不知此实一样章法也。

写张顺请安道全，忽然横斜生出截江鬼张旺一段情事，奇矣！却又于其中间，再生出瘦后生孙五一段情事。文心如江流潆复，真是通身不定。

梁山泊之金拟聘安太医，却送截江鬼，一可骇也。半夜劫金，半夜宿娼，而送金之人与应受金之人同在一室，二可骇也。欲聘太医而已无金，太医既来而金如故，截江小船却作寄金之处，三可骇也。江心结冤，江心报复；虽一遇于巧奴房里，再遇于定六门前，而必不得及，四可骇也。板刀尚在，血迹未干，而冤头债脚疾如反掌。前日一条缆索，今日一条缆索，遂至丝毫不爽，五可骇也。孙五发科，孙五解缆，孙五放船，及及事成，孙五吃刀，孙五下水，不知为谁忙此半日，六可骇也。孙五先起恶心，孙五便先丧命；张旺虽若稍迟，毕竟不能独免；不知江底相逢，两人是笑是哭，七可骇也。不过一叶之舟，而忽然张旺、孙五二人，忽然张顺、张旺、孙五三人，忽然张旺一人，忽然张顺、安道全、王定六、张旺四人，忽然张顺、安道全、王定六三人，忽然王定六一人，忽然无人。韦应物诗云："野渡无人舟自横。"偏于此舟祸福倏忽如此，八可骇也。

却说宋江因这一场大雪，定出计策，擒了索超，其余军马都逃入城去，报说索超被擒。梁中书听得这个消息，不由他不慌，传令教众将只是坚守，不许出战。意欲便杀卢俊义、石秀，又恐激恼了宋江，朝廷急无兵马救应，其祸愈速；只得教监守着二人，再行申报京师，听凭太师处分。〔先安顿一笔，便令下文宽然有余，手法老到之极。〕

且说宋江到寨，中军帐上坐下，早有伏兵解索超到麾下。宋江见了大喜，喝退军健，亲解其缚，请入帐中，置酒相待，用好言抚慰道："你看我众兄弟们，一大半都是朝廷军官。〔此语不可说关胜，而可说索超，盖关胜忠义之子，索超位不出李成、闻达上也。〕若是将军不弃，愿求协助宋江，一同替天行道。"杨志向前另自叙礼，诉说别后相念，两人执手洒泪。事已到此，不得不服。〔写索超服，亦与关胜不同。○生出杨志来作一收缩，妙甚。〕宋江大喜，再教置酒帐中作贺。

次日商议打城。一连数日，急不得破，宋江闷闷不乐。是夜独坐帐中，忽然一阵冷风，刮得灯光如豆。风过处，灯影下，闪闪走出一人。宋江抬头看时，却是天王晁盖，〔写得怕人。〕欲进不进，叫声："兄弟！你在这里做甚么？"〔妙绝妙绝，只一句，便将宋江不为报仇之罪直提出来。〕宋江吃了一惊，急起身问道："哥哥从何而来？冤仇不曾报得，中心日夜不安。〔宋江不为晁盖报仇偏不用他人声罪，偏是宋江自责，可谓业镜台前，神识自首矣。〕又因连日有事，一向不曾致祭；〔不报仇已不可说，乃至不致祭，彼宋江之于晁盖，殆何如哉至此凡四卷，皆其文也。恐人读而不能明正其罪，故特于此写其自责，而又别添"不致

祭"三字以重之，^{笔法真正妙绝。}今日显灵，必有见责。"晁盖道："兄弟不知。我与你心腹弟兄，我今特来救你。如今背上之事发了，「眉批："背上之事"，
四字定罪分明。」只除江南地灵星可免无事。兄弟曾说三十六计，走为上计，今不快走时，更待甚么！倘有疏失，如之奈何？休怨我不来救你！"「句句用宋江私放晁盖语，乃至不换一句者，所
以深明宋江背反之志，实自私放晁盖之日始也。」宋江意欲再问明白，赶向前去说道："哥哥阴魂到此，望说真实。"晁盖道："兄弟，你休要多说，只顾安排回去，不要缠障。我便去也！"「句句用私放晁盖
语，不少一句。」宋江撇然觉来，却是南柯一梦。便请吴用来到中军帐中，宋江备述前梦。吴用道："既是天王显圣，不可不信其有。目今天寒地冻，军马亦难久住，正宜权且回山，守待冬尽春初，雪消冰解，那时再来打城，亦未为晚。"「亦不全信天王，妙甚。一
见宋江、吴用平日初未尝以天王为意，一则大军进退庶不同于儿戏也。」宋江道："军师之言虽是，只是卢员外和石秀兄弟陷在缧绁，度日如年，只望我等弟兄来救。不争我们回去，诚恐这厮们害他性命。此事进退两难，如之奈何？"当夜计议不定。

次日，只见宋江神思疲倦，身体发热；头如斧劈，一卧不起。众头领都到帐中看视。宋江道："我只觉背上好生热疼。"众人看时，只见鏊子一般红肿起来。「大书背疽以明宋江反状
已见，盖深恶之之笔也。」吴用道："此疾非痈即疽。吾看方书，绿豆粉可以护心，毒气不能侵犯。快觅此物，安排与哥哥吃。「得此一句安放，便
令建康往还有余。」只是大军所压之地，急切无有医人！"「用一跌法，
跌出张顺。」只见浪里白条张顺说道："小弟旧在浔阳江时，因母得患背疾，百药不能得治，后请得建康府安道全，手到病除，自此小弟感他恩德，但得些银两，便着人送去谢他。「书此一以表张顺生平，
一以见道全必来，且令杀
人不愁出首也。」今见兄长如此病症，只除非是此人医得。只是此去东途路远，急速不能便到。为哥哥的事，只得星夜前去。"吴用道："兄长梦晁天王所言百日之灾，则除江南地灵星可治，莫非正应此人？"宋江道："兄弟，你若有这个人，快与我去，休辞生受；只以义气为重，星夜去请此人，救我一命！"〔极丑之语，可谓平生奸伪，病见真性矣。○晁盖之仇，独不以义气为重何也？作者下此等句，皆是反衬法衬出宋江之恶来。〕吴用教取蒜条金一百两与医人，〔便生出截江鬼一段文字来。〕再将三二十两碎银作盘缠，分付张顺："只今便行，好歹定要和他同来，〔便生出李巧奴一段文字来。〕切勿有误。我今拔寨回山，和他山寨里相会。〔分付细到。〕兄弟是必作急快来！"张顺别了众人，背上包裹，望前便去。

且说军师吴用传令诸将：火速收军，罢战回山。车子上载了宋江，只今连夜起发。大名府内，曾经我伏兵之计，只猜我又诱他，定是不敢来追。〔两番退兵，前以迟，此以速，皆极兵家之用，写吴用真正妙才。〕一边吴用退兵不题。却说梁中书见报宋江兵又去了，正是不知何意。李成、闻达道："吴用那厮诡计极多，只可坚守，不宜追赶。"〔不出所料。〕

话分两头。且说张顺要救宋江，连夜趱行，时值冬尽，无雨即雪，路上好生艰难。〔写景妙，自此一路都是风雪中事。〕张顺冒着风雪，舍命而行。独自一个奔至扬子江边，看那渡船时，并无一只，张顺只叫得苦。〔先作一顿。〕没奈何，绕着江边又走，只见败苇折芦里面有些烟起，〔是写大江，是写风雪，是写渡船，是写薄暮，是写赶路人，妙妙。〕张顺叫道："艄公，快把渡船来载我！"只见芦苇里簌簌地响，走出一个人来，〔先响，次人。○忽然生出一个人，文情奇变之极。〕头戴箬笠，身披蓑衣，问道："客人要那里去？"张顺道："我要渡江去建康府干事至紧，多与你些船钱，渡我则个。"那艄公道："载你不妨，只是今日晚了，便过江去，也没歇处。你只在我船里歇了，到四更风静雪止，

我却渡你过去，只要多出些船钱与我。"张顺道："也说得是。"便与艄公钻入芦苇里来，见滩边缆着一只小船，篷底下，一个瘦后生在那里向火。[忽然又生出一个人，文情奇变之极。]艄公扶张顺下船，走入舱里，把身上湿衣裳脱下来，叫那小后生就火上烘焙。[看他两个便似世间好兄好朋友相似，何等情义真切。○叹今世间之好兄弟好朋友，其情义真切，亦只是此两个。]张顺自打开衣包，取出绵被，和身一卷，倒在舱里，叫艄公道："这里有酒卖么？买些来吃也好。"[下船便开包，开包便取被，取被便卧倒，卧倒方问酒，活画风雪，活画薄暮，活画辛苦，活画船里歇了。]艄公道："酒却没买处，要饭便吃一碗。"张顺再坐起来，吃了一碗饭，放倒头便睡。[未吃晚饭，先已睡倒；再坐起来吃了晚饭，便又睡倒。写张顺连日辛苦如画，便令下文便于捆缚。]一来连日辛苦，二来十分托大，初更左侧，不觉睡着。那瘦后生一头双手向着火盆，[画也画不出。]一头把嘴努着张顺，一头口里轻轻叫那艄公[画也画不出，妙绝。]道："大哥，你见么？"[偏先是瘦后生发科，令我悲叹。]艄公盘将来，去头边只一捏，觉道是金帛之物，把手摇道："你去把船放开，去江心里下手不迟。"[反叫他把船放开，不知下手那个，令我悲叹。]那后生推开篷，[一句一画。]跳上岸，[一句一画。]解了缆，[一句一画。]跳上船，[一句一画。]把竹篙点开，[一句一画。]搭上橹，[一句一画，妙绝。]咿咿哑哑地摇出江心里来。[不知为谁出力？不知把谁下手？可叹可叹。]艄公在船舱里取缆船索，[缆船索妙。○此回皆极写眼前果报也。]轻轻地把张顺捆缚做一块，便去船梢艎板底下，取出板刀来。[读至此句，令我忽然想着夜闹浔阳，不觉失笑。○读至夜闹浔阳，则替宋江担忧；读至此回，又替张顺担忧。人生百年，安得不老哉！]张顺却好觉来，双手被缚，挣挫不得。艄公手拿板刀，按在他身上。张顺告道：[只四字直反衬出夜闹浔阳一篇文字来。至人有言：己所不欲，勿施于人。此四字，遂可为其注脚也。]"好汉！你饶我性命，都把金子与你！"艄公道："金子也要，你的性命也要！"[笔势奇险，使人吃惊。]张顺连声叫道："你只教我囫囵死，冤魂便不来缠你！"[上艄公语险极，此张顺语捷极。]艄公道："这个却使得！"[又恶知其使不得哉！]放下板刀，把张顺扑通地丢下水去。那艄公便去打开包来看时，见了许多金银，倒吃一吓；〔妙绝妙绝。〕把眉头只一皱，〔妙绝妙绝。〕便叫那瘦后生道："五哥进来，和你说话。"〔妙绝妙绝。○陡然又蹴起一番波澜，大奇大奇。○写人险恶真有如此，可畏可恨！〕那人钻入舱里来，被艄公一手揪住，一刀落时，砍得伶仃，推下水去。〔大奇大奇。○是他发科，是他放船，是他吃刀下水，然则人又何乐而为恶哉！〕艄公打并了船中血迹，自摇船去了。

却说张顺是个水底下伏得三五夜的人，一时被推下去，就江底咬断索子，赴水过南岸时，见树林中隐隐有些灯光；张顺爬上岸，水渌渌地转入林子里，看时，却是一个村酒店，半夜里起来酢酒，破壁缝透出火来。〔如画。〕张顺叫开门时，见个老丈，纳头便拜。老丈道："你莫不是江中被人劫了，跳水逃命的么？"张顺道："实不相瞒老丈，小人从山东下来，要去建康府干事，晚了隔江觅船，不想撞着两个歹人，把小子应有衣服金银尽都劫了，撺入江中。小人却会赴水，逃得性命。公公救度则个！"老丈见说，领张顺入后屋中，把个衲头与他替下湿衣服来烘，〔是一番脱换。〕烫些热酒与他吃。〔是一番相待。○写王家子父有次第，有轻重。〕老丈道："汉子，你姓甚么？山东人来这里干何事？"〔口口只问山东，有路数人。〕张顺道："小人姓张。建康府安太医是我弟兄，特来探望他。"老丈道："你从山东来，曾经梁山泊过？"〔由山东问至梁山泊。〕张顺道："正从那里经过。"老丈道："他山上宋头领，不劫来往客人，又不杀害人性命，只是替天行道？"〔由梁山泊问至宋头领。〕张顺道："宋头领专以忠义为主，不害良民，只怪滥官污吏。"老丈道："老汉听得说：宋江这伙，端的仁义，只是救贫济老，那里似我这里草贼！若待他来这里，百姓都快活，不吃这伙滥污官吏薅恼！"〔一段真乃妙笔妙舌，便有过望草贼之意。○非怪草贼之不能救贫济老，怪

1023

张顺听罢道："公公不要吃惊：小人便是浪里白条张顺；因为俺哥哥宋公明害背疮，教我将一百两黄金，来请安道全。谁想托大，在船中睡着，被这两个贼男女缚了双手，撺了江里；被我咬断绳索，到得这里。"老丈道："你既是那里好汉，我教儿子出来和你相见。"〔稍公后忽然添出一人，老丈后亦忽然添出一人，都是出奇之笔。〕不多时，后面走出一个瘦后生来，〔又一瘦后生，奇极妙极。〕看着张顺便拜道："小人久闻哥哥大名，只是无缘，不曾拜识。小人姓王，排行第六。因为走跳得快，人都唤小人做'活闪婆'王定六。平生只好赴水使棒，多曾投师，不得传受，〔一拍便合，不费多墨。〕权在江边卖酒度日。却才哥哥被两个劫了的，小人都认得：一个是'截江鬼'张旺；那一个瘦后生，却是华亭县人，唤做'油里鳅'孙五。〔亦还他名色。〕这两个男女时常在这江里劫人。哥哥放心，在此住几日，等这厮来吃酒，我与哥哥报仇。"张顺道："感承哥哥好意。我为兄长宋公明，恨不得一日奔回寨里。只等天明，便入城去请了安太医，回来却相会。"当下王定六将出自己一包新衣裳，都与张顺换了，〔又一番脱换。〕杀鸡置酒相待，〔又一番相待。〕不在话下。

次日，天晴雪消，王定六再把十数两银子与张顺，且教入建康府来。张顺进得城中，径到槐桥下，看见安道全正在门前货药。张顺进得门，看着安道全，纳头便拜。安道全看见张顺，便问道："兄弟多年不见，甚风吹得到此？"张顺随至里面，把这闹江州跟宋江上山的事，一一告诉了；后说宋江见患背疮，特地来请神医，扬子江中，险些儿送了性命，因此空手而来，都实诉了。安道全道："若论宋公明，天下义士，去医好他最是要紧。〔只一句表出安道全。〕只是拙妇亡过，〔四字妙，便已伏巧奴之亲热，出门之便捷也。〕家中别无亲人，离远不得，以此难出。"

草贼之不能治彼滥官污吏也。

张顺苦苦求告："若是兄长推却不去，张顺也不回山！"安道全道："再作商议。"张顺百般哀告，安道全方才应允。原来安道全新和建康府一个烟花娟妓，唤做李巧奴，时常往来，正是打得火热。［无端又生出一段事来，可谓文随手变。］当晚就带张顺同去他家，安排酒吃。李巧奴拜张顺为叔叔。［此句不写巧奴之视张顺如亲，正写道全之视巧奴如室也。］三杯五盏，酒至半酣，安道全对巧奴说道："我今晚就你这里宿歇，明日早，和这兄弟去山东地面走一遭。多只是一个月，少是二十余日，便回来看你。"［丑语。］那李巧奴道："我却不要你去。［丑语。］你若不依我口，再也休上我门！"［丑语。○悉与下有人敲门后一段对读。］安道全道："我药囊都已收拾了，只要动身，明日便走。你且宽心，我便去也不到得担阁。"李巧奴撒娇撒痴，倒在安道全怀里说道："你若还不念我，［句。］去了，［句。］我只咒得你肉片片儿飞！"［写得无丑不备。］张顺听了这话，恨不得一口水吞了这婆娘。［先伏一句。］看看天色晚了，安道全大醉倒了，搀去巧奴房里，睡在床上。巧奴却来发付张顺道："你自归去，我家又没睡处。"［先来发遣，以为门首小房之地；小房里歇，以为张见张旺之地。不然，太医高亲，岂可撇之门首？不在门首，如何却得报仇哉？布笔都是一副心血算出。］张顺道："我待哥哥酒醒同去。"巧奴发遣他不动，只得安他在门首小房里歇。［笔墨曲折，情事团凑。］

张顺心中忧煎，那里睡得着？［睡得着便生出事来，睡不着又生出事来，妙绝。］初更时分，有人敲门，［奇。○你若不依我口，再也休上我门，此人却来敲门，定是依得他口者也。可叹可笑。］张顺在壁缝里张时，只见一个人闪将入来，便与虔婆说话。［如画绝倒。］那婆子问道："你许多时不来，却在那里？今晚太医醉倒在房里，却怎生奈何？"那人道："我有十两金子，［即以太医金子来与太医争光，绝倒。］送与姐姐打些钗环；老娘怎地做个方便，教他和我厮会则个。"虔婆道："你只在

我房里，我叫女儿来。"张顺在灯影下张时，却正是截江鬼张旺。[写得冤家路窄，盖真有之。]近来这厮，但是江中寻得些财，便来他家使。张顺见了，按不住火起。再细听时，只见虔婆安排酒食在房里，叫巧奴相伴张旺。[真乃无丑不备，写之污纸，言之污颊。]张顺本待要抢入去，却又怕弄坏了事，走了这贼。约莫三更时候，厨下两个使唤的也醉了；[如画。○偏是此等人无夜不醉，是以君子义不欲醉也。]虔婆东倒西歪，却在灯前打醉眼子。[如画。]张顺悄悄开了房门，蹅到厨下，见一把厨刀油晃晃放在灶上，[「油晃晃」只三字，便活写出娼妓人家厨下。俗本误作明晃晃，便少却多少色泽，且与下文口卷不合也。]看这婆婆倒在侧首板凳上。张顺走将入来，拿起厨刀，先杀了虔婆。要杀使唤的时，原来厨刀不甚快，砍了一个人，刀口早卷了。[是厨刀。○亦作一顿。]那两个正待要叫，却好一把劈柴斧正在手边，[便捷。一顿便起，笔力跳动。]绰起来，一斧一个，砍杀了。房中婆娘听得，慌忙开门，正迎着张顺，[张顺进去，不如婆娘出来，其可想法。]手起斧落，劈胸膛砍翻在地。张旺灯影下见砍翻婆娘，推开后窗，跳墙走了。[又作一纵，大奇大奇。○瘦后生偏随手了事，截江鬼偏到此又脱，一快一迟都妙。]张顺懊恼无及，忽然想着武松自述之事，随即割下衣襟，蘸血去粉墙上写道"杀人者，我安道全也"，[忽然想着武松旧事，忽然偷用武松文法，而其实与武松一字不同。何则？武松是自认，张顺是推人，只是题目不同，便令一篇都变也。]连写了数十余处。[亦与武松安。○自认只一而已足，陷人多多为益善也。]挨到五更将明，只听得安道全在房中酒醒，便叫："我那人……"[丑。○只如此称唤，岂复肯去山东者哉！]张顺道："哥哥，不要做声，我教你看你那人！"[「我那人」「你那人」，接口成趣。]安道全起来，看见四个死尸，吓得浑身麻木，颤做一团。张顺道："哥哥，你再看你写的么？"[「你写的」三字，妙幻之极。]安道全道："你苦了我也！"张顺道："只有两条路，从你行：若是声张起来，我自走了，哥哥却用去偿命；若还你要没事，家中取了药囊，[拙妻早已亡过。]连夜径上梁山泊，救我哥哥。这两件，随你行！"安道全道："兄弟，你忒这般短命见识！"

趁天未明，张顺卷了盘缠，同安道全回家，开锁推门，[是无家之人。]取了药囊；出城来，径到王定六酒店里。王定六接着，说道："昨日张旺从这里走过，可惜不遇见哥哥。"[文字忽然穿到有人敲门之前，奇妙不可言。]张顺道："我也曾遇见那厮，可惜措手不及。正是要干大事，那里且报小仇。"[写张顺不必杀张旺，所以深表张顺也。]说言未了，王定六报道："张旺那厮来也！"[惜其去，报其来，斗文紧簇，亦写冤家路窄。]张顺道："且不要惊他，看他投那里去！"[妙妙，偏不在巧儿房中，偏不在定六门前。]只见张旺去滩头看船。王定六叫道："张大哥，你留船来，载我两个亲眷过去。"张旺道："要趁船，快来！"王定六报与张顺。张顺道："安兄，你可借衣服与小弟穿，小弟衣裳却换与兄长穿了，才去趁船。"[写张顺分外细慎，不似张横。]安道全道："此是何意？"张顺道："自有主张，兄长莫问。"安道全脱下衣服，与张顺换穿了；张顺戴上头巾，遮尘暖笠影身；[妙。]王定六背了药囊。走到船边，张旺拢船傍岸，三个人上船。张顺爬入后梢，揭起艎板，板刀尚在；悄然拿了，再入船舱里。[只"板刀尚在"四字，写得果报森然，令人不寒而栗。〇不必用板刀也，而亦必拿过，见其细慎之至也。]张旺把船摇开，咿哑之声，又到江心里面。[妙，果报可畏如此。]张顺脱去上盖，[不欲污道全之服也，写得色色细慎过人。]叫一声："艄公快来！你看船舱里有些血迹。"[妙妙，即用前"血迹"字，然在张顺口中只是无意而合。]张旺道："客人休要取笑。"一头说，一头钻入舱里来。被张顺肐膝地揪住，喝一声："强贼！认得前日雪天趁船的客人么？"[读之快活之甚，松颡之甚，千古恶人看样。]张旺看了，做声不得。张顺喝道："你这厮谋了我一百两黄金，又要害我性命！你那个瘦后生那里去了？"[要问。]张旺道："好汉，小人金子多了，怕他要分，我便少了；[妙语绝倒，此即臧文仲窃位注脚，自古至今，无不尔尔，莫单笑截江鬼也。]因此杀死，撺入

江里去了。"「本领既大，心计转粗，不至于是不止也。」张顺道："你这强贼！老爷生在浔阳江边，长在小孤山下，做卖鱼牙子，天下传名！只因闹了江州，占住梁山泊里，随从宋公明，纵横天下，谁不惧我！「雄文骇俗，读之起舞。」你这厮漏我下船，缚住双手，撺下江心，不是我会识水时，却不送了性命！今日冤仇相见，饶你不得！"就势只一拖，提在船舱中，取缆船索把手脚四马攒蹄，捆缚做一块，「亦是缆船索，写得果报可畏。」看着那扬子大江，直撺下去，「写得果报可畏。」喝一声道："也免了你一刀！"「写得果报可畏。」王定六看了，十分叹息。「四字妙绝，善恶之报如影随形，不多一分，不少一寸。十分叹息，良有以也。」张顺就船内搜出前日金子并零碎银两，「银则犹是也，金少十两矣。」都收拾包裹里，三人棹船到岸，对王定六道："贤弟恩义，生死难忘。你若不弃，便可同父亲收起酒店，赶上梁山泊来，一同归顺大义。未知你心下如何？"王定六道："哥哥所言，正合小弟之心。"说罢分别。张顺和安道全换转衣服，就北岸上路。「色色细备，一笔不漏。」王定六作辞二人，复上小船，自摇回家，「本是山泊金子，欲送安太医，却送截江鬼，乃未几而仍归山泊者，安太医又不得有，截江鬼又不得有也。本是截江鬼小船，乃截江鬼与瘦后生摇却半世，截江鬼又独摇数日，至是却属王定六摇归者，瘦后生不复在，截江鬼亦不复在也。嗟乎！观于此，而人犹不义命自安，纷纷妄求，不亦大哀也哉！」收拾行李赶来。

　　且说张顺与同安道全上得北岸，背了药囊，移身便走。那安道全是个义墨的人，不会走路；行不得三十余里，早走不动。「行文至此，已属余尾，却忽作一顿。」张顺请入村店，买酒相待。正吃之间，只见外面一个客人，走到面前，叫声："兄弟，如何这般迟误！"张顺看时，却是神行太保戴宗，「妙绝妙绝，又妙于道全之速去，又妙于定六之迟来。」扮做客人赶来。张顺慌忙教与安道全相见了，便问宋公明哥哥消息。戴宗道："目今宋哥哥神思昏迷，水米不进，看看待死。"张顺闻言，泪如雨下。「写张顺。」安道全问道："皮肉血色如何？"「便似医人声口。」戴宗答道："肌肤憔悴，终夜叫唤，疼痛不止，性命早晚难保。"安道全道："若是皮肉身体得知疼痛，便可医治；只怕误了日期。"「一句趲入。」戴宗道："这个容易。"取两个甲马，拴在安道全腿上。戴宗自背了药囊，「妙。〇前若便用此法，何以有扬子江心一案？今若不用此法，何以使背疮不误日期？故知一笔一画，皆有其故也。」分付张顺："你自慢来，我同太医前去。"两个离了村店，作起神行法，先去了。「只用一字，忽结太医，却扬下张顺作余波。」

且说这张顺在本处村店里，一连安歇了两三日，只见王定六背了包裹，同父亲果然过来。「不更生头，顺笔带下，妙甚。」张顺接见，心中大喜，说道："我专在此等你。"王定六大惊道："哥哥何由得还在这里？那安太医何在？"「写王定六。」张顺道："神行太保戴宗接来迎着，已和他先行去了。"王定六却和张顺并父亲一同起身，投梁山泊来。

且说戴宗引着安道全，作起神行法，连夜赶到梁山泊寨中；大小头领接着，拥到宋江卧榻内，「只一"拥"字，直画出众人情义来。」就床上看时，口内一丝两气。安道全先诊了脉息，说道："众头领休慌，脉体无事。身躯虽是沉重，大体不妨。不是安某说口，只十日之间，便要复旧。"众人见说，一齐便拜。安道全先把艾焙引出毒气，然后用药：外使敷贴之饵，内用长托之剂。「并治法皆详写。」五日之间，渐渐皮肤红白，肉体滋润。不过十日，虽然疮口未完，却得饮食如旧。只见张顺引着王定六父子二人，拜见宋江并众头领，诉说江中被劫，水上报冤之事。众皆称叹："险不误了兄长之患！"

宋江才得病好，便又对众洒泪商量要打大名，救取卢员外、石秀，「看他"洒泪"二字，可谓丑极。仍不为晁天王报仇洒泪，故恶之也。」安道全谏道："将军疮口未完，不可轻动；动则急难痊可。"

吴用道："不劳兄长挂心，只顾自己将息，调理体中元气。吴用虽然不才，只就目今春初时候，定要打破大名城池，救取卢员外、石秀二人性命，擒拿淫妇奸夫，以满兄长报仇之意。"宋江道："若得军师真报此仇，宋江虽死瞑目！" 「大书宋江甘心为卢员外报仇，以正其狱晁盖之罪也。」吴用便就忠义堂上传令。有分教：大名城内，变成火窟枪林；留守司前，翻作尸山血海。正是：谈笑鬼神皆丧胆，指挥豪杰尽倾心。毕竟军师吴用怎地去打大名，且听下回分解。

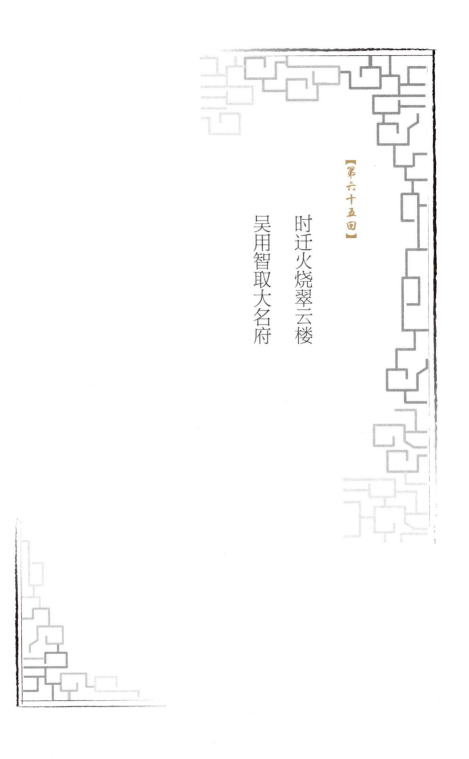

【第六十五回】

时迁火烧翠云楼

吴用智取大名府

　　吾友矼山先生，尝向吾夸京中口技，言："是日宾客大会，于厅事之东北角，施八尺屏障，口技人坐屏障中，一桌、一椅、一扇、一抚尺而已。众宾既团揖坐定。少顷，但闻屏障中抚尺二下，满堂寂然，无敢哗者。遥遥闻深巷犬吠声，甚久，忽耳畔鸣金一声，便有妇人惊觉欠申，摇其夫，语猥亵事。夫呓语，初不甚应，妇摇之不止，则二人语渐间杂，床又从中戛戛响。既而儿醒，大啼，夫令妇与儿乳，儿含乳啼，妇拍而呜之。夫起溺，妇亦抱儿起溺，床上又一大儿醒，猎猎不止。当是时，妇手拍儿声，口中呜声，儿含乳啼声，大儿初醒声，床声，夫叱大儿声，溺瓶中声，溺桶中声，一齐凑发，众妙毕备。满座宾客无不伸颈明目，微笑默叹，以为妙绝也。既而夫上床寝，妇又呼大儿溺毕，都上床寝，小儿亦渐欲睡。夫鼾声起，妇拍儿亦渐拍渐止。微闻有鼠作作索索，盆器倾侧，妇梦中咳嗽之声。宾客意少舒，稍稍正坐。忽一人大呼火起，夫起大呼，妇亦起大呼，两儿齐哭。俄而百千人大呼，百千儿哭，百千狗吠。中间力拉崩倒之声、火爆声、呼呼风声，百千齐作；又夹百千求救声、曳屋许许声、抢夺声、泼水声，凡所应有，无所不有。虽人有百手，手有百指，不能指其一端；人有百口，口有百舌，不能名其一处也。于是宾客无不变色离席，奋袖出臂，两股战战，几欲先走。而忽然抚尺一下，群响毕绝，撤屏视之，一人、一桌、一椅、一扇、一抚尺如故。盖久之久之，犹满堂寂然，宾客无敢先哗者也。"吾当时闻其言，意颇不信，笑谓先生："此自是卿粲花之论耳，世岂真有是技？"维时先生亦笑谓吾："岂惟卿不得信，实惟吾犹至今不信耳！"今日读火烧翠云楼一篇，而深叹先生未尝吾欺，世固真有是绝异非常之技也。

　　调拨时，一人一令；及乎动手，却各各变换，不必尽不同，不必尽同。无他，世固无印板厮杀，不但无印板文字也。

　　调拨作两半写，点逗亦作两半写，城里众人发作亦作两半写，城中大军策应亦作两半写，又是一样绝奇之格。

　　写梁山泊调拨劫城一大篇后，却写梁中书调拨放灯一小篇；写梁中书两头奔走一大篇后，却写李固、贾氏两头奔走一小篇。使人读之，真欲绝倒。

　　话说吴用对宋江道："今日幸喜得兄长无事，又得安太医在寨中看视贵疾，此是梁山泊万千之幸。比及兄长卧病之时，小生累累使人去大名探听消息，［补文中之所无，好笔。］梁中书昼夜忧惊，只恐俺军马临城。又使人直往大名城里城外市井去处，遍贴无头告示：晓谕居民，勿得疑虑，冤各有头，债各有主；大军到郡，自有对头。因此，梁中书越怀鬼胎。［又补一事。并告示都补出来。］又闻蔡太师见说降了关胜，天子之前更不敢提，只是主张招安，大家无事，因累累寄书与梁中书，教且留卢俊义、石秀二人性命，好做手脚。"［再补一事，其文愈足。］宋江见说，便要催趱军马下山去打大名。吴用道："即今冬尽春初，早晚元宵节近。大名年例，大张灯火。我欲乘此机会，先令城中埋伏，外面驱兵大进，里应外合，可以破之。"宋江道："此计大妙！便请军师发落。"吴用道："为头最要紧的，是城中放火为号。你众弟兄中，谁敢与我先去城中放火？"只见阶下走过一人道："小弟愿往。"众人看时，却是鼓上蚤时迁。时迁道："小弟幼年间曾到大名。城内有座楼，唤做翠云楼；楼上楼下，大小有百十个阁子。眼见得元宵之夜，必然喧哄。小弟潜地入城，到得元宵节夜，只盘去翠云楼上，放起火来为号，军师可自调遣人马入来。"吴用道："我心正待如此。你明日天晓，先下山去。只在元宵夜一更时候，楼上放起火来，［若依将令，放火当在一更；及后叙事，乃入二更有余，皆极情事之妙。］便是你的功劳。"时迁应允，得令去了。［第一日只拨一人。眉批：调拨之前半截。］吴用次日

却调解珍、解宝，〔次日第一调。〕扮做猎户，去大名城内官员府里献纳野味；〔次日。〕正月十五日夜间，只看火起为号，便去留守司前截住报事官兵。〔若依将令，应截报事官兵；及后叙事，乃截中书回马，都妙。〕两个得令去了。〔两个，三个去了。〕再调杜迁、宋万，〔第二调。〕扮做粜米客人，推辆车子，去城中宿歇；元宵夜只看号火起时，却来先夺东门。〔只一东门，凡用两队人内外双夺，妙绝妙绝。真可谓万全之策矣。○此一队内夺东门。〕两个得令去了。〔四个，五个去了。〕再调孔明、孔亮〔第三调。〕扮做仆者，去大名城内闹市里房檐下宿歇，只看楼前火起，便要往来接应。〔定不可少，妙妙。○依将令，本是仆者；后叙事，却扮乞丐，都妙。〕两个得令去了。〔六个，七个去了。〕再调李应、史进〔第四调。〕扮做客人，去大名东门外安歇，只看城中号火起时，先斩把门军士，夺下东门，好做出路。〔此一队外夺东门。〕两个得令去了。〔八个，九个去了。〕再调鲁智深、武松〔第五调。〕扮做行脚僧，前去大名城外庵院挂搭，只看城中号火起时，便去南门外截住大军，〔句。〕冲击去路。〔便料定他去路，妙妙。〕两个得令去了。〔十个，十一个去了。〕再调邹渊、邹闰〔第六调。〕扮做卖灯客人，直往大名城中寻客店安歇，只看楼中火起，便去司狱司前策应。〔第一紧着，妙妙。○司狱司是一篇大书正经题目，却怪其只拨一人；及读至叙事文中，始知孔明、孔亮、柴进、乐和悉入狱来，方叹行文变化之妙也。○若前幅如此调葫芦，何以谓之兵犹鬼神哉？〕两个得令去了。〔十二个，十三个去了。〕再调刘唐、杨雄〔第七调。〕扮做公人，直去大名州衙前宿歇，只看号火起时，便去截住一应报事人员，令他首尾不能救应。〔二解截司前兵，此截州前报兵，妙。〕两个得令去了。〔十四个，十五个去了。〕再请公孙胜先生〔第八调。〕扮做云游道人，却教凌振扮做道童跟着，将带风火轰天等炮数百个，直去大名城内净处守待，只看号火起时施放。〔定不可少。○有此一拨，又添无数声势。〕两个得令去了。〔十六个，十七个去了。〕再调张顺，跟随燕青，〔第九调。〕从水门里入城，径奔卢员外家，单捉淫妇奸夫。〔上调劫城大军已毕，此二队独为卢家调出。○此队在卢家后门。〕再调王矮虎、孙新、张青、扈三娘、顾大嫂、孙二娘[第十调。]扮作三对村里夫妻，入城看灯，寻至卢俊义家中放火。[此队来卢家门前。]再调柴进带同乐和[第十一调。]扮做军官，直去蔡节级家中，要保救二人性命。[此一队又独为蔡家调出。拉杂之中，极其详尽，妙绝妙绝。]众头领俱各得令去了。[十八个、十九个、二十个、二十一个、二十二个、二十三个、二十四个、二十五个、二十六个、二十七个去了。一路逐队结，此二队总结，章法不板。○第二日拨二十六人。]

此是正月初头。不说梁山泊好汉依次各各下山进发，且说大名梁中书唤过李成、闻达、王太守等一干官员，商议放灯一事。[商议，则非欲歇者矣。寇至而忧，寇退而乐，食肉之人，从来如此，可叹可笑。]梁中书道："年例城中大张灯火，庆赏元宵，与民同乐，全似东京体例；[须知非学圣人也，学丈人也。]如今被梁山泊贼人两次侵境，只恐放灯因而惹祸。下官意欲住歇放灯，你众官心下如何计议？"闻达便道："想此贼人潜地退去，没头告示乱贴，此计是穷，必无主意，相公何必多虑？若还今年不放灯时，这厮们细作探知，必然被他耻笑。[惜小耻成大辱，从来有此等计算。]可以传下钧旨，晓示居民：比上年多设花灯，添扮社火，市中心添搭两座鳌山，照依东京体例，通宵不禁，十三至十七，放灯五夜。教府尹点视居民，勿令缺少；[府尹第一节。]相公亲自行春，务要与民同乐。[相公第二节。]闻某亲领一彪军马出城，去飞虎峪驻扎，以防贼人奸计；[大刀第三节。]再着李都监亲引铁骑马军，绕城巡逻，勿令居民惊忧。"[天王第四节。○议劫城者，一队一队调遣出来；议放灯者，亦一队一队分拨开去。写得真是绝倒。]梁中书见说大喜。众官商议已定，随即出榜晓谕居民。

这北京大名府是河北头一个大郡，冲要去处。却有诸路买卖，云屯雾集；只听放灯，都来赶趁。[只此一句，便知二十七人已一齐入得城来，妙笔高笔。]在城坊隅巷陌，该管厢官每日点视，只得装扮社火；豪富之家，催促悬挂花灯。[第一段，催放灯火。○"只得"字、"催促"字，写尽放灯弊政，可笑。]

远者三二百里买，近者也过百十里之外，便有客商，年年将灯到城货卖。「第二段，收买花灯。」家家门前扎起灯栅，都要赛挂好灯，巧样烟火。户内缚起山棚，摆放五色屏风炮灯，四边都挂名人书画，并奇异骨董玩器之物。在城大街小巷，家家都要点灯。「第三段，扎缚山棚。」大名府留守司州桥边，搭起一座鳌山，上面盘红黄大龙两条，每片鳞甲上点灯一盏，口喷净水。去州桥河内周围上下，点灯不计其数。铜佛寺前扎起一座鳌山，上面盘青龙一条，周回也有千百盏花灯。翠云楼前也扎起一座鳌山，上面盘着一条白龙，四面点火，不计其数。「第四段，总叙三处鳌山。」原来这座酒楼，名贯河北，号为第一；上有三檐滴水，雕梁绣柱，极是造得好；楼上楼下，有百十处阁子。终朝鼓乐喧天，每日笙歌聒耳。「第五段，独详翠云楼一处。」城中各处宫观寺院、佛殿法堂中，各设灯火，庆赏丰年。三瓦两舍，更不必说。「第六段，补叙城中无处无灯。」

那梁山泊探细人，得了这个消息，报上山来。吴用得知大喜，去对宋江说知备细。宋江便要亲自领兵去打大名。安道全谏道："将军疮口未完，切不可轻动；稍若怒气相侵，实难痊可。"吴用道："小生替哥哥走一遭。"随即与铁面孔目裴宣，点拨八路军马：第一队，「上文一番分拨，只谓大军已行，不意隔二纸有余，重复有此调遣，令人出自意外也。○分作二段，却二段各成大篇，奇绝之格。」大刀关胜引领宣赞、郝思文为前部，镇三山黄信在后策应，「前云黄信打死，此云黄信策应，更不言是假扮，真正高手妙笔。」都是马军。「又是一样调拨之法，真出奇无穷。○二十八个、二十九个、三十个、三十一个。」第二队，豹子头林冲引领马麟、邓飞为前部，小李广花荣在后策应，都是马军。「三十二个、三十三个、三十四个、三十五个。」第三队，双鞭呼延灼引领韩滔、彭玘为前部，病尉迟孙立在后策应，都是马军。「三十六个、三十七个、三十八个、三十九个。」第四队，霹雳火秦明引领欧鹏、燕顺为前部，跳涧虎陈达在后策应，都是马军。「四十个、四十一个、四十二个、四十三个。〇以上四队马军。」第五队，调步军头领没遮拦穆弘将引杜兴、郑天寿，「又变一样调拨之法。〇四十四个、四十五个、四十六个。」第六队，步军头领黑旋风李逵将引李立、曹正。「四十七个、四十八个、四十九个。」第七队，步军头领插翅虎雷横将引施恩、穆春。「五十个、五十一个、五十二个。」第八队，步军头领混世魔王樊瑞将引项充、李衮。「五十三个、五十四个、五十五个。〇以上四队步军。」这八路马步军兵，各自取路，即今便要起行，毋得时刻有误。正月十五日二更为期，都要到大名城下。马军步军一齐进发。那八路人马依令下山，「第一日拨一人，第二日拨二十六人，第三日拨二十八人，前后共拨五十五人，而为章法忽散，忽整，忽联，忽断，殊不见其累坠也。」其余头领尽跟宋江保守山寨。「如此一番大战，而杨志、索超二人独不见调者，为梁中书受恩深处，不欲以负心教天下也，亦暗用云长义放曹公事。」

且说时迁越墙入城，城中客店内却不着单身客人，「斜插出地方紧急。」他自白日在街上闲走，到晚来东岳庙神座底下安身。正月十三日，「十三日，看他偏能逐日写。」却在城中往来观看那搭缚灯棚，悬挂灯火。正看之间，只见解珍、解宝挑着野味，在城中往来观看；「看他如此五十余人，前既调遣一番，后又正叙一番，中间又能点逗一番。〇点逗出解珍、解宝。眉批：点逗之前半截。」又撞见杜迁、宋万两个，从瓦子里走将出来。「点逗出杜迁、宋万。〇点逗四人作一节。」时迁当日先去翠云楼上打一个趸，只见孔明披着头发，身穿羊皮破衣，右手拄一条杖子，左手拿个碗，腌腌臜臜，在那里求乞；「点逗出孔明。」见了时迁，打抹他去背后说话。时迁道："哥哥，你这般一个汉子，红红白白面皮，不像叫化的。城中做公的多，倘或被他看破，须误了大事。哥哥可以躲闪回避。"说不了，又见个丐者从墙边来，看时却是孔亮。「点逗出孔亮。」时迁道："哥哥，你又露出雪也似白面来，亦不像忍饥受饿的人；这般模样，必然决撒！"却才道罢，背后两个人，劈角儿揪住，

喝道："你们做得好事！"回头看时，却是杨雄、刘唐。「点逗出杨雄、刘唐。」时迁道："你惊杀我也！"杨雄道："都跟我来。"带去僻静处埋怨道："你三个好没分晓，却怎地在那里说话！倒是我两个看见，倘若被他眼明手快的公人看破，却不误了大事？我两个都已见了，弟兄们不必再上街去。"「又从口中虚点余人。」孔明道："邹渊、邹闰昨日街上卖灯，鲁智深、武松已在城外庵里。再不必多说，「又虚点出邹渊、邹闰、鲁智深、武松。」只顾临期各自行事。"「点逗四人又作一节。」五个说了，都出到一个寺前，正撞见一个先生从寺里出来。众人抬头看时，却是入云龙公孙胜；背后凌振扮作道童跟着。七个人都点头会意，各自去了。「点逗出公孙胜、凌振。○点逗二人又作一节。」

看看相近上元。梁中书先令大刀闻达将引军马出城，去飞虎峪驻扎，以防贼寇。十四日「十四日。」却令李天王李成亲引铁骑马军五百，全副披挂，绕城巡视。次日，正是正月十五日。是日好生晴明，梁中书满心欢喜。「自十三、十四写至十五，又自是日、是晚、初更写至二更，妙极妙极。」未到黄昏，一轮明月却涌上来，照得六街三市，熔作金银一片。「灯光月光，只用六字写尽。」士女挨肩叠背。烟火花炮比前越添得盛了。「是放灯第三日语。」是晚，「晚。」节级蔡福分付教兄弟蔡庆看守着大牢："我自回家看看便来。"方才进得家门，只见两个人闪将入来，前面那个军官打扮，后面仆者模样。灯火之下「妙。」看时，蔡福认得是小旋风柴进，后面的却不晓得是铁叫子乐和。「若干人，有从十三日点逗者，有从十五日点逗者，有十三、十五两日都点逗者，笔法参差，墨气腾耐，总非恒手之所得有也。○将令在十五日，则十三、十四日犹闲甚也；将令在十五日之二更，则十五日之黄昏犹闲甚也。因其闲甚，而取若干人点逗一番；又因其闲甚，而取若干人再点逗一番，则其笔力横绝诚有大过人者故也。○点逗出柴进、乐和。○不晓得是乐和，便已点出乐和矣，奇绝妙绝。」蔡节级便请入里面去，见成杯盘，「妙。」随即管待。柴进道："不必赐酒。在下到此，有件紧事相央。卢员外、石秀全得足下相觑，称谢难尽。今晚小子欲就大牢里，赶此元宵热闹，看望一遭。望你相烦引进，休得推却。"蔡福是个公人，早猜了八分。「好。」欲待不依，诚恐打破城池，都不见了好处，又陷了老小一家性命。只得担着血海的干系，便取些旧衣裳，教他两个换了，也扮做公人，换了巾帻，「细。〇却少不得。」带柴进、乐和径奔牢中去了。

初更左右，「初更。」王矮虎、一丈青、孙新、顾大嫂、张青、孙二娘，三对儿村里夫妻，乔乔画画，装扮做乡村人，挨在人丛里，便入东门去了。「点逗出王矮虎、一丈青、孙新、顾大嫂、张青、孙二娘。眉批：点逗之后半截。」公孙胜带同凌振，挑着荆篓，去城隍庙里廊下坐地。「公孙胜、凌振再见。」这城隍庙，只在州衙侧边。邹渊、邹闰挑着灯，在城中闲走，「邹渊、邹闰再见。」杜迁、宋万各推一辆车子，径到梁中书衙前，闪在人闹处。「杜迁、宋万再见。」原来梁中书衙，只在东门里大街住。刘唐、杨雄各提着水火棍，身边都自有暗器，来州桥上两边坐定。「刘唐、杨雄再见。」燕青领了张顺，自从水门里入城，静处埋伏。「点逗出燕青、张顺。」、都不在话下。

不移时，楼上鼓打二更。「一更。〇看他已写至二更矣，偏能徐徐而引。不作急腔促板，真乃笔力过人。」却说时迁挟着一个篮儿，里面都是硫黄、焰硝、放火的药头，篮儿上插几朵闹蛾儿，蹅入翠云楼后，走上楼去。「时迁再见。〇又写得如画。」只见阁子内，吹笙箫，动鼓板，掀云闹社，子弟们闹闹嚷嚷，都在楼上打哄赏灯。时迁上到楼上，只做卖闹蛾儿的，各处阁子里去看，撞见解珍、解宝，拖着钢叉，又上挂着儿兔，在阁子前蹅。「已写至二更后，尚能更闲笔令解珍、解宝再见，以真正笔力过人。」时迁便道："更次到了，怎生不见外面动掸？"「偏作一顿。」解珍道："我两个方才在楼前，见探马过去，多管兵马到了。「并不实写，只从口中渐渐传出，妙不可言。」你只顾去行事。"

言犹未了，只见楼前都发起喊来，说道："梁山泊军马到西门外了！"［此已算实写，然亦只是众人口中传出，妙不可言。］解珍分付时迁："你自快去，我自去留守司前接应。"奔到留守司前，［忽接此句，便卸却时迁，转去众人也。不然者，将令老鼠入牛角，更无转动处矣。行文不可不知此法。］只见败残军马一齐奔入城来，说道："闻大刀吃劫了寨也！［省却一段大文字。］梁山泊贼寇引军都到城下也！"［此一发是实写，然亦只就口中传来，妙不可言也。○看他纯用虚笔，真是绝世奇文。］李成正在城上巡逻，听见说了，飞马来到留守司前，教点军兵，分付闭上城门，守护本州。

却说王太守亲引随从百余人，长枷铁锁，在街镇压；［画出行春太守，笔法闲婉。］听得报说这话，慌忙回留守司前。

却说梁中书正在衙前醉了闲坐，［如画。○醉了闲坐，是二更已后；梁中书寇警在郊，而醉了闲坐，是蔡太师女婿梁中书也。］初听报说，尚自不甚慌；［活画文官行径。］次后没半个更次，流星探马接连报来，吓得一言不吐，单叫："备马！备马！"［活画文官行径，眉批：城中发作之前半截。］

说言未了，只见翠云楼上烈焰冲天，火光夺月，十分浩大。［此是时迁功劳。○时迁虚写。］梁中书见了，急上得马，却待要去看时，［第一段，要去看火。］只见两条大汉，推两辆车子，放在当路，便去取碗挂的灯来，［妙。］望车子点着，随即火起。［此是杜迁、宋万功劳。］梁中书要出东门时，［第二段，要出东门。］两条大汉口称："李应、史进在此！"手拈朴刀，大踏步杀来。把门官军吓得走了，手边的伤了十数个。［李应、史进自外而入。］杜迁、宋万却好接着出来，［杜迁、宋万自内而出。］四个合做一处，把住东门。［调时分，此时合，文字变动，妙绝妙绝。］梁中书见不是头势，带领随行伴当，飞奔南门。［第三段，要出南门。］南门传说道：［妙妙。从东门走南门，而必至南门方知有寇，其于情事岂有当乎？只须传说便复回马，不必定至南门，妙绝妙绝。○下文梁中书实夺南门而去，此却先写传说有贼，中路回马，不惟使仓卒奔波如画，兼令行文跌顿有法也。］"一个胖大和尚，轮动铁禅杖；一个虎面行者，掣出双戒刀；发喊杀入城来。"［鲁智深、武松虚写。］梁中书回马，再到留守司前，［第四段，再回司前。］只见解珍、解宝手拈钢叉，在那里东冲西撞；［本令截住报事人员，却反截住中书回府，文字变化得妙。］急待回州衙，不敢近前。［第五段，要至州衙。］王太守却好过来，刘唐、杨雄两条水火棍齐下，打得脑浆迸流，眼珠突出，死于街前；虞候、押番，各逃残生去了。［本令截住报兵，却反打死太守，文字变化得妙。○若不变化岂有印板厮杀哉！］梁中书急急回马奔西门，［第六段，急奔西门。］只听得城隍庙里火炮齐响，轰天震地。［此是公孙胜、凌振功劳。○公孙胜、凌振亦虚写。］邹渊、邹闰手拿竹竿，只顾就房檐下放起火来。［邹渊、邹闰，本令狱中策应，却先各处放火，文字段段变化，妙妙。］南瓦子前，王矮虎、一丈青杀将来；孙新、顾大嫂身边掣出暗器，就那里协助；铜佛寺前，张青、孙二娘入去，爬上鳌山，放起火来。［已上写得拉杂之极，清出（楚）之极，迅疾之极，闲婉之极，绝世奇文，非眼所见。］此时大名城内百姓黎民，一个个鼠撺狼奔，一家家神号鬼哭；四下里十数处火光亘天，四方不辨。

却说梁中书奔到西门，接着李成军马，急到南门城上，［第七段，再到南门。○看他三写南门，第一闻人传说，半路退转；第二奔到楼上，不敢出去；直至后第三，方夺路拼命而走，极文章跌顿之妙也。］勒住马在鼓楼上看时，只见城下兵马摆满，旗号写"大刀关胜"，火焰光中，抖擞精神，施逞骁勇；左有宣赞，右有郝思文，黄信在后催动人马，雁翅般横杀将来，已到门下。［以下数队写得如火如潮，如霆如龙。○马军。眉批：梁中书出不得城去，和李成躲至北门城下城外策应之前半截。］梁中书出不得城去，和李成躲至北门城下，［第八段，躲至北门。］望见火光明亮，军马不知其数，却是豹子头林冲，跃马横枪，左有马麟，右有邓飞，花荣在后催动人马，飞奔将来。［马军。］再转东门，［第九段，再转东门。］一连火把丛中，只见没遮拦穆弘，左有杜兴，右有郑天寿，三筹好汉当先，手拈朴刀，引领一千余人，杀入城来。［步军。］梁中书径奔南门，舍命夺路而走。［第十段，径奔南门而去。］吊桥边火把齐明，只见黑旋风李逵，左有李立，右有曹正。李逵

浑身脱剥，手搭双斧，从城濠里飞杀过来；李立、曹正，一齐俱到。［步军。］李成当先，杀开条血路，奔出城来，护着梁中书便走，只见左手下杀声震响，火把丛中，军马无数，却是双鞭呼延灼，拍动坐下马，舞动手中鞭，径抢梁中书。［马军。］李成手举双刀，前来迎敌。那时李成无心恋战，拨马便走。左有韩滔，右有彭玘，两胁里撞来，孙立在后催动人马，并力杀来。正斗间，背后赶上小李广花荣，拈弓搭箭，射中李成副将，翻身落马。李成见了，飞马奔走。未及半箭之地，只见右手下锣鼓乱鸣，火光夺目，却是霹雳火秦明，跃马舞棍，引着燕顺、欧鹏，背后陈达，又杀将来。李成浑身是血，且走且战，护着梁中书，冲路而去。［不曾写了，忽然一住，章法奇绝。］

话分两头，却说城中之事。［忽然顺笔带出城，忽然逆笔挽入城。］杜迁、宋万去杀梁中书一门良贱。［是一件事。眉批：城中发作之后半截。］刘唐、杨雄去杀王太守一家老小。［是一件事。］孔明、孔亮已从司狱司后墙爬将入去。［二人在牢后，写得明画之极。］邹渊、邹闰却在司狱司前接住往来之人。［二人在牢前，写得明画之极。］大牢里柴进、乐和看见号火起了，便对蔡福、蔡庆道："你弟兄两个见也不见？更待几时？"［二人在牢中，写得明画之极。］蔡庆在门边守时，邹渊、邹闰早撞开牢门，大叫道："梁山泊好汉全伙在此！好好送出卢员外、石秀哥哥来！"［写牢前二人入来，迅疾之极。］蔡庆慌忙报蔡福时，孔明、孔亮早从牢屋上跳将下来。［写牢后二人入来，迅疾之极。］不由他兄弟两个肯与不肯，柴进身边取出器械，便去开枷，放了卢俊义、石秀。［写牢中二人发作，迅疾之极。○牢前人入来时，牢后人已跳下；牢后人跳下时，牢中人已动手。写得七手八脚，迅疾骇人，而又能清泚如画也。］柴进说与蔡福："你快跟我去家中保护老小！"一齐都出牢门来。邹渊、邹闰接着，合做一处。［二邹入来，牢里早已出来，只用接着二字，写尽一时骇疾。○已上是一件事。］蔡福、蔡庆跟随柴进，来

家中保全老小。「是一件事。」卢俊义将引石秀、孔明、孔亮、邹渊、邹闰五个弟兄，径奔家中，来捉李固、贾氏。

却说李固听得梁山泊好汉引军马入城，又见四下里火起，正在家中有些眼跳，「绝倒。」便和贾氏商量，收拾了一包金珠细软背了，便出门奔走。「先出前门，次出后门，文字处处翻跌。」只听得排门一带都倒，正不知多少人抢将入来。「此是王矮虎、一丈青、孙新、顾大嫂、张青、孙二娘功劳。」李固和贾氏慌忙回身，便望里面开了后门，蹅过墙边，径投河下，来寻躲避处。「写梁中书两头奔走后，忽写李固、贾氏两头奔走，读之叹其妙绝也。」只见岸上张顺大叫：“那婆娘走那里去！”李固心慌，便跳下船中去躲；却待攒入舱里，又见一个人伸出手来，劈髯儿揪住，喝道：“李固，你认得我么？”「百忙中写来，毕竟是燕小乙哥，妙人趣事。」李固听得是燕青声音，慌忙叫道：“小乙哥，我不曾和你有甚冤仇，你休得揪我上岸！”「你须与一个人有些冤仇耳。○燕青更不答话，可见骇疾之极。」岸上张顺早把那婆娘挟在肋下，拖到船边。「张顺功劳。」燕青拿了李固，「燕青功劳。」都望东门来了。「已上是一件事。」

再说卢俊义奔到家中，不见了李固和那婆娘，「明作一跌，妙妙。」且叫众人把应有家私金银财宝都搬来，装在车子上，往梁山泊给散。「亦是一件事。」

却说柴进和蔡福到家中，收拾家资老小，同上山寨。蔡福道：“大官人可救一城百姓，休教残害。”「表二蔡。」柴进见说，便去寻军师吴用。比及寻着，吴用急传下号令去时，城中将及损伤一半。「此等处却令人想宋江。」当时天色大明，吴用、柴进在城内鸣金收军，众头领却接着卢员外并石秀，都到留守司相见，备说牢中多亏了蔡福、蔡庆弟兄两个看觑，已逃得残生。燕青、张顺早把这李固、贾氏解来。卢俊义见了，且教燕青监下，自行看管，听候发

落，「好。」不在话下。

再说李成保护梁中书出城逃难，正撞着闻达领着败残军马回来，合兵一处，「闻达头尾一见，妙笔高笔，非人所能也。眉批：城外策应之后半截。」投南便走。正走之间，前军发起喊来，却是混世魔王樊瑞，左有项充，右有李衮，三筹步军好汉，舞动飞刀、飞枪，直杀将来；背后又是插翅虎雷横，将引施恩、穆春，各引一千步军，前来截住退路。「前文不曾写了，忽然一住，至此接头绪，再作混战，章法奇绝。」正是：狱囚遇赦重回禁，病客逢医又上床。毕竟梁中书一行人马怎地结煞，且听下回分解。

【第六十六回】

宋江赏马步三军

关胜降水火二将

　　夫忠义堂第一座，固非宋江之所得据，亦非宋江之所得逊也。非所据而据之，名曰"无耻"；非所逊而逊之，亦名曰"无耻"。无耻之人不惟不自惜，亦不为人惜。不自惜者，如前日宋江之欲据斯座，为李逵所不许是也。不惜人者，如今日宋江之欲逊斯座，为卢员外所不许是也。何也？盖无耻之人，其机械变诈，大要归归于必得斯座而后已。不惟其前日之据之为必欲得之，惟今日之逊之亦正其巧于必欲得之。夫其意而既已必欲得之，则是堂堂卢员外乃反为其所影借，以作自身飞腾之尺木也。此时为卢员外者，岂能甘之乎哉！或曰：宋江之据之也，意在于得斯座，诚有之矣；独何意知其逊之之亦欲得斯座乎？曰：忠义堂第一座，固非宋江之所得据，亦非宋江之所得逊也。使宋江而诚无意于得之，则夫天王有灵，誓箭在彼，亦听其人报仇立功自取之而已耳！自宋江有此一逊，而此座遂若已为宋江所有；此座已为宋江所有。然则后即有人报仇立功，其不敢与之争之，断断然也。此所谓机械变诈、无所用耻之尤甚者，故李逵番番大骂之也。

　　人即多疑，何至于疑关胜？吴用疑及关胜，则其无所不疑可知也。人即多疑，何至于疑李逵？宋江疑及李逵，则其无所不疑可知也。连书二人各有其疑，以著宋江、吴用之同恶共济也。

　　写李逵遇焦挺，令人读之油油然有好善之心，有谦抑之心，有不欺人之心，有不自薄之心。真好铁牛，有此风流！真好耐庵，有此笔墨矣！

　　打大名后，复不见有为天王报仇之心，便接水火二将一篇，然则宋江之弑晁盖不其信乎？

　　水火二将文中，亦殊不肯草草；写来都能变换，不至令人意恶。

　　写关胜全是云长意思，不嫌于刻画优孟者，浃浃大书，期于无美不备。固不得以群芳竞吐，而独废牡丹；水陆毕陈，而反缺江瑶也。

话说当下梁中书、李成、闻达，慌速合得败残军马，投南便走。正行之间，又撞着两队伏兵，前后掩杀。李成、闻达护着梁中书，并力死战，撞透重围，逃得性命，投西一直去了。樊瑞引项充、李衮追赶不上，自与雷横、施恩、穆春等同回大名府里听令。

再说军师吴用在城中传下将令，一面出榜安民，一面救灭了火。梁中书、李成、闻达、王太守各家老小，杀的杀了，走的走了，也不来追究。便把大名府库藏打开，应有金银宝物都装载上车子。又开仓廒，将粮米俵济满城百姓了，余者亦装载上车，将回梁山泊贮用。号令众头领人马，都皆完备。把李固、贾氏钉在陷车内，将军马摽拨作三队，回梁山泊来。却叫戴宗先去报宋公明。

宋江会集诸将，下山迎接，都到忠义堂上。宋江见了卢俊义，纳头便拜。卢俊义慌忙答礼。宋江道："宋江不揣，欲请员外上山同聚大义，不想却陷此难，几致倾送，寸心如割。皇天垂祐，今日再得相见！"卢俊义拜谢道："上托兄长虎威，下感众头领义气，齐心并力，救拔贱体，肝脑涂地，难以报答！"便请蔡福、蔡庆拜见宋江，言说："在下若非此二人，安得残生到此！"当下宋江要卢员外坐第一把交椅。卢俊义大惊道："卢某是何等人，敢为山寨之主？但得与兄长执鞭坠镫，做一小卒，报答救命之恩，实为万幸！"宋江再三拜请，卢俊义那里肯坐？只见李逵叫道："哥哥偏不直性！前日肯坐，坐了今日，又让别人；这把鸟交椅便真个是金子做的，只管让来让去。不要讨

夹批：
「只须如此。」
「再补写二蔡。」
「第一把交椅既以之自据，又以之媚人，彼晁天王誓箭，竟安在哉？」
「快人快语，如镜如刀。」
「快人快语。」
「快人快语。」

1047

我杀将起来！"「一发快人快语。」宋江大喝道："你这厮！"「只三字妙绝，对此快人如镜，快语如刀，不得不心惊语塞也。」卢俊义慌忙拜道："若是兄长苦苦相让，着卢某安身不牢。"李逵又叫道："若是哥哥做个皇帝，卢员外做个丞相，我们今日都住在金殿里，也直得这般鸟乱。「咄咄快绝。〇又换出一副议论来，真乃令人闻所未闻。皇帝丞相等语，前已曾两言之，至于今日愈出愈奇，铁牛真人中之宝也。」无过只是水泊子里做个强盗，不如仍旧了罢。"「句句令宋江惊死羞死，妙绝妙绝。」宋江气得说话不出。「写尽宋江。」吴用劝道："且教卢员外东边耳房安歇，宾客相待；等日后有功，却再让位。"宋江方才住了。「只将箭箭轻轻一提，妙妙。〇此非吴用欲令宋江心死，正是吴用惟恐众人心动耳，先辩之。」就叫燕青一处安歇。「好。」另拨房屋，叫蔡福、蔡庆安顿老小。「好。」关胜家眷，薛永已取到山寨。「好。」

宋江便叫大设筵宴，犒赏马步水三军，令大小头目并众喽啰军健，各自成团作队去吃酒。忠义堂上，设宴庆贺；大小头领，相谦相让，饮酒作乐。卢俊义起身道："淫妇奸夫，擒捉在此，听候发落。"宋江笑道："我正忘了，叫他两个过来。"众军把陷车打开，拖出堂前，李固绑在左边将军柱上，贾氏绑在右边将军柱上。宋江道："休问这厮罪恶，请员外自行发落。"卢俊义手拿短刀，自下堂来，大骂泼妇贼奴，就将二人割腹剜心，凌迟处死；抛弃尸首，上堂来拜谢众人。众头领尽皆作贺，称赞不已。「妙妙。」

且不说梁山泊大设筵宴，犒赏马步水三军。却说大名梁中书探听得梁山泊军马退去，再和李成、闻达引领败残军马，入城来看觑老小时，十损八九，众皆号哭不已。「补梁中书下落。」比及邻近起军追赶梁山泊人马时，已自去得远了，且教各自收军。「补救兵下落。」梁中书的夫人躲得在后花园中逃得性命，「补蔡夫人下落。」便教丈夫写表申奏朝廷；写书教太师知道：早早调兵遣将，剿除贼寇报仇。抄写民间被杀死者五千余人，中伤者不计其数；各部军马总折却三万有余。「一夜死伤，又从申奏文中补出。」首将赍了奏文密书上路，不则一日，来到东京太师府前下马。门吏转报，太师教唤人来。首将直至节堂下拜见了，呈上密书申奏，诉说打破大名，贼寇浩大，不能抵敌。蔡京初意亦欲苟且招安，功归梁中书身上，自己亦有荣宠；今见事体败坏，难好遮掩，便欲主战。因大怒道："且教首将退去！"

次日五更，景阳钟响，待漏院中集文武群臣，蔡太师为首，直临玉阶，面奏道君皇帝。天子览奏大惊。有谏议大夫赵鼎出班奏道："前者往往调兵征发，皆折兵将，盖因失其地利，以致如此。以臣愚意，不若降敕赦罪招安，诏取赴关，命作良臣，以防边境之害。"蔡京听了大怒喝叱道："汝为谏议大夫，反灭朝廷纲纪，猖獗小人，罪合赐死！"天子道："如此，目下便令出朝。"当下革了赵鼎官爵，罢为庶人。当朝谁敢再奏？天子又问蔡京道："似此贼势猖獗，可遣谁人剿捕？"蔡太师奏道："臣量这等草贼，安用大军？臣举凌州有二将：一人姓单，名廷珪；一人姓魏，名定国，见任本州团练使。伏乞陛下圣旨，星夜差人调此一支军马，克日扫清山泊。"天子大喜，随即降写敕符，着枢密院调遣。天子驾起，百官退朝。众官暗笑。次日，蔡京会省院差官，赍捧圣旨敕符，投凌州来。

再说宋江水浒寨内，将大名所得的府库金宝钱物，给赏与马步水三军，连日杀牛宰马，大排筵宴，庆贺卢员外；虽无炮凤烹龙，端的肉山酒海。众头领酒至半酣，吴用对宋江等说道："今为卢员外打破大名，杀损人民，劫

掠府库，赶得梁中书等离城逃奔，他岂不写表申奏朝廷？况他丈人是当朝太师，怎肯干罢？必然起军发马，前来征讨。"宋江道："军师所虑，最为得理。何不使人连夜去大名探听虚实，我这里好做准备？"「眉批：此处又不闻将为晁天王报仇，妙绝。」吴用笑道："小弟已差人去了，将次回也。"「此非补法，只是便笔耳，须辨。」正在筵会之间，商议未了，只见原差探事人到来，说："大名府梁中书果然申奏朝廷，要调兵征剿。有谏议大夫赵鼎，奏请招安，致被蔡京喝骂，削了赵鼎官职。如今奏过天子，差人往凌州调遣单廷珪、魏定国两个团练使，起本州军马，前来征讨。"宋江便道："似此如何迎敌？"吴用道："等他来时，一发捉了。"关胜起身道："关某自从上山，从不曾出得半分气力。单廷珪、魏定国，蒲城多曾相会。久知单廷珪那厮，善用决水浸兵之法，人皆称为'圣水将军'；魏定国这厮，精熟火攻之法，上阵专用火器取人，因此呼为'神火将军'。「水火一双，奇文。○偶一有之，正复生色，若《西游》纯是此等，则风斯下耳。」小弟不才，愿借五千军兵，不等他二将起行，先在凌州路上接住。他若肯降时，带上山来；若不肯降，必当擒来，奉献兄长，亦不须用众头领张弓挟矢，费力劳神。不知尊意若何？"宋江大喜，便叫宣赞、郝思文二将就跟着一同前去。关胜带了五千军马，来日下山。次早，宋江与众头领在金沙滩寨前饯行，关胜三人引兵去了。

众头领回到忠义堂上，吴用便对宋江说道："关胜此去，未保其心。可以再差良将，随后监督，就行接应。"「大书吴用纯以欺诈待人，全无忠义之心，与宋江正是一流人也。」宋江道："吾观关胜，义气凛然，始终如一，军师不必多疑。"吴用道："只恐他心不似兄长之心。可再叫林冲、杨志领兵，孙立、黄信为副将，带领五千人马，随即下山。"「写关胜独行，以表义勇；写四将接应，以求济事。却又顺便表暴吴用之奸，笔力曲折老到之至。」李逵便道："我也去走一遭。"「四将接应后，又有李逵之去，亦是从凌州倒算出来，然实写得铁牛可爱。」宋江道："此一去用你不着，自有良将建功。"李逵道："兄弟若闲，便要生病。「偏能作绝世妙语。」若不叫我去时，独自也要去走一遭！"「妙妙。」宋江喝道："你若不听我的军令，割了你头！"李逵见说，闷闷不已，下堂去了。

不说林冲、杨志领兵下山，接应关胜。次日，只见小军来报："黑旋风李逵昨夜二更，拿了两把板斧，不知那里去了。"「妙人，妙妙。」宋江见报，只叫得苦："是我夜来冲撞了他这几句言语，多管是投别处了！"「大书宋江纯以欺诈待人，全无忠义之心，甚乃至于不信李铁牛之生平，与吴用正是一流人也。○疑关胜，犹可言也；疑李逵，不可说也。作者书之，以深著宋江之恶，为更甚于吴用也。」吴用道："兄长，非也！他虽粗卤，义气倒重，不到得投别处去。多管是过两日便来，兄长放心。"宋江心慌，先使戴宗去赶；后着时迁、李云、乐和、王定六四个首将分四路去寻。「吴用疑关胜遣四将，宋江疑李逵亦遣四将，作章法。」

且说李逵是夜提着两把板斧下山，抄小路径投凌州去，「可谓目无难事。」一路上自寻思道："这两个鸟将军，何消得许多军马去征他！我且抢入城中，一斧一个，都砍杀了，也教哥哥吃一惊，也和他们争得一口气！"走了半日，「走得未远。故知韩伯龙店，真是朱贵所开也。」走得肚饥，把腰里摸一摸，原来贪慌下山，不曾带得盘缠。「任意游行，随缘度日，迩来行脚者正未必有此。」寻思道："多时不曾做这买卖，只得寻个鸟出气的！"「妙，正复无妨。」正走之间，看见路旁一个村酒店，李逵便入去里面坐下，连打了三角酒、二斤肉，吃了起身便走。「妙。」酒保拦住讨钱。李逵道："待我前头去寻得些买卖，却把来还你。"说罢，便动身。「妙。」只见外面走入个彪形大汉

来，喝道："你这黑厮好大胆！谁开的酒店，「其语便有倚托。」你来白吃，不肯还钱！"李逵睁着眼道："老爷不拣那里，只是白吃！"「世真有此人，调侃不少。〇"不拣那里"四字，亦便挑拨下"梁山泊"字。」那汉道："我对你说时，惊得你尿流屁滚！老爷是梁山泊好汉韩伯龙的便是！本钱都是宋江哥哥的。"「未列门墙，先使势要，其死于斧，不亦宜乎？〇世真有此人，调侃不少。」李逵听了暗笑："我山寨里那里认得这个鸟人！"原来韩伯龙曾在江湖上打家劫舍，要来上梁山泊入伙，却投奔了旱地忽律朱贵，要他引见宋江；因是宋公明生发背疮，在寨中又调兵遣将，多忙少闲，不曾见得，朱贵权且教他在村中卖酒。「补一事。〇此所谓不得与于一百八人之数者也。」当时李逵在腰间拔出一把板斧，看着韩伯龙道："把斧头为当。"「妙。」韩伯龙不知是计，舒手来接，被李逵手起，望面门上只一斧，肐胳地砍着。可怜韩伯龙不曾上得梁山，死在李逵之手。「欲附大人成名而反遭挤进者，有如此龙矣，读之一叹。」两三个火家，只恨爷娘少生了两只脚，望深村里走了。李逵就地下掳掠了盘缠，放火烧了草屋，望凌州便走。

行不得一日，正走之间，官道旁边，只见走过一条大汉，直上直下相李逵。「写得有意思，有气色，便知不是韩伯龙之类。」李逵见那人看他，便道："你那厮看老爷怎地？"那汉便答道："你是谁的老爷？"「妙语解人颐。〇看他开口都有意思，有气色。」李逵便抢将入来。那汉子手起一拳，打个搭墩。「奇人奇事。」李逵寻思："这汉子倒使得好拳！"坐在地下，仰着脸，问道："你这汉子姓甚名谁？"「被他打，便知他好拳；服他拳，便问他名姓，铁牛真有宰相胸襟。〇服之至，爱之至，便急欲知其名姓，连爬起来亦有所不及矣。好贤如铁牛，令人想杀铁牛也。」那汉道："老爷没姓，要厮打便和你厮打！你敢起来？"「奇人奇事。〇便活写出没面目人。」李逵大怒，正待跳将起来，被那汉子肋窝里只一脚，又踢了一跤。「奇人奇事。」李逵叫道："赢你不得！"爬将起来便走。「妙人妙至此，真乃妙不可言。〇看他如此服善，世岂真有此人？〇赢不得，便告之言赢不得，真是之夷狄不弃忠信人。　那汉叫住问道："这黑汉子，你姓甚名谁？那里人氏？"李逵道："今日输与你，不好说出来。[妙人妙至此，真乃妙不可言。] 又可惜你是条好汉，不忍瞒你：[妙人妙至此，真乃妙不可言。] 梁山泊黑旋风李逵的便是我。"[妙人妙至此，真乃妙不可言。]〇看他又惜自己，又惜别人，满心倾倒，一腔忠直，世岂真有此人哉？　那汉道："你端的是不是？不要说谎。"李逵道："你不信，只看我这两把板斧。"[人闻李逵，乃至闻其板斧；李逵自信，乃至自信板斧，写得妙绝。] 那汉道："你既是梁山泊好汉，独自一个投那里去？"[是未信语，未是请问语。] 李逵道："我和哥哥别口气，要投凌州去，杀那姓单姓魏的两个。"那汉道："我听得你梁山泊已有军马去了。你且说是谁？"[是未信语，不是打听语。〇看他问毕，方始下拜可知也。] 李逵道："先是大刀关胜领兵；随后便是豹子头林冲、青面兽杨志领军策应。"那汉听了，纳头便拜。李逵道："你便与我说罢，端的姓甚名谁？"[不惟不恨其打，亦复不喜其拜，一心只是服其好拳，问其名姓，铁牛妙人，可爱如许。〇看他便有求恩之意。] 那汉道："小人原是中山府人氏，祖传三代，相扑为生。却才手脚，父子相传，不教徒弟。[只八字表尽好拳脚。] 平生最无面目，到处投人不着；山东、河北都叫我做没面目焦挺。[奇人奇名，世亦复无此人矣。] 近日打听得寇州地面有座山，名为枯树山；山上有个强人，平生只好杀人，世人把他比做'丧门神'，姓鲍，名旭。[迤逦出来。] 他在那山里打家劫舍，我如今待要去那里入伙。"李逵道："你有这等本事，如何不来投奔俺哥哥宋公明？"焦挺道："我多时要投奔大寨入伙，却没条门路。今日得遇兄长，愿随哥哥。"李逵道："我和宋公明哥哥争口气了，下山来，[要与宋公明别口气，独有大哥一人耳。] 不杀得一个人，空着双手，怎地回去？你和我去枯树山，说了鲍旭，同去凌州，杀得单、魏二将，便好回山。"[行文取径奇绝。] 焦挺道："凌州一府城池，许多军马在彼，我和你只两个，便有十分

本事，也不济事，枉送了性命。不如单去枯树山说了鲍旭，且去大寨入伙，此为上计。"「各自说其意中之事，如画如话。」两个正说之间，背后时迁赶将来，叫道："哥哥忧得你苦，你请回山。如今分四路去赶你也！"「便斗入，手法极好。」李逵引着焦挺，且教与时迁厮见了。时迁劝李逵回山："宋公明哥哥等你！"李逵道："你且住！我和焦挺商量了：先去枯树山说了鲍旭，方才回来。"时迁道："使不得。哥哥等你，即便回寨。"李逵道："你若不跟我去，你自先回山寨，报与哥哥知道，我便回也。"时迁惧怕李逵，自回山寨去了。焦挺却和李逵自投寇州来，望枯树山去了。

话分两头。却说关胜与同宣赞、郝思文，引领五千军马接来，相近凌州。且说凌州太守接得东京调兵的敕旨，并蔡太师札付，便请兵马团练单廷珪、魏定国商议。二将受了札付，随即选点军兵，关领器械，拴束鞍马，整顿粮草，指日起行。忽闻报说："蒲东大刀关胜引军到来，侵犯本州。"单廷珪、魏定国听得大怒，便收拾军马，出城迎敌。两军相近，旗鼓相望。门旗下关胜出马。那边阵内，鼓声响处，转出一员将来：戴一顶浑铁打就四方铁帽，顶上撒一颗斗来大小黑缨，披一副熊皮砌就嵌沿边乌油铠甲，穿一领皂罗绣就点翠团花秃袖征袍，着一双斜皮镫嵌线云跟靴，系一条碧鞓钉就叠胜狮蛮带；一张弓，一壶箭；骑一匹深乌马，使一条黑杆枪；前面打一把引军按北方皂纛旗，上书七个银字"圣水将军单廷珪"。又见这边鸾铃响处，又转出一员将来：戴一顶朱红缀嵌点金束发盔，顶上撒一把扫帚长短赤缨，披一副摆连环吞兽面猘猊铠，穿一领绣云霞飞怪兽绛红袍，着一双刺麒麟间翡翠云缝锦跟靴；带一张描金雀画宝雕弓，悬一壶凤翎凿山狼牙箭；骑坐一匹胭脂马，手使一口熟钢刀；前面打一把引军按南方红绣旗，上书七个银字"神火将军魏定国"。两员虎将，一齐出到阵前。关胜见了，在马上说道："二位将军，别来久矣！"单廷珪、魏定国大笑，指着关胜骂道："无才小辈，背反狂夫！上负朝廷之恩，下辱祖宗名目，不知廉耻！引军到来，有何理说？"关胜答道："你二将差矣。目今主上昏昧，奸臣弄权，非亲不用，非仇不弹。兄长宋公明，仁义忠信，替天行道，特令关某招请二位将军。倘蒙不弃，便请过来，同归山寨。"单、魏二将听得大怒，骤马齐出。一个是遥天一朵乌云，一个如近处一团烈火，〔画。〕飞出阵前。关胜却待去迎敌，左手下飞出宣赞，右手下奔出郝思文，〔初写水火二将文，例不得不作一纵；然关胜则非其所堪也，卸去大刀，替出宣、郝，极为得法。〕两对儿在阵前厮杀。刀对刀，迸万道寒光；枪搠枪，起一天杀气。关胜提刀立在阵前，看了良久，啧啧叹赏不绝。

正斗之间，只见水火二将一齐拨转马头，望本阵便走。〔写得好。〕郝思文、宣赞随即追赶，冲入阵中。只见魏定国转入左边，单廷珪转过右边。〔写得好。〕一时宣赞赶着魏定国，郝思文追住单廷珪。说时迟，那时快：却说宣赞正赶之间，只见四五百步军，都是红旗红甲，一字儿围裹将来，挠钩套索，一齐举发，和人连马活捉去了。〔写得好。〕再说郝思文追到右边，却见五百来步军，尽是黑旗黑甲，一字儿裹转来，脑后一发齐上，把郝思文生擒活捉去了。〔写得好。〕一面把人解入凌州，一面仍率五百精兵，卷杀过来。关胜倒吃一惊，举手无措，望后便退。〔便算关胜一跌也。〕随即单廷珪、魏定国拍马在背

后追来。关胜正走之间，只见前面冲出二将。关胜看时，左有林冲，右有杨志，从两肋窝里撞将出来，「笔法摇动之极。」杀散凌州军马。关胜收住本部残兵，与林冲、杨志相见，合兵一处。随后孙立、黄信一同见了，权且下寨。

却说水火二将捉得宣赞、郝思文，得胜回到城中。张太守接着，置酒作贺；一面教人做造陷车，装了二人，差一员偏将，带领三百步军，连夜解上东京，申达朝廷。「作此怪峰，斗成奇笋。」且说偏将带领三百人马，监押宣赞、郝思文上东京来。迤逦前行，来到一个去处，只见满山枯树，遍地芦芽。一声锣响，撞出一伙强人：当先一个，手搭双斧，声喝如雷，正是梁山泊黑旋风李逵；后面带着这个好汉，正是没面目焦挺。「结构大奇。」两个好汉，引着小喽啰，拦着去路，也不打话，便抢陷车。偏将急待要走，背后又撞出一个人来，脸如锅铁，双睛暴露，这个好汉正是丧门神鲍旭。「大奇。」向前把偏将手起剑落，砍下马来。其余人等，撇下陷车，尽皆逃命去了。

李逵看时，却是宣赞、郝思文，便问了备细来由。宣赞亦问李逵："你却怎生在此？"李逵说道："为是哥哥不肯教我来厮杀，独自个私走下山来，先杀了韩伯龙，后撞见焦挺，引我到此。多承鲍家兄弟一见如故，便如我山上一般接待。却才商议，正欲去打凌州，却有小喽啰，山头上望见这伙人马，监押陷车到来。只道是官兵捕盗，不想却是你二位。"

鲍旭邀请到寨内，杀牛置酒相待。郝思文道："兄弟既然有心上梁山泊入伙，不若将引本部人马，就同去凌州并力攻打，此为上策。"鲍旭道："小可与李兄正如此商议；足下之言，说得最是。我山寨之中，也有三二百匹好马。"带领五七百小喽啰，五筹好汉，一齐来打凌州。

却说逃难军士奔回来，报与张太守说道："半路里有强人夺了陷车，杀了偏将。"单廷珪、魏定国听得大怒，便道："这番拿着，便在这里施刑！"只听得城外关胜引兵搦战。〔趁前余势，再翻起一怪峰。〕单廷珪争先出马，开城门，放下吊桥，引五百黑甲军，飞奔出城迎敌。门旗开处，大骂关胜："辱国败将，何不就死！"关胜听了，舞刀拍马。两个斗不到五十余合，关胜勒转马头，慌忙便走。〔另是一样意思。〕单廷珪随即赶将来，约赶十余里，关胜回头喝道："你这厮不下马受降，更待何时！"〔另是一样气色。〕单廷珪挺枪直取关胜后心。关胜使出神威，拖起刀背，只一拍，喝一声："下去！"〔另是一样意思。〕单廷珪下马。关胜下马，向前扶起，叫道："将军恕罪！"〔"马上喝之，马下扶之，纯是儒将意思，写得真好。〇二"下马"字接连，事捷文捷。〕单廷珪惶恐伏地，乞命受降。关胜道："某在宋公明哥哥面前，多曾举你。特来相招二位将军，同聚大义。"单廷珪答道："不才愿施犬马之力，共同替天行道。"两个说罢，并马而行。〔与上二"下马"字映衬有情，结缩得法。〕林冲接见二人并马行来，便问其故。关胜不说输赢，答道："山僻之内，诉旧论新，招请归降。"〔另是一样意思，真乃旧家子弟，非余人之所到也。〕林冲等众皆大喜。单廷珪回至阵前，大叫一声，五百黑甲军兵一哄过来；〔写得好。〕其余人马，奔入城中去了，连忙报知太守。

魏定国听了大怒。次日，领起军马，出城交战。单廷珪与同关胜、林冲直临阵前。只见门旗开处，神火将军出马，见单廷珪顺了关胜，大骂："忘恩背主，不才小人！"关胜微笑，拍马向前迎敌。〔另是一样意思。〕二马相交，军器并举。两将斗不到十合，魏定国望本阵便走。关胜却欲要追，单廷珪大叫道：

"将军不可去赶！"关胜连忙勒住战马。说犹未了，凌州阵内早飞出五百火兵，身穿绛衣，手执火器，前后拥出有五十辆火车，车上都满装芦苇引火之物；军士背上各拴铁葫芦一个，内藏硫黄、焰硝、五色烟药，一齐点着，飞抢出来。人近人倒，马过马伤。关胜军兵四散奔走，退四十余里扎住。「至此又作一跌，方骇为之奈何，及读至下一行，真不图其迅疾至是也。」

魏定国收转军马回城，看见本州烘烘火起，烈烈烟生。「看官读至此二句，试掩下文思之，当作如何解？」原来却是黑旋风李逵与同焦挺、鲍旭，带领枯树山人马，都去凌州背后打破北门，杀入城中，劫掳仓库钱粮，放起火来。「大奇大奇，真乃异样结构。○以火接火，使读者出于意外。」魏定国知了，不敢入城，慌速回军；被关胜随后赶上追杀，首尾不能相顾。凌州已失，魏定国只得退走，奔中陵县屯驻。关胜引军把县四下围住，便令诸将调兵攻打。魏定国闭门不出。

单廷珪便对关胜、林冲等众位说道："此人是一勇之夫；攻击得紧，他宁死，必不辱。「特表魏定国。」事宽即完，急难成效。小弟愿往县中，不避刀斧，用好言招抚此人，束手来降，免动干戈。"关胜见说大喜，随即叫单廷珪单人匹马到县。小校报知，魏定国出来相见了。单廷珪用好言说道："如今朝廷不明，天下大乱，天子昏昧，奸臣弄权。我等归顺宋公明，且居水泊；久后奸臣退位，那时去邪归正，未为晚也。"魏定国听罢，沉吟半晌，说道："若是要我归顺，须是关胜亲自来请，我便投降；他若是不来，我宁死不辱！"「写关胜之见重如此，所以深表关胜，然魏定国之生平，亦略可见矣。」单廷珪即便上马回来，报与关胜。关胜见说，便道："关某何足为重，却承将军谬爱？"匹马单刀，别了众人及单廷珪便去。「全是云长意思。」林冲谏道："兄长，人心难忖，三思而行。"关胜道："旧时朋友，何妨！"「极写关胜忠信，以反衬宋江、吴用之欺诈也。」直到县衙。魏定国接着，大喜，愿拜投降。同叙旧情，设筵管待。当日带领五百火兵，都来大寨。「好。」与林冲、杨志并众头领，俱各相见已了，即便收军回梁山泊来。宋江早使戴宗接着，对李逵说道："只为你偷走下山，教众兄弟赶了许多路。如今时迁、乐和、李云、王定六四个先回山去了。「轻轻完之。」我如今先去报知哥哥，免至悬望。"

不说戴宗先去了。且说关胜等军马，回到金沙滩边，水军头领棹船接济军马，陆续过渡。只见一个人，气急败坏跑将来。「不是宋江想起，偏是景住跑来，深文曲笔。」众人看时，却是金毛犬段景住。林冲便问道："你和杨林、石勇去北地里买马，如何这等慌速跑来？"

段景住言无数句，话不一席，有分教：宋江调拨军兵，来打这个去处，重报旧仇，再雪前恨。正是：情知语是钩和线，从头钓出是非来。毕竟段景住说出甚言语来，且听下回分解。

【第六十七回】

宋公明夜打曾头市

卢俊义活捉史文恭

　　我前书宋江实弑晁盖，人或犹有疑之。今读此回，观彼作者之意，何其反复曲折，以著宋江不为晁盖报仇之罪，如是其深且明也。其一，段景住曰：郁保四把马劫夺，解送曾头市去。夫"曾头市"三字，则岂非宋江所当刻肉、刻骨、书石、书树，日夜号呼，泪尽出血也者？乃自停丧摄位以来，杳然不闻提起。夫宋江不闻提起，则亦吴用之所不复提起，林冲之所不好提起，厅上厅下众人之所不敢提起与不知提起者也。乃今无端忽有段景住归，陡然提起，则是宋江之所不及掩其口也。其二，段景住备说夺马之事，宋江听了大怒。夫蕞尔曾头，顾不自量，一则夺其马，再则夺其马；一夺之不足，而至于再夺，人各有气，谁其甘乎？然而拟诸射死天王之仇，则其痛深痛浅，必当有其分矣。今也，药箭之怨，累月不修；夺马之辱，时刻不待，此其为心果何如也？其三，晁盖遗令：但有活捉史文恭者，便为梁山泊主。及宋江调拨诸将，如徐宁、呼延灼、关胜、索超、单廷珪、魏定国、宣赞、郝思文等，悉不得与斯役。夫不共之仇，不及朝食，空群而来，死之可也。宋江而志在报仇也者，尚当悬第一座作重赏以募勇夫；宋江而志在第一座者，则虽终亦不为天王报仇，亦谁得而责之？乃今调拨诸将，而独置数人，岂此数人独不能捉史文恭乎？抑独不可坐第一座也？其四，新来人中，独卢俊义起身愿往，宋江便问吴用可否？吴用调之闲处。夫调将之法：第一先锋，第二左军，第三右军，第四中军，第五合后，第六伏军。伏军者计算已定，知其必败，败则必由此去，故先设伏以俟之也。今也诸军未行，计算未定，何用知其必败？何用知其败之必由此去？若未能知其必败，未能知其败之必由此去，而又独调员外先行埋伏，则是非所以等候史文恭，殆所以安置卢俊义也。其五，史文恭披挂上马，那匹马便是照夜玉狮子马。宋江看见好马，心头火起。夫史文恭所坐，则是先前所夺段景住之马：马之所驮，则是先前射死晁盖之史文恭。谚语有之：好人相见分外眼明，仇人相见分外眼睁。此言眼之所至，正是心之所至也。宋江而为马来者，则应先见马；宋江而为晁盖来者，则应先见史文恭。今史文恭出马，而大书那马；宋江心头火起，而大书看见好马，

然则宋江此来专为马也。其六，手书问罪，轻责其杀晁盖，而重责其还马；及还二次所夺，又问照夜玉狮子。夫还二次马匹，而宋江所失仅一照夜玉狮子已乎？若还二次马匹，又还照夜玉狮子，而宋江遂得班师还山，一无所问已乎？幸也保四内叛，伏窝计成；法华钟响，五曾尽灭也。不幸而青、凌两州救兵齐至，和解之约真成变卦，然则宋江殆将日夜哭念此马不能置也。其七，卢俊义既已建功，宋江乃又椎鼓集众，商议立主。夫商议之为言，未有成论，则不得不集思广谋以求其定。如之何如之何不辞反复连引其语也？今在昔，则晁盖遗令，有箭可凭；在今，则员外报仇，有功可据。然则卢俊义为梁山泊主，盖一辞而定也。舍此不讲，而又多自谦抑，甚至拈阄借粮，何其巧而多变，一至于如是之极也？呜呼！作者书宋江之恶，其彰明昭著也如此，而愚之夫犹不正其弑晁盖之罪，而犹必沾沾以忠义之人目之，岂不大可怪叹也哉！

话说当时段景住跑来，对林冲等说道："我与杨林、石勇前往北地买马，到彼选得壮窜有筋力好毛片骏马，买了二百余匹；回至青州地面，被一伙强人，为头一个唤做'险道神'郁保四，〔横添一人，而不见其迹，妙妙。〕聚集二百余人，尽数把马劫夺，解送曾头市去了。〔"曾头市"三字却从段景住口中提起，皆深表宋江不为晁盖报仇也。〇仍从马上提起，以下彼此口口都只为马，则其不为晁盖甚明也，妙笔妙笔。〕石勇、杨林不知去向。小弟连夜逃来，报知此事。"林冲见说，叫且回山寨与哥哥相见了，却商议此事。

众人且过渡来，都到忠义堂上，见了宋江。关胜引单廷珪、魏定国，与大小头领俱各相见了。李逵把下山杀了韩伯龙，遇见焦挺、鲍旭，同去打破凌州之事，说了一遍。宋江听罢，又添四个好汉，正在欢喜。段景住备说夺马一事，宋江听了，大怒道："前者夺我马匹，至今不曾报仇；晁天王又反遭他射死，〔看他"报仇"二字放在夺马下，天王射死放在报仇下，妙笔。〕今又如此无礼。若不去剿这厮，惹人耻笑不小！"吴用道："即日春暖无事，正好厮杀取乐。〔天下岂有不共戴天之事，而需春暖，而需无事，而言取乐者哉？写宋江、吴用全无报仇之心，妙笔。〕前者天王失其地利，如今必用智取。"且教时迁，他会飞檐走壁，可去探听消息一遭，回来却作商量。"时迁听命去了。无三二日，只见杨林、石勇逃得回寨，备说曾头市史文恭口出大言，要与梁山泊势不两立。宋江见说，便要起兵。吴用道："再得时迁回报，却去未迟。"宋江怒气填胸，要报此仇，片时忍耐不住，〔妙妙。○天王之仇一向不提，夺马之仇片时不忍，挑剔妙绝。〕又使戴宗飞去打听，立等回报。

不过数日，却是戴宗先回来，〔写戴宗、时迁，参差疏密可喜。○天王死后，久矣杳不闻有曾头市也，忽然再被夺马，便尔戴宗、时迁奔走旁午，笔笔皆极著宋江之恶也。〕说："这曾头市要与凌州报仇，欲起军马。见今曾头市口扎下大寨，〔略。〕又在法华寺内做中军帐，数百里遍插旌旗，不知何路可进。"〔略。〕次日，时迁回寨报说："小弟直到曾头市里面，探知备细。〔与戴宗参差疏密互见。〕见今扎下五个寨栅。曾头市前面，二千余人守住村口。总寨内是教师史文恭执掌，〔详。〕北寨是曾涂与副教师苏定，〔详。〕南寨是次子曾密，〔详。〕西寨是三子曾索，〔详。〕东寨是四子曾魁，〔详。〕中寨是第五子曾升与父亲曾弄把守。〔详。〕这个青州郁保四，身长一丈，腰阔数围，绰号险道神，〔详。〕将这夺的许多马匹，都喂养在法华寺内。"〔详。○马亦还他下落，则后文易于收拾也。〕

吴用听罢，便教会集诸将，一同商议："既然他设五个寨栅，我这里分调五支军将，可作五路去打。"卢俊义便起身道：〔宋江吃惊之事。○员外若不自家起身，则亦与徐宁、关胜、呼延灼、索

1063

超、单廷珪、魏定国等，同不见调矣。」"卢某得蒙救命上山，未能报效，今愿尽命向前，未知尊意若何？"宋江便问吴用道："员外如肯下山，可屈为前部否？"「调拨则调拨耳，前部则前部耳，目顾吴用而口咨嗟之，其不欲员外之爱弧先登，盖灼如也。」吴用道："员外初到山寨，未经战阵，山岭崎岖，乘马不便，不可为前部先锋；别引一支军马，前去平川埋伏，只听中军炮响，便来接应。"「独调员外于无可用武之地，可谓极尽心机，又岂料冷处埋伏之适遇史文恭哉？奇情曲笔，写得妙绝。」宋江大喜，叫卢员外带同燕青，引领五百步军，平川小路听号。「"宋江大喜"四字，书法。〇于大军未调之先，先拨置卢员外者，盖旧日众人久已肯服，所虑独卢员外一人故也。〇仅领步军五百，笔中有眼。」再分调五路军马：曾头市正南大寨，「看他调拨，又变出一样章法，奇才大笔。」差马军头领霹雳火秦明、小李广花荣，副将马麟、邓飞，引军三千攻打；「三千。」曾头市正东大寨，差步军头领花和尚鲁智深、行者武松，副将孔明、孔亮，引军三千攻打；「三千。」曾头市正北大寨，差马军头领青面兽杨志、九纹龙史进，副将杨春、陈达，引军三千攻打；「三千。」曾头市正西大寨，差步军头领美髯公朱仝、插翅虎雷横，副将邹渊、邹闰，引军三千攻打；「三千。」曾头市正中总寨，都头领宋公明，军师吴用、公孙胜，「前书调开卢员外，又调开众将，此又大书宋公明自打总寨者，见其志在亲捉史文恭，以必得第一座也，妙笔。」随行副将吕方、郭盛、解珍、解宝、戴宗、时迁，领军五千攻打。「五千。〇看他领军独多，而卢俊义则极少，皆是笔中有眼。」合后步军头领黑旋风李逵、混世魔王樊瑞，副将项充、李衮，引马步军兵五千。「分明宋江独领一万。」其余头领各守山寨。「处处有此一句，独此句中屈杀许多大将，妙笔可想。」

　　不说宋江部领五军兵将大进。且说曾头市探事人探知备细，报入寨中。曾长官听了，便请教师史文恭、苏定商议军情重事。史文恭道："梁山泊军马来时，只是多使陷坑，方才捉得他强兵猛将。这伙草寇，须是这条计，以为上策。"曾长官便差庄客人等，将了锄头铁锹，去村口掘下陷坑数十处，上面虚浮土盖，四下里埋伏了军兵，只等敌军到来；又去曾头市北路，也掘下十数处陷坑。比及宋江军马起行时，吴用预先暗使时迁又去打听。「此等段落悉与第五十九回晁盖轻入重地照耀。○有吴用，又必得时迁，叹前者之并无吴用也，谁实为之，而谓宋江非弑晁盖者乎？」过数日之间，时迁回来报说："曾头市寨南寨北尽都掘下陷坑，不计其数，只等俺军马到来。"吴用见说，大笑道："不足为奇！"引军前进，来到曾头市相近。此时日午时分，前队望见一骑马来，项戴铜铃，尾拴雉尾；马上一人，青巾白袍，手执短枪。「写曾头市正复劲敌。○意思便与小郎君祝彪一样。」前队望见，便要追赶。吴用止住，便教军马就此下寨，「所以然者，此青巾白袍驰马之处，即是掘下陷坑之处故也。○青巾白袍人，竟不知其为谁，妙妙。」四面掘了濠堑，下了铁蒺藜。传下令去，教五军各自分头下寨，一般掘下濠堑，下了蒺藜。

一住三日，曾头市不出交战。「彼固以为以逸待劳也。」吴用再使时迁扮作伏路小军，去曾头市寨中，探听他不知何意；所有陷坑，暗暗地记着，「一。」离寨多少路远，「一。」总有几处。「一。○好。」时迁去了一日，都知备细，暗地使了记号，回报军师。次日，吴用传令，教前队步军各执铁锄，分作两队；「奇极。」又把粮车一百有余，装载芦苇干柴，藏在中军。「奇极。」当晚传下与各寨诸军头领：来日巳牌，只听东西两路步军先去打寨；「奇极。」再教攻打曾头市北寨的杨志、史进，把马军一字儿摆开，只在那边擂鼓摇旗，虚张声势，切不可进。「奇极。」吴用传令已了。

再说曾头市史文恭只要引宋江军马打寨，便赶入陷坑。寨前路狭，待走那里去？次日巳牌，只听得寨前炮响，军兵大队都到南门。「写寨前一炮，却是东西兵起；寨前又一

炮，却是背后兵起。吴用之称智多星，洵非夸也。」次后只见东寨边来报道：「妙妙。」"一个和尚轮着铁禅杖，一个行者舞起双戒刀，攻打前后！"史文恭道："这两个必是梁山泊鲁智深、武松。"「一队口中猜出，一队旗上看出，只二队便有如许变换。○如此匆忙叙事中，又领文字变换，真乃心闲手敏也。」却恐有失，便分人去帮助曾魁。「分之使弱也。」只见西寨边又来报道：「妙妙。」"一个长髯大汉，一个虎面大汉，旗号上写着'美髯公朱仝''插翅虎雷横'，前来攻打甚急！"「一队旗上看出。」史文恭听了，又分拨人去帮助曾索。「写分兵明画之极。」又听得寨前炮响，「寨前炮响，寨前又炮响，绝妙兵法，却成绝妙章法。」史文恭按兵不动，只要等他入来，塌了陷坑，山上伏兵齐起，接应捉人。这里吴用却调马军，从山背后两路抄到寨前，「妙妙，令寨前陷坑无用也。○妙妙，正令寨前陷坑有用也。」前面步军只顾看寨，又不敢去；「可叹。○此吾所谓印板将令也。」两边伏兵都摆在寨前；「可叹。」背后吴用军马赶来，尽数逼下坑去。「彼据陷坑而我用之，妙不可言。」史文恭却待出来，吴用鞭梢一指，军寨中锣响，一齐排出百余辆车子来，尽数把火点着，「妙妙。」上面芦苇、干柴、硫磺、焰硝，一齐着起，烟火迷天。比及史文恭军马出来，尽被火车横拦挡住，只得回避，「又令之不得冲突，所谓计必万全者也。○如此一段便是绝妙阵法，岂得以其稗官也而忽之？」急待退军。公孙胜早在阵中，挥剑作法，刮起大风，卷那火焰烧入南门，早把敌楼排栅尽行烧毁。「妙妙，可谓一打曾头市矣。眉批：以上一打曾头市矣。」已自得胜，鸣金收军，四下里入寨，当晚权歇。史文恭连夜修整寨门，两下挡住。「写曾头市正复劲敌。」

次日，曾涂对史文恭计议道："若不先斩贼首，难以追灭。"嘱付教师史文恭牢守寨栅。曾涂率领军兵，披挂上马，出阵搦战。宋江在中军闻知曾涂搦战，带领吕方、郭盛，相随出到前军。门旗影里看见曾涂，心头怒起，用鞭指道："谁与我先捉这厮，报往日之仇？"「谁与我，虽复顺口之辞，然亦见宋江功归一身之意。」小温侯吕方拍坐下马，挺手中方天画戟，直取曾涂。两马交锋，二器并举。斗到三十合以上，郭盛在门旗下，看见两个中间，将及输了一个。原来吕方本事，迭不得曾涂：三十合已前，兀自抵敌不住；三十合已后，戟法乱了，只办得遮架躲闪。郭盛只恐吕方有失，便聚坐下马，拈手中方天画戟，飞出阵来，夹攻曾涂。三骑马在阵前，绞做一团。原来两枝戟上，都拴着金钱豹尾。吕方、郭盛要捉曾涂，两枝戟齐举，「写二戟。」曾涂眼明，便用枪只一拨，「写一枪。」却被两条豹尾搅住朱缨，夺扯不开，三个各要掣出军器使用。「此即对影山故事也，乃对影山只是两戟豹尾，此又添出枪上朱缨，便有加倍好看也。」小李广花荣在阵中看见，恐怕输了两个，便纵马出来，左手拈起雕弓，右手急取钚箭，搭上箭，拽满弓，望着曾涂射来。「二十九字一句，其事甚疾。〇对影山射开豹尾，此竟射杀曾涂，妙妙。」这曾涂却好掣出枪来，那两枝戟兀自搅做一团。说时迟，那时疾，曾涂掣枪，便望吕方项根搠来。「三十七字一句，其事甚疾，令人吃惊。」花荣箭早先到，正中曾涂左臂，「其事甚疾。」翻身落马。吕方、郭盛，双戟并施，「其事甚疾。」曾涂死于非命。「曾涂死。」

十数骑马军，飞奔回来，报知史文恭，转报中寨。曾长官听得大哭。只见旁边恼犯了一个壮士曾升，武艺绝高，使两口飞刀，人莫敢近。当时听了大怒，咬牙切齿，喝教："备我马来，要与哥哥报仇！"曾长官拦挡不住。全身披挂，绰刀上马，直奔前寨。史文恭接着劝道："小将军不可轻敌。宋江军中，智勇猛将极多。若论史某愚意，只宜坚守五寨，暗地使人前往凌州，便教飞奏朝廷，调兵选将，多拨官军，分作两处征剿：一打梁山泊，一保曾头市，令贼无心恋战，必欲退兵，急奔回山。那时史某不才，与汝兄弟一同

追杀，必获大功。"说言未了，北寨副教师苏定到来，见说坚守一节，也道："梁山泊吴用那厮，诡计多谋，不可轻敌，只宜退守；待救兵到来，从长商议。"曾升叫道："杀我哥哥，此冤不报，真强盗也！直等养成贼势，退敌则难！"史文恭、苏定阻挡不住。曾升上马，带领数十骑马军，飞奔出寨搦战。

宋江闻知，传令前军迎敌。当时秦明得令，舞起狼牙棍，正要出阵斗这曾升；只见黑旋风李逵，手搭板斧，直奔军前，不问事由，抢出垓心。〔写得妙，送更急于霹雳火也。〕对阵有人认得，说道："这个是梁山泊黑旋风李逵！"曾升见了，便叫放箭。原来李逵但是上阵，便要脱膊，〔妙人，只用八个字活画出来。〕全得项充、李衮蛮牌遮护；〔好。〕此时独自抢来，被曾升一箭，腿上正着，身如泰山，倒在地下。曾升背后马军齐抢过来；宋江阵上，秦明、花荣飞马向前死救；背后马麟、邓飞、吕方、郭盛，一齐接应归阵。〔亦作一跌者，不欲写得曾家太易也。〕曾升见了宋江阵上人多，不敢再战，以此领兵还寨。宋江也自收军驻扎。〔以上二打曾头市。眉批：以上二打曾头市。〕

次日，史文恭、苏定只是主张不要对阵，怎禁得曾升催并道："要报兄仇！"史文恭无奈，只得披挂上马。那匹马便是先前夺的段景住的千里龙驹照夜玉狮子马。〔此篇写宋江独为马来，非为晁盖来也，故处处将马出色点染，见是一篇纲领。〕宋江引诸将摆开阵势迎敌，对阵史文恭出马。宋江看见好马，心头火起，〔写宋江本意只为马，妙笔。〕便令前军迎敌。秦明得令，飞奔坐下马来迎。二骑相交，军器并举。约斗二十余合，秦明力怯，望本阵便走。史文恭奋勇赶来，神枪到处，秦明后腿股上早着，倒撷下马来。吕方、郭盛、马麟、邓飞四将齐出，死命来救。虽然救得秦明，军兵折了一阵；〔再作一跌者，不欲写得曾家太易也。〕收回败军，离寨十里驻扎。

宋江叫把车子载了秦明，一面使人送回山寨将息；密与吴用商量，教取大刀关胜、金枪手徐宁，并要单廷珪、魏定国四位下山，同来协助。 [密与吴用商量，书法妙绝，盖来则定当成功，归则难与争座者，如徐宁、呼延灼、关胜、索超、单廷珪、魏定国诸人是也。乃今敌势浩大，必须添人协助，而此五六人者又未深知其心，于是进退两难，回惑无措。两人密商，而舍索超、呼延，取关、徐、单、魏，盖写宋江心事历历如鉴也。] 宋江又自己焚香祈祷，暗卜一课。吴用看了卦象，便道："恭喜大事无损。今夜倒主有贼兵入寨。" [取四人后，又书宋江卜课，写心上有事人惶惑不定如鉴。○只用"恭喜大事无损"六字答宋江卜课，下却顺便接入下文，妙妙。] 宋江道："可以早作准备。"吴用道："请兄长放心，只顾传下号令：先去报与三寨头领，今夜起东西二寨，便教解珍在左，解宝在右，其余军马各于四下里埋伏已定。"

是夜，天清月白，风静云闲。 [好景。] 史文恭在寨中对曾升道："贼兵今日输了两将，必然惧怯，乘虚正好劫寨。"曾升见说，便教请北寨苏定、南寨曾密、西寨曾索，引兵前来，一同劫寨。二更左侧，潜地出哨，马摘鸾铃，人披软战，直到宋江中军寨内；见四下无人，劫着空寨，急叫"中计"，转身便走。左手下撞出两头蛇解珍，右手下撞出双尾蝎解宝，后面便是小李广花荣，一发赶上。 [只三句已足。] 曾索在黑地里被解珍一钢叉搠于马下。 [曾索死。] 放起火来，后寨发喊，东西两边，进兵攻打寨栅，混战了半夜。史文恭夺路得回。 [可谓三战曾头市也。眉批：以上三战曾头市。]

曾长官又见折了曾索，烦恼倍增。次日，要史文恭写书投降。史文恭也有八分惧怯，随即写书，速差一人赍擎，直到宋江大寨。小校报知，曾头市有人下书。宋江传令，教唤入来。小校将书呈上。宋江拆开看时，写道：

曾头市主曾弄顿首再拜宋公明统军头领麾下：前者小男无知，倚仗小勇，抢夺马匹，冒犯虎威，「写曾家亦只重在夺马，若射死天王，只是轻轻言之，妙笔。只四字，不更深言，妙笔。」向日天王下山，理合就当归附，无端部卒施放冷箭，罪累深重，百口何辞？然窃自原，非本意也。今顽犬已亡，遣使请和。如蒙罢战休兵，愿将原夺马匹尽数纳还；「首尾只重夺马，使人读其书，知其事，以深著宋江之罪也。」更赍金帛，犒劳三军，免致两伤。谨此奉书，伏乞照察。

宋江看罢来书，目顾吴用，满面大怒，扯书骂道：「写宋江、吴用同恶共济，真乃如画。○扯书而必顾吴用，大怒而只是满面，活画出一时如鬼之伎来。」"杀吾兄长，焉肯干休！只待洗荡村坊，是吾本愿！"下书人俯伏在地，凛颤不已。吴用慌忙劝道：「一个骂一个劝，一个目顾一个慌忙，可笑可恨。」"兄长差矣！我等相争，皆为气耳。「为气则不为晁盖也。」既是曾家差人下书讲和，岂为一时之忿，以失大义？"随即便写回书，取银十两，赏了来使。回还本寨，将书呈上。曾长官与史文恭拆开看时，上面写道：

梁山泊主将宋江手书回示曾头市主曾弄：自古无信之国终必亡，无礼之人终必死，无义之财终必夺，无勇之将终必败。理之自然，无足奇者。「竟是绝妙好议论。○看他发出四句大议论，却是句句为夺马，不为杀天王，写宋江之罪者矣。」（梁山泊与曾头市，自来无仇，各守边界。总缘尔行一时之恶，遂惹今日之冤。）「杀天王亦不深言，只作轻轻二语，妙笔。」（若要讲和，便须发还二次原夺马匹，并要夺马凶徒郁保四，）「看他只为马。○曾家请罪只说夺马，犹曰避罪不得不尔也。若宋江问罪亦只说夺马，然则宋江之不为天王报仇，又岂有辩哉？」（犒劳军士金帛。）「讨马之后又及犒军，以见其无所不说，而独不说报仇也。」（忠诚既笃，礼数休轻。如或更变，别有定夺。）

　　曾长官与史文恭看了，俱各惊忧。次日，曾长官又使人来说："若要郁保四，亦请一人质当。"宋江、吴用随即便差时迁、李逵、樊瑞、项充、李衮五人，前去为信。临行时，吴用叫过时迁，附耳低言："倘或有变，如此如此。"不说五人去了。却说关胜、徐宁、单廷珪、魏定国到了，当时见了众人，就在中军扎住。

　　且说时迁引四个好汉，来见曾长官。时迁向前说道："奉哥哥将令，差时迁引李逵等四人前来讲和。"史文恭道："吴用差这五个人来，未必无谋。"李逵大怒，揪住史文恭便打。「奇人奇事。」曾长官慌忙劝住。时迁道："李逵虽然粗卤，却是俺宋公明哥哥心腹之人，特使他来，休得疑惑。"曾长官中心只要讲和，不听史文恭之言，便教置酒相待，请去法华寺寨中安歇，拨五百军人前后围住；却使曾升带同郁保四，来宋江大寨讲和。二人到中军相见了，随后将原夺二次马匹并金帛一车，送来大寨。宋江看罢道："这马都是后次夺的，正有先前段景住送到那匹千里白龙驹照夜玉狮子马，如何不见将来？"「写宋江于马极其加意，以反映其视晁盖之仇如存也。○马便如此记得，晁盖便如此不记得，妙笔。」曾升道："是师父史文恭乘坐着，以此不曾将来。"宋江道："你疾忙快写书去，教早早牵那匹马来还我！"「写宋江谆谆恳恳只为马。」曾升便写书，叫从人还寨，讨这匹马来。史文恭听得，回道："别的马将去不吝，这匹马却不与他！"从人往复去了几遭，宋江定死要这匹马。「妙笔。」史文恭使人来说道："若还定要我这匹马时，着他即便退军，我便送来还他！"

　　宋江听得这话，便与吴用商量。尚然未决，「妙笔妙笔。写宋江便有即便退军之意，以见此来单为夺马，更无余志。」忽有人来报道："青州、凌州两路，有军马到来。"宋江道："那厮们知得，必

然变卦。"〔变卦者，不肯还马也，若果志在报仇，岂忧变卦哉！妙笔。〕暗传下号令，就差关胜、单廷珪、魏定国去迎青州军马，〔好。○写青州、凌州两路救兵，只是借势层跌，以表宋江意只在马，未尝肯为晁盖报仇耳。不必又显战功，故只如此略略点去。〕花荣、马麟、邓飞去迎凌州军马。〔好。〕暗地叫出郁保四来，用好言抚恤他，十分恩义相待，说道："你若肯建这场功劳，山寨里也教你做个头领。夺马之仇，折箭为誓，一齐都罢，〔"之仇""折箭为誓""一齐都罢"十个字上，明明只是"夺马"二字，妙笔。〕你若不从，曾头市破在旦夕。任从你心。"郁保四听言，情愿投拜，从命帐下。吴用授计与郁保四道："你只做私逃还寨，与史文恭说道：'我和曾升去宋江寨中讲和，打听得真实了：如今宋江大意，只要赚这匹千里马，实无心讲和；若还与了他，必然翻变。如今听得青州、凌州两路救兵到了，十分心慌。正好乘势用计，不可有误，〔即以己之瑕处作诱敌，妙妙。〕他若信从了，我自有处置。"郁保四领了言语，直到史文恭寨里，把前事具说了一遍。史文恭领了郁保四来见曾长官，备说宋江无心讲和，可以乘势劫他寨栅。曾长官道："我那曾升当在那里，若还翻变，必然被他杀害。"史文恭道："打破他寨，好歹救了。今晚传令与各寨，尽数都起，先劫宋江大寨；如断去蛇首，众贼无用，回来却杀李逵等五人未迟。"曾长官道："教师可以善用良计。"当下传令与北寨苏定、东寨曾魁、南寨曾密，一同劫寨。郁保四却闪来法华寺大寨内，看了李逵等五人，暗与时迁走透这个消息。再说宋江同吴用说道："未知此计若何？"吴用道："如是郁保四不回，便是中俺之计。他若今晚来劫我寨，我等退伏两边，却教鲁智深、武松引步军杀入他东寨，朱全、雷横引步军杀入他西寨，却令杨志、史进引马军截杀北寨：此名番犬伏窝之计，百发百中。"〔劫寨之奇，此为第一。○名色亦奇绝。〕

当晚却说史文恭带了苏定、曾密、曾魁，尽数起发。是夜月色朦胧，星辰昏暗。史文恭、苏定当先，曾密、曾魁押后，马摘鸾铃，人披软战，尽都来到宋江总寨。只见寨门不关，寨内并无一人，又不见些动静。情知中计，即便回身。急望本寨去时，只见曾头市里锣鸣炮响，却是时迁爬去法华寺钟楼上，撞起钟来。「偏不写放起火来，篩起锣来；偏就"法华寺"三字，见景生情，撞起钟来，妙妙。」东西两门，火炮齐响，喊声大举，正不知多少军马杀将入来。却说法华寺中，李逵、樊瑞、项充、李衮一齐发作，杀将出来。史文恭等急回到寨时，寻路不见。曾长官见寨中大闹，又听得梁山泊大军两路杀将入来，就在寨里自缢而死。「曾弄死。」曾密径奔西寨，被朱仝一朴刀搠死。「曾密死。」曾魁要奔东寨时，乱军中马踏为泥。「曾魁死。」苏定死命奔出北门，却有无数陷坑，「写得便似出于意外，故妙。」背后鲁智深、武松赶杀将来，前逢杨志、史进，一时乱箭射死。「苏定死。○写数人草草而死者，意只重史文恭一人也。」后头撞来的人马都攧入陷坑中去，重重叠叠，陷死不知其数。「写吴用不惟不遭陷坑之失，乃能反得陷坑之用，真不愧智多星矣。」

且说史文恭得这千里马行得快，「出色写马妙。」杀出西门，落荒而走。此时黑雾遮天，不分南北。「为晁盖阴魂作引。」约行了二十余里，不知何处，「特书四字，以见此处非史文恭必走之路，而前文之冷调员外，为可丑可恨也。」只听得树林背后，一声锣响，撞出四五百军来。当先一将，手提杆棒，望马脚便打。「宋江冷调员外，而史文恭又偏遇着，妙笔妙笔。○写史文恭遇卢俊义，先暗写一番，次明写一番，皆极其摇曳也。」那匹马是千里龙驹，见棒来时，从头上跳过去了。「出色写马，妙妙。○冷调员外者，断不欲其得史文恭也；冷调之而又偏遇之，可谓奇绝；乃冷调之而又偏遇之，而又偏失之，而又重获之，一发奇绝也。」史文恭正走之间，只见阴云冉冉，冷气飕飕，黑雾漫漫，狂风飒飒，虚空之中，四边都是晁盖阴魂缠住。「见晁盖之实足凭于卢俊义也。」史文恭再

回旧路，「杀出西门作一纵，头上跳过再作一纵，然后以一句擒之，笔力奇娇之甚。」却撞着浪子燕青，「出卢俊义，偏先出燕青，皆极其摇曳。」又转过玉麒麟卢俊义来「妙笔妙笔。○如此千曲百折，无非欲表宋江之奸恶也。」喝一声："强贼！待走那里去！"腿股上只一朴刀搠下马来，便把绳索绑了，解投曾头市来。燕青牵了那匹千里龙驹，径到大寨。「不惟写得仇是他家报，并写得马亦是他家得，妙妙。」宋江看了，心中一喜一恼。「"一喜一恼"，只是四字，更不分明，妙不可言。○不善读史者，疏之曰：喜者喜卢员外建功，怒者怒史文恭仇人也。善读史者，疏之曰：喜者喜玉狮子归来，恼者恼玉麒麟有功也。」先把曾升就本处斩首，「曾升死。」曾家一门老少尽数不留；抄掠到金银财宝、米麦粮食，尽行装载上车，回梁山泊给散各都头领，犒赏三军。

且说关胜领军杀退青州军马，花荣领军杀散凌州军马，都回来了。「省。」大小头领不缺一个，已得了这匹千里龙驹照夜玉狮子马，「看他一篇之中，大书特书只是为马，以定宋江之罪也。」其余物件，尽不必说。陷车内囚了史文恭，便收拾军马，回梁山泊来，所过州县村坊，并无侵扰。

回到山寨忠义堂上，都来参见晁盖之灵。林冲请宋江传令，「古本有此"林冲请"三字，俗本无，两本相去如此。」教圣手书生萧让作了祭文；令大小头领人人挂孝，个个举哀；将史文恭剖腹剜心，享祭晁盖。已罢，「晁盖一生，武师实始终之，写得妙妙。」宋江就忠义堂上，与众弟兄商议立梁山泊之主。「晁盖遗誓，明如画石，今日之事，有何商议？商议者，明明不用晁盖遗誓也。自此以下皆宋江商议之辞，岂复以晁盖为念哉！」吴用便道："兄长为尊，卢员外为次。其余众弟兄，各依旧位。"「"吴用便道"四字，书法。」宋江道："向者晁天王遗言：但有人捉得史文恭者，不拣是谁，便为梁山泊之主。今日卢员外生擒此贼，赴山祭献晁兄，报仇雪恨，正当为尊，不必多说。"卢俊义道："小弟德薄才疏，怎敢承当此位？若得居末，尚自过分。"宋江道："非宋某多谦，有三件不如员外处，「何不一口到底，只奉天王遗令，而又别引他辞。」第一件，宋江身材黑

矮，员外堂堂一表，凛凛一躯，众人无能得及。「赞员外语，却是挑众人语。」第二件，宋江出身小吏，犯罪在逃，感蒙众弟兄不弃，暂居尊位；员外生于富贵之家，长有豪杰之誉，又非众人所能得及。「挑众人语。」第三件，宋江文不能安邦，武不能附众，手无缚鸡之力，身无寸箭之功；员外力敌万人，通今博古，一发众人无能得及。「挑众人语。○看他说出三件，却偏不及为天王报仇也。宋江之奸恶无耻，一至于是乎！写得妙妙。」员外有如此才德，正当为山寨之主。他时归顺朝廷，建功立业，官爵升迁，能使弟兄们尽生光彩。「句句挑众人语。」宋江主张已定，休得推托。"卢俊义拜于地下，说道："兄长枉自多谈；卢某宁死，实难从命。"吴用又道：「"吴用又道"，书法。」"兄长为尊，卢员外为次，皆人所伏。兄长若如是再三推让，恐冷了众人之心。"原来吴用已把眼视众人，故出此语。「写两人同恶共济如镜。」只见黑旋风李逵大叫道："我在江州，舍身拼命，跟将你来，众人都饶让你一步。我自天也不怕！「妙妙，天生是李大哥语。」你只管让来让去假甚鸟！「妙妙，快绝。」我便杀将起来，各自散火！"「妙妙，是是。」武松见吴用以目示人，也上前叫道："哥哥手下许多军官，都是受过朝廷诰命的，他只是让哥哥，如何肯从别人！"「妙妙，天生是武二语。」刘唐便道："我们起初七个上山，那时便有让哥哥为尊之意，今日却让后来人？"「妙妙，天生是刘唐语。」鲁智深大叫道："若还兄长要这许多礼数，洒家们各自撒开！"「妙妙，天生是鲁提辖语。」宋江道："你众人不必多说，我别有个道理。看天意是如何，方才可定。"「天王之遗令置之不论，而别生出许多商议，许多道理，写得可丑可恨之极。」吴用道："有何高见？便请一言。"宋江道："有两件事。"正是教：梁山泊内，重添两个英雄；东平府中，又惹一场灾祸。直教：天罡尽数投山寨，地煞空群聚水涯。毕竟宋江说出那两件事来，且听下回分解。

【第六十八回】

东平府误陷九纹龙

宋公明义释双枪将

打东平、东昌二篇，为一书最后之笔，其文愈深，其事愈隐，读者不可不察。何以言之？盖梁山泊，晁盖之业也；史文恭，晁盖之仇也；活捉史文恭，便主梁山泊，则晁盖之令也。遵晁盖之令，而报晁盖之仇，承晁盖之业，誓箭在彼，明明未忘，宋江不得与卢俊义争，断断如也。然而宋江且必有以争之，如之何宋江且必有以争之？弃晁盖遗令，而别阄东平、东昌二府借粮，则卢俊义更不得与宋江争也，亦断断如矣。或曰："二城之孰坚孰瑕，宋江未有择也；是役之胜与不胜，宋江未有必也，何用知其必济，何用知卢之必不济？彼俱不济无论，若幸而俱济，则是梁山泊主又未定也。今子之言卢俊义必不得与宋江争也，何故？"噫嘻！闻弦者赏音，读书者论事，岂其难哉！岂其难哉！观其分调众人之时，而令吴用、公孙胜二人悉居卢之部下也，彼岂不曰惟二军师实左右之，则功必易成；功必易成，是位终及之，庶几有以不负天王之言，诚为甚盛心也！乃我独有以知吴与公孙之在卢之部下，犹其不在卢之部下也。吴与公孙虽不在宋之部下，而实在宋之部下也。盖吴与公孙之在卢之部下，其外也；若其内，固曾不为卢设一计也。若吴与公孙虽不在宋之部下，然而尺书可来，匹马可去，借箸画计，曾不遗力，则犹在帐中无以异也。且此岸上粮车、水中米船，而不出于吴用耶？阴云布满，黑雾遮天，而不出于公孙胜耶？夫诚不出于吴与公孙则已耳，终亦出于吴与公孙，而宋江未来，括囊以待；宋江一至，争鞭而效，此何意也？迹其前后，推其存心，亦幸而没羽箭难胜耳！不幸而使没羽箭者方且一鼓就擒，则彼吴用、公孙胜之二人者，讵不能从中掣肘，败乃公事，于以徐俟宋江之来至哉！由斯以言，则是宋固必济，卢固必不济；卢俊义之终不得与宋江争也，断断如也。我故曰：打东平、东昌二篇，其文愈深，其事愈隐，读者不可不察也。

此书每欲作重叠相犯之题，如二解越狱，史进又要越狱，是其类也。忽然以"月尽"二字，翻空造奇，夫然后知极窘蹙题，其中皆有无数异样文字，人自无才不能洗发出来也。

刀枪剑戟如麻似火之中，偏能夹出董将军求亲一事，读之使人又有一样眼色。

话说宋江要不负晁盖遗言，把第一位让与卢员外，众人不服。宋江又道："目今山寨钱粮缺少，梁山泊东有两个州府，却有钱粮：一处是东平府，一处是东昌府。我们自来不曾搅扰他那里百姓，今去问他借粮。可写下两个阄儿，我和卢员外各拈一处。如先打破城子的，便做梁山泊主，如何？"

「天王之遗令曰：如有活捉史文恭者，便做梁山泊主。至此宋江忽别换一令曰：如有先打破城子者，便做梁山泊主。」吴用道："也好。"卢俊义道："休如此说。只是哥哥为梁山泊主，某听从差遣。"此时不由卢俊义，当下便唤铁面孔目裴宣，写下两个阄儿。焚香对天祈祷已罢，各拈一个。宋江拈着东平府，卢俊义拈着东昌府。众皆无语。

当日设筵饮酒中间，宋江传令，调拨人马。宋江部下：「调拨又换出一格。」林冲、花荣、刘唐、史进、徐宁、燕顺、吕方、郭盛、韩滔、彭玘、孔明、孔亮、解珍、解宝、王矮虎、一丈青、张青、孙二娘、孙新、顾大嫂、石勇、郁保四、王定六、段景住，大小头领二十五员，马步军兵一万；水军头领三员：阮小二、阮小五、阮小七，领水军驾船接应。卢俊义部下：吴用、公孙胜、

「将吴用、公孙胜二人悉让卢俊义，以愚众人，奇妙之极，夫又安知其不用吴用之掣其肘乎？」关胜、呼延灼、朱全、雷横、索超、杨志、单廷珪、魏定国、宣赞、郝思文、燕青、杨林、欧鹏、凌振、马麟、邓飞、施恩、樊瑞、项充、李衮、时迁、白胜，大小头领二十五员，马步军兵一万；水军头领三员：李俊、童威、童猛，引水手驾船接应。其余头领并中

伤者，看守寨栅。分俵已定，宋江与众头领去打东平府，卢俊义与众头领去打东昌府。众多头领各自下山。此是三月初一日的话，日暖风和，草青沙软，正好厮杀。「写得好。」

却说宋江领兵前到东平府，离城只有四十里路，地名安山镇，扎驻军马。宋江道："东平府太守程万里和一个兵马都监，乃是河东上党郡人氏。此人姓董，名平；善使双枪，人皆称为'双枪将'，有万夫不当之勇。虽然去打他城子，也和他通些礼数，差两个人，赍一封战书去那里下。若肯归降，免致动兵；若不听从，那时大行杀戮，使人无怨。谁敢与我先去下书？"只见部下走过郁保四道："小人认得董平，情愿赍书去下。"「郁保四新到立功，例也。」又见部下转过王定六道："小弟新来，也并不曾与山寨中出力，今日情愿帮他去走一遭。"「王定六亦须立功，例也。」宋江大喜，随即写了战书，与郁保四、王定六两个去下。书上只说借粮一事。

且说东平府程太守，闻知宋江起军马到了安山镇驻扎，便请本州兵马都监双枪将董平，商议军情重事。正坐间，门人报道："宋江差人下战书。"程太守教唤至。郁保四、王定六当堂厮见了，将书呈上。程万里看罢来书，对董都监说道："要借本府钱粮，此事如何？"董平听了大怒，叫推出去，即便斩首。程太守说道："不可。自古两国相战，不斩来使，于礼不当。只将二人各打二十讯棍，发回原寨，看他如何。"董平怒气未息，喝把郁保四、王定六一索捆翻，打得皮开肉绽，推出城去。两个回到大寨，哭告宋江说："董平那厮无礼，好生眇视大寨！"宋江见打了两个，怒气填胸，便要平吞

州郡。先叫郁保四、王定六上车，回山将息。只见九纹龙史进起身说道："小弟旧在东平府时，与院子里一个娼妓有交，唤做李睡兰，往来情熟。我如今多将些金银，潜地入城，借他家里安歇。约时定日，哥哥可打城池。只待董平出来交战，我便爬去更鼓楼上放起火来。里应外合，可成大事。"宋江道："最好。"史进随即收拾金银，安在包袱里，身边藏了暗器，拜辞起身。宋江道："兄弟善觑方便，我且顿兵不动。"

且说史进转入城中，径到西瓦子李睡兰家。大伯见是史进，吃了一惊；接入里面，叫女儿出来厮见。李睡兰引去楼上坐了，便问史进道："一向如何不见你头影？听得你在梁山泊做了大王，官司出榜捉你。这两日街上乱哄哄地，说宋江要来打城借粮，你如何却到这里？"史进道："我实不瞒你说：我如今在梁山泊做了头领，不曾有功。如今哥哥要来打城借粮，我把你家备细说了。我如今特地来做细作，有一包金银相送与你，切不可走漏了消息。明日事完，一发带你一家上山快活。" 「史进丑话。」李睡兰葫芦提应承，收了金银，且安排些酒肉相待，却来和大娘商量道："他往常做客时，是个好人，在我家出入不妨。如今他做了歹人，倘或事发，不是要处。"大伯说道："梁山泊宋江这伙好汉，不是好惹的。但打城池，无有不破。若还出了言语，他们有日打破城子入来，和我们不干罢！"虔婆便骂道："老蠢物！你省得甚么人事！自古道：'蜂刺入怀，解衣去赶。'天下通例：自首者即免本罪！你快去东平府里首告，拿了他去，省得日后负累不好！"大伯道："他把许多金银与我家，不与他担些干系，买我们做甚么？"虔婆骂道："老畜生！你这般说，却似放屁！我这行院人家，坑陷了千千万万的人，岂争他一个！^{「行院中大本领语，读之可畏。」}你若不去首告，我亲自去衙前叫屈，和你也说在里面！"大伯道："你不要性发，且叫女儿款住他，休得打草惊蛇，吃他走了。待我去报与做公的，先来拿了，却去首官。"

且说史进见这李睡兰上楼来，觉得面色红白不定。^{「如画。」}史进便问道："你家莫不有甚事，这般失惊打怪？"李睡兰道："却才上胡梯，踏了个空，争些儿跌了一交，因此心慌撩乱。"^{「如画。」}争不过一盏茶时，只听得胡梯边脚步响，有人奔上来；窗外呐声喊，数十个做公的抢到楼上，^{「先是大伯上来，次是做公的上来，写得有光景，有次序。」}把史进似抱头狮子^{「画出史进。〇从极狼狈时，画出极雄健来，奇甚。」}绑将下楼来，径解到东平府里厅上。程太守看了，大骂道："你这厮胆包身体，怎敢独个来做细作？若不是李睡兰父亲首告，误了我一府良民！快招你的情由，宋江教你来怎地？"史进只不言语。^{「妙，不惟写史进，亦图省笔也。」}董平便道："这等贼骨头，不打如何肯招！"程太守喝道："与我加力打这厮！"两边走过狱卒牢子，先将冷水来喷腿上，两腿各打一百大棍。史进由他拷打，只不言语。^{「妙，写出史进。」}董平道："且把这厮长枷木杻送在死囚牢里，等拿了宋江，一并解京施行！"

却说宋江自从史进去了，备细写书与吴用知道。^{「如此，即何异吴用在帐中？」}吴用看了宋公明来书，说史进去娼妓李睡兰家做细作，大惊。急与卢俊义说知，连夜来见宋江，^{「大书吴用之急宋江如此，以表其同恶共济，妙妙。」}问道："谁叫史进来？"宋江道："他自愿去。说这李行首是他旧日的表子，好生情重，因此前去。"吴用道："兄长欠些主张，若吴某在此，决不教去。从来娼妓之家，迎新送旧，陷了多少好人。更兼水

性无定，总有恩情，也难出虔婆之手。此人今去，必然吃亏！"宋江便问吴用请计。吴用便叫顾大嫂："劳烦你去走一遭。可扮做贫婆，潜入城中，只做求乞的。若有些动静，火急便回。若是史进陷在牢中，你可去告狱卒，只说：'有旧情恩念，我要与他送一口饭。'捱入牢中，暗与史进说知：'我们月尽夜，〔三字变出奇文。〕黄昏前后，必来打城。你可就水火之处，安排脱身之计。'月尽夜，你就城中放火为号，此间进兵，方好成事。兄长可先打汶上县，百姓必然都奔东平府；却叫顾大嫂杂在数内，乘势入城，便无人知觉。"〔好甚；不然者，寇警戒严，如何得去？〕吴用设计已罢，上马便回东昌府去了。〔写吴用不在宋江部下而为宋江定计，反显其在卢俊义部下而不为俊义定计也。深文妙笔，读之可思。〕宋江点起解珍、解宝，引五百余人，攻打汶上县。果然百姓扶老携幼，鼠窜狼奔，都奔东平府来。

却说顾大嫂头髻蓬松，衣服褴缕，杂在众人里面，捱入城来，绕街求乞。到州衙前，打听得史进果然在牢中。次日，提着饭罐，只在司狱司前往来伺候。见一个年老公人〔老人好著，庶几放入也。〕从牢里出来，顾大嫂看着便拜，泪如雨下。那年老公人问道："你这贫婆，哭做甚么？"顾大嫂道："牢中监的史大郎，是我旧的主人。自从离了，又早十年。只说道在江湖上做买卖，不知为甚事陷在牢里？眼见得无人送饭。老身叫化得这一口儿饭，特要与他充饥。哥哥怎生可怜见，引进则个，强如造七层宝塔！"那公人道："他是梁山泊强人，犯着该死的罪，谁敢带你入去？"顾大嫂道："便是一刀一剐，自教他瞑目而受。只可怜见引老身入去，送这口儿饭，也显得旧日之情。"〔会说。〕说罢又哭。那老公人寻思道："若是个男子汉，难带他入去；一个妇人家，有甚

利害？”「注出特遣大嫂之故。」当时引顾大嫂直入牢中来，看见史进项戴沉枷，腰缠铁索。史进见了顾大嫂，吃了一惊，做声不得。顾大嫂一头假啼哭，一头喂饭，别的节级便来喝道：“这是该死的歹人！狱不通风，谁放你来送饭？即忙出去，饶你两棍！”「斗出奇文来。」顾大嫂更住不得，只说得：“月尽夜，叫你自挣扎。”「斗出奇文来。」史进再要问时，顾大嫂被小节级打出牢门。史进只听得“月尽夜”三个字。「斗出奇文来。」

原来那个三月，却是大尽。「斗出奇文来。」到二十九，史进在牢中，见两个节级说话，问道：“今朝是几时？”那个小节级却错记了，回说道：“今日是月尽夜，晚些买帖孤魂纸来烧。”「斗出奇文来。奇不可言，骇不可言。」史进得了这话，巴不得晚。「令我吓绝，将如之何！」一个小节级吃得半醉，带史进到水火坑边，史进哄小节级道：“背后的是谁？”赚得他回头，挣脱了枷，只一枷梢，把那小节级面上正着一下，打倒在地。「吓绝。」就拾砖头敲开了木杻，「吓绝。」睁着鹊眼，抢到亭心里。「吓绝。」几个公人都酒醉了，被史进迎头打着，死的死了，走的走了。拔开牢门，只等外面救应。「吓绝，如之何？如之何？」又把牢中应有罪人尽数放了，总有五六十人，就在牢内发起喊来。「吓绝。」有人报知太守，程万里惊得面如土色，连忙便请兵马都监商量。董平道：“城中必有细作，且差多人围困了这贼！我却乘此机会，领军出城，去捉宋江；相公便紧守城池，差数十公人围定牢门，休教走了！”董平上马，点军去了。程太守便点起一应节级、虞候、押番，各执枪棒，去大牢前呐喊。史进在牢里，不敢轻出。外厢的人，又不敢进去。顾大嫂只叫得苦。「三句写三面人都尽。」

却说都监董平点起兵马，四更上马，杀奔宋江寨来。伏路小军报知宋江。宋江道："此必是顾大嫂在城中又吃亏了。他既杀来，准备迎敌。"号令一下，诸军都起。当时天色方明，却好接着董平军马。两下摆开阵势，董平出马。原来董平心灵机巧，三教九流，无所不通；品竹调弦，无有不会；山东、河北皆号他为风流双枪将。宋江在阵前看了董平这表人品，一见便喜。又见他箭壶中插一面小旗，上写一联道"英雄双枪将，风流万户侯"。「大处写不尽，却向细处描点出来，所谓颊上三毫，只是意思所在也。」宋江遣韩滔出马迎敌。韩滔手执铁槊，直取董平。董平那对铁枪，神出鬼没，人不可当。宋江再叫金枪手徐宁，仗钩镰枪前去替回韩滔。徐宁飞马便出，接住董平厮杀。两个在战场上战到五十余合，不分胜败。交战良久，宋江恐怕徐宁有失，便教鸣金收军。徐宁勒马回来，董平手举双枪，直追杀入阵来。宋江乘势鞭梢一展，四下军兵一齐围住。宋江勒马上高阜处看望，只见董平围在阵内。他若投东，宋江便把号旗望东指，军马向东来围他；他若投西，号旗便望西指，军马便向西来围他。董平在阵中横冲直撞，两枝枪直杀到申牌已后，冲开条路，杀出去了。「写董平。」宋江不赶。董平因见交战不胜，当晚收军回城去了。宋江连夜起兵，直抵城下，团团调兵围住。顾大嫂在城中未敢放火，史进又不敢出来，两下拒住。「小尽却举发，大尽却不动，奇情拗笔，匪夷所及。」

原来程太守有个女儿，十分颜色。董平无妻，累累使人去求为亲，程万里不允。因此，日常间有些言和意不和。「忽从"风流"二字转出波澜来。」董平当晚领军入城，其日使个就里的人，乘势来问这头亲事。「妙，真英雄，真风流，温太真不足齿也。」程太守回说："我是文官，他是武官，相赘为婿，正当其理。只是如今贼寇临城，事在危急，若还便许，被人耻笑。待得退了贼兵，保护城池无事，那时议亲，亦未为晚。"那人把这话回复董平。董平虽是口里应道："说得是。"只是心中踌躇，不十分欢喜，恐怕他日后不肯。「军马倥偬，羽书旁午之中，偏有笔力夹写许多蜂媒蝶使，妙妙。」

这里宋江连夜攻打得紧，太守催请出战。董平大怒，「大怒接上文何句，妙不可言。○只"大怒"二字，便活写出董平，英雄风流，四字都有。」披挂上马，带领三军，出城交战。宋江亲在阵前门旗下喝道："量你这个寡将，怎当我手下雄兵十万，猛将千员；汝但早来就降，可以免汝一死！"董平大怒，回道："文面小吏，该死狂徒，怎敢乱言！"说罢，手举双枪，直奔宋江。左有林冲，右有花荣，两将齐出，各使军器来战董平。约斗数合，两将便走。「吴用计可知。」宋江军马佯败，四散而奔。董平要逞骁勇，拍马赶来。宋江等却好退到寿春县界。宋江前面走，董平后面追。「吴用计可知。」离城有数十里，前至一个村镇，两边都是草屋，中间一条驿道。「吴用计可知。」董平不知是计，只顾纵马赶来。宋江因见董平了得，隔夜已使王矮虎、一丈青、张青、孙二娘四个，带一百余人，先在草屋两边埋伏，却拴数条绊马索在路上，又用薄土遮盖，只等来时鸣锣为号，绊马索齐起，准备捉这董平。「吴用计可知。」董平正赶之间，来到那里，只听得背后孔明、孔亮大叫："勿伤吾主！"却好到草屋前，一声锣响，两边门扇齐开，拽起绳索。那马却待回头，背后绊马索齐起，将马绊倒，董平落马。「吴用计可知。」左边撞出一丈青、王矮虎，右边走出张青、孙二娘，一齐都上，把董平捉了。头盔、衣甲、双枪、只马，尽数夺了。两个女头领将董平捉住，「擒董平偏用两女将，为"风流"二字渲染也。」用麻绳背剪绑了。两

个女将，各执钢刀，监押董平来见宋江。

却说宋江过了草屋，勒住马，立在绿杨树下，迎见这两个女头领解着董平。宋江随即喝退两个女将："我教你去相请董将军，谁教你们绑缚他来！"「吴用计可知。」二女将喏喏而退。「吴用计可知。」宋江慌忙下马，自来解其绳索，便脱护甲锦袍，与董平穿着，纳头便拜。「以上皆吴用所定计可知。○写宋江擒董平，悉出吴用定计者，反显其不为卢员外定一计也。」董平慌忙答礼。宋江道："倘蒙将军不弃微贱，就为山寨之主。"「欺董平乎？欺卢俊义乎？」董平答道："小将被擒之人，万死犹轻。若得容恕安身，已为万幸！若言山寨为主，小将受惊不小！"「特将"山寨之主"四字作庄语相对，以形击宋江也。」宋江道："敝寨缺少粮食，特来东平府借粮，别无他意。"董平道："程万里那厮原是童贯门下门馆先生，得此美任，安得不害百姓？「此语为是公论？为是私怨？两边闪耀，便成佳致。」若是兄长肯容董平回去，赚开城门，杀入城中，共取钱粮，以为报效。"宋江大喜。便令一行人将过盔甲枪马，还了董平，「细。」披挂上马。董平在前，宋江军马在后，卷起旗幡，都在东平城下。董平军马在前，大叫："城上快开城门！"把门军士将火把照时，认得是董都监，随即大开城门，放下吊桥。董平拍马先入，砍断铁锁；背后宋江等长驱人马，杀入城来。都到东平府里，急传将令，不许杀害百姓，放火烧人房屋。董平径奔私衙，杀了程太守一家人口，夺了这女儿。宋江先叫开了大牢，救出史进。「写两人各急其急，妙甚。」便开府库，尽数取了金银财帛；大开仓廒，装载粮米上车；先使人护送上梁山泊金沙滩，交割与三阮头领接递上山。「完正题。」史进自引人去瓦子西里李睡兰家，把虔婆老幼一门大小，碎尸万段，「又与董平反衬成色。」宋江将太守家私，俵散居民，「快事。」仍给沿街告示，晓谕百姓：害民州官，已自杀戮；汝等良民，各安生理。「快事。」告示已罢，收拾回军。大小将校再到安山镇，只见白日鼠白胜飞奔前来，报说东昌府交战之事。宋江听罢，神眉剔竖，怪眼圆睁，大叫："众多兄弟不要回山，且跟我来！"「过接有气势。」正是：重驱水泊英雄将，再夺东昌锦绣城。毕竟宋江复引军马怎地救应，且听下回分解。

【第六十九回】

没羽箭飞石打英雄

宋公明弃粮擒壮士

批详前一回中。

古亦未闻有以石子临敌者。自耐庵翻空出奇，忽然撰为此篇，而遂令读者之心头眼底，真觉石子之来，星流电掣，水泊之人，鸟骇兽窜也。此岂耐庵亦以一部大书张皇一百余人，实惟太甚，故于临绝笔时，恣意击打，以少杀其势耶？读一部七十回，篇必谋篇，段必谋段，之后忽然结以如卷如扫，如驰如撒之文，真绝奇之章法也。

叙一百八人，而终之以皇甫相马。嘻乎，妙哉！此《水浒》之所以作乎？夫支离朋肿之材，未必无舟车之用；而蹄啮嘶喊之疾，未必非千里之力也。泥其外者，未必不金其里；灶下之厮养，未必不能还王于异国也。惟贤宰相有破格之识赏，斯百年中有异常之报效；然而世无伯乐，贤愚同死，其尤驳者，乃遂走险，至于势溃事裂，国家实受其祸，夫而后叹吾真失之于牝牡骊黄之外也。嗟乎！不已晚哉！

话说宋江打了东平府，收军回到安山镇，正待要回山寨，只见白胜前来报说："卢俊义去打东昌府，连输了两阵。城中有个猛将，姓张，名清，原是彰德府人，虎骑出身；善会飞石打人，百发百中，人呼为'没羽箭'。「写出张清。」

手下两员副将，一个唤做'花项虎'龚旺，浑身上刺着虎斑，脖项上吞着虎头，马上会使飞枪；「写出龚旺。」一个唤做'中箭虎'丁得孙，面颊连项都有疤痕，马上会使飞叉。「写出丁得孙。」卢员外提兵临境，一连十日，不出厮杀。前日张清出城交锋，郝思文出马迎敌，战无数合，张清便走。郝思文赶去，被他额角上打中一石子，跌下马来；「先就口中虚写一石子作引。」却得燕青一弩箭射中张清战马，因此救得郝思文性命，「燕青弩箭，亦先虚写作引。」输了一阵。次日，混世魔王樊瑞，引

项充、李衮，舞牌去迎，不期被丁得孙从肋窝里飞出标叉，正中项充，因此又输了一阵。「悉从口中虚写。」二人见在船中养病。军师特令小弟来请哥哥早去救应。」

「不闻为设一计，而竟请救应，二人诡谋如镜照面。」宋江见说，便对众人叹道："卢俊义直如此无缘！特地教吴学究、公孙胜都去帮他，只想要他见阵成功，坐这第一把交椅，谁想又逢敌手！「看他无数权诈，无数丑态，遂令人不愿辛读。」既然如此，我等众兄弟引兵都去救应。"当时传令，便起三军。诸将上马，跟随宋江直到东昌境界。卢俊义等接着，具说前事，权且下寨。

正商议间，小军来报："没羽箭张清搦战。"宋江领众便起，向平川旷野摆开阵势；大小头领一齐上马随到门旗下。三通鼓罢，张清在马上荡起征尘，往来驰走；门旗影里，左边闪出那个花项虎龚旺，右边闪出这个中箭虎丁得孙。三骑马来到阵前，张清手指宋江骂道："水洼草贼，愿决一阵！"宋江问道："谁可去战此人？"只见阵里一个英雄，忿怒跃马，手舞钩镰枪，出到阵前。宋江看时，乃是金枪手徐宁。宋江暗喜，便道："此人正是对手！"「或予之，好。」徐宁飞马，直取张清。两马相交，双枪并举。斗不到五合，张清便走，徐宁赶去。张清把左手虚提长枪，右手便向锦囊中摸出石子，扭回身，觑得徐宁面门较近，只一石子，眉心早中，翻身落马。「写石子一法。」龚旺、丁得孙便来捉人。宋江阵上人多，早有吕方、郭盛两骑马、两枝戟，救回本阵。宋江等大惊，尽皆失色，再问："那个头领接着厮杀？"宋江言未尽，马后一将飞出，看时，却是锦毛虎燕顺。宋江却待阻挡，那骑马已自去了。「或夺之，好。」燕顺接住张清，斗无数合，遮拦不住，拨回马便走。张清望后赶来，手取石子，看燕顺后心一掷，打在铠甲护镜上，铮然有声，伏鞍而走。〔写石子又一法。〕宋江阵上一人大叫："匹夫何足惧哉！"拍马提搠飞出阵去。宋江看时，乃是百胜将韩滔，不打话，便战张清。两马方交，喊声大举。韩滔要在宋江面前显能，抖擞精神，大战张清。不到十合，张清便走。韩滔疑他飞石打来，不去追赶。〔又好。〕张清回头不见赶来，翻身勒马便转。韩滔却待挺搠来迎，被张清暗藏石子，手起，望韩滔鼻凹里打中，只见鲜血迸流，逃回本阵。〔写石子一法。〕彭玘见了大怒，不等宋公明将令，手舞三尖两刃刀，飞马直取张清。两个未曾交马，〔又好。〕被张清暗藏石子在手，手起，正中彭玘面颊，丢了三尖两刃刀，奔马回阵。〔写石子又一法。〕

宋江见输了数将，心内惊惶，便要将军马收转。只见卢俊义背后一人大叫：〔好。〕"今日将威风折了，来日怎地厮杀，且看石子打得我么！"宋江看时，乃是丑郡马宣赞，拍马舞刀，直奔张清。张清便道："一个来，一个走！两个来，两个逃！你知我飞石手段么？"宣赞道："你打得别人，怎近得我！"说言未了，张清手起，一石子正中宣赞嘴边，翻身落马。〔写石子又一法。〕龚旺、丁得孙却待来捉，怎当宋江阵上人多，众将救了回阵。宋江见了，怒气冲天，掣剑在手，割袍为誓："我若不拿得此人，誓不回军！"呼延灼见宋江设誓，便道："兄长此言要我们弟兄何用！"就拍踢雪乌骓，直临阵前，大骂张清："小儿得宠，一力之勇！〔妙语如古谣谚。〕认得大将呼延灼么？"〔好。〕张清便道："辱国败将，也遭吾毒手！"言未绝，一石子飞来。呼延灼见石子飞来，急把鞭来隔时，却中在手腕上，早着一下；便使不动钢鞭，回归本阵。〔写石子又一法。〕

宋江道："马军头领，都被损伤。步军头领，谁敢捉得这厮？"「唤一起笔。」只见部下刘唐，手拈朴刀，挺身出阵。张清见了大笑，骂道："你那败将，马军尚且输了，何况步卒！"刘唐大怒，径奔张清。张清不战，跑马归阵。刘唐赶去，人马相迎。刘唐手疾，一朴刀砍去，却砍着张清战马。那马后蹄直踢起来，刘唐面门上扫着马尾，双眼生花，早被张清只一石子打倒在地；「写石子又一法。〇一路都写石子，此忽插入马尾，奇笔。」急待挣扎，阵中走出军来，横拖倒拽，拿入阵中去了。宋江大叫："那个去救刘唐？"「接上卸下，又换一起笔。」只见青面兽杨志，便拍马舞刀，直取张清。张清虚把枪来迎。杨志一刀砍去，张清镫里藏身，杨志却砍一个空。张清手拿石子，喝声道："着！"石子从肋窝里飞将过去。张清又一石子，铮的打在盔上，吓得杨志胆丧心寒，伏鞍归阵。「写石子又一法。」宋江看了，辗转寻思："若是今番输了锐气，怎生回梁山泊！谁与我出得这口气？"朱仝听得，目视雷横，说道："一个不济事，我两个同去夹攻！"「亦换。」朱仝居左，雷横居右，两条朴刀，杀出阵前。张清笑道："一个不济，又添一个！由你十个，更待如何！"全无惧色。在马上藏两个石子在手。雷横先到，张清手起，势如招宝七郎，雷横额上早中一石子，扑然倒地。朱仝急来快救，脖项上又一石子打着。「写石子又一法。〇上两石子打不着杨志，此两石子连打朱仝、雷横。」关胜在阵上看见中伤，大挺神威，轮起青龙刀，纵开赤兔马，来救朱仝、雷横。刚抢得两个奔走还阵，张清又一石子打来。关胜急把刀一隔，正中着刀口，迸出火光。关胜无心恋战，勒马便回。「写石子又一法。〇写关胜短。」

双枪将董平见了，心中暗忖："吾今新降宋江，若不显我些武艺，上山去必无光彩。"手提双枪，飞马出阵。张清看见，大骂董平："我和你邻近州府，唇齿之邦，共同灭贼，正当其理！你今缘何反背朝廷？岂不自羞！"董平大怒，直取张清。两马相交，军器并举；两条枪阵上交加，四双臂环中撩乱。约斗五七合，张清拨马便走。董平道："别人中你石子，怎近得我！"张清带住枪杆，去锦袋中摸出一个石子，右手才起，石子早到。董平眼明手快，拨过了石子。「好。」张清见打不着，再取第二个石子，又打将去，董平又闪过了。「好。」两个石子打不着，张清却早心慌。那马尾相衔，「好。」张清走到阵门左侧，「好。」董平望后心刺一枪来。「好。」张清一闪，镫里藏身，董平却搠了空；「好。」那条枪却搠将过来，「好。」董平的马和张清的马两厮并着，「好好。〇马尾相衔妙，两马厮并妙，两人大战，精彩却从两匹马上活写出来。」张清便撇了枪，双手把董平和枪连臂膊只一拖，「好好。」却拖不动，两个搅做一块。「好好。」宋江阵上索超望见，轮动大斧，便来解救。对阵龚旺、丁得孙，两骑马齐出，截住索超厮杀。「好好。〇忽添出三人。」张清、董平又分拆不开，索超、龚旺、丁得孙三匹马搅做一团。林冲、花荣、吕方、郭盛四将一齐尽出，两条枪、两枝戟，来救董平、索超。「好好。〇又添出四人。」张清见不是势头，弃了董平，跑马入阵。「好。」董平不舍，直撞入去，却忘了提备石子。张清见董平追来，暗藏石子在手，待他马近，喝声着："着！"董平急躲，那石子抹耳根上擦过去了，董平便回。「写石子又一法。〇写董平长。」索超撇了龚旺、丁得孙，也赶入阵来。「好。」张清停住枪，轻取石子，望索超打来。索超急躲不迭，打在脸上，鲜血迸流，提斧回阵。「写石子又一法。〇索超只就董平一段顺手带下。」

却说林冲、花荣把龚旺截住在一边，「一边。」吕方、郭盛把丁得孙也截住

在一边。「一边。○两边双起，下分叙之。」龚旺心慌，便把飞枪摽将来，却摽不着花荣、林冲。龚旺先没了军器，被林冲、花荣活捉归阵。「龚旺一边毕。」这边丁得孙舞动飞叉，死命抵敌吕方、郭盛，不堤防浪子燕青在阵门里看见，暗忖道："我这里被他片时连打了一十五员大将，若拿他一个偏将不得，有何面目！"放下杆棒，身边取出弩弓，搭上弦，放一箭去，一声响，正中了丁得孙马蹄，那马便倒，却被吕方、郭盛捉过阵来。「丁得孙一边毕。」张清要来救时，寡不敌众，只得拿了刘唐，且回东昌府去。太守在城上看见张清前后打了梁山泊一十五员大将，虽然折了龚旺、丁得孙，也拿得这个刘唐；回到州衙，把盏相贺。先把刘唐长枷送狱，却再商议。

且说宋江收军回来，把龚旺、丁得孙先送上梁山泊。宋江再与卢俊义、吴用道："我闻五代时，大梁王彦章，日不移影，连打唐将三十六员。今日张清无一时，连打我一十五员大将，真是不在此人之下，定当是个猛将。"众人无语。宋江又道："我看此人，全仗龚旺、丁得孙为羽翼。如今羽翼被擒，可用良策捉获此人。"吴用道："兄长放心，小生见了此将出没，久已安排定了。「何不早行？我欲问之。○久已，字法。」虽然如此，且把中伤头领，送回山寨，却教鲁智深、武松、孙立、黄信、李立，尽数引领水军，安排车仗船只，水陆并进，船只相迎，赚出张清，便成大事。"吴用分拨已定。

再说张清在城内与太守商议道："虽是赢了两阵，贼势根本未除，可使人去探听虚实，却作道理。"只见探事人来回报："寨后西北上，不知那里将许多粮米，有百十辆车子，河内又有粮草船，大小有五百余只；水陆并进，船马同来。沿路有几个头领监管。"太守道:"这厮们莫非有计?恐遭他毒手。再差人去打听,端的果是粮草也不是?"次日,小军回报说:"车上都是粮草,尚且撒下米来。水中船只虽是遮盖着,尽有米布袋露将出来。"「说得如画。」张清道:"今晚出城,先截岸上车子,后去取他水中船只,太守助战,一鼓而得。"太守道:"此计甚妙,只可善觑方便。"叫军汉饱餐酒食,尽行披挂,捎驮锦袋。张清手执长枪,引一千军兵,悄悄地出城。

是夜月色微明,星光满天。行不到十里,望见一簇车子,旗上明写"水浒寨忠义粮"。「堂名忠义,乃至粮亦名忠义,世人可笑,每每有此。」张清看了,见鲁智深担着禅杖,皂直裰拽扎起,当头先走。张清道:"这秃驴脑袋上着我一下石子!"鲁智深担着禅杖,此时自望见了,只做不知,大踏步只顾走,却忘了堤防他石子。正走之间,张清在马上喝声:"着!"一石子正飞在鲁智深头上,打得鲜血迸流,望后便倒。「又一石子,妙妙,譬如大雨既歇,犹闻余滴也。」张清军马一齐呐喊,都抢将来。武松急挺两口戒刀,死去救回鲁智深,撇了粮车便走。张清夺得粮车,见果是粮米,心中欢喜,不来追赶鲁智深,且押送粮草,推入城来。太守见了大喜,自行收管。张清要再抢河中米船。太守道:"将军善觑方便。"张清上马,转过南门。此时望见河港内粮船,不计其数。张清便叫开城门,一齐呐喊,抢到河边,都是阴云布满,黑雾遮天;马步军兵回头看时,你我对面不见。此是公孙胜行持道法。「何不早行?我欲问之。」张清看见,心慌眼暗,却待要回,进退无路。四下里喊声乱起,正不知军兵从那里来。林冲引铁骑军兵,将张清连人和马都赶下水去。河内却是李俊、张横、张顺、三阮、两童,八个水军头领,一字儿摆

在那里。张清挣扎不脱，被阮氏三雄捉住，绳缠索绑，送入寨中。水军头领飞报宋江。

吴用便催大小头领连夜打城。太守独自一个，怎生支吾得住？听得城外四面炮声，城门开了，吓得太守无路可逃。宋江军马杀入城中，先救了刘唐；次后便开仓库，就将钱粮一分发送梁山泊，「结完本题。」一分给散居民。太守平日清廉，饶了不杀。「东平、东昌两太守，两样结果，好。」宋江等都在州衙里聚集众人会面，只见水军头领，早把张清解来。众多弟兄都被他打伤，咬牙切齿，尽要来杀张清。宋江见解将来，亲自直下堂阶迎接，便陪话道："误犯虎威，请勿挂意！"邀上厅来。说言未了，只见阶下鲁智深，使手帕包着头，拿着铁禅杖，径奔来要打张清。宋江隔住，连声喝退。张清见宋江如此义气，叩头下拜受降。宋江取酒奠地，折箭为誓："众弟兄若要如此报仇，皇天不祐，死于刀剑之下。"众人听了，谁敢再言。宋江设誓已罢，众人大笑，尽皆欢喜，收拾军马，都要回山。只见张清在宋公明面前，举荐东昌府一个兽医，复姓皇甫，名端："此人善能相马，知得头口寒暑病症，下药用针，无不痊可，真有伯乐之才。原是幽州人氏；为他碧眼黄须，貌若番人，以此人称为'紫髯伯'。梁山泊亦有用他处。可唤此人带引妻小，一同上山。"「一百八人而以相马终之。岂非欲令读者得之于牝牡骊黄之外耶？」宋江闻言大喜："若是皇甫端肯去相聚，大称心怀。"张清见宋江相爱甚厚，随即便去唤到兽医皇甫端，来拜见宋江并众头领。宋江看他一表非俗，碧眼重瞳，虬髯过腹，夸奖不已。皇甫端见了宋江如此义气，心中甚喜，愿从大义。宋江大喜。

抚慰已了，传下号令，诸多头领，收拾车仗、粮食、金银，一齐进发，把这两府钱粮运回山寨。前后诸军都起，于路无话，早回到梁山泊忠义堂上。宋江叫放出龚旺、丁得孙来，亦用好言抚慰，二人叩头拜降。又添了皇甫端在山寨，专工医兽；董平、张清亦为山寨头领。宋江欢喜，忙叫排宴庆贺。都在忠义堂上，各依次席而坐。宋江看了众多头领，却好一百单八员。

[大结束语，如椽之笔。] 宋江开言说道：“我等兄弟，自从上山相聚，但到处，并无疏失，皆是上天护佑，非人之能。今来扶我为尊，皆托众弟兄英勇。[至此竟一句揽归自己，更不再用推让，宋江权术过人如此。] 我今有句言语，烦你众兄弟共听。”吴用便道：“愿请兄长约束。”宋江对着众头领，开口说这个主意下来。正是有分教：三十六天罡符定数，七十二地煞合玄机。毕竟宋公明说出甚么主意，且听下回分解。

【第七十回】

忠义堂石碣受天文

梁山泊英雄大排座

一部书七十回，可谓大铺排；此一回，可谓大结束。读之正如千里群龙，一齐入海，更无丝毫未了之憾。笑杀罗贯中横添狗尾，徒见其丑也！

或问：石碣天文，为是真有是事？为是宋江伪造？此痴人说梦之智也，作者亦只图叙事既毕，重将一百八人姓名一一排列出来，为一部七十回书点睛结穴耳。盖始之以石碣，终之以石碣者，是此书大开阖；为事则有七十回，为人则有一百单八者，是此书大眼节。若夫其事其人之为有为无，此固从来著书之家之所不计，而奈之何今之读书者之惟此是求也？

聚一百八人于水泊，而其书以终，不可以训矣。忽然幻出卢俊义一梦，意盖引张叔夜收讨之一案，以为卒篇也。呜呼！古之君子，未有不小心恭慎而后其书得传者也。吾观《水浒》洋洋数十万言，而必以"天下太平"四字终之，其意可以见矣。后世乃复削去此节，盛夸招安，务令罪归朝廷而功归强盗，甚且至于哀然以"忠义"二字而冠其端，抑何其好犯上作乱，至于如是之甚也哉！

天罡、地煞等名，悉与本人不合，岂故为此不甚了了之文耶？吾安得更起耐庵而问之！

话说宋公明一打东平，两打东昌，回归山寨，计点大小头领，共有一百八员，心中大喜。遂对众兄弟道："宋江自从闹了江州，上山之后，皆托赖众弟兄英雄扶助，立我为头。今者，共聚得一百八员头领，心中甚喜。自从晁盖哥哥归天之后，但引兵马下山，公然保全，此是上天护佑，非人之能。纵有被掳之人，陷于缧绁，或是中伤回来，且都无事。今者一百八人，皆在面前聚会，端的古往今来，实为罕有。从前兵刃到处，杀害生灵，无可禳谢，我心中欲建一罗天大醮，报答天地神明眷佑之恩：一则祈保众弟兄身

心安乐；二则惟愿朝廷早降恩光，赦免逆天大罪，众当竭力捐躯，尽忠报国，死而后已；「假话。」三则上荐晁天王早生天界，世世生生，再得相见，「假话。」就行超度横亡恶死，火烧水溺，一应无辜被害之人，俱得善道。我欲行此一事，未知众弟兄意下若何？”众头领都称道：“此是善果好事，哥哥主见不差。”吴用便道：“先请公孙胜一清主行醮事。「亦须军师调拨。」然后令人下山，四远邀请得道高士，就带醮器赴寨。仍使人收又一应香烛、纸马、花果、祭仪、素馔、净食，并合用一应物件。”商议选定四月十五日为始，七昼夜好事。山寨广施钱财，督并干办。日期已近，向那忠义堂前挂起长幡四首，堂上扎缚三层高台，堂内铺设七宝三清圣像，两班设二十八宿、十二宫辰，一切主醮星官真宰。堂外仍设监坛崔、卢、邓、窦神将。「详写。」摆列已定，设放醮器齐备，请到道众，连公孙胜共是四十九员。

是日晴明得好，天和气朗，月白风清。宋江、卢俊义为首，吴用与众头领为次拈香。公孙胜作高功，主行斋事，关发一应文书符命；与那四十八员道众，每日三朝，至第七日满散。宋江要求上天报应，特教公孙胜专拜青词，奏闻天帝。「宋江乃至欲欺上帝，真乃罪通于天矣。」每日三朝，却好至第七日三更时分，公孙胜在虚皇坛第一层，众道士在第二层，宋江等众头领在第三层，众小头目并将校都在坛下。众皆恳求上苍，务要拜求报应。是夜三更时候，只听得天上一声响，如裂帛相似，正是西北乾方天门上。众人看时，直竖金盘，两头尖，中间阔，又唤做天门开，又唤做天眼开，里面毫光射人眼目，霞彩缭绕，从中间卷出一块火来，如栲栳之形，直滚下虚皇坛来。那团火绕坛滚了一遭，竟钻入正南地下去了。「写得出奇，遂与误走妖魔作一部大书一起一结也。」此时天眼已合，众道士下坛来。宋江随即叫人将铁锹锄头，掘开泥土，跟寻火块。那地下掘不到三尺深浅，只见一个石碣，正面两侧，各有天书文字。「一部大书以石碣始，以石碣终，章法奇绝。」

当下宋江且教化纸满散。平明，斋众道士，各赠与金帛之物，以充衬资。方才取过石碣，看时，上面乃是龙章凤篆蝌蚪之书，人皆不识。众道士内，有一人姓何，法讳玄通，对宋江说道："小道家间祖上留下一册文书，专能辨验天书。那上面都是自古蝌蚪文字，以此贫道善能辨认。译将出来，便知端的。"宋江听了大喜，连忙捧过石碣，教何道士看了，良久说道："此石都是义士大名镌在上面。侧首一边是'替天行道'四字，一边是'忠义双全'四字。顶上皆有星辰南北二斗，下面却是尊号。若不见责，当以从头一一敷宣。"宋江道："幸得高士指迷，缘分不浅，倘蒙见教，实感大德。唯恐上天见责之言，请勿藏匿，万望尽情剖露，休遗片言。"宋江唤过圣手书生萧让，用黄纸誊写。「不漏。」

何道士乃言：前面有天书三十六行，皆是天罡星，背后也有天书七十二行，皆是地煞星。下面注着众义士的姓名。「眉批：第一重结束。」石碣前面，书梁山泊天罡星三十六员：

天魁星呼保义宋江

天罡星玉麒麟卢俊义「三十六天罡，而天罡乃在第二；七十二地煞

「而地煞亦在第二，奇笔。」

天机星智多星吴用

天闲星入云龙公孙胜

天勇星大刀关胜　　　　　天雄星豹子头林冲

天猛星霹雳火秦明　　　　　天威星双鞭呼延灼

天英星小李广花荣　　　　　天贵星小旋风柴进

天富星扑天雕李应　　　　　天满星美髯公朱仝

天孤星花和尚鲁智深　　　　天伤星行者武松

天立星双枪将董平　　　　　天捷星没羽箭张清

天暗星青面兽杨志　　　　　天佑星金枪手徐宁

天空星急先锋索超　　　　　天速星神行太保戴宗

天异星赤发鬼刘唐　　　　　天杀星黑旋风李逵

天微星九纹龙史进　　　　　天究星没遮拦穆弘

天退星插翅虎雷横　　　　　天寿星混江龙李俊

天剑星立地太岁阮小二　　　天平星船火儿张横

天罪星短命二郎阮小五　　　天损星浪里白条张顺

天败星活阎罗阮小七　　　　天牢星病关索杨雄

天慧星拼命三郎石秀　　　　天暴星两头蛇解珍

天哭星双尾蝎解宝　　　　　天巧星浪子燕青

石碣背面，书地煞星七十二员：

地魁星神机军师朱武　　　　地煞星镇三山黄信

地勇星病尉迟孙立　　　地杰星丑郡马宣赞

地雄星井木犴郝思文　　地威星百胜将韩滔

地英星天目将彭玘　　　地奇星圣水将单廷珪

地猛星神火将魏定国　　地文星圣手书生萧让

地正星铁面孔目裴宣　　地阔星摩云金翅欧鹏

地阖星火眼狻猊邓飞　　地强星锦毛虎燕顺

地暗星锦豹子杨林　　　地轴星轰天雷凌振

地会星神算子蒋敬　　　地佐星小温侯吕方

地佑星赛仁贵郭盛　　　地灵星神医安道全

地兽星紫髯伯皇甫端　　地微星矮脚虎王英

地彗星一丈青扈三娘［俗本作"慧"。］　地暴星丧门神鲍旭

地默星混世魔王樊瑞　　地猖星毛头星孔明

地狂星独火星孔亮　　　地飞星八臂那吒项充

地走星飞天大圣李衮　　地巧星玉臂匠金大坚

地明星铁笛仙马麟　　　地进星出洞蛟童威

地退星翻江蜃童猛　　　地满星玉幡竿孟康

地遂星通臂猿侯健　　　地周星跳涧虎陈达

地隐星白花蛇杨春　　　地异星白面郎君郑天寿

地理星九尾龟陶宗旺　　地俊星铁扇子宋清

地乐星铁叫子乐和　　　地捷星花项虎龚旺

地速星中箭虎丁得孙	地镇星小遮拦穆春
地羁星操刀鬼曹正	地魔星云里金刚宋万
地妖星摸着天杜迁	地幽星病大虫薛永
地伏星金眼彪施恩	地僻星打虎将李忠
地空星小霸王周通	地孤星金钱豹子汤隆
地全星鬼脸儿杜兴	地短星出林龙邹渊
地角星独角龙邹闰	地囚星旱地忽律朱贵
地藏星笑面虎朱富	地平星铁臂膊蔡福
地损星一枝花蔡庆	地奴星催命判官李立
地察星青眼虎李云	地恶星没面目焦挺
地丑星石将军石勇	地数星小尉迟孙新
地阴星母大虫顾大嫂	地刑星菜园子张青
地壮星母药叉孙二娘	地劣星活闪婆王定六
地健星险道神郁保四	地耗星白日鼠白胜
地贼星鼓上蚤时迁	地狗星金毛犬段景住

「文字既毕，例有结束，此回固一部七十篇之结束也。一部七十篇，则非一番结束之所得了。故特重重叠叠而结束之，今第一重结束。」

　　当时何道士辨验天书，教萧让写录出来。读罢，众人看了，俱惊讶不已。宋江与众头领道："鄙猥小吏原来上应星魁，众多弟兄也原来都是一会之人。上天显应，合当聚义。今已数足，分定次序，众头领各守其位，各休争执，不可逆了天言。"众人皆道:"天地之意,理数所定,谁敢违拗!"宋江遂取黄金五十两,酬谢何道士。其余道众,收得经资,收拾醮器,四散下山去了。

且不说众道士回家去了。只说宋江与军师吴学究、朱武等计议:堂上要立一面牌额,大书"忠义堂"三字。断金亭也换个大牌匾,前面册立三关。忠义堂后建筑雁台一座。顶上正面大厅一所,东西各设两房:正厅供养晁天王灵位;东边房内,宋江、吴用、吕方、郭盛;西边房内,卢俊义、公孙胜、孔明、孔亮。第二坡,左一带房内:朱武、黄信、孙立、萧让、裴宣;右一带房内:戴宗、燕青、张清、安道全、皇甫端。忠义堂左边:掌管钱粮仓廒收放,柴进、李应、蒋敬、凌振;右边:花荣、樊瑞、项充、李衮。山前南路第一关,解珍、解宝守把;第二关,鲁智深、武松守把;第三关,朱仝、雷横守把;东山一关,史进、刘唐守把;西山一关,杨雄、石秀守把;北山一关,穆弘、李逵守把。六关之外,置立八寨:有四旱寨、四水寨。正南旱寨:秦明、索超、欧鹏、邓飞;正东旱寨:关胜、徐宁、宣赞、郝思文;正西旱寨:林冲、董平、单廷珪、魏定国;正北旱寨:呼延灼、杨志、韩滔、彭玘。东南水寨:李俊、阮小二;西南水寨:张横、张顺;东北水寨:阮小五、童威;西北水寨:阮小七、童猛。其余各有执事。「第二重结束。」从新置立旌旗等项。山顶上,立一面杏黄旗,上书"替天行道"四字。忠义堂前,绣字红旗二面:一书"山东呼保义",一书"河北玉麒麟"。外设飞龙、飞虎旗,飞熊、飞豹旗,青龙、白虎旗,朱雀、玄武旗,黄钺,白旄,青幡,皂盖,绯缨、黑纛;中军器械外,又有四斗五方旗、三才九曜旗、二十八宿旗、

六十四卦旗、周天九宫八卦旗、一百二十四面镇天旗，尽是侯健制造。金大坚铸造兵符印信。一切完备，选定吉日良时，杀牛宰马，祭献天地神明。挂上"忠义堂""断金亭"牌额，立起"替天行道"杏黄旗。

宋江当日大设筵宴，亲捧兵符印信，颁布号令：

诸多大小兄弟，各各管领，悉宜遵守，毋得违误，有伤义气。如有故违不遵者，定依军法治之，决不轻恕。

计开：

梁山泊总兵都头领二员：呼保义宋江、玉麒麟卢俊义。

掌管机密军师二员：智多星吴用、入云龙公孙胜。

一同参赞军务头领一员：神机军师朱武。

掌管钱粮头领二员：小旋风柴进、扑天雕李应。

马军五虎将五员：大刀关胜、豹子头林冲、霹雳火秦明、双鞭呼延灼、双枪将董平。

马军八骠骑兼先锋使八员：小李广花荣、金枪手徐宁、青面兽杨志、急先锋索超、没羽箭张清、美髯公朱仝、九纹龙史进、没遮拦穆弘。

马军小彪将兼远探出哨头领一十六员：镇三山黄信、病尉迟孙立、丑郡马宣赞、井木犴郝思文、百胜将韩滔、天目将彭玘、圣水将单廷珪、神火将魏定国、摩云金翅欧鹏、火眼狻猊邓飞、锦毛虎燕顺、铁笛仙马麟、跳涧虎陈达、白花蛇杨春、锦豹子杨林、小霸王周通。

步军头领一十员：花和尚鲁智深、行者武松、赤发鬼刘唐、插翅虎雷横、黑旋风李逵、浪子燕青、病关索杨雄、拼命三郎石秀、两头蛇解珍、双尾蝎解宝。

步军将校一十七员：混世魔王樊瑞、丧门神鲍旭、八臂那吒项充、飞天大圣李衮、病大虫薛永、金眼彪施恩、小遮拦穆春、打虎将李忠、白面郎君郑天寿、云里金刚宋万、摸着天杜迁、出云龙邹渊、独角龙邹闰、花项虎龚旺、中箭虎丁得孙、没面目焦挺、石将军石勇。

四寨水军头领八员：混江龙李俊、船火儿张横、浪里白条张顺、立地太岁阮小二、短命二郎阮小五、活阎罗阮小七、出洞蛟童威、翻江蜃童猛。

四店打听声息，邀接来宾头领八员：东山酒店，小尉迟孙新、母大虫顾大嫂；西山酒店，菜园子张青、母药叉孙二娘；南山酒店，旱地忽律朱贵、鬼脸儿杜兴；北山酒店，催命判官李立、活闪婆王定六。

总探声息头领一员：神行太保戴宗。

军中走报机密步军头领四员：铁叫子乐和、鼓上蚤时迁、金毛犬段景住、白日鼠白胜。

守护中军马军骁将二员：小温侯吕方、赛仁贵郭盛。

守护中军步军骁将二员：毛头星孔明、独火星孔亮。

专管行刑剀子二员：铁臂膊蔡福、一枝花蔡庆。

专掌三军内探事马军头领二员：矮脚虎王英、一丈青扈三娘。

掌管监造诸事头领一十六员：行文走檄调兵遣将一员，圣手书生萧让；定功赏罚军政司一员，铁面孔目裴宣；考算钱粮支出纳入一员，神算子蒋敬；监造大小战船一员，玉幡竿孟康；专造一应兵符印信一员，玉臂匠金大坚；专造一应旌旗袍袄一员，通臂猿侯健；转攻医兽一应马匹一员，紫髯伯皇甫端；专治诸疾内外科医士一员，神医安道全；监督打造一应军器铁用一员，金钱豹子汤隆；专造一应大小号炮一员，轰天雷凌振；起造修缉房舍一员，青眼虎李云；屠宰牛马猪羊牲口一员，操刀鬼曹正；排设筵宴一员，铁扇子宋清；监造供应一切酒醋一员，笑面虎朱富；监筑梁山泊一应城垣一员，九尾龟陶宗旺；专一把捧帅字旗一员，险道神郁保四。

宣和二年四月二十二日，梁山泊大聚会，分调人员告示。「第三重结束。」

当日梁山泊宋公明传令已了，分调众头领已定，各各领了兵符印信。筵宴已毕，人皆大醉，众头领各归所拨寨分。中间有未定执事者，都于雁台前后驻扎听调。号令已定，各各遵守。明日，宋江鸣鼓集众，都到堂上。焚一炉香，又对众人道："今非昔比，我有片言：我等既是天星地曜相会，必须对天盟誓，各无异心，生死相托，患难相扶，一同扶助宋江，仰答上天之意。"众皆大喜，齐声道："是。"各人拈香已罢，一齐跪在堂上，宋江为首誓曰：

"维宣和二年四月二十三日，梁山泊义士宋江、卢俊义、吴用、公孙胜、关胜、林冲、秦明、呼延灼、花荣、柴进、李应、朱仝、鲁智深、武松、董平、张清、杨志、徐宁、索超、戴宗、刘唐、李逵、史进、穆弘、雷横、李俊、阮小二、张横、阮小五、张顺、阮小七、杨雄、石秀、解珍、解宝、燕青、朱武、黄信、孙立、宣赞、郝思文、韩滔、彭玘、单廷珪、魏定国、萧让、裴宣、欧鹏、邓飞、燕顺、杨林、凌振、蒋敬、吕方、郭盛、安道全、皇甫端、王英、扈三娘、鲍旭、樊瑞、孔明、孔亮、项充、李衮、金大坚、马麟、童威、童猛、孟康、侯健、陈达、杨春、郑天寿、陶宗旺、宋清、乐和、龚旺、丁得孙、穆春、曹正、宋万、杜迁、薛永、施恩、李忠、周通、汤隆、杜兴、邹渊、邹闰、朱贵、朱富、蔡福、蔡庆、李立、李云、焦挺、石勇、孙新、顾大嫂、张青、孙二娘、王定六、郁保四、白胜、时迁、段景住，同秉至诚，共立大誓：窃念江等昔分异国，今聚一堂，准星辰为弟兄，指天地作父母，一百八人，人无同面，面面峥嵘，一百八人，人合一心，心心皎洁；乐必同乐，忧必同忧，生不同生，死必同死。既列名于天上，无贻笑于人间，一日之声气，既孚终身之肝胆无二。倘有存心不仁，削绝大义，外是内非，有始无终者，天照其上，鬼阚其旁，刀剑斩其身，雷霆灭其迹，永远沉于地狱，万世不得人身！报应分明，神天共察！"

誓毕，众人同声发愿，但愿生生相会，世世相逢，永无间阻，有如今日。当日众人歃血饮酒，大醉而散。「第四重结束。」看官听说，这里方是梁山泊大聚义处。

「一百八人姓名，凡写四番，而
后以一句总收之，笔力奇绝。」

是夜，卢俊义归卧帐中，便得一梦。「晁盖七人以梦始，宋江、卢俊义
一百八人以梦终，皆极大章法。」梦见一人，
其身甚长，手挽宝弓，自称："我是嵇康，「影张叔夜
字，妙。」要与大宋皇帝收捕贼人，
故单身到此，汝等及早各自缚，免得费我手脚！"卢俊义梦中听了此言，
不觉怒从心发，便提朴刀，大踏步赶上，直戳过去，却戳不着。原来刀头先
已折了。「可谓吉祥
文字。」卢俊义心慌，便弃手中折刀，再去刀架上拣时，只见许多
刀枪剑戟也有缺的，也有折的，齐齐都坏，更无一件可以抵敌。「真正吉祥
文字。」那
人早已赶到背后。卢俊义一时无措，只得提起右手拳头，劈面打去，却被那
人只一弓梢，卢俊义右臂早断，扑地跌倒。那人便从腰里解下绳索，捆缚做
一块，拖去一个所在。正中间排设公案。那人南面正坐，把卢俊义推在堂下
草里，似欲勘问之状。只听得门外却有无数人哭声震地。那人叫道："有话
便都进来！"只见无数人一齐哭着，膝行进来。卢俊义看时，却都绑缚着，
便是宋江等一百七人。「妙妙。」卢俊义梦中大惊，便问段景住道："这是甚么缘
故？谁人擒获将来？"段景住却跪在后面，与卢俊义正近，低低告道："哥
哥得知员外被捉，急切无计来救，便与军师商议，只除非行此一条苦肉计策，
情愿归附朝廷，庶几保全员外性命！"说言未了，只见那人拍案骂道："万
死枉贼！你等造下弥天大罪，朝廷屡次前来收捕，你等公然拒杀无数官军，
今日却来摇尾乞怜，希图逃脱刀斧！我若今日赦免你们时，后日再何法去治
天下！「不朽之论，可破
续传招安之谬。」况且狼子野心，正自信你不得！「不朽之论。」我那刽子手何
在？"说时迟，那时快，只见一声令下，壁衣里蜂拥出行刑刽子二百一十六

人，两个服侍一个，将宋江、卢俊义等一百单八个好汉，在于堂下草里，一齐处斩。「真正吉祥文字。」卢俊义梦中吓得魂不附体，微微闪开眼，看堂上时，却有一个牌额，大书"天下太平"四个青字。「真正吉祥文字。古本《水浒》如此，俗本妄肆改窜，真所谓"愚而好自用也"。」

诗曰：

太平天子当中坐，　　清慎官员四海分。

但见肥羊宁父老，　　不闻嘶马动将军。

叨承礼乐为家世，　　欲以讴歌寄快文。

不学东南无讳日，　　却吟西北有浮云。「好诗。」

大抵为人土一丘，　　百年若个得齐头。

完租安隐尊于帝，　　负曝奇温胜若裘。

子建高才空号虎，　　庄生放达以为牛。

夜寒薄醉摇柔翰，　　语不惊人也便休。「好诗。○以诗起，以诗结，极大章法。」

图书在版编目（CIP）数据

金圣叹批评本水浒 /（明）施耐庵原著；金圣叹评改；张国光校订；戴敦邦插画 . -- 北京：北京联合出版公司，2024.9. --ISBN 978-7-5596-7769-3

Ⅰ. I207.412

中国国家版本馆 CIP 数据核字第 20246J4D65 号

金圣叹批评本水浒

作　　者：施耐庵原著　金圣叹评改　张国光校订　戴敦邦插画
出 品 人：赵红仕
选题策划：北京时代光华图书有限公司
责任编辑：牛炜征
特约编辑：李淼淼
封面设计：柏拉图

北京联合出版公司出版
（北京市西城区德外大街 83 号楼 9 层　　100088）
北京时代光华图书有限公司发行
涿州市京南印刷厂印刷　　新华书店经销
字数 854 千字　　880 毫米 ×1230 毫米　　1/32　　彩插 70　　36.75 印张
2024 年 9 月第 1 版　　2024 年 9 月第 1 次印刷
ISBN 978-7-5596-7769-3
定价：228.00 元（全 3 册）
